# 後月輪東《ぱんどら》の棺《はこ》

大垣さなゑ

# 後月輪東《ぱんどら》の棺《はこ》

# 目次

## 【凡　例】

本文中の文献・史料の引用について

・漢字表記は、旧字を新字に改めている。

・文脈に応じて適宜、漢文を訓読文に、旧仮名づかいを新仮名づかいに、カタカナをひらがなに改め、読みやすさを考慮して句読点、濁点を付している。

・読み仮名・傍点は、基本的に著者によるものとし、読み仮名には新仮名づかいをもちいている。

・「……」は、省略のあることを意味している。

・本文に記載のあるなしにかかわらず、出典は巻末の「参考文献一覧」に掲載した。

# 1945 木左貫原《きさぬッぱい》—トンボのようにちっぽけな

二〇〇一年九月一一日。イスファハン市内のホテル。

狭いロビーのテレビのまわりには、イラン人たちの人だかりができていた。国営放送のニュースでは、ニューヨークから送られてきた映像が繰り返し流されている。

「悪いことが起こるとすれば、それは必ず外からやってくるんだ」

日本人が好きだというホテルの親父が、声をかけてきた。それが、ここ数十年を生き抜いてきた、この国の男の教訓なのだろう。

……………

翌朝、親父が話しかけてきた。

「やったのは、日本人だろう……」

前夜、仲間たちと話していて、あんなことができるのは日本人しかいないという結論に達したという。

「そうだろう?」

……親父はウインクをして見せた。

■平位 敦『アジア古都物語 イスファハン オアシスの夢』より

あんまり緑が美しい
今日これから
死にに行く事すら
忘れてしまいそうだ。
真っ青な空
ぽかんと浮かぶ白い雲
六月の知覧は
もうセミの声がして
夏を思わせる。
……………
本日一三、三五分
いよいよ知ランを離陸する
使いなれた
万年筆を〝かたみ〟に送ります。
昭和二十年六月六日
第一六五振武隊　枝 幹二

■『鎮魂の記録 旧陸軍特別攻撃隊 知覧基地』より

四月一六日

今日は出撃なさるとのこと。夜のうちにお社《やしろ》の花をいただいてきた。

散りかけの八重桜。

朝四時、飛行場へ。特攻隊のかたと自動車に乗ってゆく。神鷲《かみわし》たちを乗せた車は、誘導路をひた走る。みなほがらかで、悲しい顔ひとつなさらない。

同期の桜。男なら……。歌声はたえない。

まもなく出撃。

白鉢巻に白いマフラー。袖に日の丸と赤い鷲。凛々しい姿のお兄さまがたが、戦闘指揮所前にならんでいらっしゃる。飛行場には、腹に二五〇キロ爆弾をかかえた特攻機が行儀よくならんでいる。

「六九振武隊集合！」

みな集まられる。

最期のお別れとして、八重桜を、わたしたちのマスコット人形といっしょにさしあげる。

無邪気に喜ばれる。

「元気で長生きするんだよ」

そうおっしゃって出発線へと出てゆかれる。

エンジンが始動する。隊長機のプロペラの回転は順調。

少尉さんの飛行機も、伍長さんの飛行機も、ブンブンうなりをたてている。

飛行機が滑りだす。隊長機が目のまえを通りすぎる。レンゲの花輪を首にかけた隊長さん、にっこり笑って手をふってくださる。

お別れの桜をふる。きりりとした表情をゆるませて、笑顔でこたえられる。いくども敬礼される。

少尉さんの飛行機も滑りだす。一機、また一機、特攻機が通過する。いっぱいの桜でかざられた操縦席。どの機にも笑顔の神鷲たち。征《ゆ》きてかえらぬ神鷲たち……。

けんめいに桜花《はな》をふる。

隊長機が飛びたった。つづいて少尉さん、伍長さん……。わたしたちの上を旋回する。右に左に斜めに翼をふりながら。お別れの合図だ。

さ、よ、な、ら。

桜花をふる。ちぎれるほどにふる。

勢ぞろいした飛行機は、さいごに上空をもうひと回りして編隊をくみなおし、開聞岳のかなたへと消えていく。

桜の花をふる。鼻緒が切れそうになるほど爪先立って、いっそう高く、高く、かざしてふる。

さいごの特攻機が空に消える……。

東の空が白みはじめる。日の出はまもない。

一九四五年（昭和二〇）春。大日本帝国陸軍知覧基地《ちらんきち》の滑走路に、はじめての特別攻撃隊が到着したのは花のさかり、三月二六日のことだった。
大櫃茂夫《おおびつしげお》中尉ひきいる第三航空軍「と号第三〇飛行隊」の一一人のパイロットたち。彼らは、朝鮮の大邱《たいきゅう》飛行場から二時間半の飛行をへて知覧に降りたった。降りたってはじめて、部隊が第六航空軍に配属され、特別攻撃隊「第三〇振武隊《しんぶたい》」となったことを告げられた。

第六航空軍、通称号「靖《せい》」。

三か月前の一二月二六日、本土決戦をはばむ作戦を展開するために編組されたばかりのこの航空軍は、三月二〇日には沖縄戦にそなえて海軍連合艦隊の指揮下に入り、まもなく凄惨な肉弾戦を指揮することになる。

ここには、体当たり攻撃の訓練をわずか一か月という速成教育によってほどこされた、急ごしらえの「と号」すなわち特別攻撃隊が配属された。大櫃隊《おおびつたい》もまた、慶尚南道《けいしょうなんどう》泗川《しせん》飛行場で空中戦闘訓練をおこなっていたさなか、突如「と号」へと再編され、にわか訓練をうけてきた。

「知覧に前進せよ」

第六航空軍の命令をうけて、「第二〇振武隊」「第二二振武隊」「第二三振武隊」となる部隊がつぎつぎと飛着した。

四月一日、出撃命令が発せられた。

「明日二日、各振武隊は嘉手納湾《かでなわん》の敵艦船を攻撃、絶対の体当たりをもって撃沈すべし」

この日、米英連合軍は四〇隻の空母を主力とする二〇〇隻の艦隊と一一〇〇隻の船艇をもって嘉手納湾から沖縄本島へと上陸。帝国陸海軍は「昭和二〇年度前期陸海軍戦備ニ関スル申合《もうしあわせ》」によって「陸海軍全機特攻化」を決定した。

全機特攻化。戦闘機も爆撃機も雷撃機も、すべてを投入しての肉弾攻撃がはじまった。すでに航空機の生産数は消耗数にとおくおよばず、ジェラルミンはブリキに、ガソリンはアルコールにと、代用品をもちいない設計、製造は不可能となっていた。

いらい新たな特攻部隊がつぎつぎとやってきては、数日のうちに飛びたっていく。飛行場では連日のように「桜花《はな》の別れ」がくりかえされた。

少女たちが手折《たお》ってきたいっぱいの桜でかざられた特攻機。手に手に花枝をもち、ちぎれるほどにふって別れを告げる少女たち。彼女たちの無垢にこたえる青年たちの笑顔……。出撃があるたびに、この世にあってすでに彼岸であるような、「異風景」としか名ざしようのない光景が滑走路のうえに顕現した。

奉仕隊として特攻隊員の身のまわりの世話をすることになったのは、知覧高等女学校の生徒たちだった。一四五《じゅうしご》歳の少女ざかり。三年生のなかから一八人が選ばれて奉仕にあたった。

彼女たちが高女に入学したころにはもう、勤労奉仕が日課となっていた。彼女たちの学びは「お国につくす」こと。それは、古着を解き、それまで見たこともなかったモンぺというものに縫いかえて身に着けること、空腹にたえること、毎日一〇キロ以上も離れた開墾地に通うこと、鍬をふること、水や肥やしを担ぐこと、草刈りをすることだった。容赦のないノルマ。監視と強制。大人でも音をあげるような労苦もいとわなかった健気な少女たち。そんな彼女たちの目をさえ驚かせ、心を釘づけてしまったのが、特攻兵が最後の数夜をすごしてゆく三角兵舎のつつましさ、わびしさ、ただならなさだった。

作業着の上衣をセーラー服にかえ、いつもは絶対に近づいてはならないといわれている飛行場の門をくぐり、「お部屋づくり」のために兵舎にでかけていく。はたして、彼女たちがまのあたりにした兵舎は、まったく思いがけないものだった。

それは、地面のうえにじかに板屋根をおいただけのように見える半地下壕式兵舎だった。なかは暗く、せま苦しく、板張りの桟敷のような床に、藁ぶとんと毛布だけがおかれていた。かりそめに身を横たえるスペースしかないその兵舎に、入れかわりやってきてはわずか数夜をすごし、かなたの空へと消えていってしまう青年たちを、彼女たちは「生きながらの神」と仰ぎ、まぶしさに射すくめられたようになって献身した。

「なんて立派なかたばかりなんでしょう。なんてありがたい。これだから日本は強いんだ……」

よく教育された純朴な少女たち。悲しみにたえかね、仕事も手につかず黙りこくりあるいは滂沱するときには、彼女たちはそう考えてみずからを奮いたたせた。息をつめるような日々がつづいた。

空襲もなく、天候の条件さえととのえば、毎日のように飛びたってゆく特攻機。小鳥の首をひねるよりもやすやすと死の飛行へと追いたてられてゆく青年たち。まるで機械仕掛けの飛行人形のように彼らは決められた所作をくりかえし、ポーズをとり、だれもがおなじしぐさと笑顔を見せて空に消えていった……。

くりかえされる死の強制。彼女たちはそこに、罪悪のにおいを嗅ぎとらないではいなかった。けれど、意識上にそれがたしかな焦点をむすぶには彼女たちは幼すぎたし、教育されすぎていたし、なにより時間がなさすぎた。

神鷲たちへの尊敬と讃嘆と憧憬と祈り。それとはうらはらの、やみくもな怖ろしさ、足元のおぼつかなさ。日々の現実のうけ入れがたさ、みとめがたさ。うしろめたさ、そして罪悪のにおい……。それらの裏がえしとしての義務《つとめ》。ひたすらの献身……。彼女たちにできることは、ただせいいっぱい神鷲たちにつくすことしかなかった。

出撃前の「桜花《はな》の別れ」。それは、みずからもまた倒錯のなかになげこまれ翻弄される少女たちの、解きほぐすいとまもない心理の混沌の補償作用として顕現した「異風景」にちがいなかった。

しかし、それも落花とともに終わりを告げた。あたかもそれが、なごりの春の蜃気楼であったかのように。


四月一六日、海軍は「菊水第三号作戦」を、陸軍は「第三次航空総攻撃」を発動。稼動可能な戦闘機、特攻機すべてを投入して沖縄方面への集中作戦をおこなった。陸海軍が呼応しての、三度目の沖縄方面総攻撃だった。

この日、海軍は特攻機一七六機をふくむ四一五機を、陸軍は特攻機五二機をふくむ九二機を投入。

陸軍特攻機のほとんどが知覧基地から出撃した。

全面灰緑色、初期塗装のままの九九式高等練習機で出撃した「第七九振武隊」。すでに第二戦級の戦闘機に格下げされていた九七式戦闘機で出撃した「第四〇振武隊」「第一〇六振武隊」「第一〇七振武隊」「第一〇八振武隊」……。軍が正式に特攻死と認めた隊員の数にかぎっても犠牲者――「精神は科学を超える」などという思想にもとづくあやまった作戦と命令によって、戦う手段を奪われ、肉弾となって死ぬことを強いられたという意味において、彼らは犠牲者にほかならない――は四九人。ほとんど全機の若いいのちが爆弾とともに砕けて散った。

鹿児島湾をへだてて真向かいにある海軍鹿屋《かのや》基地の出撃はいっそう凄絶だった。

この日、グラマン一〇〇機による襲撃をうけて特攻機の損失を出しながらも、空中人間爆弾「桜花《おうか》」を搭載した神風特別攻撃隊「桜花隊」の一式陸上攻撃機六機をはじめ、「健武隊」のゼロ戦二四機、「昭和隊」「七生《しちしょう》隊」「神剣隊」「筑波隊」などのゼロ戦およそ五〇機が、文字どおり分刻みで出撃していった。

桜花。みやびな名をあたえられたこの兵器は、海軍が特攻専用の航空兵器として開発し、量産し、実戦にもちいた唯一のものだった。

全長六メートル、総重量二・三トン。いっさいの無駄をはぶいたスリムなボディの機首部に一・二トンの大型爆弾を搭載――搭載というより、ボディの半分が弾頭そのもの――し、カプセル状の操縦席に人間ひとりだけが乗ることのできる小型の航空機だ。航空機とはいいながら自力で飛ぶこともできず、操縦もできない。攻撃目標ちかくまで母機の腹部に吊りさげられて運ばれ、切りはなされたあとは火薬ロケットでしばらく加速、ロケット停止後は余勢だけで一方向に空を滑り、目標めがけて突っこんでいく。邪悪な思想のたまものともいうべき新兵器だった。

高度五〇〇〇から六〇〇〇メートルで切りはなされたあとは、落下の法則にまかせるしかない一トン爆弾。最後の滑空をかろうじて人間が誘導するので「空中人間爆弾」

ともよばれたが、連合軍からは、日本語のバカをつけて「BAKA・BOMB」と蔑称されていた。この倒錯的な新兵器を、海軍は一九四四年の八月に試作し、九月にはもう量産をはじめていた。

一六日に出撃したのは「第五神雷部隊桜花隊」の「桜花」六機、それを吊りさげて運ぶ母機、一式陸上攻撃機六機。「桜花」五機と、基地にもどった二機をのぞく陸攻《りっこう》四機、三三人の命が空に散った。

一式陸攻《いっしきりっこう》は、通常七人から八人が搭乗する陸上攻撃用の大型機だ。航続力はあるもののスピードは出ない。大きくて遅《のろ》い、つまり、敵のレーダーにかかりやすく食われやすい。そのような航空機を、味方戦闘機の掩護も牽制もないまま海洋上空に出撃させれば、無傷でいられるはずがない。「桜花」を射出するまえに敵戦闘機に撃墜されてしまう。新兵器「桜花」の正邪、いや効力のいかんを問うまえに、母機が一式陸攻であることが攻撃の態をなしていないのだった。

じっさい、はじめて桜花特攻が実戦に投入された三月二一日、「桜花」一五機、陸攻《りっこう》一八機に三〇機の戦闘機をつけて掩護してさえ、母機まるごと「桜花」全機、戦闘機も一〇機を撃墜され、いっきょ一六〇人もの犠牲を出していた。にもかかわらず、二度、三度、四度、そしてそのたび五度目の出撃がおこなわれた。のちさらに五回、沖縄戦終結の前日六月二二日に一〇回目の出撃がおこなわれるまで桜花特攻はつづけられ、「桜花」五五機五五人をふくむ四三〇人が犠牲となった。あまりに棄てばちな、しんじつ「全機特攻」を裏切らない作戦にちがいなかった。

おなじ四月一六日、熊本県境にちかい海軍出水《いずみ》基地からは、神風攻撃隊「第六銀河隊」八機、「第七銀河隊」四機が出撃した。

若い飛行兵たちを魅了せずにおかない精悍なボディ。一式陸攻とおなじ航続力をもち、ゼロ戦とおなじスピードと運動性をもち、雷撃や一トン爆弾での急降下爆撃ができる三人乗りの双発攻撃機「銀河」。

その操縦席に軽々ととび乗り、戦闘機の掩護もないなかをつぎつぎと出撃していったのは、「攻撃二六二飛行隊」、「攻撃四〇六飛行隊」の三六人の隊員たちだった。彼らは、はなばなしい戦果や武勲をたてた英雄《ヒーロー》ではなかったが、ねばり強さを発揮してこつこつと軍務にはげみ、戦場から戦場へ転々としながら空中戦をしのいできた勇者《つわもの》たちだった。

翌日出撃することが決まっていた「第八銀河隊」のメンバーは、まさに万感の思いをこめて彼らを見送った。なかにも同期生を送りだす隊員は、出撃のまぎわまで、機体に吸いついたようになって握手をくりかえした。

そのなかのひとりに、喜界島南方洋上の米機動部隊に突入したが、奇跡的に一命をとめ、翌年一二月、ながい捕虜・拘禁生活をへて帰還することになる二等飛行兵曹がいた。旧制中学五年生だった二年前、空にあこがれて海軍航空隊に入隊した彼は、翌一七日、二〇歳の最年少機長として最期の空の旅に出ていった。

明日が死の予定日と決まる。

ともに訓練をし、戦地をわたり、助けあった友が、「銀河」の座席に納棺されたように身じろぎもせず、前方を見つめたまま発っていった。見送ることには馴れているはずなのに、今日は仲間の顔がまぶたに焼きついてはなれない。二〇〇人あまりもいた同期生。わずかの期間にみごとに死んでいった。

明日の今ごろはどのような気持ちでいられるのか。

「どうなっているんだ、海軍の戦闘機は……」

「どこへ行っているんだか、どこの基地にも、掩護にまわす戦闘機は一機もいないんだそうだぜ」

二四時間後には死の飛行をともにするふたりの声が耳に入る。彼らとつちかった友情、絶妙の呼吸。三人のチームワークは海軍一だと自負できる。

「陸軍のを借りりゃいいさ」

「陸さんは航法ができん。機体の位置も計算できないやつらに海のうえは飛べないぜ」

「バカな。バカといえば、こんなバカなことといつまでもつづけられるもんじゃないよ」

「そうさなあ。特攻もおわるさ。戦争はじきにおわるよ」

「おわるって、どうしてだ」

「わかっているだろ、負けさ」

飛行眼鏡をかぶり、彼らを見る。目をうたがいたくなるような老けこんだ表情……。反射的に一喝する。

「しっかりせんか!どうしたというんだ」

親友といっしょなら明日は淋しくないはずだ。海底でむかえてくれる仲間もいる。

「明日はやる。かならずやる!」

「ああ!」

「そろそろ、荷物の整理をしなきゃあ」

宿舎にもどるまえに愛機を見回りにゆく。磨きあげられた機体がつややかに光っている。輝く胸の日の丸。黙って眺める。なんと気勢のあがらぬことよ。「銀河」があきれて横をむいたような気がした。いままで手足のように操った愛機に、明日は乗せてもらうように思える……。

一七日。運命の日はきた。白んでゆく空。風が凪いで、動くものとてなく、物音もしない。窓からさしこむ朝日を背に、真新しい下着をつける。すがしい肌ざわりだ。

宿舎の裏の畑で身のまわりの品を焼く。遺書の下書きも炎をあげて燃える。形見となるものは何も遺さない。だれも口をきこうとしない。沈黙の重さがひしひしと身にせまってくる。

「なあに、沖縄まではひとまたぎさ。行こう」

部隊の保有する稼動機はあと八機に減ってしまった。何をどう合理化しようとも結果はみえている。「一機一艦」が万一ありえたとしても、最大八戦艦しか仕止められない。谷に落ちこんでいくような不安を感じた。

指揮所に集合。知った顔はみな死んで、ほとんど見知らぬ者ばかりとなった。命令をうける。死の条件が設定された。それを自分の運命に適応させる。

「攻撃目標、喜界島南方洋上、敵機動部隊の大型空母！」

ふたりに命令を伝達する。

「かかれ！」

ぷるっと身体をふるわせて踵をかえす。

滑走路にむかってすすむ。飛行場のはずれにある愛機が春のかげろうにゆらゆらと浮きあがる。飛行機が遠くにあるのがありがたい。遠くにあればあるほど、地上にながくいられる……。

思いとはうらはら、足のピッチがあがる。三人の足音がいつのまにかぴったり合って心地よいリズムをつくる。表情に正気がみなぎってくる。心も満たされてきた。

三人いっしょに広い飛行場を前進する。しばらくはおれたちだけの自由の天地だ。思いきり空気を吸った。急にうれしくなった。うれしくてたまらない……。

きのう仲間たちを見送った位置まできた。大勢の視線を感じた。無数の惜別の目。勇者らしく、けっして虚勢をくずしてはならない。笑おうとした。が、なかなか口もとがほころばない。

落ちつけ、落ちつけ。自分に命じながら最後の煙草に火をつける。ふたりの肩にしぜんに手が伸びた。どちらも固く握りかえしてきた。ぜったいに離さないぞ。握った手がそういっていた。

「たのんだぞ！」

「任せておけ」

これが地上でかわした最後の言葉となった。

陽をうけて銀色の容姿がいっそう美しい。日の丸もいつにもましてつややかだ。愛機に乗る。あらためて計器を点検し、部位をチェックする。今日、出動するのはわずかに四機。部隊の崩壊と終焉を意味する数だ。

横にならんだ僚機のエンジンがいっこうに始動しない。海図をにらむ。なかなか合図が出ない。

「攻撃中止かな」

「いま何時？」

「じきに九時半」

「いったいどうなっているんだ！」

指揮所ののぼりを見る。何もいってこない。

「くそったれめが！」

「どうとでもなれ！」

　九時四〇分、九時五〇分。僚機とも連絡がとれないまま時間がすぎる。一〇時……。一〇時一五分。ついに合図が出た。

「まさか！おれたちだけで？」

　気狂《きちが》いじみている！単機で敵艦隊までたどりつけるものではない。突然、恐怖がつきあげてきた。

　単機出撃。まさか！

　消耗品の屑。使い捨て……。制裁をくわえるとき上官がきまって使った文句。怒りがこみあげた。悲しみでいっぱいになった。不覚にも涙がおちた。生ぬるく、わびしい涙が……。


　特攻隊員が生きて戻ってくることはゆるされなかった。戻った者をまっているのは、あらたな命令でしかなく、彼らはまた死の空へと追いはらわれる。何度も。くりかえし。運よく？死に損なった者たちは隔離され、その存在をひた隠しにされた。知ってはならない事実、すなわち国家権力がおこなう犯罪行為をまのあたりにしてしまったからだ。

　「恩賜」の飛行機に、「日本精神」のやどった肉弾を乗せて体当たりすれば、「計算外の威力」を発揮してかならず敵を撃沈できる！

　陸軍航空技術研究所において大真面目に主張され、公文書にものこされているという驚くべき非科学、非合理。御用技術者の理論を援用して「体当たり攻撃」が有効であるとした彼らの主張が、科学的根拠によって否定されたときにもちだされたのが、おさだまりの精神論だった。

　もともと軽い骨組みの日本軍機を「体当たり自爆攻撃」用に改造するためには、いっそうのスリム化はさけられない。が、軽量化をきわめた飛行機は急降下させても時速六〇〇キロメートルしか出せず、投下した爆弾の速度におよばない。また、剛体《ごうたい》でないボディは爆弾よりはるかにもろい。したがって、標的におよぼす衝撃が爆弾より大きくなることはありえない。

　そのような改造機で自爆攻撃をおこなうことは、パイロットの命はもとより、訓練によって彼らが身につけた飛行戦闘士としての技術やノウハウや精神もすべて一回きりで使い捨てることになり、効果のおぼつかなさにくらべて犠牲の大きさははかりしれない。

　ただひとつ利点があるとすれば、それは、基地に戻るための燃料が要らないこと。

　「戦争は意思と意思の戦い」であり、「物には限りがあるが精神力は無限である」と、そう訓示を垂れたのは、開戦時には総理大臣と陸軍大臣と内務大臣をかね、開戦後には軍需大臣を兼任し、さらに統帥事項を指導できる参謀総長をもかねるにいたった東条英機だが、彼の云いをそのままかりれば「燃料には限りがあるが肉弾ならいくらもある」となる。なるほど。つまり、この「ただひとつの利点」こそが最大、最優先の価値なのであり、それをあからさまにいうことができないとなれば、精神論でもぶちあげるしかないにはちがいない。

とにもかくにも日本精神、大和魂。大元帥陛下から賜った飛行機にそれさえ乗せて体当たりすれば、敵艦船の装甲や甲板を貫徹できるのだと。

それはしかし、入隊を志願し、きびしい訓練をかさね、軍人精神をたたきこまれ、階級の論理に服従し、不条理な制裁にたえ、憎悪を実力にかえ、肉弾となることをみずからに任じた者をさえ当惑させただろうし、いわんや、飛行機乗りになるなど夢に描いてみたこともなく、片道だけの飛行と体当たりの技術をにわか仕込みされて死の空へと追いやられる学徒兵にとっては理解の域をこえていた。

どっちにしても彼らは、肉体を機上にゆだねるそのまえに、殺せるはずのない精神を、人間を人間たらしめている唯一の理由であるはずの精神を殺すことからはじめなければならなかった。

どんなロジックをもってしても是としえない死の強制。しかも倒錯としかいいようのない残虐な方法をもってする死の強制が、計画的かつ組織的かつ継続的におこなわれる。これが犯罪でなくて何であろう。

海軍がそのための兵器開発に着手したのは一九四四年（昭和一九）初頭のことだった。

二月二六日、海軍工廠《こうしょう》に「回天《かいてん》」の試作が命じられた。炸薬量一・五五トンの大型魚雷を搭載し、操縦士ごと体当たりする「人間魚雷」とよばれる特攻兵器だ。これをかわきりに、つぎつぎと新兵器が開発された。魚雷二本もしくは六〇〇キロ爆弾を搭載して体当たりする翼のついた小型潜水艇「海龍《かいりゅう》」。ベニヤ板製のモーターボートに二五〇キロ爆弾を搭載して体当たりをする「震洋《しんよう》」など、あわせて九種類の特攻兵器が開発され、実験をおこなっては量産がすすめられた。

実戦でつかわれたのは「回天」と「震洋」。どちらも、体当たりする特攻兵だけでなく搭載母艦搭乗員の犠牲も多く、最終的には「回天」特攻で一二〇〇人（うち特攻兵一〇四人）、「震洋」特攻では二五〇〇人（うち特攻兵一〇八一人）をこえる命が海に散っていった。

九月一三日には海軍省に「海軍特攻部」が発足した。直後、フィリピンを戦場とした「捷号《しょうごう》作戦」をめぐって航空機による艦船体当たり特攻の投入がほのめかされ、暗黙裡に了解された。

いっぽう陸軍は、七月には鉾田《ほこた》教導飛行師団に双発軽爆《そうはつけいばく》撃機《げきき》の特別攻撃隊を、浜松教導飛行師団に重爆撃機《じゅうばくげきき》の特別攻撃隊を編成することを内示し、「九九式双軽」と「四式重」の特攻機への改装に着手。九月すえには特攻隊の編成と特攻作戦の実施を決定、編成にかかわる具体的な指示をくだした。

スタンダードの九九式双軽ならば四〇〇キロ、四式重ならば八〇〇キロの爆弾を搭載できる。これを改造して九九式双軽には八〇〇キロを一発、四式重には八〇〇キロ二発を搭載、もしくは固着できるようにする。ために通信、酸素機器以外の装備をすべてとりはずしてスリム化し、機首には導爆装置《どうばくそうち》がつけられた。これが何物かに衝突すると一発目、さらには二発目の爆弾が爆発する。

標的にぶつかってはじめて爆弾が爆発する。しかも、当初の改造機は、爆弾をはずす装置をそなえていなかった。いったん搭乗したが最後、どこまでも爆弾と運命をともにしなければならないという必殺の「人間飛行爆弾」。非道きわまるシロモノだった。

「死の触角」をもった体当たり機。機首に数メートルもの起爆管を突き出させた特攻専用機！

グロテスクな思想を顕現させたかのような改造機の生産を急ぐいっぽうで、軍は、航空特攻を制式の軍隊編成にするかどうかを議論していた。つまり、体当たり攻撃隊を「天皇の裁可をえた正規の部隊」とするか、それとも「第一線指揮官が戦略上やむをえず臨機に編成した部隊」とするかの議論だった。

結局、生きて還ることのない戦法を大元帥たる「天皇の名において命令することは適切ではない」との判断によって、特攻作戦は、前線にある部隊がみずからの意思によって独断で実行したというタテマエを通すことになった。

特別攻撃隊とは、「制式の軍隊」ではなく、自発による「私設の集団」だというわけだ。

特攻作戦という名の組織的犯罪プラン。その位置づけも組織も、道具の準備もととのって、あとは「軍神」となるべきヒーローの登場をまつばかりとなった。いつ、どの戦線において、いかに効果的に作戦を実行し、どれほど大きな戦果をおさめるか。初陣《ういじん》は目にモノをいわせるようなものでなければならなかった。

はたして、ヒーローは誕生した。

それは、陸軍の改造爆撃機部隊ではなく、海軍第一航空艦隊二〇一航空隊の戦闘機部隊、神風《しんぷう》特別攻撃隊「敷島隊」のパイロットたちだった。

一〇月二五日、フィリピンのマバラカットから出撃した「敷島隊」のゼロ戦五機が、敵中型空母一隻を撃沈し、一隻を炎上撃破、巡洋艦一隻を沈没させた。

たった五機の体当たり攻撃が、主力艦隊に劣らない戦果をあげた。犯罪プランを実行した当事者たちの予想を上まわる大戦果だった——じつは、彼らが突っこんだ敵機動部隊は、その一時間前まで栗田艦隊の攻撃をうけて疲弊していたクリフトン・A・F・スプラーグ隊だった。

二六日、戦果報告は軍令部総長から天皇に上奏され、二八日には、大本営海軍部が「神風特攻隊御説明資料」を作成して侍従武官府に提出した。

そこには、神風特攻隊がそれまでの特別攻撃隊と異なる点が、つぎのように説明されていた。「本特攻隊が帝国海軍従来の特別攻撃隊、または決死隊と異なります点は、計画的に敵艦に突入いたします関係上、生還の算、絶無なる点でございます」と。生きて還る可能性はゼロ。決死隊ではなく必死隊だというわけだ。資料にはさらに、同様の計画が、すでに第一航空艦隊の戦闘機だけでなく、各隊各機種に採用されつつあることも明記された。

大元帥である天皇がどのように応じたかはつまびらかでない。あきらかなことは、直後から、陸軍、海軍が競うように特攻合戦をくりひろげたということだ。

わずかに五機の特別攻撃隊が、ゆきづまった戦局に光を放った！

快挙がおおやけにされたのは、同一〇月二八日午後三時のことだった。戦果報告はしかも「敷島隊」についてのみ――二五日には神風特攻隊の「敷島」「大和」「朝日」「山桜」「菊水」「若桜」「彗星」の七隊全機が出撃していたにもかかわらず――大本営海軍部発表としてではなく「海軍省布告」として、連合艦隊司令長官豊田副武《とよだそえむ》の名によって公表された。

「海軍公表　神風特別攻撃隊敷島隊員に関し、連合艦隊司令長官は左の通《とおり》全軍に布告せり」

以下、体当たり攻撃をはたした「戦闘〇〇〇飛行隊分隊長海軍大尉関行男《せきゆきお》」をはじめ五人の特攻隊員の名がかかげられ、戦果が報じられた。「〇〇〇」に入る「三〇一」は伏せられた。

「……二十五日〇〇時、スルアン島〇〇度〇〇浬《カイリ》に於て中型航空母艦四隻を基幹とする敵艦隊の一群を捕捉するや、必死必中の体当たり攻撃を以て航空母艦一隻撃沈、同一隻炎上撃破、巡洋艦一隻轟沈の戦果を収め、悠久の大義に殉ず、忠烈万世に燦たり。仍《よっ》て茲《ここ》に其の殊勲を認め全軍に布告す」

「必中必死」ではなく「必死必中」であるのはいみじくも！布告の内容は、人間が体当たり兵器となったことを伝え、兵器として命を散らしたことを「殊勲」すなわち、きわめつけの功績だと評価するものだった。

全軍への布告は、ラジオの特別放送で、軍艦マーチの軽快なメロディとともに全国民にも伝えられた。

**神鷲の忠烈万世に燦たり。**

**必死必中の体当たり！**

おどるような大見出し。翌二九日の朝刊各紙は、あげて肉弾特攻隊の英雄行為をたたえあった。すでに戦局のままならぬことを思わずにいられなかった国じゅうの人々が、大きな驚きと感動に胸をふるわせた。そして、記事が伝えたとおりの武勇を信じ、煽られるがまま彼らの死をたたえ、カタストロフィーのもたらす甘美に陶然とした。

使命感に燃えた青年が、爆弾をかかえた特攻機もろとも敵艦に突っこんだ。それでなくてもインパクトのあるモティーフだが、久しくジャーナリズムであることを放棄し軍の筆《て》となりはてた新聞の一報道班員が、戯作屋《げさくや》も顔負けのペンをふるうと、鼻白むほど虚偽にみちた記事になる。

敵が比島中部、レイテ島に上陸を開始した十月二十日。基地には払暁《ふつぎょう》より殺気がみなぎった。

「きたか驕敵《きょうてき》、一死撃滅の機ついにいたれり」

どの海鷲《うみわし》も敵を撃つ決意に燃えたった。この日あるを期して編成され、猛訓練にたえてきたが、ついにその威力を発揮する日はきたのだ。基地には期せずしてバンザイが沸きあがった。

隊員が整列した。猛撃隊勇士は二十歳から二十四歳の、歴戦の荒鷲《あらわし》たちばかりである。

午前十時、某基地から馳せつけた司令長官○○中将が訓辞する。

「太平洋大決戦の勝利の神風は、諸士の肉弾によってまきおこしてくれ。大元帥陛下のため、国家のため、諸士の命はこの司令官がもらいたい」

澄んだ若鷲の瞳は食い入るように○○中将にそそがれた。Y司令、K副長の姿もあった。中将の声も体もかすかに慄えていた。

かくて肉弾をもって神風《かみかぜ》を吹かさんとの尊い任務にちなんで、肉弾攻撃隊の総称は「神風《しんぷう》特別攻撃隊」と命名され、各隊は、「敷島の大和心を人問はば朝日に匂ふ山桜花」の古歌にちなんで「敷島隊」「大和隊」「朝日隊」「山桜隊」と名づけられた。

「自分は一億国民にかわって成功を祈る。諸士のただひとつの心残りは、敵艦隊に肉弾と散るその戦果を知ることのできないことであろうと思うが、諸士の戦さは直掩隊《ちょくえんたい》の僚機がかならず見とどけて長官に報告する。長官は、かならず諸士の霊にその戦果を報告し、大元帥陛下に御報告申しあげる。心残りなくしっかりやってもらいたい」

激励をおえた長官は台から降りて、特攻隊若鷲《わかわし》ひとりひとりとあつい握手をかわした。

海ゆかば　水漬《みづ》く屍《かばね》　山ゆかば　草生《くさむ》す屍
大君《おおきみ》の　辺《へ》にこそ死なめ　かへりみはせじ

天地に轟けとばかり「海ゆかば」と「予科練の歌」を斉唱。かくて神風特別攻撃隊は誕生した。

二十五日、黎明。しっとりと露をふくんだ基地に、整備員が徹夜で整備した特攻機が轟々と爆音をあげている。いよいよ第一次攻撃隊「敷島隊」の出撃だ。

「目標は敵空母、体当たりには空母の弱点を狙え」

K副長が地図をひろげて注意をあたえる。

「俺たちは爆撃隊ではない。爆弾だ。いいか、俺につづくのだ」

関行男隊長の決死の眼光がこれまた決死の若鷲たちの眸《ひとみ》を射る。純白の絹布を頸にまいた決死隊若鷲は、その決意もあらわに落下傘帯は身につけず、つぎつぎと爆装機上の人となった。

隊長機につづいて二番機、三番機が砂塵を蹴って舞いあがる。今ぞ、還らぬ神風敷島隊の進発だ。

機上から手をふって最後のあいさつを送る若鷲たち。負傷の右肘を松葉杖にたくし、従兵に身をささえられながら部下の進発を見送る親鷲Y司令の姿。別れかねるか、特攻機のあとをどこまでも追いつづけるK副長の姿。敷島隊は、南の空深く機影を没するまで別れの防暑帽をふり、基地では整備員たちが、機影が没してもなおその場にひれ伏し、いつまでも祈りの姿勢をくずさなかった……。

機上にあるパイロットが防暑帽をかぶるはずはなく、もちろんふっているはずもない。まして南の空深く消えようとしている彼らのようすが、報道班員の目にみえるはずもないだろう。

ちなみに、松葉杖の「親鷲Y」は二〇一航空隊司令山本《やまもと》栄《さかえ》大佐だった。彼は、当日の日記に「敷島隊出発決別に行く。ただ崇高なる感に打たるるのみ。五軍神逝きて帰らず。見よ！千古不朽の勲《いさおし》を‼米鬼軍門に降《くだ》るまでは、われらの生魂のあらん限り続くぞ‼」と、そう記している。

報道は、関行男隊長はじめヒーローたちの名は報じても、山本司令どうよう、一航艦司令長官大西瀧次郎《おおにしたきじろう》中将、二〇一空副長玉井浅一《たまいあさいち》中佐の名は伏せた。

肉弾攻撃隊の総称「神風特別攻撃隊」は、「勝利の神風は、肉弾によってまきおこしてくれ」という司令長官の激励の辞にちなんで命名されたという。

いわずもがなそれは逆である。フィリピン戦ではじめての特別攻撃隊を、指名によって編成することを決定したそのときにはもう、「神風」の名を冠することが決まっていた。部隊名を、皇国《みくに》の心、惟神《かんながら》の道をつまびらかにした国学者、本居宣長《もとおりのりなが》の和歌からとることも。

しき嶋のやまとごころを人とはば
朝日ににほふ山ざくら花

宣長「六十一歳自画自賛像」の賛にあるこの一首は『愛国百人一首』に撰ばれている。一〇月二〇日、いのいちばんに編成された特別攻撃隊が四隊であったのも、四つの歌語《ご》、敷島、大和、朝日、山桜にあわせてのことだった。そう考えても穿ちすぎではないだろう。

　なにもかもが既定路線だった。

「軍神」となるにふさわしい海軍兵学校出身のエリートを指揮官として指名し、「皇軍」の名にふさわしい部隊名をあたえ、「全軍ノ士気昂揚竝《ならび》ニ国民ノ戦意振作」に最大効果をもたらすようなヒーローが出たところで、彼を「特攻第一号」と公認し、階級特進の栄誉をあたえ、「海軍省布告」をもってはなばなしく公表する、それらいっさいのことが。

　ただそれは、あくまでも追認でなければならなかった。

「敷島隊」が四度目の出撃で大戦果をあげた二五日には、神風特攻隊の各部隊がダバオ、セブ、マバラカット基地から出撃していた。「大和隊」は三度目の、「朝日隊」「山桜隊」は二度目の、二二日に新たに編成された「菊水隊」「若桜隊」ははじめての体当たり攻撃をおこなった。

　そしてこの日、最初の戦果をあげたのはじつは、〇七二《まるななに》五《ご》にマバラカット基地から出撃した「敷島隊」ではなく、一六三〇《ひとろくさんまる》にダバオ基地から出撃した「菊水隊」だった。

　はやいおそいはどうでもよかった。とにかくこの日、肉弾の威力は証明された。「軍神」が、まさに燦然としてたちあらわれたのだ。それがしかも第一「神風特別攻撃隊」の指揮官ひきいる「敷島隊」であったのはこのうえなかった。海軍特攻カミカゼの筆頭部隊が、「一機で一艦を屠る」のスローガンをむなしくせぬ戦果をあげ、窮地に一脈の活路をひらいてくれたのだ。

　四か月前の六月すえ、マリアナ沖海戦で大敗を喫した日本軍は、西部太平洋の制空権、制海権を失い、七月はじめには絶対国防圏のキーポイント、サイパン島を奪われていた。いらい米軍は、サイパンを基地として日本本土にむけて空襲を開始したが、日本の戦力でこれを阻止することはできなくなっていた。重油もガソリンも、あと半年もつかどうかおぼつかない。半年後には工場も、飛行機も、戦車も、軍艦も、まったく動くことができなくなってしまう。

　海軍は、すぐにも第二「神風特攻隊」を編成した。当時「ゼロ戦」はまだ二五〇キロ爆弾を搭載できるようには改修されていなかった。そこで、すぐに搭載できる即戦力として、「九九式艦上爆撃機」を主力とする部隊がえらばれ、二七日には「忠勇」「義烈」「純忠」「誠忠」「至誠」の五隊が、二九日には「神武」「神兵」「天兵」の三隊が編成された。

　陸軍もまた、第四航空軍特別攻撃隊「万朶隊《ばんだたい》」を鉾田で、「富嶽隊《ふがくたい》」を浜松で編成し、一〇月二一日にはあいついでフィリピンめざして出発させていた。

　特別攻撃隊の編成には命令というかたちをとらない原則になっている。まわりくどいプロセスが慎重にとられたうえで、優秀な教官たちをふくむ最精鋭の中堅幹部がえらばれた。はじめての「特攻軍神」となるべきパイロットが陸軍きっての精鋭であることは、このうえなく重要な条件だった。

「万朶隊」の隊長に指名されたのは岩本益臣《いわもとますみ》大尉。彼は、体当たり特攻の無効性を主張し、ぎりぎりまで航空技術研究所の非科学への反駁をくりかえした鉾田飛行師団のなかでも、もっとも徹底して特攻作戦に反対し、抵抗をつづけた人物だった。

しかも彼は、スキルとキャリアをあわせもち、飛行機を消耗させせない跳飛爆撃の第一人者でもあった。跳飛爆撃というのは、超低空飛行で海面により近くから水平に爆弾を投下し、それを水切り反跳させて敵艦船に命中させる攻撃のことである。彼はこの攻撃方法を導入すべく実験と訓練をかさね、八月には台湾の基隆港で「九九式双発軽爆撃機」による試験跳飛爆撃をおこない、最高の命中率をあげている。

より効果的な戦闘を継続する要件は、優秀なパイロットを何度も出撃させることである。標的に肉薄すればするほど爆弾の命中率はたかく、特攻に志願するほどの勇気のあるパイロットなら肉薄攻撃のくりかえしにもたえられる。飛行機も人材もむだにはならず、戦果もそのほうがあがるはずだというのが彼の持論だった。

マニラに前進した彼は、「死の触覚」をもった改造機をパイロットの意思で爆弾投下できるよう再改造した。抗命ゆえもちろん独断で。そのうえで、部下たちにはこう指示をした。

「出撃しても爆弾を命中させて還ってこい」

一一月七日、「富嶽隊」の「四式重爆」改造特攻機がルソン島東方海上の米機動部隊をめがけて出撃。一二日には「富嶽隊」が二度目の出撃を、「万朶隊」の「九九双軽」改造特攻機が、レイテ湾の敵戦艦めがけてはじめての出撃をおこなった。

ヒーローは誕生しなかった。

が、陸軍の初戦果として、一三日午後二時、大本営は「我が特別攻撃隊万朶隊は、戦闘機隊掩護のもとに、十一月十二日レイテ湾内の敵艦船を攻撃し、必死必殺の体当りをもって、戦艦一隻、輸送船一隻を撃沈せり」と発表した。

輸送船に突入したのは、一番機の田中逸夫《たなかはやお》曹長と生田留夫《いくたとめお》曹長。彼らは、不幸にして七日前、グラマンの襲撃をうけて死亡した隊長岩本益臣大尉の遺霊を乗せて出撃し、体当たりを敢行。掩護戦闘機も同船に体当たりをくわえ、運命をともにした。

いっぽう、戦艦を撃沈したと報告された四番機の佐々木《ささき》友次《ゆうじ》伍長は、岩本の指示をまもって爆撃をおこなったあとミンダナオ島カガヤンに不時着した。その後彼は隊に戻り、一五日には二度目の出撃を命じられたがまたしても帰還、のち二五日には三度目の、二八日には四度目の……というように、「万朶隊」の出撃一〇回すべてに出撃命令をうけつつ、たびごとに爆撃をおこなっては戻りあるいは不時着し、ついに肉弾となることを拒みつづけた。霊魂というものがもしも存在するなら、岩本はきっと佐々木の特攻機に同乗したかったにちがいない。

大本営が発表した「戦艦一隻撃沈」は誤報偽報である。ゆえに戦果の訂正はされなかった。そのため、戦死が報じられ「特攻軍神」にまつりあげられて故郷北海道当別《とうべつ》に錦をかざった佐々木は、生存の事実をほうむられたまま終戦をむかえることになった。

本土ではこの間、一〇月三〇日には米内光政《よないみつまさ》海軍大臣が、つづいて及川古志郎《おいかわこしろう》軍令部総長が宮中におもむき、おのおの天皇に特攻戦果を上奏していた。米内は天皇を輔弼する国務大臣として、及川は統帥権をもつ大元帥にたいして責任をまっとうするためである。

天皇は「かくまでやらねばならぬとはまことに遺憾であるが、しかし、よくやった」とこたえたとも、「まことによくやった。特攻隊員については真に愛惜にたえない」とこたえたとも伝えられている。

真偽はさておき、このときの「天皇の御言葉」が電信で特攻基地に伝達され、指揮官が隊員にたいしてつぎのように訓示したことが、当時飛行長としてセブ基地の指揮官をつとめた中島正《なかじまただし》が著作のなかで語っている。

「軍令部総長に賜わった御言葉を伝達する。陛下は神風特別攻撃隊の奮戦を聞こし召されて、つぎの御言葉を賜わった。『そのようにまでせねばならなかったか。しかしよくやった』。拝察するに、われわれはまだ宸襟《しんきん》を悩まし奉っているということである。われわれはますます奮励して、大御心《おおみこころ》を安んじ奉らねばならぬ」と。

戦局打開どころか、フィリピンの戦況は悪化の一途をたどり、翌年明けには米軍がルソン島リンガエン湾に侵攻を開始。いよいよ日本軍の劣勢が決定的となった。

敗色が鮮明になる。あわせて体当たり攻撃もはげしさを増す。一九四五年一月四日にはじまった作戦で、オルデンドルフ中将ひきいる一六四隻からなる大艦隊に挑んだのも特別攻撃隊だった。

一月六日には、海軍特攻「八幡隊」「金鵄隊」「旭日隊」「第二〇金剛隊」「第二二金剛隊」「第二三金剛隊」「第三〇金剛隊」、陸軍特攻「鉄心隊」「石腸隊」「皇魂隊」「皇華隊」「旭光隊」の特攻機が、サンフェルナンド沖、リンガエン湾、イバ沖、ミンダナオ海峡上空を乱舞し、オルデンドルフ部隊の一一隻の艦船に損傷をあたえ、一隻を沈没させた。のちに、あらゆる特攻作戦のなかで、もっとも効率的な戦果をあげたとされた集中攻撃だった。

翌七日夕刻、侍従武官吉橋戒三《よしはしかいぞう》がこの日の戦況を上奏した。そのときのもようが日記に記されている。

「……体当り機のことを申しあげたるところ、御上《おかみ》は思わず最敬礼を遊ばされ、電気に打たれたるごとき感激を覚ゆ。なお戦果を申しあげたるに『ヨクヤッタナア』と御嘉賞遊ばさる。日々宏大無辺の御聖徳を拝し、忠誠心愈々《いよいよ》募る」

特別攻撃隊による肉弾攻撃がはじまってのち、天皇は、大本営から特攻戦果の上奏があるとかならず起立し、敬礼をもってそれにこたえたという。

海軍の「神風特攻作戦」だけにかぎっても、敗戦までの一〇か月足らずのあいだに二九〇回の出撃があったというから、報告の頻度がおしはかられるが、人間を兵器として消耗する日々がまさに休むことなくつづいてなお、「よくやった」と褒めはしても、「そんなひどいことはやめなさい」とはいわなかったということなのだろう。

一月九日、米軍のルソン島上陸をもってフィリピン戦における特攻作戦は終了した。この作戦における特攻未帰還機の数は、海軍三三三機、陸軍二〇二機、計五三五機。体当たり攻撃による死が確認され、特攻死と正式に認められた犠牲者の数は、海軍四一九人、陸軍二八三人、計七〇二人だったという。

よくやった。

まことによくやった。

ヨクヤッタナア。

その後も海軍の特攻作戦はつづけられた。サイパン島アスリート飛行場、硫黄島、台湾、西カロリンのウルシー島……。しかし体当たり攻撃の成功率はむなしいほどに低く、いたずらに屍を積むだけの戦法となっていた。

最初の特別攻撃隊が編成され、組織的な肉弾攻撃がはじまって五か月目にあたる三月二〇日、海軍軍令部は「天号《てんごう》作戦」を発令した。南西諸島を攻略し、いよいよ沖縄に迫ろうとする連合軍機動部隊の攻撃を阻止するため、台湾と九州を基地とする特攻戦力を基幹に、航空兵力のすべてを集中して敵主力を撃滅しようというものだった。

二五日から開始された上陸破砕作戦には陸軍特攻も呼応した。けれど、圧倒的な連合軍の兵力のまえに、日本軍の兵力はあまりにみすぼらしく、もろすぎた。

四月一日日曜、イースターの日の午前八時、米軍は一三〇〇隻の艦船と一八万二〇〇〇人の兵力を投入し、嘉手納湾から上陸を開始、夕暮れまでに六万人以上の米兵が本島への上陸をはたした。戦艦から発射された砲弾はじつに三八〇〇トン。島民は「鉄の暴風」にさらされた。

この日「陸海軍全機特攻化」を決定した日本軍は、「天号作戦」にひきつづき、たたみかけるような総攻撃をおこなった。
六日、海軍は「菊水第一号作戦」を、陸軍は「第一次航空総攻撃」を発動した。海上特攻として戦艦「大和」以下、第二艦隊の艦艇一〇隻が沖縄本島にむけて出撃したその日である。第一次総攻撃は一一日までつづけられ、翌一二日には第二次総攻撃「菊水第二号作戦」および「第二次航空総攻撃」を発動した。

航空機の供給量はもはやジリ貧となっていた。飛行機工場では、しかるべき材料をもちい、しかるべき設計で航空機を生産することはおろか、代用品をつかったぺらぺらの飛行機さえ消耗数に生産数が追いつかず、あげく、操縦席はベニヤ板、機体はブリキ、離陸後しぜんに車輪がはずれる仕掛けをもった特攻機の量産までがはじまっていた。

熟練工はみな召集され、工具をもつ手もおぼつかない少年までがかりだされ、酷使された。ノルマに追われる日々。徴用された工員は、憲兵の脅しにおびえながら連日連夜の労働にたえなければならなかった。

一六日には「菊水第三号作戦」と「第三次航空総攻撃」を発動。陸海軍あわせて二三〇機の特攻機と三〇〇機の作戦機が出撃したが、翌一七日は、敵機による空襲がはげしく、陸軍特攻は、鹿屋基地から「飛行第六二戦隊」の「四式重爆撃機」二機、「さくら弾機」一機を出撃させたにとどまり、前日には五〇機をこえる特攻機を送った知覧基地からの出撃はままならなかった。

この日出撃した四式重は、六人乗りの「飛龍」を四人乗りに改造した「と号機」で、標準搭載量の二倍にあたる八〇〇キロ爆弾二発を搭載、機体を軽くするため機関砲などいっさいの武装がとりはずされていた。

そして、陸軍がはじめて実戦に投入した特攻専用の新兵器「さくら弾機」こそは、おそるべき邪悪な兵器だった。

直径一・六メートル、炸薬量二・九トン。ヒトラー総統が潜水艦で送ってきた図面にもとづいて開発されたという特殊爆弾。毒のあるオレンジ色をむきだしにしたセメントミキサーのようなかたちをした大型爆弾を操縦席の後部に搭載する。ために「さくら弾機」は、機体の背をお椀のように膨れあがらせ、摂理を逸脱したことの証しともいうべき醜悪なスタイルをあたえられた。

代用品でつくった飛行機に三トンもの爆弾をのせることは容易ではない。天井も、主翼や尾翼の先端も、機首の防風窓もすべてベニヤ板でつくり、いっさいの武装をはずして軽量化が徹底された。おのずから足は鈍《のろ》く不安定で、危なっかしいことこのうえない。生まれながらの不良品にちがいなかった。

そのことは、製造された六機のうち、一機が移送中に不時着大破、一機が試験飛行中に墜落大破、一機が格納庫で炎上したことにも証されている。燃料を片道分しかつめないのは他の特攻機もおなじだが、醜悪なこの大型機が無傷で目的地に到達できるはずのないことはだれの目にもあきらかであり、だとすればそれは、いちど離陸したが最後、搭乗員は三トン爆弾もろとも爆死するしかないという「人殺し機」にほかならなかった。

「中尉殿、航空本部や参謀本部は、本気でさくら弾機を特攻機にしたのでしょうか。機体の重心が前方にぐっとズレる。標準機とはまったく勝手がちがって、正直いってとまどうばかりです。燃料を食うばかりで速度もまったくあがりません。怪物のような飛行機です。速度が遅いうえにいっさいの装備がない。ただ敵からやられるのをまつだけの戦闘ってあるのでしょうか。わたしには、参謀のおっしゃることが分からないことばかりです」

一七日〇七〇〇《まるななまるまる》、一〇〇パーセント生還しない者でなくては言葉にできない本音を、金子寅吉曹長はきっぱりと口にし、つぎの瞬間「人殺し機」のなかにすがたを消した。それは「さくら弾機」を目にした者のだれもが思っていることだった。

ただ敵からやられるためだけに出ていく戦闘があっていいものだろうか。それは当初、炸薬量一トンに満たない重爆撃機を特攻にもちいるときにさえ、まっさきに議論されたことだった。

重武装することによって敵戦闘機を撃退するという思想だけにすがって開発された鈍重な重爆機を、敵のレーダー網のただなかへ出せばどうなるかは、火を見るよりもあきらかだった。軽快に飛びまわる米軍戦闘機は、速度も航続力も運動性も戦闘機能もあらゆる点でまさっている。ゼロ戦や一式戦を何十機掩護につけても食われるだろう。重爆特攻の成功率はかぎりなく低い。

日本の航空機開発技術の集大成といわれる「飛龍」の改造機「と号機」でさえ成功が絶望視されるというのに、「さくら弾機」はその二倍重量の特殊爆弾をお椀のなかに背負っての出撃だった。

はたして、「と号機」はグラマンに撃墜され、「さくら弾機」は行方知れず。戦果なく八人の青年たちが空に散っていった。

翌一八日、連合艦隊司令部は、迫りくる本土決戦にそなえて、第一〇航艦残存部隊の九州進出をとりやめた。連合軍の艦船はすでに二〇〇〇隻におよんでいた。雲霞のごとく人間兵器を集中させ、肉弾を雨のごとく降らせてもいっこう敵主力は減じない。気休めとなるほどのダメージさえあたえることは難しかった。

「全機特攻化」が決定された四月一日からわずかに二〇日たらず。三度目の総攻撃をピークとして特攻作戦は後退を余儀なくされた。沖縄戦のあとにかならずくる、本土決戦にむけて兵力を温存しなければならなかった。

陸軍航空総軍もまた、きたるべき本土決戦にそなえて、第一〇七から第四六三振武隊にいたる新たな特別攻撃隊の編成を命じた。

とはいえ、沖縄が玉砕するのを手をこまねいてみているわけにもいかない。押すに押せず引くにも引けない。どっちつかずのまま、その後も特攻作戦という死の強制はつづけられた。見通しもないまま、なし崩し的、惰性的に。


レンゲの花輪を首にかけた隊長さん、にっこり笑って手をふってくださる。

お別れの桜をふる。さ、よ、な、ら。

飛びたった飛行機は、右に左に斜めに翼をふりながらわたしたちの上を旋回する。お別れの合図だ。全機が勢ぞろいしたあと、もうひと回りして編隊をくみ、開聞岳のかなたへと消えていった。

口をきく元気もないまま兵舎にもどる。

空っぽになった兵舎に、黄色いバッグがぽつんと残っている。落下傘がはいった航空バッグ。どこに行くにもけっして離したりなさらなかった航空バッグ。

そのもちぬしは、もう二度とお帰りになることはない。

四月一八日。当分のあいだ特攻隊の方々はいらっしゃらぬので、明日から休みとのこと。


なごりの春の蜃気楼。わずかに二〇日たらずのあいだ「桜花《はな》の別れ」が演じられた知覧飛行場は、落花とともに少女たちが去ったあとも特攻兵を送りつづけ、六月一一日に最後の出撃を見送った。

陸軍沖縄特攻作戦の基地となってからおよそ二か月半。その間、第六航空軍は九四〇機余の特攻機を出撃させ、六六〇機余、一〇三六人が犠牲となった。知覧からはその三分の二にあたる四三〇機余が死の空に消え、犠牲者のじつに半数におよぶ四三九人が不帰の旅人となった。

Chiran、チラン、ちらん。知覧という土地の名が、凄愴な悲劇性をおびた歌枕《うたまくら》でありつづけるのはその事実と無縁ではない。


季節風をまともにうけ、夏は東から南の風、冬は北風がつねに吹きぬける海抜一五〇メートルのシラスの台地。木左貫原《きさぬツぱい》に陸軍の練習飛行場が完成し、はじめて三機の飛来をむかえたのは、一九四一年一二月一〇日、真珠湾の衝撃と忘我と喝采さめやらぬ日のことだった。

東西一五五〇メートル、南北一四〇〇メートルの敷地に、地面をかためて転圧した二本の滑走路が、銀鼠色《ぎんねずいろ》をおびた初冬の陽光をはねかえしている。その上を滑るようにして着陸した陸軍機を、町長、助役、町議、警察署長らをはじめ、飛行場に駆けつけた大勢の人々が大歓声をあげてむかえた。この日、町じゅうの人たちがいっとき日常の業をやすめて空を見あげ、快哉を叫び、あるいはため息をついた。

——テイコクリクカイグンハ、コンヨウカミメイ《八日未明》、ニシ《西》タイヘイヨウ《太平洋》ニオイテ、ベイエイグン《米英軍》ト、セントウジョウタイ《戦闘状態》ニイレリ。

鶏《とり》の声ならぬ、軍艦マーチと臨時ニュースが一日《ひとひ》のはじまりを告げたのは二日前のことだった。

真珠湾奇襲成功の報をまつまでもない。「ベイエイグント」ときいた刹那、「ついにやった!」と思わない者はいなかった。

出口のない日中戦争の息苦しさから解放され、鬱屈と憎悪をぶつけるあきらかな敵が定まった。胸がスッとした。よほどのわけ知りか洞察力のもちぬしか、あるいは根っからの厭戦家か悲観論者でもないかぎりの人々はみな、対米英戦の火蓋がきっておとされたこの瞬間、つかのま歓喜のカタルシスに身をゆだねないではいられなかった。

くりかえされる大本営発表。つづいて流れた宣戦布告の大詔。政府声明。刻々と伝えられる帝国海軍、帝国陸軍の戦果の報。

——テイコクカイグンハ、ホンヨウカミメイ、ハワイホウメン《方面》ノベイコクカンタイ、ナラビニ、コウクウヘイリョク《航空兵力》ニタイシ、ケッシテキダイクウシュウ《決死的大空襲》ヲカンコウセリ。

——テイコクカイグンハ、ホンヨウカミメイ、シャンハイ《上海》ニオイテ、エイホウカン《英砲艦》ペトレルヲゲキチン《撃沈》セリ。ベイホウカン《米砲艦》クエークハドウジコク《同時刻》ニコウフク《降伏》セリ。

——ワガリクグンヒコウタイ《飛行隊》ハ、ホンヨウカソウチョウライ《早朝来》、ヒトウ《比島》ホウメンヨウショウ《要衝》ニタイシ、タイキョクウシュウ《大挙空襲》シ、ジンダイ《甚大》ナルヒガイ《被害》ヲアタエタリ。

——ナンシ《南支》ホウメンテイコクリクグンヒコウタイ《飛行隊》ハ、ヨウカソウチョウ、ホンコン《香港》ホッポウ《北方》ノテキ《敵》ヒコウジョウ《飛行場》ヲキュウシュウ《急襲》シ……

戦争は空の時代に入った!

だれもがそう確信した。わけてもこの二年間、飛行場建設に翻弄されてきた知覧の人々にとって、それでなくても希望であり勇気の源泉だった飛行場は、この日、町の決意となり、すすむべき道をてらす標《しるべ》となった。

そして、はじめての軍機がこの知覧の地に着陸するのをまのあたりにしたこの日一〇日には、ラジオが大本営海軍部発表として、英戦艦「プリンス・オブ・ウェールズ」と「レパルス」撃沈のニュースを伝えていた。

夢のようなことだった。最新鋭のイギリス軍艦を飛行機で沈めることができるなんて!この方法さえちゃんとやれば、アメリカもイギリスもやすやすと軍艦を近づけることができなくなる。じつに革命的な快挙だった。

戦争はしんじつ空の時代に入ったのだ!

人々は、すがるような、祈るような思いでラジオに耳をかたむけた。

祈り。それは、たとえば、「ペン部隊」の文学者たちが「戦いはついにはじまった。そして大勝した。先祖を神だと信じた民族が勝ったのだ」とか、「神々が東亜の空へ進軍してゆく姿がまざまざと頭のなかに浮かんできた。その足音が聞こえる思いであった。新しい神話の創造が始まった……」などと筆をふるったような気の利いた神憑《かみがか》りではない。ただむしょうに神をたのまずにはいられない、まさに切実な祈りだった。

なにしろ、飛行場を誘致してからというもの、町じゅうが飛行場にふりまわされ、飛行場に追いたてられ、とりわけこの一年は、町をあげて汗を流し、役務にたえ、労苦をしのいできた。そのクライマックスにおいてもたらされたのが真珠湾奇襲成功と英戦艦撃沈の衝撃だったのであってみれば、それらが彼らに、天啓さながらのインパクトをあたえたとしても無理のないことだった。

いちめんの菜花《なばな》が春の陽ざしとたわむれる南国の郷《さと》に、陸軍第六師団の経理部主計大佐がやってきて、知覧小学校の講堂に六〇〇人の地主をあつめ、土地買収交渉をはじめたのは一九四〇年三月二日のことだった。

まもなく風景は一変した。用地のちょうど真んなかで十字に交差していた町道と県道は、まっさきに迂回ルートへと変更を余儀なくされた。道沿いにえんえんとつづく松並木は、町がほこる美観であり史的遺産でもあった。藩政時代の街道のなごりをとどめた並木の松。これも公売にかけられ、川辺《かわなべ》町の製材会社が一万円で落札した。

ひろびろと豊かにひらけていた菜種《なたね》や麦、甘藷《かんしょ》や煙草《たばこ》畑の売却価格が決まり、用地内にある三七戸の移転補償も決着をみた。つぎつぎと、たたき値で軍に買いあげられた一八〇町歩の土地。家屋や施設は役割をおえたものから撤去され、廃棄され、人の手をはなれた農地は草の生《む》せるままに遺棄された。

明治時代に軍馬育成所がもうけられてこのかた、幾千万もの馬が草を食んできた牧場も移転されることになり、レースのある日は近隣の町や村から大勢のお客がやってきてにぎわった町営競馬場は廃止となった。県の茶業試験場も移転が決まり、まもなく薩南工業学校の生徒たちの奉仕作業によって移転先の整地がすすめられた。

秋が深まるころ、一一月一九日には、大刀洗《たちあらい》陸軍飛行学校の校長をむかえて地鎮祭がいとなまれた。同月一〇日にもよおされた「紀元二千六百年記念式典」の盛儀に出席し、東京からトンボ帰りしてきた知覧町長、川辺《かわなべ》町長をはじめ、川辺郡内のおもだった人々と関係者らがみまもるなか、土地の神に飛行場の無事竣功への祈禱と祈念がささげられた。

紀元二六〇〇年。東京でいとなまれた記念式典には、日《じっ》象《しょう》、月象《げっしょう》、八咫《やた》の鏡がたちならぶ式殿に聖上《おかみ》がおでましになり、会場となった宮城外苑広場の一万三〇〇〇坪は五万五〇〇〇人の参列者でうめつくされたというが、初代天皇神武《じんむ》の即位から二六〇〇年目にあたるというこの年、天孫降臨の地「高千穂」のある九州は、神武即位の地、奈良「橿原」とならんで神武フィーバー第二の舞台となった。

「この国は、あなたが治めるべき国です。みことよ、行って治めなさい」

皇祖神アマテラスからそうみことのりされた天孫アマツヒコヒコホノニニギが天降《あまくだ》ったという「高千穂」は、この国のはじまりの地とされてきた。『古事記』には「筑紫の日向《ひむか》の高千穂のくじふるたけ」と、『日本書紀』には「日向《ひむか》の襲《そ》の高千穂の峯」と記されているその「肇国《ちょうこく》の地」の所在をめぐって、宮崎県と鹿児島県はながいあいだ綱引きをしてきた。

それが、記念すべき紀元二六〇〇年にむけて「神武天皇聖蹟調査委員会」が発足したことによりにわかにエスカレート。新聞や雑誌、旅行代理店をまきこんだ記念事業や奉祝イベントがつぎつぎと計画された。

ここ知覧でも、土地買収や町道・県道のルート変更、家屋や施設の移転作業など、飛行場建設の準備に追われるそのいっぽうで、「紀元二千六百年記念事業」がすすめられてきた。鎮守社「豊玉姫神社」の本殿改修事業である。「郷社豊玉姫神社改築奉賛会」が数年をかけてあつめた積立金を投じ、後背地を削ってひろげた境内に、あらたな本殿をいとなむべく営々とすすめられてきた改築工事が、おりしも大づめをむかえつつあった。

郷社「豊玉姫神社」の主祭神トヨタマヒメは、神武天皇すなわちカムヤマトイワレビコにとってはお祖母《ばあ》さんにあたる。本殿には、父方のお祖父《じい》さんにあたるヒコホホデミ、お母さんのタマヨリヒメ、お祖母さん・お母さん姉妹の父にあたるトヨタマヒコもあわせて祀られている。

ふるくは、トヨタマヒメを主祭神とし、曾《ひい》お祖母《ばあ》さんにあたるコノハナノサクヤヒメ、お母さんのタマヨリヒメを従神とする三女神を祀ってきたということだが、いずれにせよ「豊玉姫神社」は、建国の祖、神武天皇の出生にかかわる神々が鎮座する由緒ある神社なのだった。

神武天皇の出生にかかわるといえば、鹿児島県にはなんと「神代三代」つまりカムヤマトイワレビコのお父さん、お祖父《じい》さん、曾《ひい》お祖父《じい》さんのお墓がある。神にも死があってお墓もあるらしく、というより、天皇の祖先のお墓がないのは不都合だと考えた明治政府が、一八七四年（明治七）七月一〇日、「肇国の地」に良地をもとめて治定《じじょう》した。

曾祖父ヒコホノニニギのお墓は川内《せんだい》市の新田神社の境内に、祖父ヒコホホデミのお墓は姶良《あいら》郡溝辺《みぞべ》町に、父ヒコナギサタケウガヤフキアヘズのお墓は肝属《きもつき》郡吾平《あいら》町にある。つまり鹿児島県は「天皇家草創の地」でもあるということになる。

　カムヤマトイワレビコが、おなじタマヨリヒメを母とする兄イツセとともに船軍《ふないくさ》を帥《ひき》いて東に征《い》き、橿原の地に国の基《もとい》をたてて即位してから二六〇〇年にあたるというこの年、鎮守の杜《もり》から休むことなくひびいてきた槌音は、「二六〇〇年にわたる皇朝」という虚構にリアリティをそえ、それまでお国のルーツなど考えてみたこともない人々をも愛国的気分にかりたてた。

　境内の杉の大木五本が献じられた本殿は、年が明ければまもなく竣功をみる。白木の香りもすがしい神殿に遷座する神々は、きたる年、町が総力を傾注することになる飛行場建設の守護神ともなって、人々のいとなみをみまもってくれるだろう。

　一九四一年一月一二日、小正月を待たずして学童・生徒の動員割り当てをきめる協議がはじまった。飛行場用地の整地を急がねばならなかった。雑木を伐採し、根っこを掘り、モッコを担ぎ、トロッコを押し……。地ならし作業はすべて人の手、すなわち人の数にかかっていた。町内の小学生はもちろん、中学生の動員は川辺《かわなべ》郡内だけでは足りないだろうということで、指宿《いぶすき》郡、日置《ひおき》郡をくわえた三郡の生徒全員に奉仕作業を割り当てることとした。

夏休みをまって川辺・指宿・日置三郡の中学生をいっせいに動員し、知覧周辺の集落に宿泊させて作業を追いこんだ。学童らもまた、ありとあらゆる作業にかりだされた。

　くる日もくる日も泥まみれ汗まみれになって奉仕する少年たち。発育ざかりの彼らの口をまかなうために婦人会も奔走した。前年秋に米穀配給統制法が施行されてからというもの、米麦や衣料品はいうにおよばず、青果物、砂糖、味噌、醤油、大豆、鶏卵、牛乳、酒、タバコ、マッチにいたるまで、あらゆるものが配給統制の対象となっていた。食べて生きていくことの労苦が、それでなくても女の肩に重くのしかかるご時勢だった。

　おりしもその春、小学校は国民学校と名をかえ、小学生は小国民となった。国民服に国民礼に国民体操……。

「アカイ　アカイ　アサヒ　アサヒ」。小国民一年生の国民科『ヨミカタ一』はアカイアサヒではじまり、天長節、つまり天皇誕生日のころには、「ヒノマルノハタ　バンザイ　バンザイ」。つづいて「ヘイタイサン　ススメ　ススメ　チテ　チテ　タ　トタ　テテ　タテ　タ」。表情にもしぐさにもまだあどけなさののこる一年生は、くりかえしこれを読み書きしては文字や言葉をおぼえていった。

　おなじころ、二年生は『よみかた三』で国引《くにび》き神話を学んでいた。

「大昔のことです。神さまが、国を広くしたいとお考えになりました。神さまは、海の上をお見わたしになりました。東の方のとおい、とおいところに、あまった土地があるのが見えました……」

　西のほうにもあまった土地がある。神はそれに綱をかけて引きよせ、国を広くしたというモティーフだ。

「国来い、国来い、えんやらや。神さま、つな引き、お国引き。しま来い、しま来い、えんやらや。はっぽう、のこらず、よって来い」

　音楽の授業でおそわった唱歌を口ずさみながら、子どもたちは、お国を広くすることのすばらしさを夢想した。

　三年生『初等科修身三』の第一課「み国のはじめ」では国生《くにう》み神話が語られた。

「遠い大昔のこと、いざなぎのみこと、いざなみのみことという、お二方の神様がいらっしゃいました。このお二方が、天の浮橋にお立ちになって、天《あめ》のぬぼこというほこをおろして、海の水をかきまわし……」

　イザナギ、イザナミが多くの島を生み、そのあとに生まれたのがアマテラスだった。

「天照大神《あまてらすおおみかみ》がお生まれになりました。いざなぎのみことは、たいそうお喜びになって、かけていらっしゃった御首《おんくび》かざりを、おさずけになりました。天照大神は、日神《ひのかみ》とも申しあげ、天皇陛下の御祖先《ごそせん》にあたらせられる、御徳《おんとく》の高い神様であります。伊勢の内宮は、この天照大神を、おまつり申しあげたお宮であります……」

「教育勅語」をすらすらと暗誦でき、「天壌無窮の神勅」や「八紘一宇」を知っている高等科や中学の生徒なら、大日本の「新しい国生み」に希望をたくさずにいられなかった。天地のあるかぎりとこしえにつづいてゆく「世界にただひとつの国」大日本が、いにしえ、神々が大八洲《おおやしま》の国生みをおこなったとおなじように、大東亜に新秩序を建設する。そのための正義の戦さに、いまこの国はいどんでいるのだと。

　大東亜一〇億の進軍。世界に天翔ける大日本のイメージは、少年たちの憧憬をかきたてた。飛行場建設に奉仕すること、空腹と汗と禁欲の毎日にたえること。それは彼らにできる参戦のかたちだった。少年たちは少年たちなりに日々、正義の戦さに参じていた。

　もちろん、聖戦のなんたるかなど考えてみようとしない人々も、空腹と汗と禁欲の日々に投げこまれるということでは変わりはなかった。善良な人々は善良であるがゆえに疑うことをしない。そして、そのような人々を操ることにたけた、実行力に富んだ小指導者は、集団のなかにかならず存在するものなのだ。

　長い夏の一日。烈火のごとき陽ざしをさえぎるものとてない乾いた台地のうえをトロッコが縦横にはしり、日の出から日没まで往復のとぎれることはない。汗まみれ、泥だらけの少年たち、土木工や大工や職人たち、徴用された工夫《こうふ》たちが、まさに蟻のように地面と格闘する日々が夏休みの終わるまでくりひろげられた。

　整地がすんだ一八〇町歩の敷地には、まもなく鉄骨の大格納庫や用水タンクの大櫓《おおやぐら》が建てられ、航空隊本部、訓練施設、講堂、通信室、兵舎など、鉄筋コンクリート造りの建物がつぎつぎ建設されていく。

　日ごと人工化され、さま変わりしていくシラス台地。そのようすを、白岳、母ヶ岳、中岳、荒岳の連山がみおろしている。湧水を麓川《ふもとがわ》にあつめて知覧に水利をもたらしてくれる、標高五〇〇メートルの山々だ。

　それら山並みをへだててすぐ東向こうの錦江湾《きんこうわん》で、海軍「第一航空艦隊」の特殊訓練が開始されたのは一〇月なかばのことだった。

　もちろん、特殊訓練のことなど知るよしもない知覧では、同月一日、鎮守社「豊玉姫神社」が郷社から県社に昇格したことで喜びに輪がかかり、町をあげて工期に追われる日々のあわただしさに没頭していた。

　雲ひとつない秋の空を映して碧《あお》の深さをます錦江湾。ながめやれば、海のむこうに桜島が浮かび、神瀬、沖小島が風景に浮世絵のような風情をそえていた。

「本日から応用訓練として、碇泊艦襲撃のための浅海面雷撃訓練を開始する」

　飛行隊長の声がとぶ。

「離陸して集合したら、中隊長が誘導して湾口で高度を三〇〇〇メートルにあげよ。そこから桜島の東端にむかって突撃を開始。桜島の中腹を這うようにかけおりて、甲突川《こうつきがわ》の峡谷に進入する。あとは高度五〇メートルを保って峡谷のなかをうねり、岩崎谷から鹿児島市上空にぬける。そのさいの高度は四〇メートルとする」

　特殊任務を遂行すべくえらばれた雷撃隊の隊員たちは、食い入るように図面をみつめる。

「山形屋デパートを左に見てすぎると海岸にガスタンクがある。こいつをかわした瞬間に、いっきに二〇メートルまで高度をおとして魚雷を発射する」

　隊員らの表情がさっと変わった。

「目標は五〇〇メートル先のブイだ。それを碇泊艦と想定する。発射時の姿勢は、機首角度ゼロ度、機速一六四ノット、照準距離五〇〇メートル」

　声にならないどよめきがあがった。

「発射時の姿勢が肝心だ。水深は一〇メートルしかない。撃ったらすぐに上昇せよ」

　浅海面雷撃訓練。それは、真珠湾攻撃の「奇策」遂行のための困難な挑戦だった。もちろん、隊員には知らされていない。

　雷撃では、ふつう高度一〇〇メートル、目標までの照準距離一〇〇〇ないし一五〇〇メートルのポイントから魚雷を発射する。発射された魚雷は、海面に落ちるといったん六〇メートルぐらい潜りこみ、スクリューが回転して舵が機能することで浮かびあがり、調停深度四メートルから六メートルで走り出す。つまり、航空魚雷攻撃を成功させるには最低六〇メートルの水深が必要だというのがそれまでの常識だった。

それを、水深一〇メートルの浅瀬で、しかも高度二〇メートル、照準距離五〇〇メートルの発射位置から成功させることはできないか。いや成功させろというのである。隊員たちが唖然とするのも無理はなかった。

真珠湾内の水深は一二メートルしかない。その真ん中にあるフォード島の両側に繋留柱があって、そこに航空母艦や戦艦がつなぎとめられている。岸壁にはクレーンや煙突などの高い障害物があり、反対側からの海面距離は五〇〇メートルしかないという。

この条件下で敵戦艦の装甲に魚雷を貫通させる。そのためには、爆撃機の高度、角度、運動量をどのように保てばよいか。訓練は、実験と計測と兵器の改良をかねた、挫折のゆるされない冒険なのだった。

高度二〇メートルの超低空から、機首角度ゼロ度、機速一六四ノット、照準距離五〇〇メートルで魚雷を発射させる。発射時の姿勢は、ちょうどトンボが水面に卵を産みつけるときのような格好になり、危険きわまりない。スーッと海へすいこまれたかと思うや、はじかれたように飛びあがって、グラリ翼をかたむけ右へ旋回する。海面すれすれのアクロバット飛行か空中サーカスか……。

これを四〇機の雷撃機がつぎつぎとくりかえす。一日何十回もくりかえす。連日連夜の猛訓練。疲労がかさなりふらふらになりながらも挑戦はつづけられた。

一一月はじめ、訓練魚雷のレコーダーの測定値が、ようやく沈度二〇メートルをこえない域に入ってきた。あと八メートル。だが、そのハードルは高かった。成績はパッタリと止まったまま動かない。血のにじむような訓練をかさねても、沈度はそれ以上縮まらない。

「一〇メートルでマケといてもらえんものかな」

ある隊員がいった。隊員たちだれもの本音だった。

「そもそも、水深一〇メートルなんてな浅いところに碇泊する艦隊があるものだろうか……」

ストレスと疑心暗鬼だけがつのっていく。

安定器とよばれる翼のついた魚雷が完成したのは、訓練終了の期限である一五日が目前にせまった日のことだった。側翼をつけたことで魚雷の射入状態はいっきによくなった。訓練の総仕上げとして、水深一二メートルの海岸をえらんで実射をおこなった。三機のうち二機が雷撃に成功した。ぎりぎりの目的達成だった。

一週間後の二二日、彼らは真珠湾空襲任務の機動部隊の一翼として択捉《エトロフ》島単冠《ヒトカップ》湾の艦上にあった。そして二五日、山本五十六《やまもといそろく》連合艦隊司令長官から南雲忠一《なぐもちゅういち》機動部隊司令官へ機密作戦命令がくだされた。

「機動部隊は一一月二六日、単冠湾を出撃、極力その行動を秘匿しつつ、一二月三日夕刻、待機地点に進出し、急速補給を完了すべし」

　待機地点は、ハワイ群島の北方、北緯四二度、西経一七〇度付近の海面だ。翌朝六時、「赤城」「加賀」「飛龍」「蒼龍」「翔鶴」「瑞鶴」の六空母を基幹とし、戦艦、重巡、軽巡、駆逐艦、潜水艦、給油艦をくわえた三一隻の大艦隊がいっせいに錨《いかり》をあげ、まだ闇夜さながらの冬の海を三二〇〇カイリかなたにむけて出撃した。

　真珠湾奇襲攻撃作戦の戦果の詳細が発表されたのは、開戦から一〇日たった一二月一八日午後三時の大本営海軍部発表においてのことだった。

**米太平洋艦隊全滅せり**

　翌一九日の朝刊各紙は、大見出しをつけて大本営発表の内容を報じた。

　それによれば、「第一航空艦隊」が奇襲攻撃によって撃沈したのは、戦艦五隻、巡洋艦二隻、給油船一隻。そのほか戦艦三隻、軽巡洋艦二隻、駆逐艦二隻を大破、戦艦一隻、巡洋艦四隻を中破、航空兵力およそ四六四機を炎上もしくは撃墜した。いっぽう、日本側の損害は、飛行機二九機と「未だ帰還せざる特殊潜航艇五隻」だったという。

　また、戦果のうち、戦艦「アリゾナ」型一隻を轟沈したのは「特殊潜航艇をもって編成せる特別攻撃隊」であり、彼らは「警戒厳重をきわむる真珠港に決死突入し、味方航空部隊の猛攻と同時に敵主力を強襲あるいは単独夜襲を決行」したとのことである。

　特殊潜航艇をもって編成された「特別攻撃隊」。真珠湾港内に「決死突入」したという「特別攻撃隊」。陸軍飛行学校の開校にむけて、暮れも正月もないという躁状態にあった知覧の人たちの、いったいどれほどの人々がこの「特別攻撃隊」という文字に目をとめたことだろう。

　まして、町じゅうの老若男女が額に汗して建設した飛行場が、三年ののちに「特別攻撃隊」の基地となり、四〇〇人をこえる青少年兵を死の空へと送りだすことになろうなどと、だれが想像できただろう。

　二四日、飛行場の正面入口の門柱に「大刀洗《たちあらい》陸軍飛行学校知覧分教所」の表札がかかげられた。新しい年とともに、知覧の町の新しい歴史がはじまろうとしていた。

　一九四二年一月一〇日、分教所の所長が航空機で飛着し、つづいて教官たちが汽車でやってきて着任した。二七日には、本校のある大刀洗から二二機の陸軍機が空に列をえがいて飛来、一万人をこえる人々が歓呼してそれをむかえ、祝宴に酔いしれた。

三〇日には、いよいよ少年航空練習兵七八人が汽車で到着した。東京陸軍航空学校で一年間、学科や軍事教練をうけ、さらに大刀洗陸軍飛行学校で一年間の地上準備教育をうけ、戦闘機のパイロットとして配属されてきた「第一〇期少年飛行兵」たちである。彼らは、競争率一〇〇倍ともいわれた試験にパスして飛行兵学校に入学し、適性試験で戦闘機乗りとしての能力をみとめられ、きびしい教練にたえぬいた闊達な少年たちだった。

「空こそ決戦場!」

「続け陸軍少年兵!皇国日本は諸君の総決起を待っている」

「大空に尽忠の華を咲かせ、天翔ける御霊につづいて敵都に突入!」

街角や学校の廊下にならんだポスターをながめては胸ときめかせ、あるいは、映画『燃ゆる大空』や『空の少年兵』に魅せられて空にあこがれた少年たち。彼らはまた、物心ついたころから「お国の役に立つ」ことだけを教えられてきた少年たちだった。

受験資格は満一四歳から一六歳まで、合格すれば授業料は無料で一か月四円の手当てがもらえる。飛行学校を卒業して操縦士になれば、二等兵、一等兵を経験せずにいっきに下士官になることができるという。パイロットを夢みながら、家が貧しく上級学校にすすめなかった子らにとってはこのうえないチャンスだった。

合格発表が新聞に掲載されるや町じゅう村じゅうが大騒ぎ。家を去る日には、町民村民あげて日の丸の旗をもち、武運長久の幟《のぼり》をたて、行列をなして駅まで送る。鎮守の神さまにお参りし、「元気で国のためにがんばってきます」などとあいさつをのべ、出征兵士さながらのはなむけをうけて汽車に乗る。

入学後は、りっぱな制服やぜいたくすぎるほどの学用品や道具をあたえられ、二年のあいだに、ふつうの学校の四年分から五年分にあたる教育課程をこなすことになる。一日二四時間のうち、就寝時間の七時間をのぞいたすべての時間は、班長、区隊長の指導のもとに昼夜兼行で教練にはげむ。息のぬける時間は三〇分もあればよい。そのあいだに洗濯など身のまわりのことを片づけなければならない。文字どおり詰めこみの日々……。

それだけに卒業後はじめて軍服を着たときの感慨はひとしおだった。襟章が星三つになり、外出時には金星三つの肩章までつけることができる。プロペラの襟章と右胸のウイングマークもいつもにましてまばゆかった。

瞳を輝かせ、いかにも誇らしげに少年たちは知覧駅に降りたった。

大勢の町民が駅頭につめかけて彼らをむかえ、知覧工業学校の校庭では婦人会主催による歓迎会がもよおされた。

二月一一日「紀元節」。この日をもって少年飛行兵たちに外出が許可された。町はいっきに若がえり、日ごと活気にあふれていく。

開戦いらい日本軍は、グアム島を占領し、フィリピン北部に上陸し、香港の英軍を降伏させ、年が明けるや二日にはマニラを占領、二三日にはラバウルに上陸、二月一五日にはシンガポール陥落と、いたるところで快進撃をつづけていた。大本営発表を聞くたびに日本じゅうが歓喜し、熱狂はとどまるところを知らなかった。

三月八日、「大詔奉戴日」をえらんで分教所の開所式がいとなまれた。米英にたいし宣戦を布告した一二月八日、国民はいよいよ「八紘一宇《はっこういちう》の皇謨顕現《こうぼけんげん》を扶翼《ふよく》せよ」との「大詔」を戴き奉った。それを銘じるべく、毎月八日を「大詔奉戴日」とすることが決まっていた。

うららかな春の陽ざしに浮かびあがる滑走路。式場には川辺《かわなべ》、指宿《いぶすき》、日置《ひおき》三郡から五万人の観衆がつめかけ、師団長、県知事、航空本部長、県会議員、町村長、町村会議員ら来賓のみまもるなか、アトラクションとしてアクロバット飛行やパラシュート降下が披露され、知覧の町は空前のにぎわいに沸きあがった。

おりしも、日本軍はビルマのラングーンを占領し、ニューギニアのラエ・サラモアに上陸、ジャワの蘭印軍を降伏させつつあった。

**あゝ軍神　特別攻撃隊九勇士**
**真珠湾に不滅の武勲**

朝刊一面にセンセーショナルな見出しがおどり、町じゅうが「軍神」の話題でもちきったのはつい昨日《きのう》のことだった。三月六日の海軍省発表をうけ、真珠湾を強襲した「特別攻撃隊」の隊員九人に、山本五十六《やまもといそろく》連合艦隊司令長官から「感状」が授与され、二階級特進の栄誉があたえられたことが報じられたのだった。

**尽忠古今に絶す　大東亜の新軍神**
**不滅の偉勲　天聴に達す　輝く感状　二階級特進の誉**

特別攻撃隊。それは、一二月一八日の大本営発表において「警戒厳重をきわむる真珠港に決死突入」し「戦艦アリゾナ型一隻を轟沈せしめた」ことがおおやけにされた「未だ帰還せざる特殊潜航艇五隻」の搭乗員たちだった。

「軍神の精神は、大和民族固有の魂である。肇国以来、国史を純一無垢のものとして今日に保つもの、実にこの大精神であり、この大精神あらん限り大東亜戦争完勝は絶対の信念を以て期すべきである……」

「若木の桜は潔く真珠湾に散った、軍神を生んだ日本の誇り、郷土の誇り、我らの誇り……ああ壮烈！特別攻撃隊、かくてこそ帝国海軍の誇りは固いのだ、帝国海軍万歳！」

「ああ軍神、特別攻撃隊九勇士！いまその壮烈殉忠の武勲を審《つまび》らかに知ってひしと迫り来る感激、勇奮の情に言葉なく、文字を知らない、ただ感涙のみである……。七生報《しちしょうほう》国《こく》の帝国海軍の護国の魂魄は……全世界の心膽を寒からしめたものであろう」

　最大限の讃辞をおしまぬ記事。紙面には、二月一一日「紀元節」付で授与された山本司令長官の「感状」と、海軍大尉から中佐に、あるいは中尉から中佐に特進した「軍神」九人の顔写真が掲載されていた。

　あわせて、彼らの武勲を永久にたたえるため「特別攻撃隊」の名は、軍神広瀬武夫《ひろせたけお》中佐を生んだ「旅順閉塞隊」とならんで固有名詞としてあつかわれることが報じられた。つまり、特殊潜航艇をもって真珠湾に決死突入した九人のことをよぶときはかならず「特別攻撃隊」の名をもちい、それ以外のよび方をしてはならぬというわけだ。

　真珠湾攻撃から四か月、感状授与から一か月。なんでいまさらと思うより、また「特別攻撃」の何たるかを考えるより、あるいはまた特殊潜航艇「五隻」にたいして軍神「九人」という数の不ぞろいに首をかしげるよりもなによりも、国じゅうの人々が、命を賭して敵艦を襲撃した行為をたたえ、美談に酔うことに夢中になった。

　なかにも、飛行学校分教所の開校式を明日にひかえた知覧の人たちにとって、「軍神」のひとり横山正治《よこやままさはる》中尉が鹿児島市の出身の「薩摩っぽ」であることが、どれほど誇らしく感じられたことだろう。もちろん「特殊潜航艇」が生還の望みのない特攻兵器、俗にいう「人間魚雷」だったということなど知る者はない。

　新聞や雑誌に讃辞をよせた作家や歌人や詩人のだれもが、学者や軍人ＯＢにあってさえ、あっぱれみごととたたえたものは、愛国精神、日本民族精神であり、また、松陰の「やむにやまれぬ大和魂」や大楠公の七生報国・忠烈精神、藤田幽谷・東湖の水戸魂であり、まれに「人間魚雷かもしれない、人間魚雷、ウン……」とのべて兵器に言及した七十余歳の海軍大将も、つまるところそれを海軍伝統の精神とむすびつけずにはいなかった。

「もし人間魚雷があるとすれば、日本海軍魂が打ち込まれたかたまりだ。……何しろ人間魚雷というようなものを使うとすれば、日本人以外に活用しうるものはない」と。

　してみれば、特攻兵器というものはそもそも科学や技術は二のつぎで、どこまでも日本的な精神の所産であるらしい。まず命をなげだすことがさきにあり、どうやって、があとにくる。命をなげだすことに価値がある。つまり、命より貴重なものがあるというわけなのである。

　魚雷に人間が乗って誘導し、確実に命中させるという「魚雷肉攻案」は、すでに日露戦争において企図されたというが、海軍が「甲標的」とよばれる改良型の「特殊潜航艇」の開発に成功したのは一九四〇年の四月であり、一一月一五日には制式採用され、量産されていた。

全長二四メートル、直径一・八五メートル、九七式魚雷を二本搭載することのできる、二人乗りの潜航艇。水中速度は一九ノット。当時の潜水艦の二倍以上の高速を出せるが、水中航続距離は一四八キロメートルと短く、操縦性も悪い。さらに電池を使いきってしまえば動けない。そうなれば、潜航艇から脱出するよりほかに逃げる手だてはない。生還の可能性をぎりぎりまできりすてた特攻兵器なのだった。

もちろん、そのような兵器をもちいて「決死」の攻撃をおこなうには、技術と精神と猛烈な訓練が必要であり、それらの条件にたえうる人材が選抜され、「講習員」に任命された。

六日の大本営発表は、念入りな云いまわしで兵器の特殊性を隠蔽し、作戦上の任命責任を回避した。

「特別攻撃隊の壮烈無比なる……攻撃の企図は、攻撃を実行せる岩佐《いわさ》大尉以下数名の将校の着想に基くものにして、……秘に各上官をへて、連合艦隊司令長官に出願せるものなり。司令長官は慎重検討の結果、成功の確算あり、収容の方策また講じうるをみとめ、志願者の熱意を容るることとせり」と。

また、大本営海軍報道部長平出英夫《ひらいでひでお》が、同日夜のラジオで伝えたところによれば、「出発にさいしては、攻撃終了せば帰還すべき命うけありしも、ついに帰還する者なかりしは、あるいは味方航空部隊の爆弾、魚雷雨下しつつある敵艦に肉薄強襲し、あるいは長時間海中に潜伏、月出を待ちて露頂し、昼間攻撃による損傷少なき敵主力艦を確認攻撃したるなど、全隊員、生死を超越して攻撃効果に専念し、帰還のごときはあえてその念頭になかりしによるものと断ずるのほかなし」ということだ。

隊員らは、攻撃に熱中するあまり帰還することを忘れてしまった！作戦命令にそむいて帰ってこなかったのだからそうにちがいないと、隠蔽のうえに居直るのが海軍中央当局のとったスタンスだった。

おのずから、特別攻撃隊員一〇名のうち一名が米軍の捕虜第一号になったことは隠された。「特別攻撃隊」が「戦艦アリゾナ型一隻を轟沈」したという直後の大本営発表が戦果の誇大報告だったことも。

海軍の隠蔽と居直り。真珠湾攻撃から四か月をへての感状授与の発表は、なかば捏造のうえにたった武勲顕彰《プロパガンダ》だというわけだった。

翌月、「九軍神」の月命日にあたる四月八日には、日比谷公園斎場に東条英機首相、友邦ドイツの海軍司令官、イタリア海軍大臣をむかえて合同海軍葬がいとなまれた。日露戦争の軍神広瀬武夫中佐いらい三八年ぶりの海軍葬だった。

「特攻死」がみとめられた隊員には二階級特進の栄誉が

あたえられる。この先例は、のちに肉弾攻撃がスタンダードな作戦となったあとも踏襲された。はたして、必死必中を誓った遺書に、特進後の階級をつけてサインする特攻兵や、「死んでこい」といわずに「二階級特進の上申はすませてあるぞ」という上官までが出てくることになる。

隠蔽、戦果の誇大報告、感状の濫発もまた、大日本帝国陸海軍の「お家芸」として敗戦まで踏襲されてゆくことになる。


さて、なにもかもが真新しい飛行学校の滑走路で、九五式三型初等練習機による飛行訓練をはじめた「第一〇期少年飛行兵」らは、二か月で単独飛行ができるようになった。この時点で一四名が操縦不適格と判定され、通信学校に転出。六四人がさらに九五式二型中等練習機、九九式高等練習機をつかって基礎操縦を身につけ、一〇か月後の一一月すえには訓練をおえて分教所を巣立っていった。

練習機のシートが血で染まるほどの訓練、ときに制裁、そしてきびしい適性試験をくぐりぬけてきた自信と、一人前のパイロットとなった誇りに胸をはらませ、意気揚々、実戦部隊へとおもむいた。このなかから、二年半ののち特攻兵としてふたたびこの地に舞いもどり、二度と踏むことのない滑走路を肉弾として発っていくことになる者が出てこようとは、だれが考えてみただろう。


この間、知覧分教所には「第一一期少年飛行兵」五〇人が配属され、訓練をはじめていた。一九四三年三月すえ、九か月の訓練をおえて彼らが巣立っていくと、こんどは「第九三期下士官学生」七〇名がやってきた。各地の部隊からはじめて「航空」部隊に転科した上等兵たちである。

たたみかけるように大本営が発表する快進撃、快挙の報。「大東亜の新軍神」の武勲にわれを忘れ、五万の市民がつめかけて分教所のオープンを祝った日から一年あまり。わずかのあいだに形勢は暗転した。

日本軍はミッドウェー沖の海戦で大敗し、ガダルカナル島からの撤退を余儀なくされていた。ミッドウェーでは、保有数六隻しかない正規空母のうち四隻が全滅、航空機三〇〇機を失い、ガダルカナルでは戦艦をふくむ艦艇二四隻が海に沈み、航空機九〇〇機が撃墜された。

熾烈な航空戦。敗北につぐ敗北。いわずもがな、パイロットの消耗もはげしかった。

知覧飛行場で「第九三期下士官学生」の上等兵らが訓練をはじめて二か月になろうという四三年五月二一日、衝撃的なニュースが日本をかけぬけた。山本五十六連合艦隊司令長官が南太平洋前線で戦死したとのこと。しかもそれは、ひと月以上もまえの四月一八日のことだったという。

老若男女その名を知らぬ者とてなく、わけても少年たちのあこがれの的だったスーパー・ヒーロー山本五十六が戦死した。日本じゅうが呆然とした。連合艦隊の司令長官が戦死する。よくよくのことだと思われた。戦争をどんなに楽観的に考えていた人も、ラジオの前に立ちすくんだ。

つづく二六日、海軍記念日の前日にあたるこの日、内閣情報局は、山本元帥の国葬を六月五日にいとなむことを発表した。

消沈と阻喪。敗北への道を滑りおちていくような怖さ。負の連鎖にからめとられていくような不安からぬけ出せないでいた三〇日、追い討ちをかけるような発表が流れた。

アッツ島の日本軍が全滅した。

「五月二十九日夜、皇軍の神髄を発揮せんと決意し、全力をあげて壮烈なる攻撃を敢行せり。爾後通信まったく杜絶、全員玉砕せるものと認む……」

ギョクサイ。だれもがこの日はじめて耳にした響き。玉砕。翌日にはだれもがその目でたしかめた文字。この表現がそののち「全滅」を意味する言葉として使われるようになった。

字面からすると「玉のごとく尊くいさぎよく砕け散った」というような意味らしいが、衝撃をやわらげたい当局の意図とはうらはら、「ギョクサイ」という耳新しい音は「ゼンメツ」よりもいっそう空恐ろしさをかきたてる、グロテスクな響きをやどしていた。

六月には、首相にして陸相でもある東条が――参謀総長を兼任するのは半年後――航空を超重点とする戦備増強を指令した。

「陸大の学生のなかに操縦士がいるというではないか。こんなところで机上の勉強をしているとはなにごとだ。前線へ行け！」

大臣みずからが唐突に陸大を訪れて訓示。鶴のひと声で一〇人の学生をくりあげ卒業させたのも同じ月のことだったが、とにもかくにも航空要員の拡充が急がれた。

わけてもパイロットのすみやかな養成が必要となり、年度内に三〇〇〇人、翌年度末までには二万人の増員をめざすことになった。そうなればそれまでの少年飛行兵や陸軍航空士官学校の増員だけではカバーできない。速成教育に対応できる人員を確保しなければならなかった。

一人前のパイロットを育てるには、三年の期間と五〇〇時間の飛行経験が必要だとされている。これを短縮するには、基礎教育ができていて、訓練にたえられるだけの精神力と体力をかねそなえた高等教育機関の学生を投ずるのが手っとりばやい。というより、ほかに方法はなかった。学生はすでに学校で基礎的な軍事訓練をうけている。彼らなら、専門性の高い操縦技術をより短期間で身につけ、即戦力として使えるだろう。

七月三日、勅令第五六六号「陸軍航空関係予備役兵科将校補充及服役臨時特例」が発令され、「特別操縦見習士官制度」がもうけられた。

くりあげ卒業した旧制大学、予科、旧制高等学校高等科、旧制専門学校、高等師範学校、師範学校の学生・生徒を入隊とどうじに見習士官待遇とし、兵と下士官の役務を免除して曹長の階級をあたえ、一年半後に少尉に任官するというものだった。

九月、第三回くりあげ卒業がおこなわれた直後の二二日、学生の徴兵猶予の廃止が発表され、まず、法文科系大学の教育停止が施行された。おそかれはやかれ理工系も教育停止となり、およそ学生はかたっぱしから徴兵の対象とされるにちがいない。戦況が絶望的になるにしたがって学生たちは、入隊はさけられないと考えるようになった。

入隊がさけられないならば、いっそのこと、一兵卒から入隊して「初年兵苛め」にたえるより見習士官として将校待遇をうけられるほうがいい。どうせ戦場にひっぱり出されて死ぬのなら、戦闘機のパイロットとしてはなばなしく……。

当局のまさに思う壺だった。

この間、七月二五日には同盟国イタリアのムッソリーニが失脚。九月三日には連合軍がイタリア半島に上陸し、九日には無条件降伏をうけいれていた。

一〇月一日、競争率五倍ともいわれた試験に合格して採用された「第一期特別操縦見習士官」二五〇〇人が、宇都宮、熊谷、仙台、大刀洗航空隊の飛行学校に分かれて入学した。

大刀洗の分教所である知覧には一一六人の見習士官がやってきて教練を開始した。なかには、前年のくりあげ卒業のあと兵役を経験した青年もあれば、ついきのうまで学生だった青年もあったが、学生時代にグライダー部にいた者でもないかぎり、すべてのメンバーに共通していることは飛行経験がないということだった。

すなわち彼らは、飛行機の基礎構造を学び、グライダーを乗りこなす地上準備訓練をへて配属されてくる少年飛行兵たちにもおよばぬ、完《まった》き素人にほかならず、そのような青年たちに、わずか六か月で戦闘機の操縦技術をたたきこもうというのだから無謀きわまりない。

訓練は、グライダー飛行をぬいていきなり「赤トンボ」訓練からはじめられた。左右に上翼と下翼をつけ、低速度でも安定して飛べるよう開発された九五式の初等練習機。四枚の翼がトンボの羽に似ていること、機体がオレンジ色に塗装されていることから「赤トンボ」の愛称でよばれた練習機に、助教と二人で乗りこみ、操作を連動させながら操縦技術を習得する。助教のなかには、少年飛行兵あがりの、彼らより齢下《としした》の下士官もあった。空中にいる時間そのものは短いが、連日、身をけずるような訓練がつづけられた。三か月後にはなにがなんでも単独飛行できるようにならねばならないとの厳命だった。

いっぽう、航空軍は飛行場の拡張計画をすすめていた。まもなく前線基地となる知覧飛行場を、いつまでも練習場にしておくことはできなかった。

見習士官たちの手がようやく操縦桿になじむようになった一二月、拡張工事がはじまった。なによりもまず、滑走路を延長しなければならなかった。

実戦機であれば、小型機でも滑走距離は一二〇〇メートルが必要だ。現状の練習用滑走路七〇〇メートルをおよそ二倍にしなければならないし、そのためには東西一五五〇メートル、南北一四〇〇メートルしかない飛行場そのものを拡張することからはじめなければならなかった。

実戦機が離陸できるあらたな滑走路を、立地にあわせた方向で二本建設する。つまり、飛行場そのものが工事現場となるゴタゴタのなかで、はじめて飛行機を操縦する「特別操縦見習士官」第一期生たちの訓練はつづけられた。はたしてそれがどのようなものであったかは知るよしもない。おそらく、時速一五〇キロぐらいの速度で離陸し、定められた着陸地点にかろうじて機体をおさめられるだけの技能がそなわったところで訓練期間は終了といったところだろう。青年たちは未習熟のまま知覧を去っていった。四四年三月一九日のことだった。

いよいよ新滑走路が完成するという四月には、「第一期特別操縦見習士官」と入れちがえに「第一五期少年飛行兵」一七三名がやってきて訓練をはじめた。航空要員の大幅な不足にともない、一五期生ともなると、一〇期生、一一期生の二倍にあたる二五〇〇人が採用されていた。

戦闘経験のあるベテランがどんどん戦死し、前線のパイロットはもちろん、補充要員を指導する教官も不足。飛行機もない。部品や資材もない。何もかもが不足だらけの春にやってきた「第一五期少年飛行兵」は、わずか四か月で訓練を終了し、実戦部隊に配属されていった。

一〇期生、一一期生の半分にもみたない短期間の操縦訓練。しかもそれは、本来なら飛行兵四人に一人の助教をつけておこなわれるべきところを、八人に助教一人と大幅に減じてほどこされた速成、というより無責任きわまりない訓練だった。

飛行訓練でもっともむずかしいのは着陸だった。三角着陸といって、白いチョークで描かれた三角のなかに前輪と後輪を確実におさめる。墜落事故がおきるのもきまって着陸訓練においてだった。けれど、体当たり特攻をするなら、実戦において着陸の必要はない。とにかく目的地まで飛んでくれさえすればいい。むちゃくちゃな訓練期間の短縮は、そうした当局の考え方のおのずからの反映でもあっただろう。

少年たちが去ったあと、教育飛行隊を解体して実戦部隊とする計画が具体化された。飛行学校は教導飛行師団に改編され、本土決戦にそなえる態勢づくりがすすめられつつあった。

七月二〇日、最後の教育飛行隊となる「第二期特別操縦見習士官」一三六名がやってきて訓練を開始、これもわずか四か月の訓練をへて、一二月一〇日には熊本県の菊池飛行場に移っていった。

まさにこの間の大画期だった。必死必中の体当たりを成功させた神鷲《ヒーロー》たち、神風特別攻撃隊「敷島隊」が登場し、フィリピンの空に陸海軍の肉弾が公然とはなたれるようになったのは。

公然とというのは、公式にということではない。現実にはありえないことながら、「特攻隊は、現地作戦軍が臨機応変、みずから発意して編成する」というタテマエがあくまでもつらぬかれた。公然とというのは、出撃していく特攻隊員にたいして「特攻の目的は戦果にあるんじゃない、死ぬことにあるんだ」と、前線の指揮官がためらいもなくいうことができるほど肉弾攻撃が自己目的化されたということだ。

戦況の悪化を裏づけるように、半年ごとに募集され採用される陸軍少年飛行兵の数も激増した。この年、四四年四月採用の「第一八期少年飛行兵」は四〇〇〇人、一〇月採用の「第一九期少年飛行兵」は三三〇〇人。終戦のさいわいによって彼らは犠牲をまぬがれることができたが、第一四期、第一五期の少年飛行兵は、軍が特攻死とみとめた数だけでもそれぞれ一〇〇人以上が、「少飛」出身のパイロットすべてをあわせると三三五人が、この世に生まれて人生とよべるほどの時間も存《なが》えることのなかった命を、沖縄の空に海に散らしていった。

三三五人。それは「陸軍沖縄戦特別攻撃隊」戦死者一〇三六人のじつに三二・三パーセントにあたる。

また、飛行経験もないまま速成訓練によって特攻パイロットとなった「第一期特別操縦見習士官」の青年たちからは一八九人が、「第二期」生からは七五人が、「第三期」生をあわせると二六九人の学徒兵の命が、訓練終了後わずか一年以内、あるいは半年もたたぬうちに特攻機もろとも砕け散った。

三三五人プラス二六九人イコール六〇四人。

少年兵と学徒兵の犠牲が全体の六割をしめていることが、特攻作戦の犯罪性を雄弁に物語っている。

真新しい滑走路にはじめての飛来機をむかえてからまる三年。最後の教育飛行隊「第二期特別操縦見習士官」を見送ったあと、知覧は、たえて若者の声の響かぬ静かな町にもどった。

そのいっぽうで町民は、飛行場を前線基地にするためのあらたな作業にかかりだされ、年末も年始もないあわただしさに追われていた。空襲をさけるため、分廠《ぶんしょう》の本部を格納庫に移動し、部品の調達をおこなう地下工場を整備しなければならず、戦闘機を隠すための掩体壕《えんたいごう》もつくらねばならなかった。

男手のなくなった町。たのみにできるのはもっぱら高等科以上の小国民たちの勤労奉仕。竹藪や雑木林を掘りおこしては、筵でつくったモッコに土を入れて担ぎ、日がな一日往復をくりかえす。少年少女たちはくる日もくる日も土方作業に汗を流した。

飛行場誘致が公表され土地買収がはじまってから五度の春を送り、桜花《はな》の季節がまためぐってきた。

一九四五年三月二六日、前線基地となった滑走路にはじめての実戦部隊として降りたったのが、大櫃茂夫《おおびつしげお》中尉ひきいる「と号第三〇飛行隊」。彼らこそは、第一期・二期「特別操縦見習士官」と、第一四期・一五期「少年飛行兵」とで構成された、典型的な速成教育・にわか編成部隊であり、陸軍第六航空軍の沖縄特攻第一号「第三〇振武隊」となるべき部隊だった。

朝鮮の泗川《しせん》飛行場で戦闘訓練にはげんでいた第一〇五部隊において「と号飛行隊」二個隊が編成されたのは同年二月一日、マニラが米軍に占領される二日前のことだった。実戦部隊への配属をまっている教育飛行隊のメンバーから二四名が優秀なパイロットとして指名され、「大本営の命令」によって「特別任務」をあたえられた。のち、彼らはシンガポールの第三航空軍の配下に入るという。

はじめて経験する実戦が「と」、すなわち体当たり特別攻撃になる……！だれもが茫然自失した。

二月一一日、神武天皇即位を祝う紀元節をえらんで出陣式がおこなわれ、「と号第三〇飛行隊」の一二人は、岐阜県の各務ヶ原《かがみがはら》飛行場に移動した。めいめいが柩とすべき飛行機をうけとるために。

一四日、酷寒のつづく各務ヶ原。彼らをむかえたのは師団長ではなく参謀長朝香宮鳩彦《あさかのみややすひこ》大将だった。そしてつぎの瞬間、あたえられた機体が、胴体下に二五〇キロ爆弾を搭載できるよう改造された九九式モデルであることをみとめたとき、だれもが運命を確信した。

神武紀元二五九九年（昭和一四）に制式採用され、近距離の偵察や地上攻撃に使われた旧式モデル。車輪のついた二本の脚はつき出たままで、速度も遅い。航続距離は一〇六〇キロメートル。知覧と沖縄の直線距離は六五〇キロだから、往路だけの「特別任務」を完遂する条件はたしかに満たしていた。

「トンボのようなちっぽけな飛行機」。かつて飛行師団長としてつぎつぎ特攻隊を送り出した元少将が特攻機をそう形容したというが、じつに、彼らにあたえられた改造九九式襲撃機は、トンボのようにちっぽけな、というより、みすぼらしいほどに老朽化したオンボロ飛行機だった。

対米英戦の初戦において、すでに陸海軍は優秀なパイロットと新式の戦闘機、爆撃機の多くを失ってしまっていた。空襲による破壊や中断、疎開による生産ラインの分断。不随をおしての供給が消耗数に追いつかず、資材や部品にもこと欠くようになってはや久しい。

前年暮れ、一二月二六日に第六航空軍を編組したはいいが、できたばかりの航空軍に手持ちの飛行機はなく、それでなくても需要に追われるなかで、完全消耗が前提の特攻作戦に新製品がまわされるはずもない。おのずから、飛行場の片隅に放置してあった九七式モデルや九九式モデルの故障機を大慌てで修理、改造し、特攻機の数をそろえざるをえなかった。

沖縄戦、本土決戦を想定してつぎつぎと「特別攻撃隊」が編成される。編成をするも特攻機は一機もない。隊員らは汽車に乗って故障機の修理をになっている各地の航空廠へおもむき、みずからを葬るための特攻機を受領する。航士出身のどんな優秀なパイロットにも、歴戦をくぐりぬけてきたベテランパイロットにも、おなじ条件でオンボロ飛行機があてがわれた。

ひるがえって米軍はすでに超空《スーパーフォートレス》の要塞の愛称をもつB29が各地で戦果をあげていた。爆弾搭載量最大九トン、最高時速五七四キロメートル、航続距離四五八五キロメートル。わずか二五〇キロ弾を爆装するための改造をほどこさねばならず、速度を維持するため片道分の燃料しか積むことができない「と号」隊員の柩のみすぼらしさとは較ぶべくもなかった。

四五年の冬は、気象史にきざまれる酷寒にみまわれた。そのなかで「と号」の訓練がはじまった。大本営陸軍部が二月六日に通告した「と号要員学術科教育課程表」にのっとっての一か月の速成訓練だ。

乾ききった大地。空気までが凍りついたような寒さ。突風がつきぬけるたび、真昼の太陽も風景もいっさいが黄土にかき消され、夜は夜で、上に下に毛布を一〇枚、一五枚とかさねても眠れなかった泗川よりはよほど条件はよかったが、厳冬の各務ヶ原では雪にわずらわされながらの訓練となった。

彼らにとっては最初で最後の愛機となる九九式戦。これに爆弾のかわりとなる砂袋を積み、超低空飛行と急降下の訓練をくりかえす。一五〇〇メートルの上空から六〇度の角度で急降下し、実戦ならそのまま突っこめばいいが、訓練では激突する直前に機体をひき起こす。四Gの加速度であれば、その瞬間の機体の重さは四倍となる。危険かつ容易ならざる訓練だった。

彼らが訓練をはじめたころ、各地で積雪の最深記録がぬりかえられた。長野県森宮野原《もりみやのはら》で七八五センチメートル、富山県真川《まがわ》で七五〇センチ、新潟県入広瀬《いりひろせ》で六〇五センチ、高田で三七七センチ、長岡で三三五センチ。青森で二〇九センチ、横浜で四五センチ、岡山で二六センチ……。

二二日には東京でも三八センチメートルの積雪を観測し、ちょうど九年前、二・二六事件の叛乱軍が踏みしめた雪の深さをこして史上二番目の記録となった。

二〇日午後にはすでに米軍が硫黄島への上陸を開始したことが報じられていた。サイパンから東京までは二四〇〇キロメートル。硫黄島からは一二〇〇キロ。硫黄島が陥ちれば東京空襲の激化はさけられない。

もはや決定的となった敗戦を暗示するかのような帝都の大雪。二三日、新聞各紙はそろって口をつぐんだ。かわりに「神風《しんぷう》特攻隊第二御盾隊《みたてたい》二空母を撃沈す」の、はなばなしい大見出しが一面をかざった。

いや、口をつぐんだというわけではかならずしもなかった。対米英戦開戦から三年あまり、ラジオも新聞も天気にかかわる報道をひかえていた。四一年一二月八日、開戦と同時に報道管制がしかれ、翌九日からはあらゆるメディアから天気予報がすがたを消したのだった。

陸軍第二五軍佗美《たくみ》支隊が英領マレーの北端コタバル東岸に上陸を敢行し、真珠湾で戦雷爆空中攻撃隊による第一波の奇襲がはじまった直後の日本時間午前四時、海外向け短波放送「ラジオトウキョウ」は、陸軍大将乃木希典《のぎまれすけ》の漢詩の吟詠を流し、それが終わると突然「ここで天気予報を申しあげます。西の風、晴れ。西の風、晴れ……」というアナウンスが流れた。それが天気予報の最後となった。

開戦直前に流れた「西の風、晴れ。西の風、晴れ……」。じつはこれが外務省通達による暗号だった。「この放送を聴いた在外公館は、すべての暗号書など重要機密書類を焼却せよ」。開戦前の一一月一九日、外務省は、外交関係が断絶するような非常事態がおこって国際通信が途絶した場合には、海外に短波で出している日本語ニュースのなかに警報をくわえることに決めていた。日米関係が危険になったときには「東の風、雨」。日ソ関係が危険になった場合には「北の風、曇り」。日英関係が危険になった場合には「西の風、晴れ」というように。

## 神風特攻隊第二御盾隊二空母を撃沈す

二三日は、ありとあらゆる報道が硫黄島特攻作戦のはなばなしい戦果を伝えていた。

二一日〇八〇〇《まるはちまるまる》、神風特攻隊「第二御盾隊」第一・二・三・四・五攻撃隊の三二機が香取基地を出発、八丈島を経由して硫黄島沖に出撃した。精鋭六〇名をよりすぐり、海軍第三航空艦隊がはじめて編成した最大・最強の特別攻撃隊だった。

一六一三《ひとろくひとさん》、硫黄島東三〇カイリに敵機動部隊を発見、隊長機の「トトトトトト……」を合図に第一攻撃隊の「彗星」四機、「ゼロ戦」四機の全機が突入。三機が護衛空母「ビスマーク・シー」に命中し、空母は誘爆をおこして沈没した。一八〇〇《ひとはちまるまる》前後、敵艦をもとめて夕闇の洋上を飛びまわっていた第五攻撃隊「天山」三機が魚雷を投下してのち体当たり。正規空母「サラトガ」の搭載機が炎上し、空母は大破した。

大本営発表は例のごとく水増しされた。「正規空母一隻大破炎上轟沈概確実、護衛空母一隻轟沈、戦艦二隻轟沈、巡洋艦二隻炎上、同二隻撃破、輸送船等五隻以上轟沈」。特攻史上最大の戦果をおさめたと伝えられた。

はたして、「おおむね確実に轟沈」とされた「サラトガ」は沈まなかった。これ以前にも以後にも、体当たり特攻によって撃沈できた正規空母は一隻もない。

この日、四時間におよんだ死戦によって六〇人のパイロットのうち四五人の命が海に潰えた。そして、彼らのはなばなしい戦果を報じた朝刊が市民の手にゆきわたったであろう二三日午前一〇時一五分、硫黄島摺鉢山山頂に星条旗がひるがえった。

いやこの日、雪で新聞の配達はおくれ、夕方になって手にした人々も多かった。紙面には、神風特攻のはなばなしい戦果の報とあわせて、一億臣民をあまねく兵力とすべく、こんな見出しがおどっていた。

**皇土空の包囲企つ一億一兵に徹し反撃へ**
**備えよ、緊急の本土決戦、**
**一億待つ　指導者の大号令**

さて、一か月の「と号要員教育課程」をおえて、いよいよ「第三〇飛行隊」が各務ヶ原を発つ日がきた。

三月二一日、彼らは中国大陸経由でシンガポールへむかうために、まずはカンボジアのプノンペンをめざして出発した。訓練中、墜落事故のまきぞえとなって殉職した同僚の遺骨を隊長機に乗せ、一一機での出発となった。

航続距離は一〇六〇キロメートル。燃料を補給するため熊本の菊池飛行場にたちより、そこから朝鮮の大邱飛行場へとすすんだ。九州各地はすでに艦載機の来襲がはげしく、菊池での待機が長びいたため、大邱に着いたのはようやく二五日のことだった。が、そこで彼らをまっていたのは、作戦変更により知覧へ前進せよという命令だった。敵輸送船団が沖縄の慶良間《けらま》諸島に上陸を開始したという。

二六日、彼らはふたたび九州にもどり、知覧飛行場へと舞いおりた。菊池から発てば三〇分を要しない旅に五日間をついやしたというわけだった。すでにこの日、陸軍では第八飛行師団の「誠飛行隊」「赤心隊」が上陸破砕作戦として体当たり特攻を開始していた。

二七日には「第二〇振武隊」「第二二振武隊」となる部隊の一式戦闘機があいついで知覧にやってきた。

この日、Ｂ29一五〇機による大空襲が北九州を襲い、技術者、勤労動員一万人を擁し、九州一の規模を誇った大刀洗陸軍航空廠が、在庫部品、修理中の特攻機もろとも全滅した。Ｂ29が投下する一トン爆弾は、滑走路に直径一〇メートル以上の穴をあける威力をもつ。つづく三一日にも空襲があり、航空廠構内にかぎっても六〇〇個もの弾痕ができたという。

二八日、「第二三振武隊」の九九式軍偵機、「第四六振武隊」の九九式襲撃機がつぎつぎ到着し、特攻基地知覧は戦場さながらの緊張につつまれた。

彼らはほとんど例外なくオンボロ飛行機に乗ってやってきたが、まれに新品の一式戦特攻機を受領したパイロットもいた。そのなかの一機は、新品にもかかわらず、都城《みやこのじょう》から知覧への前進中にはやくもエンジントラブルをおこし、知覧に着くや分解修理をしなければならなかった。

「女子挺身隊が組み立てた飛行機なんかじゃ、沖縄まではとてもおぼつきませんよ」

ボルトをゆるめながら整備員は肩をすくめた。

「なんたって、部品が粗末すぎる」

トラブルの原因はベアリング不良。エンジンを分解するとパッキンが故障していることがわかった。二五〇キロの爆弾を装備し、さらに二〇〇キロの補助タンクをつけたことで重量が増え、エンジンに負担がかかった。一式戦Ⅲ型は、水エタノールを噴射してエンジンを冷却するしくみになっているが、この機能がオーバーヒートに追いつかなかった。

「いくら調整してもダメです。何度ためしても焼きついてしまう。こんな飛行機はやったことがない！」

ついに整備員は手をあげた。噴射装備の調整はそれでなくてもむずかしい。もはや知覧航空分廠の技術では歯がたたず、結局、山口の小月《おづき》分廠から専門のエンジニアをよぶはめとなった。

三〇日、「第三〇振武隊」大櫃隊に出撃命令が出た。第六航空軍の特攻第一号ということで盛大な見送りをうけた。

一本ずつ配られた恩賜のタバコ。金色の菊の紋章がついていた。ふるえる手で火をつける。だれもが無表情のまま目を合わせるのをさけるためだけにぎこちなく煙を吐く。蒼ざめた沈黙。火を踏み消して、いよいよ出撃だ。

一五〇〇《ひとごまるまる》、基地を発進。三機ずつ編隊をくみ、低空飛行で屋久島をこえたあたりまで飛んだところで、隊長機がターンして翼をふる。視界不良。天候不順と判断。合図にしたがって戻ってくると、知覧はカラッと晴れて、まぶしいくらいに夕陽がさしていた。

四月一日、連合軍が沖縄本島に上陸した。

「陸海軍全機特攻化」が決定されたこの日、一五〇〇《ひとごまるまる》、二度目の出撃をした。が、今度もまたひきかえした。中継基地となる徳之島が空襲にさらされていた。帰ってきた彼らを飛行団長の罵倒がまっていた。

「きさま！命が惜しいのか」

隊員の目の前で隊長が殴りたおされた。この日、〇五〇《まるごまる》〇《まる》には、二九日に徳之島に前進していた「第二〇振武隊」の一式戦一機が、二五〇キロ爆弾二発を懸吊して大型輸送船に突入。二四〇〇《ふたよんまるまる》にはさらに「第二三振武隊」の九九式軍偵五機、「飛行第六五戦隊」の一式戦一機が知覧から出撃し、うち五機が体当たりを敢行して海に散った。

二日、三度目の出撃。ひとり落伍者をだし一〇機での出撃となった。〇六〇〇《まるろくまるまる》、泗川で同時に「と号」となった「第四六振武隊」の九九式襲一二機とともに中継基地徳之島にむけて発進した。ところが、徳之島飛行場がグラマンの爆撃をうけていて着陸できず、喜界島に不時着。さらなる前進命令がくだるが、敵襲によってままならず、待機しているあいだにロケット弾によって二機が炎上、「第三〇振武隊」の戦力は八機に減ってしまった。

この日〇四三〇《まるよんさんまる》には、徳之島から「第二〇振武隊」の一式戦二機、「飛行第六六戦隊」の九九式襲一機が出撃し、艦船群に突入していた。

三日、前進命令がくだる。後続の三機が到着せず、先発の五機だけが徳之島に前進した。この日、知覧から「第二二振武隊」の一式戦二機、「第二三振武隊」の九九式軍偵五機が、万世《ばんせい》から「第六二振武隊」の九九式襲二機が出撃。一式戦はグラマンに撃墜されて空に散り、九九式襲は、全機が敵艦隊に突入して砕け散った。

オンボロ飛行機でやってきては空へと消えていく青年たち、少年たち。悲しんでいるひまもないほどのあわただしさでつぎつぎと部隊が基地に飛来し、去ってゆく。六日にはいよいよ陸海軍そろってのはじめての沖縄航空総攻撃がおこなわれるという。昼といわず夜といわず入れかわる隊員たちの顔ぶれ。三角兵舎のなかは、躁と蒼とがはげしく交錯するただならぬ空気につつまれた。

四月六日、もてる航空力を駆って最大レベルの集中攻撃がくりひろげられた。

一〇二〇《ひとまるふたまる》、鹿児島県国分《こくぶ》基地から海軍神風特別攻撃隊「第一二〇部隊」の彗星隊一三機、同ゼロ戦隊一二機、紫電隊一〇機が出撃したのをはじめとして、一七二五《ひとななふたご》、宮崎県新田原《にゅうたばる》基地から陸軍第八飛行師団「誠第三六飛行隊」「誠第三七飛行隊」「誠第三八飛行隊」の九八式直接協同偵察機二六機が出撃するまでの七時間のあいだに、海軍は、特攻機二一五機をふくむ三九〇機余を、陸軍は、特攻機八二機をふくむ一三〇機余を沖縄本島にむけて出撃させた。

肉弾攻撃を敢行して海に砕けたのは、海軍特攻機一六一機、二七九人、陸軍特攻機六一機、六一人。あわせて三四〇人の若い命が犠牲となった。

その数のおびただしさを、かりに犠牲者の氏名・階級・所属部隊を列記して表わすならば、ふつうの書籍の五六《ごろく》ページを割かねばならず、翌七日の航空総攻撃の犠牲者数と、囮《おとり》作戦として出ていった戦艦「大和」以下海上特攻の犠牲者をくわえれば、六〇ページをこえる紙幅をあてねばならない。

連合艦隊が残存艦艇のすべてをもって海上特別攻撃隊を編成し、六日一六〇五《ひとろくまるご》には、第二艦隊の戦艦「大和」以下一〇隻が特攻作戦を敢行すべく三田尻《みたじり》沖から出撃したが、七日一二四〇《ひとふたよんまる》、徳之島北西二〇〇カイリ付近にいたったところで、二度にわたり米艦載機およそ三八〇機の攻撃をうけ、「大和」が一四二三《ひとよんふたさん》、軽巡洋艦「矢矧《やはぎ》」が一四五〇《ひとよんごまる》に沈没した。「朝霜《あさしも》」「霞《かすみ》」「磯風《いそかぜ》」「浜風《はまかぜ》」の四隻の駆逐艦もあいついで撃沈され、乗員三七二一人が犠牲となった。

はたして、米軍の上陸阻止はならず、嘉手納《かでな》の中《なか》飛行場、読谷《よみたん》の北《きた》飛行場は完全に連合軍の手におちた。

それもそのはず、一日、空母四〇隻、戦艦一八隻を基幹とする二〇〇隻の連合軍大艦隊が、輸送船、上陸用船艇などあわせて一三〇〇隻におよぶ船団をくんで嘉手納湾にせまり、またたくまに本島に上陸したそのときすでに彼らは作戦のなかばを達していた。「アイスバーグ作戦」とよばれた沖縄攻略作戦の、初動において投入された兵力は、海軍二三八〇人、海兵隊八万一一六五人、陸軍九万八五六七人、あわせて一八万二〇〇〇人であったといい、迎え撃つ日本軍の総兵力は八万六四〇〇人だったという。

「四月六日（金）飛一〇二戦隊にて三分の一、特攻隊にて五分の一、不出発あり。きわめて不成績と云うべし、之れ予が総監として編成し、軍司令部として教育に任ぜし部隊なり。其の罪総て我に有りと云うべく、申し訳なし」

司令官として全軍特攻となった第六航空軍の肉弾作戦を指揮した菅原道大《すがわらみちおお》中将はこの日、日記にそう記しおいた。「不出発あり。きわめて不成績と云うべし」。不出発すなわち出発しない原因をすべて精神に帰せしむ姿勢がありありと浮かびあがっている。

ちょうどそのころ、きわめつけのオンボロ飛行機をあてがわれ、移動するさえままならない部隊があった。

四月二日に三重県明野《あけの》教導飛行師団でにわか編成された「第六五振武隊」。全員が将校からなる、とはいえ、航士第五七期の桂正《かつらただし》隊長をのぞく一一人すべてが特別幹部候補生と特別操縦見習士官、すなわち学徒兵からなる速成教育部隊だった。

三日、隊員は、近鉄線に乗って八尾《やお》にある大阪航空廠におもむき、特攻機を受領した。どんなめぐりあわせのいたずらか、彼らにあたえられたのは旧型の九七式モデルであるばかりか、訓練でさんざん乗り古されたきわめつけの老朽機、いや不良機だった。

「こいつがおれの棺桶か」

落胆とも無念とも悲憤ともいいようのない思いが一二人のパイロットをおしつぶした。九七式戦闘機は、神武紀元二五九七年（昭和一二）に制式採用された陸軍最初の低翼単葉戦闘機で、ノモンハンでは大いに活躍したが、新型戦闘機が開発されてからは実戦からはずされ、もっぱら練習機として使われるようになっていた。

これ以上はないオンボロ機を受領した彼らは、大阪から知覧に前進するまでに、なんと三五日という時間をついやさねばならなかった。

まず、大阪の大正飛行場で試験飛行をしたさい、隊長機のつき出たままの両脚が折れて胴体着陸した。

八日、大正飛行場を出発して香川の高松飛行場にむかう途中一機がトラブルをおこし、淡路島の大阪燃料補給廠ちかくの松林に突っこんで大破。高松飛行場では、訓練中にエンジン故障によって一機が墜落、足を骨折した隊員一名が脱落した。

一六日、つぎなる訓練場、山口県防府《ほうふ》飛行場に移動。

作戦会議では、学徒兵ばかりでにわかごしらえされた部隊ならではの率直な意見がかわされた。

そもそも、二五〇キロ爆弾を投じることにどれほどの効果があるのだろう。陸軍の爆弾は、爆発した瞬間に広がって敵陣をなぎたおすことを目的として開発されている。それを艦船攻撃にもちいることに利はあるのだろうか。海軍の魚雷のように、もともと艦船の厚い甲鉄板を貫いて爆発するようにつくられたものならまだしも、陸軍の二五〇キロ爆弾は、コンクリートにむかって卵をぶつけるようなものでしかない。

じっさい前年の七月、特攻作戦にさきだって決定された「作戦要領」では、搭載爆量の限界から、空母・戦艦への攻撃は海軍、陸軍は輸送船とすみわけが明示されていた。それが前線において徹底されないまま、故意に放置され、やがて、勇士の面々が「空母だ、戦艦だ!大物を撃ちとるのだ!」と豪語し勝手に実行したこととされ、ついには「空母か戦艦に体当たりせよ!」が作戦部隊の命令となってしまっていた。

「ただひとつ成功する方法は……」

桂少尉がいった。彼は、隊長としての使命の第一に「部下を犬死《いぬじに》させない」ことをあげるような人物だった。二一歳という若さは他の隊員たちとかわらなかったが、士官学校で正規の教育をうけてきた職業軍人としての自覚と技量をそなえていた。

「目標が航空母艦だったら、煙突のしたに機関と重油庫がある。そこを狙うことだ。それが難しいなら甲板《かんぱん》の滑走路。これを破壊すれば艦載機の離着陸ができなくなる。一時的な損傷でしかないが、ただ自爆するよりははるかにましだ。とはいえ……」

桂の顔に視線があつまる。

「九七式戦ではなあ。性能からして目標に到達できるかが問題だ」

九七式戦本来の性能からして到達があやぶまれるなら、オンボロ飛行機は……。おそらく卵にさえならないうちにグラマンに食われて空に散る。それが彼らの一致した考えだった。

はたして、周防灘《すおうなだ》での訓練で、彼らはさらに二機を失った。激しい訓練に九七式戦は耐えられないことが判然とした。隊長は、そのことを航空軍司令部にうったえた。返ってきたこたえは理不尽きわまりないものだった。

「おまえの指導が悪いから、隊員の精神までたるんでしまうのだ」

部隊はさらに、整備技術が高いことで定評のある下関の小月《おづき》飛行場へ移動する。すでに五機を失っていた。が、ここでも急降下時に両脚毀損、エンジン停止で二機を失い、一二機編隊のうち七機が飛行不能となる未曾有の事態となった。あげく、特攻機の修理のために小月飛行場にとどまることを余儀なくされ、ようやく一一機がそろって菊池飛行場に前進できたのは、五月三日のことだった。

五月七日、知覧への前進命令うけて出発。その直前、菊池分廠の点検によって新たにエンジン不調が発見され、修理がまにあわず、知覧には八機しか到着することができなかった。

「きさまらは、そろいもそろってこんなオンボロ機をもってきて！」

戦闘指揮所にならんで到着を申告した隊員らに、罵声があびせられた。

「これで特攻に出られると思うのか。飛べない飛行機に平気で乗ってくる。おまえらはそれでも操縦士か！不忠者めが。すぐに帰れ！」

こんなひどい飛行機をあたえたのはおまえたちのほうではないか！隊員らは、奥歯が砕けんばかりの怒りをかみしめた。

不条理はさらにつづいた。修理のために日数をのばしてかつがつ飛ばしてきた八機を分廠で点検させたところ、五機が出動不能と検定された。桂の苦労は水泡に帰した。

「軍人としていたずらな死に甘んじることはできない。わずかなりとも戦果につなげるには、一隊全機そろっての出撃はかなわずとも、相当数まとまって出撃するを要する」

と、そう彼は考えてきたのだった。

知覧には士官学校で親交のあったなつかしい顔もあった。

「おまえの飛行機はなんだ」

「九七戦だ」

桂は冷たい笑みを浮かべていった。

「おれのは一式戦だ」

「そうか、隼《はやぶさ》ならいい。おれのはひどいボロだ。ここまで来るのがやっとだった」

「気の毒だな。あれに爆装していくんじゃ、やっかいだな」

友は真顔でそういい、口元をゆがませた。

「グラマンが出てくりゃイチコロだ。どうせ食われてしまうんだから、おれがグラマンをひきつけてやる。そのあいだにおまえ突っこんでいけよ」

一〇〇〇時間もの飛行経験をもち、あるいは一式戦での空中戦を経験してきた優秀なパイロットが九七式の戦闘機や偵察機や練習機をあてがわれ、修理と整備のため、編隊練習もできないまま出撃する。桂の失意は深かった。

「第六五振武隊」がわずかに残った三機で出撃していったのは、五月一一日のことだった。

「隊長のおれがいないで、きさまらだけで突っこめるつもりか」

そういって桂は、出撃可能な部下の一機と自分のボロ機を無理やりとりかえて出撃していった。

敵戦闘隊にたいする火器はもとより、敵の攻撃からのがれる操縦機能もなく、編隊行動をするさえ、あるいは目的地に到達することさえ困難な特攻機。それは、パイロットの訓練や技能を無視し、精神をふみにじり、人間性を砕くものにほかならなかった。

机上の仕事しかしない将校や参謀どもが、戦闘機乗りを、爆弾に身体をしばりつけなければ死ねないほど卑怯未練な者と侮辱している。そう思うだけで臓腑《はらわた》が煮えくりかえる。そんな怒りをかみ殺して殺人容器におさまり、空に消えていったパイロットがどれほど多くあっただろう。

「わたしのところは、司偵機、軍偵機といった、トンボのようなちっぽけな飛行機、これに乗せて七二名殺したわけです」

戦後、某雑誌の特集のための座談会で悪びれもせずそういった元少将はまた、つぎのようにも語った。

「特攻になるのは、お話のとおり志願によったものです。しかも烈々たる、ほんとうの国民精神の発露で、わたしはこれを天皇精神といっていたが、ほんとうに天皇にたいする忠誠心というか、殉国の精神のもちぬしばかりです」

少将が師団長をつとめた千葉県下志津《しもしづ》教導飛行師団も、戦争末期には特攻作戦の一部を分担することとなり、飛行場は特攻基地となった。

「特攻の人間はいきなり神様だ、死んで靖国神社に祀られる者はいるが、生きておって、はじめから祀られる者は、日本はじまっていらい、君らしかいないのだということで養成したのです。特攻がわたしのところから出るときは、軍刀をぬいて閲兵し、号令をかけて、死ぬ命令をくだした。彼らは目を光らせていく。この気持ちは、与えられてできるものではないですね。それは、民族にやどる、長い歴史的所産から生まれたものと考えるわけです」

「殺した」「死ぬ命令をくだした」。いみじくも！

それが「志願によったもの」というおなじ発言のなかのタテマエをむなしくする「自白」であることにすら考えがおよばない。およばぬがゆえにぬけぬけと、いっそう破廉恥を上塗りする。そしてシラをきりとおす。特攻作戦という組織的殺人プランを描き、その歯車となって実行した犯罪者たちは、とこしえに嘘をつきつづける……。

そして犯罪への加担ということでなら、特攻隊員を神と崇め、もてはやし、彼らの死に感動し、讃美した圧倒的多数の人々や、「いけない、やめろ」といわなかったすべての人々も、罪責をまぬがれるものではない。

トンボのようにちいさな偵察機でさえもが底をつきつつあった一九四五年五月下旬、陸軍は八度目の、海軍は七度目の航空総攻撃を作戦協定によっておこなった。

実戦機の不足をおおうため、海軍は機上作業練習機「白菊」を投入することを決め、同機を装備する高知、徳島、大井、鈴鹿航空隊で特別攻撃隊「白菊隊」を編成した。

「白菊」は、偵察専修の搭乗員を養成するために開発された五人乗りの練習機で、炸薬量はわずかに六〇キロ、中級練習機「赤トンボ」とかわらぬスピードと航続距離、そのまま飛んでも沖縄往復はむずかしい。これを二人乗りにして二五〇キロ爆弾二発を懸吊し、胴体後部席に補助タンクをとりつけて搭載燃料を増量する。酷いほどの改造をほどこした。

ただでさえ遅い足はいっそう遅くなり、グラマンの三分の一のスピードも出すことができなくなった。白昼空に出ていけばたちどころに艦載機の餌食となる。おのずから敵襲の少ない夜間にかぎっての出撃となった。

このころにはもう、米軍のB29、B25、P51、グラマンＦ６Ｆ、ＴＢＦの頻繁な襲撃をうけ、どこの飛行場の滑走路も月面のアバタさながら。空襲のあい間をぬって穴を埋め、夜の闇にまぎれてかつがつ最低限の練習をしているという惨状だった。

五月二七日は満月だった。特攻隊となってより、夜間飛行、体当たりの猛訓練をつんだ「白菊隊」。今次の総攻撃には、鹿屋《かのや》基地に前進していた「高知菊水部隊白菊隊」と「徳島白菊隊」が投入された。

最高速度一八〇キロ。みるからに心細げな二人乗りの「白菊」が、編隊をくまず、一機、また一機と単機で出撃し、月明かりだけを味方にして低空を飛び、沖縄近海へとむかう。すぐにも敵夜間戦闘機にみつけられ、逃げまわっていうちに被弾し、目標にたどりつくことなどとうていおぼつかない。

　二九日まで、五回の出撃によって海に散った「白菊」は二七機、五二人が犠牲となり、二人が捕虜となった。

　のち沖縄戦海軍特攻が終了する六月二五日までの一か月に、「大井八洲隊」「鈴鹿若菊隊」をあわせて一三〇機の「白菊」が出撃し、五六機が死の空と海に潰えたが、もしもこれが実験台だったとしたならば……！

　じつに、沖縄戦への「白菊隊」の投入は、本土決戦にむけての試験特攻だったという。練習機一〇〇機を敵機動部隊に突っこませたなら、どれほどの成功率をもって本土の防空に寄与できるかを調べるための……。

　いっぽう陸軍は「義号作戦」と称してついに「斬込隊《きりこみたい》」を投入した。

　沖縄北飛行場、中飛行場を制圧した米軍はすでに一五〇機をこえる戦闘機を配備し、レーダーにかかった特攻機をつぎからつぎへと迎撃する。これをおさえるには元を断つしかない。そこで生まれた発想が、大型部隊をくんで飛行場に強行着陸し、敵戦闘機を破壊あるいは搭乗員を殺傷するというものだった。

「義号部隊ヲ以テ沖縄北、中飛行場ニ挺進シ、敵航空基地ヲ制圧シ、其ノ機ニ乗ジ、陸海軍航空兵力ヲ以テ沖縄附近敵艦船ニ対シ総攻撃ヲ実施ス」

　つまり、捨て身の「斬込隊」が飛行場を混乱させているあいだに、九州から飛ばした陸海軍の肉弾をもって敵艦船をたたこうという、おそまつきわまりない作戦だ。元を断つどころか、一時しのぎになるとさえ考えられない。

　かくも棄てばちな作戦に、パラシュート部隊から選抜され、実物大のB29摸機をつかって破壊訓練をかさねた「義烈空挺隊」の一三六名と、彼らを輸送する九七式重爆機装備の「第三独立飛行隊」の三二名、あわせて一六八名の精鋭たちが投入された。彼らは本来、B29の発進基地となったサイパンのアスリート飛行場を攻撃するために編成された部隊であり、飛行隊員は、夜間航法はもちろん、B29を捕獲操縦して本土に回航するという高レベルの訓練までもおこなっており、投入には大本営の認可を必要としていた。

　五月二四日一八四〇《ひとはちよんまる》、「斬込隊」は、一四人ずつ一二機の九七式重爆機に搭乗し、熊本の健軍《けんぐん》基地からつぎつぎと出撃した。

　空挺隊員も、強制着陸後はともに戦闘に参加する飛行隊員もみな、墨染めの迷彩をほどこした戦闘服に身をつつみ、めいめいが脇差《わきざし》、一〇〇式機関短銃《きかんたんじゅう》、九四式拳銃、信号拳銃を携帯し、手榴弾を一〇発から一五発つめた弾帯をまき、炸薬量二キログラムの破甲爆雷を装備。凄愴凄惨、哀しいまでに醜悪ないでたちで、それまでの激烈な訓練をまったくむなしくする死の空へと発っていった。

はたして、二二〇〇《ふたふたまるまる》の突入予定時刻になっても無線の入電はない。二二一一《ふたふたひとひと》、「ただいま突入」の無線が健軍と知覧で傍受されたあと音信はとだえた。

　戦果確認のため同行した重爆機が、着陸のサインである赤信号灯を北飛行場で四個、中飛行場で二個確認したと報告したため、軍司令部は北飛行場に四機、中飛行場に二機が突入して敵に多大な被害をあたえたものとみとめ、記録にもそう書きとどめた。

　しかし、後年、米軍の複数の記録や写真資料で確認したところ、かろうじて北飛行場に突入できたのが五機、そのうち四機が撃墜され、強行着陸できたのは四番機の一機のみだった。しかもそれは機体を真っ二つに裂かれての胴体着陸で、そのまわりで日本兵一〇名が戦死――写真では五《ご》六《ろく》人の散乱した遺体が確認できる――三名が対空砲火により機内で戦死、一名は残波岬《ざんぱみさき》にて翌日射殺。撃墜された四機の搭乗員それぞれ一四名は、すべて炎上した機内で発見されたという。

　「義号作戦」すなわち「道徳倫理にかなった」という名の非道な作戦によって、九州各地にひきかえして不時着した四機をのぞく八機一一一人と、不時着時に犠牲となったパイロット一人のあわせて一一二人の若い命が、いちどに肉片と砕け、あるいは燃えつきてしまった。

　もうひとつ、陸軍がおこなったきわめつけの悪《わる》足《あ》掻《が》きが、大刀洗《たちあらい》に前進していた「さくら弾機」の投入だった。

　大きな背中の瘤に三トンもの特殊爆弾を搭載させ、ために除けるものはすべて除き、結果、いちど離陸したがさいご搭乗員は爆死するしかないという邪悪な思想によって生まれた特攻専用機。その醜悪なすがたを「魔法使いのせむし婆さん」とよんだ隊員があったくらいだが、それは、醜く重いうえにバランスも悪く、浮揚させるのがやっとの化け物さながらの飛行機だった。

　二五日〇六〇〇《まるろくまるまる》、激しい空襲のため鹿屋飛行場までの前進を断念した「さくら弾機」二機が、大刀洗飛行場から出撃した。

　もともと三機での予定だったが、直前に一機が炎上した。ただちに放火と判定され、検証も調べもないまま、朝鮮人の隊員が憲兵に連行されていった。彼は、終戦の一週間前、八月八日の軍法会議で死刑判決を受け、翌九日の早朝に処刑されることになる。

　巨大な拷問・殺人装置に身体をしばりつけられて空へと追いやられた八人の隊員たち。いわずもがな、戦果は確認されない。けれど、重い機体をやっとのことで浮揚させ空に消えた「さくら弾機」が目標に到達できたはずはなく、群がる敵戦闘機に食われるがまま、空の炎と化したことを確信しない者はいなかった。

　この日、知覧からは「第五四振武隊」「第五五振武隊」

ほかの混成振武隊の二九機が、都城東《みやこのじょうひがし》からは「第五七振武隊」「第五八振武隊」ほか二三機が、万世《ばんせい》からは混成振武隊九機が出撃し、空に海に散じていった。

「きさまら、それでも軍人か！なんで生きて帰ってきたかっ！」

鹿屋、串良《くしら》から練習機「白菊」が十六夜《いざよい》の空に出撃した五月二八日、福岡の第六航空軍司令部には、二八人の「死に損ない」が戻っていた。整列して帰還の報告をした隊員らに、菅原道大《すがわらみちおお》司令官の罵声があびせられた。

「きさまたちはそんなに死ぬのが怖いのか！」

暴言は三〇分えんえんとくりかえされた。

「いいか、よく聞け！」

司令官が去ると、こんどは参謀が説教をはじめた。

「現在、敵は四万五〇〇〇の兵力で沖縄に上陸している。ここにおるおまえたち二八人が体当たりに成功しておれば、一隻の戦艦に一〇〇〇人乗っているとして、二万八〇〇〇人の敵兵の上陸を阻止できたはずだ。なんで帰ってきたか。命が惜しいから帰ってきたのだろう」

この日戻ってきたのは、海軍基地はあるが陸軍基地のない喜界島に不時着し、着のみ着のまま山中におきざりにされていた特攻隊員たちだった。

特攻による沖縄方面総攻撃がはじまってからおよそ二か月。墜落どうぜんで不時着した者は癒えぬ傷をかかえ、長い者は五〇日以上も飢えにさらされ、栄養失調と脚気《かっけ》に苦しんでいた。彼らは、故障や大破、空襲による炎上によって自身の柩とすべき飛行機を失ってしまい、ために出撃も帰還もかなわず島にとじこめられていたのだった。

彼らは、物資投下のために沖縄にむかった移送重爆機が、帰途、救援にたち寄ってくれるのをなすすべもなくまっていた。

そのおり、移送機は四機やってきた。最初の一機は屋久島上空で撃墜された。二機目には上級幹部と戦隊のパイロットが優先して乗り、特攻兵はあとまわしにされた。三機目がやってくる保証などなかったからだ。が、不幸にも離陸直後、沖縄から発進した最新鋭機P51の攻撃をうけ、残留特攻兵の目のまえで巨大な炎と化した。

三機目と四機目の救援機は翌日の深夜にやってきた。のろまの「呑龍《どんりゅう》」だった。制式年である神武紀元二六〇一年をとらず、開発年二六〇〇年の縁起をかつぎ、「〇《ゼロ》式」ではなく、あえて「一〇〇式」を冠せられた重爆撃機だ。

二八人の「死に損ない」たちは、一瞬の躊躇ののち、大急ぎでタラップをのぼり、爆弾倉に乗りこんだ。どうせいちどは死んだ身だった。というより、島に残れば死をまつしかないことが明らかだった。

「どんな理由をならべようが、つまるところ体当たりする意思がないからだ。この臆病者めが！きさまたちはそんなに死ぬのが怖いのか。みごと突入していった軍神たちにたいして恥ずかしくはないのか、この卑怯者めがっ！」

参謀の罵倒は一時間におよんだ。

「なんで死ななかった。この臆病者め！卑怯者めがっ」

いわれのない侮辱。ねちねちと執拗にくりかえされる説教……。シラミだらけの身体と、折り目に卵がびっしりとくいこんだ軍服がはなつ悪臭のなかで、彼らは、煮えくりかえる思いをやっとのことで殺しながら、なぶられるがままの時間にたえた。

参謀はしかし、「なんで死ななかったのか」をくりかえすが「代替機をやるからいますぐ死んでこい」とはいわなかった。

すでに沖縄戦の敗北は見えていた。事実上の特攻作戦は終わっていた。つぎは九州か四国か、それとも帝都に近い九十九里浜か皇太神宮のある伊勢湾か。もはやさけられないだろう本土上陸にそなえて大本営は全員特攻を決定し、航空総軍は、そのための飛行機を温存するよう命令をくだしていた。代替機などあろうはずがなかった。

「きさまたち、それでも軍人か！なんで帰ってきた。卑怯者のおまえたちにやる飛行機などない！」

出撃して死に損なった隊員にたいしてだけではなく、飛行機の故障やトラブルで出撃もできず、指令にしたがって代替機をうけとりにきた隊員にたいしても、司令部はおなじ対応をした。卑怯者であろうとなかろうと、もはや沖縄特攻に飛行機を――命ではなく飛行機を――つぎこむことは、軍当局にとって無益の消耗でしかなくなっていた。

朝鮮、満州、中国に分散している飛行機をあつめればまだ一〇〇〇機はある。それらをすべて投入し、さらに練習機「赤トンボ」をかきあつめて五〇キロ爆弾をつけ、全員特攻をこころみる。陸軍では、崩壊状態にある「振武隊」にかえて「神鷲隊」を編成する計画が大真面目にすすめられていた。

あわせて、残存のオンボロ機のあるかぎり「振武隊」落伍者による混成部隊の出撃もつづけられた。組織的犯罪の証言者たりうる「死に損ない」の数は、少ないにしたことはないのだから。

司令部に戻ってきた隊員たちは、「振武寮」という表向きには存在しない施設に隔離された。周囲に鉄条網をめぐらした収容施設。制裁と虐待。つまるところ彼らは権力と階級の論理によるハラスメントをまぬがれようもない、生殺しの日々を送ることになったというわけだ。

そのなかに、「第一五期少年飛行兵」の朝鮮人パイロット金本海龍伍長がいた。修理不能となった特攻機の代替機をもらいに司令部にやってきて、そのまま「振武寮」にぶちこまれた。彼もまた「卑怯者のおまえたちにやる飛行機などない」で片づけられたひとりだった。

出撃二時間まえのわずかな時間に子犬とたわむれるあどけない少年飛行兵たち。いまは万世《ばんせい》特攻平和記念館のシンボルイメージとなっている写真のなかで、「第七二振武隊」の一七歳、一八歳の五人の少年兵が笑っている。金本伍長も彼らとおなじ「少飛一五」のひとりであり、彼らとともに出撃するはずだった。

満月の日、五月二七日〇六〇〇《まるろくまるまる》、「第七二振武隊」の九九式襲撃機九機は、万世からそろって出撃した。二五〇キロを爆装して離陸するのがはじめてだったという少年兵たちが、一機また一機と飛び発っていく。

ところが、金本の特攻機だけがエンジントラブルをおこした。僚機に遅れたくない彼は、血相を変えて参謀に直談判し、飛行場のはずれの松林にとめてあった九九式機を奪うようにして受領、おぼつかない手つきでエンジンを全開し、仲間のあとを追った。

結局、僚機をみつけることができないまま悪天候にはばまれ、単機飛行のあげく、空襲で穴だらけになった喜界島の滑走路に不時着。そこで海軍の厄介者となっていた陸軍少尉と軍曹の二人を乗せて、その日のうちに万世に帰投することになってしまった。

基地に戻るや、仲間たち全員が体当たり攻撃をして散ったことを告げられ、彼はただ滂沱するしかなかった。仲間たちといっしょにいきたかった……。「第七二振武隊」の少年たちは、「朗らか隊」とよばれるほど快活で愉快な仲良し部隊だったという。

それだからでもあろう、第六航空軍の重営倉ともいうべき「振武寮」に収容されたあとも彼は、司令部に出頭しては執拗に代替機を要求しつづけ、ついに原隊から九九式襲をもらって万世基地に戻っていった。

おりしも、第一線航空部隊視察のため侍従武官が訪ねてくるという。司令部では、天皇に奏上する「特攻美談集」を編むことになり、美談の対象となる人選を急いでいた。そのひとりにあげられたのが金本伍長だった。

朝鮮人でありながら日本兵以上にあっぱれな特攻兵。しかも紅顔の少年兵が、一刻もはやく皇国防御の任をはたしたいという。ふたつとない美談である。新聞がかならず報道するだろうし朝鮮でも大きな反響をまきおこすだろう。おのずから、美談は潤色をまぬがれなかった。

「国を思ふひたむきの純忠

金本海龍伍長

七重八重　散るべき桜と謳はれて
もと居た場所へ　いかで帰らん

出撃前、お父さんにひと眼会って来いといふ隊長のすすめを、こういふ歌で断って、初の出撃。……悪条件と戦ひながら帰還すると、一夜参謀室を訪れたが、少飛出身の人生十九の若武者は、気ばかり高ぶって、思ふことの半分もいへず、……『飛行機の来るまで待て』といはれてもなかなか待ちきれず、作戦室に入りこみ粘りにねばって、つひに修理のできた飛行機を見つけだした……」

特攻兵となって民族をうらぎった息子を憤って朝鮮に帰ってしまっていた両親に「ひと眼会って来い」はないだろう。

七月なかば、つまり敗戦のわずかひと月前、「特攻美談集」は尾形健一侍従武官に手わたされ、奏上された。天皇が目を通さなかったはずはない。

「美談集」の人選を担当した倉澤清忠《くらさわきよただ》参謀は、「振武寮」という隔離施設で「死に損ない」を監視統括するのを任務としていた。その彼が、戦後半世紀をすぎてこう明かした。「精神がたるんどる連中に、どんな教育をいくらしたってダメだね」と。

「いくらダメでも、原隊に復帰させれば恥を知る。心を入れかえさせて内地特攻隊員として再編成する。本土決戦ではやつらをいちばんさきに特攻編成することにした。神鷲隊だ。八月一三日、やつらを水戸沖の機動部隊に突っこませたよ」

八月一三日、犬吠埼《いぬぼうざき》七〇度一〇〇キロの海上に敵機動部隊が出現。七月に第二六飛行師団に編入され、那須飛行場で待機していた「第二〇三神鷲隊」の九九式双発軽爆撃機六機、「第二〇一神鷲隊」の二式双発襲撃機六機に出撃命令がくだされ、三人の特攻兵が犠牲となった。出撃命令をうけた一二機の特攻兵のなかに、元参謀のいう「やつら」があったかどうか。いまそれを確かめるすべはない。

この日はほかに、「飛行第一〇神鷲隊」の一人がおなじく犬吠埼東方洋上に、「第三九八神鷲隊」「第一錬成飛行隊」の三人が下田南方洋上に散っていた。

「もっとも困ったのは、万世の飛龍荘と知覧の三角兵舎に待機させていた、どまぐれ隊員だ。これには航空軍も手を焼いて、『ぐれん隊』とよんでいた。出撃してもかならずひきかえしてくる連中だ。なかには五回も六回も。手におえん常習もいたからね。彼らを万世と知覧にはりつけて、機動部隊が九州を攻撃するたびに突っこませたが、やっぱり戻ってくる。どうしようもないやつらだった」

戦争末期にはもう、敗戦の近いことをだれもが思わないでいられなかった。特攻基地はすでに軍紀も軍人精神もなく、頽廃と腐敗にむしばまれるがままとなっていた。

まもなく戦争が終わる。もはや時間の問題だということがあからさまであったなら、大義のない、どころか非合理でしかない死の強制をうけいれることを拒否する者が出てくるのはむしろ当然だった。士官学校出の将校や、すでに社会人経験をもち、あるいは大学をくりあげ卒業して将校となった者はいわずもがな、「死生を超越して大義に生きることを喜びとす」をたたきこまれ、特攻兵となるべく教育されてきた少年飛行兵たちにあってさえ、動揺ははげしかった。

　なぜ体当たりなのか。なぜ自爆を強要されなければならないのか。あまりに自然で、すこぶる理にかなった問いを、もはや口にせずにはいられなかった。

　出撃しては戻ってくる。当局にとっては「ぐれん隊」の反抗でしかなかった「手におえない」行為は、いたずらに消耗品あつかいされる者たちにとっては、彼らにできるたったひとつの理の通し方だった。

　はたして、八月一五日払暁、万世の「ぐれん隊」にまたしても出撃命令が出た。○五三○《まるごさんまる》、隊長機が離陸。それにつづいた一機が別の一機と接触して掩体壕に衝突、出撃は中止となった。当局はついに彼らを葬り損った。

「朕深ク世界ノ大勢ト帝国ノ現状トニ鑑ミ……帝国政府ヲシテ米英支蘇四国ニ対シ、其ノ共同宣言ヲ受諾スル旨通告セシメタリ……」

「終戦の詔勅」が発せられた翌一六日払暁にも、九州に接近する機動部隊にたいする出撃命令がくだされた。幸い、ぎりぎりのところで停止命令が出された。


**神鷲の忠烈万世に燦たり。**

**必死必中の体当たり！**


　四四年一〇月二五日、「敷島隊」の快挙にはじまった航空特攻作戦の最後となったのは、四五年八月一五日午前、終戦の動きを知らないはずのない第三航空艦隊司令長官寺《てら》岡謹平《おかきんぺい》中将が出撃命令をくだした、神風特別攻撃隊「第七御盾隊」の「流星」二機と「第四御盾隊」の「彗星」一一機だった。

　一〇一五《ひとまるひとご》、寺岡中将臨場のもと、八〇〇キロ爆弾を抱いた「流星」二機が、房総半島沖の空母を主力とする敵艦隊めがけて木更津《きさらづ》基地を発進した。

　ところが、太平洋上に出たあたりで一番機の主脚が収納不能となり速力が低下、基地にひきかえすことにした。無線機のない二番機には手信号で帰投の合図を送ったといい、二番機は了解の合図をかえしたという。

　一〇三五《ひとまるさんご》には、五〇〇キロの爆装をした「彗星」一一機が百里原《ひゃくりはら》基地から出撃を開始した。全機が出撃しおえたのは一一三〇《ひとひとさんまる》ごろ。一一機のうち房総半島沖の機動部隊に八機が突入し、谷山春男《たにやまはるお》中尉をはじめとする特攻兵一六人が海に散じた。

　百里原から最後の「彗星」が飛びたったころ、「第七御盾隊」の「流星」一番機が木更津基地に戻ってきた。速力が落ちていない、したがって先に帰投しているはずの二番機のすがたはなかった。空をあおいだ。僚機は帰ってこない。なぜだ……！

　直後、「玉音放送」によって「ポツダム宣言」の受諾と無条件降伏が国民に伝えられた。一二〇〇《ひとふたまるまる》のことだった。

まさにそのあいだにも八〇〇キロ、あるいは五〇〇キロ爆弾を腹にかかえた特攻機が、敵機動部隊を、すなわちみずからを葬る刹那をもとめて死の空をさまよっていた。

「米軍戦闘詳報」は、午前一一時三〇分、房総沖に展開していた機動部隊の英空母「インディファティガブル」に肉薄した特攻機を護衛戦闘機が撃墜、さらに、午後一時三〇分、空母「ヨークタウン」の護衛戦闘機と護衛艦隊が特攻機を撃墜したことを伝えている。そしてその間に「最後のカミカゼ」を撃墜したと主張する空母や駆逐艦は何隻もあるという。

　前日一四日、午前一一時にひらかれた御前会議において「ポツダム宣言」の正式受諾が決定。それをうけて「豊田軍令部総長は、同日、海軍総司令長官に対し『何分ノ令アル迄対米英蘇支積極進攻作戦ハ之ヲ見合ハスベシ』（大海令第四七号）と発令した」と、そう戦史叢書『大本営海軍部・連合艦隊』（防衛庁防衛研修所戦史室）は記している。

　海軍の総本山ともいうべき「横須賀航空隊」ではその夜、司令松田千秋少尉が准士官を一堂にあつめ、つぎのように命令したと『坂井三郎空戦記録』は伝えている。

「陛下の御命令により、残念ではあるが、日本は降服することになった。しかし、厚木その他の航空隊では徹底抗戦を叫んで降服をがえんじないようであるが、うちはこれには加わらぬ。諸君も無念ではあろうが、軽挙妄動してはならぬ」と。

　いっぽう、七月二五日に寺岡司令長官じきじきの命によって神風特別攻撃隊「第七御盾隊」と命名された第七五二航空隊「第五飛行隊」が出撃をまつ木更津基地では、同日夜、山木勲中尉以下四名、二機の流星隊に出撃命令がくだされた。「明《みょう》一五日午前十時、敵機動部隊に対し、特攻攻撃《ママ》を決行してもらいたい」と。

　翌日、「流星」一番機の操縦者として山木とともに出撃した小瀬本国雄の『激闘艦爆隊』の記述である。

「玉音放送」をうけて軍令部は「大海令第四七号」を、参謀本部もまた積極進攻作戦を中止せよとの「大陸命第一三八一号」を、八月一五日付でおおやけにした。

一六日一六〇〇《ひとろくまるまる》、「大海令第四八号」「大陸命一三八二号」が発令され、全軍全部隊に即時戦闘行動を停止せよとの命令がゆきわたった。公式の交戦停止命令である。

　その日の朝、山口県平生《ひらお》基地隊司令長井《ながい》満《みつる》少将の命令によって「神洲隊」の人間魚雷「回天」が出撃していた。搭載潜水艦の「伊一五九」は、一九三〇年に建造されたオンボロ練習艦だった。

## あゝ軍神　特別攻撃隊九勇士
### 真珠湾に不滅の武勲

　一九四〇年四月に開発に成功し、真珠湾奇襲のさいにもちいられた「甲標的」とよばれる改良型「特殊潜航艇」いらいの、人間魚雷による特攻の最後の出撃となった。幸い帰還命令によって特攻隊員は生還した。

さらに三日後の八月一九日、正真正銘「前線部隊においてみずからの発意によって特別攻撃隊を編成し、出撃し」た部隊があった。満州の大虎山飛行場から発った陸軍「第五練習飛行隊」第一教育隊分屯隊の、その名も「神州不滅特別攻撃隊」だった。

彼らは、戦闘停止、武装解除命令にしたがわず、十分な爆弾の装備もない九八式直協偵察機九機で赤峰のソ連戦車群に体当たりをおこなった。

今田達夫《いまだたつお》少尉は、その朝、自刃した許嫁《いいなずけ》と母をみずから介錯し、谷藤徹夫《たにふじてつお》少尉は、後部座席に新妻を乗せ、大倉《おおくら》巌《いわお》少尉もまた、ひとりの女性をともなって戦車群に突っこんだ。民間人もろともの体当たり、いや、軍の命令を逸脱しての自爆である。

おのずから公式の特攻死とはみとめられなかったが、一九五七年になって陸軍「特別攻撃隊」戦没者リストにくわえられ、靖国の「英霊」の仲間入りをはたした。そしていま、世田谷観音内に碑を建てられてあっぱれな「自己犠牲の精神」を顕彰されている。

「国敗れて山河なし。生きてかひなき生命なら、死して護国の鬼たらむと、ソ連戦車群に向けて大虎山飛行場を発進、全員自爆を遂げたもので、その自己犠牲の精神こそ、崇高にして永遠なるものなり」と。

「きみ」

「はい」

「きみにたずねるが、敵機は何で落とすのか?」

「機関砲で撃墜します」

「違う」

「……?」

「飛行機は精神で落とすのである」

「……!」

「機関砲でも墜ちないときは、体当たり攻撃を敢行してでも撃墜する。精神が体当たりという形になって現われるのである」

一九四四年の四月はじめ、陸軍大臣、陸軍参謀総長を兼任していた東条首相が陸軍航空士官学校を視察したさいの問答だ。「戦争は意志と意志との戦いだ」といい、「国民が負けたと思ったときが負け、負けないと思ったときは負けない」という演説をくりかえした精神主義者ならではの喝の入れ方だ。

一年後の五月、本土決戦における全員特攻がリアリティをおびはじめたころ、陸軍は特別攻撃隊員用の教本『極秘と号空中勤務必携』を作製した。

冒頭七ページには「と号部隊の本領」が示されている。

頁1　吾レハ天皇陛下ノ股肱ナリ。国体ノ護持ニ徹シ悠久ノ大義ニ生キム。
頁2　と号部隊トハ。敵艦船攻撃ノ為、高級指揮官ヨリ必中必殺ノ攻撃ヲ命ゼラレタル部隊ヲ謂フ。
頁3　と号部隊ノ本領。生死ヲ超越シ、真ニ捨身必殺ノ精神ト、卓抜ナル戦技トヲ以テ、独特ノ戦闘威力ヲ遺憾ナク発揮シ、敵艦船艇ニ邁進衝突ナシ、此レヲ必沈シテ全軍戦捷ノ途ヲ拓ニ在リ。
頁4　先ズ肚ヲ決メヨ。而ル後
頁5　任務完遂ノ為ニハ、精神的要素ト、目標ニ必達スル機眼ト技能トガ必要デアル。之レカタメ
頁6　他ナシ。唯訓練アルノミ。必勝ノ信念ハ千磨必死ノ訓練ニ生ス。飛躍セネバナラヌ、最モ速ニ五倫書ノ境地ニ迨。
頁7　必沈ノ為ニハ、気（興）・操（縦）・体（当）ノ一致。顧ミルニ何カアラン。唯操縦一本。愛機ト共ニ寝、共ニ飛ビ、共ニ死ス。

以下、操縦法や攻撃の実施についての記述を展開する。
そして、いよいよ突撃。

頁33　衝突直前。速度ハ最大ダ。飛行機ハ浮ク。ダガ、浮カレテハ駄目ダ。力一パイ押ヘロ、押ヘロ。神力ヲ出セ。衝突ノ瞬間。頑張レ。神モ英霊モ照覧シ給ウゾ。眼ハ開ケタママダ。
頁38　突撃時ノ注意。「必ラズ沈メル」信念ヲ絶対ニ動カサズ、「必殺」ノ喚声ヲ挙ゲテ撲リ込メ。
（斯クシテ靖国ノ桜ノ花ハ微笑ム）

速度を最大にし、神力を出して浮き上がりそうになる機体を押さえに押さえ、「必ず沈める」という信念を固くもち、眼は見開いたまま、「必殺！」を叫びながら体当たりせよ。りっぱにはたせるかどうかを、神と英霊はしっかりご覧になっている。あっぱれはたしたときはまちがいなく靖国の英霊としてむかえられるだろう。だが、そうでなければ神罰をこうむるぞ……！

陸軍的な表現をかりるなら、義烈の士は、個人として作戦軍に属し、作戦軍は臨時に特攻隊を編成した。特攻作戦という組織的殺人プランに当局サイドでかかわった犯罪者たちは、いまなおそういってシラをきりとおす。

つまり、特攻作戦は、戦局をまのあたりにした兵士のおのずからの発意によってもちあがり、前線部隊の独断において実行されたもので、大本営に責任はない。なぜなら、死を任務遂行の不可欠の手段とするような非道な作戦を、皇軍の当局がよもや正規にみとめることなどあるはずがないからだと。

兵士が個人として軍に属し……！だがそれは、どんな魔術をつかっても成立しえない論理である。

人材も兵器も燃料も、いっさいが国家と軍の組織的計画

的関与と命令系統のなかにしかありえないのであってみれば、そのなかの一兵士があるいは作戦軍が、統帥権のおよばない部隊などつくれる道理がないからだ。

にもかかわらず彼らはシラをきりとおし、犯罪を糊塗するためなら、いくど破廉恥をかさねることもいとわない。

それはそうだろう。特攻隊も特攻作戦も「天皇が裁可した」という文脈をみちびくことが絶対のタブーである以上、彼らになしうることは、「前線指揮官が独断で特攻せしめたことを黙認した」というポーズを道化のようにとりつづけることしかない。

いっぽう、天皇の赤子《せきし》である兵士を勝手に死にいたらしめ、天皇の軍隊を私兵として運用したなどという大逆を「黙認した」となれば、彼らとて同罪である。それをまぬがれるために、陸海軍大臣は行政大権をもつ天皇に、参謀総長と軍令部総長は統帥大権をもつ大元帥に、「上奏」というかたちで戦果を報告する。

よくやった。そう「御嘉賞」されれば、天皇もしくは大元帥が「作戦」を事後「裁可」したことになる。

天皇の絶対無責任を保障する「大日本帝国憲法」のもとでの「上奏」というシステム。まさにこれこそが、権力による組織的殺人の実行者・加担者を無罪放免にするからくりなのだった。

ちなみに、防衛庁防衛研修所戦史室は戦史叢書『比島捷号陸軍航空作戦』の「むすび」で航空特攻戦法についてつぎのように記述している。

「航空特攻戦法は捷号作戦を契機として出現した。それは生還の確率皆無な攻撃法を組織化した点において、史上空前のものである。そこには深刻な経緯があったが、〝神州不滅、皇軍不敗〟を信じた若武者たちが祖国の重大危局を前にして、民族の伝統的精神が爆発したものとみるほかないところである」と。

「生還の確率皆無な攻撃法を組織化」したことと「若武者」たちと「民族の伝統的精神」が、なんの連関性ももたないまま、さも意味ありげに文脈のなかに布置されている。殺人兵器による「史上空前」の肉弾戦法は、前線の「作戦を契機として出現」した？「民族の伝統的精神」の「爆発」が、自殺攻撃法を組織化した……？

この「ナンセンス」こそが「犯罪の証し」でなくてなんであろう。

# 1870 廃仏《ジェノサイド》—神の名を彫《きざ》まれた仏舎利《シャリーラ》

翁媼問答

過《すぎ》シ日或《あ》ル茶店ニ憩《ヤスミ》テ在リシニ其《そ》ノ齢《よわい》六十許《ばか》リノ老翁ト七十余リノ老婆ト店前ニ腰打掛《うちかけ》テ物語シ居タルヲ何心《なにごころ》ナク聞ケバ、婆ノ云フ様《よう》、新嘗祭《にいなめさい》トハ何ノ事ダロウ。

翁云フ、天子様ガ神様ノ御祭《おまつり》ヲ為《な》サルノサ。

婆云フ、神様トハ何《な》ニ様《さま》ノコトヲ云フノダ。

翁云、大方《おおかた》太神宮様ヤ神武天皇様ダロウ。

婆云、其《その》神様達ハドウ云物ダネ。

翁云、ミンナ天子様ノ御先祖《ごせんぞ》様ガ神様ニナラシッタノサ。

婆云、ソレナラ私共ニ用ノナイ御方《おかた》ダ。

翁云、天子様ノ御先祖ヲ何デ用ガナイ御方ト云ハシャル。

婆云、ナゼト云ニ……昔ノ神様ヨリハ、今ノ天子様ヤ善イ御《お》役人《やくにん》様ノ方ガ余程《よほど》有難ミガ深イ。ソレカラ信心ノ事ニシテ見リヤ、私共ガ死ンダ時ハソレ阿弥陀様ガ極楽ヘ連レテ行ッテ下サルト極《きまっ》テ居ルシ、……何モ外《ほか》ノ御方ニハ用ハ有リマシ無イ、トサモ安心ラシク咄《はなし》テ居タリ。

世ノ君子ニ告ゲ奉ル、愚俗ノ情態ハ斯《かく》ノ如《ごと》キ者ニテ、決シテ理窟上デハ論ジ難キコトアリ。

■『朝野新聞』(明治七年九月二五日)「雑話」より

おそろしく寒い日じゃったけ、忘れはしもはん。めずらしう朝から雪がふった。デメジンさぁのあたりにもうもうと煙がたちのぼった。

なにごとじゃろかい。こりゃあロクなことじゃなか。

子ども心にそう思た。どがんしてかちいうと、親父どんもじいさまもびくりともしんさらんじゃった。村んなかばしーんとして、火を見にいこうちゅうもんもおらん。まるで煙が見えんごと誰《だい》もしらん顔しとる。

おかしかことばい。

そう思た。思たち、どがんとはきけんじゃった。

ばばさまは、やっぱい、たまらんかったとじゃろ。おぼえず掌《て》を合わさいた。むかしからのならいゆえ、さすがに称名《しょうみょう》ば口にはしなさらんじゃったが。

「なんでん、天下さまと天子さまがかわらしたと。天子さんの世になった。こいからさき、まだまだどがんおそろしかことのおこるごたる……」

そがんいわした。

「ばばさま……」

親父どんが止めらいた。

「こいまででん、おんなしじゃなかか」と。

デメジンさぁ。

たちのぼる煙のただならなさとはうらはらの、ほの明るさをおびた響き。神社のことをなべて「デメジンさぁ」と呼ぶ老人たちは、昭和のなかごろにはまだあったらしい。

知覧のデメジンさぁはいまは豊玉姫神社とよばれている。そのむかし境内には毎年みごとな花を咲かせる桜樹が何本もあったというから、少女たちが特攻機の操縦席をかざるために手折《たお》った枝々のなかには、デメジンさぁの桜もたくさんあったにちがいない。

ふるくから大明神《デメジン》さぁとよばれて親しまれてきた知覧郷の鎮守社、「中宮大明神《ちゅうぐうだいみょうじん》」が「デメジン」でなくなったのは、一八六八年、「天下さんの世」が「天子さんの世」にかわった慶応四年の初夏のことだった。

「徳川内府、従前御委任ノ大政返上・将軍職辞退ノ両条、今般、断然聞コシメサレ候……之ニ依リテ叡慮ヲ決セラレ王政復古、国威挽回ノ御基《おんもとい》立テサセラレ候間《あいだ》、自今……万機ヲ行ハセラルベク、諸事神武創業ノ始《はじめ》ニ原《もとづ》キ……」

前年の一二月九日に発せられたとかいう「王政復古の大号令」によって、しもじものかいもくあずかり知らぬうちに徳川の世が天皇の世になった。とはいえ、人々にとって「サツマのお殿さまがいちばん偉かお人じゃ」ということに何のかわりもなく、士族の奥方《ごっさん》、娘御《おごさん》が百姓を「わい《オマエ》」とよび捨てにするのもあいかわらずのことだった。

郭公《カッコウ》鳥の声もしきりの五月六日、本藩から本田出羽守らお役人三人がやってきた。彼らは、郷の掛役折田丹衛、組頭の高城平作、御用聞の寺師分右エ門らを立ちあわせ、社号を「中宮神社」とあらためた。神のましますところが「大明神」だなどとはもってのほかだというのである。「明神」の「明」は仏の徳をあらわす光明。それが、つまり仏の徳が神を輝かしめていることがけしからぬのだという。

こんお社《やしろ》には大明神《デメジン》さぁがおらす。

それは、夜が明ければ日が昇ってくるのと同じようにきまりきったことだった。開聞岳《かいもんだけ》を神体山とする開聞《ひらきき》神社の末社として創建された千年のむかしから、大明神として信仰をあつめてきた鎮守の神。その神社《かみやしろ》がとつぜん大明神ではなくなった。しもじもには何がなんだか合点のいかぬことだった。土地の人々にとってお社は大明神あってこその鎮守社なのであり、それをとりはらってしまえば蛻《もぬけ》の殻もどうぜん。「中宮神社」ではさっぱり有難味がわかないというわけだった。

此度《このたび》、王政復古《おうせいふっこ》、神武創業《じんむそうぎょう》ノ始《はじめ》ニ被為基《もとづかせられ》、諸事御一新《しょじごいっしん》、祭政一致《さいせいいっち》之御制度《おんせいど》ニ御回復被遊候《おんかいふくあそばされそうろう》ニ付テハ、先《まず》第一、神祇《じんぎ》官御再興御造立《おんさいこうおんぞうりゅう》ノ上、追追諸祭典《おいおいしょさいてん》モ可被為興《おこさせらるべき》儀被仰出候《おおせいだされそうろう》……

慶応四年三月一三日、「祭政一致ノ制度ニ復シ神祇官ヲ再興シ……諸神社神主等神祇官ニ附属セシムルヲ令ス」る王政復古の太政官布告《だじょうかんふこく》が発せられ、翌日には、宮中で「五箇条誓文」の誓祭《せいさい》が天皇の親祭によっていとなまれた。

つづく一七日には、諸国大小神社に僧職身分で仕えている別当《べとう》・社僧らに復飾《ふくしょく》を命ずる神祇事務局布達《ふたつ》が、二八日にはさらに、太政官が「神仏分離」についての布達を発布した。

いわく、中古いらい某権現《なにがしごんげん》あるいは牛頭天王《ごずてんのう》など、仏語をもって神号にあててきた神社は、その由緒委細を文書にして提出せよ。またいわく、仏像をもって神体としている神社はすぐにあらためよ。ついては、本地仏《ほんじぶつ》だからといって仏像を安置し、あるいは鰐口《わにぐち》や梵鐘《ぼんしょう》や仏具をそなえているところは、早々にそれらをとりはらうこと。

デメジンさぁの「明神」は「権現」などとおなじく「仏語」に相当する。

当時、最高レベルの先進技術をそなえていた軍事大国薩摩のことだ。さぞや進取の気みなぎるお国柄ではあっただろうが、オーセイフッコならばまだしも、サイセーイッチだのジンギカンだのといわれてピンとくる者は少なかった。高札《たかふだ》の御触書《おふれがき》ならともかく、布告やら通達やらとはかいもく無縁のしもじもが、いきなりシンブツブンリとやらを振りかざされてもチンプンカンプン。ただひとつ鮮やかだったことは、それまで大明神か大権現にきまっていたあちこちの神社が、かたっぱしからデメジンさぁでもゴンゲンさぁでもなくなってしまったということだった。

　改号につづいて取下《とりさげ》がおこなわれた。つまり、社殿や境内にあった仏像や鰐口、梵鐘、仏具いっさいが、きれいさっぱりとりはらわれた。

　デメジンさぁの御神体として祀られていた観音菩薩像も、脇立の阿弥陀如来像も撤去され、容赦のない役人の目のとどくかぎりの仏器仏具は、香炉や蝋燭立、華立《はなたて》にいたるまでとりはらわれ、急場のしのぎとして、境内に隣接する別当寺持宝院千福寺《じほういんせんぷくじ》に移された。

　仏像や仏器仏具だけではない。「仏」と名のつくもの、「大明神」の文字の記されているものいっさいが抹消の対象となった。棟板《むないた》の梵字や仏語は墨で塗りつぶされるか刃物で一字一字削りとられ、神社改帳《じんじゃあらためちょう》や差出帳、取調帳など、記録や文書のなかの仏語もすべて傍線で削除された。

　当時、藩の領内には、薩摩・大隅・日向三国をあわせておよそ四五〇〇の神社があったそうだが、それらをしらみつぶしに検分して仏教色をはらいさることは容易なわざではなかった。

「寺を廃毀するもなかなか手数がかかりましたが、しごく面倒なりしは、神社の神仏混淆しているのを処分することでありました」

　そのおり三国をくまなく歩き、大小の神社のすみずみまでを調べて取下を断行し、数年をかけて藩内の寺院をことごとく廃絶するのに功あったのが、寺社方の市来四郎《いちきしろう》という人物だった。若年にして蘭学、化学を学び、藩の製薬係をつとめていた二〇歳のときに島津斉彬《しまづなりあきら》の目にとまり、斉彬が推進する富国強兵事業に参画して頭角をあらわした抜け目のない人物だが、その彼をしてくりかえしそういわしめるほど、渾然一体となった神と仏を分離することは至難だった。

　無理もなかった。すでに千年以上にわたって神域に神と仏とが共存し、神官をかねた僧侶たちが別当寺に住して社務をしきってきたのだから、しかるべき由緒来歴をもつ神社であればあるほど、境内に仏堂や仏像がないなどということはありえなかった。

「仏像を御神体とした神社もありました。霧島神社をはじめ鹿児島神社なども仏像であって、千手観音などでございました」

　藩がもっとも重んじた「霧島神社」は、高千穂に天降《あまくだ》った天孫ニニギを祭神とする神社だったが、デメジンさぁどうよう、在地の人々にとっては「霧島権現」としてしたしまれ、本地仏の十一面観音が信仰をあつめてきた。また、二番目に尊ばれた「鹿児島神社」も、祭神である神武天皇の父ヒコホホデミのすがたは仏体だったという。

「大隅国国分郷にナゲキノ杜《もり》という名勝があります、古歌にも名所を詠じた所であります、これは蛭児乃神《ひるこのかみ》を祀った小さな社《やしろ》でござります。その神体は古い御鏡で仏体はまったくない、混淆せぬは、三か国じゅう大小四千余のなかに、そこだけでござりました」

イザナギ、イザナミがさいしょに生んだ蛭子は、足が立たなかったため船に乗せて流された。それが漂着したと伝えられる地に蛭子神社がもうけられ、「奈毛木の杜」とよばれてきた。

生ひ立たで枯れぬと聞きし木の本の
いかでなげきの杜となるらん

清少納言の父、『後撰集』の撰者である清原元輔や、はやくは『古今』歌人讃岐《さぬき》などが歌枕として詠んでいるから、神社の由来はふるい。仏教色のまったくない社はこの蛭子神社だけだったという。

ただ一社の例外が、神仏分離のエキスパートをどれほど感動させたことか。ひるがえせば、それ以外のすべての神社からあらゆる仏像や仏器仏具をとりはらい、仏語を抹消することがいかに難事であったかということであり、それをやりおおせた彼は、さも誇らしげにこの一事をのちのちまで語り、あるいは記録にもとどめている。

なかにも、御神体が仏像であった場合は悩ましかった。むげに御神体をとりはらってしまったなら人々は蛻《もぬけ》の殻を拝むことになる。それではいくらなんでもまずかろうということでエキスパート氏が適用した方法は、新しく神鏡をつくって御神体にかえるというものだった。これがなかなか当を得たアイディアだったので、のちに各地の神仏分離の手本にされたという。

そもそもこの国の神などというものはどんなところにも自然発生し、どこへでも、またどこからでも勧請されて増殖するものだから、由来のさだかでない祠《ほこら》や小社などを数えあげればきりがない。規模は小さいながら人々の信をあつめている宮社《みややしろ》などは一村に二つも三つもあり、それらを一か所にまとめて合祀する、つまり統廃合するのも、市来氏ら寺社方役人たちの仕事となった。

デメジンさぁが大明神《デメジン》でなくなった。だが、これはまだほんの手はじめだった。

おなじ慶応四年の秋、郷の役人たちは郷中廃寺取調掛《ごうちゅうはいじとりしらべかかり》に任じられ、本藩家老桂久武《かつらひさたけ》の名をもって寺院廃合処分についての達しがくだされた。領内の寺院へは、藩主島津家の菩提寺福昌寺《ふくしょうじ》から本・末寺ルートをとおして達が送られた。神と仏を分けて仏を追いはらっただけではこと足りず、寺をとりつぶせということだった。

これをうけて、島津宗家、一族庶家の位牌を安置している寺院と古刹名刹をのぞくあらゆる寺が、堂宇、境内、寺地、寺高を召しあげられ、仏弟子たちは上も下も聖《セイント》も生臭《なまぐさ》もみな還俗《げんぞく》を余儀なくされた。

僧籍をすてて俗人に戻る。解雇である。廃寺処分された寺の住僧は、わずかに残された本寺や総本山など、法縁によって引きとってくれる寺院のある者以外は、みな元の身分に復さねばならず、廃寺をまぬがれた寺院であっても、余剰の住僧は奉行の判断によって還俗が命じられた。リストラである。

「坊主どもは元来、鰥寡孤独《かんか》もしくは貧困のために出家した者が十のうち八九《はっく》であり、真に仏に帰依した者などほとんどござらぬ」

僧侶だなどととりすましていても、しょせん鰥寡孤独《かんか》、つまり嫁のきてがないか、口減らしのために寺に入るしかなかった者たちばかりだというのがエキスパート氏の持論であったから、クビにするのもリストラするのも氏にとってとくに痛痒をともなうことではなかったが、不意打ちさながら身分も職も、生活の場までも奪われた者にとって、それは不当解雇以外のなにものでもなかった。

わずかなお情けとして、奉行所の調査により還俗しても帰るべき家、引きとる親族がない、あるいは老齢や病身のため托鉢や修行もかなわないと認定された者には一世養料が支給された。

人的処分のつぎは寺院そのもの。寺にあずけられている位牌は、法号を過去帳に書きとめ、処分は勝手しだいとする。金銀銅鉄の仏像仏具は寺院取調方にさし出すこと……。つまり、位牌などには用はないが金目のものには用がある。処分に名をかりた資材の強制没収にほかならなかった。

「仏というも畢竟《ひっきょう》、弄物《もてあそびもの》みたようなものでありました」

おもちゃのようなものとはよくいってのけたものだが、廃寺廃仏は神社の神仏分離よりはよほどスムーズに片づいたという。

「仏の像とかなんとかいうものの始末については、石仏はとり除《よ》けまして、打毀《うちこわ》して川々の水除《みずよけ》として沈めました。鹿児島市の西南にある甲突川《こうつきがわ》と申す川の水当たりのところにもあまた沈めた。そのところを仏淵《ほとけがふち》といまに唱えます。木像はことごとく焼きすてました。なかには古製もございました。信仏家や美術家はさぞ痛惜するであろうと存じます」

他藩にさきがけて神仏分離、廃寺廃仏の難事をやってのけた自信が、いきおいエキスパート氏を饒舌にする。

氏はまた、造船、冶金《やきん》、武器弾薬の製造、貿易交渉にも通じたリアリストだったから、仏罰ということが人心におよぼす作用についても力学的深謀をおこたらなかった。

「大寺の山門を崩すとか楼門を崩すとかするさいには、工《こう》夫《ふ》職人らが怪我でもすれば人気にひびきますから、ずいぶん念を入れて指揮いたさせました。が、怪我した者も屋根から落ちた者もなく、無事とどこおりなく毀《こわ》しました。

あるいは石仏を毀すにはそれぞれ器械をもってやりましたが、それにも怪我はござりませなんだ」

　廃寺廃仏は大きなトラブルもなくすすみ、仏罰だの祟りだのといった流言浮説もたたなかった。

「むかしの人は、寺を建て仏像を造立するには金もつかい丹精を凝らしたもので、それだけの効験があるものと思ったが、こんにち打ち毀してみればなんのことはない。むかしの人はだいぶん損なことをされたものだ」

　じつにあっけらかんとして唯物いや即物的だ。野心ある人物のなかには、権力をもつ保護者から脇腹に飴の鞭を入れられればどんなことにも戯《おど》け者《もの》のように熱中し、非の打ちどころなくやってのける智にも技にもたけた御仁があるものだ。が、万事に周到かつ徹底した仕事ぶりを伝えるエキスパート氏の、饒舌をこえて弄舌でさえある談話や記録にうかぶ欣然としたニュアンスは、氏が、体制の手足としてすぐれて有能な、屈託のないリアリストであったことをうかがわせる。

　三〇〇年にわたって一向宗が禁じられ、幕府の布《し》いた寺《てら》請制度《うけせいど》を採用することもなかった薩摩藩にはもともと寺院は多くはなかったが、それでも寺社方の調査リストにあがった数は一千をこえ、神仏混淆の神社とあわせた堂宇《どうう》の数は四千数百にのぼったというから、鋳つぶされ、焼却され、毀され、埋められ、棄てられた仏像仏体の数はおびただしいものだったにちがいない。

　跡形もなくなってしまった仏たちにはもはや語るすべとてない。けれど、旧薩摩藩領の各地には、いまでもギロチンにかけられたように頭部をなくし、あるいは目鼻を砕かれ、手首や腕を落とされ、腰の部分で胴体をまっぷたつに切断された石の仏たちがすがたをとどめ、「天子さんの世」が犯したジェノサイドを告発している。彼らこそ、いちどは川底や海底に沈められ、地下に埋められて抹殺された仏たちなのだった。

　不具をさらした石の証言者たち。なかにもこの地方に特有の石の仁王像は巨大である。

　かつて、神社の鳥居前や寺院の門前にはきまって阿形吽《あぎょううん》形《ぎょう》一対の仁王像が立っていた。多くが溶結凝灰岩《イグニンブライト》を彫った石像で、大きいものは二メートルをこえる凛々しい体躯をそなえていた。

　二七代宗家当主にして一〇代藩主島津斉興《しまづなりおき》が編纂させ、天保一四年（一八四三）に完成した『三国名勝図会』によって、仁王像が門前にある、もしくは仁王門がある寺社をさがせば九〇か所を数えるという。すなわち、廃仏毀釈のわずか四半世紀前には、古刹名刹にかぎっても一八〇体の仁王像があったことになる。

　イグニンブライト（ignimbrite）。それは、噴火によって放出された火砕流が堆積し、熱と重量によって溶融し圧縮されてできた固い岩石だが、お国まるごとがいくつもの巨大カルデラの複合である薩隅日三国には、コンクリートよりも長持ちするというすぐれた性質をもつ石がゴロゴロある。良石にはこと欠かなかった。

　木像や金銅像ならぬ石像ゆえ、ものいわぬ廃仏の証言者たりえている仏たちなのだが、それにしても、人の大きさをこえる石の巨体の首や腕を落とし、目鼻を砕き、胴体を切断することはたやすいことではなかっただろう。そしてそれらを川や海に沈めるため、あるいは洞や穴に埋めるため、移動するだけでも骨折りだったにちがいない。おのずから、いちどは仏弟子となった元僧侶たちや、素朴ゆえに権力にも従順な信徒たちの手をわずらわせて実行された破壊や破却もあっただろう。

　かろうじて信仰の対象にみずから手をかけるという悪行を犯さずにすんだ者も、殺戮者たちの目から自由であったわけではない。彼らは、郷村のすみずみ、庶民の家々の奥にまで目を光らせて仏と名のつくものをとりあげ、心の安住をおびやかした。

　お社からとりさげられ、急場しのぎとして持宝院千福寺《じほういんせんぷくじ》にあずけられたデメジンさぁの仏像も、廃寺とともについに処分されるときがきた。

　開山は室町時代のはじめにまでさかのぼるという古刹、持宝院千福寺は、知覧領主、佐多《さた》島津氏の祈願寺であり、当時もなお寺高一一石二升四合七勺三才を領主から支給されていた。

　宝徳二年（一四五〇）四月、五代領主佐多忠遊《さたちゅうゆう》が領内安穏祈願のために大般若経六〇〇巻を写経して献納。いらい毎年四月一六日には寺僧をあげて大般若経《だいはんにゃきょう》読誦勤行《どくじゅごんぎょう》をいとなんできた由緒ある寺院であり、なにより、鎮守社の別《べ》当寺《とうじ》としてデメジンさぁの祭礼をつかさどってきた、庶民にとっても馴染みの深いお寺だった。

　寺には、伝光明皇后御宸筆の自観心経《じかんしんぎょう》一五行や伝弘法大師筆の心経一巻など、至宝というべき品々がつたえられていたが、それらはもとより、仏具でないにもかかわらず銅鏡や太刀、宝剣にいたるいっさいの宝物は焼却され、あるいは没収された。もちろん、領主忠遊の筆《て》になる大般若経六〇〇巻も焼却をまぬがれず、寺高もすべて召しあげられて廃寺となった。

　デメジンさぁのすぐ西山手には極楽山西福寺《さいふくじ》があった。仏法をたのむ心の深かった三代領主氏義が、島津宗家の菩提寺福昌寺の末寺として開基した佐多家の氏寺だった。寺高一四石九斗、仏餉米《ぶっしょうまい》四石二斗、御免地四反六畝一七歩。贅をつくした堂宇や子院が甍をつらね、領主の菩提寺ならではの威容をほこっていた。

　島津氏の息のかかった知覧でももっとも権威ある寺院。そうであってさえ廃寺をまぬがれることはできなかった。

三尊堂には阿弥陀、観音、薬師の三尊立像が安置され、虚空蔵《こくうぞう》坐像、釈迦坐像、十一面観音立像、地蔵坐像の脇立四体と十六善神が堂内を荘厳《しょうごん》していた。稲荷大明神を祀った鎮守堂の唐猫《からねこ》二疋も、秋葉大権現立像や金比羅権現立像なども寺宝とよぶにふさわしい逸品だったといい、一九代宗家当主にして二代藩主島津光久の五男に生まれて佐多家をつぎ、四代藩主吉貴から島津姓を賜与された一六代領主久達《ちゅうたつ》が創建した観音堂も、四五〇年をへた歴史空間の趣きに威をそえていた。

焼き払いがあったのは、冬の寒い日だった。寺宝はことごとく炎にくべられた。

境内の広い庭にうずたかく積みあげられた釈迦や如来や菩薩像、明神や権現像、仏画や絵図・絵伝、仏典や経文、聖伝や物語などの文物、もろもろの仏器や仏具……。なかには、役人たちが在郷の信者たちから駆りあつめた像具もあまたあった。念入りな聞きこみによって調べあげられ奪われた、庶民のささやかな心のよりどころだった。

「仏像、経文など、仏くさいものは残らずさし出すべし。所持はいっさいまかりならぬ」

通達はあらゆる村々に出され、役人が巡回して目を光らせた。しもじもの信仰は、藩政上の妨げになっても益にはならない。なかでも危険な一向宗をながく禁じてきた薩摩藩ならではの徹底したやり方だった。お上に叛いた者がどんな目にあわされるかをイヤというほど知っている村人たちは、未然に処分できるものはみずから処分し、役人の目にかかったかぎりのものは村の会所へ運び入れ、寺の境内に移されて火をつけられた。

ひとつまたひとつ、炎の舌に巻かれるたびにそれらは煙を吐き、吐かれた煙は、絡《から》まりあい撚《よ》りあいながら乾いた冬空にのぼってゆく。郷内のどこにいてもそれを見ないですますことはできなかった。わが身を焼かれるような思いで見た者もそうでない者もみな、しめしあわせたように口をつぐんだ。

三〇〇年にわたる地下信仰の歴史をもつ人々はしかし、このぐらいの受難には動じなかった。「かくれ念仏」であろうがそうでなかろうが……。

ご禁制につきものの密告や拷問、重い場合は死罪や流刑も覚悟し、まのあたりにしなければならなかった「一向宗狩り」にきたえられてきた人々は、たとえば家々の柱をくりぬいて阿弥陀像を安置し、あるいは調度品をよそおって尊形《そんぎょう》や経文をひそめ、あるいは竹筒にミニチュアサイズの仏を納めて身にたずさえ、傍目にそれと気づかれぬように日々の祈りをささげてきた。

シラス台地を見おろす山々の裾野には、岩を穿ってもうけたがまがある。かつがつの暮らしをつかのま抜けだし、講をいとなんできた「かくれがま」だ。そこでだけは存分に称名《しょうみょう》を声にし、さだめなき世のつらさをなぐさめあえた。抑えられ、奪われ、虐げられるばかりが能である者たちの、叛骨の証しでもあるがまには、弾圧の歳月に矯《た》め蓄えられてきたエネルギーが脈々と息づいていた。

なにごとじゃろかい。こりゃあロクなことじゃなか。

あちこちにあがる煙をながめつつ人々は押し黙った。天下さんであれ天子さんであれ、不条理をねじこんで彼らをいたぶるものは、ロクなものでない点において違いはない。彼らは、煙など目に入らぬかのように虚《そら》とぼけ、いっぽうでは煙となって空に溶けていく仏たちの尊形《すがた》を眼裏《まなうら》にきざみつつ、彼らなりの直観で「天子さんの世」を感じていた。

領主ゆかりの大寺ゆえ、千福寺にも西福寺にも門前には堂々とした石の仁王像が立っていた。境内には不動明王や地蔵菩薩など、幾体もの石仏もあったというが、もちろんそれらも破却され、麓川《ふもとがわ》や土のなかにうち棄てられた。

昭和のはじめ、たまたまそれらの一部が発掘された。首を落とされ、手首や腕を切られ、顔を砕かれ、腰部でまっぷたつに切断された仁王像や仏像たち……。町の人たちはそれらを組みあわせて復元し、木左貫原《きさぬツぱい》の北側、麓川沿いに走る南薩鉄道知覧線を見おろす高台に移立した。当時もいまも小学校のある高台だ。

やがて鉄道の南側に広がるシラスの原は飛行場となり、県道沿いに軍用旅館や食堂がならび建ち、まもなく五〇〇〇を数える少年たち青年たちが、この地から死の空へと発っていった。そしてその間、幾千の人々が降りたった知覧駅。幾千幾万の人々が往来した永久橋《えいきゅうばし》。眼下にくりひろげられた修羅さながらの行状と惨劇は、不具をさらした仏たちの砕かれた目にどのように映ったことだろう。

「とこしえ」の名をいまにとどめた永久橋。弘化元年（一八四四）二一代領主佐多久福《ひさふく》が、板橋を石橋に架けかえたときに命名したという。まさにその一〇〇年後、陸軍の飛行学校分教所から前線基地へと変貌した飛行場に、特攻兵がぞくぞくとやってきてこの橋を渡り、とこしえに帰らぬ者となった。

不意打ちさながらデメジンさぁが大明神《デメジン》でなくなった夏から一年半、知覧領主の氏寺もついに廃寺となった明治二年（一八六九）が暮れるころには、薩隅日三国に名だたる大刹もすべて廃され、薩摩藩領内に寺と名のつくものは絶無となった。

徹底した廃仏毀釈。廃絶した寺院数は一〇六六寺、没収された寺領は一万二〇〇〇石にのぼり、二九六四人の出家者はみな復飾した。廃毀されたモノの数は知るよしもないが、堂塔はことごとく破壊されあるいは火をかけられ、あるいはまた軍隊の事務所や兵士の宿舎に転用され、仏像仏具や経文や宝物はなにもかも、焼けるものは火にくべられて煙と化し、金目のものは鋳つぶされ、「仏くさいもの」はきれいさっぱり消えさった。

「薩隅日に、明治九年なかばごろまでは、寺院というものは一つもなく、僧侶はもとより一人もおりませなんだ」

屈託のないリアリスト氏はカラリとそういってのけたものだが、「明治九年なかばごろまで」ということになると、寺と坊主が絶無であった期間は長くはなかった。じつに、その前年には「天子さんの世」がかかげた理念であるサイセーイッチが破綻した。

天皇をかついで権力をにぎった切れ者たちに利用された国学者や神道家が描いた復古のシナリオは、かけ声からわずか三年で脊髄を損傷、のち四年をへて機能不全におちいった。すなわち、王政復古の大政官布告によって再興された「神祇官」はわずか三年で「神祇省」に改組、四年目には廃止となり、全国いっせいにあまねく実行されるはずだった仏のジェノサイドは未遂におわり、「神の国」は実現しなかった。

宮中祭祀と伊勢神宮を頂点とする神社祭祀の体系のなかに、国民の生活をまるめこんで民心を一元支配しようとした神道国教体制。これをゆきわたらせるためには、廃仏はさけられない。しかし、伝来から一三〇〇年あまり、宗教として制度として、この国の歴史にぬきがたくかかわってきた仏教を、あらゆる人々がけっして無縁ではいられないほど深く精神風土にもとけこんできた仏教を抹殺しなければ実現しない「神の国」などというものがいかに荒唐無稽であったか……。

その無稽に、サイセーイッチの声をきくやいちはやく手をつけ、領内をあげて実現した稀有の例となった薩摩藩だったが、それも、政策の頓挫と信教の自由のまえには挫折を余儀なくされた。

廃藩置県から五年後の一八七六年（明治九）八月二一日、宮崎県がいったん廃止されて鹿児島県に合併した。それを機に、三〇〇年ぶりに念仏が解禁となった。おなじ県内で一向宗の信仰が許可されている地域とそうでない地域があってはまずかろうというのが理由だった。完全な破却にさらされた既成寺院とはちがい、一向宗狩りにも廃仏毀釈によってもいささかも損なわれることのなかった信仰がいっせいに地下からはい出し、公然と活動をはじめた。のち、またたくまに寺院の数は増えていくことになる。

とはいえ、仏の抹殺などという不可能事をたちどころに貫徹させてみせた力というものはあなどれない。薩摩が、他に追随をゆるさぬ軍事大国をつくりあげ、多くの切れ者を輩出して維新の立役者となりえたゆえんもまたここにあった。

市来四郎たち軍事大国を支えたリアリストにとっては、

僧侶などというものは、「ただ口辯《こうべん》をもって坐食している」存在でしかなく、無益であるどころか、莫大な金食い虫にほかならない。彼らをこそ、時勢切迫のおりからお国のために活用しない手はない。つまり若者は兵役につけ、老いたる者は郡村の学校教員として活用すべきであり、寺院にあたえている禄高は軍費にあて、仏具は兵器にあて、広大な地所は食うにこと欠く士族の宅地や耕地にかえるべきだということになる。

表高《おもてだか》七七万石の藩の台所は実質三五万石ともいわれ、琉球口貿易《りゅうきゅうくちぼうえき》の利益や奄美《あまみ》の黒糖専売による収奪がなければとてもたちゆかない。苦しいふところを駆って軍事力を維持し、人口の四〇パーセントをしめる武士とその家族の口を養おうとすれば、国学・神道のイデオローグが王政復古や祭政一致をぶちあげるのをまつまでもなく、寺院や僧侶の徒食に目を向けないではいられなかった。

「仏狩り」の青写真はすでに慶応元年（一八六五）の春にはできていた。リアリスト氏らはそれを建白書にしたためて建議した。家老の賛同を得て、すぐにも建白は藩主に披露された。一二代藩主島津忠義《しまづただよし》にというよりは、その後見役で実父の久光《ひさみつ》に。父子は即日に決断をくだした。

「拙者においても積年の考えであった。わが国は皇道であるから仏法の力を借りるにはおよばぬ」

忠義《ただよし》ではなく、「国父」とも「副城公」ともよばれて藩政の実権をにぎっている久光がそうこたえた。すぐにも取り調べの命令がくだされた。

調査員の顔ぶれは、家老桂久武《かつらひさたけ》を筆頭に、大目付兼寺社奉行の島津主膳《しまづしゅぜん》、大目付兼勘定奉行の関山糺《せきやまただす》、以下、記録奉行四名、寺社方取次《じしゃがたとりつぎ》二名、勘定方小頭二名、郡奉行二名、学館助教一名、筆吏三名。このなかの寺社方取次二名というのが市来四郎と後醍院真柱《ごだいいんまはしら》で、後醍院は、藩校造士館の助教からメンバーに加えられた平田篤胤《ひらたあつたね》門下のガチガチの国学者だった。

はやくより水戸藩の廃仏の失敗に学んでいた彼らの調査は詳細をきわめた。結果、彼らがリストアップして処分の対象とした寺院は一〇六六寺、統廃合の対象とした神社は四四七〇社となった。

堂宇の数はすべて四二八六宇、うち藩庫負担の総数二三三か所、寺社所領の石高は一万五一一八石、藩庫から出すところの玄米、米穀、金銭などをあわせると三万五〇〇〇石。いっさいを合計すると六万五〇〇〇石の高額におよび、それに寺院の敷地や田畑山林など免租の地をあわせれば一〇万石の巨額にのぼるという。

くわえて、梵鐘、仏像、仏具を鋳つぶして銅地金《どうじがね》にかえる。そうすれば一〇万両には相当するとリアリスト氏は試算した。仏や器物をつぶせば一〇万両がうみだせる！冶金《やきん》にも鋳造にも明るい市来は、じつはこちらのほうのスペシャリストなのだった。

「日向悟性寺《ごしょうじ》の大梵鐘を鋳つぶせば、どれぐらいの銭になるでござろう」

　小松帯刀《こまつたてわき》が日向佐土原《さどはら》島津家からもらいうけてきた大梵鐘について、大久保一蔵《おおくぼいちぞう》が問いあわせてきたのはいっそうはやく、「仏狩り」の青写真がととのう二年も前の文久三年（一八六三）四月のことだった。

「銅地金《どうじがね》にして三四二斤ほどになりましょう。それに錫《すず》、鉛丹《えんたん》、鉛《なまり》をそれぞれ一割の掛け目で加えれば、合金で四四四斤六合、貫目にして七一貫一三六匁《もんめ》になりまする」

　すぐにもそう回答したのは、当時、御徒目付《おかちめつけ》鋳製掛方つまり鋳銭局の総裁とでもいうべき役どころにあった市来だった。

「それをもって一枚六匁の銭を造りますれば一万一八五六枚となり、一枚一二四文替えで換算しますれば一四八二貫文、金にして一八五両一歩ほどになりまする」

　銅の純分率七三パーセントの銭を造るつもりらしい。そのために錫、鉛丹、鉛などをどんな匙加減《さじかげん》で調合するか。まさにスペシャリスト氏の采配のふるいどころである。

　このときすでに家老職にあり、藩の軍事、外交、財政、産業などいっさいの指揮命令権を掌中にしつつあった小松は二九歳、二月に御側役に昇進し、国事への参与を目論む「国父」久光の懐刀のひとりとして奔走していた大久保は三四歳。先代藩主斉彬の側近として頭角をあらわし、密命をおびて鋳銭技術を修得し、試鋳と称して偽金《にせがね》造りに手をそめた経験をもつ市来は三五歳を数えていた。

　前年文久二年の四月には、久光が一〇〇〇人の兵士を率い、野戦砲四門、小銃一〇〇挺という重武装で京に入り、六月にはさらに幕政改革の勅命を伝える勅使大原重徳《おおはらしげとみ》を供奉して江戸へおもむいていた。

　朝幕関係おだやかならず。朝廷からは外夷掃攘の勅命がくだり、幕府からは兵備充実の命がしきりとなる。洋式軍備や艦船購入、産業の近代化のための膨大な臨時出費もばかにはならず、軍事大国の財源はそれでなくても底を見ないではすまされなかった。

　つい数十年前には五〇〇万両という破綻寸前の負債をかかえ、その処理を「無利子二五〇年返済」、すなわち元金一〇〇〇両ならその〇・四パーセントの四両ずつを二五〇年かかって返すという、踏み倒しどうぜんのやり方で債権者に丸投げし――一五万両がせいぜいの経常収入ではとうてい返せるはずがない――専売の黒糖をブランド化し、琉球貿易と密貿易による市場拡大をはかり、悪徳商社さながらの増収策によって財政はかつがつプラスに転じてはいたが、不安定なことにかわりはなく、久光の上洛と出府はまさになけなしを駆っての出兵だった。

　ところが、江戸からの帰途、横浜の生麦村《なまむぎ》で藩士がイギリス人をバッサリ斬りつけ、死傷者をだしてしまった。賠償金一〇万ポンドおよそ二七万両はほうっておいて、国際問題がらみで幕府に肩代わりさせればよかろうが、いずれ報復してくるであろう英国との戦いにそなえていっそうの軍拡が焦眉の急となっていた。

軍拡。いわずもがな、先立つものは金であり、それを工面するためには手段をえらんでなどいられなかった。

いかがわしい方法で銅銭にかえれば金一八五両にも相当するという大梵鐘。じつはそれは、『三国名勝図会』にもすがたを図面でとどめる名鐘で、銘によれば、永徳元年（一三八一）に日向・大隅・薩摩三州の太守だった伊藤祐《いとうすけ》満《みつ》が穆佐院《むかさいん》先心山悟性寺《せんしんざんごしょうじ》に寄進したという堂々とした来歴をもつ、しかも領内最古の梵鐘だった。

唐鋳製とおぼしき重厚な造りに、五〇〇年の歳月の深みをたたえたあっぱれなすがたは、さすがのつぶし屋をして「尋常之鐘ニアラズ」とため息させ、銘文を模写して記録にのこさしめずにはおかなかったが、それほどの名品を、若き精鋭たちは、各地から没収してきた大小一二九口の無銘の梵鐘ともども鋳つぶしてしまった。四月一九日のことだった。

いわく「愉快言語ニ余ル」と。

ちなみに市来は、弘化四年（一八四七）、二〇歳の年の正月から四〇年あまり一日もおこたらず日記を記しつづけた。そのほとんどを西南戦争で自邸が焼けたさいに失ってしまったが、わずかに焼失をまぬがれたなかに、彼が「自伝」にいうところの「三四年《さんよねん》間鋳銭に総宰たりし時代」、すなわち鋳銭局総裁をつとめたあいだの記録の一部がのこっている。

それによれば、同月二日にも彼らは、加治木《かじき》の普門院《ふもんいん》の大梵鐘をはじめ、諸郷から上納された大小八七口の梵鐘を壊していた。人足二〇人ほどで、一夜にしてつぶしてしまったという。

すっかり鋳つぶしたあとは、「誠ニ稀代之愉快数千年来如此之快キ事ハアルマジク、磯永《いそなが》殿、肝付《きもつき》殿一同ニ祝酒相催、深更迄快談ニ候」、つまり、数千年にいちどあるかないかの快事ゆえあまりにも愉快だったので、磯永喜之介や小松帯刀らとともに祝宴をもよおし、夜が更けるまで大いに手柄を語りあったという。

彼らはすでに、領内の梵鐘、華入《はないれ》や香炉などの器物、錫釜にいたるまでをしらみつぶしに数えあげていて、すべてを没収して銅地金にかえれば二二万斤が得られ、それを銅の純分率七三パーセントの銭にかえれば、金にして一二万両の巨額がおおえるとの算盤《そろばん》をはじいていた。

梵鐘だけでもその数は六一〇口にのぼり、かりに一二四ある外城《とじょう》に——薩摩の領主として七〇〇年の歴史をもつ島津氏は、中世の城を各地にのこしていて、それぞれの城主に領内を守らせる外城《とじょう》制度《せいど》をしいてきた——それぞれ二か寺だけのこしてあとを廃寺にすれば、三六〇余口を没収できる。これに、福昌寺や恵燈院《けいとういん》など城下の名刹をのぞいた寺々の梵鐘をくわえれば……というわけで、詳細な試算をしたためては、くりかえし「梵鐘取上《とりあげ》の建白」を提出した。

　しかも、建言をおこなうのは「世のため人のため、援助の一端となさん」がためであり、「これまた仏の本意にかなうべし。すなわち衆生済度の現われなるべし」というのである。彼らにとっては、梵鐘や仏具を没収して水増し銭にかえるのは社会のためであり、仏の教えの実践、つまり衆生済度《しゅじょうさいど》につうじる善行にほかならないというわけだ。

　仏教を否定し排斥する者が「仏の教え」を楯にとる。ここに、神道家や国学者にはけっしてまねのできぬ、リアリストたちの凄みがある。

　梵鐘が狙われたのはこれが初めてではなかった。

　先代斉彬《なりあきら》の時代にはすでに、大砲鋳造のためという名目で一三六口の梵鐘とさまざまな仏具が没収され、大砲鋳造所にあつめられた。安政元年（一八五四）の冬のことだった。幕府が、水戸《みと》斉昭《なりあき》の献策をうけて奏請した「毀鐘鋳砲の太政官符」を諸藩に布告したのは安政二年一月一五日のことだったから、それを先取りしてのとりあげだった。

　布告はしかしすぐに頓挫した。どの藩も諸宗寺院の猛反撥にあい、実施にこぎつけることは至難だった。無理もない。民百姓の信仰とは疎遠かつ行政権をもたない薩摩藩の寺院とは異なり、ほとんどすべての藩において仏教は、信仰や習俗をつうじて民心をつなぎとめ、なにより制度として毛細血管さながらお国をつかさどっていた。

　例外的にとりあげに成功した斉彬が、没収した梵鐘をいかなる用途に役立てようとしていたかはつまびらかでない。ただ、兵器に変えようが銅銭に変えようがとにかく地《じ》金《がね》はどれだけあってもよく、富国強兵に益するものにちがいなかった。

　藩鋳銭《はんちゅうせん》の鋳造。国防のため、すなわち、近代的な大砲や軍艦を製造するための膨大な費用をまかなう財源を確保するには、幕府が独占する貨幣鋳造権の分与をもとめるしかない。そう斉彬が考えはじめたのは、頻々と来航する「黒船」の脅威に国じゅうが大揺れに揺らぎはじめたころのことだった。

　はやく天保八年（一八三七）には、通商をもとめて浦賀に入港したアメリカの商船モリソン号を、浦賀奉行が砲撃をはなって追い返したという事件がおきたが、アヘン戦争ののちには、異国船がつぎつぎとやってきてこの国を脅かした。

　天保一五年三月には、フランス船が琉球に来航して通商をもとめ、七月にはオランダ軍艦マンハッタン号が長崎に来航、使節コープスが国書をたずさえて開国を勧告した。

弘化二年（一八四五）にはイギリスの艦船が二度来航、五月には琉球にたいして交易をせまり、七月には長崎にやってきて測量許可と薪水をもとめた。

弘化三年五月二七日、アメリカ東インド艦隊司令長官ビットルが、軍艦二隻をもって浦賀に来航、通商をせまって幕府をあわてさせた。旗艦のコロンバス号は蒸気船でこそなかったが、三本のマストを悠然とかかげる総積載量二四八〇トンもある巨艦であり、なにより、大砲八三門を左右三段に配備し、小銃八〇〇挺、短銃八〇〇挺をそなえた軍艦だった。

そのたびは何とか追い払ったものの、浦賀奉行が英語もできるオランダ人通訳をしたがえておこなった詳細な調査の報告は、攘夷いってんばりの強硬派をも瞠目させるに足るおそるべきものだった。

おなじ年イギリスは、四月に琉球に船を送って通商をもとめ、八月にはさらに軍艦を那覇に入港させて琉球国王に面会をもとめた。フランスもまた、東洋艦隊の軍艦を琉球に送って通商をせまり、閏五月には艦隊司令官セシールみずからが勧告書をたずさえて入港、半月ほど滞在した。

異国船の来航がしきりとなった琉球を支配下においている薩摩の危機感は切実だった。

なかにもセシールの勧告書は、薩摩藩の正当性のない琉球支配をみぬいていて巧妙だった。すなわち、琉球が開国に応ずれば薩摩藩や幕府の過酷な支配や搾取からのがれられること、イギリスには琉球を占領する企図があり、フランスの保護下に入れれば安全が保障されること、そのためには条約締結が必要であることなどが強調されていた。

じつに琉球は、薩摩に隷属を強いられてはいるが、国際的には宗主国清《しん》国から冊封《さくほう》をうけ、朝貢外交をつづけている「王国」なのだった。

島津が武力侵攻によって琉球王国を配下においたのは慶長一四年（一六〇九）のことだった。かねて琉球を服属させようと目論んできた一八代宗家当主にして初代藩主島津《しまづ》家久《いえひさ》は、明《みん》との勘合貿易を復活させたい徳川家康の意にこたえるかたちで琉球侵攻を決定。同年三月四日、樺山久《かばやまひさ》高《たか》を大将として三〇〇〇人余の軍を派兵し、今帰仁城《なきじんぐすく》、浦添城《うらぞえぐすく》を陥落させ、四月一日には首里と那覇にせまった。

琉球王尚寧《しょうねい》は、弟尚宏《しょうこう》および高官三人を人質にさしだして講和をもとめ、四月五日には首里城をあけわたした。城の財貨は「薩摩御物《さつまぎょぶつ》」としてとりあげられ、民家は略奪をほしいままにされたあげく焼きはらわれた。王と人質たちは、五月には鹿児島へ連行され、翌年には駿府で家康に、さらに江戸城で秀忠に謁見し、翌慶長一六年八月になってようやく帰国をゆるされた。

帰国するや、彼らにつきつけられたものは、家康から琉球統治を命じられていた島津からの一方的な「掟《おきて》」一五か条と「起請文《きしょうもん》」だった。

「掟」にいわく、琉球との交易権は島津氏が独占すること、琉球を島津家の一知行主とすること、治安は島津氏が守ること、年貢の徴収にも島津氏が介入することなど。

「起請文」は、琉球が往古から島津氏の附傭《ふよう》、すなわち属国であったこと、「太閤秀吉」の「御法度」にしたがわなかったために島津が軍事介入したのだということ、そして「家久公」の「御哀憐《おんあいれん》」によって人質の帰国がゆるされたことをみとめなさいというものだった。

太閤秀吉というのはほかでもない。そもそも琉球王国が武威を楯とした島津の恫喝に屈したのは、家久の叔父一六代当主義久《よしひさ》の時代、豊臣政権の朝鮮出兵にともなう軍役の強要に応じたことにはじまっていた。

いらい二世紀半、島津氏は琉球を隷属させ、権益を独占し、人々を蹂躙し、容赦のない収奪にさらしてきた。ゆえに、その甘味《うまみ》を知っているのも、属国の悲哀を知っているのもまた彼らなのだった。

欧米列強に琉球を奪われる!それだけでも損失ははかりしれないが、いまや危機はこの国全体におよんでいる。日本国そのものが、清国さながら列強の食い物にされようとしているのだ。

もはやこの国のとるべき途は武備開国しかない。斉彬はさっそく幕府に国防のための政治的、軍事的支援をもとめたが、幕府にその意思がないことを知るや、要求を経済的支援にきりかえ、琉球防衛費、軍事費の援助を請願した。が、これもうけられなかった。ならば、軍艦と大砲を自前で調達するしかない。そのための財源補填策として、貨幣鋳造権の分与を得ることは不可欠な課題となった。

嘉永四年(一八五一)、一一代藩主の座につくや彼は、長年あたためてきた富国強兵策の実現にのりだした。

兵器を製造するには設備が必要だった。外国船の襲撃に対抗するには、大砲ならばさしずめ精度が高く飛距離の長い洋式砲をそなえなければならず、そのための大型金属溶融炉が必要だった。

前年にはすでに、佐賀藩一〇代藩主鍋島直正《なおまさ》が、城下の築地に「大銃製造方」なる役所をもうけて日本初の反射炉建設に成功、二四ポンド、三六ポンドの鉄製洋式大砲の鋳造をはじめていた。

大砲を何台もそなえるために従来の青銅砲をつくっていたのではコストがかかりすぎる。高価な銅や錫にかえて鉄をつかうことが望ましいが、融点の高い鉄を溶かすには千数百度の高温が必要となる。反射炉は、燃焼室と精錬をおこなう炉床を別室にもうけ、燃焼室で発生した熱を天井や壁で反射させて炉床に集中させるしくみをもつ。この建設に成功すれば、銑鉄から良質な鉄を溶かしだすことができ、頑丈な砲身をもった鉄製砲をわんさと製造できるというわけだった。

斉彬はさっそく鶴丸城内に実験所をもうけて理化学実験をくりかえし、オランダの陸軍少将ヒュゲニンの『ルイク王立鋳砲所における鋳造法』を参考にして反射炉の建設に着手した。

嘉永六年（一八五三）、磯の浜にある別邸内に第一号反射炉が完成した。いよいよ積年の構想だった集成事業に手がつけられた。大型溶鉱炉、鑽開台、硝子窯、鍛冶場、弾薬の製造所、造船所、紡績所などをあわせた西洋式工場群を築こうという構想だった。

その年の夏、斉彬の右腕となって集成事業を推進していた市来は、はじめて貨幣鋳造についての諮問をうけた。

関東では、アメリカ東インド艦隊司令長官ペリーが、蒸気船サスケハナ号、ミシシッピー号、帆船プリマス号、サラトガ号の四隻をひきいて浦賀沖へ来航、フィルモア大統領の国書をたずさえて久里浜に上陸した年のことだった。

翌安政元年（一八五四）、幕府がついに日米和親条約に調印した年、薩摩の造船所では三本マストの洋式帆船「伊呂波丸」、洋式軍艦「昇平丸」が完成。琉球防衛を名目として建造を許可された「昇平丸」のほうは、翌年、日章旗「日の丸」をひるがえして江戸へ回航、将軍徳川家定《とくがわいえさだ》はじめ幕閣らを仰天させたあげく、もとめられるがまま幕府に献上された。

総積載量三七〇トン、備砲一六門の西洋式砲船を献上。なんという気前のよさ！いや、そうではない。江戸湾に停泊中、老中阿部《あべ》正弘《まさひろ》をはじめ幕閣らを乗船させ、会津藩主松平《まつだいら》容保《かたもり》の目のまえで砲撃演習を披露、水戸の徳川斉昭、慶篤《よしあつ》父子を乗船させて手ずから舵をとらせ、砲弾をぶっぱなしてあっといわせ、江戸じゅうの老若男女を見物ラッシュにまきこんで騒然とさせたそのうえで献上を快諾。その年暮れには、かねて期していた「鋳銭の請願書」を幕府へ提出した。

琉球を防衛することは、ひとり薩摩藩の利益にとどまらず、日本の国益を守ることにほかならない。近代化をすすめ、軍備をととのえ、積極的な外交・防衛策を講じることでしかいまや難局をのりきるすべはない。そう確信する斉彬にしてみれば、まさに万を持しての貨幣鋳造権分与の請願であり、幕府はかならず許可するだろうと考えた。

ところが、安政三年四月二二日、幕府からは鋳銭不許可の決定が江戸詰め家臣に伝えられた。

だが、そんなことであきらめる斉彬ではない。いずれみずからが参府、すなわち江戸に出向いて何がなんでも許可を得るとの心づもりから、秘密裡に人材をえらんで鋳銭法を修得させていた。

許可を得てからはじめていたのではまにあわない。集成事業への投資、軍備増強のための費用をまかなうには、短期間に莫大な資金を要するのみならず、軍事力を高めるには何よりも練兵養成を急がねばならなかった。訓練された兵力こそが軍事力の本質であり、練兵を育てるには兵力となる藩士の生計を豊かにしてやることが必要だというのが彼の持論であったから、とにもかくにもお金が要った。

安政四年（一八五七）の夏、城内の実験施設「開物館《かいもつかん》」に別室をもうけ、ついに貨幣の試鋳を開始した。幕府の目をはばかることだけにこっそりと、金属分析という名目でおこなったといい、また毎日、斉彬自身がたちあったとも伝えられ、試鋳とはいいながら、一日五〇〇枚ていどの銅銭をじっさいに鋳造した。

安政四年といえば、大老井伊《いい》直弼《なおすけ》が、アメリカ総領事として赴任したハリスにせまられ、日米通商条約締結やむなしと判断した年だが、この年、斉彬は、城内の実験所と開物館および磯の工場群の総称を「集成館《しゅうせいかん》」と命名。磯の浜には、耐火レンガが崩れ落ちたり炉が傾いたりした一号炉の欠陥をおおうべく新設された第二号反射炉が完成し、ついに鉄製砲の鋳造が可能になった。

数万個もの耐火レンガの重さにたえられるよう、石組みで堅固に造られた基礎のうえに建てられた高さ二〇メートルにもおよぶ二号炉は、浜のむこうの桜島と高さを競うかのようにそびえたち、まもなくそこで一五〇ポンド砲の製造がはじめられた。一五〇ポンド砲というのは、長さ四五六センチ、直径二八センチの砲身をもち、七〇キログラムの弾丸を三キロメートルさきまで飛ばすことのできる大砲で、六年後の薩英戦争では大いに威力を発揮したという。

薩摩の近代化にとって記念すべきその年、斉彬はオランダから写真機材をとりよせた。「父母ノ姿ヲモ百年ノ後ニ残ス貴重ノ術」。そういって数百回も試写をおこなって撮影にも成功した。

いまは、日本人が撮影した現存唯一の銀板写真の被写体として在りし日の面影を遺しているのもこの人物だが、その人が、財政補完策としてはじめた鋳銭は、翌年、彼が急逝するまでつづけられ、わずか一年のあいだに一二万枚とも一五万枚ともいわれる銅銭が鋳造された。この間、鋳銭技術修得のために投入された職工人は推定三〇〇人から六〇〇人。上工には日当六〇〇文、中工には四〇〇文、下工には三〇〇文が支払われ、人件費は一万両、材料費をふくむ経費は二万数千両におよんだという。

安政五年七月、将軍継承問題にからんで、藩兵五〇〇〇人をひきいて抗議の上洛を計画していた斉彬は、出兵のための訓練を観覧しているさなかに発病し、一週間ばかり床について亡くなってしまった。

数年後、兄の財政補完策をひきついだのが久光だった。

文久二年（一八六二）、一〇〇〇人の兵と野戦砲四門をひきいて上京し、さらに勅旨を護衛するかたちで出府した久光は、武力にモノをいわせて幕府から鋳銭の許可をとりつけた。鋳銭高の一〇パーセントもしくは二〇パーセントを幕府に献納するという裏取引きがあったともいわれるが、ともあれ、琉球守護のための「国防費」という名目で「琉球通宝」を、むこう三年を限り、四五〇万両発行してよいとの許しを得た。

これで公然と藩鋳銭が発行できる。大手をふって改鋳益金をむさぼれる！つまり、彼らのねらいは「天保銭」を造ることにあったというわけだ。

テンポーセン。

時代にのりおくれた人や、一人前《いちにんまえ》に通用しないかちょいと足りないか、昭和のはじめごろにはまだ「テンポーセン」という名でとおる御仁はどこにでもあったようだが、天保六年（一八三五）に一〇〇文通用の銭貨として創鋳された「天保通宝」は、はじめから改鋳益金をねらって発行された胡散臭《うさんしゅう》にまみれた銅銭だった。

縦四・九センチメートル、幅三・二センチメートル、重さ二一グラムのこの銅貨、形が小判形で、色合いが金に似ていることから、意外にも当初のウケはよかったらしい。が、日に一〇万枚ものペースで大量発行されるようになったころにはいたって評判悪しき銭となり、じっさいには八〇文でしか通用しなかった。

それもそのはず、銅の純分率は七八パーセント、錫一〇パーセント、鉛一二パーセントで、八〇文通用というのも額面にすぎず、じっさいには一文銭の「寛永通宝」八枚分、ひどいものは五六《ごろく》枚分の価値しかないことを、だれもがみんな知っていた。

つまり、「寛永通宝」五六《ごろく》枚をつぶせば、名目一〇〇文通用の「天保通宝」を一枚つくることができる。五六文《ごろくもん》が一〇〇文に化けるというわけだ。吹き減りや工賃を差し引いても一枚一〇文前後のコストで製造できるのだから、濡れ手に粟とはこのことだ。幕府のご禁制もなんのその、各藩で密鋳が横行したのも無理からぬことだった。

ちなみに、「天子さんの世」の新通貨制度のもとでは、「寛永通宝」が一厘なら「天保通宝」は八厘。ちょいと足りないどころか、名目の一〇分の一の価値でしか通用しなかった。それでも新貨幣に交換されたテンポーセンの枚数は五億枚にものぼったというから、三〇年ほどのあいだに各地で七億枚も八億枚も密鋳されたにちがいない。

文久二年の夏、兵力にモノをいわせてであれ何であれ、喉から手が出るほど欲しかった貨幣鋳造権を手にした薩摩藩は、まさに欣然として鋳銭事業にとりかかった。

いわずもがな、スペシャリスト氏の出番である。

九月二六日、江戸詰めの命をうけて出発の準備をしていた市来のもとに、江戸への出立を見合わせるよう伝令がとどいた。三〇日、江戸詰め勤務は正式に差し止められ、斉彬時代の貨幣鋳造の経緯や結果を大急ぎで文書にしたてて提出するようにとの仰せをうけた。

一〇月八日、市来は琉球通宝鋳造掛をつとめることに決まり、一〇日付で御徒《おかち》目《め》付《つけ》鋳製《ちゅうせい》方掛《かたがかり》の辞令を受給。その日から試鋳のための材料確保を開始した。斉彬の死後、物置や植物掛庭方衆の控え室になっていたかつての鋳銭所が復元され、一三日には一〇枚、一四日には二〇枚というように試鋳銭をつくっては改良をくわえ、二五日にはついに母銭九枚が完成した。

母銭というのは文字通り銭の母である。いちばん最初の母銭は手で彫ってつくられる。それをもとに型をとり、その型からつぎつぎと母銭をつくっていく。鋳銭が事業となるためには、つまり利益をあげるためには一日に四〇〇〇両以上の鋳造金高を維持しなければならず、一〇〇〇両やそこらでは雑用代ぐらいにしかならない。ために母銭は一〇〇〇枚ロットで必要だった。

鋳銭所の拡張も急がれた。さっそく集成館のある磯の浜を鋳銭場とさだめ、田中四郎兵衛の別荘その他の民有地二万一〇〇〇坪を買いあげて、昼夜兼行で四棟の鋳銭所を建設。一一月一九日には鋳銭局を開局し、一二月二二日には開業式をおこなった。

「去る二十二日開業より今二十七日まで、惣鋳高六万千二百四十八枚、金にして七百五十五両余……」

リアリスト氏の御用納めの日の日記には、六日間で六万一二四八枚の「當百」文銭を鋳造したことが記されている。ワンデイ平均一万二八〇枚、一二八両。採算ベースの四〇〇〇両にはまだまだとおい。

ペースをあげられるかどうかは銅地金の調達にかかっていた。一日四〇〇〇両の鋳造金高をあげるとすれば、日ごと銅地金一万一〇〇〇斤が必要になり、三〇日分で三三万斤となる。ために、毎年対州銅を五万斤、長州銅を一五万斤、芸州銅を二〇万斤、長州白味金を一〇万斤、越前銅を一〇万斤、南部銅を五四万斤、秋田銅を五〇万斤、以下大島、国分、日州延岡、阿久根など、各地から安定した銅の買付けが見込まれねばならないとも記している。

ただ、性急な買付けは銅の値上がりをまねくことになる。いきおい、古製の銅砲や兵具、不要になった蒸気船の道具などもかきあつめ、崩すのがためらわれるほど精緻秀麗なる陣具類にも手をかけねばならず、そうとなれば、すでに二二万斤の銅地金を得られると試算ずみの垂涎の的、領内の梵鐘に手がのびないはずはないのだった。

文久三年（一八六三）四月、リアリスト氏が穆佐《むかさ》院悟性寺の名鐘を鋳つぶし、磯永、小松氏らと「言語ニ余ル愉《よ》快」をわかちあったのは、本格的な鋳銭開始からおよそ四月《つき》をへて、地金の調合不良による欠損銭の割合もよほど小さくなり、一日の鋳造高が一五〇〇両に達しようかというころのこと。さらにひと月後の五月なかばには、鋳造所の分局体制もととのい、職工人一六〇〇人を稼動させて一日平均二四〇〇両相当の銅銭を鋳造、資材の調達しだいで一日四〇〇〇両を達成することも可能となった。

　氏の記録によると、鋳銭事業開始から慶応二年（一八六六）までの三年間に二九〇万両相当の銅銭、「當百」の「琉球通宝」ならばおよそ二億三五〇〇万枚を鋳造し、藩財政をうるおしたという。「當百」の「琉球通宝」ならばというのはほかでもない、その間に鋳造された銅銭の大半は、「琉球通宝」の文字を「天保通宝」にかえて流通させた偽金であり、それ以外にも「琉球通宝」半朱銭など胡散《うさん》臭芬々《しゅうふんぷん》たる密鋳金がさかんに鋳造されたという。が、その実態は、密造であるだけにさだかでない。

　偽金鋳造はしかも、許可を得た三年間がすぎてもつづけられ、開国後は、輸入した洋銀に金をくわえた偽の金貨「銀台二分金《ぎんだいにぶきん》」までもが鋳造され、俗称「天ぷら金」、すなわち銀を「金のころもでメッキした偽金貨《にせきんか》」という名で出まわったという。

「梵鐘、仏像、仏具を天保銭に鋳換することは仏の主意、衆生済度にかなっている。なんとなれば仏みずから、己《おの》が形像をもって目前の飢餓を救う。さぞや本意であろう」

仏縁の器物を非道な銭貨に変えることを躊躇し、逡巡する職工たちにたいし、鋳銭局総裁であるリアリスト氏は例によってそう諭したというが、おなじロジックを適用するなら、八〇年後、報国のために鋳つぶされた「金次郎さん」もさぞや本望だっただろう。

　幕末から明治前期にかけて、報徳仕法によって荒廃した六〇〇村を復興し、報徳思想をひろめて村々の振興をうながすことに功あった「金次郎さん」こと二宮尊徳。のちに「修身」のシンボルとして、皇国臣民の最たるお手本として仰がれた金次郎が、みずからの形像をもって兵器と化しお国に孝をつくしたと、そういうことになるだろう。

　この国が「トンボのようにちっぽけな飛行機」しかつくれなくなったころ、小国民たちが登下校時かならず立ち止まって一礼をささげた「金次郎さん」が、いっせいにすがたを消した。一九二八年（昭和三）に、明治天皇の愛蔵品だった金次郎のブロンズ像を模造して小学校に贈られたという一〇〇〇体の金次郎像も、国民精神総動員の機運の高まるなか、競うようにして校庭に造立された金次郎像もみな消えてなくなった。

「毀鐘鋳砲の布告」ならぬ「金属類回収令」が施行されたのは、一九四一年（昭和一六）九月、太平洋戦争開戦直前のことだった。

　同年四月には、それまで「道徳および国民教育ならびに普通の知識技能を授ける」ことをめざしてきた小学校が、「皇国ノ道に則りて国民の基礎的錬成を為す」ための国民学校にかわり、修身や国語や国史・地理の科目がすべて「国民科」とよばれるようになっていた。

「今、私タチノ学校デハ、ミンナガ、心ヲアワセテ　イロイロノモノヲ　アツメテイマス。コレヲ売ッテ、ヒコウキヤ　セン車ヲ　作ッテイタダクノデス……」

はじめて小国民二年生となった子どもたちは、国民科『ヨイコドモ下』で「イロイロノモノヲアツメ」ることが、彼らにできる報国の方法であることを学習する。まもなく、長い紐をつけた磁石を引きずって町や村を闊歩する幼い小国民たちがあらわれた。

彼らが四年生になったころには、日本軍の戦勝を報じつづけた大本営発表のウソがあばかれ、四年生以上の子どもたちは「勤労奉仕隊」とか「報国隊」などとよばれて、勤労動員にかりだされた。食糧増産のため、農家の手伝いに出かけたり、川の堤防や荒廃地を開拓して芋を植えたり蓖《ひ》麻《ま》を栽培したり、草を刈って干草《ほしくさ》にしたり、どんぐりをあつめたり球根を採集したり……。凝固点の低い蓖麻子油《ひましゆ》は航空機のエンジンの潤滑油になり、干草は軍馬の餌になるのだそうだ。

そして彼らが五年生になった四四年、ついに「金次郎さん」が供出された。寺の梵鐘や橋の擬宝珠《ぎぼし》もなくなった。鉄の門扉や柵、階段の手すりから家庭の鍋釜、蓄音機の針にいたるまで、ところによってはあらゆる物が回収の対象となった。

靖国神社の青銅《かね》の大鳥居もすでにすがたを消していた。

爛漫の桜にいろどられていとなまれる天長節と春の大祭。その年、すさまじいばかりの遺族の群、饅頭や餅や菓子など供物のおさがり目当てでおしよせた参拝者らをむかえたのは、木曾檜《きそひのき》を神木《しんぼく》として建てた小さな鳥居だった。

建物の強制疎開、学童の集団疎開もはじまった。

軍が建物を破壊したあとの撤去作業は国民学校高等科の生徒たちの仕事となった。ゴーストタウンとなった地区へ古釘拾いに出かけるのも彼らの奉仕作業、いや、授業の一環としておこなわれた。羽目板や建具などが剥がされた民家の柱に綱をかけてひき倒す。モウモウと土埃のたちあがるなかに入って古釘をさがす。釘抜きなどの道具もなく、生徒らの手だけをたよりとして、それでも一校時一クラスで数十本はあつめられた。

疎開先では、松根《しょうこん》掘りを競わされた。松の根からとりだす油が飛行機の燃料になるという。競争となると信じられないような熱血隊があらわれる。たとえば、新潟県北蒲原郡に疎開した東京深川区臨海国民学校の子どもたちは「一億神風松根採掘特攻隊」の旗を掲げてこれに挑戦した。三〇センチも積もった雪をかきわけ、一〇日間で一八万貫もの松の根を採集し、県下一の成績をおさめたという。

「特攻隊という名前をむやみに使うことは差控えた方がいいが」とことわりつつこれを報じたのは、朝日新聞社が発行していた雑誌『週刊小国民』一一月二一日号だった。お上や軍にたいする「差控え」は考慮されても、学童がみずから「特攻隊」を名のることは危惧されず、されないばかりかこれみよがしにとりあげて賞讃の対象とする。もはやエスカレートするばかりの「一億総やらせ」の歯車を止められるものはなくなった。

学童版「神風特攻隊」があれば、日本版「ヒトラー・ユーゲント」もあった。文部大臣を団長として全国一五〇〇万人の青少年を組織した「大日本青少年団」がそれである。都道府県レベルでは知事が団長となり、各団の長には青年学校長と国民学校長があたった。

青少年団では、「イロイロノモノヲアツメ」る奉仕活動は、資源愛護訓練とよばれる報国訓練のひとつだった。ほかにも公徳実践、交通訓練、非常避難訓練、興亜訓練、防空防諜訓練、節約貯金訓練、農耕植林助成作業訓練、銃後援護訓練……。高度国防国家建設のため、彼らに課された訓練メニューは軍隊なみに豊富だった。

それにしても、毎朝な夕な拝礼を欠かさず、清掃時にはピカピカにみがきあげていた「金次郎さん」が忽然とすがたを消したのには、どんな屈託のない子どもたちも狐につままれたような心地がしただろう。

「ぜんたーい、とまれ！」

校門を入るや、班長の号令がひびく。低学年から高学年まで順に二列縦隊にならんで登校してきた子どもたちはいっせいに足を止め、固まったように姿勢を正してつぎの号令をまつ。

「ひだりむけーっ、ひだり」

いっせいに奉安殿の方をむく。天皇、皇后の「御真影」と「教育勅語」の謄本がおさめられている神社建築様の小さな建物だ。

「さいけいれい！」

電流を通されたようにだれもが背筋をのばす。正面をキッとにらむ。そして上体をゆっくりと前に傾ける。手はそのまま下ろし、指先が膝頭のあたりまできたところがおよそ四五度。そこで動きを止め、ひと呼吸おいたあともとの姿勢にもどる。「最敬礼」はいちいちのタイミングが難しい。早すぎても遅すぎても上級生から拳固をくらう。

「みぎむけーっ、みぎ」

こんどは金次郎像の方に向きをかえる。

「れい！」

「礼」のときは上体の傾きを三〇度に。適当なところで動きを止め、ひと呼吸して姿勢をもどす。そして進行方向にむき直る。班長はふたたび列の先頭に立って号令する。「まえへーっ、すすめ！」いっせいに動き出す。運動場に入ったところで「ぜんたーい、とまれ」。ついで「わかれ！」の号令で解散する。

校舎に入るまでがこのありさまだ。一目散にかけだした子どもたちは、学用品や弁当を教室におくとすぐに校庭にもどる。もどるとすぐに集合ラッパが鳴り、スピーカーから行進曲が流れだす。朝礼がはじまるのだ。

「先生、おはようございます」

挨拶のあとは、君が代ラッパにあわせて国旗が掲揚される。つづいて宮城を遥拝し、黙禱をささげる。学校によっては皇居だけでなく伊勢皇太神宮の遥拝がくわわるところもある。黙禱は、戦場にある兵隊さんたちの武運長久と、戦没英霊の冥福を祈るための儀礼である。

うんざりするのは、ラジオ体操のあとの校長訓話。毎朝よくも……というべく長々として小難しい。理解できないことを二〇分も三〇分も聞かされるのは子どもでなくてもたえがたい。かといって、ぼんやりしていると失敗する。

訓話のなかに「かしこくも」とか「おそれおおくも」とか「もれうけたまわるところによりますれば」とか「かしこきあたりにおかせられましては」とかいった言葉が出てきたら、とっさに「キヲツケ」すなわち直立不動の姿勢をとらねばならない。天皇や皇族の話は「謹聴の姿勢」できくのが決まりであり、これをおこたると手ひどい叱咤をこうむることになる。

紀元節、天長節、明治節、元旦の「四大節」の儀式ともなれば、気が遠くなるほどねんごろでものものしい。

天皇、皇后の「御真影」と「勅語」が、漆塗りの黒いお盆にのせられ、紫色の袱紗《ふくさ》をかけられて講堂へ奉遷される。それを「キヲツケ」をしたまま見まもるところからはじまる。儀式のあいだはもちろん決まりごとの目白押し。おじぎだけでも礼、敬礼、最敬礼があり、また直立不動、敬粛の姿勢、恭敬の姿勢、謹聴の姿勢など、プログラムの性質と進行にあわせて決められたポーズをとらねばならないから気をぬけない。

もちろんあくびや咳をするなどもってのほか。背伸びをするな。上目づかいになるなと、細かい注意事項は山ほどあった。とりわけ「勅語」奉読のあいだは、上体をまえに傾け首を垂れたまま身動きしてはならず、洟もすすってはいけない。

「……チンナンジシンミントトモニケンケンフクヨウシテ、ミナソノトクヲイツニセンコトヲコイネガウ。明治二十三年十月三十日。ギョメイギョジ。ギョメイギョジ」

おしまいの「ギョメイギョジ」までの拷問さながらの時間。校長はできるだけおごそかに、ということはできるだけゆっくりと「勅語」を読みあげ、読みあげたのち極端にうやうやしく、ということはこれみよがしにゆっくりと謄本を丸め、箱にもどし、ふたをして袱紗をかけ、勅語それじたいに一礼し、つぎに「御真影」に最敬礼して降壇する。

　刹那、子どもたちはいっせいに洟をすすり、不快音が講堂に響きわたる。鼻の通りがよくなったところで、つぎは式歌「勅語奉答」の斉唱だ。

　あやにかしこき　すめらぎの
　　あやにとうとき　すめらぎの
あやにとうとく　かしこくも
　　　くだしたまえり　大みこと……
あやにかしこき　すめらぎの
　　みことのままに　いそしみて
あやにとうとき　すめらぎの
　　大御心に　答えまつらん

「あやに」はたとえようがないほど、「すめらぎ」は天皇、「大みこと」はもちろん教育勅語。明治二六年、勝海《かつかい》舟《しゅう》の詞に小山作《こやまさく》之助《のすけ》が曲をつけたというこの祝祭日式歌。一年二年の幼い小国民には旋律を追うだけでもおぼつかない、まさに「あやなる」調べを、神妙に、かつ健気に歌わねばならなかった。「チンオモウニ、ワガコウソコウソウクニヲハジムルコトコウエンニトクヲタツルコトシンコウナリ。ワガシンミンヨクチュウニヨクコウニ……」にはじまる「大みこと」が、いったいどんな意味なのかさっぱりわかっていなくても。

　儀式はまだしも半ばにさしかかったところ。ふたたび校長が登壇し、大はりきりで訓話する。在郷軍人会会長、婦人会分会長はじめ地元の有力者、保護者会会長ら来賓を意識して、いつもよりいっそう長々として小難しい。「かしこくも」「おそれおおくも」が平素にまして連発され、たびごとに子どもたちは、洟をすすることもままならないまま、バネ仕掛けの人形さながら「キヲツケ」「ナオレ」をくりかえす。

　ああ、せめて紀元節や明治節や元旦が、天長節のように暖かな季節のひと日であったなら……。講堂の床をしずかに小便が流れて、身動きを禁じられている子どもたちを無用に悩ますことだけはさけられただろう。

　学校から消えたのは「金次郎さん」だけではなかった。校庭のすべり台はとうにすがたを消し、シーソーや登り棒もなくなった。鉄パイプや鎖を供出するためだった。鉛筆のキャップはセルロイド製になり、上着のボタンも陶製や竹製にかわっていた。

　音階のドレミファソラシドがハニホヘトイロハにかわり、スコットランド民謡やアイルランド民謡のメロディーもなくなった。

　六年前の改訂教科書ではかろうじて消されずにすんだコ

ロンブスもライト兄弟も、張良、韓信やシェイクスピアも、ソクラテスもナイチンゲールもみんないなくなり、同盟国イタリアのガリレオとドイツのベートーベンだけが残された。かわりにはなばなしく登場してきたのが山田長政だった。

「長政は、日本のどこで生まれたか、いつシャムへ行ったかもはっきりしません。それが一度シャムへ渡ると、日本町の頭となり、海外ぼうえきの大立物となったばかりか、かの国の高位高官に任ぜられて、日本の武名を、南方の天地にとどろかしました」

教科書からは「オテラ」も消えた。サイセーイッチの世でもあるまいに「オミヤ」は残り、「ハト」や「コマイヌサン」、「石段」や「ウジガミサマ」、「神だな」や「しめなわ」がつぎつぎ登場した。

アカイ　アカイ　アサヒ　アサヒ
ハト　コイ　コイ
コマイヌサン　ア　コマイヌサン　ウン
ヒノマルノ　ハタ　バンザイ　バンザイ
ヘイタイサン　ススメ　ススメ
　　チテ　チテ　タ　トタ　テテ　タテ　タ

「アサヒ本」とよばれる一年生の国民科国語『ヨミカタ一』。そこでは数詞の学習にかこつけて神社参拝の作法が教えられた。

オミヤノ　石段、一二三　四五六七　八九十
二十五ダンデ、ゴシンゼン
二ド　オジギシテ、手ヲ　ウッテ、
モ一ツ　ウッテ、オジギシテ、
ワタクシタチハ　ゲンキデス

おなじく一年生の国民科修身『ヨイコドモ上』は、初詣をすすめている。

一ガツ一ジツニハ、アサハヤク、ウジガミサマヘ　オマイリシマショウ。ガッコウノシキデ、「キミガヨ」ヲウタイマショウ。

二年生の国語『よみかた四』には神棚が登場する。

もうすぐお正月なので、おじいさんは、神だなをおかざりになりました。新しいしめなわをはったり、さかきをあげたりなさいました。……夕方、神だなにあかりをあげて、みんなで拝みました。

二年生は新学期そうそう最敬礼を教えられる。修身『ヨイコドモ下』「サイケイレイ」の教材は天長節、すなわち天皇誕生日。

テンチョウセツデス。……テンノウヘイカ　コウゴウヘイカノ　オシャシンニムカッテ、サイケイレイヲ　シマシタ。「君が代」ヲ　ウタイマシタ。
コウチョウ先生ガ　チョクゴヲ　オヨミニナリマシタ。
私タチハ、ホントウニ　アリガタイト　思イマシタ。

二年生の修身では明治節についても教えられる。

十一月三日ハ、メイジセツデス。メイジテンノウハ、コノ日ニオ生マレニナリマシタ。メイジテンノウハ、日本ヲ、世界ノドノ国ニモオトラナイ、強イ国ニナサイマシタ。日本ハ、朝日ノノボルヨウナ勢デ、サカンニナリマシタ。

まず「メイジセツ」で明治天皇の高徳を学び、つづく「天皇陛下」で天皇に忠義をつくさねばならないことを教えられる。子どもたちはここで「テンノウ」と「ヘイカ」を漢字で書けるようになる。

天皇陛下ハ、宮城ニ　オイデニ　ナリマス。

天皇陛下ノ　オオサメニナル　ワガ日本ハ、世界中デ一番リッパナ国デス。天皇陛下ヲ　イタダイテイル日本国民ハ、ホントウニ　シアワセデス。

私タチノソセンハ、ダイダイノ　天皇ニ　チュウギヲツクシマシタ。私タチモ　ミンナ　天皇陛下ニ　チュウギヲ　ツクサナケレバ　ナリマセン。

そしてつぎに出てくるのが、神武天皇即位の日「キゲン節」。挿絵はもちろん、弓をとる天皇と、弓の先にとまって天皇をみちびく金鵄《きんし》である。

ジンム天皇ハ、ゴジブンデ　ミイクサビトヲ　オツレニナッテ、イクサノ　苦シミヲ　ゴイッショニ　ナサイマシタ。ミイクサビトハ　天皇ノオンタメニ　命ヲササゲ、ミヲステテ　ツカエマシタ。

いっぽう、現実には消えてなくなってしまったもので、教科書にだけ残ったものがひとつあった。靖国神社の大鳥居である。

高さ二五メートルもあった青銅の大鳥居は、一九二一年（大正一〇）に神社創建五十年祭を記念して建立された。いらい四半世紀、国定教科書四年生修身に四〇年間定席を占めてきた教材「靖国神社」の記述に、大鳥居は欠かせぬモティーフとなっていた。

東京の九段坂の上に、大きな青銅の鳥居が、高く立っています。その奥に、りっぱな社が見えます。それが靖国神社です。靖国神社には、君のため国のためにつくしてなくなった、たくさんの忠義な人々が、おまつりしてあります……私たちは、ここにまつられている人々の忠義にならって、君のため国のためにつくさねばなりません。

国語の教材にも「靖国神社」はとり入れられた。

春は九段のお社に、桜が咲いておりました。

日本一の大鳥居、かねの鳥居がありました。

扉は金の御紋章、御門を通って行きました。

かしわ手うてばこうこうと、心の底までひびきます。

桜の花の遺族章、女の人も見えました。

遊就館の入口に、人が並んでおりました。

習字の題材もズバリ「靖国神社参拝」。音楽の唱歌もまた「ああ、とうとしや、大君に　命ささげて、国のためたてしいさおは、とこしえに光かがやく靖国の神」。二年生が「天皇」づくしなら、四年生は「靖国」のオンパレードで幕をあけるというわけだった。

「かしわ手うてばこうこうと」「光かがやく靖国の神」の言葉とはうらはら、大鳥居が消えた昭和一八年には、戦局の暗転があらわになりつつあり、歩調をあわせるかのように祭日の境内から曲馬や猿芝居やサーカス興行がしめだされ、まもなく露天も出せなくなった。庶民の娯楽の場でもあった神域は、凶々《まがまが》しく厳《いか》めしい禁域へと変じていった。

それはまた、国じゅうが集団ヒステリーにかかったように神がかりになっていくプロセスとも軌を一にしていた。

神棚に氏神さま、奉安殿《ほうあんでん》に御真影《ごしんえい》、日の丸、君が代、教育勅語、宮城《きゅうじょう》に皇太神宮《こうたいじんぐう》、金次郎さんに靖国神社、四大節《よんたいせつ》に大詔奉戴日《たいしょうほうたいび》、柏手《かしわで》に最敬礼に捧銃《ささげつつ》、奉拝行進《ほうはいこうしん》に拝詞奏《はいしそう》上《じょう》……。

毎月八日にめぐってくる大詔奉戴日は、聖戦に勝ちぬく決意をあらたにする日。神社の早朝清掃を義務づけられた子らがあれば、日の丸弁当の持参を義務づけられた子らもあった。あるいはまた、全校生徒あげて神社を参拝し、運動場を奉拝行進したあと宮城を遥拝する学校もあった。

総力戦の名のもとに小国民らが日々演じさせられくりひろげるシーンはさまざまだが、神がかりの中心にはかならず天皇があった。

きわめつけは、六年生『初等科修身四』にニューバージョンとして登場した「大嘗祭の御儀」だろう。

四大節のほか、皇室の祖先祭である春季皇霊祭、秋季皇霊祭、伊勢神宮に勅使を送る神嘗祭《かんなめさい》、新嘗祭《にいなめさい》など、国民の祝祭日のいわれを五年生で学んだ子どもたちが総仕上げとして学ぶ大嘗祭《だいじょうさい》。「大嘗祭の御儀」は、国民学校の教科書ではじめてとりあげられた教材だった。

大嘗祭は、わが国でいちばん尊い、いちばん大切な御祭であります。御一代に御一度、神代そのままに、こうごうしいこの御祭をあそばされるのは、実にわが大日本が、神の国であるからであります……

即位後はじめての新嘗祭の日、天皇は天照大神《あまてらすおおみかみ》をはじめ八百万《やおよろず》の神々と食事をともにし、五穀豊穣と国家安寧を祈念する。教科書は、「祓い」や「みそぎ」にはじまる祭祀の次第をくわしく説明し、それが「神事」であることを明言した！「これこそ、実に大神と天皇が御一体におなりあそばす御神事であって、わが大日本が神の国であることを明らかにするもの、と申さねばなりません」と。

天照大神が天皇の祖先であることがアプリオリなこの国の子どもたちは、そんなことでは驚かない。神棚や鎮守社の神を拝むのも、真影や宮城を拝むのも、伊勢神宮を拝むのもみな同じ、というより渾然一体。

はたして、学校あげて神社に詣で、優等生をえらんで拝詞奏上などをやらせる教育者がぞくぞくと出現する。

神明照覧　速《すみやか》に戦力増強の実をあげしめ給え
皇軍将兵武運長久　醜敵米英破砕撃滅
大御稜威《おおみいつ》を八紘に輝かしめ給え
守り給え　幸え給え
マーモリターマエ　サキワエターマエ
マーモリターマエ　サキワエターマエ……

何をやらされても驚かない小国民は、音楽では久米歌《くめうた》もどきを習い、「久米部《くめべ》」の軍兵でもないのに「撃ちてしやまん」を楽しげに歌い、修身では「大君の御楯《みたて》として召されること」が赤子《せきし》としていかに誇らしいことであるかを教えられ、国語では「大君のおそばでこそ死のう」という万葉歌を朗唱し、無邪気に天皇のための死を讃美した。

草むすかばね大君の、しこのみたてと出でたちて、
鉄火のあらし弾の雨、くぐりて進むきみとわれ。
御陵威《みいつ》あまねき大東亜、朝日の御旗行くところ、
あたなす敵のあるかぎり、撃ちてしやまんきみとわれ。

建国神話の久米歌に、大伴家持の万葉歌「海行者《うみゆかば》　美都《みづ》久《く》屍《かばね》　山行者《やまゆかば》　草牟須屍《くさむすかばね》　大皇乃《おおきみの》　敝尓許曾死米《へにこそしなめ》　可敝《かへ》里見波《りみは》　勢自等許等大弖《せじとことだて》……」、おなじく防人歌「祁布与《けふよ》利波《りは》　可敝里見奈久弖《かへりみなくて》　意富伎美乃《おほきみの》　之許乃美多弖等《しこのみたてと》　伊《い》涅多都和例波《でたつわれは》」が付会され、およそ人間性とはかけはなれた紋切り型が教室のなかにあふれていた。

狂信と殺人と殉死が教育のテーマになる。ここに「神の国」の真骨頂がある。

さかのぼること八〇年、至高の権威として天皇をかつぎ、その神権性に依拠することで政権の正統性を確保しようとした維新政府の立役者たちに、政治利用されるかたちで歴史の表舞台に登場した国学者や神道家たち。祭政一致の理念をかかげ、国家支配から逸脱しようとする人心を支配秩序のうちにとりもどす戦略として神道国教化のプランを描き、「復古」という幻想に執したあげく破綻した、国体神学のイデオローグたち。

もしも彼らが、「御真影」や「勅語」に最敬礼する校長や小国民たちをまのあたりにしたならば、あるいは「大君のしこのみたてといでたちて、撃ちてしやまんきみとわれ」などと朗らかに歌う子どもたちの無垢をまのあたりにしたならば、あるいはまた、エリート士官の陶酔的な身のこなしやストイシズムに触れ、折り目正しい予科練習生の虚空をとらえたような瞳に出会い、英雄死にかりたてられた少年飛行兵の燃えるような志しやかたくなな魂に触れたなら、われを忘れて快哉をさけぶにちがいない。

神も天皇も一系であるというこの国では、「復古」はたやすく権力と結びつく。

「天下さんの世」であれば、将軍さまに忠誠をつくすのはサツマのお殿さまのお役目で、お殿さまに忠誠をつくすのはお侍のつとめであり、農民や町人の知ったことではない。腰の物もなく目に一丁字もないような農民が将軍さまに忠誠心をもったところでなすすべもなく、狂気《きちが》いあつかいされるのが関のやま、町人ふぜいが天下国家を慮って算盤《そろばん》をはじいたところで一文の得にもなりはしない。

ところが「天子さんの世」は、あらゆる階層のあらゆる人々に、天皇を尊び、忠誠をつくし、お国に報いることを要求する。

「……王政復古、国威挽回ノ御基被為立候間《おんもといたたせられそうろうあいだ》……諸事神武創業ノ始《はじめ》ニ原《もとづ》キ、縉紳武弁堂上地下《しんしんぶべんとうしょうじげ》ノ無別《べつなく》、至当ノ公議ヲ竭《けっ》シ、天下ト休戚《きゅうせき》ヲ同《おなじ》ク可被遊《あそばせらるべき》叡念ニ付、各《おのおの》勉励シ、旧来驕惰《きょうだ》ノ汚習ヲ洗ヒ、尽忠報国ノ誠《まこと》ヲ以テ可致奉公候事《ほうこういたすべくそうろうこと》」

まさに「王政復古の大号令」にあるとおり、公家も武士も貴も賤も区別なく議論をつくし、国民と「休戚《きゅうせき》」すなわち「喜び悲しみ」をともにしようとの天皇の思し召《おぼ》しにしたがって、おのおの一生懸命はたらき、驕《おご》ったり惰《なま》けたりせず、尽忠報国の真心をもってお上に奉公しなさいということになる。

そして、「復古」によって成立した史上はじめての国民国家のかかげた理念が「祭政一致の制度への回復」だというわけだ。

「此度《このたび》、王政復古、神武創業ノ始《はじめ》ニ被為基《もとづかせられ》、諸事御一新、祭政一致之御制度ニ御回復被遊候《あそばされそうろう》……」

「王政復古」カケル「祭政一致」イコール「耶蘇《ヤソ》は論じるもおろか、おなじく外来の至尊である仏はもってのほか、くわえて、この国に生いたった神々のなかでも、天皇と一系の神々の体系から逸脱する神はすべて廃滅すべし」ということになる。

つまり、国家によって権威づけられない神仏いっさいを廃滅する。その点にこそ「祭政一致」の肝があるのであり、その方法としての「神仏分離」がなすべきことは、たんに神と仏を分けることではなく、神と一系である天皇支配の秩序を乱し、体制をおびやかす邪教いっさいを排斥するということにほかならない。

天照大神ではない神を唯一神とするキリスト教は、いわずもがな天皇の神格性を否定するもっとも危険なものだったし、神祇《じんぎ》不拝、国王不礼を教義とする浄土真宗も、祭政一致をまっこうから否定する危険なものであることにちがいはなく、南無阿弥陀仏や六根清浄《ろっこんしょうじょう》を称えつつ登拝する独自の信仰形態と組織をもつ富士講《ふじこう》や、逆臣将門《まさかど》を祭神とする神田明神のような御霊信仰、民俗神や流行神などの淫《いん》祠《し》も廃滅の対象とならざるをえなかった。

「わが国は皇道であるから仏法の力を借りるにはおよばぬ」

久光、忠義藩主父子の決断によっていちはやく神仏分離に手が着けられた薩摩藩では、新政府が王政復古をあまねく全国に通告し、祭政一致と神仏分離にかかわる法令をつぎつぎと発令し、お江戸が東京になり、慶応が明治へと改元された一八六八年のうちにはもう、薩隅日三国四五〇〇社の神仏分離を完了し、あとは寺院処分を断行するのみとなっていた。

明治二年（一八六九）が明けてまもなく、一二代藩主忠義はみずからが仏を廃して神に帰依し、高祖忠久《ただひさ》いらい二九代、七〇〇年つづいてきた島津家の改宗を決断した。

おおやけにはそれは、暐子《てるこ》夫人の葬儀を神式でいとなむことで示された。三月二五日、知政所はつぎのような令達を宣布した。

「御先代様」にいたる葬祭の儀はこれまで「仏家の作法」をもって執行されてきたが、このたび「御前様」逝去については「復古の御盛典」にもとづいて「神国の礼式」をもって遂行されることとなった。

島津家の歴史においてはじめていとなまれる神葬祭。それは薩摩藩の宗教政策の分水嶺となる儀式でもあった。

亡骸は、経帷子《きょうかたびら》ではなく、狩衣《かりぎぬ》をかたどった神衣でまとい、香を焚き染める。僧侶による夜伽《よとぎ》の祈禱や読経《どきょう》にかわり、神官が魂を霊璽《れいじ》へと移す祭儀をとりおこなう。そして告別の日、夫人は、葬場祭《そうじょうさい》に参列した人々の、焼香ではなく玉串奉奠《ほうてん》に送られて旅立って、いや、帰っていった。

神道では、人はみな神の子なのだ。だれもが神のはからいによって母の胎内に宿り、この世に生まれ、この世での役割をおえれば神々の住まう世界へ帰っていく。そして子孫たちを見守る守護神となる。

神式ゆえ、火葬ではなく文字どおり埋葬がおこなわれたが、寺地に葬ることはできないため、福昌寺の背後の山林の一画、常安《とこやす》の峯《みね》にあらたに墓地をひらき、御陵《みささぎ》を模した土まんじゅう形の塚を盛って亡骸を安置した。

葬儀につづき、城内では護摩《ごま》所や看経《かんきん》所がとりはらわれた。仏教あらため神道に帰依したからには、二度と護摩を焚くことも経を読むこともない。とはいえ、家中《かちゅう》や一族庶家、近臣らのなかにはいぜん改宗には頑として応じられぬという人たちがあり、諍いや椿事がくりかえされた。

「菩提寺福昌寺にある代々の御位牌はいかがなる。墓所はいかがなさるおつもりか」

「経もあげてはならぬとあらば、仏となられた御歴代への追善はいかにしていとなむべきか。まさか、御寺の境内で玉串奉奠でもあるまい」

「玉串！むたいな。当家の御当主はどなたも仏をうやまうこと篤く、御仏《みほとけ》から法名をさずかっておられる。その御霊前に玉串などとは狂気の沙汰だ」

「まことに。菩提寺を中興なされた一五代大中公貴久《たかひさ》殿が『仏を信ぜざる者は子孫にあらず』と仰せられたは、だれ知らぬ者とてない。それを違《たが》えることはまかりならぬ」
「いかにも。ゆえに一六代龍伯公義久《よしひさ》殿、一七代惟新公義弘《よしひろ》殿の御兄弟ともに、父祖にならって晩年は剃髪し、みずから念珠を持されておる」
「福昌寺を創建された七代恕翁公元久《もとひさ》殿は、嗣子を出家させて三世住持になさったほどだ。ために、御弟久豊《ひさとよ》殿と甥御熙久《てるひさ》殿とのあいだに跡目争いまでが出来《しゅったい》した……」
「菩提寺というものはそもそも、菩提を弔うための仏事をいとなむ伽藍をいうのであろう。それを、御歴代の御冥福も祈らず、追善のための法会もいとなまぬとあらばなんのための伽藍でござろう。さような菩提寺などというものはいったいどういうものでござろう」
「菩提寺であることもさてはさりながら、御寺は後奈良《ごなら》天皇の勅願寺でござりまするぞよ」

禅宗寺院玉龍山《ぎょくりゅうざん》福昌寺を開いたのは、室町時代に初めて大隅・日向・薩摩を統一して三国の守護となった七代当主元久《もとひさ》だった。はやくから一族出身の石屋真梁《せきおくしんりょう》に帰依していた元久は、薩州にしかるべき大伽藍のないことを案じて同寺を建立した。応永元年（一三九四）のことだった。のち同寺は島津家の菩提寺として栄え、多いときには僧侶の数一五〇〇人を数えたといい、一寺をもって一大集落を形成したと伝えられる。

そして戦国時代、いっとき衰退したこの寺を中興したのが「島津の英主」とたたえられた一五代当主貴久《たかひさ》だった。

庶家の生まれながら宗家の家督を継ぎ、守護職を回復し、のちの島津氏発展の基礎をきずいたことから「島津家中興の祖」といわれる貴久の実父忠良《ただよし》は、坊津一乗院《ぼうのついちじょういん》の末寺海蔵院の頼増《らいぞう》和尚のもとで五才から一五才まで教育をうけ、相州家の当主となってからも禅の修行に精進し、学問を修め、その人徳と善政ぶりが内外に知られたという人物で、三三歳で剃髪したあとは日新斎《じっしんさい》と号して当主貴久を補佐した。

その父を仰ぎ、ともに手をたずさえて薩隅日三州統一をめざした貴久は親ゆずりの信心家で、「仏を信ぜざる者は我が子孫にあらず」を座右の銘としていたといい、天文一五年（一五四六）には、後奈良天皇から勅願寺の綸旨を賜っている。

開山、中興だけではない。「袖判三箇条」の第一に「神社仏閣修造興行之事」をかかげた二一代吉貴《よしたか》をはじめ、島津家当主は代々が仏教に帰依し、死後はおのずから法号をさずかっている。

生前は仏を遠ざけたともいわれ、晩年には一三六口の梵鐘を没収した二八代斉彬《なりあきら》といえども、菩提寺の仏殿に須弥壇《しゅみだん》がないことに心をとめるや、さっそく造営させたという。死後は「英徳良雄大居士」の法号をさずかって福昌寺の墓所に眠っている。

それが二九代にいたり藩主みずからが仏をすてて神に帰依し、菩提寺が無用のものになったというのだから大ごとだった。存在価値を失った寺院に歴代の位牌があり、墓所がある。この矛盾の解決が急がれた。

六月一九日、位牌はついに福昌寺から鶴丸城内へ移されることになった。ために城内に神棚をもうけ、のち神道をもって歴代の霊位を祭祀すべく、「御魂移《みたまうつ》しの儀」がいとなまれた。

二五日、領内一円にたいしても布令が出された。

お殿さまのご先祖だけでなく、しもじもの祖霊もまた神式で祀るようにとのことだった。すなわち、仏教の先祖供養である中元と盂蘭盆会をしてはならない、かわりに仲春の二月四日および仲冬一一月中の卯の日に「祖先祭」をいとなむこと、祭式不案内の者は――たぶんだれも知らなかっただろうが――神社方にたずねてやり方を教わりなさいと。

討幕戦争で命を落とした兵士たちの追悼会も廃止された。お国のために戦った彼らは、その名を藩主菩提寺福昌寺の「戦亡帳」に記載され、七月二日に供養会がいとなまれることになっていた。盂蘭盆会の廃止にともなってこれもあらためなければならなかった。「過去帳」というものそれじたいが神道にはありえなかった。

お手本はあった。五月には新政府が京都に「招魂社《しょうこんしゃ》」を新設し、ペリーが来航した嘉永六年（一八五三）から前年慶応四年（一八六八）一月の鳥羽・伏見戦争にいたるまでの国事に斃れた人々の霊を合祀していた。これにならって薩摩にも新たな招魂の場をもうければよい。

七月五日、知政所は、戦亡者の御霊を新設した「靖献霊《せいけんれい》社《しゃ》」に会祭するむね達《たつ》を出し、一九日には「葬儀師」を設け、福昌寺の四番寮と源舜庵に出張所をもうけて神式の祭礼をとりしきることにした。

『書経』の「自靖《みずからやすんじ》、人自献于先王《ひとみずからせんおうにけんず》」によった成語「靖献」は、臣下が先王に忠義をつくし誠《まこと》をささげ、敵対するものにはあくまで抵抗するという徹底した尊王斥覇を象徴する表現で、幕末には「尊皇の大義」として大いにふりかざされた。

これによって福昌寺は、行政上「靖献霊社」に併合された。開山から四七五年、歴代太守の庇護のもとに繁栄し、薩摩の宗教政策のシンボルをになってきた大寺が、「天皇さんの世」のイデオロギーをささえる一機関に成りさがった。すなわち、新政府がかつぎだした国学者や神道家の標榜する、国体神学と神道国教化のシナリオのなかに布置されたというわけだった。

この間、六月二日には、久光が従二位権大納言に、藩主忠義は従三位参議に任じられ、戊辰戦争の軍功にたいして永世賞典禄《しょうてんろく》一〇万石をあたえられた。久光は、勅命をうけて上京した三月はじめ、長州藩主毛利敬親《もうりたかちか》とともに参内し、従三位参議兼左近衛中将を賜わったばかりだった。

そして同月一七日には、薩長土肥をはじめとする諸藩が願い出ていた「版籍奉還」がゆるされ、忠義は鹿児島県知事に任命されて地方行政官となり、華族を称することになった。

市来四郎らが寺社処分の建白をおこなって神社の統廃合と神仏分離を開始した慶応元年（一八六五）から四年あまり、ついに藩主みずからが仏と手をきった。あとは果断に処分をすすめればいい。いいにはちがいなかった。が、さすがに宗家歴代および外城の領主として軍事・行政をつかさどっている庶家のゆかりの寺院や古刹名刹を、みずから太刀をとって薙ぎ倒すことは躊躇された。

八月八日、それらの寺院からは寺領を召しあげた。自滅を期待したというわけだ。福昌寺一三六一石、恵燈院七〇〇石、浄光明寺四〇四石、南林院三九九石、妙国寺三八五石、大乗院三〇〇石、興国寺・壽国寺二〇〇石、不断光院一〇〇石……。

あわせて四二〇九石の禄を没収して藩庫に入れ、かわりに寺僧養料を支給した。養料支給とは聞こえはいいが、中身は住職と寺僧二人が一日一人につき五合を給与されるというおそろしく微々たるものであってみれば、ほとんどすべての僧侶たちは自発的に出てゆかざるをえなかった。

一一月、藩内にはそれでもまだ三〇あまりの寺院が残っていた。仏像や仏具、堂宇や寺領を失い、名目だけをかつがつ保っているという寺院も少なくなかった。が、二四日にはそれらもついにことごとくが廃されることとなった。

なかには、高祖忠久《ただひさ》が入国のはじめに創建し、島津家の祈禱所とした感応寺《かんのうじ》があり、おなじく彼が東国から伴った宣阿《せんあ》上人のために開いた浄光明寺《じょうこうみょうじ》があり、中興の祖貴久の創建にかかわる不断光院《ふだんこういん》や南林寺《なんりんじ》もあった。

浄光明寺は、忠久がみずからの菩提所と定めた寺院であり、おのずから霊位が安置されていた。まさかそれを火にくべるわけにはいかず、御霊《みたま》を移すべきところもない。そこで廃寺のあとに祠をもうけ、御高祖御霊社すなわち忠久を祭神とする「龍尾神社」へとあらためることになった。

おなじく、貴久の菩提所南林寺は大中公御霊社「松尾神社」に、父の遺志をついで薩隅日三国平定をはたした嫡子一六代義久の菩提所妙谷寺《みょうこくじ》は龍伯公御霊社「大平《おおひら》神社」に、次子一七代義弘の菩提所妙円寺《みょうえんじ》は松齢公御霊社「徳《とく》重《しげ》神社」にあらためられた。

妙円寺はもともと福昌寺の開山となった石屋真梁《せきおくしんりょう》が伊《い》集院《じゅういん》に開いた古刹だったが、義弘がみずからの菩提寺と定めてからは大いにさかえ、五〇〇石をほこる大刹となった。本堂には義弘の法体《ほったい》を彫《きざ》んだ仏像が安置されていたというが、廃寺のさいに火をかけられ、広大な寺域にあった堂塔、子院は、七昼夜のあいだ燃えつづけたという炎によっていっさいを焼失してしまった。

さいわいにも法体を彫んだ木像がのこり、取下《とりさげ》も破却もされず、仏のすがたのまま御霊社の御神体となりえたのは、梅岳公御霊社「竹田神社」とあらためられた日新寺《じっしんじ》の日新斎《じっしんさい》すなわち忠良像だった。

一一月二九日、ついに名刹坊津一乗院や宝満寺《ほうまんじ》など、さいごまで廃寺がためらわれた「六大寺」にも廃寺の命がくだされた。

「御領内寺院被廃候《はいされそうろう》條、御仏餉米祠堂銀《おんぶっしょうまいしどうぎん》迄も引取被仰付《おおせつけられ》、諸仏の儀は悉《ことごと》く被為廃候《はいせられそうろう》旨被仰達候《おおせられたっしそうろう》條、神社奉行へ申渡、向々へも可申渡候《もうしわたすべくそうろう》」

福昌寺ももちろん例外をまぬがれず、かわって、歴代当主とその家族の御霊を祀るための宗教施設として、南泉院《なんせんいん》跡地に総社が創建され、「鶴嶺《つるがね》神社」と名づけられた。仏教を廃し「皇神《すめがみ》の道」に帰依したことを可視化するシンボルタワーとして、またパフォーマンスとしての祖霊祭をいとなむ斎場として、総社は欠くべからざるものだった。

寺院という寺院はすべて廃し、歴代藩主や島津一族の菩提寺など、しかるべき寺院の跡地にはつぎつぎと神社が建てられた。

はたして、廃寺による還俗《げんぞく》者は三〇〇〇人におよんだ。いちどに三〇〇〇人の失業者を出したというわけだ。

彼らにあらたな生計《たつき》のすべを保証することはたやすいことではなかったが、さすがに軍事大国のリアリストたちはぬかりがなかった。「神の国」を夢想することにいそがしい新政府のイデオローグたちとはちがい、現実的な戦略を欠くことの、つまり、大量の失業状態を放置することのデメリットを知っていた。

失業者らはなにしろ、例外なく漢籍の読み書きができる能力をそなえ、修行にたえうる壮健者の占める割合が高い集団なのだった。これを無益にする手はない。

プランはすでに、堂宇の数や寺領を調査する過程でつくられていた。還俗した彼らを、一八歳から四〇歳までの壮者で兵員にあてるべき者、学識をいかして教員等にあてるべき者、老年にして養料を与えるべき者、農工商に戻すべき者の四つのグループに分け、活計のできるようにはからってやるというものだった。

はたして、当初見込んでいた全体の四分の一という数を大幅にうわまわる、三分の一の元出家者らが、あらたに編成された近代的軍隊の兵士となった。屈託のないリアリスト氏の表現を借りれば、彼らは「ぞくぞく還俗して国事につくしたいという立派な書面を出した」ということになるのだろうが、「皇道をゆくから仏は要らぬ」という、一国の命運をかけた旧藩主の鶴のひと声が、膨大なヒトとカネとモノに化けたのだから、さぞや笑いが止まらなかっただろう。

かたや、兵力にも銅銭にも兵器にも、士族のあてがい扶持にも燃料にもならないものといえば、石造の仏たちだった。これらは運びやすい大きさに打ち割りあるいは砕き、海や川底に沈め、土中に埋め、あるいは石材として再利用するしかないにちがいなかった。

天保一四年（一八四三）に成った『三国名勝図会』で確認できる名勝九〇寺社の、阿吽《あうん》一対一八〇体の仁王像たちもまた、ほとんどが受難をまぬがれなかった。

一対の仁王像。仏の世界に悪魔の大群が攻めこんでくると、いつもは静かな表情の帝釈天が先頭に立って防戦する。怒りをあらわに戦ううちに容貌がかわり、武装憤怒の執金剛神となる。そして五〇〇の夜叉神をひきい、電光石火のはやさで大群に突進。悪魔たちに触れた瞬間、身体が二つに裂け、上半身裸形の二神となる。

一方は那羅延《ならえん》堅固といい、こちらは大声を発しながら右から悪魔たちを攻め滅ぼす。また一方は蜜迹《みっしゃく》金剛といい、こちらは口をへの字に結び左から悪魔たちを攻め滅ぼす。もともとは本尊の守護神として堂宇のなかに安置されたものらしいが、多くは寺門の左右に立って仏の空間を守護している。

それら石の仁王像たちは、ほとんどが等身大以上の巨像だった。

敏達天皇一二年（五八三）に百済の僧日羅《にちら》が創建したといわれる坊津一乗院の、高さ二七〇、胴回り二四〇センチメートルもある仁王像。おなじく日羅の創建になる慈眼寺《じげんじ》の、一枚岩を彫んだ仁王像。両寺とならんで「薩摩三名刹」に数えられた聖武天皇創建の志布志宝満寺《しぶしほうまんじ》の仁王像も、寺院ともども破却をまぬがれなかった。が、いまはひろびろとした公園や小学校となっているかつての寺地に傷ついたすがたでよみがえり、往時の繁栄を伝えている。

小松帯刀の墓のある日置円林寺《ひおきえんりんじ》跡の仁王像のように、頭部を無くしたまま かつての寺地に復元された像もあれば、徳川時代には一六の子院が甍をきそい、「志布志千軒《しぶしせんげん》の町」とうたわれるほどの繁栄をほこった大慈寺《だいじじ》の仁王像のように、吽形《うんぎょう》が頭部も腕も失わずに土中から発見されたという例もある。ただ、阿形《あぎょう》である那羅延のほうは見つからず、寄進者が同じだとされる福寿山海徳寺《かいとくじ》の右腕をなくした仁王像を移立して一対の守護神としている。

珍奇な来歴をもつ仁王像もある。何という寺院の守護神であったものかはさだかでないが、姶良《あいら》のあたりの信徒らが廃仏の難から守るために畑に埋めたものを、五〇年ほどたって農夫が発見し、荷車に積んで鹿児島市内に売りにきた。それを不断光院の四世和尚が二〇円で購入した。鹿児島市役所電停付近、いまも通りに面して立っている仁王像がそれだという。

中興の祖貴久が永禄五年（一五六二）に建立した不断光院は、領内では数少ない浄土宗寺院だが、廃寺となる六年前までは、白塗りの塀に囲まれて城下を見下ろす丘に建っていて、イギリスと一戦交えたときには、薩摩の殿様の本陣とみあやまった英艦船に砲撃され、無惨な破壊にさらされたという。

御霊移しをした位牌を城内の神棚に祀り、あるいは菩提寺を御霊社にあらためることで霊位の問題はかたづいた。つぎは墓所である。

明けて明治三年（一八七〇）正月。廃寺となった福昌寺の境内にのこされた歴代当主と家族の墓所は、長谷場《はせば》墓地と名をあらため、墓碑にはひとつのこらず「神号」が彫まれた。たとえば、先代斉彬の墓碑には「明彦神勲照国命」、先々代斉興の墓碑には「真金光明覚主命」というように、「命《みこと》」という尊称のついた神の名だ。

彼らは仏教徒として亡くなり、おのおの「英徳良雄大居士」、「明覚亮人大居士」という「法号」をおくられていた。その事蹟が消滅するわけではないにちがいないが、お家が神道に帰依したのだから、祖先もまた神になってもらわないことには具合が悪い。神道では、敬神崇祖といって祖先を祀ることが信仰のイロハなのだから、まずはとにかく祖先神を祭祀しなければならなかった。

たとえそうでなくても、これからさき祖先祭をいとなむたびごとに法名にむかって冥福を祈り感謝をささげる祝詞《のりと》をあげたり、太鼓をたたいて祭文《さいもん》をとなえたりするのも、つまり、祝詞や祭文のなかに法名がよみこまれるというのは奇天烈だろう。

そういうわけで、先祖すべてに神の名がおくられた。

福昌寺を開いたことから生前は福昌寺殿とよばれた元久も「怒翁玄忠大禅定門」あらため「弥高真性男命」に、中興をはたし南林寺殿と呼ばれた貴久もまた「大中良等庵主」あらため「靖国崇勲彦命」を号することとなった。

初代忠久から七〇〇年にわたってこの地に君臨した名家の墓所ならさもありなん。そう思ってながめてさえ感嘆せずにいられないほど広大な境域をもつ長谷場《はせば》墓所。いまは旧福昌寺墓地とよばれているヒストリカルな一画には、六代師久《もろひさ》から二八代斉彬までの宗家当主とその家族の一〇〇基をこえる石塔がずらりと並び、壮観、いや奇観をなしている。

二八代当主までというのは正確ではない。壮観を奇観たらしめている最大のものは、中央のたっぷりと幅をとった石段の上にそびえている巨大な神道碑《しんとうひ》であり鳥居《とりい》である。

鳥居の奥の、墓所じゅうでもっとも大きなスペースを占める一画には、二九代当主忠義の実父久光の墓碑が建っている。天を突くようにすらりとのびた四角柱の上辺にお椀を伏せてのせたような突起をもつ、きわめてシンプルな形状の墓碑である。

**前左大臣従一位大勲位公爵島津公墓**

四角柱の前面には律令官制の枠組みによる官職と位階、勲位、そして華族制度の枠組みによる爵位が彫まれ、これをもってフルネームにかえている。すなわち、「前左大臣従一位」である人々はいくらもあるが、華族令によって「公爵」を叙された者のなかで「大勲位」を授与された臣民は、島津久光と伊藤博文、大山巖、桂太郎、山県有朋、松方正義の六人にかぎられる。おのずから「大勲位公爵島津公」といえばファーストネームが久光である人物ただひとりということになる。

**文化十四年十月二十四日生**
**明治二十年十二月六日薨去**

背面には生没年月日が彫まれている。かたわらに建つ夫人の墓もどうよう前面に「島津武良子墓」と、背面に生没年月日を彫んだだけの相似形の墓碑であり、この二基だけが一〇〇基をこえる宝篋印塔《ほうきょういんとう》の林立する——薩隅日三国統一期以前のものには五輪塔も混在する——広大な仏教的空間にあって異彩をはなっている。

久光が「大勲位菊花大綬章」を賜わったのは、死のひと月まえの一一月五日のことだった。前月から病床にあった久光は、そのときばかりは身を起こし、正座をして沙汰をうけたというが、のちついに起つことあたわず、しずかに七一年の生涯を閉じていった。

訃報をうけた政府では、廃朝、すなわち天皇が政務を停止すること三日におよび、さらに「国葬の勅」が発せられた。一二月一七日、勅使富小路敬直《とみのこうじひろなお》が弔問のため鹿児島を訪れ、翌一八日には、熊本鎮台の儀仗兵《ぎじょうへい》一大隊が守護するなか、盛大に国葬がいとなまれた。

国葬の嚆矢《こうし》であるという。

久光自身は藩主であったことも藩知事であったこともなかった。が、討幕から維新へ、まさしく一国を犠牲にする覚悟で幕末の政局をリードした雄藩《ゆうはん》薩摩のまぎれもない主人《あるじ》だった。その人物にたいし維新政府は、四たび勅使を鹿児島に派遣して上京を要請し、たびごとに麝香間祗候《じゃこうのましこう》、内閣顧問、左大臣に任じ、従二位、勲一等旭日大綬章、従一位、大勲位菊花大綬章をさずけ、死後は国葬の恩典をあたえて大功に報いた。

そして翌明治二一年七月には、天皇の勅によって神道碑の建立が命じられた。

墓所の鳥居にむかってすぐ右手前に建つ、見あげるばかりの顕彰碑がそれである。一九二六年（大正一五）一一月に完成した「故従一位大勲位島津公神道碑」。石の基壇のうえに建つ、隆々《りゅうりゅう》たる青銅碑だ。

勅令をうけて篆額《てんがく》、すなわち碑に彫む篆書の題字を書いた人物は海軍大将大勲位功四級伏見宮博恭王《ふしみのみやひろやすおう》。おなじく勅によって碑文を撰じたのは錦鶏間祗候《きんけいのましこう》従三位勲二等文学博士臣小牧昌業《こまきまさなり》、筆をとったのは陸軍大将従二位勲一等功二級臣松川敏胤《まつかわとしたね》だ。

　南正面、西面、北面の三面にわたってびっしりと彫まれた碑文を撰じた小牧は、貴族院議員をつとめ、大正天皇に進講した薩摩出身の漢学者、撰文を揮毫した松川は、日露戦争で満州軍総司令官をつとめた薩摩の偉人大山巌《おおやまいわお》や総参謀長をつとめた児玉源太郎《こだまげんたろう》を、軍参謀として補佐し功をたてた軍人だ。しかるべき人々の目には、まばゆいばかりの威容として映るにちがいない。

　そもそも、死者の生前の業績を称讃し、その功徳をしのぶため墓所への参道に建てるという神道碑というものそれじたい、中国にはあまたあっても日本には例がない。一八七八年（明治一〇）に建碑の勅令が発せられた木戸孝允《たかよし》、その翌年に勅を賜わった大久保利通をはじめ、勅令による神道碑建立の栄誉にあずかった者は、没年順に広沢真臣《さねおみ》、毛利敬親《たかちか》、大原重徳《しげとみ》、岩倉具視《ともみ》、島津久光、三条実美《さねとみ》の八人にかぎられる。

　国家に功績のあった人物を顕彰すべく明治天皇の勅命をうけて建碑された八基のうちの一基。島津家にとってそれは、歴代当主の御霊が安らぐこの地にあってこそのものだった。

「久光初名忠教源姓島津氏出自征夷大将軍源頼朝頼朝子忠久補薩隅日三州守護職奕世……」

　碑文は、「源姓」島津久光の出自を「征夷大将軍源頼朝」が「頼朝子忠久」を「薩隅日三州守護職」に補任していらい二七世にあたる斉興の五男であると謳っている。

　島津氏にとって、源頼朝いらいの家筋であることは一族のアイデンティティの基《もとい》であり、久光の曾祖父にあたる二五代当主重豪《しげひで》の時代には、鎌倉の「法華堂」跡にある頼朝の墓所の荒廃ぶりを傷《いた》み、玉垣を新造し、勝長寿院《しょうちょうじゅいん》から多宝塔を移して墓所を再興しているほどである。

　その虚実はさておくとしても、忠久が文治二年（一一八六）に鎌倉殿《かまくらどの》頼朝から「島津庄《しまづのしょう》」の地頭職をあたえられ、さらに薩摩、大隅、日向の三国の守護職を得てこの地に入補していらい、守護大名、戦国大名をへて外様雄藩《とざまゆうはん》の藩主として薩摩を領有しつづけてきたことは事実であり、これほどゆるぎなく土地に根をおろし、血脈をつたえ、綿々とつづいてきた諸侯は島津氏のほかにはない。

　まさに名家というべき一族の領する藩が、明治という国家の成立になくてはならないはたらきを演じたのであってみれば、勅令によって顕彰されるべきは長州の毛利よりもまず島津でなければならず——毛利氏の歴史血脈も鎌倉時代にさかのぼるが、初代季光《すえみつ》は相模国毛利庄を本貫《ほんがん》とし、安芸吉田庄をあたえられたのは承久の乱のあと、北条政権によってである——また一藩士の大久保などではなく一国の主人《あるじ》であるのが当然だと、そう考えるような人々にとって「従一位大勲位島津公神道碑」は、宗家累代の墓所を荘厳するこのうえない記念碑であるにちがいなかった——ちなみに、「贈右大臣従一位大久保公神道碑」は、客死した地東京の青山墓地に建っている。

　だが、そうではない人々にとっては、ひとりの地方政治家の功績をたたえる顕彰碑が王権がらみ、軍事がらみ、くわえて仏的空間にたつ鳥居の手前にあっていかにも神がかりであることは、凶事《まがごと》をまのあたりにするようでしかない。

　そしてそれに劣らぬ奇相をもってこの歴史的空間の凶々《まがまが》しさを決定づけているものは、一〇〇基をこえる宝篋印《ほうきょういん》塔《とう》ひとつひとつに彫まれた「神号」だろう。

　如来の奥深い悟りの真髄と、全身舎利《シャリーラ》の功徳を説いた経文「一切如来心秘密全身舎利宝篋印陀羅尼経」を納めたことに名の由来をもつ宝篋印塔は、もともと百千の如来の全身舎利《シャリーラ》、すなわち如来の遺骨をあつめた宝塔を模したものだという。

　時代や地方によってデザインに差はあるが、宝篋印塔はおおむね、方形の石を下から基壇、基礎、塔身の順に積みあげ、そのうえに四隅に飾りの突起をもった笠をのせ、最上部に宝珠をのせた相輪をもっている。

　神号はその塔身の、本来なら仏の種字《しゅじ》か像をレリーフするところに彫まれた。

　島津家代々のそれは、塔身の正面に故人の法号が刻印されている。たとえば福昌寺開基元久なら「恕翁玄忠大禅定門」、中興の祖貴久ならば「大中良等庵主」というように。

　それらをすっかり抹消して——たとえば富山藩前田家の「改刻」のように、法号を完全に削りおとして——そこに新たに神号を彫みなおすことができれば理想的だったのだろうが、もともとそれほど大きくはない塔身の表面を、さらに削りこむことは断念されたのだろう。神号は、塔身にむかって左の側面、四面おのおのに金剛界の四仏を配するなら阿弥陀仏をレリーフする面に「改号」として彫まれた。

　如来のシャリーラに彫まれた神号！

　神の名を刻印された仏の遺骨！

　仏の名と神の名が同居する宝篋印塔！

　なんたるグロテスク！

　これを徹底しておこなわしめた人物が、墓所の中央、広々とした石段のうえに、神道碑によって顕彰され、左右の門柱と鳥居に衛《まも》られて鎮座する墓の主人、島津久光なのである。

　一〇〇基をこえる墓碑のなかには、あきらかな破壊の痕をとどめている、つまり法号が故意に削り剥がされているものもある。無惨にえぐられて、塔身が歪み、細くなっているものもあれば、たとえば斉彬の墓碑のように、法号の文字の一部が傷つけられている例もある。斉彬の法号は「英徳良雄大居士」。その一部、「徳」の右上あたりから「英」にかけて破損があり、「英」は判読することがむずかしい。

むかって左面に彫まれた斉彬の神号「明彦神勲照国命」の「照国」は、文久三年（一八六三）に彼を祭神とする神社を創建したさいに孝明天皇から賜ったものだといい、「照国《てるくに》神社」はのちに、明治政府によって別格官幣社《べっかくかんぺいしゃ》に列せられることになる。

長谷場墓所だけではない。初代忠久から五代貞久までの墓がある旧本立寺《ほんりゅうじ》の墓地も清水墓所と改称し、法号は神号にあらためられた。

初代忠久の「得仏道阿弥陀仏」、二代忠時《ただとき》の「道仏仁阿弥陀仏」をはじめ、時宗《じしゅう》の阿弥陀仏号《あみだぶつごう》をさずけられた五代までの供養塔は、素朴な五輪塔だ。あらたにおくられた神号の「瑞宝常照彦命」「剣太刀聡心雄命」「真明履道男命」「倭錦風雅士命」「上寿豊福彦命」をみると、たとえば四代忠宗《ただむね》は和歌にすぐれ、『続千載和歌集』『新後撰和歌集』に三首が入集した勅撰歌人であるゆえんをもって「風雅」なのだろうし、五代貞久《さだひさ》は九五年の長寿をまっとうしたがゆえんをもって「上寿」なのだろうと推しはかられる。

どんな国学者や神道家のアイディアかは知るよしもないが、ただ人ならぬ人物とそのゆかりの人々の、一〇〇をこえる数の「ミコト」名をにわかに創案することは、それなりに大ごとだったにちがいない。

歴代島津氏の墓碑にいっせいに神号が彫まれた明治三年（一八七〇）正月、島津のお殿さま治《し》らしめる国は、まったき「神の国」となった。

そしてその年の六月のこと、「デメジンさぁ」はまたしても名を変えることになった。

知覧中ノ宮《ママ》神社事
　豊玉姫神社

藩の知政所から管内四一社にたいして「社号改称方ヲ達ス」との通達が発せられ、「デメジンさぁ」はこんどは「豊玉姫神社」とよばれることになった。「中宮大明神」の大明神《デメジン》がなくなって「中宮神社」となってから、わずか二年のちのことだった。

トヨタマヒメノミコト。名の響きも豊艶なこの女神は、カムヤマトイワレビコすなわち人皇のはじめ神武天皇の母の姉にあたり、父の母にもあたる神である。

伯母であり祖母でもあるというのはややこしいが、イワレビコの母はトヨタマヒメの妹タマヨリヒメで、父は、トヨタマヒメとヒコホホデミのあいだに生まれたヒコナギサタケウガヤフキアヘズだというわけだ。

祖父ホホデミの父、すなわち神武の曾祖父にあたるのが

「天孫降臨」神話の主人公ヒコホノニニギ。アマテラスから「豊葦原瑞穂《とよあしはらみずほ》の国は、あなたがお治めになる国です。みことよ、行って治めなさい」との詔《みこと》をうけて高千穂に降《くだ》ってきた「天《あま》つ神の御子《みこ》」であり、その妻、すなわち神武の曾祖母はカムアタツヒメ、またの名をコノハナノサクヤヒメという。

　薩摩と日向の境には古来高千穂の峰とよばれてきた秀峰があり、あたかも天と感応するかのように頂きを空に突きだしている。みずみずしく張りつめた乳房が、みずからいのちの華やぎを謳歌し讃美しているがごとき気高さ。清らな雪のヴェールをまとう季節には、ひときわ玲瓏として神さびまさる。

　ながくこの地の人々が日本創始の地と観念してきたその頂きに天降《あまくだ》った「天つ神の御子」ニニギ。

「この地は韓国《からくに》にむきあい、笠沙《かささ》の岬にもつながり、朝日がまっすぐにさし、夕陽が輝きわたる、このうえなく吉《よ》いところだ」

　そういって深々と柱をたて、高々と千木《ちぎ》をそびえさせて宮を築き、そしてある日、笠沙の岬に出かけたときにうるわしいおとめに出逢う。

「そなたは、だれの娘ごか」

「オホヤマツミの娘、名をカムアタツヒメ、またの名をコノハナノサクヤヒメと申します」

「われはそなたを妻にしようと思うが、どうだろう」

「わたくしにはおこたえすることができません。わが父、オホヤマツミがおこたえいたすでしょう」

　阿多隼人《あたはやと》の女神カムアタツヒメことコノハナノサクヤヒメは、やがてニニギの子を産む。最初の子はホデリ、隼人の阿多の君の祖神《おやがみ》である。つぎの子がホスセリ、末の子がホオリ、またの名をアマツヒコヒコホホデミという。

　兄のホデリは海幸彦ともいい、末子のホオリは山幸彦ともいうが、ある日、ホオリは兄ホデリの釣り針を海でなくしてしまう。執拗に返却をせまる兄。困りはてて海辺にたたずむ弟ホオリ。その彼を救け、妻となってウガヤフキアヘズを産んだのがワタツミの娘トヨタマヒメ、姉にかわって甥っこウガヤフキアヘズを養育し、やがてその妻となってイワレビコを産むのがタマヨリヒメだった。

　山神《ヤマツミ》の娘コノハナノサクヤヒメ。

　海神《ワタツミ》の娘トヨタマヒメとタマヨリヒメ。

　彼女たちは、ニニギ、ホホデミ、ウガヤフキアヘズ三代の「天つ神の御子」の御后《おきさき》となって人皇のはじめ、神武へと血をつたえた女神たちだった。

「中宮大明神」が「大明神《デメジン》」でなくなるまえ、彼女たち三女神はそろって「デメジンさぁ」の祭神だった。

　本社　豊玉姫命
　　彦火火出見尊御后

「本地　十一面観音」
中宮ハ皇后之宮ノ名也

左　木花開耶姫
　　瓊瓊杵尊御后
　　「本地　弥陀薬師観音」

右　玉依姫
　　葺不合尊御后
　　「本地　阿弥陀」

文久三年（一八六三）の『給黎《きいれ》郡知覧神社取調帳』に記されている祭神と本地仏《ほんじぶつ》だ。文久三年といえば、偽金造りの陣頭にたったリアリスト氏が銅地金の調達にやっきになっていた年である。

　九世紀のはじめには薩摩国一宮《いちのみや》の地位を争ったほどにさかえた開聞《ひらきき》神社の末社として創建された「デメジンさぁ」だが、その歴史を、記録でさかのぼることができるのはせいぜい一八世紀のなかばであり、いずれも、トヨタマヒメを祭神とすることだけでは一致している。ふるくは「開聞《ひらきき》中宮大明神」とも「中宮三所《ちゅうぐうみところ》大明神」とも「中宮三社大明神」ともよばれてきたこの神社のまわりには、たしかにワタツミやトヨタマヒメにまつわる伝承はたくさん残っていて、祭神をトヨタマヒメだとする謂われ、脇立二神が女神であるという謂われははやくからあった。

　そこで、二柱の女神を肇国の祖天孫ニニギの御后コノハナノサクヤヒメと、建国の祖イワレビコの母タマヨリヒメとして祀りたい。そういう情熱もたしかにこの地方にはふるくからあり、それを、「天下さんの世」から「天子さんの世」へとこの国が変わろうとする時代《とき》のダイナミズムがおのずからおしあげただろう。

　はたして、皮肉なパラドクスの成立する余地がそこに生まれてくる。

　『古事記』が編まれた八世紀初頭、マツロワヌ者たちであった阿多隼人たちは、ヤマトの権力に屈することを拒んで反乱をくりかえしていた。それを平《たい》らげるというモティーフが、ホデリとホオリすなわち海幸彦と山幸彦の物語に語られている。阿多《あた》の君《きみ》の祖《おや》ともいわれるホデリは、結局は弟のホオリ、アマツヒコヒコホホデミの前にひざを屈する。「これからのちわたしは、そなたのために夜も昼も守護人となってお仕えいたそう」と。

　いっぽう、肇国の祖ニニギの御后コノハナノサクヤヒメは、ホデリとホオリの母、阿多隼人の女神カムアタツヒメなのであり、彼女を祭神として崇めることは、万世一系の根っこのところに隼人の血が入っていることを言挙げすることになる。

　『古事記』の成立から一二〇〇年たらず。時間を逆スリップした幕末、『給黎《きいれ》郡知覧神社取調帳』がつくられた時代において、仏道ではなく皇道に帰依することをえらびとった薩摩藩の一外城《いちとじょう》知覧の知恵者たちは、コノハナノサクヤヒメにはじまる三代の「天つ神の御子」の中宮《きさき》を祀ることで、皇統には天皇家創草の地薩摩の隼人の血が流れているということを主張できると、そう考えたのかもしれなかった。いつの時代にも辺境の人々が希《こいねが》ってやまない幻想だ。

　ところが、「天子さんの世」の実現が確実となった慶応四年（一八六八）五月、あっけなくもコノハナノサクヤヒメが祭神から除かれた。「デメジンさぁ」が「大明神《デメジン》」でなくなった五月である。

『神社取調帳』も改訂され、コノハナノサクヤヒメの名は削除、かわりにホホデミとトヨタマヒコ（ワタツミ）が加わって、祭神は四柱と数を増した。主神トヨタマヒメを中心にすれば夫と父と妹の四柱。家父長制にてらせば、戸主と長女と婿と次女の四柱となり、男神ワタツミを中心にすえた一家ということになる。

　どっちにせよ、コノハナノサクヤヒメがトヨタマヒメの父と夫にとってかわられたことで、「中宮」すなわち「皇后之宮《きさきのみや》」を祀る神社であるというコンセプトは破綻した。「天子さんの世」がマツロワヌ者たちの女神カムアタツヒメを祀ることを忌避した。そうも考えられよう。

　神武天皇の母、祖母、曾祖母にあたる三女神「中宮《ちゅうぐう》三《み》所《ところ》」をそろって祭神とすることになった文久三年から、わずか六年のちのことだった。

　そしてさらに二年後の明治三年六月には、「中宮」の名もとりはらわれ、主祭神の名をとって「豊玉姫神社」とあらためられた。

　ときあたかも中央では、『律令』の古制にもとづいて再興された神祇官が行政をつかさどる太政官のうえに、つまり官衙の最高位に君臨し、官内に竣成した仮神殿には、八神、天神《てんじん》地祇《ちぎ》、歴代皇霊がむかえられて鎮祭されていた。

　鎮祭の日には天皇睦仁《むつひと》が神祇官に行幸し、みずからが祭主となって祭祀をいとなんだ。

　カミムスビ、タカミムスビ、タマツメムスビ、イクムスビ、タルムスビ、オホミヤノメ、ミケツ、コトシロヌシの八神は、神武天皇がとくに祀ったとされる天皇守護の皇神で、天神地祇は天《あま》つ神と国《くに》つ神、すなわち高天原《たかまのはら》の神々と葦原中国《あしはらなかつくに》の神々のこと、皇霊はもちろん代々の天皇の霊である。

　天皇はそれら神々のまえで「鎮祭の詔」を発した。

「この国の創めに、皇祖神武天皇が神々を崇敬し民を慈しみ、祭祀と政治《まつりごと》をひとしくされたように、このわたしも、あらゆる神々と皇祖の御霊を祀って信仰をささげよう。群臣衆庶もまた、あまねくそれを手本として神々や皇祖を信仰するように」と。

　「天子さんの世」はまさに、サイセーイッチの短い季節を、熱に浮かされたような足どりで盛りへとかけのぼっていた。あたかも、それがうたかたの夢であることをおのずから知っているかのように。

# １８８９　絹布《けんぷ》の法被《はっぴ》—バンザイ、バンザイ、バンバン…！

午飯《ひるめし》の箸を取らうとした時ポンと何処《どこ》かで花火の音がした。梅雨も漸く明けぢかい曇った日である。涼しい風が絶えず窓の簾《すだれ》を動かしてゐる。見れば狭い路地裏の家々には軒並に国旗が出してあった。国旗のないのはわが家の格子戸ばかりである。わたしは始めて今日は東京市欧州戦争講和記念祭の当日であることを思出した。

花火の響きはだんだん景気よくなった。わたしは学校や工場が休になって、町の角々に杉の葉を結びつけた緑門が立ち、表通りの商店に紅白の幔幕《まんまく》が引かれ、国旗と提灯がかかげられ、新聞の第一面に読みにくい漢文調の祝辞が載せられ、人がぞろぞろ日比谷から上野へ出掛ける。どうかすると芸者が行列する。夜になると提灯行列がある。そして子供や婆さんが踏殺される……さう云ふ祭日のさまを思ひ浮べた。新しい形式の祭には屡《しばしば》政治的策略が潜んでゐる。

■永井荷風「花火」（『改造』一九一九年一二月）より

**政府 初の主権回復式典 「屈辱の日」沖縄抗議**

政府は28日、１９５２年４月28日のサンフランシスコ講和条約発効から61年を迎え、「主権回復・国際社会復帰を記念する式典」を東京千代田区の憲政記念会館で開いた。安倍晋三首相は式辞で「私たちがたどった足跡に思いを致しながら、未来へ向かって希望と決意を新たにする日にしたい」と表明。天皇、皇后両陛下も出席されたが、お言葉はなかった。一方、条約発効で日本から切り離された沖縄では、県議会野党・中立会派を中心とする実行委員会が、宜野湾市の海浜公園野外劇場で式典への抗議集会を開いた。

**突然の「万歳」に苦慮**

政府の用意した式次第にない「ハプニング」が起こったのは、菅義偉官房長官が閉式の辞を述べた直後だった。退席しようとする天皇、皇后両陛下に、出席者から「万歳！」の三唱が広がった。「われわれのシナリオにはなかったことだ」。式典後、政府関係者は戸惑いを隠せなかった。

**ドイツ、イタリアは式典なく**

日本と同じ第二次世界大戦の敗戦国であるドイツとイタリアは、「主権を回復した日」を式典などで祝っていない。政府が初めて開催した今回の式典は敗戦国として例外的だ。ドイツは冷戦が終結し、東西ドイツが統合された１９９０年10月３日を、「ドイツ統一の日」の祝日とし、盛大に祝っている。……イタリアは、45年４月25日をナチス・ファシスト政権の支配を脱した「解放記念日」の祝日としている。

■『毎日新聞』二〇一三年四月二九日朝刊より

神武皇紀二五四九年紀元節、午前六時。気温〇・二度。前夜にわかに降りはじめた雪が、帝都の表情を白銀《しろがね》一色にかえていた。

「早起窓を開けば、飛雪紛々《ひせつふんぷん》として、地に積むこと幾寸、千里一白満《せんりいっぱくにみち》、城恰《しろあたか》も瓊樓瑤台《けいろうようだい》の観を現出す」

みわたすかぎりの雪。一夜にして聖《きよ》められた地上に浮かびあがる宮城の威風は、瓊瑤《たま》をちりばめたように燦然として厳《いつく》しい。

よもすがら安寝《やすい》もなさず覚めたであろう『時事新報』某記者の目に映じた窓外の光景は、まさにその日、西暦一八八九年（明治二二）二月一一日、皇居正殿《せいでん》でいとなまれる歴史的な大典に、まもなくたちあおうという一平民の心象そのものだっただろう。

午前八時三〇分、顕官、貴紳、各国公使たちを乗せた馬車にまじって、記者もまた坂下門をくぐる。はじめてまのあたりにする「禁園」の景色は、「夜来の雪に庭樹園林何《いず》れも、瓊玉《けいぎょく》綴りたる様《さま》は、恰《あたか》も天地の粧飾をなさせるが如し」であったという。

禁園。美辞麗句の紋切りはともあれ、禁園というのは大げさではない。前年の一一月二七日に「皇城」から「宮城」へと呼称をあらためることが決まった皇居は、それまで、よほどの顕官にとっても、ものの数に入らぬしもじもにとっても、禁裏であることにかわりはなく、はるかに伏し拝み、あるいは頭《こうべ》を垂れて門前の砂をおしいだくところでしかなかった。

それが、「大日本帝国憲法」発布のこの日、政治家でいうなら、内閣総理大臣にはじまって府県会議長にいたるまでが参内をゆるされた。

「一県会議員《ママ》に至るまで宮中の御式に参列さしたといふことを聞いた時、どんなに私は驚いたらう。一平民たる県会議員《ママ》までが……、何といふ著しい変化であらう」

そういって感懐をかみしめたのは、当時は東京府会議員、翌年には山口県選出の衆議院議員となる大岡育造《おおおかいくぞう》だったが、大岡ならずともだれもが驚きをかくせなかった。

またいっぽうには、この変化を本質のところでとらえ、政府のあやまちをただすことで、まっさきに憲政にあずかる者としての気概をしめした栃木の大野人《だいやじん》、田中正造《たなかしょうぞう》のような県会議長もあった。

「昨夜は余りの嬉しさに眠れず申候。是より参列の栄に浴する都合に候。実は吾々県会議長は、拝観のことと決定せられ居りしも、種々交渉の上、遂に参列といふことに致させ申候。民軍の幸先上々吉にて……」

もともと政府が定めた席次では、県会議長は「拝観人」のくくりのなかに入れられていた。これを「種々交渉」のうえ、「参列」にあらためさせたというのである。なんとなれば、「今日未だ国会が開かれざる間、人民の代表者といへば県会議長の外に無い。我々こそ今日憲法発表式場の主体でなければならぬ」からだ。

式典の主体でなければならない「人民の代表」に、拝観とは何ごとぞや！

そういって田中は県会議長たちを説いてまわり、一致団結して政府にせまり、参列席へと席次あらためさせた。

憲法制定と国会開設を切望した自由民権派の人々の心にも、慎重にあるいはシニカルに事態をながめていた人々の心にも、ケンポーのなんたるかを知らない人々の心にさえ、その日、禁裏の御門が平民に開かれたことは、大きなインパクトをあたえないではいなかった。

しかも、一平民がはじめて一歩をふみ入れる宮中は、あしかけ五年の歳月と巨額をついやして建設された和洋折衷の新宮殿なのであり、ちょうどひと月前の正月一一日、みごとに晴れあがった新春の空のもとを、荘重な行列をなして天皇が引っ越しをすませたばかりだった。

徳川将軍家の紋章が随所にのこる東京城が焼失したのは明治六年のこと。いらい一六年間、まさに住みなれた仮宮殿赤坂離宮にその日天皇は別れを告げ、皇后とともに馬車に乗り、木橋から石造りにあらためられたばかりの二重橋正門石橋をわたって新宮殿へとむかう。錦絵からとび出してきたように色あざやかな近衛兵が護衛にあたった。

沿道には学童が整列し、馬車が通るのをまって「君が代」を斉唱した。賛美歌の旋律をもつ、当時、音楽教育にとり入れられたばかりの唱歌――国歌ではない――「君が代」。これが、この国の史上はじめて街路で大々的に「君が代」が歌われた瞬間だった。

この日にさきだつこと五日のあいだ、離宮からは皇室の礼拝所や神殿が移され、つづいて神剣、神鏡、勾玉《まがたま》、印《いん》璽《じ》、もろもろの宝物などが、たびごとに騎兵に護衛されて遷徙《せんし》した。天皇の入城は、そのクライマックスにあたるセレモニーであり、洋装に身をつつんだ侍官はじめ、宮中につかえる人々のなす行列がつぎつぎと二重橋をわたって正門のなかに消えていくさまは、これまた一幅の絵巻を観るような美しさであったという。

何もかもが真新しい宮殿の、東の車寄《くるまよせ》で某記者は馬車を降り、式部官にいざなわれて式典のいとなまれる正殿にむかう。

腰に鳳凰の丸と椿の花を高蒔絵《たかまきえ》に彫りあげた黒漆縁の扉のむこう、東西およそ二六メートル、南北一五メートルの広間には、周囲をぐるり、綺羅葡萄色《きらぶどういろ》の御帳《みちょう》がめぐらされ、復古調極彩色のもようが描かれた格天井《ごうてんじょう》には、無数の水晶珠を底びき網でひいて吊りあげたようなシャンデリアが四基、瑠璃光《るりこう》のエキゾチシズムを交錯させていた。

「この正殿と申すは、凡そ、百六十畳程もあり、平常は謁見所に充《あ》てらるる御場所の由にて、御装飾の美麗なるは、今更申すまでもなく、正面高御座《たかみくら》の中央に南面して玉座《ぎょくざ》を設けられたり……」

記者の筆はまず正面の高御座と玉座におよぶ。

赤地一色にかざられた高御座には、菊花の紋章を金糸で縫いあげたまばゆいばかりの御帳《みちょう》を背にして玉座がおかれ、その右側に、斜めに南面して皇后の御座《おまし》が、左側には各国公使や公使館員の席がもうけられている。

玉座の正面、一〇歩ほどさがったところは大臣や枢密顧問官らがならぶスペースで、さらに五歩ほどさがったところは朱縄をはって空間を二つにしきり、前列には公爵、勲一等など華族とよばれる人々が、後ろのスペースには各省の勅任官、府県知事、裁判所長、陸海軍将校、検事らがたちならぶ。そして「人民の代表」県会議長らは右側の廊下に、新聞記者総代らもおなじく右側の廊下に、緊張と昂奮を交錯させせながらたちならんだ。

ちなみに、西欧の賓客たちをも唸らせたというこの玉座の間。憲法発布式典をいとなむこの日のために贅をつくし意をつくして建造されたものだが、この日がまさにお披露目となった和洋折衷、入母屋《いりもや》造りの正殿は、六〇年たらずののち、「大日本帝国憲法」とともに終焉をむかえることになる。一九四五年五月二五日の深夜――憲法の事実上の失効より一年五か月はやいことになるが――空襲によって炎上し跡形もなく消えてしまった。その夜、宮殿をはじめ二七棟が四時間にわたって燃えつづけ、消火にあたった近衛兵三三人が死亡。彼らには、体当たり死した特攻隊員とおなじく二階級特進の栄誉があたえられた。

午前一〇時二〇分、内閣総理大臣黒田清隆《くろだきよたか》を先頭に大臣ら――ひとり文部大臣だけを欠いていた――が入場し、玉座に対面して整列する。

庭前から、ガラスごしに「君が代」の奏楽が響いてくる。

式部長官の先導により侍従が御璽、御剣を奉じ、洋式の軍服に身をつつんだ天皇が、親王や内大臣をしたがえて出御。つづいて、ダイヤをちりばめた宝冠をつけ、長い裾をひくバラ色の正装《ドレス》をまとった皇后が、内親王や女官たちとともに御座につき、いよいよ式典がはじまった。

「尤も当日は紀元節御親祭《ごしんさい》の事ありて、聖上には午前九時内大臣《ないだいじん》宮内大臣《くないだいじん》、供奉して賢所《かしこどころ》に御参拝、憲法発布の御告《ごこう》文《もん》を奏し給ひて、次に、皇霊殿に同じく告文を奏し給ひ、夫《そ》れより、神殿御拝あり……」

報道記事はここで、憲法の発布が何よりもまず「復古」の枠組みのなかでおこなわれたことを確認する。すなわち式典に先立って天皇は、宮中三殿において「奉告祭」をいとなんだということなのだが、当時、宮内省顧問官の任にあって式典のプログラム作成にも参与したドイツの貴族、オットマール・フォン・モールのペンのほうが、いっそうあざやかに「御親祭の事」の本質をつたえている。

「祝典は、皇居御苑内の皇祖皇宗を祀る神社における神式の礼拝ではじまった。今回も天皇は、恒例により側近の人々とともにすっかり白装束に身をかためられ、憲法遵守をお誓いになり、新しい国の憲法に皇祖皇宗が祝福されることをお求めになった」と。

憲法の発布は、天皇が祭主となっておこなう「神事」にはじまった。

そもそも、宮中三殿とよばれる、七〇〇〇平方メートルものりっぱな祭祀空間を、皇居のなかにもうけたことそれじたいが明治政府の独創《オリジナル》だったが、賢所《かしこどころ》には神器の鏡が、皇霊殿には歴代天皇、皇后、皇妃、皇親二二〇〇柱の神霊が、神殿には天神地祇《てんじんちぎ》と八百万《やおよろず》の神々が祀られている。

それらの神々のまえに、天皇は「憲法発布の告文《こうもん》」をささげて憲法の制定を告げ、その遵守を誓った。かつて維新国家の国是たる「五箇条の誓文」が、紫宸殿におろされた神霊にささげられたとおなじように。

さかのぼること二一年。「広ク会議ヲ興シ、万機公論ニ決スベシ」、つまり、あらゆる重要事項はみんなの意見あるいは公開された議論によって決定しようという、立憲君主制の理想をうたったかのような条文ではじまる国是「五箇条の誓文」は、「誓祭《せいさい》」という先例のない神儀にのっとって発布された。

紫宸殿に神の依《よ》り代《しろ》である神籬《ひもろぎ》をたて、塩水で浄め、散米の儀をおこなったあと神歌をすすめて神おろしを完了。参列者はそろってたちあがり、神饌を神に献じ、天皇の出御をまつ。天皇が玉座につく。副総裁三条実美《さんじょうさねとみ》が天皇にかわって「祭文《さいもん》」をよむ。つぎに天皇が幣帛《へいはく》の玉串を神前に供える。ふたたび三条が神前にすすみ「誓文」と「勅語」を奉読。三条以下、公卿、諸侯がひとりずつ神と天皇に拝礼し、聖旨奉戴の「奉答誓約書」に署名、天皇にたいする服従を約束した。

こんどもまたその神事が先例として踏襲された。

「皇朕《すめらわ》レ謹ミ畏《かしこ》ミ、皇祖皇宗ノ神霊ニ誥《つ》ゲ白《もう》サク。皇朕レ天壌無窮ノ宏謨《こうぼ》ニ循《したが》ヒ、……宜《よろし》ク皇祖皇宗ノ遺訓ヲ明徴ニシ、典憲ヲ成立シ、条章ヲ昭示シ、……益々《ますます》国家ノ丕基《ひき》ヲ鞏固《きょうこ》ニシ、八洲民生ノ慶福ヲ増進スベシ。茲《ここ》ニ皇室典範及《および》憲法ヲ制定ス。……皇朕《すめらわ》レ仰《あおぎ》テ皇祖皇宗及《および》皇考ノ神祐《しんゆう》ヲ禱《いの》リ、併《あわ》セテ朕カ……民ニ率先シ此ノ憲章ヲ履行シテ愆《あやま》ラザラムコトヲ誓フ。庶幾《こいねがわ》クハ神霊此レヲ鑒《かんが》ミタマヘ」

かくして、天皇の神的権威によって基礎づけられ絶対化された「大日本帝国憲法」は、発布式において天皇から国民に賜与される。

そのもっとも重要なセレモニーは、わずか一〇分ほどの、きわめてシンプルなものとなった。

天皇が玉座をはなれ、高御座《たかみくら》の真ん中まですすみ出て正立する。と、左右から大官が奉物をもって登場する。天皇はまず、一方から奉呈された巻物のほうを手にとって開き、某記者の表現によるなら「勅旨を鳳音《ほうおん》朗らかに読み上げさせ給」い、モールによるなら「高いはっきりとしたお声で、日本国民に憲法を与える宣言を朗読」した。

「朕国家ノ隆昌《りゅうしょう》ト臣民ノ慶福《けいふく》トヲ以テ中心ノ欣栄《きんえい》トシ、朕ガ祖宗ニ承《う》クルノ大権ニ依リ、現在及将来ノ臣民ニ対シ此ノ不磨《ふま》ノ大典ヲ宣布ス……」

憲法発布の「勅語」である。

天皇は、「わたしは、国家がさかえ臣民が幸福であることを最大のよろこびとし、わたしの祖先である天照大神いらい歴代天皇がうけついできた大権によって、臣民にたいし、不滅の大いなる法典を広く公布します」と、そう宣言した。いまさらではあるが、「勅語」というのは「天皇が直接に国民に下賜するというスタイルで発する意思表示」というようなものである。

「惟《おも》フニ、我ガ祖我ガ宗ハ、我ガ臣民祖先ノ協力《きょうりょく》輔翼《ほよく》ニ倚《よ》リ我ガ帝国ヲ肇造《ちょうぞう》シ、以テ無窮ニ垂レタリ……」

つづく後段で天皇は、おおむねつぎのような一方的な意思を表明した。

「かえりみるに、わたしの祖先いらい歴代天皇は、おまえたち臣民の祖先たちの協力補佐によって帝国を建て、後世永遠に継承した。おまえたち臣民は、忠実善良な祖先の子孫なのだから、これからも天皇であるわたしの意志にしたがって身をささげ、わたしの計画を逆らわずに実現し、仲良く助けあって帝国の光栄を内外に知らしめ、歴代の遺業を永劫にゆるぎないものにするための任をまっとうするであろうことを信じます」と。

朗読が終わると、他方の奉物をもった人物、内大臣三条実美が玉座の前にすすみ、箱をかかげて奉呈した。なかに納められているのが、この世にたったひとつしかない「大日本帝国憲法」の正本《オリジナル》、じつはその日、紫の袱紗につつんだそれを枢密院議長の伊藤博文が官邸におき忘れて参内し、大あわてで使者にとりにやらせたという憲法そのものなのだった。

三条が御前を退く。いれちがいに黒田首相が高御座の階段のところまですすんで最敬礼し、天皇から憲法を拝受した。黒田の動きにあわせて、式場にいたすべての参列者がいっせいに最敬礼し、動きが音にかわる。おのずから呼吸のあった重々しく慄然とした数百人の動きの伝導が、場内をしずかにこだましました。

「第一章第三条　天皇ハ神聖ニシテ侵スベカラズ」。制定した天皇みずからが、みずからの完全無際限な責任回避を保証する条文をもつ憲法を国民に下賜し、国民がそれを戴いた瞬間だった。

庭前の楽隊が「君が代」を奏でる。祝砲がとどろいた。

東京港、横浜港に停泊中の軍艦の礼砲も呼応した。そのなかを天皇、つづいて皇后が退場し、セレモニーは終了した。

わずかに一〇分。この間にしかし、けっして後戻りすることのない新たな歴史の一歩がしるされた。憲法「上諭」には、帝国議会を「明治二十三年ヲ以テ召集」し、議会の開会をもって「此ノ憲法ヲシテ有効ナラシムルノ期」とすべきことが約束された。

ながい道のりだった。

不平等条約を改正するには「列国公法」に則らざるをえず、そのためには「列国公法」をもとにして国律・民律・貿易律・刑法律・税法律などの国内法を変革改正しなければならないとし、岩倉使節団が一年半をこえる長期の欧米視察に出かけたのは、明治四年の暮れのことだった。

いらい立憲国家の樹立を希求し、ために力をおしまなかったあらゆる人々――急進的な民権派も保守的漸進派も、イギリス流の政党政治論をぶちあげた人々も、プロイセン流の超然的君主権を擁護した人々もすべて――にとって二〇年という歳月は、手さぐりの試練の道のりであり、あまりにまちどおしい時間だった。

一八七四年（明治七）の「民選議員設立建白」から一五年、「立憲政体樹立の詔」が発布されてから一四年、「国会開設の大詔」が発せられてから数えても、八年の歳月が流れていた。

尾をひくように鳴りわたる一〇一発の祝砲は、人々のよろこびや感動をおのずから増幅させる響きであり、また、いまはまだ一枚岩ではないこの国に立憲制を充全に機能させていくための、苦闘のはじまりを告げるとどろきのようでもあった。

式典ののち、参列者は、鳥の子紙に美しく印刷された帝国憲法、皇室典範、議院法、衆議院議員選挙法、貴族院令、会計法とそれらの英訳文を手にして退出した。

おりから雪はやみ、青空がひろがりはじめた。

「ケンポーさまってぇのは、なんだ、弘法大師《こうぼうだいし》のお弟子さんだっていうじゃねえかい」

「へえ、そうかい」

「ばかな。宮本無三四《むさし》流とか塚原卜伝《ぼくでん》流とかっていう、あの剣法のことじゃないのかい」

「そんなはずぁねえだろう。なにしろケンポーハップの日には、お上が絹布《けんぷ》の法被《はっぴ》をくださるってぇじゃねえかい」

メディアが人心を煽るのは今も昔もかわらない。「憲法発布を祝せざるものは人にあらず」などという社説を掲げる新聞があれば、論説で「憲法発布の当日は成丈《なるた》け賑やかにすべし」とよびかけた新聞もあり、「この日には礼服を着て、酒を飲み、お祝いするのが、忠誠な者全員の義務である」と書いた新聞もあり、帝都のちまたをぬける風は、憲法《ケンポー》も弘法《コーボー》も剣法《ケンポー》も、発布《ハップ》も法被《ハッピ》も「何でもござれ」の頓《とん》珍漢《ちんかん》から、「憲法がナニかは知らぬが、実も見ないうちから名に酔いしれる愚こそ嘆かわしい」などとうそぶく数少ないわけ知りにいたるまで、いっさいを巻きあげてお仕着せの空騒ぎへとおし流した。

やれ奉祝門や大鳥居がどうの高張提灯《たかはりちょうちん》がどうの、行列や山車《だし》、桟敷や屋台やふるまい酒がどうの……。憲法を知る人も知らぬ人も、「ケンポーさまのお祭り」には、店を開けたり仕事をしたりするなどもってのほか、それがお上のご所望だということで祝いの準備に大わらわ。帝都市民はなかばとまどいながらもお祭り気分を盛りあげていった。

たとえば神田は今川小路あたりでは、一軒ごとに日の丸の旗をあげ、三本の山車《だし》を引きだそうとの計画がもちあがった。山車には、大判サイズの国旗と「宝祚万歳」「国家幸福」の文字をでかでかと書いた五色《ごしき》の旗をひるがえし、世話人は花笠をかぶって羽織袴をつけ、若者は「憲法祭」の文字を染めぬいた半纏をつけて前後をかため、そのまま二重橋まで押しだして祝意をあらわそうというのである。

憲法の何たるかを知る者も知らぬ者も……。すなわちそれは、東京府知事が論達を出し、達をうけた区役所が町の有力者にはたらきかけ、有力者が地主や差配人、若衆頭をあつめて計画し、それらを新聞が書きたててお祭りムードに拍車をかけたことによる、おのずからの帰結だろう。

彼ら煽る側にとっての第一義は、日本人民の政治思想の低さを「諸外国」から「物笑いの種」にされないことにあった。国民が国家の慶事に無反応であることは、「中等以下の社会」である証しなのだった。

とはいえ、そんな付け焼刃が「諸外国」の眼をごまかせるはずはない。

「二月一一日に憲法が発布されるというニュースが広まったとき、国民は極めて無関心でした」と、当時、帝国大学の政治学教授だったドイツ人、カール・ラトーゲンはそう書簡にしたためている。「政府があからさまに期待していた歓喜の表現はみられませんでした。しかし政府の考えるところ、国民は喜ぶべきなのです。地方官吏と新聞は指令を受けました」と。

しもじもの無関心にあわてた役人たちは、とっさに「お上の御所望《ごしょもう》」をふりかざし、それをうけて新聞は、憲法発布を祝うことが「忠誠な国民の義務」であることをいいたてた。

はたして、前日一〇日付『都新聞』の伝えたところでは、各地区協議のすえ、麹町区一三本、日本橋区一五本、神田区一二本、京橋区一六本、芝区五本、麻布区四本、赤坂区三本、四谷区四本、牛込区一一本、小石川区一本、浅草区一〇本、深川区四本、あわせて一〇〇本におよぶ数の山車がくりだすことになったという。

この間、国旗の値段は日ごと十四五銭《じゅうしごせん》も騰貴したといい、旗屋の在庫はすっからかんに底をついた。

当日、さまざまに趣向をこらした山車がまちをねり歩くさまは、日本に招聘されて七年をすごしたラトーゲンにとっても「興趣尽きないもの」だったというが、「諸外国」の冷めた眼に、ナンセンスを映しとられることは防ぎようのないことだった。

「このような愚行が憲法や政治的成熟とどう関係するのか、理解しかねるものがあり……あらゆる喧騒やけたたましい歓楽にもかかわらず、すべては作為的で、心底から共感している者などだれもいません」

人々の狂躁をまのあたりにした「諸外国」の眼をもつ人物に、当日は宮中でのセレモニーにも招かれたエルヴィン・ベルツがあった。ラトーゲンより六年はやく帝国大学の医学教授として招かれ、のちに宮内省侍医もつとめることになるドイツ人ドクターだ。

女性には化粧水「ベルツ水」の生みの親として知られ、後世には日本近代医学の父として――東大付属病院前にはいまも彼のブロンズがユリウス・スクリバ博士となかよく並んでたっている――あおがれるドクターだが、憲法発布二日前の日記に彼はこう記した。

「東京全市は、準備のため、言語に絶した騒ぎを演じている。いたるところ奉祝門、イルミネーション、行列の計画。だが、こっけいなことには、だれも憲法の内容をご存じないのだ」

在邦一三年。花のように美しく聡明な日本人女性を妻にむかえて八年。日本庭園の風情を理解し、温泉の効能を究めて説いた親日派の彼をして「こっけいな」といわしめたものは、「ケンポーさまのお祭り」騒ぎと、来日まもないころに彼を嘆かせた天皇誕生日への市民の無関心とが、根っこのところで同じだという洞察だろう。

「一一月三日、天皇誕生日。この国の人民がその君主に寄せる関心の程度が低いありさまを見ることは情けない。警察の力で、家々に国旗を立てさせねばならないのだ。自発的にやるものは、ごく少数だろう」

それは、「天下さんの世」の唐突な断絶と「天子さんの世」の上からの押しつけだった維新体制が、なお上すべりをつづけている。そのこころもとなさにたいする仮借のない皮肉だった。

ただし、「言語に絶した騒ぎ」はこっけいであっても、憲法の「内容をご存じない」ことはこっけいでもなんでもない。

「朕カ祖宗ニ承《う》クルノ大権ニ依リ、現在及将来ノ臣民ニ対シ此ノ不磨《ふま》ノ大典ヲ宣布ス」と、そうセレモニーで宣言されたとおり、憲法は、天照大神いらいうけついできた大権によって天皇が定め、臣民に賜与するものなのだから、賜与されてみないことには「内容」はわからない。「ご存じな」くて当然だった。

「皇朕《すめらわ》レ謹ミ畏ミ皇祖皇宗ノ神霊ニ誥《つ》ゲ白《もう》サク……」で起こされた「告文《こうもん》」も、「わたしは謹んで天照大神はじめ神武天皇以下歴代天皇に申しあげます。わたしは神の御心のまま、天地のつづくかぎりけっして変わることのない皇位を継承し、豊かな国土を神のご加護でつつがなくたもってまいりました。この文化文明の発展をいっそうすすめるために、先祖の教えを明らかにした憲法を定めました……」といい、「……代々の神霊のご加護が得られますよう、祈願いたします」で結ばれている。

「告文《こうもん》」というのがそもそも、神に祈願の意を告げるもの、嘘偽りのないことを神に誓うものであってみれば、いっさいは神だのみだということになる！しかも、天孫である天皇が、みずからが定めた大典の不滅を祈り、そのための誓いをたくす相手が皇祖皇宗の神霊であることは、自作自演のどうどうめぐりにほかならず、その閉じられた円環のなかに臣民が入りこむ余地はない。

　武家政治を政体のあやまった一変態だとしてしりぞけ、本来あるべき正しいマツリゴトのすがたを――それがどういうものであるかはさだかでなかったが――回復することに正当性の根拠をおいて王政復古をなしとげたのが維新政府だった。にもかかわらず、しりぞけたはずの武家の世の、とりわけ、神がかりの起請《きしょう》がさかんだった中世に用いられた「告文」を、立憲制による帝権制約予防のためのアリバイとしてもちだすというのは、自己撞着でなくてなんであろう。

　しかも、宮中では、大嘗祭の儀をはじめ皇室祭祀や儀礼になくてはならないものとして「告文」はずっと生きつづけてきたのであり、いっそう念入りなことに維新政府は、一八七三年（明治六）、「告文」と称するものは天皇が親祭をいとなむときにかぎってもちいるものとし、それまで神社や山陵などに勅使が奏上してきた「告文」はすべて「祭《さい》文《もん》」と改称することを決定していた。

　メビウスの帯ではないが、「大日本帝国憲法」は、「祖宗ニ承《う》クルノ大権」によって天皇が定めたものだから、それ自身が天皇の大権の正統性を確認することはできないのであり、ために「第一章第一条　大日本帝国ハ万世一系ノ天皇之ヲ統治ス」をかかげて、大権が唯一不変の血統に由来するものだということを言挙げせずには機能しない。もちろんそれは、神話を歴史に転倒した虚構《フィクション》である。

　つまり、大日本帝国憲法体制は、核心部分がブラックホールか、はたまた無限に空《くう》にひらかれた吹き抜け構造になっている、みせかけの立憲制だというわけだ。

　さて、青空がひろがりはじめた憲法大祭礼の午後、日本橋、京橋あたりには屋台が出て、男髷《おとこまげ》の芸者の手古舞《てこまい》や茶番が演じられて大にぎわい。雪解けのぬかるみのなかを仮装行列の囃子がねりまわった。

　午後一時すぎ、天皇は皇后をともなって皇居を出た。青山練兵場でいとなまれる観兵式、すなわち、憲法第一一条に「陸海軍ヲ統帥ス」と定められた大元師が閲兵をおこなう軍事パレードにのぞむためだ。

　西洋絵画を切りぬいたような正装に身をかためた騎手の先駆につづき、ドーモン式とよばれるニューモードの、六頭引きの豪華な馬車が御門を出る。花火があがる。群衆にうめつくされた宮城前広場は、怒涛のような歓声につつまれた。

　青山練兵場は、近衛師団、第一師団の教練場として明治一九年に完成したばかりの練兵場で、当時は、三〇万平方メートルもの広漠たる敷地に関東ロームの鉄錆《あか》色をむきだしにした、原っぱどうぜんのところだったという。赤土の砂埃がはげしい原っぱ。そのうえに降りつもった雪がとけ、その日、数時間におよんだ観兵式はぬかるみのなかで挙行され、巨額を投じてつくらせた兵士たちの軍服は台無しになってしまったという。

　たしかに、夕刻、兵士らが軍服をしたたか汚して、それでも朗らかに行進して帰営するのを見たと、ドクター・ベルツも記している。

「兵士たちが、膝のうえまで汚れて、五時に帰営するのを見た。しかし、若者たちがそれでもなお、元気よく朗らかに行進していたのがうれしかった。八歳から十四歳の少女たちも、雪解けのなかに数時間立っていなければならなかったのだが、少しも疲れなかったかのように、楽しげな顔色で家路についていた」と。

　ぬかるみ。半世紀ののち、この国が「トンボのようにちっぽけな飛行機」しかつくれなくなりつつあるころ、人々はみな、手も足も、耳も目も、すべての器官をぬかるみのなかで働かせてくたびれはてていた。

　本来そなわった、そして本来発揮されるべき人間的な性質も能力もすべて、これ以上小さく、あるいは細くはなるまいというところまで萎縮させて虚偽を生き、そうすることで、互いが互いを侵しあっていた。いや、互いが互いをということであれば「お互いさま」ですむけれど、腹を空《す》かせへとへとになって虚偽を生きることが、まさか大規模な戦争犯罪に手を貸し、無辜の人々を傷つけ、膨大な数の生命や人生を奪っていようなどとは、思ってみることもできなかった。

　八月一五日の玉音放送を聞いた瞬間の屈折した衝撃。

「それは、戦争も『やめられる』ものであったのかという発見だった」と、そう語った人があったというが、「発見」という表現の、これ以上生かされようがないほどの雄弁さ……！戦争はやめられる。いったい誰がそんなことを考えることができただろう。あらゆる人々が、まさにぬかるみのなかにあって喘ぎ、ぬかるみの日常を不可抗力とし、歯をくいしばっていたのだから。歯をくいしばることでしかも、巨大な罪悪の歯車を回していた……！

青山練兵場の跡地で文部省主催の「出陣学徒壮行会」がもよおされたのは、一九四三年（昭和一八）一〇月二一日のことだった。

明治天皇崩御ののち「大喪の礼」が執りおこなわれた青山練兵場には、天皇の偉業をとこしえに顕彰すべく、民間の寄付によって洋風庭園が一〇年の歳月をかけて造営され、大正一五年に明治神宮に奉献されて神宮外苑となっていた。その一画をしめる競技場で、あとにもさきにもたった一度だけ「出陣学徒壮行会」がもよおされた。

東京都下、神奈川、千葉、埼玉の男子官公私立大学、高等専門学校、師範学校など七七校から召集された出陣学徒、推定二万五〇〇〇人、一〇七校から見送りに動員された学生ら六万五〇〇〇人。彼ら九万の胸中を代弁するかのような冷たく重たい雨が降りもやまず、そのしたで、ずぶぬれの茶番が大仕掛けに演じられた。

推定二万五〇〇〇人。軍事機密であるという理由でいまもってあきらかにされない出陣学徒の数については、日本放送協会ラジオの実況放送原稿も各紙夕刊も伏字あつかいをしていて、ラジオのアナウンサーは原稿に「七七校〇〇名は」とあるとおり「七七校まるまる名は」と読んで放送した。

この日午前八時、出陣学徒らは神宮外苑の所定の道路に集結。角帽に学生服、巻脚絆《ゲートル》のいでたちに三八式《さんぱち》歩兵銃をとり、校旗のもとに整列した。

九時一五分、岡部長景《おかべながかげ》文部大臣が受礼台に登壇する。

二〇分、陸軍戸山学校の軍楽隊の吹奏による「陸軍分列行進曲」が鳴りわたる。「分列にー、前へーっ」。指揮官をつとめる文部省体育官の号令がとどろき、分列行進がスタートした。

時計台の下、北側ゲートから学校報国隊旗、校旗につづき第一部隊、東京帝国大学の学徒が入場する。ワッと歓声があがる。ひときわ拍手が大きくなる。容赦なく降る雨。トラックを打って撥ねあがるしぶきに足元を煙らせながら第二、第三の部隊が入ってくる。東京商科大学、慶応大学、早稲田大学、明治大学、法政大学……。歓声を送り、拍手を送り、学帽をふる男子学生。真白なハンカチを花のようにふりつづける女学生。一校また一校、行進をおえるたびに競技場はくろぐろと塗りかえられていく。

しんがりの日本歯科医専が入場し、七七本の校旗が最前列にそろったのは一〇時一〇分。内閣総理大臣であり陸軍大臣でもある東条英機が入場し、出陣学徒壮行式の開式が宣言された。

陸軍の起立喇叭《きりつラッパ》が鳴る。芝生スタンドをうめつくした七七校の男子学生、三〇校の女学生らもいっせいに「キヲツケ」の姿勢をとる。

国歌「君が代」の吹奏が流れる。最敬礼をもって宮城を遥拝する。礼式歌「国の鎮め」が流れる。明治神宮を遥拝し、つぎに靖国神社を遥拝する。

陸軍喇叭が鳴る。岡部文相が登壇し、「開戦の大詔」を奉読する。

「捧げ銃《つつ》」の姿勢をとり、正面をみつめる出陣学徒。髪を、額を、頬をつたって落ちるしずくをぬぐいもせず謹聴する見送りの学徒たち……。

大東亜戦争必勝祈願がおこなわれ、厳めしく重々しいムードがいよいよ神がかりとなったところに忽然としてファンファーレが鳴りひびく。訓示をのべる首相登壇のための特別のファンファーレ。東京音楽学校の出陣学徒が演奏した。

「ここに、明治神宮外苑の聖域において、上らんとする学徒諸君の壮容に接し、所感を申しのべる機会を得ましたることは、わたしのもっとも欣快《きんかい》とするところであります」

雨の基調音をぬうように、東条のオクターブ高い声がひびきわたる。

「かつて藤田東湖《ふじたとうこ》先生が正気《せいき》の歌を賦して、その劈頭《へきとう》に『天地正大の気、粋然として神州に鍾《あつ》まる』と申されたのであります。ただいま諸君の前に立ち、親しく相まみえて、わたしは神州の正気粛然として今ここに……」

のっけから藤田東湖の「和文天祥正気歌《ぶんてんしょうのせいきのうたにわす》」。水戸学と南宋忠臣の鑑文天祥《かがみぶんてんしょう》！二〇世紀なかばの高等教育をうけつつある九万の青年でうずめられた空間は、たちどころに一〇〇年をタイムスリップし、蒼然たる気配につつまれた。

「諸君は胸中深くすでに決するところあり。……こんにちまで皇国未曾有の一大試練期に直面しながら、なおいまだ学窓にとどまり、鬱勃たる報国挺身の決意、躍動して抑え難きものがあったことと存ずるのであります。しかるに、いまや皇国三千年来の国運の決するきわめて重大なる時局に直面し……」

身体を右に左にゆらしながら、さも英雄気どりで東条はつづける。

「一億同胞がことごとく戦闘配置につき……もって国難を克服すべき総力決戦の時期が、まさにこんにち到来したのであります……大東亜一〇億の民を、道義にもとづいてその本然《ほんねん》のすがたに復帰せしめるために、壮途に上るの日はこんにち来たのであります」

東条さん、それはないでしょう！多くの学生がそう思ったにちがいない。三か月くりあげ卒業を六か月くりあげに、ついには学生の徴集延期措置撤廃と、権力の都合で、下着をかえるよりやすやすと法律をあらため、むりやり若者を学園から追い出しておきながら、あたかも報国挺身の決意抑え難く、みずからすすんで出陣していくかのような文脈を頭ごなしに押しつける。一億同胞総力決戦！大東亜一〇億の本然復帰！まさか本気でいっているんじゃないでしょうね、と。

「諸君のその燃えあがる魂、その若き肉体、その清新なる血潮すべてこれ、御国《みくに》の大御宝《おおみたから》なのであります。このいっさいを大君《おおきみ》の御為《おんため》に捧げたてまつるは、皇国に生を享《う》けたる諸君の進むべきただひとつの途であります……願わくば、青年学徒諸君……」

冗談でしょう！命を「大君の御為」にささげることが、この国に生まれた者の唯一の道だなどと。抗うすべのないゆえ、こうやって土砂降りのなかに身をさらしもしましょう、これからさき死地にもおもむきましょう。が、自分でさえ制御しようのない精神は、何人《なんぴと》のためにささげることもできません。

陸軍喇叭が鳴る。岡部文相がふたたび登壇して訓示をのべる。雨音にまぎれてくすくす笑いがおこった。内閣総理大臣兼陸軍大臣にはファンファーレ、海軍大臣には海軍将官礼式吹奏、文部大臣には陸軍喇叭。「陸軍省文部局長！」誰かがささやいた。ひそみ笑いが輪のようにひろがり、雨音がおいかけるようにそれをかき消した。

海ゆかむ山また空にゆかむとの
若人のかどで雄々しくもあるか

結びにはなむけの一首がよみあげられて大臣たちの訓示はおわった。

出陣学徒の代表にたった東京帝大文学部の江橋慎四郎《えばししんしろう》くんの答辞は、「生きて還らぬ」ことを誓った、いや誓わされたものだった。

「時なるや、学徒出陣の勅令公布せらる。……生等《せいら》いまや見敵必殺の銃剣をひっさげ、積年忍苦の精進研鑽をあげて、ことごとくこの光栄ある重任にささげ、挺身をもって頑敵を撃滅せん。生等もとより生還を期せず……もって大東亜戦争を完遂し、上宸襟《かみしんきん》を安んじたてまつり、皇国を富嶽の寿きに置かざるべからず。かくのごときは皇国学徒の本望とするところ、生等の断じて行する信条なり……」

東京音楽学校報国隊の吹奏にあわせて「海ゆかば」を斉唱する。

海行者《うみゆかば》　美都久屍《みづくかばね》　山行者《やまゆかば》　草牟須屍《くさむすかばね》
大皇乃《おおきみの》　敝尓許曾死米《へにこそしなめ》　可敝里見波《かへりみは》　勢自《せじ》

ヤマトの支配者たちの建国神話。戦さの歌をうたいながら服従《まつろ》わぬものたちを討ち滅ぼした久米《くめ》の事跡にモティーフをとった万葉歌を。

その詞《ことば》のなんたる忌まわしさ。なんという不条理！

生還を期せずとの誓い。とっさにいだいたあからさまな違和感はやがて、永遠に解きほぐすことのできぬわだかまりとなるだろう。それでも青年たちは歌った。白と黒しかない、まったく色彩のない光景のなかの一点と化しつつ、ただ降られるがまま、ずぶ濡れになることで、せめて何もできない自分を贖っているといったように。

雨は彼らの怒りだった。戸惑いであり、悲しみであり、諦めでもあった。

一一時一〇分。東条首相が登壇し、「天皇陛下バンザイ」を奉唱。全員が力強くこれに唱和して閉会となった。つづいて出陣学徒らは二部隊にわかれ、銃を肩にかけて市内をかけ足行進しながら宮城前広場へと移動。学校ごとに宮城を遥拝し、一死報国の誓いをたて、バンザイを三唱した。

テンノーヘイカ　バンザーイ　バンザーイ　バンザーイ！

テンノーヘイカ　バンザーイ　バンザーイ　バンザーイ！

この日は、台湾の台北《タイペイ》でも壮行会がもよおされた。九日後の三〇日には朝鮮の京城で、明治節の一一月三日には満州国の新京、恰爾濱《ハルビン》、奉天、大連で、さらに同月なかばから月末にかけて、大阪、仙台、神戸、名古屋、京都、上海、札幌など各地でつぎつぎと壮行会がいとなまれ、いずれも出陣学徒の数はあきらかにされないが、この年だけで一〇万人とも一三万人とも推定される青年たちが学舎《まなびや》を追われていった。

そして一年あまりのちの一九四五年一月八日、B29による本格的な空襲がはじまったなかでむかえた陸軍始《りくぐんはじめ》は、いつもの代々木練兵場ではなく宮城前広場でいとなまれた。最後の陸軍始となった大観兵式。航空隊も、機甲部隊も、戦車隊の参加もなく、本来の天皇直属の御親兵である近衛師団さえ、各地の連隊で教育された兵員を寄せあつめて編成しなければならなかった。

わずかに三年前、真珠湾の奇襲から一か月後、日本軍がマニラを占領した直後に代々木練兵場でおこなわれた陸軍始大観兵式には、兵員二万人、航空機約五〇〇機、戦車約一五〇両が参加した。愛馬「白雪」にまたがり、悠然と閲兵する大元帥陛下。四万の軍靴が土を蹴る音。かわるがわる現われてはうなりをあげて空にラインをえがく航空機。一五〇両もの戦車がいっせいにまきあげる砂埃。何もかもが力強さにみちていた。

ひるがえって、宮城前広場に集結した歩兵連隊の国防色一色。この日のためにひと月間、くる日もくる日もへとへとになるまで都内を歩きまわって練習をつんできた歩兵たちだったが、寄せあつめの隊列はやはりどこかうらぶれて精彩を欠いていた。

天皇旗をかかげた近衛騎兵曹長を先頭に、白馬にまたがった天皇が現われ、親王、高級幕僚らがあとにつづく。大元帥たる天皇の軍服はもはや三年前のような正装、正帽ではない。飾帯も前立てもない。平時着用の軍衣、軍帽とかわらぬ通常礼装だ。

軍楽隊の奏でる「抜刀隊」にあわせて閲兵がはじまった。

靴音高く、四連隊の歩兵がつぎつぎと分列行進する。

「かしらぁー、右」。連隊長の号令がとぶ。馬上の天皇に敬礼をする。「直れ」。

つぎに、大砲をつんだ車を何頭もの馬にひかせた大部隊がつづく。

おしまいは騎兵隊だ。槍先についた紅白の三角旗を風になびかせてすすむ近衛騎兵隊の騎馬行進はまさに観兵式のハイライト。もっとも美しいものといわれてきた。連隊長が白刃を高だかとかかげ、号令する。「前へー、進め」。総勢六〇〇騎がいっせいに行進をはじめる。ややして「速足、進め」。つづいて「駆け足、進め」。右手に槍をもち、左手だけのたくみな手綱さばき。人馬一体、一糸みだれぬ彼らの行進だけが、わずかに往時の華やぎをとどめているかのようだった。

無理もない。兵士が寄せあつめなら、兵器といえば、ジェラルミンやトタンやベニヤ板をつかってトンボのような飛行機をつくるのがやっとであり、いよいよなすにこと欠き、風船爆弾を放流したほどだった。

風船！しかもそれは紙風船だった。

勤労動員の女学生らが、日本紙をコンニャク糊で何枚も貼りかさね、それを接《つ》いで大きな菊の花弁のようなもの三〇枚ほどつくり、一六人がかりでそれらをつなぎ合わせる。できあがった紙風船は、雨天体操場いっぱいになるほどの大きさだったというが、陸軍はこれに空気を入れ、小型爆弾をつけて太平洋上に飛ばしていた。茨城県の大津付近から気流にのせて飛ばせば、米国本土までとどいて自然落下、爆発するというのである。

風まかせの紙風船爆弾と爆弾搭載量最大九トンの超空《スーパー》の要塞《フォートレス》B29！

この間、学徒出陣の徴兵年齢は二〇歳から一九歳にひきさげられ、一年あまりのあいだに送り出せるかぎりの若者を出しつくしつつあった。徴兵検査がおこなわれては、壮行会どころかすぐにも入隊。敗戦までに入隊した学徒の数は三〇万におよんだともいわれている。


テンノーヘイカ　バンザーイ　バンザーイ　バンザーイ！

宮城前広場に、七七校の出陣学徒による七七回のバンザイ三唱がこだました年から、さかのぼること五四年の紀元節、そのおなじ場所に、おなじように帝国大学や専門学校の学生たちが群れつどっていた。

「大日本帝国憲法」発布式典のあと、観兵式に行幸する天皇をひと目おがもうと、宮城前にはひしめくように人々がつめかけた。この日、桜田門や和田倉門を閉鎖し、憲兵が剣をふりかざして追いはらわねばならなかったというほどの群集のさまは文字どおり「雲霞《うんか》のごとく」であったといい、その数は、報道記者にあっても「幾千万ともしらず」と書くよりほかないほどだった。将棋倒しにあい、全身めちゃくちゃに踏みつぶされて即死する者、意識不明の重態におちいる者もあり、雑沓の波が引いたあとには、もちぬしと離ればなれになった下駄や靴の小山があちこちにできたという。

それら凄絶な悲喜劇をくりひろげた群集のなかに、のちに二六代、二八代内閣総理大臣をつとめることになる若槻《わかつき》礼次郎《れいじろう》のすがたもあった。

当時、一高の前身、東京高等中学校に在学中だった若槻は、帝国大学や専門学校の学生らとならんで、二重橋にもっとも近いところに陣どって整列した。「祝憲法発布」「帝国万歳」などと書いた幟や紅白の吹き流しが北風になびく。集団のなかでもひときわ目立ったのは、ガウンという名の法衣のようなものを着た東京高等中学校の教師たちと、烏帽子と闕腋《けってき》――公家の武官が着用した束帯――という珍奇ないでたちであつまった東京美術学校の一群だった。

若槻は、首席であったという理由から、ガウンなるものの異様がきわだつ一団の校旗持《はたも》ちをつとめたということだが、その彼が、天皇お出ましのさいの愉快なエピソードを伝えている。

「……さて、第一公式のりっぱな御馬車が二重橋を出て来た。高らかに『ばんざい』の声があがった。これが我が国で万歳を唱えた第一声であった。ところが、豈《あに》図らんや、この突然の歓呼の声に怯えて御馬車の馬が驚いて棒立ちになり、足をばたばたやり出した。定めし陛下もお驚きになったことであろう。自然に一同は遠慮する気持ちになって、第二声の『ばんざい』は小さな声になり、第三声の『万々歳《ばんばんざい》』は唱えず、それきりになってしまった。……三声目の『万々歳』はあの時以来、闇から闇へ葬られた次第である……」

じつはこの日、帝大生と高等中学生らは「バンザイ、バンザイ、バンバンザイ」の歓呼をあげることになっていて、そのために練習をつんでのぞんでいた。なにしろ、「聖駕にたいし奉り大声を発するなどという不敬」を犯す、はじめての経験だったのだから。

そもそもこの国には、市民がそろって慶賀を発声する習慣も、統一された表現もない。天皇の出御にさいしては最敬礼をするのこそがふさわしく、西欧のように帽子やハンカチをふり、歓呼をあげるなどは、不敬行為にほかならなかった。が、これを主張した人々があった。それは「ケンポーさまのお祭り」を煽った事情とおなじく、この国が国家の慶事に無反応な「中等以下の社会」であるとの誹りをうけ、諸外国から「物笑いの種」にされないためだった。

とはいえ、いざ慶賀の発声にかなう表現をきめるということになると、容易ではなかった。「Vive《ヴィヴ》 les《ラ》 Francais《フランス》!」「Bravo《ブラボー》!」「Save《セイブ》 The《ザ》 King《キング》!」「Long《ロング》 Life《ライフ》!」に相当するこの国の言葉とは……?これには政官界にもさまざま議論があがり、帝大教授たちも評議した。

なかにも、森有礼《もりありのり》文部大臣は歓呼を強く主張してゆずらなかった。

新宮殿へ引っ越す天皇の馬車にむかって、唱歌「君が代」が賛美歌のメロディであることを承知で学童らに歌わせたのも森だったが、彼は「いまだ国民にあらざる民衆」を政治参加させる手段としての音楽や祝声の効用に、いちはやく着目した人だった。憲法発布当日、宮城前広場への学生行進をくわだて、関東近県の師範学校生を「修学旅行」の名目で動員したのも彼だった。

その彼が、慶賀の発声については「奉賀」という案を出してきた。「奉賀、奉賀」を連呼してみる。

「ホウガぁー、ホウガぁー、ホウガぁー、ホウガぁー……」

ためしてみると耳にはこう聞こえる。

「ホウガー、あホウガー、あホウガー、あホウガー……」

「阿呆がー、阿呆がー」になる。それではいけないというので却下。帝大教授の外山正一《とやままさかず》が「万歳」を提案した。中国で、皇帝の寿命をいうときだけに使われる「万歳＝wànsùi《ワンソェー》」がふさわしくはないだろうかと。純粋にこの国の言葉でないのはいたし方ないが、意味合いも用い方ももうしぶんない。ということで、教授会は「万歳」を採用することを承認した。

あとはこれを「マンザイ」と読むか「バンセイ」と読むか、あるいは「バンザイ」と読むかだが、「マ」では「腹に力が入らない」だろうということで、折衷をとって「バンザイ」となった。そして当日は、和田垣謙三《わだがきけんぞう》教授の提議によって「バンザイ、バンザイ、バンバンザイ」というように「万歳」を三唱することに落ちついた。

さっそく練習が開始された。いや、その前にまず、宮内省へ申し入れた。御馬車の馬を驚かせてはいけないからだ。はたして、宮内省からはゴーサインが出され、さっそく学生たちの練習がはじまった。宮内省主馬寮《しゅめ》もまた大あわてで訓練にとりかかった。馬の耳をならす訓練だ。よほどの音量がなければ訓練にならない。主馬寮には、くる日もくる日も、馬丁総がかりであげる鯨波《とき》の声がとどろきつづけた。

観兵式のための宮城御出門の予定は、午後一時すぎ。万歳歓呼のため、その日はやばやと二重橋前に陣どり、きたるべき瞬間をまっていた大学生、専門学校生、高等中学生らのあいだに、不穏な報らせがもたらされた。何がなんでも「慶賀の発声」がなくてはならないと主張した当の本人、森文相が斃されたというのだった。

「うそだろう。文相ならば、朝から宮中の式典に出ているはずじゃないのかい」

「いや、式典に出かけようとしたところでやられたらしい」

「刺客は大学生だってはなしだぜ」

「まさか……」

バンザイ三唱のタイミングを逸すまいと御門をにらんでいた一団に、波のようなざわめきが走った。

そのときだった。御出門が告げられたのは。あたりは静まりかえり、まもなく前方で「バンザーイ」の祝声がとどろいた。眼前に六頭だての馬車が現われた。屋根に鳳凰のついた金色燦然《こんじき》たる馬車に儀仗《ぎじょう》をともなった公式の鹵簿《ろぼ》だった。

「バンザーイ!」

帝大生五〇〇〇人がまず叫び、学生、生徒たちがあとにつづいた。

一瞬、馬たちの足が止まる。いかに訓練を徹底したとはいえ、馬丁総がかりの声が、青年ざかりの男子学生たちの群声におよぶはずはないだろう。

「バンザーイ」。学生たちのほうが怯んで第二声。

まばらなりとも三声目の「バンバンザイ!」を唱えた者があったかどうか……。若槻とおなじ高等中学の一団のなかには、夏目漱石や正岡子規のすがたもあったが、後年『墨汁一滴』で子規は「二重橋の外に鳳輦を拝みて万歳を三呼した」と記しているから、三声をあげた者もあったかもしれない。天皇の御馬を棒立ちにさせてしまったことに畏《おじ》けて、一声目で絶句した者も、二声目で腰くだけた者もあっただろう。

が、いずれにせよその日は、「バンザイ」三唱をめぐる騒動どころではなくなった。しまいまで唱えた者も唱えなかった者もくるめて、テロルの容疑によって大学生はその場に身柄拘束の憂き目とあいなった。

ちなみに、高等中学の生徒にお咎めはなかったらしく、奉送のあと旧松山藩主久松伯邸の園遊会へとむかった子規は、途中でこの日創刊された『日本』を手にとった。陸羯《くがかつ》南《なん》が社長と主筆をかね、まもなくこの時代の国粋主義、国民主義を領導していくことになる新聞だが、その付録につけられた「憲法」の表紙には、三種の神器が描かれていたという。

刺客は大学生だという。少なくとも宮城前ではデマは生きていた。

宮中はどうだったか。事件発生後まもなくしかるべき筋には凶報がもたらされていた。事実、式典に文相のすがたはなかった。理由を隠匿したまま、粛然と式典はすすめられた。

大典の終わるのをまって関係者が文相邸にかけつけた。人事不省《じんじふせい》。人工呼吸をやっていた。医師の手当てをうけたのは、刃に斃れてから三時間以上もたってからのことだった。一国の大臣ほどの人物を診られる医師はだれもが式典に招かれていた。天下の大典と大臣の命。おのずから勝負はきまっていた。

　まちには、虚実ないまぜの蜚語《ひご》が乱れとんだ。

「明六《めいろく》の幽霊がやられたってさあ」

「ほうっ。そりゃ穏やかじゃない。だが、無理もねえ」

「へっ、無理もないってか。で、下手人はいってぇどこのどいつだい」

「ニシノブンタローって神道家だとよ」

「神道家じゃなく勤王家だろうよ」

「どっちでもおんなじこった。だが、なんでまたこんなめでてぇ日に」

「さあてね、ケンポーさまによほど恨みがあるとか」

「いや、ケンポーじゃなくてユーレイの方にだろうよ」

「そりゃそうだろう。だが、ユーレイを恨んでる奴なんざザラにあらーな」

　捕り物やスキャンダルほど日常の退屈をなぐさめ、庶民を歓喜させるものはない。森がどれほど近代的教育制度の基礎固めに功あったかなかったかなど、しもじもの知ったことではない。知ったことではないが、強引な制度改革がいかに独り善がりであるかということを、彼らはたちどころに見抜いてしまう。つねに歪みやしわ寄せをこうむる者の経験と直観で。

「ああ、ザラにあらぁ。さいぜんお陀仏《だぶつ》になった学生なんかも、ひょっとして三途の川を越せねえでいるかもしれねえ」

「ついこのあいだも気息炎々やり合ったってじゃないかい。血の気の多いのがこぞって抗議とやらに押しかけて」

「やっこさんら、それでなくても官費支給をとめられて万事休す。書生の口でもありゃあまだしもだが、学資のあてもねえ田舎あがりなんざぁ、やめちまうよりほかにしようがねえ」

「やめちまうのは学生ばかりじゃねえ。ユーレイのせいでガラガラになっちまった学校もあるってぇじゃないかい」

「ろくなことも教えねえ小学校まで授業料をとるってんだから、まったく、ふざけてらあな」

「そうよ、いっぽうで子どもはかならず学校に入れなさいときやがる。そういっときながら、片っぽうで金がねえヤツはおことわりってぇんじゃ、つじつまもヘチマも合ったもんじゃねえ。ぜんたい、どんな料簡なんだい」

「兵役とおんなじだとよ。教育とやらもお国のためにうけるものだから、生身のからだじゃあなく、御銭《おあし》をちょうだいするって寸法さ」

「ってことはナニかい。無理もねえどころか、ブンタローってやっこさん、大いにでかしたってわけじゃないかい」

森有礼が文部大臣に就任してまっさきに手をつけたことは、文教制度改革だった。一八八六年（明治一九）、帝国大学令によって「東京大学」は「帝国大学」となった。大学と名のつく教育機関はほかにはなかった。あわせて医学校や法学校、外国語学校など直轄学校の統合再編がおこなわれ、官費生への学資支給が廃止された。

　内閣制度創設によるはじめての文部省官制のもとでの目玉政策「学校令」は、森の価値観をそのままに反映したものとなったが、その基軸をなすものは「帝国大学」の名にもあらわなごとき国体教育主義だった。

　すなわち、教育は国家の発展繁栄のために施すものであり、まずはそのための制度をととのえ、文明の進歩、生産富源の開発、国運振興の原動力となる、忠君愛国の気を国民のなかに養わねばならないというわけだ。ために彼は、師範学校に軍隊式教育をとりいれ、小中学校にも「兵式体操」を採用せしめ、女学校においては「賢良なる慈母」となるための教育の必要を説き、省内に視学部をおいて視学官を任命し、地方教育のすみずみにまで目をゆきわたらせ、指導監督につとめた。

　刺客の刃に斃れる二週間前、直轄学校の校長に説示した要領のなかでも彼は、「諸学校を維持するも畢竟国家の為なり」とか、学校教育は「学政上に於ては生徒其人の為にするに非ずして国家の為にすることを始終記憶せざるべからず」などと説いている。

　教育は生徒その人のために為すものではない。それが、いかに「学制」がしかれた当初の教育の理想とかけはなれたものだったか。

　明治五年（一八七二）、「学制」の施行にさいして太政官が出した「学事奨励ニ関スル被仰出書《おおせいだされしょ》」は、「人々自ラ其身ヲ立テ其産ヲ治メ其業ヲ昌ニシテ其生ヲ遂ル所以ノモノハ他ナシ身ヲ修メ智ヲ開キ才芸ヲ長スルニヨルナリ……」とはじまっていて、学問は、従来のように藩のためにするものではなく自分自身のためのものであり、おのおのが自分の身を立て口を養い、生業《なりわい》をさかんにして、人生をまっとうするために役立つものでなければならないとのべている。

　森有礼《もりありのり》。ファーストネームの有礼《ユウレイ》をとって「明六《めいろく》の幽《ユー》霊《レイ》」とあだ名されたごとく、彼は、幕末にはすでに薩摩藩の留学生として英米にわたり、明治初年には公使として各国に駐在、アメリカから帰国後、明治六年には福沢諭吉らとともに「明六社《めいろくしゃ》」を結成して欧米思想の啓蒙につとめたという人物だ。

　その彼が、初代文部大臣としておこなった文教制度改革において、たったひとつ合理主義思想を発揮した施策が、国家財政、地方財政の窮乏をおぎなうための教育の有料化だったというのは皮肉だった。

「ろくなことも教えねえっていやあ、あの……なんだ、……

幼稚園とやらはどうだい。遊戯だか唱歌だか知らねえが、子守りにもならねえようなことをやって授業料ってかい。まったくむだなこった」

「だがよ。それはそうと」

「おうよ、それはそうと。授業料とニシノブンタローってのはどうだい。どう考えても風馬牛だろうよ」

「ちげーねえ」

「え、なに。フーバギュウじゃなくてセンキョーシよ」

「………？」

「知らねえのかい。奥方だよ。奥方はアレだっていうじゃないかい」

「アレって？」

「ヤソよ。なんでも、ユーレイが邸内に宣教師を出入りさせてるのは、後添いの奥方のためだってさ」

「ユーレイもたしかかぶれてるって、もっぱらの評判だぜ」

「おお、聞いたことあらぁ」

「学校令とやらのつぎは国教令だなんて……。よもやあるまいがね」

「なるほど。恨めしきはケンポーさまでもユーレイでもない。ヤソさまっだっていうわけかい」

　ケンポーさまのお祭りには何でもあった。山車《だし》に幟《のぼり》、仮装行列、仮店、屋台、神楽《かぐら》に太鼓や囃子、芸者の手古舞、茶番、そしていたるところにふるまい酒。そこそこ分別のある民権論者も、めでたいめでたいをくり返しては朝から祝い酒三昧に酔いしれた。そこへ舞いこんできた大スキャンダル。とびきりの肴にならないはずがないのだった。

「で、そのブンタローってのはどうなったい」

「たちどころに捕らえられて、ギザギザにきざまれちまったらしい」

「屍骸をいれた棺桶が通って……血がぼたぼた垂れてたってよ」

「血塗りの桶の曳きまわしたぁ斬新だね。どんな出し物も色あせらぁ」

　翌二月一二日午前一一時三〇分、森有礼は不帰の客となった。四三歳だった。新聞はいっせいに事件と刺客西野文太郎について報道した。

　語る者、報じる者によってディテールにちがいはあるが、惨劇の大筋はこうである。

　当日朝、憲法発布式典に出かける準備をしていたところへ男が現われた。黒の紋付羽織に袴といういでたちで、森先生に会いたいという。学生連が、松明《たいまつ》行列のさいに文相暗殺を企てている。計画の詳細をつかんだので、森先生にだけじかに伝えたいと。応対に出た執事は、男をとりあえず玄関わきの待合室へとみちびいた。

　邸《やしき》には大臣お付きの私服警官がひかえていた。不意の訪問者について聞くと待合室へと急ぎ、男に用向きをあらためた。執事の伝達とおなじ答えがかえってきた。

邸内では、大礼服に身をととのえた大臣が、れいのくせでポケットに手を入れてまっていた。「玄関を出たらすぐに裏へ回ってください。表門からは出られませんよう」。そう警部は大臣に注意をうながし、護衛の者ともども送り出した。

ところが、玄関を出たとたん男が接近した。警部が男を何者だと判断したかはさだかでない。が、待合室にまたせておけばよかろうというぐらいの危機意識しかなかったことはたしかだろう。

「あなたが森さんですか」

「そうだ」

こたえるが早いか、下腹部をグサリとやられた。兇器は小倉袴《こくらばかま》のなかにしのばせた出刃包丁だった。男は、大臣を抱えたまま急所をまさぐった。そのすきに一太刀。こんどは男の首がふっとんだ――頭蓋骨を打ち割ったとも伝えられた。大臣お付きの護衛は剣の達者だったということだ。

凶行の顚末もさることながら、世の関心はもっぱら犯人のプロフィールと犯行の動機にそそがれた。

西野文太郎《にしのぶんたろう》、二五歳。山口県出身。父は神官。一八八六年（明治一九）、修学のために上京したが、学資なく、内務省土木局の雇員となった。身体は並はずれて短小で、虚弱体質だが、意志力は強かった。ひごろの交友はなはだ少なく、同郷のわずかな親友と往来するのみ。寡言沈勇《かげんちんゆう》、ことを他人にはからず、屋号を背水庵《はいすいあん》と称し、格別勉強もせず、勤王家をきどり、いつだったか宮城前で高山彦九郎《たかやまひこくろう》ふうに大地に伏して皇居を遥拝したことが、ある筋に評判をよんだ……。

一四日、各紙の伝えたところはおおむねこんなものだった。人となりを推しはかるよすがとして、高山彦九郎をまっさきにもち出すくらいだから、彼がラジカルな、というよりいささか偏執的な国粋主義者であったことはたしかだろう。

「寛政の三奇人」に数えられる高山彦九郎は、延享四年（一七四七）、上野国《こうずけのくに》新田郡の平姓秩父氏の一族、かつて新田義貞とともに鎌倉攻めに参じた「新田十六騎」のひとり、高山重栄を祖先とあおぐ郷士の家に生まれ、長じては各地を遊歴し、勤皇論を説いたという人物だ。

京にあっては公卿岩倉具選《いわくらともかず》邸に寄留し、奇瑞の亀を献上したことにより光格天皇に拝謁。西野が真似たという「皇居望拝ポーズ」つまり通称「土下座」の彦九郎は、謎の自刃から二〇〇年たったいまも京都三条東詰にブロンズとなって内裏を遥拝しつづけている。ちなみに、初代ブロンズ像の台座の文字は東郷平八郎の揮毫によるものだったというが、「金次郎さん」とおなじく一九四四年の金属回収令で供出され、現在の銅像は六一年に再建されたものだという。

だが、なぜ尊王国粋主義者が、国体教育主義を標榜する一大臣を刺さねばならなかったのか。

森は、たとえば閣議に諮る意見書に「顧みるに我国万世一王天地と與《とも》に極限なく、上古以来威武の耀く所未《いま》だ曾《かつ》て一たびも外国の屈辱を受けることあらず」とのべるような国体観のもちぬしであり、祖宗いらいつづいてきた「人民護国の精神」と「忠武恭順の風《ふう》」と「忠君愛国の気」こそが「一国富強の基《もとい》を成す」ための「無二の資本」であり、「至大の宝源」であると説くような教育観のもちぬしなのだから、尊王論とも国体論とも無縁の者にとって両者はおなじ穴のムジナとしか映らない。

さまざまな憶測がとびかった。なかでももっとも多くの人々に説得力をもった犯行の動機は、大臣の「不敬」行為だった。西野の斬奸《ざんかん》趣意書にも、「不敬」への激しい怒りが記されていたという。

一年ほど前、新聞が「ある大臣」の伊勢神宮における「無法ノ振舞」について報じたことがあった。「ある大臣」が伊勢外宮《げくう》を参拝したさい、あろうことか拝殿に靴のままのぼり、ステッキで御簾《みす》をまくりあげて内をのぞき見たというのだ。それればかりか、神官にすごんで、三種の神器のひとつ八咫鏡《やたのかがみ》を見たという証言もあるそうだ、と。

いっぽうには、報道をデッチアゲだとして「ある大臣」を擁護する論もあるにはあった。が、「ある大臣」が森文相であることは周知のことであり、火のないところに煙はたたない。すなわち、世間の目には森は、国体主義的教育観をもった人物というよりも、急進的な欧化主義者ととらえられていたむきがあり、いっときは、キリスト教を国教に定めるのではないかという風評すらささやかれたこともあるくらいだったから、そのような人物ならば、伊勢神宮にたいして不敬のひとつもはたらきかねず、国粋主義者の怨みをかうということもないではなかろうというのが世評の落としどころだった。

いずれにせよ、いったんはうやむやにされた伊勢神宮不敬事件が、紋付袴に出刃包丁のブンタローの登場でむしかえされた。

斬奸《ざんかん》状には、西野がみずから伊勢におもむいて事実を確かめ、報道や噂がけっして虚伝ではないことを確信するにいたったと記されていたという。もちろん、「確信するにいたった」ということであって、彼がその目で森の「無法ノ振舞」を目撃したということではない。

事件の真相を知りうる人物はごくかぎられる。

そのうちのひとりに、秘書官として終始大臣につきしたがった木場貞長《こばさだたけ》があった。木場によれば、森は地方へ出かけるとかならず神社を参拝する、敬神の心あつい大臣だったという。その日も、山田小学校を視察し、小学校で昼食をとったあと人力車をつらねて外宮にむかった。県警が先駆をつとめ、そのつぎに警官六七人《ろくしちにん》に左右を護衛された大臣、つぎに木場、つぎに県知事、県会議員、学務課員といったぐあいに三〇台が行列した。

外宮前で車を降り、神官の案内で鳥居をくぐり、拝殿のあるところまで徒歩ですすむ。

「ソコに一段高いところがあって、四段ほどの敷石をのぼると楼門のような御門があって、その先へは神官がさきで、森大臣がつづき、わたしは二間ほど離れていましたが、神官も大臣の行動もよく見える。その先に御扉があって、その一間半か二間前に白い布の、これはミトバリ、御《み》戸帳《とばり》といって、神聖の域で、ソコにいくと、神官は右側のワキにしゃがんだ……」

彼のつまびらかにするところでは、問題の御戸帳《みとばり》、すなわち神聖な領域との境界をしるす白い布のところまですすんだとき、ふいにヒラリと右に身をかわして、神官がしゃがみこんでしまったという。驚いた森は、はじかれたようにあとずさりした。

「大臣は何も予期しない。前かた誰からも話のない、この神域でにわかに神官がしゃがんだので、ハッと思ったらしく、二歩あとへさがられた。わたしにはよくその行動が見えた。神官が制止したようでもあった……」

御戸帳をまくりあげて内をのぞくどころか、その手前で、ふいに身をかわした神官から制止をうけた。そのあしらいに、大臣が不快の念をいだいたことは「察するにあまりある」と秘書官は擁護する。大臣は、まだ先にすすめると思っていた。それを奇怪な行動で制止され、面食らった。「不意打ちの目にあわれたから、わたしとしても、何かこうした羽目に神官の策略があって、陥れられたというふうに考えられたものです」と。

しかもその場所は、木場秘書官が少年のころ、母親に連れられて参宮したさいにも案内された場所だといい、幣帛《へいはく》しだいで、彼の表現をかりるなら「土百姓」でも入ることができたという。

森本人は「門前払いをされた」というようにうけとめたらしく、おのずからそれは「文部大臣の権威をそがれた」ということにならざるをえず、不愉快きわまりない参拝となった。

このことも手伝って、予定されていた内宮《ないくう》への参拝はとりやめられた。

「内宮と外宮とは、どう異なるのだ」

「同じでございます」

「そうか、同じなら参らぬともよかろう」

神官とのあいだに、かくいうやりとりがあったとかなかったとか……。事実はさておき、大臣は、伊勢に詣でておきながら天照坐《あまてらします》皇大御神《すめおおみかみ》が鎮座する内宮には参拝しなかった。これもまた「不敬」の一か条に数えられた。

そもそも、ふるくから民衆の圧倒的な信仰をあつめてきた豊受大御神《とようけおおみかみ》の鎮座する外宮と内宮の地位を逆転させ、アマテラスに至高の位置をあたえ、内宮を国家の至聖所と定めたのは、当の明治政府だった。

そんなこともご存じないようでは大臣は失格。「不敬」にあらずといえど不徳のいたすところこのうえなく、まして、参拝の仕方すらご存じない大臣を、伊勢の神官が「不敬なやつ」だと感じる自由は、森が「門前払いをされ、大臣の権威をそがれた」と感じるのとひとしくあるのだから、「不敬よばわり」されてもしかたがなかろう。

世間というものはいつでも事件とスキャンダルに飢えている。事件ならば謎めいていればいるほど、スキャンダルなら破廉恥であればあるほど好もしい。もとよりケンポーなど知ったことではない市井の話題は、明け暮れユーレイとブンタローでもちきった。

「有礼が無礼の者にしてやられ」

「川柳かい。ウマいねえ」

「いや無礼をいうならユーレイのほうだろう。拝殿を土足で汚し、幕をステッキでまくりあげてぬすみ見たぁ、いくらヤソだって、よくもまあ、そんなもったいねえ真似ができたもんだ」

「なら、こっちはどうだ。廃刀論者出刃包丁を腹へ刺し」

「ネタは古いが、きわどいところを突いている」

「どういうこった」

「こうよ。西洋かぶれがどんなりっぱなもんか知らねえが、やっこさん、しょせんお里は……」

「なるほど。しょせんお里は薩摩のイモ侍《ざむらい》！」

読者がお望みとあらば新聞もペンを揮わずにはいられない。いきおい報道合戦は過激になり、それが凶行犯を讃美する風潮をあおることになったから始末が悪かった。なにしろユーレイは、庶民にはめっぽうウケが悪かった。それをやっつけたブンタロー。あっぱれ、でかした、ブンタロー。というわけで、ちまたはこぞって西野をもてはやし、あげくは、上野に葬られた西野の墓前に、霊場まいりさながらの光景がくりひろげられた。

政府はついに、新聞に発行停止を命じなければならなかった。

この狂態を、外国人居留地で発行されていた英字新聞『ジャパン・ヘラルド』はこう評した。

「日本人の道徳は一種奇怪なりというべきだ。暗殺された者よりも、死んだ暗殺者を、夫を殺された未亡人よりも、暗殺者の老父をより多くあわれむもののようである」

立憲制だの憲法だのといくら騒いだところで、あげて無法を擁護するような国民が、とてもそれらに価いするものとは思えないと、じつにそういいたげな筆致である。が、こちらはなんと報じようが、日本の法度のおよぶところではない。

「憲法で出版の自由を可及的にひろく約束したあとに、政府はすぐその翌月、五種をくだらぬ帝都の新聞紙の一時発行停止を、やむ得ない処置と認めている。それは、これらの新聞紙が森文相の暗殺者そのものを讃美したからである」

こう日記に記したのはドクター・ベルツだった。帝国憲法「上諭《じょうゆ》」は翌年の帝国議会開会をもって憲法が有効となると定めていたから、「約束」はいまだ効力をもたないにはちがいないが、さすがに冷めた「諸外国」の眼は本質をついている。いかに親日派のベルツといえど、ジャーナリズムたるべき新聞があからさまに暗殺者を讃美したことに驚愕し、市民の墓前詣での引きもきらぬありさまをみては腰を抜かさずにいられなかった。

「要するに、この国はまだ議会制度の時機に達していない」と、そう彼は結論づけざるをえなかった。

ちなみに、西野を憐れむことしきりだったほとんどの人々にとってとくに有難味《ありがたみ》もない「大日本帝国憲法」第二九条には「日本臣民ハ法律ノ範囲内ニ於テ言論著作印行集会及結社ノ自由ヲ有ス」と定められていた。なかに「法律ノ範囲内ニ於テ」とあるのがくせもので、たとえば刑法の不敬罪、のちにできる出版法、新聞紙法、治安警察法、治安維持法など、立法に基づく制約のほうが憲法の自由の保障に優先する。

ケンポーさまのお祭り、あるいは文相殺害事件発生当時、すでに言論、印行の自由に優先するものとして、「新聞撲滅法」の通称をもつ「新聞紙条例」が機能していた。凶行もしくは凶行犯を讃美する内容の記事は、さしずめ、同法二一条が禁止する「犯罪を煽動もしくは曲庇する記事」に相当し、それらの掲載紙は、同二三条が発売、頒布を禁じた「安寧秩序を乱したり風俗を害すると認められる新聞」に相当するとされたものだろう。

有難味がないというのは大げさではない。庶民の多くは、御一新《ごいっしん》から二〇年をへてなお新政府を心から信頼してはいなかった。謀叛こそ起こしはしないが反感めいた違和を感じていたし、胡散臭いものにたいして服従をためらうのは、万事にしわ寄せと歪みをこうむることをまぬがれない庶民のしたたかな智恵であり、ささやかな叛骨でもあるというわけだ。

お祭り騒ぎが去ったあとのポカンとしたきまり悪さ。くわえて、肩すかしを食わされたような手ごたえのなさ。憲法ということに熱心だった人たちでさえが、何かに裏切られたような気分をいだいたという。

先年、官軍よりも西郷《サイゴー》をもてはやしたたぐいの心性が首をもちあげる。これに小さな失望と飽き足らなさがあわさって、大臣よりも狂信家を、憲法よりも無法者をもてはやす。人々は、事件を川柳に詠んでは興じ、唄や口説《くどき》のモティーフにし、あるいは芝居に仕立て、「西野文太郎親子別れの場面」ではきまって袖を濡らす……。そうやって、殺された者より殺した者を、夫を殺された未亡人よりも死んだ暗殺者の老父をあわれむ「物語」は、たちまち地方郡部にまではこび伝えられ、しもじもの素朴で無防備な心をとらえていった。

　問題は、そうやって口説や芝居に呆けているうちに、彼らは目を本質から逸らされ、ふさがれ、ガス抜きされ……。抜かれるだけならまだしも、とどのつまりは体制にからめとられ、気がついたときには体制をささえる側に与《くみ》してい るということだ。しもじもの悲哀は、底というものを知らないものらしい。

「伊勢の拝殿を土足で汚し……いくらヤソだって、よくもまあ、そんなもったいねえ真似ができたもんだ」

　誰がいったか知らないけれど、これを無智迷妄の愚言だとしてけちらすのは妥当ではない。そこには庶民のうけとめ方のスタンダードがある。

　庶民にとって、大臣などは疎々《うとうと》しい存在でしかなく、その死は絵空事のようにしらじらしい。かたや「お伊勢さん」とは旧知のあいだがら。わけても、神棚に「天照皇太神宮」の御祓札《おふだ》を祀って日々拝んでいる人たちにとっては身近であり、それが汚されるなどはもってのほか。いや、伊勢の神でなくてもいい、どんな神でも仏でも、この国の人々の心性の基底には、神聖なものを侵すことを「罰《ばち》あたり」だとする観念が抜きがたくよこたわっている。

　ゆえに、殺人者は断罪されないが、大臣の行為は断罪される。「罰があたってとうぜんだ」と。いきおい殺人者の肩をもってしまう。「罰あたり」な行為がじっさいあったのかどうか、知りも確かめもしないまま……。国体主義者か西洋かぶれか知らないが、つぎつぎと無理難題を押しつけてくる、ともかくいけ好かない大臣に鉄槌を食らわせた。いいぞ!西野。でかした!文太郎。やんや、やんやのうちに、肝心なことが脱け落ちてしまう。

　たとえば、伊勢神宮の拝殿を汚すことや、戸張《とばり》をまくりあげて神をのぞき見することが、どうして「不敬」なのかをだれも考えてみようとしない。「不敬」とは、皇室にたいして、その名誉や尊厳を害することをいうが、そのことと大臣殺害事件とのあいだに因果関係があったのかどうかということも……。

　肝心なことを考えず、西野に同情し、もてはやし、やんやのうちにいつしか犯罪の大義、ならばまだしも、殺人を正当化する口実とされた「不敬」を、皮衣《かわごろも》のまま是認し、「不敬は万死にあたいする」という価値観を擁護してしまっているというわけだ。

　ここに「底なしの悲哀」のカラクリがある。

西野文太郎を犯行にかりたてた要因には、森が日本語にかわって英語を採用しようと主張した「売国奴」であったことや、森が結成した「明六社」につどった啓蒙家たちが信教の自由や政教分離を標榜する者たちであったこと――森自身、アメリカ滞在中に「日本における宗教の自由」という小冊子を著して政府に建白したことがあった――があっただろうし、より直接には、伊勢神宮がもっていた暦《れき》の版権を森が奪ったことがあっただろう。

暦。一国の時間《とき》をつかさどる者はその国のまことの支配者だ。大化の改新で採用され、中世以降いちじるしい形式化、形骸化をへながら、いまなおこの国が王国であることの象徴として機能している「元号制」などはその最たるあらわれだが、暦を定める権利は、江戸時代中ごろまでは天皇の掌中にあった。

はるかにさかのぼれば律令の時代、暦は陰陽寮《おんみょうりょう》でつくられ、毎年一一月一日の「御暦奏の儀《おんれきそう》」で天皇に奏上された。国家の時間の支配は朝廷だけがもつ大権だったから、暦は天皇から臣民に下賜されるのが本来のすがたであり、そのために「暦奏」は不可欠の儀式なのだった。しかも、このとき奏上される暦の数は限られていた。天皇と准三皇以上のための御暦と、諸司に配られる頒暦があったが、『延喜式』のきまりによれば、頒暦の数はわずかに一六六巻ということだから、いにしえ、暦を手に入れることは相当レベルの貴族であっても至難のわざだった。

事実上の作暦権が朝廷から幕府にうつったのは、貞享元年(一六八四)、幕府碁方につとめる棋士渋川春海《しぶかわはるみ》がはじめて和暦の算出に成功し、それを採用したのが画期だった。「貞享暦」とよばれるはじめての国産暦である。

それまでは、貞観四年(八六二)に唐からもたらされた「宣明暦」をもちいていたため誤差が大きく、農事をはじめ、四時《しじ》のあらゆるいとなみにおいて暦と現実とのズレをカバーしなければならなかった。中国とは経度の差があるのだから当然のことなのだが、当時は、春海が独自の観測によって計測した「地方時」の存在も、改良をかさねた暦法もすべて根拠のないものとしてしりぞけられ、採用されるまでには、朝廷のもとでながく作暦を管掌してきた家元――家元とはいえ、代々暦博士を世襲してきた幸徳井家にも、陰陽寮の長官を世襲してきた土御門家にも暦を作る能力はなかった――を再三くどいて同意を得なければならなかったという。

いっぽう、暦がなくては日々の暮らしや共同体のいとなみにも支障をきたす。おのずから暦の需要は増大し、暦発行の分権化はすすんできた。

伊勢で暦がつくられた歴史は一五世紀後半にさかのぼるというが、江戸時代には、「お伊勢まいり」の流行とあいまって、神宮のおひざもとでつくられる「伊勢暦」の人気が急上昇。一八世紀のはじめ、享保年間には、全国のシェアの半数を占める二〇〇万部を発行し、「伊勢ブランド」の主要アイテムにのしあがった。

スタイルは、一枚刷りの暦を折りたたんで表紙をつけたコンパクトな折本。さいしょに暦日の吉凶凡例などを記し、つづいて正月から一二月までの暦を掲載、日々の欄には、節季《せっき》やその日の吉凶、農作業にかかわる暦注を記していて、農家にとってはとりわけなくてはならないものとなっていた。参宮できない鄙《ひな》の地の家々には、毎年、神宮の下級神官御師《おし》らが、旦那《だんな》廻りと称して一軒一軒をたずねあるき、大麻《たいま》とよばれる神宮の御祓札《おふだ》といっしょに配布するのがならわしとなっていた。

ところが、御一新ののち御師《おし》制度は廃止され、「伊勢暦」の頒布も中止された。神祇官、神宮司庁、渡会県（三重県）、名古屋県（愛知県）あげて神宮動座問題にゆれた明治四年のことだった。

祭政一致の理念にのっとるなら、皇太神宮を宮城にうつして天皇みずからが天照大神を奉斎すべきであり、神宮の御神体である鏡も、熱田神宮の御神体である剣と玉も宮中にうつし、三種の神器もまた天皇が奉斎すべきだというわけだ。

結局、旧神職神官、膨大な数の御師、地域の有力者などの抵抗にあって動座は実現しなかったが、この年、神社は「国家ノ宗祀ニテ一人一家ノ私有」すべきものでないとして、全国の神職の世襲が廃止されたのとどうよう、ながく祭主職を世襲してきた藤波家が職を免じられた。

まもなく、伊勢神宮は信仰的にも組織的にも、従来のありようを根っこからくつがえされるほどの大きな改革にさらされた。外宮と内宮、すなわち豊受大御神《とようけおおみかみ》と天照坐皇大御神《あまてらしますすめおおみかみ》に等差をもうけ、内宮に至高の地位があたえられたのもこのときだが、ふるくから両神宮に奉仕してきた荒木田《あらきだ》氏、度会《わたらい》氏を中心とした神職の組織をバッサリと解体、どうじに布教と経済活動の担い手だった御師の組織も撤廃された。

かわって、暦は政府が発行することになった。文部省が主導して全国の暦師をあつめ、頒暦商社を設立。明治五年一一月九日の「太陽暦改暦の詔」をうけて「官暦」を発行し、政府が頒布権を独占した。

神宮のうけた経済的ダメージははかりしれなかった。が、明治一五年四月の太政官布告によって、神宮司庁が「官暦」を発行することになり、版権が伊勢神宮にもどされた。つまり、「官暦」の製造、頒布を政府が伊勢神宮に委託したというわけだ。これによって、神宮はふたたび収入を神宮司庁配下の神官たちの生計費にあてることができるようになった。

その既得権を、またしても奪ったのが森文相なのだった。内務省の所管である神宮司庁で作成していたものを文部省に移管し、帝国大学でこれをつくることにした。既得権を奪われ、濡れ手に粟式の収入源を失った神宮サイドの憎悪はいやでも森にむけられた。

もちろん、そのことが西野の犯行の動機にどの程度ウエイトを占めていたかは知りようがない。たしかなことは、国粋主義者の違法行為をもてはやすことにかまけて、大臣に「不敬」のレッテルをはる側に与することが、「伊勢神宮を汚すこと」イコール「皇室の名誉・尊厳を害することと」であるというロジックを無自覚にうけいれることになるということだ。

結果、人々は心から信頼していない政府を、孜々《しし》としてささえる側にまわるというパラドクスになげこまれる。なぜなら、彼らが胡散臭さを感じている政府ほど、天照大神の子孫としての天皇の神権的絶対性を必要としているものはないのだから。

伊勢にゆきたい伊勢路がみたい
　　せめて一生に一度でも
わしが国さはお伊勢に遠い
　　お伊勢恋しや参りたや

お伊勢さん。そう親しみをこめてよばれる伊勢神宮の祭神は、農業と深いかかわりのある太陽神天照大御神《あまてらすおおみかみ》と、食物・穀物神豊受大御神《とようけおおみかみ》。

内宮の祭神アマテラスは商売繁盛の守り神、外宮の祭神トヨウケは衣食住や産業の守り神としても崇められ、なにより、暮らしになくてはならない暦の配布にあずかれることから、津々浦々にいたる人々の信仰をあつめ、御一新をむかえるまでは、おしなべて五人に一人が「お伊勢まいり」に出かけたという。

越境ということそれじたいがかもしだすある種のはなやぎ。まだ見ぬ土地への憧憬。世俗のしがらみを脱けだせる、おどるような胸騒ぎ、解放感……。庶民にとって、伊勢はいつもあこがれの土地であり、「お伊勢まいり」は一生にいちどの夢でもあったから、徳川の太平の世、パックス・トクガワーナ二五〇年をつうじて参詣熱のたえるということはなかったが、六〇年にいちど、忽然として爆発的な伊勢詣の大流行「おかげまいり」がまきおこった。

「おかげ」というくらいだから、そもそもは、お伊勢さんを信奉して難病が治ったとか、思わぬ繁盛や幸運にあずかったとかいう人たちの「お礼まいり」がはじまりだっただろう。人々の耳を驚かすような霊験や効験というものは、たちまち風のたよりとなって拡散する。ならばご利益にあやかろうじゃないかということで、さっそく「お伊勢まいり」を思いたつ人々が現われる。と、わたしも「伊勢にゆきたい伊勢路がみたい」というわけで、仲間にくわわる人がぞくぞく出る。

　お伊勢恋しや参りたや。あんたが行くならわしも行く。せめて一生に一度、お参りするならいまがよい。とかなんとかいうわけで、われもわれもとあとにつづく。まるで熱に浮かされたように、つぎからつぎへと伊勢をめざす。道中をすすむにつれ、さまざまな人々が加わって集団はふくれあがる。伝染病さながら、参詣熱はまちからまちへと拡がってゆく。そうなるともはやただの「お伊勢まいり」ではない。「おかげまいり」の大ブームとなる。

　農・工・商に色分けされ、厳格な分限にしばられていた庶民。とりわけ農民たちの移動には厳重な制限がかせられていたが、「おかげまいり」のためだといえばたやすく通行手形を手にすることができ、手形さえあれば旅は自由。伊勢の帰りに京や上方《かみがた》見物も楽しめた。子どもや奉公人でも、「おかげまいり」をしたいといえば親や主人は止められない。別称「ぬけまいり」の名のとおり、親や雇主に無断でこっそり出かけても、伊勢に詣でた証拠の品、お守りやお札さえあればお咎めなし。

　街道沿いには、施行《せぎょう》といって、にぎり飯や粥や餅のふるまい、わらじや菅笠、団扇、手ぬぐいのサービス、農耕馬をつかっての運搬などを無償でひきうけてくれる有徳人《うとくにん》が軒をつらねていた。というより、熱に浮かされた集団に土足で屋敷を荒らされ、略奪ざんまいをこうむることをおそれる沿道の物持ちが、まえもって施物《せぶつ》やふるまいを用意していてくれたから、着のみ着のまま、無一文でとびだした者でも伊勢までたどりつくことができたという。

　慶安三年（一六五〇）の「おかげまいり」には、正月から三月のはじめまでは一日平均六〇〇人から八〇〇人が、三月中旬から五月までは一日平均二〇〇〇人以上が箱根の関をこえたといい、松坂は鈴屋大人《すずのやのうし》本居宣長《もとおりのりなが》が著書『玉《たま》勝間《かつま》』に「閏四月九日より、五月廿九日まで、五十日の間すべて三百六十二万人なり」と記した宝永二年（一七〇五）の大ブームでは、四月上旬から一日三〇〇〇人が松坂を通り、もっとも多い日には二三万人を記録したというから尋常ではない。

　そして、明和八年（一七七一）の「おかげまいり」は、四月なかばから七月はじめまでの二か月半に、西は豊前《ぶぜん》小《こ》倉《くら》、長崎まで、東は常陸《ひたち》、上野《こうづけ》、下野《しもつけ》まで、北は越中、越後にいたる広範な地域の民衆二〇〇万人をまきこんでの一大ブームとなった。

　おりしも、農村では、「百姓」らが鎌や鍬などの農具を手に、農民としてのアイデンティティーをよりどころとしてデモンストレーションにたちあがり、各地で百姓一揆が共時多発。明和六年、七年、八年と、毎年のように幕府は「禁令」を出さねばならないほどだった。

あたかもそのクライマックスをかざるかのように沸きあがった明和の「おかげまいり」は、ピーク時には、道路をよこぎって向かいの家にゆくことも困難なほどの参詣者で松坂の通りがうめつくされたと伝えられる。

　各地から集団でやってくる参宮者は、それぞれ幟《のぼり》や纏《まとい》を一連のしるしにたて、「おかげでサ、ぬけたとサ」などとはやしながら列をつらねていく。女ばかり、子どもばかりの一連もめずらしくない。

「のぼりといふもの、はじめのほどは、い《伊》せ《勢》まうで《詣》いく《幾》ひと《人》つれ《連》などかき、国所《くにどころ》などうるはしく記したりけるを、後にはうちたはぶれゆきて……あらぬもののかたちなどゑがきたり。さるはをこがましくて、あらはにはえこそまねばね、ただ思ひやるべし……」

　宣長に入門してまもない松坂の豆腐商の子、稲懸大平《いねがけおおひら》がまのあたりにしたところによれば、はじめ連名や地名がしるされていた幟に、やがてはさまざまの絵が描かれるようになり、なかには口にも文字にもできぬような卑猥な絵もあったといい、二次元ではこと足りず、「物のかたちをことさらにもつくり出て、杖のさきなどにさし」、口々に猥褻な言葉をいいはやしながらすすんでゆく者たちもあったという。

　大平はのちに宣長の養子となって本居《もとおり》の家督をつぐことになる人物だが、豪商をバックボーンとした復古主義的インテリであった青年の目に、「をのこ」たちならまだしも、「物恥《ものはじ》しつべきわかきをんなまで」が「いみじきことども」を口々にはやしたてながら行き交うさまは、さぞやもの狂おしく、嘆かわしく映じたことだろう。

　宝永の「おかげまいり」の火つけ役は、七八歳《しちはっさい》から十四《じゅうし》五歳《ごさい》ぐらいの年少奉公人たちであり、参宮者の四割をしめたのも彼らだったが、明和の大ブームもまた貧農や奉公人、貧しい賃労働者によってはじめられ、ささえられ、やがては有徳人の報謝めあての者、施行を強要する者、乞食のような者まで出てくるようになった。

　最後の大フィーバーとなったのは、一八三〇年の「おかげまいり」。

　文政一三年から天保元年へ、改元をまたいで半年つづいた大ブームでは、明和のブームの二倍をしのぐ五〇〇万人ともいわれる人々が伊勢をめざし、経済効果は九〇万両にのぼったという。

　九〇万両。文政の貨幣改悪が急激なインフレーションをひき起こし、相場の変動もめまぐるしかったため短絡はできないが、マニュアルどおり一両を五万円として換算すれば四五〇億円、同時期の下級武士や庶民の年収のスタンダードが二〇両から三〇両ぐらいだったというから、それを平成の平均年収を四〇〇万円として実感値になおすと、一二〇〇億円から一五〇〇億円の経済効果があったということになる。

この年、閏三月一日に阿波にまきおこったおかげ旋風は、たちまち紀伊、和泉をはしりぬけ、四日には兵庫、五日には山城、大坂におよび、まもなく四国全域、三河、尾張、京都、丹波、丹後をまきこみ、東は美濃、西は播州、備前、備後、芸州におよんだ月末《つきずえ》には、はやくも一日一五万人を記録するマンモス旋風にふくれあがった。

各地に「おふだくだり」の奇蹟がおこった。

泉州は堺の港につむじ風がまきあがり、なかから伊勢の御祓札《おふだ》が降《くだ》ってきた。くるくる、くるくる、わた雪が舞うように降《くだ》ってきた。また大坂川口《かわぐち》のあたりには、花吹雪のようにつぎつぎと、ぎょうさんの御祓札が宙を舞った。まちの衆は狂喜しておもてにとびだし、盥《たらい》や桶《おけ》で、あるいは笠を逆さにしてうけようとしたが中にはおさまらず、ほとんどぜんぶがいずこへともなく飛びさった。たまたま一枚の僥倖にあずかった上荷船《あげに》。船をあげての大騒ぎ。御祓札を神棚に祀り、お神酒《みき》を供え、同業者はもとより、まちじゅうの人々に酒をふるまった。おなじようなドンチャン騒ぎはあちらこちらにごまんと湧き、これがブームに油をさした。

おかげでサ　するりとナ　ぬけたとサ……

西から東から、群れをなしておしかけてくる参宮者は、手に手に柄杓《ひしゃく》をもち、女装、男装も思いのまま、一団ごとにさまざま装束に趣向をこらしてやってきた。そのさまは、華美をこえ派手《はで》をこえ、奇天烈《きてれつ》、突飛《とっぴ》、破廉恥《はれんち》というよりほかはない。

あるものは、若い女五〇人ほどの集団で、めいめいが柄杓をもち、お歯黒をおとした白歯をむきだして「おかげでサ、するりとナ……」を連呼する。素足に白の脚絆、男模様の大島紬《おおしまつむぎ》にビロードの男帯をしめ、緋縮緬《ひちりめん》のふんどしがあらわになるほどたかだかと裾をまくりあげ、髪もまた男髷《おとこまげ》に結い、さらし手拭《てぬぐい》でほおかむり。「御蔭」とかいた笠をつけ、「抜参り」とかいた幟をたててすすんでくる。

あるいはまた、緋縮緬に白絹糸で「明《あけ》がたすっぽり夜着を抜けまいり」と縫い文字した旗をたて、鬼の面をつけて跳ねあるく一団や、長袖を着たうえから腹掛けをし、股引、脚絆にいたるまで全身を紅赤《くれない》一色に染めあげたそろいの衣装でねりあるく一団、一本歯の高足駄をはき、太夫《たゆう》きどりでそろりそろりとすすむ一団もあったという。

いわゆるコスチューム・プレイ。わけても若い女性たちや奉公人たちのコスプレは、封建的差別や冷遇からの解放をもとめたデモンストレーション的色彩をおびていた。もちろんコスプレなど思いたつことも用意をする余裕もなく、着のみ着のまま抜け出してきた人々や、裸一貫、ふんどし一枚の腰に柄杓《ひしゃく》を差しただけという人々も大勢いた。

おかげでサ　するりとナ　ぬけたとサ……

外宮までたどりついたところで人々はつぎつぎと柄杓を投げすてる。外宮北門のあたりにはみるみるうちに柄杓の山ができたという。

　中世のころから西国、四国巡礼などでもちいられてきた、報謝の銭をうけるための柄杓。それが、文政の「おかげまいり」では、道中施行《せぎょう》にあずかることを当然とする、さらには富の分け前にあずかることを要求する行為のシンボルとなった。大坂の大豪商加島屋《かじまや》ならば金一万両、鴻池《こうのいけ》は一人あたま金四八文ずつ金三〇〇〇両、伊勢の万金丹《まんきんたん》野間家は粥六〇石、施行宿二一六三人、松坂越後屋では米三〇俵、金五〇両……というように、豪商富豪は群集の無言の圧力をまえに、破壊と暴動の予防的融和策としての施行に孜々としていそしんだ。

　どんなことも、「お伊勢さん」を味方につけた者にはゆるされた。

　それればかりか、「おかげまいり」をさまたげる者には神罰がくだる。げんに、ぬけまいりを咎めた雇い主夫婦がコロリを患ったとか、お店《たな》が火を出したとか、伊勢からもどってきた娘を打擲《ちょうちゃく》した父親の夢に、毎夜白い直垂《ひたたれ》をまとった男が命をうばいに現われるとか、警備の役人が刀をふりあげた手が動かなくなったとか、神の逆鱗にふれたエピソードをあげるにこと欠くことはないほどだった。

「お伊勢さん」は、「おかげまいり」という名の民衆デモに、あるいは「ぬけまいり」という名のユートピアに「お墨付き」をあたえてくれるありがたい神だった。富も名も力もなく、ないばかりか、力にふみにじられるいっぽうの者にとって、かけがえのない神だというわけだった。

　メガトン級の「おかげまいり」の洗礼をうけてはじまった天保《てんぽう》の世は、「七年ケカチ《飢渇》」とよばれた大飢饉にみまわれ、江戸史上、百姓一揆がもっとも頻発した時代だった。

　張札《はりふだ》や落文《おとしぶみ》、いまならばさしずめポスターやチラシのよびかけによって結集した「百姓」たちが、寄り合いや評議をかさねて「一揆」を組織。議定を定め、「連判状」をしたためて共同責任を誓ったのちに決起におよぶ。当日は、作法となった「蓑と笠」のいでたちに身をかため、農具をとり、スローガンをかいた幟や旗をかかげて「目印の旗」のもとに集合し、大太鼓や法螺貝などの合図にあわせ、ルールにしたがって行動する。

　七年ケカチや圧政、極端なインフレーションによる飢餓地獄、貧農、窮民の惨状、首謀者の梟首や獄門などがもたらす苛酷で陰惨なイメージとはうらはら、「一揆」はきわめて統御のゆきわたった自律的運動体だった。

　スローガンには、たとえば「天下太平、我ら生命は万人のため」とか「万民のために命を捨てる」などがかかげられ、一生にいちどかぎり、いのちをかけて抵抗権を行使する意義や思想が謳われた。いのちをかけることはしかし武装蜂起を意味しない。彼らは、みずからのいのちを擲《なげう》つ覚悟はもっても、人を害するようなことはけっしてせぬ。それが「一揆」の大前提であり、「百姓」の誇りともなっていた。

　徳川時代をつうじて百姓一揆は三二〇〇件あまりを数えたというが、そのうち殺害事件がおきたのは、わずかに二件。百姓を斬った代官一名を突き殺した事件と、炊き出しの米を土足で荒らした百姓を突き殺した事件の二件だけだという。

「上御一人《かみごいちにん》ヨリ下万民《しもばんみん》ニ至ルマデ、人ハ人ニシテ、人ト云《いう》字ニハ別ツハナカルベシ、最トモ貴賤上下ノ差別有リトイエドモ、是《これ》政道ノ道具ニシテ、天下ハ平ラカニ成ラシメンガ為ナルベシ」

　人は人。「上」も「下」も「御一人」すなわち天皇も「万民」も、だれもが同じ。貴賤上下の差別は政治の「道具」にすぎぬ。そう獄中記にのこしたのは、一揆の発頭人《ほっとうにん》とされて「永牢」をこうむった林八右衛門という人物。文政四年（一八二一）、上野国那波《なわ》郡東善養寺村の「百姓」らが、増税政策に抵抗して江戸藩邸の「門訴」におよんだ。まっさきに難渋願書を出して増税に反対した八右衛門は、藩の役人であったため、皮肉にもこれを中止させる任を負わされ、かつがつそれをはたすも、訴願の案文を指導したとして囚われ、獄中で生涯をおえた。

　人権と平等は、政治という「道具」によって害《そこな》われるべきではない。なによりも人を上位におく普遍の思想に「一揆」は裏づけられ、ささえられていた。「おかげまいり」という名のデモンストレーションもまた、民主的思想につうじる庶民の心性の発露であったにちがいない。

「天下さんの世」も青息吐息。二五〇年かがやきつづけた東照大権現のご威光がついに絶えなんとする慶応三年（一八六七）夏、各地にいっせいに御祓札《おふだ》が降《くだ》った。

　前年、慶応二年には、天保九年の最高記録をぬりかえる一〇六件もの百姓一揆が各地で発生。そしてこの年は、六〇年にいちどの「おかげ年」でもないというのに、東西をとわず、そこかしこに「おふだくだり」の奇蹟がおこり、人々は熱狂の渦になげこまれた。

　しかも、くだってきたのは伊勢の「おふだ」にかぎらなかった。

　横浜では、米屋の下倉屋に成田山の「おふだ」がくだり、塩谷という家には川崎大師の「おふだ」がくだった。近くの金沢《かねざわ》には大山石尊《おおやませきそん》権現の「おふだ」が、東海道《とうかいどう》五《ご》十三次《じゅうさんつぎ》一一番、伊豆国三島宿《みしまじゅく》には三島明神の、三五番、三河国御油宿《ごゆしゅく》には秋葉権現の「おふだ」がくだり、江戸から上ること一二四里八丁の京には、愛宕山の「おふだ」がくだったといって大フィーバー。「おふだ」のほかに、金《こん》色《じき》の恵比寿《えびす》さまやら大黒天《だいこくてん》もくだってきた。お鯛もくだれば、仏像や金塊もくだる。妙齢の美女もくだれば、生首がくだることもあったとか……。

それらはたとえば心をこめて庭をはき浄《きよ》め、白砂を敷き、注連縄《しめなわ》をはって待っていたりなどするとくだってくる。窓辺にチョコンとのっかっていたり、生垣《いけがき》からひょっこり顔をのぞかせていたり、屑入《くずいれ》や塵取《ちりとり》など思いがけないところに潜んでいたりする。あるいはまた、天よりチラチラ。熊野権現や天満宮や八幡宮の「おふだ」が舞いおりてくることもあったという。

「おふだ」にあずかった家々では、籬《まがき》をつくって飾りたて、神棚に祀って供物をささげ、餅をつき、酒をふるまった。親戚縁者、町内近所の人々をまねいては酒宴をひらく。宴が闌《た》ければ踊りがはじまる。

よいじゃないか　よいじゃないか
今年は世直り　よいじゃないか　よいじゃないか……

大店《おおだな》に「おくだり」があれば、四日も五日も商売を休み、通りすがりの者までつかまえてふるまい酒にあけくれた。

ええじゃないか　よいじゃないか
これをくれても　えいじゃないか
もひとつ貰うても　ええじゃないか
不景気の時節直しじゃ
えいじゃないか　よいじゃないか……

酒をふるまわれたお客は、米でも豆でも手当たりしだい頂戴する。着物も道具もなんでもかんでも「ええじゃないか、よいじゃないか」と失敬する。お店《たな》のほうはふるまい放題、奪われ放題。それでもニコニコ「よいじゃないか、えいじゃないか」をくりかえす。

ご当地伊勢にも「おくだり」があった。

船江町の間宮という富豪の家にくだってきたのは、不思議や不思議、お江戸は金竜山浅草寺《せんそうじ》の御本尊、一寸八分の観世音菩薩像だった！

「予が参詣いたし候《そうろう》前日七ツ時分に、観世音菩薩いずこへお隠れなされ候て、近所どなり寄り集まり、いろいろとさがし候えどもゆくえ相知れず、ふしぎに思いおり候に、あくる朝もとの所に御顕《あら》われなされ候と……」

上下がひっくりかえるほどの大騒動のようすを記録にのこしたのは度会郡《わたらいごおり》内宮領《ないくうりょう》中村庄世古《せこ》の堀口芳兵衛だったが、彼の筆によれば、南里中町のすし甚には西宮小判二枚がくだり、内宮・外宮界隈の数十軒には大黒蛭子《だいこくえびす》がくだったという。

「おくだり」のあった家々では、上酒二樽、三樽、あるいは五樽と、おのおの家分にみあった御神酒《おみき》をふるまい、商売人は、算盤《そろばん》をほうりだして御神酒をくばることをもっぱらとし、奉公人や娘下女らは、ひもねすよもすがら鳴り物を打ち叩き、男女老若あげて踊りにうつつをぬかす。顔に白粉《おしろい》をつけ、男が女になり、老母が娘になり、また顔に墨をぬって女が男になり、あるいは化け物に変装して踊り狂う。猫も杓子も「えじゃないか、えじゃないか」。酒をあおってはただただ踊る。とかくするうちにも「おふだ」はくだりつづける……。それゆえ、呑んでも呑んでも御神酒のつきることはなかったという。

おかげおどりは悪魔をはらう
ところ豊年　神いさめ
いせの天神おどれとおざる
おどりゃ世のなか　よう直る
ええじゃないか　えいじゃないか……

政治的陰謀うごめく京には、八月下旬に「おふだ」がくだった。

春以来、蟄居中の岩倉具視《いわくらともみ》を頻々と訪ねていた中岡慎太《なかおかしんた》郎《ろう》と坂本龍馬《さかもとりょうま》の斡旋によって、後藤象二郎《ごとうしょうじろう》が西郷隆盛《さいごうたかもり》、大久保利通《おおくぼとしみち》、小松帯刀《こまつたてわき》と会談、土佐と薩摩のあいだに大政奉還をすすめる盟約が成立し、いっぽうで薩摩が、いよいよ長州とのあいだに武力討幕をめざす同盟を結ぼうとしていたころのことだった。

江戸の横浜　石が降る　そりゃええじゃないか
ここらあたりは　神が降る　そりゃええじゃないか
よいじゃないか　えいじゃないか
くさいものには　紙をはれ　破れたならまたはれ
よいじゃないか　えいじゃないか……

「くさいもの」とは公卿のこと。「紙をはる」とは贈賄行為、徳川の世をつうじて朝幕関係を安泰たらしめてきた「手入れ」のことをいう。ながいあいだ幕府は公卿に金をつかませることで京の政局をあやつり、朝廷を牛耳ってきた。その関係もいまや風前のともしび。薩長をはじめとする雄藩諸侯にいともたやすく破られてしまうことが、世間の目にもあらわとなった。たびかさなる幕府の失政に絶望した京の庶民は、開港いらいの金の大量流出や物資不足がまねいた殺人的なインフレーションの渦に、破れかぶれに身を投げこむかのごとく踊り狂った。

ええじゃないか　えいじゃないか
かわらけ同志が　はち合うて
双方にけがなきゃ　えいじゃないか……

まちじゅうが踊りの狂乱に沸いているあいだに、徳川公議体制を廃すべく薩摩と長州が握手をし、犬猿の仲だったお公家ふたりが仲直りした。

慶応三年（一八六七）九月一八日、藩命をおびて長州におもむいた大久保は、藩主毛利敬親《もうりたかちか》に国父島津久光《しまづひさみつ》の意を伝え、木戸孝允《きどたかよし》、広沢真臣《ひろさわさねおみ》らと協議して「挙兵討幕」を決断、戦略レベルでの薩長出兵同盟を結び、藩主の裁可を得た。まもなく安芸藩が同盟にくわわった。

前後して、大久保や西郷と密に連絡をとっていた岩倉具視と、長州もろとも処分をこうむって大宰府に落ちていた三条実美《さんじょうさねとみ》が、「反幕」と「薩長支持」のカードを共有することで旧怨を洗い、手をたずさえることにした。

ええじゃないか　えいじゃないか
長州さんのお上り　えいじゃないか
長と薩摩と　えいじゃないか
いっしょになって　えいじゃないか

いっぽう、薩長の武力討幕を「ええじゃないか……」などといってはいられないのが土佐藩の山内容堂《やまうちようどう》。ここぞとばかり、将軍慶喜に建白した。

政権を朝廷にお返しなさいませ、と。天皇中心の政体をつくり、議政所をもうけ、政治的な決定は、公卿、諸大名からなる上院と、正明純良な諸藩士で構成する下院における公議によって決めるのがよろしかろう。われら土佐は、関ヶ原いらい、つまり藩祖山内一豊《やまうちかずとよ》いらいの徳川の恩顧を思えばこそ、また現今の国の苦境を憂えるあまり、「懇々之至情難黙止《もだしがたく》、泣血流涕《きゅうけつりゅうてい》ノ至ニ不堪《たえず》」つまり、黙って放っておくことはとてもできず、血の涙を流すような思いで申しあげておりますと。

土佐藩によるいわゆる「大政奉還建白書」が老中に提出されたのは、薩長の出兵同盟が成った半月後の一〇月三日のことだった。

「大政返上等ノ周旋シ候ニ、後楯ニ兵ヲ用ヒ候ハ、脅迫手段ニテ、不本意千万ナリ。天下ノタメニ公平心ヲ以テ周旋スルニ……出兵無用……」

軍事力を行使せず、あくまでも公正無私なる言論によって大政奉還を実現し、公議政体をうちたてる。それが容堂のスタンスであり、容堂が決めた土佐藩の方針でもあった。

余計なことを！舌打ちをした西郷や大久保たち。

六日にはさっそく大久保が長州の品川弥二郎《しながわやじろう》をともなって、義兄中御門経之《なかみかどつねゆき》の侘び住まいに逼塞している岩倉を訪ね、秘策をねった。

岩倉流に表現するなら「幕府を討伐し、皇室を興復するの順序を謀議」したということになるが、この日たくまれた「王政復古」という名の「宮中政変《クーデター》×武力討幕」のシナリオこそは、おそるべき謀《はかりごと》であり秘策であるにちがいなかった。

家禄一五〇石、正真正銘下級公家である岩倉具視だが、彼自身は先帝孝明《こうめい》の義兄にあたり、また、新帝睦仁《むつひと》の外祖父前権大納言《さきのごんのだいなごん》中山忠能《なかやまただやす》をすでに仲間にひきいれていた。

「天皇の祖父《じい》さん！これでいただきだな」。大久保は、岩倉が薩摩と長州の軍事力を利用できると考えたのとおなじくらいの、いやそれ以上の手ごたえを感じただろう。

八日、小松、西郷、大久保は連署して、中山はじめ岩倉グループの公家に宛てて書面を送った。

「国家ノタメ干戈《かんか》ヲ以テソノ罪ヲ討チ、奸凶《かんきょう》ヲ掃攘《そうじょう》シ、王室恢復ノ大業《たいぎょう》相遂《あいと》ゲタク……義挙《ぎきょ》ニ相及《あいおよ》ビ候ニツキ……相当ノ宣旨《せんじ》降下《こうか》相成リ候トコロ、御執奏《おんしっそう》御尽力ナシ下サレタク……」

つまり、武力をもって邪悪な徳川を討ち払い、天皇家興復の大事業を実行するが、それをおこなうには天皇の命令が必要だ、しかるべき宣旨を出してほしいというわけだ。

同日、大久保はまた、長州の広沢真臣と芸州の植田乙次《うえだおとじ》郎《ろう》をともなって中山忠能と、中御門経之を訪ね、薩・長・芸三藩による挙兵討幕の決意をつたえ、朝廷工作を要請した。そして一一日、長州は広沢と騎兵隊の軍監福田《ふくだ》俠平《きょうへい》が、薩摩は小松、西郷、大久保がはかり、両藩ともに「藩主の率兵上洛」を戦略の基本にすえることで一致した。

ウラのシナリオが動きはじめた。

「宮中政変《クーデター》×武力討幕」を成就する鍵は一挙奪玉《いっきょだつぎょく》、すなわち目にモノをいわせるような鮮やかな手法で天皇を掌中にすることにある。万に一の失敗もゆるされない。そのためには、物理的心理的強制力としてのしかるべき規模の軍事発動が不可欠だった。

大久保、広沢、岩倉たち武力討幕派にとっての「討幕」はすでに、幕府もしくは徳川家を打倒するという狭義の目的ではなくなっている。

「討幕」は、徳川公議体制はもとより、朝廷、幕府、諸藩の存在を所与の前提とするあらゆる価値を根底からくつがえし、新たな政治統合をつくるための方法なのであり、回避すべからざる一プロセスなのだった。挙兵はその手段であり、道具としての軍事力の行使である。

道具という意味では、天皇もまた道具だった。彼らは、彼らの決断を「聖断」として示すことができなければならない。「玉《ぎょく》」を奪うのは、たんに彼らの決断に正当性をあたえる権威としてかつぐためではなく、彼らの決断を天皇の決断そのものとして公示するためだった。

大久保流にいうなら、聖断を示すについては、「太平の旧習に汚染された人心」を戦慄させ、一混乱《パニック》をひき起こさしめるほどの「意外の御英断」を、まさに卒然と発表すべきであり、ためにおこなう軍事発動は、「天下の眼目を一新」し、覇権を強化するものにほかならないということになる。刃物をちらつかせながら、突拍子もない内容の聖断をだしぬけに示して押しつける。まさにその瞬間まで「宮中政変《クーデター》×武力討幕」のシナリオは水面下で、つまりウラ舞台ですすめられなければならなかった。

彼らにとっては「王政復古」もまた「復古」ではない。これまでこの国がいちどももったことのなかった新たな権力と新たな政体を「創造」するための秘策なのであり、それを成就するための軍事発動が、よもや義挙や奇襲レベルのうちに解消されるなどということがあってはならず、そうならぬためには、藩主みずから自藩の存続もかえりみぬ覚悟で軍兵を率い、上洛におよぶことが必要なのだった。
一〇月一三日夜、大久保は、こんどは広沢だけをともなって岩倉を訪れた。岩倉は広沢に、元治元年（一八六四）の秋いらい勅勘をこうむって謹慎している「長州藩主父子の官位復旧の沙汰書」を手わたした。いわずもがな、偽書である。

つぎに大久保、広沢は、正親町三条《おおぎまちさんじょう》実愛《さねなる》を訪れた。正親町三条は二人に「討幕の密勅」を手わたした。岩倉がブレインの国学者に作文させた偽勅である。

一通は、正親町三条が清書をした薩摩藩主父子島津久光・忠義宛のもの。もう一通は、中御門《なかみかど》経之《つねゆき》が清書をした長州藩主父子毛利敬親・定広宛のもの。島津宛のほうは一三日付け、毛利宛のほうは、官位復旧の沙汰を出した翌一四日付けの勅だった。

「詔《しょう》ス。源慶喜《げんのよしのぶ》、累世ノ威ヲ籍《か》リ、闔族《こうぞく》ノ強ミヲ恃《たの》ミ、妄《みだり》ニ忠良ヲ賊害シ、屢々《しばしば》王命ヲ棄絶シ、遂ニハ先帝ノ詔《みことのり》ヲ矯《た》メテ懼レズ、万民ヲ溝壑《こうがく》ニ擠《おとしい》レテ顧ミズ……神州将《まさ》ニ傾覆《けいふく》セントス。朕、今、民ノ父母タリ。コノ賊ニシテ討タズンバ、何ヲ以テ上ハ先帝ノ霊ニ謝シ……」

累代の威をかさに一族の力をたのみ、天皇の勅を無視したり枉《ま》げたりして万民を谷底におとしいれ、国を滅ぼそうとする徳川慶喜は、まぎれもない賊臣だ。「朕」はいま、「民の父母」として賊を討たねばならないが、先帝の喪に服している身であるため、やむをえない、久光および忠義よ、敬親および定広よ、なんじらに勅する。

「宜シク朕ノ心ヲ体シテ、賊臣慶喜ヲ殄戮《てんりく》スベシ」

賊臣慶喜を戮《ころ》し殄《つ》くしなさいとは穏やかではないが、ともあれ、天皇はもちろん摂政もだれもあずかり知らぬ「偽りの勅」が、秘密裡に薩長二藩のお殿さまにくだされた。

正規の手順をふんだ「勅」ならばまず、天皇が内容を承認した証しとなる日付のサイン、御画日《ぎょかくじつ》があるはずであり、のち摂関を介して朝議にはかり、施行が決定され、ふたたび奏上されたそれを天皇が最終的に裁可した証しとなる「可」の一文字、御画可《ぎょかくか》もなければならなかった。

「詔」ではじまってはいるが、御画日も御画可もなく、詔書《しょうしょ》の体裁を欠いた「勅」。あるのは中山忠能《なかやまただやす》、正親町三《おおぎまちさん》条実愛《じょうさねなる》、中御門経之《なかみかどつねゆき》の三人のサインであり、しかも一通は正親町三条の筆になり、もう一通は中御門の筆になり、中山自身は筆をとっていない。天皇の意思が反映された文書でもないから「綸旨《りんじ》」ですらない。正真正銘の偽勅なのだった――ちなみに、この偽勅の存在が知られるようになったのは一五年をへた一八八〇年代で、実物の写真が公開されるのは、美濃部達吉の天皇機関説が排撃され、天皇の神格化が確立する一九三六年のことになる。

大久保も広沢もそんなことは百も承知。涼しい顔で、いやむしろにんまりとして「勅」をうけとり、請け合った証しとしての「請書」を正親町三条に手わたした。ウラの役どころをすっかり心得た、小松、西郷、大久保、そして広沢、福田、品川ら薩長両藩士の署名のある請文《うけぶみ》だ。

偽勅をふところにした大久保と広沢。思わず拳をにぎりしめた。これさえあれば藩論を挙兵討幕にみちびき、ひといきに藩主率兵上洛を実現できる！

くさいものには　紙をはれ　破れたならまたはれ
よいじゃないか　えいじゃないか
長と薩摩と　えいじゃないか
いっしょになって　えいじゃないか……

いっぽう、ウラ舞台ではすでに殄戮《てんりく》すべき「賊臣」の役どころをあたえられている一五代将軍徳川慶喜《とくがわよしのぶ》が、一〇月一四日、大政奉還を上表した。

「臣慶喜、謹《つつしみ》テ皇国時運之《の》沿革ヲ考《かんがえ》候《そうろう》ニ……保元平治の乱によって政権が武門にうつってより、武家はながく朝廷に奉公し、恩顧をこうむってきましたが、今日のような混迷と衰亡をまねいたのはひとえに徳川の不徳のいたすところ、ただ恥じ入るばかりです。近ごろは外国との交際もさかんになり、政権がひとつにならなければ秩序が保てなくなりました。よって旧来の陋習をあらため、政権を朝廷《おかみ》にお返しいたします。ひろく天下の議論をつくして天皇の裁断を仰ぎ、みなで力を合わせてゆけば諸外国とも肩を並べられる国になるでしょう」

委任統治権を天皇に返上する。そういって将軍がみずからかぶとをぬいだ。

前日、慶喜は、在京の一〇万石以上の四〇藩の重臣五〇人あまりを二条城にあつめ、大政奉還の上表案を示して可否を質《ただ》した。なかにはもちろん土佐の後藤象二郎のすがたがあり、薩摩からは小松帯刀が参じ、後藤とともに慶喜に食いさがるようにして英断をせまった。

「ひろく天下の議論をつくして」と慶喜の上表文にもあるように、あくまで幕府ないし徳川、および諸藩の存続を前提とした公議政体の創設をめざす後藤はもちろん大道をまっしぐら。大真面目に将軍に食いさがった。その彼とならんで将軍に大政奉還をせまる小松はこのとき、オモテの役者を渾身で演じていた。ウラの大役者でもある彼は、大政奉還がもはや武力討幕のシナリオを妨げるものではないことを、むしろ寄与するものであることを確信していた。

大政奉還はおのずから将軍職の廃止と幕府の解体とを準備する。慶喜が将軍を辞職すれば、幕府は統治権のみならず軍事指揮権をも失うことになる。すなわち、徳川は公然と諸藩、諸侯を拘束することができなくなるというわけだ。薩摩というのはじつにもって食えない政治団体だ。

食えないといえば、慶喜もまた、心底では何を考えているのか分からぬ御仁だった。

先手をうって大権を返上することで武力討幕派の大義を

うばい、徳川の延命をはかろうとしただけなのかもしれなかったし、天下を治めた経験もない朝廷に、大政《まつりごと》をしきる能力などあるはずがないとふんでかかり、「天皇の裁断を仰ぐ」とは名目ばかり、じっさいには「ひろく天下の議論をつくす」と称して列藩諸侯会議を招集し、圧倒的多数の推挙をうけて大君《たいくん》の地位を磐石にしようと考えていたのかもしれず、あるいはまた、諸侯から徳川支持を調達し、あらたな公議政体の主宰者として最終決定権をにぎり、行政府の長として実権を行使しようともくろんでいたのかもしれなかった。

いずれにせよ、徳川将軍家の威光はまだしも完全に地に墜ちたわけではない。徳川三卿《さんきょう》をふくめた一〇万石以上の大名の数は五四。内わけは親藩・家門が一一、譜代が一七、外様が二六。彼らを招集して公議をひらけば、多数の支持をとりつけることは不可能ではないだろう。

あくまでも招集しうれば……。大政奉還は、それができないゆえの窮地にある慶喜が、諸侯に上洛の動機をあたえるため、まさに「死地に活を得る」の覚悟で賭けにうって出たという態のものだった。

翌一五日、朝廷は、食わせ者の慶喜を参内《さんだい》させ、あっさりと「大政奉還の請願」に勅許をあたえた。「天皇は請願の趣旨をもっともなことだと思し召され、喜んでお認めになった」と。しかし、当面は「なおも天下のために一緒になって力をつくし、皇国をたもち、天皇の憂慮を安んじるようにつとめなさい」と。

「ごもっとも」、「はい、どうぞ」とはいったものの、唐突に大権を返されても、朝廷には大政をになうノウハウもシステムもない。かりに保元平治から数えるならまる七世紀、わけても徳川の世になってからの二世紀半は、行政も軍事も経済も、いっさいを徳川におんぶに抱っこで存《なが》らえてきたのだからしかたがない。

新帝睦仁《むつひと》いや祐宮《さちのみや》はといえば、白粉《おしろい》のうえに画《か》き眉《まゆ》をし、いまだ元服前ゆえ御歯黒《おはぐろ》もつけず、童服に身をつつんだ数え一五歳の少年だった。朝議をひらいてもこれからの方針を決めることさえできない摂政、左右大臣をはじめ朝廷の重臣らにできることはさしあたり、一〇万石以上の大名藩主からなる諸侯会議を招集することしかなかったが、ほとんどの大名藩主は日和見をきめこんで動かなかった。

ええじゃないか　ええじゃないか

タイセーホーカン　えいじゃないか

徳川さんが手をあげた　そりゃえいじゃないか……

政権担当能力を欠いた朝廷と、実務能力を欠いた廷臣たち。無政府状態どうぜんの袋小路。既定路線だった公武合体という名の座布団を、先手を打つかたちではずした慶喜は、たまゆら笑みをかみ殺しはしたものの、なんとも苦々しく複雑な心境だったにちがいない。

一〇月二四日、慶喜はまたもや朝廷に上表して将軍職辞職を願い出た。

狼狽をかくせぬ朝廷。さすがに「はい、どうぞ」とはいいかねた。「しばし待たれよ」と、そう摂政二条斉敬《にじょうなりゆき》はお茶をにごした。徳川将軍家の将来をいかにすべきか、諸侯会議が結論を出すまではそのまま将軍職にとどまっているのがよかろうと。

いっぽう、ウラのシナリオの実行を急ぐ大久保や広沢たちは、大政奉還が勅許されたことを悠然と見とどけるや、いっせいに京を去って帰藩した。

一〇月一七日、大久保、小松、西郷はそろって京を出た。祇園のお茶屋一力《いちりき》の娘、おゆうという名の大久保の愛人に大和錦《やまとにしき》と紅白の緞子《どんす》を購《あがな》わせ、それをかついで西へ、西へ、とちゅう長州にたちよって「錦旗《きんき》」の製作を依頼し——中御門の侘び住まいに岩倉をたずね、討幕のための兵を挙げるシナリオを描いた六日、すでに彼らは官軍となるべく「錦の御旗」のデザインを手わたされていた——すっとぶように薩摩にむかった。

藩内にはいまだ出兵に反対する意見が根づよくあった。いうまでもなく討幕挙兵は危険な行為である。失敗すれば島津も薩摩も滅亡しかねない。藩老関山紏《せきやまただす》の表現をかりるなら、「忠久《ただひさ》公いらい七百年のめでたきお家とお国は何ものにもかえられない。それを損なうかもしれない危険をみずからもとめる必要などいったいどこにあるというのか」と、そういうことになる。そのうえいま徳川が大政奉還した。であればなおさら、わざわざ戦争までして幕府を討つことはない。それでなくても素寒貧の藩財政、無益の軍事についやすはもってのほかだと、もっともなことを並べたてられて反対派が勢いをもりかえしては元も子もない。なんとしても藩論を断固武力討幕へとシフトさせ、すぐにも藩主率兵上洛を決断させねばならなかった。

二九日、熾論《しろん》を制した薩摩がついに出兵を決断した。

一一月一日、藩主忠義は率兵上洛の決意を示すべく告諭した。養父斉彬、実父久光のこころざしをつぎ、島津家、薩摩藩の疲弊や衰亡をかえりみず、上は天皇を安んじ、下は万民の苦しみを救うため、死力をつくして「忠孝の大道を踏み、挽回の鴻業を相遂《あいと》げ」んと。

一三日、忠義は、西郷隆盛と岩下方平《いわしたまさひら》を参謀にしたがえて「三邦丸《みくにまる》」に乗り、「翔鳳」「平運」「春日」をあわせた四艦、三〇〇〇人の軍勢をひきいて鹿児島を出発し、一七日には周防三田尻《すおうみたじり》に上陸した。

一八日、すでに安芸藩世子浅野長勲《あさのながこと》と協議のうえ出兵の同意を得ていた長州藩世子毛利定広《もうりさだひろ》とのあいだに、三藩による「六か条の戦略協定」を結び、二三日には、「薩侯《さっこう》御一手は、京師を責任とす。着坂二十一日にて、二十三日御入京」とした協定どおり上洛をはたした。

おなじく「長芸の内、一藩京師を応援す」との協定にしたがって、二四日には浅野長勲が藩兵三〇〇人を率いて広島を出発、上洛の途についた。

薩摩・会津と戦って敗北、京の市中を灰燼に帰した「禁門の変」いらい勅勘をこうむったままとなっている長州は本来うごけない。出兵も入京もできないはずではあるが、これも協定どおり、二五日には藩主毛利敬親の命をおびた家老毛利内匠《もうりたくみ》が藩兵八〇〇人を率いて三田尻を出発、二九日には摂津打出浜《うちでのはま》に上陸し、西宮に進軍。三〇日には、後発の援軍一三〇〇人が尾道《おのみち》まで兵をすすめた。

西宮は、脱出路を確保するための拠点となる。「〇の義は、山崎より西宮へ脱し、芸州までのこと」の協定により、いざというときには奪った「〇」すなわち玉をかついで京を去り、山崎路を走って西宮にのがれる。そのうえで西国諸藩の結集をはかり、朝敵徳川を討とうというわけだった。

この間、京では坂本龍馬と中岡慎太郎が暗殺された。「武力討幕なんてとんでもない!」というのが持論の坂本龍馬。そんな彼をうとましいと思う者はいまや大勢いた。

ええじゃないか　えいじゃないか
長と薩摩と　えいじゃないか
長州さんのお上り　えいじゃないか
摂津あたりに　えいじゃないか　チョトサ《長と薩》……

京の町衆は圧倒的な長州びいき。まいど遊蕩三昧、大金をばらまいてくれる長州のお侍の人気は、彼らが朝敵となろうがままよ、おとろえない。その長州さんがまたやってくる。そんなうわさが流れては踊らないではいられない。京は踊る。

土佐と薩摩と　えいじゃないか
長と芸とが　えじゃないか
会津と桑名と　えいじゃないか　よいじゃないか
渋ちん会津も　えいじゃないか……

踊っていたのは京だけではなかった。まもなく貿易港となる兵庫でも「ええじゃないか、えいじゃないか」。おなじく貿易都市となる大坂でも「ええじゃないか、えいじゃないか」。まちじゅうあげて前祝いのお祭り騒ぎに沸いていた。

外国人居留地の地盛りをする土搬車をひきまわしながら行列する緋縮緬装束の一群。贅をつくした飾り人形を籠にのせ、御輿のようにゆらしながら担いであるく若者連中や子どもたち。色とりどりの餅や花や蜜柑などで飾られた家並みをねりあるく、数も知れぬ踊り手たち、提灯の行列。

くさいものには　紙をはれ
へげたらまたはれ　ええじゃないか
えいじゃないかチョトサ
よいじゃないかチョトサ……

呑んで騒いで狂ったように踊っているあいだに「芝居」の幕はきって落とされた！

「宮中政変×武力討幕」を「芝居」とよび、玉《ぎょく》の争奪戦に勝利するための陰謀を「狂言」といったのは木戸孝允《きどたかよし》だった。「狂言」を仕損じればその瞬間に「芝居」は頓挫する。

「その期《ご》に先んじて甘《うま》く玉《ぎょく》を我が方へ抱き奉り候《そうろう》御儀、千《せん》載《ざい》の一大事にて、自然万々一《まんまんいち》にもかの手に奪われ候ては、たとえいかようの覚悟仕《つかまつ》り候とも……芝居大崩《おおくず》れと相いなり、三藩の滅亡は申すにおよばず、終《つい》に皇国は徳賊の有と相いなり、再び復すべからざるの形成に立ち至り候……この処は詰度《きっと》この上乍《なが》ら岩、西、大先生たちへも御諭し、一分一厘《いちぶいちりん》ぬかりこれ無き様、御尽力もっとも肝要の第一の御事に御座候《ござそうろう》……」

京にある品川弥二郎にあてた一二日付の書簡で彼は、万々一にも天皇を徳川に奪われたなら、たとえどれほどの覚悟や大きな軍事力をもっていたとしても無益となり、三藩の滅亡はもとより、永遠に討幕のチャンスを逃してしまうと念をおした。「狂言」は、寸分の狂いもなく演じられなければならないと。

同慶応三年一二月七日、大坂川口《かわぐち》の砲台天保山《てんぽうざん》と兵庫の港に、開市、開港を慶賀する祝砲が鳴りひびいた。

前日の早朝には、ようやく重い腰をあげた土佐の山内容堂が一〇〇〇人の藩兵をともなって大坂に上陸。この地に兵を留めおいて、自身はあわただしく上洛の途についた。「狂言」の顔ぶれはまもなくそろいつつあった。

兵力ではなく言論による大政奉還と公議政体の創設。それが容堂のえらんだ土佐藩の指針である。とはいうものの、現実には佐幕派と武力討幕派が火花を散らし、藩内は分裂と混乱を深めていた。藩祖一豊《かずとよ》いらい、幕府尊崇は土佐の藩是である。これをやぶって大政奉還を進言したことへの批判が噴出し、いっぽうでは薩長討幕派のうごきに呼応しようとする乾退助《いぬいたいすけ》らの反発があり、さしもの容堂も藩論を統一することあたわず、それが彼の上洛をずるずると遅らせることになった。

七日、容堂は京と大坂のほぼ中間地点にある枚方《ひらかた》にとどまって距離をおいた。武力討幕派が、一二月五日に想定していた「宮中政変《クーデター》」決行の期日を、後藤象二郎のけんめいの要請をいれて八日に、さらに九日に延期していることなど、ウラの役者ならぬ容堂は知るよしもなかった。

大政奉還ののち、一一月末日を期限として上洛を命じられた藩主や大名のほとんどが、病気や交通の困難などみえすいた理由をならべてやってこない現実をまのあたりにした後藤は、土佐がのぞむ公議政体が「絵に描いた餅」であることを認めざるをえなかった。ゆえに大久保や西郷に与《くみ》すること、すなわちオモテの大道を逸《はず》してウラのシナリオへ足をふみいれることを拒むことはできなかった。このうえ彼がしなければならないことは、なんとしても容堂をウラの舞台へ招じ入れることだった。

八日ではなく九日決行をゆずらなかったのは、ウラの役者になりつつある後藤だけではなく、天皇のお祖父さん中山もおなじだった。

七日朝、大久保が中山を訪ねるまでは、八日決行のシナリオで役者たちはうごいていた。が、乗輿がまにあわないという。万が一のときには「玉体」すなわち天皇の身体そのものを奪って山崎路を西へと走る。そのさいにもちいる乗輿の準備にいますこし時間を要するというのである。大久保は中山の意見を入れ、その足でついさっき別れたばかりの岩倉を訪ね、九日への変更を伝えた。できることなら一〇日への延期もと願いつつ岩倉を訪ねてきた後藤もこれを了承した。

中山の心理は複雑にゆれていた。七日、岩倉に送った書簡にも、わだかまりがにじみだした。

「期日は九日と一決いたしました。が、このような重大の事件を、岳公おひとりで決定なさっては、まことにもって当惑いたします。が、事ここにいたっては、一決のほかに致し方はございませぬ」

岳公! 岩倉は中山の動揺をありありとみてとった。そこでしたためた。

「夜来の会合で酔いもふかく、疲れてもおり、思いつくままに書きつけますご無礼ご容赦ください。計画の決定を少子の気ままと思し召されますならば致し方なく、また御報書のむきは、少子御手切りのことと拝察いたしました。こののちはどうぞ、薩土いずれともじかに談判なさいますよう。それにつけても、われらの総督である尊卿がこれほど御短絡でいらっしゃろうとは、遺憾のかぎりにございます。せっかく薩藩が朝命を奉じてここまでいたりましたものを、ささいな齟齬によって水泡に帰するは、はなはだもって心残り。去々月の秘件もございますれば、よろしく御熟慮のほどお願い申しあげます」

「去々月の秘件」が「討幕の密勅」いや「偽勅」をさしていることはあきらかだ。中山自身はたしかに筆を執らなかった。とはいえ、三名の署名の筆頭は、天皇に内奏し、内々に裁可を得たというポーズをとることのできる唯一の人、中山なのだった。それが表に出れば「われらの総督である尊卿」、あなたこそ罪責はまぬがれませんよ、つまり、いまさら逃れるすべはありませんよという、脅迫の返書を岩倉はしたためた。

まもなく中山から返書がとどいた。

「八、九の事件、御苦労、恐縮いたしました。愚存を申しつけたつもりはいっさいありませんが、薩土については、九のほうに、なにとぞ立腹いたさぬよう御示命くださるよう希《ねが》いあげます。当惑のあまり、存じつきのまま申しあげましたこと、御宥免《ゆうめん》のほど希いあげます」

八日、すでにあらゆる文書の偽造所と化していた岩倉邸には、鴨脚光長《いちょうみつなが》ら岩倉子飼いの非蔵人《ひくろうど》五人がつめきりとなって作業に追われていた。非蔵人というのは、貴顕の送迎や陪膳、殿舎の清掃など、朝廷の雑務をになう下級の役人たちである。

明日の決行にそなえて、味方となるべき、すなわち「狂言」の舞台に招き入れるべき廷臣への参内《さんだい》要請通知書、薩摩、土佐、安芸、尾張、越前五藩の大名に参内を命ずる沙汰書、おなじく五藩のリーダー格にある藩士にたいする招集要請、兵員の出勤を命じる軍礼状、配備の場所を伝える布達など、当日のうちに必要な文書だけでもあまたあり、「王政復古の宣言文」をはじめ、翌日以降に必要となる沙汰書、礼状、布達文など、あらかじめ想定しうる事態にそなえて膨大な数の文書をぬかりなくそろえなければならなかった。

この日は、オモテ舞台も大きくうごいた。

正午、前日に朝廷から招集をうけた廷臣、諸侯、重臣らがあつまって、長州処分にかかわる朝廷会議がひらかれた。宮中小御所《こごしょ》には、摂政二条斉敬《にじょうなりゆき》、左右大臣以下朝廷の重臣たち、尾張藩主徳川慶勝《とくがわよしかつ》、越前藩主松平春嶽《まつだいらしゅんがく》ら有力大名をはじめ諸藩の重臣たち二〇〇人ほどが参内した。いまだ上洛途上にある山内容堂のすがたはなく、徳川慶喜、会津藩主松平容保《まつだいらかたもり》、桑名藩主松平定敬《まつだいらさだあき》、幕府老中らは参内をみあわせた。

クーデター派からは、中山、正親町三条、安芸の浅井長勲が参内し、島津忠義は相国寺に軍兵とともに待機、明朝の出兵にそなえていた。

朝議では、長州復権案が諮られた。廷臣の処分解除は朝廷だけで決められるが、長州処分は藩への制裁という性質上、諸藩から答申を得たうえで正式な決定をくだそうというわけだった。答申の提出期限は当晩じゅう。会議はいたずらにながびいた。夜がふけても結論が出ない。

いっぽう、岩倉邸には招致をうけた五藩の藩士たちが参集。岩倉から日ごろの勤皇をねぎらわれたあと、「王政復古」はまぎれもない天皇の意志であり、すでに「内勅」がくだっていることを告げられた。

「徳川があてにできず、いわんや会津、桑名がたよりにならぬいま、聖上《おかみ》がたのみと思し召すは薩摩、土佐、安芸、尾張、越前の五藩をおいてほかにはない。これよりは勅を奉じ、内命にしたがって存分におはたらきのうえ宸襟《しんきん》を安んじ申しあげるよう、とくとたのみましたぞ」

おなじころ、容堂は洛中の東の端、天台宗門跡の妙法院に到着した。気も狂わんばかりにまちかまえていた後藤。

明日のクーデター計画について知るところを報告した。

容堂は、後藤の首を殺めんばかりのいきおいで怒りをあらわにした。

「島津、何者ぞっ！」

「まさにこれ、天子を自家薬籠中のものとして四方に号令せんとするにほかならず。いわんや、二百年来の覇業をみずから放棄して大権を奉還した前将軍《さきのしょうぐん》を朝議に召さぬとは、不公平のきわみなり！」

あくまでオモテ舞台の、しかもその主宰の一画たりうると望みをつないできた容堂も、この期におよんでは万事休す。怒りをぶちまけながら、もはや自身にしかるべき出番のないことを悟らざるをえなかった。

八日から九日へ。徹夜におよんだ朝議では、長州毛利敬《たか》親《ちか》・定広《さだひろ》父子の罪を許し、官位の復旧と入京がゆるされた。あわせて文久二年（一八六二）いらい蟄居、辞官、出家を命じられていた岩倉具視ら四人の還俗《げんぞく》と参内出仕がみとめられ、おなじく文久三年の政変いらい京を追放されていた三条実美ほか七卿の復位がみとめられ、処分されていたすべての廷臣が全面復帰をとげることとなった。

苦慮を強いられたのはウラの役者たちだった。散会の時間を丑《うし》の刻、すなわち午前二時とかぎり、決行は卯《う》の一点、午前六時とさだめてうごいていたシナリオは、いつはてるともなくつづく討議にあわせて遅延を余儀なくされ、決行の時は、朝議がおわり、参内した廷臣、諸侯、重臣らが退出した直後ということになった。

一二月九日、太陽暦でいうなら一月三日は、その日の晴天を約束する底冷えのうちに明け、朝議は午前八時すぎに終了した。二条摂政以下、参内した者たちは疲労をかこちながら帰途につく。中山、正親町三条、浅井長勲ら「狂言」の役者たち、そして「狂言」に参ずべく直前に参内の要請や沙汰をうけとっていた参議長谷信篤《ながたにのぶあつ》、尾張の徳川慶勝、越前の松平春嶽は、御所にとどまった。

午前一〇時すぎ、つい先刻蟄居を免じられたばかりの岩倉が、丸坊主に冠をつけ、正装にきりりと身をつつんで参内。病気を理由に朝議には出なかった中御門もつづいて参内した。

舞台となる宮中はすでに軍事制圧下にあった。邪魔者が進入するすきはない。すなわち、岩倉が参内するや、禁裏御所のあらゆる門は封鎖され、西郷隆盛の指揮する軍兵によって固められた。

会津が警衛していた蛤門《はまぐりもん》は土佐が接収、桑名の営所のある公家門《くげもん》は薩摩が接収した。武力衝突がおこる可能性のあるこれら二つのポイントを大きな軍事力を投入できる薩土で固めた。

そのうえで、土佐は蛤門と公家門と南門の警備にあたり、安芸は准后門《じゅごうもん》と朔平門《さくへいもん》の、薩摩は両軍勢を監視できる乾《いぬい》門と御台所《みだいどころ》門と公家門前の警備にあたる。兵の数の少ない尾張、越前は、築地《ついじ》内に御所をとりかこむようにして建っている鷹司邸や近衛邸など、敷地そのものが通用路となりうる廷臣の邸宅の警備にあたる。それらにまもなく、夜を徹して上ってくる騎兵隊や遊撃隊ら、長州勢が支援軍としてくわわるはずだ。

けっして手放してはならない玉《ぎょく》、天皇の御座所《おましどころ》には、五藩から公平に一〇人ずつの藩兵をえらんで配備、それぞれが檐下、床下にしのんで護りを厳重にした。

界隈の辻々、内裏をかこむ烏丸《からすま》通り、丸太町通り、寺町通りは薩摩藩が固めた。北側の今出川通りには、薩摩藩邸と本営の相国寺がある。

正午をすぎるころ、命をうけた廷臣、諸侯がつぎつぎと参内した。相国寺で出兵をみとどけた島津忠義も参内した。すこし遅れて、河原町の藩邸で藩兵が出動していくのを黙認した山内容堂が参内した。

舞台はととのった。

役者たちが小御所にそろうや、はかったようなタイミングで大立役者岩倉が登場した。すでに彼は陰の役者ではない。「聖断」を告げる人物として現われた。すなわち、赦《し》免の一報をまってただちに参内した彼は、天皇の御前に伺候《こう》して「王政復古」発令の案文を奏上し、裁可を得た。

「さきに御聖断を仰ぎましたところの王政復古の大策を断行いたします」

シナリオはもはや、大号令を発するばかりのところまですすんでいた。

蹴鞠の庭をはさんだ御学問所より天皇が出御した。

ちょうど一か月前の正月九日、小御所で践祚したばかりの一五歳の新帝祐宮《さちのみや》。世情不穏により「元服の儀」も、前月に予定されていた「即位の礼」も棚上げされたまま父王の喪に服している、いまだ名ばかりの天皇は、おもむろに舞台に登場し、御簾《みす》ごしに親王や諸臣らを引見した。

そしてつぎの瞬間、「王政復古の大号令」が渙発された。

「徳川内府、従前御委任ノ大政返上・将軍職辞退ノ両条、今般、断然聞コシメサレ候。抑《そもそも》癸丑以来未曾有ノ国難、先帝、頻年《としごろ》宸襟《しんきん》ヲ悩マセラレ候御次第《おんしだい》、衆庶ノ知ル所ニ候。之ニ依リテ叡慮ヲ決セラレ、王政復古、国威挽回ノ御基《おんもとい》立テサセラレ候間《あいだ》、自今、摂関・幕府等廃絶……」

だれもが息をのんだ。大政返上にも、将軍職や幕府の廃絶にも動じなかったほとんどすべてのメンバーを驚かせたのは、摂政・関白の廃絶だった。貞観《じょうがん》八年（八六六）に藤《ふじ》原良房《わらよしふさ》がはじめて清和天皇の摂政となっていらい、じつに一〇〇〇年つづいてきた制度が廃される！公家といわず武家といわず、何人《なんぴと》も想像だにしてみなかった変革だった。

「王政復古」の最大のねらいはじつはこの点にあった。あざやかなクーデターの成功だった。

「自今、摂関・幕府等廃絶、即今、先《ま》ズ仮ニ総裁《そうさい》・議定《ぎじょう》・参与《さんよ》ノ三職ヲ置カセラレ、万機ヲ行ハセラルベク、諸事神武創業ノ始《はじめ》ニ原《もとづ》キ、縉紳《しんしん》・武弁《ぶべん》・堂上《とうしょう》・地下《じげ》ノ別無ク、至当ノ公議ヲ竭《つく》シ……」

つまり、国威挽回の基礎をかためるため、摂政・関白、幕府を廃絶し、かりに総裁、議定、参与の三職をおいて天皇の裁断による政治をおこなうというわけである。

幕府、摂関の廃絶にともなって、旧朝幕体制のパイプであった内覧、国事用掛、議奏《ぎそう》、伝奏《てんそう》ならびに、京都守護職、所司代、五摂家、門流なども廃止され、さらに、二《に》条《じょう》斉敬《なりあき》、九条道孝《くじょうみちたか》、近衛忠煕《このえただひろ》ら二一人の廷臣を参内停止の処分とした。

そしてあらたに「臨時政府」の総裁についたのは有栖川《ありすがわ》宮《のみや》熾仁《たるひと》親王。系譜でいうなら、先々代仁孝《にんこう》天皇の猶子。血のつながりはないが先帝孝明には弟にあたり、新帝には叔父に相当する人物だ。

議定には、仁和寺宮嘉彰《よしあき》親王、山科宮晃《あきら》親王、つい先ごろ「討幕の偽勅」に連署した中山忠能、正親町《おおぎまち》三条実《さね》愛《なる》、中御門経之ら公家五人と、尾張、越前、安芸、土佐、薩摩藩主の武家五人がつき、参与には、大原重徳《おおはらしげとみ》、岩倉具視ほか公家五人と、尾越芸土薩の五藩から藩士三名ずつが任命された。

同日夕刻より、天皇の御前において暫定政府によるはじめての評議がひらかれた。それまでの小御所は「御前評議所」と名をあらためられた。最大の議事は旧徳川将軍家の処分、すなわち慶喜の辞官と幕府直轄領の納地についてであり、評議には、三職のほかに大久保や後藤ら、五藩から一二人の藩士たちも参加した。

「王政の基礎を定め、更始一新の経綸《けいりん》をほどこすため公議をつくすべし」

議長格の中山が開会を宣言した。

「お待ちなされい」

とっさに制止したのは、山内容堂だった。

「徳川慶喜を召し、評議に参加させるのが筋ではありますまいか」

徳川宗家ぬきの評議には応じられないというのである。父親ほどに歳のはなれた老練、鵺卿《ぬえきょう》こと大原重徳がしりぞけたが、容堂はひるまない。

「二百年以上のながきにわたり、この国に泰平と繁栄をもたらした功績は徳川家にある。慶喜は、それら代々がうけついできた覇業をみずから放棄して大権を天皇《おかみ》に奉還した。これひとえに、政局の安定と国体の永続を願ってのこと。それを、わずかに二三《にさん》の公卿、幼冲《ようちゅう》の天子を擁し、陰険の挙をおこなわんとし、まったく慶喜の功を没せんとするは何ぞや！」

言葉をついでいくうちにも憤りが増幅していくのがみて

とれた。指摘は痛いところをついていた。天皇はまだ元服前であり、一人前とはみとめられぬがゆえに摂政がおかれていた。その摂政が廃止された。いわば不完全なかたちでの御前評議というものが成り立ちうるのかどうかということだ。

「これあたかも天皇を擁して権柄《けんぺい》を窃取せんとするにひとしく、天下を乱す元になる……」

「つつしまれよ！」

　反撃に出たのは岩倉だった。

「幼冲とは何たることか。言葉をつつしまれよ。これはまぎれもない御前の会議なり。聖上は不世出の英傑であらせられる。もっていまや大政維新の大事業をおこなおうとなさっている。それを妄りに幼い天子だといい、それをまつりあげて権柄を掠め取ろうとするなどという暴言は、聖上にたいする侮辱にほかならない。礼をわきまえられよ」

　岩倉の凄みがうわまわった。今日のことはすべて「宸断」すなわち天皇みずからの決断によっているのだと、きっぱりと彼はいいきった。

　容堂は面食らった。「宸断」の胡散臭さはさておき、幼いとはいえ天皇が血統的に比類ないカリスマ性をそなえていることはたしかだった。率直の人である容堂は、即座に失言をわびた。失言はわびたけれど、率直の人ゆえ頑として主張をゆずらなかった。彼には何もかもが納得いかなかった。

　彼だけではない。越前の春嶽も、尾張の慶勝も、挙兵討幕同盟をむすんだ三藩の一画、安芸の浅野までもが容堂を擁護した。

　まずもって「王政復古の大号令」は、幕府廃絶の理由を「癸丑《きちゅう》以来未曾有ノ国難、先帝頻年宸襟《しんきん》ヲ害悩《なや》マセラレ候御次第」すなわち、各国と条約を締結して天皇を悩ませた幕府の失政にあるとしているが、条約締結ははたして失政であったのか。その吟味をしないばかりか、それを徳川の罪と決めつけ、慶喜からすべての官職をうばい、徳川家の領地すべてをとりあげようとする。しかも被告本人を蚊帳の外においたまま……。旧徳川将軍家はまさに、欠席裁判による冤罪をこうむろうとしている。

　そもそも、条約締結を穏当で現実的開明的だと主張し、幕府とともに朝廷への説得をさかんにこころみてきたのは薩摩島津であり、土佐山内であり、越前松平ではなかったのか。それはしかも大名たちの世論だったのであり、根っからの攘夷論者、水戸の烈公ですらが条約承認やむなしの立場だった。それを阻んできたのはむしろ、固陋かつ無責任かつ無謀な朝廷のほうであり、その元凶が、利己と姑息のすみかである麝香間《じゃこうのま》に象徴される公家の閉塞にあったであろう。

　かてくわえて、王政復古ののちは「万国対峙」を国是として国力の富強をめざすという。「失政」を所与の前提として、それを改めるのではなく、いっそう推し進めていくという！その論理矛盾やいかに！ただ徳川を貶めるためだけの非道なやり方やいかに……！

大久保の筆をかりれば、評議は開始そうそうから「越公、容堂公大論、公卿を挫《くじ》き傍若無人」なシーンがくりひろげられた。

「皇国の沿革をかえりみて、今日のような混迷と衰亡をまねいたのはひとえに徳川の不徳のいたすところだと、そういって政権を朝廷に返上したのは、ほかならぬ慶喜自身であろう」

岩倉も負けてはいない。

「慶喜に、まこと反省自責の念があるならば、すみやかに官職を辞し、土地人民を還納し、もって王政維新の大業を翼賛すべきである。その誠意があるなら、しかるべき次席をあたえることもやぶさかではない。だが、慶喜には、かいもくそのようすが見えないではないか。政権の空名のみを奉還して土地人民の実力を保有す。大政奉還とは名ばかり。そのような人物をゆるすことは断じてまかりならぬ。よって朝議に参加させることもまかりならぬ」

ふだんは寡黙な大久保がまっさきに岩倉支持を表明した。

「朝廷は、慶喜に官位辞退と土地人民の還納を命じるべきだ。もし応じなければ、断固討伐すべし」と。

「土地を私有しているというなら薩摩公もそうだろう。容堂もまた同然だ」

容堂が怒鳴りかえす。

「慶喜に罪ありというならば、提唱者の薩摩公がまず七十余万石をお返しなされ。さればこの容堂も、たったいまここで無一文になってみせよう。慶喜のみがなぜ七百万石を返上しなければならぬ。ましてそれを返上せぬからといって、なぜ朝敵あつかいをうけねばならない……」

はげしいやりとりが深更になってもつづいた。

だが、もとより禁門すべてを閉ざした軍事制圧下においての会議である。武力行使を前提として、つまり、場合によっては容堂であろうが誰であろうが、邪魔だてする者は殺《や》るというシナリオなのであってみれば、勝敗ははじめから決していた。薩摩の兵力はけたちがいに大きく、長州の援軍もくわわっている。容堂も春嶽も、他のいかなるメンバーもとどのつまり屈せざるをえない。

午前零時、まさに日付が九日から一〇日に変わろうとするころ、徳川の失政の罪は確定し、慶喜の内大臣辞任と幕府領の放棄が決定された。

『岩倉公実記』に記す。

「恰《あたか》も此《この》時に当り京師に一怪事ある。空中より神符翩々《へんぺん》と飛び降《くだ》り処々の人家に落つ。其《そ》の神符の降りたる人家は壇を設けて之れを祀り、酒肴を壇前に陳らぬ。知ると知らざるとを問わず其人家に至る者の酔飽に任《まか》す。之れを祝して吉祥と為す。都下の士女は老少の別なく綺羅《きら》を衣て男は女装し、女は男装す。群を成し隊を作《な》す。悉く俚歌を唱ひ太鼓を打ち以て節奏をなす。其歌辞は『ヨイジャナイカ、エイジャナイカ、クサイモノニ紙ヲハレ、ヤブレタラマタハレ、エイジャナイカ、エイジャーナカト』と云ふ……八月下旬に始まり十二月九日王政復古発令の日に至て止む」

「恰も此時」。大久保たち、まもなくウラ舞台の立役者となるべきメンバーが頻々と往来していた「ちょうどそのとき」、京に伊勢の神符《おふだ》がひらひら舞いおちてくるという奇怪事がおこった。いらい、ひねもすよもすがら、一群去ればまた一隊がやってきてヨイジャナイカ、エイジャナイカ、ヨイジャナイカ、エイジャナイカ……。そうやって浮かされたように踊っては酔い、酔っては歌いしているあいだに、クーデターが成功した。

慶応三年（一八六七）一二月九日、狂ったように踊りつづけた京のまちは、息の根を止められたようにピタリ静かになった。

その瞬間から「お伊勢さん」は庶民の味方ではなくなった。貧しい者たちにつかのま「世直り」の歓びをあたえてくれるものでも、「遊び日《休日》」という楽しみを保証してくれるものでもなくなり、また、差別や冷遇からの解放をもとめるデモや、抵抗権の発動としてのフィーバーに「お墨つき」をあたえてくれるものでもなくなった。

そしてまもなく、祭政一致、神祇官再興という、突拍子もないアイディアが政策として採用された。

人々はいともあっさりうらぎられた。守り神に足元をすくわれた。彼らのエネルギーは、明白な意図をもった人たちに利用され、反対に、彼らをして闇に閉ざされた陥穽へと落としめた。

その闇が、よもやこのさき八〇年にわたってこの国を閉ざしつづけるであろうとは！　いったいだれが想像できただろう。おそらくは、回帰回復ではなく創造の手段としての「王政復古《クーデター》」をくわだてた当事者たちにおいてさえ。すなわち、いっさいの過去を否定するための「王政復古《クーデター》」、歴史がつちかってきた制度や組織や慣行を解体するための「王政復古《クーデター》」、あらたな創造をうながす前提としての無秩序をつくりだすための「王政復古《クーデター》」をくわだて、シナリオをえがいた当事者たちにおいてさえ……。

伊勢にゆきたい伊勢路がみたい
　　せめて一生に一度でも
わしが国さはお伊勢に遠い
　　　お伊勢恋しや参りたや

明治二年（一八六九）三月一二日、伊勢神宮の神域には立纓《りゅうえい》の冠に黄櫨染《こうろぜん》の袍《ほう》を身につけ、豊受大神宮《とようけだいじんぐう》と皇太神宮《こうたいじんぐう》を参拝する一七歳の天皇睦仁のすがたがあった。

禁裏さまはもう二度とふたたび京にお還りにならないのじゃなかろうか。桓武の帝《みかど》いらい一一〇〇年の都を、天子さんは捨てておしまいになるのではなかろうか。そうしきりに心配する京のまちの人々に、あくる年三月にはきっと還幸して大嘗祭《だいじょうさい》をいとなむので安心せよという空手形をのこして出発した二度目の東京行幸。

途次、天皇は東海道から伊勢路をまわり松坂で一泊、翌日には行在所《あんざいしょ》となった外宮《げくう》豊受大神宮の文殿《ふみどの》にはいり、翌朝、歴代ではじめて神宮を親《みずか》ら参拝した。

天皇の伊勢詣！いわずもがな維新政府のオリジナルプランだったが、神宮鎮座いらい天皇がみずから伊勢を参拝したことはいちどもない。

天皇のはじめてのお伊勢まいりということとそれじたいが、伊勢神宮が天皇家の祖神を祀る神社であり皇室の氏神であるということの虚構性を証し立てているようなものだが、鑑《て》らすべき先例もなく、遇するに窮した神宮では、とくに「親謁」と称して、天皇の宗教的権威と天照大神《あまてらすおおみかみ》の神格を対等のものとしてあつかったという。

ことそれほどに神宮親拝は大事件であり、おのずから二度目の東幸は、「海内一家東西同視《かいだいいっかとうざいどうし》」の叡慮を知らしめるという政治的な意図にくわえ、宗教的な意味合いを色濃くおびることとなった。

前年三月に神仏分離令が出ていらい、内宮、外宮のある地、宇治と山田では一〇九か寺が廃寺となり、天皇をむかえるひと月まえには、山田奉行の任務をひきついだ渡会府《わたらいふ》が「行幸の道筋にある仏閣、仏像などはすべて撤去せよ」との触れを発して寺院や僧侶に圧力をかけ、最盛期には四〇〇をこえる寺院仏閣があったという宇治、山田に、のこる寺院はわずか一五か寺になってしまった。

親拝の当日、天皇だけが身につけることのできる絶対禁《きん》色《じき》、黄櫨染の束帯をつけた睦仁は、葱花輦《そうかれん》に乗って行在所を出発、外宮の冠木《かぶき》鳥居のまえで車をおりて内院へと足をすすめた。

先導する大宮司らにみちびかれて、瑞垣《みずがき》門内の軒下にある浜床《はまゆか》に到着する。宮司が太玉串《ふとたまぐし》をとって神祇官判知事亀《かめ》井《い》茲監《これみ》に献じ、亀井がそれを天皇にわたす。太玉串を手にした天皇。そのまえに祭主藤波教忠《ふじなみのりただ》がすすみ出て天皇から太玉串をあずかり、さらに禰宜《ねぎ》の手を介して神前にささげる。大床のまんなかに太玉串がおかれたのをみとどけて、天皇は拝礼し、柏手《かしわで》を打った。

いっそう重要な内宮皇太神宮の親拝は、午餐のあとにおこなわれた。天皇は、正装した大勢の武官文官に供奉されて宇治橋をわたる。板垣門をくぐったところで葱花輦《そうかれん》をおり、内玉垣門で藺草履《いぐさぞうり》から沓《くつ》にはきかえてすすんでいく。

瑞垣門内の浜床でおなじく太玉串の献上をうけ、それを神にささげて拝礼し、柏手を打った。

　聖孝　倉山の雲よりも高く

　　叡念　宮川の水よりも深し

神祇官のオリジナルによる儀式のなかで、神官らは天皇の追孝の比類なさをたたえあげたが、天皇のお伊勢まいりは「孝」すなわち祖先にたいして道をつくすことなのだ。なんとなれば、皇太神宮の祭神は天孫睦仁の祖先神だからであり、天皇の祖先神であるゆえに天照大神《あまてらすおおみかみ》は、国家の最高神でもあるというわけだった。

天皇の神宮親拝は、神宮が国家の至聖所であることを国民にあきらかにするためにおこなわれた。

はたして、「お伊勢さん」を拝むことは、「皇祖神」を崇拝することとおなじになった！ついさきごろまで、幟をたて、柄杓をもち、男装女装いりみだれ、裸どうぜんのやからや物乞いふぜいの者までが群をなしてつめかけた境内が、一転、タブーにいろどられた空間になった。

二度目の東京行幸のハイライトが神宮親拝にあったとすれば、はじめての東幸は、それじたいがセンセーショナルな事件であり、何からなにまですべてがハイライトづくめだった。

そもそも天皇が江戸に下るなどということは、何人《なんびと》にも考えつかないことだった。わけても京の人々にとっては、ダイリさんが内裏を出ることなど想像もつかず、いっそう古色蒼然とした観念のとらわれ人である公家たちにとっては、眩暈《めまい》がするような暴事だった。

じっさい、天皇がたかだか禁裏を出るというだけでも、つい五年前にはその先例《ためし》を知る者はいなかった。先帝孝明が、攘夷祈願のために賀茂社と石清水八幡宮へ行幸したのは文久三年（一八六三）のことであり、それ以前はとなると、慶安四年（一六五一）の後光明《ごこうみょう》天皇の朝覲《ちょうきん》行幸まで、じつに二〇〇年の歳月をタイムスリップしなければならないのであり、さらに前には、寛永三年（一六二六）の後水《ごみず》尾《お》天皇の二条城行幸があるばかりだった。

それがそのたびは、内裏を出て洛外どころか、かつての夷《えびす》の地東国《あずま》に下るという。忌々《まがまが》しいというよりほかはなかった。

東京行幸の期日が決まったのは、慶応四年（一八六八）八月二七日に遅れていた即位の礼がいとなまれ、九月八日に「明治」へと改元があってまもなくのことだった。

七月一七日にはすでに「海内一家東西同視」すなわち、日本はひとつの家であって西も東もないとの思し召しから「江戸ヲ称シテ東京トナス詔書」が発布されていた。

いわく、江戸は「東国第一の大鎮四方輻湊《ふくそう》の地」すなわち四方から人や物があつまる東国一の大都市であるから、さっそく出かけていって「親臨」して「政《まつりごと》ヲ視《み》ル」のがのぞましく、ためにこれからは江戸を東京と称することにする。なによりもそれは、日本をひとつの家とみなし、東西を同等にながめるためなのだと。

江戸は「東の京《みやこ》」東京と命名された。そこへ親《みずか》ら出かけていって政治を執ろうとはいっているが、首都にするとはいっていない。あくまでも東西両都の一方の都なのだという、どこか二枚舌的な詔だった。

が、なにはともあれ「親臨以テ其政ヲ視ル」べく、さらには東国の民衆を慰撫し天啓をおよぼすために、東幸を急がなければならなかった。七月すえには新潟そして長岡が新政府軍の手におち、八月すえには会津若松城を包囲、白虎隊が自刃した。内乱の帰趨が決しつつある、このときをのがしてはならなかった。

なにしろ睦仁は、元服をすませたとはいえいまだ白粉《おしろい》をつけ、「軟弱の風」としか形容しようのない言語を話す、前時代さながらの天皇だった。この青年を、いちはやくこの国の主人《あるじ》にふさわしい政治的存在につくりかえる。それは「幼冲の天子を擁して権柄を窃取せんとする」と図星をつかれた簒奪者たちにとっては急務なのだった。

一刻もはやく京都御所という旧弊旧習の巣窟から天皇をひきずり出し、伝統のがんじがらめから解放する。しかるのちに人格形成をうながす多種多彩な契機をあたえ、近代的な政治君主へと変貌をとげさせる……。旧弊と旧習というものから、まさに京の都こそがそれらを生み、育みつづけてきた巨大な坩堝にちがいない。御所から出た天皇を、京都そのものから遠ざけることは一にも二にも重要なことだった。

明治元年（一八六六）九月二〇日午前八時、天皇は紫宸殿に出て鳳輦《ほうれん》に乗り、三種の神器のひとつ、神鏡を奉じて建礼門を出発した。一行には、岩倉を筆頭に、議定中山忠能、外国官知事伊達宗城《だてむねなり》らがつきしたがい、供奉の官人だけで二三五〇人、警護にあたった長州、土佐、備前、大州《おおす》四藩の兵をあわせて総勢三三〇〇人におよんだという。

行列は、道喜門で皇太后の見送りを、南門で親王、堂上《とうしょう》公家、在京の諸侯らの見送りをうけ、三条通りを東に粟田口《あわたぐち》まですすみ、天台宗門跡青蓮院で小休止。午餐のあとカジュアルな板輿に乗りかえて蹴上坂《けあげさか》をこえ、山科に出てまもなく天智天皇陵を遥拝し、その日の行在所《あんざいしょ》である大津をめざしてすすんでいった。

沿道には老若男女がびっしりと列をなし、雅びやかな京ブランドづくしの行列のまばゆさにため息し歓声をあげ、あるいは両掌を合わせ、柏手《かしわで》を打って伏し拝む。行列がつづくかぎりどこまでも、衆庶の群れ集うすがたは絶えることがなかった。

天皇は、道中にあるあらゆる神社に幣帛を奉じることを命じ、行在所となった土地土地では、長寿者や孝子、節婦、義僕婢、功労者に褒美をあたえ、病者、困窮者には施しをおこなった。たとえば、リキという女は姑に孝養をつくした嫁の鑑《かがみ》であり、夫安兵衛にたいしてもよく婦道をまもった貞節な妻女であるから二〇〇〇疋《ぴき》を下賜しよう、齢《よわい》七〇をこえた翁嫗《おきなおうな》には二〇〇疋を、九〇をこえる最長寿者には五〇〇疋を下賜しようといったあんばいに。

天皇の慈愛、威光のなんたるかを知らない鄙の地の「雑人」すなわち庶民らに、「天皇さんの世」になったことを知らしめることは、この豪勢華美、大盤振舞のパフォーマンスの最大の目的だったから、金にいとめをつけてはいられなかった。

しかし現実には、王政復古の直後にいとなまれた先帝孝明の一周忌法会の費用さえまかなえないスッカラカンの新政府。そのおりは、つい数日まえに失政の咎を断罪し、官位も領地も剥奪するとの決定を申しわたしたばかりの徳川慶喜に頭を下げ、しつこく頼みこんで金一〇〇〇両を献じてもらって急場をしのいだが、このたびの費えは桁ちがいの巨額になる。そこで目をつけたのが京大坂の豪商たち。彼らに「東幸御用掛」の任をおしつけて膨大な拠出金をまきあげた。

さて、とちゅう熱田神宮に参拝した一行が、静岡の汐見坂についたのは一〇月一日のこと。この地から天皇は、おそらく歴代ではじめて太平洋をまのあたりにした。

東海道沿いの諸藩には、家のなかの戸や障子をとりはらい、二階の雨戸は閉めること、看板、暖簾もはずし、道辺の石仏、石造仏塔はすべて撤去せよとの達しがゆきわたり、それまで防衛上の理由から橋をかけなかった大井川には板橋を築き、天竜川、安倍川には船橋をもうけて大行列をわたした。

美穂《みほ》の浦、富士の高嶺《たかね》、宇津《うつ》の山、小夜《さや》の中山《なかやま》、足柄《あしがら》の関、箱根の山……。歴代天皇がながく和歌や紀行のなかでしか知ることのなかった歌枕をまのあたりにし、景物を愛で、風物にしたしみ、はじめて稲穂を手にし、銃猟や地曳漁をたのしみ……。ついに江戸に到着したのは一〇月一三日。徳川家の菩提寺増上寺《ぞうじょうじ》で休息をとったあと鳳《ほう》輦《れん》に乗りかえ、新橋、京橋、呉服橋見附をへて、和田倉門から江戸城に入った。

江戸城はその日のうちに東幸のあいだの皇居と定められ「東京城」と改称された。天皇はここに、一二月八日まで滞在した。

その間、神祇官幹事植松雅言《うえまつまさこと》を官幣使として、日枝《ひえ》神社以下関東一二社につかわし、みずからは武蔵国の鎮守神、大宮の氷川《ひかわ》神社におもむいて親祭の意をあらわした。また、東京市民には、酒三〇〇〇樽、錫《すず》の徳利五五〇本、干鯣《するめ》一七〇〇束、しめて一万四〇三八両もの祝いの品がふるまわれ、いまだお江戸の町衆を自負する庶民は、気のすすむとすすまないとにかかわらず、二日のあいだ仕事を休んで歓をつくした。

天皇はまた、イタリア、フランス、オランダ公使を引見し、軍艦「富士」にも乗艦して横浜沖からこの国をながめた。何もかもがはじめての連続。ひとつひとつが歴史をぬりかえる事件だった。

明治元年もおしつまった師走八日、予定どおり天皇は還幸の途についた。先帝の三年祭をいとなみ、立后《りっこう》の礼、つまり皇后をさだめるセレモニーをおこなう予定があったからだ。東京市民にむけては、不安をあたえないようにとの配慮から、祭礼ののちはふたたび東幸すること、旧本丸跡《ほんまるあと》に宮殿を造営することが発表された。

二二日、京に還御。東西往復に要した費用は七八万両。これは、ほぼ同じ時期に大坂川崎村の六万坪、一八万五〇〇〇平方メートルの敷地に建設がすすめられていた造幣工場の総工費、九六万両にせまる大きな費えだった。

ダイリさんがお還りやした。京のまち衆はとりあえず胸をなでおろした。とりあえず。というのはほかでもない。還ってきたダイリさんはもはや出てゆくまえのダイリさんとおなじでないことを、彼らは直観でとらえていた。まちにはお触れが出され、九門《きゅうもん》が閉ざされてしまったのだ。

北は今出川御門から、時計回りに石薬師御門、清和院御門、寺町御門、南の堺町御門、下立売御門、蛤御門、中立売御門、乾御門。

御所の外溝をかこむ築地《ついじ》にもうけられた九つの門は、京の住人であればフリーパスで出入りでき、トラベラーでも名前と用向きをつたえ、門前で下馬さえすれば入ることができた。それがぴしゃりと閉ざされ、以後、門の内に立ち入ること、築地内《ついじない》を勝手に通行することはまかりならぬ、のみならず、門前に立ちどまって官人が参朝するようすを見物することも厳禁するという。

門をくぐり、築地内をぐるりとまわって禁裏の唐門にいたり、五穀豊饒此土安穏《しどあんのん》を祈念する「禁裏まいり」や、ぐるぐるぐるぐる何度もめぐってはさまざまな願いごとをする「千度まいり」もできなくなった。いわんや、禁裏のなかに立ち入るをや。

従前は、禁裏といえどもまったきタブーの空間ではなかった。正月一九日には庶民が御所に入って天覧の舞楽を拝観できたし、節分ならば神鏡の安置されている内侍所《ないしどころ》に賽銭をして豆をもらうとか、三月《やよい》重陽《ちょうよう》ならば闘鶏を拝観するとか、法華御八講《ほっけみはっこう》がいとなまれれば聴聞にでかけるとか、禁裏は庶民の生活の延長上にひらかれていた。

九門の内を散策すれば、紫宸殿《ししいでん》をはじめ王朝のおもかげをいまにとどめる宮殿の屋根屋根がながめられたし、公家屋敷の庭の風情もあじわえた。京観光いちばんの人気スポットだった内溝御公家門《おくげもん》すなわち宜秋門《ぎしゅうもん》には、参内《さんだい》するお公家の装束《ファッション》や作法《マナー》をウオッチングしてエキゾチシズムにひたる、観光客のすがたの見えないことはないほどだった。丸太町通りを北に折れ、堺町御門をくぐり、仙洞御所の西側を通って禁裏東南角へ、そこから築地塀《ついじべい》づたいに御所の南を通って西側の御公家門にいたるコースは、京観光最大の売りものだった。茶店も出れば、酒肴をあきなう店も出た。それらいっさいの楽しみが禁じられた。

二五日、先帝孝明天皇の三年忌ならぬ三年祭が、はじめてまったき神道儀礼によっていとなまれた。

宮中南殿《なでん》に神籬《ひもろぎ》をたて、天皇みずからが祭主となって儀式をとりおこなってのち、泉涌寺《せんにゅうじ》の後山にある後月輪《のちのつきのわ》東山陵《のひがしのみささぎ》におもむいた。御陵《みささぎ》までは、小やみなく降る雨のなかの行幸だったといい、これもまた、遷都一一〇〇年の王朝の歴史のうえにながらえてきた堂上や京の庶民を悲しませた。四条天皇の葬送いらい六〇〇年あまり皇室の菩提所でありつづけた泉涌寺は、まもなく上知令《あげちれい》によって官収されることになる。

京の人々がおそれていた二度目の東幸が決まったのは、翌明治二年二月八日のことだった。二四日には、天皇の東京滞在中は太政官を東京に移し、京には留守官をおくことが定められ、翌日には、議事所を東京に移して二等官以上および公家諸侯の会議を開くことが決定した。

三月七日、天皇はふたたび東京へと旅立った。来年三月にいとなむ大嘗祭《だいじょうさい》にはかならず京にもどると約束して。人々は知らされていなかった。そのたびの行幸が、神鏡だけではなく、神剣、勾玉《まがたま》、印璽《いんじ》など、神器すべてを奉じての東幸だったということを。

街道筋では、諸藩の藩主が行列を出むかえた。庶民は、これまでお殿さまとしてあがめてきた主人《あるじ》が天皇の乗る輿に頭をさげ、臣下の礼をとるさまをまのあたりにした。そして、自分たちの主人がかわったのだということを、いまさらのように理解した。

二八日、東京城に入った天皇は、神器を西の丸にもうけた仮の御拝所に奉安し、つい半年前に「江戸城」から「東京城」とあらためた居城を「皇城」と称することを決定した。じっさいには四年後の火災によって主人がいなくなってしまうのだが、のち「大日本帝国憲法」発布の前年、新宮殿が竣功したさいに「宮城」とあらためられるまで、「皇城」が皇居の正式名称となる。

テンノーヘイカ　バンザーイ　バンザーイ　バンザーイ！
バンザーイ　バンザーイ　バンバンザーイ！

一八九八年（明治三一）四月一〇日、万衆が山呼するバンザイの波のなかに天皇睦仁と皇后美子《はるこ》のすがたがあった。この日ふたりは、宮城前広場でもよおされた「東京奠《てん》都《と》三〇年祭」に臨幸した。

「東京遷都」ではなく「東京奠都」。

それは、明治はじめの天皇の東幸が、なしくずし的に東京定住のかたちとなり、明確な発表もないまま帝都となった東京の、誕生のあやしさそのままを表わした言葉だが、東京も京都も帝都であるという解釈をゆるす要因ともなっている「遷《うつ》す」ことと「奠《さだ》める」ことのちがいはともあれ、京の人々との約束を反故《ほご》にして大嘗祭をはじめて東京でいとなみ、八年後にようやく京都に戻るときには「還幸」ではなく「行幸」という表現がもちいられたことは、東京が恒久的な帝都となったことの証しにちがいなかった。

なしくずし的であれなんであれ、明治国家の帝都となって三〇年。新聞が書きまくる連戦連勝の報にわき、市内あまねく旭日旗がひるがえった日清戦争の記憶もあたらしい東京の市民は、「奠都三〇年」を祝わないではいられなかった。

「新にして小なる日本」が「旧にして大なる支那」に勝利した。いまや東洋に覇たる国家となった「大日本帝国」の、帝都の市民であることのめでたさ誇らしさ。と、だれもが感じたわけではなかっただろうが、資本主義が飛躍的に成長しつつあるこのとき、帝都東京の大いなる発展のためにも市民の自覚をうながすことは有用であり、ために、天皇、皇后をむかえて盛大な記念祭をおこなうべし——穿った表現にかえるなら、資本主義的経済原理の食い物にされるしかない下層人民の不満や不安を慰撫できるのは、仁君国母である天皇、皇后のほかにはない——と、そう考えた人々のなかに、たとえば三〇〇万冊をこえる『日清戦争実記』の大ヒットを足がかりに、『太陽』『少年世界』『文芸倶楽部』などの雑誌をたてつづけに創刊した博文館館主大橋佐平《おおはしさへい》のような人物があり、財界をまきこんでの「祝賀会」が発足した。

宮城前には、その日のために仮宮殿と玉座、休憩のための便殿《びんでん》がもうけられ、当日は、祝賀会会長の東京府知事岡《おか》部《べ》長職《ながとも》をはじめ役員、来賓、会員そして小学校生徒らが整然とならんでみまもるなか、天皇、皇后が馬車に乗り、正門前二重橋をわたって式場へとすがたをみせた。

小学校の児童らが「奉迎の歌」を斉唱し、陸軍軍楽隊が「君が代」を演奏する。天皇が玉座につく。皇后も御座《おまし》につく。知事が挨拶し、市参事会や商業会議所が天皇の功徳をたたえた祝詞「頌徳表《しょうとくひょう》」が朗読された。

二〇分ほどでプログラムは終了し、天皇と皇后は無言のまま退場する。津波のごときバンザイが湧きあがる。まもなく馬車が二重橋をわたりはじめる。またしてもバンザイが湧きおこり、新聞報道の表現をかりれば、「万衆は一斉に、陛下万々歳《バンバンザイ》を山呼し、帽をあげ手をふり、歓喜雀躍、その声天に轟き、宮松溝柳も揺るがんばかり」の光景がくりひろげられた。

宮城前広場で、あるいは二重橋前に整列してバンザイを叫ぶことは、もはやめずらしいことではなくなっていた。さきの戦勝祝捷《しゅくしょう》大会のさいも、会場となった不忍池《しのばずのいけ》から有志団体がつぎつぎと宮城前まで行進し、二重橋にむかってバンザイを連呼した。

唱歌や祝声、脱帽、両手をふりあげる身ぶりなどの政治的利用の創案者ともいうべき「明六《めいろく》の幽霊《ユーレイ》」は、はじめてのバンザイ歓呼を耳にすることなく逝ってしまったが、「いまだ国民にあらざる民衆」を国民化する手段として彼が導入した唱歌やバンザイは、したたかなまでの定着ぶりをみせていた。

「三〇年祭」の本来の会場だった上野公園にも大勢の市民がつめかけ、日の丸や提灯や風船で飾られた路上を、大名行列や奥女中行列——大名に奥女中！お江戸はまだまだ健在だった——鶴亀の山車がねり歩き、祝祭がクライマックスをむかえるころには、不忍池に仕掛け花火があがった。人々は、終日お祭り気分に酔いしれた。

清国との戦争によって人々はまがりなりにも挙国一致を体験し、おぼろげながら「国家」というものを実感した。国家のために国民が死ぬということが現実にあるのだということも。

彼らにとって祭りに身を投じることは、帝都の市民として、ひいては国民国家の一員としてむかえられることだった。祝祭は、彼らが国民であればあたえられて当然の国政選挙権さえ手にできず——満二五歳以上で直接国税一五円以上納めている者は、人口の一・一パーセントしかいなかった——上からの近代化の敗者、近代社会の弱者でしかない大多数の人々に、戦勝国の一員としての誇りをもたらしてくれる。それがいかに安っぽく、にわかづくりにすぎず、空虚で粗雑な空騒ぎであったとしても、いや、それだからこそ人々はお祭り騒ぎに参じないではいられない……。

「ケンポーさまのお祭り」とは、どこかで何かが決定的にちがっていた。

二年後の一九〇〇年（明治三三）五月一〇日には、婚儀をおえたばかりの皇太子嘉仁《よしひと》と皇太子妃節子《さだこ》が馬車に乗って正門に現われた。宮城前広場はひと目そのさまを見ようとつめかけた群衆であふれ、二重橋をわたって広場に出ようとする馬車を立ち往生させた。憲兵が剣を抜き、近衛兵や皇宮警手らも手伝って通路をあけさせるのに、四五分もかかったという。

日清戦争のあとには、軍拡こそがお国の最重要政策となった。清国からの賠償金三億六五〇〇万円から、臨時の軍事費を引いたのこり二億八六〇〇万円の七〇パーセントが陸海軍備拡張のために投じられた。

戦争がおわった一八九五年の歳出総額は八五〇〇万円、

軍事費のしめる割合は二七パーセントの二三五〇万円。一九〇〇年には歳出総額が二億九三〇〇万円と三・五倍に増大し、軍事費のしめる割合も四五パーセントの一億三三〇〇万円へとふくれあがった。

はたして、日清戦争前には七個師団編成だった陸軍は、日露戦争開戦前には二倍規模の一三個師団に増強され、イギリス、フランスから戦艦を買い漁った海軍の保有艦船は、六万トンから四倍の二五万トンへと拡大した。ちなみに、一九〇二年三月一日にイギリスのヴィカース社で竣功し、三年後の五月二七日、バルチック艦隊を対馬沖に邀撃し、圧倒的な勝利をおさめることになる最新鋭の戦艦「三笠」は、一万五〇〇〇トンという世界をおどろかせる大艦だった。

一九〇四年（明治三七）一二月一〇日、日露戦争がはじまった。五月には九連城《くれんじょう》を陥落。これを祝う大提灯行列のさいには、馬場先門と桜田門に入ろうとした群衆のなかについに死者をだした。

〇五年一一月、皇祖神に戦勝を奉告するため天皇と皇太子はあいついで伊勢神宮へ行幸した。二重橋から新橋駅にかけての沿道には、送迎のために学校をあげて動員した学生や生徒が整然と列をなした。

そのさい、文部省は「奉送迎ノ学校生徒敬礼方」三か条を定めた。

一つ、武装携銃の生徒は、御車の列が前を通過するさい「一斉捧銃《ささげつつ》」をなすこと。二つ、帽子をかぶった生徒は、「一斉ニ脱帽」して両足をそろえ、姿勢を正しく、視線を御車に注ぎ「不動直立」すること。三つ、帽子をかぶらない女生徒は、「気《き》ヲ付《つ》ケ」の姿勢をとり、視線を御車に注ぎ「不動直立」、ただし「君が代」を唱すること差しつかえなし。

「武装携銃の生徒」というのが当然のように存在した。行幸当日、学生、生徒、職員らは定められた敬礼をおこない、「君が代」を歌い、沿道をうめつくした一般市民は、とぎれることなくバンザイを叫びつづけた。

〇六年四月三〇日には、青山練兵場で「陸軍凱旋大観兵式」がもよおされた。宮城前広場にはふたつの凱旋門がもうけられ、門の内には一か月にわたって日露戦の戦利品が展示された。

一九一五年（大正四）一一月、大正天皇の即位礼と大嘗祭、いわゆる「大正の大礼」が京都皇宮でいとなまれた。一〇日の「紫宸殿の儀」には、衣冠束帯あるいは大礼服に身をつつんだ高位高官、来賓ら三〇〇〇人が参列した。法令の定めるところによって天皇が高御座《たかみくら》につき、「勅語」を朗読する。内閣総理大臣大隈重信《おおくましげのぶ》が、国民を代表して「寿詞《よごと》」を奏上し、天皇にむかってバンザイを三唱する。

テンノーヘイカ　バンザーイ　バンザーイ　バンザーイ！

バンザイ三唱の時刻はあらかじめ午後三時三〇分と定め

られていた。当日同刻、紫宸殿南庭で儀式に参じた人々だけでなく、植民地をふくむ「帝国」各地でバンザイ三唱を叫ぶことになっていたからだ。

宮城前広場には数十万の人々がびっしりと、息をつくすきもないくらいにつめかけて「そのとき」をまった。突如、煙花《はなび》がとどろいた。「スワこそっ！」。大群衆はいっせいに帽子を脱ぎ、日の丸をかかげてバンザイを叫んだ。松の枝や電信柱《でんしんばしら》、大楠公《だいなんこう》の銅像や奉祝門の柱にも驚くばかりの数の人々がよじ登っていて、広場の大音声《だいおんじょう》に唱和した。

翌一六年一月八日、陸軍始大観兵式《りくぐんはじめだいかんぺいしき》が青山練兵場ではなく、はじめて宮城前広場でいとなまれた。厳重な警戒のなか天皇は鹿毛《かげ》の名馬「ダップ」にまたがって現われ、閲兵をおこなった。拝観証をあたえられた者以外の立ち入りは禁止された。

広場はもはや、有象無象《うぞうむぞう》がやみくもにつめかけ、国民道徳・忠孝の鑑《かがみ》である楠公像を足蹴にして馬鹿騒ぎをすることなど決してできない、特別な空間となった。住友財閥がスポンサーとなって東京美術学校に制作を依頼、顔は高村光雲の作になるという颯爽たる騎馬の楠木正成《くすのきまさしげ》像は、のちの戦争で靖国の青銅《かね》の大鳥居が供出されたときにも難をまぬがれた。

一八年、「白米一升二五銭」への値下げを要求した米騒動が全国にひろがった。天皇が三〇〇万円を下賜したことがかえって反撥をひろげ、米騒動それじたいは非政治的なものであったにもかかわらず、労働運動、農民運動、部落解放運動、普通選挙法要求運動、日露講和反対運動などをいっきに活性化させ、デモクラシーが盛りをみせた。

頭でっかちの学生がアジる。自由、平等、正義、人道……。人間本来の欲求をよび醒まされ、活力を得た労働者、都市中間層らがさかんに集会やデモをおこなった。日比谷公園、芝公園、上野公園にあつまった彼らは、おしまいには宮城前広場に合流してバンザイを連呼した。

デモクラシーを叫ぶ人たちもまたバンザイを叫ぶ。普通選挙と挙国一致はコインのうらおもて、デモクラシーと草の根ファシズムとはあんがい親しいお隣さんどうしのようである。

昭和の幕開け前夜、一九二四年（大正一三）六月五日には、皇太子裕仁《ひろひと》と皇太子妃良子《ながこ》の「成婚奉祝会」が宮城前広場でいとなまれた。

一月二六日の結婚式とは別に宮城でもよおされる「成婚披露大饗宴」にあわせて東京市が計画し、それまで市主催の行事が上野か日比谷公園でおこなわれてきた通例をやぶって宮城前でいとなまれたこの「奉祝会」は、広場を、天皇制の儀礼をいとなむ「聖なる空間」へとあざやかにかえてみせた、エポックメイキングなセレモニーとなった。

広場には、「奠都三〇年祭」いらい四半世紀ぶりに仮宮殿がもうけられた。桧皮葺《ひわだぶき》の屋根、高麗縁《こうらいべり》の敷畳、深紅の絨毯、鏡の格天井《ごうてんじょう》、鳳凰を染めだした襖、旭日の紋章……。仮宮殿とよぶには豪奢にすぎる堂々とした殿舎が造営され、二重橋前には、六マイル、約一〇キロメートル四方を照らす六台のサーチライトがすえられて、京都御所紫宸殿《ししいでん》の再現かとみまがうほどの仮宮殿を、四夜にわたって浮かびあがらせた。

式典には、秩父宮、総理大臣清浦奎吾《きようらけいご》、宮内大臣牧野伸顕《まきののぶあき》ら政府要人が参列。まさに政治色にいろどられた空間に、群衆ではなく、しかるべき市民三万三〇〇〇人が参集した。

皇太子が「令旨《りょうじ》」を読みあげる。

「……予は、全市民の相協力して速やかに帝都の興隆をいたし、一般福祉の増進をはからんことを冀う《こいねが》」

朗読が終わるや参列者がいっせいにバンザイを三唱する。

テンノーヘイカ バンザーイ バンザーイ バンザーイ!
コウゴーヘイカ バンザーイ バンザーイ バンザーイ!
コータイシデンカ バンザーイバンザーイバンザーイ!
コータイシヒデンカ バンザーイ
バンザーイ バンザーイ!

君民が一体となって熱狂を演出し、熱狂に陶酔した。

一九二八年(昭和三)一一月一〇日。広場には、五〇万人という桁ちがいの数の市民があつまって、午後三時をまちわびた。

京都皇宮紫宸殿では「正殿の儀」と名称をあらためた天皇即位のセレモニーがいとなまれ、午後三時キッカリに内閣総理大臣が高御座《たかみくら》の天皇裕仁にむかってバンザイを三唱し、まさに同刻、全臣民がいっせいに唱和することになっていた。

午後三時キッカリというのがじつはなかなか難しい。式次第をすすめる主役、端役の行動所要時間をこまかく計算し、三時から逆算して開式の時刻をきめ、運行係がストップウオッチをにぎって秒読みをする。いくども練習をかさね努力もしたが、首相のバンザイは予定より一三秒はやくなったという。

一三秒ならば誤差のうちだが、当日はさらに予期せぬ椿事が発生した。

この日、皇宮御所から一キロメートル離れた賀茂川べりには陸軍の砲兵隊が砲列をしいていた。こちらも午後三時キッカリに祝砲を発するためである。御所から河原まで電線がかけられ、総理のバンザイ発声の瞬間に御所でボタンを押せば、河原で合図のベルが鳴るという仕掛けになっていた。

問題は、どこでボタンを押すかということだった。

即位式がいとなまれる紫宸殿はまさしく禁裏殿上《てんじょう》であり、衣冠束帯の人か大礼服の高位高官以外は入れない。殿《てん》下《か》の庭上といえど軍服の者がいられる場所ではとうていない。よほど頭を悩ませたあげく、将校ひとりを紫宸殿の外廊の椽《えん》の下に待機させ、首相の声だけをたよりにボタンを押すことにした。

声だけをたよりに。つまり、将校の位置からは首相の足しか見えないのである。当日、手もとの時計を凝視しつつ将校は「そのとき」をまった。一秒の狂いもあってはならない任務。全身を耳にして彼はまった。秒針がラスト一周を刻みはじめた。いよいよその……と、そう思ったがはやいか、地鳴りのようなバンザイがおこった。

つぎの瞬間、祝砲がとどろき、韻々《いんいん》とひびきわたった。おくれて田中義一《たなかぎいち》首相がバンザイを三唱し、参列者が唱和した。

待機の将校を狼狽させ、首相の発声よりもはやくボタンを押させたのは、建礼門外につめかけた万衆が、大臣の発声をまちきれずに叫びだしたバンザイの波だった。将校はそれを、殿上で首相のバンザイに唱和する参列者の声だと勘違いし、大あわてでボタンを押したということだった。

ちなみに当日は三〇〇〇人が式場に参列したが、大勢の市民どうよう報道陣も建礼門外にしめだされた。式典の撮影をゆるされたのは陸軍省陸地測量部だけであり、その映像を、日本放送協会が入手できるまでにはさらに半世紀の歳月を要したという。

さて、午後三時キッカリ、宮城前にも「そのとき」はきた。汽笛が鳴り、皇礼砲がとどろく。刹那、津波のようなバンザイがおこった。京橋、日本橋あたりからはサイレンの音が鳴りひびく。

テンノーヘイカ　バンザーイ　バンザーイ　バンザーイ！
バンザーイ　バンザーイ　バンザーイ！

バンザイの波は止むということを知らず。万衆が両手《もろで》をあげ、手のひらを空にはなって歓呼をくりかえすさまを、新聞はこう伝えた。「ふと見やる桜田門前、馬場先門口、行幸道路口いずれも、蟻の群れとまがう群衆の歩みを停めて、かざす掌《てのひら》が秋陽にたとえようのない明るさ朗らかさを現出した」。

「昭和の大礼」にさきだってラジオの全国中継網を完成させていた日本放送協会は、六日、大元帥の正装に身をつつんだ天皇が、神鏡を奉じて宮城を出御、二万人の陸軍将兵と四万人の市民に送られて東京駅へとすすむ、六〇〇メートルにおよんだ行列のさま、七日、京都駅に到着して奉祝門をくぐるさまなどを、史上はじめての実況中継で放送した。

お召し列車には、天皇の乗る「御料車《ごりょうしゃ》」の前に神鏡を安置した「賢所乗御車《かしこどころじょうぎょしゃ》」が連結され、東海道本線では、お召し列車に対向する列車の便所が、すれちがう三〇分前から使用禁止となり、本線と立体交差する私鉄は電車の運転をとりやめ、名古屋駅や京都駅では、便所に白い幕をめぐらせて天皇の視界から穢《けが》れをとりはらった。

即位式当日、午後三時キッカリ、ラジオはリアルタイムでバンザイ三唱の発声を報じた。全国津々浦々あらゆるところにバンザイの歓声があがり、東西の都だけではなく、各地いたるところに小旗行列や提灯行列、山車や御輿が出て街路をにぎわせた。

一二月二日、東京にもどった天皇をむかえ、大礼観兵式が代々木練兵場でおこなわれた。これも「大礼」の関連儀式であるため、ラジオが実況を中継したが、そのさい、マイクロフォンの性能がよすぎたため、勅語を朗読する天皇の肉声、いわゆる「玉音」までをも流してしまい、全国のしもじもを驚愕させ、宮内庁のお叱りをこうむった。居ながらにして「玉音」を拝するなどあまりに畏れおおい、けしからん、というわけだ。

はたしてその後、一九四五年八月一五日の「終戦の詔勅」まで、天皇の詔勅朗読のあいだはラジオは無言、肉声が電波にのることはいちどもなかった。

一二月一五日、氷雨ふりしきる宮城前広場には、東京、千葉、埼玉、山梨、神奈川一府四県の大学、高等学校、中学校、青年訓練所の学生生徒と在郷軍人ら八万三〇〇〇人がつどい、即位奉祝行事がいとなまれた。

四年前の「成婚奉祝会」のさいに仮宮殿が造営された、そのおなじ位置に高さ一メートル広さ一坪ほどの台座がもうけられ、当日は天皇がみずからそこに立って八万人の分列行進を親閲した。

あいにくのはげしい雨。それでも、「晴雨にかかわらず天幕を張ってはならぬ、万一張ったりしたならばとりはずせ」との、天皇の強固な意向にしたがって、開式前にいったん設営された天幕ははずされ、ずぶ濡れのなかでの親閲式となった。

天幕をとりはらっただけではない。それをまのあたりにした陸軍の若い将校が本部に馳せかえり、すぐさま伝騎《でんき》を派遣して「玉座天幕撤去の思し召し」を、大手門から九段坂にかけての定位置に、朝早くから立ちどおしで待機している青年たちに伝令した。

はたして、身体は濡れにぬれ、冷えにひえ、空腹をこらえてさえいただろう八万の青年たちは、傘をとじ外套まで脱ぎすててしまった。

たとえばそれは、実科高等女学校の一生徒にとってはこんなふうな体験としてとらえられた。

——チョット蝙蝠《こうもり》を、おとりください。

前方からひびいた敬虔な声に、黒い雨傘が、スッ、スッと小さくなると、前の方の制帽にも、となりの方の白いリボンにも、凍ったような雨は遠慮もなく降りそそぎます。何をいいわたされるかと、いっせいにそばだてたわたしたちの耳に、馬上の兵隊さんの雄々しい声が、感激に震えてしみこんできました。

――天皇陛下の思し召しで、雨中にもかかわらず玉座の覆いをとれとのおおせでございました。いまみなさまがご覧のとおり、玉座にはいままであった覆いがございません。

ハッとしたわたしたちの身体は急に固くなりました。

尊い玉座に、卑しいわたしたちと変わりなく、この冷雨のなかにお出ましになろうとの大御心《おおみこころ》、目のなかににじむ涙を感じながら、わたしは心のなかに叫びました。

――雨よ、もっと降れ、そして出御のときに止んでくれ。

彼女の祈りもむなしく雨脚は弱まる気配もみせなかった。

午後二時、天皇が二重橋から自動車に乗って式場に現われ、台座に立った。

刹那、天皇は防水マントをうしろ脱ぎにぬぎすてた。のちにたしかめれば「皆が着ておらぬから」との「お言葉」がかえってきたというが、「君が代」の軍楽、「捧《ささ》げ銃《つつ》」の敬礼にはじまって分列行進がおわるまでのあいだ一時間二〇分、天皇は寸分も足を動かすことなく直立して、目のまえをすぎる分列隊に挙手の礼でこたえつづけた。

師走なかばの雨のした、一国の元首と八万の青年が傘もささず、コートも着ず、名ざしがたい感情の高ぶりのなかで、一時間半ものあいだ直立し、あるいは行進をし、唱歌を斉唱した。壮烈をこしてグロテスクでさえあるその経験は、「理知的、科学的教育方法のみに仕込まれた我々」を自負する一高等商業学校生にも「一種の不可思議な気持ち」をおこさしめた。

一九三七年（昭和一二）七月、日本軍が中国侵攻を開始、全面戦争に突入した。

一〇月には北京、つづいて上海を占領し、一二月一三日には首都南京を陥落させた。宮城前広場は連日連夜、旗行列や提灯行列、バンザイを叫ぶ人々でうずめられ、二重橋には宮内庁職員が出て旗や提灯をふって歓声にこたえた。

南京城攻略戦は、完全なる包囲殲滅《せんめつ》戦だった。

高さ二〇メートル、周囲五〇キロにおよぶ城壁をとりかこんだ日本軍は、第三師団、第六師団、第九師団、第一三師団、第一六師団、第一〇四師団の精鋭部隊。一二月九日、金沢第九師団が「光華門」から攻撃を開始して南京入城一番のりをはたしたのをかわきりに、通済門、和平門、太平門、共和門など一六か所ある砦を軍勢がつぎつぎと破り、一二日には、熊本第六師団が「中華門」を砲撃、白兵戦の「上城門」を突破して司令部を占領、一三日には、京都第一六師団が「中山門」を攻撃し、ついに南京城を陥落させた。砦を突破するたび、城壁には旭日旗がひるがえり、日本兵が城門にかけのぼっては勇躍し、バンザイを絶呼した。

ダイゲンスイヘイカ　バンザーイ
　バンザーイ　バンザーイ！
ダイニッポンテーコク　バンザーイ
　バンザーイ　バンザーイ！

すぐにも、「皇軍入城式」にそなえた「一大清掃作業」がはじまった。

城内のあらゆる男たちを引きずり出して連行し、背中を田楽《でんがく》刺しにし、あるいは小銃の一斉射撃の標的とし、雨のように機関銃掃射をあびせて屍を積み、石油をかけて焼き、あるいは長江に投げすてて流れを血で染めた。のちに「南京大虐殺」として世界を戦慄せしめることになる非戦闘員の大量殺戮がそれだった。

一七日午後一時三〇分、中支那方面軍司令官松井石根《まついいわね》大将は、上海派遣軍司令官朝香宮鳩彦《あさかのみややすひこ》中将、第一〇軍司令官柳川平助《やながわへいすけ》中将をともなって「中山門」を出発。旧国民政府庁舎にいたるメインストリート中山路を、両サイドにずらり整列した各部隊の兵士らを閲兵しながら行進し、途中、長江から下関《シャーカン》に上陸し「挹江門《ゆうこうもん》」を出発した海軍支那方面艦隊司令長官長谷川 清《はせがわきよし》中将らの行進と合流して、庁舎の正門をくぐった。

午後二時、国民政府正門のセンターポールにたかだかと大日章旗がかかげられた。海軍軍楽隊が「君が代」を奏でるなか、式典ははじまった。空には、陸海軍航空隊の大編隊が轟々と爆音をひびかせて翼をつらね、弧を描く。壇上にならんだ司令官、内庭に整列した将校らがいっせいに東方はるか皇居を遥拝。この日最大のヒーロー、松井軍司令官が渾身のバンザイを絶叫し、全将校が唱和した。

バンザイはあとの祝宴でも叫ばれた。三度、四度、五度……。歓呼は飽くことなくくりかえされた。

ダイゲンスイヘイカ　バンザーイ
　バンザーイ　バンザーイ！
ダイニッポンテーコク　バンザーイ
　バンザーイ　バンザーイ！

「大清掃」をかつがつまぬがれてこの日をむかえた南京市民にはお菓子や煙草が配給され、彼らもまたバンザイを叫ぶことを余儀なくされた。

ニッポングン　バンザーイ　バンザーイ　バンザーイ！

『東京朝日』は、入城式の撮影フィルムを自社の航空機「幸風号」で福岡に運び、支局上空から投下、即日「号外」を全国に配布した。

**この万歳　故国に轟け、威容堂々！**
**大閲兵式世紀の絵巻　南京入城**

翌一八日夕刊は一面大見出しで「雄渾壮麗な大入城式」のもようを報じ、「敵首都南京がわが手中に帰した」ことを伝えた。

**青史に燦たり　南京入城式**

## 武勲の各隊　粛然堵列、松井大将堂々の閲兵
## 空陸に展《ひら》く、豪華絵巻

キャッチコピーでは『東京日日』も負けてはいない。こちらは「有史以来曽《かつ》てなき皇軍の敵首都入城式」の「盛典」ぶりを誇張するに「君が代」「日の丸」をたたみかける筆法をもってし、読者の情動にうったえた。

「君が代だ。国歌君が代だ。敵の首都に轟く君が代だ。その君が代吹奏裡にするすると正門の上に上る日章旗、さんたる日章旗、日章旗掲揚式がはじまったのだ。

日の丸の数はあれど、この日、この時の日の丸ほど意義深き日の丸がまたとあろうか。仰ぎ見る眼、眼……涙にぬれた眼だ。日本人のみが本当に、この日の日章旗の意義を知る。冬の陽射しを受けて南京の空高く翻る日章旗、読者よ、その荘厳にも輝かしい情景を想像されよ……」

同じ年、中国侵攻がはじまってまもない八月下旬、ある地方の村では○十○《まるじゅうまる》人に召集令がくだった。村役場では短夜《みじかよ》を徹して令状を区分けし、陽も昇らぬうちから吏員たちを送達に出した。

役場から一里ほど山間にひっこんだところに隔間場《かくまば》という部落がある。わずか二○戸しかないその部落に○《まる》人の召集があり、そのうちのひとりに渡辺善吉《わたなべぜんきち》の名があった。吏員が、隣家の渡辺多治郎《わたなべたじろう》に令状をわたしてのち善吉の家を訪ねると、善吉はすでに覚悟をしていて、令状も見ないうちに吏員にたずねた。

「出征はいつでやんすか」

善吉の家は数年前に父親を亡くしていて、善吉が働かねば生活がたっていかなかった。吏員はまもなくの入隊期日を伝えた。

「それでは秋蚕《あきかいこ》は捨てねばなるまいな」

腐れた目をしばたかせてそういったのは老母だった。息子がいなくなれば秋蚕の飼育ができなくなる。善吉の家はそれほど生活に窮していた。

色づきつつある稲の穂を、切ない思いでみやりながら山田の道をすすみ、小さな峠をこえて吏員は久保手部落にいたった。七○戸ほどの部落に○《まる》人の召集があった。

そのうちのひとり、井上留太郎《いのうえとめたろう》の家に近づくと、低い藁屋のなかから子どもたちのかん高い声がさかんに聞こえてきて、見れば小さい手で朝の炊事をしている最中だった。留太郎は前の田んぼで草刈りをしているというので、男の子が呼びにいった。

鎌を手にして帰ってきた留太郎は、吏員を見るなり子らにいった。

「お父《とっ》さ戦《いく》さにいかなね。汝《にさ》だ、ケンカしないでおらなねなぁ」

そして令状をうけとった。手がブルブルふるえた。

「前々から覚悟はすてたが、まあちっとばか早かった」

留太郎は子沢山だった。片腕になって働く妻は産後の肥

立ちが悪く伏せっていた。子どもたちが炊事をしているのはそういうわけだった。収穫を目のまえにして、病妻と幼い子らを残してゆかねばならない。受領書に署名する手のふるえが止まらないのは当然だった。

　わずかばかり日をおいて、またしても村に令状がくだった。久保手部落にもまた召集があった。久保手への送達をすませた吏員は、その足で菅沢部落に門間平七《もんまへいしち》を訪ねた。

　平七の母は四年前に病死して、いまは五五歳の不随の父親と、七〇をこした祖母との三人暮らし。働き手は二一歳の平七だけだった。ちょうど朝餉のあとで三人は炉辺にいた。吏員が令状をわたすと、平七は署名もせずに外にとび出していった。父親も祖母も、ただぼっさりしているだけでものひとつもいわない。

　とび出していった平七は、一町ほど走ったところでパタリ足を止め、両手をあげて高唱した。

　ダイニッポンテーコク　バンザーイ
　　　バンザーイ　バンザーイ!
バンザーイ　バンザーイ　バンザーイ!

　翌三八年（昭和一三）一〇月二七日、日本軍は武昌・漢口・漢陽三鎮《さんちん》を占領した。

　二八日、天皇は昼と夜の二度にわたり二重橋にすがたをみせた。一度目は愛馬「白雪」にまたがって颯爽と正面鉄橋に現われ、旗行列の歓声にこたえた。この日東京市民は学校をあげて、まちをあげて熱狂的な祝捷行列をくりひろげた。そして夜には、天皇は皇后をともなって再度二重橋現われ、三〇分のあいだ提灯をふって、くりかえされるバンザイの声にこたえた。

テンノーヘイカ　バンザーイ　バンザーイ　バンザーイ!
ダイニッポンテーコク　バンザーイ
バンザーイ　バンザーイ!

バンザイはまるで貪欲な生き物のようだった。呼吸をするたびに人々を呑みこみ、膨らんでいく。幾千幾万の人々を餌食とし、猛烈ないきおいで繁殖しながら共同体をおおっていく。

　あるいはそれは麻薬か催眠術。波のように重なりあう歓呼のリフレインに身を投じ、健気《けなげ》な木偶《でく》を演じているうちに、自分がちいさな生身の人間であることを忘れ、心に鍵をかける苦痛を感じなくなる。はじめはみんなの輪のなかでニコニコ笑っていただけの木偶たちが、やがて幻覚にとらわれ、虜となる。自身がなにか壮大な計画に参与しているかのような幻覚の。そして術師の手足となり、ついには隣人にむかって刃《やいば》をふりあげる。

　支那人が満州にある日本の鉄道線路を爆破したので、しかたなく日本は戦争をはじめた。関東軍の謀略による一方的な軍事侵略だったなどとはつゆ知らず、だれもがそう信じていた柳条湖事件から、いつしか一〇年の歳月をへようとしていた。

現実には、『満州行進曲』に送られてつぎつぎと出征兵士が発っていったころにはもう、この国のいたるところ、恐慌と生活不安におびやかされ、うちひしがれる人々があふれていた。

過ぎし日露の戦いに　勇士の骨をうずめたる
忠霊塔を仰ぎ見よ
赤き血潮に色染めし……千里曠野に聳えたり
東洋平和のためならば　我等がいのち捨つるとも
なにか惜しまんニッポンの　生命線はここにあり
八千万のはらからと　ともに守らん権益を

かつて強露膺懲《きょうろようちょう》の「聖戦」をくりひろげた地、満蒙《まんもう》。「明治大帝の御偉業」ゆかしき「聖地」満蒙……。天皇裕仁をカリスマ「明治大帝」になぞらえるメディアのキャンペーンにのせられて、だれもが「十万の英霊、二十億の国帑《こくど》」を口にせずにはいなかったその満州を、自作自演の爆破事件をきっかけにわずか五か月で占領、満州国建国を宣言したのは一九三二年三月一日のことだった。

「帑《かねぐら》」というのは「お金を入れておく巾着袋」のことだというから、二〇億の財を投じて購《あがな》った満蒙は日本の財布。しかもそれは財産を生んでくれる財布であり、それが手に入ったというのだから叫ばずにはいられない。

バンザイ、バンザイ、バンバンザイ！

大凶作につづく飢饉。松の皮や草の根までをも食いつくして命つきた農民らが、いちどに何十万人出ようとバンザイ、バンザイ。経済に穿たれた「金解禁」という名の窓から吹きこむ嵐が、ひよわな産業を根こそぎにし、三〇〇万の「細民」を生みだそうとままよ、バンザイ、バンザイ。

わずか数年のあいだに一〇倍の数にふくらんだ特高警察が「思想狩り」に血眼となり、あげく警察テロや虐殺をくりかえそうがバンザイ、バンザイ。未遂のクーデターが発覚し、軍事テロリズムが火を噴こうがままよ、バンザイ、バンザイ。

一国の外交をつかさどる人物が、「満蒙の権益を手放さぬためには、国を焦土にしてもかまわない」といってのけ、「日本は西欧によって十字架にかけられるイエスのようだ」とうそぶいて、国際社会のルールから逸脱してもバンザイ、バンザイ。

プロレタリアートの国際主義。さも意味ありげな理論という武器をふりまわして帝国主義や天皇制政府とたたかっていたはずの人々が、噛みついたはずのファシストの前にやすやすと膝を屈してもバンザイ、バンザイ。搾取いってんばりで化け物のように肥えた財閥が、軍部ファシストの圧力をしのぎかね、三〇〇〇万、五〇〇〇万もの寄付金をじゃんじゃんなげうってもままよ、バンザイ、バンザイ。

「講師を求む、法律を多少解する者、研究の自由なきも、破格優遇、地位安固、講義は国定教科書による」という新聞への風刺投書ではないけれど、科学や学問それじたいが、あるいは言論や思想や学問の自由が、憲法の民主主義的解釈をさまたげることに執念を燃やしつづけてきた凶徒の刃《やいば》にかかり、つぎつぎ封殺され、あるいは「大逆」の濡れ衣を着せられてもバンザイ、バンザイ。

「お前たちの身体はお前たちのものではない。天子さまのものなのだ」などと、分別ある大人たちが大真面目にいい、学校の先生たちが口をそろえて教えはじめてもバンザイ、バンザイ。

「天照大神の子孫である天皇のために死ぬことは、歴史的生命を生かす道である」。つまり「死ぬ」ことは「生きる」ことだなどという倒錯を説いた『国体の本義』が、ベストセラーさながら一〇万部単位の増刷をつづけようがままよ、バンザイ、バンザイ。

「たたかいは創造の父、文化の母」ではじまる、これまた意味不明の宣伝パンフレット『国防の本義とその強化の提唱』を、政府の一部門である陸軍省が六〇万部も印刷して配布するという、前代未聞の越権が出来《しゅったい》してもバンザイ、バンザイ。

「陸海軍大臣は現役軍人に限る」という制度の復活により、軍部のお気に召さないことは「大臣を出さぬ」といって突っぱねられ、ためにあれよというまに内閣が流産する。そんな茶番が何度くりかえされてもバンザイ、バンザイ。

広場でバンザイ。戦場でバンザイ。牢獄でも、処刑場でもバンザイ、バンザイ。飢えと貧困のなかでバンザイ。父や兄と別れ、一家の柱をとられてもバンザイ、バンザイ。反り血をあびたかのような陰惨なはなやぎのなかで、人々はバンザイを連呼しつづけた。

一九四〇年（昭和一五）九月二七日、この国は「日独伊三国同盟」に調印した。街には日独伊の国旗がひるがえり、ついこのあいだまで同盟に乗り気でなかったあらゆるジャンルの人々が、手のひらを反したように歓喜勇躍し、バンザイの波に酔いしれた。

ムッソリーニ　バンザーイ！
ヒットラー　バンザーイ！
　バンザーイ　バンザーイ　バンザーイ！

そしてむかえた民族の祭典「紀元二千六百年祭」。
金鵄《きんし》かがやく日本の　栄《はえ》ある光身にうけて
いまこそ祝えこの朝《あした》　紀元は二千六百年
ああ一億の胸はなる

子どもたちは、学校で教えられるままに「奉祝国民歌」を歌い、祝賀行事のための「日の丸」小旗をせっせとこしらえ、学校あげて神社に参拝し、旗行列にくりだした。

金鵄あがって十五銭　栄えある光三十銭
いまこそきたるこの値上げ　紀元は二千六百年
あゝ一億の民は泣く

当時、廉価で、それゆえ庶民のたのもしい味方だったタバコ「ゴールデンバット」や「ひかり」。その値上げを憂えた替え歌のほうがよほどヒットしたというが、やらせ事件にはじまった満州侵略から一〇年、わけても中国侵攻開始からの戦費不足をおぎなうために、庶民のささやかな楽しみまでが「高値の花」となった。

この年、「ゴールデンバット」は「黄金の蝙蝠」ではなく「黄金の鵄《とび》」に変身した。その名も「金鵄」。軍人さんだけがもらうことのできる勲章の名まえ、いや、神武天皇の弓の先にとまって敵の目をくらませたという、神話のなかの鵄のこと。なるほど「ゴールデンバット」は敵性語。キャラクターデザイン蝙蝠は、敵国中国では幸福の象徴だということだ。

明治六年の発売いらい、一世紀プラス四半世紀ものあいだ庶民に愛されつづけてきた「ゴールデンバット」。灰緑色《スプレーグリーン》のベースに黄玉色《トパーズ》の蝙蝠と「GOLDEN BAT」「CGARETTES」の文字をあしらったレトロなパッケージデザインの、蝙蝠が鵄に化け、アルファベットが「金鵄」の二文字にかわり、モチーフの神々しさとはうらはらの安っぽいシロモノになったことは、上からの祝賀ムードを、どこか棄てばちで、蒼ざめたものにせずにはいなかった。

全国各地の学校がこぞっておこなった日の丸の小旗行列も、とくに熱狂的にむかえてくれる人々があったわけでもなく、往来もまばらな街路や、だれ一人すれちがうこともない畑のあいだを旗をふって歌いながら歩くときは、子どもながらに鼻白むような妙な気分にさせられた。

とはいえ、「祝え！元気に、朗らかに」が国民のはたすべきつとめであり、自作自演の事変いらい、ながく禁じられていた歌舞音曲もおかまいなし、昼酒を飲んで騒いでよしとのお達しまでが出たうえは――じっさいには、祝いの配給が手に入らないことのほうに人々は気をもまねばならなかったのだが――朗らかに、元気に「紀元二千六百年」とやらを祝わねばならなかった。

記念式典と奉祝会の会場となる宮城前広場には、「皇太子成婚奉祝会」のときのように仮宮殿が造営された。総面積七四〇平方メートル、京都皇宮の紫宸殿を象《かたど》った入母屋《いりもや》寄棟《よせむね》の寝殿造り。その前に、五万五〇〇〇人がバンザイと祝杯をともにできる参列席がもうけられた。

一一月一〇日、満席の参列者をむかえて記念のセレモニーがいとなまれた。

「日本ニュース映画社」が一三日に公開した「紀元二千六百年　輝く世紀の式典」のナレーションそのままに再現をこころみる。

「昭和一五年十一月十日、国をあげて、待望の紀元二千六百年式典のよき日、一億国民、歓喜のうちに輝く紀元を寿《ことほ》ぎまつる日はきました。

　悠久まことに二千六百年。昭和の御代《みよ》に生をうけたわれら一億が、あふれるばかりの感激もて迎えたこのよき年、よき日。紀元二千六百年式典はかしこくも天皇、皇后両陛下の行幸啓《ぎょうこうけい》を仰ぎたてまつり、爽涼《そうりょう》たる秋晴れのもと、旭《きょく》日《じつ》、燦として輝き、瑞気《ずいき》大内山《おおうちやま》に満ちあふれるこの日、宮城外苑広場にしつらえられた式典場において、いとも荘重、厳粛におこなわれ、かしこくも天皇陛下には、優渥《ゆうあく》なる勅語を賜《たま》いました。

　この日、光栄の参列者五万五千は威儀を正し、隊列を整えて朝八時より式典場各受付口より入場。

　……午前十時半、全参列者、すでに所定の位置に整列を終わり、大内山の緑に浮かぶ式場、寂《せき》として声なく、ただうちふるえる感激のうちに、天皇、皇后両陛下の臨御《りんぎょ》をお待ち申し上げたのであります。

　天皇、皇后両陛下には、御同乗の略式自動車鹵簿《ろぼ》にて午前十時四十八分、宮城を御出門。二重橋正門から式場に着《ちゃく》御《ぎょ》あそばされ、天皇陛下には、近衛総理大臣の御先導にて式殿玉座に着かせたまい、皇后陛下にも御座に着御あらせられました。

（式場アナウンス「最敬礼！」五万人がいっせいに敬礼。つづいて「君が代」を斉唱）

　ついで近衛総理大臣がうやうやしく陛下の御前に参進。一億の民草《たみくさ》を代表して、紀元二千六百年の寿詞《よごと》を奏上申しあげました。

『臣文麿《しんふみまろ》謹みて言《もう》す。伏して惟《おもん》みるに皇祖国を肇《はじ》め統を垂《た》れ、皇孫をして八洲に君臨せしめたもうに神勅《しんちょく》をもってし、授くるに神器《じんぎ》をもってしたもう。宝祚《ほうそ》の隆《さかえ》天壌と窮《きわま》りなく、もって神武天皇の聖世におよぶ。すなわち天業を恢《かい》弘《こう》して皇都を橿原《かしはら》に定め……一系連綿、まさに紀元二千六百年を迎ふ。国体の尊厳《そんごん》、万邦固《ばんぽうもと》より比類なし。皇謨《こうぼ》の宏遠、四海豈《あ》に匹儔《ひっちゅう》あらんや……（以下五〇〇余文字略）……臣文麿……茲《ここ》に帝国臣民に代り叨《みだ》りに天顔に咫尺《しせき》して、恭しく聖寿の万歳を祝し、宝祚の無窮を頌《しょう》し奉る。臣文麿、誠懽、誠慶頓首頓首、謹みて言す』

（つづいて「紀元二千六百年頌歌」を斉唱）

遠すめろぎのかしこくも　はじめ賜いし大大和《おおやまと》
天《あま》つ日嗣《ひつぎ》のつぎつぎに　御代《みよ》しろしめすとうとさよ
仰げば遠し皇国の　紀元は二千六百年

（鉤十字《ハーケンクロイツ》の腕章をつけたドイツ軍将校などの映像）

かくて十一時二十五分、天にもとどけと天皇陛下の万歳を奉唱しました。

テンノーヘイカ　バンザーイ　バンザーイ　バンザーイ！」

翌一一日には、同じ会場に天皇、皇后をむかえて「奉祝会」がもよおされ、武漢三鎮陥落のときとどうよう、市民は学校あげて、まちをあげて行列にくりだした。夜には、皇后が常陸宮《ひたちのみや》と三人の内親王をともなって二重橋正門鉄橋に現われ、広場をうめた人々のバンザイにこたえた。

仮宮殿は、夜はサーチライトに照らされ、記念行事のおわる一五日まで一般市民に公開された。

「祝え！元気に、朗らかに！」

記念行事がおわるや、市町村内のあちこちにかかっていたポスターは、新たなポスターに貼りかえられた。

「祝ひ終った。さあ働かう！」

それまで官民あげて奨励していた皇室ゆかりの神宮参拝も沙汰止みとなり、以前とおなじ「贅沢は敵」「遊楽旅行廃止」「行楽輸送で大事な輸送を妨げるな」のスローガンが駅にかかげられる統制下に逆戻りした。あとは何からなにまで「翼賛」の二文字ののしあるくがまま……。いっさいが、グロテスクな翳りをおび、しかもその暗さは日ごとに重圧を増していった。

ちなみに、その年の橿原神宮の参拝者数はのべ一〇〇〇万人、伊勢神宮は八〇〇万人を数えたという。

橿原神宮は、人皇のはじめ神武ゆかりの聖蹟。日向《ひむか》の高千穂に天降《くだ》ったニニギの曾孫カムヤマトイワレビコが、かずかずの苦難と戦いをへて大和を平定し、畝傍山の東、橿原の地に都をさだめて即位したという建国神話にもとづいて、「大日本帝国憲法」発布の翌年一八九〇年（明治二三）に、紀元二五五〇年を記念して創建された、正真正銘の政治的モニュメントである。

当時内地の人口は七三〇〇万人前後だったというから七人に一人、帝国臣民一億五〇〇万人なら一〇人に一人が橿原神宮を参拝したことになる。驚きというほかはない。

鬱屈と閉塞感の裏がえしのような、やらせのごとき「民族の祭典」が終わった翌年、一九四一年の春には、小学校が国民学校に、小学生が小国民になった。五つ六つの子らが「ヒジョージダカラ、イケマセン」「ヒジョージダカラ、コマリマス」を、ままごと遊びのなかで得意げに口にするようになり、袋小路の日常の、あらゆることがフラストレーションをつのらせていく。積もりにつもった鬱憤は、触媒さえあればいつでもスパークする危険なエネルギーに転化する……。

はたしてその年の暮れ一二月八日未明には、陸軍が英領マレー半島を、海軍が真珠湾を奇襲攻撃し、アメリカ、イギリスに宣戦布告、太平洋戦争を開始した。

緒戦は各地で連戦連勝。一九四二年二月一五日には、イギリス領の拠点シンガポールを陥落させた。

三日後、宮城前広場には、一〇万人をこえる人々があつまって、シンガポール陥落を祝う「戦勝第一次祝賀会」がもよおされた。

三八年一〇月の武昌・漢口・漢陽三鎮陥落祝賀の前例をふんで、天皇、皇后があいついで二重橋にすがたをみせた。午後一時五五分には、天皇が白馬にまたがって登場し、一五分後の二時一〇分には、皇后が皇太子と三人の内親王をともなって正門鉄橋に現われた。

「……広場にどよめきつづいてゐた歓呼は一瞬水をうった静寂に鎮《しず》まった。十数万の蒼生《そうせい》はその瞬間斉《ひと》しく胸うつ厳《おごそ》かさに夢みる心地の眼を瞠《みは》ったのである。……おろがむも尊し、馬上に御軍装の御英姿、橋上にて御馬首をまさしく広場の民草《たみくさ》へ向けて停めさせ給うたのである。世紀の大戦に大御稜威《おおみいつ》燦《さん》たる大元帥陛下はいまぞここにいます……」

翌日の『東京朝日』の記事の当該部分である。よくもこんな悪文を掲載できたものである。

治安維持法、国家総動員法、言論出版集会結社等臨時取締法、軍機保護法、不穏文章臨時取締法、戦時特別法……。ありとあらゆる法令に手足をしばられ、いや、しばられてなどいなくても、販売部数をのばす最大のチャンスをあたえてくれる戦争という「ヒジョージ」を利用しない手などありえない。新聞はジャーナリズムであることをかなぐり捨て、軍部といっしょになって市場《シェア》を拡大することにえきえきとした。

「……ああ、胸も咽喉《のど》も光栄に裂けよと聖寿万歳の奉唱が滝《たき》つ瀬《せ》のやうに沸き上った。それは、この広場に寄せては返す赤子《せきし》の波濤《はとう》であった。返すまもなくうち続く歓喜の怒《ど》濤《とう》であった。天皇陛下万歳、天皇陛下万歳——百千のその民草《たみくさ》の顔を見よ。

この波濤がやがて静かに鎮まりかへるとみる間にそれは厳かな『君が代』の歌声に変り、『君が代』の大斉唱が徐々に高揚し奔騰《ほんとう》し、広場全体が感激と恐懼《きょうく》におののく荘重な国歌の渦に掩《おお》はれた。……おのれは玉砂利《たまじゃり》に拝跪《はいき》しつつ稚《おさ》ない愛児を捧げてゐる最前列の母をみよ、その稚な子の頬の紅潮をみよ……」

読む側が恥ずかしくなるような紋切りと独善。かくも醜悪な言語を日々まのあたりにすることは、どれほど民心を荒廃させ劣化させたことだろう。

シンガポール陥落につづくフィリピン、インドネシアの占領。つぎつぎと報じられる大戦果。提灯行列の大騒ぎ……。国民学校の教科書『初等科国語一』には、さっそくそれらの戦果が挿絵《さしえ》つきでとり入れられた。

「どんなことがあっても落ちないと、イギリスがいばっていたシンガポールも、わが陸海軍の勇ましい兵隊さんたちによって、攻め落とされてしまいました。名も昭南島とあらためられて、このように日の丸の旗が、南の空にひるがえっているのです……」

鬱屈がはじけたような熱狂と大はしゃぎ。しかしそれもつかのま、「一億総動員」のかけ声が「一億玉砕」にとってかわるのに時間は要らなかった。

バンザイ、バンザイ、バンバンザイ。壁に耳あり、障子に目あり。気をつけなさい、気をつけて。だれもがだれもの監視人。バンザイ、バンザイ、バンバンザイ!

バンザイは不条理の大鉈そのものだった。凶暴な刃で人間を黙らせ、引き裂き、竦《すく》ませる。バンザイのこだまに送られていってしまった数しれぬ人たち。それきり郷里にむかえられることのなかった数しれぬ父や夫や兄や弟たち。バンザイのこだまのなかで、引き裂かれることの傷みをこらえた何倍もの数の父や母や妻や兄弟姉妹たち……。木偶のようになってくりかえす歓呼のなかに、どれほど多くの人々の忍従と慟哭が葬られていったことか。

いやいや、バンザイはオマジナイ。口あたりのいいオマジナイ。バンザイ、バンザイ、バンバンザイの呪文を唱えているそのうちに、この国が、そしてこの国のだれもがみんな、じつは加害者なのだということを忘れてしまった。見たこともない土地の、名も知らぬ隣人たちを傷つけ殺しているのが、ほんとうは自分なのだということをコロリと忘れ、思ってさえみなくなってしまった。

一九四五年(昭和二〇)、敗戦後はじめて宮城前広場でもよおされたセレモニーが、「特殊慰安施設協会」の結成式だったことは、その裏がえしを考えればいかにも象徴的だが、「終戦の詔勅」からわずか一〇日後の八月二六日、東京では警視庁の音頭とりで同協会が設立され、二八日には「小町園」が大森に開かれた。

『昭和のお吉』幾千人かの人柱の上に、狂瀾を阻む防波堤を築き、民族の純潔を百年の彼方に護持培養すると共に、戦後社会秩序の根本に、見えざる地下の柱たらんとす」

民族の純潔!それを護持するための人柱!式典で読みあげられた声明の内容はゾッとするほど衝撃的だが、そもそも「日本女性の防波堤たれ!」というスローガンをかかげ、お上《かみ》肝煎りで一般女性を公募、あるいは女子青年団などがなかば強制的に駆りあつめ、占領軍専用の国家売春施設を開設したとは犯罪的である。

そして、敗戦後はじめて天皇、皇后が宮城前広場にすがたを見せたのは翌四六年の明治節、一一月三日に東京都が主催した「日本国憲法公布記念祝賀都民大会」に出席するためだった。

午後二時一〇分、馬車で二重橋を出る。広場に現われた天皇は、大元帥服ではなく背広を身につけていた。楽隊が「君が代」を奏でると、参集した一〇万の市民が唱和した。内閣総理大臣吉田茂《よしだしげる》がバンザイを三唱する。天皇は、右手で帽子をとって上げ、微笑んでそれにこたえた。そしてふたたび馬車に乗って橋をわたる。二〇万の目は二重橋に釘づけられる。馬車が門のむこうに消えていく。ワーッという歓声があがり、市民らは群衆となって二重橋のほうへとなだれこんだ。

天皇が中央の台座に立っていた時間はわずかに一分だったという。

「正味一分で、すべてが終わった。そして終わったとき始まったことが僕をおどろかした」

「終わったとき始まった」。中野重治が、小説『五勺の酒』の主人公にいわしめた表現こそは、まさに至言というべきだろう。

翌四七年五月三日、あいにくの雨のなか、広場では政府主催の「日本国憲法施行式典」がいとなまれた。参加者は一万人にすぎなかった。

この日は「君が代」にかわって「われらの日本」が斉唱され、天皇が退場するときには「星条旗よ永遠なれ」が演奏された。吉田茂首相の発声に唱和して、天皇にむかってバンザイ三唱を叫んだことだけはかわらなかった。

国民主権を定めた新憲法の精神と式典のありかたが矛盾していることは瞭然だった。だが、だれひとりそれに気がつく者はいなかった。いや、口にできなかっただけなのかもしれない……。

ひとり、それを指摘したのは三笠宮崇仁《みかさのみやたかひと》だった。

天皇が国民に主権をゆずったのだから、計画者も思いきり頭をきりかえて、天皇に「全日本国民」のバンザイの音頭とりをお願いしてみる気持ちになれなかっただろうかと、そう、当時文学部の研究生だった彼は、五月八日発行の『帝国大学新聞』に稿を寄せた。

六月、文部省は「天皇陛下万歳」と「宮城遥拝」をとりやめるよう通達を出した。

四八年七月一日、「宮城」は「皇居」に改称。広場は皇居前広場となった。

四九年五月三日、皇居前広場ではじめてもよおされた「憲法記念日記念式典」には天皇、皇后が出席。東京都議会議長の発声で、はじめて「日本国バンザイ」が叫ばれた。天皇、皇后もいっしょに「日本国バンザイ」を叫んだ。彼らが、はじめて「バンザイ」を受ける側でなく叫ぶ側にたった瞬間だった。

だが、これで何かがかわったというわけではなかった。

そのわずか三年後、「サンフランシスコ講和条約」が発効し、主権を回復した五二年（昭和二七）の五月三日、「平和条約発効並びに憲法施行五周年記念式典」が皇居前広場でもよおされた。天皇、皇后が出席し、各界の代表者三万人があつまった。

この式典で「天皇陛下バンザイ」が復活した。「日本国バンザイ」がなくなったのではない。「日本国バンザイ」を唱和したあと「天皇陛下バンザイ」が叫ばれた。

前日には、日本政府主催による戦後はじめての「全国戦没者追悼式典」が新宿御苑でもよおされ、天皇、皇后はこちらの式典にも出席。秋には、「宗教法人法」の施行によって一宗教法人となった靖国神社への親拝も復活した。一〇月一六日、秋季例大祭の前日にあたるこの日、天皇は皇后をともなって靖国神社におもむき、戦没者の「英霊」を拝している。

敗戦の年一一月二〇日、GHQの監視のもとでいとなまれた臨時大招魂祭――正式な合祀はあとまわしとし、慰められるべくひとからげに招かれた霊魂の数はおよそ二〇〇万柱。陸海軍の大臣以下部隊の代表らは軍服を脱ぎ、背広すがたで参列、参拝者は三万人にのぼったという――を戦前の延長の参拝だとすれば、この参拝が、政教分離を定めた「日本国憲法」のもとでのはじめての参拝となった。

翌五三年には、皇太子明仁が靖国を参拝し、この年の秋季例大祭からは大祭のたびごとの勅使参向も復活した。

一九五七年（昭和三二）にはさらに靖国の地方分社、護国神社への参拝もはじまった。いらい天皇は、ほぼ毎年全国各地の護国神社を巡幸した。

ある地方で、じっさいにくりひろげられた参拝風景。

胸にリボンをつけた数千人の遺族会員が参道の両サイドをうめつくす。そのなかを「天皇さま」「皇后さま」を乗せた「お車」がゆっくりとすすんでいく。バンザイの叫びがあがる。歓呼のリフレイン。

鳥居前で「お車」をおりた両人を宮司が先導する。さきに天皇、あとに皇后がつづく。二の鳥居のまえで足を止め、横位置にならんだあと、両手をひざのあたりまですべらせて深々と頭を下げる。遺族たちもいっせいに頭を垂れる。つぎに拝殿へと足をすすめる。拝殿のまえには白砂が敷かれている。清められた白砂。そのうえに天皇皇后がならんで立ち、深々と拝礼する。

型どおりのしぐさがゆっくり動いていく。静まりかえった時空にいずこからともなくすすり泣く声がひびき、波のように重なりあう。「天皇さま」が、現身《うつしみ》となってまさに眼前にある。しかも御霊のまえに深々と額づいた。潔らかで単純なしぐさ、ことさらゆっくりとした動き。「ああ、なんてありがたい」。すべてがカタルシスへと収斂する。

参拝儀礼のあと、白砂のうえには靴跡がくっきりと残る。「天皇さま」「皇后さま」の「お靴」のあと。しばしの注視。つぎの瞬間、だれからともなく駆けよって白砂をおしいただく。恍惚と放心。滂沱がなにもかも、いっさいを流し去っていく……。

「朕のためにお前たちは戦争に征って頑張って死になさい」
「はい、ではそういたします」

そういって、いや、そうこたえるよりほかにすべもなく戦い死んでいった者たちにたいし、天皇みずからが「おわびと感謝」をあらわすための儀礼が、靖国神社では七五年

（昭和五〇）の一一月まで、護国神社では七八年（昭和五三）の五月まで、二〇年あまりのあいだつづけられた。同年一〇月の靖国例大祭では、A級戦犯が合祀された。

テンノーヘイカ バンザーイ バンザーイ バンザーイ！
バンザーイ！バンザーイ！バンザーイ！

いつまでたっても、人々はバンザイを叫ぶことをやめなかった。かつて咽喉をからしてバンザイを叫んだ気狂いじみた時代をもったことも、この国がアジア太平洋戦争における最大の加害者であり犯罪者であることも、ケロリと忘れてしまったかのように……。

一九九〇年（平成二）一一月一二日、皇居正殿に高御座《たかみくら》をもうけ、フィリピンのアキノ大統領やドイツのワイツゼッカー大統領夫妻、英国チャールズ王太子、ダイアナ妃など、世界一二五か国の元首、王皇室らを招いていとなまれた天皇明仁《あきひと》の即位礼。「正殿の儀」において、「天皇陛下バンザイ」を三唱した国民の代表は、海部俊樹《かいふとしき》内閣総理大臣だった。

高御座は、西の都にあたる京都皇宮に常設されていた。

高御座を即位儀礼に不可欠のものとするのであれば、天皇は皇居を出て京都皇宮において即位しなければならず、平安遷都いらい一二〇〇年のあいだ「即位の礼」はことごとく京都でいとなまれてきた。

旧「皇室典範」にもそのように定められていたから、大正、昭和の即位儀礼も京都でいとなまれた。それがはじめてあらためられた。一九四七年制定の「皇室典範」に場所の規定がなかったこともあり、各国各地からのアクセスや警備体制などさまざまな条件を勘案し、即位にかかわる儀式・行事いっさいを東京でおこなうことが決定された。

天皇の身柄と神鏡を移動させないで、かわりに京都皇宮から東京の皇居へ高御座を移動する。国家の公的な儀式、すなわち天皇の「国事行為」に神鏡と高御座が必要なのかどうかという本質的な問いをさておけば、合理的にはちがいなかった。

いや、それ以前にまず、明仁の践祚、即位にかかわる儀礼を国家の公的な儀式としておこなうことが妥当であるのかどうなのかということが問題になった。

なぜなら、践祚儀や即位礼、さらには大嘗祭にいたるあまたの儀式や儀礼には、皇室儀礼・祭祀つまり天皇家が家内でいとなむべき儀礼や祭祀が多く、憲法の定める国民主権や政教分離に抵触するものがほとんどだった。それをまげて憲法にあてはめておこなうなら、何と何をどのような方法でいとなむかを検討する必要もあったのだ。

践祚儀は、前天皇没後ただちにおこなわなければならない。天皇の空位をさける、つまり三種の神器や国璽、御璽を間をおかずに新天皇にひきつぐためである。

一九八九年（昭和六四）一月七日午前六時三三分、天皇裕仁が崩御した。七時五五分、宮内庁と首相官邸で同時に記者会見がおこなわれ、天皇の死がおおやけにされた。

一〇時、皇居宮殿松の間で明仁の践祚儀「剣璽等承継の儀」がいとなまれた。国民の代表として内閣総理大臣、三権の長である最高裁判所長官、衆議院、参議院両院議長、全閣僚が参列。はじめてテレビカメラが入り、儀式のもようがそのまま国民に伝えられた。

翌九〇年一月二三日、宮中三殿「奉告の儀」、伊勢神宮および神武・孝明・明治・大正・昭和天皇陵への奉幣「勅使発遣の儀」、すなわちアマテラスを象徴する鏡と二二〇〇柱をこえる皇霊、天神地祇《あまつかみくにつかみ》、八百万《やおよろず》の神々、皇祖神、皇祖、前四代天皇に即位を奉告する儀式にはじまった「平成の大礼」は、その後一年間をかけていとなまれた。

なかで、国家の公的な儀式としておこなわれることになったのが、即位礼「正殿の儀」と、直後のオープンカーでのパレード「祝賀御列の儀」と、賓客をまねいて三日間にわたってもよおされる「饗宴の儀」であった。「日本国憲法」第一章第七条一〇項「儀式を行ふこと」にのっとって、天皇は国事行為としてこれらの儀式をいとなむことになった。

一一月一二日、「正殿の儀」は、二千数百人が参列するなかで盛大にいとなまれた。

国民の代表として「寿詞《よごと》」を読みあげる海部首相の服装は、束帯をあらためて燕尾服にかわり、紫宸殿ならば殿下の庭上であったはずのポジションは殿上にあげられた。

天皇は、絶対禁色黄櫨《こうろ》染《ぜん》の袍《ほう》をまとい、いっそう高い高御座にある。

三層黒塗り継檀のうえに八角形の屋根をかけ、鳳凰や鏡などの装飾がほどこされた高御座は、大正の即位礼のさいに古制にもとづいてつくられたものだというが、そのたび、中央部の玉座にあたるところにあった茵《しとね》を椅子にとりかえ、いささかなりとも「神がかり」の印象を払拭した。幅六メートル、高さ五・九メートル、重さ八トンもあるというこの高御座を輸送したのは、陸上自衛隊のヘリCH―47Jだったということだ。

高御座に立って、天皇がみずからの即位を宣言した。

「さきに、日本国憲法および皇室典範の定めるところによって皇位を継承しましたが、ここに即位礼正殿の儀をおこない、即位を内外に宣明いたします……」

それをうけて内閣総理大臣が「寿詞」を読みあげる。

「謹んで申しあげます。天皇陛下におかれましては本日ここにめでたく即位礼正殿の儀を挙行され、即位を内外に宣明されました。一同こぞって心からお喜び申しあげます。

……わたしたち国民一同は、天皇陛下を国民統合の象徴と仰ぎ……」

お祝いの言葉をのべたあとはバンザイ三唱。

「ご即位を祝して、天皇陛下、バンザーイ　バンザーイ　バンザーイ！」

　五日後の一七日、皇居前広場で「天皇陛下御即位奉祝委員会」と「同奉祝国会議員連盟」の主催による「祝賀式」がおこなわれた。

　午後七時四〇分からおよそ一〇分間、天皇と皇后が提灯をもって正門鉄橋に現われた。ここでも首相の海部が挨拶し、バンザイを三唱した。

テンノーヘイカ　コウゴーヘイカ
バンザーイ　バンザーイ　バンザーイ！

　一九九九年（平成一一）一一月一二日、「天皇陛下御即位十年をお祝いする国民祭典」が広場でもよおされた。「奉祝委員会」と「奉祝国会議員連盟」が主催した。この年八月一三日には「日の丸」「君が代」を国旗・国歌と定める法律が公布され、即日施行されていた。

「日の丸」「君が代」はこの日のもうひとつの主役だった。

　第一部の祝賀パレードにつづき、第二部の祝賀式典には、およそ二万五〇〇〇人の市民が、全員に配布された「日の丸」の小旗を手にして広場にあつまり、テレビの夜のニュースでは、手に手にかかげられた「日の丸」や提灯の波が映しだされた。提灯はちなみにひとつ一〇〇〇円で販売された。

　午後五時四〇分、大太鼓のオープニングで祭典の幕があいた。

「奉祝委員会」会長の石川島播磨重工業会長稲葉興作が、たからかに開会を宣言し、各界から参集した一五〇名もの人たちが一人ずつ紹介され、ステージにのぼった。

　内閣総理大臣、衆参両院議長、歴代総理、各党党首、各国駐日大使をはじめ、経済界や学界、労働、法曹、教育、芸術、文化、芸能、スポーツ各界の代表者が顔をそろえた。沖縄出身の安室奈美恵、ＳＰＥＥＤ《スピード》、ＧＬＡＹ《グレイ》、王貞治、長嶋茂雄、星野仙一、野茂英雄、田村亮子、森繁久彌、竹下景子、北島三郎などの顔もそのなかにあった。

　六時三五分、天皇と皇后が提灯をもって正門鉄橋にすがたをみせた。降りつづいていた雨があがる。二万五〇〇〇人がいっせいに「日の丸」の小旗をふる。笑顔でそれにこたえる天皇、皇后。表情は、会場正面にもうけられた大型スクリーンに大きく浮かびあがった。

　内閣総理大臣小渕恵三《おぶちけいぞう》が祝辞をのべる。

　つづいてロックグループＸ－ＪＡＰＡＮ《エックス・ジャパン》のドラマーだったＹＯＳＨＩＫＩ《ヨシキ》のピアノコンチェルト「奉祝曲アニバーサリー」が披露された。

　和服すがたでステージにあがったオペラ歌手藍川由美《あいかわゆみ》が国家を独唱。つづいて全員が「君が代」を斉唱した。大型スクリーンには、「君が代」を口にするスポーツ選手や芸能人の表情が映しだされた。J-POP歌手のなかにはあきらかに歌っていないとみえるメンバーもあるにはあった。

このあと、天皇は「お言葉」をかえした。二重橋から天皇が肉声を発したのはこれがはじめてだった。

「即位十年にあたり、ここに集まられた皆さんの祝意に対し、深く感謝いたします。……どうか、これからの日々が日本にとり、世界にとり、少しでも平和で希望に満ちたものとなることを願っています。

天候を案じていましたが、雨もようで、皆さんも濡れて寒いのではないかと心配しています。このようななかで大勢の人々が集まり、心をこめて即位十年を祝ってくれたことを感謝いたします。どうもありがとう」

「日の丸」の小旗がゆれる。提灯がゆれる。

おしまいはもちろんバンザイ三唱だ。「奉祝国会議員連盟」会長、森喜朗《もりよしろう》衆議院議員が発声し、全員が唱和した。

テンノーヘイカ　コウゴーヘイカ

バンザーイ　バンザーイ　バンザーイ!

バンザイ三唱は一回のはずだった。が、一回ではおわらなかった。各界の代表者たちがつぎつぎと前にすすみ出て、バンザイを叫んだのだ。

テンノーヘイカ　バンザーイ　バンザーイ　バンザーイ!

マイクを通して、その声は広場の外にもこだました。午後七時、天皇、皇后が退場。二重橋からすがたを消したあともなおバンザイの歓呼はつづけられた。

北島三郎が歓呼する。バンザーイ、バンザーイ、バンザーイ!森進一が歓呼する。テンノー、コウゴーリョウヘイカ、バンザーイ、バンザーイ、バンザーイ!星野仙一も歓呼する……。

テンノーヘイカ　バンザーイ　バンザーイ　バンザーイ!

リョウヘイカ　バンザーイ　バンザーイ　バンザーイ!

バンザーイ　バンザーイ　バンザーイ!

二〇〇九年一一月一二日、即位二〇年を祝う「国民祭典」がおなじようにもよおされ、昼の祝賀パレードにつづいて、広場では祝賀式典がいとなまれた。

祝辞を述べたのは、衆議院の三分の二にせまる議席を獲得して圧勝し、政権交代をはたしたばかりの民主党代表、鳩山由紀夫《はとやまゆきお》内閣総理大臣であり、奉祝組曲「太陽の国」を披露したのはEXILE《エグザイル》の一四人のメンバーだった。

バンザイ三唱は、このときも一回ではおわらなかった。

テンノーヘイカ　バンザーイ　バンザーイ　バンザーイ!

リョウヘイカ　バンザーイ　バンザーイ　バンザーイ!

バンザーイ　バンザーイ　バンザーイ!

# 0701 倭京《やまとのみやこ》—現御神《あきつみかみ》と大八嶋国《おおやしまぐに》知らしめす倭根子天皇《やまとねこすめらみこと》

御即位宣命（明治天皇即位宣命）

慶應四年八月二十七日

現神《あきつみかみ》と大八嶋國《おおやしまぐに》知らしめす天皇《すめらみこと》が詔旨《おおみこと》らまと宣給《のりたま》ふ勅命《おおみこと》を、親王《おおきみたち》諸臣《おみたち》百官人《もものつかさびと》等《ら》天下《あめのした》公民《おおみたから》衆《もろもろ》聞食《きこしめせ》と宣《のりたま》ふ。掛《かけまく》も畏《かしこ》き平安宮《たいらのみや》に御宇《あめのしたしろしめ》す倭根子《やまとね》天皇《こすめらみこと》が宣ふ此天日嗣《このあまつひつぎの》高御座《たかみくら》の業を、掛も畏き近江の大津の宮に御宇《あめのしたしろしめ》し天皇《すめらみこと》の初賜《はじめたま》ひ定賜《さだめたま》へる法随《のりのまにま》に仕奉《つかえたてまつれ》と、仰賜《おおせたま》ひ授賜《さずけたま》ひ恐《かし》み受賜《うけたま》へる御代々《みよみよ》の御定有《おほんさだめある》が上に、方今《いま》天下《あめのした》の大政《おおまつりごと》古《いにしへ》に復賜《かえしたま》ひて、橿原の宮に御宇《あめのしたしろしめ》し天皇《すめらみこと》の御創業《おほんはじめたまへることわざ》の古《いにしへ》に基《もとづ》き、大御世《おおみよ》を彌益々《いやますます》に吉き御代《みよ》と固め成し賜はむ其大御位《そのおおみくらい》に即《つか》せ賜ひて、進《すすむ》も不知《しら》に退《しりぞく》も不知《しら》に恐《かしこ》み座《ま》さくと宣《のりたま》ふ大命《おおみこと》を衆《もろもろ》聞食《きこしめせ》と宣ふ。

然《さる》に天下治賜《あめのしたをおさめたま》へる君《きみ》は、良弼《よきたすけ》を得て平《たいらけ》く安《やすらけ》く治賜《おさめたま》ふ物に在《あり》となむ所聞《きこしめ》す。

爰《ここ》に朕雖浅劣《われおじなけれど》親王《おおきみたち》諸臣《おみたち》等の相穴《あいあな》なひ扶《たす》け奉らむ事に依《より》て、仰賜ひ授賜へる食國《おすくに》の天下《あめのした》の政《まつりごと》は平《たいらけ》く安《やすらけ》く仕奉《つかまつる》べしと所念《おもほしめ》行す。

是以《ここをもって》、彌抱正直《いよよただしきなほき》の心《こころも》て天皇《すめらみこと》が朝廷《みかど》を衆《もろもろ》助《たすけ》仕奉《つかまつれ》と宣《のりたま》ふ天皇《すめらみこと》が勅命《おおみこと》を衆《もろもろ》聞食《きこしめせ》と宣《のる》。

■『太政官日誌』（一八六八）より

それは壮大な虚構《ものがたり》のはじまりにふさわしい玲瓏《れいろう》たるひと日であった。

のちに「持続四年」と記されることになる年、西暦六九〇年正月戊寅朔《むつきのつちのえとらのついたちのひ》。倭京《やまとのみやこ》飛鳥浄御原宮《あすかきよみがはらのみや》の宮門に大《おお》楯《たて》がたち、後世に画期をなす神事が、まさにいまいとなまれつつあることを告げていた。

はりつめた気を裂いてとおすように、神祇伯中臣八嶋《かむづかさのかみなかとみのやしま》の天神寿詞《あまつかみのよごと》を宣《の》る声が正殿にひびきわたる。

おほやしまぐにしろしめす
おほやまとねこすめらがおほまえに
あまつかみのよごとをたたへごとをへまつらくとまうす

北に飛鳥寺、川をへだててすぐ西どなりに川原寺の大伽藍をながめ、東に飛鳥岡《あすかのおか》を、南にミハ山をのぞむこの京《みやこ》、浄御原宮《きよみがはらのみや》は、かつて治天下大王舒明《あめのしたしろしめすおおきみじょめい》が岡本宮《おかもとのみや》をいとなみ、ついで大王皇極《おおきみこうぎょく》が板蓋宮《いたぶきのみや》を、おなじく斉明《さいめい》が大がかりな運河や園池や巨石建造物をつぎつぎと築いて後岡本宮《のちのおかもとのみや》をいとなんだ父祖ゆかりの地にあった。

近江朝廷軍との戦いを制し、故地に凱旋して天皇となった天武が、正宮《おおみや》を東南に拡げるかたちでもうけた新宮《にいみや》に新造した正殿《おおとの》は、大唐の長安城にならって万物の根元、天空の中心をあらわす太極《たいきょく》を冠し、大極殿《おおあんどの》と名づけられた。

その正殿にもうけた壇、天日嗣高御座《あまつひつぎたかみくら》に、まもなく皇后《きさき》鸕野讃良皇女《うののさらのひめみこ》がつこうとしていた。

齢《よわい》四六。すでに彼女は、王家一族の女性尊長たる威厳をあまるほどにそなえていた。祖母大王《おおきみ》が即位した四九歳にはいますこし、重祚《ちょうそ》のさいの六二歳にははるかおよばぬながら、皇后《きさき》として一三年のあいだ天武をたすけ、天皇亡きあと四年のあいだ、皇太子《ひつぎのみこ》草壁の大后《おおきさき》として政務を執ってきた人ならではの、ろうたけた風格をたたえてもいた。

鸕野《うの》にとっては祖父母にあたる大王に舒明、斉明の漢風《かんぷう》諡号《しごう》がおくられるのはまだ数十年先のことだから、リアルタイムにしたがうならば、彼らは息長足日広額《おきながたらしひひろぬか》、天豊財《あめとよたから》重日足姫《いかしひたらしひめ》という倭風の諡《おくりな》を、亡父天智は天命開別《あめみことひらかすわけ》、亡夫もまた天武ではなく天渟中原瀛真人《あまのぬなはらおきのまひと》という諡《おくりな》をおくられたばかり、あるいはおくられつつあるヤマトの王たちだった。

たかまのはらにかむづまります
すめむつかむろきかむろみのみこともちて
すめみまのみことは

天神寿詞《あまつかみのよごと》。それはおそらく、神事に参じた公卿百寮《まえつきみつかさつかさ》のだれもにとって耳新しいことばだったにちがいない。

天つ神々からの祝詞が新しい言辞だということは、鸕野《うの》にとってもおなじだった。ただ、彼女にはわかっている。

彼女がいま、まさにエポックメイキングな儀式に祭主としてたちあっているのだということを。しかもそれは、まもなく文字テキストとして紡ぎだされるはずの物語の核《コア》となるモティーフであり、いままさに編まれようとしている史書の大団円に布置されるべき事蹟なのだということも。

すめみまのみことは
あまつひつぎのあまつたかみくらにましまして
あまつひつぎをよろずちあきに
とよあしはらのみずほのくにを
やすくにとたひらけくしろしめせと
ことよさしまつりて……

寿詞《よごと》の奏上がおわる。つぎに忌部宿禰色夫知《いんべのすくねしこぶち》がすすみ出て、神璽《かみのしるし》の鏡剣を皇后にたてまつる。

それをうけて鸕野は、天日嗣高御座《あまつひつぎたかみくら》につく。その瞬間、神の現《うつ》し身としての天皇が誕生する。彼女はもはや皇后でも大后でもない。神性をもって天下に君臨する天皇としてあらわしだされた。

天神寿詞《あまつかみのよごと》。それは天つ神、とりわけ日の神であるアマテラスが天《あま》つ神日《ひ》の神の御子《みこ》にあたえる「事依《ことよ》させ」と「言寿《ことほ》き」、すなわち統治権を付託し皇統の永続を祈念することばである。天神御子《あまつかみのみこ》は、天つ神々の委任と祝福をうけて天下《あめのした》を統治する。中臣《なかとみ》はここでは神威を媒介する者でしかない。

そして神璽《かみのしるし》の鏡剣はその名のとおり、天つ神から神性を付与された証しとしてのレガリアだ。レガリアはかつて群王群臣の代表が、彼らの推戴によって新たな「大王」となる者にささげた璽印《みしるし》だった。それがいまは神によってさずけられる。忌部《いんべ》もまたここでは、神から御子へのレガリア授与を擬制として演じる媒介者にすぎなかった。

天つ神日の神の御子！天神寿詞《あまつかみのよごと》が耳新しく、神璽の鏡剣が目に新しかったのとおなじく、いやそれ以上に天神《あまつかみ》御子《のみこ》なるものは、そしてじつは「天皇」という称号もまた斬新だった。

息をつめて神の業をみまもる公卿百寮《まえつきみつかさつかさ》。彼らにとっては、何もかもがはじめてまのあたりにするものばかりだった。もはやにどと彼らが新王をえらぶ主体となることはないだろう。中臣と忌部がただ神威を表徴する器でしかありえないのとおなじように。

皇后が天日嗣高御座につく。それをみとどけて、公卿百寮はいっせいに立ちあがる。そして数珠つなぎになって高御座のまわりをめぐりはじめる。うやうやしくしずしずと。何度目かを回ったところで立ち止まり、つぎに跪《ひざまず》いて両手をつき、天皇を拝む。四回拝礼したあと、八回柏手《かしわで》を打つ。神拝の作法八開手《やひらで》にならってのミカドオガミである。

しずまりかえった正殿に柏手の音がこだまする。おごそかな緊張のなかでおなじ所作をくりかえす。あたかも習いたての演技をはじめて披露する者であるかのように、どこかしらぎこちなく……。

「凡《およ》そ践祚の日、中臣、天神寿詞を奏し、忌部、神璽の鏡剣を上《たてまつ》れ」

鸕野讃良皇女《うののさららのひめみこ》の即位儀は、施行されたばかりの「令」の規定にのっとっていとなまれた。法制化されたはじめての即位礼だった。

成文法としての「律」「令」をそなえ、王権があまねく東西をおおうような一元支配をうちたて、中国王朝の干渉や、朝鮮半島諸国の動静にいちいちおびやかされない強い国家をつくること。

それは、鸕野には曾祖父にあたる押坂彦人大兄王《おしさかひこひとのおおえのおう》が、東国と大和盆地をむすぶ要衝、押坂《おしさか》に本拠をさだめた六世紀のすえにはもう、王権にとってさけられない政治課題となっていた。

彦人大兄王《ひこひとのおおえのおう》は、大王継体《けいたい》の孫にあたる大王敏達《びだつ》を父に、息長真手王《おきながまておう》の娘広姫《ひろひめ》を母にもつ、鸕野たち息長《おきなが》氏系「押坂王家」の祖《はじめ》にあたる人物だ。

大王継体すなわち男大迹王《おおどおう》は、近江を中心とし、ひろく越前、美濃、尾張など東国の勢力をバックボーンに、淀川流域さらには瀬戸内海の水運によって朝鮮半島ともさかんに交流していた強大な王だった。

そして、彼を擁立した近江の一勢力、息長氏は、ふるく男大迹王《おおどおう》以前から姻戚によって大王家に帰属しつつ、黒子《くろこ》のように大王家をささえてきた王親氏族であり、美濃、越前への交通の要衝にあたる坂田郡、いまの米原あたりを本拠とする東西に視野のひらけた一族だった。

五世紀のはじめ、仁徳の王子、允恭《いんぎょう》の后妃《きさき》となって雄《ゆう》略《りゃく》、安康《あんこう》を産んだ王女に忍坂大中姫《おしさかのおおなかつひめ》がある。継体にとっては、曾祖父意富富等王《おおおどおう》の妹にあたる女性である。「押坂」のそもそものはじまりは、彼女が居所をいとなんだ忍坂宮《おしさかのみや》に由来するという。

彼女が立后したときにもうけられた莫大な部民《べみん》集団、刑《おさ》部《かべ》が代々王家領としてうけつがれたくわえられて、彦人《ひこひと》大兄王《おおえのおう》の時代には戸数一万五〇〇〇戸、じつに倭国の人口の一割にあたるともいわれる人民を統《す》べる強大な経済的、政治的基盤をなすにいたっていた。

継体―欽明―敏達の流れをうける彦人大兄王はやがて、おなじ敏達を父に、伊勢の多気《たけ》郡を本拠とする伊勢大鹿《いせのおおかの》首《おびと》の娘を母にもつ異母妹、糠手姫《あらてひめ》とのあいだに田村王子《たむらのみこ》をもうける。のちに嶋皇祖母《しまのすめみおや》を名のる糠手姫は、当時、王宮とみまがうばかりの大邸宅嶋宮《しまのみや》をいとなんで権勢をほこった蘇我馬子《そがのうまこ》をうしろ楯とする実力のある王女《ひめみこ》だった。

蘇我氏といえば、かつて外交担当のエキスパートとして王権をささえた葛城《かずらき》氏の外交権をひきつぎ、ひいでた技術や能力をもった渡来人集団を組織し掌握して、圧倒的な大和盆地のリーダーにのしあがっていた。

　田村王子はすなわち、東国に強力なネットワークと支配力をもった継体に大王の血をくみ、血脈的には非蘇我氏系でありながら、渡来人を権力基盤とした蘇我の権勢と外交力をあわせもつことのできる王子であり、その彼が大王舒明《じょめい》となったことによって、息長《おきなが》氏系「押坂王家」の子孫がながくこの国の正史をになう人々となった。舒明に息《おき》長足日広額《ながたらしひひろぬか》という和風諡号がおくられたゆえんだろう。

　大王となった田村が、嶋宮《しまのみや》のすぐ北西どなり、馬子が建立した飛鳥寺の塔を真北にのぞむ蘇我氏の勢力圏に岡《おか》本宮《もとのみや》をいとなんだのは、即位の翌年にあたる六三〇年のことだった。

　同年八月、かつて遣隋使として大陸にわたった経験をもつ犬上御田鍬《いぬがみのみたすき》を大使として、はじめて大唐に遣使をつかわした。『旧唐書《くとうじょ》』によれば、太宗李世民《りせいみん》はそのさい、倭国からの道のりのあまりに遠いことを「矜《あわ》れ」んで所司に勅したという。

「年ごとに貢せしむる無し」

　歳貢《さいこう》といって、唐の冊封《さくほう》にあずかった国は毎年朝貢するのがきまりなのだが、偏遠にある倭国についてはあまりに可哀想だから、毎年貢物をもって皇帝のご機嫌うかがいにくるのを免除してやりなさいというわけだ。

　そして御田鍬《みたすき》らが帰国するときには高表仁《こうひょうじん》を唐使としてつきそわせた。太宗の側からすればそれは、倭国を「撫《ぶ》せしむ」ために「節《せち》を持《じ》して」使者をつかわしたのだったが、表仁《ひょうじん》に「綏遠《すいえん》の才無く」つまり辺境を鎮め安んじる力がなかったために、「王と礼を争い、朝命を宣《の》べずして」帰ってしまった。

『日本書紀』は、舒明四年（六三二）一〇月に難波津に入った表仁ら唐使一行を、船三二艘をととのえて江口《えぐち》にむかえ、鼓をうち、笛をふき、旗幟《はた》をかざって歓迎し、帰国のさいには、送使をつけて対馬まで見送ったと記しているが、朝鮮半島から「朝貢《みつきたてまつ》」りにやってくる使節にたいするように「朝廷で饗応した」とは記していない。

　表仁らはおそらく、飛鳥岡本宮にむかえられることはなく、大王にも会えなかった。『旧唐書』に、太宗の勅命を達することができなかったとあることからも、舒明は、大唐から冊封をうけ、中国を中心とする帝国世界に蕃国《ばんこく》として位置づけられることを拒否したのだろう。

　大陸に唐という強大な統一王朝が成立したのは六一八年のこと。倭国とちがって海を隔てていない高句麗、百済、新羅の朝鮮三国は、かけこむように朝貢をおこない、おのおの遼東郡王、帯方郡王、楽浪郡王として冊封《さくほう》をうけ、倭国がはじめて遣使するまでの一〇年のあいだに高句麗が六回、百済が五回、新羅は七回も朝貢をかさねていた。

　唐の対外政策は当初、北方、西方の安定にむけられた。六三〇年には突厥《とっけつ》の頡利可汗《きつりかかん》を撃破し、六三五年には吐谷渾《よくこん》を討伐。六四〇年には高昌国《こうしょうこく》を平定し、六四一年には、吐蕃《とばん》に文成公主《ぶんせいこうしゅ》すなわち王女を降嫁した。

　そしていよいよその手が東方にのびようとするころ、諸国はそれぞれの画期をむかえていた。

　六四二年一月、倭国では、前年一〇月の舒明の死去をうけて后妃宝王女《きさきたからのひめみこ》が大王位についていた。

　朝鮮半島では、八月、義慈王《ぎじおう》の即位によって権力基盤を強めた百済が新羅に侵攻。八〇年ぶりに怨念の地、旧伽耶《かや》地域を奪回した。

　伽耶は倭国にとっても悲願の地であった。かつて「任那《みまな》」とよんで朝鮮における権益の拠点としていたその地を、百済に援軍を送るかたちで戦って新羅に敗北、金官伽耶《きんかんかや》は新羅に併呑されてしまった。五六二年（欽明二三）のことである。ために、欽明は敏達に遺勅した。

「新羅を討ちて、任那を封《よさ》し建つべし」と。

　いらい「任那復興」は歴代大王にとって最大の外交課題となったと、そう『日本書紀』は記し、文脈をみちびいている。

　高句麗ではこの年一〇月、国王栄留《えいりゅう》を弑殺《しいさつ》し、貴族一〇〇人余をいっきに粛清した泉蓋蘇文《せんがいそぶん》が専制政治を開始。その高句麗とむすんだ百済が、かつての首都漢城ゆかりの地を奪回しようと、さらなる侵攻をつづけた。

　強力な男王をたてることができず、防戦一方となり、ひとり王権の弱体化をかこつ新羅は、六四三年九月、ついに唐に救援をもとめた。それが朝鮮半島への唐の介入をまねく端緒となった。

　太宗はまず、高句麗に使者を送って和睦のための説諭をこころみた。

「新羅はすべてを唐にたくし、入朝と貢献を欠かしたことがない。なんじ高句麗は百済とともに新羅を攻めるのはやめなさい。やめないならば来年には兵を出してなんじの国を討伐する」

　高句麗は、新羅の肩をもつ唐にたいしてまっこうから対立し、隋による高句麗征伐のすきをついて奪われた領土を奪回するまでは、新羅への侵攻をやめないといった。百済は、おもてむきだけは謝った。しかし新羅への侵攻はやめなかった。百済と新羅の報復合戦は、いつおわるともなくくりかえされた。唐に救援をもとめたとはいえ、新羅も新羅でゆれていた。「なんじの国は女王だから隣国にあなどられるのだ。わが帝国の宗室の者を送ってなんじの国を統率させよう」と、そうまでいわれて首をたてにふるわけにはいかなかった。

　六四四年、ついに太宗は高句麗征伐を宣言し、四五年、四七年、四八年と、毎年のように征討軍を送りこんだ。高句麗はしかし、なかなかしぶとかった。唐の介入によって朝鮮の動揺は混迷を深めた。

六四八年、新羅では、内乱を制した「親唐自立派」の金《こん》春秋《しゅんじゅう》（のちの武烈王）が太宗に謁見して出兵の約束をとりつけた。以後、新羅はにわかに唐風化政策をおしすすめる。中国の元号をもちい、賀正の礼をはじめた。また、唐の律令を斟酌して「理方府格《りほうふきゃく》」六十余条を修正し、唐の国家機構にならって制度をととのえた。朝貢はもちろん毎年おこなった。

いっぽう百済は、唐の和解調停をはねのけ、六五二年の朝貢を最後に通交を断絶した。

高句麗、百済、新羅。そしてなんといっても大唐帝国。倭国の王権にとってそれらの国々との交渉はつねに力の源泉であり、生命線である。

わけても朝鮮諸国の動静と命運を対岸の火事としてながめるには、彼らはあまりに親しい存在だった。不干渉でいることと交渉を断つこととはおなじでなく、交渉を断たずに不干渉をつらぬくことは至難である。ひとつ明らかなことは、火の矢が疾風のごとくおそってきてもゆるがない一枚岩のような国家をつくること。そのためにも、よりいっそう先進文化や制度や技術を摂取することが急務であり、その入り口を確保するための外交力が問われている。

つまり、東アジアの国際秩序のなかにとどまることは、倭国にとって必要欠くべからざることであり、朝鮮諸国からも期待されることなのだが、唐を中心とした華夷秩序のなかに蕃国として冊封されることは御免こうむりたく、それでなくても諸国の利害は矛盾する。まさに三つ巴のジレンマのなかに倭国はたたされていたというわけだ。

六五三年五月、吉士長丹《きしながに》、高田根麻呂《たかたのねまろ》を大使とする二度目の遣唐使が送られた。学問僧や留学生らおのおの一二〇人を乗せて難波を出航した二艘の遣唐使船のうち、根麻呂の船は遭難、長丹の船だけが入唐《にっとう》した。

翌六五四年二月、前使の帰国をまたずに三度目の遣使がつかわされた。押使に任じられたのは高向玄理《たかむこのくろまろ》。彼は、六〇八年の遣隋使に留学生として参加。三〇年におよんだ留学期間に、隋から唐へとかわる帝国の興亡をまのあたりにし、帰国のさいには半島を経由して新羅と百済の外交使節団をともなってきたという、ぬきんでたキャリアのもちぬしだった。

同年七月、吉士長丹《きしながに》ら遣使が、高宗李治《こうそうりち》の詔をたずさえて帰国した。

いわく「王の国は、新羅、高麗、百済と接近す。もし危急あらば、宜しく遣使してこれを救うべし」と。すなわち、いざというときは蕃国《ばんこく》倭の王は新羅を救援しなさいというわけだ。

この間、倭国では宝王女《たからのひめみこ》（皇極）が大王の座を追われ、弟の軽王《かる》（孝徳）が即位、政変を主導した中大兄《なかのおおえ》が太子《ひつぎのみこ》となって改新政治をリードしていた。

すなわち、百済では義慈王が、高句麗では泉蓋蘇文《せんがいそぶん》が集中的に権力強化をすすめていた六四三年、この国では軽王とむすんだ蘇我氏が、欽明―用明―推古―厩戸王子《うまやとのみこ》―山背大兄王《やましろのおおえのおう》へとうけつがれてきた上宮王家《かみつみや》をまさに痕跡《あとかた》ものこらぬほどに滅ぼし去り、六四五年には、軽王、中大兄、中臣鎌足《なかとみのかまたり》らが、大王をしのぐほど強大な権勢をふるった蘇我氏を失脚させた。「乙巳《いっし》の変」とよばれるクーデターである。

これによって上宮《かみつみや》、蘇我《そが》、押坂《おしさか》の三極にわかれていた経済力、政治力が押坂王家ひとつに集中することとなり、斬新な改革が可能になった。

『日本書紀』の「孝徳紀」は、七〇二年に頒布された「大宝令」以降の用語が使われていることをはじめ、書紀編纂の最終段階で大幅な加筆、潤色がおこなわれており、それにさきだつ「皇極紀」でも、画期をなす大事件「上宮王家殲滅《せんめつ》」および「乙巳の変」の記述に、これも最終段階で集中的に手がくわえられ、脚色がほどこされた。

したがって、いわゆる「大化の改新」がどのようなものであったかはつまびらかでないが、一極に集中した権力と有形無形の資産をバックボーンとして、たとえば、王族にはじまって臣《おみ》、連《むらじ》、伴造《とものみやつこ》、国造《くにのみやつこ》、村首《むらのおびと》にいたる支配層が私有する部民《べみん》を廃して公民とし、それにともなって解体を余儀なくされる収奪システムにかわる官僚制度を導入するなど、ラジカルな改革が断行されたことが、他の文献資料や考古学的史料などをあわせて推定することができるという。

孝徳七年にあたる六五一年（白雉二）には、東西六〇〇メートル、南北はそれ以上におよぶ巨大な王宮、難波《なにわの》長柄豊碕宮《ながらのとよさきのみや》の完成がまぢかとなり、一二月晦日《みそか》には二一〇〇人あまりの僧尼をまねいて遷宮の仏事がいとなまれた。夕べには二七〇〇の燃燈に灯がともり、一切経、安宅経、土側経が読誦された。

けれど空前の規模をほこった難波宮《なにわのみや》を舞台とした政権は長くはつづかなかった。二度目の遣唐使吉士長丹《きしながに》らが帰国して三月《みつき》のちの六五四年一〇月一〇日、軽王孝徳はこころざしなかばにして五十余年の生涯をとじた。

そして翌六五五年一月三日、倭京《やまとのみやこ》飛鳥にもどって即位したのは太子中大兄ではなく、六二歳を数えた皇祖母《すめみおや》宝王女だった。

すめみまのみことは
あまつひつぎのあまつたかみくらにましまして
あまつひつぎをよろずちあきに

とよあしはらのみずほのくにを
やすくにとたひらけくしろしめせと
ことよさしまつりて……

鸕野《うの》にとってもなつかしい祖父母ゆかりの地に、正面九間奥行四間という飛鳥宮《あすかのみや》最大の正殿《おおとの》を建造し、大唐長安城の王宮「大極宮」の正殿「大極殿」とおなじ名をつけようといったのは、天皇大海人《おおあま》だった。

その中心にもうけた天日嗣高御座《あまつひつぎたかみくら》。

神璽《かみのしるし》の鏡剣とともにこの玉座につくべきは、鸕野の血をわけたただひとりの皇子、草壁であるはずだった。「令」のさだめる即位儀によって誕生するはじめての完《まった》き天皇。よもやそれを鸕野が体現することになろうとは……。

『日本書紀』天武一〇年（六八一）の二月二五日、天皇大海人は、この大極殿に親王《みこたち》、諸王《おおきみたち》、諸臣《まえつきみたち》を召し、「律令」の制定を命じた。そのおり、鸕野も天皇とならんでこの権威ある空間に立っていた。

「さて、これからわたしは律令をさだめ、制度を改めようと思う。叡智を結集してさっそくこの事にとりかかれ。ただし、みながかかりきりになって政務がとどこおらぬよう、手分けをしておこなうように」

この日、鸕野最愛の草壁が皇太子《ひつぎのみこ》に立てられた。

王朝の歴史を記し、天皇の系譜をあきらかにする修史事業の開始を詔《みことのり》したのもおなじ春のことだった。律令の制定と国史の編纂は「帝国日本」という車の両輪さながら、ともにすすめられなければならなかった。

三月一七日、川嶋、忍壁《おさかべ》の皇子、広瀬、竹田、桑田、三野《みの》の諸王、上毛野三千《かみつけのみちぢ》、忌部首《いんべのおびと》、阿曇稲敷《あずみのいなしき》、難波大形《なにわのおおがた》、中臣大嶋《なかとみのおおしま》、平群子首《へぐりのこびと》らを大極殿に召し、詔していった。

「帝紀《すめらみことのふみ》と上古《いにしえ》の諸事《もろもろのこと》を記しさだめよ」と。

いまかりに、『日本書紀』と『古事記』という異なるテキストのオリジナル性と虚構性を不問にして、『古事記』撰者がことさら「序」に引いた天皇天武の「詔」をあてるなら、修史の意図はつぎのようになる。

「この国の生《な》りたちや歴代の王については、王家だけでなく諸家にもさまざまな神話や説話が伝わっているという。上古の諸事を記した記録もまたあまたあるというが、なかには正実《まこと》を違《たが》え、虚飾《いつわり》をまじえたものがあると聞く。いま、その誤りを正しておかねばならない。そもそも、帝紀と本辞は邦家の経緯《けいい》、王化の鴻基《こうき》である。それゆえ、あまたある物語や記録から異説をしりぞけ、齟齬や矛盾をととのえ、偽りのあるものはそれを改め、ただひとつ正しい帝紀と旧辞を編んで後世に伝えねばなるまい」

邦家の経緯《けいい》、王化の鴻基《こうき》。つまり、王朝の起源や歴代の王の系譜をつまびらかにする「ただひとつ正しい帝紀と旧辞」は、織物の経糸緯糸《たていとよこいと》のように国家組織の原理を説き、天皇による統治の基本を明示するものでなければならないという。

人に人となりがあるように、国にもまた国となりというものがある。また、人にその生《お》いたちがあるように、国にもまた生《な》りたちというものがある。この国がどのような国として生《な》り、どのような国として存《なが》らえていくのか。その基《もとい》となる理念を示し、将来にわたってこの国のありようを規定しうる思想と、王権の永続を可能にする論理を明らかにする「正典」を編みなさいというわけだ。

記録をもたない時代の、したがってどこまでさかのぼるかもわからぬ過去を復元して文字テキストをつくることは、いわずもがな容易な業ではない。もとは口々に伝えられてきたもので、大王家はじめ諸王、諸氏に記したくわえられてきた歴代の系譜や事蹟、寺院の縁起、諸国の地史や伝承の記録は数知れずあっただろう。諸氏のなかには、独自の始祖神話をもっているものもないではなかった。くわえて『史記』や『漢書』『三国志』をはじめ中国や朝鮮からもたらされた漢文の史書もある。

それらをかきあつめ、あるべき「帝国日本」のかたちと「王権」の正統性を語り表わすに害をなすものは抹殺し、多様多彩な神話や伝承や系譜を一元化していく作業は、歴史を確定するというより、あらたに歴史を創作する作業とならざるをえない。そもそもが、この国に王朝国家とよべるものが存在したためしはないのだから。

だが、四の五のいっているときではなかった。

わずかのあいだに朝鮮半島の勢力図は一変した。かつて弱小国であった新羅が、大唐の支援をうけて百済を攻め滅ぼし、六六六年には高句麗をも滅ぼして三国を統一した。その後さらに半島を直轄支配しようとする唐とも戦い、六七六年にはついに唐を撤退させて大同江以南の朝鮮半島を統一、制海権を掌握した。

国内の内乱を武力で制し、圧倒的な権力をほこる王として天下に君臨した天武だが、二〇年前には、百済復興を期して半島に出兵したあげく、白村江の戦いで大唐軍に壊滅的な大敗を喫していた。まさに屈辱的な敗北をまのあたりした彼にとって、強大な大唐国の勢力をしりぞけて半島に君臨した新羅は、あなどるべからざる国だった。

しかもかの国は、金春秋《こんしゅんじゅう》ら親唐派がすすめる唐化政策によって律令制度の導入をはかり、執事部を頂点とする集権的中央官制や地方行政システム、軍制をととのえつつあった。また、遣唐使を送っては下賜をうけてきた礼法や作文・漢語教育のテキストや、招来した人材をもちいた官吏養成機関「国学」の創設もまもないという。

いまや中国大陸につながる唯一の窓口、唐の先進文化の唯一の架け橋となった新羅とは、こののちながく和平をたもちながら交渉をつづけるにこしたことはない。

それを有利にみちびくためにも、この国が文字の文化国家であることを示し、文字文化の世界へ仲間入りをはたさねばならぬ。現実はともかく、文字の次元において、皇帝レベルの王権である「天皇」が君臨し、帝国法である「律令」をもち、独自の支配秩序をもった国として「日本」を表出してみせなければならなかった。

それはたとえば、『魏志』にあるように、倭の女王卑弥呼が魏の皇帝から「親魏倭王」に任じる詔書と金印紫綬をさずけられたとか、あるいは『宋書』が伝えるように、倭王武《ぶ》が「中国から冊封されているわが国は、はるか遠くの地において、皇帝陛下のための藩屏《はんぺい》となっています。これまで歴代の倭王はいずれも皇帝のもとに朝貢し、年次をたがえることはありませんでした。陛下の臣であるわたくしは、愚か者ではありますが、かたじけなくも倭王の位を継承し、宇宙の中心でいらっしゃる皇帝陛下に帰崇し、ために船舶の準備もおこたりなくいたしております」という上表文をたてまつったとかいう事蹟が、たとえ確認できたとしても、正実《まこと》の歴史として認定しないという姿勢をつらぬくことである。

つまり、この国の起源と王の系譜を物語る「正典」を編むことは、過去を語ることではなく、あるべき国家像を創出し、それによって現在を確認し、未来を創造することにほかならなかった。

皇太子《ひつぎのみこ》草壁は、まさにいま創出されつつある「正典」の思想と論理を先どりするかたちで天皇となるべき皇子《みこ》だった。その彼はしかし、あたかも虚構のスケールと重圧にたえかねるかのように二八歳の若いいのちをおえてしまった。

草壁が産声をあげたのは、はるか鄙の地、筑紫は娜大津《なのおおつ》の行宮《かりみや》でのことだった。いやそれは行宮とは名ばかり、いかにも粗《あら》らかなにわか住まいでの、しかも三年にわたった西征途上での誕生だった。

鸕野が父中大兄《なかのおおえ》や夫大海人《おおあま》とともに難波津を発ったのは、祖母大王斉明《おおきみさいめい》七年（六六一）の正月六日。前年の秋に、唐と新羅の連合軍に滅ぼされた百済の遺臣が、祖国復興のための救援をもとめてきた。それにこたえての西征だった。

年明けてようやく一七歳を数えようという鸕野には、何もかもがただ驚きの連続だった。すでにじゅうぶんな老境にあった祖母大王が敢然として朝鮮への出兵を決意し、筑紫に本営をおいて陣頭に立つことをきめるや、あわただしく難波宮《なにわのみや》へ移っていった。兵器武具を調えるためだという。

つねづね常人の発想をこえた桁はずれなところのある祖母にはちがいなかった。いまも倭京《やまとのみやこ》のそこかしこに浄《きよ》らな水をめぐらせている石の湧水装置も彼女の思いつきだったが、その大仕掛けなことといい風変わりなことといい、世人を驚かすにあまりあった。

陽を照りかえして銀色《しろがね》にかがやく東の丘陵。神殿がたっているその岡は、石でかためた要塞さながらだった。地山《じやま》を階段状に削って造成し、大きな切石《きりいし》を積みあげ、あるいは石垣状にめぐらし、ゆるやかな斜面や平地にもびっしりと石を敷きつめて地面をおおい、呪《まじな》いじみた石造物を組みあわせて水を引き、流れを戯れさせた。いずれおとらず独創あふれるものばかりにちがいなかったが、なにより、それらのための石材をとおく石上山《いそのかみやま》から運ぶため、運河をきずいたのには驚嘆よりも悲鳴があがった。使役された人足の数は一〇万をこえたという。人々が運河を「狂心《たわぶれごころ》の渠《みぞ》」とよんだゆえんである。

王宮の北から飛鳥寺の西にひろがる苑池《えんち》。灌漑と排水の機能をかねそなえた大きな池は、ものさしではかったように水位がたもたれ、いつもゆたかに水をたたえている。敷石広場には、そこかしこに玉石で組んだ井戸をもうけて浄水をめぐらせ、噴水の泉さながら、須弥山や異風の人像を彫《かたど》った石造オブジェが水を噴きだしている。

時の支配を象徴するシンボルタワー、漏刻《みずどけい》の楼閣もきずかれた。人の背丈の六倍も七倍もある高楼と一体の装置として設計された漏刻。その二階にそなえつけた大鐘が、飛鳥のすみずみにまで時刻をつげる音色をひびかせた。

化外《けがい》の民、とりわけ蝦夷《えみし》の征伐に熱心だった大王は、阿倍比羅夫《あべのひらふ》にあまたの軍船をあたえ齶田《あぎた》や渟代《ぬそろ》、有間浜《ありまのはま》、とおくは渡嶋《わたりのしま》へも遠征させた。たびごとに比羅夫は、多いときには二〇〇人、三〇〇人もの蝦夷や粛慎《みしはせ》をしたがえて帰還し、大王を狂喜させた。

言語も通じぬ異国の首《おさ》のもとへ、服属の証しとしての調《みつき》をたずさえて連行された客人たちは、奇観としかいいようのない石造りの王都の、人工のかもす威圧をまえに立ちすくみ、あるいは目をみはり、要領をえないまま服属の儀礼に伏したあげく冠位をさずけられ、これみよがしに饗応されて帰っていった。

ことにつけ興事を好む大王だった。

六五九年七月、坂合部石布《さかいべのいわしき》を大使とする――彼自身は百済の南海で遭難して落命。入唐はあたわなかったが――四度目の遣唐使をつかわしたさい、大王は蝦夷の男女二人を随行させた。この国に朝貢してくる異民族の国「蝦夷国」がたしかにあり、この国が帝国を称するにあたいする収奪機構をそなえているというアピールに供するためだった。

随員として入唐した留学生で、のちに「大宝律令」の撰定にもたずさわることになる伊吉博徳《いきのはかとこ》の記すところによれば、遣唐使は彼らをしたがえて皇帝高宗に謁見し、「これが毎年わが国に朝貢してくる熟蝦夷《にぎえびす》でございます」といって紹介すると、高宗は蝦夷の風貌があまりに異形《いぎょう》なのでおおいに興味をもったという。男のほうは顔面が長い鬚でおおわれ、弓矢の達人であったと、中国の『新唐書』や『通典』も伝えている。

百済の遺臣をたすけ、復興をとげたあかつきには、蝦夷どうよう百済国をひざまずかせたい。蝦夷征伐に飽いた大王の欲望が朝鮮におよんだものか、あるいは、百年前に朝鮮の拠点を失った欽明《きんめい》の遺勅「新羅を討ちて、任那を封《よさ》し建つべし」を遵守しようとのこころざしに衝かれたものか……。いったいどんなモチベーションあってのことかは知るよしもないが、ともあれ、『日本書紀』えがくところの斉明《さいめい》は、老齢をもかえりみずみずから筑紫におもむき、百済復興救援軍の陣頭指揮を執ろうというのだった。

王都が陥落し、義慈王が降伏してついに百済が滅亡したのは、六六〇年七月のことだった。王子隆《りゅう》、孝《こう》、泰《たい》、演《えん》をはじめ大臣、将軍ら八八人、百姓一万数千人が捕らえられて唐に送られた。

直後から遺臣や遺民が蜂起、占領軍の統治の手薄をついて各地で叛乱をくりかえした。やがて動きは百済復興運動として統一され、その先頭にたった猛将鬼室福信《きしつふくしん》が、倭国に使者を送って救援をもとめてきた。

『日本書紀』では六六〇年の一〇月のことだったという。

「唐人はわれらの身中の虫、新羅を率いて来たり、わが国を覆し、わが君臣を俘《とりこ》にしてしまいました。けれども、百済国ははるかに天皇の御恵《みめぐみ》を頼りとして、人々をあつめ、国勢を盛りかえしました。いまつつしんでお願い申しあげたいのは、わが百済国が天朝につかわした王子豊璋《ほうしょう》をむかえて、国王にしようと思います」

「天皇の御恵」「天朝」などと、倭国の論理の外にある者がいうはずはなく、おのずから、福信の文書にそのような文言がしたためられていたとするのは、朝鮮諸国にたいしてあくまで小中華として優位にたってのぞむという姿勢につらぬかれた『日本書紀』の虚飾である。

福信は、唐人俘虜一〇〇人あまりを献じてきた。

たかが俘虜一〇〇人とあなどってはならない。そのなかには、のちに律令の制定や修史編纂事業の中心となり、みずから筆をとったとおぼしき音博士《こえのはかせ》、続守言《しょくしゅげん》のような人物もふくまれている。王子とひきかえるにあたいする、また援軍派兵を要請するにみあう付加価値の高い献物だったはずである。

大王は詔した。

「百済が救援軍を乞うていることは以前から聞いている。危機をたすけ、絶えたものを継ぐべきはあたりまえのことである。いま百済がわたしに頼ってきたのは、拠るところも告げるところもほかにないからだ。臥薪嘗胆してもかならず救いをと、遠くから申している。そのこころざしを見捨てるわけにはいかない。わが将軍たちが、雲のように集まり雷のように動いて仇を斬れば百済の苦しみをやわらげてやれるだろう。役人たちよ、王子のために十分な備えをあたえ、礼をもって送りつかわすように」

　義慈王が王子豊璋を質として送ってきたのは皇極《こうぎょく》二年（六四三）のことだった。百済宮廷の内紛によって太子であった扶余豊《ふよほう》（豊璋）がしりぞけられ、弟の勇《ゆう》や叔父忠勝《ちゅうしょう》ら四〇人をともなってやってきて、そのまま倭国に留まることになった。

　質とはいっても正式の使節であり、しかも王族である。義慈王からすれば、倭王権との同盟を維持するための具であることはたしかであり、また百済サイドの人々は「島に放逐された」といったというが、当の豊にしてみれば政治亡命というほうが妥当だろう。が、どちらにせよ、百済の王族がむこうからころがりこんできた。朝鮮半島における権益の代名詞「任那」を失ってひさしい倭国にとって、それが僥倖でないはずはなかった。

　『日本書紀』はこのことを舒明三年（六三〇）三月のこととしても記述しているが、記述の混乱杜撰はさておき、亡命王子はたしかにやってきて、外交の切札《カード》になりうる潜在価値をもった存在としてしかるべき待遇をあたえられていた。その人物を、百済の遺臣たちは復興運動の盟主としてたのんできたのだった。

　百済復興のために新羅を討つ。

だが、いちど亡びてしまった国を復興することがたやすいことであろうはずはない。二世紀前、四七五年にいちど高句麗に亡ぼされたときとは事情がちがっていた。そのときは、王都こそは陥落したが、領土はまだしも残っていた。都を南下させ、国を復興できる余地があった。

　ところがこのたびは、百済全土が新羅・唐の支配下におち、復興の足がかりにできる領土はない。あるものは遺臣と遺民だった。つまり、当初各地でおこった蜂起は、復興のためのものではなく、占領軍の暴虐から身を守るための抵抗であり叛乱だった。連合軍による統治がいまだ軟弱なうちに叛乱をくわだて、各地の城を抵抗拠点としてゲリラ戦をくりひろげるという態のものだった。

　そのような戦いの延長線にある百済復興運動を後押しし、支援軍を送ってともに戦おうという。しかも今回、新羅を討つということは唐を敵にまわすということだ。それにたいする判断がどのようなものだったのか。それもまたさだかでないが、『日本書紀』の斉明は、福信からの援軍出兵要請にこたえ、六六一年が明けるやまもなく、太子中《なか》大兄《のおおえ》、弟王子大海人《おおあま》を同道し、みずからが遠征軍をひきいて難波津を出航した。

　中大兄の娘である鸕野と、父母をおなじくする姉大田《おおた》王女《ひめみこ》も同行した。姉はしかも大海人の御子をやどしての出帆だった。

　難波津を出て、吉備の大伯海《おおくのうみ》に着いたのは正月八日。ここで姉が女児を出産、その地にちなんで大伯《おおく》と名づけられた。出産をまぢかにして西海へおもむいたということになる。

一四日、船は伊予の熟田津《にきたつ》に入り、温泉の出る石湯《いわゆ》に行宮《かりみや》をたてて滞在した。ここを拠点として兵を徴発するためだった。

倭国の大王《おおきみ》と太子《ひつぎのみこ》が一族あげて王都を空け、途次、温泉地などに滞在して兵を徴発しながら征西する。後世の価値観ではばかりがたい暴挙かもしれないが、たとえば戸籍にもとづいて、つねに一定数の徴兵が可能であるような軍事的行政システムがなかった、すなわちヤマト王権の一元支配が貫徹していなかった当時、大王みずからが現地におもむいて「詔」を発し、王権に忠実な地方豪族の動員能力にたよって徴発の効をあげざるをえなかった。

数千の軍兵を徴発し、三月二五日には筑紫の娜大津《なのおおつ》に入る。磐瀬《いわせ》というところに本営をおいて長津宮《ながつのみや》と名づけ、しばらくの行宮《かりみや》とする。

草壁が誕生したのはこの行宮でのことだった。

五月、朝倉の地に西征軍指令基地となるべき宮が完成した。朝倉橘広庭宮《あさくらのたちばなのひろにわのみや》である。大王はさっそくこの地に居をうつした。

ちなみに、百済滅亡の余波をうけて長安に足止めされていた四度目の遣唐使が帰国したのは、まさにその五月のことだった。伊吉博徳《いきのはかとこ》の記すところによれば、彼らは前年の九月一二日に放免されて洛陽にもどり、その地で、捕えられた百済王以下、太子隆《りゅう》ら諸王子一三人、大佐平沙宅千《さたくせん》福《ふく》以下五〇人ばかりの俘虜が皇帝のまえに連行されていくのをまのあたりにした。一一月一日のことだったという。

それら唐国にかかわるもろもろの情報は、筑紫の本営にもたらされることはなかったのだろうか、それとも、もたらされたうえでなお百済復興を支援することに価値をおいた、つまり、亡命王族をたてて百済を復興し、のち百済王を冊立《さくりつ》して権益の足がかりにしようとの思惑が、唐の脅威をうわまわったということだろうか。あるいは、まがりなりにも外交上の約束を反故にすることがはばかられたということか……。

はたして七月二四日、不幸にも大王斉明が朝倉宮で崩じてしまった。かわって中大兄が軍政《いくさのまつりごと》を執った。九月、豊璋に織冠《おりもののこうぶり》をさずけ、多臣将敷《おおのおみこもしき》の妹を妻にとらせ、大山下狭井連檳榔《だいせんじょうさいのむらじあじまさ》や筑紫大宰帥阿曇比羅夫連《あずみのひらふのむらじ》らをはじめ五〇〇〇人余の衛送軍をつけて帰国させた。第一次の出兵だった。織冠は臣下の最高位。中大兄は、王子を倭国の臣下として百済に送りこんだというわけだ。

文献で確認できるかぎりでは、倭国はその後二度大規模な派兵をおこなった。六六二年三月、前軍の将軍上毛野君稚子《かみつけのきみわかこ》、中軍の将軍巨勢神前臣訳語《こせのかんざきのおみおさ》、後軍の将軍阿倍引田臣比羅夫《あべのひきたのおみひらふ》らが二万七〇〇〇余の軍兵ひきいて海をわたり、新羅軍を相手に戦った。

　そしてその年八月には、白村江での戦いの主力となる一万余の兵が送られた。この戦いの相手が唐の水軍であり、そもそもの戦略はもとより、兵の数、船の数、船の大きさ、軍備、装備のすべてにおいて勝ち目のない戦闘に、手も足も出せないどころか退却もままならず、わずか二日で壊滅したことは、内外の史書の伝えるところである。

「大日本国の救援将軍廬原君臣《いおはらのきみおみ》が、兵士一万余をひきいてやってくる。わたしはみずから出かけていって白村江におむかえしよう」

　百済王豊璋に「大日本国」と呼ばしめた『日本書紀』の筆といえども、たとえば『旧唐書』に、唐水軍の将劉仁軌《りゅうじんき》が倭国の舟四〇〇隻を焼き払い、その煙は天を焦がし、海水は血で染まったと伝えるような無惨な負け戦さを、粉飾するすべはなかったようだ。

「十七日、白村江に陣をしいた。二十七日、日本の先着の水軍と大唐の水軍が合戦した。日本軍は負けて退いた。大唐軍は陣を固めて守った。二十八日、日本の諸将と百済の王は戦況をよくみきわめずにともに語った。『われらが先を争って攻めれば、敵はおのずから退くだろう』と。そして隊伍の乱れた中軍の兵をひきいて大唐軍の堅陣を攻めた。すると大唐軍は左右から挟み撃ちをしてきた。またたくまに官軍はやぶれた。水中になげだされ溺れ死んだ者が衆《おお》かった。舳《へさき》をめぐらすこともできなかった……百済の王は数人と船に乗り、高麗へ逃げ去った」と。

　唐・新羅とじかに戦って大敗した。それは、つぎに唐・新羅による倭国侵攻をおそれなければならないことを意味していた。

　有事にたいする備えが急がれた。さっそく対馬、壱岐、筑紫に、狼煙《のろし》をあげて危急を知らせる「烽《とぶひ》」をもうけ、国境警備隊として「防人《さきもり》」を常駐させた。防衛のかなめである大宰府には、「水城《みずき》」とよばれる大がかりな防御堤をめぐらせた。深さ四メートルの外堀と、高さ十数メートルもある土塁をあわせた大堤《おおつつみ》である。

　防衛の要衝にはつぎつぎと要塞がきずかれた。大宰府の南と北には、百済の亡命貴族憶礼福留《おくらいふくる》、四比福夫《しひふくぶ》に命じて大規模な朝鮮式山城《やまじろ》をいとなませた。百済の築城技術をもちいた山城は、いざというときに住民が逃げこめるシェルター機能、備蓄や防戦のための設備をそなえていた。山城状の要塞は、長門《ながと》にも九州各地にも、さらには対馬、讃岐、伊予、吉備、兵庫、大和にもつくられた。侵攻軍が瀬戸内海から畿内へおよぶことを想定しての防備だった。

　侵攻をうけないまでも、国交の断絶があやぶまれた。中国大陸と朝鮮半島との交渉は王権の生命線である。

　当面は、膨大な数の亡命百済人の定住をうながし、彼らの知識や技術や労働力を新たな国家建設のために利することはできよう。しかし、外交のもっとも重要なファクターである情報が途絶えてしまったのではこの国は窒息する。東アジア世界のネットワークから零《こぼ》ちおとされることは防がねばならなかった。

さいわい、修交のきっかけはむこうからやってきた。いうまでもなく唐と新羅は対等ではない。おのずから利害を異にする。唐にとっては滅亡した百済も新羅もおなじ蕃国、皇帝にとっては百済王も新羅王もおなじ臣下なのだから。

いま、旧百済王も太子も捕虜として唐国にある。かりに太子扶余隆《ふよりゅう》を百済都督に起用して旧百済領を円満におさめさせ、新羅王にもそれをみとめさせて和睦をはかれば、百済領はながく唐の植民地となる。さらに、新羅とむすんで、太宗いらい二十余年ごしの悲願である高句麗征伐をはたして支配下におけば、帝国の版図をいっきに半島全土におよぼすことも夢ではなくなる。

はたして、高宗はこれを実行した。六六五年八月、旧百済熊津《くまなり》都督扶余隆と新羅の文武王《ぶんぶおう》に犠牲《いけにえ》の血をすすらせて会盟をおこなわせ、六六八年九月には、唐・新羅軍が高句麗の王都平壌を陥落。高句麗の宝蔵王《ほうぞうおう》および白村江から逃げのびた扶余豊を唐の捕虜とした。

新羅にとっては不本意の連続だった。唐の後ろ楯によって旧百済の地で旧百済王族の支配が存続している現実はゆるしがたく、高句麗が唐の植民地であることは脅威以外のなにものでもなかった。

新羅が唐と対立することはさけようのないことだった。

中大兄が即位した天智七年（六六八）九月一二日、金東《こんとう》厳《ごん》ひきいる新羅の使節が「朝貢」のスタイル、すなわち蕃属国が宗主国にたいしてする礼式をもって倭国にやってきた。きたるべき対唐戦にそなえて、にわかに倭国との提携の可能性をさぐり、牽制しておく必要が生じたからだった。

彼らの帰国にさいして倭国は、中臣鎌足《なかとみのかまたり》が、新羅最大の功臣金庾信《きんゆしん》に贈る船一隻を、さらに朝廷が、文武王に贈る船一隻および絹五〇匹、綿五〇〇屯、韋《なめしがわ》一〇〇枚を金東厳にたくし、遣新羅使を同道させて送るなど、丁重をきわめたあつかいをもって待遇した。新羅との通交は、倭国にとって渡りに船。まさに願ってもないことだったからだ。

猛将として知られる金庾信はちなみに、五六二年に新羅に併合された金官伽耶国《きんかんかやこく》最後の王の曾孫で、文武王は、彼の妹と武烈王となった金春秋《こんしゅんじゅう》とのあいだに生まれた王子である。

のち新羅は、たてまえとはいえ「請政《しょうせい》」というかたちで国内外の事情を伝えてきた。両国の通交は再開された。大唐への全面的依存によって倭国への「進調」を中止してから、十数年ぶりの外交再開となった。

もちろん、唐からの圧力がなかったわけではない。脅迫めいた外交文書をたずさえた使節を送ってくるなどまいど威圧的だったが、まもなく高句麗の遺民が唐にたいして叛旗をひるがえし、また吐蕃がチベット高原から唐の西方領へ進撃をおこなうなど有事があいついだため、倭国征討計画は頓挫を余儀なくされた。

ひるがえって新羅は、軍事支援など具体的なみかえりをいっさいもとめなかった。倭国もまた、そのつど遣新羅使を送って誠意をしめした。

白村江で大敗していらい、朝鮮半島における足がかりを完全に失ったかたちにあり、唐との修交はのぞむべくもない。これまで二世紀にわたって先進の文物、制度、技術、学問、宗教をもたらしてくれた主たる国、百済が亡んでしまったいま、それにかわるものを新羅にもとめることにためらいのあろうはずはなかった。いまや、彼らだけが律令制度や唐風文化やアジア世界の情報をもたらしてくれるパートナーなのである。

唐への遣使の中絶。新羅との積極外交をつうじた唐文化の全面輸入。みずぎわだった唐風化政策。大胆ともいえる政策転換を断行したのは、壬申の乱を制して即位した大海人《おおあま》だった。

天武元年九月庚子《ながつきかのえねのひ》（六七二年九月一二日）、吉野を発し、兵を挙げてから三月《みつき》をへて本拠地大和に凱旋したときには、鸕野最愛の王子草壁は一二歳を数えていた。姉の忘れ形見となった大伯王女《おおくのひめみこ》は一三歳、草壁とおなじ娜大津《なのおおつ》の行宮《かりみや》で生をうけた大津王子《おおつのみこ》は一〇歳になっていた。

姉大田王女《おおたのひめみこ》は、征西からもどってまもなく幼い子らをのこして亡くなった。亡骸は、父王中大兄《なかのおおえ》の手によって、祖母大王斉明と、彼女には叔母にあたる孝徳后妃間人王女《はしひとのひめみこ》を合葬した陵《みささぎ》のすぐかたわらに葬られた。

翌六七三年二月二七日、近江朝をささえた大豪族たちを圧した内乱の勝者大海人は、倭京《やまとのみやこ》飛鳥の故地に壇場《たかみくら》をもうけて即位した。実力とカリスマ性をかねそなえた偉大なヤマトの覇者、天皇大海人がここに誕生した。

さっそく官人登傭や勤務評定、位階の授与にかかわる規定をさだめ、マツリゴトをささえる中央の体制をととのえた。畿内を中心にしかるべき人材をつのり、まずは大舎人《おおどねり》として宮中の雑用につかせ、資質や能力をみきわめたうえで官職に登傭する。そのさい、出自の良し悪しはとくに妨げとしない。年ごとの位階の授与も「考」という勤務評定をもとにおこなわれるようになった。

蒼然とした序列やしがらみ、小うるさい豪族たちの影響が排除されたなかでの能力主義の採用は、長所が弊害をおおってあまりあるものだ。王家の家政をつかさどる内廷官司にはもちろん、式部、治部、大蔵、兵部をはじめ、あらゆる外廷官司にもずらり逸材がそろい、おそらくだれもがのびのびと、競うように職務にはげんだことだろう。

しかも大海人は大臣をおかなかった。内廷、外廷を天皇直属とし、官人たちの能力を最大限にひきだすことで体制強化に寄与せしめ、いっぽうで豪族たちには新たな姓《かばね》をあたえ、その格付けによって秩序が保たれた。

新たに天下が平らげられた。

内乱のあと風のように吹きわたった清新な観念は、現実をくぐることで人々の実感となり王権を照りかえす。まばゆさを増した王権は、やがて国のすみずみにまでその威光をおよぼしてゆく。

大海人には、近江朝時代に兄王とともにととのえた戸籍庚午年籍《こうごねんじゃく》にもとづいて、公民制や税制を思うように運用できる強みがあった。地方には行政の単位として国をもうけ、朝廷から国宰《くにのみこともち》が派遣された。調贄《みつきにえ》の制もととのえられた。

もちろん、はっきりとした領域と実態をそなえた国などというものがいきなりできるわけではない。まず単位となるエリアをさだめ、その支配領域へダイレクトに介入するための拠点をもうけて宰《みこともち》を送りこむ。そのうえで境界を定めていくのだが、根づよい在地支配の原理を解体して再編することは容易ならざる業だった。地方には、王権が理想とする律令的な国家の枠組みとはうらはらの支配構造がしたたかに生きているからだ。送りこまれた国宰らは、辛抱づよく、ときには非律令的な価値観との妥協もはかりながらこの難事業をすすめていった。

年ごとの新羅使、高麗《こま》使の往来。両国へのたびたびの使節の派遣。それらにともなう人材の往来。わけても新羅に留学して制度や政策、仏法、学術をじかに学んでくる学僧や学生がもたらす果実は大きく、たとえば留学僧のなかには、のちに還俗して大学で文章を教え、文武《もんむ》朝では『日本書紀』の撰述にたずさわり、「神代」から「安康紀」まで、あるいは「天武紀」を述作したとも目される山田史《やまだのふひと》御方《みかた》のような意欲にみち、才能にたけた青年もあった。彼らのもたらす先進的律令文化が、つぎつぎとり入れられて官僚・行政システムの拡充に生かされていった。

軍制の構築も急がれた。王権の生命線である外交を有利にみちびくには、兵力の増強が不可欠だった。

対唐戦争に勝利し、朝鮮半島の覇者となった新羅。彼国とのあいだによりながく「平時」をたもち、通交の果実を豊かたらしめるにも、抑止力としての軍事の拡充が、すなわち、いつでも朝鮮半島を侵攻できる軍制をいちはやくととのえることがもとめられた。

「そもそも政治《まつりごと》の要《かなめ》は軍事《いくさのこと》である」

天武一三年（六八四）閏四月五日、大海人は詔した。

「それゆえ文官、武官をとわず、つとめて武器をもちい、乗馬の訓練をせよ。馬、武器、当身《あてみ》の武具はつねにそろえて調整をおこたってはならぬ。馬のある者は騎士、馬のない者は歩兵とし、おのおの訓練をつんで召集にそなえよ。もし詔に違反して馬や武器や装備に不足の者があれば、杖打ちの刑から死刑まで、たとえ親王《みこたち》といえど罪状におうじて処罰する」

即位まもなくより、大海人は、諸王諸臣はじめ官位をもつすべての者に兵器をそなえさせ、ときに検閲官を送って目をゆきわたらせ、諸国に陣法博士を派遣して諸葛亮《しょかつりょう》や孫《そん》子《し》の兵法を習わせてもきた。

戸籍の作成とあわせてすすめてきた評《こおり》の制度。五〇戸を一評《いっぴょう》とし、評家《ひょうけ》をたてて公民支配の拠点とする。それをもとに、一戸一兵の徴兵が貫徹すれば軍制は磐石となろう。評《こおり》をひとつの徴兵単位として一戸一兵、つまり五〇人の兵士をつねに召集できる体制をととのえ、日ごろから訓練や教育、武器兵具の管理をおこなわせておけば、一行政単位一〇〇評ならば五〇〇〇人の、同規模の国一〇国をあわせれば五万人の兵力をいちどに駆りだし、即戦力として使役できる。平生の教練にしかるべき精神教育をくみこんでおけば、五万、一〇万の「皇軍」がやすやすと組織できるというわけだった。

帝国の名にふさわしい国家の建設を急ぐには、いささか牽強な唐風化もさけてはとおれない。宮廷での礼式や作法、官人の使用すべき言語、文字の書体を唐風にかえるだけでも意識改革をうながすには有効だった。

たとえば、床に跪《ひざまず》き両手を地につけておこなう跪礼《きれい》がならわしだった拝礼の作法を、唐風の立礼にあらため、あるいは、地に手を押しつけ両足をかがめて宮門を出入りする、匍匐礼《ほふくれい》の作法を廃止するだけでも治世が新鮮に感じられる。

いっぱんの民衆に変革の何たるかを瞭然と、しかももっとも身近なかたちで知らしめるには、服装や髪型、礼儀など、風俗や慣習にかかわるきまりをかえるのが効果的だった。もちろん、それらがあまねくゆきわたり、暮らしのなかに根づくためには抵抗も多い。ために、たびたび修正や変更をくわえながら、よりのぞましいものへと習俗が刷新されていった。

わずか一〇年ほどのあいだに世の中は大きく変化した。いや変化しつつあった。何もかもが目をみはるいきおいで変わり、あるいは秩序づけられていく……。だが、物語のなかの神々にも死があるように、いかに強大な王といえども病気には勝てなかった。

天武一五年（六八六）五月、天皇は病いにたおれ、にわかに症状が悪化した。平癒祈願のため、大官大寺《だいかんだいじ》、川原寺、飛鳥寺に高僧をまねいて薬師経を説かせ、燃灯《ねんとう》供養や斎会《さいえ》をいとなませ、たびごとに賜物をあたえた。

大官大寺の前身は、敏達《びだつ》ゆかりの地に父王舒明が造営したはじめての勅願寺百済大寺《くだらのおおてら》である。「押坂王家」の根本寺院にもあたるこの寺は、金堂の基壇は飛鳥寺の三倍、九重塔の高さは八〇メートルもあったという大伽藍であり、兄王中大兄《なかのおおえ》が丈六の釈迦如来像を安置した。これを大海人が飛鳥に移し、国王を意味する「大官《たいかん》」の号をあたえた。

川原寺は、母王斉明の殯《もがり》をいとなんだ川原宮《かわらのみや》に、中大兄が建立した壮麗な寺院であり、母大王の菩提を弔うべく大海人もまた手あつく庇護し、書生をあつめて一切経を書写させた。

そして、蘇我馬子が建立した倭国はじめての瓦葺建築である飛鳥寺は、乙巳の変ののち大王家の所有に帰していたが、大海人は、建造のはじまりにさかのぼれば一〇〇年を数えるこの大寺の屋根瓦を葺きかえるなど、莫大な封戸を施入して大修理をおこなった。

三大寺だけではない。倭京《やまとのみやこ》は「京内二十四《にじゅうし》寺」といわれる豪族たちの氏寺が甍をきそう仏都であり、五〇〇〇を数える僧尼が住んでいた。それらの寺々にも布施をあたえ、平癒祈願の祈禱がささげられた。

宮中に一〇〇人の僧侶を召して金光明経を読誦《どくじゅ》させ、あるいは一〇〇体の菩薩像を安置して観世音経二〇〇巻をとなえさせ、滅罪のための悔過《けか》もおこなった。あまたの仏道修行者のなかから、数百人におよぶ僧尼をえらんで得度させ、檜隈寺《ひのくまでら》、軽寺、大窪寺、巨勢寺《こせでら》など飛鳥周辺の寺々には食封をくわえた。全国の獄舎が空っぽになるほどの大赦もおこなった。

けれど祈りはかなわなかった。九月九日、天皇大海人はついに還らぬ人となった。『日本書紀』からは例外的に天武の享年を知ることができないが、通説によれば五六歳。集権国家建設途上の急勾配をかけのぼりつつあったさなかの、惜しまれる死であった。

なかにも、律令の完成を見ることなく、また修史事業の成るさまを見とどけることなく尽きていくことは無念だったにちがいない。

飛鳥に凱旋してまもなく企図した新益京《あらましのみや》造営に、ようやく手がついたのも死の五年前のことだった。唐の長安城さながら本格的な条坊道路と側溝をそなえた新しい王都の建設。その見取図《みとりず》は、畝傍《うねび》、耳成《みみなし》、香具山《かぐやま》の三山をすっぽりとそのなかに収めてなおあまりある壮大なものだった。

また、飛鳥池の南の谷づたいにいとなんだ総合工業団地ともいうべき工房群で、はじめて銅銭の鋳造をこころみたのは死の三年前のことだった。銀貨の使用を禁止し、「富《ふ》本銭《ほんせん》」とよばれる銅貨に通貨を一本化しようという。これも緒についたばかりの事業だった。

それらの実現を、もはやわが目におさめることができないと悟ったその年七月二〇日、大海人は、新益京《あらましのみや》への遷都とともにおこなう予定だった年号の制定を先どりし、みずからの没年となるべき年に「朱鳥《あかみとり》」の名をあたえ、天皇として君臨した倭京《やまとのみやこ》を「飛鳥浄御原宮《あすかきよみがはらのみや》」と命名した。それには、道教の霊鳥朱鳥《しゅちょう》の生命力にあやかり、病いという穢れを「浄」めて回癒したいというせつなる願いがこめられてもいた。

　独自の元号をもつ。これも帝国には欠かせぬ要件だった。内部の論理からすればそれは、国家の時間を一元化し、王権がそれを所有するということであり、対外的にはそれは、唐の冊封下に入らない自立した国家であることを示すものである。

「朱《あか》」は、彼がとりわけ重んじた色だった。

　壬申の戦いのさいには、大海人軍の兵士たちはみな軍装の上に朱布をつけ、朱旗をかかげて標とした。漢の劉邦が項羽を破って天下をとったとき、朱色の幟をもちいたという故事にならってのことだった。近江朝を討つべく吉野を出た、いや、それよりさき、近江を去ったそのときから彼には革命をはたす者にも似た決意があったにちがいない。みずからの手で新たに天下を平らげる。朱《あか》は、彼の烈しいこころざしの象徴だった。

　殯《もがり》は二年と三か月にわたっていとなまれた。殯宮《あらきのみや》にはあまたの僧尼たちが挙哀《こあい》する声のとぎれることはなく、発哀《みね》をおこなう皇太子《ひつぎのみこ》草壁をはじめ、皇子《みこ》たち、諸王、百官諸臣のすがたのたえることはなかった。

　一周忌にあたる「国忌《はて》の斎《おがみ》」には、大官大寺、川原寺、飛鳥寺、小墾田豊浦寺《おはりだのとゆら》、坂田寺の五大寺をはじめ、京の諸寺でいっせいに斎会《さいえ》がいとなまれた。それにさきだって皇后鸕野は、三〇〇人の高僧を飛鳥寺にあつめ、袈裟をひと揃えずつほどこした。大海人の衣服を解いて縫わせたものだった。

　葬送の日、皇太子草壁は公卿百官、諸国の客人らをひきいて慟哭し、供物をささげた。そして鎧に身をつつみ、楯と刀をとって舞を奏した。

「誄《しのびごと》の儀」は、まもなく諸司に頒布されるはずの「浄御《きよみが》原令《はらりょう》」の定めにしたがっておこなわれたという。

　僧尼の挙哀《こあい》ののち、まず天皇と王家にかかわる内廷官司たち、壬生、諸王、宮内、左右大舎人《おおどねり》、左右兵衛《ひょうえ》、内命《ないびょう》婦《ぶ》、膳職《かしわでのつかさ》が弔詞をのべ、つぎに外廷、すなわち行政機構にかかわる官司らが弔詞をのべた。大政官《だいじょうかん》、そのもとで国政をささえた法官、理官、大蔵官、兵政官、刑官、民官の六官、つづいて諸国司、隼人、倭河内馬飼部造《やまとかわちのうまかいべのみやつこ》、百済、国《くにのみ》造《やつこ》……。順々と、入れかわりたちかわり誄《しのびごと》を奏上する諸臣は、彼らの先祖が代々《よよ》の大王《おおきみ》につかえたさまを言挙げし、王家へのとこしえにかわらぬ忠誠を誓ってつきることがなかった。

　誄のさいごには「日嗣」、すなわち皇統譜がよみあげられ、諡号がささげられてのち、檜隈大内陵《ひのくまのおおうちのみささぎ》に亡骸が埋葬された。のちに「持統二年」となる六八八年一一月一一日のことだった。

天皇を失った悲しみもつかのま、こんどは皇太子《ひつぎのみこ》が病いにたおれ、不如帰《ほととぎす》の忍音《しのびね》に気盗《けど》られたかのようにあっけなく逝ってしまった。

新しい王都新益京《あらましのみや》の主人《あるじ》となるはずだった草壁。皇太后《おおきさき》鸕野にとっては、何ものにかえても失ってはならぬ日嗣だった。その皇子は、まる二年のあいだおこたりなく父王の殯《もがり》をいとなんだ。一周忌には京の諸寺や殯宮《あきらのみや》で「国忌《はて》の斎《おがみ》」をつとめ、堂々とした陵《みささぎ》を築き、葬送の儀をなしおえて半年ののち、あたかも父王を殯《もがり》し、埋葬することだけがつとめであったかのようにはかなくなってしまった。

持統三年（六八九）四月一三日のことだった。

神さながら偉大だった天皇大海人と皇太子《ひつぎのみこ》草壁。王権のプロパガンダをになった天与の詩人、柿本人麻呂《かきのもとのひとまろ》が、彼らを讃えるためにつくった歌は、ふたりの「日《ひ》の皇子《みこ》」の死を悼む挽歌となった。

「日並皇子尊《ひなみしのみこと》の殯宮《あきらのみや》のときにつくりし歌」。往時の八七音節の音価をもって、往時のアクセントやリズムや長短を復元して唱詠《よん》だなら、その調べの高さはいやますだろうが、かりにひらがなまじりで表わしても、詩人の才の比類なさをそこなうことはないだろう。

天地《あめつち》のはじめのときの　ひさかたの天《あま》の河原に
八百万千万神《やおよろずちよろずかみ》の　神集《かむつど》ひ集ひいまして
神分《かむわ》かち分かちしときに
天照《あまで》らす日女《ひるめ》の命《みこと》　天《あめ》をば知らしめすと
葦原《あしはら》の瑞穂《みずほ》の国を　天地《あめつち》の寄り合ひの極み　知らしめす
神の命《みこと》と
天雲《あまくも》の八重《やえ》かきわけて　神下《かむくだ》しいませまつりし
高照《たかて》らす日《ひ》の皇子《みこ》は
飛ぶ鳥の浄御《きよみ》の宮に　神《かむ》ながら太敷《ふとし》きまして
天皇《すめろき》の敷《し》きます国と
天《あま》の原石門《いわと》をひらき　神上《かむあが》り上りいましぬ

歌のなかばまでは、父王大海人のルーツを語る神話さながら、スケールの大きな時空をはらんでいる。

それは、天と地がはじまるときにまでさかのぼる。

天の河原にあらゆる神々が集まって神の領分をとりきめたところ、「天照《あまで》らす日女《ひるめ》の命《みこと》」は天を統治なさるとし、葦原の瑞穂の国を天と地がせっする果てまでお治めになる「神の命《みこと》」として、「日《ひ》の皇子《みこ》」を、重なる雲をおしわけて下しもうしあげた。さて「日の皇子」は、浄御原《きよみがはら》の宮に神として御殿をいとなまれ、この国は天皇が統治する国だとなさったが、やがて天の原の岩戸をひらいて、天に還っていってしまわれた。

つまり、世界のはじまりのときに、世界のあるかぎりつらぬかれる秩序を実現する「神の命」としてこの国に下され、天皇となったのが「日の皇子」大海人なのだという。

わが大君皇子《みこ》の命《みこと》の　天《あめ》の下《した》知らしめせば
春花の貴《たふと》からむと　望月の満《たた》はしけむと
天の下四方《よも》の人の　大船《おおぶね》の思ひたのみて
天《あま》つ水仰《あふ》ぎてまつに
いかさまに念《おも》ほしめせか
つれもなき真弓《まゆみ》の岡に　宮柱太敷《みやばしらふとし》きいまし
御在香《みあらか》を高知りまして
朝言《あさこと》に御言問《みこととと》はさず　日月《ひつき》のまねくなりぬる
そこゆえに　皇子の宮人《みやびと》行《ゆ》くへ知らずも

その皇子が天下をお治めになれば、春の花のように世は栄え、望月のように満ち足りるだろうと、国じゅうの人々が恃《たの》みにしてまっていたのに、皇子はいったいどうお考えになられたのか、縁もゆかりもない真弓の丘に柱をしっかり立てて宮殿をかまえられ、ついに朝のお言葉も仰せにならずに月日をかさねてしまった。それゆえ、皇子の宮人《みやびと》たちはすっかり途方にくれていますと、そう人麻呂は謳いあげた。

　どんなに偉大な「神の命」より「日の皇子」よりも後世の人々にあおがれ、じっさいに「和歌の神」として祀られることになる天才詩人は、天皇即神思想のたぐいまれなる表現者だった。天皇は「天《あめ》」からくだってきた「神の現《うつ》し身」であるという思想は、彼の詩と調べをとおして人々に世界をとらえる手だてをあたえ、共同観念をつくり、新たな価値形成をうながした。

　いや、一三〇〇年という時間をへだてたいまなおその詩力、神話力は色あせてはいない。『万葉集』という不滅の韻文テキストのなかにあっていぜん光彩をはなち、この国の人々の観念を「天つ神の世界」へといざなって飽かせるということがない。

　一個の詩人としてではなく、王権のプロパガンダとしての人麻呂は、天皇大海人を「天つ神の命」「日の皇子」として形象化した。

　天皇の神格化、すなわち、天皇は「肉体をもった天の神さま」なのだという観念をあまねく浸透せしめたい王権サイドの要請にこたえるには、韻律と音声の力をかりることのできる詩歌、なかにも、しかるべきポストにある人物や才たけた詩人たちによるオケイジョナル・ポエムは、このうえなく有効なメディアであったにちがいない。

　六九〇年一月一日、草壁にかわって皇太后《おおきさき》鸕野が即位した。彼女には失意に身をまかせているひまはない。玉座につき、なんとしても成しとげなければならないことがある。それは、草壁の忘れ形見、珂瑠皇子《かるのみこ》をつぎなる天日嗣《あまつひつぎ》高御座《たかみくら》につけることだった。

けれど、それは容易なことではない。

そもそも天皇大海人の血をうけた皇子は草壁のほかに九人あり、草壁どうよう大王中大兄《なかのおおえ》を祖父とする皇子は、大津、長《なが》、弓削《ゆげ》、舎人《とねり》の四人もあった。血統によって皇太子をたてるなら、彼らのだれが草壁にかわったとしても遜色はなく、また大王の兄弟相承の慣わしからするなら、むしろ実力ある弟皇子が日嗣《ひつぎ》につくのが妥当だろう。

草壁がぬきんでた皇子であったのは、鸕野が大海人の皇后であり、草壁にとっての実母すなわち皇太后《おおきさき》であったからだ。そうであってさえ彼女は、天皇亡きあとすぐに、天稟を全身にまとったような実姉《あね》の忘れ形見、大津を誅さずにいられなかった。

大津は、聖地吉野で「誓い」をむすんだ皇子だった。

天武八年（六七九）五月のことだった。大海人と鸕野はすでに成人の歳《とし》にたっしていた大海人の皇子草壁、大津、高市《たけち》、忍部《おさかべ》と、中大兄の皇子河嶋、芝基《しき》の六人の子らをともなって吉野の宮に御幸した。

彼らにとっての吉野は、鸕野には祖母、大海人には母にあたる大王斉明が離宮をいとなんだ故地だった。その地にたって大海人は詔した。

「皇子たちよ。いまわたしはこの故宮《ふるみや》でおまえたちと誓いをたてようと思う。兄弟のあいだに、とこしえに争いごとが起きぬように」

武力で兄の遺子大友皇子《おおとものみこ》をたおし、王権を奪った当事者の慮《おもんぱか》りであってみれば、憂慮それじたい、のっぴきならぬリアリティをおびていた。

「ごもっともでございます」

さいしょにすすみ出たのは日嗣の筆頭格、草壁だった。

「ですが天皇、しかとお聞きください。わたくしたち長幼あわせて十余人おります兄弟は、たとえ父や母を異にはしていても、たがいに助けあい、けっして争うことはいたしません。天地の神々に誓ってあやまちは犯しません。どうぞご安心ください」

五人の皇子もつぎつぎとすすみ出て、おなじ誓いの言葉をのべた。

「いとおしい子らよ。おまえたちはそれぞれ異なる母《おや》をもっているが、たったいま、おまえたちの母はこの皇后《きさき》となった。きょうからは、おなじ母をもった兄弟としてそなたたちを愛《いつく》しもう。よいな」

大海人は六人の皇子を抱きしめて、さらに誓った。

「もしわたしが誓いを破ったなら、たちまちこの身は失せるであろう」

鸕野も天皇とおなじ誓いをおこなった。この瞬間から、皇子たちはみな鸕野を母とする同母兄弟となった。つまり、皇子たちだれもが皇太后《おおきさき》鸕野を後ろ楯として日嗣《ひつぎ》となる資格をあたえられたというわけだ。

　吉野で「誓い」をかわした皇子のなかで中大兄《なかのおおえ》を祖父とするのは、草壁とおなじ筑紫の娜大津《なのおおつ》で生をうけた大津ただひとり。ふたりが並びたてばたちどころに草壁のまわりから光をさらってしまう大津に、どれほど鸕野は心かき乱されたことだったか。

　いま彼女は天皇となった。皇子たちにおびやかされる不安はくらべようもなく小さくなった。けれど、彼女が日嗣にしたい孫皇子珂瑠《かる》は、いまだ八歳を数えたばかりの幼子《おさなご》だった。彼が即位できる年齢にいたるまで、すくなくとも亡父草壁の享年二八になるまでまつとなれば、鸕野は七〇の齢《よわい》を生きなければならない。とてもかなうとは思えなかった。

　大王としてであれ天皇としてであれ、この国を統《す》べる者はみずから先頭にたってマツリゴトを執らねばならない。それゆえ、四〇歳にみたない王は「年歯《よわい》弱《わか》く胆《きも》幼《わか》し」といわれ、あるいは「幼年《としわか》く浅識《さとりすくな》し」とされ、即位に堪えないとみなされてきた。

　だとすれば、天皇鸕野の力をもって、彼女が生きてこの世にあるうちに位を譲るしかなく、譲ったあとも余命のつづくかぎり幼い天皇を後見しなければならないだろう。


前天皇の肉体的な死滅によらない譲位。祖母天皇から孫皇子への譲位。即位適齢にはるかみたない幼年の王への譲位。前天皇の全面的サポートを前提とする譲位……。

　どの条件をとっても先例がない。いや、「譲位」ということそのものがあったためしがないのだから、障害はありすぎた。

　それをこえる力を鸕野はもたなければならない。そのためには、大海人の権威に拠《よ》らないわけにはいかなかった。「飛ぶ鳥の浄御《きよみ》の宮に神《かむ》ながら太敷《ふとし》きました天皇《すめろき》」大海人のカリスマ性に。

　じっさい、草壁を喪いはしたが、鸕野は天皇大海人の遺勅をうけて即位していた。死を覚悟した大海人は詔していった。「天下のことは、大小となく、いっさいを皇后《きさき》と皇太子《ひつぎのみこ》に申すように」と。

　しかも彼女は、大海人の詔勅によって撰定された「神祇《じんぎ》令《りょう》」の定めにしたがって即位した、完《まった》き天皇なのだった。草壁即位のために撰定をいそがせた「浄御原令《きよみがはらりょう》」一部二二巻を、いまだかならずしも十全ではないことを承知のうえで、彼の死の直後、みずからの即位の前に頒布したのも意図あってのことだった。

　天下をすみずみまで治める大王《おおきみ》の名に、帝国の王にふさわしい「天皇」の称号をあたえ、それが、ただひとつ正しいルールによって恒久的に継承されてゆくための国家公法をつくらねばならないと、そうとなえつづけた大海人。鸕野は、ひとりの大臣もおかず、みずからが猛然として新しい国家建設のために疾走しつづけた天皇大海人のすがたを思い出し、自身をふるいたたせた。

この国ではじめての条坊制をもつ王都新益京《あらましのみや》――のちの藤原京――の造営プランにも大海人の思想が生きていた。

南北一〇条、東西一〇坊、計一〇〇坊の碁盤目状の地割りをもつ、一万七〇〇〇尺（五・二キロメートル）四方の正方形の都城。そのちょうど中央に、四坊をあてて唐風の王宮を建設する。王宮の北半分には、世界の中心、万物の根源である「大極殿」とそれをふくむ「内裏」をもうけ、南半分には政治の場となる「朝堂院」をもうける。『周礼《しゅらい》』にある都城の理想形にならったものだ。

王宮の屋根ははじめて瓦で葺く。一五〇万枚は必要になる。宮城の周囲には大垣と濠をめぐらし、東西南北におのおの三門ずつ、一二の宮城門を建造する。そこを大伴《おおとも》や壬《み》生《ぶ》や佐伯《さえき》らつわものたちに守衛させ、彼らの名誉をたたえて氏族の名を門の名としてあたえよう……。

造成はすでにすすめられ、条坊道路も敷設された。資材を運ぶための運河もととのいつつあった。畝傍、耳成、香具山の三山をすっぽり収めてあまりある広大な土地が、日ごとそのすがたを変えていく。そのさまを、はやくには、大将軍大伴御行《おおとものみゆき》ら壬申の功臣たちが歌によみ、さかんに唱詠しあったものだった。

皇《おおきみ》は神にしいませば
　赤駒《あかごま》の腹ばう田為《たい》を京師《みやこ》となしつ

皇《おおきみ》は神にしいませば
　水鳥のすだく水沼《みぬま》を皇都《みやこ》となしつ

天皇は神でいらっしゃるので、赤駒が足をとられて歩みかねるような泥濘《ぬかるみ》も、水鳥が群がり鳴《さわ》ぐ沼地をもたちどころに王都にかえておしまいになった……。御行《みゆき》は、大海人晩年には「八色《やくさ》の姓《かばね》」の真人《まひと》、朝臣《あそん》につぐ宿禰《すくね》をあたえられ、大海人の衣と袴を賜わった一〇人かぎりの数にくわえられた寵臣だった。

皇《おおきみ》は神にしいませば……。彼らが謳うとおりなのだ。「神の命《みこと》」大海人はこの地に神下《かむくだ》って天皇となり、神そのものとして君臨した。天皇大海人がやり残した国家事業。それこそがまさに神的権威をまとった遺産なのだった。天皇鸕野は、それらの事業を再開した。

即位の年の七月、「官員令」の施行にしたがって高市皇《たけちのみ》子《こ》を太政大臣に任命し、八省百寮の官人たちを任官した。九月、「戸令《こりょう》」にしたがって、評《こおり》ごとではなく国ごとに戸籍をつくるよう、あらためて国司たちに命じた。

一〇月、新城《にいき》の造営を再開するため、高市を派遣して視察させ、一二月にはみずから宮地におもむいて検分した。

一一月、はじめて「儀鳳暦《ぎほうれき》」を採用した。唐の麟徳《りんとく》二年

（六六五）に李淳風《りじゅんぷう》がつくった新しい暦で、この国へは新羅をつうじてもたらされたばかりだった。それまでながく使われてきたのは「元嘉暦《げんかれき》」。宋の元嘉二二年（四四五）に施行された暦で、百済をつうじてもたらされていた。

暦は元号とおなじく王による時間の支配を象徴するものだ。目にモノいわすべくいっせいに新しい暦法を導入したいところだが、さすがに一足とびの改暦はむずかしく、当面は「儀鳳暦」と「元嘉暦」とを併用することにした。ちなみに、「儀鳳暦」に統一されるのは八年後、のちに「文武二年」とされる六九八年のことになる。

国史編纂事業にも発破をかけなければならなかった。正典となるべき「帝紀」と「旧辞」の撰述は、詔勅から一〇年をへてなお、山積みの史料にうもれた現場のゴタゴタのさなかにあった。

即位二年目の八月、大三輪、雀部《さざきべ》、石上《いそのかみ》、藤原、石川、巨勢《こせ》ら一八氏に、先祖の事蹟を叙べた「墓記《ぼき》」を進上するよう命じた。そして九月には、唐の発音を教える音博士《こえのはかせ》、渡来中国人《ネイティブ》の続守言《しょくしゅげん》と薩降恪《さつこうかく》、および渡来百済人の書博士《てかきのはかせ》、末士善信《ばっしぜんしん》に銀二〇両《しろがねはたところ》を賜わった。国史の撰述を急がせるためだった。

皇は神にしいませば……。先皇の神霊は、神の御子天皇が祭主となり、国をあげて祀らねばならない。一〇月はじめには、「葬葬令《そうそうりょう》」を施行し、御陵を守衛する陵戸《みささぎのへ》をおくよう詔した。先皇の「陵」には五戸、そのほかの王族の「墓」には三戸をおき、百姓をあてざるをえないときには雑徭と役を免じ、三年ごとに交代させよと。

この間、鸕野みずからは、さかんに吉野に御幸した。

即位の前年には、草壁の死をはさんで一月と八月の二回、即位の年には二月、五月、八月、一〇月、一二月の五回、即位二年目には一月、三月、七月、一〇月の四回……。吉野の霊力にあやかるためだった。

不老不死の仙薬、水銀の鉱床のある「神仙郷」吉野。祖母大王が離宮をいとなんだ吉野。大海人に「新たに天下を平らげる力」をあたえてくれた吉野。その聖地を、とこしえに「王権の聖地」としよう。

三月《みつき》にあげずの吉野御幸は、天皇鸕野が聖性、神性をさずかるためのイニシエーションであり、また、天皇という地位そのものの宗教的権威を高めるためのパフォーマンスでもあった。のち、孫皇子への譲位がかなうまでの八年間に、鸕野は三一回も吉野御幸をくりかえすことになる。

天皇に不滅の生命力《いのち》があたえられ、「神の命《みこと》」から「神そのもの」へと転身する。彼女は、みずからが新しい「物語」の創り手となってそれを演じつづけたにちがいない。

大宝元年春正月乙亥朔《むつきのきのとのいのついたちのひ》。
天皇《すめらみこと》御大極殿《だいごくでんにおはしまして》受朝《ちょうをうけたまう》。

其《その》儀《ぎ》、於正門樹烏形幢《せいもんにうけいのはたをたつ》。左日像《ひだりはじっしょう》・青龍《せいりょう》・朱雀幡《しゅじゃくのはた》。右《みぎは》月像《げっしょう》・玄武《げんぶ》・白虎幡《はくこのはた》。蕃夷使者《ばんいのつかい》、陳列左右《さゆうにちんれつす》。文物之儀《ぶんぶつのぎ》、於是備矣《ここにそなわれり》。

新しい世紀が幕をあけた西暦七〇一年。

「文物の儀ここに備われり」とたからかに宣言された正《むつ》月乙亥　朔《きのきのといのついたちのひ》、元日朝賀の儀は、この国が、律令国家としてそなえるべき学術、法律、制度のすべてをととのえて船出する、後世に画たる年のはじまりをつげるセレモニーとなった。

大極殿の正門にたかだかと、みあげるばかりに樹《た》ちならんだ烏形《うけい》の幢《はたほこ》、日像《じっしょう》、月像《げっしょう》の幢《はたほこ》、青龍《せいりょう》、朱雀《しゅじゃく》、玄武《げんぶ》、白《はく》虎《こ》の四神をえがいた幡《はた》。いならぶ蕃国の使者たち……。皇太子《ひつぎのみこ》珂瑠《かる》の即位儀にはじまる『続日本紀《しょくにほんぎ》』は、文武《もんむ》朝がむかえる四度目の元日を、あたかもはじめてむかえた元日であるかのように誇らしげな筆致で記述した。

まっさきにおこなわれたのは遣唐使の任命だった。五月には遣唐船を出すという。天武・持統朝に通交が断絶してからじつに三十余年ぶりの唐使の派遣。彼らにたくされる任務は特別のものだった。

それは、はじめて「日本」という国号を、律令国家「日本」の存在を、大唐および近隣諸国にたいして認知せしめるという大役だった。

ために、それまで大使、副使、第三等官、第四等官で構成されてきた使節団のさらなる上に、執節使《しっせっし》がもうけられた。天皇から全権を委任された特命全権大使ともいうべきポストである。

正月二〇日、執節使には、はやくに唐への留学経験をもち、律令の制定にもたずさわり、持統朝では筑紫太宰《つくしだざい》の任にあって外交手腕を発揮した大ベテラン、民部尚書直大弐《みんぶしょうしょじきだいに》の粟田真人《あわたのまひと》が選任された。民部卿は律令官制では従四位上に相当する。真人のような中央官庁の枢要な人物を派遣するというのも今度がはじめてのことだった。大使には太政官左大弁の高橋笠間《たかはしのかざま》、副使に右兵衛府の長官坂合部大分《さかいべのおおきだ》が任命され、第四等官の末席には、真人の推挙によって、後世『万葉』の代表歌人として名をのこすことになる山上憶良がつらなった。

三月二一日、元号をたて「大宝元年」とした。

「新令《あたらしきりょう》」の「儀制令《ぎせいりょう》」は「公文書における年次の表記には元号を用いよ」と定めていた。これによって、従来おこなわれてきた干支《かんし》による年次表記は廃され、天下あまねく元号が用いられることになった。

「大宝」の名は、『周礼《しゅらい》』では「貴い宝物」のことをいい、『易経』では「天子の位」をさすという。過去、孝徳朝には「大化」「白雉」、天武朝には「朱鳥」など、かぎられたエリアで通用する私的な元号がたてられたことはあったが、「大宝」はそれらとおなじではない。「令《りょう》」という法の裏づけをもち、国じゅうで用いられるべき元号であり、なにより、大唐とならぶ帝国を主張するになくてはならぬものだった。いらいこの国は「元号制」をもつ世界で唯一の国となって今日にいたっている。

元号をとって「大宝律令」の通称でよばれる国家公法は、前年に撰定をおえていた行政法「新令《あたらしきりょう》」が六月に施行され、八月には刑法「律」がはじめて完成して「律」と「令」がそろい、この国は名実ともに律令国家となった。

飛鳥浄御原宮の大極殿にならびたち、天皇大海人とともに律令の制定を詔《みことのり》してからいつしか二〇年の歳月《とき》がながれ、鸕野はこの春、齢《よわい》五七を数えていた。皇太子《ひつぎのみこ》珂瑠《かる》に位を譲り、はじめての太上《だいじょう》天皇となったのは四年前のこと。当時一五歳の幼年《としわか》き天皇だった珂瑠も、いまや一九歳の成年に長じていた。

幼い孫皇子への生前の譲位。先例のない「譲位」というものを実現することは、王権と皇位継承にかかわる「新しい思想」を天下に知らしめる、というより承認せしめることだった。

六九七年八月一日、譲りをうけた珂瑠は、鸕野がそうであったように天神寿詞《あまつかみのよごと》と神璽《かみのしるし》を奏上され、天日嗣高御座《あまつひつぎたかみくら》について即位した。そして一七日には、ふたたび群臣を朝堂院にあつめ、「即位宣命《せんみょう》」を宣読した。

現御神《あきつみかみ》と大八嶋国《おおやしまぐに》知らしめす天皇《すめら》が大命《おおみこと》らまと詔《の》りたまふ大命を、集《うごなわ》り侍《はべ》る皇子等《みこたち》・王等《おおきみたち》・百官人等《ももつかさのひとたち》・天下《あめのしたの》公民《おおみたから》諸《もろもろ》聞きたまへと詔《の》る。

天皇となった珂瑠はすでに「現御神《あきつみかみ》」すなわち「現世にすがたを現わした神」として「大八嶋国《おおやしまぐに》」を統治する唯一者である。「宣命」の冒頭では、その統治権が、前天皇の委任をうけた正統なものであることが宣言された。

高天原《たかまのはら》に事始めて、
遠天皇祖《とおすめろき》の御世、中・今に至るまでに、
天皇《すめら》が御子のあれ坐《ま》さむいや継々《つぎつぎ》に、
大八嶋国《おおやしまぐに》知らさむ次《つぎて》と、
天《あま》つ神の御子《みこ》ながらも、天に坐《ま》す神の依《よさ》し奉《まつ》り随《まにま》に、
この天日嗣高御座《あまひつぎたかみくら》の業と、
現御神《あきつみかみ》と大八嶋国知らしめす倭根子天皇命《やまとねこすめらみこと》の、
授け賜ひ負《おお》せ賜ふ貴《とうと》き高き広き厚き大命《おおみこと》を
受け賜り恐《かしこ》み坐《ま》して、この食国天下《おすくにあめのした》を調《ととの》へ賜ひ平《たいら》げ賜ひ、
天下の公民《おおみたから》を恵《うつくし》び賜ひ撫《な》で賜はむとなも、
神《かむ》ながら思しめさく……

「現御神《あきつみかみ》と大八嶋国知らしめす倭根子天皇命《やまとねこすめらみこと》」というのが前天皇鸕野、すなわち天皇持統のことである。

彼女は、高天原《たかまのはら》にはじまり、遠い祖先の時代から今にいたるまで、天皇の御子が生まれるにしたがってつぎつぎと継承してきた統治権の「ツギテ」にあたり、「天《あま》つ神の御《み》子《こ》」として天にまします神の「依《よさ》し」すなわち委任をうけて天皇の位につき、神として天下を統治した神聖かつ正統な統治者である。「宣命」はそのことをまず言挙げする。

皇太子珂瑠は、その天皇からこのうえなく深遠甚大な「大命《おおみこと》」をさずけられて即位し、これからは天皇として「神ながら」この国土と天下を治め、公民をいつくしむのだというのである。

一五歳を数えたばかりの皇子の即位には、皇祖母《すめみおや》でもある天皇の後見が不可欠の条件だった。即位するにふさわしい条件を十全にそなえていない「幼年《としわか》き王」の即位が、天皇にふさわしい条件をそなえた王とおなじ即位儀礼によって完結するというのは、説得力を欠いていた。

そこで新たに創出されたのが「即位宣命」であり、「宣命宣読」という付加儀礼なのだった。

現実の天皇鸕野は、天智の皇女《ひめみこ》であり、「新しく天下を平らげた」カリスマ天武の皇后《きさき》として、かつ皇太子《ひつぎのみこ》草壁の大后《おおきさき》として、そしてみずから天皇として、じつに四半世紀のあいだマツリゴトを執ってきた。血とキャリアと権威をかねそなえた天皇が、ゆるがぬ意思をもって皇位継承者をえらび、彼への譲位をおこなう。それを妨害することは現実には容易ではなかっただろう。

だが、妨害しにくいということは、幼王への生前譲位をみとめないという立場や論理を主張する勢力が存在しないということではない。即位の正統性にはなお危うさがつきまとわざるをえなかった。

ために、「宣命」には、譲位の論理が謳われた。「天皇の意志」による皇位継承だ。それは、つぎの天皇となるべき人物固有のカリスマ性や人格やキャリアを不問にする、新しい皇位継承の原理だった。

新たな天皇は、正統な統治権の継承者である「前天皇の委譲」をうけて即位する。すなわち、王権は王権独自に皇位継承を決定することができ、何人《なんぴと》もそれを妨害することができないという新しい原理である。

その正統性を保障するために、「高天原《たかまのはら》」という神話的世界がもちこまれた。前天皇が、高天原いらいの系譜的連続性につらなり、天つ神の委託をうけた、神聖かつ正統な統治者なのだということを明らかに示すために。

ちなみに、ここでいう神話は『古事記』や『日本書紀』をさすのではない。文武《もんむ》即位の時点においてそれらのテキストはいまだ撰述途上、もしくは多くがまだ筆を起《た》てられていない状態にあった。天祖ニニギも、その降臨から一七九万二四七〇年後に東を征《う》ったという始祖王カムヤマトイワレビコもまだ存在しなかった。

『日本書紀』ならばさしずめ、当時における近代にあたる「皇極紀」以降の記述、古代では、事蹟を語る素材がかろうじてそろえられる「雄略紀」以降の記述が、正格漢文、すなわち中国語をつづることのできる渡来一世の唐人によって書きすすめられていたであろうことが、音韻や文体、文字や語順の誤り、使用された暦などの検証によってあきらかにされている。

おなじころ編纂されつつあった『万葉集』の一番歌が雄略天皇の歌であることなどから、当代の人々にとって古代の画期は「治天下大王ワカタケル」の時代ととらえられていたことが推察される。現存の『万葉集』「巻一」「巻二」は「原《ウル》万葉」がおおむねそのままのこされたとされるが、そこでは「天皇代」をたて、「左注」といわれる歴史叙述のなかに歌を定位していく、史書的な形式と方法がとられている。

したがってこの時期、荒唐無稽といわれる「神代紀」はもとより、雄略より過去については、何代さかのぼるとものぼらないとも、かいもく見当がつけられないでいただろう。いや、そもそも「神代紀」から雄略よりまえ「安康紀」にいたる時代の撰述は想定されていなかったとする見解もあるほどだから「人皇のはじめ」というようなことも、まだイメージの地平に浮かびあがっていなかったにちがいない。「神武」という諡号はもちろん、神武天皇という人物像も、明治新政府が「復古」をかかげて回復しようとした「神武創業ノ始」がいかなるものであるかということもなにもかも……。

あるいはまた、歴代の即位を伝える表現には、「即天皇位《あまつひつぎしろしめす》」と「即帝位《あまつひつぎしろしめす》」とがあって、「即帝位」がもちいられているのは「神武紀」と「允恭《いんぎょう》紀」と「天武紀」だけであり、「即帝位」が中国では、革命をおこし、あるいは前王朝をたおして新たな王朝をたてた初代皇帝が即位する場合にもちいられることから、「荒ぶる神と伏《まつろ》わぬ者を言向《ことむ》け和《やわ》し、退《そ》け掃《はら》って平《たい》らげた」虚構の王神武のモデルは、「新しく天下を平らげた」実在の王天武だったというような仮説もなりたちうる。

そうなると「神武紀」は、『日本書紀』編纂事業の終盤に撰述された現代史「天武紀」よりあとの、もっとも新しいタームに創作されたということになる。じっさい「神武紀」には、「天武紀」どうよう文武朝になってから一元化された「儀鳳暦」がもちいられ、本文は和化漢文でつづられている。いっぽう、持統朝までに帰化人一世の唐人によって撰述されたとされる「雄略紀」以降の歴代紀は「元嘉暦」をもちい、正格漢文でつづられている。撰述の時期も述作者も明らかに異なり、さらにいえば編纂の方針にも変更や修正がくわえられている。

天地《あめつち》のはじめのとき‌の　ひさかたの天《あま》の河原に
八百万千万神《やおよろずちよろずかみ》の　神集《かむつど》ひ集ひいまして
神分《かむわ》かち分かちしときに
天照《あまで》らす日女《ひるめ》の命《みこと》　天《あめ》をば知らしめすと
葦原《あしはら》の瑞穂《みずほ》の国を　天地《あめつち》の寄り合ひの極み　知らしめす
神の命《みこと》と
天雲《あまくも》の八重《やえ》かきわけて　神下《かむくだ》しいませまつりし
高照《たかて》らす日の皇子《みこ》は……

天皇は、世界のはじまりのとき、この国にとこしえの秩序を実現するために神くだってきた「神の命」「日の皇子」なのだと、そう人麻呂が「日並皇子尊《ひなみしのみこと》」草壁の殯宮《あきらのみや》にささげたころ、殯《もがり》のなんであるかもおぼつかないほどあどけない皇子だった珂瑠。その彼がいまは、高天原いらいの系譜をつぎ、天つ神の委託をうけた「現御神《あきつみかみ》と大八嶋国知らしめす倭根子天皇命《やまとねこすめらみこと》」の「大命」をうけて、みずから「現御神《あきつみかみ》と大八嶋国知らしめす天皇《すめらぎ》」となった。

持統から文武へ。史上はじめての「譲位」がここに実現し、「終身大王制」にピリオドがうたれた。

「天皇の意志」によって、王権が独自に皇位継承を決定するという「譲位の論理」が、すくなくとも支配層に承認されるためには、天皇はカミにならなければならなかった。ひるがえしていうなら、「現御神《あきつみかみ》」を意図的に創り出し、政治儀式という俗事を、神話的に粉飾した擬似祭祀として演じなければ「譲位」は実現しなかったというわけだ。

大宝二年（七〇二）六月末日、いっぱいに風をはらんだ帆のごとき揚々たる気をみなぎらせて、遣唐船が筑紫津《つくしのつ》を発っていった。

前年の五月には風と波の味方がえられず、筑紫までおもむいたものの渡航を断念せざるをえなかった執節使粟田真《しっせっしあわたのま》人《ひと》ひきいる遣唐使、すなわち大唐に「日本」という国号を認知せしむべく大任をになったエリートたちを乗せた船である。

一〇月なかば、南路をとって楚州に上陸した遣使たちが大唐の都長安をめざして西上しているころ、この国では、太上天皇鸕野が生涯最後の旅となった東国行幸にでかけていた。尾張、美濃、伊勢、伊賀……、それはかつて吉野に挙兵した大海人とともに、ゆく先々で軍兵を糾合しつつ進軍した忘れえぬ地だったが、そのたびはそれらの国々をめぐり、ついにひと月半におよぶ行幸となった。それはまた、いまだ若き天皇珂瑠のために、太上天皇としてなしうる最後の公務でもあった。訪れた国々で彼女は、郡司や百姓に位を叙し、禄をあたえた。

大海人とともに、律令制度をそなえた帝国「日本」の建設をこころざしてから、いつしか四〇年の歳月がながれていた。

　カリスマ天武がきずいた威信、彼とともに創りあげた王権の威光、そしてみずから保ち譲りつたえた「天皇」の神性と絶対性。それらの遺産を、子々孫々たえることなく日嗣の御子たちがうけつぎ、天皇の治《し》らす天下が永遠にながらえていってほしい。そのために心血をそそぐことが歴史の開拓者としてのつとめであると、そう彼女はみずからに任じてきた。

　だが、それももはや長くはない。そう思いさだめての行幸でもあった。

　はたして、還京後まもなくの一二月二日、先帝天武の忌日九月九日と、父王天智の忌日一二月三日を「国忌《こき》」とさだむべく詔し、一三日には、安心《あんじん》をえた人のように病床につき、二二日には、あっさりとこの世からみまかっていった。あたかも天下をわずらわせることを拒むかのように。

「喪にのぞんでは、素服にて挙哀《こあい》することなかれ。内外文武の官《つかさ》の釐務《りむ》はつねのごとくせよ。喪葬《そうそう》の事はつとめて倹約にしたがえ」

　彼女は薄葬《はくそう》の遺詔をのこしていた。まもなく自分は亡くなるだろうが、殯宮で喪服をつけて大げさな慟哭儀礼をいとなんだりしてはなりません。政務を滞らせることのないよう平生どおりにおこない、喪礼も葬礼もできるだけ簡素を心がけなさいと。

　そして、亡骸は荼毘に付してほしいとも。みずから、はじめての火葬をえらんだのも、いかにも意志の人鸕野らしい葬られ方の選択だった。

　二五日、大官大寺、薬師寺、法興寺、川原寺の四大官寺で斎会がいとなまれ、二九日には、王宮西殿の庭にもうけた殯宮に亡骸が安置された。

　おなじころ長安では、特命全権大使粟田真人ら遣唐使節団が、目前にせまった元日朝賀の礼見にそなえていた。

　おどろくなかれ、長安は唐の都ではなく周の都となっていた！

　六八三年に三代高宗《こうそう》が亡くなったあと、晩年病気がちだった皇帝にかわって政務をとっていた皇后則天武后《そくてんぶこう》が、ふたりの皇子中宗《ちゅうそう》、睿宗《えいそう》をつぎつぎと皇帝にたてたが、ついにはみずからが即位し、国号を「周」とあらためた。この国の皇后鸕野が即位したとおなじ年、西暦六九〇年の一〇月一六日のことだった。三日後の一九日、武后はみずから「聖神皇帝」を称し、元号を「天授」とあらためた。ここに中国史上はじめての女帝が誕生した。

　一〇年もまえに、いわゆる「武周革命」があった。中国王朝との通交を断絶して久しいこの国の為政者たちは、そんなことも知らず、知らないまま、三〇年というタイムラグをあがなうべく使節を送った。

　はたして、そのような国の全権大使として楚州に上陸した遣使たちは、さぞや面くらい、あわてふためいたことだろう。

彼らは、律令国家「日本」の使者としての自負と誇りこそもってはいたが、そのじつ彼らが「朝貢使」にほかならないことをだれよりよく知っていた。しかも、彼らの肩にはもうひとつ、白村江の戦後処理という、将来の日唐関係を左右する重責がかかってもいたのだから。

朝貢国の使者が皇帝に礼見するさいには、国書と方物を捧呈しなければならなかった。

「長安三年、其の大臣朝臣真人来《きた》りて方物を貢す」

『旧唐書』はそのときのもようを伝えている。

「朝臣真人とは、猶《なお》中国の戸部尚書の如《ごと》し。進徳冠を冠《かぶ》り……身は紫袍《しほう》を服し、帛《はく》を以て腰帯《おび》と為す。真人好んで経《けい》史《し》を読み、文を属《つ》くるを解し、容止温雅なり。即天《そくてん》、之を麟徳殿《りんとくでん》に宴し、司膳卿を授け……」

日本の民部尚書は、たしかに中国の戸部尚書にあたる。聖神皇帝則天武后にまみえた粟田真人の服装や立ち居ふるまい、そして中国的な学識教養はおおむね高い評価をえ、王宮に饗せられ、官賞もさずけられた。が、国号についてはすぐには了解を得られなかったようである。

「日本国は倭国の別種なり。其の国日辺《ひのあたり》に在るを以て、故に日本を以て名と為す。或《あるい》は曰う、倭国自《みずか》ら其の名の雅《みやび》ならざるを悪《にく》み、改めて日本と為すと。或は云う、日本は旧《もと》小国にして、倭国の地を併《あわ》せたりと……故に中国これを疑うなり」

「日本」という国号は、日出ずるあたりにある国であるゆえんをもっての名であるか、それとも倭国という名が優雅でないことを嫌って改変したのだろうか、はたまた日本という小国がもともとあって、それが倭国を併合したということなのだろうか、よくわからない。使者が明確な説明をしないのでいまひとつはっきりしないと、首をかしげている。

が、その後「日本」は国号として承認された。というのは、一五年後、養老度の遣唐使がもちかえった皇帝の致書に「日本国王」とあり、さらに一六年後、天平度の遣唐使がもちかえった皇帝の勅書に「日本国王主明楽美御徳」と記されてあるからだ。

「日本国王」。「日本国王主明楽美御徳《スメラミコト》」。まてよ……？

「日本国天皇」でないのはなぜだろう。大唐国皇帝からの致書、勅書だからだろうか。

いや、そうではない。倭国であれ日本国であれ、大唐国にとってこの国が蕃国であり朝貢国であることにかわりがない。しかもそれは、毎年やってくる近隣諸蕃国とはくらべようもない「絶域の朝貢国」なのだった。それをわきまえたうえで朝貢の礼をとる以上、「日本」という国号は名のっても「天皇」という君主号を名のることははばかられる。まして皇帝への捧呈文書に「日本国天皇」と記すなど、できるはずはなかった。

　中国で「天皇」といえば道教の最高神「天皇大帝」のことであり、さらに源流にさかのぼって、中国古代祭祀の最高神「天帝」をさすことになる。「天帝」を祀ることができるのは、天権をあたえられた「天子」すなわち中国皇帝だけである。宗主国の最高神と、属国の君主の名がおなじであるなどということが、まかりとおるわけがなかった。

　天皇《すめらぎ》の「天」は「天《てん》」ではなく「天《あめ》」なのでございます、などといくら主張しても無駄だろう。中国を中心とする華《か》夷《い》秩序において「天《てん》」であれ「天《あめ》」であれ、「天」が二つあるなどということがゆるされるはずがないのだから。

　天皇《すめらぎ》は「天《あま》つ神」のなかの至上神「天照大神《あまてらすおおみかみ》」すなわち「日の神」の系譜をひく「神の御子《みこ》」なのであります。そしてこの日本国《やまとのくに》は「日の神」の真下にある国なのでございます。「天つ神日の神の御子」は現御神《あきつみかみ》であるがゆえに「天皇」を称し、「天つ神日の神の御子」が統治する国であるがゆえに国号を「日本」といたしましてございますなど、と、たとえばそのような神話観念を縷々ならべたてれば、それは、日本が独自に「天子」をいただく国なのだということを主張することになり、朝貢国であることを否定することにしかならない。

　そこで考えられたのが、現人神の清浄さに由来する「天皇」の和訓「すめらみこと」に好字をあてた表記だった。日本国の国王、その名は主明楽美御徳《スメラミコト》だというわけである。

「大宝律令」が諸国に頒布され、この国は、そしてこの国の王権は、新たな歴史の時間《とき》をきざみはじめた。

　だが、この国がどのような国として生《な》り、どのような国として存《なが》らえていくのか、その基《もとい》となる理念と、将来のありようを規定する思想と、王権を永続《とこしえ》たらしめる論理を明らかにするための「正典」としての「天皇の物語」は、いまだ産みのもがきのさなかにあった。

　一年の殯《もがり》をへた大宝三年（七〇三）一二月一七日、そのことを、おそらく最大の気がかりとしながら鸕野は、なつかしくいとおしい倭京《やまとのみやこ》、浄御原宮《きよみがはらのみや》と新城藤原宮《にいきふじわらのみや》をながめおろす飛鳥岡《あすかのおか》で煙と化し、大空のかなたにとけていった。

　一六〇〇町ものひろがりをもつ巨大な王都藤原京。その朱雀大路をまっすぐ南にくだったところに野口王墓とよばれる古墳がある。

　東西径三八メートル、南北径四五メートル、高さ九メートル、天下のすみずみまでを支配した「八角知《やすみし》し天皇《すめらみこと》」にふさわしい八角形、五段築成の墳丘をもつ檜隈大内陵《ひのくまのおおうちのみささぎ》である。

　そのなかに、国風諡号、天渟中原瀛真人《あまのぬなはらおきのまひと》と大倭根子天之《おおやまとねこあめの》広野日女《ひろのひめ》、漢風諡号、天武と持統をおくられた傑出したヤマトの王、大海人と鸕野がならんでねむっていた。たびかさなる盗掘によって棺までが暴かれ、骨壺が奪いさられてしまうまでは。

文暦二年（一二三五）三月二〇日、大和国高市郡にある天武・持統天皇合葬陵が開掘され、金銀宝物が盗まれた。盗掘のニュースはたちまち広がったらしく、『百錬抄』の作者は四月八日条にそのことを記し、『帝王編年記』四月一一日条は、知らせを聞いて、奈良や京都から大勢の野次馬が押しよせ、陵内に入って遺骨を拝んだことを伝えている。

ゴシップ好きの記録魔、藤原定家の耳にももちろん届かぬはずはない。『明月記』四月二二日条には、天武天皇の「白骨相遺《あいのこ》る、又、御白髪猶《なお》残る」というおどろくべき記載があり、また六月六日条では、「山陵を見た者からの又聞きであるが」とことわりつつ、女帝の遺灰は「銀の筥《はこ》」に納められていたが、盗人たちはそれを奪うため、こともあろうになかの骨灰を路傍にぶちまけてしまったということが記されている。塵灰といえども探しだし拾いあつめてもとにもどすべきであろう。「等閑の沙汰、悲しむべきことか」と歎いている。

それから六四五年後の一八八〇年（明治一三）六月一三日、鳥獣戯画で知られる京都の高山寺で古文書《こもんじょ》が発見された。文暦二年（一二三五）の盗掘のさいの実見記をもとにして記された『阿不木乃山陵記《あおきのさんりょうき》』である。

御陵日記
阿不木乃山陵記　里号野口
　盗人乱入事　文暦二年三月廿日、廿一　両夜入云々
件陵《くだんのりょう》、形八角、石壇一匝《いっそう》、一町許歟《ばかりか》、五重也、
此五重ノ峰、有森十余株、南面有石門……
御陵ノ内ニ、有内外陣《ないがいじんあり》、先外陣、方丈間許歟、皆瑪瑙《めのう》也、
天井高七尺許、此モ瑪瑙、無継目《つぎめなく》一枚ヲ打覆……

そこには、墳丘、墓室、棺、骨蔵器、副葬品、遺骨などにかんする詳細がつづられていた。当時、天武・持統陵は野口王墓ではなく見瀬丸山古墳に治定されていたため、この発見は一大センセイションをまきおこした。

『山陵記』によれば、墓室は瑪瑙《めのう》の切り石で造られた横穴式石槨《せっかく》で、内陣の壁、床、天井にはくまなく朱がぬられ、そのなかに、長さ二・一メートル、幅、深さとも七五・八センチメートルの朱塗りの乾漆棺《かんしつかん》と、一斗枡ぐらいの金銅製の容器が安置されていた。

内陣三方皆瑪瑙也、朱塗也、御棺張物《はりもの》也、以布張之入角《ママ》
也、朱塗、長七尺、広二尺五寸許、深二尺五寸許也……
金銅桶一、納一斗許歟、居床、其形如礼盤、鏁《くさり》少々、

クリカター在之、又此外、御念珠一連在之……

棺と骨蔵器。いっぽうは埋葬、いっぽうは火葬である。

棺は木棺でも石棺でもない、布を漆で幾重にも張りかためて仕上げられた夾紵棺《きょうちょかん》ともよばれる乾漆棺で、稀少であることから最高の貴顕の棺とされているが、この陵《みささぎ》の主人《あるじ》の棺はさらに、直方体の四隅を切りおとした八角形をしていて、金銅製の透かし彫りで飾られた台座のうえにおかれていた。

蓋は木製で、それを開けると、なかに、脛の長さ一尺六寸、肘の長さ一尺六寸の亡骸がよこたわっていた。遺骨から推定される身長は二メートルちかいという。まさに堂々とした体躯をそなえた大王が、すでに朽ちてはいるが紅色の装束を身にまとい、少し大きめの首《こうべ》を、唐様《からよう》の金銀珠玉をちりばめた枕のうえにのせてやすらいでいた。

そのかたわらに、礼盤のようなかたちの金銅製容器が、おなじく透かし彫りをほどこした台座のうえに鎖で飾られてすえられていた。銅の糸でつらぬいた琥珀《こはく》の念珠《ねんじゅ》が三匝《みめぐ》りにされて副えられている。

容器のなかのことは記録にない。が、おそらくそのなかに『明月記』の作者が伝えるところの「銀の筥」が安置され、女王の遺灰が納められていたにちがいない。

天皇としてはじめて、みずから火葬をえらび、分身さながらいとおしい倭京《やまとのみやこ》をみおろす飛鳥岡《あすかのおか》で荼毘に付された意志の人鸕野讃良皇女《うののさららのひめみこ》、「現御神《あきつみかみ》と大八嶋国知らしめす倭《やまと》根子天皇命《ねこすめらみこと》」持統《じとう》の骨灰が。

# 0*** 皇軍《みいくさ》—神風涼しく吹きければ

いよいよ、皇孫のお降りになる日がまゐりました。大神は、御孫瓊瓊杵尊《ににぎのみこと》をおそば近くにお召しになって、

豐葦原《とよあしはら》の千五百秋《ちいほあき》の瑞穂《みずほ》の国は、是《こ》れ吾《わ》が子孫《うみのこ》の王《きみ》たるべき地《くに》なり。宜《よろ》しく爾皇孫《いましすめみま》就《ゆ》きて治《しら》せ。さきくませ。寶祚《あまつひつぎ》の隆《さか》えまさんこと、當《まさ》に天壤《あめつち》と窮《きはま》りなかるべし。

と、おごそかに仰せられました。萬世一系《ばんせいいっけい》の天皇をいただき、天地《あめつち》とともにきはみなく榮えるわが國がらは、これによって、いよいよ明らかになりました。大神はまた、八咫《やたの》鏡《かがみ》に八坂瓊曲玉《やさかにのまがたま》・天叢雲剣《あめのむらくものつるぎ》をそへて、尊にお授けになって、

此れの鏡は、専《もは》ら我《あ》が御魂《みたま》として、吾《あ》が前《みまへ》を拝《いつ》くが如《ごと》、いつきまつれ。

と仰せられました。御代御代の天皇は、この三種《さんしゅ》の神器《じんぎ》を、皇位の御《み》しるしとせられ、特に御《み》鏡は大神として、おまつりになるのであります。

瓊瓊杵尊は、御《おん》かどでの御《み》姿もけだかく、大神においとまごひをなさって、神勅《しんちょく》神器を奉じ、文武の神々を従へ、天上の雲をかき分けながら、ををしくおごそかに、向日《ひうが》の高千穂の峯に御降りになりました。この日をお待ち申しあげた民草《たみくさ》のよろこびは、どんなであったでせう。

空には五色《しき》の雲がたなびき、高千穂の峯は、ひときはかうがうしく仰がれました。

■一九四三年改訂第六期国定教科書『初等科國史』より

第一條　大日本帝國ハ萬世一系ノ天皇之ヲ統治ス

恭《つつしみ》て按《あん》ずるに、神祖開國以來、時に盛衰ありと雖《いえども》、世に治亂ありと雖、皇統一系寶祚《ほうそ》の隆《さかえ》は、天地と與《とも》に窮《きわまり》なし。本條首《はじ》めに立國の大義を掲げ、我が日本帝國は、一系の皇統と相《あい》依《より》て終始し、古今永遠に亙り一ありて二なく、常ありて變なきことを示し、以て君民の關係を萬世に昭《あきら》かにす。

統治は大位に居り、大權を統《す》べて國土及臣民を治むるなり。古典に天祖の勅を擧げて、「瑞穂國是吾子孫可レ王之《みずほのくにはこれわがうみのこのきみたるべきの》地《くになり》　宜《よろしく》　爾皇孫就而治焉《いましすめみまゆきてしらせ》」と云へり、又神祖を稱《とな》へたてまつりて、「始御國天皇《はつくにしらすすめらみこと》」と謂へり。日本武尊《やまとたけるのみこと》の言に、「吾者纏向《われはまきむく》の日代宮《ひしろのみや》に坐シて大八島國《おおやしまぐに》知ろしめす大帶日子淤斯呂和氣天皇《おおたらしひこおしろわけすめらみこと》の御子」とあり。文武天皇即位の詔に、「天皇か御子のあれまさむ彌繼繼《いやつぎつぎ》に大八島國知らさむ次《つぎて》」とのたまひ、又天下を調《ととの》へたまひ平けたまひ、公民を惠《うつくし》みたまひ撫《な》でたまはむ」とのたまへり。世々の天皇皆此の義を以て傳國の大訓としたまはざるはなく、其の後「御ニ大八洲一天皇《おおやしましろしめすすめらみこと》」と謂《い》ふを以て詔書の例式とはなされたり。所謂《いわゆる》『しらす』とは即《すなわ》ち統治の義に外ならず。蓋《けだし》祖宗其の天職を重んじ、君主の徳は八洲臣民を統治するに在《あり》て一人一家に享奉するの私事に非《あら》ざることを示されたり。此れ乃《すなわち》憲法の據て以て其の基礎と爲す所なり。

■伊藤博文『憲法義解』（岩波文庫）より

アキツミカミ《現神》トオオヤシマグニ《大八嶋国》シラシメス
スメラミコト《天皇》ガ
オオミコトラマ《詔旨》トノリ《宣》タモウオオミコト《勅命》ヲ
オオキミ《親王》タチオミ《諸臣》タチモモノツカサビト《百官人》ラ
アメノシタ《天下》ノオオミタカラ《公民》モロモロ《衆》
キコシメセトノリ《宣》タモウ

慶応四年（一八六八）八月二七日、京都御所紫宸殿に、宣命使冷泉為理《れいぜいためただ》のゆえゆえしげなる声がひびきわたった。まさにいま高御座《たかみくら》についた天皇睦仁《むつひと》の皇位継承を告げる「即位宣命」の宣読がはじまった。

天皇明治の「即位宣命」の前文《まえぶん》は、六九七年の天皇文武《もんむ》の「即位宣命」とおなじ詞《ことば》で宣《の》りはじめられた。「大宝律令」を改正した「養老律令」が、明治維新にいたるまで国家公法としての命脈をたもちつづけたことを思えば――鎌倉時代以降の幕府法、戦国大名の戦国家法、江戸時代の諸法令などもすべて律令をベースとしている――驚くにはあたらない。

珂瑠王《かるおう》文武にはじまった「即位宣命」は、その後「譲位の論理」が確立するまでの一世紀たらずのあいだ、即位礼には不可欠のものとなった。

とりわけ、一五歳で即位した文武が治世わずか一〇年にして、たったひとり七歳を数えたばかりの皇子首《おびと》をのこして他界してしまったためにくりかえされた、変則的な皇位継承に正統性をあたえるものとして、さまざまに粉飾され、バリエーションをかえて宣読された。

すなわち、天皇文武から母后阿閉皇女《あへのひめみこ》へ、天皇元明《げんめい》となった阿閉皇女から娘の氷高皇女《ひたかのひめみこ》へ、天皇元正《げんしょう》となった氷高皇女から甥皇子首《おびと》へ、天皇聖武となった首から娘の阿倍《あべの》内親王《ひめみこ》へ。子から母へ、母から娘へ、伯母から甥へ、父から娘へという、いかにも苦しげな譲位と即位が「正統」であることを裏づけるために。

それがついに定型《パターン》化されるのは、四半世紀ものあいだ帝位にあり、延暦一三年（七九四）には平安遷都をおこなった独裁君主、天皇桓武以降のことだった。もはや「先帝の意志による譲位」を正当化するために、ことさら神がかりになったり屁理屈をこじつけたりする必要がなくなったというわけだ。

日本根子《やまとねこ》皇統《あまつひつぎ》弥照《いやてらす》という和風諡号からもうかがえるように、強力な王権をきずいた桓武は、皇后乙牟漏《おとむろ》がもうけた安殿《あて》親王と神野《かみの》親王、そして后妃旅子《たびこ》がもうけた大伴《おおとも》親王の三皇子を、はやくより日嗣とさだめていて、じっさいに彼らは平城《へいぜい》、嵯峨《さが》、淳和《じゅんな》として即位した。

後世、桓武を延暦天子、平城を大同帝、嵯峨を弘仁皇帝などと、諡《おくりな》よりも元号をとってよぶように、彼らは明治以前には例のない「一世一元」をたもった磐石の治世をいとなんだ王たちであり、天皇嵯峨の治世には「弘仁格式《きゃくしき》」が編纂され、天皇淳和の治世には「養老律令」の注釈書『令義解《りょうのぎげ》』が完成した。宗教史でいうなら最澄や空海が海をわたり、比叡山や高野山に天台・真言の根本道場をひらいた時代である。

掛《か》けまくも畏《かしこ》き平安宮《たいらのみや》に御宇《あめのしたしろしめ》す倭根子天皇《やまとねこすめらみこと》が
宣《の》りたまふ天日嗣高御座業《あまつひつぎのたかみくらのわざ》を
掛《か》けまくも畏《かしこ》き近江の大津の宮に御宇《あめのしたしろしめ》しし天皇《すめらみこと》の
初めたまひ定めたまへる法《のり》のまにまに仕え奉れと……

明治の「即位宣命」も、本文は桓武いらいの定型をひきついでいる。

祖形となった桓武「即位宣命」は、桓武自身のことをさす「平安宮《たいらのみや》に御宇《あめのしたしろしめ》す倭根子天皇《やまとねこすめらみこと》」のところが「御現神《あきつみかみ》と坐《ま》す倭根子天皇《やまとねこすめらみこと》」となっているが、それ以外はほぼ同文。つまり、天応元年（七八一）の桓武即位からおよそ一一〇〇年間七〇代にわたって、同じ文言による「宣命」が宣読されつづけたことになる。

「近江の大津の宮に御宇《あめのしたしろしめ》しし天皇《すめらみこと》」というのは天皇天智のことだが、彼が「初めたまひ定めたまへる法」というのがいったい何をさすのか。じつはいまだにさまざまな見解があってさだまらず、皇位継承の論理そのものの検証を左右するだけあって穿鑿のつきないシロモノなのだが、いまはさておき、ここでは「天智の定めた法」というものが、慶雲《きょううん》四年（七〇七）、文武《もんむ》から母后阿閉皇女《あへのひめみこ》に譲位したさいの「即位宣命」に必要あってとり入れられてのち、宣命それじたいが形骸化した時代にもずっと定形のなかに存在しつづけたことを確認するにとどめておく。

すなわち、元明《げんめい》即位からおよそ一一六〇年のあいだ「即位宣命」のなかに宣《よ》みこまれる天皇が、天智より過去にさかのぼることはいちどもなく、さかのぼる必要がなかったということを。

そこにはじめて虚構《ものがたり》のなかの天皇神武をもちこんだのが明治「即位宣命」なのだった。ためにつぎのような文言が桓武いらいの定型につけくわえられた。

御代々《みよみよ》の御定《おおんさだ》めあるが上に
方今《いま》天下《あめのした》の大政《おおまつりごと》古《いにしえ》に復《かえ》したまひて
橿原《かしはら》の宮に御宇《あめのしたしろしめ》しし天皇《すめらみこと》の御創《おおんはじ》めたまへる業《ことわざ》の
古《いにしえ》に基《もとづ》き大御世《おおみよ》を弥益々《いやますます》に吉《よ》き御代と固成《かためな》したまはん
其の大御位《おおみくらい》に即《つか》せたまひて

「天下の大政古に復し」「橿原の宮に御宇しし天皇の御創めたまへる業の古に基き」というのは、前年慶応三年一二月のクーデター成就直後に発せられた新政府樹立宣言「王政復古の大号令」にいう「王政復古、国威挽回ノ御基《おんもとい》立テサセラレ……万機ヲ行ハセラルベク、諸事神武創業ノ始《はじめ》ニ原《もとづ》キ」にあたり、また翌年三月、国是「五箇条の誓文」が発布される前日に発令された「王政復古・祭政一致の太政官布告」にいうところの「王政復古神武創業ノ始ニ被為基《もとづかせられ》」に相当する。

もちろん、睦仁の即位儀が当初の予定どおり慶応三年の一一月に、つまり王政復古のクーデター以前にいとなまれていたなら、宣命に神武が登場することはありえなかった。

そもそもクーデターを主導した岩倉や大久保らエタティストたちも「復古」について一致した具体像を描いていたわけではなく、「建武の中興」に倣《なら》うのがいいだろうというぐらいに考えていたのであり、優秀なブレインすなわち「討幕の密勅」を作文し「錦の御旗」をデザインした国学者玉《たま》松操《まつみさお》の献策がなければ、革命宣言でもある「大号令」に「神武創業ノ始ニ原キ」の一句が書き加えられることはなかったというから驚きだ。

「宮中政変《クーデター》×武力討幕」を計画したひとにぎりの変革者たちにとって、「復古」は古《いにしえ》に復《かえ》ることではなく、いっさいの過去を否定して新しい権力と政体を創り出すことだったから、原《もとづ》くところが後醍醐であろうと神武であろうとままよ、天皇をかついだ王制の本質さえ違《たが》えなければどちらでもよかった。

いや、本来ならそれは、現実に天皇親政をおこなった実在の王であるほうが望ましかったはずである。後醍醐のめざした「新政」が「いにしへ」への憧憬に突き動かされた誇大妄想の追求であり、「復古」の装いをまとっただけのものに終わったとはいえ、わずかな期間ながら記録所を置き、関白を停止し、律令制度の「新儀」として横すべり的に存続してきた摂関政治や院政を、いったん断ち切ったことは事実なのである。

が、ともあれ「建武の新政」ではなく「神武創業ノ始ニ原」くことが近代国民国家形勢の起点にすえられた。おかげでどんな大きな虚構《うそ》をかまえることも可能になった。

後世、臣民をあげて神武フィーバーに駆りたて、ヒトラー・ユーゲントさながら「建国奉仕隊」や「金鵄報国隊」に動員し、「八紘一宇」をかかげてアジア太平洋諸国を侵略し、戦火にまきこんだ各地を玉砕せしめ……そうやって膨大な数の人生や生命《いのち》を損なわしめたことをかえりみるなら、維新を機に、天皇の神性を媒介とした宗教国家の実現をめざした国学派のユートピアンや神道派のイデオロギストたちこそ、歴史の勝者であるにちがいない。彼らにとって「復古」は「神武創業ノ始」以外にはありえなかった。

中古以来の歴史をくつがえし、開闢のはじめにもどるというのであれば「つとめて度量を宏くし、規模を大にせんことを要す」、すなわち「事はでっかく構えるにこしたことはない」と、そう玉松は岩倉にむかってかきくどいた。

カムヤマトイワレビコ、神武。『古事記』では神倭伊波礼毘古、『日本書紀』では神日本磐余彦は、この国の歴史をしかるべき過去へと延長するためのテキスト上のアリバイとして、さらには「カミからヒトへ」そして「ヤマトの平定」というモティーフをになうべく、明確な意図をもって創り出された天皇の系譜のさいしょの王、実在しない「始祖」王だ。

その「始《はじめ》」に復《かえ》るといっても、『記』も『紀』もよく知らない人々にとっては雲をつかむようなハナシでしかなく、いっぽう、知ったうえで復古をさけぶ人たちは、八世紀のはじめに「天皇という王が君臨する帝国の永続を企図して創出された政治的テキスト」の思想と論理を、さらなる恣意的解釈のうえに、現実のマツリゴトにおいて活用しようというのだから、虚構は上塗りされる。上塗りならまだしも意図的変容をうけないではすまされない。

なんでん、天下さまと天子さまとが替わらしたと。

天皇さんの世になった。

おそろしかごたる……

鄙の地の、目に一丁字もない人々が「天皇さんの世」というものを模糊とした怯えの感覚をもってとらえたのは、とおい古代の「天皇の物語」が新たなイデオロギーによって近代の「天皇の物語」へと転換される、そのプロセスの最初の軋《きし》みを、つねに割りを食わされ忍従を強いられるいっぽうの彼らが、三つ子の魂のようなしたたかさで聞きわけていたからかもしれなかった。

ともあれ『古事記』あるいは『日本書紀』は、維新政府の「正典」となり、「物語」が「国是」となった。

そしてそれらテキストがえがきだす創世界のヒーローやヒロインたちは、お墨付きをあたえられた「御用俳優」よろしく、お呼びがかかればいつでも現実のマツリゴトのなかにとび出してきて、新たな「日本神話」の創出をうながすべく大役者ぶりを発揮した。

太陽暦が採用された一八七三年（明治六）八月、アメリカのナショナルバンク制度をモデルにして各地に設立された国立銀行が、はじめての「国立銀行券」を発行した。米国コンチネンタル・バンクノート・カンパニーに発注して印刷された、二〇円、一〇円、五円、二円、一円の五種類の紙幣である。

その拾圓《じゅうえん》券にデザインされたモティーフが、神功皇后《じんぐうこうごう》の三韓征伐《さんかんせいばつ》だったことはいかにも象徴的だった。壹圓《いちえん》券には、上毛野《かみつけの》田《た》道《みち》の蝦夷征伐と、蒙古襲来の図。弐拾圓《にじゅうえん》券には、スサノオの八岐大蛇《やまたのおろち》退治と、オオクニヌシの国譲りの図がデザインされた。

国立銀行制度が、殖産興業資金の民間への供給を促進するために設計されたのであってみれば、ずばり帝国主義をビジュアル化した銀行券はいかにも用にかなっていた。しかもそれらは、新政府が「正典」とさだめた「物語」の思想に、近代を接木するための格好のモティーフでもあったのだ。

ときあたかも対中国、対朝鮮外交問題、いわゆる征台論や征韓論がとりざたされ、同月なかばには、西郷隆盛を使節として朝鮮に派遣することが閣議決定されていた。

天武朝の「一評《いっぴょう》五〇戸・一戸一兵制」ではないが、神武天皇即位日と明治天皇誕生日を祝日にするという太政官布告で明けたその年明治六年は、一月一〇日には「徴兵令」が発布され、国民皆兵の理念にのっとって、二〇歳にたっした男子に三年の兵役が課されることになった。

いよいよ台湾出兵か朝鮮征伐か。前年来さけばれてきた海外派兵が現実味をおびてきた。引っぱられれば台湾か朝鮮に送られる。徴兵が海外出兵と表裏のものであるという、まさに制度の本質をみぬいた農民たちは立ちあがった。「血税一揆」とよばれる徴兵令反対の抵抗運動をくりひろげたのだ。春先から七月にかけて西日本を中心におこった一揆は、大きなものは一万人規模にもおよんだため、官軍と警察だけでは力およばず、旧藩士族を動員して鎮圧にあたったという皮肉なことまで出来《しゅったい》した。

げんに徴兵令は、陸海軍に入隊して兵役に従事している者にかぎらず、非常時には一七歳から四〇歳までの男たちをいつでも召集できるという予備役の原則をもっていた。引っぱられれば外国へ送られる。そう考えて抵抗した人々の洞察はまったく正しかった。

そしてさらに農民の不満と窮乏に輪をかけたのが、七月二八日に布告された「地租改正法」だった。農作物の出来不出来にかかわらず、つまり米相場の変動にかかわらず地価の三パーセントを銭納する。所有をみとめられた土地は売買をくりかえされてお金にかわる。自作農、いわんや小作農の負担は重くなるばかりだった。

「御一新」がナニだか知らないが、つぎからつぎへ、弱い者いじめをするしか能がない新政府への彼らの怒りは沸騰した。農民ばかりではない、地租改正に苦しめられるのは、脱刀令や俸禄打切りによって特権も誇りも生活の糧もうばわれて帰農した下級武士や「廃藩置県」によってお払い箱となった四五十《しごじゅう》万人の武士と二〇〇万人をこえるその家族たちも同じであり、たとえば人口の四〇パーセントを士族層がしめ、五六パーセントが農民であった旧薩摩藩のようなところなら、せめて土地の売買が禁止されていた「お殿さまの世」のほうがまだしもマシだったと、ほとんどすべての県民が思ってみないではいられなかった。「天皇さんの世」への失望は、おのずから新政府への憎悪と反撥に転化した。

「征台」か「征韓」か、はたまた本格的な「対中戦争」か。もと藩兵のなかにも憤懣はうずまいた。戊辰戦争という内乱を制するため、おもに薩摩、長州、土佐の三藩から献兵されて「官軍」軍人となり、のちなんとか鎮台に就職先をみつけた彼らもまた、徴募農民兵という「新たな官軍」の設置によって二度目の失業の危機にたたされていた。

朝鮮征伐でも台湾征伐でもなんでもいい、士族兵のフラストレーションのはけ口になるならば、一戦仕掛けるのも悪くはない。いや、悪くないどころか、琉球処分にからんで事をかまえるには、絶妙のチャンスがめぐっていた。

明治四年、薩・長・土藩兵からなる「御親兵」の力を背景に「廃藩置県」を断行した新政府は、明治五年五月一四日、琉球国王尚泰《しょうたい》を「琉球藩王ト為シ、叙シテ華族ニ列ス」という一方的な「詔勅」をあたえて冊封《さくほう》し、九月には、清国との外交権を接収して外務省に移管した。

おなじく対馬藩から朝鮮との外交権を接収した政府は、それをみとめぬ李氏《りし》王朝を牽制すべく、彼らの宗主国清国とのあいだに「日清修好条規」を締結。その批准書交換のため、明治六年三月には外務卿副島種臣《そえじまたねおみ》を渡清させた。

新政府はすでに――一方的な冊封でしかないが――「琉球人民」を「我人民」としており、これにもとづいて副島は、二年前に台湾に漂着した宮古島の島民が現地人に殺害された事件をもちだし、交渉上で問題化した。清国側は、台湾の先住民「生蕃《せいばん》」を「化外《けがい》の民」すなわち中華の王の徳化のおよばぬ者としていちづけた。彼らは「冊封―朝貢」体制の外にあり、したがって彼らが何をしようが清国の権責の埒外であると。

はたして明治七年二月六日、参議大久保利通《おおくぼとしみち》と同大隈重信《おおくましげのぶ》は「台湾蕃地処分要略」を閣議に提出、台湾出兵を決定した。「我国人」である「琉民」を殺害した台湾東南岸の居住民が「化外の民」であるならば、それは「万国公法」における「無主の地」ということになり、軍事力行使による植民地的支配が可能になる。

というわけで、台湾出兵は「日本国属民等」に「生蕃」が害をくわえたことにたいする「保民義挙の為め」の軍事行動といちづけられ、同年五月、西郷従道《さいごうつぐみち》ひきいる軍艦五隻と、熊本鎮台の兵士および薩摩の志願兵三〇〇〇人あまりの「征台」軍が、中国領土の台湾を侵略すべく出兵していくことになる。

そのようなおりもおり、殖産興業資金の流通を目的としたはじめての「国立銀行券」の図柄のモティーフが三韓征伐や蝦夷征伐や蒙古撃退であり、まさに帝国主義的であったことは時宜にかなっていた。

いっぽう、大資本とは無縁の、ちまたの流通をささえていた紙幣は、明治五年に政府が発行した「明治通宝札」とよばれる紙幣だった。前年に制定された「新貨幣条例」によって貨幣の単位は「両」から「円」へとかわり、十進法が採用された。それをうけて発行された紙幣である。

　製造はドイツのドンドルフ・ナウマン社に依頼された。造幣額は五〇〇〇万円。紙幣のデザインは、中央上部に菊の御紋を配し、額面の文字を鳳凰がかこみ、それを双龍がはさんでいるという立派なものだったが、送られてきたゲルマン紙幣はサイズやデザインが似かよっていて——たとえば一〇〇円札と五〇円札が同形、一〇円札と五円札が同形というように——何円券かが区別しにくく、額面の変造が容易であったことから偽造が横行した。

　そこで政府は、デザインを一新した改造紙幣を発行することになる。

　一八八一年（明治一四）二月、改造の名をうらぎらぬ斬新なデザインのお札が出まわった。はじめて目にする肖像画入りの紙幣だった。

　初の肖像紙幣の顔として登場したのが「物語」のヒーローならぬヒロイン、神功皇后《じんぐうこうごう》だった。壹圓《いちえん》、五圓、拾圓《じゅうえん》札すべてに彼女の肖像がデザインされたため「神功皇后札」の通称で流通した。

　ヒロインの名はオキナガタラシヒメ。

「オキナガタラシ」といえば鸕野の祖父オキナガタラシヒヒロヌカ、大王《おおきみ》舒明がパッとあたまにうかぶが、このヒメは、それより四〇〇年もまえに、六九年間もこの国を治めたと『日本書紀』が語るところの気長足姫《おきながたらしひめ》で、人皇のはじめ神武《じんむ》から数えて一四代目にあたる仲哀《ちゅうあい》の皇后《きさき》にして、応神《おうじん》の母となった女性である。『日本書紀』は、彼女に天皇とおなじ待遇をあたえて「紀」を構成しているが、『古事記』の息長帯比売《おきながたらしひめ》は、仲哀の系譜を語るストーリーのなかに抱合されて登場する。

　どちらにせよ、フィクションのなかの人物を描くのはそれなりの困難をともなわざるをえず、原版製作を依頼された大蔵省印刷局のお雇いイタリア人エドアルド・キョッソーネは、「幼いときから聡明叡智で、容貌にもすぐれ、父親がいぶかしがるほど美しかった」という『日本書紀』の叙述を手がかりに、当時「紙幣寮」につとめていた女子工員数人をデッサンして肖像を完成させたと伝えられる。

　キョッソーネといえば、のちに天皇睦仁の「御真影」を描いたことで知られるが、写真撮影されるなんて死んでもイヤ、肖像を描かせるのも絶対ダメのいってんばりだった睦仁の肖像画をこっそり描いたさい、彼はみずから天皇の正服と同じものをつくらせて身につけ、ポーズをとり、それを撮影させてデッサンの参考にした。尊顔はさすがにそうもいかず、天皇の行幸中に隣室からのぞき見してスケッチしたということだが、さんざん手数をかけて描いた肖像画を、さらに写真家丸木利陽《まるきりよう》に撮影させて「御真影」が完成したという。

改造紙幣のオキナガタラシヒメは、キョッソーネの創意によるものか大蔵省の指示によるものかは不明ながら、バリエーションにかかわらずすべて欧風ドレスを身にまとい、気の勝《まさ》った西洋の貴女さながらの風貌をあたえられた。

　血液の流れを感じさせるみずみずしい肌、のびやかな艶をたたえた頬、ガンダーラの傑作を思わせるまっすぐな鼻梁と厚みのある唇、太い首、豊かに張りだした胸……。古代の為政者たちが創造した「物語のなかの人物」が、充実した意思的な近代女性としてよみがえった。

「西の方に国がある。その国は金《くがね》や銀《しろがね》が生《な》る国で、目もくらむばかりの珍宝があふれるほどにある。わたしはいまその国を従え、なんじにあたえてみせよう」

『古事記』に登場する大后息長帯比売《おおきさきおきながたらしひめ》は、神憑《かみがか》りをして天皇にむかって託宣した。帯中日子《たらしなかつひこ》すなわち夫の仲哀が、熊襲《くまそ》を討とうと筑紫に遠征していたときのことだった。

　天皇はしかし神託をうけなかった。「高いところに登って西の方をながめましたが、国土《くに》は見えず、大海原《おおうなばら》が広がっているばかりです」と。

　すると、大后に神憑りした神は怒っていった。

「およそ天《あめ》の下《した》はなんじの統《す》べる国ではない。されば黄泉《よみ》の国への一道《ひとみち》に向かうがよい」

　天皇はたちどころに気取《けど》られ、還らぬ人となった。国をあげて滅罪の大祓《おおはらえ》をいとなみ、建内宿禰大臣《たけしうちのすくねのおおおみ》がふたたび神託を乞うと、神はまたもや大后におりて託宣した。

「およそこの国は、そなたの胎のなかに坐《いま》す御子《みこ》が統《す》べるべき国である」

「畏れ入りましてございます、大神さま。しからば、皇后さまのお胎の御子は、男子女子《おのこごおみなご》いずれでございましょう」

「男子なり」

「まことに畏れ入りましてございます」

　大臣はさらに、大神の名を知りたいといった。すると神はこたえた。

「これは天照大神の御心である。また、われはソコツツノヲ、ナカツツノヲ、ウハツツノヲの三柱の大神であるぞ。いま、まことに西の国をもとめたいなら、天つ神、国つ神、山の神、河や海の神々に幣帛《へいはく》をささげ、わが御霊を船のうえに祀って海を渡るがよい」

　物語のそこかしこにしゃしゃりでてくる大臣建内宿禰《たけしうちのすくね》というのは『古事記』では成務《せいむ》から仁徳《にんとく》まで、『日本書紀』では景行《けいこう》から仁徳《にんとく》まで、じつに三〇〇年以上も朝廷につかえた化け物のような人物で、憲法発布の年、明治二二年にはじめて発行された「改造日本銀行券」の顔となっていらい、昭和にいたるまでたびたび肖像紙幣に登場することになる。頬から顎にかけて白髭をたっぷりたくわえた老爺である。

　さて、神託をうけた大后息長帯比売《おきながたらしひめ》はさっそく軍勢をひきい、船をならべて大海に漕ぎだした。なにもかも神の託宣どおりにととのえて。

　すると海じゅうの魚たちがこぞって船底をもちあげ、背負うようにして海原を走らせた。順風《おいかぜ》も強く吹き、すべるようにして船は運ばれ、波はふくれあがって新羅の国のなかほどにまでおしよせた。

　新羅の王《こきし》は慄《おのの》き、なすすべなく膝を屈した。

「いまよりのちは、天皇《すめらみこと》の命《みこと》のままに御馬飼《みまかい》となり、年ごとに船をならべ、天地のつづくかぎり絶えることなく船を往来させておつかえしましょう」

　これによって大后は、新羅の国を馬飼《うまかい》となし、百済の国を海のむこうの屯倉《みやけ》となした。

　『古事記』の挿話はシンプルだ。しかもいっさいは神力による。神は西の国を「あたえてみせよう」といい、オキナガタラシヒメは神々に幣帛をささげ、神霊を船に祀って海を渡っただけだった。

　かたや『日本書紀』描くところのヒメはいかにも意志的だ。男性的であり、なにより軍事にたけている。大日本帝国「政府紙幣」の肖像の風貌は、キヨッソーネも参考にしたという『日本書紀』の気長足姫《おきながたらしひめ》のほうによりイメージが近い。

「わたしはこれから神　祇《あまつかみくにつかみ》の教《みこと》をうけ、皇祖《すめみおや》の霊《みたま》をたよりとして青海原をわたり、みずから西方《にしのかた》財《たから》の国を討とうと思う」

　そう宣言して、男のように髪を髻《みずら》に結い、群臣をあつめていった。

「軍《いくさ》をおこし、衆《もろもろ》をうごかすのは国の大事である。安危と成敗は、すべてここにかかっている。わたしは女でそのうえ未熟だが、いまかりに男の容貌《すがた》になってしいて雄々しい計略に挑もうと思う。神　祇《あまつかみくにつかみ》の霊《みたま》をこうむって軍《いくさ》をおこし、船団をととのえて高い波をわたり、金銀財宝《くがねしろがねたから》の国に臨まんとする。もし事が成れば、すべてはそなたたち群臣の功績だ。万一成就しないならば、それはわたしひとりの罪である。もはやわたしは覚悟をきめた。ともに征くかどうかは、みなで相談して決めるがよい」

　仲哀九年、神武即位元年を西暦《B.C.》前六六〇年とする『日本書紀』の紀年構成にしたがえば、西暦二〇〇年の四月のことだった。

　同年九月、諸国に発令して船舶をあつめ兵を募った。

「士気が乱れ、軍卒《いくさびとども》がととのわぬときは、かならず敵がすきを突いてくる。みなのもの、戦場にあるときは私欲をすてて、私事への未練をたちなさい」

　皇后は、あつまった軍兵のまえに刑罰の道具である斧　鉞《おのまさかり》をもってたち現われ、号令した。

「敵が少なくとも侮ってはならぬ。多くてもくじけてはならぬ。戦いに勝てばかならず褒美をさずけよう。逃げるものは処罰をまぬがれまい」

胎の子はすでに臨月にたっしていた。皇后は石をとって腰にはさみ、神に祈った。

「わが子よ、事が成って帰還する日にここで生まれなさい」

一〇月三日、軍勢は筑紫の鰐浦を出ていった。おりしも風の神は風をおこし、波の神は波をあげ、魚たちはこぞって船足をたすけた。大風が追い風となって帆をはらませ、船は舵楫《かじ》をつかわずして新羅にいたり、随船潮波《ふななみ》は津波となって国のなかばにおよんだ。

新羅の王はなすすべを知らず、狼狽しながら考えた。「東の方に神国《かみのくに》があると聞く。日本《やまと》という。また聖王《ひじりのきみ》があって天皇《すめらみこと》というそうだ。攻めよせてきたのはきっとかの国の神兵《みいくさ》にちがいない。とてもむかえ討つことはできないだろう」と。そしてただちに白旗をあげて降伏し、白い紐をみずから首にかけて縛《とらわ》れ、国領《くに》の地図と戸籍をさしだし、とこしえの服従と貢献を誓った。

「いまよりのちは永遠に飼部《みまかい》となりましょう。船を絶やさず、春秋に馬の梳《くし》や馬の鞭を献《たてまつ》り、年ごとに調《みつき》を貢《たてまつ》りましょう」

いらい新羅はつねに多くの船をつらね、金、銀、彩色、羅《うすはた》、縑絹《かとりきぬ》を貢いでいる。このことを知った高麗《こま》、百済の王たちもやがて屈伏し、「みずからを西蕃《せいばん》と称し、ながく朝貢を絶やしません」と約束した。

新羅王にこの国を「神国」と観念させ、国号を「倭」ではなく「日本」とよばしめている。その「神兵」たちが戦わずして新羅を屈服させ、高麗や百済はすすんで蕃国としてひざを屈した！『日本書紀』を撰述せしめた、ときの為政者たちの観念のなかにあったいわゆる「三韓」のすがたである。

もちろんこれはフィクションだ。西暦二〇〇年に、新羅と名のつく国は存在しない。百済と名のる国もまた。

ただそれは、半島とこの国のかかわりが有史いらいのものであったことを否定するものではない。文献上にかぎっても、たとえば『漢書』地理志には、紀元前一世紀ごろ倭人が楽浪郡《らくろうぐん》と接触をもっていたことが記されている。また、より史料価値が高いとされる『三国志』の「魏書」東夷伝には、邪馬台国を中心とする倭国が魏や帯方郡《たいほうぐん》、朝鮮半島の馬韓《ばかん》・弁韓《べんかん》・辰韓《しんかん》などの国々とさかんに通交していたことが記されている。

新羅や百済が史上にあらわれるのは四世紀の中ごろのこと。三一三年に高句麗が西晋《せいしん》の楽浪郡と帯方郡を滅ぼしたあとのことだった。

勢いを得た高句麗はおのずから半島を南下する。それを契機としてきずかれたのが新羅であり百済なのである。さきに楽浪・帯方郡と交渉をかさねて成長してきた伯済《はくさい》国が、馬韓五五国の多くを統合して王権を確立した。百済国である。これに触発され連動するように、斯盧《しろ》国が辰韓一二国を統合した。それが新羅国である。

いらい朝鮮半島では、高句麗の南下に対峙する百済と新羅が手をとりあい、ときに中国王朝の介入をまねきつつ抗争をくりひろげることになる。百済や新羅が倭国に交渉をもとめてきたのはそのころのこと、対高句麗戦の後ろ楯をたのみにしてのことだった。

とりわけ百済は、あまたの貢物や質《しち》を送り、倭国から軍事的援助をひきだそうとした。三六九年、高句麗軍をやぶり、三七一年には平壌城を攻めて勝利をおさめ、漢城、いまのソウルに遷都した。そして翌三七二年には、いちはやく東晋に遣使して冊封《さくほう》下に入り、のち倭国に通交をもとめてきた。中国王朝との関係を背景としてその延長線上に倭国をとりこもうという、近肖古王《きんしょうこおう》のしたたかな外交戦術だった。

倭にとってもまた高句麗の脅威は他人事《ひとごと》ではない。高句麗が南下すれば、影響はおのずから金官《きんかん》、安羅《あら》など、加耶《かや》地域におよぶ。それを阻み、ながく鉄の安定的供給を得るべく緊密な関係をたもってきた地域を守ることは、倭の国益にかなっていた。百済であれ新羅であれ、むこうからもとめてきた交渉に応じることは、望むべくこそあれ断る理由はないのだった。

いらい百済との往来は親密となった。外交政策上のかけひきはつきものだから、つねにかならずしも円満であったわけではないにせよ、のち史上から百済がすがたを消す七世紀なかばすぎまでの三〇〇年のあいだ、倭国はもっぱら同国とのあいだに一国中心の交渉をたもってきた。

その間、さまざまな生業の基礎技術、統治のための制度や機構、『千字文』、儒教、仏教、医学、薬学、易学、暦学、寺院の建築技術など、あらゆるものがもたらされた。その見返りとして期待されたのは、いざというときの軍事支援だった。

ひるがえって、新羅とはながく国どうしの正式な通交をもたなかった。百済どうよう、新羅もまた倭国に質を送ってきたことは知られているが、両国のあいだに王権レベルの外交が成立したのはおそく、西暦五六二年に新羅が大加耶を滅ぼし、加耶諸国を併呑したことにかかわってのことだった。倭国が半島への足がかりとしていた安羅が新羅の統治下に陥ち、最後まで加耶諸国を支援しようとした百済にたいして倭国は援軍を派遣した。大王欽明《きんめい》の時代だった。

「新羅を討ちて、任那を封《よさ》し建つべし」

欽明の遺詔をうけ、大王推古《すいこ》の時代には百済、高句麗とむすんで三度兵を興し、一度は海をわたって新羅と戦さをまじえた。

『古事記』や『日本書紀』の描く半島への軍事侵略のターゲットがいずれも新羅であることは、そうしたことの反映とも、両書が成立した八世紀初頭に半島の覇者であったのが統一新羅だったことの反映ともみてとれるが、いずれにせよ、過去、半島諸国はつねに『古事記』にいうところの「目の炎輝《かがや》く種々《くさぐさ》の珍《うづ》の宝」のある国であり、『日本書紀』にいう「この国よりも勝った宝のある国」すなわち先進国だったのであり、彼らとの交渉がヤマト王権の生命線でありつづけたことにかわりはなかった。

　それでも、いや、だからこそ律令国家となったこの国の「正典」は、半島諸国を有史いらいの西蕃といちづけ、ヤマト王権のまえにひざまずき、調《みつき》を貢《たてまつ》る国として語る必要があった。

『日本書紀』神功皇后摂政四七年（二四七）には、新羅の調《みつき》の使《つかい》が百済からの朝貢使といっしょになって来朝した――くどいようだがこの時代に新羅も百済も存在しない。気長足姫《おきながたらしひめ》は七八歳、新羅討伐のときには胎児だった御子誉田別《ほんだわけ》は、四七歳の太子《ひつぎ》となっていた。

　皇太后と太子は、ふたつの国の貢物をしらべた。新羅の貢物は珍宝ぞろいだった。百済の貢物は少ないうえに見るべきものがなかった。

「百済の貢物が新羅におよばないのはどうしてだ」

　問いただされ、百済の使者はこたえていった。途次、道に迷って新羅に入ってしまい、捕えられたうえに貢物を入れ替えられたのだと。

　摂政四九年、皇太后はふたたび西征して新羅を討った。そして比自㶱《ひしほ》、南加羅《ありしひのから》、㖨国《とつのくに》、安羅《あら》、多羅《たら》、卓淳《とくじゅん》、加羅《から》七国を平定し、南蛮の耽羅《たんら》を亡ぼして百済にあたえた。

　百済の肖古王と貴須《むくいす》王子はぬかずいて誓った。

「貴《かしこ》き国の大恩は天地より重く、いつの日までも忘れることはないでしょう。お国には聖王《ひじりのきみ》がいらっしゃり、日月《ひつき》のごとく明らかです。いまわれら臣《やつがれ》は下《しも》に侍り、永《ひたぶる》に西蕃《にしのとなり》となってどこまでも二心《そむくこころ》をもつことはないでしょう」

　そしてさらに孫の流枕《とむる》王にむかってこういった。

「いまわれらが通うところの海の東の貴《かしこ》き国は、天の啓《ひら》かれた国である。それゆえ天恩を垂れて海の西の地を賜った。これによってわが国の基《もとい》は固まった。お前もまた誼《よしみ》をおさめ、産物をあつめて献上することを絶やしてはなるまいぞ」

　のち百済からの朝貢は毎年のようにつづけられた。

『日本書紀』の編者は、朝鮮の史書、とりわけ百済系の史料から近肖古王治世の時代をとりこんで「神功皇后紀」を潤色した。ために、じっさいには西暦三七五年だった王の没年を、神功皇后摂政五五年、西暦二五五年とせざるをえなかった。

　オキナガタラシヒメは、「天皇の物語」になくてはならないモティーフだった。とりわけ、帝国「日本」を語る『日本書紀』においては。しかもそれは、生まれながらに「三韓」をしたがえた王を生むことのできる女性《ひめ》でなければならなかった。歴代「帝紀」のなかに唯一「皇后紀」が存在するゆえんである。

「日本」という国号があらわれない『古事記』は、天皇の治める世界が「天つ神」の関与によって、なかにもアマテラスにささえられて成りたっていることを確信するための物語であり、そこでは、新羅を馬飼《うまかい》、百済を海のむこうの屯倉《みやけ》とさだめ、両国が天皇の世界の一部であることを語ることでことは足りた。

いっぽう『日本書紀』は、イザナキ、イザナミの生んだ大日本豊秋津洲《おおやまととよあきつしま》「日本」が大唐にならぶ大国であり、そのはじめから「神国」「貴国」であり「天啓の国」であったものとして表わし出すための物語である。

そこにつらぬかれる観念はおのずから植民地主義的であり、テーマをになう天皇たちは、「日本」が軍事国家であることを隠さない。それは、彼らが、朝鮮諸国にたいして徹底した威嚇外交をおこなうことにもあきらかだ。相手の非を責めるときはきまって武力を誇示し、討伐をほのめかし、あるいは王や王子の命にかえて謝罪させたりする。

しかもそれらは、「日本」が神明に守護された「神国《かみのくに》」であることによってすべて正当化され、朝鮮の国々に無条件にうけいれられる。

さいしょの新羅征伐では、風の神や波の神の加護をうけた船がすべるようにして海をわたり、舵も櫂もつかわずに新羅についた。天神地祇の助けによって、波は大津波さながら国のなかほどまでのりあげた。新羅王は戦わずに降服した。「東《ひむがしのかた》に神国《かみのくに》有り。日本《やまと》と謂ふ。亦聖王《ひじりのきみ》有り。天皇《すめらみこと》と謂ふ」。その国の「神兵《みくいさ》」であれば、とてもむかえ討つことはできないと。

二度目は百済のために新羅を征伐した。百済王はいった。「海《わた》の東《ひむがし》の貴国《かしこきくに》は、是《これ》天の啓《ひら》きたまふ所なり」と。その天恩に報いるため、のち永《ひたぶる》に西蕃となって朝貢《みつきたてまつ》ろうと。

彼ら諸王の言葉をとおして帝国世界を表わし出すことが、オキナガタラシヒメにたくされた役割だった。

帝国はしかもすでに胎内にある太子治《ひつぎのみこし》らすところの世界である。天皇応神《おうじん》は、孕《はら》まれていながら天神地祇《あまつかみくにつかみ》に「三韓」をさずけられた。つまり、生まれながらに朝鮮を配下におく大国に君臨する。そのような「天皇の物語」を創出すことが、彼女にたくされたもうひとつの大仕事なのであり、ために彼女は皇后でありながら、太子《ひつぎのみこ》の摂政として朝鮮征伐に出かけなければならなかった。西征が徹頭徹尾「神がかり」、すなわち神の教《みこと》にみちびかれ、神の加護と皇祖《すめみおや》の霊《みたま》によってはたされるものでなければならなかった理由もまたそこにある。

「対韓ナショナリズムの女神」としてのオキナガタラシヒメ。

後世、彼女は、神がかりでナショナリズムを煽るときにきまって呼び出されることになる。とりわけ、神国思想が、普遍的な世界観の後ろ楯を失って、国家や民族の優越をやみくもに説くようなものとしてふりかざされるとき、あるいは、独善的な自尊意識と排外主義が支配権力の側から声高に主張される時代には、過剰なまでに粉飾されてかつぎ出され、政治イデオロギー、国家イデオロギーのプロパガンダをになわされる。

そのような時代というのは、おさだまりのごとくこの国が内部にさまざまな問題と矛盾をかかえ、その軋《きし》みと裂け目が露呈することをさけられないときである。

矛盾や対立が、国家秩序の存亡を根っこから問うほどに深刻かつ重大であるときは、「国難」を演出してナショナリズムを喚起する。それが、事の本質を隠蔽すべく権力がおこなう常套だ。

外圧や外敵がまさに眼前にあるときは渡りに船、ないときには仮想の敵を想定して問題の本質をすりかえる。あるいはまた、政策の破綻や国家の過失をあたかも天から降ってきた災いであるかのようにすりかえる。そうやって「国難」を演出し、国民を、個人的な利害をこえた国家の構成員としてそれらの克服のために総動員するのだが、そのさいに、絶大なパワーを発揮するのが、この国では「神国の記憶」なのである。

オキナガタラシヒメの物語《フィクション》がテキスト化されてから一五〇年あまりをへた貞観一一年（八六九）六月なかば、新羅の海賊が博多に入寇し、略奪をおこなうという事件がおきた。五月二六日には、三陸沖の海底を震源とするマグニチュード八をこえる巨大地震が発生し、甚大な津波被害をこうむったばかりであり、その後も各地で地震や風水害があいつぎ、世の中は無惨蒼然たる空気におおわれた。

ときの天皇清和《せいわ》は、神仏の加護をうるべく諸国の寺院に経典の転読《てんどく》を命じ、諸国の神々に奉幣をおこなった。伊勢皇太神宮および軍神である石清水八幡、宇佐八幡には「告《こう》文《もん》」を奉納して国家安穏を祈念した。

「告文《こうもん》」ではくりかえし「神国」が言挙げされた。

神功皇后の新羅征伐いらい、この国は「神国」として畏敬されてきた故実や伝統をもち、天照大神を至尊とするあまたの神々に守護されてきた「神明の国」なのだから、どうぞ神々よ、いまこそその威力をあらためて世に顕現させてくださいと。

「国難」と「神国」とが近親相姦《インセスト》の関係にあるやんちゃな弟とたのもしい姉のように仲良しであるのは理由のないことではない。ゆえに、その基層をなす国家神話の名だたる主人公《ヒロイン》オキナガタラシヒメは、さまざまにバリエーションをかえて蘇生をくりかえすことになる。

さて船どもの艫舳《ともへ》には　五色の幣《へい》をはぎたてて

神風涼しく吹きければ　魔縁魔界も恐るべし
昔のたとえを引くときは
神功皇后の新羅《しんら》を攻めさせたまひしとき
神集《かむあつ》めして向かわれしも　かくやと思い知られたり

朝廷の命をうけて蒙古《むくり》退治に出かけた主人公が、苦難のはてに末繁盛《すえはんじょう》するというストーリーをあげればごまんとある。モティーフにはかならず神功皇后の「三韓征伐」が二重写しとなる。

「そもわが朝《ちょう》と申すは、国は粟散辺土《ぞくさんへんど》にて小さしと申せども、神代《じんだい》より伝われる三つの宝。これ天下の重宝にて、異国より九夷《きゅうい》おこって欺けども、神国たるによりて亡国となすこともなし。神風涼しく吹きければ、魔縁魔界も恐るべし。昔のたとえを引くときは……」

そううたいつつ八万艘《ぞう》の軍船と六十余州の神霊たちをひきいて海を渡る百合若《ゆりわか》大臣。

古代ギリシアの神話的叙事詩ホメロスの『オデッセイ』を翻案したともいわれる曲舞《くせまい》本『百合若大臣』や、江戸の趣向をもりこんだ近松モノ『百合若大臣野守鏡《のもりかがみ》』などテキストとして流布したものもあれば、壱岐の巫女《みこ》が語った百合若説教、軍神《いくさがみ》八幡神にまつわる縁起物や霊験譚、中世庶民の耳目を楽しませた説教節《せっきょうぶし》や舞語《まいのかたり》などもある。蒙古退治のモティーフは、呪的パフォーマンスをともなった口承から読本《よみほん》へ、さらには浄瑠璃の台本へとうけつがれ、この国の文芸世界に一脈をたもってきた。

たとえば南北朝のころ、元寇の記憶がまだ生きている時代には、歩き巫女《みこ》や声聞師《しょうもんじ》らの雑芸《ぞうげい》にとりいれられて各地でそれらは語られた。

朝鮮半島では高麗《こうらい》の末期にあたるこの時代、国内の乱れに乗じて発生した倭寇《わこう》が、半島や中国沿岸で漕運船や港湾を襲撃し、破壊と略奪をほしいままにした。中心をになった日本人のなかには、元寇のさいにモンゴル軍とその配下にあった高麗軍に住民を虐殺された、対馬や壱岐、松浦、五島列島などの人々が多くあった。彼らの怨念と復讐心は、海賊行為をいっそう容赦のないものにした。

文永の役、弘安の役。二度の蒙古襲来こそは、神仏の加護が――明治政府が発足まもない一時期、生木《なまき》をひき裂くように力ずくで神と仏をひき裂くまでは、この国の神と仏はいつも蜜月の関係にあった――世界の帰趨を決定するという理念が、はからずも実証された歴史的大事件だった。

四百余州《しひゃくよしゅう》をこぞる　十万余騎の敵
　国難ここにみる　弘安四年夏のころ……

「神国の記憶」。一九四三年（昭和一八）の蒼ざめた秋。土砂降りの神宮外苑で「生きて還らぬ」ことを誓った学生たちも高唱した歌がある。日清戦争のときに大いにもてはやされた軍歌「元寇」だった。

こころ筑紫の海に　波おしわけてゆく
　ますら猛夫《たけお》の身　仇《あだ》を討ち帰らずば
死して護国の鬼と　誓いし筥崎の
　神ぞ知ろしめす　大和魂《やまとだま》いさぎよし

近代の高等教育をうけた彼らも、死戦《しにいくさ》をまえにして国難を歌い、神を歌い、大和魂を歌った。

ふるえるような静けさとともに降りてくる霜月の宵闇。見あげればこぼれ落ちんばかりの星屑。そのしたに風をうけてゆらめく提灯《ちょうちん》、なびく幟旗《はた》。宮城前広場には篝火と歌とバンザイが連日たえることなく、したたか酒をあおった情熱が怒涛のようにうずまいた。

「ああ玉杯に花うけて……」

　黒紋付に角帽の集団が下駄を踏み鳴らして歌っているかと思えば、赤褌《あかふんどし》の一群が「弘安四年夏のころ……」を乱舞する。褻《け》にあれば醜悪でしかなかっただろう不ぞろいなパフォーマンスは、涙と高笑いが交錯するかなしい群像にはかえってつきづきしく、哀観に興趣をそえていた。

「行って死んで来いよお！」

「おれたちもすぐに行くからなあ！」

　はなむけを贈り贈られて、つぎつぎと青年たちは東京を去っていった。

　四百余州《しひゃくよしゅう》をこぞる　十万余騎の敵
　　国難ここにみる　弘安四年夏のころ……

高麗をベースキャンプとする東路軍四万人、元《げん》の江南をベースキャンプとする江南軍一〇万人、軍船の数およそ四四〇〇艘。文永の襲来をはるかにうわまわる大軍勢が博多におしよせた弘安四年（一二八一）の夏。絶体絶命のピンチをすくったのは大風だった。

　七月三〇日夜半から翌閏《うるう》七月一日にかけて吹き荒れた大風は、博多湾をうめつくしていた大船団を木の葉のように翻弄し、一夜にして壊滅させた。通過したのは、中心気圧九三八ヘクトパスカル、最大瞬間風速五五メートル、平均四〇メートルぐらいの大型台風だっただろうとの推計もあるほどだが、とにもかくにも外敵をひと吹きにした大風は、当然のように神威の顕現と解釈された。

　当然のように……。

「そもわが朝と申すは、神明の護りたまう国により、亡国となすことなし」をアプリオリのものとして信じてきたこの国の人々が、国難に瀕してまずおこなったことは諸国の神々への祈禱だった。

　たとえば、当時、世俗権力から絶大な信をうけていた西大寺流真言僧叡尊《えいそん》が軍神石清水八幡宮《いわしみずはちまんぐう》におもむいて、蒙古の軍船を本国に吹きかえすよう祈禱したように、国じゅうの名だたる神社・仏閣、僧侶をあげて異敵調伏の祈禱合戦がくりひろげられ、競うように神々の霊験のあらたかさが喧伝された。貴きも賤しきも、というより、為政者が先頭にたって「神々の戦争」にのめりこみ、神がかりをエスカレートさせていった。

　はたして奇蹟はおこり、国難をひと吹きにした。その風を「神風」と称して狂喜したのは必然というべきだった。「神風」による大勝利。それはこの国が「神国」であることの証しだった。

　たちどころによみがえる「神国の記憶」。それは、朝鮮諸国をひざまずかせ服従《まつろ》わせた帝国大日本《おおやまと》の「天皇の物語」のなかの記憶である。風の神、波の神の加護をうけ、すべるように船を走らせて三韓征伐におもむく神功皇后。三韓を平らげてまもなく産声をあげた応神天皇……。ゆえに、「神国」を確信することは、そのまま朝鮮を蔑む観念とむすびつく。

　弘安の役ののちまもなく成った『八幡愚童訓《はちまんぐどうきん》』。そのなかで語られる神功皇后の新羅征伐は、仇討バージョンにすりかわる。元寇に加勢した高麗への怨みが反映したものだ。

　仲哀天皇の御世のことである。異国が攻めてきた。天皇は長門《ながと》の豊浦《とゆら》まで出陣して戦ったが討ち死にしてしまった。アマテラスは皇后に託宣した。

「三韓が攻めてくるまえにこちらから向かいなさい」

　皇后はさっそく船を造らせ、軍団をひきいて出兵した。梶《かじ》とりをしたのは志賀島《しかのしま》大明神、大将軍は住吉大明神、副将軍は高良《こうら》大明神。はたして、皇后は新羅を討ち、三韓を降服させた。

「われらは日本国の犬となって日本を守護しましょう」

　新羅王はそういって神功皇后のまえにぬかずいた。皇后は弓のハズで石に刻んだ。「新羅ノ大王ハ日本ノ犬也」と。

　『古事記』や『日本書紀』のなかではまだしも金銀宝の生《な》る国であった新羅はついに犬畜生に転落した。おりしもイデオロギー色の強い宋学が伝わり、忠君忠孝がもてはやされた時代のこと、仇討は非道ではなく美行であり、報復は侵略とは無縁だった。

　南北朝末期に成った『太平記』巻三九「神功皇后攻新羅給事」では、天皇仲哀みずからが「高麗の三韓」を討つため出兵する。彼はすぐれた徳と超人的な武力をそなえた天子である。

「高麗の三韓」というおかしな表現は、当代の人々の観念や心情、つまり元寇のさいの高麗軍や、倭寇のとりしまりを幕府に要求してきた高麗へのいまいましさがにじみ出したものだろうが、物語のなかの仲哀は、三韓を討つことあたわずして帰国する。

　その失敗をみて奮いたった神功皇后。しかるべき者に砂金三万両をもたせて中国へ送りこみ、戦略と戦術を説いた秘書一巻を手に入れさせた。そして天神地祇《あまつかみくにつかみ》、八百万神々《やおよろずのかみがみ》に祈禱をささげ、みずから大将となって軍船三〇〇〇隻をひきい、「三韓の夷《えびす》」を討ちに出兵した。三韓は「夷」。すなわち、征伐して服属させ、王化《おうか》をほどこさなければならない未開、野蛮の国々なのだ。

『八幡愚童訓』も『太平記』もひろく貴賤をこえて享受され、多くの人々を楽しませた文芸だったから、テキストバージョンも豊富にあった。なかにも、諸国の八幡宮が、八幡神の霊験神徳のあらたかさを誇示するために独立させたストーリーは、「応神天皇＝八幡神」の縁起として各地の興業で語られ、もてはやされた。

声聞師《しょうもんじ》や猿楽法師《さるがくほっし》、白拍子、歩き巫女《みこ》、鉢叩《はちたたき》など、七道物とよばれる「移動大衆メディア」が大いにひと役かった時代だった。彼らエンターティナーを、京ならさしずめ清水寺や妙法院といった大寺がスポンサーとなって集め、曲舞《くせまい》フェスティバルのような勧進興行をもよおした。

語りのなかの神功皇后は、中国伝来の英雄伝や武勇譚さながら、スーパー・ナチュラルパワーをもつ干珠や満珠をあやつって、海原を陸地に、陸地を海原にかえ、まさにスペクタル仕立ての大わざで敵の大軍を殲滅させた。

「干珠満珠《かんじゅまんじゅ》の玉《たま》を献《けん》じ夫《それ》から程《ほど》なく彼地《かのち》に着《つき》たまへば三韓《さんかん》王《おう》はこれ日本《ひのもと》の神兵《しんぺい》なりと恐《おそ》れてさらに拒《ふせ》ぐをあたはず忽《たちまち》出《いで》て降参《かうさん》しその時皇后《ときこうごう》石の柱《はしら》に三韓王《さんかんおう》は日本《ほん》の犬《いぬ》なりと弓《ゆみ》にて書《か》つけたまふ是犬追物《これいぬおうもの》の起《おこ》りなりと云《いふ》」

これは、中世語りの一節ではなく、幕末の奇想の絵師、歌川国芳《うたがわくによし》描くところの錦絵《にしきえ》「名高百勇伝　神功皇后」の背景に配された解説文字の一部である。『八幡愚童訓』や『太平記』から五〇〇年のちの「極彩色メディア」錦絵のモティーフとしても神功皇后の人気は絶大だった。

国芳がこれを描いたのは弘化一年（一八四四）、フランス船が琉球にやってきて通商をもとめ、オランダの使節コープスが国書をたずさえて長崎に来航し、幕府に開国をせまった年にあたる。

のち毎年のようにやってくる欧米列強の脅威。排外ナショナリズムが昂揚し、それが国学や復古神道、天皇制ナショナリズムと結びつき、対韓ナショナリズムとなって結晶する。

「太陽は昇っているのでなければ西に傾いている。月は満ちているのでなければ欠けつつある。おなじように、国家も隆盛にないときは衰えている。したがって、よく国をたもつということは、ただ持てるところのものを失わないということではなく、欠けているところを増すことなのだ」

そう説いたのは、幕末の尊皇志士たちに圧倒的なインパクトをあたえた、というより、維新以降の強兵政策にいっそう大きな影響をおよぼすことになった思想家、吉田松陰だった。

「いま大至急軍備をかためるため、軍艦や大砲をそなえたならば、蝦夷の地を開墾して諸大名を封じ、すきに乗じてカムチャッカ、オホーツクを奪いとり、琉球を諭して内地の諸侯どうよう参勤させなければならない。また、朝鮮をうながして昔のように貢納させ、北は満州の地を割きとり、南は台湾、ルソンの諸島を手中におさめ、進取の勢いをしめすべきだ。それをおこなったあとに民を愛し、士を養い、辺境の守りをかためれば、よく国を保持したといいうるのである。それをせずに、諸外国の競合のなかにあってただ手をこまねいているようでは、やがていくばくもなく国は衰亡していくだろう」

その彼が、「皇朝にて神功皇后の三韓を征し、時宗《ときむね》の蒙古を殲《ほろぼ》し、秀吉の朝鮮を伐《う》つ如《ごと》き、豪傑と云ふべし」といい、「朝鮮のごときは、古事我に臣属せしも今はすなわちやや倨《おご》る。もっともその風教を詳《つまび》らかにして復せざるべからず」と主張したことに象徴される侵略肯定論を、目にモノをいわせるかたちでちまたに普及させるに功あったのは、ベストセラーともなれば人口一〇〇万人の江戸で七八千《しちはっせん》枚も売れたという「極彩色メディア」の絵師たちだった。

彼らは競うように三韓征伐、蒙古退治、朝鮮出兵を画題にした。

葛飾北斎《かつしかほくさい》の「神功皇后三韓退治図会十六連作」、凱旋した神功皇后を描いた安藤広重《あんどうひろしげ》の「高砂尾上相生松之由来」、歌川国貞《うたがわくにさだ》の「神功皇后」、橋本貞秀《はしもとさだひで》の「神功皇后三韓伐随就給之図」「神風蒙古退治」「太平記朝鮮征伐行軍図」、歌《うた》川国綱《がわくにつな》の「佐藤正清虎狩之図」、歌川芳員《うたがわよしかず》の「正清公虎狩之図」、月岡芳年《つきおかよしとし》の「真柴久吉公名護屋陣先手緒将繰出之図」、長谷川貞信《はせがわさだのぶ》の「神功皇后三韓征伐恩調煉之図」。

名のとおった絵師たちの作をあげるだけでもきりがない。「佐藤正清」はもちろん加藤清正、「真柴久吉」は豊臣秀吉。歌舞伎の「太閤記」が名古屋以東では公演されなかった徳川の世、東照宮のご威光に翳りがきざしたとはいえ、まだしもそのていどの自主規制をおこなうのは版元の良識だった。

それが王政復古によってフリーとなった。

いちばんに手を染めたのは木戸孝允だった。慶応四年、鳥羽・伏見の戦いのあとはやばやと薩長の勝利を確信した木戸は、白粉《おしろい》をおとし、童服を脱いだばかりの天皇の名をかりて「豊臣秀吉顕彰の御沙汰書」を発し、秀吉を、海外に皇威をとどろかせた英雄へと変身せしめた。朝憲が復古したいま、その勲功を万世不朽に顕彰しなければならないというのだが、その意図が「秀吉顕彰」ではなく「外征」にあることはあきらかだった。

安政の不平等条約で対欧米開港にふみきった日本のジレンマを近隣アジア諸国にしわ寄せし、「魯墨に失うところは、朝鮮、満州、台湾から奪うことであがなうべきだ」と主張したのは松陰だったが、彼の征韓遺訓は、明治新政府にとってまさに現実の課題となった。

政府内の「強兵」派の最右翼には台湾出兵を契機とした

対中戦争論があり、おなじく樺太出兵を契機とした対露一戦論があって、最左翼にあるのが征韓論だった。両者のあいだに振幅はあったにせよ、また、「強兵」よりも「富国」、「外征」よりも「内治」を優先する政治勢力とのあいだに対立はあったといえど、いずれ日本を東アジア最大の強国にすることをめざすことにおいて異論のある者はなかった。

この国の「正史」、政府の「正典」である『古事記』『日本書紀』において朝鮮は、天皇応神《おうじん》の三韓征伐いらい大日本帝国の付属国だった。華夷秩序の論理からすれば朝鮮諸国は一等下の国なのだ。

物語のなかの「神国の記憶」がよびさまされ、虚構が復活、いや現実となりつつあった。すなわち、八世紀はじめの為政者たちがもとめた観念上の「古代」に、維新のリーダーたちが一九世紀後半の「現在」を容れようというのである。

新政府の対朝鮮外交はまず、徳川将軍家から維新政府へと政権が交代した事実を李氏《りし》朝鮮に通告することからはじまった。

とはいえ、文化八年（一八一一）に通信使外交を停止してから半世紀、政府は独自の外交ルートをもたなかった。そのため、慶応四年（一八六八）三月二三日、対馬藩主宗《そう》義達《よしあきら》あてに「王制御一新通告の命令書」を下し、従来の慣例にのっとって外交権をもつ対馬藩が使者を派遣した。

改元あって明治元年となった同年（李氏王朝では高宗五年）のすえ、「戊辰書契《ぼしんしょけい》」とよばれる外交文書二通が朝鮮側にわたされた。

先問使がたずさえた一通目の書契には、王制御一新によって日本の政権が皇室に帰一したこと、朝廷の加爵により宗家当主義達《よしあきら》の官職がかわったこと、そしてそれまでもちいてきた図書《としょ》をあらため、書契には朝廷から賜わった印を押したことが記された。

図書というのは、宗氏が李氏朝鮮国王からさずけられた銅印で、勘合印《かんごういん》として機能していた。それを今回はもちいなかったというのである。

なんとなれば、このたびの通告は朝廷の特命によるものであり、「私によって公を害する」つまり、対馬と朝鮮の私的な関係によって日本の朝廷から命じられた公的な役割を損なうことはできないからだという。もともと宗氏が朝鮮国王の厚誼《こうぎ》にあずかってうけた図書であってみれば、簡単にかえられるものではないことを承知してはいるが、やむをえない事情をどうか理解してほしいと、まわりくどい釈明もつけくわえられた。

対馬では米がとれない。宗家の家格は一〇万石だが、九州本土にかたちばかりの領地をあたえられて米を送らせてはいるものの、藩の人口の半数を食べさせられない状態にあり、朝鮮との貿易米——といってもじっさいは、対馬の産物を朝鮮にしぶしぶ米で買いあげてもらっていた——がなければ、藩は生きていくことができなかった。つまり朝鮮に恩恵をほどこされていたというわけだ。

その象徴ともいうべきものが図書だった。毎年歳遣船《さいけんせん》を送って貿易をおこなうために不可欠な勘合印は、対馬にとって命綱さながらだったが、いっぽうでそれは、彼らが朝鮮から蕃国どうぜんのあつかいを受けている屈辱の証しでもあった。対馬藩は「王制御一新通告」の命を利用した。彼らはそれを「勅命」と書契に記すことで、朝鮮にたいし、対馬藩が日本の皇室の臣下であることを示してみせた。朝鮮との関係にトラブルをもちこむことも、朝鮮からの経済援助が中断されることも承知のうえで。

もちろん、そんな手前勝手が通用するはずはなかった。朝鮮との交渉を「私交」だといい、朝鮮国王に請うてあたえられた図書を、授与された側から破棄するという。書契にはしかも、「皇室」というゆるしがたい表現がつかわれていた。李王家にとっての「皇」すなわち皇帝は宇宙にただひとり、中国の皇帝以外にありえなかった。

新政府の命をうけて派遣した大差使《だいさし》がたずさえた二通目の書契には、日本国が「皇祖連綿」と一系をうけついで治世をおこなって二〇〇〇年あまりになり、中世いらいしばらく兵馬の権が将軍にゆだねられ、外交もまたどうようだったが、このたび王制に復したので、すえながく懇款友誼を結びたいという「皇上之誠意」が記された。

「皇祖」「皇上」！皇帝を僭称するなどは、なんたる礼儀しらず。朝鮮政府は、いずれの書契もうけとりを拒絶した。

維新後の対朝鮮外交は、その第一歩からつまずいた。危機感をいだいた政府は、独自のルートを模索するため実態調査にのりだした。彼らには、日朝外交そのものについての知識も情報もなかったからだ。

はたして、対馬藩が、あたかも日朝に両属しているようなあいまいな立場にあることが判明した。朝鮮の図書を受けていることは、朝鮮の臣下であるにひとしく、さらに歳《さい》賜米《しまい》として毎年五〇石を給与されていることは、朝鮮にたいし臣礼をとっていることの証しにほかならなかった。

ここにきて、対馬藩の屈辱は明治政府の、いや神州皇国の屈辱だと理解された。対馬のナショナリズムが、日本国のナショナリズムに包摂された瞬間だった。

それでなくても、「使節を朝鮮に派遣し、彼の無礼を問ひ、彼若《も》し服せざるときは罪を鳴らし其土を攻撃し、大いに神州之威を伸張せん」というスタンスを、そもそものはじめからもっていた新政府だった。さっそく外務省吏員による正式な使節団を派遣して交渉を開始した。「戊辰書契」のうけとり拒否から二年半のちの明治三年（一八七

○）一〇月のことだった。

その後、明治八年にいたるまでに、政府は三通の書契を作成した。

いずれにも新印がもちいられた。のみならず、国号を「大日本国」とし、正文を日本語にあらため、「天子」や「皇上」「奏勅」などといった文言をへいぜんともちいて、日本国皇帝が朝鮮国王よりも上位にあることをことさらにした。

朝鮮がそのつど受領を拒んだことはいうまでもない。

書契は一点一画もおろそかにしてはならず、「不易不規」を守ることが互いの「誠信」の証しである。李氏王朝と日本は、三〇〇年来隣国どうしの対等な外交をたもってきたのであり、日本が王制に復《かえ》ろうが復《かえ》るまいが、国内の論理をふりかざして、外交の枠組みを「交隣」から「華夷」の関係に転換するなどはもってのほかだと。

非道理をおしつけて挑発をつづけたのは日本政府だった。にもかかわらず、朝鮮が国交を拒否するたびに「征韓」の大合唱がわきおこった。

一八七五年（明治八）四月、三度目の書契受けとりを拒否された外務省交渉団は、武力示威による積極策をひそかに政府に上申し、軍艦の派遣を決定。五月すえには「雲《うん》揚《よう》」「春日《かすが》」「第二丁卯《だいにていぼう》」を予告もせずに釜山に入港させ、艦砲の発射演習をおこなって官民を威嚇した。かつての「黒船」の脅威を、朝鮮にたいしてあたえたというわけだ。

ちなみにこの年一月一二日には、清国では皇帝同治《どうち》が没し、光緒帝《こうしょてい》があらたに即位していた。

九月、航路調査をかねて二度目の示威航海にでた「雲揚」は、首府漢城の北西岸、漢江の河口にある江華島《こうかとう》の砲台に接近し、挑発行為をおこなった。それにのせられるかたちで朝鮮側がさきに発砲し、江華島事件が生起した。

さきに砲撃をくわえたのは朝鮮にちがいなかった。が、「雲揚」も砲台を発砲攻撃したのみならず、陸戦隊を上陸させて永宗鎮《えいそうちん》を占領し、戦利品と称して略奪品を運び出した。つまり、やりすぎるほどに報復した。「雲揚」は長州藩がイギリスから購入した近代的な砲艦だった。挑発する側とされる側。そもそもの軍備、兵力の差。さきに発砲した朝鮮側の死者は三五名、捕虜一六名、日本側は負傷者二名、損害はゼロにひとしかった。

軍事力行使の規模からしても痛み分けで決着していいはずの衝突だったが、日本のお家事情と台所事情がそれをゆるさなかった。

前年には三六〇〇人の兵力を台湾に出し、五か月間駐留させたことで巨万の現貨を軍事費として投入した。ここでさらに朝鮮と戦争をするということになれば国庫の金貨銀貨が底をつく。戦端をひらくことはさけねばならなかったが、いっぽうには、目的を達せずに徹兵を余儀なくされた台湾出兵の不完全燃焼を不服とする、鹿児島の西郷派や政府内の薩派、陸軍などによる対外強硬論は根づよくあり、その圧力をかわしきれない政府は、富国政策を棚上げしてまで台湾出兵を断行したのとどうよう、今度もまた強硬姿勢を示してみせないわけにはいかなかった。

方法はひとつ、戦争回避を前提とした砲艦外交をおこなうことだった。

日本政府は、「雲揚」を西洋艦と誤認したため発生した不幸な事故だと主張する朝鮮政府に、公式な謝罪をせまって引かなかった。軍事衝突がおこってしまった以上、この事件を「ペリー提督の故智に倣った平和的開国」の押しつけに利用できればそれにこしたことはない。そう考えるのは外征派でなくてもおなじだった。

一二月、内務卿大久保利通は、日本版「ペリー提督」として夕カ派の陸軍中将兼参議黒田清隆《くろだきよたか》を特命全権弁理大臣、ハト派の井上馨《いのうえかおる》を副全権弁理大臣に任じ、半数を陸軍士官が占める文・武官三〇名からなる朝鮮遣使を編成、艦船六隻に八〇〇人の護衛兵を乗せて海を渡らせた。

すでに江華府には、予備交渉のために渡韓した外務省官吏に随行として四〇〇〇人の軍兵が送られており、釜山港に軍艦「春日」「第二丁卯《だいにていぼう》」を碇泊させて兵を上陸させ、抜剣、放銃による民間への威嚇と侵害をくりかえしてもいた。

また、戦争回避とはいいながら、下関には陸軍卿山県有朋《やまがたありとも》ひきいる遠征軍を待機させ、いざというときにもそなえていた日本は、朝鮮側の非を責めては要求をつきつけ、武威をちらつかせて侵攻をほのめかし、ついに、片務的不平等条約「日朝修好条規」を締結することに成功。領事裁判権、無関税貿易権、日本貨幣流通権を掌中にしたことはもちろん、釜山《プサン》のほか元山《ウォンサン》、仁川《インチョン》を日本の商民に開くことを約束させた。

一八七六年（明治九）二月二六日のことだった。

あたかもそれは、三韓をひざまずかせた神功皇后の物語を現代によみがえらせたかのような快事だった。

のち日本は、朝鮮の対外貿易のほとんどを独占し、朝鮮の土着産業に打撃をあたえ、深刻な食料危機におとしいれ……、あらゆる優越的立場を利用して朝鮮侵略への道をひたはしることになる。

この間、新政府は、台湾出兵の口実につかったはずの、すなわち「日本国属民等」に「生蕃」が害をくわえたことにたいする「保民義挙」としての軍事侵攻を、「琉球のためにあえておこなった」のだと強調して琉球に恩を着せ、「謝恩」の使節派遣をもとめるとともに、清国との冊封・朝貢関係を一掃し、日本の元号をもちいること、那覇港に日本の鎮台支営《ちんだいしえい》つまり軍事基地をおき、職制や法制を日本の府県とおなじにあらためることなどを要求して圧力をかけたが、五度、六度、琉球がそれを拒んで交渉は決裂。

彼らがさらに抵抗をつづけたため、七九年（明治一二）

三月にはついに、内務大書記・琉球処分官松田道之《まつだみちゆき》に一六〇人の警察官と、熊本鎮台の兵士四〇〇人をつけて送りこんだ。

琉球サイドにしてみれば、日・清に両属する主権国が日本国の「藩」とされ、国王は「藩王」、国民は「天皇の臣民」だとされ、外交権を接収され、さらに司法権、官吏任命権、立法権を奪われ、軍事基地まで押しつけられるなど、あらゆる主権を根こそぎにされるような要求を容《い》れられるはずがないのだった。

しかし、三月二七日、武威を楯にして首里城に入った松田は、城の開け渡しと廃藩置県を布告した。琉球側は、嘆願書を出してなおも抵抗をこころみたが、眼前の軍事威嚇のまえになすすべなく、二九日の夕刻、藩王は轎輿《きょうよ》に駕せられ、近侍の臣士ら数十人をひきつれて城を出た。

これらいっさいの「処分」は、国内にたいしても極秘にすすめられた。清国公使に情報が漏れることをおそれたためである。

琉球藩に廃藩置県が公布され、沖縄県になったことがおおやけにされたのは四月四日のこと。五日には、鍋島直彬《なべしまなおよし》に沖縄県県令として赴任すべく発令がくだされた。

朝鮮では、一八八二年（明治一五）七月、壬午《じんご》事変とよばれる反日暴動が勃発した。「江華条約」体制への反撥が、対日軟弱外交をつづける朝鮮政府への反撥となり、軍料不払いに憤激したソウルの軍人たちの叛乱がきっかけとなって暴動は火を噴いた。同月二三日、暴徒は日本公使館を襲撃し焼きはらった。

はたして、朝鮮は代償として「日朝修好条規」の追加条項をのまねばならないはめになり、日本人居留地の拡大、市場の追加、公使館員の朝鮮内地遊歴、軍隊駐留権を認めることになった。「済物浦《さいもっぽ》条約」の調印である。

日本では「征韓」が嵐のようなムーブメントをまきおこした。

しきしまの日本心《ヤマト》を世にしめす
ときにあうことぞいともうれしき

マスコミは大キャンペーンを開始した。七月三一日から一〇月半ばまでの三月《みつき》半のあいだに、『東京日日』は六五本、『東京横浜毎日』は四九本、『自由新聞』は二五本、福沢諭吉の『時事新報』は六九本もの関連記事を掲載し、そのほとんどが出兵論、開戦論、懲罰論でしめられたという。『日の出』『朝野』もこぞって低俗な悪口雑言を濫発。「神功皇后三韓征伐」「加藤清正虎退治」の挿絵が猛々しく紙面をかざってはもてはやされた。

「官憲・新聞、軍門に降《くだ》り」を地でいくようなメディアの狂騒に、やんややんやの喝采を送ったのは大衆だった。和歌、俳句、川柳欄は投稿であふれかえり、新聞社あてに「献金願」や「従軍願」をとどける頓珍漢もあとをたたなかった。

　えびす等にやまと刀の切れ味を
　　いざ知らしめんときぞ来れり

腕をふるったのはまたしても絵師たちだった。橋本周延《はしもとちかのぶ》が閔妃《びんひ》と大院君《だいいんくん》をえがいた「朝鮮変報録」で歓心をさらえば、小林清親《こばやしきよちか》が「朝鮮大戦争之図」と銘打って壬午軍人暴動をえがき、人々を昂奮させた。

　歌川国利《うたがわくにとし》の「朝鮮暴徒記」、国松《くにまつ》の「朝鮮暴徒防御図」、永嶋虎重《ながしまとらしげ》の「朝鮮事件」。豪華挿絵入り読み本のごとく、解説文をぎっしりと入れた内田庄兵衛《うちだしょうべえ》の「朝鮮変報話」、済物浦《さいもっぱ》条約調印をえがいた尾崎年種《おざきとしたね》の「朝鮮事変治大吉報之図」、人気歌舞伎役者を配して評判となった豊原国周《とよはらくにちか》の「鶏林始末」、守川周重《もりかわくにしげ》の「朝鮮済物浦図」……。キャンペーンのあいだの注文につぐ注文に、版元の刷立てが追いつかぬほどだったという。

　「文明・先進の日本」ヴァーサス「野蛮・劣等の朝鮮」。朝鮮排外の国論が上下をあまねくおおい、対韓ナショナリズムがうなりをあげた。

　一八八一年（明治一四）に政府が発行したはじめての肖像紙幣の顔にオキナガタラシヒメがえらばれ、「神功皇后札」の名で流通したのは、まさにそうした時代の動きと軌を一にしてのことだった。

　そのころにはもう神功皇后は「人皇十五代」として歴史のなかに確たる地位をしめていた。彼女が実在したことを疑う者はないほどだった。

　英国製砲艦「雲揚」が江華島の砲台に大砲をぶっ放した一八七五年（明治八）に発行された『師範学校日本歴史』にも、もちろん「第十五代神功皇后」の項があった。

「……遂ニ新羅ヲ征ス。新羅王降リテ金、銀、絹、帛ヲ船八十艘ニ載セテ献ズ。之レヲ朝貢ノ定額トス。是ニ於イテ高句麗、百済ノ二国モ降ル。之レヲ三韓トス。今ノ朝鮮国是ナリ」

　有史以来いちども日本に服属したことのない朝鮮諸国の降服を歴史事実とし、「三韓」イコール「今の朝鮮国」であることが念押しされている。

　「歴史・地理」が独立した学科となり、「修身」「読書・習字」「算術」につぐ基本科目とされたのが、一八七九年（明治一二）九月二九日に公布された「教育令」によってであったことは、この国の歴史教育にとってはなはだ不幸なことだった。明治五年に布かれた「学制」が、自由主義的色彩が濃く、理想にはしりすぎて実現の見通しがたたないという理由で廃止されたのだ。

　教学だけではなかった。あらゆるジャンルで啓蒙的風潮が邪悪視され、自由と名のつくものが手のひらを反したように斥けられる。維新いらいの革命性が後退し、開化的精神が一掃され、保守的反動的転換がはかられる……。そのターニングポイントとなったのが一八七九年から八〇年にかけての時期であり、それは、創造のための破壊をくわだてた維新の立役者たちがリードした「変革の時代」の終焉でもあった。

「それ人民、政府に対して租税を払うの義務ある者は、すなわちその政府のことを与知可否するの権理を有す」

有司専制《ゆうしせんせい》を廃し、納税者を主人とする「民選議院」を設立せよ。税をとった経験しかないひとにぎりの官僚による独裁政治を批判し、「民選」の代表者による議会の設立をもとめた「建白」を、板垣退助《いたがきたいすけ》らが政府に提出したのは七四年（明治七）一月一七日のこと。その画期性は、憲法制定や地租軽減、言論・集会の自由の保障をもとめる自由民権運動の潮流をおしあげる端緒となった。

西洋渡来の「スピーチ」なるものを見よう見まねでやりだしたのもこの年で、まもなく訳語の「演説」が普及し、女性も子どもも聴きにでかけてもちきったという政談演説は大ブームとなり、あまたの民権派スターが登場した。

いっぽう、「御親兵」の武力を楯《て》に廃藩置県を断行し、兵権と財権を旧藩主の掌から政府に移行させたうえは、国家公法の制定なしに政府の正当性をたもつことはできないと、そう考えた木戸孝允《きどたかよし》たちは、政府と議会の双方をしばる基本法としての「憲法」の必要性をさかんに説いた。

議会がさきか憲法がさきか。民権の時代、言論の時代がすぐそこまでおとずれているかのようだった。

しかし、板垣たち議会開設派の目的は、現存の政府の権限を制限することにあり、木戸たち憲法制定派の目的は、「双方をしばる」というよりはむしろ議会の権限を制限することにあった。彼らは、しかるべく君権を確立し、民権の野放図な伸長をおさえて国家の基礎をかためることを第一とし、議会はそのあとじっくり時期をみはからって開けばよいと考えていた。

議会の必要をいいながら、両者の足並みのそろうはずはなかった。

七五年（明治八）四月一四日には、「上院」として元老院を、「下院」の第一歩としてさしあたり全国知事会議をもうけ、「漸次に国家立憲の政体を立て」ることを公約した「詔勅」を得るところまではどうにか事をはこんだものの、協調路線はみいだせず、ただでさえにっちもさっちもいかないところへ、九月には江華島事件がおこり、対外強硬派のさけぶ「征韓」がふたたび現実問題となった。

巨万の現貨を投じた台湾出兵が、清国に賠償金を支払わせることで収束し、対中戦争も辞さずという外征派をどうにか抑えることができたのもつかのま、こんどは朝鮮にたいして砲艦外交をおこなわねばならず、これを和製ペリー流平和的開国の押しつけで態よくしのいだと思いきや、年もこさぬうちにせまられたのは内乱の危機だった。

七六年（明治九）末にかけては、地租の軽減をもとめる農民一揆が続発。その動きが、西郷や板垣とともに薩摩や土佐に帰ったつい先日までの「官軍」すなわち旧藩兵の叛乱を誘発することをおそれた政府は、懐柔策としての減税にふみきった。七七年一月四日、天皇の勅によって地租は税率三パーセントから二・五パーセントへ引きさげられた。実質一七パーセントの大減税である。これによって政府は、歳出総額六〇〇〇万円にたいして七〇〇万円の減収を余儀なくされることになった。

しかし、大減税もむなしく、二月には西南戦争が勃発、半年あまりで四五〇〇万円におよぶ戦費をついやした。ために四二〇〇万円の不換紙幣を発行し、紙幣の価値は暴落、米価は数年のうちに五倍、一〇倍へと高騰した。

減税につづく米価の急騰。こんどは農民の笑いがとまらない。米価がどれだけあがっても、地価にたいしてかけられる租税はそのまま。当時は人口の大半が農民だったから、ほとんどの国民が豊かになり、スカンピンに青ざめるのが政府のほうとなった。

もはや増税か外債募集か、租税の米納へのきりかえか。国家財政がたちゆく途はかぎられた。

いや、ひとつだけ途はあった。財政緊縮である。

八〇年（明治一三）六月、大蔵卿大隈重信《おおくましげのぶ》が提唱した五〇〇〇万円のポンド建て外債の募集案が、「卿等よろしく朕が意を体し、勤倹を本として経済の方法を定めよ」という天皇の宸断《しんだん》によってしりぞけられ、九月には、「もはや大蔵省の金庫にある金銀、地金の合計はわずか八〇〇万円となり、このままではあと一年で国庫は底をつく」との理由から、租税の四分の一を米納にするしかないとした参議黒田清隆《くろだきよたか》の上奏も、天皇の内勅によってしりぞけられた。

大隈、黒田は、大久保利通をその両腕となってささえてきた富国派の重鎮だった。彼らの献策がともに天皇自身によってしりぞけられた。ここにおいて、潤沢な資金を投じて上からの殖産興業を断行すべく大久保がリードしてきた富国路線も万事休すとなった。

この年四月には、「集会条例」が出されていた。

政治的な集会・結社はさきに届け出て許可をうけねばならぬ。会場には警官を派遣し、検査や監視をおこなうことができる。警官は集会が「公衆の安寧に妨害あり」と認めたときはこれを解散させ、会員にたいし、一年間公衆のまえで政治を論ずることを禁止することができる。軍人、警察官、教員、生徒は政治的集会や結社に参加することができない。政治的宣伝や通信はいっさいいけない。臨席警官に席を用意しろ……というわけで、ブームとなった政談演説は、官憲の監視と罰則という、新たな敵と向きあわなければならなくなった。

この間、維新のリーダーたちが先を急ぐように舞台から去っていた。七七年（明治一〇）五月二六日に木戸孝允が四三歳で病没し、九月二四日には城山を枕に西郷隆盛が四九歳の命をおえた。

反政府運動がピークをなした翌年の五月一四日、「維新の三傑」ののこるひとり大久保利通がテロリストの刃にかかり、全身に五〇か所をこえる傷をうけて絶命した。四八歳だった。

この日、宮中で開かれる元老院会議に出席するため、午前七時半に裏霞ヶ関の自宅を出た大久保は、赤坂をへて清水谷にさしかかるデコボコの一本道、紀尾井坂の途中で襲撃された。五年後の参謀本部陸軍部測量局「五千分一東京図測量原図」でみると、坂道は、岩石が露出した東西の高台にはさまれた「荒地」となっているから、刺客にとっては絶好の場所だったにちがいない。

待ち伏せていたテロリストは急進果敢な西郷党の六人。もと加賀藩の藩兵隊中尉だった島田一良《しまだいちろう》ほか五人だった。

彼らは、馭者《ぎょしゃ》を一太刀にし、大久保をめった斬りにしたあと、宮内省の御門にかけつけ、昂然たる笑みを浮かべて内務卿を殺害したむね自訴におよんだ。めいめいが斬姦《ざんかん》状《じょう》の写しをふところにしていたという。

が、斬姦状たるもの、官憲の手でうやむやにされてしまっては元の木阿弥、内容をひろく社会に知らしめてこそ価値がある。というわけで彼らは、あらかじめ複数の写しをつくっておき、事が成った直後に『東京日日』『朝野』『曙』『読売』の四紙に投書するということで、その役割を仲間の木村致英《きむらおきひで》にたくしておいた。

『朝野新聞』の翌日の報道によれば、事件当日午後三時に投書箱をひらくと、なかに「小石川水道町六番地梅本六助」と題した封書があり、島田一良、長連豪《ちょうつらひで》らの名による斬姦状と、これを新聞報道で公布してほしいむねしたためた添書《そえがき》がはいっていた。

斬姦状には「有司専制《ゆうしせんせい》の罪」五項目が「罫紙十三枚に満ち」て記され、それぞれの説明は微にいり細をうがち、「文章もなかなか筆の立ちたる書き方」だったという。

漢文書き下し調の格調高い文体で記事を書いたのは、旧加賀藩士の陸義猶《くがよしなお》。高知立志社が全国によびかけて民権派の連合体「愛国社」をおこしたときに、金沢で結成された「忠告社」の副社長となった人物だった。斬姦状の書き出しはこうだった。

「石川県士族島田一良等、叩頭昧死《こうとうまいし》、仰いで天皇陛下に奏し、俯《ふ》して三千有余万の人衆に普告《ふこく》す」

すなわち、五項目にわたる官僚専制の罪状を、死を覚悟のうえ、地面に頭《こうべ》をすりつけて天皇に奏上し、ひろく世の人々に知らしめるというのである。

「その一、公議を杜絶し、民権を抑圧し、もって政事を私す」

御一新のおり「御誓文」には、「広ク会議ヲ興シ万機公論ニ決スベシ」とあり、明治七年には民選議院設立の建議があり、翌八年には立憲政体を建立するむねの詔令が発せられた。にもかかわらず、政府は、天皇にも人民にもそむいて国会も開設せず、憲法もつくらず、民権を抑圧するばかりである。それは、官権を楯に姦吏たちが私欲をむさぼっているからにちがいない。言語道断だ。

「その二、法令漫施《まんし》、請託《せいたく》公行、恣《ほしいまま》に威福を張る」

つまり、法令の朝令暮改がはなはだしく、また官吏の登用に情実やコネが使われている。手前勝手に政令を出したり引っこめたり、のみならず、正邪を決する法律までをも私物視し、あろうことか、黒田清隆の妻女斬殺の罪業のごときまで見てみぬふりをする。上が上なら小吏までがどっぷりと賄賂に漬かり、官民結託して私利に群がるばかりである。耳にするさえおぞましい。

二年あまりまえ、江華島条約締結のさいには日本版「ペリー提督」として武威を鳴らし、一四年後の八九年には「大日本帝国憲法」発布式典の場に内閣総理大臣としてたち、国民の代表として欽定憲法を賜わることになる人物、旧薩摩藩士、陸軍中将参議北海道開拓使長官正四位勲一等、黒田清隆の妻女殺害事件。

これをスッパぬいたのが、漫画週刊誌の草分けともいうべき人気雑誌『団々珍聞《まるまるちんぶん》』四月一三日号だった。

「実《ほん》にあさぶで気が知れぬ～」。枕頭《まくらがみ》にたおれた徳利から、お酒ではなく犀《さい》の顔をしたお化けがドロ～ン。「きられ損のわが身かな、アラくやしのだんなさん～」。

一ページいっぱいのイラストには、お化けに「だんなさん～」と呼びかけられた男のほうも描かれていた。陸軍中将の正装をし、芸者風の女をひざに抱き、お化けにむかって白刃をかざしているすがたである。

殺人事件は、三月二八日、麻布にある黒田の私邸で生起した。日ごろ豪快な酒乱のエピソードにはことかかなかった開拓使長官殿だったが、酒のめぐりがよほど悪かったものかどうか、泥酔してもどった邸内で一刀を引きぬき、愛妻を斬ってしまった。その事実を、大久保内務卿の鶴の一声によって、おなじ旧薩摩藩士川路《かわじ》利良《としよし》大警視がすばやく尻ぬぐいし、闇に葬ってしまった。

三人が三人ながら薩摩の出身。ナンバーワンかワンマンかはともかく、当時大久保卿にモノ申せる者とてなく、いまでいうなら警察庁長官みずからが隠蔽工作にあたったのだから事はたやすくもみ消せた。黒田家では妻の死を病死と偽って、はやばやと埋葬まですませてしまった。

『団々珍聞』はもちろん発行停止をくらったが、巻頭の「社説」ならぬ「茶説」はふるっていた。

「イズレノ国ナルヤ、未ダタシカニ知リエズトイエドモ、ソノ身廟堂《ビョウドウ》ノ顕職ニシテ、酒興ノアマリソノ妻ヲ殺害シ、コレヲ病死トイツワリ、尋常ノ葬式ヲオコナエリト」
いったいどこの国に、酔っぱらって妻を切り殺し、病死と偽ってへいぜんと葬式をおこなう人間がいるだろう。
「……事スデニ人口ニ膾炙シテ、オオウベカラザル勢イアルニイタッテハ、タトイ無根ノ風説ナルトモ、ナオヨクソノ実際ヲ弾劾シテ、ソノ浮言流伝《ふげんるでん》タルコトヲ世ニ証明シ、モシハタシテソノ実アラシメバ、タダチニコレヲ律《りつ》ニ照ラシ刑ニ処シ、政府ハイヤシクモ至公至世《しこうしせい》ニシテ人ノタメニ法ヲマゲザルコトヲ公示シ、モッテ世ノ疑因《ぎいん》ヲ解クベシ。アニ隠秘シテソノ朝《ちょう》ノ恥辱《ちじょく》ヲオオウガゴトキ拙劣アルベケンヤ。シカルヲカクノゴトキ大事ヲソノママニオク時ハ、自然ニ人民ノ望ミヲ失ナイ、後来ソノ政府ノ大難事ヲ引キ出ダスノ端タランカ……」

政府も政府だ。黒田の配偶者殺害がもし風説であったならば、浮言流伝であることを明らかにして社会の疑念を解き、事実であったならば法にてらして処刑する。それが政府のつとめであるにもかかわらず、罪悪を隠蔽し、法をなおざりにするとは何たる破廉恥。そんな政府はいずれ人民の信を失うだろう。

口から口へとひろがる世論を蔽うことは至難と判断した大久保は、腹心の川路に墓を掘りおこして検死をするよう命じ、命じられた川路もまた腹心の警官——当時、中央にかぎらず、全国の警察当局の要人はことごとく薩摩出身でかためられていたというほどだったから、よほど口のかたい人物なら腹心をことさらにするまでもなかったかもしれないが——をともなって亡骸を掘り出し、病死であると断定した。

大久保が紀尾井坂に斃れたのは、その数日後のことだった。いやしくも法治国家の最たる実力者が「人ノタメニ法ヲマゲ」、「隠秘シテソノ朝ノ恥辱ヲオオウガゴトキ拙劣」をおかしたために「人民ノ望ミヲ失ナイ」、「大難事ヲ引キ出《い》ダ」した。西郷党のテロリストたちが人民の代表たり得るか否かはともかく、それこそ、日ごろの戯筆を枉げて正論を掲げた「茶説」の忠告は、まさに現実のものとなったというわけだった。

有司専制の罪状「その三」は、「不急の木工を興し、無用の修飾を事とし、もって国財を徒費《とひ》する」こと。つまり無用の土木工事や官庁舎建設をきそって国費を無駄づかいしていること。

文明開化はかたちではなく実力にある。猿真似のごとき見てくれをつくろって虚飾にはしり、根本をかえりみないのは愚行であると。

「その四、慷慨《こうがい》忠節の士を疎斥《そせき》し、憂国敵愾の徒を嫌疑し、もって内乱を醸成す」

これは主に、西南戦争にかかわってのことだった。征韓論をめぐる政変で西郷、副島、後藤、板垣、江藤の五参議が辞職してからというもの内乱つづきである。なかにも西南戦争は、そもそも姦吏たちの姦計陰謀が原因であるにもかかわらず、ひとたび事がおこるや西郷派に「賊」の烙印を押して潰しにかかった。無罪の人民を殺傷した政府のほうが国賊だろうと。

「その五、外国交際の道を誤り、もって国権を失墜す」

海外からの軽侮をのぞくには条約改正によらねばならず、そのためには国の経営をきりつめて軍備を拡充せねばならぬ。しかるに姦吏たちは浪費をこととし、台湾出兵、朝鮮修好、樺太交換などといい、徒労と失態をかさねるばかり。弱きを侵さず、強きに屈せぬのが外交の根本。政府のやってることはまるで逆だ。

「樺太交換」というのは、江華島事件のおこった明治八年にロシアと結んだ「樺太・千島交換条約」のことである。

明治二年、函館戦争を制した新政府は、蝦夷地および北蝦夷地を「無主の地」として領土化し、それぞれ北海道、樺太と名をあらため、内国植民地として「開拓使」を設置、「屯田兵」を送りこんだ。そして、戸籍法を制定した明治四年にはアイヌを「平民」に編入、日本語教育をはじめとする同化政策を開始。明治八年には本格的な屯田兵の入植がはじまった。そのさいに、日露住民の紛争のたえなかった樺太をロシア領とし、千島列島全島全域を日本領土としたのが、いわゆる「樺太交換」だった。

この交換によって、日本国籍を取得した樺太アイヌ八四〇人あまりが強制移住をさせられ、まもなくすべてのアイヌが仕掛け弓矢による漁を禁止され、居住地を官収され、「旧土民」という呼称を押しつけられる。

弱きを侵さず、強きに屈せぬのが外交の根本。にもかかわらず、台湾の先住民「生蕃」を虐殺し、アイヌの人権をふみにじり、琉球王国から主権を奪い、朝鮮に不平等条約を押しつけ……。「外国交際の道を誤り」という斬姦状の指摘はまさに正鵠を射ていた。

それに輪をかけるような勇み足の西欧化。旧薩摩藩装束屋敷跡に建設が予定されている「鹿鳴館」が首都の都市計画の一環であることや、そもそも条約改正のために外国の賓客をまねいてチャラチャラした社交をおこなう必要などは、庶民はもとより国権派にも民権派にも理解し難いことであり、欧米列強に媚びる政府の軽薄でうわついた浪費としか映らなかった。

テロリストたちの主張には、一理も二理もあるにはあった。彼らは、つぎに斃すべき人物として大隈重信、伊藤博文、黒田、川路を名指していた。「一良ら、すでに事忍びざるに出で、あえて一死もって国家に尽くす。……願わくば……有司専制の弊害を改め、速やかに民会を興し、公議を取り、もって皇統の隆盛、国家の永久、人民の安寧を致すべし」と。

投書をうけた新聞各社は政府をはばかって掲載を見送り、唯一斬姦状の内容を紹介した『朝野』だけが一〇日間の発行停止処分をうけた。

六人の刺客たちが斬刑に処せられたのは、二か月半後の七月二七日のことだった。

石川県士族島田一良・三一歳、同長連豪・二四歳、同杉本乙菊・二八歳、同杉村文一・一七歳、同県平民脇田巧一・二八歳、島根県士族浅井寿篤・二五歳。処刑は、「いずれもたがいに顔をあい見せ、これまでの無事を賀し、白州のそとにて六人とも高声に辞世を詠じ、それより釣台に載せ、巡査五十人ばかりにて市ガ谷の刑場へ護送し、法のごとくにおこなわれたりという」。翌日の『朝野』はそう報じた。

その夜のことだった。九州長崎沖合いの高島炭坑で暴動がおこったのは。西南戦争中に上がった炭坑夫の賃金が、内乱終息と同時にもとにもどり、その後の超インフレにもかかわらず据えおきされた。これに不満をつのらせた坑夫——ほとんどが囚人使役いらいの無頼の徒——二〇〇〇人が暴徒と化し、一両日のあいだ全島を占領した。鎮圧には長崎県の警官隊六〇人があたり、二九日までのあいだに一〇〇人あまりが逮捕された。

西南戦争の余波は思いがけないところにも尾をひいた。

ひと月たった八月二三日深更一一時、皇居に火焔があがり、砲音がとどろいた。皇室護衛をになう九段竹橋の近衛砲兵が蜂起したのだ。

彼らは、本来なら護衛すべきはずの皇居をめがけて砲弾をはなった。おりしも皇居はもぬけの殻、天皇は赤坂離宮を仮皇居としてはいたが、国家元首直属の精鋭部隊が主人《あるじ》に刃をむけたのだから一国のスキャンダル、あわや軍事クーデターかと思いきや、昇給、恩給めあての暴動だった。いや、終始そのように処理された。

「赤い帽子と大砲がなけりゃ……」。そういって薩摩勢をさんざん嘆かせたというほどに、彼ら近衛砲兵大隊の西南戦争での功は群をぬいていた。

ところが、昂然揚々と凱旋した彼らをまっていたのが、陸軍省予算減額による減給だった。凱旋組の他の諸隊にはそれぞれに恩給までがついたのに、彼らにだけは音沙汰なし。もともと高給の恩恵に浴していたからだということだった。憤懣をつのらせた近衛兵たちは、東京鎮台予備砲兵隊を仲間にひきずりこんで事をかまえる計画をたてた。

近衛当局が不穏をかぎつけたのは蜂起の当日、ようやく夕刻になってのことだった。すぐさま近衛歩兵部隊を動員して鎮撫につとめたが後手にまわり銃剣乱鎗、小銃乱発はさけられず、どうにか鎮火できたのは日付が変わるころとなった。

その場で捕えられた暴徒の数は二〇〇人をこえ、近衛砲兵大隊のほぼ全員におよんだ。戦闘による死者は将校三名、兵七名、負傷者は将校三名、下士四名、兵七名。捕縛された者の数はあまりに多く、牢も細引《ほそび》きもおいつかず、荒縄くくりのまま急ごしらえの仮牢へ分散収容された。本来なら夏季軍装、すなわち上下白ずくめの軍服を身につけていなければならなかった彼らの装束は、白いズボンに黒の上着、足には脚絆と巻きわらじをはいた、西南戦争のさいのものだったという。

一〇月一五日、陸軍裁判所がくだした刑は、死（銃殺）五三人、準流《じゅんる》（長期徒刑）一〇年一一八人、徒刑三年四三人、徒刑二年七人、徒刑一年一八人、戒役（短期刑）一七人、杖《じょう》（ムチ打ち）一人、錮（禁錮）六人。あわせて二六三人はみな兵卒であり、士官、下士官は一人もふくまれていなかった。

銃殺刑は、深川の越中島刑場にて未明のうちに執行された。処刑のもようを事細かに報じた『曙』は発禁をくらわされたが、翌日の『朝野』によると、「砲発の十字架は五本ずつ三組に立てならべ、一時に十五人ずつ処刑になり、午前五時ごろよりはじまり九時ごろにおわり、死体は桶に入れ、青山陸軍埋葬地へ送られた」という。

事件は、当夜てんやわんやの避難騒動にまきこまれた飯田町、俎橋、小川町、富士見町、神保町あたりの住民らにはじまって、銃殺刑執行のため越中島刑場に受刑者をはこぶ駕籠の提供を命じられた千住、板橋、新宿、品川の役人たちや人夫たち、駕籠の不足をおぎなうため急遽駆りだされた人力車夫らにいたるまで、多くの府民にわずらいをもたらした。

わずらいを強いただけならよかったが、事件はどこか真相がうやむやにされているといったような胡散臭さを世間の人々にあたえていた。「暴動の起源をたずぬるに、一朝一夕の所以《ゆえん》にあらず」などと報じた新聞各社も、真相はわからぬながら、陰謀が半年以上まえから用意周到にたくまれていたことをつかんでいて、年末におよんで近衛砲兵大隊の小隊長二名の処罰が決まってなお事件への関心冷めやらず、人々の憶測をかきたてた。

ちなみに、近衛砲兵に加担する予定だった東京鎮台予備砲兵隊の大隊長は、少佐岡本柳之助《おかもとりゅうのすけ》だった。彼は、暴動へ加わることを最終的に回避したにもかかわらず陸軍裁判所できびしい取調べをうけた。そしてその途中に発狂した。ために極刑をまぬがれ、終身文武官につくことを禁じられて釈放された。が、自由の身になったとたんに正気がもどった。その彼が、のち韓国軍部兼宮内府の顧問となり、一八九五年の閔妃殺害事件に連座することになる。

真相こそ闇にほうむられたが、竹橋事件の衝撃は驚くべき産物をもたらすことに功、いや罪あった。軍隊が政策への不満を理由に蜂起した。それは政府にとってはもちろん、三軍の長にとって大きな衝撃だった。

すかさず機をとらえたのは陸軍卿山県有朋《やまがたありとも》だった。事件直後、彼は「軍人訓誡」なる数千語におよぶ長大な訓示を発表し、一〇月には中隊に一部ずつ配布した。

「軍人ノ精神ハ何ヲ以テコレヲ維持スト言ハバ、忠実、勇敢、服従ノ三約束ニスギズ」。おのずから「朝政ヲ是非シ、憲法ヲ私議《しぎ》シ、官省等ノ布告諸規ヲ譏刺《きし》スル等ノ挙動ハ、軍人ノ本分ト相背馳《あいはいち》スル事」にほかならない。にもかかわらず、喋々論弁をたくましくし、世事を憤りなげき、民権などをとなえるは「アルベカラザルノ事ニシテ深ク戒ムベキ事タルハモチロン」、軍人の本分にかかわることであっても「軍秩ノ次序ヲヘズシテ建議ヲナスヲ許サレザル」はいうまでもない。

つまり、軍功をあげるのは軍人としてあたりまえのことであり、たかだか「赤い帽子と大砲がなけりゃ」ともてはやされる働きをしたからといって「出すものを出せ」とばかりに昇給だの恩給だのを要求して大砲をぶっぱなすとはなにごとか。そもそもの心構えがなっとらん、というわけだ。

これが、四年後の八二年（明治一五）一月四日に天皇から下賜される「軍人勅諭」として結晶し、一九四八年六月九日に失効するまでの六六年間、じっさいには四五年の敗戦にいたるまで帝国軍人にたたきこまれることになる。その「軍人勅諭」もまた神武東征の物語、建国神話《フィクション》にはじまっている。

「我国ノ軍隊ハ、世々《よよ》天皇ノ統率シ給フ所ニゾアル。昔神武天皇、躬《み》ヅカラ大伴物部《おおともものべ》ノ兵ドモヲ率ヰ、中国《なかつくに》ノマツロハヌモノドモヲ討チ平《たいら》ゲ給ヒ、高御座《たかみくら》ニ即《つ》カセラレテ、天下《あめのした》シロシメシ給ヒシヨリ……」

そこでは、山県のいう軍人の本分が「五箇条」にわけて諭され、たとえば第一条「軍人ハ忠節ヲ盡《つく》スヲ本分トスベシ」は、「世論ニ惑《まど》ハズ、政治ニ拘《かかわ》ラズ、只々《ただただ》一途ニ己《おの》ガ本分ノ忠節ヲ守リ、義ハ山嶽《さんがく》ヨリモ重ク、死ハ鴻毛《こうもう》ヨリモ軽シト覚悟セヨ」というようなものになる。

「義」すなわち天皇の国家に尽くすことの重さにくらべれば、軍人の命など羽毛よりも軽いなどという倒錯した価値観が、統治者である天皇から下賜されたというわけだ。

山県のすごさはこんなものではない。

ながながと訓示を垂れただけでなく、ちゃんと条例をつくり、軍令機関までつくってしまったところにある。政権がぐらりときたどさくさをついて軍隊だけの機関「参謀本部」をつくり、すかさず陸軍卿をなげうってみずから参謀本部長についてしまったのだ。

同明治一一年一二月五日に制定された「参謀本部条例」。そこには、参謀本部が、あらゆるものから独立した軍令機関であり、参謀本部長は、天皇の作戦総本部に参画し、天皇の親裁がくだればただちに陸軍卿に軍令を伝えて実行せしめるということが定められていた。

これによって参謀本部は天皇直属の機関となり、本部長には陸軍卿に優越する権限があたえられた。つきつめれば、陸軍大臣を閣員のひとりとする総理大臣――当時は太政大臣――といえど、軍令にかんするかぎり参謀本部長の命令に従わなければならないことになる。

国家公法である憲法もつくられないうちに、つまり統帥権をうんぬんするはるか以前に、軍隊は天皇直属の独立機関として行動することが可能になった。「勅諭」の冒頭のワンフレーズ、「我国ノ軍隊ハ、世々天皇ノ統率シ給フ所ニゾアル」をすら、現実レベルで先取りする条例だった。

反政府運動やテロリズムが、自由民権運動と不可分にかかわりあいながらつむじ風をまきあげ、ときに極端なナショナリズムやアナーキズムを触媒として暴発した一八七〇年代の終盤には、軍隊のなかにさえ政治や法令を批判し、書生のように論弁をたくましくし、民権を主張する時代の風が流れこんでいた。

浴場に自由湯、自由温泉あれば、菓子に自由糖、薬に自由丸、料理店に自由亭、ぬけめのない酒造業者は「自由」の商標で新酒を売り出すというほどの自由ブームのいっぽうで、政府は讒謗《ざんぼう》律、新聞紙条例、集会条例などをつぎつぎともうけて言論弾圧に躍起となった。


大津波のようにおしよせた開化と変革のゆりもどしは、入り江の底をえぐってあらゆるものをさらっていく引き波の破壊力さながら、にわかには贖いようのないダメージを歴史にもたらすことがある。

歴史教育の受難はその最たるもののひとつといっていいだろう。「歴史・地理」として基本学科にくわえられたのっけから「修身」のしもべとなり、世界史を切りおとされてしまったのだから。

明治五年（一八七二）、「学制」の発布にともなって、六歳以上の子どもはすべて学校にいかねばならないことになった。制度導入直後の名目就学率は、男子はおよそ四割、女子は二割たらずで平均すると三割弱だったが、実際の通学率は二割にとどかなかった。

維新のはじめには「素読」や「句読」の科目のなかで史書を「読む」というスタイルでとり入れられていた歴史教育は、小学校上等科の「歴史輪講」のなかにとり入れられることになった。上等科は一〇歳から一三歳までの四年間。「歴史輪講」は、その最初の年の下半期から卒業までの三年半、週二時間から四時間がわりあてられた。

当初のテキストは、林春斉《はやししゅんさい》の『王代一覧』や岩垣松苗《いわがきまつなえ》の『国史略』など、江戸時代に著わされた漢文体の史書、それから、アレキサンドル・タイトラルの『西洋史』を翻訳した『万国史略』やグードリッジ編『バーレー万国史』の記述を拝借して編集した『五洲紀事』など、西洋史書の翻案本だった。

いずれも小学校教育用につくられたものではなかったため内容がむずかしく、文部省では官製版『史略』をもとに「皇国」「支那」「西洋上」「西洋下」の四巻四冊からなる小学校用歴史教科書を編纂し、数年後にはそれらを大幅に増補して『日本略史』二巻二冊と『万国史略』二巻二冊を刊行した。『万国史略』は「支那」「西洋上」「西洋下」の三巻を、アジア、ヨーロッパ、アメリカにわけて二巻に再編したものだが、官製教科書においてはおおむね日本史と世界史のバランスははかられた。

それが七九年（明治一二）の「学制」廃止と「教育令」の公布、八〇年の「教育令」の改正によって一変する。教学の内容に道徳的基準がもちこまれたのだ。

このころ、名目就学率は男子六割、女子三割へと微増していた。

八一年に示された「小学校教則綱領」では「修身」を最上位においた学科編成がおこなわれた。基本学科「読書・習字」「算術」「歴史・地理」はすべてその下位におかれ、「忠孝ノ大義ヲ第一ニ脳髄ニ感覚セシメ」、「尊王愛国ノ志気ヲ振起シ、風俗ヲシテ淳美ナラシメ、民生ヲシテ富厚ナラシメ、以テ国家ノ安寧福祉ヲ増進スル」ための修養科目となった。

子どもたちに「尊王愛国ノ志気」をふるいおこさせるには、なんといっても歴史教育が要《かなめ》となる。

「教則綱領」第一五条では、歴史においては「建国ノ体制、神武天皇ノ即位、仁徳天皇ノ勤倹、延喜天暦《えんぎてんりやく》（醍醐・村上天皇）ノ政績」などをしっかりと教え、「王政復古等緊要ノ事実」や「古今人物ノ賢否」をあきらかにしなさい、そのうえで生徒に「沿革ノ原因結果」を理解させ、「殊ニ尊王愛国」のこころざしを養成するようつとめなさいということが定められた。

ために悪影響をもたらすであろう「万国史」すなわち世界史は教育内容から除外された。

ひろく史学界をながめれば、当時すでに、フランスの歴史家ギゾーがローマ帝国の崩壊からフランス革命にいたる歴史展望を講じた『ヨーロッパ文明史』や、イギリスの歴史家バックルの『イギリス文明史』などがつぎつぎと翻訳され、彼らの文明史観の影響をうけて、福沢諭吉が『文明論之概略』を、田口卯吉が『日本開化小史』を刊行するなど、新しい時代が幕をあけようとしていた。

そのダイナミズムを、教育における「歴史」だけは一滴も汲みあげることがなかったというわけだ。

「修身」をささえるための歴史教育。「忠孝」の美徳と「愛国」の精神をたたきこむための歴史教育。復古か反動か、はたまた時代錯誤か逆行か。ことはともあれ、近代の歴史教育の生い立ちがかくもイビツであったことは、のちの歴史の現実に、ながく禍根をのこすことになった。

これにさらに「国体主義」をもちこみ、カチカチにかためてしまったのが「明六《メイロク》の幽霊《ユーレイ》」こと森有礼《もりありのり》だった。

内閣制度が導入されてはじめての文部大臣に就任した森は、「国体の教育」を実現する巨大装置をととのえるべく一大制度改革をおこなった。一八八六年（明治一九）に発布された「帝国大学令」「師範学校令」「小学校令」「中学校令」「諸学校則」、いわゆる「学校令」の公布である。

「学校令」によって公教育における主客は逆転した。教育は「生徒其人ノ為ニスルニ非ズシテ国家ノ為ニスル」ものだというのは、彼がくりかえし主張したところのものだったが、「学校令」によって、学問は「身ヲ修メ智ヲ開キ才芸ヲ長ズル」ためにおこなうという「学制」の理念はくつがえされ、国民がみずから身を養い、生を全うするための教学から、国家繁栄のためにおこなう教学への転換がはかられた。

「小学校令」によって、初等教育で検定教科書が採用されたのも不幸なあゆみに拍車をかけた。

第一三条「小学校ノ教科書ハ文部大臣ノ検定シタルモノニ限ルベシ」。これが現在なお生きている教科書検定制度のはじまりだった。

八〇年の「改正教育令」いらいそれでなくても「修身」に従属するかたよった教科書が刊行されてきた。陸軍省版の『日本略史』を小学生用に改訂した『新編日本略史』。それをさらに簡単にした『新刻小学略史』や『鼇頭《ごうとう》新撰日本歴史』。編年体をあらためた『小学国史紀事本末』、文化史的事項もくわえた『校正日本小史』など。明治初年のものより教材が精選され、わかりやすくなってはいたが、たとえば武烈天皇のように徳を欠いた治世にかかわる叙述は、「綱領」にそぐわないとして削除された。

八七年（明治二〇）、文部省は『小学校用歴史編纂旨意書』を出して公募を開始した。応じたのは、八〇年代に続々と刊行された教科書のうちの三三本。そのなかから優秀なもの四本が選ばれ、さらに一本にしぼられて官制教科書として発刊された。九〇年に、文部省公刊として普及した神谷由道《かみやよしみち》の『高等小学校歴史』だった。

九〇年といえば、そののち半世紀あまりにわたってこの国の精神史を支配し、数知れぬ人々の人生をくるわせ、死にいたらしめた「教育勅語」の公布された年である。

「チンオモウニ、ワガコウソコウソウクニヲハジムルコトコウエンニトクヲタツルコトシンコウナリ。ワガシンミンヨクチュウニヨクコウニ……」にはじまり、「……チンナンジシンミントトモニケンケンフクヨウシテ、ミナソノトクヲイツニセンコトヲコイネガウ。明治二十三年十月三十日。ギョメイギョジ」におわる「天皇《すめらぎ》の大命《おおみこと》」だ。

この年の「教則大綱」第七条は、日本史の授業についてこうさだめている。「日本歴史ハ本邦国体ノ大要ヲ知ラシメテ国民タルノ志操ヲ養フヲ以テ要旨トス」と。

尋常小学校の教材として「建国ノ体制、皇統ノ無窮、歴代天皇ノ盛業、忠良賢哲ノ事蹟、国民ノ武勇……」があげられ、高等小学校の教材で歴史人物の言行をあつかうさいには「修身」で教授した「格言等ニ照ラシテ正邪是非ヲ弁別セシメンコトヲ要ス」とある。

教室のなかに、国体、皇統無窮、忠良賢哲、国民武勇、正邪弁別などの価値概念が、臆面もなくもちこまれるようになった。

一〇年後の一九〇〇年（明治三三）には授業料が要らなくなった。尋常小学校への名目就学率は平均九割にのぼり、実質通学率も六割をこえるいきおいとなった。初等教育における国家的統制はさけられない問題となっていく。

はたして〇三年（明治三六）、「小学校令」はさらに改正され、第二四条で教科書を国定化することが定められた。「小学校ノ教科書ハ文部省ニ於テ著作権ヲ有スルモノタルベシ」。これによって小学校の教科書はすべて文部省が、つまりお国が著作することになった。

検定教科書の時代には、たとえば金港堂刊の『小学日本史』のように、神代の説話や伝記の叙述をはぶき、考古学的記述から上代史をはじめるという科学的姿勢をもった教科書にも存続の余地があった。が、国定化によって、そうしたこころみの途《みち》も完全に閉ざされてしまった。

翌年四月、はじめて国定教科書による授業がはじまった。二月一〇日には日露戦争の火蓋がきっておとされ、三月二七日には、決死隊による旅順港閉塞作戦において、はじめての「軍神」としてその名を不滅のものとする広瀬武夫が戦死していた。

さいしょの国定歴史教科書『小学日本歴史』は「天照大神」から書きおこされていた。

「天照大神はわが天皇陛下の御祖先にてまします。その御徳、きはめて、高く、あたかも、太陽の天上にありて、世界を照らすが如し。大神は、御孫瓊瓊杵尊《ににぎのみこと》に、この国をさづけたまひて、『皇位の盛《さかん》なること、天地とともにきはまりなかるべし。』と仰せたまひき。万世にうごくことなき、わが大日本帝国の基《もとい》は、実に、ここにさだまれるなり。この時、大神は、鏡と剣と玉との三つの御宝を、尊《みこと》にさづけたまひき。これを三種の神器といふ……」

のち一九四六年（昭和二一）発行の『くにのあゆみ』まで、国定歴史教科書は七期にわたって改訂されるが、一九四〇年に国民学校むけに改訂された『小学国史』までの五代の教科書は、すべて「天照大神」からはじまっている。

オキナガタラシヒメももちろん健在で、1「天照大神」2「神武天皇」3「日本武尊」4「神功皇后」の定席は、

『小学国史』まで四〇年のあいだ磐石だった。アマテラスはもとよりだれもが虚構《ものがたり》のなかの、つまり仮空の人物だ。

この間、「歴史」が「国史」にあらためられたのは、一九二〇年（大正九）改訂の第三期『尋常小学国史』からだったが、〇九年（明治四二）に改訂された第二期『尋常小学日本歴史』では、すでに天皇の「御歴代表」と皇統系図「御略譜」が巻頭につけくわえられ、さらにのち、太平洋戦争開戦の年から使用された第五期『小学国史』にいたって、上・下巻それぞれの巻頭扉ページに、天孫降臨の「神勅」が囲みつきで掲載されたことは象徴的だった。

> 豊葦原《とよあしはら》の千五百秋《ちいほあき》の瑞穂《みずほ》の国は、是《こ》れ吾《あ》が子孫《うみのこ》の王《きみ》たるべき地《くに》なり。宜《よろ》しく爾皇孫《いましすめみま》就《ゆ》きて治《しら》せ。さきくませ。寶祚《あまつひつぎ》の隆《さか》えまさんこと、當《まさ》に天壌《あめつち》と窮《きはま》りなかるべし。

また、満州事変のあと、一九三四年（昭和九）に改訂された第四期『尋常小学国史』ではじめて結びの章にもうけられた「国民の覚悟」が第五期『小学国史』にもうけつがれた。

「遠い歴史のあとをふり返って見ると、皇祖天照大神は、神勅を下し給うて皇国無窮の基《もとい》をお定めになり、神武天皇は皇祖の大御心《おおみこころ》をお受けつぎになって大業を弘め、はじめて即位の礼を挙げ給うた。以来、万世一系の天皇は、神勅のままに万機をお統《す》べになり……」

と、こんなぐあいに歴代の「御盛徳」が言挙げされ、つぎに国民の「忠誠」の歴史が語られる。

「かくのごとき御盛徳の下に、わが国民は、天皇を現御神《あきつみかみ》とも国の御親《みおや》ともあふいで、身命をささげて世々の忠誠をはげんで来た……」

そして、「国運」がどのように進展してきたかを確認し、さいごに「国民の覚悟」が記される。

「さればわれら国民は、世界に比なきわが国体の尊厳さをよく弁え、忠誠なる祖先にもまさるりっぱな日本臣民となり、それぞれ自分の業にはげみ、億兆心《おくちょうこころ》を一にして、皇運の隆盛を扶翼《ふよく》し奉り、国史にいっそうの光輝《こうき》をそえねばならない」と。

長々とした全文をあげるまでもなく、なかに登場する人物や事蹟を、出てくる順そのままカテゴリーごとに羅列するだけで、これがいかなる性質のものであるかが瞭然とする。第四期、第五期は本文の長さは変わらない。

こころみに、第五期のものをあげてみる。巻頭にことさらな囲みつきで「神勅」が掲載されたこの国民学校むけの教科書では、本文の長さが変わらないにもかかわらず、傍線の語彙が増えている。

天照大神、神勅、皇国無窮、神武天皇、万世一系。

元の来寇、亀山上皇、幕末の外患、孝明天皇、国難。
民草を憐み、仁徳天皇、後奈良天皇、明治天皇。
現御神、国の御親。
藤原鎌足、改新の政、和気清麻呂、国体の尊厳、菅原道真、忠誠の真心、楠木・新田・菊地等、忠節に死、徳川光圀、本居宣長、国体を明らか。
国民こぞって、戦場の将士、銃後、一致団結、外敵、国威、国全体が一家、国運の隆昌。
聖徳太子、天智天皇、政治の革新、後醍醐天皇、中興の大業、孝明天皇、皇政維新の機運、明治天皇、維新の大業。
大正天皇、今上天皇、大東亜の新たなる秩序の建設、世界平和。
忠誠、日本の臣民、億兆心を一、皇運の隆昌。

　ついに天皇を「現御神《あきつみかみ》」とよび、そうでない人々を「臣民」「民草」とよび、皇国、皇政、皇運の隆昌のため「忠節に死」ぬことを覚悟せよという。いったいいつの時代にタイムスリップしたというのだろう。

　唯一すがたを消したのは「三種の神器」。「以来、万世一系の天皇は、三種の神器を皇位のしるしとして、万機をお統《す》べに……」となっていたところが「以来、万世一系の天皇は、神勅のまにまに万機をお統《す》べに……」とあらためられた。

たしかに、「皇位のしるし」としての「三種の神器」はよほど胡散臭い。

　しかも当時、改訂が成りつつあった四〇年の二月には、『古事記』や『日本書紀』など古代史の記述の虚構性をめぐって告発されていた津田左右吉《つだそうきち》が、『古事記及び日本書紀の研究』はじめ四著作の発禁処分をうけ、早稲田大学教授を辞職。三月には「皇室の尊厳を冒瀆した」として、出版法違反で岩波書店の岩波茂雄《いわなみしげお》とともに起訴された。

　『古事記』では、天孫ニニギが降臨する場面に玉と鏡と剣が出てくるが、アマテラスがニニギにさずけたそれら三種の宝物は、「皇位のしるし」とは関係がない。そこでは、鏡が、アマテラスの形代《かたしろ》として五十鈴宮《いすずのみや》に祀られたことだけが語られる。アマテラスは詔《みことのり》した。

「この鏡は、わたしの御魂として、わたしを拝むのとおなじように敬っておまつりしなさい」と。

　ニニギは「豊葦原《とよあしはら》の瑞穂《みずほ》の国はそなたが統治すべき国。そなたにゆだねます。さあわたしの命《みこと》のままに降《くだ》り行《ゆ》きなさい」というアマテラスの命にしたがって天降《あまくだ》ってきた。こんどもまた詔をまもり、鏡を祀ったことで、葦原中つ国を統治する正当性が保証されたというわけだ。

　いっぽう『日本書紀』本文の「天孫降臨」の場面にアマテラスはなんの関与もしない。したがってアマテラスは皇祖神ではありえない。玉も鏡も剣も出てこない。

『日本書紀』において「皇位のしるし」としてのレガリアが、神によってさずけられる「神璽《かみのしるし》」となるのは、最終巻にえがかれる持統即位のときが唯一例となる。持統四年（六九〇）春正月戊寅朔《むつきのつちのえとらのついたちのひ》、忌部宿禰色夫知《いんべのすくねしこぶち》の手を介してたてまつられる剣と鏡の二種の宝器がそれである。それよりまえは、たとえば推古や舒明が即位のさいに大臣や群臣群卿から「璽印《みしるし》」をたてまつられているように、璽符、璽印、璽綬などと記されている。

　つまり『日本書紀』では、天孫降臨と神器は無関係で、かつ神器が「皇位のしるし」ではかならずしもない。

　この伝でいくと、『古事記』にも『日本書紀』本文にも記されていない「天壌無窮の神勅」はいっそうその価値の裏づけがあやしくなるが、いまはさておく。

　まだある金属　出せいまだ！

　まもなく、大きいものでは鉄道のレールや、菊の御紋が鋳印された靖国神社の青銅の大鳥居、小さいものではボタンや蓄音機の針にいたるまで、いっさいがっさいを兵器にかえてしまうことになる「金属類回収令」が出された一九四三年（昭和一八）四月、国民学校「国民科国史」では第六期改訂教科書『初等科国史』がつかわれた。

　編集方針の重点として示された「（ロ）尊皇敬神の事蹟を顕彰する（ハ）神国意識の伝統を明らかにする」にのっとって、最初の項は「天照大神」ではなく「神国」となり、それまで「元寇」もしくは「北条時宗」であつかわれてきた教材が、その名もズバリ「神風」となった。

　結びの「国民の覚悟」は、下巻の最終項「昭和の大御代」のなかの「大御代の御栄え」と名をかえ、「遠い歴史のあとをふり返って見ると、皇祖天照大神は……」とあった冒頭が「遠すめろぎのかしこくも、はじめたまひしおほ大和――まことにわが大日本帝国は……」と復古調に逆もどりした。

　登場する人物は、神武天皇と今上（昭和）天皇、臣下では和気清麻呂と徳川光圀、本居宣長にかぎられ、思いがけない人物、平重盛《たいらのしげもり》がニューフェイスとしてくわえられた。

「世々の国民は、天皇を現御神《あきつみかみ》とあがめ、国の御親《みおや》とおしたひ申しあげ」てきたのに、「時に、無知無道の者が出たことは、なんとも申しわけのないこと」だったといい、そんな時でも「清麻呂が道鏡《どうきょう》の非道をくじき、重盛が父のわがままをいさめ」たように、国民がたがいに戒め合って国のわざわいを防いできたというように……。

　このバージョンの目玉は「大東亜戦争」の大義を教えることにある。

「昔、支那の勢が盛んで、あたりの国々を従へてゐた時でも、日本だけは、堂々とし国威を示して、一県もゆづりませんでした。四百年ばかり前から、まづポルトガル・イスパニア、ついでオランダ・イギリス・ロシヤが、最後にアメリカ合衆国が、盛んに東亜をむしばみました。わが国は、いち早くその野心を見抜て、国の守りを固くし、東亜の国々をはげまして、欧米勢力の駆逐につとめてきました……その大業を完成するために、あらゆる困難をしのいで大東亜戦争を行ってゐるのです」

そしてクライマックスをかざるのは、万民がみとめるスーパーヒーロー楠公父子。忠孝の最たる手本として六〇〇年のあいだ飽くことなく語られ、演じられ、歌にもなって口ずさまれた『太平記』の名場面「桜井の別れ」のなかの遺訓だった。

「私たちは楠木正成《くすのきまさしげ》が、桜井の里で、正行《まさつら》をさとしたことばを、よくおぼえてゐます」

本文は「よくおぼえている」ことを既定路線としてすすめられる。

「獅子は子を産み、三日にして、数千丈の谷に投ず。その子、まことに獅子の気性あれば、はね返りて死せずといへり。……今度の合戦、天下の安否を思えば、今生にて汝が顔を見んこと、これを限りと思ふなり。……敵寄せ来たらば、命にかけて忠を全うすべし。これぞ汝が第一の孝行なる」

数え年一〇歳の正行に父正成は「忠節の死」を説いてきかせる。それをうけて「私たちは、一生けんめい勉強して、正行のような、りっぱな臣民となり、天皇陛下の御ために、おつくし申しあげなければなりません」と結ばれる。

あっさりいってのければ「天皇のために命をすてることが何ものにもまさる親孝行だ」というわけだ。なんとあからさまな！

神風《かむかぜ》の　伊勢の海の　大石にや　い這《は》ひ廻《もとお》る
細螺《しただみ》の　細螺《しただみ》の　吾子《あご》よ　吾子《あご》よ　細螺《しただみ》の
い這《は》ひ廻《もとお》り　撃ちてし止まむ　撃ちてし止まむ

ウチテシヤマン、ウチテシヤマン……。ガダルカナル島からの撤退に幕をあけたこの年一九四三年二月二三日には、有楽町の日劇ビルの壁面に、畳一〇〇枚分もある巨大な写真ポスターが掲げられ、人々をあっといわせた。

二人の兵士が敵陣に突入する、その瞬間をとらえた迫力満点の大写真。キャッチコピーは「撃ちてし止まむ」。

三月一〇日の陸軍記念日にそなえて戦意昂揚をうながすための大仕掛けだった。よほど距離をとらなければ全容をとらえることができないほどの巨大ポスター。その下に市民が群れつどい、「愛国行進曲」など、陸軍軍楽隊が奏でる曲目に耳をかたむけ、あるいは拍子をとり唱和した。

同日、陸軍省は全国に五万枚のポスターを配布した。写真ではなくこちらには、銃剣をかざして星条旗を踏みにじり、敵陣に突入する兵士の絵がデザインされた。

スローガン「撃ちてし止まむ」は大流行《おおはや》りとなった。

来る日も来る日も新聞にこの文字のならばぬ日はなく、街角に流れるラジオの声もさかんに「ウチテシヤマン」を連呼した。

ウチテシヤマン、ウチテシヤマン。

物干し竿に手をのばしながら、オバサンが鼻歌まじりに口ずさむ。すると、オジサンがたしなめた。

「いやしくも神武聖帝の御製《ぎょせい》を、いったいテメェ、なんだと思ってやがる」

オジサンは憤慨する。かしこくも神武天皇の御製を、女《おんな》娘《むすめ》の化粧品の広告につかったり、カフェーの壁に貼りつけたりするなど言語道断、不敬のきわみだと。

じっさい、「撃ちてし止まむ」は、資生堂歯磨やマツダランプなど、庶民に身近な広告にさかんに利用されていた。戦意昂揚のスローガンはでかでかと、広告主や商品名はつつましく。「献納広告」というのだそうだ。しかるべき広告料を献納した者に広告を出すことが許可される。つまり、陸軍省やお国のスポンサーであるということが、広告主にとってのステータスだというわけだ。

神武東征物語の大和平定のワンシーン、八十梟帥《やそたける》を国見丘に撃って斬ったあと、勝利を確信して天皇は歌った。

「あらゆるものをなぎ倒し、吹き飛ばし、根こそぎにする神風《かむかぜ》が吹くという伊勢の海の、荒波をもろともせず這いまわるキシャゴのように、わが兵士たちよ、兵士たちよ、したたか動きまわり這いまわって、敵を必ず撃ち負かそう、撃ち負かそう……」

オジサンが『古事記』や『日本書紀』にどれほど親しんでいたかはあやしいが、陸軍記念日のポスターの「撃ちてし止まむ」が神武天皇の歌だということは、オジサンでなくてもだれもが知らされていた。

陸軍記念日は、大日本帝国陸軍がロシア軍を破り奉天を占領した日にあたる。一九〇五年（明治三八）三月一〇日、日本軍は、陸軍の全力およそ一九個師団二四万九八〇〇人をもってロシア軍三〇個師団三六万七二〇〇人との総力戦を制し、奉天に入城した。まさに明治の栄光、明治大帝の偉業を象徴する日であった。

明治天皇と神武天皇、明治節と紀元節。それらは対であることがルールであるかのように「国民科修身」のなかにもたびたび登場し、子どもたちにも人気があった。

メイジテンノウハ、日本ヲ、世界ノドノ国ニモオトラナイ、強イ国ニナサイマシタ。日本ハ、朝日ノノボルヨウナ勢デ、サカンニナリマシタ。

ジンム天皇ハ、ゴジブンデ、ミイクサビトヲ、オツレニナッテ、イクサノ苦シミヲ、ゴイッショニナサイマシタ。ミイクサビトハ、天皇ノオンタメニ命ヲササゲ、身ヲステテツカエマシタ。

陸軍記念日当日は、帝都の空を何十機もの航空機が乱舞した。大地をゆるがすような大爆音をともなって、銀翼の編隊が陽光をかえし、頭上にせまってきては遠のいてゆく。あるいは高くあるいは低く、横転、逆転のアクロバットを披露する編隊もある……。

空を見あげる行為が、まだしも恐怖や不安とは無縁だったころ、無邪気な者の目にそれら航空ショーの壮観は、つかのま日常の抑圧と欠乏を忘れ、忍従がけっしてむなしいものではないという錯覚をあたえてくれるひとこまだったかもしれなかった。

けれども、スローガンのいさぎよさとはうらはら、四月一八日には山本五十六連合艦隊司令長官が戦死、五月二九日にはアッツ島守備隊が玉砕、つぎつぎと大本営のウソがあばかれ、九月八日には、はやばやとイタリアが無条件降伏してしまった。

翌四四年一月には、東京、名古屋で建物疎開、すなわち「防空法」の適用による建造物の強制とり壊しがはじまり、四月には学童の縁故疎開が、夏には全国一八都市の初等科三年から六年生の児童らの集団疎開がはじまった。中学生はもはや授業どころではなく、「学校報国隊」として援農作業や勤労動員にかりだされていたが、その動員年齢が八月には国民学校高等科にまで引きさげられた。

学校には代用教員が入れかわりたちかわりやってきて、やれ竹槍訓練だの人間地雷訓練だの応急手当の実習だの、はたまた学校農園作業だの松根油《しょうこんゆ》採りだの釘ひろいだのに子らをかりだし、まだあどけない小国民たちもお国のための総動員をまぬがれることはできなくなった。

教室に神棚をもうけ、子どもに祝詞《のりと》をあげさせる校長が喝采をあび、開戦記念日にあたる毎月八日の「大詔奉戴日」には、小国民の代表が、透きとおった声をはりあげて祈願文を奉読した。

「つつしみかしこみ××の神の大前《おおまえ》に白《もう》さく。

昭和十六年十二月八日、かしこくも米英にたいし宣戦布告の詔勅を渙発あらせらる。時局ますます重大を加《くわ》う。願わくは神妙神明の御加護により大御稜威《おおみいつ》のもと、すみやかに敵国を降伏《こうぶく》し、いよいよ『神国日本』の国威を宣揚せられんことを祈願する。われら一同、いよいよ協力戮力天業翼賛のため邁進せんことを誓いたてまつる……」

戦争遂行がうまくいかないのは、国民の天皇にたいする忠誠心がうすいから、信仰がたりないからなのだ。総力戦をたたかいぬくには皇民精神を発揮するしかなく、そのために「神がかり」を教育の場に招じ入れなければならなかった。

権力はたやすく子どもたちを食い物にする。「学制」公布から七〇年。かえりみれば、この国の教育において、科学的、実証的な「歴史」とよべるものは、ついにいちども存在しなかった。その帰結が「神国」「神風」への妄信なのだった。

　空腹と汗まみれの季節をやりすごし秋がめぐってくるころ、一〇銭から一五銭に、さらに二三銭に値上がりした「金鵄」もついに手に入らなくなった。煙草が配給制になるという。煙草屋の店頭には連日のように一〇〇〇メートル先までも行列がつづき、やがて、行列のなかで浪費する膨大な時間もまったき無意味と化していった。

　ひからびて、ぐうの音も出なくなった人々。そのまなこを釘づけにしたのがなんと「神風」の快挙だった。

**神鷲の忠烈萬世に燦たり**

　一〇月二九日、朝刊に大見出しが躍り、各紙はこぞって前日の「海軍省発表」と「神風《しんぷう》特別攻撃隊敷島《しきしま》隊」の大快挙を報じた。

「二十五日〇〇時スルアン島の〇〇度〇〇浬《カイリ》に於て……敵艦隊の一群を捕捉するや、必死必中の体当たりを以て航空母艦一隻撃沈、同一隻炎上撃破、巡洋艦一隻戦果を収め、悠久の大義に殉ず、忠烈萬世に燦たり。仍て茲に其の殊勲を認め全軍に布告す」

**機・人諸共敵艦に炸裂**

　人間が爆弾となって炸裂するなどという狂気の沙汰に、人々は手ばなしで歓喜し、称讃をおしまなかった。新聞もペンをふるった。

「身をもつて神風となり、皇国悠久の大義に生きる神風特別攻撃隊五神鷲の壮挙は、戦局の帰趨岐《わか》れんとする決戦段階に配慮し、身を捨てて国を救はんとする皇軍の精神のあらわれである……科学と物量とを唯一つの恃みとする敵に対して、科学を超越した必死必中のわが戦法は、わが尊厳なる国体に出づる崇高たる戦ひの妙技であらう……」

　「皇国」「悠久の大義」「皇軍の精神」「神風」「神鷲」「尊厳なる国体」。それらの言葉がつくりだす倒錯的な虚構空間。愛機に爆弾を搭載し、人間弾丸となって敵戦艦に体当たりする「若桜」たち。死を賭して国をすくおうとする「軍神」たち……。

　極度の抑圧と欠乏にたえ、飢えと忍従にさらされつづけている大衆の荒《すさ》みは、たちどころに死を讃美するエネルギーとなって沸騰した。だれもがみな、科学と物量の絶対的不足を、精神的ななにがしかによって補いうるというイデオロギーの蜃気楼に魅せられ、そして、精神をのせた肉弾攻撃という「科学を超越した」戦法の信奉者となった。

　米英に勝つということが夢幻《ゆめまぼろし》のように遠のき、一億玉砕が加速度的に現実味を増していく。だからこそ人々はしがみついた。死地に追いこまれればますます頑強となるはずだという「民族の底力」に……。

　　しき嶋のやまとごころを人とはば
　　　朝日ににほふ山ざくら花　　宣長

神風特別攻撃隊の戦果は「全軍ノ士気高揚竝《ならび》ニ国民ノ戦

意振作ニ」大いに影響があるため、「攻撃隊名ヲ併セ適当ノ時期ニ発表ノコト取計」らうべしとの事前の了解によって、おなじくその日出撃した「大和隊」「朝日隊」「山桜隊」「若桜隊」でも、最初の戦果をあげた「菊水隊」でもなく、四度目の特攻で大戦果をあげた関行男大尉ら「敷島隊」の快挙だけが報じられた。

はたして、「神風」の名を冠せられた特攻隊の壮挙は、演出をくわだてた当局の予想をはるかにこえるインパクトを、前線においてより銃後においてもたらし、狂信に拍車をかけた。

しき島のやまと心のなんのかの　うろんな事を又さくら花　秋成

おなじ国学を研究しながら宣長と論争をくりかえし、国粋的、排外的な言論を相対化しつづけた上田秋成《うえだあきなり》のような懐疑精神、批判精神が存在した時代が、かつてあったということのほうがウソのようだった。

海軍省の発表からわずか一〇日後の一一月八日、風をはかったかのように、大映映画『かくて神風は吹く』が封切られた。

レイテ海戦ではなく、元寇の役《えき》の海戦を描いた一大スペクタクル。伊予の国の武士、河野通有《みちあり》に板東妻三郎《バンツマ》、河野家と対立する惣那家の兄重義《しげよし》に嵐寛寿郎《アラカン》、北条時宗には片岡千恵蔵、日蓮上人には市川右太衛門と、まさにオールスター・キャストによる時代劇映画だった。

嵐のなかでもみ砕かれるモンゴル軍の船。数百人ものエキストラが扮する鎌倉幕府軍。「元の使者たちを全員斬首にせよ」と命じる片岡千恵蔵。敵船に夜討ちをかけ、敵を斬って斬って斬りまくるバンツマ……。

国策映画会社「大映」の社長であり原作者でもあった菊池寛が、みずから社運を賭する大作品と宣伝した愛国映画だけあって、神風のシーンは「東宝」の特殊撮影陣をまねいて撮ったといい、モティーフには、たとえば壱岐対馬の全滅にサイパン玉砕が投影されているといったように、米の供出、産業戦士、女子挺身隊、船の不足などの現実が、いちいち過去のエピソードになぞらえられていた。

観る人によってはそれらが見え透いて、大役者たちの立ち回りに凄みがあるぶん鼻白まずにはいられなかったともいうが、煽られた神風ブームのいきおいはとどまるところを知らなかった。

この一戦に勝たざれば　祖国の行くていかならん
　撃滅せよの命うけし　神風特別攻撃隊
送るも征くも今生の　別れと知れどほほえみて
　爆音高く基地をける　ああ美鷲の肉弾行
凱歌はたかく轟けど　今はかえらぬ丈夫《ますらお》よ
　千尋《ちひろ》の海に沈みつつ　なおも皇国《みくに》の護り神

映画より新聞報道よりはやく、なんと海軍省の発表のあった当夜、日本放送協会がラジオで流したという国民合唱『嗚呼神風特別攻撃隊』の歌詞の一部である。放送局から依頼をうけた作詞家野村俊夫《のむらとしお》と作曲家古関裕而《こせきゆうじ》が、電話のやりとりで詞とメロディーを合わせたという。

いったいどんな周到さをもってそんなことが可能だったのかは知るよしもないが、特攻のなんたるかを知ることより、青年たちの命のいかなるものかを考え、人間らしい戦慄をおぼえるよりも、国家犯罪の犠牲を「美鷲の肉弾行」とよんで美化し、犠牲者を「皇国《みくに》の護り神」とよんで神格化する歌をつくり、ハイテンポな明調にのせて音声メディアに流すことが急がれた。

四二年以降、全国民「必聴」をさけばれたほどに普及したラジオはしかも、このころすでに第二放送がなくなり、チャンネルはひとつだけになっていた。

熱涙伝う顔あげて　勲をしのぶ国の民
　永久《とわ》に忘れじその名こそ　神風特別攻撃隊

しかし、曲が流布するよりはやく皇土上空になだれこんできたのは、神風ではなくB29の大編隊だった。

まずやってきたのは偵察機だった。毎日のように、帝都上空に米軍の偵察機が飛来した。そして、しばらく偵察機を見ることがなくなったと思った一一月二四日、ついにB29による東京空襲がはじまった。

最初のターゲットになったのは、北多摩郡武蔵野町にある軍需工場中島飛行機工場だった。来襲した敵機はサイパン、マリアナ基地を発した七〇機あまり。おもに荏原《えばら》付近に投弾。民家はことごとく吹き飛ばされ、なぎ倒され、防空壕に避難していてさえ、ひとり残らず即死したところもあった。

いらい警戒警報、空襲警報は茶飯事となった。しかも夜間、B29は、焼夷弾という、家も人も何もかも都市をまるごと焼きつくすために開発された残虐兵器をごまんと積んでやってきた。

二七日には六〇機が飛来。東京、浜松を空襲して去っていった。

開戦記念日の一二月八日にはかならず敵襲がある。そういっていよいよ警戒をつよめていた矢先の二九日真夜中から三〇日未明にかけて、都心への空襲が断続した。不気味な爆音。泣きわめくサイレン、狂ったように連呼する半鐘の音。かなたの空では、黒い機体が細長い卵のようなものを産み落としている。神田界隈のビルは吹きとび、室町、堀留町あたりは灰燼に帰した。被害家屋は九〇〇〇戸におよんだという。

一二月三日、中島飛行機工場が二度目の空襲をうけた。飛来したのは七〇機。このとき、驚くべきことがおきた。調布、印旛沼《いんばぬま》あたりの上空で、B29に体当たりをして撃墜し、生きて還ったというつわものが現われた。四之宮《しのみや》徹《とおる》中尉ひきいる陸軍「飛行第二四四戦隊」特別攻撃隊「小林部隊」のパイロットたちだった。

五日、陸軍大将東久邇宮稔彦王《ひがしくにのみやなるひこおう》は、彼ら対空特攻隊を「震天制空隊《しんてんせいくうたい》」と命名。同日午後四時には大本営発表があった。

「一一月二四日、帝都付近においてB29を体当たりによって撃墜。壮烈なる戦死を遂げたるは陸軍伍長見田義雄。一二月三日体当たりせる陸軍中尉四之宮徹（生還）、陸軍軍曹澤本政美、陸軍伍長板垣政雄。共に、震天制空隊隊員なり」と。

対空体当たり攻撃。それは「制空」の名を冠するにはあまりにおそまつな作戦、いや、作戦とはとてもよべない暴挙だった。

隊員らが操縦する「三式戦闘機」とB29とでは、速度にも性能にも差がありすぎた。一万メートルの高空を時速六〇〇キロで飛行できるツィンターボ搭載のB29に、追いつくどころか接近するのもままならず、まれに追いつき体当たりに成功しても、防御火器の強固な相手はかんたんには墜落しない。しかも敵機は、かならず何十機、何百機がつぎつぎとやってきて爆弾を投下する。

大本営はしかし、たとえどんなものであれ快挙をもちあげ、目前の不安や恐怖から人々の目をそらす必要にかられていた。

五日、六日、七日……、連日各紙は、裏表二ページしかない紙面の多くを割いて彼らの快挙を褒めあげた。なかにも、体当たりのときに片翼を失い、半身不随となった愛機を操縦して帰還した四之宮中尉や、敵機の尾翼をとばし、そのうえに馬乗りになってとうとう墜落せしめたという中野松美伍長の活躍体験談は、事実確認もうやむやのまま、新聞紙面だけでなく、ラジオをにぎわせることとしきりとなった。都民は熱狂し、戦隊には、勇士にあこがれる若い女性たちからのファンレターが殺到した。

おなじころ伊勢丹では、レイテ神風特別攻撃隊員の遺影や遺書、遺品を陳列したその名も「必死必中展」が開催され、大反響をよんでいた。

空襲による死を恐れる人たちが、特攻隊員の死を讃美する。自棄かそれとも倒錯か。いや、いずれでもないだろう。人々の関心はもっぱら「特攻」という特異な外貌にむけられた。彼らにとって死はまだしも他人事であり、ゆえに死をながめていられた。人々が腹の底からの恐怖をいだくにはまだしばらく時間があった。それゆえに、人々は神風をもてはやし、神州不滅を信じることもできたのだった。

本土の狂騒とはうらはら、一二月七日にはすでにレイテ戦の要《かなめ》、オルモックに連合軍が上陸し、一五日には西岸のアルブエラにも上陸、北どなりのミンドロ島へも上陸作戦を開始した。一八日、大本営はレイテ決戦の一時放棄を決定。二〇日には、レイテにおける日本軍の組織的抵抗は幕をとじた。はじめて特攻作戦がおこなわれた日からちょうど二か月。だが、特攻隊員らの死の乱舞はなおもつづけられた。

この間、一三日には八〇機による名古屋への初空襲があった。三菱重工名古屋発動機工場が標的とされた。

明けて一九四五年。東京の新年はB29とともにやってきた。除夜の鐘にかわる砲撃音。無病息災祈願の火ならぬ被災の炎。浅草、蔵前あたりの焼失家屋は一〇〇〇戸にのぼったといい、余燼鼻をさす元旦の惨景がひろがった。

大晦日の午後一〇時、一日零時、黎明五時、三回にわたる敵機来襲。戦禍はまぬがれたものの、まんじりともせずに年を明かした市民の目に、元旦の朝刊の見出しはどう映ったことだろう。

**霊峰に翼輝くわが精鋭　美し皇土　断じて護持**

でかでかと紙面をかざったのは、霊峰富士を背景に飛行する「震天隊」の「三式戦闘機」の編隊だった。

もっとも、当時の新聞一面には、「いざ」というときに富士山が大写しで載ることがきまりのようになっていたというから、だれも驚かなかったかもしれない。たとえば、サイパン陥落の大本営発表があった翌日の一面にも、岩礁に砕け散る波を前景にした美しい富士の写真が載ったという。「神州巍烈たり、慟哭、霊峰に誓い新た」という見出しをつけられて。

二日、「ささやかに新春を祝ふ　震天隊の猛鷲」。四日「B29六機海へ叩込む　三機仕とめた白井大尉　胸すく中京邀撃戦」。五日には隊員の写真を掲載、八日には「人形お供に　いざB29邀撃へ」として、立教高女生徒から贈られた人形をマスコットとして出撃する「震天隊」勇士の写真が紙面をにぎわせた。

**ああ神鷲の体当り　帝都上空火を噴くB29**

飽くことを知らぬ連日の報道。あわせてデパートでは新聞社肝煎りの展覧会が大盛況。銀座松屋では四之宮中尉の「片翼機」を、日本橋三越では中野伍長の「馬乗機」を特別展示、あまりの好評により両会場とも正月末まで会期を延長し、二月にはさらに日比谷公園でも展示された。

だが、展覧会場をにぎわせた人々のうちの、いったい何人の人が知っただろうか。それからわずか三か月ののち、「片翼機のヒーロー」四之宮徹が、「飛行第二四四戦隊」の仲間や「飛行第七〇戦隊」のパイロットたち一一名をひきいて陸軍特別攻撃隊「第一九振武隊」隊長として知覧におもむき、四月二九日、天長節の二三時三〇分、月明かりのなかを出撃し海に散っていったことを。

ひとたび特攻を命じられた者の前途に「生還」の文字はない。

「母上様、兄上様。只今より出発致します。実に、喜び勇んでおります。ちょうど、小学校時代の遠足を思ひ出します。どんな獲物があるかと、胸をわくわくさせて待っております。決意とか、覚悟といふような、こだわりは少しもなく、本当に、全員、純真無邪気です。小学校に通学する朝、『行って参ります』と云って出かけたことを思ひ出します。本当に嬉しさで一パイです。デハ、『行ッテ参リマス』。御機嫌よう。　　　　　　　　　　　徹

天長の月あび勇む　必勝行　」

出撃直前、月の光をたよりにしたためた走り書きを、ひとりの整備隊員にたくして彼は発っていった。どっしりとした体躯。温厚で人好きのする顔。「行ってきます」といって躍るように家を出ていく息子を見送る母親の表情までが目にうかんでくるような別れのメッセージさながら、すこやかな心をもった若者であったであろう彼は、仲間たちから「西郷さん」とよばれて親しまれていたという。

彼がひきいた「第一九振武隊」は、隊員の二人が殉職、学徒兵四人を含む一〇人がそろって知覧から出撃、九人が還らぬ空への旅人となった。のこされた走り書きは、五月一日、整備隊員の手によって熊本市の四之宮家に届けられたという。

「人形お供に　いざB29邀撃へ」の文字がおどった一月八日朝、宮城前では陸軍始《りくぐんはじめ》大観兵式がおこなわれた。「大」とは名ばかり、航空隊も機甲部隊も戦車隊の参加もない観兵式。愛馬にまたがった大元帥の御服には飾帯も前立てももはやなく、寄せあつめで編成された近衛騎兵隊の紅白の三角旗だけがかろうじてハレの風情をかもしていた。

B29七〇機の空襲をうけた翌九日、フィリピンではついに連合軍がルソン島に上陸した。「天王山」とも「関が原」とも位置づけられた比島戦は絶体絶命のきわに追いこまれた。この日をもって海軍は特攻作戦を終了し、一二日には陸軍特攻も作戦を終了した。フィリピンの海に散った海軍特攻隊員の数はおよそ四二〇人、陸軍特攻隊員はおよそ二五〇人を数えたという。

火の矢なし神風吹けど、吹雪なし神兵降れど、
千万の敵いかにせむ、海覆う船いかにせむ……

除夜の鐘とともに燃えあがった東京の焼け跡に立ち、「げに人間の住みし跡は汚きものかな」と慨嘆し、それでも「全日本人」が「物に憑かれたるがごとく、この凄烈暗澹たる日本の運命を、両手にて支え、一切他事を思う余裕なきが、この正月の気分なり」と記した某作家の一月六日の『日記』の一節だが、「神風吹き、神兵降れど」とは、よくも嘆いたものだった。

各地で積雪量の最深記録を更新した酷寒の二月。三日には連合軍先鋒がマニラに突入。翌日からは、比島戦にかかわる新聞の論調が一変した。あたかも、フィリピンを「天王山」や「関が原」にたとえ、人心を煽ったことなどいち

どもなかったかのように。

二月二一日、精鋭六〇人をよりすぐり、海軍第三航空艦隊がはじめて編成した最大最強の特攻「神風特別攻撃隊第二御盾隊《みたてたい》」三二機が硫黄島沖に出撃し、四五人の命とひきかえに特攻史上最大の戦果をおさめた。

二二日、東京では、二・二六事件の反乱軍がふみしめた雪の深さをしのぐ史上二番めの積雪を記録。硫黄島では、二万人をこえる犠牲をだして組織的な戦闘を終結した。

二三日、ちょうど一年前には、有楽町の日劇ビルに「撃ちてし止まむ」の巨大写真ポスターが掲げられた、まさにその日、東京の空は快晴。ひねもす雪かきにおわれた市民の家々に朝刊がとどいたのは、ようやく夕方になってのことだった。一面には大きく「神風特攻隊第二御盾隊空母を撃沈す」の大戦果が報じられていた。もちろん、すでに摺鉢山の山頂に星条旗がひるがえっていることなど、人々は知るよしもない。

いっぽうで紙面は、本土決戦の近いことを告げていた。「皇土空の包囲企つ。一億一兵に徹し反撃へ」(朝日)、「備へよ、緊迫の本土決戦、敵攻勢瓦解の転換、一億待つ・指導者の大号令」(読売)、「軍は神機を待つ、最後を決する国民の士気、忍んで築け必勝戦力」(毎日)。

一億一兵。本土決戦。築け必勝戦力。各紙がそろって総力戦を煽りはじめた。

二五日午前、雪降りやまぬ都心に二〇〇機をこえるB29と艦載機六〇〇機が大挙殺到。猛烈な無差別爆撃をくりひろげた。焼失した家屋は二万戸とも三万戸ともしれず。靖国神社から焼け野原ごしに隅田川がすっかりながめられたという。

敵は鬼畜だ　幼ない子までなぶり殺しにする奴だ
みんな起《た》て起《た》て日本男子　かくて吹くのだ神風が
皇土日本　一足たりと敵の土足に踏まさりょか
なんの討死《うちじに》死んでも護れ　かくて吹くのだ神風が
コロムビアレコードが「かくて神風は吹く」を発売したのも、まさにこの二月のことだった。腰折れとしかいいようのない歌詞が、高倉敏《たかくらびん》と近江俊郎《おうみとしろう》の声にのせてラジオからもさかんに流された。

けれど、いっこう神風の吹くきざしはない。

夜が明ければ陸軍記念日という三月九日の深夜、B29三三〇機の大群が襲来。一七〇〇トンの焼夷弾を雨のごとくあびせかけ、江東・墨田・台東区など下町四〇平方キロメートルを焦土にした。焼失戸数は二八万戸、一〇万人が犠牲となり、一〇〇万人が罹災した。

ザザーッ、ザアアーッ！ザザッ、ダダダッ！焼夷弾の豪雨。うなりをあげて広がる火の海。パーン、パーンとはねあがり、渦巻きながら夜空に流れていく火の粉。紅色に焦げる空。ゴオーッ！轟音をともなって気道を疾走する風。

海鳴りのような音をたててしなる樹木。巨大な溶鉱炉のなかで赤い柱と化した建物が崩れおちる。たとえようもない不気味な音。

火の帯となった街路を人々は走る。真夏のトカゲさながら黒焦げてころがる屍体を踏みつけたり、つまずいて転んだりしながら逃げる。ようやくみつけた疎開の空き地も人で埋まっている。雹のような火の粉が容赦なく顔面に吹きつける。かつがつ運びだしたわずかな荷物に火がつき、それが人に燃えうつる。燃えあがった人間を、人々は猛火のなかへ突きもどす。そうしなければみんなが炎の餌食となる……。

「一五日の夜また参上します。東京のあと半分はそのときに片づけます」

まだ赤い火がチロチロと地面をなめている帝都の焼け跡に、米軍のメッセージを書いたビラがひらひらと舞いおりてきた。

「アメリカは鷲一〇〇羽、日本は雀二羽。どうして勝てますか……」

一二日、名古屋が夜間空襲をうけた。やってきたB29は二九〇機。二万九〇〇〇戸を焼失させて去っていった。

一三日夜、惨劇の舞台は大阪にうつった。二八〇機が焼夷弾一八〇〇トンをあびせ、中心市街一三万五〇〇〇戸を焼きつくし、死者四〇〇〇人、罹災者五万人を出した。そしてつぎの血祭りは神戸。一七日には、三〇〇機をこえるB29が三万四〇〇〇発、二三〇〇トンの焼夷弾を降らせ、市の西部六万五〇〇〇戸が燃えあがった。

焼夷弾による四大都市への無差別大量殺戮の仕上げとなったのはふたたび名古屋。三一〇機が中区、東区など市の中心部四万戸を焼きはらい、死者一〇〇〇人、一五万人が被災した。三七年に竣工したばかりの六階建ての名古屋駅ビルが炎上するすがたは、はるか郊外の住民の目にもあらわとなり、人々を戦慄させ、絶望させた。

こののち五か月。ポツダム宣言受諾の玉音放送が流れるまさにその当日まで、断続して全国大小の都市という都市を襲い、民間人三〇万人の死者、四〇万人の負傷者、七〇〇万人の罹災者を出すことになる本土空襲のはじまりを告げた弾雨の洗礼は、想像をはるかに絶するものだった。

それはたとえば、「女《をみな》われら断じて戦ふ。皇土護り抜くのみ」などとうたって、連日さかんに女性の覚悟をうながしてきた新聞の大見出しを一瞬にしてむなしくし、また、彼女たちが躍起となって備えてきたあらゆることが、愚かなまでに無益であることを暴露した。

焼夷弾は、鳶口《とびぐち》や長棒で家の外に出し、火叩きでたたけば消火できるなどというシロモノではまったくなかった。水や消火剤をどれだけかけても消えることはない。燃えつきるのをまつしかない。もちろんまってなどいられない。

炎がひろがるのを防ごうとすれば、遮ぎるためにもちいた物そのものに、叩こうとすれば振りおろした当の道具に、踏み消そうとすればかえって靴に、触れるものにことごとく燃えうつっていちめん火の海にする。そんな凶悪なものが雨のように降ってくるのだから「逃げるな、守れ！」どころの騒ぎではない。

　絨毯爆撃の恐ろしさ。残虐兵器のもたらす生き地獄をかいくぐり、あるいは打ちのめされあるいは自失している市民らを、なおも「お国」は民防空《みんぼうくう》へとかりたてた。警察署長は大忙し。各地の隣組《となりぐみ》防空群長をあつめては、防空精・神――たのめるものはもはや精神のほかにはなくなった――を説き、規則と義務、罪と罰をさけぶことに大わらわをくりかえす。

　いわく、市民は老いも女子《おんな》どももみなお国を守る戦士である。命をなげだして持ち場を守るべし。いわく、規則にしたがい、互いに助け合い力を合わせて防空にあたること。不要の建具は取りはらうべし。二階の天井には穴をあけておくべし。水はあたうかぎり大量にいたるところに配置すべし。落ちてきた焼夷弾は、火を噴く側の反対をつかんで水槽や空き地へ投げるべし……。

　説くほどに命じるほどに気炎があがり、たいていの場合それは数時間もまだもつづく。しかもそれは、空襲が重なり、焦土の風景が拡大するたびにエスカレートした。

「こらーっ！みんな逃げるな、最後まで敢闘せよ」

　猛り狂う火のなかで仁王立ちになって怒号する鬼群長も現われた。

「このまちは燃えない。断じて燃えない。逃げるやつは厳罰に処するぞ。逃げちゃいかん。このまちには神様がついておる。決して燃えん。神様がついておるぞぉー！」

　神州不滅の信奉者に共同体を牛耳られ、隣組という名の監視システムにからめとられ、にっちもさっちもいかなくなった市民にできることはきまっている。「神がかり」の信奉者のような顔をすることだ。忠君愛国者のようにふるまうことだ。そのほうがいたずらに腹を減らさずにすむ。いや、ほんとうはどこかで信じていたかった。いまにきっと神風が吹き、日本はかならず勝つのだと。負けるはずはないのだと。

　空襲があるたびに滝のような焼夷弾をあび、いっさいを劫火にさし出し、まる裸にされて赤茶けたトタンと瓦礫の海に立ちつくしても、塩の配給がとだえ、味噌も醤油も底をつき、米粒が二割の粥をすする日々を強いられてなお、人々は神がかりを手放さない。「もはや勝てまい」と理性がいうや、感情がそれをはねかえす。「まさか負けはしないだろう」と。

　青年たちの死の飛行さえもが惰性となり、虚無をさらけだし、陰惨さを増した夏。この国に若い男はいなくなった。全国のおもだった都市はことごとく廃墟と化し、民防空の言葉もむなしく、鬼群長も万事休す。日本中の山林を切りだしても復興はかなわぬかに思われた。

　焼夷弾による無差別大量殺戮のすさまじさを知らず、天皇信仰そのものがいぜん幅をきかせている鄙の地では、出征兵士の見送りのたえることこそなかったが、かつてのような精彩はとうになく、子どもたちの手にあった日の丸の旗もつきてしまった。

　学校の庭に村役人とわずかの老人や女たちがあつまってバンザイを三唱。四十路《よそじ》をこえた一家の主人がとられてゆくのを送りだす。腹を空かせても屈託のない子どもらが笛や太鼓を鳴らして行列する。

「天皇陛下のおんために〜死ねと教えたちちはの〜、赤い血潮をうけついで〜心に決死の赤襷〜」

　酷いということを知らぬ無邪気な声が、陽をうけてはしゃいだように明るい夏草の風景のなかにこだました。

　この国の人たちはただ無知で蒙昧だったのだろうか。あるいは教育の習慣のなせるわざであったのか。それとも、だれもがみな嘘をついていたのだろうか。

　ひもじく、惨めで辛く、腹立たしくてやるせなく……。欠乏と人権蹂躙のきわみのなかで歯噛みをし、ひき裂かれ、奪われ、喪うことの傷みに声を殺しながらも人々はすてなかった。空手形よりもあてにならない「神風の奇蹟」への信を。あたかもそれが、太古から伝わる護符ででもあるかのように。

　皇土日本　一足たりとも敵の土足に踏まさりょか
　なんの討死《うちじに》死んでも護れ　かくて吹くのだ神風が

　はたして、神風はいくらまっても吹かなかった。

　敗戦からひと月たった九月二〇日。GHQ総司令部は「終戦ニ伴フ教科用図書取扱ニ関スル」通牒をだした。これによって、教科書のなかの軍国主義的、好戦的な箇所やウルトラ・ナショナリズムにかかわる箇所がぬりつぶされた。一九四三年（昭和一八）改訂の第六期国定教科書『初等科国史』も真っ黒な冊子となった。

　そして一二月三一日、「修身・日本歴史及ビ地理停止ニ関スル」指令がだされ、授業は停止。真っ黒になった歴史教科書もお払い箱となり、廃品として回収され、廃棄された。


　大日本帝国ハ万世一系ノ天皇之ヲ統治ス。

　恭《つつしみ》て按《あん》ずるに、神祖開国以来、時に盛衰ありと雖《いえども》、世に治乱ありと雖、皇統一系宝祚《ほうそ》の隆《さかえ》は、天地と与《とも》に窮《きわまり》なし。本条、首《はじ》めに立国の大義を掲げ、我が日本帝国は、一系の皇統と相依《あいより》て終始し、古今永遠に亘り一ありて二なく、常ありて変なきことを示し、以て君民の関係を万世に昭《あきら》かにす。

　統治は大位に居り、大権を統《す》べて国土及臣民を治むるなり。古典に天祖の勅を挙けて、「瑞穂国是吾子孫可王《みずほのくにはこれわがうみのこのきみたるべき》之《の》

地《くになり》　宣《よろしく》　爾《いまし》皇孫《すめみま》就而《ゆきて》治焉《しらせ》」と云へり、又神祖を称《とな》へたてまつりて、「始御国天皇《はつくにしらすすめらみこと》」と謂へり。

これは古代王朝のテキストの一部ではない。近代のテキスト「大日本帝国憲法義解《ぎかい》」の第一章第一条のさわりの部分である。「浄御原令《きよみがはらりょう》」の施行からちょうど一二〇〇年にあたる一八八九年、「大宝律令」の改訂版「養老律令」いらいの国家公法「大日本帝国憲法」が発布され、この国は立憲国家として新たな一歩をふみだした。

そのさいに、かつて「養老令」の条文ごとの注釈書として『令義解《りょうのぎげ》』が編まれたように、憲法典とワンセットのものとして公刊された事実上の公定注釈書が『憲法義解』だった。

制度的には、「大日本帝国憲法」は明治天皇の勅命を奉じて伊藤博文が「草案」を起草し、枢密院会議での審議をへて制定された。『憲法義解』は、そのとき枢密院各顧問官に配布した原案理由書とでもいうべき解説文書がもとになっている。

当初、憲法の逐条解説書を公刊することにたいしては賛否があり、起草の多くにかかわった井上毅《いのうえこわし》は彼の私著として出すことを主張、伊藤博文は公的であれ私的であれ、公けにすることとそれじたいに反対した。機密を漏洩すると難ぜられることを危惧したためだ。

結局、伊藤を議長とし、憲法草案関係者と諸学者をメンバーとする共同審査会がもうけられ、半月ほどの審議をへて修正をくわえ、「大日本帝国憲法義解」と「皇室典範義解」をあわせて一冊とし、「枢密院議長伊藤伯著」のかたちで刊行された。

立憲カリスマとして憲法制定作業を主導した伊藤公じきじきの注釈だけあって、一九三〇年（昭和五）、ロンドン海軍軍縮条約に調印した四月には第一四版が、美濃部達吉が不敬罪で告訴された天皇機関説事件のおきた三五年（昭和一〇）には、増補第一五版が発行され、後世の法的解釈に、憲法条項そのものよりも大きな影響力をおよぼした。

「恭《つつし》て按《あん》ずるに、我が国君民の分義は既に肇造《ちょうぞう》の時に定まる」すなわち「思うに、わが国の君主と臣民の区別は、世界のはじまりのときにすでに定まっている」。

「義解」序の冒頭の一文は、憲法がいかなる性質のものであるかを明快に語っている。つまり「大日本帝国憲法」が、「律令」と哲学の核心においてかわりはないということを。

それは、わずかに第一章第一条をみただけでも瞭然とする。憲法は、まず「大日本帝国ハ万世一系ノ天皇之ヲ統治ス」と国体を規定し、「万世一系」の統治を根拠づけるために「義解」で古典を引用する。

「神祖がわが国を開いていらい、皇統一系の天子の位のさかんであることは、天地に窮まるところがないようにとこしえである。本条は、はじめに立国の大義をかかげ、わが日本帝国が一系の皇統とともに永遠不変であることを確認し、君臣の関係をあきらかにする。統治とは、天皇が大権を統べ、国土と臣民を治めることである。古典には天祖の勅をあげ、神祖が『瑞穂国はわが子孫が王となるべき地である。皇孫よ、行って治めよ』といわれたと記されている。また、神祖を称えて『始御国天皇《はつくにしらすすめらみこと》』といったとも書かれている」と。

開国の祖を「神祖」とよび、「天子」である天皇の統治の正当性を「天祖の勅」にもとめている。すなわち、「万世一系」の哲学の核心には「天孫降臨」と「神勅」があるというわけだ。

だが、「天祖の勅」が書いてあるという「古典」『日本書紀』の本文には『義解』が引く勅「瑞穂国是吾子孫《みずほのくにはこれわがうみのこの》可王之地《きみたるべきのくになり》　宣《よろしく》　爾《いまし》皇孫《すめみま》就《ゆき》而《て》治焉《しらせ》」は記されていない。それは、本文ではなく「一書《あるふみ》」のなかにある。

「一書」というのは本文にたいして文注《ぶんちゅう》のあつかいで付記された異伝、異文のことをいう。「神代下《かみのよのしものまき》」の「天孫降臨章」には「一書《あるふみ》に曰《い》はく」として第一から第八まで八本の異伝を記していて、「神勅」は第一の「一書」のなかにある。

つぎに『義解』は、『古事記』の熊襲《くまそ》征伐にでかけた景行天皇の皇子ヤマトタケルのことばと、『続日本紀』にある文武天皇「即位宣命《せんみょう》」をひきあいにだす。

「日本武尊《やまとたけるのみこと》のことばに『わたしは纏向《まきむく》の日代宮《ひしろのみや》で大八島国《おおやしまのくに》を知ろしめす大帯日子淤斯呂和気天皇《おおたらしひこおしろわけのすめらみこと》の御子』とある。また、文武天皇即位の詔に『天皇の御子が生まれるにしたがって継承してきた大八島国統治の順序』とあり、それをうけついだ天皇が『国土と天下を治め、公民を慈しむ』とある。のち、代々の天皇はみなこれをもって伝国の大訓とし、『御大八洲天皇《おおやしましましろしめすすめらみこと》』を詔書の例式とされた」と。

そうやって代々の天皇はこの国を統治してきたのであり、憲法はこれをよりどころとし、これに基礎づけられるというのである。つまり、近代国民国家の確立期に制定された「大日本帝国憲法」は、律令制と律令的天皇制の確立期に撰述、編纂された「天皇の物語」をよりどころにして成り立っている。

かつて、古代中国を模倣して自分たちの世界をつくろうとしたヤマトの支配者たちは、みずからを帝国として、すなわち皇帝レベルの王権である「天皇」が君臨し、帝国法である「律令」をもち、独自の支配秩序をもった国として語り、確認し、東アジアの文字文化世界に表わし出そうとして挑戦と葛藤をくりひろげた。

のち一二〇〇年。西欧列強がリードする「万国公法」の世界に小船でのりだし、彼らとならびたつ「一等国」たろうとして立憲政体と近代天皇制の確立につとめたこの国のリーダーたちがえらんだのは、古代天皇制国家のイデオロギー的産物である「起源神話」「建国神話」すなわち「天皇の物語」の近代的変換と制度化だった。

まもなくそれは、日清戦争がもたらしたナショナリズムの昂揚をへて、強烈な民族的文化的固有性の確信と、民族的国民国家への一体化をうながし、新たな「日本神話」を生み出してゆく。

そしていま、「天皇の物語」はなおも意味を更新して生きつづけ、われわれを容易に「日本神話」の枠組みから解放させずにいる。

# 1935 学匪—洋服をつけ本を手にもてる高氏《たかうじ》

総《すべ》ての国家には必ず一定の政体がある。政体といふのは、簡単に言へば、国家機関の組織といふことであります。国家には必ず種々の国家の機関がある。……機関があるによって始めて国家が国家として活動し、存在していくことが出来るのであります。国家の機関はその種類極めて多く、上は君主より下は交番の巡査に至るまで総て国家の機関たるものであり、精密に言へば……総ての国民が皆国家の機関であると言ふことが出来るのであります。

立憲君主政体の最も著しい特色は、君主の外に、国民の代表者として国民から選挙した国会があって、国会が立法権およびその他重要なる国家の行為に参与するの権を有っていることにある。一口に言へば、国民の代表者たる国会の置かれてあることが立憲君主政体の最も主なる特色であり、立憲政体たるには、必ず国会が無ければならぬ。すなわち全国民が国会を通じて国政に参与するものでなければならぬのであります。

今は余り行はれぬ語でありますが、古くは、立憲政体の事を称して、君民同治の政治と言っておりましたが、これは能く簡単に立憲政体の特色を言ひ表はしたもので、立憲政体においては、吾々国民は、単に被治者たるのみならず、同時にまた自ら治者の一員となりて、国権に服従すると共に、また一面において自ら国政に参与するのであります。すなわち、君主と国民と共同して国家の権力を行っていくといふのが立憲君主政体の本質であります。

いま一つ述べて置きたいと思ふのは国体といふ語であります。普通、国体は何人《なんぴと》が統治権の主体であるかによるの区別で、政体はその統治権を行ふ方法の異なるによるの区別であるとしておりまして、国体には君主国体と共和国体、政体には専制政体と立憲政体との区別があるとしておる説があります。が、私はこの説をもって断じて誤であると信じております。この説によると、日本の如きは君主国体であってしかして立憲政体である。立憲政体的君主国体と言はねばならぬことになるのでありますが、ことに、君主国においては君主が統治権の主体であり、共和国においては国民が統治権の主体であるとするのは、その根本の誤謬であります。

国家が一の権力団体であるといふことは君主国も共和国も全く同様であって、その権力は国家といふ共同団体それ自身に属しているものと見るべきものであります。国家それ自身が統治権の主体たるもので、君主国と共和国との区別は専らこの統治権を行ふ機関が異なるによって生ずるの区別で、決して統治権の主体のいかんによるの区別ではない。

これを国体と言っても、または政体と言っても宜い訳でありますが、ただ国体といふ語は、従来一般に国家の成り立ちといふほどの広い意味に用ゐられているのが通常で、教育勅語の中にも「是我が国体の精華にして」云々といふ語がありますが、これは決して君主国体とかいふやうなことを意味しておるのでないことは勿論であります。

■美濃部達吉『憲法講話』（一九一二年）より抄出

前日の予報をみごとにうらぎったすきのない青空。陽光《ひかり》をむさぼるように匂いたつ並木の桜。

　待つ者の心をもてあそびつづけてきたひねくれものの春が、ついに最大の気まぐれを演じて帝都に万朶《ばんだ》をふりまいた一九三五年（昭和一〇）四月六日、東京駅には天皇裕仁のすがたがあった。


かしこくも天皇陛下におかせられましては、天機ことのほか麗しく、緋《ひ》の絨毯に玉歩《ぎょくほ》をはこばさせられ、総理大臣はじめ文武《ぶんぶ》顕官《けんかん》奉迎申しあげるうちを、ホーム中央に出御あそばされました……


ホームの待合室のかたわらにもうけられた放送席。針一本おちても聞こえるほどの静寂のなかに、中村茂アナウンサーの声だけがひびく。あるかなしかの微風が臣民の声を玉座にはこんで、天皇の耳を冒しめる不敬をなすのではないかとおそれるあまり、彼は、声を低くひくくおさえ、心を千々に乱していた。

　午前一一時三〇分、満州国皇帝愛新覚羅溥儀《あいしんかくらふぎ》をのせた御《お》召列車《めしれっしゃ》が東京駅に到着し、皇帝はホームにむかえた天皇とかたく握手をかわした。

　大連を発った御召艦「比叡」が横浜に入港したのは同日午前九時。「那智」「那珂」「厳島」をはじめとする連合艦隊の主力七〇隻、航空機二〇〇機が若き皇帝をむかえ、横須賀、館山、霞ヶ浦海軍航空隊よりすぐりの数十機が、三機あるいは五機とたくみに編隊をかえながら、大空に息を呑むような飛行ラインを描いて歓迎した。

　ゆっくりと接岸する「比叡」。皇礼砲二一発が打ちはなたれ、艦上では、展望台の中央に直立した皇帝が、挙手の答礼をもって歓迎にこたえた。

　御召艦「比叡」は、五年前のロンドン海軍軍縮会議のとり決めによって廃艦の対象とされ、機関の一部を軽減することを条件に練習艦としての保有をみとめられた戦艦だった。そのさいに失われた第四砲塔――軍縮条約失効をみこんだ翌年末の改装によって復活する――に凸状の台座をきずいてもうけられた展望台。艦上ひときわ高いその台座に立ち、岸壁をうめつくした異境の人々を見おろすようにして彼は「この国」にむかえられたのだった。

　長身蒼顔。眼鏡の柄のかかった右のこめかみあたりにすっと伸ばされた手。白さだけがきわだってみえる手袋のなかには、幼きには清国皇帝として、まもなく廃帝として禁城のなかに長じ、いまは満州へと拉《らっ》された人の、おそらくは細く長い指が――運命がもたらす苦悩とはうらはら、穢世の水をいちども汲んだことのない清らな指が――つつまれている。

　九時三〇分、第一四号ブイに繋留。四五分にはふたたび皇礼砲がとどろき、陸軍大尉秩父宮雍仁《やすひと》王が艦内へとすすんで皇帝と対面した。

三《み》たびの皇礼砲。秩父宮とならんではじめて日本の地をふんだ溥儀は、第一師団長、県知事、市長らに賜閲、粛然とならぶ陸海軍儀仗兵《ぎじょうへい》を閲兵したあと、四《よ》たびはなたれた皇礼砲のこだまをくぐって御召列車に乗車し、地元の有力者や有資格者、在郷軍人会、青年団、学校生徒ら一〇〇〇人が日満の小国旗をふって歓声をあげるなか、東京にむけて出発した。一〇時四五分のことだった。

東京ホームに出むかえた天皇裕仁。悶着のあげくの出御だった。

本来、みずからが招いた帝室の賓客をむかえに出ることは道理であり、礼儀にも国際慣例にもかなっていた。それが難しいというのだ。軍だった。やれ玉体のお出ましは国威を損ねるの、やれ大日本帝国の最高司令官たる大元帥が満州国皇帝に敬礼するのは威信にかかわるのと、とりわけ陸軍上層部からは隠々《いんいん》執拗な圧力が侍従武官長や宮内大臣らにむけられ、おのずから天皇の耳にもそれらはとどいていた。

軍の総意は、「天皇にたいする崇敬は現人神《あらひとがみ》への信仰であり、他国の皇帝への敬意とはくらぶべくもなく、したがって天皇と皇帝、すなわち神と人とが同席同列のさいに敬礼をおこなうのは堪えがたいので、いっそ天皇の出御そのものを見合わせてほしい」というものだった。いわんや満州国は、他国とは名ばかり、彼らがでっちあげたにひとしい国なのだった。

結局は、内々に宸断《しんだん》を仰ぐというかたちで軍部の譲歩を得るにいたったのだったが、特命観兵式で満州皇帝にたいして軍旗の敬礼をおこなうことは断固拒否を押しとおした。

「軍旗はどうして朕《わたし》の敬意をはらう賓客にたいして敬礼しないのか」

軍部の要求を伝えてくる本庄繁《ほんじょうしげる》侍従武官長に天皇はたずねた。

「おそれながら、陛下の御下賜あそばされた軍旗は、平時戦時をつうじて全軍の信仰の的であります」

「してみると、軍旗は朕よりも尊い地位にあるものと考えられるが……」

「いえ、そうではございません。軍旗は天皇の象徴、陛下そのものであります。ゆえに、軍旗のおもむくところ、将兵は水火をも辞せずただちに進軍します。わが国軍の忠勇なることは、じつに崇厳なる軍旗に負うところが多いと心得ます。したがって軍旗にたいする信仰を幾分にても減ずるようなことは……」

軍部と宮中のあいだでこもごもやりとりがかさねられたと伝えられるが、こうやって天皇の統治権の内実はまたひとつ確実に形骸化された。みずからを「皇軍」と称する軍そのものによって。

　皇軍。一八七八年（明治一一）に山県有朋が参謀本部と「参謀本部条例」をつくり、翌年「天皇みずから大元帥の地位に立ちたまひ、兵馬の大権を親裁したまふ」との布告が出されていらい日本の軍隊は天皇親率の軍隊となった。これに「皇軍」名をあたえたのは、「統帥権の本質は力にして、その作用は超法規的なり」というおそるべきフレーズをもつ極秘本『統帥参考』をつくった陸軍大将荒木貞夫だといわれる。

　満州事変によってあからさまになった軍部の専断。いらい軍部にたいする不審は、けっして碧空を見せまいとわだかまる暗雲のように天皇の胸中を重くしていた。

　事実上の中国侵略である事変と満州国建設。くりかえされる軍部の政治的独善行動。その温床となっているものが牙をむいた五・一五軍事テロ。競《きお》いたつ青壮年将校らの動き。憲法にさだめた統帥規律を公然と逸脱する軍部の意思にひきずられるがまま余儀なくされた国際連盟からの離脱……。

　一九〇一年（明治三四）、二〇世紀のはじまりの年に生をうけ、満一〇歳のときに陸軍歩兵少尉兼海軍少尉となり、一三歳で中尉に、一五歳の年に立太子礼をすませて大尉に、一九歳で少佐に昇進、二〇歳で摂政となり、二二歳で中佐、二四歳で大佐、二五歳で即位し、大元帥となった裕仁が、諒闇の明けるのをまって即位礼と大嘗祭をいとなんだのは一九二八年（昭和三）の秋のことだった。

　『詩経』の「万邦協和、百姓昭明」からとった「昭和」の号さながら、民心の融和と世界平和、人類の福祉をかかげて治世にのりだしたのもつかのま、満三〇歳を数えてからのち四年のあいだにたたみかけるように生起した憂事はことごとくが祖宗の威徳を傷つけ、明治大帝が創制したものを破壊することばかりだった。

　わけても憲法を擁護し、国際条約を尊重することは、天皇明治の継嗣を自負する者のつとめであり、裕仁自身、帝王学の精髄としてそれらを厳守する覚悟だった。

　にもかかわらず、いまやあらゆる判断の前提から暴力による叛乱あるいは政変というファクターを外すことが難しくなっていた。ことに、近時とみに鼻息の荒くなった陸軍は、自分たちの主張がとおらなければクーデターも辞さぬとのかまえをチラつかせる。彼らの暴走をゆるさぬよう神経をとがらせ、そこに巣食う悪性腫瘍のごとき勢力を刺激せぬよう慎重に動静をみきわめなければならなかった。

　いっぽう溥儀は、目のくらむような歓迎にただただ圧倒されていた。

　駅前広場にもうけられた唐風の奉迎門。街じゅうにひるがえる満州国旗。大通りごとにかけられた奉迎のアーケード。路面をつぎつぎと走りぬける花電車。日没とともにそれらはライトアップされて夜空に浮かびあがり、あるいは電飾にいろどられて光彩をはなった。ひねもすよもすがら祝賀にくりだす大勢の市民たち。連日もよおされる華燭の宴、観兵式、観劇……。一五日までの帝都滞在中、護衛のために動員された警察官の延べ数は、じつに二万七三五二人にのぼったという。

それらお祭り騒ぎさながらの歓迎ともてなしは、自身のおかれた境遇にわずかなりとも幻想をいだくことのできた当時の溥儀を感動させ、有頂天にさせるにあまりあった。

海平似鏡　万里遠航
両邦携手　永固東方

このとき彼は、日本国と満州国がならびたち、ともに手をたずさえて東アジアのリーダーとなるべき未来をはじめて信じることができた。なぜなら、日本国民が、日本国天皇にたいするのと同じように皇帝溥儀を遇したからだった。もちろんそれはまったくの錯覚でしかなかったが。

満州事変の二か月後に天津から強引に連れ出された溥儀が、建国まもない満州国の執政の座にすえられたのは、一九三二年（昭和七）三月九日のことだった。溥儀、満二六歳。「なんという不幸な人相の持ち主であったか……顔面に露呈された凶相が私をおどろかせた」と、ときの吉林《きつりん》総領事をしてそう戦慄せしめたほどの翳りを相貌にやどした貴公子の執政就任式は、日満両国の列席者の顔ぶれとはうらはら、みすぼらしいほど簡素な会場での「専門学校の卒業式程度の儀式」だった。

執政の座についた溥儀には、満州国の統治者として「組織法」上、立法権を行使し、行政権、司法権を執行し、法律と同等の訓令を公布し、官制を定め、官吏を任命し、陸海軍を統帥することが定められていたが、現実には、自身の外出を決定し実行することさえできなかった。

「満州国建国宣言」の公布からまる二年目の建国記念日、三四年三月一日には、溥儀の皇帝即位の大典がいとなまれた。

満州の春はおそく、この日もまた酷寒としか名ざしようのない荒寥たる寒さのなかを、容赦のない風が音をたてて吹きよせては駆けぬけていく。即位儀のために煉瓦と土で高々ときずかれた壇の上へとつづく階段を、絹服の鮮やかな色彩につつまれた青年がゆっくりとのぼっていく。清朝皇帝だけが身につけることのできる黄色の竜袍《ロンパオ》。先代光緒帝が身につけたこの竜袍をまとうことに、溥儀はことさらこだわった。たしかにそれは、清朝再興の夢をつかのま現実につなぎとめることのできるかけがえのない遺物にちがいなかった。

儀式に参列したのは、清朝最後の皇帝にして廃帝であった彼を満州国の帝位につかしめた日本の軍人たち、傀儡政府に与《くみ》することで「濡れ手に粟」をもくろむ中国官吏たち、そして外国通信員ら……。かならずしも多くはないそれらの人々の注視のなかを、彼は壇上へとすすんでいく。凄愴としたその光景は、いっそうの悲運と逆境を約束するものでしかない玉座へと足をすすめる青年の、後半生を暗示するかのようだった。あらゆる蹂躙にたえ、怨念を封じ、底なしの孤独を友とするしかない運命に翻弄されつづけていく人の……。

絹の幕がはりめぐらされた玉座につく。すでに清朝皇帝として二度、そしてこんどは満州国皇帝として三度目にふむ玉座……。一頭の小牛が犠牲の血を流す。絹と酒、宝玉が天にささげられ、青年は三《み》たび地にひれ伏して祈りの言葉をとなえる。天帝から統治の委任をうける中国の古式にのっとっての即位儀だ。

儀式をおえ、壇をおりる。そして真紅の宮廷車にすべりこむ。六〇〇〇万ドルを注ぎこんだというリンカーンの車体は鋼鉄で補強され、窓は三重張り、機関銃弾も貫通せぬよう厳重装備がほどこされていた。

だれひとり通るはずもない道を、往路どうよう、護衛隊のオートバイにピタリつきそわれながらリンカーンは去ってゆく。沿道の両側には、八キロメートルにわたって五万の満州国軍兵士が整列し、そのうしろに二倍の数の日本軍兵士が立ちならんだ。銃剣をつけていない満州国軍を、銃剣をつけた日本国軍が監視するためだった。

ローマ法王庁、サルバドル、ドミニカ、エストニア、そして日本の五か国だけが承認する新生国家。満州国民とよべる者のひとりもいない新生国家の、いっさいの通行を止められた首都新京《しんきょう》において、ひとりの拍手も歓呼もないなかでいとなまれた皇帝即位の大典は、某アメリカ人ジャーナリストが「なんと複雑怪奇な東洋のドラマであろう」と感嘆したというのもなるほどとうなずけるほどに、尋常ならざるものだった。

当時、各地にちらばっていた雑軍をかきあつめて統合し、中央の直轄軍として再編された満州国軍は八万数千人の兵力を擁していた。その国軍に、皇帝の名によってまもなく「軍人勅諭」が煥発され、日本国とおなじく大典観兵式、観艦式、軍旗の授受、親裁による特別演習などがおこなわれるようになる。皇帝の掌握する軍隊が整ったというわけだ、表面上は。なぜなら、統帥権が皇帝にゆだねられることはなかったからである。

それらの日々から一年。即位の祝賀のために天皇の名代《みょうだい》として満州を訪れた秩父宮とのかねての約束がはたされ、溥儀ははじめて日本国の帝都、東京をまのあたりにした。長身のこなしは楚々としてすずしく、ながめようによっては優しくも穏やかにもみえる表情をたたえた満州国皇帝。その眼鏡ごしに見る上野や不忍池《しのばずのいけ》の盛りの花は、彼の胸のうちにはどのように映じたものだろう。

けふぞ曠古の大盛儀
栄光天地に満ち溢れ　満州国皇帝陛下御入京

傀儡とはいえ一国の元首の公式訪問は「この国」にとっては空前の盛儀だった。四月六日の夕刊、翌七日の朝刊各紙はこぞって天皇裕仁と皇帝溥儀の歴史的な対面を報じ、称讃をおしまなかった。

「かしこくも天皇陛下には竜駕を東京駅に進めたまい、蘭薫る国の皇帝陛下をお出迎えあらせられ、駅頭固き御握手をかわさせたもうた。まさに皇国九千万同胞と盟邦三千万の民衆の待望おかざりし歴史的な一瞬！東亜の和平を守る日満の礎石は厳として磐石のようにすえられた……」

いっぽう、この前後、しかるべき人々の関心はむしろ別事にむけられていた。皇帝着京の日をさけて一日くり延べられた美濃部達吉の取調べのゆくえだった。

四月七日午前八時、学士院会員にして貴族院勅選議員であった東京帝国大学名誉教授美濃部達吉は、東京地方検事局に任意出頭のかたちで召喚された。憲法学者としての彼の学説「天皇機関説」にかかわって、不敬罪で告発されていたためだった。

「花の咲く日……あたたかい日でね……」

取調べにあたった検事にもその日は、爛漫たる花の記憶とともに思いおこされた。

「新聞記者なんて詰めていますから、なるべく人目につかないようにしたほうが先生もぐあいがいいだろうと考えまして、とくに四月七日の休みの日をえらんで、刑務協会といって刑務所の職員の協会があるのですが、その二階の常務理事長室を空けさせせまして、カーテンをしめきってやったのです」

美濃部の死後二年、いわゆる「天皇機関説事件」から一五年をへた、一九五〇年七月から五一年二月にかけて四度にわたってもうけられた「座談会」——一九六九年に法律雑誌『ジュリスト』に掲載——の席で、かつての担当検事はそう語った。

天皇機関説事件。それは、「機関説」といわれる憲法学説が、すなわち、日本国家の主権は天皇個人にあるのではなく国家自体にあり、天皇は主権国家のもとにある諸機関の最高機関として統治権を総攬するにすぎないとする「学説」が、公権力によって禁圧された事件であり、それによって「学問」としての憲法解釈が政治判断され、国定化された事件だった。

あるいはそれは、神権主義的超合理主義が科学的合理主義を封殺せしめた事件であったとも、自由主義的立憲主義が神権的軍国的絶対主義に屈した事件であったとも、学問の自由、思想の自由、表現の自由がまっこうから否定された事件——明治憲法下ではあらゆる臣民の自由権に制約があったということを考慮したうえにおいても——であったともいえようし、あるいはまた、「軍」という実力の支配者と彼らの手足となった右翼のまえに、政府や政党、学界、言論界がいくじのなさをさらけだし、完膚なき敗北を喫した事件であったとも、あるいは、超国家主義、神権主義、軍国主義、ファシズム進軍のために、機関説と美濃部達吉がスケープゴートとして供された事件であったとも、さまざまに定義することができる、珍妙だが、歴史を画する事件だった。

珍妙なというのはほかでもない。事件は、機関説事件でありながら、当の機関説そのものが台風の目のごとき無風のなかに置きざりにされたまま推移したのだった。いうなればそれは、「国体」という名の目にみえない大鍋《パン》に、権力がらみの次元の異なるファクターをいっしょくたに投げ入れ、「悪」のレッテルをはられた「機関説」という名の道具でスクランブルするかのように展開したのだった。

一〇年後の一九四五年八月、敗戦によって悪夢から醒めてみればそれはただ愚劣きわまりなく、好戦・急進派であるか穏健・漸進派であるかによらず、また自覚的であるとないとにかかわらず、道具をふりまわした当事者のだれもが、方法のちがいこそあれ、この国の全体主義化をのぞんだ人々であり、多かれ少なかれ天皇の大権を潜奪せんとする、つまり天皇をマリオネットあるいはロボット化しようとする勢力に与《くみ》する人々であったことを思えば滑稽ですらある。けれども悲劇的滑稽は現実に演じられ、その結果、この国の人々の思考を停止せしめ、思想の自由の息の根を止めてしまった。

思想の自由の息の根を……！

大袈裟ではない。事件は、「神聖なる我国体に戻《モト》り其《その》本義を愆《あやま》る」言説は「芟除《さんじょ》せざるべからず」との政府による「声明」をもって終息したのであり、いらい「国体」と相容れない言説は芟除、すなわち雑草を薙ぎたおすように除き去られることとなり、それらを根絶やしにすることが官僚組織の至上命題となったのだから。

ここにいう「国体」とは、おなじく政府「声明」に「我が国体は天孫降臨の際下し賜へる御神勅に依り昭示せらる所にして」とあるように、神勅「豊葦原《とよあしはら》の千五百秋《ちいほあき》の瑞《みず》穂《ほ》の国は是《こ》れ吾《わ》が子孫《うみのこ》の王《きみ》たるべき地《くに》なり。宜《よろ》しく爾皇孫《いましすめみま》就《ゆ》きて治《しら》せ。行矣《さきくませ》。宝祚《あまつひつぎ》の隆《さか》えまさんこと、当《まさ》に天壌《あめつち》と窮《きはま》り無《な》かるべし」によって議論の余地がないほど明白かつ神聖なものだという。

国民学校三年生の教科書のことばになおすならそれは、天照大神が「ににぎのみこと」に「日本の国は、わが子わが孫、その子その孫の、次々にお治めになる国であります。みことよ、行ってお治めなさい。おだいじに。天皇の御位は、天地のつづくかぎり、いつまでもさかえましょうぞ」と仰せになったとおり、明らかで尊いものなのだということになる。

科学や近代的な学問から、なんとそれはかけ離れたところのものだろう！にもかかわらず、これに抵触する言説は排撃され、刈りはらわれ、根こそぎにされる。しかも国家権力による組織的な事業として。

そのことがいかにとりかえしのつかないことであったかは、この国が憑かれたようにカタストロフィーにむけて走りつづけた、のち一〇年の歴史が証すとおりである。

さて、「花の咲く日」四月七日の美濃部達吉の召喚は、大鍋《パン》に投げこまれたゴタゴタのうちの一ファクターである告訴事件の解決にむけておこなわれたものだった。

ひと月あまり前の二月二八日、美濃部は、陸軍少将にして奈良県選出の衆議院議員江《え》藤《とう》源《げん》九郎《くろう》によって、彼の著書『逐条憲法精義』『憲法撮要』および、彼の貴族院における議会答弁の内容をもって「不敬」の事実を告発されていた。

いわく、現枢密院議長にして法学者でもある一《いち》木《き》喜《き》徳郎《とくろう》がかつて欧米から不逞きわまる憲法学説を移入するや、美濃部はその亜流をくみ、天皇機関説なるものを宣伝流布して、三〇年あまりものあいだ帝国国民をまどわした。またいわく、美濃部は、国体を理由として神授君権のごとき思想をもってわが憲法の主義とするのは誤りだと説き、統治権の主体は国家にあって、君主は国家の機関であると説いた。告発人はかねてより、美濃部の言動は「刑法七四条」の不敬行為にあたると考えていた……と。

刑法七四条は「天皇、太皇太后、皇太后、皇后、皇太子又ハ皇太孫ニ対シ不敬ノ行為アリタル者ハ三月以上五年以下ノ懲役ニ処ス」と定めている。

三月七日、江藤はさらに、国務大臣の責任制とのかかわりにおいて天皇の詔勅を批判することはゆるされるとする美濃部の説を、不敬であるとして追加告発した。

もちろん、告訴などということが忽然と出てくるはずはない。すでにそれは「大日本帝国憲法」制定当初からくすぶりつづけてきた火種が、ついに炎を噴いたということでもあった。

憲法制定いらい、右傾の官僚たちはつねに憲法の民主主義的解釈を妨げようとしてきたのであり、愛国尊王の仮面をかぶり、天皇親政の実現をたてまえとして独裁政治をみちびこうとする勢力は、軍の一部にも民間右翼にも根づよく存在した。それら官民の右派の動きが、在郷軍人議員の動きと連動してついに帝国議会にもちこまれ、パラドクシカルなことに、議会主義をささえる根本思想である美濃部の憲法学説を攻撃したのだった。

もっとも、数年来美濃部は、立憲政治の常道である政党内閣制を否定するような発言や、議会を軽視する「円卓巨頭会議」構想などを提唱していたという事実もみのがすことができない。そのことが議会の多数派「政友会」の批判をまねき、右傾勢力による機関説排撃の機運を構造的な潜在力としてささえ、まもなく倒閣のための機関説排撃として燃えあがることになる。

　そもそも、江藤源九郎が衆議院でさいしょに質問演説にたったのは二月七日のこと。そのさい彼は、美濃部の憲法解釈が「皇室ノ尊厳ヲ冒瀆」するものであり、「出版法二六条」違反に該当するため、著書を発禁処分にすべきだとして内務大臣の責任を追及した。

　二月一八日には貴族院でも火の手があがった。陸軍中将男爵菊池《きくち》武夫《たけお》、子爵三室戸《みむろど》敬光《ゆきみつ》、男爵井上清純《いのうえきよずみ》議員らが、どうようの質問演説を内務、文部、司法大臣にたいしてこころみた。

「わが皇国の憲法を解釈いたしまする著作のなかで、金甌《きんおう》無闕《むけつ》なる皇国の国体を破壊するようなものがございます。学徒の師表となり、社会の木鐸《ぼくたく》をもって任ずべき帝国大学の教授、学者というような方の、これが著述であるにおいて、わたくしは痛恨に堪えざる者でございます。これらの著作があることを政府はお認めになっておるかどうかをおたずねする」

　菊池議員の質疑にたいする文部大臣松田源治《まつだげんじ》の応答は、「夏の虫」か「悪魔の殉教者」さながらまったく用意を欠いたものだった。

「いかなる教授がいかなる書物に、どういうことを書いたということを指摘してもらわなければ、答弁することはできませぬ」

　みずから火中に飛びこんでしまった！

「ただいま大臣から、わたくしからそう云うものを指摘せねば分からぬというようなことでございますので、それじゃもう……そのような事柄にはかねてご注意がないものと申しあげるよりほかに致し方がございませぬ」

　そうでなくても縷々くりひろげるはずだったシナリオを、欣然として質問者は開陳した。

「それじゃあ……具体的に申しあげます。第一に『法窓閑話』……」

　枕として槍玉にあがったのは東京帝大法学部教授末弘厳《すえひろいず》太郎《たろう》の著書であり、そのつぎに渦中の美濃部、それにかかわって、彼らがもっとも葬りたい人物のひとり、枢相一木《いちき》の名があげられた。

　天皇機関説はそもそも、ドイツのイエリネックの「国家法人説」を大日本帝国憲法の解釈に応用して、一木喜徳郎らによって提唱されたもので、その流れをくむ末弘厳太郎は、すでに前年の六月、国士舘大学教授蓑田胸喜《みのたむねき》をはじめとする右翼団体の一部から、『法窓閑話』などの著書をもって治安維持法違反、不敬罪、国憲紊乱罪で告発をうけ、一一月に不起訴処分とされていた。

「さらにまた本がございまするから申しあげます。美濃部博士の御著述、『憲法撮要』『憲法精義』というような本でございます。それから、雑誌に、たいへん一木喜徳郎博士に私淑せられて、自分が公法学の研究をはじめ、終生これにゆだねたというような記事がございますので、さらに調べますと、一木博士の『国法学説』明治三十二年版の抜粋がございます。これをあなたご覧になりますれば偉大なるもので……」

質問者の抑揚が、おそらく歌舞伎役者の立ち回りのように大仰慇懃であっただろうことが、議事「速記録」の字面にみてとれる。

「これは要するに憲法上、統治の主体が天皇にあらずして国家にありとか民にありとかいう、ドイツにそんなのが起こってからのことでございますが、その真似の本にすぎないのでございます。わが国で、統治の主体が天皇にあるのでないということを断然公言するような学者、著者というものが、いったい司法上から許されるべきものでございましょうか。これは緩慢なる謀叛になり、明らかなる叛逆になるのです」

質問演説において菊池は、末弘、美濃部、一木三者の著作の内容をもって叛逆的思想だと弾じた。いち学者である末弘はともかく、勅選議員である美濃部、わけても枢密院議長の要職にある一木が叛逆思想のもちぬしであるというのは穏やかではない。

これにたいして松田文相は、「もうずっと以前から、天皇は国家の主体なりや、天皇は国家の機関なりやという論が対立しており、今日までその点は論議され」つづけているということを理由に、機関説については「学者の議論に委《まか》しておくことが相当ではないか」と答弁し、内務大臣も司法大臣もそれを肯定した。もちろん、その程度の答弁で質問者が矛をおさめるはずはない。政府の対応はまったくもって手緩《てぬる》いと気炎をあげた。

「文部大臣は、憲法の議論のことは学者任せがよろしかろう、俺は天皇機関説に反対だという。いったいドイツの学問のあれは輸入でござんしょう。みんなドイツに行って学んできた者が、説がないから種をお売りになる。何もえらい独創なんぞいう頭は微塵もない。学者の学問倒れで、学《がく》匪《ひ》となったものでございます。わたくしは名づけて学匪と申す。支那《しな》にも土匪《どひ》はたくさんございますが、日本の学匪でございます……」

「匪」とは、略奪、暴行をわざとする武装集団のことをいう。機関説を説くことは緩慢なる「謀叛」であり、明らかなる「叛逆」であり、それを説く者は「学匪」であるといい、「支那の土匪」とどうよう「日本の学匪」も討伐すべきだという。某評者の表現をかりればまさに「羽織ゴロ的放言」だった。

これをうけて立ったのが、腰くだけの国務大臣たちではなく、槍玉にあげられた美濃部自身だった。一週間後の二月二五日の議会において、博士は「一身上の弁明」をおこなった。冒頭、博士は弁明のやむなきにいたった遺憾をこう表わした。

「日本臣民にとりまして、叛逆者である、謀叛人であるといわれまするのは侮辱このうえもないことと存ずるのであります。また学問を専攻しております者にとって学匪といわれますことは、ひとしく堪え難い侮辱であると存ずるのであります」

さらに、このような言論が貴族院の議場において公言され、議長からの取り消し命令もなく看過されたことは「貴族院の品位のために許されうることであるかどうかを疑う者であります」とも。

弁明において美濃部は、憲法学に理解のない者が、不完全な理解にもとづいて専門学者の学説を批判する不当を難じ、そのうえで帝国憲法の基本原則について自説をくりひろげた。弁明はえんえん二時間におよんだ。その態度はいささか学者じみてはいたが、内容は堂々として迫力のあるものとなった。

学説にかかわる批判については、菊池が美濃部の著書をもって「国体を否認し、君主主権を否定するもの」だと論じたことをそれじたいが、「同君がわたくしの著書を読まれておりませぬか、または読んでもそれを理解せられておらない明白な証拠であります」とのべ、相手の最大のウィークポイントをついた。

「憲法上、国家統治の大権が天皇に属するということは、天下万民ひとりとして疑う者のあるはずはないのであります。憲法の「上諭《じょうゆ》」には『国家統治ノ大権ハ朕カ之ヲ祖宗ニ承ケテ之ヲ子孫ニ伝フル所ナリ』と明言してあります。また、憲法第一条には『大日本帝国ハ万世一系ノ天皇之ヲ統治ス』とあり、第四条には『天皇ハ国ノ元首ニシテ統治権ヲ総攬シ此ノ憲法ノ条規ニ依リ之ヲ行フ』とあるのであります、日月のごとく明白であります。

もしこれをしも否定する者がありますならば、それこそ叛逆思想といわれましても余儀ないことでありましょうが、わたくしの著書のいかなる場所にもこれを否定しておるところはけっしてないばかりか、かえって反対にそれが日本憲法のもっとも重要な基本原則であることを、くりかえし説明しているのであります。

たとえば、菊池男爵のあげられました『憲法精義』一五ページから一六ページのところをご覧になりまするならば……」

美濃部は菊池らの非難が事実無根であることを、『憲法精義』や『憲法撮要』『日本国法学』など、いちいち著書に照らして弁明した。

そのうえで問題の「国家統治の主体」については、憲法の法理上「天皇の統治の大権」は、「天皇御一身に属する権利」ではなく「天皇が国の元首たる御地位において総攬したまう権能」であり、「絶対無制限な万能権力」なのではなく「憲法の条規によって行なわせられまする制限ある権能」なのだということを、あたかも初学の学生に説いて聞かせるように分かりやすく解説した。

たとえば、いつの時代にも、天皇が自分自身や皇室一家の利益のために統治をおこなったことはなく、すべては全国家のためだった。統治権がそのような権利であるとすれば、権利の主体はおのずから国家とならざるをえないのだといったように。

また、憲法は明治天皇個人の著作なのではなく、その名のとおり大日本帝国の憲法なのであって、だからこそ一三条にある「条約」も、天皇が締結したものが国家と国家のあいだの条約として効力をもつのであり、もし機関説を否定して、統治権が天皇の一身に属する権利だとするなら、条約は国際条約でなくなり天皇個人の契約となってしまう。どうように、租税は国税ではなく天皇個人の収入になるだろうし、五五条、五六条にある「国務」についても、六二条の「国債」「国庫」、七二条の「国家の歳出歳入」ということについても説明がつかなくなってしまうのだと。

「いわゆる機関説と申しまするのは、国家それ自身をひとつの生命であり、それ自身に目的を有する恒久的団体、すなわち法律学上の言葉をもって申せば、ひとつの法人と観念いたしまして、天皇はこの法人たる国家の元首たる地位に在りまして、国家を代表して国家のいっさいの権利を総攬したまい、天皇が憲法にしたがっておこなわれまする行為が、すなわち国家の行為たる効力を生ずるということをいい表わすものであります……」

議員席は満席。傍聴席は座る席がないどころか、手すりによじ登らなければ演壇も見えないほど超満員となった貴族院議場に、諄々《じゅんじゅん》とした、ときどき詰まる癖のある博士の声がひびきわたった。

さかのぼること六二年、明治六年に兵庫県の高砂に生まれ、小さいころは「洟ったらしの神童」であったという達吉少年。飛び級でやすやすと上の学年にあがっていった風変わりな少年は、生まれつき悪かった洟をかみすぎたせいかどうか、長じてなおその影響を特徴ある鼻のかたちにとどめ、いまや憲法の研究を一生の仕事とみずからに任じてきた人として議会の壇上にたち、おのずから果たすべき使命をなしおえた。

弁明が終わるや、壇上の演説には拍手しないことを原則としている貴族院に拍手がおこった。拍手をした人のひとりである小野塚喜平治《おのづかきへいじ》元東京帝大総長には、右翼からの攻撃をあんじて護衛がつけられたというくらいだったから、その数はかならずしも多くなかった。が、それでも拍手を送らずにいられなかった人々のあったことが、演説のいかにすぐれたものであったかを語っていた。

同日午後、本会議において席上から菊池は発言した。本日の説明のような内容であればなにも問題はない。多々いいたいことはあるが、弁明にことをかりて討論に陥るおそれがあるのでとくに発言はしないと。

「いい演説だった。しかしゆっくりというか、ときどき詰まってしまうようなことをやりますよね、先生は。でも、じつにいい演説でした」

一五年後の「座談会」でそう語ったのは、事件のあいだ終始美濃部を励ましつづけた親友の松本烝治《まつもとじょうじ》だった。学士院会員であり勅選議員でもあった松本の席は、菊池議員のすぐそばだった。彼の証言によれば、演説の直後、菊池は「そういうことならあたりまえだ」と、そうつぶやいたという。

「これはだれにもいわないのだけれども、演説がすんだときに、言葉はちょっと記憶しないけれども、要するに、そうか、そういうことならあたりまえだ、それでよい、というようなひとり言をいったのです。よくわかりもしないで攻撃していたのが、そうでないということがわかって、また、美濃部君もじつによく言葉なんか慎んでいわれたので感服もしたんですね」

貴族院における機関説排撃の先鋒だった菊池がそのようであれば、あとは推して知るべしだろう。だが、名演説と評価された弁明は、かえって火に油を注ぐことにしか役立たなかった。

二日後の二七日、衆議院予算総会の質問でこれをむしかえしたのが江藤源九郎《えとうげんくろう》だった。

「首相は美濃部博士の著書を通読すれば、博士の国体観念はまちがっていないと貴族院で答弁されたが、現在もそうであるか」

「序論をみるとわたしの観念と変わってはいない。ただ用語の点において遺憾な点があり、たとえば天皇機関説のごときは、陛下の赤子《せきし》としてふさわしからぬと考える」

「同博士はその著書において、天皇神聖の憲法条文を解釈して、憲法発布後は国務大臣の責任ができたのであるから、詔勅を批判することは自由であるとのごとき説をなしているが、これは叛逆思想である。首相の所見は」

「ここで学説の議論はしたくない」

菊池や江藤ら機関説を排撃する勢力のバックには軍の一部があり、さらに倒閣をもくろむ政友会の策動もからんでいる。機関説問題を政治問題にすることだけはなんとしても回避したいと考える内閣総理大臣岡田啓介《おかだけいすけ》は、逃げに徹することにした。

「では陸相におたずねする。たとえば宣戦布告の詔勅にたいして国民が批判してよいものか。陸相の所見やいかに」

「美濃部博士の著書は読んでおらず、法理論は知らぬが、常識上、詔勅を批判するのは穏当ではないと考える」

陸軍大臣林銑十郎《はやしせんじゅうろう》から言質をとったあと、江藤は、内務大臣に「著書を発禁にせよ」と行政処分をせまった。この日は、一木《いちき》枢密院議長の「憲法学講義」のプリントまでもち出しての質問だったが、首相も各大臣も、おおむね貴族院とどうようの答弁をくりかえすに終始した。

翌日の不敬罪での告発は、直接にはこの日のやりとりをうけてなされたものだった。

いわく、「三十年のあいだ軍隊生活をしてきたわれわれの天皇にたいする考え方、観念は、美濃部博士の国体にかんする考え方、観念とは雲壌の差がある。岡田首相の考え方も美濃部博士とどうようであるので、このうえは法律に訴えるよりほかないと思料したしだいである。……司法権がこれをとりあげなければ上奏して御裁断を仰ぐ。すでに上奏文もできている……」と。

陸軍少将でもある告発者は、問題を政治問題化させたくない政府ののらりくらりとした答弁に業を煮やし、司法にも攻撃の火の手をひろげたというわけだった。

機関説攻撃者のなかには、純粋に国体擁護の立場から異議をとなえている者から、権力闘争の具として非をならしている者まで、さまざまな位相があったが、首謀者の真の目的は、糾弾運動と倒閣運動を合流させることで、元老西《さい》園寺公望《おんじきんもち》を本尊とする重臣支配をおびやかすことにあり、いっそう具体的には、枢密院議長一木の責任追及をとおして、火の手を宮中におよぼそうというものだった。

そのことを知っている岡田としては、とりあえずはのらりくらりをよそおいつつ、ヒヤヒヤもので火の粉を払いつづけるしか仕方がなかった。

浜口雄幸《はまぐちおさち》民政党内閣、第二次若槻礼次郎《わかつきれいじろう》民政党内閣、犬《いぬ》養毅《かいつよし》政友会内閣とつづいた政党内閣の時代は、五・一五事件で犬養首相が殺害されたときに終わりをつげ、つぎなる内閣は、海軍大将斎藤実《さいとうまこと》を首相に擁立した挙国一致内閣であり、岡田内閣もまた海軍大将を首相にかついだどうようの内閣だった。

もともと旧憲法下には大命降下《たいめいこうか》という慣例があった。憲法に内閣や内閣総理大臣の決定方法が明記されていないため、天皇が、元老会議や重臣会議などの推挙にもとづいて首相を任命し、組閣を命じるという慣例だ。

挙国一致内閣ではこの方法がとられた。とりわけ岡田の任命にあたっては、元老のほかに内大臣牧野伸顕《まきののぶあき》、首相経験者斎藤実、枢密院議長一木喜徳郎らをくわえた重臣会議の決定がものをいった。彼らの推挙をうけて大命を拝した岡田としては、わけても天皇の信のあつい重臣たちや宮中に火の粉がおよばぬよう、必死の防戦をこころみなければならなかった。

「首相は日本の国体をどう考えているか」

「憲法第一条に明らかであります」

「では、憲法第一条にはなんと書いてあるか」

「それは第一条に書いてあるとおりであります」

まさに柳に風。防戦といってもこれといった戦略もみいだせないうえは、これにまさる手立てはない。不毛な問答をかわしながら、「機関説という学説が存在するからといって国体の尊厳は微動だにするものでない」ということをくりかえし強調し、「政府は学説の当否を決定する機関ではない」という合理的なラインをもって不合理な排撃をつっぱねる。岡田はとことんその方針をつらぬくかまえでいた。

「機関説の存在を首相はどう考えているのか」

「憲法学説上の議論は憲法学者にまかせておけばよい」

「天皇の御事は、憲法中の言葉によって局限して解すべきではない。かさねてたずねる。日本の国体をどう考えているか」

「わが国体は他に比べるもののない尊いものである。言葉をもって表わすことのできないものでもある。国体の尊厳については、歴代の政府が深く思いをいたしたところであり、将来もまた、深く思いをいたさねばならぬことと存じている」

「では、かさねてたずねる。機関説の存在を首相はどう考えているのか」

「わたしは機関説を支持するものではない」

「それでは、機関説は日本において存在すべからざるものと、そう首相は考えていると、こう解してよろしいか」

「わたしは機関説を支持するものではない」

「なれば、機関説は日本に許すべからざるものであると、そうお考えであると断言してよろしいか」

「わたしは機関説に賛成するものではない。しかし、わが尊厳なる国体は、学説の存在によって微動だにするものではないと信じる。このことは深く考究しなければならない問題だと思う」

ファナティックな排撃派議員の質問に圧され、風に柳の柳もついに「機関説を支持しない」といわざるをえないところに追いこまれた。つい先日の答弁で、美濃部の国体観念はまちがっておらず、自身の観念とも変わっていないとのべたばかりだった。「支持する」とまではたしかにいわなかったが……。

これに拍車をかけたのが、たよりにならない陸海軍大臣の変貌だった。

「閣議の場では政府の方針を了承する。ところが、閣議決定を軍にもってかえると反対される。反対されるとすぐに電話をかけてきて前言をひるがえす。しまいには、閣議での発言さえあらかじめ書いてもってきたメモを読むようになる。大臣の統制力をたのむどころか、下克上の風がますます幅を効かせていく。林も大角岑生《おおすみみねお》も、本人たちはごく常識的なものわかりのいい人物なのだが……」

最大の被害者だった岡田自身は、そう『回顧録』で語っている。

たとえば、三月九日の貴族院本会議の答弁で、林陸相は「美濃部氏の学説が軍に悪影響をあたえたということはない。ただ、機関という用語については心持ちよく感じていない」と明言した。それが部内で大問題となった。途方もないことをいう大臣だと。軍が影響もうけない問題に血道をあげているとなっては筋が通らぬし、顔も立たぬ……。囂々《ごうごう》たる非難のあげく、今後この問題で大臣が発言するときは、いっさい下僚の助言をまっておこなうようにと釘をさされた。

一六日の衆議院で、陸相はがらりと態度をかえた。「天皇機関説はいまや学者の論争の域を脱して、重大な問題になっている。これを機に、国体に異見のないよう、かかる説は消滅させるようにつとめる」と答弁し、それ以後彼は軍務局や秘書官が書いてわたすメモを棒読みし、主張の理由を問われようが何をたずねられようが、口を開かぬことにした。

閣内の軍部大臣が機関説否定に賛成する。それは、内閣不一致というもっとも突かれたくない急所をさらけ出すにとどまらず、軍部との衝突をさけながら右傾勢力に対抗していくため、かつがつ風をやり過ごしている柳を、きわめつけのピンチに追いこむことになる。はたして、政府は一歩また一歩とラインを後退させざるをえなくなった。

三月二三日の衆議院本会議では政友会の決議案が可決された。説明演説にたった鈴木喜三郎《すずききさぶろう》は政府ののらりくらりを声高に批判し、機関説の、ひいては美濃部や一木《いちき》枢相の処分をもとめた。

「政府は、天皇機関説に賛成しないといっていながら、躊躇逡巡、それにたいする措置をしないのは遺憾である」

同日、一木の邸宅へ日本刀をもった青年が暴れこんだ。その日、妻室の告別式のため一木家は弔問客であふれていた。そのなかを刀をふりまわした青年は奥座敷まで走りこみ、警察官がピストルをつきつけてようやくお縄となった。青年は国粋大衆党の幹部だった。

いらい陸相も海相も、機関説排撃を明確な軍の意向として首相に決断をもとめてくるようになった。

「わたしは今になって打ち明けるんだが、この問題について陛下はどんなお考えであったかというと、陛下は『天皇は国家の最高機関である。機関説でいいではないか』とおっしゃった。そして、困ったことを問題にしておる、というご様子だった」

と、そうも岡田は『回顧録』で語っている。それをもち出さなかったのは、「かりそめなことをして、累を皇室におよぼすようなことは慎まねばならん」と考えたからだという。ために自分の意に添わないことも口にしなければならなかったと。

公権によって学説を禁止するといった措置をとりたくないということでは、江藤の告発によって火がおよんだ司法当局もまた同じだった。

同時に、事件の背後にある問題がいかに根っこの深いものであるかということも、事件の性質がら、さらには時局がら、司法判断、処分はもちろん、そこにいたるまでのあつかい方によほど慎重を期さなければならないことも、さらには、いたずらにこの問題を刺激拡大することが何をまねくことになるかということについても、理解が共有されていた。

菊池、江藤議員による貴衆両院での質問演説いらいのゴタゴタについては、当時、問題に中枢でかかわった内閣秘書官と司法大臣の「座談会」における証言がある。

「機関なんかはけしからぬ、天皇と巡査が同じだという、あのひと言がひどく軍人の簡単な耳に入って……」

当時内閣秘書官をつとめていたのは、岡田には女婿にもあたる迫水久常《さこみずひさつね》三三歳。蛇足ながら島津宗家九代当主忠国の曾孫安久の末裔にあたる人物で、一〇年後には、鈴木貫太郎内閣の書記官長として「終戦の詔勅」の原案をつくることになる人物だ。

「ですから、政府の答弁は、機関という言葉はかならずしも適当ではないということでずいぶん逃げていましたね。司法大臣も、適当な言葉とは思わないけれども、美濃部先生の学説は本質からいって違わないという立場でしたね」

「はい」

司法大臣の任にあったのは小原直《おはらなおし》、当時五八歳。彼もまた、機関説はおろか国家法人説の何たるかも知らない者たちが大鍋《パン》のなかでくりひろげる悲喜劇に、不本意なまま当事者としてかき回されなければならなかった。

「巡査と同じという説ならばいいけれども、鉄道の機関車と同じだという議論まであって……」

「総理大臣も法律上のことはわからない。新聞記者に問い詰められて、国家法人説を否定するのかしないのかというような質問が出てくる。われわれ秘書官は脇で助け舟を出すんですけれども、非常におかしいんですよ。国家法人説がどういうものか、それから説明しなければならない」

「抗議する側は、国家法人説はいかぬというのです。法人説をとるから天皇は国家の何かにならなければならない。そこで機関という問題が出てくる。国家法人説をやめろというんです」

ドイツ法にかぎらず、法律上国家を法人とみなすことはしごく一般的なことなのだと、いくら説いても埒があかず、

「司法大臣のあなたがそういうことを説くから機関説が出てくるのだ」と非難され、あげく、法相は機関説をとらぬというけれども、じつは機関説論者なのだといって追及される。

「わたし自身は天皇機関説を自分の説として考えていなかった。しかし、二十年来学説として通ってきたところによると、やはりそれは相当な真理があるものとみなければならぬ……。こういうと、それはいかぬということでね。委員会でも追いつめられて、機関説が国体にとっていいのか悪いのか答弁しろといわれて困りました。いろいろにいうけれどもどうしても聞かないので、日本の国体にふさわしからぬものとは思うと、ついいってしまった」

「はい。委員会で答弁があったときは騒然たるものでした。小原さんは向こう側じゃないか……と。もう内閣はぶっつぶれそうな勢いでしたよ」

政府は、機関説をいけないとはいわない立場をとっていた。賛成とはいわないけれども、反対ともいわない。学説にたいして政治が関与すべきではないというタテマエをあくまでつらぬく方針だった。

「松田文相というのは雑駁な頭のもちぬしで、この人の答弁がじつにちぐはぐでした」

「ちぐはぐでしたが、とにかく陸軍を向こうにまわしてこいつをつぶしてしまえという勢いでしたから、大分わたしを助けてくれましたよ。陸海軍が陰でやかましくいうと、キミたちのいうのは司法権干犯だ。キミたちが統帥権干犯をいうけれども、こんどはキミたちが司法権を干犯するじゃないかといってやっつけた……」

たしかに大鍋《パン》のなかで気炎をあげている者には「簡単な耳」のもちぬしも「雑駁な頭」のもちぬしも数知れずあった。しかし、問題の核《コア》にあって事件を仕掛け誘導した真犯人ともいうべき人々は、美濃部の憲法解釈が「統帥権」を大きく制限するものであることを熟知していた。

それは、憲法第一二条「天皇ハ陸海軍ノ編制及常備兵額ヲ定ム」の解釈にかかわってのことだった。

第一一条に「天皇ハ陸海軍ヲ統帥ス」とあるが、「統帥権」すなわち、軍事作戦の策定や軍隊の指揮にかんする「軍令権」が内閣から独立して、天皇と陸軍参謀本部、海軍軍令部、現地軍司令官の手にあることは美濃部もみとめていたが、第一二条の「天皇ハ陸海軍ノ編制及常備兵額ヲ定ム」すなわち、軍備を維持するために臣民に命令を出し国費を支出するなどの「軍政権」については、いっぱんの行政権とおなじく第五五条に定める国務大臣の天皇輔弼責任を必要とし、費用については議会の議決をへなければならないとした。

したがって、国際間で軍縮条約を結ぶか否かのごとき国政、国防にかかわるような決定は「軍政権」に属し、内閣の権限に入るものとした。

五年前、ロンドン海軍軍縮条約を締結したさいに「統帥権の干犯」をやかましくさけぶ軍部にたいし、批判をはねかえすに効あったのがこの美濃部憲法学だった。

それだけではない。美濃部憎しということでは、わけても陸軍には怨念があった。

前年三四年の一〇月一日、陸軍省新聞班は「国防の本義と其《その》強化の提唱」と銘打った文書を公表し、六〇万部を印刷して全国の役所や学校に配布した。陸軍が標榜する国家改革の青写真をしめした五〇ページほどの小冊子ではあったが、陸軍省軍務局長永田《ながた》鉄山《てつざん》の点検と承認を得、陸軍大臣林銑十郎の決裁をうけた公式文書だった。

俗称「陸パン」。「たたかひは創造の父、文化の母である」という有名な一節にはじまるこのパンフレットは、日本が総力戦にたえうる高度国防国家になるには、自由主義を芟除《さんじょ》し、ナチス・ドイツさながら資本主義経済機構を修正し、徹底した統制経済を導入すべしと説く。これには政・財・官界もジャーナリズムも驚愕した。にもかかわらず、公然と批判の矢を放つ者がないだけでなく、新聞はなんと、これをもちあげ、批判を封じる役回りを演じてしまった。

唯一、中野正剛や石浜和之らによる五本の論説をのせて「陸軍国策の総批判」を特集したのは『中央公論』一一月号であり、そのなかでもっとも痛烈に、正面から陸軍の好戦的、軍国主義的傾向を批判したのが美濃部なのだった。

ちなみに、憲法第一一条「統帥権」において、神武《じんむ》、天《てん》武《む》、文武《もんむ》の先例をあげて歴代「兵馬の権は仍《すなわち》朝廷に有り」とのべ、明治天皇が「中興の初《はじめ》」に「自ら陸海軍を総べたまふ」たことをもって「兵馬の統一は至尊の大権」にしてもっぱら「帷幕《いばく》の大令」に属するとした伊藤博文の『憲法義解』は、第一二条「軍政権」についても「至尊の大権に属す」としている。

「本条は陸海軍の編制および常備兵額もまた天皇の親裁するところなることを示す。此れ固《もと》より責任大臣の補翼に依るといえども、また帷幕の軍令と均《ひとし》く、至尊の大権に属すべくして、而して議会の干渉を須《ま》たざるべきなり」と。

第一一条と第一二条の軍事大権を分けてとらえ、後者を内閣と議会の権限のおよぶものとした美濃部の卓説のいかんはともあれ、ひとたび憲法学説にふれれば事態が七紛八糾することは必至であり、ために政府はけっして学説の内容に入らぬよう答弁しようという方針だった。

「それでもやはり小原さんは法学者ですからね。ついつりこまれて学説に入っていく。聞いてる者はハラハラして……」

「問題が本来軍人にはわからぬことだからなお困った」

「国体を明徴《めいちょう》にしなければいかぬという抽象的な命題にたいしては絶対でしょう。総理はわれわれよりももっと深刻なわけですね。美濃部博士の説が国体を不明徴ならしめるものであるかどうかということがさっぱりわからない。それでいて機関という言葉はいけない……」

迫水《さこみず》元秘書官のいう「抽象的な命題」というのがじつにクセモノだった。「コクタイメイチョー」を連呼する人々も、じつのところよくわかっていなかったのではなかろうか。「明徴」とは、あきらかにすることだが、国体をあきらかにすることと、いち憲法学説としての機関説の存在を否定することとがどう整合するのか、ひっくりかえしていうなら、機関説という学説が存在することが、国体をあきらかにすることの妨げになるのかならないのか。

ひとりの憲法学者が、研究の過程においてあるいは結果において得られた科学的論理的学問的成果を、説き、または公表することは自由であるといってしまえばそれでしまいだろう。それが、こと「国体」にかかわるとややこしくなる。つまり、ややこしさをもたらしている原因が「国体」それじたいにあるということになる。

「コクタイメイチョー」をさけんで機関説を排撃しようとする勢力のもちいるところの「国体」は、「国の状態」あるいは「国の体裁」という一般的な意味であるはずはなく、共和制、君主制など「統治権の存在状態によって区分される国家の形態」というものですらなく、「天皇統治の観念を中核とした国のありかた」もしくは「天皇を倫理的、精神的、政治的中心とする国のありかた」というような意味あいの――のちの政府声明では「天孫降臨の際下し賜へる御神勅に依り昭示せらるる所」と表現されることになる――いかにもつかみどころのないものなのだった。

観念とか倫理とか精神とかいうまさに「抽象的」なものを政治判断せよという「命題」そのものが無理難題なのだが、そもそも、観念とか倫理とか精神とかいう抽象的なものと憲法学説の内容あるいは存在とが、どこでどうやってこんがらがってくるのかということが、明晰な頭脳であればあるほどわからなくなってくるのだった。

「総理にとっては、学説はどうでもいいので、この問題が倒閣の具に供せられることが非常に困ったと思うのです。だから、美濃部先生ももうちょっと黙っていてくれるといいと……」

「あれは美濃部先生が黙っておられれば問題にならなかった。一身上の弁明が悪かった……」

小原がいうように、美濃部が弁明演説をおこなわなければ政治問題化することはほんとうに回避できたのかどうか……。ともあれ、告発をうけた東京検事局では、検察独自の立場から調査と審理を開始しなければならなかった。ために、美濃部の学説や著書その他の出版物だけでなく、あらゆる憲法学説を検討すべく、思想部総動員の態勢で連日討議がかさねられ、そのうえで任意の取調べをおこなうことを決定した。

「司法部では、博士の学説ならびに著書の内容が不敬罪とか治安維持法などの現行法規に抵触するか否か、抵触せずとするも、処分をいかにするかなどについて鋭意攻究をかさねており、それらがわが国体の本義に誤解を生ぜしむるがごときことあればこれを改めしめなければならない」

告発から一か月後、定例閣議が開かれた三月二九日、当時の小原は報道の取材にたいしてこうこたえ、つぎのようにつけくわえた。

「しかし、博士の著書にあらわれた学説を全部的に抹殺するがごときことは、ドイツとかイタリーならいざ知らず、わが国としてはできないし、また、できるようになったらこれも困ると思う」と。


そしてむかえた「花の咲く日」。

各紙朝刊は、前日六日におこなわれた検察首脳部の協議の結果を報じ、任意聴取の焦点が、『憲法撮要』『逐条憲法講義』の二著書における「詔勅批判」にかかわる部分について「天皇ニ対シ不敬ノ行為」もしくは「皇室ノ尊厳ヲ冒瀆」する罪が成立するかどうかにあるとした。さらに、聴取の内容が政府の処分を左右するものであるといい、美濃部の態度が問題解決の鍵をにぎると注視をうながした。

なるほど、正しいものは正しく、正はかならず邪に勝利する、まして法律の世界において不正が正に勝つことなどありえない。そう確信している博士が、おのれを枉《ま》げることはないだろう。もとより彼は、自身の憲法学説に絶対の自信をもち、憲法擁護のためには一身を賭す覚悟さえもっている。同時にまた、天皇を尊崇することにおいても決して人後におちぬことをみずから認じている人なのだった。

おなじ六日、午後には、陸軍が真崎甚三郎《まさきじんざぶろう》教育総監をつうじて全軍に「訓示」を発した。

「先ごろより国体観念に関して世上種々行われている言説は、国体観念上絶対に相容れざる謬説《びゅうせつ》であり、軍人たる者はそのような言説に過《あやま》られず、軍務に益々《ますます》励精して、崇高無比なるわが国体の明徴を期すべし」と。

軍部にかぎらず、機関説と美濃部にたいして断固たる処分をのぞむ強硬意見はいつしか広範な支持を得つつあり、そのいっぽうで、本来たよりにできるはずの論壇も学界も萎縮し、言論の風は右傾勢力に牛耳られてしまったかのようだった。

はたして、もっとも公正であるべき司法判断やいかに。取調べのゆくえは多くの人々の関心をあつめずにはおかなかった。聴取にあたった検事は、当時、思想犯罪にかんしては局内きっての辣腕家といわれた若き精鋭、戸沢重雄《とざわしげお》だった。

「だいたい司法部の雰囲気は、といってもわれわれ現場の検事正以下の雰囲気は、機関説がどうのということはないだろう、不敬罪はもちろん、出版法の犯罪になることも考えられないという空気だったのです。しかし詔勅批判の問題はひどい、だからせめてこの点でやっておこうじゃないかと。まあ告発した側からみれば肩すかしですね」

「座談会」にのぞんで、彼はそう当時をふりかえった。

当時まだ二九歳だった戸沢は、皮肉なことに帝大の行政学では美濃部の教え子であり、憲法は美濃部の著書で機関説を学び、高等文官試験委員である美濃部の試験をうけて司法官に登用されていた。高等試験において美濃部は、たとえば詔勅批判の是非についてなど、機関説の核心にかかわる内容をかならず質問することにしていた。

いや、教え子であるなしにかかわらない。科学としての機関説、すなわち、法的存在としての国家や天皇を科学的に認識する作業の結果えられた憲法学説は、法律をこととする人々にとっては、たとえばコペルニクスの地動説やダーウィンの進化論のごとく普遍であり、地動説や進化論が思想や道徳や宗教と無縁であるのとおなじように、天皇や国体の神聖さとは無関係のものだった。

機関説は、ドイツで生まれた純然たる学理としての国家法人説の流れをくむものであり、そこにみちびかれる国家主権論や君主機関説は、すでにながく公法学者のあいだで支持されてきたものだった。

ただ、神権天皇制のもとにあるこの国においてそれは、おのずから天皇主権説と対峙せざるをえず、両説は「帝国憲法」発布のはじめから斯界を両分してきた経緯があった。が、東京帝国大学において一木喜徳郎が機関説を主張してから四〇年、機関説は公法学界の大勢となり、美濃部が『憲法講話』に「機関説」を発表した一九一二年（大正一）いらい二〇年あまりをへた当時の学界においてそれは、官学私学をとわず公法学者の通論となっていた。

事件が生起した当時、一木博士は枢密院議長の栄職にあり、美濃部もまた勅選議員であったことを思えば、機関説は政府免許の学説であったとさえいってよく、まして帝大で四半世紀のあいだ講じられ、著書が読みつがれてきた美濃部憲法学は、むしろ正統的憲法学だったというべきだろう。

じっさい、法の専門家にとどまらず、帝国の上級官吏のほとんどは機関説を学び、機関説の体系によって試験の答案を書き、口頭試問に答え、それによって合格し、したがって、自覚的であるとないとにかかわらず機関説のうえにたって思考し、職務をこなしていた。本質を認識するということではなくても、そう解釈することが合理的だったからにちがいない。

美濃部の聴取は朝からおこなわれた。

午前七時三〇分、大島絣《おおしまかすり》の紬《つむぎ》に茶の外套をまとった博士は、所轄である富坂署の高等主任と警部補に護られて司法省の門をくぐった。手には、問題の著書などの入った大きな風呂敷き包みがたずさえられていた。

午前中、四時間ぶっとおしでおこなわれた調べのヤマが、詔勅批判にかかわる聴取だったことはいうまでもない。検事はまず問題の箇所、『憲法精義』における憲法第三条「天皇ハ神聖ニシテ侵スベカラズ」の解釈について尋問した。

「わたくしが憲法第三条の解釈をなすにあたり詔勅にふれましたのは、詔勅のすべてが第三条の規定をうけるものでないことをあきらかにするためであります」

そのために当該箇所の本文にのべたのは、もっぱら「国務ニ関ル詔勅」に限られている。美濃部は、その点をていねいに説明した。

「憲法制定以前には、天皇の発せられた詔勅のいっさいが、わが国が神国であるからという国民信念にもとづいて、神聖かつ侵すべからざるものとされてきました。しかるに、憲法制定後、国家元首としての天皇が国務上の大権を執行するさいに発せられる詔勅、すなわち『国務ニ関ル詔勅』については、国務大臣がいっさいの責任を負い、したがって、議会や新聞雑誌などにおいてこれを批議し論難することは、国民の自由に属するということをここでは説いております」

「国務ニ関ル詔勅」とは、第五五条「国務各大臣ハ天皇ヲ輔弼シ其ノ責ニ任ズ。凡《すべ》テ法律勅令其ノ他国務ニ関ル詔勅ハ国務大臣ノ副署ヲ要ス」で規定された詔勅のことである。

「いまもって詔勅と申せば、上《かみ》御《ご》一人《いちにん》の思し召しのように解せられ、神聖不可侵のように感ずるかたむきがありますが、第五五条によって規定される詔勅と申しますのは、国家の元首としての天皇の御意思表示であり、それは、国務大臣の輔弼により、国務大臣の進言を御嘉納あらせられて御宣示になるものであります」

つまり、第三条は、国家の政務とはかかわりのない天皇御一身についての規定であり、天皇が国家元首として政務にかんする意思を決定し表明することは、その範囲にふくまれないというわけだ。

「たとえば、ロンドン条約締結当時さかんに批判がおこなわれたように、政府の意思表示としての条約の内容を批判することは、法律上、天皇が御批准あそばされた御行為そのものを批判するものではなく、御批准を奏請した国務大臣の責任を論議するものであります。ところが、通俗ではこれを特別神聖なもののようにうけとめております」

「では、博士は、詔勅は批判してよろしい、国務に関わる勅語だからさしつかえないと考えておられる。まちがいありませんか」

検事は確認した。前夜まで彼は、美濃部のことをどうよぶか頭を悩ませたという。教え子だから「先生」とよぶのが本来だが、被疑者にたいして検事が「先生」というのも具合が悪い。「あなた」というのもすわりが悪い。それで「博士」とよぶことを思いついたと。

「まちがいありません」

「しかし、ある学者の著書では、軍事、経済、政治、外交といった方面はかまわないが、一国の風教道徳に関するみ教え、お諭《さとし》といったようなものについては批判することは許されないと説いています」

　国民の道徳についてのお諭……。暗に「教育勅語」をさすことによって、彼としては助け舟を出したつもりだった。が、撥ねかえすように美濃部はこたえた。

「それは俗説にすぎません。法理論上それはありえません」

　ひとことに「詔勅」といっても、そのなかには詔書や勅書もあれば勅語や勅諭もある。一般に「詔勅」といえば、天皇の発する公式文書である詔書や勅書をさし、これには国務大臣が副署をして責任をもつ。おのずから内容に問題があれば議論の余地も改正の余地もある。

　いっぽう勅語や勅諭というのは、天皇がみずからの意思や考えを言葉にして臣民に下賜したもので、公式文書ではなく、かりに文書化されることがあっても国務大臣の副署を要しない。

　なかにも、帝国憲法発布の翌年、憲法制定および議会開設とだきあわせのくびきとして発せられた「教育ニ関スル勅語」は、山県有朋内閣のもとで政府の教育の方針を明示するために起草され、「朕惟《チンオモ》フニ」とはじまって天皇が国民に語りかけるというスタイルをとっているが、発布当初、いや起草当初から、古今につうじる「永久の聖訓」として「神聖にして侵すべからざる」最高の道徳規範といちづけられてきた。

　もちろん発布にあたっては、帝国憲法第五五条とのかかわりにおいて国務大臣の副署をどうするかという問題がもちあがった。

　が、永遠にして絶対なる至徳要道である「教育勅語」は、他の詔勅とは性質を異にし、改正の余地も絶無であることから、というより、そもそも天皇の神聖を万古不易のものとするために企図されたものだったから、あえて、憲法制定以前に軍人に下賜された「軍人勅諭」を先例とすることで、「親書」の体裁で国民に下賜された。

　いわば詔勅のなかの例外中の例外ともいうべき厄介なシロモノなのだったが、これを批判してもよいと断言することは、犯罪を構成する確実なファクターになると当局は考えていた。

「かさねてたずねます。一国の風教道徳に関するみ教え、お諭といったようなものについて博士はどうお考えですか」

「口頭の詔勅、すなわち勅語ならびに副署を欠く文書による詔勅も、その性質上国務に関わるものであるという場合につきましては、法理論上すべてこれを論議批判しうるものと考えます」

　きっぱりと、力をこめて美濃部はいった。検事はメモをとった。「教育勅語」に大臣の副署がないことを、もちろん博士は知っていた。

「教育勅語は、天皇が口頭で国民のまもるべき道徳律を示したものであります。道徳律といえどもそれは統治権に属すべきものであり、しかも国民の利益のために示されたものであります。したがって、国民がそれを批判できないということはありません。憲法理論ではそういうことになる……」

　思いがけず語気に力がくわわった。それは、検事の誘導をかたく拒む思いと、動揺を覚られまいとする思いとがあわさってのことだった。

　昼食の休憩のあと聴取は再開された。

「再開します。午前中のべられたことについて訂正するなり増補するなり、何かおこなうべきことがあれば承ります」

「……………」

　応えるかわりに博士はしきりに汗をぬぐった。何かいいたいことがあることだけは、かすかな痙攣がうかんでみえる苦しげな表情と、ぬぐってもまた滲んでくる汗にあらわれていた。息のつまるような時間が経過した。

「じつは……」

　苦悶の色をありありとうかべて博士はいった。

「じつは、午前中申しあげたことについて間違いがあるので訂正したい」

　言葉を発したというよりそれは、困難な呼吸にまぎれて声を絞りだしたといった感じだった。

「どういうことでしょう」

　苦しげな表情はいっそうゆがみを増した。

「天皇の国務に関わる御詔勅を批判することは可能だが、国民の道徳、風教に関する御詔勅にたいしては臣子の分として絶対に批判を許さないと訂正願いたい」

「それについては、けさ博士に念を押しましたが、俗説だといって強く排斥されましたね」

「当時わたくしは、教育勅語は国務に関わる詔勅であると考え、著書の第五五条の解説中にもさようにのべておきました。ですが、国務に関わる詔勅は、政治に関するものと道徳に関するものとに区別され、道徳に関する詔勅は、天皇御一身の思し召しであるという色彩がつよく、したがってこれを批議することは天皇御一身に累をおよぼすおそれがあり、天皇の尊厳を冒瀆するおそれがありますので、臣民の倫理的本分としてはこれを批議することは不穏当であります」

「そのような記述は著書にはありませんが」

「はい。当時は、法律、勅令、条約などをもっぱら念頭においておりましたため、本文にはそのような区別をもって記述いたしませんでした」

流れる汗を、博士は執拗にぬぐった。

「博士は三〇年以上も憲法学を専攻しておられる。いまさら迷いを生じることはないでしょう」

検事は、あきらかに動揺している博士の主張のブレをついた。

「……それは、最近になりまして三上参次《みかみさんじ》博士のはなしを聞きましたところ、教育勅語は、副署をすることによって批議されることを避けるため、故意に副署を省いたのであったということを知りました。さようであるとすれば、教育勅語は、国務に関わる詔勅とみるよりは、明治天皇御自身の御教えということになりますから、現在の考えといたしましては、非難をくわえることがゆるされないと考えます」

博士は、ただ汗をぬぐいつづけた。ぬぐいながら、たったいまみずからが口にした言葉にうちのめされていた。彼は偽りをのべた。いやそれは、ぎりぎりの譲歩だった。あくまで譲歩であって学説を枉げたのではない、そうおのれにいいきかせていた。ながく「教育勅語」は神聖侵すべからざる最高の道徳と考えられてきた。そうであれば、ただひとつ、「教育勅語」にかぎって譲歩することで自身の憲法理論がくずれることはない……と。

汗は、あとからあとから吹きだしてきた。


「じゃあ承っておきましょう」

かなり間をおいて検事はいった。検事は供述の訂正をみとめた。が、実際には訂正をほどこす必要がなかった。なぜなら、検事はそもそも午前中のこの点についての供述を記さず、調書を空白のままにしておいたのだった。

調べのあと、美濃部は長い時間をかけて調書の一字一句をたしかめた。

「ほかに何かつけくわえることがあれば遠慮なくおっしゃってください」

「いや、これでけっこうです」

美濃部は、彼にとって偽りが記された文書にサインをした。

## 美濃部博士取調べ　十六時間に及ぶ
### 字句の自発的訂正を明言　結局不起訴に終らん

翌朝刊各紙は、聴取が正味一四時間の長きにわたった午後のほとんどと夜の時間は調書作成についやされた――ことを報じ、博士が、告発の対象となった著作における解釈の不十分や用語の不穏当、不適切を認め、改訂の意思を示したことを伝えるとともに、博士の忠誠心に疑うべきものはなく、不敬罪で起訴されることはないだろうとの検察首脳部の見解を公表した。喚問はともあれ一日で終了した。

二日後の四月九日、司法省ではなく内務省が行政処分を決定し、手続きをとった。

『逐条憲法精義』(有斐閣)、『憲法撮要』(有斐閣)、『日本憲法の基本主義』(日本評論社) の三著を、出版法第一九条の「安寧秩序ヲ紊乱スル」ものに相当するとして発売頒布禁止処分に、『現代憲政』(岩波書店)、『議会政治の検討』(日本評論社) の二著を改版処分とし、字句の修正を命じたのだった。

発禁処分の訓令と通達が、各道府県の長官および全国一万五〇〇〇の書籍商のもとに届くころにはもう、東京市や周辺郡部の本屋という本屋から美濃部の著書はすがたを消していた。

警視庁検閲課の警部以下が総出で管下各署を督励し、市郡三五〇〇の書籍商に臨検押収を命じたのはこの日午後四時のこと。図書館の閲覧も禁止された。いっせいに臨検が開始されたが、神田神保町一帯の古本屋からも、東大、早稲田、慶応大学界隈の本屋からも一冊の著書も押収できず、その日夜までに押収した数は一〇〇部に満たなかったという。

機をよむに敏《さと》い業界筋の人たちがただ手をこまねいているはずはない。発禁処分がささやかれるや出版社に注文が殺到、店頭からは羽根が生えたように本がすがたを消し、いざ発禁となったころにはどこもかしこも売切れ状態。古書はたいへんな闇値にはねあがったというから、役人の手がまわるころにはもう著書たちは、しかるべきところに居場所をあたえられていたにちがいない。

さて、発禁の非公式通知が小石川の美濃部邸にもたらされたのも午後四時すぎのことだった。

前日には、告訴の対象となった二著について増刷をしないとの声明を出していた博士だったが、当日夕刻、処分の内容を知った彼の心中はまったく釈然としない、というより鬱勃としておさまるところを知らなかった。法律の適用によっておこなわれる制裁は甘んじてうけるほかない。そう観念しつつも、いっぽうでは不条理にたいする憤然とした思いがこみあげてくるのだった。

すなわち、すでに五版から十数版をかさね、長年発行しつづけてきた著作がいまごろになって発禁処分をうけることとそれじたいが肯《うなず》けない。

それらの著書が法にふれるというなら、今日までみのがしてきた歴代の内務大臣にこそ責任があるだろうし、学説が悪いというなら、つい昨年まで大学教授として憲法講座をうけもった博士を処分しなかった歴代の大学総長や文部大臣にも責任が生ずるはずではないか。また、機関説が国体と相容れないというのであれば、伊藤公の『憲法義解』にも疑問が出てこざるをえない。『義解』は国家法人思想を基礎としており、「機関」の語さえつかっている。それはいったいどうなるのだろうと。

たしかに、憲法第四条「天皇ハ国ノ元首ニシテ統治権ヲ総攬シ此ノ憲法ノ條規ニ依リ之ヲ行フ」の「附記」において伊藤博文は、「憲法は即ち国家の各部機関に向て適当なる定分《ていぶん》を与へ、其の経絡《けいらく》機能を有《たも》たしむるものにして、君主は憲法の条規に依りて其の天職を行ふ者なり。ゆえに羅馬《ローマ》に行はれたる無限権勢の説は固《もと》より立憲の主義に非《あら》ず」とのべている。

すなわち、「憲法の条規」にのっとって天職をまっとうする天皇は、憲法によって「定分を与え」られた国家の「機関」にほかならないのである。

**学説はまげぬ　美濃部博士　心境を語る**
**伊藤公の憲法義解にも機関説**

『東京日日』は処分当日の博士の談話を報じて『憲法義解』にふれたが、伊藤にさかのぼるまでもなく、どうようの憲法理論を説いた著書は数多く存在し、政府サイドは、問題がそれらにまで飛び火してむやみに処分を拡大することは回避したく、とりわけ、さきの治安維持法委員会において追及された、金森徳次郎《かなもりとくじろう》法制局長官の学説と著書に累がおよぶことは政権の致命傷とならざるをえなかった。

当時、衆議院治安維持法委員会は天皇機関説問題でもちきっており、その追及がどこまで拡大するかははかりしれなかった。

ちなみに、「教育勅語」が国会開設と不可分のくびきとして発せられたように、「普通選挙法」の成立に先だって制定された「治安維持法」は、「国体」というつかみどころのないものをはじめて法制化した希代の悪法であり、成立から三年後の昭和三年の改正によって「国体の変革」にたいする最高刑は死刑にひきあげられていた。

「処分の理由は天皇機関説じゃないんですよ」

「座談会」では、当時事件を担当した内務省警保局長唐《から》沢《さわ》俊樹《としき》も図書課長中村敬之進《なかむらけいのしん》も口をそろえてそういった。

警保局といえば、思想弾圧の総元締をやっているお役所だ。当時の警保局は、左翼思想をとりしまるよりも暴力革命を防ぐということに、とりわけ右翼を退治することに総力を集中していた。

そこへ、まさに暴力革命の起爆剤になりかねない事件が起きたのだから狼狽した。即座に方針をきりかえ、図書課のメンバーもすべて動員して憲法関係の出版物にとりくんだ。まずは機関説がなんたるかをつかまねばならず、憲法の研究も開始した。憲法学者の講釈も聴いたという。

「われわれも大学で美濃部先生から教わったが、みんな機関説だというのです。……みんな機関説なんだ。図書課長がいうには、調べて及第する本はないということなんだな。機関説でない憲法学説というものはないのではないかということで、ずいぶん本を集めた。そのなかに金森さんの本も出てきた。金森さんのももちろんそうなっている。これは困るぞ、これは政治問題に発展したらうるさいぞというので、心配したもんです」

警保局長の要請にこたえて全国から憲法の本を買いあさった図書課長の記憶によれば、憲法論が載っている「法学通論」のような本をあつめただけで四〇〇冊はあったという。それらのうち主なもの一割ぐらいをとりあげ、問題点を三〇から四〇項目ぐらいあげて、一〇人がかりで徹底的に点検し、壁いっぱいのチェックリストをこしらえた。

「機関説にふれれば、われわれ事務のあつかいとしましても美濃部先生だけというわけにはいかない。行政処分の建前としては、同じような内容をもったものは同じように処置しなければならぬ。そうすると、四〇〇冊のうち、おそらくは大部分が機関説ですからね。たんに書物ばかりではなく、それを著わした方々の地位にまでおよんできます」

結局、学問上のあらそいは学者にまかせるという内務省の方針にしたがって、例外的に、憲法第一条は「国体をあらわしているものではなく政体をあらわしているもの」だと説き、詔勅批判にかかわる記述をもっている美濃部の著書だけを行政処分の対象とすることにしたというわけだ。

機関説排撃の鋒先が金森法制局長官、さらには一木《いちき》枢密院議長にまでおよばぬよう、美濃部の著書が安全弁として供された。唐沢元警保局長の言をかりれば「小の虫を殺して大の虫を生か」したというところであり、裏返せばそれは、軍事テロや暴力革命をおそれる政府および当局が力のなさを露呈したということだった。

当時、暴力革命ということがいかにリアリティをおびてとらえられていたかということについて、唐沢はつぎのようにも語った。

「前年の秋に群馬、埼玉で大演習があったのですが、そのまえから誰々が戦車隊をひきいて帝都を襲撃しクーデターをおこすというような情報が、さまざまな筋から入る。陛下の地方行幸のお伴をするわたしどもとしては、陛下の身の安全はもとより、解散した軍隊がはたして原隊にもどるのかどうかに神経をとがらせ、刻々と情報をとりあって監視したものです。それでも、いよいよとなったとき警視庁としてはどうするべきか。警察も機関銃をもつべきだというような議論もさかんにしていました」

中村図書課長のところには、やれ『源氏物語』が皇室の乱脈を書いたものだから発禁にしろとか、謡曲の『蝉丸』が大御心《おおみこころ》に合わないから発禁にしろ、舞台で演じるなと脅してくる右翼があとをたたなかった。

「このさき何がおこるかわからないから、古典でも問題になりそうなものはとにかく調べようということで出てきたものに『日蓮上人御遺文集』というのがあった。なるほど読んでみるとはげしいことをいっている。何々天皇は日蓮のいうことをきかなかったから仏罰にあたって死んだとか！不敬罪にあたるのです。ところが、これが日蓮宗のバイブルみたいなもんなんですね……。それをやったら日蓮宗が困るだろうと思って、こいつだけは秘密にしておけよといって……。怪文書だけでも、あのころはまったくひどいものでした」

日蓮宗が困ると考えたというより、日蓮宗にさわりたくないというのが本音だっただろう。つい三年前、西園寺、牧野を筆頭とする政財界の巨頭二〇人を殺害のターゲットとして実行された「血盟団事件」の指導者が日蓮宗に帰依した井上日召《いのうえにっしょう》であり、一連の事件である「五・一五事件」の実行を指導した海軍将校も、日召子飼いの血盟団同志だった。

内務省が行政処分をおこなったおなじ九日、文部省は、全国各地方長官、帝国大学総長、官立大学長、直轄諸学校長、公私立大学専門学校長、高等学校長にたいして「訓令」を発した。

「……刻下の急務は実に建国の大義に基き、日本精神を作興し……我が尊厳なる国体の本義を明徴にし、之に基きて教育の刷新と振作とを図り、……苟《いやしく》も国体の本義に疑惑を生ぜしむるが如《ごと》き言説は厳にこれを戒め、……以て其の任務を達成せむことを期すべし」と。

「国体の本義に疑惑を生ぜしむるが如き言説」というまわりくどい表現で、天皇機関説をズバリ言明することはさけていたが、文部大臣「訓令」が大学の、とりわけ法学部の、新学期のカリキュラムやシラバスに波紋をあたえないではいられなかった。

処分をうけた当の美濃部も、「学説は断じてまげるわけにはいかぬ」と公言しつつ、「法治国において法律により安寧秩序を妨害するものとして処分された以上は学説を講ずるは道にあらず」として、東京商大、早稲田、中央大学などにもっていた講座をみずから辞退した。

商大は美濃部講座を当分休講としたが、中央大は学則を改正し、当年度の学年は憲法講座を設けない方針にきりかえた。いたしかたないとはいえ、大学で法律を学ぶ学生にとって、もっとも基本であるはずの憲法学の講座を欠講あるいは休講にするなどということがあっていいものだろうか……。なによりそれは、憲法学説を国定化しようとする流れに竿をさすことにほかならない。

醜態を演じたのは、二年前の滝川事件で去勢改造されてしまった京都帝国大学だった。

京大法学部では、担任教授の入れ替えをおこなうことにした。美濃部学説を継承している渡辺宗太郎《わたなべそうたろう》教授の憲法講座を廃止して行政法講座の担当にふりかえ、後任として東北帝大から機関説とは別派の学説をうけつぐ佐藤丑次郎《さとううしじろう》教授を招聘するというやりかたで。

だが、他大学からの教授招聘には当初から困難が予想された。ながく機関説が通説であった学界で機関説をとらぬ憲法学者をもとめれば、その数はしれている。あんのじょう関係方面をまきこんでの騒動となった。

つまり、佐藤個人は京大の要請を承諾したが、一方の当事者である東北大の教授会が反対にまわり、京都行きに意欲をしめす佐藤と対立、たちまち世間の野次馬的関心と注視をあびることになった。

反対の理由はさまざまあった。学説の是非はこのさいさておくとして、他人が失意にあるとき、そのあとを襲うことは学者的良心からも慎むべきではなかろうか。そうでなくても博士は高齢かつ多忙である。学内では憲法講座と政治学講座を兼任し、仙台夜間実業学校の校長も兼ねている。そのうえに京大講師まで兼務するとなれば、いずれかの職務にしわよせがくる。学生にも迷惑をかけることになる。ひと言でいうなら、年寄りが無理をしてまでしゃしゃりでて、他人の不幸につけこむようなみっともない真似をなさいますなというところだろう。

五月はじめにはさらに高等文官試験委員のメンバー入れ替えがあり、佐藤のひっぱりだこに拍車がかかった。

なべて憲法講義において「機関」という字句までが一掃されるにおよんで、行政、外交、司法官など、帝国の官吏登用システムである高等文官試験の、とりわけ「憲法学科」担当試験委員に機関説論者がいることはゆるされなくなった。

はたして、美濃部を筆頭に、機関説の立場にたつ渡辺宗太郎、宮沢俊義《みやざわとしよし》、野村淳治《のむらじゅんじ》の四博士がしりぞけられ、清水《しみず》澄《とおる》博士が辞退した。

一〇人あった委員のうち、五人のポストが空になった。が、新たな人材をもとめることもできず、それまで「司法科」の憲法試験だけを担当してきた佐藤が、「行政科」「外交科」の憲法試験も担当することで急場をしのぐこととなった。

というわけで、東北大からの教授招聘は実現しなかった。交渉を断念した京大では、前期は憲法講座欠講のままとし、一〇月なかばにはじまる後期からは、政治学と行政法を担当していた教授が、政治学と憲法学を兼任し、従来担当してきた行政法の講座を欠講にするということで二か月におよんだ騒動を収拾した。

この騒動のあいだにも関西では、神戸商大の教授会が佐々木惣一《ささきそういち》博士の憲法講義の当年休講を決めていた。「文部省の訓令もあり、また今の社会情勢に鑑み」ての決定だというが、大学側は、今後も博士の憲法講述は継続しがたいとの見方をかくさなかった。「今の社会情勢に鑑み」てといってはみたものの、それがいつまでつづくのか、情勢改善の見通しについては悲観的にならざるをえなかった。

ここはお江戸を何百里（ここはお国を何百里）
はなれてとおき京大も（はなれてとおき満州の）
ファッショの光に照らされて（赤い夕日に照らされて）
自治と自由は石の下（友は野末《のずえ》の石の下）

軍歌「戦友」のメロディにのせた替え歌をはじめ、京大事件を批判風刺する歌や落首が流行し、新聞への投稿があとをたたず寄せられたのはつい二年前のことだった。

思えばかなしきのうまで（思えばかなしきのうまで）
真っ先かけて文相の（真っ先かけて突進し）
無知を散々懲《こ》らしたる（敵をさんざん懲らしたる）
勇士の心境変われるか（勇士はここに眠れるか）

京大法学部といえば、大学の自由の伝統と学風をもっとも強くうけついできた学部であり、ひとたび自由や自治が蹂躙されるや、全教授が立ちあがってたたかうことも辞さなかった。それら闘争の歴史のうえに、ついさきごろまでの京大は、全学部に研究の自由、教授の自由が確保され、自治が確立していた。

総長および学部長は、教授の選挙によって決められる。「帝国大学令」という勅令により、教授の任免は総長の具状がなければ、文部省といえども勝手にこれをおこなうことはできない。その総長は、教授会の同意を得なければ教授の任免を文部省に申達することができない。つまり、ときの政府の政治的意図によって教授の進退が左右されることはありえなかった。

ところが、一九三三年（昭和八）四月、文部省は、法学部教授滝川幸辰《たきがわゆきとき》の刑法理論が「赤い思想」だという理由で罷免をもとめてきた。

発端は、前年一〇月に滝川が中央大学法学部でおこなった講演「『復活』を通して見たるトルストイの刑法観」の内容が、文部省と司法省で問題化されたことにあった。講演のなかで「犯罪は国家の組織が悪いからおこる」というトルストイの――滝川のではない――思想についてふれたことが無政府主義的だとされ、そのときは法学部長が文部省に釈明をおこなって事なきをえた。

それが翌年になってふたたび問題化した。三月に共産党員およびその同調者とされた裁判官、裁判所職員が検挙される「司法官赤化事件」が起こったのだ。

この事件をきっかけに、菊池武夫貴族院議員や宮沢裕《みやざわゆたか》衆議院議員、蓑田胸喜《みのだむねき》の「原理日本社」など官民の右傾勢力が、司法官の赤化の元凶が帝国大学法学部にあるとして「赤化教授」の追放を主張。鉾先は司法試験委員でもあった滝川にむけられた。

四月一一日、内務省は、滝川の著書『刑法読本』『刑法

講義』にのべられた内容が学生や一般社会に悪影響をおよぼすと判断し、二著を発禁処分とした。そして二二日、呼びだしをうけて上京した小西重直《こにししげなお》京大総長に、文部省は滝川罷免を要求した。

総長は返答をしぶりつづけた。教授会にもかけなかった。かければ拒絶されるのは必至であり、みずからは教授会の意思によって行動せざるをえなくなる……。煩悶の日々を送るうち、またしても上京をもとめられた。はたして「受諾しないならば分限委員会にかけても滝川を罷免する」と、鳩山一郎文相にせまられた。五月九日のことだった。

法学部の教授らはいわずもがな、一丸となって立ちあがった。「教授がその学問的研究の結果として公表した刑法学上の一部が、たまたま文部当局の採用した方針と一致しないからといって、教授をしてその職を去らしめんとするは不当である」と。

法学部教授会はさっそく声明書を発表し、職を賭する覚悟で文部省と正面衝突、理論闘争をくりかえした。

「文部省の解釈で学説を不穏当とし、教授に退職を命じることは、大学の自由を蹂躙するものにほかならない。滝川教授と教授会を支持することに、なんのためらいが要るだろう！」

法学部の学生も大学の自治を守るたたかいに参加した。経済学部の学生もくわわった。学生のいさぎよさとはうらはら、こちらはいまひとつ教授会の腰がひけていた。学生たちは、煮えきらない教授たちの全授業をボイコット、大学は経済学部の全講座を休講とせざるをえなくなった。

教授だけでなく学生までがたたかいをはじめた以上、抗議と抵抗のうねりは拡大こそすれ収束はむずかしい。総長も腹をくくらぬわけにはいかなかった。五月一八日、小西は、全教授会の同意をへた大学の総意として文部省へ最終的な返答をおこなった。

「滝川教授の進退にかんして文部省の意見には遺憾ながら同意しがたし」と。

しかし文部省は強硬だった。大学のほうが揺れはじめた。このまま交渉が決裂すれば、法学部全教授の総辞職という事態もさけられず、そうなれば、大学全体がこうむる不名誉やダメージははかりしれないものとなる。そのことをおそれる大学当局や他学部の教授たちが態度をあいまいにしはじめた。滝川の説得にまわる者たちがつぎつぎと現われた。すなわち、ひとり滝川教授を葬ることで事を円《まる》くおさめようとする策動があからさまにくりひろげられた。

それでも、法学部教授会の決意をくつがえすことはできなかった。

五月二五日、斎藤実《さいとうまこと》首相を会長とする「分限委員会」が開かれ、滝川の休職処分が決定され強行された。

学内では、法学部の教授三一名をはじめ助教授、講師、助手、副手らにいたる全員が辞表を提出して抗議の意思をあらわした。

法学部の学生も全員が退学届けを提出するなど処分に抗議する運動をくりひろげ、他学部の学生もこれにつづいた。文学部の院生・学生グループをリードしたメンバーのなかには中井正一《なかいまさかず》や久野収《くのおさむ》や花田清輝《はなだきよてる》らのすがたもあった。

関東でも東京帝大をはじめ他大学の学生たちがこれに応じ、七月一六日には「大学自由擁護連盟」が、さらに文化人二〇〇名が参加する「学芸自由同盟」が結成された。『中央公論』『改造』などの総合雑誌、『大阪朝日新聞』などのメディアも京大を擁護して文部省を批判する論説を掲載、読者投稿もあいついだ。

しかし、抗議運動の輪はそれ以上拡がらず、弾圧によって「連盟」もまもなく解体した。当の京大で、他学部教授会が最終的に法学部教授会を支持するにいたらず、七月には小西総長が辞職に追いこまれてしまったのだからしかたがなかった。

東京帝大において事件のクライマックスが演じられたのは、三一番教室での美濃部の憲法講義においてだった。

京大事件の生起によって、東大はひさしぶりに銀杏並木のしたが活気づき、法学部や経済学部では出身校別に「高代会議」を組織、京大法学部へのアピール文を掲載したビラが連日のように乱れ飛んだ。そんななかで計画されたのが非合法の学生大会だった。

三五年後の東大紛争では全共闘の学生に監禁される側にたつことになる林健太郎《はやしけんたろう》も大会に参加した。当時、「組織」のない文学部の学生だった彼は、警官に捕えられることを用心して、わざわざ「J」(法理学「jurisprudentia」の頭文字)の襟章を買ってきて「L」(文学「literature」)とつけかえ、三一番教室にでかけた。

なるほど、つねに何百人という学生にむけて講義をする法学部の教室は大きかった。うしろの方は席が二階になっていてどこか劇場のようであり、隅のあたりはかすんで人の顔も見分けがつかないくらいだと、そう林には感じられた。

講義がはじまった。美濃部は「新聞の写真で見るとおりの顔をして、よく通るかん高い声で講義をした」という。「……と信ずるのであります」という力づよい語尾が特徴的だった。

講義がちょうど佐々木惣一教授の説におよんだとき、数人の学生がつかつかと教壇のまえにすすみ出て美濃部に一礼し、小声でささやいた。博士は、すぐに講義をやめて壇をおりた。あとは、舞いあがるビラをあびて学生たちがつぎつぎと演説に立ち、たびごとに拍手と歓声がわきあがった。入り口の扉は、学生が縄をはって閉めきったので、守衛がかけこむ心配はない。もちろん博士も教室のなかの人だった。

彼は教室を歩きまわってビラを集めていたという。翌日の新聞に美濃部教授談として「ビラを調べてみたが、共産党のビラはなかったようだ」という言葉が載っていたから、学生側を不利ならしめないようにとの配慮だったと、そう林は理解した。当時、学生大会は「組織」が主催したが、おなじ組織でも共産党は治安維持法の対象だった。

大会がかなりすすんだころ、突如後方から怒号がきこえた。二階席の最前列に、学生課の職員が数人立って会の中止を命じている。が、二階と一階のあいだに通路はなく、上からの怒声と下からの罵声の応酬のなかで大会のプログラムはすすめられ、なんとか終了にこぎつけた。

あとが大変だった。出口が警官隊にかためられていた。誰かがいった。皆で固まって押し出せば突破できるだろうと。こちらは何といっても多勢である。これだけの人間の力が物理的に結集すれば、包囲を破るだけの強さをもちうるはずだと。

「一、二、三!」

かけ声をかけてドッと出た。だが、乱闘のあげくどうにか包囲を突破したのは最初の数十人。後続は断ち切られ、かなりの数の検挙者をだして翌日の新聞をよろこばせた。

京大事件はけっきょく、辞表を提出した法学部教授のうち滝川幸辰《たきがわゆきとき》、佐々木惣一《ささきそういち》をはじめとする七教授だけを免官とし、その他の教授の辞表を却下することで収束をみた。あくまで辞表を撤回せず、解決案のうけいれを拒否してみずから辞職した教授は、恒藤恭《つねとうきょう》と田村徳治の二人にとどまり、助教授では大隅健一郎、大岩誠ら五名、そして加古《かこ》祐二《ゆうじ》郎《ろう》ら専任講師、助手、副手八人が彼らにつづいて辞職した。

自由と自治の砦、京大法学部が崩壊した瞬間だった。

八月一九日の『大阪朝日』京都版には、こんな投書が掲載された。

「講師求む、法律を多少解する者、研究の自由なきも、破格優遇、地位安定、講義は国定教科書による……」

当時、大阪朝日新聞社京都支局にあって投稿欄を担当していたのは田畑磐門《たばたいわと》だった。のちに彼が編集した、一九三二年から三四年までの読者投稿の集成『石語』では、じつに五分の一を、京大事件にかんする投稿がしめているという。『戦友』の替え歌もまたそのなかに集録されている。

思いもよらず軟派だけ（思いもよらずわれ一人）
不思議にいのちながらえて（不思議にいのちながらえて）
暗いファッショの京大で（赤い夕日の満州に）
友の後釜ねらうとは（友の塚穴掘ろうとは）

いらい二年、もはや文部大臣「訓令」を批判しあるいはしりぞける力は大学にはなくなっていた。政府が憲法学説の判定をおこない、国定化をはかろうとすることの当否を問う声さえ、大学からはあがらなかった。

「刻下の急務は……我が尊厳なる国体の本義を明徴にし、之に基きて教育の刷新と振作とを図り……国体の本義に疑惑を生ぜしむるが如《ごと》き言説は厳にこれを戒め……」

　文部省は、言論学説よりも「国体」により高い価値をみとめることを明示した。それは、ある言説が「国体に反する異説」だと批判されたさい、「科学的に正しい説」なのだと弁明する余地があたえられないということであり、「異説」のレッテルをはられた言説をといた者は、「不忠者」あるいは「非国民」であるとの非難にさらされ、場合によっては処分、処罰の対象になることを意味していた。

　そのような不条理を、真理にたいする冒瀆を、まさに学術理論の蘊奥《うんのう》を攻究すべき最高学府みずからがゆるし、「訓令」のまえにただ黙していることしかできない。いったいこれを「賢明なる沈黙」だなどとよべるものだろうか。狂的ファッショや暴力によってこうむる犠牲を最小限にとどめるための、消極的な防御なのだと……。


　大学だけではない。論壇もジャーナリズムも、政党政治の隆盛期には世論のリーダーとして華々しいはたらきをみせた媒体《メディア》も、何かの影に怯えるもののように「沈黙」し、事件そのものあるいは美濃部自身のことはともあれ、学説を擁護するものさえ現われなかった。

「コクタイメイチョー」というつかみどころのないものが、血の臭いを発散させながらオールマイティとして幅をきかせはじめていた。

　二月二五日の美濃部の弁明演説からひと月たらず、貴族院はいちはやく「政教刷新の建議」を満場一致で成立させていた。三月二〇日のことだった。

「方今、人心、動《やや》もすれば軽佻詭激《けいちょうきげき》に流れ、政教、時《とき》に肇《ちょう》国《こく》の大義に副《そ》わざるものあり。政府は須《すべから》くコクタイの本義をメイチョーにし、我《わが》古来の国民精神に基き、時弊を革《あらた》め、庶政を更張し、以って時艱《じかん》の匡救《きょうきゅう》国運の進展に遺憾なきを期せられんことを望む、右建議す」

　賛成演説にたった貴族院タカ派議員井田磐楠《いだいわくす》は、「建議」作成の過程において特定の「学説を圧迫しない」ために同院ハト派がはらったぎりぎりの努力の成果を、あっさり踏みにじった。

　すなわち、「建議」が「肇国の大義に副わざるもの」という遠まわしな表現で機関説をさすことをさけたにもかかわらず、議会演説で彼は、美濃部憲法学を名ざしで攻撃し、驚くなかれ「寛政異学の禁」まで引きあいにだして天皇機関説を国家権力によって禁止せよと要望した。

「寛政二年、徳川幕府におきまして異学の禁がございました。それは申すまでもなく松平楽公が朱子学を正しき学、正学として異学を交えないように命令したのであります。

諸藩もまたこれにならって実行をいたしましたところ、天下は靡然として朱子学に帰しまして思想の統一が成った……いわんや天皇機関説にいたりましては、名を学問の自由に借りましてコクタイ違反の説をあえてしており、三十年来我が国民精神に暗雲を生ぜしめ……ゆえにこれを取り締まり打破することは、極めて急務である」と。

三月二三日には、衆議院も「国体に関する決議」を満場一致で可決した。

「コクタイの本義をメイチョーにし、人心の帰趨を一にするは、刻下最大の要務なり、政府は、崇高無比なる我コクタイと相容れざる言説に対し、直ちに断固たる措置を取るべし、右決議す」

議院が意思を政府に示すことを「建議」といい、貴族院は「政教刷新」について意思表明をしたのだったが、衆議院はそれを一歩すすめて意思決定とし、しかも、コクタイの本義をメイチョーするだけでなく、「コクタイと相容れざる言説」を「断固措置」せよとまでふみこんだ「決議」を可決した。

草案はまず政友会が起草し、民政党と国民同盟に共同提案を申し入れ、三派の調整のうえに上程された。提案演説にたったのは、政友会総裁鈴木喜三郎《すずききさぶろう》だった。彼は、美濃部を貴族院議員に推薦したときの政府の閣僚だった。その彼が、天皇機関説にたいし、「直ちにしかるべき措置を取るべし」と弁をふるった。

「わがコクタイの本義は炳《ひょう》として日月のごとくであります。皇祖肇国の始めにおいて下したもうた神勅は、わが建国の大精神であり、これによって万世一系の天皇が統治権の主体として絶対であることを宣布されたのであります。わがコクタイの本義は建国の始めより確立不動にして、すなわち天皇ありて国家あり、国家ありて天皇あるのではありません。この明々白々たるコクタイと相容れざる言説にたいし、政府はもっとも厳粛なる態度をもって、直ちに適当の措置をとらねばなりません」と。

天皇あって国家があるのであって、国家あって天皇があるのではない！

政党の総裁がみずから機関説排撃運動の先頭にたった。それは、政党がみずから政党政治の墓穴を掘るという、笑えぬ滑稽だった。

機関説排撃運動の中心思想には、軍国主義とファシズムがある。それらは議会政治、政党政治をつよく否定するものだった。そのお先棒をかついだのが、衆議院の多数党たる政友会だったというパラドクスは、あまりに深刻ななりゆきといわねばならなかった。

つい一週間まえには、おなじ場所で、憲政四〇年の功労者として表彰された尾崎行雄《おざきゆきお》議員が「政党および議会の信用が地に堕ちた」ことを憂え、「政党政治の復興」を強調した演説をおこなったばかりだった。

尾崎は、一八九〇年（明治二三）、国会開設とともに議員となっていらい四五年、憲政の擁護につとめ平和主義をつらぬいたことをもって、当時すでに「憲政の神」とあおがれる人物だったが、当年満七七歳を数えたこの無所属議員は、数日後、「国防に関する質問主意書」を政府に提出し、そのなかで機関説事件にも言及した。

「憲法実施以後、今日ほど言論の自由が圧迫された時代はない。議会においてすら言論の自由が許されていないようだ。……こと苟《いやしく》も軍部の批評に亘《わた》るものは、新聞、雑誌、書籍、いずれの出版業者も出版しない。たまたま出版するものがあれば、文章を隠蔽する……」

議会は国家機構の一部であり、議会じたいの決定がなければ言論の自由を拘束することはゆるされない。その議会においてすら存分な主張をしにくくなっていた当時、議会の外では、検閲と伏字なしに発言をすることができなくなりつつあった。

「独り完全に言論の自由を行使する者は、本来政治に関与するべからざる軍人と、その追随者だけである。明治、大正、昭和の三代をつうじて、公許されていた学説すら、今日は突然政治的および社会的懲罰を被らんとする。その一事をみても、軍人以外の言論がいかに圧迫されているかの一端をうかがい知ることができよう」と。

そうした圧迫のなか、まだしも新聞はぎりぎりの批判をこころみた。

たとえば『東京朝日新聞』は、いっぽうでは「コクタイメイチョー」の必要をみとめつつ、しかし、政友会が政治的利害や政権への下心によって行動しているとの「風評」があることは、党のために警戒を要することであり、かりに政友会がみずからの不利益に甘んじたとしても、彼らの行為がひろく「議会再興の前途を危うくし、立憲制に暗雲を漂わせる恐れあるにおいては、国民の断じてこれを看過する能《あた》わざる所であると思う」と、暗に衆議院「決議」の禍失の甚大さを指摘した。

もとより政友会にもタカ派ありハト派あり、けっして一枚岩ではなかったが、衆議院四六六議席ちゅう過半数の二四九議席――第二党である民政党一二六議席の二倍にあたる――をしめていながら野党に甘んじていた彼らは、翌年二月におこなわれる総選挙のまえに、自党に敵対的な岡田内閣を倒さねばならなかった。

また、元老や天皇側近が後任首相を選定する権限をにぎっている重臣政治から「憲政の常道」をとりもどすことは年来の課題であり、ターゲットがいわゆる「君側の奸」であるという点において彼らは、陸軍皇道派、青年将校、平沼系右翼らファッショ勢力と利害をともにしていた。

まさにそこに、憲政常道論と天皇機関説排撃というまったく対立する価値が結びつく接点があった。『東京朝日』は「風評」という言葉でたくみに断言をさけつつもその点に筆をむけることをおこたらず、立憲制の危機に警鐘を鳴らしたのだった。

貴族院「建議」にも各紙の批判はむけられた。

有爵者と勅選議員を構成員とする貴族院は、風教や人心にかかわることを議論のもっぱらとし、とりわけ言論については、慎重な用意をもつことが重んじられなければならなかった。

その貴族院が「政教、時に肇国の大義に副わざるものあり」と断言するにいたった事態を憂慮した『東京日日新聞』は、ムッソリーニやヒトラーによって国際的評価のある碩学大家や政治家が故国を追われたことにふれながら、「世界の文化、世界の思想に、一切耳目を蔽うて『見ざる聞かざる』の態度をとるべきか」とペンをふるった。

そのうえで、「建議」提出の議会において、井田議員が美濃部学説をあからさまに攻撃の的としたことは「見逃しえぬ事実」であり、そうであれば、「国体明徴」という表現は、天皇機関説にたいする貴族院の意思を明示するために「特に発明されたるものであるかの観さえある」とのべ、「建議」の主眼が「機関説の国家権力による禁止」にあることを喝破したのはあっぱれだった。

はたして、憂慮されたごとく天皇機関説はもはやひとつの憲法学説でなく匡《ただ》すべき悪であり、断固斥けるべきものとなり、そのための「コクタイメイチョー」は敵を威嚇・攻撃するための合言葉となり、排撃するためのサーベルとなった。

美濃部の聴取の前日、四月六日に発せられた、「軍人たる者は、国体観念上絶対に相容れざる謬説《びゅうせつ》に過《あやま》られず、軍務に益々《ますます》励精して、崇高無比なるコクタイのメイチョーを期すべし」との、真崎教育総監による全軍への「訓示」もしかり、九日に発せられた、「わが尊厳なるコクタイの本義をメイチョーにし、国体の本義に疑惑を生ぜしむる言説は厳にこれを戒めよ」との、文部大臣「訓令」もしかりである。

美濃部学説が議会の問題となるやまもなく天皇機関説排撃の「声明」を決議していた「帝国在郷軍人会」は、四月一五日にはさらに「大日本帝国憲法の解釈に関する見解」と銘打ったパンフレットを各方面に配布し、二五日には、会員一〇〇名あまりを動員上京させ、明治神宮に参詣して、機関説排撃「祈願祭」をいとなんだ。

「国体擁護連絡会」を中心とする中央諸団体も、敢然と呼号して排撃運動をあおりたてた。

いわく、「今次の機関説問題は、日本民族覚醒の天機にして昭和維新促進の神機なり。われらはこのさい明確にこの天意を体得し、君国のためますます天業達成に精進すべし」。またいわく、「機関説直輸入の元祖は一木喜徳郎なり。もって、美濃部博士にたいする徹底的措置を講ずるとともに、その根源たる一木枢相をも処断して、本問題の徹底的解決を期すべし」と。

　機関説事件は民族覚醒の天機、維新促進の神機であり、いまこそ天意・天業をはたすべく美濃部、一木を徹底処断せよ！「天」と「神」をかさにきる彼らはいったいナニモノだというのだろう。

　ともあれ、それらの人々が組織する諸団体が頻々と演説会をひらいて世論喚起につとめ、決議文、勧告書、檄文など、方途をつくして関係官庁への圧力をかけた。

　いちはやく有志による「国体明徴対策実行委員会」を組織していた政友会が、ここぞとばかり攻勢を強めたことはいうまでもない。

　五月三〇日、党の定例幹部会は「声明書」を満場一致で承認した。

「第六十七議会において全院一致で可決したる『国体に関する決議』の本旨が天皇機関説排撃にあることは言《げん》をまたざるところであり、にもかかわらず、政府がいたずらに抽象的言辞をつらねて事の核心に触れるのを避けているのは国家のためにはよろしくなく、断乎として機関説排撃の方針を宣明し、速やかに剴切《がいせつ》適当の処置をおこなうことを要望す」と。

　コクタイメイチョー対策実行委員らは、大臣発言をくつがえしてはそのたびに過激の度をくわえていく軍部にもまして執拗なやり方で、袋小路にある政府を攻撃した。

「岡田首相には、機関説がコクタイの本義に反するとの声明を出す意思のおありや否や」

「言明はできぬ」

「しからば政府は、機関説がコクタイに反するとお認めになるや否や」

「賛成はできぬが、コクタイに反するとは明言できない」

「国家統治権の主体は国家にして天皇はその機関なりというのが機関説の核心だが、政府はこれを否定するのか肯定するのか」

「それはなかなかに難しい。だいいち主権という言葉も外来語で、わたしにはどうもわかりかねる……」

　「国家統治権の主体」を「主権」という言葉に換言して岡田は問いをそらした。とぼけたのではない。機関説排撃論者のいう「主権は天皇にあり」ということも、簡単には片づけられないというのが彼の考えだった。

　まずもって主権の解釈が定まっていない。それがあいまいなまま機関説を誤りだとすれば、政治の機構を変えなければならないし、憲法を改正せざるをえない事態におちいるおそれがある。もともと機関説論争は、それじたいが厄介このうえない問題なのだが、ことこの期におよんでは

「明言できぬ」の一点張りでがんばるほかはなかった。

政友会の追撃は処分の遅れている司法省にもおよんだ。

「首相は明言をさけておられるが小原法相の意見やいかん」

「機関説はコクタイに反するとはいわぬが、副わないものがあると思う」

「しからば、機関説が国家に利益する何モノかがあるとお考えか」

「そこまでは考えていない」

「司法処分の決定が遅れているのはなぜか」

「司法官の異動により、もろもろ調査の必要などから遅れている」

「機関説排撃について実行すべきことはないか」

「別にない」

「機関説がコクタイに反することを声明し、かつ憲法第一条の解釈を一定するべきではないか」

「声明については首相の言以上にいうべきことはない。憲法解釈の一定は難しい」

憲法解釈の一定をめぐっては、「訓令」こそ出したものの、その後いっこうかんばしい実行策を講じえないでいる文部省にも矛先がむけられた。

「訓令のなかに、コクタイの本義に疑惑を生ぜしむる言説とあるが、なぜはっきり機関説だといわないのか」

「機関説も当然ふくまれている」

「明言せぬのはあいまいではないか」

「あれで十分だと思っている」

「政党大臣として院議をどうお考えか。衆議院における決議の本旨は機関説排撃にある。なぜ機関説の用語をもちいて訓令をおこなわなかったのか。それとも、機関説の明示をさける理由があるというのか」

「それでよいと思ったからだ」

「発禁処分になったのは美濃部氏の著書にかぎられているが、それでは取り締まりが甘いのでは」

「ごもっともだ。内務大臣と相談しよう」

「さらに、憲法の解釈を一定するお考えはないか」

「それは枢密院の仕事ではないかと思う」

何をたずねても「当然だ」「十分だ」「もっともだ」が返ってくる。これでは埒があかぬと感じた政友会の代表はついに恫喝を口にした。

「すでに院議となった問題を解決せぬとあらばやむを得ない。政府の信任を問うことになると思うが、よろしいか」

「それもやむを得まい」

首相のつぎは法相、法相のつぎは文相、文相のつぎは内相、内相のつぎは海相。そしてさいごの相手となったのが陸相だったが、質問者をよろこばせたのは彼だけだった。

「陸相は、首相にたいしコクタイメイチョーを声明すべきを迫る意思をおもちでないか」

「わたしはあくまで機関説はコクタイの本義に反することを信ずる。もし内閣がやる見こみのない場合は、信念にもとづいて行動する覚悟である」

「信念、信念とおっしゃるが、国務大臣として憲法上の答弁はおできにならぬか」

「法理論は難しい。信念と申しあげるほうが間違いないと思う」

「陸相として別の行動をとるとの言明あるうえは、われわれは結果を期待してまつのみだが、すみやかに一刀両断、根本義を明らかにせられたし。すなわち、機関説はコクタイの本義に反するとの声明を出す。さすれば、行政処分も司法処分も刃をむかえずして解決する」

「いかにもごもっともである」

政友会、軍、在郷軍人会、右翼諸団体……。議会が終わってなおコクタイメイチョーの鳴かぬ日、飛ばぬ日はなく、事件発生いらい、圧倒的に形勢不利な政府にとって寿命のちぢまるような日々がつづいていた。政権与党でありながら、民政党は議会で多数をもっていない。極地においつめられた彼らの耳にコクタイメイチョーの鳴き声は、脅し文句というよりは呪詛の文言に聞こえたことだろう。

ついに岡田は、コクタイをめぐって意のあるところを示さぬわけにはいかないと観念し腹をきめた。

七月一三日、彼は宮中におもむいて政府の所信を説明し、天皇の了解をもとめた。

すなわち、国体の根本義にかかわる重大問題にたいしては、すみやかに国民の疑念や世上の誤解を払拭する必要があり、また、機関説問題が倒閣その他の政治運動に利用される愚を冒さぬためにも、国体明徴にかんする政府の態度を表明する方針であると。

機関説問題にかんしては、天皇もまた心やすからぬ日々を送っていた。侍従武官長本庄繁《ほんじょうしげる》の『日記』によれば、美濃部が再告発された三月いらい、天皇は、陸軍武官である本庄を頻々と召しよせて、とくに陸軍の動きについてたずねている。

この年五月に満五九歳を数えた本庄は、満州事変当時の関東軍司令官であり、軍事参議官をへて三三年四月に侍従武官長に就任、同年七月には事変の功によって功一級金鵄勲章を、翌年には勲一等旭日大綬章をさずけられ、満州国からも大勲位蘭花大綬章をうけていた。

「理論を究めれば、けっきょく天皇主権説も天皇機関説も帰するところ同一のようではあるが、条約その他、債権問題のごとき国際関係のことがらは、機関説をもって説くのが便利であろう」

「はい。そうではございますが、軍において陛下は、現人神《あらひとがみ》と信仰しあり、これを機関説によって人間並みにあつかうがごときは、軍隊の教育上、統帥上、至難のことでございます」

おさだまりのごとく返ってくるのは現人神であり信仰だった。

「陸軍はこの件について首相にせまり、解決を督促しているときくが……。憲法第四条の『天皇ハ国ノ元首ニシテ』というのはすなわち機関説なり。これを否定するとなれば、憲法を改正せざるをえなくなる。伊藤の憲法義解にも『天皇は国家に臨御し』との説明があるであろう」

「……………!」

「教育総監の訓示をみるに、天皇は国家統治の主体なりと説けり。それはすなわち国家を法人とみとめ、その国家を組成する成分ということに帰着する。しからば、美濃部のいう天皇機関説と、用語こそ異なれ、論解の根本においてなんら異なるところがない。それを排撃しながら、いっぽうにおいて同様のことをいうのは自己撞着ではないか」

「……………!」

「ただ、機関という語は適当ではない。器官の文字が近かろうか。ようするに、天皇を国家の生命をつかさどる首脳とせば、天皇に事故あらば国家もまたその生命を危うくする。そう推論すれば、機関説のもとに国家なるものを説かざるをえぬ。それがことさらわが国体に悖《もと》るものであるとも、国体の尊厳を汚すものであるとも考えられないが……。もし主権は国家にあらずして君主にありとせば、専制政治のあやまりをまねくであろうし、国際条約、国際債権などの場合に困難な立場におちいるであろう。もとより、美濃部のいう詔勅を論評し、議会は天皇の命といえどもこれに従うを要せずというようなことだけは穏当ではない」

「ごもっともにございます。ですが、学説はともかく、我が国体を傷つけ天皇の尊厳を害するような言説を、軍隊は、信念として、断じて容れることはできないのであります」

「信念なるものは世上の憲法学説のうえに超越するものなるがゆえに、もとより結構なり。ただ、学説上論難の的になるようなことに言及するのはつつしむべきであろう」

陸軍では、現役各師団からもコクタイメイチョーをさけぶ声が喧しく、教育上、統帥上、中央がなんらかの処置をとらねばおさまりがつかなくなっている。ゆえに、本来なら陸軍大臣が訓示するのが当然かつ適当ではあるが、大臣訓示は閣議の合意なしではおこなえない。そこで陸相、参謀総長、教育総監の三長官協議のうえ、教育総監の職責において訓示するのがよかろうということになったという。

本庄は真崎《まさき》から聴取したむねを奏上して軍を擁護した。

「天皇主権説が、紙上の主権説でなければそれもよかろう」

思いもよらぬ言葉がかえってきた。軍が、文言ではさんざん天皇主権説をとなえながら、現実には大元帥でもある天皇のあずかりしらぬ、ときに天皇の意向に反する行動さえとることへの痛烈な皮肉である。

「いえ、断じてそのような義にはござりません」

　断じて……。面食らった本庄はむきになってこたえた。

「そうであろうか。さきに満州事変がおこったさい、軍部の将校らが武官府にきてさまざま要望し、朕《わたし》が内閣方面に聞き糺さんとせしことさえも陸軍は聴従せず、やむなく朕は他の非公式の手段にて内閣方面の意見を聞いたことがある。そのように、朕が参考にしようとすることまで妨げようとすることはいかがなものか……」

　満州と聞くだけでたまゆら背筋を冷たくしたであろう本庄は、翌年に生起する二・二六軍事テロでは、真崎甚三《まさきじんざぶ》郎《ろう》、荒木貞夫《あらきさだお》らキー線上にうかびあがる人物のだれにもまして必要不可欠な役割をになうことになるのだが、陸軍皇道派の頂点にあった真崎も、荒木も、そして大臣追放をせまられつつ閣議や議会で下僚がつくったメモを読みあげている林も、「おれ」「きさま」の仲、すなわち陸軍士官学校九期生だった。

　天皇はまた、「帝国在郷軍人会」名で各方面に配布された機関説にかんするパンフレットについては、いっそうあからさまに不快感をしめした。

「このようなことは在郷軍人としてやりすぎではないか。軍部は、機関説を排撃しつつ、しかもこうやって朕の意思に悖ることを勝手になす。これこそ、朕を機関説あつかいにするものにほかなるまい」

「いえ、断じて……さようなことのあるはずがございません。パンフレットはただ参考として配布されたもので、建軍の立場から天皇機関説にたいする軍の信念をのぶるのみで、学説にふれることはさけております」

「思想信念はもとより必要なり。だが、もし思想信念をもって科学を抑圧しさらんとするときは、世界の進歩はおくれるであろう。進化論をくつがえさざるをえなくなるようなものではないか……」

　これにたいし本庄は、第一次世界大戦後の軍縮や軍事予算の削減、軍人志願者の激減など、軍部が当面しているもろもろの問題にふれ、満州事変いこう平時の民主自由主義思想の潮流が後退し、有事において皇道国体論がさかんになるのはおのずからのなりゆきであり、機関説排撃も精神作興のための動きのあらわれにほかならないと説明した。

「パンフレットにあらわれた陸軍の憲法解釈は、だいたいの議論は可なるとするも、国家主権説すなわちデモクラシーなりとするのはそうではなかろう。しかもそれが欧米の個人主義から発達したものであるというのはまったくの誤りだ。憲法については、英、仏の憲法を論ずるも、帝国憲法の参考となった独乙憲法についての研究が充分ではない。さらに、さまざまな憲法学説を引用するに、一木《いちき》など個人の名前をあげるにおいては意外の事件を惹起することになる。考慮すべきであろう」

天皇の最大の気がかりは、機関説事件が一木枢密院議長に累をおよぼすのではないかということだった。

天皇にとって一木は、のち二・二六事件のさいに叛乱将校らを弁護した本庄を「朕が股肱《ここう》の老臣を殺戮す、かくのごとき兇暴の将校ら、その精神においても何の恕《じょ》すべきものありや」とはねのけた言葉のなかにある「股肱の老臣」のひとりであり、おなじく「朕がもっとも信頼せる老臣をことごとく倒すは、真綿《まわた》にて朕が首を締むるに等しき行為なり」といったなかの「もっとも信頼せる老臣」のひとりだった。幸い一木喜徳郎はテロのターゲットにはならなかったが。

天皇はみずからの拠ってたつ諸機関がなんであるかを誰よりも知っていた。内閣や議会、陸海軍、枢密院、さらには、それら国家機関をしのぐほどの権限をもっている「宮中」が、それぞれ独立して「統治権の総攬者」である天皇にたいして責任を負い、あるいは補佐していた。

そして同時に天皇は、「朕みずからが近衛師団を率い、これが鎮定にあたらん」とのべて、みずからを「皇軍」と称する陸軍を「賊軍」におとしめることができる大元帥でもあった。

結局、国体明徴にかんする政府声明を出すことは、天皇が以下のことを首相と法相に指示したうえで了解された。

一木枢相ほか個人に累をおよぼさぬよう万全を期すこと。機関説が皇室の尊厳を汚すか否かはさておき、機関説を議論することそれじたいが皇室の尊厳を冒瀆するものであること、機関説の議論によって日本の国体が動くものでないことを明らかに示すこと。

すなわち、天皇機関説の可否にふれるような表現をさけて政府声明を発するのであればよかろうと。

だが、この期におよんでそのような小手先の道理の通用しようはずがなかった。コクタイメイチョーをふりかざす勢力の目的は、政府に「機関説を否定する声明」を出させることにこそあるのであり、それを梃子としていっそう具体的な政治責任を追及しようというのである。

はたして、政府声明は、その起草段階においてすでに軍部の露骨な介入をしりぞけることはできなかった。

学説問題をしごく抽象的、従属的にあつかおうという当初の方針は、原案作成以前に陸軍のつよい反対にあい、「国体の説明にあたり誤解をまねく字句は排撃する」という内容を第一原案にもりこむことを余儀なくされた。が、それさえもが内示の段階で一蹴された。

「国体に反する字句学説を排撃するは当然のことにして、こと新しく声明するまでもない。声明をするうえはさらに具体的に一歩すすめよ」と。

具体的に！それは、「国体に反する字句学説」が「機関説」であることを明示せよということにほかならない。すなわち何がなんでも「機関」という言葉を挿入せよというわけだ。さもなくば……。

　七月三〇日朝いちばん、林陸相が首相官邸に岡田をたずね、「軍部試案」を手わたして強硬意見を縷々開陳し、これが「全陸軍の総意」であるとすごんでみせた。

　政府は、第一原案をひるがえして新案を作成せざるをえなかった。徹頭徹尾、軍部の一貫した主張にひきずられるかたちで、憲法「上諭《じょうゆ》」および「第一条」を引用して国体の本義を明徴にし、これに反するものが、天皇を「統治権を行使するための機関とする言説」であることを具体的に示した、第二原案を。

　譲歩につぐ譲歩をかさねた首相に唯一できたことは、声明を発表するにさいして陸相、海相の言質をとることぐらいだった。

「声明を公けにするうえは、今後、軍部においてこれ以上のものを要求することはないか」

「しかり。われわれの要望する声明さえ公けにすれば、今後この問題にかんするかぎり厄介の事態が発生するごときことはない」

　すくなくとも、両大臣につよく念押しをした岡田は、声明によって機関説問題は一段落するものと確信していた。

### 国体明徴声明発せらる
### 一木枢相の身上に影響する事断じてなし
### 首相重ねて所信表明

「号外」がかけめぐったのは、八月三日のことだった。同日午後一時五分、ついに「国体明徴の政府声明」が発せられた。

「恭《うやうや》しく惟《おもん》みるに、我が国体は、天孫降臨の際下《くだ》し賜える御神勅に依《よ》り昭示せらるる所にして、万世一系の天皇国《くに》を統治し給い、宝祚《さかえ》の隆は天地とともに窮《きわまり》なし……」

　天壌無窮の神勅にはじまる「声明」の内容は古色蒼然、譲歩などという生ぬるいレベルをはるかにこえたものとなった。

「されば、憲法発布の御上諭に『国家統治の大権は朕が之を祖宗に承《う》けて之を子孫に伝ふる所なり』と宣《のたま》い、憲法第一条には『大日本帝国は万世一系の天皇之を統治す』と明示し給ふ。即ち、大日本帝国統治の大権は厳として天皇に存すること明《あきらか》なり。若《も》し夫《そ》れ統治権が天皇に存せずして天皇は之を行使する機関なりと為《な》すが如《ごと》きは、是《こ》れ全《まった》く万邦《ばんぽう》無比《むひ》なる我が国体の本義を愆《あやま》るものなり。近時、憲法学説を操り国体の本義に関連して兎角《とかく》の議論を見るに至れるは寔《まこと》に遺憾に堪えず……」

　軍部の要求をはねのけられなかった政府が弄した小手先は、機関説が国体の本義に「悖《もと》るもの」だとすべきところを「愆《あやま》るもの」であると表現をゆるめたことぐらいだった。「悖る」は、道理に叛《そむ》く、反する、ゆがませる、ねじる、の意。「愆る」は、まちがえる。国体に叛いたり反したりしたのではなく、国体をとりまちがえたとすることで、たしかに「故意」のニュアンスは払拭される。

さらにまた、字句文言を精選し、慎重にセンテンスを練りまわして、紙一重のところで法律的なコンストラクションに矛盾しない仕掛けもほどこした。つまり「悪いものは悪い」と言挙げはするが、「悪いもの」に該当するものがあるのかないのかということにはふれない。「統治権が天皇に存せずして天皇は之を行使する機関なりと為す」説は、天皇機関説をさすようであってじつはそうではない。「統治権が天皇に存せず」などとは、いかなる「憲法学説」も説いてはいないからである。

きわめてお粗末なレトリックだが、これを見破ることは、やみくもにコクタイメイチョーをさけぶ者には容易ではなかった。

だが、問題はそういうことではない。政府が「声明」を発したことそれじたいが、どんなにとりかえしのつかないことであったか。「声明」のなかでメイチョーされたコクタイの本義が、あらためて「国是」であると政治判断されたのだから。ことの本質はまさにその点にこそあった。

これによって、政府声明の主旨に反して機関説を弁護することができなくなった。のみならず、もはや誰もが第三者でいることはゆるされなくなった。首を突っこまず口を出しさえしなければコクタイとは無縁でいられた人々の誰もがみな……。

各省はもちろん、声明の主旨を実現すべく動きだした。

「政府が声明を発して、憲法学説にかんする盲説を排し、これをもって我が国体の本義を愆るものなることを宣明したのは当然である。天皇機関説のごときは我ら軍人の信念と相容れざるものであり、口にするだに恐懼にたえぬ。我ら軍人は、明治十五年軍人に賜わりたる御勅諭を拳々《けんけん》服膺《ふくよう》し、一意、皇運を扶翼したてまつるの覚悟を堅持せねばならぬ」

声明と当時にこう所信をのべたのは林陸相ならぬ大角海相だった。声明さえ出せばことは一段落する。一国をあずかる者の判断としてこれがいかに浅慮であったかは、翌日の各紙の見出しにも瞭然だった。

**残された問題！**
**首相の言明は藪蛇《やぶへび》の観　早くも非難の声起る**

声明発表後、岡田は所信を表明した。そのなかで、機関説の元祖である一木枢相および金森法制局長を擁護した。この問題のために両氏の身上に影響のおよぶことは断じてないと。

これにたいして新聞は、政友会がふたたび糺弾の気勢をあげつつあること、また、帝国在郷軍人会が月末には全国大会をひらき、機関説排撃のさらなる火の手をあげようとしていることなどを報じ、首相の言明そのものが藪蛇の結果を招来するのではないかとの見方を示した。

はたして、藪から蛇どころか火に油。声明と所信表明によってタカ派の動きはいちだんと活性化した。

直後から、「明倫会」「国体明徴達成連盟」などがあいついで反対声明を出し、申し合わせをおこなった。いわく、一木、金森擁護の所信表明は、政府に誠意なく、声明が欺瞞であることの証左であり、容赦なく機関説論者を処断、掃滅しないかぎり、声明はまったく無意味であると。

いっそうファナティックで危ないものに、在郷軍人を中心に組織された「三六倶楽部」があった。彼らは、帝国郷軍全国大会をまえに、政府声明を攻撃した檄文を各地にばらまいた。

いわく、天皇機関説は、わが尊厳なるコクタイを破壊する凶悪至極の説である。またいわく、その代表人物である美濃部は歴史的重刑、すなわち死刑に処すべきであり、そのためにいかなる例外的方法をもちいて新たな法律を制定するもさしつかえない。美濃部を重刑に処することは、一《いっ》千《せん》のコクタイメイチョー講演よりも効果絶大だと。

八月二七日の帝国郷軍全国大会には、全国の郷軍三〇〇万の団結を示威すべく、各地から一五〇〇人の郷軍代表が、明治神宮、靖国神社の参拝をすませたその足で九段の軍人会館に参集し、大ホールをカーキ一色にうめつくした。

「一つ、皇国統治権の主体は天皇なり。これわがコクタイの精華にしてわれらの絶対信念なり……」

会長の鈴《すず》木《き》荘六《そうろく》陸軍大将が「決意宣明書」を読みあげると、万雷のごとき歓呼がわきあがり、場内はいつおさまるともしれぬ昂奮につつまれた。

「天皇機関説は、天皇の尊厳を冒瀆したてまつり、統帥の大権を紊《みだ》り、わがコクタイを破壊せんとするものにして断固排撃せざるべからず……われら会員はいよいよ協力一致、機関説の絶滅を期す……」

大会終了後、「決意宣明書」は首相および各大臣、枢密院議長に提出された。

二四日に申し合わせをおこなった政友会の「国体明徴対策実行委員会」も、意見書を首相に送るとともに、その返答をせまって会見を申し入れ、三〇日に官邸を訪問した。首相は「学問上」を楯にして質問者の本題をたくみにかわし、一五分でこれをつっぱねた。

「意見書に書いてあることは学問上のことだからお答えできぬ」

「いや、われわれは実行上必要なことについてお考えをただしたいのだ」

「実行上のご意見はうかがってもよいが、お指図は困る」

「とにかくご意見を拝承したい」

「わたしは学問上のことをきかれてもお答えできぬ」

「学問上のことでも、実行上の問題に関係があるからおたずねしている」

「実行上の問題でも、学問上の問題に関係があることならお答えはできぬ」

　堂々めぐりのやりとりが、またしてもくりかえされた。

　ところが、政府への矢は思いがけないところから放たれた。政友会でも軍でも郷軍でも愛国団体でも民間右翼でもない。彼らにまして手ごわい敵が存在した。当の美濃部だった。博士の目に声明文のレトリックの透けて見えないはずがなかった。

　政府声明が発せられたころ、博士は、鬱勃を唯一の友としつつ茅ヶ崎の別荘にあった。

「花の咲く日」の召喚いらい、小石川の自邸では日夜警官に護られる自由のない暮らしを強いられていた。せめて中傷や雑音からはなれようと別荘に移ってはみたものの事情はかわらず、海辺を歩くにも護衛がつきまとい、かえって身のおきどころなく、結局、屋内にこもっているしかなかった。

「わたくしは三十年というものただひたすらに学問に精進してきました」

　政府声明にたいする心境をたずねに訪れた報道記者たちにたいし、博士はしずかに語りはじめた。

「その結果として著したものが犯罪を構成しようとはぜんぜん考えていません。いまでも自分の説は正しいと思っています」

　連日の声明報道とあわせて、近いうちに出版法による司法処分がおこなわれるであろうことが報じられていた。

「これまで学問ひとすじに送ってきた人生を一刑事被告人としておえるのは、感慨無量です。しかし、今後も学問を生命としていくことにかわりはありません」

　ときに短い沈黙をはさみながら博士はつづけた。

「貴族院議員を辞めるようしきりに勧められていますが、わたしくは正しいと思っているから辞するつもりはありません。しかし体刑をうければ当然免職となります」

　松林をぬける風の音にまぎれて波音がひびいてくる。

「海辺へ行こうにも護衛つきでは出かける気になりません。ただジッとしています。ジッとして何もしない。何もいわない。いいたくない……」

　表情を翳りがよぎる。それでも博士はいいきった。

「議会での弁明がこのような波瀾をまきおこしたことは承知しています。それでも弁明をおこなってよかったと思っている。学匪と罵られては、起《た》たないわけにはいきませんでした……」

　大学を去り、高等試験委員を辞した四月いらい、博士は邸内にこもってペンを執りつづけ、七月なかばには『美濃部達吉論文集』第二巻「法の本質」、第三巻「ケルゼン学説の批判」を日本評論社から刊行した。もちろんこれらも美濃部バッシングを刺激しないはずはなく、ファシズムの旋風が音をたてて肥え太っていくなか、やがてはこれらの著作も発禁の対象として槍玉にあがる運命にあった。

その博士が、政府声明の内容を知るや「わたしの学説と同じではないか」といい、心境を取材にきた記者たちに、声明が自身の学説とまったく矛盾しないということを縷々のべてしまった。

じっさい、博士は、国家統治の大権が天皇に属することは、憲法の上諭、第一条、第四条に明白であって憲法の基本原則なのだと説き、また、統治の大権は、天皇が国家元首として憲法の条規に従って総攬する権能だと説いているのであってみれば、そのような説が、声明が指すところの「統治権が天皇に存せずして天皇は之を行使する機関なりと為す」説にあたるはずがないのだった。

憂色にぬりこめられた日々を、幽閉の徒さながらに送っている博士が、つかのま胸中を晴らしたであろうことは想像に難くない。

はたして、美濃部発言報道はコクタイメイチョー喧しい勢力をまたしても刺激し、機関説排撃の炎に油をそそぐ結果を、すなわち、政府の骨折りのせめてもの果実までをも水泡に帰する結果をまねくことになった。

政府声明発表後まもなくとの声をよそに遷延されていた司法処分が決定したのは、九月なかばのことだった。江藤源九郎が美濃部を不敬罪にあたるとして告発した事件にかかわる処分である。

四月六日の聴取いらい、司法検察当局は、あくまで司法独自の立場から処断すべきだとして慎重なかまえをつづけてきた。

行政が発禁処分をおこない、そのうえ政府が断乎たる声明を発したのだから、それで当面の問題は解決した。司法処置については、多くの国民の健全な思想の動向や、当局と識者の冷静な判断によらなければならず、事件にかんしてはいっそうの研究検討が必要であるとの立場をつらぬいてきた。それが、政府の判断の甘さによって急きたてられるはめにおちいった。

しかもこの間、国じゅうを震撼させる流血事件がおきていた。

八月一二日、現役の一中佐相沢三郎《あいざわさぶろう》が、白昼どうどうと陸軍省にのりこんで、軍の中枢にあった軍務局長永田鉄山《ながたてつざん》少将を斬殺した。

「永田ッ！天誅だッ！」

軍刀二尺四寸をぬき、軍務局長室のドアを開けるや、相沢は第一刀を斬りおろした。切尖《きっさき》は、椅子から立ちあがって避けようとした永田の背後を、右肩から斜め下に、軍服と皮膚の表面を切り裂いた。隣室に逃げようとした永田を第二刀がとらえた。背中から渾身をふるって突き刺した軍刀は、右肺部を刺し貫き、ドアにまで達した。これが致命傷となった。永田はいちど転倒し、気丈にも立ちあがって応接テーブルのわきまでのがれたが、ついに力つきて仰向《あおむ》けに昏倒《こんとう》した。相沢は三刀目を右の顳顬《こめかみ》にふりおろし、さらに武道の作法にならって、とどめの一刀を咽喉《のど》に突き刺した。茶色の絨毯はたちまち血の海と化した。

縁因はとるに足りない人事抗争だった。が、この事件は革新将校らに決定的なインパクトをあたえることになる。

さて、最終的な司法判断をおこなうにあたって、ふたたび焦点となったのが詔勅批判であった。「花の咲く日」、思想犯罪の辣腕検事が、確実に犯罪を構成しうるファクターとして博士を追及した問題だった。

「博士は、詔勅は批判してよいとのべておられるが、一国の風教道徳に関するみ教え、お諭しといったようなものについてもさしつかえないとお考えか」

暗に教育勅語をとりあげ、あくまで自説を枉げまいとするかつての師に、検事は助け舟をさしむけた。

「はい」

きっぱりと博士はこたえた。道徳律といえどもそれは統治権に属すべきものであり、しかも国民の利益のために示されたものである。だから、国民がそれを批判できないということはない。憲法理論上そういうことになるのである。博士は、検事の質問の意図をじゅうぶんに理解しながら、それでも主張を枉げなかった。昼食休憩のまえ、調べの前半のあいだは……。

休憩の一時間が、博士にとってどれほど狂おしく、それでいてうわの空の時間だったことだろう。調べが再開された直後、博士はさきの供述をひるがえした。

「国務に関わる御詔勅を批判することは可能だが、国民の道徳、風教に関する御詔勅にたいしては臣子の分として絶対に批判をゆるさないと訂正願いたい」

博士はみずからを偽った。調書には、ひるがえしたあとの供述だけが記録された。

消し去ることのできない禍根を刻んだその日から五か月のちの九月一四日、検察当局は博士を再召喚した。

さきの聴取によって、博士に不敬の「犯意」のないことが明らかとなり、したがって不敬罪は成立しない。処分に相当するとすれば出版法違反ということになるだろうが、それについて再度の取調べが、とりわけ、詔勅を批判する自由を説くことが皇室の尊厳を冒瀆する罪になるかどうかという論点について、もういちど調べをおこなう必要があると判断したためだ。

調書の内容をひるがえさぬかぎり、危険水域に足をふみいれることはさけられる。が、博士にとっては、みずから犯した過ちがむしかえされる、狂おしい時間がまためぐってきたというわけだった。

調べにあたって博士はまず、告発の対象となった『憲法撮要』『逐条憲法精義』などの著作でふれた詔勅批議が、憲法第三条「天皇ハ神聖ニシテ侵スベカラズ」の解釈のなかにおけるものであること、本文の記述が「国務ニ関ル詔勅」に限られていることをくりかえし確認した。

「憲法上の意義においての詔勅、ことに第五五条の『国務ニ関ル詔勅』は、国家の元首としての天皇の御意思表示であり、それは、国務大臣の輔弼によるところの進言を御嘉納あらせられて御宣示になるものであります。すなわち、国務大臣の輔弼による天皇を『政府』としますならば、国務に関わる詔勅は、政府の意思表示ということにほかなりません。政府の決定意思を議論したり批判したりすることは自由であります。ところが、通俗ではこれを特別神聖なもののようにうけとめております」

博士が、憲法第三条の解説のなかでことさら詔勅批判についてふれたのは、それら俗説の誤りを正すためだった。それは、官吏を登用する高等文官試験の受験者のなかにさえ、詔勅と名のつくものはすべてが神聖であるという通俗的誤解によっている者がみられたからだという。

「詔勅は論議してよろしいか」

試験委員だった博士は、かならずこの点をたずねることにしていた。

「いいえ、詔勅は神聖不可侵なものだからゆるされません」

「それならば法律はどうか」

「法律はさしつかえありません。」

「なれば詔勅は法律ではないのか?」

「…………!」

「法律は?」ときかれてはじめて受験者は気がつく。第五五条二項の「法律勅令其ノ他国務ニ関ル詔勅ハ国務大臣ノ副署ヲ要ス」に思い至るというわけだ。

詔勅誹議を出版法に違反するとみなす検事を相手に、博士は、「教育勅語」のしっぽだけは踏まぬよう慎重にことばを選びながら、丁寧にかつ粘りづよく弁明をつづけた。

「憲法第三条の規定をもって天皇の御一身に関する規定なりと解するのでありますが、その場合における天皇の御一身と申しますのは、国の政務に関わらざる、天皇の御生活という意にほかなりません」

つまり、第三条「天皇ハ神聖ニシテ侵スベカラズ」の規定は、国家の政務とはかかわりのない「天皇御一身」についての規定であり、天皇が国家の元首として政務にかかわる意思を決定し発表することは、同条の規定の範囲にふくまれないというわけだ。

また、おなじく第三条の規定からはずれるものに、皇室家長としての天皇、大元帥としての天皇、最高祭主としての天皇、栄誉の源泉としての天皇の大権がある。これらはいずれも国務大臣の輔弼責任の外にあり、第五五条の規定からもはずれるが、憲法の他の条項もしくは皇室典範に規定があるか、もしくは古来の慣習によるものなのだと博士は説いた。

「ただ、皇室家長としての天皇は宮内大臣が、大元帥としての天皇は、多少疑いはあるものの参謀総長もしくは軍令部総長が輔弼せられますので、この二つの御地位にもとづく詔勅も、法律上論議しうるものと思いますが、本文ではこれにはふれておりません。

第三条の適用をうける『御一身』とは、玉体、御行動、さらには御真影、三種の神器、天皇旗、御製、御衣、皇居など御一身と同視せられるものであります。また、神宮《じんぐう》および皇陵《こうりょう》は第三条のかかわるところではありませんが、刑法のなかに規定がありますので神聖不可侵だと考えます。皇室財産は民事訴訟の目的となりますので神聖不可侵を有しませぬ」

いずれにせよ、第三条の解釈のなかでとりあげた詔勅は、国務にかかわる大権を行使する場合の詔勅に限定されるというのである。つまり、問題の著作において博士は「教育勅語」には言及していない。そのアリバイにかかわることについてのみ弁明を終始させたというわけだ。

博士の心境をただすことも二度目の聴取の重要な目的だった。というより、もはや美濃部を無罪放免にすることのほうが難しくなっている情勢にかんがみれば、出版法違反を適用するしかないとの見地にたっていた検察当局は、博士に情状酌量の余地があるのかどうかをみきわめなければならなかった。

起訴相当かそれとも起訴猶予と決するか……。というより、じっさいには起訴猶予にもちこむ接点をさぐることのほうにより大きな狙いがあった。この期におよんでは、美濃部達吉の処分が問題なのではない。これ以上機関説問題を大きくしないことが何にもまして優先された。政府には美濃部以上に守らなければならないものがあった。だからこそ、いつまでもずるずると「機関説」などという物騒なモノダネを俎板のうえにさらしつづけるわけにはいかないのだった。

博士の心境に変化はなかった。

「わたしの年来把持しきたった学説にたいする世上の非難についてのわたしの考えは、本年二月二五日、貴族院においていたしました弁明のとおりでありまして、今日といえども、少しも変更する必要をみとめません。しかもわたしの学説は、伊藤公の『憲法義解』の説と同趣旨であり、そのことを堅く信じております」

学説についてはもとより誤っているなどとは考えておらず、不幸にして発禁となった著書についても、出版法に抵触するとはまったく考えていない。そう博士はいいきった。「けれども、わたしの著書のために世間の物議をひきおこし、政府にまでたいへんな迷惑をおよぼしたことについては、まことに恐懼にたえません。したがって、四月以降はすべての学校の講義を辞退いたしましたし、やむをえない必要のほかは外出もつつしみ、謹慎の意をあらわすことだけを願ってまいりました。自分では正しいと信じておりましても、世間の物情騒然たるあいだは、問題となっておりますような憲法上の議論はひかえたいと思っております」

「自分では正しいと信じておりましても」とことわり、「物情騒然たるあいだは」という限定条件をつけたところはさすがだろう。博士にしてみれば、物情騒然たる世間のほうが異常であり非道理なのであって、科学的理論的に正しいものはあくまでも正しいのである。

しかも物情騒然たる情勢のよってきたるところとは、満州事変に象徴される軍の制御不能にあり、あるいはまた、五・一五事件の軍人にたいする判決の不当な軽さにある。軍部の逸脱、暴走のまえになすすべなく、軍事テロリズムをむしろ美挙として賞恤《しょうじゅつ》するような処断までおこなったがために人心が荒廃したのだと、もしも本心をつつまず開陳することができたなら、そのぐらいのことを博士はいってやりたかったにちがいない。

おのずから、自身を正しいと信ずる者が、かりにも議員辞職をもとめる圧力に屈することはできなかった。

「貴族院議員の地位につきましてもいろいろ熟考いたしましたが、さしひかえております」

八月三日の政府声明にいたるあいだにも、博士のもとには方々《ほうぼう》から議員辞職勧告が舞いこんでいた。コクタイメイチョーが幅をきかせ、機関説が倒閣の具と化したいま、あれこれきれいごとをならべて博士に人身御供《ひとみごくう》の役柄を負わせようとする偽善者たちはつぎつぎ現われた。

「問題の著書は、いずれも勅選議員の光栄を得まするよりはるか以前に公表したもので、それら学問上の功績がみとめられて勅選の光栄にあずかったこととうけとめています。それをもし拝辞いたすとなりますと、当時わたしを貴族院に推薦せられました諸先輩に相済《あいす》まないことであり、また昭和七年には、宮中の御講書始《おんこうしょはじめ》において御進講の栄をにない、翌年には勲一等に叙せられましたが、それらの光栄について推薦くださった方々にも多大な迷惑をおかけすることになります。ですから、将来しかるべきときがきたならばあらためて進退につき考慮したいと思っております」

ぎりぎりまで、あらゆる方面から手がつくされた辞任勧告。それでも博士は折れなかった。

ダイレクトでないことはいうまでもないが、当局もまたさいごの圧力をかけてきた。つまり、みずから議員辞職の意思を表明すれば起訴は猶予してやろう。そういうことだった。この日の聴取がそのためのものでもあることを博士はわきまえていた。それでも、みずから辞めるとはいわなかった。これ以上本心に反することは口が裂けてもいえなかった。

「議員辞職をするつもりはないか」いや「ご自身からされたほうが身のためですよ」と、暗にそこまでせまったところで検事はしばらく席をはずした。美濃部がのこしたメモにはそう書かれてある。戻ってきた検事は博士をみてこういった。

「なんとかご再考の余地はないでしょうか」

博士はこたえた。

「司法処分のまさに決定せられんとする今日、自発的に公職を辞することは、みずから自分の罪を認めて起訴をまぬがれようとするものと一般世人から解せらるるは必然であり、それは起訴せらるるよりも堪えがたい苦痛であります。いまのところ再考の余地はありません」

押し問答がくりかえされた。

「ごもっともではあるが、司法処分とは関係なく、大乗的にお考えになってご再考を願いたい」

「…………（大乗的に！）」

「ならば、いますぐにお返事を願わなくても、一両日中にお返事を願えればよろしい」

「では、一六日中に司法大臣宛に書面をもってお返事いたします」

**公職拝辞の情を汲み　博士を「特に公訴せず」**
**けさ正式に起訴猶予　天皇機関説処分決定**

はたして九月一六日、美濃部は法相あての上申書をもって「これ以上社会思潮を混迷せしむるは本意ならず」との理由から貴族院議員を辞するむね意思をつたえた。

これによって処分は決定した。起訴猶予だった。

不起訴ではなく起訴猶予。つまり、出版法違反の罪が成立したというわけだった。

九月一八日午前一〇時、正式な処分が公表された。すなわち、告発の対象となった著書論文が「刑法第七四条」の不敬罪に問われることはまぬがれたが、学説としての機関説が「出版法第二七条」に違反し、詔勅批判の記述が「出版法第二六条」に抵触すると判断された。

決定理由はしかも、二度の聴取における博士の腐心の弁明が、まったくの無駄骨であったことをあらわにした。

『逐条憲法精義』『憲法撮要』などに著わされた機関説は、学説であるといえども、わが国とその建国の由来を異にする西欧憲法の法理を基調とし、わが国体にかんする国民の思想に副わざる不穏当の講説であることがあきらかであり、行文用語の妥当を欠き、国体にかかわる重大問題としてひろく朝野で論議され、現下の社会情勢において国民思想に好ましからざる影響をあたえること少なからず、その叙説の方法とあいまって、出版法第二十七条に規定する『安寧秩序ヲ妨害』する犯罪を構成する。

また、詔勅はわが国固有の歴史にてらして、国務に関すると否とにかかわらず天皇の御聖旨にほかならない。しかるに、『逐条憲法精義』のなかの詔勅誹議についての記述は、その行文が不用意かつ不正解であり、叙説の妥当を欠き、読者をして、国務に関する以上、詔勅じたいをも国民が当然の自由として誹議することができるとの感をいだかしむるところあり、出版法第二十六条に規定する『皇室ノ尊厳ヲ冒瀆』する犯罪を構成する」

つまり、国体に障る学説を叙説することは犯罪であり、また、国務にかかわろうがかかわるまいが、詔勅を批判することの自由を説くことは犯罪だというのである！

二度目の聴取にいたるまえは、二七条違反は回避される見通しだった。二六条に抵触する詔勅批判をもって「断固起訴」すべきではあるが、機関説については、国家の安寧秩序を害したとまではみとめられないとの立場だった。学説の当否を判断し、措置を講じるのは政府の仕事であって、司法部の職責は、行為にたいする責任を判断するにとどまるというのがその理由だった。

それがくつがえされ、最終的には「現下の社会情勢」にてらして天皇機関説そのものが違法であると判断された。「現下の社会情勢」という限定の文言を挿入しようがしまいが、司法が、法理論上の詔勅批判の自由を説くことだけでなく、天皇機関説を説くことをも犯罪だと判断したことは、深刻なことこのうえなかった。

それは、ある憲法学説が、検察当局によって――いまだ裁判所によってではないものの――犯罪だと判断され、以後どうようの学説を説くことが禁じられ、学説を叙した出版物が違法として処分されることを意味していた。

それはまた、司法の敗北でもあった。告発以来、処断を延ばしのばしにしながら、あたうかぎり考究をかさねてきた結果が、軍国主義とファシズムのまえに膝を屈し、犠牲《いけにえ》をさしだすことでしかなかったのだから。

さらにそれは、党をあげて機関説排撃の片棒をかつぎ、あるいは、議会においてコクタイメイチョーの決議を可決し、あるいはまた政府声明を発して「この国は、神代のむかしから天皇親政をコクタイの本質とする」ということをメイチョーにして、議会や政府みずからが、国政の機関であることを否定してしまったことと軌を一にする。

くつがえったということでは、「断固起訴」の見通しがそうではなく「起訴猶予」となった。

わけは一にも二にも、被疑者が「重大なる責任を痛感しおるむねを言明し、貴族院議員を辞すべきことを誓い、深く反省の実をしめし」たからにほかならない。

　もちろん、告発の対象となった『逐条憲法精義』の初版は一九二七年（昭和二）に、『憲法撮要』の初版は二三年（大正一二）に公刊されており、いらい美濃部学説は公説とさえなってきたが、問題となることはなかったという事実も考慮された。また、「皇室ノ尊厳ヲ冒瀆」する罪、「安寧秩序ヲ妨害」する罪はともに、前年三四年の八月から施行された「改正出版法」によってはじめて規定されたものであり、これをそれ以前の著作に適用して処罰するのは「酷に失する」というのも「猶予」の理由となった。

　しかも、両著はすでに発禁処分とされている。被疑者もまた、みずから内容の「不十分なるところあるをみとめ、将来その言説をつつしむ」ことを言明し、「謹慎の意を表し」ている。ゆえに「刑事訴訟法第二七九条」の規定により、起訴猶予の処分に決したというわけだった。

　一八日午前一一時一五分、これら司法処分の経緯と法理的解釈が光行《みつゆき》次郎《じろう》検事総長から発表された。そのさなか、じつは別の場所で、最大のドンデン反しが演じられていた。

　またしても博士だった。

　同日午前一〇時三〇分、博士は、小石川の自宅にやってきた貴族院書記課員に、近衛文麿貴族院議長あての辞表を手わたした。


　小止みなく秋雨の降りそそぐ日だったという。司法処分の発表のある一〇時前から報道陣の車が美濃部邸をとりかこみ、邸内は博士の現われるのを今やおそしとまつ記者たちであふれていた。

　まもなく博士が応接室に現われた。黒絣《くろがすり》の絽《ろ》の羽織に角《かく》帯《おび》をしめ、右手には声明書がにぎられている。食い入るようにみつめる記者たち。たまゆら重たい静寂が流れた。

「では、申しあげましょう」

　よどみない声で、博士は声明書を読みはじめた。それは司法当局、政府のみならず、世上をアッといわせるような内容だった。

「わたしが議員を拝辞しようと決心したのはよほど以前のことであります。学説が正しいか否かは別問題にして、ともかくもわたしのなした弁明演説が議員中一部の人々の反感をかい、激しい言葉をもってわたしを非難する者があり、これにたいして全院が寛容する態度をとっております以上、在職しつづけることが将来ますます貴族院の空気を混乱させるおそれがあると考え、同院の秩序のためにも職を退くのが至当だろうと……」

　耳のよい記者ならば、はたとペンを迷わせたであろう。きけば、混乱の原因は、貴族院が激しい言葉による非難を「寛容する態度をとって」いることにあり、辞職は同院の「秩序のため」であるという。

「ただ、当時ただちに辞意を申し出たとしますれば、みずから自分の学説の非なることを認め、起訴をまぬがれるために公職を辞したと解さるることは必然でありまして、それはわたしの学問的生命をみずから放棄し、醜名を千歳《せんざい》にのこすことであると考えますし、いっぽう、わたし自身はわたしの著書が法律にふれるとは夢にも思いませんが……」

とくに耳のよくない記者もさすがに「まてよ」といぶかしむ。

「もし検察当局によって違法とみとめられるならば、いさぎよく法の裁きをうけ、万一有罪と決するならば甘んじて刑に服するのが当然だろうと思いましたので、きょうまで辞職の決意を実行せずにひかえてきました。しかるに、司法処分も最終的決定をみるにいたり、司法省から起訴猶予に決したという通知をうけましたので辞表を提出したのであります」

起訴猶予の知らせは、前日の夕方に司法省から電話で伝えられていた。それをうけて声明が準備されたのであってみれば、ひときわ語気つよく発せられたであろう「違法」「有罪」には、博士の渾身の批判がこめられていた。

「くれぐれも申しあげますが……」

すべての耳と目が博士に釘づけられた。

「それはわたしの学説をひるがえすとか、著書の誤りをみとめるということではなく、ただ貴族院の今日の空気において、わたしが議員の職分をつくすことがはなはだ困難となったがためにほかなりません。今後は自由の天地にたって、一意自分の終生の仕事として学問にのみ精進したいと願っております」

読みおえて所感をもとめられた博士は、ひと言「世相険悪……」と、そういいかけて口をつぐみ、苦笑いをごまかすように窓外の雨に目をやった。

**泌々と、博士涙の述懐**
**学説は決してまげぬ……と**

美濃部の声明書の内容は、またたくまに各方面に伝わった。そしてそれが物議をかもさぬはずはなかった。

光行検事総長名で発せられた司法当局の説明では、被疑者に「謹慎の意」が顕著であり、「責任の重大なることを痛感」して「反省の実をしめし」たことが、具体的には「貴族院議員を辞すべきことを誓った」ことが、起訴猶予判断の決め手となったという。

ところが、声明のなかで美濃部は、学説のあやまりをみとめず、したがって著書が法律にふれることなどゆめないと信じ、辞表を提出したのは「起訴猶予の通知をうけた」からだとのべている。謹慎の情も反省の念もかけらも感じられないではないかというのである。

たしかに声明の基調には、一貫して司法判断とのあいだにズレを感じさせるものがあった。

処分決定にさきだって書面をもって返事するといった一六日、美濃部は司法大臣宛の「上申書」で議員拝辞の意思を表明した。

「拝啓、先般平田検事より再考を求められ候《そうろう》件に付、熟考致し候結果を左に開陳致し候……」とはじまる文書の結びには、「此の際、貴族院議員の職を拝辞致し度《たく》、決意致し候。司法処分決定の上は、速《すみやか》に此の決意を実行致し度《たく》候《そうろう》間《あいだ》、左様《さよう》御諒解《ごりょうかい》被下度候《くだされたくそうろう》」としたためられていた。

が、おおやけには、美濃部が突如「上申書」を提出して議員辞職の意思表示をしたことは報じられても、提出にいたる真相が伏せられていた。

それはそうだろう。自発的に公職を辞することは起訴されるよりも堪えがたいことだといって動じない被疑者に、「猶予」をちらつかせて圧力をかけ、それも効なしとみるや「司法判断とは関係なく大乗的に再考を願いたい」とせまり、事実上の冤罪であることを暗にほのめかしてまで首をさし出させたなどということを、当局がいえるはずがないのである。

そのことは、処分発表直後に法相が語った、しどろもどろとしかいいようのない腰折れ談話にもみてとれよう。

「司法部としては、皇室の尊厳冒瀆の点はもとより、天皇機関説も現下の社会情勢に照らして安寧秩序を紊乱するものと認め、断然起訴することに決定、その準備まで進めたのである。しかるに、美濃部博士は貴族院議員拝辞の意思を表明したのでかくのごとき処分に落着した。……政府の声明と今度の司法処分との間にはなんら関係はなく、また学説の問題は司法処分とは別個のものであるが、実際において文部省から機関説はいけないということを各学校に通牒してあるのだから、実際問題として機関説はなくなるであろうし、憲法の説明は元首とか総攬という用語になるのではないかと思う……」

一八日、おおやけにくりひろげられた事実は、午前一〇時に正式な司法処分が公表され、起訴猶予の正式決定をうけた午前一〇時三〇分、美濃部が自宅にきた貴族院書記課員に辞表を提出し、午前一一時一五分から、検事総長が処分の経緯と法理的解釈を発表したということであり、それらの事実は、美濃部が「司法処分決定の上は、速《すみやか》に此の決意を実行致し度候《たくそうろう》」と「上申書」に記したこととも齟齬しないし、「前日に起訴猶予の通知をうけたので辞表を提出した」と「声明書」でのべたこととも齟齬しない。

だが、博士の声明に閣僚のだれもが蒼然となり、遺憾の意をかくさなかった。内容も内容だが、そもそも、司法によって犯罪者の烙印をおされた当人が声明を発することそれじたいが言語道断であり、反省も謹慎もしていないことを証している。

いわずもがな、軍部は猛然と抗議をおこなった。「不起訴の理由と博士の心境とのあいだの大いなる齟齬、明らかなる矛盾は、人心に極度の疑惑を投ずること言《げん》をまたぬ。政府はすみやかに善後処置を講ぜよ」と。彼らは、美濃部が起訴猶予に、さらには金森や一木に処分がおよばなかったことそれじたいを承服しかねていた。

「なんと愚かな！」

異口同音にさけんだのは司法当局のメンバーたちだった。かつがつ処分を延引し、すれすれのところでうまく解決できたと思った矢先に、なんという愚かなことをしてくれたものだと……。事件いらい終始冷静さを失うことのなかった法相さえが、おおやけの談話で愚行を非難せずにはいられなかった。

動転した司法省は、すぐさま博士に声明の撤回をせまった。自発的に声明を取り消さない場合は、三たび召喚して再起訴もやむをえないとすごんだ。事はいっきに内閣の命運を危うくしかねなかった。もちろん、再起訴が現実的には不可能であることが周知のことだと知ったうえで。

九月二一日、博士は三日前に発した声明を撤回した。「過日、新聞紙上に掲載された声明の内容は、自己の意思に副わないものがあるから取り消し願いたい」と。

法相宛書簡をもってなされた取り消しの申し入れは、同日のうちに受諾され、「法相談」のなかに引用するかたちで「原文」そのまま発表された。

力もて学びの道を閉ざさんとす
　力なきものの如何にすへきか
今の世に焚書坑儒のふることの
　起るへしとは思はさりしを

美濃部の死後、処分決定にさきだって博士が提出した「上申書」と同じ日付をもつ文書がみつかった。末尾には、六首の歌が書きとめられていた。巻紙にペン書き、「九月十六日」の日付と「美濃部達吉」の署名と「小原司法大臣閣下」の宛名のある文書で、その内容から「上申書」の「下書き」だと考えられる。

そこにはしかし、はっきりと、辞意を表明することができない旨したためられていた。つまり、二度目の聴取と上申のあいだのわずか一日《いちじつ》、九月一五日のある時点までは、博士は議員辞職勧告を拒むつもりでいた。あくまで辞意表明をしないつもりでいたのである。

「下書き」の後半で博士は、憲政破壊の風潮にたいする述懐《しゅっかい》を吐露し、そのうえで不退転の決意をしたためている。生前、おそらくだれの目にもふれなかっただろうこの文書が、たったひとつ、博士の凄絶な葛藤のあとをとどめ、本心を伝えている。

「拝啓……（略）……顧みればこの数年来憲政破壊の風潮ますます盛んと相なり、甚だしきは自由主義思想の絶滅を叫ぶ声すら高く、しかも、自由主義は立憲主義とも申すべく、少なくとも、自由主義は憲政のもっとも重要なる基礎原則として我《わが》欽定憲法の上諭《じょうゆ》中にも特にこれを宣言せられ、憲法第二章の各条にもこれを明記致しおり候。

……小生微力にしてもとよりこの風潮に対抗して、これを逆襲するだけの力あるものにこれなく候えども、憲法の研究を一生の仕事と致す一人として、空しくこの風潮に屈服し、退いて一身の安きをむさぼりてはその本分に反するものと確信致しおり候。及ばぬまでも、憲政擁護のためには一身を犠牲とするも悔いざるの覚悟を定め候については、折角《せっかく》の御厚情——辞職勧告——に背き候は不本意に候えども、力の及ぶ限り不退転の意気を以て進み度《たく》決意致し居り候。

右の如き次第にて処分決定以前に自決致し候意思は唯今《ただいま》の処《ところ》表白致し兼ね候御諒承被下度奉願候《ごりょうしょうくだされたくねがいたてまつりそうろう》。　敬具

九月十六日　美濃部達吉

小原司法大臣閣下」

荒れ狂う嵐の中を一筋に
正しくあゆむ道のくらさよ

「みずからは学説もひるがえさず、著書の誤りもみとめない」。撤回したとはいえ、いったん表明された美濃部の「声明」がもたらした激震は、荒れ狂う者たちに格好の口実をあたえ、嵐を活気づけた。「機関説にかんする問題はこれからである。これで一段落どころかこれが序幕だ」というわけだった。そもそも彼らの目的はひとり美濃部を葬ることにあったわけではないのだから。

事件はまたもや政治の舞台にもどされた。

軍をはじめ各党ウルトラ・タカ派は、ここぞとばかり政府に再声明を発せよとの要求をつきつけた。八月三日の政府声明は不徹底不完全であり、国民に疑念をいだかせるというのである。

政府の形勢不利はきわまった。

彼らの求めるところはズバリ「統治権の主体は国家にあって、天皇はこれを行使する機関であるという説」が「絶対非」であることを明言し、「妄説信奉者は仮借なく処断措置する」との決意を、政府の方針として明確にせよということだ。

妄説信奉者のレッテルを貼るのならむしろコクタイメイチョー信奉者たちこそがふさわしいというべきだが、ともあれ、彼らのターゲットとするところが、金森徳次郎法制局長官および一木喜徳郎枢密院議長、さらには元老西園寺や牧野内大臣をはじめ、天皇をとりまいて聖明をくもらせている「君側の奸」であることが明らかである以上、みずからその一画を占めている岡田としては、何ものにかえて

も宮中にダメージがおよぶことを防がねばならなかった。

　とはいえ、「統治権の主体は国家にあって、天皇はこれを行使する機関であるという説」を断乎排撃すべきだとすることは、政府が憲法の国定解釈をおこなうという重大な過ちをおかすことになるだけでなく、国定解釈において国家の法人格を否定してしまうことになる。

「統治権の主体は国家にある」ということを否定すれば、法理上国家の人格をまったく否定してしまうことになり、国家それじたいが統一的活動主体であり意思主体であることと矛盾する。国際条約をはじめ、国法の運用解釈上にも齟齬をきたすことになるのである。

　進退きわまりにきわまった政府。はたして、わずか二か月後、けっして陥《お》としてはならない砦をあっさりと狂信者たちにあけわたしてしまった。

### 国体明徴「再声明」発表
#### 統治権の主体は天皇　機関説・厳に芟除《さんじょ》

　一〇月一五日午後四時三〇分、「再声明」は発表された。新聞はことごとく、闕字《けつじ》をおこなって声明全文を掲載した。闕字《けつじ》。すなわち、天皇に関係する語句のうえに敬意を評するために一字または二文字分の余白をあけるという、「律令」に定められ、すでに廃された公文書の規定である。

「曩《さき》に政府は国体の本義に関し所信を披瀝し以て国民の嚮《むか》う所を明にし愈々《いよいよ》其《その》精華を発揚せんことを期したり。抑々《そもそも》我国に於ける統治権の主体が□《欠字》天皇にましますことは我国体の本義にして帝国臣民の絶対不動の信念なり。帝国憲法の上諭《じょうゆ》並《ならびに》条章の精神亦茲《ここ》に存するものと拝察す。然るに漫《みだ》りに外国の事例学説を援《ひ》いて我国体に擬し、統治権の主体は□天皇にましまさずして国家なりとし□天皇は国家の機関なりとなすが如き所謂《いわゆる》□天皇機関説は神聖なる我国体に戻《もと》り其《その》本義を愆《あやま》るの甚しきものにして厳に之を芟除《さんじょ》せざるべからず。

　政教其他百般の事項総《すべ》て万邦無比なる我国体の本義を基とし其《その》真髄を顕揚するを要す。政府は右の信念に基き茲《ここ》に重ねて意あるところを闡明《せんめい》し、以て国体観念を愈々《いよいよ》明徴ならしめ其《その》実績を収むる為《ため》全幅の力を尽さんことを期す」

　のちに岡田は『回顧録』でこうのべた。

「国家の法人格を否定しないようにし、また機関説とはどういうものをさしているのかを明らかにして、排撃の対象になる学説を極力限定することに努めた。その辺で攻勢を食いとめるのがやっとだったよ」と。

　だが、政府がけっして入れてはならない「天皇機関説」の語を入れてしまったことは、センテンスの修飾部におけるレトリックを完全に無力化した。すなわち「統治権の主体は天皇にましまさず」とする学説が厳密には存在しないことをもって、機関説という学説の息つける余地をわずかにのこしておこうとした努力は水泡に帰し、「天皇機関説」は「芟除《さんじょ》せざるべからず」という、述部だけが強調され、万能の道具としてひとり歩きすることになった。

「天皇機関説は、神聖なるわが国体に戻《もと》りその本義を愆《あやま》るの甚しきものにして、厳にこれを芟除《さんじょ》せざるべからず」と。

天皇機関説はもとより、「国体に戻《もと》りその本義を愆《あやま》る」とみなされた言説もまた「芟除」の対象となる。すこしでも疑わしいものには、国家が後ろ楯となって「芟除」の手をのばす……。美濃部学説だけでなく、国家法人説もまた存在の余地を閉ざされたのだった。

はたして、翌一一月なかば、コクタイメイチョーを推進するための機関、すなわち日本精神を作興するための委員会である「教学刷新評議会」が文部省に設置され、「教育に関する勅語を奉体し、国体観念、日本精神を体現する」ための教学刷新がはかられることになった。

松田源治文部大臣が会長をつとめ、外交官、大学教授、弁護士など有識者五〇人あまりで構成されたこの「評議会」の委員には、「天皇様と国家とは神代ながらに不二である」という国体学説をとく神道思想家、筧克彦《かけいかつひこ》のような法学者や、皇国史観で知られる歴史学者平泉澄《ひらいずみきよし》の名があり、西田幾多郎《にしだきたろう》、和辻哲郎《わつじてつろう》、田辺元《たなべはじめ》などの哲学者らも名をつらねていた。

いかなる学者であろうと、だれがどう考えても近代的な学問とは相容れないコクタイメイチョーを承認し、これを逸脱する学問を根こそぎにしようという組織に与することは、学者としての自殺行為にほかならない。

そして、岡田の苦闘もむなしく、年明けてまもなく金森法制局長官が辞任。二月二六日には、陸軍青年将校らの叛乱によって内閣は機能不全におちいり、天皇側近である内大臣と侍従長は天皇を補佐できなくなり、陸軍大臣も参謀総長も「統帥権」にかんして天皇を補佐できない立場に追いこまれた。

すなわち、首相官邸において襲撃をうけた岡田はからくも殺害をまぬがれたが、事件終結まで天皇に会うことができず、六度目の蔵相の任にあって軍事費削減をとなえた高《たか》橋是清《はしこれきよ》は殺害され、ロンドン軍縮協定や連盟脱退問題のさいに軍部の障害としてたちはだかった牧野伸顕《まきののぶあき》前内大臣は難をまぬがれたが、その後任、斎藤実《さいとうまこと》前首相は射殺され、鈴木貫太郎《すずきかんたろう》侍従長は重傷を負った。

さらに、陸軍教育総監渡辺錠太郎《わたなべじょうたろう》が殺害されたことにより、三長官のうちのこる二人、川島義之《かわしまよしゆき》陸相と閑院宮《かんいんのみや》参謀総長は仲裁機能を奪われてしまった。つまり、渡辺どうよう標的とされているかもしれない彼らに、叛乱軍と政府のあいだの調整役をはたすことは不可能だった。

天皇の聖明をくもらせる奸臣を除き、「天皇機関説」をいっとき事実上の不全におとしいれたのは青年将校たちであり、その意味で彼らは目的を達した。が、その結果「親政天皇」となったその人から「叛乱軍」の烙印をこうむったのは皮肉なことだった。

軍事クーデターは未遂におわった。しかし、二・二六の「血」はその後、天皇自身にとって、また宮中グループにとって、さらには反ファッショと戦争阻止のために尽力するあらゆる人々にとって、致命的なトラウマとなった。

二月二九日、岡田内閣は総辞職を余儀なくされた。

わずか九日前の総選挙において、ファッショ勢力と手を組んでコクタイメイチョーをさけんだ政友会が七一議席を減らして一七一議席に、民政党が七八議席をのばして二〇五議席となり、社会大衆党などとあわせて左派陣営が半数にせまるという結果に、一〇〇〇万人をこえる有権者の意思が示されたにもかかわらず……。

そして三月一三日、ついに一木枢密院議長も辞任のやむなきにいたった。後任についたのはウルトラ・タカ派の巨頭、平沼騏一郎《ひらぬまきいちろう》だった。

機関説事件の幕引きは幕引きなどでなく、超国家主義、神権主義、軍国主義、ファシズムに大義と大道をあたえる幕開けにほかならなかった。

同年五月四日、第六九回特別議会が開会した。

広田弘毅《ひろたこうき》内閣は、組閣の方針としてコクタイメイチョーをかかげたが、開会早々、またしても天皇機関説への質問が噴出した。つまり、岡田内閣に不信任案を出した主な理由はコクタイメイチョー問題であり、二度の「政府声明」をもってしても機関説問題は未解決である。新内閣はまずこの問題を解決しなければならないというのである。

「……前内閣においてあきらかにコクタイの本義に悖るがごとき学説を呈しましたるところの一学者をも、徹底的に処断しあたわざりしことは、かのヒトラー総統の一大断行力と決断心に比してまことに恥ずべきものありと深く感ずるものであります……」

貴族院議員岡田武彦《おかだたけひこ》の質疑にたいし、広田は、「教育勅語」冒頭の一文「我ガ皇祖皇宗、国ヲ肇ムルコト宏遠《こうえん》ニ、徳ヲ樹《た》ツルコト深厚ナリ」をひいて肇国の起源を確認し、国体観念は、憲法第一条「大日本帝国ハ万世一系ノ天皇之ヲ統治ス」にあきらかだと答弁した。

「……ようするに、わが国体におきましては、統治権は一に天皇に存するのであります。この観念に反するがごとき意見その他につきましては、厳正にこれを取り締まってまいりたい」と。

つづく平生釟三郎《ひらおはちさぶろう》文部大臣の答弁はいっそう具体的で現実にふみこんだものだった。

「天皇は統治権の主体であって、統治権は一に天皇に存すというコクタイの本義に反したる学説の講義もしくは講演は、どこの学校においても絶対に禁止しているのであります。もし、しかる説をしいてなすような者がありましたならば、これにたいしては相当の処置を考えているのであります……」

統治権は一に天皇に存す！

新内閣はついに、統治権の主体は国家にもあるとなしうる二元的主体論の存する余地を放棄した。前内閣が小手先を弄して守ろうとした国家の法人格を、サッパリと払いのけてしまったのだ。そして、「統治権は一に天皇にある」という「国体」の本義に反するものはきびしく「取り締まり」、相当の「処置」をおこなうと明言した。

コクタイメイチョーは、ついに国家権力がおこなう組織的事業となった。

新内閣は、そもそも組閣人事において軍部の干渉をしりぞけられなかった。それを喝破したのは、「粛軍演説」として後代に知られることになる民政党議員斎藤隆夫《さいとうたかお》の、五月七日の演説だった。

「今回の事件に対して……ことに国を護るべき統帥権のもとにある軍人の銃剣によって温厚篤実な重臣が虐殺せらるるにいたっては、軍を信頼する国民にとっては、堪えがたき苦痛であります。にもかかわらず、国民は、言論の自由の拘束せられておりますところの今日の時勢において、公然これを口にすることができない。……事件について重大なる責任を担うておる軍部当局が、相当に自重せられることが国民的要望であるにもかかわらず、某々の省内には政党人を入れるべからず、某々は軍部の思想と相容れないからこれを排撃する。……一部の単独意思によって立憲政治の大精神、および国民の総意を蹂躙せらるるがごときは、遺憾千万のいたりに堪えないのであります」

じつに広田内閣は、人事のみならず対外政策、軍事費にまで条件をつけてくる、軍部の介入をかわす力のない内閣だった。

はたして、八月七日、首相、外相、陸相、海相、蔵相の「五相会議」が承認、決定した新国防計画「国策の基準」こそは、陸軍の対ソ戦準備のための軍拡をみとめ、西太平洋の制海権を確保するに足る海軍兵力の整備充実をみとめた、驚くべきものだった。すなわち陸軍は、それまで「北守南進」を固持してゆずらなかった海軍を説得して、一国の国防方針を「南北併進」へと転換することに成功したのである。

九月二〇日発売の『中央公論』一〇月号で、斎藤はペンをふるった。

いわく「国防計画の建直しは、すなわち軍備の拡張であり、巨額の国費をともなうが、赤字公債の発行をこれ以上増大することは不可能だ」。またいわく「陸軍の国防計画はもっぱら東亜大陸政策の遂行を目的とし、満州をこえて帝国主義の遂行を図らんとするものにほかならず、かくのごとく力をもってする日支親善が実をあげられると考えるものは、天下の痴人である。また、対ソ戦準備のための軍拡は、ソ連の極東防備の強化をもたらし、ついに戦争を避けられない。武装的平和なるものは、決して真の平和にあらずして、必ずやある動機に触れて破裂する」。さらにいわく「もしわが国の国家組織と相容れないという理由で国際的反目をあえてするなら、こんにち、世界万国にわが国の組織と一致する国は、ただの一つも見出すことはできない」と。

当時『中央公論』の発行部数はおよそ六万部だったというが、はたしてそれがどれほどの力をもちえただろうか。

ちなみに、八月七日に承認された「国策の基準」は、六月三日に天皇が裁可した「帝国国防方針・用兵綱領」の第三次改訂をふまえている。

この改訂によって、想定敵国は米・中・ソに英国を加えた四か国となり、国防所要兵力は、陸軍においては、戦時兵力四〇個師団を五〇個師団および航空一四二中隊へと拡大、海軍においては、戦艦一〇隻、重巡一二隻、航空隊一二隊であったのを主力戦艦一二隻、航空母艦一〇隻、巡洋艦二八隻、海上・航空兵力六五隊へと大幅に拡充されることになる。もちろん、国家予算は膨れあがり、翌三七年(昭和一二)度予算は、前年度より七億円以上増加した三〇億四〇〇〇万円となり、その四三パーセントを国防関係費がしめることになった。

この間、七月七日には、二・二六事件の判決が突然の新聞発表で報じられた。一二日には、死刑判決をうけた一七人の青年将校のうち一五人の銃殺処刑が、代々木の刑場で三回にわけて執行されたことを伝える「号外」が市中をとびかい、苛烈な軍の意思が民心をふるえあがらせた。

一〇月にはさらに、陸軍の「議会制度改革案」を新聞が報道した。

それがどのようなものであったかは、わずかにツー・センテンスを見るだけで瞭然とする。「一、米国流のごとく、議会と政府とを各々独立の機関とし、以て立法、行政、司法三権分立主義を確立し、多数を占むる政党が政府を組織するがごときことを禁じ、政党内閣制を完全に否定する」。「一、選挙権は家長(戸主)または兵役義務を終った者に制限する」。

国権による組織的事業となったコクタイメイチョーをめぐっては、同月二九日、文部省にもうけられた「教学刷新評議会」の第四回総会において「教学刷新に関する答申」が決議された。

決議文が「大日本帝国は万世一系の天皇天祖の神勅を奉じて永遠にこれを統治し給う。これが我が万古不易の国体なり」ではじまることは、もはや驚くにあたいしないが、九項目からなる「教学刷新の実施上必要なる方針」は、コクタイメイチョーの声に不感症となった耳をも戦慄せしめるものだった。

その第一項にいわく、「わが国においては祭祀と政治と教学とは、その根本において一体不可分にして三者相離れざるをもって本旨とす……」と。

いったいこの国はいつの時代に逆戻りしたというのだろう！祭政一致が再確認され、それらと教学とは一体にして不可分だというのである。

さらに、政府の方針にしたがって最終の第九項では、「教学の刷新については、教育界、学界における国体の本義に副わざるものの是正と排除とに努むる」といい、「取り締り」と「処置」をおこなうことが示されたのだった。

さて、刑事犯罪に問われ、行政処分をうけ、起訴猶予になったとはいえ事実上の有罪宣告をうけ、ついには国家によって「異説」を流布する「異端者」の烙印をおされた美濃部達吉博士は、この間、未遂事件をあわせて二度、生命の危険にさらされた。

事件発生いらい、邸宅はつねに多数の警察官に警護され、やむなき外出のさいにも私服警察官がついてまわるという軟禁さながらの日々を送っていたが、それにもかかわらず、ついに邸内において、右翼団体が送りこんだひとりの壮士によるピストル狙撃をうけた。民政党、社会大衆党がおおきく議席数をのばした総選挙の翌日、二・二六事件のおこる五日まえにあたる二月二一日のことだった。

傷は右大腿膝掴部貫通銃創。全治二〇日程度の軽症ですんだことが不幸中の幸いではあったが、犯人は、「天誅」とタイトルした斬奸状をたずさえていた。

「皇国に生を享け、皇恩無窮一門一党におよび、身は社会の上流に位し、飢餓を知らず、旦《あした》に霜を踏みて田を耕する労苦を知らず、夕べに絹布に褥《じょく》し、寒夜筵に寝るの苦を知らず……。しかるに汝《なんじ》の観念するところは何ぞ、汝の口にするところのものは何ぞ。皇国に弓を引き、臣民の大義を忘れ、汝堂々天皇は国家の機関なりと主張し、その不臣なる観念たるや逆賊足利尊氏に勝り、その懼れざる不逞の態度たるや逆徒道鏡のそれにも劣らず、皇国の大義を紊《みだ》し、欧米一流の法治論をもって民を惑わし人にあやまる、その罪万死に当り、断じて皇国に生をゆるさず……」

逆賊尊氏、逆徒道鏡。こうした価値観念は、少数の狂信者やファシストたちだけがもっていたものではない。

それらは、たとえば楠木正成や和気清麻呂を国家的功臣として神にまつりあげ、神殿を造営し、「別格官幣社」として国家が祭祀してきた明治のはじめいらい、国定教科書や唱歌や物語など、バージョンをつくして忠臣を顕彰してきたように、国権をうしろ楯とした巨大な官僚組織が「職務」の一環として播植し、歳月をかけて培ってきた価値観念であり、おのずから市民大衆が盲目的に支持しているものにちがいなかった。

官権のテリトリーにかぎらない。一九二五年（大正一四）にはラジオ放送がはじまり、音楽や漫才や朗読劇などの大衆娯楽が圧倒的なひろがりをみせた。まさに独占的なメディアの一方通行にのって、忠君愛国や神道的国家主義や軍国主義もまた洪水のように大衆文化のなかになだれこみ、あれよというまに人々をのみこんでいった。

映画をとおして国家のアイデンティティを育成するとして「映画報国」をうちだしたのは、松竹キネマと日活だった。二六年、そのかわきりとして松竹キネマは『大楠公』を、日活は『忠臣蔵』を制作した。両社のこころざしに賛同した文部大臣が、みずから題字を揮毫したという『大楠公』には、通常の制作の三倍の予算が投じられた。

資本力のある大新聞が販売競争を制覇し、多様な新聞報道がなくなったことも、情報の独占、報道の俗化と偏向に拍車をかけた。「おもしろい新聞、売れる新聞」の見出しは、いきおい大げさかつ挑発的で煽動的なものとならざるをえなかった。

子どもたちもまたうねりの外にはいられなかった。

一九二四年一二月、「日本一おもしろく、日本一ためになる万人向きの百万雑誌」をかかげて創刊された講談社の大衆雑誌『キング』が、発売部数七五万部という驚異的なスタートをきり、二八年には月間最高一五〇万部発売を記録した。立身出世物語や道徳的教訓物語を編集の中心にすえた『キング』の好調な売り上げにささえられ、『少年倶楽部』『面白倶楽部』『婦人倶楽部』『少女倶楽部』『幼年倶楽部』など、三〇年ごろには講談社九大雑誌をあわせて月間売り上げ七〇〇〇万部を達成した。

「のらくろ」の一大ブームをまきおこした『少年倶楽部』が、月間七五万部に発売部数をのばした三六年ごろには、少年少女雑誌の世界も忠君愛国美談や軍人神話でいろどられ、子どもたちの果敢で無垢な心を魅了した。

「ぼくはのらくろの明るく朗らかなところが大好きです。『黒い体に大きな目、陽気に元気に生き生きと』心がくしゃくしゃしてむやみに腹が立つ時なんか、のらくろの歌を歌うに限ります。不平の虫なんかふっ飛んでしまって、愉快な笑いがこみ上げてきます。

つぎにのらくろについてぼくの希望をのべます。それは猛犬連隊が、外国の犬と戦端を開き、そこでのらくろが飛行機、潜水艦、大砲、戦車等を縦横に用いて大活躍するというようなことをやってほしいと思っています。……いま日本中で一番よく名があらわれて、多くの人に知られている人気者はのらくろであるといっても過言ではないと思います。『少倶』の誌上で愛読者諸君がいっていますが、ぼくものらくろが元帥になるまでは『少倶』は止めぬ決心です」

『少年倶楽部』が野良犬黒吉《のらいぬくろきち》「のらくろ」二等卒の連載をはじめたのは三一年の一月号だった。当初は、じっさいの兵役とおなじ志願兵で、二年満期除隊の構想でスタートしたという。猛犬連隊入隊直後は失敗つづきだった主人公が、おしまいに少しだけ手柄をあげてめでたく退役……のはずだった。それが、熱狂的なブームにささえられて長期連載となり、主人公もまた階級をのぼらずにはいられなくなったというわけだ。

ドジをやらかし、重営倉入りになるなど懲罰をうけることもあるのらくろが、しだいに智恵をはたらかせ、度胸のよさを発揮して連隊に貢献、トントン拍子に出世する。孤児《のら》であることのコンプレックスをもちながら、それでも明朗快活、マイペースをくずさないお調子者。そんなキャラクターが愛されて、やがては「元帥にまで」とのぞむ声がしきりとなり、「ぼく」のようなひたむきな少年のハートを、まっすぐで健やかなまま、戦闘的な色彩でおおっていった。

読者「ぼく」の声が掲載された三三年（昭和八）七月号が発売されてまもなく、「神兵隊事件」が発覚した。

連続テロ「血盟団事件」や軍事テロ「五・一五事件」にひきつづき、首相官邸、警視庁、閣僚や政党総裁の私邸を襲撃し、斎藤実首相以下各大臣、警視総監などを殺害して、皇族の組閣による国家改造を企図したクーデター未遂事件である。愛国勤労党の天野辰夫ら五三人が、殺人放火予備、爆発物取締罰則違反で起訴された。

ヒトラー政権の成立にはじまったこの年は、この国が国際連盟を脱退し、関東軍が長城線をこえて華北に侵入した年であり、いっきに昂まったナショナリズムが皇国主義的ムードをいやがおうにもおしあげた。

おりしも、「建武中興六百年祭」が翌年に、「大楠公六百年祭」が翌々年にせまっていた。

後醍醐天皇を祭神とする吉野神宮では、国費をもってはじめられた社殿改築造営が一〇年の歳月をついやして成り、二万七〇〇〇坪の森厳な境内に、樹の香かぐわしい流れ造りの本殿、入母屋造りの拝殿が、来春にいとなまれる「建武中興六百年祭」をまつばかりとなっていた。大日本帝国憲法が発布された一八八九年（明治二二）、吉野朝ゆかりの地に創建されたこの神社は、創建とともに官幣中社に列せられ、一九〇一年には官幣大社に昇格、一八年には神宮号が宣下され、吉野神宮と名を改めていた。

三四年三月一三日の「建武中興六百年記念の日」の前後には、新聞社や自治体が旗ふり役となって記念行事や講演会、展覧会をもよおし、新田義貞挙兵の地として知られる生品《いくしな》神社や、北畠顕家の遺跡霊山城《りょうぜんじょう》をはじめとする南朝ゆかりの地が、国の史跡名勝に指定された。

「……後醍醐天皇が楠木の功績をたたえたときも、正成はいっこうみずからの功を誇ることがなかった。自分のいのちを投げだしてはたらいて、少しも功を誇らない。この行為をみならえば、我々も皇室に忠なる臣民でありうるということを信じるのであります」

三五年（昭和一〇）五月二五日にせまった湊川神社「大楠公六百年祭」のプレイベントとして大阪朝日新聞社が主催した「大楠公講演会」において声を高らげたのは、東京帝大名誉教授黒板勝美《くろいたかつみ》だった。

「大楠公はつまり天皇陛下の御ために、皇室の御ために、自分の一身をなげうち、一家をすて、一族を滅ぼし、それにたいして少しも求むるところがない……」

三月七日から大阪、神戸、京都で三連日にわたって開催された講演会の中日《なかび》、三月八日がまさに美濃部が不敬罪で追告訴された日であることを思えば、天皇機関説事件にまっさきに火をつけた菊池武夫が、品位を重んじる貴族院において美濃部を「逆賊」とよび「学匪」とよび、『維新』六月号の誌上において、機関説論者を「洋服を着け、本を手に持てる足利高氏にすぎない」とこきおろしたのは、ぴたり時宜にかなっていた。

そしてそれは南朝の功臣の子孫であることをもって華族に列せられた菊池氏の、コクタイメイチョー合従連衡の花形役者として、またアジテーターとしての菊池氏の、面目躍如このうえない大働きでもあっただろう。

**機関説を唱ふる者は**
**貴族院議員　美濃部達吉一派なり**
**之を実行したるは　逆賊　足利高氏なり**

美濃部に「逆賊」の汚名を着せるべく企まれたキャッチコピー。国体擁護連合会や昭和義塾がこのような文言をうたったポスター数千枚を東京市内にいっせいに貼りだし、昭和神聖会や新日本国民同盟がどうようの檄文やビラを九万枚まきちらし、世界公論社がパンフレットを五万枚頒布したのも三月八日のことだった。

「高氏」とあるのはいわずもがな、後醍醐天皇の諱《いみな》「尊《たか》治《はる》」の偏諱《へんき》をうけた「尊氏」の名を、逆賊となった人物にあたえることを断じてゆるさぬという意思のあらわれだ。

ちなみに、反機関説サイドのお歴々がペンをそろえた『維新』特集号が話題をさらった六月はじめには、宮内次官を長とする「臨時陵墓調査委員会」が発足した。ながく即位の事実が確認できるかどうかということが議論され、大正一五年にはじめて在位が公的に認められて歴代にくわえられた、南朝後村上の第一皇子長慶天皇の陵墓を治定《ちじょう》するためだった。

黒板はその「諮問第一号」の審議にあたったメンバーでもあった。

「抑《そもそも》蔵王権現胡仏《こぶつ》に相成候《あいなりそうろう》ては、所々に同名の社も有之事《これあること》故《ゆえ》、不都合に可相成候間《あいなるべくそうろうあいだ》、仏体に候はば取除き、神社に立置候様致度《いたしたく》候……」

南朝ゆかりの地、役小角《えんのおずぬ》を開祖とする修験道のメッカ吉野山に「シンブツブンリ」の最初の一撃がおよんだのは、慶応四年（一八六八）、知覧郷の「デメジンさぁ」に役人たちがやってきて「大明神」の号をあらため、かたっぱしから仏像仏画をはらい除《の》け、あるいは仏器仏具を没収した、おなじ五月のことだった。

「蔵王権現は胡《えびす》の仏であるから不都合ゆえ、撤去して、神社のすみにでも立てておくように」と。

修験道は、山岳信仰に密教が習合し、さらに道教や陰陽道などの要素をもとりいれて確立したもので、宗教的行為も、神道とも仏教とも区別しがたい独自の行法や呪術によってなりたっている。つまり、神と仏が、混合したり共存したりしているのではなく、融合し一体となっている。

そのような宗教のよりどころとして、すでに一〇〇〇年のあいだ信仰をはぐくみ霊場としてさかえてきた吉野山にシンブツブンリを適用せよというのである。分けられるはずのないものを分けろという。それは廃絶せよというのとおなじだった。

もちろん一山衆徒はあげてこれに反対し、金峰山寺《きんぷせんじ》惣代をつうじて請願をおこなった。

「中古以来、蔵王堂をはじめとする数多くの子院や末寺は、ながく天台・真言両宗を守護し申しあげてきた。そのことをもって公儀《こうぎ》からは所領を安堵され、租税免除の恩沢をさずけられてもきた。くわえて、山内は南朝の皇居のあった旧地であり、延元帝《えんげんのみかど》後醍醐天皇の御陵《みささぎ》もあるところ。なにとぞ御目こぼしください」と。

しかし、請願はうけいれられず、六月一三日にはさらなる布告がもたらされた。蔵王権現を神号にあらため、僧侶はみな復飾せよと。

天下にまぎれもない仏閣を神社にせよとは、文字どおり狂気の沙汰。応じられようはずがなかった。一山は抵抗と嘆願をくりかえした。

「そもそも蔵王権現というのは、金剛蔵明王大権示現《こんごうぞうみょうおうたいごんじげん》の略語である。御本体は真言密胎蔵界悲曼荼羅のなかの金剛蔵王の忿怒形《ふんぬぎょう》であり、権現といえど、仏教に源をもつれっきとした尊像である。ゆえにこの御本尊を安置申しあげてきた本堂も仏閣にちがいなく、はるか往古《いにしえ》より蔵王堂とよばれ、いちどたりとも蔵王社などとよばれたことはない。これを神号にあらためるなどはまったくできない相談であり、また万一そういうことになっては、朝廷《おかみ》にたいしても畏れおおいことこのうえない。ながく仏につかえ御堂を守ってきた僧侶たちも、これからは僧家にありながら勤王につとめる覚悟であるので、なにとぞ格別のご仁恵にあずかりたい」と。

吉野川の南岸六田《むだ》から吉野山をへて山上ヶ岳《さんじょうがだけ》にいたる一

連の山並みを金峰山《きんぷせん》という。六田の淀をわたり、長嶺《ながみね》の尾根をのぼり、馬の背をへて坂また坂をこえ、鬱蒼たる老杉をわけて奥へ奥へ、高城山、青根ヶ峰、愛染の峰をこえて標高二〇〇〇メートルにせまる大峰《おおみね》山系へとつづくこの聖域が、かつては黄金の鉱脈にあたるといわれ、あるいは黄金浄土と観念されたことから生まれた名だともいう。

いっそうふるくは、精霊のこもる御岳《みたけ》とあおがれた神《かむ》さぶる山々、容易に人をよせつけぬ険峻な峰々のつづく大峰山系は、天狗が跳梁し、肉体と精神のかぎりを験《ため》すシャーマンたちのゆきかう異界であり、やがてそこに、金剛界たる金峰山《きんぷせん》と胎蔵界たる熊野玉置山《たまきさん》をむすぶ回峰《かいほう》の道がひらかれて曼荼羅の霊地となり、広大な密教的宇宙が顕現した。

吉野金峰山はその第一の霊場なのだった。

大峰信仰さかんなりしころには、吉野山の蔵王堂から山上ヶ岳頂上の本堂にかけて一〇〇をこえる堂塔伽藍がたちならび、尾根に谷間に丹青《たんせい》の美をきそっていたという。

役小角が難行苦行のすえ金剛蔵王権現を感得したという山上の本堂は、ふるくは、僧行基《ぎょうき》が聖武天皇勅筆の経巻を納めたとき大修理がほどこされたとも伝えられるが、のち、善政のきこえたかい寛平《かんぴょう》の治天下宇多《うだ》上皇の命をうけて聖宝《しょうぼう》理源《りげん》大師が山上に三六坊、吉野山に十余坊をいとなんで中興のいしずえをきずいたあと、おびただしい数の堂宇が建立され、代々の天皇や上皇の寄進をうけて繁栄した。

盛時、金峰山寺の寺領は、吉野、大峰、熊野をむすぶ八〇キロの山道の左右におよび、全国に十数万人の講中《こうじゅう》をかかえたという。

その拠点でありシンボルでもある蔵王堂は、海抜三六四メートルの高台状の尾根にひときわ雄渾なすがたをほこり、金峰の尾根からも、谷間《たにあい》からも、万朶のあいだからも眺められるその雄姿が、吉野山の偉観にいっそうの威風をそえている。

桧皮葺の重層入母屋造《いりもやづく》り。桁行《けたゆき》二六メートル、梁間《はりま》二八メートル、棟の高さ三四メートル。圧倒的な迫力をもつ本堂をささえる柱の数は六八本。内陣には天井裏をつきぬた三間一面の大厨子があり、なかに身の丈《たけ》七メートルもある金剛蔵王権現が三尊安置されている。

伽藍は室町期に再建され、桃山時代に大修理されていまにいたっているが、山人《さんじん》の気骨のあらわれだろうか、あるいは一三〇〇年の法燈の重みが息づいているからだろうか、透彫《すかしぼ》り入りの蟇股《かえるまた》や二重の尾垂木《おだるき》、花肘木《はなひじき》など細部に精緻な装飾をほどこしながらも、力強さのなかに野趣と原初の素朴をとどめている。

その大伽藍が、七年間にわたる僧侶衆徒らの抵抗もむなしく、ついに修験の根本道場でなくなる日がおとずれた。一八七四年（明治七）のことだった。明治五年に「修験禁止令」が出され、さしもの伽藍ももはや信仰のよりどころとして存続することがゆるされなくなったのだ。

　この間、シンブツブンリという一連の布令が鳴り物入りで騒動をもちこんだ一山では、お山すべてを「金峰神社《かねのみたけ》」にせよという指令が執拗に発せられ、たびごとに数寺また数寺が取下《とりさげ》の対象となり、すでに多くの寺院や塔頭が廃滅の憂き目をこうむっていた。

　同年七月なかば、惣代はじめ末寺の住持らは、奈良県県令にたいし最後の嘆願をこころみた。

「金峰山寺を金峰神社の口宮《くちみや》にせよ、仏像を撤去せよとのご指示はたしかにうけたまわった。けれども、蔵王堂の御本尊は二丈をこえる大仏で三体もある。移動するといっても、それらを安置する仮殿を建てることは容易ならず、打ち壊すよりほかしかたがない。とはいえ、一〇〇〇年以上も崇敬のあつかった仏体を破却するなどということはとうていできかねるゆえ、内陣の扉をとざして開けぬようにするので、なにとぞ壊したという体裁にとりはからってほしい。また山上の本堂は、蔵王像も役行者《えんのぎょうじゃ》と同体のものとして安置してある。今後は蔵王権現の名を廃するので、どうか本堂も本堂内の尊像も従前のままさしおかれたい。なにとぞ寛大の措置をたまわりたく、ひたすら懇願申しあげる」と。

　口宮《くちみや》というのは、本社への参道の入口にあって、山霊を鎮める神を祀る社である。一山衆徒は、修験信仰の根本道場である大伽藍を破却廃絶からまもるため、吉野八社明神のひとつ、金峰山の地主神金精明神《じぬしのかみこんせいみょうじん》を祀る「金峰神社」を本社とあらため、修験道の大シンボルタワーである蔵王堂を、その口宮に位置づけることにした。苦肉の策だった。

　伽藍からは仏像仏具がことごとくとり除かれた。三体の巨大な蔵王権現像だけは動かすことができないので、前面に幕を張り、「金峰神社」の霊代《たましろ》として鏡をかけ、幣束《へいそく》をたてた。いったいどのような鏡をもってすれば、叡山の根本中堂をしのぎ東大寺大仏殿につぐスケールをほこる豪壮な仏閣を神の空間にかえることができたかは知るよしもない。が、ともかくも、わずかに桁行《けたゆき》三間、梁間《はりま》二間しかない本社の口宮が、桁行《けたゆき》七間、梁間《はりま》八間の堂々たるものであるという奇天烈が、「寛大の措置」にあずかってまかりとおされた。

　シンブツブンリに名をかりた廃仏毀釈の刃《やいば》は、南朝ゆかりの遺跡、わけても「建武の中興」として王朝史に燦たる天皇親政――「中興」とよべるほどの親政《マツリゴト》も実現できずわずか三年たらずで崩壊したが、摂関政治や院政が常態となり、さらに武家政権成立後においては唯一の親政――をうちたてた後醍醐の遺跡にあっても、こと胡《えびす》の仏にかかわるものは廃毀の対象からもらすことはなかった。

　延元元年（一三三六）のすえに京をのがれた天皇後醍醐

が行宮《あんぐう》をおいていらい、元中九年（一三九二）一〇月に天皇後亀山が京に還幸するまでの五六年間、南朝の皇居があった実城寺《じつじょうじ》も廃寺となった。金峰山寺の子院のひとつであるこの寺は、蔵王堂のまわりにならぶ二〇の寺院のなかでもっとも大きな寺域をもち、後醍醐、後村上、後亀山三帝の行宮跡として知られていた。

吉野大衆《よしのだいしゅ》とよばれる衆徒らは、承久三年（一二二一）、後鳥羽院が鎌倉幕府打倒の兵をおこしたさいには上皇方に馳せ参じ、元弘二年（一三三二）に大塔宮護良親王《おおとうのみやもりながしんのう》が兵を挙げ、吉野に拠城をかまえればこれをたすけ、後醍醐天皇方について鎌倉方の軍勢五万と死闘をまじえたつわものたちだった。延元元年には都をのがれた後醍醐をむかえ、のち事があれば幕府に叛旗をひるがえし、運命を南朝とともにしてきた。

ために、吉野山は徳川幕府からの弾圧もきびしく、実城寺もまた、後醍醐があらためた金輪王寺の寺号を没収されるなどの痛手をこうむってはいた。が、それでも、正徳三年（一七一三）に貝原益軒《かいばらえきけん》が八四歳で訪れたときには、「皇居の殿をそのまま模してつくり改めた」はなはだ「美好」かつ「華飭《かしょく》」な御殿があり、寺産は三〇〇石付き、里人らに御屋敷とよばれていたといい、明和九年（一七七二）に本居宣長が訪れたときには、本堂の本尊の左に天皇後醍醐、右には天皇後村上の位牌が安置され、堂宇こそ往時のものではないが「なほめでたくこころにくきさま、異《こと》所《ところ》には似ず」の観をたもっていたという。

実城寺だけではない。宝蔵院、持福院、心善院、延命院、多門院、持明院、知足院、勝光院……。蔵王堂をかこむ塔《たっ》頭《ちゅう》寺院はことごとく廃寺となってしまった。

吉野に逃れた後醍醐がさいしょに身をよせた吉水院《よしみずいん》は、金峰山寺の一﨟《いちろう》、すなわち最高位の僧侶が住する寺格めでたき子院だったが、ここだけは寺名を「吉水神社」とあらためることでどうにか廃絶をまぬがれた。

　あふことのむなしき空のうき雲は
　　ゆくへもしらぬながめをぞする

日本の書院建築の源流をなすといわれる建物のめずらしさもさることながら、この寺は、後醍醐の宸翰《しんかん》や御製《ぎょせい》、南朝歴代の綸旨《りんじ》、『大日本史』を編むために秘蔵の史料を借りたさいの水戸光圀《みとみつくに》の礼状など、一〇〇を数える宝物や文書史料を蔵しており、なによりも、後村上が刻んだと伝えられる父王後醍醐の尊像が奉安されていた。

これをもって明治新政府は、当地を「天皇親政」復古の理想を成就したゆかりの地とさだめ、「後醍醐天皇社」の名で神社の創立を許可し、のちに「吉水神社」へと改称したという。

天皇後村上が手ずから彫《きざ》んだとされる天皇後醍醐の尊像。この尊像が一八八九年（明治二二）に官幣中社として創建された「吉野神社」に奉遷され、御神体となったのは、社殿が完成した明治二五年のことだった。

天皇後醍醐を神としてむかえたその地は丈六平《じょうろくだいら》といい、もとは勝福寺《しょうふくじ》という修験の寺院があった。一丈六尺の蔵王権現を安置していたことから丈六千軒一《じょうろくせんげんいち》の蔵王堂とよばれて里民から親しまれていたが、これも廃仏毀釈によって廃絶した。

「吉野神社」が創建された翌年神武紀元二五五〇年、すなわち、憲法発布、国会開設と不可分のものとして「教育勅語」が発せられた一八九〇年（明治二三）には、ヤマトを平定した神武が即位したとされる橿原の地に官幣大社が創建され、創建と同時に神宮号が宣下されて「橿原神宮」となった。

ウチテシヤマン、ウチテシヤマンを歌いながら、『古事記』の表現によれば「荒ぶる神どもを言向《ことむ》け平和《やわ》し、伏《まつろ》はぬ人どもを退《そ》け撥《はら》」って畝傍山のふもと橿原にいたったカムヤマトイワレビコが、『日本書紀』にしたがえば、「頼《こうぶ》るに皇天《あまつかみ》の威《いきおい》を以てして、凶徒就戮《あたところ》されぬ。中洲之地《うちつくに》、復風《またさわ》塵《ぎ》無し。誠《まこと》に皇都《みやこ》を恢《ひら》き廓《ひろ》めて、大壮《おおとの》を規《はか》り摹《つく》るべし」といって都をさだめ、みずから即位した。

「天神《あまつかみ》のおかげで凶徒《わるもの》は戮《ころ》された。さあ、いまここに都をひらいて宮殿《おおみや》をつくり、つつしんで宝位《たかみくら》につき、人民を安んぜよう。八紘《あめのした》を掩《おお》って一つの宇《いえ》にすることは、よいことではないか……」

八紘一宇。すなわち全世界を一家とすることはすばらしい。そういって人皇のはじめ神武が即位したと建国神話は伝えている。

おなじころ、摂津や越前にある「建武の中興」ゆかりの地にも、神殿造営の槌音がひびいていた。

「吉野神社」の創建とおなじ年に国家神となったのは、『太平記』の名場面「桜井の別れ」のヒーロー、父の遺訓をまもって南朝のために戦い、四條畷の戦いに果てた大楠公正成《まさしげ》の嫡男正行《まさつら》だった。摂津国飯盛山《いいもりやま》のふもとに創建された神社には、天皇より「四條畷神社」の号が宣下され、別格官幣社に列せられた。

参道には、明治二五年に、大阪朝日新聞社が奉献した石造りの鳥居がいまもたっている。奉献から十数年のち、日露戦争終結のための講和条約調印をめぐって国論が分かれたさい、『朝日新聞』はいのいちばんに「天皇陛下に和議の破棄を命じ給はんことを請い奉る」という社説を掲載。有力各紙があとにつづいたという。

足利尊氏の入京により北陸に落ちた新田義貞《にったよしさだ》と、気《け》比《ひ》神《じん》宮《ぐう》の大宮司に奉じられた後醍醐皇子恒良《つねなが》親王、尊良《たかなが》親王が敗死した越前国金《かね》ヶ《が》崎《さき》城跡には、「金崎宮《かねがさきぐう》」が創建されて官幣中社となった。これも明治二三年のことだった。「建武の中興」ゆかりの人々を祀りその事蹟を顕彰することは、生《な》りたちの正統性を王政復古にもとめた明治国家がなすべき国策的事業にほかならなかった。

同年四月には、昭憲皇后美子《よしこ》が花のさかりの吉野に行啓した。

村雨《むらさめ》ははれたる今日もふりし世の
　　宮居たづねて袖ぬらしけり

花の白さをきわだたせる忘れな草色の空を、にわか雨がくもらせたかのように皇后に感じさせ、涙をさそったのは、朝敵討伐、京都奪還を遺勅として崩御した後醍醐帝をはじめ、吉野の故宮《ふるみや》を行宮《かりみや》とせねばならなかった南朝歴代をしのぶ心であっただろう。

やすみしし　わが大君《おおきみ》の　きこしおす　天《あめ》の下に
国はしも　さはにあれども
山川の　清き河内《かわち》と　みこころを　吉野の国の
花散《はなち》らふ　秋津《あきづ》の野辺《のへ》に
宮柱《みやばしら》　太敷《ふとし》きませば……

皇后の行啓のちょうど一二〇〇年まえにあたる六九〇年、天皇天武のあとを襲うかたちで即位した天皇持統の吉野行幸に随行し、調べたかい吉野讃歌を歌いあげたのは天才詩人柿本人麻呂だった。

わが大君の治める国は数しれずあるが、山も川も青あおとして清く、花ももみじも美しい吉野の離宮《みや》は、なんど訪れても飽きたりない。ゆえに川底の常滑《とこなめ》のごとくとこしえに、「絶ゆることなくまたかえりみん」と、そう歌いあげた王権の名プロパガンダ人麻呂の創意をはるかにこえて、吉野は、のちの王権にとって「回顧すべき由緒の地」としての故宮《ふるみや》でありつづけた。

やすみしし　わが大君　神ながら　神さびせすと
吉野川　たぎつ河内《こうち》に　高殿《たかどの》を　高知《たかし》りまして
登り立ち　国見をせせば
たたなはる　青垣山《あおかきやま》　やまつみの　奉《まつ》る御調《みつき》と
春へには　花かざしもち
秋立てば　黄葉《もみじ》かざせり……

いにしえ天皇が神ながら国見をするため、たかだかと高殿をきずいたという吉野川は、東は櫛田川《くしだがわ》から伊勢の大湊をへて東海、東国へ、西は紀ノ川から河内をへて西海、西国へ、南は大峰をへて熊野灘へ、奥はいずこともしれぬ要害の地吉野へと、四方《よも》の世界をむすぶ要路にあたっていた。

六七二（壬申）年、この地に出家隠棲していた大海人皇《おおあまのみ》子《こ》が、海の民山の民をしたがえ、土蜘蛛とよばれたマツロワヌ者たちまでをもひきつれて兵をあげ、美濃、伊勢、尾張のはえぬきの軍勢や、東国の豪族たちの兵を糾合し、またたくまに近江勢を討ち破って倭京《やまとのみやこ》へ凱旋した。

大海人に霊力をあたえて現御神《あきつみかみ》となし、神世《かみよ》さながらの国日本《ヤマト》をきずかしめる原動力となった吉野の地は、いらい代々の王権にとってよみがえりの力を秘めた故地ともなってきた。

大海人の軍には、尻尾をもった、いや尻尾のついた獣の皮を身につけた井氷鹿《いひか》や、歌笛の上手な国巣《くず》の子孫など、吉野土着の民がひきいる民兵《つわもの》たちもあっただろう。彼らは、近江を去って吉野に隠れすんだ大海人をよろこんでむかえいれ、兵を挙げるや彼をたすけて戦い、強大なヤマト王権の樹立に功をなした者たちだった。

彼らの祖先は、九州から難波津に入ったはずの神武が、あえて奥深い吉野をめぐって橿原の宮にいたったたという「ヤマト平定」の物語のなかにすがたをみせる、吉野の先住民たちにちがいなかった。

先住民……！

『日本書紀』をカノンとしてきずかれたこの国の歴史観念の核心には、ある記憶がぬきがたく存在する。その記憶が、一〇〇〇年のときをへてなお人々の観念のなかにあるイメージを喚起せずにおかない。

たとえばそれは、明治、大正、昭和のはじめの元帥殿からにわか仕立ての兵卒にいたるまで、軍人と名のつく者たちならだれもがすらすら唱えることができた。

「我国ノ軍隊ハ、世々天皇ノ統率シ給フ所ニゾアル。昔神武天皇、躬ヅカラ大伴物部ノ兵ドモヲ率ヰ、中国《なかつくに》ノマツロハヌモノドモヲ討チ平ゲ給ヒ、高御座ニ即カセラレテ、天下シロシメシ給ヒシヨリ……」

あるいは「ヨイコドモ」たちの教室にも、無邪気で健気な声となってあふれていた。

「ジンム天皇ハ、ゴジブンデ、ミイクサビトヲ、オツレニナッテ、イクサノ苦シミヲ、ゴイッショニナサイマシタ。ミイクサビトハ、天皇ノオンタメニ命ヲササゲ、身ヲステテツカエマシタ……」

西面《さいめん》という、まばゆいばかりの精鋭をそろえた直属軍をつくり、天皇ではなく治天下《ちてんか》上皇による統治の一元化をはかろうと兵を挙げた、突出した個性をもった日嗣《ひつぎ》の御子尊《みこたか》成《ひら》、すなわち後鳥羽院。彼もまた、「征服王朝の記憶」につきうごかされ、「みずから皇軍をひきいてマツロワヌ者を屈服させる王」のイメージを自身の運命にかさねた天子だった。

後鳥羽はまた、『新古今和歌集』を親撰《しんせん》した卓抜の歌人でもあった。その彼がもっとも好んだ季節、春を詠むにふさわしい地として愛したのも、名所吉野だった。なかにもお気に入りのモティーフだった「春のあけぼの」を詠んだ一首は、最勝四天王院常御所《さいしょうしてんのういんつねのごしょ》の襖絵に配された。

みよしのの高嶺《たかね》の桜ちりにけり
嵐もしろき春のあけぼの
吉野山の、雪と見まがうばかりの落花の景。しかもそれは、ただたえまなく降りしきるというのではなく、春暁の強風に散り乱れる、まさに「嵐もしろき」一山落花の光景だ。その凄絶な美しさを「みよ」と一首は読み手にせまってくる。

上皇はこれを最勝四天王院の「障子和歌」として詠み、最たるハレの名所詠として、御堂《みどう》の南面巽方三間《たつみかたさんげん》中央の襖絵に配した。

堂内の障子には、東は陸奥の国から西は播磨の国にいたる、四六か所の景勝のさまが描かれていた。いわずもがなそれは、帝王の「国見」の観だった。名所四六か所はさながらヤマトの国の縮図であり、そこに和歌を配することは、諸国の名所を治天《ちてん》の君《きみ》が歌いおさめるという行為にほかならない。

絵画、和歌、漢詩、音楽。王朝文化の粋をあつめて新造した治世の記念碑、最勝四天王院。王権があまねく天下を照らす理想の治世の表象としてきずかれた同院は、関東調伏祈願をこめたモニュメントでもあった。

「みよ、嵐もしろき春のあけぼの」には、たしかに斬新で不吉な美しさがある。それでなくても、みやびとスケールと格調をかねそなえた「みよしの」は、王権回復の夢をたくすにふさわしい歌枕なのだった。

はたして三代将軍源実朝《げんのさねとも》は惨殺され、のち風流をつくした芸術空間は、もっぱら関東調伏の祈禱をこととする凶々《まがまが》しい呪的空間へと変貌し、まもなく「北条義時追討の院宣《いんぜん》」に呼応した武者たちが兵を挙げ、鎌倉幕府打倒を期して鳥羽街道をかけくだり、北陸道へ、東山・東海道へと進軍した。

袖かへす天津乙女もおもひいづや
　　よしのの宮のむかしがたりを

いにしえ、大海人が戦勝を祈りながら琴を奏でていたところ、にわかに五色の雲がたなびき、天女がおりてきて袖をかえして舞ったという伝承をもつ袖振山《そでふるやま》。

南朝方の勝利を祈念して後醍醐御製にも歌われたその山にそって宮坂を登りつめたところに、丘陵つづきの尾根を掘り割ってきずかれた吉野城の空濠《からぼり》と、天王橋の遺構が、元弘《げんこう》の往時をいまにつたえている。

元弘二年(一三三二)、後醍醐第二皇子大塔宮護良親王《おおとうのみやもりながしんのう》は、討幕の兵を挙げた天皇方に呼応して参戦、吉野山に拠城をかまえ、令旨《りょうじ》を発して反幕勢力の糾合をよびかけた。はやくより僧籍にあって、天台座主を二度つとめ、尊雲法《そんうんほっ》親王《しんのう》の名で知られていた親王が、僧籍をなげうって討幕の戦さの陣頭にたった。

その遺蹟をたたえる記念碑が、天王橋を見おろす小高い丘、土地の人が火見櫓《ひのみやぐら》とよんでいる景勝地にたっている。吉野城狼煙《のろし》場の跡だという。丘にたてば、眼下に蔵王堂、丈六平をながめ、遠くに楠木正成の千早《ちはや》城があった金剛山をはじめ葛城山《かつらぎさん》、高取山《たかとりやま》、龍門岳《りゅうもんだけ》が一望のもとにみわたせる。ここからあげる狼煙が、味方の陣への合図となった。

その丘にたつ見あげるばかりの石造記念碑。「大塔宮仰徳碑」と刻まれたこのモニュメントが建立されたのはなんと、神武紀元二六〇〇年の明治節、すなわち一九四〇年（昭和一五）一一月三日。アジア太平洋戦争開戦の一年前のことだった。

六〇〇年をへだてた歴史がオーバーラップする。

題字を書いたのは、明治神宮宮司、海軍大将従二位勲一等功三級有馬良橘《ありまりょうきつ》。碑文を撰じ、筆をふるったのは、貴族院議員、陸軍中将正三位勲二等功四級男爵菊池武夫《きくちたけお》である。コクタイメイチョーと機関説排撃を成功裡にみちびいた彼は、その五年後、かつて「賊ヲ討チ倒シテ王政ヲ古ニ復サン」として戦い、ついに幕府を倒して「天皇親政」の御世を回復するにいたった「元弘の偉業」を顕彰することに尽力した。

菊池氏といえば、南朝の将として九州各地を転戦した肥後の名族だ。建武二年（一三三五）、多々良浜で足利尊氏と交戦して敗れた菊池武敏《きくちたけとし》は、天皇後醍醐の綸旨《りんじ》にこたえて天皇方に参じた宗家一二代当主武時《たけとき》の子で、兄にあたる一三代武重《たけしげ》は、「建武の親政」では肥後守に補されている。

明治新政府が発足するや、菊池城址に一二代当主武時、一三代武重、一四代武光を祭神とする「菊池神社」が創建され、明治一一年には別格官幣社に列せられている。武夫は宗家直系の子孫でこそないが、神社が別格官幣社となったさいに合祀された菊池一族庶家の末裔だ。その人が、この国がまさに対米英戦争開戦へとつきすすもうという紀元二六〇〇年の、日露の戦さを輝かしい勝利にみちびいた明治大帝ゆかりの日に、南朝の顕彰碑を建立したことにどれほどの誇らしさと満足を感じたことだろう。

いや、彼だけではない。彼ら南朝遺臣の末裔たちとおなじ精神構造は、くりかえしこの国の人々の観念のうちに「征服王朝の記憶」をよびさまし、よみがえらせ、敗戦後、天皇が「人間」であることを宣言し、主権在民の社会となってなおこの国の心臓部をうごかし、血や肉をつくりつづけている。

「大塔宮仰徳碑」のある吉野城狼煙場跡には、もうひとつ碑がたっている。

「建武の中興六百五拾年」記念碑だ。

刻まれた日付は戦後三七年をへた「昭和五七年五月一六日」。六波羅を落とし、光厳天皇を廃して後伏見上皇の院政を止め、後醍醐が親政に着手したのが元弘三年（一三三三）の五月だから、建碑の日付はまさしく建武の中興六五〇年目にあたる。

記念碑は「後醍醐天皇御慰霊詩碑」と表裏《オモテウラ》をなしていて、オモテ面「後醍醐天皇御慰霊詩碑」には後醍醐天皇御製が、ウラ面「建武の中興六百五拾年」記念碑のほうには明治天皇御製が刻まれている。

ここにても雲居《くもい》の桜咲きにけり
　ただかりそめの宿と思ふに

さくらさく春なほ寒しみ吉野の
　よしのの宮のむかしおもへば

そして、石碑のオモテ面下部には「御慰霊詩碑奉賛会」の顧問、内閣総理大臣鈴木善幸《すずきぜんこう》を筆頭に、衆議院議長福田《ふくだ》一《はじめ》、参議院議長徳永正利《とくながまさとし》、岸信介《きしのぶすけ》、三木武夫《みきたけお》、福田赳夫《ふくだたけお》ら歴代内閣総理大臣、つづいて経済企画庁長官河本敏夫《かわもととしお》、内閣官房長官宮沢喜一《みやざわきいち》、通商産業大臣安倍晋太郎《あべしんたろう》、外務大臣桜内義雄《さくらうちよしお》、大蔵大臣渡辺美智雄《わたなべみちお》、科学技術庁長官中川一郎《なかがわいちろう》など、当時の閣僚や政党総裁のほか、奈良県、山口県をはじめとする自治体の長や議員らの名がずらりと刻まれている。

ウラ側の下部には、新日本製鐵株式会社、日本鋼管株式会社、住友金属工業株式会社をはじめとする「奉賛会御芳名」が刻まれている。鉄鋼、金属、電力、電機、自動車、銀行、証券、海上火災保険、石油、製菓、酒造、百貨店、電鉄、放送など、各社名が業種ごとに整然と……。

行政府の長、立法府の長、閣僚らが肩書きつきで、そして国家の基幹をささえる産業各社がずらり名をつらね、挙げて「天皇後醍醐」と「建武の中興」を、すなわち「天皇親征」と「天皇親政」を言祝《ことほ》ぎ、また、琉球、韓太、台湾、朝鮮を掌中におさめ、アジアに覇たる帝国「大日本」のいしずえをきずいた「天皇明治の偉業」を顕彰したというわけだ。

二〇三一年五月、この国は、建武の中興七〇〇年をむかえる。そして二〇四〇年には神武紀元二七〇〇年をむかえることになる。

# 1867 後月輪東山陵《のちのつきのわのひがしのみささぎ》―我国ノ軍隊ハ世々天皇ノ統率シ給フ所ニゾアル

**新日本建設に関する詔書**（いわゆる「人間宣言」）

茲《ここ》ニ新年ヲ迎フ。顧ミレバ明治天皇明治ノ初国是トシテ五箇条ノ御誓文ヲ下シ給ヘリ。曰ク、

一　広ク会議ヲ興シ万機公論ニ決スヘシ
一　上下心ヲ一ニシテ盛ニ経綸ヲ行フヘシ
一　官武一途庶民ニ至ル迄各其志ヲ遂ケ人心ヲシテ倦マサラシメンコトヲ要ス
一　旧来ノ陋習ヲ破リ天地ノ公道ニ基クヘシ
一　智識ヲ世界ニ求メ大ニ皇基ヲ振起スヘシ

叡旨公明正大、又何ヲカ加ヘン。朕ハ茲ニ誓ヲ新ニシテ国運ヲ開カント欲ス。須ラク此ノ御趣旨ニ則リ、旧来ノ陋習ヲ去リ、民意ヲ暢達シ、官民挙ゲテ平和主義ニ徹シ、教養豊カニ文化ヲ築キ、以テ民生ノ向上ヲ図リ、新日本ヲ建設スベシ。

大小都市ノ蒙リタル戦禍、罹災者ノ艱苦、産業ノ停頓、食糧ノ不足、失業者増加ノ趨勢等ハ真ニ心ヲ痛マシムルモノアリ。然リト雖モ、我カ国民ガ現在ノ試煉ニ直面シ、且徹頭徹尾文明ヲ平和ニ求ムルノ決意固ク、克ク其ノ結束ヲ全ウセバ、独リ我国ノミナラズ全人類ノ為ニ、輝カシキ前途ノ展開セラルルコトヲ疑ハズ。

夫レ家ヲ愛スル心ト国ヲ愛スル心トハ我国ニ於テ特ニ熱烈ナルヲ見ル。今ヤ実ニ此ノ心ヲ拡充シ、人類愛ノ完成ニ向ヒ、献身的努力ヲ効スベキノ秋ナリ。

惟フニ長キニ亙レル戦争ノ敗北ニ終リタル結果、我国民ハ動モスレバ焦燥ニ流レ、失意ノ淵ニ沈淪セントスルノ傾キアリ。詭激ノ風漸ク長ジテ道義ノ念頗ル衰ヘ、為ニ思想混乱ノ兆アルハ洵ニ深憂ニ堪ヘズ。

然レドモ朕ハ爾等国民ト共ニアリ、常ニ利害ヲ同ジウシ休戚ヲ分タント欲ス。朕ト爾等国民トノ間ノ紐帯ハ、終始相互ノ信頼ト敬愛トニ依リテ結バレ、単ナル神話ト伝説トニ依リテ生ゼルモノニ非ズ。天皇ヲ以テ現御神《アキツミカミ》トシ、且日本国民ヲ以テ他ノ民族ニ優越セル民族ニシテ、延テ世界ヲ支配スベキ運命ヲ有ストノ架空ナル観念ニ基クモノニモ非ズ。

朕ノ政府ハ国民ノ試煉ト苦難トヲ緩和センガ為、アラユル施策ト経営トニ万全ノ方途ヲ講ズベシ。同時ニ朕ハ我国民ガ時艱ニ蹶起シ、当面ノ困苦克服ノ為ニ、又産業及文運振興ノ為ニ勇往センコトヲ希念ス。

我国民ガ其ノ公民生活ニ於テ団結シ、相倚リ相扶ケ、寛容相許スノ気風ヲ作興スルニ於テハ、能ク我至高ノ伝統ニ恥ヂザル真価ヲ発揮スルニ至ラン。斯ノ如キハ実ニ我国民ガ人類ノ福祉ト向上トノ為、絶大ナル貢献ヲ為ス所以ナルヲ疑ハザルナリ。

一年ノ計ハ年頭ニ在リ、朕ハ朕ノ信頼スル国民ガ朕ト其ノ心ヲ一ニシテ、自ラ奮ヒ自ラ励マシ、以テ此ノ大業ヲ成就センコトヲ庶幾フ。

**裕仁　而皇御璽　昭和二十一年一月一日**
**内閣總理大臣　男爵　幣原喜重郎　以下国務大臣副署**

うねび山の東南《たつみ》のふもとにある小さな集落はその名も畝《うね》火《ひ》村という。その東の口の手前を半町ほど北にいくと、杜《もり》というにはささやかな木立があって、なかに社がある。

「このお社が懿徳《いとく》天皇の御陵《みささぎ》でございます」

　村の古老は、さもゆえゆえしげにそういった。

「はて、どうながめても御陵のさまには見えぬが……」

　四代天皇懿徳の山陵は、『古事記』には「御陵《みはか》は畝火山の真名子谷《まなごだに》の上《へ》にあり」と記され、『日本書紀』には「畝傍山南織沙谿上陵《うねびやまのみなみのまなごのたにのかみのみささぎ》」とある。老爺のいう御陵はそのどちらにもあたらない。

「じつに、そうでもござりましょう」

　ためらいもなく彼はこたえた。

「といいますのも、まことの御陵はさだかでござりませぬ。それでいまはこの森をそういうことにしております」

「懿徳《いとく》天皇の御陵《みはか》は、たしかうねび山の南面の、まなご谷のうえにあるはずなのだが」

「うねび山の？」

「さよう。いにしえの記《ふみ》にそう書いてある」

「いえ、この山は慈明《じみょう》寺《じ》山と申します。うねび山ともよばないことはござりませぬが、そのさいにも音は濁らずうねひと申します」

「うねひ山と……。なるほど」

「あるいは、御峯山《おみねやま》ともよびます。お山の頂上に神功皇后のお社があるからでござります」

「神功皇后とな。見瀬のじんにくんもたしかそんなことをいっていた。とても信ずるにはたらぬと思っていたが」

「じんにくん……？　見瀬の里の……」

「昨夜の宿のあるじのことだ。五十路《いそじ》がらみの髭面の男でな……。いや、あるじというより、つねの民家のおやじだ。このあたりで宿をもとめるのは至難のわざだった」

「さもござりましょう。近在で旅人を見かけることなどござりませぬ」

　きのう、歩き疲れて日暮れをむかえてしまった見瀬の村を、くまなくたずねてようやくみつけた一夜の宿。その主人の頓狂ぶりは並みではなかった。「このあたりの名所古跡は……」などともっともらしい顔つきでつぎつぎと頓珍漢なことを口にする。本人はいたって真面目。まるでデタラメというわけでもないところが座に笑いをまねいた。

「近くに塚穴というのがあるが何の跡か」とたずねると「それは聖徳太子の御世に、弘法大師がつくらせたもの」だという。苦笑をこらえて「奥には水が流れているようだが、深さはどれほどあるのだろう」ときくと「穴は底なしで、奈良の寒さの池までつきぬけている」とかえしてきた。愉快になって「その池はどこにあるのか」ときく。すると「興福寺の門前にある」といい、「たいそう名高い池なのに、知らない人もあるものですね」といってしたり顔になる。寒さの池とは、猿沢の池のことなのだった。

「その髭のおやじにうねび山のことをたずねたら、じんにくん、じんにくんとしきりにいう。じんにくんが何かわからないが、とにもかくにも面白いので、じんにくんというあだ名をつけた」

　よくよくきけば、じんにくんとは神功皇后のことだという。仲哀天皇の御后《きさき》にして応神天皇の御母后《ははきさき》。応神を胎内にやどして三韓征伐をなしとげた気長足姫尊《おきながたらしひめのみこと》がなにゆえうねび山のお社に……。にわかに合点しかねたが、くだんの「聖徳太子の時代の弘法大師」の伝だろうと思って深くはたずねなかった。

　それが、まさに当地、うねび山のすぐ麓の村にきてむしかえされた。

「じんにくん……でござりますか。さて……」

　いかにも返答に窮したといった表情を老人はかえしてきた。

「御峯山《おみねやま》のお社の祭神は、神功皇后ではなく神武天皇ではないのか」

「いえ、神功皇后でござります」

「さて……。なれば、このあたりにかしばらという名はありはせぬか」

「かしばら」

「さよう、皇国《みくに》のはじめ、神武天皇が天《あめ》の下を治《し》らしめした大宮《おおみや》どころだ」

「はあ、このあたりにはござりませぬが、一里ほど南にそのような名の村がござります」

「一里ほど南の方にとな……。いにしえの紀《ふみ》にはうねび山の東南《たつみのすみ》とある。きっとこの村のあたりだろうと思ってたずねてきたのだったが……」

　ヤマトを平定した神武が即位した地を、『古事記』は「畝火《うねび》の白檮原宮《かしはらのみや》」と、『日本書紀』は「畝傍山《うねびやま》の東南《たつみのすみ》の橿原《かしはら》の地《ところ》」と記している。

よき人のよしとよく見てよしといひし
　吉野よく見よよき人よく見

　天皇天武が詠んだという万葉歌にみちびかれて、伊勢松坂の大人《うし》本居宣長《もとおりのりなが》が『菅笠日記《すがさのにっき》』の旅に出たのは明和九年（一七七二）三月はじめのこと。畝傍山の東南のふもと、ちょうど畝火《うねび》村のあったあたりに明治政府肝煎りの橿原神宮が創建される一二〇年前の春のことだった。

　おりしも、田沼意次《たぬまおきつぐ》が老中になったばかりのお江戸では、城下の武家屋敷を焼きつくし、一千を数える町を火の海にした「明和の大火」のあった直後のこと、松坂あたりには、前の年、二〇〇万人もの足をお伊勢さんへとむかわせた「おかげまいり」の熱狂が、いまだそこかしこになごりをとどめていた。

「ことし明和の九年といふとし。いかなるよき年にかあらむ。よき人のよく見てよしといひおきける吉野に花見にと思ひたつ」

というわけで、三月五日、夜も明けきらぬうちに松坂を発つ。宣長にとっては契り浅からぬ地への――子のできぬ両親が吉野水分神社《みくまりのみねのかみのやしろ》に祈願に詣でてさずかったのが彼であり、一三歳を数えた年にいちど、亡父の遺言をまもって御礼詣《おれいまい》りに訪れていた――じつに三〇年ぶりの旅だった。

しき嶋のやまとごころを人とはば
　朝日ににほふ山ざくら花

畢生の大著『古事記伝』をもってひろく知られ、日本《やまと》のアイデンティティをはじめて言説上に創出し、その神道イデオロギー的な言説をもって後世に決定的なインパクトをあたえた国学者としてくりかえし回顧され、言及され、また、はじめての「神風特別攻撃隊」の名の由来となった和歌の作者として、とこしえに記憶されることになる傑物の旅はさすがである。

松坂から伊勢路に入り、初瀬の里、多武峰《とうのみね》をへて吉野山にのぼり、六田《むだ》の渡しをわたって壺阪寺へ、さらには飛鳥へと、一〇日間におよんだ旅は、人間の脚わざとは思えないほどの行程をひたすら歩き、探し、旧跡をしらみつぶしに観《き》て、訊いて、考えて、書きとめる、あっぱれこのうえない旅となった。『菅笠日記《すががさのにっき》』がのちにガイドブックとして利用されたというのも「さぞや」とうなずけるほどの徹底ぶりである。

三月八日、吉野にはいった宣長はまっすぐ吉水院を訪れ、後村上帝《ごむらかみのみかど》が手ずから彫《きざ》んだという父王後醍醐尊像を拝み、御製に詠まれた「雲居《くもい》の桜」を愛で、その脚で蔵王堂、南朝宮址実城寺《じつじょうじ》をめぐり、中の千本をさらに登って水分《みくまり》神社にいたり、亡き両親を偲んで落涙した。

九日には金御峰《かねのみたけ》神社に詣で、奥の千本をめざして西行庵へと分け入り、女人禁制山上ヶ岳《さんじょうがだけ》への分岐から吉野川へと下る。大滝村で滝をながめ、岩を洗うような早瀬をアクロバティックに下ってくる筏流《いかだなが》しに見入り、人麻呂が「滝のみやこ」と詠んだ離宮跡をたずねてふたたび山上の宿にもどる。一〇日には、塔尾《とうのお》の御陵《みささぎ》のある如意輪寺《にょいりんじ》で後醍醐帝ゆかりの宝物を観じ、御陵を拝してのち吉野川をわたり、壺阪寺をへて飛鳥にはいった。

飛鳥では、檜隈《ひのくま》で十三重の石塔をたずねる。かたわらに庵をいとなんでいた聖《ひじり》ふぜいの男が、宣化《せんか》天皇の都の跡だという。そのむかし「どうこうじ」という大伽藍があったというので、どんな字を書くのかと問うと、自分はものを書かず文字も知らないという。似非法師《えせほうし》めが……と大いに呆れつつ平田にいたり、里人が文武天皇陵だという崩れかけた塚（いまの高松塚古墳）をながめ、さらに野口にいたり御陵をさがす。

『延喜式』によるならこの界隈には欽明、天武、持統、文武の御陵があるはずだが、あぜ道をつたってようやく見つけた古墳（いまの野口王墓すなわち天武・持統陵）は、盗掘にあって無惨にあばかれ、大きな石でつくった石室がむき出しになったまま、乞食の住処となっている。里人は武烈天皇陵だなどと突拍子もないことをいう。

「物の心も知らぬむくつけきもののふのしわざとはいいながら、尊い御陵をこれほどまでに荒々しく掘り散らすとはなんたる嘆かわしさよ」

そうつぶやきつつも石室のなかはしっかりとのぞき、川原村へと脚をすすめる。村では弘福寺《ぐふくじ》に参り、古代《いにしえ》のなごり川原寺の礎石をたしかめ、橘寺でもおなじく礎石をながめ、飛鳥川をわたって岡の里の宿所をめざす。舒明、皇極、斉明三代の岡本宮《おかもとのみや》や、天武の浄御原宮《きよみがはらのみや》はきっとこのあたりにあったであろうなあと、ゆかしい御世《みよ》に思いをめぐらせながら。

一一日、岡寺参詣をかわきりに、酒船石を見、飛鳥寺大仏を拝むなどしながら北へと脚を、安倍《あべ》の文殊院《もんじゅいん》から西にすすんでふたたび南にくだる。天香具山《あめのかぐやま》にも登り、古寺や古墳をつぎつぎたずね、飛鳥じゅうの史跡旧跡をめぐり歩いたあげく見瀬のじんにくん宅に宿をもとめた。

そして一二日、見瀬から北にむかい、久米寺をへていよいよ皇国《みくに》の肇《はじめ》の地にいたり、神武《じんむ》、綏靖《すいぜい》、安寧《あんねい》、懿徳《いとく》四代の御陵をうねび山周辺にたずねることにしたのだった。

さて、畝火《うねひ》村にわかれを告げ、山の南麓づたいに西へとすすみ、吉田村をめざす。途中、まなご山、まさごの池など、いにしえの記紀《みふみ》にある地名がのこっている。懿徳天皇の御陵はまさにこのあたりであろうものを、確かめるすべのないのがくちおしい。

吉田村では安寧天皇陵をたずねた。

「御陰井上御陵《みほとのいのえのみはか》はこのあたりであろうと思ってたずねてまいりました」

さいわい、この村の古老は御陵のことをよく知っていた。

「この里に御陰井《ほとい》という井戸があります。御陵は、その井戸から一町あまり北西にいったところ、山の西のふもとにつらなる高い岡にあり、松などがまばらに生えております」

案内をしながら翁はいう。いにしえの御陵はいずこもおなじように造られているものだと。御陵にいたり、畏れおおくはあったが上にのぼってみる。亡骸を納めたと思われるところは丸く大きな岡で、前が長くつきだしている。おぼろげながら前方後円墳であることが確かめられた。

「また、どの陵の周囲《めぐり》にもむかしは空池《からいけ》がございました。七十年《ななとせ》あまりまえ、元禄の修陵のころにはこの御陵にもございました。いまは竹叢《たかむら》になっているあのあたりがそのなごりです」

この翁は長年よほど御陵に通じてきた者らしい。四〇年もまえの享保のころ、地理学者並河永《なみかわひさし》が実記調査にやってきたときのことなども細かにおぼえており、さまざまなことを語ってくれる。

「近年、江戸より御陵をたずねさせられるようになってからというもの、廿年《はたとせ》ぐらいに一度はかならずお奉行方がやってきて里々にとどまり、あれこれ調べて記録しては標の札を立てさせ、あるいは周囲に垣を結わせたりいたします」

それはいかにも尊く名誉なことではないかというと、さにあらずという。

「しもじもは古跡のことより費えのことを案じます。御陵のある里では、民のわずらいが多いばかりで見返りは何もございません。入会《いりあい》の山林への立ち入りを禁じられるなど、かえって辛いことのほうが多いので、たしかに御陵があってもことさらに隠し、この里はまったくおたずねのような場所ではありませんなどと申して免れるようなこともあるようです」

下賤のものはとかく思慮のないことをいうものだが、これはもっともな云いではあろう。里人らがよろこんで尊い御陵を守るようしかるべき手当てをしなければ、ますます埋もれ廃れてゆくにちがいない。ことにうねびあたりの御陵はもっとも古く尊いものばかりだが、形状《かたち》といい風情といい、とくにめずらしいところもなく、訪れる人も稀であろうから、里人が無益のものと思うも無理はない。

あれこれ考えつつ吉田村を出て北に歩みをとる。山の西側にある大谷村をすぎ、北西角の慈明寺村にいたらんとするところの右手に岡があり、そのうえに大きな塚が見える。綏靖《すいぜい》天皇の御陵だという。里人は「すいぜい塚」とよんでいる。これにものぼって前方後円墳の跡形をたしかめた。ここより東、山の北側にあるのが山本村で、さらに北のほうに見えるのが四条村だということだ。

その四条村から一町ばかり東、うねび山から東北《うしとら》のほうに五六《ごろく》町もはなれたところに小さな塚がある。それが神武天皇の御陵だという。

「里のものは塚山《つかやま》とも塚根山《つかねやま》ともよんでおります」

訪れてみる。なるほど、荒れた田のなかに高さ三四《さんし》尺ばかりの塚があり、松がひと本《もと》、桜がひと本生《お》いている。まさかこれが……！とても御陵とは思えない。それらしい形状《かたち》すらうかがえない。いかにもにわかごしらえのありさまだ。

『古事記』に「御陵《みはか》は畝火山の北の方の白檮尾《かしのお》の上《え》にあり」とある位置とも異なり、山の尾根つづきどころか、はるかに山をはなれている。ついさっきのぼった綏靖、安寧の御陵が高く大きかったこととくらべてもあまりに小さく、とうてい納得できない。

思うに、さきにのぼった「すいぜい塚」がまことの神武天皇陵ではなかろうか。かつて、成務天皇と神功皇后の御陵をまちがえたという前例もある。いやいや、『日本書紀』に「畝傍山東北陵《うねびのやまのうしとらのみささぎ》に葬《ほう》りまつる」とあるのだから西側ではまずかろう。いずれ後世の人がよく調査して、しかるべき地を定めてほしいものだ。

「記紀」ということばがある。『古事記』と『日本書紀』を併称する表現だが、かつてふたつの古代のテキストが、ならべて称すべきものとしてあつかわれたことはなかった。『古事記』が、本居宣長によって「第一の神典《かみのみふみ》」として発見され、訓《よ》み出《い》だされ、あらたな神々の言説として語り起こされる以前には……。

　宣長は『古事記』を、それまで正史として重んじられてきた『日本書紀』にまさる「最上《かみ》の史典《ふみ》」としてみいだした。

　そこには、いささかもさかしらをくわえない「上代《かみつよ》の清らかなる実《まこと》」がある。万国《よろずのくに》にすぐれた皇大御国《すめらおおみくに》の、正しく美しい「古語《ふること》」そのままに、清々しき「上代《かみつよ》の事《ことがら》」と「皇《み》国《くに》の意《こころ》」が語られ、けがれのない「古《いにし》えの実《まこと》」があらわしだされている。

　しかもそれは、浄御原宮《きよみがはらのみや》に御宇天皇《あめのしたしろしめししすめらみこと》すなわち天武天皇が稗田阿礼《ひえだのあれ》に詔《みことのり》し、「大御口づから誦《よ》みうつし習わせた『大御言《おおみこと》』」であり、こよなく聖なる記《ふみ》なのだと、そう彼には信じられた。

　文字のヴェールのむこうには、後代《のちのよ》の意《こころ》や異国《あだしくに》の意《こころ》「漢《から》意《ごころ》」によってけがされるまえの、純粋なやまとのことばがあり、皇国《みくに》本来のすがたがある。それを訓《よ》み出《い》だすことで「まことの道」を知ることができる。そう直観し、確信し、さっそく神典《かみのみふみ》『古事記』の訓《よ》みと注釈に着手した。三五歳のときのことだった。

　宣長にとってそれは、「やまとことば」を復元し、あるべき古語《ふること》の世界を創りだすいとなみであるとともに、現世《うつしよ》を、神代《かみよ》の神々の事蹟によってとらえなおすいとなみでもあった。なぜなら、「まことの道」とは、神代を解釈することでみちびきだされるものではなく、「古語《ふること》のさま」にあらわれた、神々の事蹟それじたいにそなわっているからなのだった。

　ために彼がとった方法は、文献的実証を駆使した注釈学的なアプローチだった。彼が、みずから語り起こす「あらたな言説」の信憑性の根拠を「神典《かみのみふみ》のまま」であることにおく以上、注釈学的実証性はどこまでも追究されなければならなかった。

「神典《かみのみふみ》」を復元するための「注釈」。じつはそれは、神話的伝承の国学的イデオロギーによる「訓み」の転換であり、「あらたな神話」を創造することである。文献による実証をとことん徹底することは、そのことを、すなわち神《かみの》典《みふみ》『古事記』の訓みと解釈が、じつは「注釈」にかたちをかりた「あらたな言説」であることを、隠蔽するためにも有効な方法だった。

注釈にとりかかってから八年、吉野をめぐり飛鳥をたずね歩いたころの宣長は、さらに四半世紀ののちには四四巻もの大著として完成する『古事記伝《ふることふみのつたえ》』の、構想と方法論をまとめた「総論」を書きあげ、「神代二之巻」イザナキ、イザナミの国生みまでの注釈の浄書をおえ、「総論」の結びの一章にあたる「直毘霊《なおびのみたま》」を単行本として刊行したばかりの、充実と意気軒昂のさなかにある人だった。

「道てふことの論《あげつら》ひなり」という副題をもつ「直毘霊《なおびのみたま》」は、つぎのような文章をもってはじまる。

「皇大御国《すめらおおみくに》は、掛《かけ》まくも可畏《かしこ》き神御祖天照大御神《かむみおやあまてらすおおみかみ》の、御生《みあ》れ坐《ませ》る大御国《おおみくに》にして、大御神《おおみかみ》、大御手《おおみて》に天《あま》つ璽《しるし》を棒持《ささげも》たして、万千秋《よろずちあき》の長秋《ながあき》に、吾御子《あがみこ》のしろしめさむ国なりと、ことよさし賜へりしまにまに……千万御世《ちよろずのみよ》の御末《みすえ》の御代《みよ》まで、天皇命《すめらみこと》はしも、大御神の御子とましまして……神代も今もへだてなく、神《かむ》ながら安国《やすくに》と……」

単行のテキストとしては、宣長の古代論のエッセンスが語られたものとなり、『古事記伝』の「総論」として大著の「序」に布置されれば、「神典の訓み」と「神話の再生」のマニュフェストのようなものとなる「直毘霊」。その中心主題は、「漢意《からごころ》による穢れを浄《きよ》め直す、くし毘《び》なる神の御霊《みたま》」というタイトルのしめすとおり、「異国《あだしくに》のさだ」を反照として正当化される「皇国《みくに》の道」を説くことにある。

「異国《あだしくに》」というのはもちろん、皇国《みくに》にとっての外部であり他者である中国《もろこし》だ。

「もろこしの聖人」というのは、「人をなつけ、人の国を奪ひ取て、又人にうばはるまじき事量《ばかり》をよくして」国を治め、法をつくる者たちであり、彼ら「聖人ども」が「穢悪《きたな》き心もて作り」かまえて定めたのが「聖人の道」すなわち「人をあざむく道」であると宣長はいう。異国《あだしくに》は、「聖人どものしわざにならひて、よろずのことを己が智《さとり》をもておしはか」るがために「人の心さかしらだちて悪くなり」、国が治まりにくいのだと。

ひるがえって、「皇大御国《すめらおおみくに》」は「言痛《こちた》き教えも何も」なくても「天下《あめのした》は穏やかに治まりて、天津日嗣《あまつひつぎ》いや遠長《とおなが》に伝わり」、「実《まこと》は道あるが故に道てふことなく、道てふことなけれど、道ありし」国である。なぜならそれは、あらゆる国々を照らす「日の神」であり「神御祖《かむみおや》」である「天照大御神」がこの国に生まれたからであるという。

彼は説く。天照大御神は日そのものであり、無窮《とこしえ》に天地《あめつち》をくまなく照らし、あらゆる国がその恵みをうけないということがない。その神がこの国に生《あ》れ坐《ま》した。いらい、その神の系譜を継ぐ皇孫《みま》の命《みこと》が連綿とこの国を統治してきた。ゆえに、この国は「神の御国《みくに》」「皇大御国《すめらおおみくに》」なのであり、あらゆる国々のなかでもっともすぐれた国「万国の本《もと》つ国」なのである。それゆえ、皇国《みくに》には、神代《かみよ》の事蹟を正しくくわしく伝える史典《ふみ》がのこっている。ゆえに、史典

『古事記』はこのうえなく尊く、正しいことばで、まことの道を伝える神典《かみのみふみ》なのである……と。

ゆえに、ゆえに、ゆえに……。意味があるようでないような、とらまえどころのないことばの円環上をとこしえに回りつづけるような不思議な言説。どのセンテンスから説きはじめても因果はたもたれ、文脈も破綻しない。この閉塞的どうどうめぐりの言説こそが、『古事記』の神格化をとおして「皇国日本《みくにやまと》」を神聖化、絶対化する論理にほかならない。しかもそれは、排斥すべき他者像としての「異国《あだしくに》」がアプリオリに存在し、その反照としてしか構成されない自己同一性の言説なのである。

なんと無稽な！なんたる夜郎自大！そう思うことは簡単だ。けれども、そのおなじ論理が一五〇年後、小学校や女学校の国定教科書に敷衍された。

たとえば、「菅笠《すががさ》の旅」から一六七年後にあたる昭和一四年改訂バージョン『小学国語読本　巻十一』の目次は「第一吉野山」にはじまり、「第十日本海海戦」「第十一皇国の姿」「第十二古事記の話」「第十三松坂の一夜」となっている。

この国がなにゆえ「皇国」であり、「皇国」大日本がいかにすぐれて尊いかを一一課までに学んできた生徒たちが、一二課では『古事記』の大切さ神聖さを教えられる。「我々は今日《こんにち》古事記を読んで、国初以来の歴史を知ると共に、其の言葉を通して、古代日本人の精神をありありと読むことができるのである」と。

そしてそのあとに、宣長が『古事記』を学ぶ志をかためるきっかけとなった、賀茂真淵《かものまぶち》とのめぐりあいの物語「松坂の一夜」が語られる。おしまいはこう結ばれている。「……宣長は真淵の志を受けつぎ、三十五年の間努力を続けて、遂に古事記の研究を大成した。有名な古事記伝という大著述は此の研究の結果で、我が国文学の上に不滅の光を放っている」

かつて、おなじ一八世紀後半を生きた上田秋成《うえだあきなり》が宣長と論争をくりひろげたさい、秋成は「典書はわづかに三千年来の小理」だといって神話的伝承の非合理をつき、オランダの地球図をあげて、この国は「心ひろき池の面にささやかなる一葉を散しかけたる如き小嶋」にすぎないといい、何がなんでも皇国を万国の上におかんとするため、智述をつくして中国を誹謗することそれじたいが「漢籍意《からぶみごころ》にひとし」といって、宣長の専断的偏執的な言説とその論理を批判した。

その論理を、なんと二〇世紀なかばにいたる時代においてこの国は、国家をあげて少年たちの観念のなかに注ぎこもうとしたのである。

かくもながく、みずからの言説が後世に影響力をもちつづけることを、はたして、吉野をたずね飛鳥をめぐり歩いていたころの宣長は想像していただろうか。おそらくこたえは「しかり」だろう。

すでに『古事記』の注釈すなわち「訓みの転換」と「新しい神話の語り起こし」の構想と方法論を書き終え、そのエッセンスともマニュフェストともいうべき『直毘霊《なおびのみたま》』を刊行して世に問うていた彼には、幾歳月ののち完成する『古事記伝』のすがたがはっきりとイメージできていた。

それは、皇大御国《すめらおおみくに》の「清らかなる実《まこと》」をあらわした「最上《か》の史典《みふみ》」から「聖なることば」を訓み出《い》だした、空前にして絶後の注釈学的達成となるはずだった。

それだけに、『古事記』が純粋な「やまとことば」を訓み出だしうる神典であることのいっさいを負う天武天皇の御陵の場所さえさだかならず、人皇のはじめ、神武天皇の御陵が異説・異論あっていまだ治定《じじょう》されていないことが、彼をどれほど落胆させ、また、ただでさえ荒廃したあまたの御陵が歳月とともにいっそう埋もれ荒《すさ》ぶであろうことが、どれほど彼の心を暗くしたことだろう。

なにしろ、宣長がたずね歩いた四〇年後に天武・持統陵と定められる見瀬丸山古墳は、じんにくんが「興福寺門前の寒さの池までつきぬけている」といった「塚穴」のある小岡であり、明治になって天武・持統陵と改定される野口王墓は、被葬者も不明のまま、あばかれ、石室がむき出しになり、乞食の住処となっていたのであり、神武陵だといって案内されたところは、村はずれの田のなかにあって、てっぺんに松と桜が一本ずつ植わったいかにも「かりそめなる」「ちひさき塚」だったのだから。

ところが、九〇年ほど時代がくだり、異国船がつぎつぎにやってきて世の中をゆるがせはじめたころ、かんばしい変化もなければ荒廃《すさび》もなく、ソンノーやらジョーイやらの騒ぎもまだ遠い地鳴りのようでしかなかった村々がにわかにざわめきたった。

神武天皇の御陵をあらたに造営するというのである。

まさにいま、皇統連綿たる神州日本が夷国に陵辱されようとしているときに、建国の祖、神武天皇の御陵をはじめ歴代の神霊を祀り、初穂をささげて国家安穏の祈禱をおこない、加護を請わねばならないのだという。

イコクにリョージョクされることと御陵で祈禱をいとなむこととの因果関係がいまひとつ呑みこめない者にも、大急ぎでりっぱな神武天皇陵をつくるのがテンチョーさまのお望みなのだということは伝わった。

「あらたに」というのが合点しかねるところだった。りっぱでないとはいいえ、神武御陵はちゃんとある。近在の人々が「塚山」とか「塚根山」とよんでいる、陵まわり三〇間たらず、高さ六七尺《ろくしちしゃく》ほどある円墳だ。

それは、元禄一一年（一六九八）に幕府が皇陵探索と修補をおこなったさいに神武陵と定められ、竹垣がめぐらされた円墳で、宣長の見た、てっぺんに松と桜が植わった「かりそめなる」「ちひさき塚」である。

　陵めぐりはいまは石造りの柵で八角形に囲まれ、墳丘の南正面には、高さ六尺六寸の石灯籠が一対たっている。銘文によれば、いっぽうの石灯籠は、文化五年（一八〇八）に高市郡畑村の源太郎という人物が奉献したもので、もういっぽうは、文政八年（一八二五）、大坂堂島北浜で医業をいとなむ三上大助とその弟子十市藤三郎らが、石柱七四本を献じて石柵をめぐらせたさいに献じたものである。

「あらたに」というからには別のところに変える、つまり真陵を定め直すということなのだろう。

　村々には、「元禄の修陵」をまのあたりにした者こそさすがになかったが、五〇年ほどのまえの「文化の調査」を知る者ならいくらもあった。なかには、当時さかんに「塚山は神武天皇の真陵にあらず」と主張した京都奉行所与力がいたことをおぼえている者もいた。

　近いところでは、六七《ろくしち》年ほどまえに奈良奉行所与力が絵師や考説方をともなって訪れ、領主の神保峯次郎《じんぼみねじろう》も加勢して、塚山だけでなく、里人が「ジンムデン」とよんでいる田んぼのなかの荒廃地や、畝傍山の東北の尾根などをねんごろに検分し測定していった。

　奉行所の役人ならずとも、これまで幾多の好事家《こうずか》たちがやってきては長老たちに墳墓を案内させ、根ほり葉ほり云い伝えをきいたり土地柄を探索したりしていったものだった。なかには名のとおった国学者や地理学者や陵墓研究家もあったというから、神武陵ひとつをめぐってもさぞや諸説がとなえられたことだろう。

　まして出所《でどころ》もしれぬ謂《い》われをまじえた俗説ならばいくらもあった。「あらたに」ということであれば、どんな難儀がふってくるともかぎらない。村々の長老やわけ知りたちは、のちのわずらいを思って気をもんだ。

　畝傍山の北東《うしとら》には鼠の尻尾のようにつきでた尾根がある。そのすみに、その名もずばりミササギ山といって墳丘状に迫《せ》りあがったところがある。真陵は御陵山《みささぎやま》にちがいない。

　いや、その尾根を北にくだったところに丸山という岡がある。洞《ほら》村と境をせっするあたりの、古墳のように盛りあがっているところだ。洞の村人たちはそれを御陵だといってずっとお守《も》りをしてきた。彼らはなんでも、むかしの陵《りょう》戸《こ》の末裔なのだという。とおく律令の時代には、陵戸とか守戸といって御陵を守護する人々があった。賤民ながらに朝廷の諸陵司《しょりょうし》に属し、課役を免れるかわりに墓守りをつとめた。その子孫が代々いとなんできたのが洞村だという。なれば、彼らのいうことにまちがいはないだろう。

　丸山といえば、洞村とのさかいに生玉神社《いくたまじんじゃ》がある。洞の村人が何者であるかはさておいて、生玉神社の由来こそは律令以前にさかのぼる。

すなわち、天武天皇元年七月の壬申の乱のさい、大海人軍がこのあたりに結集したときに、高市県主《たけちのあがたぬしの》許梅《こめ》が神憑りをしていった。「吾は高市社《たけちのやしろ》にある事代主神《ことしろぬしのかみ》でありまた身狭社《むさのやしろ》にある生霊神《いくみたまのかみ》である。神日本磐余彦天皇《かむやまといわれびこのすめらみこと》の陵《みささぎ》に馬および種種《くさぐさ》の兵器を奉れ」と。さっそく神託どおりに馬や兵器をまつり、戦勝祈願をしたと『日本書紀』は伝えるが、その御陵がいまの生玉神社だという謂われがある。じつに拝殿をあおげば、その奥に御神体さながら丸山があり、畝傍の北稜がそびえている。これほど神々しいところはほかにないではないか。

丸山、丸山というけれど、山とはおろか岡とよぶさえみすぼらしい。それを後生大事に守るのは、先祖が朝廷に仕えていたというための洞村人《ほらむらびと》の法螺種《ほらぐさ》だ。まことの御陵は洞村の北隣、山本村にある神武田《じんむでん》にちがいない。

村人がジンムデンともミサンザイともよんでいるその地は、いまこそ田んぼのなかの荒地だが、いにしえそこには御陵を守るお寺国源寺《こくげんじ》があったといい、ミサンザイの名は美賛佐伊《みさんさい》すなわち美佐佐岐《みささぎ》が転じたもので、御陵《みささぎ》のあったなごりだろう。

げんにジンムデンは、東西一町南北二町ほどの広さの区画が、まわりの田んぼより一段高いかたちで放置されている。跡形らしきものといえば、榎木が一本生えた小さな土の盛りあがりとわずかな芝地しかないにはちがいないが、『延喜式』に定めた神武陵「兆域東西一町、南北二町、守《しゅ》戸《こ》五烟」にぴったりかなっている。なにより、ほったらかされたままだということそれじたいが真陵の証しだろう。しかも、山本村はふるくはカシ村ともいった。『古事記』の「畝火山之北方白檮尾上《かしおのえ》」をすなおによめば「畝傍山の北の方角にある白檮尾《かしお》のあたり」となり、方角も位置もまちがいない。

いや、『古事記』によるなら松坂の大人《うし》の説をとらねばなるまい。

大人は「白檮尾上」を「白檮《かし》の尾《お》の上《え》」と訓み、御陵は畝傍山の尾根の上にあると考えられた。ゆえに、菅笠《すがが さ》の旅のおりに見た塚山は、決して神武御陵にあらずといい、久しく時代をへだてれば山が平地になることもあろうが、塚山の地はいにしえ山があったとはとうてい思えず、石室があった痕跡さえもない、もとから平地であったのだろうと縷々のべられた。御典《みふみ》にあることもかえりみないとは「いと妄りなることなり」とものべられたということだが、なるほど、もっともなお歎きではなかろうか。

いやいや、『古事記』をいうなら天武天皇だろう。このあたりはいにしえ天武天皇が藤原京《あらましのみや》造営を企図されたときに整地され平地に均《な》らされたところだという。そのときに多くの墳丘が削られたであろう。なかに唯一のこされたのが塚山であり、それが神武天皇の御陵だといまに伝えられているのだから、真陵をあらためるにはおよぶまい。

おろかな。真陵などあるはずがないではないか。そもそも神武天皇というは物語のなかの天皇だ。存在そのものが虚構なのだ。実在したはずのない人物の墓が在るはずもなく、真偽を論じること、いや真陵をもとめることそれじたいが無意味であろう。と、当時そのようなことを考えた人があったかどうか……。あんがいそれは、目に一丁字もなく、無用の騒ぎや費えは御免こうむりたいと願っていた里人たちのなかにこそあったかもしれなかった。

まもなく、ざわめきが一変、ぴりぴりとした空気がただよいだした。山陵御普請奉行《さんりょうごふしんぶぎょう》を名のる宇都宮藩のご家老が、同藩の藩士や水戸のご家来、南都奉行、京都町奉行与力、朝廷の蔵人所《くろうどどころ》、山陵調方の国学者や考証家、大工棟梁や絵師らをぞろぞろひきつれて陵墓巡検にやってきた。

文久二年（一八六二）一一月のことだった。

やがて、「塚山」とよばれる神武陵のある四条村の南隣、山本村の荒廃地ジンムデンの周囲に標《しめ》がめぐらされ、立ち入り禁止の札が立てられた。東西一町（一〇〇メートル）南北二町（二〇〇メートル）の区画である。

じつはその地は、元禄の修陵のさいにいちど手が入れられていた。それまで「糞田」すなわち人糞を肥料にしていた田地であり、百姓らがふつうに出入りしていたところを垣で囲い、土を盛って「土民近づくべからず」とし、京都所司代の命によって保護された。「ジンムデン」の呼称だけでなく「神武田」の文字表記が伝えられていたからだ。

それが、「塚山」の出現によってくつがえり、いまは田地ですらない荒れ地となりはてていた。なかにはわずかに直径二間半（七メートル）高さ三尺（一メートル）の小さな土饅頭《マウンド》と、直径一間（五メートル）高さ二尺（〇・六メートル）の芝地がのこっている。

ともあれ、奉行所の札が立ってからは、プッツリと御陵の話題はとだえてしまった。もはや方角がどうの由緒がどうのとひと言でも口にする者はいなくなった。箝口令《かんこうれい》がしかれたのである。それればかりではない。年が明けてまもなく、里人たちは急きたてるようにして役人たちに使役されることとなった。「見返りのないわずらい」がはじまったのだった。

きけば、勅使がやってくるという。

チョクシ。そうきいてピンとくる者はもちろん、テンチョーさまのお使いだといっても現実味のわかないほとんどの者たちが、こんどはシンリョーならぬチョクシさま騒動にふりまわされた。

まずは御陵の南面に拝所を設け、参道を整えなければならないという。南面などといっても、御陵はいまだ標をめぐらせただけの荒地である！同時に、近在の村々をくまなく清掃し、汚いもの醜いものは撤去して美化につとめよ、さらには畝傍にいたる街道を補修せよという。役人たちもよほど追われているらしく、つぎつぎに無理難題をもちかけてくる。

　ついには、洞《ほら》村をまるごと立ち退かせるという噂までささやかれはじめた。大声にだしていう者こそなかったが、たしかに、御陵を見下ろす位置にエタの部落があるというのはおだやかではない。

　つい先ごろ、幕府のお武家や町奉行らが巡検にやってくるというだけでもてんやわんやの大騒動だった。やんごとなき方々のお目を穢してはならぬということで、部落の周囲をムシロで囲い、里人こぞって部落の上手《かみて》の斜面を切り割って、新道をこしらえなければならなかった。それが強制移転となればどんなに大事《おおごと》か。なにしろ二〇〇戸をこえる大きな部落である。わずかの期間になしうることとはとても思えなかった。

　里人たちはつぎにふりかかってくる災いを思って暗澹とした。

　なかには、つい四五《しご》年前、奈良市中引廻《ひきまわし》のうえ磔《はりつけ》との沙汰がくだった御陵盗掘事件の記憶があせぬ者もあっただろう。その手で御陵をあばいた者のみならず、道案内をした者までからめて一一人が捕らえられて入牢。沙汰が下るまで八年もついやしたあげく、首謀者四人が磔にされた前代未聞の事件だった。四人のうち三人は入牢中に息絶えた。しかし死んでも処刑はまぬがれず、塩漬けにされた死体が引廻されて磔にされた……。思い出すだけでもゾッとする。

　もちろん御陵の盗掘と造営とはまったくの別問題だ。けれども、御陵にかかわってはロクなことのあったためしはなく、できればかかわりあいになりたくない。そう腹のなかでは思いつつ、里人たちはただ目を丸くしたり肩をすくめたり溜息したりしながら、命じられるがまま使役されるよりほかすべがなかった。

　なにしろチョクシ《勅使》さまをむかえるのが初めてなら、リョーゼンサイ《陵前祭》とやらがいとなまれるのも初めて。何もかもが初めてづくしだったのだから。

「此ノ度《たび》御国政ノ儀、忌諱《きき》ヲ憚《はばか》ラズ申上ゲ候《そうろう》。……恐レナガラ叡慮ヲ悩マセラレ候ニツキ、公辺《こうへん》モ深ク御心痛遊バサレ候儀、誠ニ以テ恐レ入リ奉候……」

　文久二年（一八六二）六月、宇都宮藩は山陵修補の藩論を決定。閏八月八日には、幕府に「建白」を提出した。

「癸丑《きちゅう》、甲寅《こういん》二度にわたるペリー来航いらいの国難をのりこえ、危機にひんした国の安寧を回復するには、朝幕一和を実現し、すべての臣民に忠孝のこころざしを喚起しなければならず、それをなしうるのはただひとつ、天皇みずからが祖先神への追孝を垂範することである」と。

「強国ノ基《もとい》」はなんといっても、臣民あまねく「報本反《ほうほんはん》始《し》ノ情」すなわち祖先の恩に報いようとする心をもち、忠孝の道をたてることにつきる。

ゆえに必要となるのは、幕府がすすんで万乗《ばんじょう》の玉体《ぎょくたい》を納めるところの山陵を補修し、「叡慮遵奉ノ忠節」をたてること、すなわち皇祖皇宗への天皇の追孝を十全たらしめる条件を整備することにほかならない。ために宇都宮は、藩の命運を賭して山陵の所在を確定し、追孝の斎場として整備修補をおこない、天皇親拝による山陵祭祀を再興する……。

山陵の修補が成れば、天皇は「莫大ノ御孝道」をおこなうことになり、徳川家は「広大ノ御忠節」をたてることになって「官武御一和」の趣意があきらかとなる。それによって海内《かいだい》あまねく「御徳化」にあずかることになるというのである。

幕府から諮問をうけた宇都宮藩にとって、山陵修補は、外様《とざま》雄藩諸侯におくれじとしておこなう叡慮遵奉であり、なによりも譜代《ふだい》藩の面子をかけた政治課題の遂行だった。そのために、「勝手向《かってむき》」つまり藩の財政は「不如意《ふにょい》ニ御座《ござ》候《そうら》エドモ」、何がなんでも力をつくし、「一家中粥《かゆ》ヲ啜《すす》リ候トモ」事業をまっとうする覚悟であるという。

尻に火のついた幕府が渡りに舟ととびついたことはいうまでもない。

六日後の閏八月一四日にはもう、宇都宮藩主戸《と》田《だ》忠恕《ただゆき》に山陵普請の実行が下命され、九月二六日には、事業の統括を命じられた家老戸田忠至《ただゆき》が、藩士らおよそ二〇人をひきいてあわただしく上京の途についた。

この間、江戸においては、「攘夷の勅語」をかかげて東下した孝明《こうめい》天皇の勅使大原重徳《おおはらしげとみ》と、一〇〇〇の兵をひきいて大原を供奉した薩摩藩の国父島津久光《しまづひさみつ》の手腕によって、一橋慶喜《ひとつばしよしのぶ》が将軍後見職に、松平春嶽《まつだいらしゅんがく》が政事総裁職についていた。

朝廷が幕府人事に介入した。それだけでも幕府はじまっていらいの変事だった。が、和宮親子《かずのみやちかこ》内親王降嫁勅許のさいの最大の条件「破約攘夷」についてかんばしい方針をうちだせないままでいる幕府の形勢がふるうはずはなく、当年春、二月一一日にはすでに一四代将軍家茂《いえもち》との婚儀がととのい、「公武一和」はあまねく天下の知るところとなっていた。

王朝はじまっていらい初の皇女《ひめみこ》の東国下《あずまくだ》り。公武合体策をよしとせぬ尊皇攘夷派が暗躍し、過激分子によるテロも警戒されるなかでのお輿入れは、厳戒態勢と膨大な諸藩の費え、民衆の使役によってささえられた。その厳重さは、たとえば内親王の輿を守護するためだけに十数藩が動員され、また、供奉者八〇〇〇人、馬三〇〇頭、宿《しゅく》ひとつを通過するのに四日を要したという大行列の警備のために、三〇をこえる藩が動員された。

それら空前絶後の大盛儀に要した有形無形の費えのすさまじさもさることながら、そのおり権大納言中山忠能《なかやまただやす》、権少将岩倉具視《いわくらともみ》らがたずさえた孝明天皇「宸翰《しんかん》」こそは、幕府の痛い頭をいっそう悩ませた。

すなわち、攘夷の実をしめすこと、重大事の決定については朝裁をあおぐこと、安政の大獄で処刑された者を赦免することなど、和宮降嫁の条件を、宮の兄である天皇が直筆の文書をもって念押しするものだった。

新潟や兵庫の開港を七年さきおくりし、一〇年以内にはかならず安政の仮条約を破棄するという、できるはずもない条件を容れたはいいが、有効な手立てなどあるはずもなく、すでに一年半をむなしくしていた。

そこへ「攘夷の勅語」というオールマイティの督促状をかかげてやってきたのが勅使武家伝奏《ぶけてんそう》の大原重徳と、島津久光ひきいる一〇〇〇人の薩摩藩兵だった。六月はじめのことだった。

薩摩藩最盛期の参勤交代の供奉人が二五〇〇人を数えたことを思えば、兵一〇〇〇人という数それじたいは驚くにあたらないが、それらがすべて訓練された軍事大国の藩兵たちであり、彼らが野戦砲四門、小銃一〇〇挺をともなって勅使を供奉してきたとなればただごとではなかった。

「癸丑《きちゅう》、甲寅《こういん》いらいこのかたの海内《かいだい》疲弊のきわみ、主上《おかみ》の御憂苦のたえる日はなく、かならず外夷を拒絶せんと思し召されている。すみやかに攘夷をはたさねば、何をもって先皇在天の神霊に謝せんやとの、日々の御嘆きも深まるばかりである」

「勅諚《ちょくじょう》」を楯にして大原が突きつけてきた要求は、攘夷問題を議するため将軍家茂《いえもち》を上洛させること、大老一人ではたよりないので島津、毛利、山内、前田、伊達の雄藩諸侯を五大老《ごたいろう》に任じ、そのもとで攘夷を決行すること、若い将軍の後見職に一橋慶喜をつけ、おなじく一橋派の松平春嶽を政事総裁職に任じて幕政改革をおこなうことだった。

とてものめる要求ではなかった。五大老はもとより、慶喜、春嶽はともに通商条約調印、将軍後継問題をめぐって熾烈な争いをくりひろげたアンチ紀州派の頭目であり、安政の大獄いらいの謹慎をつい先日解かれたばかりの境涯にあった。幕閣は憤然とした。が、大原もまた強気だった。

「公武一和のなったいま、天下、心を合わせ力を一つにして膺懲《ようちょう》の師をおこし、神州の元気を回復せよと、そう主上《おかみ》は仰せである。天下の幸いは徳川家の幸いであり、徳川家が幸いであれば朝廷の御安心は申すにおよばぬ。ゆえに主上はよくよく叡慮をめぐらされて詔勅をくだされ、このたびの勅使東下とあいなった……」

「詔勅」はいまや丸腰ではない。背後には薩摩の軍事力がひかえていた。

「ことさように幕府が優柔不断で揮わず、外夷掃除の命をはたさぬとあらば、主上《おかみ》みずからが神武天皇、神功皇后の遺蹤《いしょう》にのっとり、公卿百官および天下の牧伯《ぼくはく》をひきいて親征に出《い》でんとの思し召しである。それほどまでのご決意をしめされたうえは、この大原、勅意を貫徹せずば生きてかえらぬ覚悟である。それでもなお勅諚《ちょくじょう》奉承まかりならぬとあらば、ただいまにも変《へん》におよばん……」

大原は、老中脇坂安宅《わきさかやすおり》、板倉勝静《いたくらかつきよ》をかさねて伝奏屋敷《てんそうやしき》によびつけ、彼らに譲歩をせまった。「鵺卿《ぬえきょう》」の名で知られる宇多源氏流の堂上《とうしょう》、六十路《むそじ》をこしたベテラン宮廷政治家が、武家を圧する迫力で「生死《しょうじ》を決す」とすごんだのには老中も肝を冷やした。屋敷めぐりにはすでに薩摩の腕利きたちがうろついている。「変におよぶ」とはいわずもがな「お命は保障のかぎりでない」ということだ。

直属軍をもたない孝明天皇が「公卿百官と天下の牧伯《ぼくはく》」すなわち、お公家《くげ》と国や地方の役人をひきいて親征を……といったのはいささか滑稽で凄みに欠けるが、銃砲をたずさえた一〇〇〇人の薩摩藩兵、いや統制のとれた島津軍をまのあたりにした幕閣にとって「親征」はのっぴきならぬ現実味をおびてとらえられた。

ついに幕府が折れたのは、大原が四度目に江戸城におもむいた六月二九日のことだった。

はたして、七月六日には一橋慶喜が将軍後見職に、九日には越前福井藩主松平春嶽が、幕府の最高機関である大老のかわりに新設された政事総裁職につき、両者の主導のもとに幕政改革が断行されるはこびとなった。井伊、酒井、土井、堀田の大老四家以外の家門大名が最高職につくことはもちろん前代未聞のことだった。

なんたる忌々しさ！大原はともあれ、島津久光などはまったくの無位無官、外様の藩主の実父にすぎない一諸侯なのだった。ただでさえ薩摩嫌いの幕府である。余計者がしゃしゃり出てこれみよがしに「勅諚」をかざすたび、幕閣らはどれほど身悶えしたことだろう。

無位無官の一諸侯。同時代の人物をひきあいにだすなら、たとえば、久光の勅使供奉にはげしく難色をしめした京都所司代、若狭小浜藩主酒井忠義《さかいただあき》の律令官職は、左近衛《さこのえの》権少将《ごんのしょうしょう》兼若狭守《わかさのかみ》、位階は従四位上に相当。また、久光が大老にかついだ松平春嶽は彼より一歳年少ながら、当時正四位下、左近衛権中将《ごんのちゅうじょう》兼越前守に叙されていた。久光がはじめて従四位下、左近衛権少将に叙任されるにはまだしも二年の歳月が必要だった。

そのような人物のあざやかな政局中枢への登壇は、幕府を狼狽させ動揺させるにあまりあった。徳川幕府はじまっていらい二世紀半、外様藩が政治に介入することは固く禁じられてきたのだから。

ちなみに、国防を名目として、久光が三年を限りとした「琉球通宝」の発行許可をとりつけたのもこのときだった。

すでに藩では、洋式の軍制を導入する費用をまかなうため「テンポーセン」の私鋳をすすめてきた経緯がある。公鋳の「天保通宝」が名目当一〇〇文、実質八〇文通用なら、「テンポーセン」はその十分の一の価値しかない。私鋳がご法度なら、改鋳益《かいちゅうえき》めあての鋳銭はいっそう罪悪だったが、それをむこう三年間は公然とつづけられることになった。

それでなくても横浜・函館・長崎開港いらいの薩摩は、輸出額の八割をしめる生糸の密貿易によって暴利にあずかり、大坂では、アメリカの南北戦争のあおりをくって価格が高騰した綿花を買い占め、四倍値で長崎の外国商社に売りつけるなど、軍制改革のための交易を前のめりにすすめていた。

貿易による新手の商取引きで潤う、そんなお国のあるじが、「攘夷の権現」のような天皇の勅使を供奉し、「開国」ならぬ「攘夷」の勅をふりかざして幕府に譲歩をせまったというのだから節操もなにもあったものではなかったが、そもそも、そのたびの勅使東下それじたいが、突如、鳴り物入りで京にやってきた久光に尻を叩かれるかっこうで実現したものだった。

文久二年（一八六二）一月一五日、水戸藩浪士と宇都宮藩士の門下生らが老中安藤信正《あんどうのぶまさ》を襲撃した。「坂下門外の変」といわれる暗殺未遂事件で幕をあけたこの年は、尊皇攘夷と公武合体をめぐる政治的かけひきが錯綜し、陰謀につぐ陰謀、さらにはテロと粛清の嵐が吹き荒れたすさまじい年となった。

将軍と和宮《かずのみや》の婚姻によって公武一和が天下にしめされたころにはもう、破約攘夷を反故《ほご》にしかねぬ幕府にいきどおる西国の過激派尊皇志士たちが、皇政回復をめざして義挙《ぎきょ》を決行すべく、つぎつぎと上方にあつまりはじめていた。

ひと言に尊皇志士といっても、領袖《りょうしゅう》とあおがれるリーダーたちにあってさえ思想や政論が異なり、まして義挙の手段や方法にいたっては、いぜん手探りのさなかにあった。めざすべき皇政回復についても、徳川公儀体制も摂関制もみとめぬという徹底した天皇「親政」を志向するものから、幕府への大政委任をみとめる「親裁」を志向するものまで振幅は大きく、義挙の方法についてはなおさら、承久や元弘の先例《ためし》さながら「親征」があってはじめてなりたつと主張するものから、「勅諚《ちょくじょう》」にもとづく大諸侯の武威によってはたすべきだとするもの、いかなる権威にもたよらず東西の草莽志士が呼応して大挙すべきだとするものなどさまざまだった。

「義挙」は本来、正義のためにおこす企てや行動のことをいうが、東国西国相応じての大挙を断念し、上方での決行をはやる西国志士たちにとっては、テロリズムを実行することと大差はなかった。

なかには、安政の大獄によって相国寺に幽閉の身となっている先帝の猶子中川宮《なかがわのみや》を奉じて征夷大将軍任命を奏請し、徳川家から将軍職をうばったかたちで孝明天皇を擁し、いっきに天下の諸侯、志士に号令をかけて夷狄《いてき》を征伐、わが三〇〇〇年来の皇威を復そうというシナリオを大真面目にえがいているやからもいたが、多くは、理想を説くことに熱心なアジテーターに躍らされ、暴挙に身を投じることをそれじたいを熱望する者たちだった。

そこに舞いこんだのが、島津侯が藩兵一〇〇〇余をひきいて江戸ではなく京にむかったという報せだった。

上京の名目は「朝廷の安危にかかわる現状打開」、つまり不穏な世情から天皇を守り、京都を警護しようというものだった。趣意はすでに一月のうちに大久保一蔵によって近衛忠熙《このえただひろ》、忠房《ただふさ》父子に口上され、それを文書にしたものが朝廷に送られていた。

「攘夷叡慮にそむく因循姑息で不実な幕府によって、朝廷の危窮はいよいよ深まるばかりであり、ために天皇がひどくお嘆きになっているときき、悲しみのあまり涕涙にたえぬ思いであります。なすべきことをなおざりにし、安楽をむさぼるばかりの幕府に内親王を掌中にされ、いずれ降嫁の条件を反故《ほご》にされることは確実でしょう。いまこそ、幕府をたのみとせず、主導権を朝廷がにぎるため、機先を制すべきときと考えます。攘夷はいまや朝廷の安危にかかわる一大事です。このさしせまった危機を打開するためには、遺憾ながら兵を動かさざるをえません。王臣として、手をむなしくしていることは忍び難く、不忠不孝の罪もまぬがれません。よってここに皇国復古の大業を実現することを誓願し、率兵入京をこころみたい」と。

口上書は、議奏正親町三条《おおぎまちさんじょう》実愛《さねなる》にわたされ、天皇の寵臣内大臣久我《こが》建通《たけみち》の手をへて返却されてしまった。

無理もない。一外様藩が、幕府の許可もなく兵を動かすなどは違法中の違法。そもそも軍事は、朝廷の権限のほかだった。

が、藩主でもない一田舎諸侯《いちいなかざむらい》が殴りこみのごとくダイレクトに、しかも「王臣」の立場から「皇国復古」を請願するというあっぱれ大胆な行動は、宮中の廷臣たちの度肝をぬき、それいじょうに一種の感動をあたえたにちがいなかった。

久光のほうは、文書を返されるぐらいのことはもとより織りこみ済み。かねての計画どおり三月一六日には先発隊をひきいて鹿児島を発ち、二八日には下関に到着。四月三日には兵庫の室津に入って後発隊と合流し、四月一〇日、大坂藩邸に入った。

藩兵らには、他藩士、浪人たちと私的に会うことを禁じ、命令をうけずしてみだりに奔走したり現場に駆けつけたりしないこと、酒色をつつしむこと、違反者は容赦なく断罪することなど、軽挙をきびしく戒める諭書をくだし、一二組にわけた藩士のうち四組をひきいて一三日には伏見の藩邸へ、みずからは一六日に京に入って、困難が予想された朝廷への「建白」の機会を得ることができた。

ずばり、幕府の横暴を阻止し、激徒の策謀を取り締まり、「皇国復古」に尽力したい。そのためには人事を刷新し、政治改革をおこなうことが不可欠であり、ぜひとも江戸におもむいてぞんぶんに周旋したいと。それはしかも亡き兄斉彬《なりあきら》の遺言でもあると。

はたして「建白」はなかばうけいれられ、滞京の勅許がくだされた。

「浪士たちが不穏な企てをしているいま、京で騒擾がおこれば天皇の御悩みはますます深まる。滞京して鎮静せよ」と。

おりしも、京の政局は過激浪士の動向が最大の関心事であり、その鎮撫を幕府の武威にたのめないのであれば、外様であろうが無位無官の一諸侯であろうがままよ、しかるべき大名諸侯の兵力にたよらざるをえないという、尋常ならざる状況下にあった。

つまるところ久光は、滞京の許可とひかえに過激派浪士鎮撫という重責をになうことになった。

これがまもなく、腕ききの薩摩藩士を鎮撫使として送り、「上意討ち」をもって尊王激派の志士たちをおさえこんだ「寺田屋事件」を生起せしめたのだったが、結果として久光は、自身が過激攘夷派でも討幕派でもなく、あくまでも「公武合体」を支持する者であることを、また、急進的な尊皇攘夷をとなえる長州藩とはちがうということを朝廷に知らしめることになり、不本意ながら滞京をゆるさざるをえなかった天皇の、とりあえずの信をとりつけた。

皇政回復をめざす尊王志士は、天皇にとっては大切な後ろ楯でもある。それだけに浪士の鎮撫は容易ならざるわざだった。

四月二三日、関白九条忠尚《くじょうただひさ》と京都所司代酒井忠義《さかいただあき》を斃すべく伏見寺田屋に結集した志士たちにたいし、久光は、武力鎮圧を「君命」に叛く首魁藩士だけにしぼるよう命じて鎮撫使をさしむけた。「血祭りのターゲットはわが藩の者だけにせよ」というわけだ。

威嚇効果はじゅうぶんだった。久光が自藩士をもって自藩の人間を斬らせたことに公卿たちは腰をぬかし、震えあがった。

間髪をいれず、久光は、幕政改革と攘夷督促のための勅使東下、およびみずからの勅使供奉を建言した。五月四日におこなった建言は、はやくも六日の朝議において決定し、八日には大原重徳《おおはらしげとみ》に勅使派遣の沙汰がくだされた。そして、二転三転、議論は紛糾したものの、五月二〇日には久光の勅使供奉も許可された。

過激浪士の鎮圧もままならず、一外様雄藩諸侯が兵をひきいて洛中に入ることも阻止できず、彼らに京都守護の勅命まで得させてしまった所司代と町奉行の威光は地におちた。そのあげく、率兵による出府の許可まで出させてしまったのだから酒井忠義の面目は丸つぶれとなった。徳川時代をつうじて京の政局を牛耳ってきた幕府の利益代表であったはずの所司代が、その無力さをさらけ出したというわけだった。

　さて、謹慎の境遇から一転、幕政をあずかることになった慶喜と春嶽は、幕閣の冷ややかな目をよそに改革にのりだした。

　将軍家茂の上洛は翌年二月と決定。和宮は「将軍御台《みだい》所《どころ》」から「和宮様《かずのみやさま》」とよばれることになり、勅使の要求にしたがって待遇の改善がはかられた。また、老中たちの猛反対をおしきって井伊《いい》政権時代に処罰をうけた公卿、大名諸侯をはじめ七〇人をこえる諸士有志――幕閣、大奥いちばんの嫌われ者だった慶喜の父徳川斉昭《とくがわなりあき》などの物故者もあわせて――の身分や権威を旧に復した。いずれも勅命をうけいれての沙汰だった。が、国事犯を赦免するということは幕府がみずから過ちをみとめたことになる。まさに二重の屈辱にほかならなかった。

　改革によって、幕府の権威をたもつためにもうけられてきた縟礼《じょくれい》がつぎつぎと緩和され、廃止された。諸藩の財政を圧迫していた参勤交代を、隔年から三年に一度とし、人質として江戸藩邸にあった妻子を放免したこともそのひとつだった。そして、所司代や町奉行の無力があらわになった京においては、それまで幕府が任命してきた京都御所の九門《きゅうもん》の警備を朝廷の意向にまかせ――これがのちの宮中政変《クーデター》を可能にした――新たに京都守護職をもうけて会津藩主松平容保《まつだいらかたもり》を任命した。

　「山陵御修覆御代拝等の儀」もそのたびの改革の大きな課題となった。

　山陵修補はもともと朝廷懐柔策として浮上した懸案だった。すなわち、安政五年（一八五八）に、条約締結の勅許を得ることが焦眉の急となったさい、通商開国勅許のバーターとして提起されようとしたのだった。

　ペリーに先立つこと七年、弘化三年（一八四六）にビッドルひきいるアメリカ東インド艦隊が浦賀にやってきたときにはもう幕府に「海防沙汰書」を送り、皇統連綿たる誇り高き神州に瑕瑾《かきん》なきよう、つまり瑕《きず》がつかぬようにとの叡慮を伝えたほどの攘夷思想のもちぬしだった天皇孝明は、国体の危機をのりこえるには歴代天皇の加護をあおぐことが不可欠だと考え、はやくから所司代をとおして山陵修補の叡慮を伝えていた。

　それがいま、もはやさけてはとおれぬ政治課題として幕府の肩にのしかかってきた。勅許を得ずして条約に調印し、井伊大老暗殺をうけた政変後の建て直しもままならず、五か国と結んだ条約破棄の目途もたたぬまま、ついに安政の政治犯を赦免して過ちをみとめたかたちとなった幕府には、勅意をしりぞけるすべがなかった。

「癸丑《きちゅう》、甲寅《こういん》いらいの国難をしのぐには、神霊の加護をたのむしかない。一刻もはやく皇祖神武天皇はじめ歴代天皇陵を修復し、神霊《おかみ》のまえに初穂を供えて国家の祈禱をいとなみたい。そう主上は切《せつ》に仰せである。もはや猶予はならぬと考えるが……」

大原はそういって老中らに詰めよっただろう。叡慮に叛いて条約を結んでからさえ四年が経過しようというのに、いったいいつになったら修陵事業に手が着けられるのかと。何をいわれても「至当の御沙汰につき、早速御取調これあるべし」と回答するのがせいいっぱいの幕府。諮問の甲斐あってここぞと提出された宇都宮藩の「山陵御修の建白」にとびついたのは、当然のなりゆきだった。

いっぽう、普請実行を拝命した、というより買ってでた宇都宮藩の譜代としての矜持は、事業遂行にかかるそれでなくても困難な責務を、重いうえにも重くしていた。山陵修補はいまや公武一和の象徴であり、証しであり、国難にあえぐ公武をつなぐ鎹《かすがい》でもあった。

「……山陵修補相成候ハ、乍恐、今上皇帝ニハ巨遠莫大之御孝道ニ相成、於御当家ハ広大之御忠節相立、官武一和御趣意弥以相顕レ……」

わけても、「建白」からわずかひと月半ののちに上京の途を急ぐ人となった家老戸《と》田《だ》忠至《ただゆき》は、いまだ幼い藩主にかわり、藩の面目にかけてこの大事業をなしとげなければならないとの気概と覚悟を、脚よりはやく京へと走らせていたにちがいない。

文久二年（一八六二）一〇月九日、忠至《ただゆき》一行は京に到着した。

天皇が歓喜したことはいうまでもない。前月二一日にはすでに所司代から伝奏をつうじて奏聞にあずかっていた天皇は、いまやおそしと彼らの到着をまっていた。ついに宿願に手を着ける日がおとずれたのだ。

忠至《ただゆき》の到着をうけて、朝廷ではさっそく山陵御用掛《さんりょうごようがかり》をもうけ、一七日までには正親町三条実愛《おおぎまちさんじょうさねなる》、野宮定功《ののみやさだいさ》、柳《やなぎ》原光愛《はらみつなる》、中山忠能《なかやまただやす》を補任、二二日には修陵事業をおこなう武家の総括者として戸田忠至を山陵《さんりょう》御《ご》普請奉行《ふしんぶぎょう》に任命した。

朝廷が奉行を任命する！まったくのルール違反だった。奉行は幕府の職制だ。本来なら伝奏《てんそう》をつうじて所司代に仰せを伝え、幕府の判断をうけて所司代が奉行を任命する。それがきまりである。しかも、元禄にかぎらず文化にかぎらず、過去いっさいの修陵事業は、幕府の直営として、所司代の指揮のもと京都、大坂、堺、奈良の奉行所が担当しておこなってきた。それらを無視するかのごとく違《たが》えたのは、修陵事業を、幕府への委託事業としてではなく、あくまで朝廷主導の国家事業としていとなむという、天皇のなみなみならぬ意思表示にほかならなかった。

すでに、野宮《ののみや》をつうじて伴信友《とものののぶとも》門下の国学者谷森善臣《たにもりよしおみ》の『諸陵徴』はじめ、山陵にかかわる古記録などが天皇の叡覧に供されていた。

二六日には忠至から野宮へ「修陵方針書」が提出された。

そのなかで忠至は、山陵の正面に奉幣使が祭祀をいとなむための「拝所」をもうけることを提案した。すなわち、陵墓の正面に陵前祭《りょうぜんさい》をいとなむための平場《スペース》をもうけ、鳥居をたて、陵名をきざんだ石標と石灯籠をたて、陵めぐりを柵で囲って木戸門《きどもん》をもうけ、いっさいの立ち入りを禁ずるために施錠《せじょう》することを提案したのだった。

山陵修補事業の目的は、御陵を万世一系の皇統を象徴する「国家祭祀の斎場」として修復することにある。忠至の示した方針は、まさに天皇の宿意にかなうものだった。

一一月五日、畿内の陵墓調査のため、宇都宮藩顧問団ともよぶべき巡検チーム一行が京を発った。うねび周辺の里人たちが、洞村をムシロで囲い、上手の斜面に突貫工事で新道をこしらえてむかえた一行である。調方《しらべかた》としてメンバーにくわわった陵墓研究家は、国学者谷森善臣のほかに砂川健太郎《すなかわけんたろう》、平塚瓢斎《ひらつかひょうさい》、北浦定政《きたうらさだまさ》らがあり、絵図方として岡本桃里《おかもととうり》が、大工棟梁として大沢清臣《おおさわすがおみ》、大橋長憙《おおはしながおき》ら四人がくわわった。

大工棟梁の参画が、そのたびの修陵のいかなるものかを語っていた。

それまでの修陵事業は、おもに確定された御在所《ございしょ》だけを修補の対象としてきた。被葬者が葬られている御在所の部分だけを竹柵や石柵で囲い、それいがいの場所はとくに手を入れず、たとえば村の入会地《いりあいち》として暮らしに役立ってきたところは、従前どおりそれをゆるした。

が、このたびは営建当初の古制にしたがって御陵を復旧するという方針であったため、修補とはいいながら、ところによっては新造というに近いほどの大規模な土木工事をともなうことが想定されていた。

巡検をおこなった忠至《ただゆき》はじめ宇都宮藩士にとっては、どの陵墓もすべてはじめてまのあたりするものだった。その光景のなんたるありさま！

あるものは墳丘の上に村落がいとなまれ、あるいは村人が山林や耕作地として利用し、あろうことか肥料に人糞をつかっている。年貢地として租税の対象となっているところもあれば、周濠を灌漑用の溜め池としているところもある。墳丘のうえに墓地をいとなんでいるところもある。あるいはまた、盗掘によってあばかれた石室・石棺がむきだしのままになっているものも、ただの荒地と見分けることができないものさえある。

その最たるもののひとつがただの荒廃地神武田《ジンムデン》だったに

ちがいないが、なべて東国の尊皇武家の想像をこえた荒廃ぶりであり、忠至の表現をかりれば、まさに「筆端にも述べ難く不敬の次第」を呈していた。

一行が巡検から戻ったのは一二月九日。翌一〇日には、忠至が、山陵御用掛の諸卿らが列席する学習院で修陵の基本方針について説明し、御陵内や御陵周辺の年貢地の引きあげについて提案した。

あわせて、事業の第一着手となる神武天皇陵の修補は、格別に手厚くおこなうべきだと強調した。国難到来のおりがら、祖先の御霊《みたま》に初穂をささげ、国家安泰を祈願されたいという叡慮にこたえるためにも、また、いままさに続々と京にあつまりつつある大名や藩士や、草莽の志士たちの国家的結集の象徴《シンボル》たらしめるためにも、まずは始祖王陵をしかるべくととのえ、のち歴代すべての修陵を一気呵成になしとげねばならないというのである。

明けて文久三年（一八六三）正月一九日、戸田忠至は、諸大夫格《しょだいぶかく》の役料二〇〇人扶持をあたえられ、二一日には、朝廷より従五位下大和守《やまとのかみ》に叙任された。朝議はすでに、山陵に勅使をつかわして神霊に修補事業の開始を告げる「奉告祭」をいとなむことを決めており、忠至はそのための下調べに奔走していた。うねび周辺の里人たちが、まもなく「チョクシさま騒動」にふりまわされ、「見返りのないわずらい」に急きたてられようというころのことである。

京では、またもやテロの嵐が吹き荒れていた。

久光と薩摩藩兵がいなくなった京に、こんどは長州藩主毛利敬親《もうりたかちか》がのりこんできて尊皇攘夷派を歓喜させた。久光の鎮撫いらい四散し、あるいはなりを潜めていた尊王志士や過激派浪士たちがなだれこんできて、公武合体派や開国派を問答無用で襲い、惨殺した。

襲撃の対象は武家にかぎらなかった。一月二八日、公武合体派の公家千種有文《ちぐさありふみ》の家臣賀川肇《かがわはじめ》の屋敷に一〇人あまりの浪士が押し入り、賀川を探したが、みあたらないので子どもを殺そうとし、みかねた賀川がとびだして子らの目のまえで殺害された。罪状は、主家千種家と所司代酒井忠義《さかいただあき》の用人のあいだを周旋して、公武合体派に協力したというものだった。

浪士らは彼の首と両手を斬りおとし、二月一日には、右手を千種家に、左手を岩倉家に脅迫状とともに投げこみ、首のほうは奉書紙につつんで、上洛してまもない将軍後見職、一橋慶喜が宿所にしている東本願寺の太鼓楼上にかかげた。奉書紙にはこう記されていたという。

「この首はなはだ粗末《そまつ》ながら攘夷の血祭り、お祝いの印までに進覧奉《たてまつ》り候。一橋殿へ御披露《ごひろう》下さるべく候」

将軍家茂の上洛は、ひと月あまりのちにせまっていた。

さて、第一二一代天皇統仁《おさひと》——当時の朝廷は公式には北朝を正統としていたため、正史『日本書紀』にしたがって神功皇后を第一五代に数え、即位の事実のない九条廃帝（仲恭天皇）、大友皇子（弘文天皇）を歴代に数えず、後醍醐天皇を第九五代とし、のち光厳、光明、崇光、後光厳、後円融の北朝五代を数えて、統仁は一二二代目にあたるとしており、天皇みずからも北朝の血をひいているとの認識から第一二二代を自覚していた――は、徳川幕府によって御所にとじこめられ、徹底して非政治化されてきたそれまでの天皇とはちがっていた。

　というより、おなじでいることはできなかった。海峡の渦にもまれる小舟さながら歴代が経験したことのなかった国際問題に直面した一九世紀なかばのこの国の危機を「国体」の危機とうけとめ、弘化三年（一八四六）に一五歳で即位するやまもなく、「皇統連綿たる神州がけっして他国の陵辱をうけることのないように」との沙汰書を幕府に送ったほどにかたくなな対外意識をもっていた彼は、ときまさに大政をあずけた武家のリーダーたちが開国にむけてコンセンサスを形成しつつある時局にあって、「ものいわぬ天皇」でありつづけることはできなかった。

　とりわけ安政五年（一八五八）の通商条約「勅許」奏請にさいし、断固攘夷というあからさまな政治的意思表明をおこない、関白の判断をくつがえして幕府に拒否回答をつき返してからは、天皇が公然と意思を表明することへの障害がはらわれ、さらに、大老井伊《いい》直弼《なおすけ》の暗殺によって幕府の非力があからさまになった万延元年（一八六〇）をエポックとして、朝幕をめぐるパラダイムは劇的な転回をみるにいたった。

　ペリーがやってきて開国をせまり、ついに下田、函館二港を開港、アメリカ、イギリス、ロシアとのあいだに和親条約を結んだのは嘉永《かえい》七年（一八五四）のこと。東海、南海、豊伊海峡にマグニチュード八スケールの大地震が続発した一一月には、安政《あんせい》へと改元のあった年のことだった。

　そのころ天皇は、伊勢神宮や熱田神宮および畿内「二十二社」に国家安穏の祈禱を命じるむね幕府から要請があればそれにこたえ、ロシアのプチャーチンがついに大坂天保《てんぽう》山《ざん》沖にすがたを現わしたときには、みずから毎日の食膳を減らし、石清水八幡宮など朝廷ゆかりの「七社七寺」に国家安泰を祈念させ、全国の寺院にある不用の梵鐘類を「皇国擁護の器」大砲に鋳なおす布告を発してほしいともとめられればそれにも応じ、基本的には幕府への大政委任のスタンスをまもっていた。

　それが、アメリカとの通商条約締結をめぐって一変した。幕府が開港開市および修好通商を決断。大名たちもそれを承認したのだった。

　タウンゼント・ハリスが駐日総領事として伊豆下田に着任し、総領事館をおいた玉泉寺《ぎょくせんじ》に星の数三一個の星条旗をたかだかとひるがえしたのは、安政三年（一八五六）七月のこと。翌安政四年一〇月なかばには、将軍に謁見するのは外交官としてなすべき国際的慣行だと強硬に主張して江戸を訪れ、老中首座堀田正睦《ほったまさよし》の屋敷で大スピーチをくりひろげた。

通詞《つうじ》を介してえんえん六時間におよんだというスピーチの内容は、半世紀来の国際情勢、蒸気船をはじめとする産業革命による進歩、アヘン戦争、クリミア戦争、アロー号戦争にみられるイギリス、フランスの脅威、アメリカの平和主義（！）など多岐にわたり、幕府の公式記録「対話書」に書きとめられた詳細は一七三か条にもおよんだ。

「イギリス、フランス、ロシア、オランダはそろって日本に通商をもとめてくる。断われば一戦あるのみ。イギリスなどは五〇隻の大艦隊を江戸湾に入れて攻撃を仕掛けてくるだろうし、イギリスと連合していま清国をこてんぱんにやっつけているフランスも必ず攻めてくる。彼らとの戦争に負ければ、半植民地どうぜんの過酷な条件で条約を結ばされるにきまっている。だから、まずわれわれ日本の親友のようなアメリカと通商条約を結びなさい。そうすれば、わたしが英仏両軍の提督にとりなしてあげましょう、アメリカとおんなじ条件で通商なさるがよろしかろう」と。

要点をかいつまめば、江戸にアメリカの公使《ミニストル》をおき、自由貿易をしたいという、わずかそれだけのことをくどいほどに論理立てて、弁舌たくみにのべたてた。「白髭をたくわえてどこかいやらしく、オランダ人などよりよほど下品」だと老中脇坂安宅《わきさかやすおり》などは嫌悪感をいだいたというが、スピーチそのものにはがぜん説得力があった。

もちろん、内容を吟味した幕閣や海防掛の奉行たちがすべてを鵜呑みにしたわけではない。たとえば、アメリカが「他方に所領を得そうろう義は禁じ」、つまり侵略国家ではないといったところなどは、彼らがメキシコ戦争でカリフォルニアやニューメキシコなどを奪ったという外交情報にてらして虚偽をみぬき、悪玉イギリスによるアヘンの害を忠告して友好国づらをしながら、そのじつアメリカこそが毎年一〇〇〇箱ものトルコアヘンを清国に運んでいる事実をもって偽言をあばくなど、一七三か条ものチェック項目をきびしく点検し、それをもとに江戸城評議所で喧々諤々の議論がかさねられた。

が、慎重論、積極論ともに認識を共有したのは、アメリカにしろイギリスにしろ、まっこう太刀打ちできる相手ではないということ、そして、万里の海をへだてた国とも隣国のように往来が可能となったいま、開国は「天地の時勢」すなわち世界史の必然であるということだった。

はたして、老中は慎重派の意見にしたがって「やむをえず通商」の道をえらび、一二月はじめには、下田奉行井上《いのうえ》清直《きよなお》と海防掛目付岩瀬忠震《いわせただなり》を全権として、条約交渉を開始した。

一三回の協議のすえ一四か条の内容がまとまった。年の瀬もつまった二九日、一三代将軍家定《いえさだ》臨席のもとに大名たちをあつめて意見がかわされた。過去三回の諮問をつうじて、大名たちにはアメリカ大統領の親書、ハリスの演説全文、条約草案、対話書が示されていた。四度目の諮問となったその日、攘夷策を主張した大名はごくわずか、「やむをえず通商」という幕府の決断は承認された。

このうえは、朝廷にも了解をもとめたほうがいいだろう。というわけで取沙汰されたのが「勅許」というオールマイティだった。二百数十年つづいた鎖国を解いただけでなく、貿易を開始するという政策の大転換をはかるのだから、天皇の承認を得、そのもとに国是の一致をはかることができればこのうえないにはちがいなかった。

安政五年（一八五八）一月下旬、老中堀田正睦《ほったまさよし》は上洛の途についた。勅許を得るための工作資金、六万両——急騰する幕末のインフレ率を考慮して、一両を本来の三分の一値の二万円として換算すると一二億円に相当——をふところにして。

「政道奏聞に及ばず」でつっ走る覚悟があれば立てる必要のない勅許奏請だった。かたちばかりのものになるはずだった。ところが、朝廷は条約の調印を拒否したのである。

元和元年（一六一五）に幕府が公布した「禁中並《きんちゅうならびに》公家《くげ》諸法度《しょはっと》」によって、一二五〇年のあいだ朝廷の権限は完全に骨抜きされてきた。「律令」いらい八〇〇年、法の枠組みをこえる存在でありつづけてきた天皇をはじめて法の規定のなかに入れた、しかも、そのような法を制定する主体として将軍権力を確立した、まさに画期的なこの成文法によって、幕府はいつでも朝廷機構に介入し、統制することができた。

「法度」では、天皇の主務を、第一に学問、すなわち朝廷における「よき政事《まつりごと》」とはいかなるものかを学ぶこと、第二に習俗としての和歌を詠むことと定めた。

つぎに朝廷機構として、太政大臣、左大臣、右大臣の「三公《さんこう》」に親王よりも優位をみとめ、前代には形骸化していた関白、武家伝奏《ぶけてんそう》、奉行職事《ぶぎょうしきじ》をあらためて組織の中核にすえ、それらの命令に違反する堂上《とうしょう》地下《じげ》すべての公家を流罪にできる権限をあたえた。

朝廷の意思決定機構である朝議を主宰するのは、近衛、九条、二条、一条、鷹司の五摂家が独占する「関白」であり、そこに参加できるのは、これまたほとんどが五摂家で占められる「三公」と、朝廷と幕府の取り次ぎ役である武家伝奏、関白と天皇の取り次ぎ役である議奏《ぎそう》の「両役《りょうやく》」など、ごく少数の公家にかぎられ、伏見、有栖川《ありすがわ》、桂、閑院《かんいん》四家の親王といえど定席はあたえられなかった。もちろん一三〇家をかぞえる平公家《ひらくげ》は論外、まったき蚊帳の外におかれていた。

つまり、朝廷の意思決定は五摂家によってなされるといっても過言ではなかった。

なかにも、関白には内覧《ないらん》の特権があたえられていた。三公、両役を通して送られてくる公文書を、天皇に奏上するまえに内見する権利である。関白はそれを奏上することもしないこともできる。文書をつき返してなかったことにすることも、政務を処理してしまうことさえ可能だった。その逆もまたしかり。幕府に送る勅書はもちろん、叡慮を伝えるもっとも重要な宣命《せんみょう》にあってさえ、最終的に関白の承認をうることなしに天皇はみずからの意思を表明することができなかった。

関白は、天皇を非政治化するかなめの装置なのである。三代将軍家光《いえみつ》の正室に前関白鷹司信房《さきのかんぱくたかつかさのぶふさ》の娘孝子をむかえていらい、一一代家斉《いえなり》をのぞく歴代の将軍家御台所《みだいどころ》を宮家ないし摂家からむかえて貴種化をはかってきた徳川家と関白の関係はとおりいっぺんではない。関白は、天皇の行動が逸脱しないようコントロールする役割を幕府からもとめられ、そのための役料《やくりょう》として毎年一〇〇〇石を贈られていた。のみならず、便宜をはかるたびに「お手伝い」とよばれる臨時の贈与があり、その額は役料をはるかにうわまわったという。つまり、幕府の太鼓持ちを狡猾につとめればつとめるほど濡手《ぬれて》に粟《あわ》だというわけだった。

関白さえ抱きこめば、幕府の思うままにことは動く。ところが、そのたび老中堀田のまえに立ちはだかったのは、齢《よわい》六〇を数えた関白九条尚忠《くじょうひさただ》でも六九歳を数えた前関白太閤鷹司政通《たかつかさまさみち》でもなく、典侍《ないしのすけ》、内侍《ないし》、命婦《みょうぶ》、女蔵人《にょくろうど》、御差《おさし》、御末《おすえ》などの女官たちにぐるり囲まれて暮らす数え歳《どし》二七の天皇統仁《おさひと》だった。

「こたびの夷人の所行は、皇国を侮り、国体を脅かす無礼にそうろう。かの思いのままに成りそうらわば天下の一大事。万一、私代より、かようの儀にあい成りそうろうては、後々《のちのち》までの恥にそうらわずや……」

安政五年（一八五八）一月なかば、天皇は、はじめて開国通商を拒否する意思を九条関白にたいし、書簡をもって伝えてきた。

「老中からの献物《けんもつ》いかほど大金にそうろうとも、それに眼くらましそうろうては天下の災害。よくよくさようのことなきよう御取り計《はか》り、ねがい入れそうろう」

いよいよ老中の上洛がせまった同月下旬には、いっそう強固な条約不承認と攘夷の決意を関白と三公に明言した。

「開港、開市の事、いかようにも閣老上京のうえ演説そうろうとも、固く許容これなきよう。愚身においては、承知しがたくそうろう。夷人の輩《やから》、それを聞き入れずそうらわば、そのときは打ち払い然るべきやとまでも、愚身においては決心しそうろう」

ヤマト王権誕生から一六〇〇年、「天皇」を号してから一二〇〇年、律令国家日本の君主のもの云いがかくもオズオズとしているさまにはいささか違和感もあろうが、それでも天皇は「決心」を顕わにした。「夷人の輩」は「打ち払い然るべき」であると。

つまり、アメリカをはじめ列強諸国が開国通商拒否を聞き入れないならば、戦争も辞さない決意であるという。これまで「いかなることも太閤の申されそうろうことは随《したが》い用いてきた」が、こんどばかりはそうはいかないと。

「ものいわぬ」はずの天皇がものをいった。欧米列強を相手に開戦するなどという、まったく非現実的な「決心」をいきなり顕わにしたということもさることながら、それまで、朝廷儀礼や祭祀にかかわることならいざしらず、政治にかかわる発言はしないものときまっていた天皇が、タブーをやぶった。それじたいが驚愕にあたいした。

しかも、不肖の息子の厳父にたいするごとく、面と向かっては思うことの十分の一も伝えることのできない相手である、鷹司太閤と対決する気概をしめしたのだから、さすがの九条関白もうろたえた。

一〇年まえ一六歳の若さで即位した統仁《おさひと》を「准摂政」としてささえてきたベテラン宮廷政治家 前関白《さきのかんぱく》太閤鷹司政《たかつかさまさ》通《みち》は、統仁の祖父光格《こうかく》天皇、父仁孝《にんこう》天皇の二代の閑院宮《かんいんのみや》系天皇につかえ、みずからも閑院宮家の祖直仁《たかひと》親王の血をひく王孫だった。

関白をつとめることじつに三四年。異例の長期にわたった功績にたいして「太閤」の称号がおくられ、現役を退いてなお、公家最大の実力者として絶大な影響力をふるっていた。直仁《たかひと》親王の血をひく王孫ということでは「至尊（天皇）よりも良血統」であることを鼻にかけてさえいた老太閤からすれば、統仁などは赤児もどうぜん、天皇からすれば太閤は、逆立ちしても頭のあがらぬ存在なのだった。

老練で現実的な太閤は、ペリー来航いらいずっと開国論者だった。そうでなくても幕府の擁護者であり、天皇の制御装置であり、「お手伝い」を引き出す権謀家でもあった彼は、通商条約締結にかんしても「交易を為し、利を得る方、上計か」とのべるほどの積極派だったから、堀田が楽観視したのももっともなことだった。

「太閤と差し向かえば、予はなかなか存念を一寸《ちょっと》もいえぬ。予が一言《ひとこと》いえば、太閤は多言にてこれを押し切り、予のいうことは封じられそうろう。太閤は、おのが存念を通さねば気がすまぬ性質《たち》なれば、予の思わぬことまで天皇の思し召しと称して思うがままに為しそうろうが、こたびの儀は天下の一大事、大間違いのおこることは必至にそうらわんや……」

と、そういいつつ、天皇には、彼の条約不承認をきいた政通が怒りをあらわにして宮中にのりこんでくるすがたがありありと想像できた。そこで、その当日、偶然をよそおって九条関白にも同席してほしい、堺町御門《さかいまちごもん》をはさんで鷹司、九条両家は向かい合わせなのだから見張りをたてておけば太閤の入来がわかるはず、かならず来てほしいと、そう懇願した。

太閤を敵にまわそうというだけでなく「ぜひにも味方についで助け舟を出してほしい」などというかたくなな「決心」を知らされ、条約不承認のための加勢を懇望された九条関白は、狼狽しているひまもなく、とんだ苦慮を強いられることになった。

さしあたりできることとは、苦しい説得をこころみることだった。すなわち、堀田の上洛にさきだって説明と説得におとずれた、脇坂老中や林大学頭《だいがくのかみ》や津田目付《めつけ》らが再三のべたことを、ひととおりくりかえすことである。

いわく、「いまやってきている外国の者たちは夷狄《いてき》などではござりませぬ。元寇のころのモンゴル人などともまったく異なります。文明人なのでございます。彼らがひきいてきた黒船の艦隊をひと目ご覧になれば、文明のいかなるものかが瞭然とするとのこと。しかも、通商をもとめてやってくる国は元寇のときのように一国ではございません。武備もおぼつかぬいまの幕府にはとうてい打ち払うことはかないませぬ」。

またいわく、「イギリスをはじめ、欧米諸国はつぎつぎと産業革命なるものを経験し、海外貿易はいまや全世界にひろがっておるとのことでございます。貿易だけではござりませぬ。列強は植民地獲得競争に余念がございませぬ。おとなりの清朝をご覧くださりませ。イギリス、フランスとの戦争に敗北をかさね、政治《まつりごと》は乱れ、国が沈みかけております。わが国はまさに、アメリカと中国の通り路に位置しております。無傷ですまされるはずがござりませぬ。開国通商は世界の流れにございます。これにさからうことはできないものと思われます」。

さらにいわく、「こたび幕府が鎖国をあらため、外国と通商を開始する決断をいたしましたのも、隣国の清朝に学んだゆえんでございます。皇統連綿たるわが国を、よもや亡国の危機にさらすことはできますまい。開港、開市と申しましても、京を避け、江戸の近辺にかぎるということにございます。みだりに異国人と雑居するようなことは決してないとも申しております。そもそも、通商だの打ち払いだのといったことがらは、朝廷よりとかく申すべきことにはござりませぬ。さきの条約締結のおりもさよう沙汰いたしましてござります……」と。

はたして、二月二二日、天皇に意見をしにやってきた鷹司太閤と同席することになった九条関白尚忠《ひさただ》は、ついにひと言のことばを発することもできなかった。いっぽう、政通は、思いのほかかたくなな天皇の態度に目をみはりつつ、ついに脅しなかばのカードをきった。

「こたびの通商には、武家大名の十《じゅう》に八九《はちく》が了承しておるとのこと。それをあくまでも不承認と申して幕府を追いつめますれば、承久の変のごとき過ちも出来《しゅったい》しかねませぬ」

鎌倉幕府を敵にまわして敗れ、隠岐に流されて客死を余儀なくされたばかりか、朝廷の権威を地におとしめた。後鳥羽上皇のような憂き目をみてもよろしいか、というのである。

「おそれながら主上《おかみ》には、夷人はおろか幕府と事をかまえる力もおありではございませぬ。まして王政の儀などの容易ならざるは歴然、なかなかもって公家の力のおよぶべきことにはこれなく、仕損じましたときには、たちまち幕府からねじあげられ、御賄《おんまかない》を止められ、日々の生計《たつき》がたちゆきませぬ。そもそもがこの儀、朝廷が口出しすることではござりませぬ」

とどのつまり楯とされるのは幕府に大政委任をしているタテマエであり、幕府からの奉仕金だった。

幕府から天皇家に献上されている禁裏御料《きんりごりょう》は三万石。これに上皇御料や公家たちの所領をあわせてもたかだか一〇万石。わずかな賄《まかない》で一〇〇家をこえる公家集団が食べていかなければならなかった。

政通にとっての問題はむしろ天皇統御役としての役料や「お手伝い」のほうにあっただろうが、ともかくこの場は、太閤の面子にかけても天皇を諌めなければならなかった。そして、どうようの理由から九条関白もまた、結局は幕府支持にまわってしまった。

孤立した天皇はひそかに近衛や三条にもはたらきかけたが、彼らもまた「退身」をきめこみ、引きこもってしまった。両家には、婚姻によって血縁をかさねてきた縁家《えんか》である島津家の当主斉彬《なりあきら》から「速やかに許容あるが良策」との書簡が届いていたし、三条家にはおなじく縁家の山内豊信《やまうちとよしげ》からも再三書簡が届いていた。「後醍醐帝の御覆轍《ふくてつ》」なきよう「ここは幕府に任せるように」と。

それでも天皇はあきらめなかった。幕府の太鼓持ちでしかない太閤、関白以外の、参議以上の公家に意見をもとめ、さらにひろく廷臣たちに意見書を出すよう沙汰をくだした。はたして、あまりにながく国政《まつりごと》と疎遠であった公家たちは、衆思、群慮、衆議、群議の重要性をのべるぐらいが関の山であり、太閤、関白にとってはもとより、天皇にとってもとるに足りないものばかりが返ってきた。

三月一一日、関白は、幕府への白紙委任を決定した。

同日夜、天皇は側近でもある議奏久我建通《こがたけみち》に「密旨」をさずけた。「朝議の決定は天皇の意思をないがしろにしたものである」と。

密裡に叡慮が示された。それは、日ごろ政務にあずかることのない非職の公家たちにも意思表示の根拠をあたえることになった。即座にうごいたのが中山忠能《なかやまただやす》、正親町《おおぎまち》三《さん》条《じょう》実愛《さねなる》、大原重徳《おおはらしげとみ》、岩倉具視《いわくらともみ》ら中下級の公家だった。彼らの奔走によって「密旨」の内容は、またたくまに平公家たちの知るところとなった。

はたして、三月一二日、中山忠能、正親町三条実愛はじめ八八人が、朝議決定の撤回をもとめる意見書をたずさえて御所に列参《れつさん》、強訴《ごうそ》をおこなった。一二八家ある平公家の七割をしめる数である。夜にはさらに一〇五人に増えた公家たちが鷹司邸へとおしかけて朝議の撤回をせまり、ついに列参は勝利した。

一七日、当時「伝奏《てんそう》にて無二の関東方」といわれた幕府びいきの開港論者、東坊城《ひがしぼうじょう》聡長《ときなが》が伝奏を免職。一八日の御前評議をへて、二〇日には、「開国通商では国威が立ちがたく、条約調印はみあわせるべき」むねをしたためた勅答が老中にもたらされた。すなわち、いっさいを和親条約締結の時点にもどすよう命じた「勅書」を徳川御三家以下の諸大名にくだし、幕府が再度協議をし、そこで出た結論を天皇が聞いたうえで「聖旨」を定めると。

堀田がその受けとりを拒んだのは当然だった。彼にも老中首座の面子があった。

やれ主上《おかみ》が夜も眠れず、食事も喉をとおらないほど懊悩されているのなんのと戯言をくりかえしては涙まで流してみせる議奏らに、それまでもほとほと手を焼いてきたのだったが、またされることひと月半、ようやく勅答をもってきたかと思えば、条約勅許まかりならぬという拒否回答だった。しかも、諸大名に勅書をくだし、彼らの意見をみたうえで天皇が裁断をくだす。それでもなお決しない場合は、伊勢神宮の神慮をうかがうというのである。

伊勢神宮の神慮！老中の驚きは察するにあまりあった。

当時、そこそこの見識のある者で攘夷が可能だなどと本気で信じているものはだれもなかった。それまでさんざん天皇に入れ知恵をしてきた、きわめつけの尊攘思想のもちぬし水戸《みと》斉昭《なりあき》ですらが、黒船をまのあたりにしてからというもの、尊王はともあれ攘夷をとなえることをプッツリやめてしまい、縁家《えんか》の鷹司政通へも、やみくもに「異国を打ち払うと申す事にもあいなりかね」ると書き送っていたくらいだった。

それを神慮、すなわち御神籤《おみくじ》の結果にゆだねようというのである。御神籤が「攘夷」すなわち「開戦」と出たならどうするつもりなのか！とにもかくにも神慮をたのむことだけはやめてほしいと懇願した。泣きたいのは堀田のほうだった。

四月五日、けっきょく彼は「空もどり」を余儀なくされた。ふところのなかもすっかり空しくして。

二〇日、意気も消沈、自信を失くし疲れきって帰府した彼をまっていたのがまったくの寝耳に水、井伊直弼の大老就任だった。「勅許」というオールマイティを掌中にして帰ることを期待されていた堀田のつまずきはすでに江戸に知れており、将軍後継問題もからめたクーデターが成功し、南紀派の優勢が決定的になっていたというわけだ。

四月二三日、一転色あせた一橋派の表情とはうらはら、揚々として江戸城にはいった井伊直弼は、大老就任即日から御用部屋で執務をはじめ、周囲をあっといわせた。合議のうえでしか政策決定のできない老中とはちがい、大老は将軍にかわって政治を総裁できる。はやくも独裁のきざしがただよいはじめた。

同日、京都御所では、ながく絶大な権力をふるいつづけた練達、鷹司太閤をへこませ、老中首座堀田正睦を空手で追いかえして気炎のあがる天皇が、伊勢皇太神宮へつかわす勅使の人選をおこなった。

万乗《ばんじょう》の天位を践《ふ》み、国土万民を慈しむべき天職にある君主として、みずからが先頭にたって皇国太平を祈願するため、「弘安《こうあん》度の典礼」にならって公卿を勅使とし、伊勢に奉幣をおこなおうというのである。「弘安度の典礼」というのはいわずもがな、弘安四年（一二八一）の夷狄降伏《いてきこうぶく》祈願のための勅使発遣のことだった。

条約勅許拒否をつらぬいて、攘夷の情熱いやます天皇には、みずからを国難にたちむかう英雄になぞらえる思いがあった。往時、蒙古襲来に直面した天皇や上皇は、国じゅうの神々に異国調伏の祈禱を競わせ、あっぱれ神風を招来して帝道の模範を天下にしらしめた。その事蹟にならおうというのである。

皇政回復と朝儀再興を期する思いがふつふつとわきあがってきた。

そもそも「公卿勅使《くぎょうちょくし》」というのは、国家の大事にさいして、定例の奉幣とはべつに、重位かつ股肱の廷臣を天皇の成り代わりとして神前へつかわし、叡願をじかに神々に奉告するところに本旨がある。重位。すなわち、四位、五位の公家が派遣される例幣《れいへい》とは異なり、勅使が従三位《じゅさんみ》以上の高官であるところに意義があった。

それが嘉暦三年（一三二八）、後醍醐天皇による勅使発遣を最後にとだえてのち三百数十年、大嘗祭をはじめ、あらゆる朝廷祭祀が廃絶さながらのありさまとなっていた。

このことに心をくだき、伊勢へ「公卿勅使」をつかわす「神宮例幣の儀」を再興したのが、後水尾《ごみずのお》上皇の皇子《みこ》紹仁《つぐひと》、異母姉明正《めいしょう》天皇の譲りをうけて九歳で即位した後光明《ごこうみょう》天皇だった。将軍家光の晩年、全盛時代の幕府役人を手こずらせたという気骨のもちぬしで、根っからの学問好き、儒学漢学に明るく、和歌を詠まず、剣術を好んだという紹仁は、正保《しょうほう》四年（一六四七）、数え年わずか一五歳にして祭儀を復興したのである。

その後二〇〇年のあいだに、霊元、桜町、光格、仁孝天皇が「公卿勅使」を発遣し、そのたび統仁《おさひと》の発願《ほつがん》がかなえば朝廷にとって六度目の快事となる。

思いはいやがおうにも逸る。天皇は、所司代本田忠民《ほんだただもと》をつうじて神宮への勅使発遣の内慮を幕府に伝え、四月二三日、幕府からの回答をまたずに人選をおこなったのだった。

白羽の矢がたったのは権大納言徳大寺公純《とくだいじきんいと》だった。彼は、つい二か月前に天皇と火花をちらした鷹司太閤政通の実子だったが、徳大寺家の家督を継ぎ、当時は、天皇の叡慮を体した硬骨の廷臣として知られていた。意思堅固で金や権力に屈せず、必要とあらば雄藩大名とも水面下の交渉をおこなうことのできるしたたかな人物だったようであり、もちろん、朝廷改革の強力な牽引役のひとりだった。ちなみに、明治・大正期に二度内閣総理大臣をつとめ、最後の元老として昭和天皇をささえた西園寺公望はこの人の息子である。

幕府が内慮を奉承したのは三〇日になってからのこと。それをうけて、皇太神宮だけでなく石清水八幡宮、賀茂上下二社へも勅使がつかわされることになり、「三社奉幣」が実現するはこびとなった。

五月七日、石清水への勅使として権大納言中山忠能《なかやまただやす》を、賀茂への勅使として権大納言正親町三条実愛《おおぎまちさんじょうさねなる》をあてるべく内慮がしめされた。いずれも、非職廷臣らのリーダーとして三月の列参《れっさん》・強訴を主導し、関白に幕府への白紙委任を撤回させたメンバーだった。

この日、江戸城では、大老井伊が将軍家定《いえさだ》に謁見していた。もちろん、後継を一橋慶喜ではなく紀州の徳川慶福《とくがわよしとみ》にするようにと、とどめの釘を刺すために。前日六日には彼は、城中にあった一橋派の幕吏をいっきに左遷していた。たとえば、老中堀田とともに上洛して朝廷工作にあたった海防掛勘定奉行川路聖謨《かわじとしあきら》を、左遷を象徴するポスト西丸《にしのまる》留守居役《るすいやく》にうつして見せしめとしたように。

六月一日、井伊は徳川御三家および諸大名を召集し、台《たい》命《めい》すなわち将軍の命令によって後継が紀伊の慶福に決定したことを明言した。

いっぽうで彼は、ひきのばしにしていた通商条約調印について片づけなければならなかった。

おりしも、清朝がイギリス、フランス連合軍に大敗し、条約によって一方的な要求をのまされていた。そのイギリスがまもなく日本にやってくる。そう伝えてきたのは、六月一三日に下田に入港したアメリカの蒸気軍艦ミシシッピー号とポーハタン号だった。

「わが国との条約を急ぎなさい。さもないと……」

それごらんなさいとばかりハリスも凄んでくる。ここはまず条約締結を優先するにこしたことはない。そう井伊は独断し、もともと即時調印論者であり、条約一四か条の交渉にもあたった井上清直《いのうえきよなお》と岩瀬忠震《いわせただなり》を全権として「日米修好通商条約」に調印させた。六月一九日のことだった。

　条約調印がおおやけにされたのは、総登城《そうとじょう》が命じられた二二日のこと、翌二三日には堀田正睦《ほったまさよし》、松平忠固《まつだいらただかた》が罷免され、老中職はすべて紀伊派でしめられた。そして二五日、ふたたび総登城を命じた井伊大老は、あらためて将軍継嗣が徳川慶福に決定したことを公言した。

　ときあたかも朝廷においては、公卿勅使による「三社奉幣」がいとなまれているさなかのことだった。

　六月一七日、徳大寺公純《とくだいじきんいと》が、中臣《なかとみ》祭主神祇大副《じんぎたいふ》藤波教《ふじなみのり》忠《ただ》、忌部真継能弘《いんべのまつぐよしひろ》らの神祇官をともなって伊勢にむけて出立、二二日には外宮、内宮に奉幣し、宣命《せんみょう》を奏読した。そして二三日には、中山忠能《なかやまただやす》が石清水八幡宮へ、正親町三《おおぎまちさん》条《じょう》実愛《さねなる》が上賀茂、下賀茂神社におもむき、おなじく神前に宣命をささげた。

　そのたびの宣命は、文章《もんじょう》博士が草案し、関白の承認を得てつくられたオモテむきのものではなく、天皇が股肱の臣、三条前内府《さきのないふ》、徳大寺大納言、中山大納言らにじかに極秘の願意を伝え、密詔をもって沙汰をくだし、みずから筆をとった「宸筆《しんぴつ》の宣命」だった。

　神宮への勅使発遣のセレモニーがいとなまれた一七日から、三人の勅使が帰京、復命した二五日にいたる、九日間の祭儀のあいだの八か夜、夜ごと天皇は、清涼殿の東庭におりて神宮を拝し、祝詞《のりと》を奏し、つぎに内侍所《ないしどころ》に参じて祝詞を奏し、神鏡《かがみ》を拝した。この「東庭御拝の儀」には七歳を数えた皇子、のちの明治天皇祐宮《さちのみや》もつきしたがった。

　天皇が宮中の庭におりて祈ろうと拝もうと、神鏡の安置されている空間で祈ろうと拝もうとしもじもの知ったことではなかったが、歴代から朝儀再興の悲願をうけついでいる天皇統仁《おさひと》にとってそれは、二重にも三重にも意義深い行為だった。

　つまり、勅使が奉幣に出かけているあいだずっと天皇が「清涼殿東庭御拝の儀」と「内侍所御拝の儀」をともにいとなむことは、それじたいが異例の政事《まつりごと》なのだった。

　なによりもまず永仁の僥倖にあやかりたかった。

　さかのぼること五六五年、永仁元年（一二九三）の七月に、伏見天皇は「元寇退散・国難平定御祈」のための勅使を伊勢神宮につかわした。そのさい、勅使権中納言藤原為《ふじわらため》兼《かね》の発遣から復命まで、九日間の祭儀のあいだの八か夜、夜ごと清涼殿の南庭におりて神宮を拝し、内侍所に参じて親拝した。「南庭遥拝」は、鳥羽天皇、高倉天皇の公卿勅使発遣に先例をあおいでのことだったが、「内侍所御拝」は伏見天皇のオリジナルであった。天皇自身、『宸記』に「先例不然歟《しからずか》」と記している。

　前年の秋には高麗使金有成《きんゆうせい》が来朝し「無礼の書」をもたらしていた。高麗の背後には、彼らを意のままにあやつっているフビライがいるのであり、天皇は三度目の元寇に備えねばならなかった。いきおい想起されたのは、文永、弘安二度の来襲のおりに神明の加護によって敵軍を敗退させ、からくも国を存《なが》らえしめたことだった。

　そのおり、神風を吹かせたのは伊勢神宮の末社「風日祈社」と「風社」であるとされていた。伏見天皇は、それら未曾有の国難をたすけた霊験にこたえるため、太政官符をもって社号を宮号にあらため、「風日祈宮《かざひのみのみや》」「風宮《かぜのみや》」に昇格させて神宮の別宮とした。そのうえで公卿勅使をつかわし、祈禱奉幣をおこなった。

　はたして、三たびの元寇はさけられた。神は「叡願」を納受されたというわけだった。

　牒書を送って和好を強いてきた異国を武力をもって打ち払うしかない。とはいえ、みずからに力はなく、武家を奮いたたせて戦わせるよりほか手立てがない。孝明天皇には、自身のすがたと伏見天皇のそれとが二重映しになってみえた。いや、二重映しにしなければならなかった。

　もうひとり、天皇がじかに先例をあおぎ、霊力をたのんだのが、天皇として三九年、院政をしくこと二三年というながきにわたって治天の君として君臨した祖父王兼仁《ともひと》、光《こう》格《かく》天皇だった。

「人君は仁《じん》を本とす」。すなわち、君主は天下万民に仁を施すことが第一であり、それをまっとうすることで神の加護が得られ、天下泰平をたもつことができるという哲学をもっていた天皇は、天明、天保の大飢饉のさいには窮民救済策を提案し、再三のはたらきかけによって二の足をふむ幕府に「救い米」を出させるなど、必要とあらば政治への関与も辞さぬ覚悟をもった希有の天皇だった。

　在位のころにはもう、ロシアをはじめ各国の船がつぎつぎ貿易をもとめてやってきた。国難を意識せずにはすまされない時代がおとずれたのだった。おりから高まりつつあった皇国思想や尊王論のうねりにおされるように、光格天皇は、皇国の君主として幕府と向きあった。

　異国の侵略からこの国を守るには国がひとつになるしかない。そのためには朝廷が権威を回復し、天皇が政事《まつりごと》をとらねばならないとの信念から、朝廷儀式や祭祀を再興することにも熱心だった。たとえば、朔旦の旬、新宮の旬など、律令制の年中行事を旧儀どおりに再興し、新嘗祭、大嘗祭を天皇が「親祭」する古来の形式でいとなむため、強引なやりかたで宮中に神嘉殿《しんかでん》を造営して、幕府からにらまれたりもした。

　また、天明八年（一七八八）一月の大火で灰燼に帰してしまった御所の再建にあたっては、とりあえず仮普請の御所を造り、おいおい元にもどせばいい——もちろんできるだけ質素に——という幕府の反対をおしきって、平安時代の内裏を再現すべく、荘厳なものに造りあらためさせた。

御所造営総奉行をつとめたのは、「世のなかに蚊ほどうるさきものはなし」とか「白河の清きに魚の住みかねて」といわれた朴念仁《ぼくねんじん》、松平定信《まつだいらさだのぶ》だった。始末屋のお手本のような彼が、みずから上洛して説得をこころみたが天皇は屈せず、内裏の復古プランがおし通された。定信が老中についた天明七年には、七八《しちはち》年前には三〇〇万両あまりあった幕府の貯蔵金が一〇〇万両をきってしまっていたというから、天皇の交渉術はしたたかだった。

なにより画期的なことは、六〇年をこえる治天下としての事蹟によって「天皇号」と「諡号《しごう》」を復活させたことだった。

いまでこそ歴代天皇を「なにがし天皇」とよんでいるが、江戸時代の人々にとって「天皇号」はかいもく馴染みのないものだった。生前ならばシュジョウ、キンリ、オカミ、ミカド、キンリサマ、ダイリサンなどとよび、崩御ののちは「なにがし院」のように「院号」でよぶのが慣《なら》いとなっていた。

江戸時代にかぎらない。死後、天皇に「院号」をおくる慣例は、六三代冷泉院《れいぜいいん》にさかのぼる。つまり「天皇号」をおくられたのはその先代、康保四年（九六七）に亡くなった村上天皇までだというわけだ。江戸時代の朝廷名簿『雲上明覧』などにもそう記されている。

しかし、「天皇号」をおくられた「村上」も、その名は「冷泉」どうよう「追号」であり、美称・尊称としておくられる「諡号《しごう》」ではない。六二代成明《なりあきら》には埋葬地となった村上陵の名がそのまま、六三代憲平《のりひら》には、譲位後に御所とした冷泉院の名が「追号《ついごう》」としておくられた。

すなわち、冷泉院は「追号プラス院号」でよばれ、村上天皇は「追号プラス天皇号」でよばれてきた。

いしにえ、たとえば大海人《おおあま》ならば「天渟中原瀛真人《あまのぬなはらおきのまひと》」という和風諡号のほかに「天武」という漢風《かんぷう》諡号が、首《おびと》ならば「天璽国押開豊桜彦《あめのしるしくにおしはらきとよさくらひこ》」という国風諡号と「聖武」という漢風諡号がおくられ、そのうえに「天皇号」がおくられて「諡号プラス天皇号」、「天武天皇」「聖武天皇」とよばれてきた。

和風諡号のさいごとなったのは、承和七年（八四〇）に兄の嵯峨上皇より二年はやく亡くなった淳和天皇の「日本《やまと》根子《ねこ》天高譲弥遠《あめのたかゆずるいやとおし》」。漢風諡号がおくられたさいごの天皇は、仁和三年（八八七）に亡くなった光孝《こうこう》天皇であり、いらい光格《こうかく》天皇にいたるまでのおよそ九五〇年、天皇には「諡号」ではなく「追号」がおくられるのがつねだった。

つまり、在位中の里内裏《さとだいり》の名をおくられた一条院《いちじょういん》や、上皇の離宮御所の名をおくられた鳥羽院《とばいん》など、冷泉院《れいぜいいん》いらいの天皇――厳密には冷泉院よりはやく、正暦二年（九九一）に崩じた円融院いらいの天皇――はみな「追号プラス院号」でよばれてきたのであり、統仁《おさひと》が直接の血脈をうける閑院宮直仁《たかひと》親王の父、天皇朝仁《あさひと》もどうよう陵所泉涌寺の山号にちなんで「東山」を「追号」としておくられ、「東《ひがし》山院《やまいん》」とよばれていた。

それを祖父王兼仁《もとひと》は、ざっと一〇〇〇年をへて古制に復《かえ》した。すなわち、死後「光格」という「諡号」と「天皇号」がおくられ「光格天皇」となったことで「諡号プラス天皇号」を復活したのだった。

生前すでに兼仁は、実父閑院宮典仁《すけひと》王に太上天皇の尊号をおくるべく幕府に再三はたらきかけ、処断をうけたが、みずから「諡号」「天皇号」をおくられることでついに意志をまっとうした。

それらのどの事蹟をとっても、統仁《おさひと》にとって祖父天皇は霊力をたのむにふさわしい偉大な王だった。

公卿勅使の発遣にあたって統仁が、伊勢神宮だけでなく石清水、賀茂を加えた「三社奉幣」にこだわったのも、皇国の祭主として神事の復興にも力をつくした祖父の偉業を継承しようとしたからだった。

光格はまた、朝家が累代とくべつな崇敬をささげてきた石清水八幡宮と賀茂社の「臨時祭」を再興した。幕府財政の逼迫のおり、隔年の挙行ということで譲歩しなければならなかったが、それでも、三月午《うま》の日にいとなまれる石清水臨時祭を三八一年ぶりに、一一月酉《とり》の日にいとなまれる賀茂社臨時祭を三四七年ぶりに復活させた。

そして、享和元年（一八〇一）三月には、正二位権大納言花山院愛徳《かざんいんよしのり》を勅使として「神宮奉幣の儀」をいとなんだ。そのさい祖父は、八日のあいだ七か夜、毎夜「東庭御拝の儀」と「内侍所御拝の儀」をたやすことなくおこなった。それを先例として踏襲することは、伊勢、石清水、賀茂の神々を味方につけるにもまして心強いことだった。

勅使奉幣はまた、天皇の権威を可視化するまたとないチャンスでもあった。

まさにそのさなかに、幕府の専断で通商条約調印にいたったのは皮肉なことだったが、かえってそれは、「四海太平のため身をもってを祈る祭祀者としての天皇」の聖性を印象づける、ひるがえって天皇の祈願を公然と蹂躙する幕府の邪悪をうきぼりにする、絶妙な演出効果となった。

大げさではない。攘夷か開国かという外交問題がいよいよ朝権回復と不可分の問題になりつつあるときに臨んで、京の政局をにらむ雄藩大名諸侯は、アンテナとしての精鋭を在京させて情報収集につとめていた。「三社奉幣」のもようももちろん、ちくいち彼らを介して国許《くにもと》に伝えられた。

「このたびの御入用、関東よりの賄《まかな》いにては足りかね、主上の御文庫より三百金を徳大寺殿へくだされし由、幕吏の為すところかくのごとし。恐れ入りそうろう儀は、主上には、昼夜御安眠あそばさず、御歯痛にて御脳せられると云々……」

財政支出をケチる幕府や、安眠もできない天皇の苦悩を国元への「探索書」にしたためた者があれば、奉幣のさいの奇瑞《きずい》を報じた者もある。

「三社奉幣の当日には、摂家をはじめとして参賀の儀あり。伊勢にては、徳大寺殿が綱を引かせられそうろうところ四尺もある亀が得られ、上賀茂にては、宣命の奉読中に鶴が二羽飛び来たりて御社のうえを舞い、下賀茂にては、階《きざはし》のうえに鶴一羽が遊び、石清水にては、宣命を奉読するやたちまち雷鳴がとどろいた。このうえない瑞兆《ずいちょう》にそうろう」と。

荒唐無稽としか思えぬ亀や鶴や雷鳴といえど、げんに帰京した勅使が天皇に復命した「言上」にそうあったのだから、「探索書」の報告は虚偽ではない。あるいはまた、幕府の裏切りとはうらはら、天皇はじめ朝廷の有志廷臣のあっぱれな覚悟を伝える者もあった。

「徳大寺殿、勅使に立たれし日より帰京あらせられし日まで、主上は御土間に坐御《ざぎょ》なされ、関白殿、太閤殿、左府、右府、内府殿、納言《なごん》八省有志堂上方《とうしょうかた》もみな、連日土間に平伏して御祈願なされしところ、条約調印に相なりそうろう関東の次第やいかん……」

もとより、禁門をこえて御所に立ち入るすべはなかったが、九門のうちはフリーパス。すでに一〇〇〇年ものあいだ主上《おかみ》とともに暮らしてきたのが京の町衆なのであってみれば、彼らのアンテナをさえぎることは、たとえ雲の上と下をへだてる御門といえどもできなかった。おのずから、天皇が庭にひざまずこうが神鏡にすがろうが知ったことではないはずの衆庶の耳にも風のたよりがもたらされ、見てきたように細々《こまごま》としたことまで伝える風聞、風説、風論がうずまいた。

ましてや京のちまたは圧倒的な「ダイリさん」「キンリさま」びいき。夷賊にむかって神国の威をしめそうとする若き天子に寄せられるのは喝采ばかりであり、夜ごと皇太神宮を拝し、神鏡を拝し、ひとり皇祖にむきあって攘夷祈願をする天皇の尊いすがたは、不安にゆれる人々の心をとらえてはなさなかった。

「黒船の異人さんがごりおしした通商のことで、ご公儀よりじきじきにおうかがいのあったと聞くが……」

「老中はんが大慌てでお上《のぼ》りなったそうや」

「関白はんも、太閤はんも、ご難儀どすなあ」

「空腹ゆえ賄賂の毒にあたり……」

「そらとんだご難儀。さぞぎょうさんな毒でっしゃろなあ」

「お武家のあてにならぬはいまさらやないが、お公家衆はいっそう、そろいもそろって腰抜けやさかいなあ」

「しもじもには尊大やが、ご公儀には姑息。忠義鉄肝のお人は、かいもくいはらしまへん」

「お淋しおすなあ。ダイリさんのお悩みはそれでのうても深《ふこ》うおすのに」

「ほんに、お傷《いた》ましおすなあ」

「けど、ダイリさん、ついに老中はんを追い返しなはった」

「頼もしおすなあ」

「そらそうどすやろ。ダイリさんはご聡明におはすゆえ、どこまでも御攘夷どす。いまこそ神国の武威を賊にしめさんと思し召され、御攘夷の勅命をくだされたそうや」

「さすがどすなあ。開闢いらいの御英断どす。毎朝七ツには賢所《かしこどころ》にあがらはって、ご先祖さまにお祈りされてはるとのもっぱらどす」

「前代未曾有のことどすなあ」

「このたびはまた、弘安の御ためしにならって勅使をつかわされ、手ずからの宣命を祖霊にささげはったという。ご立派におはしますなあ」

「神州伊勢の霊験もあらたか、神風が蒙古を吹きとばしたという弘安の……」

「お伊勢さんだけやおへん。加茂の上下《かみしも》、それに男山《おとこやま》の八幡さんにも奉幣された。しかも、勅使さんらが伊勢に発たはってからは、御膳を廃せられ、食を絶たれたとも」

「夜ごと禁裏のお庭におりて神宮を拝せられ、神鏡《かがみ》の間の御拝も欠かしはらしまへんやったと……」

「かしこいことどすなあ、ほんまに」

「玉体をあんじて、大納言さんが諫められたそうやが」

「わが身は皇国はじまってよりの天位を践《ふ》む身。むざむざ夷人らの思うようにはさせぬ。万一にもわが御代《みよ》にそうあろうものならば、ご先祖さまに顔向けならないと、そう仰せくだされたそうどす。いまやまさに神州の大患、国家の安危。わが身をかえりみるいとまはないとも……」

「さすがはキンリさま！」

「このうえは運を天に任せ、征夷のための戦さよりほかのことはないとの御叡慮。御三家諸侯にも内々の密勅をつかわされたとの評判どす」

「ほんにさすがどすなあ」

もちろん風聞、風説、風論のたよりは風。嘘や誇張はつきものだった。それでも、およそ三〇年ぶりにはなばなしくいとなまれた公卿勅使「三社奉幣」が、物価急騰やコレラの流行におののき、あるいは、開港通商によってもたらされる不利益や禍いを思って気をもむ上下衆庶の心象に、何がしかのインパクトをあたえたことはたしかだった。

いわんや、国家存亡の危機を憂えて政治参加にはやる尊皇志士たちが、このときぞとばかり喝采をおくったことはいうまでもない。

「嗚呼、神州の振るわざること久し……」

幕府が無勅許で条約を結んだことを知って激怒した吉田《よしだ》松陰《しょういん》は、即座にペン起こし、草莽《そうもう》志士にむけてメッセージを発した。

「近世に至り、天子ますます威福を失いたまい、拘囚《くしゅう》にひとしき御暮らしにて、近く洛中をだに御一生に御一度坐《ま》すことも、叡慮にまかせざるほどの御ありさま」である。にもかかわらず、天皇は「大八洲《おおやしま》の青人草《あおひとくさ》を恵み給ひ、玉体の御艱苦《かんく》をはばかりたまわず」攘夷の叡慮をしめされた。きけば「癸丑《きちゅう》六月、墨夷《ぼくい》浦賀渡来以来、毎辰寅《たつとら》の刻《こく》より玉体《ぎょくたい》を斎戒《さいかい》し、敵国降伏、蒼生安穏を御祈願なされ、供御《くご》一日両度《りょうど》のほかは召しあがられぬほどの御精誠」をもって御製をものされた。はたして「戊辰《ぼしん》の春にいたり、ついに墨使の事に六年の宸怒《しんぬ》を発したもうこと、あに容易のことならんや」と。

朝な夕な民安かれと思ふ身の
　こころにかかる異国の船　　御製

つまり、一八五三年六月に墨夷《アメリカ》のペリーが浦賀にやってきていらい、寝食を忘れ、わが身をかえりみず民草《たみくさ》のために祈りつづけている天皇が、ついに一八五八年の春、勅許奏請にたいして怒りをあらわにし、攘夷の叡慮をおおやけにしたことは、並大抵のことではないというのである。

にもかかわらず「征夷」とは名ばかり、幕府の怠慢と不誠実はきわみにたっし、「宸衷《しんちゅう》何ほどか苦悩に思し召さることにかあらん。しかれば一日も早くこれを安んじ奉らでは、臣民の道」が立たないと、そういって松陰は尊皇志士たちに檄をとばした。

いっぽう幕府は七月一〇日にはオランダと、一一日にはロシアと、一八日にはさらにフランスとも日修好通商条約を結び、九月三日にはイギリスとの条約に調印した。

「関東の横道、厳重に申せば違勅、実意にて申せば不審の至り！」

逆鱗のあまりついに天皇は「譲位」をほのめかした。幕府が「征夷」の職責をまっとうしないならば、とても帝位にあって国を治めることはできないと。

ことは内政ではなく国際間の問題だ。本来のこの国のかたちからいえば「違勅」は国内法違反にちがいない。この国は、血統と世襲をバックボーンとする天皇が国家機構の最高位に君臨する「君主国家」なのであり、律令制をしく「律令国家」なのである。律令国家の頂点にある天皇が、幕府の頂点にある将軍に統治権の代行を任命する。徳川公儀体制もまた律令国家の変遷の一形態なのであってみれば、統治権を有する君主の裁可なくして国際間の契約は成立しない。そう考えるのが筋だろう。

はたして天皇がそう考えたかどうかは知るよしもないが、逆鱗のあまり「譲位」を口にしてしまった。のみならず、そのいきおいで関白に「密勅」の検討を命じ、ついに井伊体制を叩きつぶすべく宣戦布告ともいうべき勅命を水戸藩あてに発令した。

幕府をとおりこし、秘かに水戸藩にあてて出されたゆえに「密勅」なのだが、おなじものは、縁家《えんか》ルートをつうじて近衛家から尾張、薩摩、津の三藩へ、鷹司家から加賀、阿波、長州の三藩へ、三条家から土佐、越前、因州の三藩へも伝えられた。彼らは、万一の異変にそなえての出兵依頼もあわせて回達《かいたつ》したのだったが、いずれの藩も動かず、天皇の画策はまったくの不発におわった。

大老のほうが何枚も上手だった。列国との条約調印にさきだつ七月五日、水戸徳川斉昭《とくがわなりあき》に謹慎を、藩主徳川慶篤《とくがわよしあつ》、一橋慶喜《ひとつばしよしのぶ》のふたりの息子には登城差し控えを、尾張藩主徳川慶勝《とくがわよしかつ》と福井藩主松平《まつだいら》春嶽《しゅんがく》に隠居謹慎を命じ、邪魔者の手足を封じていた。不時登城《ふじとじょう》、つまり呼ばれもしないのに城に乗りこんで強訴したことにたいする処罰だった。

親藩、大藩のあるじたちを処罰するという大それた采配に、だれもが瞠目しふるえあがった。まもなく、春嶽の家臣橋本左内《はしもとさない》や長州毛利家家臣吉田松陰らを斬刑に処し、連座したものまでふくめれば一〇〇人をこえる武家や公家や志士たちを断罪することになる「安政の大獄」の、これはほんの小手だめしにすぎなかった。

処罰の沙汰書には「台慮により」すなわち「将軍のお考えにより」と記されていたそうだが、将軍家定《いえさだ》はなんと、七月六日には亡くなってしまう。すなわち、各国との通商条約調印は、のち一〇月二五日に紀州の慶福《よしとみ》が名を家茂《いえもち》と改めて一四代将軍に就任するまでの、将軍《あるじ》不在のあいだにすすめられたというわけだった。

名もたかき今宵の月はみちながら
　君しおらねば事かけて見ゆ

井伊直弼がまだ彦根の部屋住みだった二〇代なかばのころ、愛人のたかにあてた自筆の恋文《ラブレター》が、京都の井伊美術館にのこされている。周囲の反対で会えなくなってまもないころの切ない心境を吐露したものだ。近況を伝える文言からは、頭痛もちで痔の病にも悩まされていた若き日の直弼の人間味もかいまみえるという。その艶書のなかに、彼女の名を詠みこんで贈られた和歌である。

文久二年（一八六二）一一月一五日、京の三条大橋の橋脚に、五十路《いそじ》の女が「生きさらし」にされた。制札《せいさつ》にはこう記されていた。

この女　長野主膳妾にして　主膳奸計を助けたる者
　女子の身なれば死罪一等を減ず

井伊の懐刀《ふところがたな》だった長野主膳義言《ながのしゅぜんよしとき》は八月のすえに切腹して果てていた。

通商条約調印から二年、安政七年（一八六〇）三月三日、大老井伊は、桜田門外に水戸藩士ら一八人の襲撃をうけ、殺害された。陽暦でいえば三月二四日、桜の開花《はな》がまたれる季節に、不意をつくように降った大雪が、またたくまに門前を白一色に染めあげた日のことだった。

雄藩との協調体制をくつがえし、粛清も弾圧もいとわぬいきおいで幕閣主導体制をリードしてきた独裁者の死によって強硬路線は頓挫。彼のあとをひきつぐ人材もなく、副将軍格の御三家《ごさんけ》水戸徳川家と、譜代筆頭格の彦根井伊家の反目があからさまになったことで幕府の権威は失墜し、幕政の立て直しもままならぬまま、尊攘派の跳梁跋扈をゆるしていた。

　この日、裸どうぜんで橋脚にくくられたのは、井伊のかつての愛人村山たか。彼女は京の討幕派のうごきをさぐって大老に密通し、「安政の大獄」に加担したスパイとして尊攘過激派から断罪された。同日、公武合体派のたかの息子多田帯刀《ただたてわき》も殺されて、さらし首となっていた。

「生きさらし」となれば、息の音が絶えるまで通行人になぶりものにされるのがつねだったが、彼女は、真冬の川風にさらされること三日、百々御所《どどのごしょ》とよばれる尼僧にたすけられて仏道に帰依したという。

　そのひと月ほどまえには、貿易で暴利をむさぼったという理由で平野屋寿三郎、煎餅屋半兵衛らが生きさらしにされていた。

　町人であろうと女であろうとおかまいなし、尊皇、勤王をとなえる刺客《テロリスト》剣客がたちが「天誅」と称してバッタバッタと人を斬り、あるいはなぶり殺しにし、京のちまたをわがもの顔にのし歩く……。「朝幕一和」の実現を大義として大役をかってでた宇都宮藩戸《と》田《だ》忠至《ただゆき》一行が上洛したころにはもう、血祭りは日常のできごととなっていた。

　すなわち、勅使大原重徳《おおはらしげとみ》を供奉して出府した島津久光《しまづひさみつ》と入れちがいに江戸から京にもどった長州藩主毛利敬親《もうりたかちか》が、藩是を開国から攘夷にひるがえして「破約攘夷」の藩論を決定、「攘夷親征の建白」を朝廷に建言したことによって京の政局は一変し、公武合体策は頓挫した。

　和宮《かずのみや》降嫁に尽力した久我建通、岩倉具視らは辞任落飾においこまれ、朝廷のイニシアティブは三条実美や姉小路《あねがこうじ》公知《きんとも》ら、即刻条約を破棄し、異国船を無二念に打ち払うべきだと主張する、もっともラディカルな討幕派公家たちににぎられた。

　開港いらい貿易額はうなぎのぼり。国内の品がつぎつぎと外国へ流れ、物価上昇に歯止めがかからない。白米、味噌、醤油、灯油など日々のくらしに欠かせぬ物の値までが上がりつづけるのだから庶民はたまったものではない。インフレも流行病《はやりやまい》も血祭りも、あらゆる悪が開国とむすびつけられ、いきおい排外的な気分が世相をおおっていった。

　明けて文久三年、二月一三日には一四代将軍家茂《いえもち》が上洛の途についた。三代将軍家光《いえみつ》いらい、じつに二三〇年ぶりの将軍上洛だった。

　供奉の列は水野忠精《みずのただきよ》、板倉勝静《いたくらかつきよ》両老中以下三〇〇〇人。要した費えは、警護のための経費をあわせて一〇〇万両をこえたという。当時の幕府にとってはもちろん桁はずれの出費だったが、家光上洛のさいの供奉者の数が三七万七〇〇〇人だったことを思えばまさに隔世の感がある。

　もとよりこのたびは、攘夷問題を議するため出かけて来るようにとの朝廷の命をうけての上洛であり、将軍家の威光を天下に知らしめるべく企図された「御代替《みよがわり》の御上洛」とはくらべるもおろか、徳川の落日を象徴するような上洛だった。

　往時、寛永一一年（一六三四）六月一日、家光が「親父《おやじ》殿《どの》」とよんで慕い頼りにした仙台藩主伊達政宗《だてまさむね》が先頭をきって江戸を出発、以下譜代大名、東西の外様大名がぞくぞくとあとにつづき、当の家光が江戸城を発ったのは六月二〇日、さらに二〇日をへて七月一一日に入京するまでの四〇日間、「綺羅《きら》天下にかがやく狩衣綾羅錦繍《かりぎぬりょうらきんしゅう》」の行列がとだえることなく東海道を彩った。

　参内の日には、二条城から御所への将軍家の行列を、従五位下諸大夫クラスの武家一八四人の綾やかな武者ぞろいが前駆となってみちびき、将軍家光は、徳川の血の入ったはじめての女帝、自身には姪にあたる明正《めいしょう》天皇に拝謁。その脚で仙洞御所をたずね、後水尾上皇と実妹の中宮東福門院和子《かずこ》に拝謁し、仙洞御料七〇〇〇石を献上した。

　そのときを最後に将軍は上洛する必要がなくなった。家康、秀忠、家光が伏見城でうけてきた将軍宣下《せんげ》も江戸城でうけることになり、しかもそれは、「宣《の》べ下《くだ》す」という表現とはうらはら勅使が江戸城におもむき、将軍が上座、勅使が下座にたっておこなわれた。

　それがこんどは何もかもがあべこべだった。

　前年文久二年一一月二七日、「攘夷の詔勅」をかかげて督促にきた二度目の勅使、三条実美、姉小路公知を江戸城にむかえたさい、将軍家茂ははじめて下座にさがって彼らに対面した。幕府はじまっていらいの屈辱だった。そのおり彼らを供奉してきたのは、土佐藩主山内容堂《やまうちようどう》ひきいる一〇〇〇人の藩兵だった。

　一二月五日、家茂は天皇への返信をしたためた。「勅書を拝見しました。仰せの件、了解いたしました。委細については衆議をつくしたうえで上京し、言上いたします」と。そして「臣家茂」とサインをし、花押を印した。天皇にたいして将軍が「臣」と書いたのも、徳川幕府はじまっていらいのことだった。

　「仰せの件」というのは、攘夷決行の期日をあきらかにせよということと、「御親兵《ごしんぺい》」すなわち天皇の直属軍をもうけて京の警護にあたらせよということだった。とてもできない相談だった。

　年明けてようやく齢一八を数えた家茂にはもとより判断はつきかね、将軍後見職の慶喜はもともと開国論者であり、政事総裁職の春嶽とて、五か国との条約を破棄して攘夷をおこなうことの不可能をみとめないはずはなく、つまるところ幕府には、時間稼ぎのため、攘夷のポーズをとりつづけるしかすべがなかった。天皇に言上すべきアイディアも具体策もないまま西へ西へと行列をすすめる家茂の胸中は、さぞや蒼ざめわなないていたことだろう。

いっぽう、勅諚《ちょくじょう》が快諾されてご機嫌うるわしき天皇は、年明けそうそう山陵修補開始「奉告祭」のための勅使発遣を朝議決定し、準備に余念がなかった。

荒廃いちじるしい山陵をいっせいに修補修造するという「大孝」をいとなむのだから、本来なら歴代すべての神霊に奉告したいところなのだが、道路も荒廃、すなわち廃れはてた山陵へつづく鄙の道が、やんごとなき勅使の足にはとうてい堪えないとの理由から、神武天皇陵前における奉告祭典をもって全山陵の祭典執行を代表させることにした。

二月六日、武家伝奏野宮定功《ののみやさだいさ》から所司代牧野忠恭《まきのただゆき》に、神武天皇陵勅使発遣のむねが伝えられた。

前日の五日には、「日光東照宮例幣使《れいへいし》」の位階が、四位相当から五位相当の殿上人へと下げられていた。建国の創業者、神武天皇陵への勅使発遣が実現することになり、それまで国家祭祀の中心的位置をしめてきた徳川幕府の創業者、東照大権現家康の地位が格下げされたというわけだ。

さかのぼること二〇〇年余、毎年勅使を日光東照宮に送ることが定められた正保四年（一六四七）には、ながくとだえていた「神宮例幣使」が再興され、いらい「将軍家の祖神」と「天皇家の祖神」が同格でならびたつかたちで国家祭祀がいとなまれてきた。勅使にはともに参議の公卿があてられた。それが「建国の祖」神武《ジンム》の登場によって相対化されたのだった。

急がねばならないのは所在地の確定だった。

戸田忠至《とだただゆき》は、さっそく国学者谷森善臣《たにもりよしおみ》の所在考証による「神武田《ジンムデン》説」と、津藩の北浦定政《きたうらさだまさ》の「丸山説」を朝廷に上申し、天皇の勅裁をあおいだ。所在問題をめぐる紛議をおさめ、のちのち異論の出ないよう天皇の宸断《しんだん》による勅定をもとめたのだった。裏がえせば、そうしなければならないほど異論の余地のある所在治定《じじょう》だったということだろう。

場所はどこでもよかった。とまではいわないが、議論の中身はむしろ二のつぎだった。公式合体派を粛清して政局の主導権をにぎりつつあった尊攘急進派にとっては、始祖王神武天皇の陵前で、国家スケールの祭祀をいとなむことこそが肝要なのだった。

二月一七日、天皇の沙汰がくだった。

「神武天皇御陵之儀　神武田之方ニ御治定被仰出候事」

勅定によって真陵は神武田と決着した。畝傍山の北、山本村にある、榎木が一本生えた土饅頭とかすかに盛りあがった芝地しかない、田んぼのなかの荒地である。

一八日には、陰陽頭土御門晴雄《つちみかどはるお》が吉日を卜《うらな》い、四日後の二二日にはもう勅使一行が京を出発した。正使権中納言徳《とく》大寺実則《だいじさねのり》、副使右中弁万里小路博房《までのこうじひろふさ》、内舎人谷森善臣《たにもりよしおみ》。

二四日、陵前ににわかづくりされた拝所で「奉告祭」が斎行された。正使が幣帛をささげ、宣命を奉読する。

「……なかにははなはだしき世の乱逆もありて御世々々《みよみよ》の天皇の高く厳《いつくし》き大御陵《おおみささぎ》も穢《きたな》無く微小《ちいさ》く荒果てにき……かくのごとく荒果去《あれはてさり》たる御陵等の穢悪《えお》を清らにはらい治め、損壊を広らに修《つくろい》 堅《かた》めしめんと為してなも……御陵の御前に令告申給《もうしつげしめたま》へらくを……」

中世以降荒廃していた山陵の面目を今上《きんじょう》の叡慮によって一新し、追孝のための修補をおこない、祭祀を復興するという宣言が、皇祖の神霊のまえにささげられた。

もちろん、治定されたばかりの場所には御陵はない。あるのは東西一町南北二町の「四角なる地面」だけであり、まもなくここに一万五〇六二両一分二朱の費えを投じて方形台状の墳丘が築かれることになる。

前年九月、上洛まえに忠至が幕府に提出した見積もりでは、一陵平均の修補経費は五五五五両、一〇〇か所の修補として五万五五〇〇両が計上され、さしあたりの経費として幕府から五〇〇〇両が支給されていた。が、それではとてもまにあいそうにない。初代天皇陵は別格だということもさることながら、神武陵にかぎっては、「新規ニ御築造立モ同様之趣」だと宇都宮藩の報告書にあるとおり、何もないところに御陵を新しく造るもどうぜんの修補になるからだった。

ちなみに、この年文久三年のインフレ率は二〇〇パーセントをこえたともいう。年のはじめに一両米一石だったものが、年末には一俵に。つまり一両で一五〇キログラム買えたお米が、六〇キログラムしか買えなくなった。物価はともあれ倍にはねあがった。たとえば、この年の会津藩から新撰組へのお手当はすべての隊士に一律月三両。八月一八日の政変への出動のあとは局長五〇両、副長四〇両といっきにひきあげられ、平隊士も一〇両の手当てにあずかることになったというが、インフレ率で相殺すると実質一・三倍から一・七倍の増額でしかなかったという。

さて、修陵「奉告祭」のための勅使を大和へ送りだすや朝廷では、長州藩を後ろ楯として朝議を牛耳りつつあった三条実美ら尊攘激派の公家たちが、つぎなるシナリオのページをめくっていた。

建国の祖、神武天皇陵をあらたな国家祭祀の斎場とさだめ、「神武天皇祭」を創出しようというのである。

天祖、天照大神から国家統治の勅をうけた天孫ニニギの曾孫カムヤマトイワレビコが群臣をひきいて東征し、大和を平定した。その神霊やどる山陵《みささぎ》に、今上が神器を奉じて行幸し、みずから攘夷祈願の祭典をいとなんで最高祭主であることを天下に知らしめる。すなわち、天皇統仁の「攘夷親征」を、建国神話とかさねあわせようというわけだ。

前年のすえ、三条と姉小路が勅使として出府したさいに「御親兵《ごしんぺい》」の創設を幕府に要求したのもそのためだった。

「若《もし》幕府、十年内ヲ限リテ朕ガ命ニ従ヒ、膺懲《ようちょう》ノ師ヲナサズンバ、朕、実ニ断然トシテ神武天皇神功皇后ノ遺蹤《いしょう》ニ則リ、公卿百官ト天下ノ牧伯ヲ帥《ひき》ヒテ親征セントス……」

はやくから尊攘派のあいだに流布し共有されていた天皇の「簾内親詔」からは、幕府から征夷の権を剥奪し、みずから群臣をひきい、神武の東征、神功の征韓にならって「攘夷親征」を断行する天皇のすがたが浮かびあがる。

とはいえ、天皇を「深宮」の外にひきだすことは至難である。深謀の家康《いえやす》が考えぬいた制御システムのなかに、二世紀半ものあいだがんじがらめにされてきたためだけでなく、そもそも、天皇が洛外へ行幸するなどはもってのほか、禁裏を出る自由がないということは、平安遷都いらい一〇〇〇年、変わることない原則だった。

そのタブーを破り、いまだ禁裏さえ出たことのない天皇を、鄙の地大和の、山陵の影もかたちもない村のはずれの荒地におもむかせるなど、実現すると考えるほうがどうかしていた。

が、勢いというのはおそろしい。上滑りに乗じた尊攘派は、長州藩の建白にある「御親征御巡狩之基本」にのっとって、とりあえずは天皇を、先例の皆無ではない賀茂、石清水「両社行幸」につれだすことに成功する。

いっぽうで彼らは、天照大神と神武天皇双方の祖霊にそろって攘夷祈願をおこなうという名目で勅使をつかわし、「神武天皇祭」を既成事実化することにも周到だった。

二月二八日、まず、神宮勅使が下命された。三月四日、勅使発遣の儀をとりおこない、八日には内・外両宮で「祈願祭」がいとなまれた。神宮宣命使《せんみょうし》として伊勢におもむいたのは右衛門督柳原光愛《やなぎはらみつなる》、次官は侍従橋本実梁《はしもとさねやな》で、両者は祭典ののちも伊勢にとどまり、神宮の警衛取締りの任にあたった。それは、山田奉行や大宮司らによる伝統的な神宮支配を牽制し、朝廷が直接管理下にとりこんでいくための布石だった。

勅使が伊勢へおもむいた三月四日には、将軍家茂が上洛した。すでに攘夷祈願にでかける天皇の供奉をすることが決まっていた。

一一日、天皇は賀茂上社、下社へ行幸した。天皇が禁裏を出るのは、寛永三年（一六二六）に後水尾《ごみずのお》天皇が二条城に行幸していらい二三七年ぶりのことだった。神器を奉じた天皇の乗る鳳輦《ほうれん》が御所を出る。宇和島藩主伊達宗城《だてむねなり》、長州藩世子毛利定広《もうりさだひろ》ら一一藩の大名が先陣をつとめ、後陣には将軍家茂、後見職一橋慶喜、水戸藩主徳川慶篤、老中水《みず》野《の》忠精《ただきよ》、板倉勝静《いたくらかつきよ》以下若年寄、高家、京都町奉行らがつらなった。

往時、大御所秀忠《ひでただ》と将軍家光が後水尾天皇を二条城にむかえたさいには、江戸の警護にのこされた大名をのぞく全国すべての大名が、おのおの一〇人余の従者をしたがえて、天皇ではなく将軍を供奉し、それら武家の行列ぜんたいが天皇とその供奉者からなる公家の行列を二条城へとみちびいた。将軍家光以下いかなる大名も天皇に扈従《こしょう》する必要はなく、大御所秀忠はむかえに出ることもせず、二条城でまっていた。「禁中並公家諸法度」によって武家の官位官職が公家当官からきりはなされていたからだった。

そもそも行幸の目的がちがうのだから較べようがないにはちがいないが、「天皇の行幸」などという珍事を目にし耳にするのがはじめての体験となった一〇〇パーセントの人々にとってそれは、たとえば当日沿道に参観した円山派の中島有章《なかじまゆうしょう》が画筆《えふで》を揮って「加茂行幸図屏風」を描いたごとく、大きな驚きと感動をもってとらえられた。

そして、その一大晴事において、天皇の鳳輦《ほうれん》の前後を将軍と在京の大名が警護したことは、天皇が将軍の上にたつ存在であることを庶衆の目にあざやかに印象づけることになった。

神武畝傍山陵への攘夷祈願には、勅使権中納言今出川実《いまでがわさね》順《あや》が参向した。京を発ったのは三月二四日、二八日には陵前で「祈願祭」がいとなまれ、「不汚神州、宝祚延長、武運悠久」を祈る天皇の仰詞が奉読された。

帰途、勅使は神功皇后の狭城盾列陵《さきのたたなみのみささぎ》にも参向した。攘夷祈願をするなら誰をさておいてもオキナガタラシヒメだ。「軍《いくさ》をおこし衆《もろもろ》をうごかすのは国の大事。いま、討つところあり」と、そういって皇子を宿したまま髪をみずらに結って男装し、皇軍《みいくさ》すなわち神兵をひきいて海をわたった。彼女よりも頼りになる祖神はほかにないにちがいなかった。

つづく四月一一日、天皇は石清水八幡宮へ行幸した。将軍家茂は病気を口実に供奉を辞退。名代《みょうだい》を後見職の慶喜がつとめたが、彼は男山のふもとにさしかかったあたりではげしい腹痛をうったえ、供奉の列から離脱した。じつはその日、将軍は山上で「節刀《せっとう》」をさずけられることになっていた。皇軍出陣のときに天皇が下賜する刀である。神前に将軍をひきだして無理やり攘夷戦争を約束させようという、尊攘激派のしいた猿芝居に与せられることをよしとせぬ慶喜が、とっさの機転をきかせた二段構えの虚病《けびょう》作戦だった。

四月一七日、三条大橋に高札が立てられた。

虚病をかまえて朝廷を侮辱したことは天誅にあたいする。しかし将軍はまだ若く、すべては奸臣《かんしん》どもの策謀だからゆるしてやるが、速やかに姦徒の罪状をあきらかにして処罰せよ。さもなくば旬日《とおか》のうちにはことごとく天誅を加うべし、と。

将軍の奸臣を天誅に！逃げだしたのはもちろん慶喜だった。三日ののち、「攘夷決行の期日は五月一〇日にいたします」と奏上するや、将軍をおきざりにして江戸へときびすを反した。

朝議を尊攘過激派に牛耳られた天皇もまた、彼らに利用されるだけの器と化しつつあった。天皇はかたくなな攘夷派ではあっても、彼をかついで攘夷親征をおこない、あわよくば討幕をはたそうと逸る過激派とはちがっていた。あくまでも天皇は、幕府に夷国を追っぱらってほしかったのであり、大政委任をひっくりかえしてまでの皇政回復を望んではいなかった。アナーキーはここにきわまった。

さて、おなじころ山陵御普請奉行の戸田大和守忠至《ただゆき》は、単身江戸におもむき、予算の工面に奔走していた。

彼にとっては攘夷も討幕も議論のほか。政局のうごきを見さだめ、政争から一定の距離をおきながら、ひたすら「官武一和」実現のため、幕閣との必死の交渉をかさねていた。修陵「奉告祭」もいとなみ、着工がまたれるばかりとなっても幕府の沙汰がおりないためだ。

「御陵絵図面」「仕様積り書」は、すでに会津藩の心添えによって在京の老中水野忠精に届けられていた。それを審議のうえ、仕様については朝廷が、経費については幕府が裁可をくだし、経費の下げ渡しをうけて修補事業がすすめられることになっているのだが、ウンともスンともいってこない。焦慮のあまり彼は帰東を決意せざるをえなかった。

江戸に着いたのは四月八日。水野老中に提出していた「仕様積り書」がようやく回付され、修補の承認が得られたのは、ひと月もまたされた五月一二日のことだった。

無理もない。幕府が宇都宮藩の建白にとびついたころとはガラリ情勢が変わっていた。果断に幕政改革にのりだしたはずの慶喜も春嶽も将軍上洛のために京におもむき、あげく春嶽は辞表を提出、攘夷もかなわず、かといって大政奉還のすすめにも応じない幕府に見切りをつけて国許に帰ってしまい、慶喜は、できもしない攘夷の期日を突如五月一〇日とさだめて奏上するや、みずからは江戸にもどって藩邸に入ったきり登城もしない。将軍は人質どうぜんに京にとらわれたまま……。とても修陵事業どころではないというのが実情だった。

それでも忠至は食い下がらねばならなかった。仕様と見積もりが承認されても、カネが出ないことにははじまらない。「御入用金」と「地所」、つまり修補経費の支給と、修補事業にともなう地元領主への代替地や年貢の問題を解決せざるをえず、ひきつづき江戸にとどまって、かいもく腰をあげようとしない幕閣相手に交渉をつづけなければならなかった。

前年九月、江戸を出発するまえに幕府に提出したおよその見積り額は五万五五〇〇両。一か所につき五五五両を投じ、ざっと一〇〇か所の山陵を修輔するという計算だった。しかもそれは、外囲柵や門、石垣、鳥居、鋪石、燈籠など、修陵それじたいにかかる経費を最小限に見積もったものであり、役人、大工、職人、人夫らの手当や旅費、調査出張費、製図費、勅使参向のための費用など、事業にかかわる諸経費はふくまれていない。

長びく江戸滞在のうちにも出費はかさみ、それらいっさいが藩からのもちだしでまかなわれていた。忠至は藩の窮状を訴え、一日もはやい資金の下げ渡しを嘆願した。

ために見積もりを修正し、大幅な譲歩もうちだした。つまり、神武天皇陵は特別な経費を必要とするので別途に計上することとし、さきの見積りの一〇〇か所を九〇か所に減らして試算した見積もり額、四万九九五〇両から、すでに下げ渡されている五〇〇〇両を引いた、四万四九五〇両を、年内に一万両、残りを半年にいちどずつ二年に分けて大坂金庫より支給されたいとした。もっとも大規模な負担をともなう神武陵修陵経費の下げ渡しを棚上げとしたのである。

しかし、幕府はあくまで各山陵ごとに見積もりを審議する方針をくずさず、容れられるところとはならなかった。

ちなみに、宇都宮藩が事業経費捻出のためにどれほど苦慮し火の車を押していたかは、この年八月時点においてすでに一万三〇〇〇両を藩庫からもちだしていたことからもうかがえる。その後も積もるいっぽうとなった代替金は幕府が倒れるまでには完済されず、藩は、借財の痛手を維新後もひきずることになった。宇都宮修陵チームの当初からのメンバーだった代官所御物書役《おんものかきやく》林金三郎によれば、事業に付随してついえた諸経費は一四万両にのぼったといい、明治二年にいたってなお三万七七〇〇両の借金救済方要請を新政府に出している。

さて、経費支給のめどがたたず大ピンチにある忠至をよそに、幕府の裁可だけは得られた五月には、ともあれ神武天皇陵の工事がはじめられた。急げ急げのハイピッチで。

前年一一月、お奉行やらお役人やらがゾロゾロと陵墓巡検におとずれていらい、うねびの村人たちは呆気にとられているひまもなかった。

神武御陵はちゃんとあるのにそれはニセモノだったといわれ、つぎに山本村の田んぼのなかの小丘と芝地が真陵だとされ、へエ～ッと思うまもなくチョクシさまとやらがやってきて、標で囲まれた「四角なる地面」にむかって呪《まじな》いめいた儀式をいとなみ、アレまあと驚いたひと月後にはまたまたチョクシさまがやってきて、以前のは修陵奉告祭だったが、こんどは攘夷祈願祭をいとなむのだとかナントカカントカ……。前代未聞の椿事をくりひろげたあげく、こんどはヤイのヤイのと御陵修補作業、いや新造のための大土木工事がはじまった。

何からなにまで、村々はじまっていらいの大騒動にはちがいなかったが、彼らにはどんな御陵ができるのかもイメージできなかったし、やがてその陵前で天下国家の祭典「神武天皇祭」が毎年いとなまれることになろうなどとは知るよしもないことだった。

もちろんこの時代に、橿原神宮は影もかたちもない。

五月一〇日、慶喜はいぜん江戸藩邸にひきこもり。約束の攘夷を決行したのは長州藩だけだった。

同日深夜、草莽志士らで結成する光明寺党が「庚申丸」に乗りこみ、馬関海峡を通行中のアメリカ商船「ベングローブ号」にちかづいて砲撃を開始。のちひと月たらずのうちに、アメリカ軍の攻撃のまえに海軍が壊滅し、フランス軍陸戦隊に砲台を占拠され、前田村を焼きつくされるにいたる攘夷戦争の先端がひらかれた。

長州藩にとって攘夷戦争は朝廷のためのものではなく、もちろん幕府のためのものでもなかった。つまり日本国のための戦争ではなく、藩の命運をかけた「捨て身の戦い」にほかならなかった。

藩主敬親と周布正之助《すふまさのすけ》、木戸孝允《きどたかよし》ら改革派のリーダーたちが、藩政改革と軍制の近代化を断行するために選び、決断した捨て身の戦い。おのずから、京をのみこんだ尊皇攘夷の嵐も、天誅の熱狂も、攘夷親征の建白も、すべては、大局をみすえた大掛かりな賭けの一面をささえる要件であり、それじたいが抜き差しならぬ賭けの連続だった。

もちろん、長州を味方につけて勢いに乗じる過激派の公家や諸士浪士や刺客《テロリスト》たち、表層で踊らされているだけの者たちは知るよしもない。

彼らは、神器を奉じた天皇が、春日大社、神武天皇陵前において「攘夷祈願祭」を親祭し、「親征の軍議」を主宰することを、すなわち、幕府から「兵馬の権」をとりもどし、さらに伊勢神宮を親拝して、みずからが祭祀大権、軍事大権、統治大権を身に体したことを皇祖神に奉告するという「大和行幸ウルトラバージョン」の実現を夢想することにいそがしかった。

七月一九日、長州藩の「攘夷親征の建白」をうけとった関白鷹司輔熙《たかつかさすけひろ》は、備前、因幡、阿波、米沢、土佐藩など在京の諸侯をよびだし、意見をもとめた。尊攘派の因幡鳥取藩主池田慶徳《いけだよしのり》はこう提案して拙速をいさめた。水戸斉昭の五男、慶喜の異母兄にあたる人物だ。

「もし御親征ということになりますれば、お公家方も兵戦を学ばねばなりますまい。まずは会津をはじめ、諸藩の馬《うま》揃《ぞろ》えをご覧あそばしますように」

つまり武家の軍事訓練をみて武器や装備や武術を学び、砲撃に慣れてから考えなおすようにとアドバイスした。

さっそく会津藩の天覧馬揃《てんらんうまぞろ》えがもよおされ、つづいて阿波、因幡、備前、米沢藩が軍事訓練を披露した。訓練では、鉄砲や大砲も火を噴き、爆音をとどろかせた。公家たちはその音を聞いただけで怖気づき、欠席する者、とちゅうで退出する者があいついだという。

　にもかかわらず、親征にはやる破約攘夷派は、八月九日には中川宮《なかがわのみや》すなわち久邇宮《くにのみや》朝彦《あさひこ》親王を「鎮撫大将軍」に任命し、一三日の朝議では、賛成多数によって「大和行幸」の実施を決定。さっそく「攘夷親征の詔」が公布され、一六日には、供奉の廷臣も選定された。

　いよいよ攘夷親征のシナリオが現実のものになろうかと思われたやさきの八月一八日午前一時ごろ、御所の九門がぴしゃりと閉ざされ、京都守護職、京都所司代、薩摩藩の兵力でかためられた。会津の兵力およそ二〇〇〇、薩摩の兵力およそ八〇〇。これに淀、備前、米沢、因幡、阿波の藩兵をくわえた三〇〇〇をこえる兵が厳戒態勢をしき、門のうちには、たとえ関白、重職といえども召命のない者は立ち入りを禁止された。

　天皇とともに内裏にあったのは、破約攘夷派がかついだはずの朝彦《あさひこ》親王だった。こつぜんと鎮撫大将軍に任命されて驚愕狼狽した親王は、このまま姦策にのせられ、天皇をウルトラ破約攘夷派の掌中にされてはとりかえしのつかないことになると判断し、薩摩藩、会津藩と手をたずさえて政変を企てたのだった。

　内裏には、尊攘激派の暴走を止めようとしてこれにくわわった慎重派の公家前関白近衛忠煕《さきのかんぱくこのえただひろ》・忠房《ただふさ》父子、右大臣二条斉敬《にじょうなりゆき》、内大臣徳大寺公純《とくだいじきんいと》らがあり、京都守護職会津藩主松平容保《まつだいらかたもり》、所司代淀藩主稲葉正邦《いなばまさくに》、そして召命にこたえて参内した土佐山内兵之助《やまうちへいのすけ》や米沢上杉斉憲《うえすぎなりのり》、備前池田《いけだ》茂政《もちまさ》ら諸侯も顔をそろえていた。

　しめだされたのは、異変に気づいてかけつけ、関白鷹司《たかつかさ》輔煕《すけひろ》邸にあつまった三条西季知《さんじょうにしすえとも》ら尊攘激派の公家たちと、彼らを護衛した長州藩兵四〇〇、清末藩兵五〇、岩国藩兵四〇〇、さらに三条実美《さんじょうさねとみ》邸に集結した親兵《しんぺい》を自称する一〇〇〇余の志士浪士たちだった。

　クーデターは成功した。

　同日夕刻、参内を命じられた公卿、諸侯による御前会議がひらかれ、「攘夷親征大和行幸」の延期を決定、三条実美ら急進派の議奏・伝奏を更迭し、国事参政・寄人の役職廃止と参内停止が沙汰された。長州藩は堺町御門守護を罷免され、藩兵は京都追放を命じられた。

　ウルトラ攘夷の長州藩と暴徒化する尊攘激派を京から追いはらった大逆転劇が、会津、薩摩両藩と天皇の信任のあつい中川宮のイニシアティブによってはたされた。結果としてそれは、政権担当者としての幕府の無能ぶりをいっそうきわだたせることになったのは皮肉なことだったが、尊皇攘夷から公武合体へ、公武合体から尊皇攘夷へ、そしてまた公武合体へと、まさに血まみれの権力闘争が二転三転。しかし、そうやって政局が翻弄されているあいだにも、神武天皇陵の修補は着々とすすめられていた。

文久三年（一八六三）一二月はじめ、うねびの里に三度目の勅使がやってきた。この一年、玩具箱《おもちゃばこ》をひっくりかえしたような騒動にふりまわされた村々にはもはやチョクシと聞いて驚く者はだれもなかった。

みたびの勅使は大掛かりな行列をともなってやってきた。五月の着工から半年あまりをかけて築かれたあっぱれな御陵のまえで「修陵完工奉告祭」をいとなむためだった。

いぜんはまわりの田畑より荒れはてた「四角なる地面」にすぎなかったところは、いまや盛り土をして整地され、周囲に二重三重の植樹がほどこされて景観が一変した。その中央に一段たかく土を盛って、正方形の台状の墳墓がつくられ――現在は直径四〇メートルほどの円墳に改修されている――まわりを石垣で堅固にかため、さらに水濠《みずぼり》がめぐらされた。南正面には対燈籠と鳥居がたち、白砂がしきつめられ、さらに木柵でかこんだ祭祀空間、拝所がもうけられた。

榎木が一本生えた小さな土のマウンドと、さらに小さな芝のマウンドはそのままのこされた。が、春にいとなまれた「奉告祭」「祈願祭」では、まさにその哀れなマウンドしかない荒地にむかって、白粉《おしろい》をつけ目にも綾なる装束をまとったチョクシさまたち――里人らの目には白昼の百鬼夜行としか映らなかった――が風変わりなパフォーマンスをくりひろげたのだったが、そのおなじ作法がこのたびはいかにも尊くゆえゆえしく、ありがたみを増して感じられるのは不思議なことだった。

そしてそのたび、もうひとつ異なったことは勅使の滞在が長びいたことだった。一二月三日に予定されていた「奉告祭」が、五日間も先延ばしになった。なんでも、天朝さまがお風気を召され、宮中での遥拝がかなわなくなったからだという。

「祭祀の日には、天朝さまが宮中のお庭におりられて、この大和の方を拝まはるのやそうな……。ありがたいことや」

にわかに天朝さまが身近に感じられた。里人たちには、いぜん天皇の住まいである宮中がいかなるところで、天皇がどんなすがたをしているのか想像もつかなかったが、両の足で庭におりたち、山陵を遥拝すると聞いたことで、がぜんイメージに人間味がくわわった。

おのずから神武天皇のイメージもリアリティをおびはじめた。金色の鵄にみちびかれてこの地に至り、宮を定めて国のいしずえをきずいたという神武天皇。人皇のはじめとはいいながら、それまで想い描いてみたこともなかったその容姿が、巨人のようにたのもしくイメージされた。

年明けて文久四年（一八六四）一月一五日、将軍家茂が上洛した。前年六月に帰東していらい半年ぶり、二度目の入京となった。今回は海路、軍艦「翔鶴丸」に乗って彼はやってきた。

同月二一日、参内して天皇に拝謁を賜り、宸翰《しんかん》すなわち直筆の文書を下賜された。

「汝は朕が赤子《せきし》、朕汝を愛すること子の如し、汝朕を親しむこと父の如くせよ、その親睦の厚薄、天下挽回の成否に関係す……」

そのなかで天皇は、いまの国家の危機は「汝の罪」ではなく「朕の不徳」のせいであり、だからこそ天皇と将軍が父子のように睦まじくあることが天下挽回のかなめなのだとのべた。そのうえで、「醜夷征服は国家の大典」ではあるが「無謀の征夷は実に朕が好む所に非ず」といい、しかしそうはありながら、なおも攘夷の策略を上奏し、諸侯らと協力し、武備を充実させて国の衰運の挽回につとめなさいと仰せくだした。

二七日、二度目の謁見ではさらに、三条実美らの公家や長州藩は狂暴の輩であるから厳重に罰せよといい、かさねて攘夷実行のため「今ノ天下ノ事、朕ト共ニ一新」せよとの宸翰を賜わった。

二五〇〇年前、超法規的存在である天皇をはじめて「法度」によってしばるほどの権力を確立した将軍が、ついに「天徳」をあおぐ武門の棟梁《おさ》、幕府の首長へと後退した。

謁見と宸翰によるじきじきの仰せ事は、あくまでも征夷大将軍への政務委任のうえにたった思し召しだった。そうである以上、家茂もまた叡慮にこたえるべく、長州征伐および攘夷の使命を遂行することを約束しないわけにはいかなかった。

二月一四日、みたび参内した家茂は宸翰にたいする請書《うけしょ》を奏上し、幕府の横浜鎖港の方針を伝えた。この年、家茂はようやく齢一九を、天皇は齢三四を数えていた。

この間に、公武の関係修復を象徴する重要な決定がなされていた。幕府の山陵修補の功を賞して、家茂を従一位に叙するという決定だった。しかもそれは、前年来、戸田忠至《とだただゆき》がくりかえし朝廷に建白し、請願したことがうけいれられてのものだった。

すなわち、幕府は御陵復古の叡慮を遵奉し、天皇の皇祖への御追孝を十全たらしめるために多分の費材を加え、一日もはやい事業成就のために忠節をつくしつつあるのだから、その「大功」をもって将軍に「御感賞」をさずけ、それによって「徳川家永久之規模」を安泰たらしめてこそ、朝幕のゆるぎない結びつきを天下にしめすことができる。それが修陵事業の根本理念であり、忠至の年来の宿願にほかならないと。

れいによって執拗な忠至の請願は、何度も朝議にはかられ、ついに一月二五日、家茂「感賞従一位宣下之事」、忠至「従四位下推叙之事」が決定された。幕臣の鑑《かがみ》さながら、あっぱれな忠義というほかはない。

　なぜなら、一昨年の秋、家茂は幕府失政の責めを負ってみずから官位を一等辞退する意思を表明した。「攘夷の勅語」をふりかざし、鳴りもの入りで出府した勅使大原重徳《おおはらしげとみ》の攻勢のまえに譲歩を余儀なくされたおりのことだった。それからわずか一年あまり。譜代宇都宮藩の火の車、いや大車輪のはたらきが、将軍をして一等降下ではなく一等昇叙の栄誉に浴さしめたのだった。

　決定から四日後の二九日、家茂は従一位に昇叙し、内大臣から右大臣へと転任。そして大和守戸田忠至は従四位下に昇進、あわせて「永々《えいえい》」の山陵奉行を拝命し、さらに万石以上の諸侯の列各をあたえられ、年賀の拝顔をゆるされた。まさに破格の厚遇だった。

　一譜代藩の家老すなわち一介の幕臣が、じかに朝廷に昇叙を請願する！

　武家の官位は将軍の推挙なしにはいっさい叙任しない。鎌倉にはじめて武家政権を樹立した頼朝にならった家康が、豊臣家を滅ぼすことによってようやく官位執奏権《しっそうけん》の独立を確立し、朝廷の叙任権を儀礼的行為におとしめたのもさかのぼること二五〇年、元和元年（一六一五）のことだったが、もはやその威光はみる影もなくなった。

　いっぽうこのことが忠至個人にとってどれほどの栄誉であったことか。藩主戸田家の生まれでありながら与力木村家の養子となり、のち家老間瀬《まなせ》家を相続するも、いぜん家臣として戸田家に仕えるしかなかった彼に、悲願である戸田姓への復帰のチャンスをあたえてくれたのが、ほかならぬ山陵修補事業なのだった。

　文久二年閏八月、幕府から山陵普請実行を下命された藩主戸《と》田《だ》忠恕《ただゆき》にかわって事業の統括をゆだねられたさい、彼は戸田姓にもどることをゆるされ、間瀬《まなせ》和《わ》三郎《さぶろう》の名を戸《と》田《だ》忠至《ただゆき》とあらためた。上洛の途につく五日前の九月二一日のことだった。それゆえにも彼は、修陵事業の成就に心血をそそぐ覚悟で上洛した。そして朝廷から山陵御普請奉行を拝命し、京都守護職や禁裏守護総督などとどうよう、幕府老中の指揮下に属せず、なかば独立して叡慮遵奉の職掌をつかさどることになったのだった。

　だが、官位にも禄にもまして忠至を喜ばせたのは、財政の見通しがたったことだった。

　公武の関係修復と再編にあわせて、ながく経費支給に難色をしめしてきた幕府サイドが、ついに大坂金庫からの下げ渡しに合意した。「本来ならば江戸表で幕府の承認をうけるのが至当であるが、朝廷より至急修陵を成功すべき沙汰があるうえは、まことに不都合ながら、余儀なく、京都守護職の監視下において経費を支給する」と。

勘定奉行の評議決定をへて、減らして出した修正見積り額四万四九五〇両が、二月なかばにも下げ渡されるはこびとなったのだ。

二月二〇日、文久から元治《げんじ》へと改元があり、二四日には「諸陵寮《しょりょうりょう》」が再興された。

山陵管理をつかさどる官衙「諸陵寮」は、天平元年（七二九）に官制化され、『延喜式』が施行された康保四年（九六七）には七三陵、四七墓を所管していたが、仏教がさかんになるとともに葬儀が僧侶の手にうつり、鎌倉時代には役目をおえて廃絶していた。それを復活させたのである。まさに一〇〇〇年のときをさかのぼる律令時代への原点回帰であり、これもまた忠至の建白によるものだった。

つぎに実現しなければならないのは、「神武天皇祭」を国家祭祀として制度化することだった。

五月二日、「神武天皇恒例祭制定」にかかわる朝議の決定が山陵御用掛に伝えられた。当年よりのち毎年、三月八日をもって奉幣使を発遣し、一一日に奉幣祭典をおこなうというものである。ただし、当年はすでに期日が過ぎているので、五月八日をもって「恒例奉幣祭典」治定《じじょう》奉告のための勅使を発遣すると。なんともあわただしい勅使の大和参向となった。

一一日、勅使権中納言野宮定功《ののみやさだいさ》は、神武陵前で宣命を奉読した。

「この御陵久しく荒蕪《こうぶ》損壊《そんかい》たるを、代々の天皇の嘆懼《たんく》たまふこともっとも深かりき。朕代におよんで修飾の功をついに竟《おわり》しは、天の時の到《いたり》しなりと悦《よろこび》たまひ尊《とうとみ》たまひて、幣帛《へいはく》をささげもたして奉出《たてまつりいで》たまひ、神威を顕《あらわさ》むと……」

つづいて、幕府名代として参向した高家土岐頼義《ときよりよし》が祝詞《のりと》を奉上した。

「……年毎の三月十一日に大朝廷より大御使を献出たまへるによりて、大将軍、源朝臣《げんのあそん》黙《もく》すも能《あたわ》ずありて、其を使《つかい》にさして、御酒御肴をささげもたして御陵の御前に献上たまへるを……」

ここにはじめて公武の使者があいそろって皇祖を拝する祭典が実現した。

その後「神武天皇祭」は、明治四年（一八七一）九月に定められた「四時祭典定則」において「大祭」とされ、国家の祭日となり、明治四一年の「皇室祭祀令」であらためて法制化されることになる。「皇室祭祀令」は敗戦後の一九四七年に廃止されたが、宮中祭祀としてはいまも存続。新暦の四月三日には宮中の皇霊殿で儀式がいとなまれ、神武天皇陵には勅使が派遣されている。

さて、修陵がおおむね完成し、山陵御普請奉行戸田忠至が「修補竣功届」を奉上して天皇に事業終了を復命したのは、慶応元年（一八六五）五月のこと、二度目の「神武天皇祭」がいとなまれたふた月後のことだった。

天皇陵七六か所（合葬された歴代を数えると八六陵）、皇后以下の陵墓一〇か所、火葬所・分骨所一六か所、仮修補陵五か所、その他二か所。あわせて一〇九か所におよぶ陵墓が修補竣功した。

所在不詳とされた天皇陵はわずかに一四陵。事業の起点となった神武陵修造着工からわずか二年のあいだに、ながく荒廃するままになってきた御陵のほとんどをよみがえらせ、対燈籠と鳥居をたて、白砂をしき、木柵をめぐらして拝所をもうけ、天皇追孝祭祀の斎場としてリニュアルしたことは、あっぱれのひと言につきるだろう。

しかも、神武陵以外のすべての修陵がつぎつぎにすすめられた元治元年（一八六四）は、前年におとらず世情騒乱、西も東も大揺れにゆれ、血生臭さと死臭のたえるひまもない一年だったのだから。

天皇と将軍のあいだに公武一和、大政委任があらためて確認されたもつかのま、国策の方針決定をゆだねられた一橋慶喜と雄藩五大名諸侯、松平春嶽、伊達宗城、山内容堂、島津久光、松平容保による「参与会議」が決裂し、春嶽も宗城も容堂も久光も京を去ってしまうと、またまたウルトラ尊攘派の志士たちがもどってきて騒動がはじまった。

六月五日には、松平容保の預かりとして治安にあたるようになった新撰組が池田屋に斬りこみ、七月一九日には激派の長州藩兵が御所にむかって大砲をぶちこみ蛤御門《はまぐりごもん》で大激戦、戦火がまちじゅうをのみこみ、八〇〇町二万八〇〇〇戸、二五三の寺社と五一の武家屋敷をなめつくした。まる二日燃えつづけた火がようやくおさまった数日後には、朝敵長州を征伐せよとの勅命が発せられ、一〇月なかば、すったもんだのあげく尾張藩主徳川慶勝を総督とする征長軍、三五藩一五万人が進軍を開始することになる。

が、当の幕府は長州征伐どころではない。

八月はじめ、朝敵となった長州藩に、追い討ちをかけるようにやってきた英仏米蘭四国連合艦隊一九隻。前年の砲撃の謝罪を要求するもつっぱねられ、ために三〇〇門の大砲が火をふく報復攻撃にうって出た。その惨劇もさることながら、連合国から三〇〇万ドルもの賠償金を請求された幕府はすでにガタガタ。お膝元では水戸の尊攘派「天狗党」が筑波山に挙兵、将軍の帰東をまって水戸藩に追討を命じたのがおそまきながらの五月であり、六月にはさらに北関東諸藩にも追討令を発して出兵を命じ、幕府軍も動員して四か月あまりにわたる戦闘をくりひろげた。

水戸藩尊攘派とつながりの深い宇都宮藩も例にはもれず、あげくは、追討軍への出兵が遅れたとして幕府から譴責をうけ、藩主戸《と》田《だ》忠恕《ただゆき》は蟄居、藩は禄二万七〇〇〇石あまりの減封と奥州棚倉への転封を沙汰された。

これを撤回させ、藩を存立の危機からすくったのが、あっぱれ藩庫を空っぽにして成就させた修陵事業の功だった。修陵は、本来幕府がおこなうべき「叡慮遵奉の忠節」だった。宇都宮藩は、それを代行しているという位置づけにあったのだから、しかるべき免責だというべきだろう。

　公武一和のたてまえはさておき、幕府には修陵に熱を入れるほどの余裕がない。がむしゃらになって果たさねばならないほどの事業でもなかろうというのが本音であり、出資をしぶったのもそのためだった。それを動かしたのが忠《ただ》至《ゆき》だった。彼は、山陵御普請奉行に任命されるや「一気呵成にすべての修陵をおこなうべき」だと提案し、不退転の決意をもって事業完遂に心血をそそいだ。そのことが、藩の命運をかけて切った「山陵修補の建白」という名のカードを勝札にしたというわけだった。

　さて、修陵事業終了の復命にさきだつ三月一一日、「神武天皇祭」のために大和に参向した勅使議奏《ぎそう》権大納言広橋《ひろはし》胤保《たねやす》ら一行は、その脚で、うねび山周辺にある三代安寧《あんねい》陵、四代懿徳《いとく》陵（なぜか二代綏靖《すいぜい》がぬけている）はじめ、二八代宣下《せんか》陵、二九代欽明《きんめい》陵など、近隣の山陵を巡検して修陵の竣功を奉告。のち二三日までのあいだに大和、河内、摂津にある四二陵をつぎつぎ巡検して白銀一〇枚の幣帛をささげた。

　五月二日からは、山城、丹波地方の諸陵への巡検、奉幣がはじまった。天智、醍醐、朱雀、崇光……。勅使として議奏権中納言柳原光愛《やなぎはらみつなる》、伝奏《てんそう》権中納言野宮定功《ののみやさだいさ》がくわわり、三者が手分けをして、二三日までに三七陵、四七天皇のまえに白銀一〇枚の幣帛がささげられた。

　八月すえには一五か所の火葬所と分骨所に奉幣・巡検使がつかわされ、白銀五枚ずつが奉納された。

　なかには、「陵はいらない、亡骸は荼毘に付し、遺骨は山の上からばらまいてほしい」と遺言し、承和七年（八四〇）五月に、遺詔どおり散骨された淳和院《じゅんないん》の火葬所もふくまれていた。人が死ねば魂は天に昇る。亡骸は脱殻《ぬけがら》にすぎず、脱殻を葬る墓もまた脱殻でしかない。ゆえに陵墓はいらず、葬儀も浪費をいましめ、簡素を徹底するようにというのが院のこころざしだった。

　また、平安末期、半世紀のながきにわたって独裁政治をおこなった怪物のような治天下《ちてんか》白河法皇と、その曾孫にあたる近衛天皇の火葬所も、そのたびみちがえるほどりっぱに修補、というより新造された。

　白河法皇の火葬塚は衣笠山《きぬがさやま》東麓の大北山村の田地に、近衛天皇の火葬塚は船岡山《ふなおかやま》西麓の紫野の田地にあり、どちらもポツンという表現がぴったりの小さな塚でしかなかったが、あらたに方形の墳丘を造成して上部に円墳をのせ、あたかも上円下方墳のようにととのえられた。周囲には濠をめぐらし、石垣をつんだ堅固な外堤もきずかれた。

　白河院は、生前すでに自身の墓所となる三重塔《さんじゅうのとう》を造立し、骨壺となる金銅壺を用意し、ともに埋葬する経巻や仏像、追善のための布施などをそろえ、「没後支度等」を一紙に記して倉に納めていた。

大治四年（一一二九）七月七日、三条西殿で亡くなった院の亡骸は、同月一五日に衣笠山東麓で荼毘に付され、遺骨はいったん香隆寺《こうりゅうじ》に安置された。二年後の七月九日、遺骨は、広大な鳥羽離宮の一画に建てられていた成菩提院《じょうぼだいいん》三重塔の床下の石棺に、銅経と阿弥陀仏とともに埋葬された。塔の四面扉は、二度と開けることができないように内側から完全にふさぎ、ために工人たちは塔の上部から梯子をつかって外に出たという。

墓所そのものである仏塔の真下に、遺骨と経と仏がたて積みに埋葬された。それはすなわち、白河院が、自身の遺骨を仏塔の心礎に安置される仏舎利《シャリーラ》になぞらえ、みずからが仏そのものになることを希求したことのあらわれだった。

はたして後世、たとえば播磨からよびよせた工人に特別に造らせた瓦で屋根を葺くなど、粋をこらして建立された塔は失われ、六〇メートル四方の墓所のまわりに幅六メートルもの濠をめぐらせ、大石を積みあげて護岸した厳重な陵地も無惨にあばかれ、忠至たちが修補したときには、盗掘坑をあらわにした塔の基壇部がわずかにのこっているだけだった。彼らはそれを墳墓としてととのえ、あらたに周濠をめぐらし、参道を北面から西面につけかえた。

白河院の墓所のかたわらに、院が崩じた三条西殿を移築して阿弥陀堂となし、ねんごろな追善をいとなんだのは孫《まご》皇子《みこ》鳥羽法皇だった。その彼も、祖父上皇にならって葬送や供養についての詳細な「遺詔」をしたためおき、あまたの堂宇をととのえて鳥羽離宮「東殿《ひがしどの》」を造営、安楽寿院《あんらくじゅいん》御所をみずからの臨終の場所とさだめた。

そしてそのかたわらに本御塔《ほんみとう》と新御塔《しんみとう》と名づけた一対の三重塔を建立し、うりふたつの阿弥陀如来像二体を彫《きざ》ませてそれぞれの本尊とした。死後、本御塔の下には自分がねむり、新御塔のほうには皇后美福門院《きさきびふくもんいん》を葬るためだった。

保元元年（一一五六）七月二日午後四時、鳥羽院は安楽寿院御所で亡くなった。亡骸はその日のうちに入棺され、阿弥陀堂で仏事をいとなんだあと網代車《あじろぐるま》で本御塔にはこばれ、夜を徹して塔の床下に埋葬された。埋葬が完了したのは翌日の正午すぎ。その間、二〇人の御前僧たちがとぎれることなく真言と念仏をとなえつづけた。

本御塔は天文一七年（一五四八）に焼失してしまい、そのあとに仮堂が建てられていたが、修陵にあたって忠至たちは、その仮堂を移動し、あらたに宝形造《ほうぎょうづくり》の「法華堂」を建立した。

いっぽう新御塔の下には、美福門院ではなく、両親よりはやく一七歳で亡くなった皇子《みこ》近衛天皇が葬られた。そのたびの修補では、慶長元年（一五九六）の大地震で倒壊したあと、豊臣秀頼の寄進によって「多宝塔」にすがたを変えていた墓塔をそのままに、周囲に木塀をめぐらせて聖域がととのえられた。

宗教的には、仏塔のしたに高僧の遺骨や経巻が納められることはあっても権力者が葬られることはないというが、白河院、鳥羽院はまさに、王法と仏法が相依《あいよ》り相たすけて国家安穏がたもたれるという「王法仏法相依相入《おうぼうぶっぽうそういそうにゅう》」の思想が、あるいは大日如来《だいにちにょらい》と天皇と天照大神《あまてらすおおみかみ》の三者を同体とする王権観がゆきわたっていたころの王たちだった。

そもそも、仏教が王家の葬送に直接関与することになったのは、嘉祥《かしょう》三年（八五〇）に亡くなった桓武天皇の孫皇《まごみ》子仁明《こにんみょう》天皇の葬送儀からだという。

天皇の叔父にあたる淳和院《じゅんないん》は散骨をのぞみ、翌年に崩じた父嵯峨院もどうようの思想から「陵はいらぬ。亡骸は山に埋めて跡をのこさず、供養もするな」と遺言し、臨終の地、嵯峨離宮の裏山のいずこかに葬られた。遺詔にしたがったため、真の埋葬地は不明のままだが、まもなく離宮が寺院にあらためられ、大覚寺としていまに伝わっている。

天皇陵というものを否定する。

まさに斬新な思想をもった父嵯峨院と叔父淳和院のあとをうけた仁明は、国家安穏のために御陵は必要であるという貴族たちの意思を入れ、没後は、埋葬の地に陀羅尼《だらに》を納めた卒塔婆《そとうば》を建立して深草陵《ふかくさのみささぎ》とした。翌年、そのかたわらに、臨終の場となった内裏清涼殿を移築して嘉祥寺《かしょうじ》がいとなまれた。「元号」を「寺号」とする最高の格式をもつ陵寺《りょうじ》が誕生し、その境内がそのまま御陵となった。

いらい、平安時代さいごの天皇となった後鳥羽院までは二九代を数えるが、客死した崇徳、安徳、後鳥羽の三代をのぞいた二六代のうち、埋葬された天皇は一一代、火葬したのち埋葬された天皇は一五代におよび、いずれの場合も、火葬地や埋葬地には陵寺や御願寺が造営され、まもなく追善の場としての大伽藍がととのえられ、願主の滅罪・往生だけでなく、国家鎮護の祈禱が盛大な仏事法会としていとなまれた。

さて慶応元年（一八六五）、火葬所と分骨所に修陵竣功の奉幣をすませた翌月九月には、前年三月から一年半をかけてなされた泉山廟《せんざんびょう》すなわち泉涌寺《せんにゅうじ》月輪陵《つきのわのみささぎ》・後月輪陵《のちのつきのわのみささぎ》の修補が竣功し、これをもって修陵事業は名実ともに完了した。

修陵そのものにかかった経費はおよそ八万五〇〇〇両。修正予算を大きく上まわった三万五五〇〇両は、とどこおりつつも最終的には幕府から下げ渡されたというが、その倍額に相当する諸経費などの不足分は宇都宮藩がまかなったままとなった。

泉山廟《せんざんびょう》には、四条天皇および、後水尾天皇から仁孝天皇にいたる徳川時代一三代の石造仏塔墓九輪塔《くりんとう》をはじめとする二五陵、五灰塚、九墓がいとなまれている。今上《きんじょう》統仁《おさひと》にとっては父仁孝天皇、祖父光格天皇の御霊《みたま》のねむる御陵であり、その修補には、修陵経費の二〇パーセントをしめる一万七一〇〇余両があてられた。初代神武天皇陵には一万五〇〇〇余両があてられているから、これら二か所の修補に、全体の三八パーセントにあたる費用が投じられたことになる。

所在がわからず「取調中」とされたのは一四陵。そのほとんどが、四半世紀ののち「大日本帝国憲法」発布のさいに、枢密院議長伊藤博文の指示によって喫緊《きっきん》の政治課題とされ、当局を悩ませることになる。

すなわち、「万世一系の皇統を奉戴する帝国にして、歴代山陵の所在のいまだ明らかならざるもののあるがごときは、外交上、信を列国に失うのはなはだしきものなれば」、大至急調査し、でっちあげでもこじつけでもいい、何がなんでも治定《じじょう》せよということになり、駆け込みさながらのあわただしさで決定をみることになる。

所在不祥であればまだしもさっぱりとしているが、修補竣功リストにあげられ、経費報告に計上されたにもかかわらず、「竣功奉告」のための勅使が派遣されなかった山陵がある。

「大君は神にしませば」とうたわれ、はじめて天皇号をもちいたとされる天武、そしてはじめて火葬を望み、薄葬《はくそう》を詔して崩じた持統、彼女の後見のもとではじめて律と令をそなえた「大宝律令」を完成した文武の、三代の山陵だ。

当時、天武・持統合陵は見瀬《みせ》丸山《まるやま》古墳《こふん》に、文武天皇陵は野口王墓《のぐちおうぼ》古墳に比定されていた。

明和九年（一七七二）に本居宣長が訪れたとき、見瀬村の「丸山」は、じんにくんが「奈良の寒さの池」までつきぬけているといった「塚穴」をもつ崩れかけた古墳で、なかをのぞくとややひろく、「奥も深くは見ゆれど、闇《くら》ければさだかならず。下には水たまりて、奥のかたにその水の流れいづる音」が聞こえてきたといい、野口村の「王墓」は無惨にあばかれ、石室がむきだしになって乞食の住処と化していた。

九〇年後の文久二年（一八六二）一一月すえ、忠至たち山陵奉行が検分にでかけたときには、見瀬「丸山」は墳丘が段々畑となり、二つの石棺が露出して水中に沈んでいたという。見るにみかねた彼らは、翌日にはさっそく水をぬき、石棺をおおうべく工事をおこなった。野口「王墓」のほうはいっそうひどく、封土が崩され、羨門《せんもん》があばかれ、石室の蓋石《ふたいし》も破壊されて石槨があらわとなり、手がつけられないほどの荒れようだった。

修補にあたって、天武・持統合陵「丸山」には一七〇両が、文武陵「王墓」には欽明陵とあわせて一一五八両がついやされたが、あくまで「仮」の修補としてあつかわれた。

所在地をめぐって有力な異説があったからだ。

見瀬丸山には石棺が二つある。が、持統が火葬されたことはもとより、「女帝の遺骨は銀の筥に蔵められて石棺には蔵められていない」ことを伝える古文献は複数あり、さまざまな観点から比定の信憑性が疑われていた。

いっぽう、破壊の程度はいちじるしいが、野口王墓の羨門の彫琢は麗妙で、石室内も磨礱精巧、当時の諸工が技術の粋をつくして造った陵墓であることが知られ、つつましい大きさも当時の陵制にかなっていることから、野口王墓こそが天武・持統合陵ではないかという説があり、元禄の修陵のさいにはこの説がとられた。もしもそれが正しければ、必然的に文武天皇陵の比定もくつがえる。

というわけで「仮修補」とせざるをえなかった。

はたして、確実な治定がおこなわれるには一八八〇年（明治一三）の『阿不幾乃山陵記《あおきのさんりょうき》』の発見をまたねばならなかった。文暦二年（一二三五）の「盗人乱入」のさいの実検記の発見によって、墳丘が八角形であったこと、石槨に瑪瑙《めのう》がつかわれていたこと、御棺が乾漆《かんしつ》でつくられた最高級のものだったこと、そばに琥珀の念珠をそえた金銅製の骨蔵器がみつかったことなどから、野口王墓が天武・持統合陵「檜隈大内御陵《ひのくまおおうちのみささぎ》」であることが確定されたのだった。

ところで、うねびの里人にとってはまさに青天の霹靂、突如真陵ではないとされた「もとの神武天皇陵」塚山《つかやま》はいったいどうなったのだろう。

宣長が、とても御陵とは思えないと驚きをかくさなかった「あれたる田のなかに松ひと本《もと》、桜ひと本生《お》ひて、わづかに三四尺ばかりの高さなるちひさき塚」である。

『文久山陵図《ぶんきゅうさんりょうず》』でたしかめると、塚山は、綏靖《すいぜい》天皇陵「桃花鳥田丘上陵《つきだのおかのうえのみささぎ》」として修補されている。

『文久山陵図』というのは、当時、京狩野《きょうがのう》よりもいきおいをふるった禁裏御用絵師、鶴澤《つるさわ》家の八代探眞《たんしん》が絵筆をとったりっぱな絵図で、文久修陵前の「荒蕪《こうぶ》図」と修陵後の「成功《せいこう》図」をのせている。

戸田忠至はこれを二そろえ描かせ、細部まで筆のゆきとどいた完成度の高いほうを幕府に——おそらく彼はあくまでも幕臣、譜代宇都宮藩主戸田家の人間としての筋を通した——もういっぽうのほうを朝廷に献上した。皮肉にも、一五代将軍徳川慶喜が大政奉還を申し入れ、即日のうちに勅許がくだされた慶応三年（一八六七）一〇月のことだった。

その『山陵図』に描かれた綏靖陵「桃花鳥田丘上陵」は、まぎれもなく「もとの神武天皇陵」塚山なのである。

なぜなら、そのすがたは、宇都宮顧問団のメンバーのひとり平塚瓢斎《ひらつかひょうさい》が嘉永七年（一八五四）に刊行した『聖蹟図志』の神武陵と同じであり、さらに半世紀まえ、文化三年（一八〇六）から同五年にかけて京都町奉行森川俊尹《もりかわとしもと》らがおこなった調査の記録『文化《ぶんか》山陵図』のなかの神武陵とも同じだからである。

『文化山陵図』のほうには、文化五年（一八〇八）に畑村源太郎が奉献した石灯籠一柱がちゃんと描かれており、『聖蹟図誌』には、文政八年（一八二五）に大坂堂島の医業者が奉献した石灯籠と、八角形に石柱をめぐらせた石柵垣が描きくわえられているからまちがいない。

忠至たちはこれを綏靖陵として、一〇五両を投じて修補した。鶴澤探眞に「山陵図」も描かせた——仮修補としてあつかった天武・持統・文武陵は描かせていない——にもかかわらず、勅使の竣功奉告・奉幣はなされなかった。手のひらを反すようで躊躇されたということだろうか。つまり、ついこのあいだまで始祖王神武陵として格段の崇敬をささげてきた山陵を、手のひらを反したように綏靖陵として奉幣することは、あまりに節操がなさすぎるというわけだ。

神武であれ綏靖であれ、実在もしない天皇の墓なのだからよきにはからえとしたいところだが、「万世一系の皇統を奉戴する」お国としてはやはり具合が悪い。不都合はやがておこることになる。

一八七七年（明治一〇）二月一一日、政変によって孝明天皇の攘夷親征「大和行幸」が頓挫してから一四年後にあたる年の神武即位の日、歴代ではじめて皇子祐宮《さちのみや》、いや天皇睦仁が始祖王陵を親拝した。

そのさい、親拝とあわせて三代安寧《あんねい》天皇陵、四代懿徳《いとく》天皇陵などへの勅使奉幣がおこなわれたのだが、文久修陵いらい未治定のままの二代綏靖陵には勅使をつかわすことができなかった。神武陵のある山本村から目と鼻の先にある塚山古墳を、まさにまのあたりにしながら……。

そのおり、二月七日に大和にむかった天皇は、八日には宇治平等院に臨幸し、以仁王《もちひとおう》の墓に奉幣使をつかわし、九日にはみずから春日神社を拝し、東大寺大仏殿でもよおされている奈良博覧会へとおもむいた。法隆寺では金春広茂《こんぱるひろしげ》演じる能「石橋《しゃっきょう》」を観じ、正倉院では勅封を解き、足利義満と織田信長が一片ずつ切りとったという名香蘭麝待《らんじゃたい》を所望して二片切りとらせ、一片を東大寺東南院の行在所《あんざいしょ》で手ずから焚いたという。

さらに開化、聖武、平城《へいぜい》、磐之媛《いわのひめ》、元明《げんめい》、元正《げんしょう》陵に奉幣使をつかわし、一一日には、儀仗兵をしたがえて神武陵「畝傍山　東　北陵《うねびのやまのうしとらのすみのみささぎ》」を親拝。神武陵創設に功績があったとして、今井町、大久保村、山本村の住人たちに一戸あたり二五銭の褒美を下賜した。

山陵へとつづく道筋には、儀仗兵や供奉人たちの大行列や儀式のさまを、あわよくば尊顔をチラリとでも垣間見《かいまみ》ようと近在の村人たちがつめかけ、あらそって柵によじのぼり、土手をかけあがりし、警察官らをしてモグラ叩きのような奔走を余儀なくさせた。

神武天皇陵の存在をはじめて知る者たちはもちろん、かつてチョクシさま騒動でさんざんな目にあわされた人たちにあってさえ、そのたびはじめて、神武陵が天皇家の先祖のお墓なのだということを知った者が少なくなかったという。ひるがえせば、それほど大仕掛けのパフォーマンスをもってしなければ、衆庶あまねく万世一系、皇統連綿を周知せしめることができなかったというわけだ。

いっぽうには、そのたびの「大和巡幸・始祖王陵親拝」は鹿児島「征討」祈願のための行幸にちがいないとささやく声もしきりだった。

天皇は、もはや眉を剃り白粉《おしろい》をぬったテンチョーさまではなく、金鵄にみちびかれて賊を討つ武人《ぶじん》神武のすがたさながら西洋式軍服に身をつつみ、「天子親《みずか》ラ元帥《げんすい》ト為《な》リ」て「尚武《しょうぶ》ノ国体ヲ立《たて》ン」と詔《みことのり》した軍人天皇なのである。おりから薩摩の不穏が風のたよりとなって舞いこんでくる……。そうであってみれば、以仁王ときいて「平家討伐の令旨」を想起するやからもきっとあったにちがいない。

げんに近衛連隊をはじめ、東京鎮台、大阪鎮台では大隊の九州遠征にむけて準備がすすめられ、巡幸のさきざきの行在所《あんざいしょ》にも、風雲急を告げつつある鹿児島の情勢がもたらされていた。政府首脳のあいだでは、東京への還幸前に異変があればそのまま天皇を京都にとどめること、「逆徒征討」が決定すればなおのこと京都を動かず、戦況しだいでは、士気を鼓舞するため政府軍のより近く、下関まで玉座を前進させることなども検討され、あわただしいやりとりがかわされていた。

その冬、鹿児島は六〇年ぶりの大雪にみまわれた。

天皇が菅原道真ゆかりの河内国道明寺《どうみょうじ》村を巡幸した一二日、西郷隆盛は、政府尋問のため部隊をひきいて上京するむね鹿児島県令に届けを出した。そして、どうようの届けが上京の道筋にあたる各県令、各鎮台にゆきわたった一四日には、歩兵七大隊、砲兵二隊、輜重《しちょう》兵ら総勢一万五〇〇〇人が、二〇センチメートルばかり積もった新雪を踏みしめて熊本へと足をすすめた。この国の陸軍大将である西郷はもちろん、薩軍の総司令となった陸軍少将桐野利秋《きりのとしあき》をはじめ、いまだ官職を辞していない軍人たちはみな政府軍と同じ軍服を着けての行軍だった。

そのちょうど一年後に、綏靖天皇陵「桃花鳥《つき》田丘上《だのおかのうえの》陵《みささぎ》」が治定された。明治一一年の二月のこと。病いにたおれた木戸孝允、賊将として城山にはてた西郷隆盛が歴史の舞台を去り、のこる三傑のひとり大久保利通がまもなく兇徒の刃にかかることになる、春とは名ばかりの寒日のことだった。

徳川時代をつうじて、山陵の調査や修補は元禄年間、享保年間、文化年間、安政年間にもおこなわれた。が、いずれも文久の修陵のすさまじさにはおよぶべくもなかった。

あるものは墳丘そのものを新造し、あるいは盛土をして拡張し、またあるものは周濠を掘削《くっさく》し、石垣を積み、樹を植え、参道をもうけて周域をととのえ、必要とあらば土地を買いあげ、民家をたち退かせ、年貢地を移動させることもいとわない、すさまじいまでのリニュアルと荘厳《しょうごん》化がほどこされた。

最大の目的は、それまで荒廃と混沌のなかに放置されていた山陵を「天祖以来連綿タル皇統」を「顕然」とさせるものとして、つまり「万世一系」を目にモノいわせるべく、神武天皇陵を頂点とした整然たる秩序のうちに再興、再編することだった。

そしてなにより、すべての陵墓に鳥居をたて白砂をしいて拝所をつくり、柵をめぐらせて施錠し、天皇陵をお国がかりの斎場として、さらには神がかりの聖域として位置づけることであらたなタブーを創出した。

まさに歴史のパラダイムを大転換する事業となった。

かくて慶応元年（一八六五）一二月二七日、積年の宿願をみごと成就した天皇の叡慮により、関白以下の公家、将軍、守護職、所司代以下の幕府有司、山陵奉行、諸陵寮官人、宇都宮藩士はじめ事業に従事した主だった人々が賞与を賜わり、面目をあらたにした。

なかにも最大の功労者、戸田忠至の胸中はいかばかり晴れやかであっただろう。賞詞のなかで彼は、公武一和のための深慮ならびに「誠忠実孝之篤志」を言挙げされ、「御満足」との叡感を賜わった。

だがそのとき、そのなかのいったいだれが、わずか一年ののちに天皇その人の山陵を築造するために奔走することになる、自身のすがたを想像することができただろう。

慶応二年（一八六六）一二月二五日、天皇統仁《おさひと》は満三五歳の齢《よわい》にピリオドをうった。だれもが予期せぬ崩御だった。

同月はじめから風邪気味だった天皇は、一一日、内侍《ないし》所《どころ》での臨時神楽《かぐら》奏楽に出御したあと高熱を発し、一六日には発疹の症状がみられたため、医師たちは疱瘡と診断。社寺の平癒祈願がいっせいにはじめられた。

甲斐あって小康をとりもどしたかに思われたが、二四日になって容態が急変。嘔気と下痢がはげしくなり、全身に紫色の斑点があらわれ、御九穴《おんきゅうけつ》から血が流れだした。あまりの激変に周囲が狼狽するうちにも四肢が冷えはじめ、ついに二五日の午後一一時半、断末魔の苦しみのなかで天皇は絶命した。

急逝の例によって崩御のことは伏せられたまま、翌日から大喪および新帝践祚の準備がはじまった。伝奏《てんそう》より、新帝御座所《おましどころ》への剣璽奉安にもちいる「御棚」を二七日じゅうにととのえ、尊骸を納める「御船」を二九日じゅうに用意するよう指示がくだる。

年を越せば一五歳を数える皇子祐宮《さちのみや》は、まだ元服をすませていない、いわゆる幼帝だった。ゆえに践祚御服の先例を、九歳で即位した曾祖父光格天皇の童形践祚にもとめ、髪型は総角《あげまき》、装束は引直衣《ひきのうし》、袙《あこめ》、単《ひとえ》、張袴《はりばかま》を調進させることとし、元服までのあいだ関白二条斉敬《にじょうなりゆき》が摂政をつとめるべく内定した。

二九日、崩御が公表され、「大喪」が発令された。あわせて、諡号をおくるまでのあいだ先帝を「大行天皇」と奉称するむね達しがあり、剣璽が新帝御座所に奉安された。

この日から宮中は五一日間の精進に入った。

三〇日《みそか》の夜、「御入棺の儀」がいとなまれる。近習《きんじゅ》の公卿、殿上人《てんじょうびと》らの手で尊骸は「御船」にうつされた。

長さおよそ二三〇センチ、幅一二五センチ、高さ八五センチメートルの槽《おけ》の底に、まず石灰をしき、七星盤を入れ、そのうえに蒲団をしき、白布を横に四筋、縦に一筋ひきわたす。つぎに、亡骸をくるむための大きな生絹袷《すずしのあわせ》をかけ、なかに樟脳と光明朱を絹に包んで詰める。そのなかに遺骸を納め、絹をたたむようにしてそれを包み、蓋で覆う。

小松宮彰仁親王《こまつのみやあきひと》が、直径一五センチメートルぐらいの円形の紙に「上」「前」と書いて「御船」に貼りつける。尊骸の首のあるあたりに「上」の字を、北を枕においたさいに西側前面になる側に「前」の字を貼り、北東南三方に屏風をめぐらして安置する。

正月七日にいとなまれる内棺の儀まで、大行天皇はこの「御船」のなかで眠ることになる。

新帝の践祚儀は九日にいとなまれるとのことである。

崩御が公表されるや、忠至は「建白」を提出した。大行天皇の山陵造営と荼毘《だび》儀廃止をもとめる建白だった。

徳川時代の歴代天皇の遺骸は、荼毘儀をいとなんだのち泉涌寺泉山廟《せんざんびょう》の石造仏塔墓九輪塔のしたに埋葬されてきた。それをあらため、火葬の作法を廃し、御陵を築造して遺骸を奉祀すべきだというのである。

「大行天皇はわけても御孝節あつき天子であらせられ、神武天皇御陵をはじめ歴代の山陵修補を御成功なされた方でござりまする。その玉体を仏葬になしたてまつり、九輪の御塔のしたに埋め申しあげることは、ゆめ、まかりなりませぬ」

忠至はそう関白にせまり、三日三晩つめきって議論して動かなかったという。天皇の御愛勅をこうむり「永々の山陵奉行」を拝命した忠至は、前年三月には宇都宮藩から一万石の分与をうけて高徳藩を興し、すでに大名の地位にあった。京にあっては、関白や議奏、伝奏とどうよう毎日の参内をつとめとする破格の待遇をあたえられており、そのたび天皇の容態が急変してからは、それでなくてもぶっ通しで内裏につめていた。

「天神御子《あまつかみのみこ》にましします天皇を、これまで御火葬に付してきたことはいまさらどうにもなりませぬが、御祖父光格天皇より追号・院号をあらため、諡号・天皇号も古制を復活いたしましたうえは、大行天皇におかれましては、なんとしても山陵の御回復をはたさねばなりませぬ。お承けいただくまでは、どうあっても退出はいたしませぬ。その覚悟で参じましてござります」

仏都　倭京《やまとのみやこ》をみおろしつつ飛鳥岡《あすかのおか》で荼毘の煙となった持統天皇の薄葬にならって、火葬によって送られた歴代の数は半数をこえ、大規模な山陵をいとなまぬことはしぜんのなりゆきとなっていた。

なかにも、仏教が王家の葬送にぬきがたく関与することになった仁明天皇いらい、追善の仏事と国家鎮護の祈禱とは一体のものとしてとらえられ、さらに遺骨をいったん寺院に安置して供養をおこなうようになった時代には、火葬はむしろ必然の葬方となった。

のち王法と仏法の蜜月にピリオドがうたれ、やがて王家が一権門どうぜんに成り下がり、あるいは王権が風前の灯のようになった時代にあっても王家と寺院社会は密接なかかわりをもち、祭儀においても神祇と仏が渾然として共存してきたのだった。

徳川時代にはいって火葬が停止されたのは、四代将軍家《いえ》綱《つな》治世下の承応三年（一六五四）、「神宮例幣使」を再興した後光明《ごこうみょう》天皇の大喪儀においてのことだったが、いぜん火葬になぞらえた荼毘作法はつづけられてきた。葬送の儀にかかわるいっさいをとりおこなうのが、泉涌寺をはじめとする寺門の僧侶なのだからとうぜんのことだった。

忠至は、この火葬儀を廃し、さらに山陵造営を再興し、純然たる土葬をもって先帝を山陵に祭祀しなければならないと主張した。それが古制の復興、すなわち「御回復」なのだというのである。

忠至の理念にてらせば、天日嗣《あまつひつぎ》すなわち天神御子《あまつかみのみこ》の喪儀を仏式でいとなむことは道を逸することにほかならない。まして万乗《ばんじょう》の玉体を灰燼に委《まか》せたてまつるとは！

そもそも仏教はいかがわしき外来の教えなのであり、本来なら、いっさいのことがらから仏教色を払拭しなければならないはず。だが、いまはともかく、目前にせまった葬儀の場から坊主をしめだし、読経の声や線香のにおいを遠ざけ、陵所を寺域から外すことが肝要だった。

「建白」が物議をかもさぬはずがなかった。仏教が伝来してすでに一三〇〇余年。その間、仏教と無縁にこの国のマツリゴトがおこなわれたためしはなく、わけても公家社会は主上《おかみ》から堂上地下《とうしょうじげ》のはしくれまで、まさに毛細血管をとおってすみずみまで血液がゆきわたるがごとく寺門の勢力がおよんでいた。彼らが黙っているはずがないのだった。

なかにも、泉涌寺がおいそれと皇室の香華院《こうげいん》としての地位と既得権を手放すとは思えなかった。鎌倉時代に後堀河院が泉涌寺を皇室の祈願所とさだめ、皇子《みこ》四条天皇を境内の後山に埋葬していらいこの寺は、亡き御霊に香をたき華をそなえる天皇家の菩提寺としてさかえ、北朝の後光厳院いらいの歴代はこの寺で荼毘に付され、御分骨所、御灰塚もおかれてきた。

　徳川時代に入ってからもどうよう、歴代すべての葬儀をとりしきってきた寺院なのであり、境内にある月輪陵《つきのわのみささぎ》・後月輪陵《のちのつきのわのみささぎ》には、はじめて境内に埋葬された四条天皇の九輪塔を中心に、後水尾天皇いらいの一三代および皇后、皇子、皇女が、あたかも一家をなすように肩寄せあってねむっている。

　あんのじょう通夜もそこそこに皇后や御内儀ら、宮方、門跡方、尼宮らがうちそろっての議論となった。

　関白二条斉敬が、おおいに恐懼しつつ、しかしいかにももっともらしく葬儀次第の古制への復帰と山陵回復について奏問する。

「大行天皇は天神御子《あまつかみのみこ》であらしゃりますゆえ、こたび、かたちばかりの御火葬儀を廃し、かくれもなき御土葬をもって山陵に祭祀たてまつりますのが御回復にござしゃりますれば、これにまさる叡慮遵奉はありますまいと存知たてまつります」

　こたえる者はだれもない。それじたいが一座の戸惑いの深さ複雑さを語っていた。

「ではございますが……」

　しばしあって、やんわりと刀をかえしたのは泉涌寺長老だった。

「御父院、御祖父院と御一所《おんひとところ》にあらせられるほうが思し召しにかなうのではありますまいか」

　本質に切りこむことを避けての巧みないいまわしで、関白にたいしてというより妃《きさき》方宮《みや》方のほうに声をさしむけて長老はいった。

「泉山には徳川さまになってこのかたの御歴代の御塔《みとう》がございます。それを、御一方《おひとかた》だけはなれて葬り申しあげるというのは、いかにも情けないことに思われます」

「たしかに……」

　ため息とも言葉ともつかぬ声がいっせいに吐きだされた。

「やはり御歴代と御一所になさいますほうが御篤《おあつ》いように思われます」

　おのおのが、目と目をあわせてうなずきあう。

「それに、御荼毘儀を廃されるというのもいかがなものでございましょう」

「成仏できませぬ……」

「なんと……！」

　成仏できない。まがりなりにも仏法をよりどころとしている人々にとってそれは、何よりも恐ろしいことだった。

「仏になられるのでなければいったい何に……！」

　どの顔にも、ありありと不安の色がうかびあがった。

「高天原に御帰りあそばすのでござりまする」

御回復の意味をさっぱり理解しようとしない妃たち宮たちに業を煮やし、忠至が割って入った。

「大行天皇は天神御子であらせられます。そもそも、そのような御歴代の喪儀が仏式でいとなまれてきましたことこそが中古の御失態。このたびは何がなんでも御回復でなければなりませぬ」

「御回復、御回復と申されますが……」

「古制に回帰するということでござります」

「古制と申されますと……」

「仏などという異国の神や、仏法なる渡来の教えが伝わる以前の、神《かむ》ながらのすがたに復るということでございます」

「異国の……」

「さようでございます。始祖王神武天皇の御始めには、そのようないかがわしき神も法もござりませなんだ。その御始め、建国の御始めの本来のすがたに復そうということなのでござります」

「はあ……、御始めでございますか……」

「それならばそれで……」

にわかに納得できることではない。「それならば……」と、相槌をうつのが宮さまはじめ後宮方《こうきゅう》には精一杯。なにしろ、「古制」なるものがいかなるものなのか、彼ら彼女らには想像することもできなかったのだからしかたがなかった。

慶応三年（一八六七）正月一日、忠至の「建白」は朝議をへて摂家、公卿一同に下問され、二日には「仏法渡来以前」にさかのぼる山陵の復興、荼毘儀《だびぎ》の停止を了承。三日には、朝議において「御回復」が決定された。

つぎなる問題は陵地をどこにするかということだった。これもまた、ぬきさしならぬ応酬が泉涌寺とのあいだにくりひろげられた。

二〇〇年ものあいだ泉山廟いがいの埋葬地など考えてみたこともなかった皇族や公家たちに、とっさにアイディアの浮かぼうはずがない。がぜん忠至たちの主張がリードした。荼毘儀廃止と山陵造営とは不可分のものだった。どちらが欠けても「御回復」は実現しないのだから。

条件は、泉涌寺から離れたところ。葬儀をはじめ、将来営々といとなまれることになる追孝の祭儀に、寺門がけっして口を挟むことがないような場所。というわけで、天智天皇陵のある山科つづきの山並み、もしくは神楽岡《かぐらおか》が候補地にあげられた。

神楽岡とよばれる吉田山には、ふるくから京を守護する神の鎮座する吉田神社があり、さきの修陵では、五〇四両をついやして後一条天皇の火葬所が修補されていた。

長元九年（一〇三六）四月一七日に亡くなった後一条院は、五月一九日に神楽岡の東麓で荼毘に付された。先例は、寛弘八年（一〇一一）にいとなまれた一条院の葬送にあおがれた。

火葬当日の夕刻、御前僧二〇人、関白藤原頼通《ふじわらよりみち》いか公卿らにつきそわれて一条院御所を出た天皇の棺は、鳥居をたて、荒垣と内垣の二重の垣をめぐらせてもうけた荼毘所にうつされ、僧正《そうじょう》、権僧正《ごんのそうじょう》らが念仏をとなえるなかで荼毘に付された。酒で火が消されたあと前大僧正《さきのだいそうじょう》、僧正らが真言をとなえて土砂をまき、公卿らが骨を拾って茶垸壺——唐製白磁の美しいものだったといわれる——に納め、いったん浄土寺に安置された。

火葬所は、盛り土をして火葬塚とされた。まもなくその地に、母后上東門院彰子《じょうとうもんいんあきこ》が陵寺《りょうじ》菩提樹院を創建し、遺骨はその床下に納められた。のち、御堂《みどう》がそのまま天皇陵とされ、菩提樹院陵《ぼだいじゅいんのみささぎ》とよばれてきた。つまり後一条院陵は、寺院と御陵が完全に一体化した「堂塔式陵墓」のはしりだったというわけだ。

そうした経緯を山陵奉行たちがどこまで知っていたかはさだかではない。が、忠至たち修陵チームは、ながく菩提樹院陵とよばれてきた寺院の跡地そのものを修補するのではなく、近辺にあった古代の円墳を利用して改修をほどこし、直径四〇メートルもある「古制の山陵」さながらのすがたで火葬所をあらたに創り出した。

神のまします場「神座《かみくら》」の岡に名の由来をもつ神楽岡。古来いく多の祭葬礼がいとなまれてきたその地がよかろうと、正論家の意見はおおむねまとまりつつあった。

待ったをかけたのが泉涌寺だった。陵所は何がなんでも泉涌寺の境内でなければならないと。

彼らは後宮《こうきゅう》を動かすことでこれを制した。荼毘儀もいとなまず、歴代の御霊のやどる御廟にも埋葬しないなど、それだけでもしっくりしないし心もとない。彼女たちにしてみれば、追善といえば御寺《みてら》、御寺といえば追善、祖先の菩提を弔うことと御寺の存在とは不可分なのであり、泉涌寺の主張こそがもっともにちがいなかった。

仏法が伝わるまえのやり方にもどすなどといったところで、御位牌はいったいどうなるのだろう。内裏の奥の御黒《おくろ》戸《ど》には、歴代天皇、皇后の位牌や念持仏がずらり安置されている……。彼女たちにとってはまさに身近で現実的な問題だった。わけても皇女である門跡《もんぜき》寺院の尼宮たちは、日々、勤行《ごんぎょう》をいとなんで皇室の菩提を弔い、忌日には、お黒戸で追善法会をいとなむことをつとめとしていた。

御位牌もなくなるとなれば、いったいどうやって大行天皇の菩提を弔ったらよいのだろう。そればかりが案じられる彼女たちには、僧侶の読経も線香の香りもとどかぬ神楽岡の地は、無縁の地さながらさみしいところに思われた。そんな彼女たちに、菩提などということそれじたいが渡来のみだりな教えの産物なのだと、いくら説いてみたところではじまらないにちがいなかった。

はたして、泉涌寺の巻きかえしはなかば成功した。陵所は、双方の主張の中庸をとって泉涌寺の近傍、境内にある月輪陵・後月輪陵の後方の山をあてることに決定した。

一月二日、忠至は京都町奉行大久保忠恕とともに泉山廟所の東の裏山におもむき、陵所予定地の区画をさだめた。なんとも慌ただしいスケジュールだった。四日には、山陵御用掛の野宮定功、柳原光愛、広橋胤保が、武家伝奏、京都所司代、諸陵寮官人らをともなって予定地を検分、兆域二五間を画して正式に陵地とした。

七日、予定どおり「御内棺の儀」がおこなわれた。「御船」は、長さ約二五〇センチ、幅一五〇センチ、高さ一五〇センチメートルの「御棺」のなかに納められ、一〇日には常御殿《つねのごてん》から清涼殿へと移された。

ここで抹香、燈心、粉炭、樟脳、光明朱などを詰められた「御棺」はさらに「御槨」に納められる。「御槨」のサイズは、長さ約二七〇センチ、幅一七〇センチ、高さ一七〇センチメートル。これがやがて山陵にはこばれ「御宝壙《ほうこう》」すなわち墓穴のなかに埋められる。

葬送の儀は、二七日にいとなまれる予定である。

入棺をおえるとともに僧侶たちの読経がはじまった。喪上げの儀から寺門を追いはらうにいたるには、さすがに時間がなさすぎた。

導師をつとめたのは泉涌寺長老の尋玄《じんげん》。陽道《ようどう》、湛然《たんねん》両長老をはじめ衆僧一七人が助法して御修法《みすほう》がいとなまれた。のち葬儀までのあいだ、公卿、殿上人が交替で清涼殿にひかえ、泉涌寺の僧侶らは昼夜光明真言《こうみょうしんごん》をたやすことなく、中古いらいの作法にしたがってねんごろな勤行をいとなみ、殿内は、仏教色一色にいろどられた殯宮《あきらのみや》と化した。

一三日には一五代将軍徳川慶喜が京都守護職や所司代、老中らをともなって参内し、御香典として白銀三〇〇枚がささげられた。将軍は霊柩を拝し、焼香をゆるされたが、守護職以下幕府の重鎮たちには、拝礼のみで焼香はゆるされなかった。

比較の当否はさておき、白銀三〇〇枚というのは、たとえばペリーがやってきたとき国書の受けとりを拒否できなかった幕府が、東照大権現《とうしょうだいごんげん》家康に「なにとぞ幕府をお守りください」と祈願したさいに奉幣した一〇〇枚の三倍に相当する。

が、幕府の費えはそんなものではすまされない。本来の費えならばまだしも、そのたび、復古・回復のかなめは中古いらいの作法を払拭することにあるというわけで、思いもかけぬ無駄遣いと徒労を余儀なくされていた。

大喪が発せられるや、幕府は先帝の例《ためし》にのっとって準備をはじめた。葬儀までにそろえなければならない調度や道具だけでも尋常ではない。ましてこんどは寝耳に水の崩御だった。

　大津の石原精一郎《いしはらせいいちろう》、信楽《しがらき》の多羅尾民部《たらおみんぶ》は御調度掛《おんちょうどかかり》、代官小堀数馬《こぼりかずま》は御賄掛《おんまかないがかり》、木村宗左衛門《きむらそうざえもん》は御道具掛《おどうぐがかり》、大工頭《だいくのかみ》中井保三郎《なかいやすさぶろう》は御車掛《みくるまがかり》というように、旧来からうけもちの決まっている者たちがいっせいに支度《したく》にとりかかった。もちろん仏葬の支度である。

　たとえば、泉涌寺の境内に「夢の浮橋」という小橋がある。そこから本堂まで二三町《にさんちょう》ばかりある道のりのちょうどなかばあたりに、「龕前堂《がんぜんどう》」とよばれる三間《さんげん》から五間《ごけん》四方の御堂《みどう》を設営しなければならなかった。なかには宝龕《ほうがん》が納められている。すなわち、葬儀のさい、葬送の列を堂前で止め、「御棺」をいったん牛車《ぎっしゃ》から宝龕に移し、「龕前堂」で泉涌寺の僧侶らが読経をあげ、引導の儀式をおこなうのが通例となっていた。

　また、葬列の通る道の左右には、八寸回り、つまり直径八センチもある金銀塗りの蝋燭をたてて参道を照らす。数は半端ではない……そのほか、八方の「御鳳輦」、あまたの供物や火箸など、仏事作法に必要ないっさいの支度を崩御から一〇日あまりのうちに調えるのがつねであり、おのずから準備に拍車がかけられた。

　それらが、突如、無用のものとなったのだ。

　九日、仏式葬儀の核心をなす施設「龕前堂」の名があらためられ、そこでいとなまれる寺門の作法を停止するむね通告が発せられた。

　新帝践祚儀のいとなまれたその日は、摂関制の枠組みのもとでの最後の関白になることになる――もちろん何人《なんぴと》もそんなことは思ってもみない――二条斉敬《にじょうなりゆき》が、おなじく「童帝」後見としての最後の摂政に任じられた。

　通告によれば「龕前堂」は「御車舎《みくるましゃ》」へと改称、「御棺」の宝龕《ほうがん》への移御《いぎょ》は停止し、「御車」にのせたまま堂前を通《つう》御《ぎょ》するとあり、さらに、それまで僧侶によっていとなまれてきた「三頭作法」すなわち茶毘所における所作法式を廃し、山陵御用掛、山陵奉行、諸陵寮官人の供奉による「山陵埋葬儀」にあらためられることとなった。忠至の要求が朝廷にみとめられ、ついに実現するはこびとなったのだった。

　泉涌寺に衝撃がはしった。耳をうたがうような通告だった。僧侶すなわち聖職者ではなく、役人や奉行ごとき俗人の手によって埋葬儀がいとなまれるという。しかも、僧侶は御凶事門《おんきょうじもん》からさきに立ち入ることもまかりならぬというのである。もはや坊主の出る幕はないと、そういわんばかりの通告だった。

　北朝後光厳院《ごこうごんいん》の崩御いらい五〇〇年、歴代すべての葬儀はこの寺がしきってきた。じっさいの火葬が停止されてからも茶毘儀は旧来の作法どおりにいとなみ、「御密行」と称して僧侶ばかりの手で内々に廟所の仏塔の下に埋葬してきたのだった。それがなんたる沙汰か……。

だが、泉涌寺が地団太を踏んでいるあいだにも、山陵造営は急ピッチですすめられた。とにもかくにも時間がなかった。

陰陽助幸徳井保源の奉仕によって陵所地鎮祭がおこなわれたのが一七日。葬儀までは一〇日をきっていた。

「まず人足を日々五〇〇人いれ、昼働いた者は夜休ませて、夜さらに五〇〇人いれて、五六《ごろっ》か所に大松明《おおたいまつ》を焚いて仕事をいたさせます。わたしどもは草履をはいたまま昼夜兼行で、ひととおりのことではございませぬ」

不眠不休で請負や人足を動かさねばならなかった文久修陵いらいのチームメンバーのひとり、宇都宮藩士新恒蔵《あらたつねぞう》が当時を回想して語ったところによれば、工事は「清浄にいたすが第一」ということで、穢れのない者を厳重にえらんで人足とし、「御陵の形にはできぬが、ただ御入れ申すだけにさえできればよい」との方針により、昼夜兼行ですすめられたという。

ほかに方針のとりようもないにはちがいない。ともあれ山腹を削って平らにし、「ただ御入れ申すだけ」すなわち、大行天皇の棺の入った「御槨」がすっぽり納まるサイズの「御宝壙《ほうこう》」を掘り、堅固な石造りの外槨をもうけることだけに作業は集中された。

宝壙の大きさは、縦およそ五・五メートル、横四・五メートル、深さ五メートル。そこに厚さ一五センチの生松材を切り合わせて組みたてた、縦横同サイズ、深さ三メートルあまりの箱をぴったりと納める。これが、墓穴の土と霊棺を納める石槨とをへだてる外箱になる。

つぎに、厚さ三〇センチほどの白川石を入れて石槨をつくる。まっ白な花崗岩でできた「御石槨」。埋葬のさいにはこのなかに「御槨」を納め、おなじく白川石を磨いて造った板状の蓋五枚をならべて覆うことになる。

期日までに完成しなければならないのは宝壙だけではなかった。宝壙の上屋《うわや》となる檜皮造りの建物「御須屋《みすや》」をつくり、南正面には鳥居をたて、周囲には荒垣をめぐらさねばならず、くわえて祭儀をいとなむための「御拝舎《はいしゃ》」を造営しなければならなかった。

つい半月前まで、泉涌寺の裏山にすぎなかったところの林を分け、樹をたおし、根を掘りおこし、斜面を削り、道をつけ、そして石材や木材を運びあげる。道はもちろん、棺を乗せた車の重さにたえられるよう強度を確保しなければならなかった。

突貫工事が成ったのは地鎮祭の日から数えることわずかに七日、一月二三日のことだった。

この日、朝議は大行天皇の諡号を決定、あわせて陵号が治定された。

諡号は「孝明」。生前、山陵修補復興をなしとげ、祖神への「莫大の御孝道」をおこなった聖徳を顕彰し、その

「孝」をとこしえに「明」らかにすべく撰定された諡《おくりな》だった。

　山陵は、号して「後月輪《のちのつきのわの》東《ひがしの》山陵《みささぎ》」。いまだ山腹に墓穴をあけただけのむきだしの墓所だが、まもなく山を削りだして三段の円丘を築き、周囲を石垣でかためた堂々たる王陵が、王政復古を告げるモニュメントとして成功することになる。

　二五日、山陵御用掛の野宮、柳原、広橋および凶事伝奏日野《ひの》資宗《すけむね》、凶事奉行坊城《ぼうじょう》俊政《としまさ》が陵所に参向して「御宝壙」を検分。翌二六日には重さ一〇〇貫目のものを乗せた車をひきあげて道試《みちだめ》しがおこなわれた。

「御回復になって、僧侶は少しも手障《てざわ》ることのできぬようになりました」

　新が回想するとおり、何もかも、準備のいっさいが山陵奉行と御用掛の采配のもとですすめられ完了した。

「それゆえに僧侶の方では、俗にいう目途が外れたというようなことで恐れ入ったことでござりますが、土地のいい伝えに、天子さま崩御にならせられると泉涌寺の四《よん》長老は隠宅をかまえて隠居するというほどでありますから、さぞかし結構なことにござりましたでしょう」

　神武陵の修補から先帝山陵の造営にいたるまで、ぴたり忠至に寄りそうようにして仕え、御一新ののちには神祇官に奉仕したという新恒蔵。いかにも勤皇藩士ならではの云いにはちがいないが、当の泉涌寺にとっては、「目途が外れた」などといってすませられるような生半《なまなか》な改変ではとうていなかった。

　一月二七日、いよいよ「大喪儀」の日をむかえた。

　午前一〇時には、先例にならってタテマエとしての「薄葬の遺詔」が奏せられ、午後二時、棺が清涼殿を出る。

　供奉をする公卿、堂上が御車寄《みくるまよせ》前に二列にならぶ。神嘉殿の南には征夷大将軍がひかえ、月華門《げっかもん》前には、新帝睦仁《むつひと》をはじめ親王、摂政以下見送りの公卿、堂上が二列にならんで見まもる。

　そのなかを、素服に身をつつんだ近臣たちの手によって、玉体をおさめた棺《ひつぎ》が出御、牛車《ぎっしゃ》に遷された。

　葬列の出発は午後六時。南門から、西の築地《ついじ》を壊してもうけた仮門の外に出たところで牛車をとめる。泉涌寺長老尋玄が後方に陪乗する。

　葬列を先導するのは山陵奉行戸《と》田《だ》忠至《ただゆき》だ。あとに諸陵寮頭藤島助胤《ふじしますけたね》がつづく。斬新な光景だった。そのたびの大喪儀が「新儀」であるゆえんを、彼らほど雄弁に語るものはなかった。以下、谷森善臣《たにもりよしおみ》ら諸陵寮の官人たち二〇人余が左を上《かみ》として二列になってつらなる。雑色《ぞうしき》、白丁《はくちょう》、傘持《かさもち》にいたる従者の数は、忠至が一〇人、つづく官人たちもおのおの従者をつけての参列なので、先導グループだけでも一〇〇人をこえる集団となった。

　五頭の駿牛《しゅんぎゅう》が轜車《じしゃ》をひく。

そのあとに、童子《わらわ》、滝口《たきぐち》、蔵人《くろうど》をはさんで右大臣、前関白、内大臣、大納言を筆頭に五〇人もの公卿が列をなし、さらに堂上、非蔵人らがつらなった。右大臣徳大寺公純《とくだいじきんいと》の従者の数は二〇人余、前関白近衛忠煕《このえただひろ》の従者は三〇人余、大納言以下の公卿でも一〇人前後をしたがえての参列であってみれば、ざっと五〇〇人から六〇〇人のお公家集団となる。

そのつぎが武家のグループ。大目付川勝広運《かわかつひろかず》ら三人の先導のあとに、大納言右大将《うだいしょう》征夷大将軍徳川慶喜《とくがわよしのぶ》が従者二〇〇人余をしたがえ、さらに列外に士分を随従させて参列。つづいて京都守護職松平容保《まつだいらかたもり》、京都所司代松平定敬《まつだいらさだあき》、老中板倉勝静《いたくらかつきよ》、高家中条信礼《ちゅうじょうのぶのり》、同大沢基寿《おおさわもとすみ》以下の武家がおおの従者をしたがえてつらなった。

長さにしたらいったいどのぐらいになるのだろう。あわせて一〇〇〇人を数える葬列が、御車牛《みくるまうし》の歩みにあわせて泉涌寺惣門までソロリ、ソロリすすむ道中を、町奉行、組与力、同心ら一〇〇〇人が守護したという。

仮門を出た葬列は、烏丸《からすま》通りを南にすすみ、三条通りを東にすすみ、京極通りを南にすすみ、五条通りを東にすすんで賀茂川をわたり、伏見街道を下って泉涌寺惣門にいたった。

棺を乗せた牛車が泉涌寺の山内に入り、「御車舎」と名をあらためた御堂に入御したのが深夜の一一時。葬列の末尾がどのあたりにあったかは知るよしもないが、出発から途路二度の休息をはさんで五時間ののち、尋玄長老を導師としてささやかな読経、修法がいとなまれた。

これが、天皇の喪儀における史上最後の仏事となった。

かつて「御棺」を「宝龕」に移御し、大喪儀の最大の儀礼となる荼毘作法をいとなんだ「龕前堂」は、入御とは名ばかり、牛車がひとときとどまって素通りするだけの「御車舎」にとってかわられた。まさにお飾りていどの読経をあげる泉涌寺長老はじめ僧侶らの屈辱はいかばかりであっただろう。つぎの瞬間にも彼らは無用の者としてしりぞけられ、喪儀にかかわるいっさいを禁じられるのだった。

そしてそのときはすぐにもおとずれた。牛車が凶事門《きょうじもん》にいたるや僧侶たちは門外にとどめおかれ、そこからさきの祭儀はすべて山陵奉行の掌《て》にゆだねられた。

午前二時、坂にかかるところで「御棺」は牛車から葱華《そうか》輦《れん》に移された。埋葬の地までは輦《てぐるま》で急勾配を登らねばならないが、輦はなみたいていの重さではなかった。

亡骸をさいしょに納めた「御船」の重さだけでも、七星盤に樟脳やら光明朱やらの詰め物の重さを加えると一〇〇〇キログラムをこえていた。これをさらに六〇〇キログラムもある「御棺」に納め、さらに六四〇キログラムの「御槨」に納めた。「御槨」に入れた詰め物がおよそ二三〇キログラムだというから、「御棺」の総重量はざっと二・五トン。輦に移しかえるだけでも至難なら、それに輦じたいの重さが加わった全車体を中腹の陵所まではこびあげるのは苦行さながらの業《わざ》だった。

「御棺を御手車に御移し申しあげるまでは、わたしども五人でやりたいと思ったが、なかなかそうはゆきませなんだ。そこで隠し人足に曳《ひ》かするよりほかはないということになり、終始し・い・し・い・という警蹕《けいひつ》で、鐵《くろがね》の梃《てこ》にて押して御棺をもちあげましてござります」

新のいう「わたしども五人」というのは、それまで忠至の手足となって山陵奉行の職責遂行をささえてきた宇都宮藩の家臣たちである。彼らがいかに強者《つわもの》であったにせよ、五人で歯がたつしろものではとうていなかった。そこで、本来なら、尊骸そのものである「御棺」など、刹那拝むことさえゆるされないような賤しい者たちの手を借りないわけにはいかず、「しいしい、しいしい!」「しいしい、しいしい!」と、たえず蹕《さきばらい》の声を発して賤しさをいましめつつ、それを掛け声のようにして力をあわせ、鉄の梃をもちいてようやく棺をもちあげたというのである。

ちなみに、明治天皇の霊柩は轜車《じしゃ》の重さをあわせて二・八トンあった。それを、皇居から青山練兵場の葬場殿までは駿牛《しゅんぎゅう》五頭がひき、のち霊柩は特別列車に安置されて東海道を西にむかい、桃山駅で葱華輦《そうかれん》にうつされた。

そこから「伏見桃山陵」の祭場殿までおよそ一キロメートルの斜面を、一〇五人の八瀬童子《やせのどうじ》が一番肩、二番肩に分かれて交替で輦をかつぎ、一時間かかって運んだというくらいだから、ほぼ同じぐらいの重さの輦を、土を固めて造ったばかりの急勾配を山上へとかつぎあげなければならなかった新たちの奮迅はいかばかりだっただろう。

そしてそれほど重い棺を、陵所の宝壙のなかの石槨にぴったり納めおろすのも、神聖な儀式というよりは土木工事さながらだった。

御須屋《みすや》の梁《はり》に太い紐をかけ、車地《しゃち》でまきあげて宙づりにし、宝壙の中央まで動かしてゆっくりとおろしていく。しっかりと納まったところで柳原大納言以下山陵御用掛の公卿らがそれをたしかめ、しばらく休憩したのち、磨きのかかった板状の白川石五枚をもって石槨に蓋をした。

薄紅《うすくれない》に染まりはじめた空が、晩い冬の暁を告げていた。

いよいよ土をかける。御用掛の公卿および山陵奉行忠至が鍬をとり、形のごとく三度ずつかける。じっさいには土ではなく、栗石《くりいし》を一メートルほどの厚さに詰めてゆく。これも隠し人夫らの手をかりて、隙間なくていねいに、しっかりと詰められる。東西四・五メートル、南北五・五メートル四方もの穴を埋め固めるに、土をもってしてではやはりたよりない。しかるべき強度が必要だった。

念入りなチェックがおこなわれ、何度目かの休憩のあと埋葬作業は再開された。二八日の太陽がいつしか子午線をこしていた。

午後二時、ついに宝壙を封じるときがきた。厚さ一五センチ、長さ三メートル五〇センチの白川石の板「御蓋石」一三枚を東西にわたして墓穴に蓋をする。東から数えても西から数えても七枚目にあたる中央の「御蓋石」には「陵誌」が彫《きざ》みこまれている。山陵御用掛大納言広橋胤保《ひろはしたねやす》が調筆したものである。

**後月輪東山陵慶應三歳次丁卯**
**春正月丙朔二十七日壬午葬**

おしまいに、丹念に土をかけて平らにととのえ、高砂を山のように盛りあげて埋葬は完了した。

午後四時。「御陵所の儀」ともいうべき神饌献供祭《しんせんけんぐさい》がいとなまれる。高砂の山の四隅に金紙花をたて、御須屋、鳥居には絹地の幌をかけ、鳥居の前にしつらえた八脚案に御供物をそなえて奉拝する。参列した公卿、官人がつぎつぎと玉串をささげ、女房たちに参拝がゆるされるころにはもう午後八時をすぎていた。

それらの祭儀がすべて終了したあと、わずかにかぎられた僧侶たちに焼香、読経がゆるされた。これが陵所に僧侶がたち入った、おそらく最後の機会であっただろう。

直後、陵所の下に番所がつくられ、新たち山陵奉行配下の家臣らが浄衣《じょうえ》に身をつつみ、御須屋に油をたやさぬよう昼夜つめきりで奉仕した。

餅や酒や鮮鯛——殺生を戒める仏式ではありえない——など、連日のように御供物がとどけられる。それらを陵前に供えるのもまた番所につめる者たちの役割だったから、もはや寺門の手をわずらわせる必要はどこにもなかった。

さて、斜面に穴を穿って埋めただけの陵所に、山を削って土を盛り、直径四二メートルもの三段築成の円墳が築きあげられたのは、同慶応三年（一八六七）の一〇月一八日。五月に築造工事が再開されてから半年をついやしての成功だった。

三段の墳丘は、それぞれ周囲に石垣を積んで成形され、円墳とはいいながら最上段は対辺一三メートルの八角形——天皇のなかの天皇《キング・オブ・キングス》の象徴——をなし、その中央に巨石をおいた独創性あふれる山陵となった。南面には各段ごとに鳥居をたて、檜皮の屋根のついた「拝所」をもうけ、白砂がしきつめられた。

一〇月二九日、その聖なるスペースで「山陵竣功奉告祭」がいとなまれた。勅使大納言日野資宗《ひのすけむね》、山陵奉行戸田大和守忠至をはじめ諸陵寮の官人らが参向し、生前、歴代山陵を古制に復せしめた先帝の芳績をたたえ、天下泰平を祈願した。「大喪儀」の直後、二月一六日にはすでに「謚号奉告祭」がいとなまれており、ここに大喪にかかわる山陵祭典の再興がはたされた。

すなわち奈良・平安王朝いらい山陵造営、追謚、国忌などの停止を遺詔し、「薄葬」を慣わしとしてきた伝統にピリオドがうたれ、のち山陵祭典が国家統合の機軸となっていくプロセスが、天皇明治、天皇大正、天皇昭和へと継承されていくことになる。

ちなみに、大正天皇と皇后の「多摩陵《たまのみささぎ》」「多摩武蔵東陵《たまのむさしのひがしのみささぎ》」、昭和天皇と皇后の「武蔵陵《むさしのみささぎ》」「武蔵東陵《むさしのひがしのみささぎ》」の四陵のある武蔵陵墓地は、およそ四六万平方メートルの広大な面積をしめる。平成天皇・皇后もまたこの地に埋葬されることになっているといい、二〇一二年四月二六日、宮内庁は、「今上《きんじょう》天皇および皇后の意向により旧来の土葬から火葬に変える方針で検討する」と発表した。天皇と皇后をいっしょに埋葬する「合葬」も視野にいれて検討されるという。

歴代山陵の修補と復興をなしとげ、祖神への孝道をはたした先帝「孝明」の聖徳をたたえて造営された「後月輪《のちのつきのわの》東山陵《ひがしのみささぎ》」。

削りだされ、たかだかと盛りあげられた土色も真新しく、三段築成の墳丘にめぐらせた石垣が、光をたくわえて鈍《にび》の白銀《しろがね》にかがやいて見える。まさにみあげるばかりの巨大モニュメントのその前に、山陵の回復と祭典の再興を告げるべくいとなまれた「山陵竣功奉告祭」。この、エポックメイキングなセレモニーが、「大政奉還」を、すなわち朝権の回復を奉告する祭祀ともなったことはいかにも象徴的だった。

先帝陵成功の直前、一〇月一四日には、将軍徳川慶喜が「大政奉還の建白」を上表し、翌一五日には、朝議が建白の了承を決定、天皇から「大政奉還勅許の沙汰書」がくだされた。そのことがあわせて陵前に奉告されたのだった。

いっぽう、歴史の裏舞台では、「賊臣徳川慶喜を殄戮《てんりく》すべし」との密勅が、一三日には島津久光《ひさみつ》、忠義《ただよし》父子に、一四日には毛利敬親、定広父子にあてて発せられていた。天皇が承認した日付のサイン御画日《ぎょかくじつ》も、裁可した証しである御画可《ぎょかくか》もない偽りの詔書である。

はたして「奉告祭」当日の二九日、薩摩では藩主島津忠義が討幕のための挙兵出兵を決し、それからわずかひと月あまりののち、大坂川口《かわぐち》の天保山《てんぽうざん》と兵庫の港に開港・開市を賀する祝砲が鳴りひびいた二日後の一二月九日には、「宮中政変×武力討幕」のシナリオに、みずからの運命とこの国の未来を賭けた大役者たちが、あっぱれ「玉を奪う」ことに成功する。

「徳川内府、従前御委任ノ大政返上・将軍職辞退ノ両条、今般、断然聞コシメサレ候……之ニ依リテ叡慮ヲ決セラレ王政復古、国威挽回ノ御基《おんもとい》立テサセラレ候間《あいだ》、自今、摂関・幕府等廃絶……」

ただちに「王政復古の大号令」が煥発され、この国のだれもが想像すらしなかった摂政・関白の廃絶が宣言された。ここに、保元・平治の乱いらい七〇〇年の武家政治に終止符がうたれたのみならず、貞観八年（八六六）に藤原《ふじわら》良房《よしふさ》がはじめて清和天皇の摂政となっていらい一〇〇〇年つづいてきた摂関制度が廃止された。

この間、京のまちには神符が翩々《へんぺん》と降《くだ》ってきて大騒ぎ。

八月下旬に降った「おふだ」が「おふだ」をよび、降った家では壇をもうけてそれを祀り、酒肴をささげて歓喜することとどまるところを知らず。人々はふるまい酒に酔い痴れ、老若男女のべつなく綺羅《きら》をつくし群れをなして踊り狂った。男は女装、女は男装にて隊列をくみ、俚歌をうたい、太鼓を打ちならしてねりあるく……。

天神様がおどれとおざる　おどりゃ世のなかよう直る
えいじゃないか　よいじゃないか
日本国には神が降る、唐人屋敷にゃ石が降る
えいじゃないか　よいじゃないか
くさいものには紙をはれ
へげたらまたはれ　ええじゃないか
えいじゃないかチョトサ《長と薩》　よいじゃないかチョトサ《長と薩》

夏のさかりに忽然とまきあがった「ええじゃないか」の乱痴気騒ぎがようやく下火になったその年の暮れ、はやくも先帝の一周忌、いや一年祭をいとなむべき日がめぐってきた。祭祀をつかさどる忠至は、またしても資金の工面に頭を悩ませなければならなかった。

たのめるあてといえば前内大臣《さきのないだいじん》すなわち大坂城にある徳川慶喜しかない。だがそれは、もっともたのめるはずのないところに無心にでかけることであり、節を重んじる忠至の観念からすれば破廉恥きわまりない行為だった。とはいえ背に腹はかえられない。忠至は覚悟を決めた。そして、クーデター派、王政復古推進派への怒り渦巻く大坂城へとおもむき、嘆願をくりかえした。

はたして慶喜は、金一〇〇〇両の献金と、旧幕府直轄領の貢納金の一部を不足分にあてることを了承した。老中たちには頭から突っぱねられ、みずからもまったく気のすすまぬ献金だった。

オモテむきの忌日いや正辰《しょうしん》にあたる一二月二九日、「先帝一年祭」はとどこおりなくいとなまれた。皮肉にも、まもなく会津や桑名とともに兵を挙げ、思惑とはうらはら朝敵の汚名を着せられることになる徳川から献じられた賄《まかな》いにあずかって。兵庫の港に開戦の合図となる砲声がとどろく、わずか四日前のことだった。

明けて慶応四年（一八六八）一月二日の夕刻、旧幕府の軍艦二隻が、兵庫沖に停泊していた薩摩藩の軍艦を砲撃した。のち一年半、明治二年（一八六九）五月一八日に函館五稜郭《ごりょうかく》が陥ちることでようやく終結をみることになる内乱の火蓋がきっておとされた。

三日、平安京の羅生門をまっすぐ南に下ること三キロ、

鴨川と桂川が合流する要衝の地、鳥羽・伏見において旧幕府軍と薩摩・長州軍が戦闘を開始。

四日には、仁和寺宮嘉彰《よしあきら》親王を「征討大将軍」とする朝命がくだされ、かつての鳥羽離宮址に官軍の本陣がおかれた。みずからの遺骨を仏舎利《シャリーラ》になぞらえて仏塔の真下でねむりについた白河院、鳥羽院、近衛帝の陵所のある鳥羽東殿《ひがしどの》の「安楽寿院《あんらくじゅいん》」である。

五日、淀川の北岸にあかあかと旗幟《はた》がひるがえった。前年一〇月に、岩倉具視のブレイン玉松操《たままつみさお》のオリジナルデザインによって、手前味噌さながら密造された「錦の御旗」だった。

その瞬間、「薩賊を討つ」という旧幕府軍の名目はくつがえった。

慶喜挙兵の大義は、朝廷のために薩摩藩を討つことだった。その薩摩が錦旗《きんき》をかかげた。彼らこそが天皇の擁護者として正統な資格を得たという証しである。これによって賊となったのは慶喜のほうだった。賊軍に転じた幕府軍は潰走を余儀なくされた。態勢をたてなおそうとして向かった老中稲葉正邦《いなばまさくに》の淀城に入ることも拒まれ、城下に火を放って八幡《やわた》へ後退。そのまま総くずれとなって退却した。

六日夜、慶喜は軍勢をみすてて大坂城をぬけだし、海路、江戸へととって反した。はたして旧幕府軍は自然消滅、諸藩は兵をひきあげ、あっぱれ官軍に転じた薩・長・土・芸軍がやすやすと勝利をものにした。

一月一五日、京都御所では、先帝崩御により延引されていた天皇の元服儀がいとなまれた。ついひと月まえ、山内容堂に「幼沖の天子」とよばれた睦仁は、春をむかえて一七歳を数えていた。

儀式にさきだち、一月三日には伊勢皇太神宮へ勅使がつかわされた。天皇の元服の由を天照大神《あまてらすおおみかみ》に奉告するためである。つづく一三日には、天智天皇陵および先帝三代、光格、仁孝、孝明天皇陵へも「元服由奉幣使」がつかわされた。いちばんに奉告をおこなうべき神武天皇陵への勅使発遣は、内乱拡大による情勢不穏のため先延ばしせざるをえなかった。七日には新政府が「徳川慶喜追討令」を発していたからだ。

「去《さる》三日、麾下《きか》ノ者ヲ引率シ、剰前《じょうぜん》ニ御暇遣《おんかけん》サレ候《そうろう》会《かい》・桑《そう》等ヲ先鋒トシ、闕下《けっか》ヲ犯シ奉リ候勢、現在、彼ヨリ兵端ヲ開キ候上ハ、慶喜反状明白《よしのぶはんじょうめいはく》、始終朝廷ヲ欺《あざむ》キ奉リ候段、大逆無道《たいぎゃくむどう》、モハヤ朝廷ニオイテ御宥恕《おんゆうじょ》ノ道モ絶エハテ、已《や》ムヲ得サセラレズ追討仰付《おおせつけ》ラレ候……」

九日、新政府は大坂城を接収。一〇日には慶喜、会津藩主松平容保、桑名藩主松平定敬はじめ朝敵となった幕僚ら二七人の官職を剥奪し、京都藩邸を没収。旧幕府領を直轄下におくとした。

東海道、東山道、北陸道の三道にはすでに、江戸城を攻撃すべく「鎮撫使」が出撃していた。

二月六日にはさらに「天皇親征」の方針が決定。東海・東山・北陸三道「鎮撫総督」は「先鋒総督《せんぽうそうとく》兼鎮撫使《ちんぶし》」へと改称され、あらたに「東征大総督」に任命された有栖川宮熾仁《たるひと》親王の指揮下にはいった。

二月一五日、熾仁親王は東征軍をひきいて京都を進発、三月五日には駿府《すんぷ》に到着。六日の軍議において、江戸城総攻撃を同月一五日とすることが決定した。

三月八日、京都御所では国家祭祀となった「神武天皇例祭」への勅使発遣の儀がいとなまれた。午前一〇時、天皇は前回どうよう紫宸殿に出御し、神武天皇陵を遥拝した。前回というのは、内乱による物騒がしずまるのをまって二月一〇日にいとなまれた、神武陵への「元服由奉幣使」発遣の儀のことである。

維新政府がおこなう二度目の始祖王陵奉幣となったこのたびの勅使には、その春七〇を数えた老練公卿権中納言愛《おた》宕通祐《ぎみちます》が任じられたが、彼に課せられた役割は、いままさに「天皇親征」すなわち天皇を軍事統帥者として東征がすすめられ、数日後には江戸城を総攻撃しようとするにあたり、追討戦争への冥助《みょうじょ》を祈願することにあった。

「……去る正月に干戈《かんか》を動かすの災起《わざわいおき》し……人心の不安、国家の不静によりて、数多の鎮撫使を四方に差向《さしむかわ》しめて、すみやかに姦賊を絶《たた》しめんと所念行す……」

「例祭」当日の一一日、愛宕《おたぎ》は、陵前に神武天皇の武徳を顕彰するとともに、朝敵討伐の成就、および天下安穏四《し》海静謐《かいせいひつ》を祈願した。

新政府に抗う者があれば、武力でこれを討たねばならない。政府は、いっぽうでは「姦賊」追討の軍事行動をすすめつつ、そのいっぽうで新体制がいかなるものであるかを天下に示さねばならなかった。

三月一四日、「御一新」の大方針であり国是である「五箇条の誓文」が、天皇親祭による「天神地祇御誓祭《てんじんちぎごせいさい》」において公布された。「国是」発布のセレモニーが神祇祭儀《じんぎさいぎ》としていとなまれたことは、維新後の「この国」が宗教国家としてスタートしたことをものがたっていた。

前日一三日には、祭政一致を新しい国家の理念とすべく「王政復古の太政官布告」が発せられていた。

「此度、王政復古神武創業ノ始ニ被為基《もとづかせられ》、諸事御一新、祭政一致之御制度ニ御回復被遊《あそばされ》候ニ付テ、先《まず》第一、神祇官御再興御造立ノ上、追追諸祭典モ可被為興《おこさせらるべき》儀被仰出《おおせいだされ》候、依テ此旨五畿七道諸国ニ布告シ……」

つまり、王政に復古するということは、神武天皇創業のときのマツリゴトを基本にすえることであり、祭政一致の制度を回復することであるという。ために、第一に神祇官を再興し、おいおい神道諸祭の祭典儀式を復興していく……という布告が全国に通達されていた。

　翌日にいとなまれた「天神地祇御誓祭《てんじんちぎごせいさい》」はおのずから祭政一致を具現化するものでなければならず、祭典はまず、神祇官官人による「神降《かみお》ろし」からはじめられた。

　正午、衣冠をつけて紫宸殿に参集した公卿、諸大名および各藩から朝廷にさしだされた徴士《ちょうし》らのみまもるなか、清めの塩水、散米の儀式がおこなわれ、神祇事務局督《とく》、白川《しらかわ》資訓《すけのり》によって天神地祇《あまつかみくにつかみ》が神座《かみくら》に降ろされる。一堂、立ちあがって神を拝し、献供《けんきょう》の神事がいとなまれた。

　つぎに、引直衣《ひきのうし》をつけた天皇が、副総裁と輔弼をともなって現われ、玉座につく。玉座は、神座を右手上座にして南面し、北東西三方が四季屏風でかこまれている。天皇の着御をまって副総裁三条実美《さんじょうさねとみ》が神前にすすみ、「御祭文《ごさいもん》」を奏読する。

「カケマクモ畏《かし》コキ天神地祇《あまつかみくにつかみ》ノ大前《おおまえ》ニ、今年三月十四日ヲ生日《いくひ》ノ足日《たるひ》ト撰定《えらびさだ》メテ禰宜《ねぎ》申《もう》サク。イマヨリ天津神《あまつかみ》ノ御《み》言寄《ことよさし》ノ随《まにまに》ニ天下《あめのした》ノ大政《おおまつりごと》ヲ執行《とりおこな》ハムトシテ……」

　祭文《さいもん》では、天皇の統治権が天つ神の「御言寄《みことよさし》」すなわち「委任」に由来するものであること、ゆえに、誓祭《せいさい》において約される「国是」は神威によって担保されるということが言挙げされた。

「今日ノ誓約ニ違《たが》ハム者ハ天神地祇ノタチマチニ刑罰《つみない》給ハムモノゾト皇神等《すめがみたち》ノ前ニ誓ノ吉詞《よごと》申給ハクト白《もう》ス」と。

　つづいて天皇が神前にすすみ、幣帛《へいはく》の玉串《たまぐし》をささげて神拝する。いよいよ国是「五個条の誓文」と「勅語」が奏読される。神前にある天皇は終始無言、三条が代わりに読みあげる。

「一　広ク会議ヲ興《おこ》シ万機公論ニ決スベシ
一　上下《しょうか》心ヲ一ニシ盛《さかん》ニ経綸《けいりん》ヲ行フベシ
一　官武《かんぶ》一途《いっと》庶民ニ至ル迄《まで》各《おのおの》其《その》志《こころざし》ヲ遂ゲ人心ヲシテ倦《うま》ザラシメン事ヲ要ス
一　旧来ノ陋習ヲ破リ天地ノ公道ニ基クベシ
一　智識ヲ世界ニ求メ大《おおい》ニ皇基ヲ振起スベシ
我国《わがくに》未曾有ノ変革ヲ為《なさ》ントシ、朕躬《み》ヲ以テ衆ニ先ンジ、天地神明《てんちしんめい》ニ誓ヒ、大《おおい》ニ斯国是《このこくぜ》ヲ定メ、万民保全ノ道ニ立《たて》ントス。衆亦《また》此《この》旨趣《ししゅ》ニ基キ、協心努力セヨ」

　奏読がおわると、三条以下、公卿や諸侯らがあいついで神前にすすみ、神と玉座を拝したあと、聖旨奉戴の「奉答書」に署名して、「死ヲ誓ヒ黽勉《びんべん》従事」し天皇の叡慮を遵奉することを神に誓った。

「天神地祇御誓祭《てんじんちぎごせいさい》」はすなわち、天皇が、百官諸侯をひきいて天神地祇《あまつかみくにつかみ》に「国是」の遵守を誓い、百官諸侯が、天皇に従うことを神に誓う神事としていとなまれた。

　つまるところそれは、百官諸侯に代表される「万民」の天皇にたいする服属儀礼にほかならず、服属行為はさらに天神地祇なる国土守護の神々にむすびつけられる。ここにまさしく、国家統治者である天皇を「祭祀王」とする祭政一致の制が顕現したというわけだ。

ただ、この日「御誓祭」の場にすべての諸侯がそろっていたわけではない。中部以西の藩の多くは新政府への恭順をあきらかにし、藩主が国力相応の兵をひきいて上京していたが、情勢を見極めることに手間どり、あるいはいまだ動揺している東国の藩主たちがそろっていなかった。

東征軍はまだしも途上にあった。

つまり、マツロワヌ者たちはまだ平らげられていなかった。東海道軍はすでに江戸を包囲し、東征大総督府参謀西《さい》郷隆盛《ごうたかもり》が江戸城開城の交渉をはじめており、東山道軍も武州に達していたが、会津追討と奥州鎮撫のために大坂港をでた官軍は、仙台寒風沢《さぶさわ》をめざして航海中にあり、北陸道をすすんでいる官軍も金沢から越前高田をめざす行軍のさなかにあった。

けっきょく、聖旨奉戴の「奉答書」への諸侯の署名はその後、明治四年（一八七一）七月に、二六〇余の藩主の失職と五〇万の藩士の大量解雇をともなった「王政復古につぐ第二のクーデター」、維新における最大の改革となった「廃藩置県」が断行されるまでつづけられ、最終的な数は七六七人におよんだという。

当然のことながら、慶喜のあと徳川宗家の当主となった家達《いえさと》の署名もなかにある。明治元年一一月一九日、「死ヲ誓ヒ黽勉《びんべん》従事」し叡慮遵奉を神に誓った家達は、いまだ満五歳の幼児だった。

「五箇条の誓文」は、発布直後、新政府の機関紙『太政官日誌』第五号に掲載され、政府の出先機関や諸藩、行軍中の東征部隊へ送られ、都市の書店でも販売された。

『日誌』には「天神地祇御誓祭」の式次第、御祭文、御誓文、勅語、奉答書のすべてが掲載され、これに、天皇自筆書簡の形式による告諭書、すなわち「国威宣布ノ御宸《ごしん》翰《かん》」がくわえられた。

まだあどけなさののこる筆《て》で、「朕幼弱《ようじゃく》ヲ以テ猝《にわか》ニ大統《たいとう》ヲ紹《つ》ギ爾来《じらい》何ヲ以テ万国ニ対立シ列祖《れっそ》ニ事《つか》ヘ奉《まつ》ラント朝夕《ちょうせき》恐懼《きょうく》ニ堪《たえ》ザルナリ……」とつづりはじめられた一〇〇〇文字におよぶ長文だ。

「わたしは、幼弱にありながらとつぜん皇統をつぎ、将来いかにして世界の国々とならびたち、歴代天皇にお仕え申しあげたらよいのだろうと朝な夕な恐れおののいている」のように訳せば二〇〇〇字にもなるだろう内容を、少々手荒だが、コンパクトに意訳すると、つぎのようになる。

「古代の列聖はみずからマツリゴトをおこない、不臣のやからあればみずから軍勢をひきいて征討し、徳沢《とくたく》を天下におよぼし、国威を海外に輝かせていらっしゃった。それが中世いらい名ばかりの天子となり、朝廷の威光は薄れ、天皇と赤子《せきし》とのあいだは天と地ほどにも隔たってしまった。

また、近来、世界の文明はおおいに開け、各国が世界を雄飛する時代がきているというのに、わが国だけは旧習にあまんじ、革新のいさおしを立てようとはしない。このままでは、各国にあなどられ、御歴代をはずかしめ、臣民みなを苦しめることになるだろう。

そこで、このたび朝政を一新するにあたり、わたしは思い定めた。臣民のなかに一人でもその拠って立つところを得られぬ者があれば、それはすべてこのわたし、天皇に責任があるのだから、列祖がつくされたとおなじように骨を労し、心を砕いて善政につとめようと。

そのためにわたしは、いかなる艱難辛苦をもかえりみず、みずから国をおさめ、臣民を安撫し、国威を四方におよぼしてこの国を富士山のように安泰にたもとうと思う。

だから臣民よ、よくよくわたしのこころざしを理解し、私心をすてて公けのことを考え、天皇をたすけて神州日本をまもり、列祖の神霊《みたま》を安んじるようにしてほしい」

草案を起草したのは木戸孝允だといわれる。

「今般朝政一新ノ時ニ膺《あた》リ、天下億兆一人モ其所ヲ得ザル時ハ皆□《欠字》朕ガ罪ナレバ」などというくだりを、いまだ宮中の女官たちにかこまれて暮らす元服したての青年をイメージして読むとしっくりこないが、新政府の強力な担い手である木戸や大久保利通が、「奪った玉」をどのような存在として前面におしだそうとしていたかが、かえって瞭然とする。

すなわち、古代天皇のいきいきとしたビジョンの復活である。

「臣民のなかにひとりでも十全ならざる者があれば、それはすべてこのわたし天皇の罪である……」

そこに謳われているのは、新たな国家において「天皇」とはかくも「全能かつ絶対的な存在」なのだということだ。その天皇が、歴代の負託にこたえ、あらゆる艱難をしのんで「親政」をおこなうというのである。なんとなれば、彼は「大統を紹」ぐ者であり、正統な統治権を有する唯一者なのだから。

国是「五箇条の誓文」はこの「国威宣布ノ宸翰《しんかん》」と不可分のもの、というより、むしろ天皇の「宸翰」のほうに新政府のリーダーたちは重要な意味をこめた。

「往昔《おうせき》、列祖万機ヲ親《みずか》ラシ、不臣ノモノアレバ自ラ将《しょう》トシテコレヲ征シ玉ヒ……徳沢天下ニ洽《あまね》ク……」

誓祭から七日後の三月二一日、天皇は「自ラ将トシテ」大坂への「親征」に出発した。天保山で政府軍の艦隊を親閲するためだった。前日には「御親征之儀」すなわち「軍神祭」がいとなまれ、天皇は紫宸殿に出御して、天照大神、大国主大神、武甕槌神《たけみかつちのかみ》、径津主神《ふつぬしのかみ》を親祭し、みずから祭《さい》文《もん》を奏し、大坂親征を奉告した。タケミカツチ、フツヌシは、アマテラスにつかわされて出雲に天降《あまくだ》り、オオクニヌシに「国譲り」をさせることに成功した武神たちである。
これらのプランもまた大坂遷都論をとなえる木戸、大久保がえがいたものだったが、驚くなかれ、彼らは大坂においてはじめて自分たちが「奪った玉」天皇をまのあたりにすることができたのだった。

二六日、天皇は安治川沿岸の富島浜から小船に乗って川を下り、天保山沖の艦隊演習を親閲した。左右の岸は護衛兵でうめつくされた。正午、佐賀藩船「電流丸」が祝砲を発した。停泊中のフランス軍艦がこれにつづき、「電流丸」が礼砲を返したあと、大演習がくりひろげられた。

> 我国ノ軍隊ハ、世々天皇ノ統率シ給フ所ニゾアル。

のちに「軍人勅諭」の冒頭の一文として布置される「神話」の一場面が、まさに現実となった瞬間だった。

天皇の大坂滞在は四〇日あまりにおよび、往還をくわえれば四九日間の行幸となった。平安遷都いらい、上皇ではなく天皇が京を出るのははじめてのことであり、もちろん行幸がこれほど長期におよぶことは空前の出来事だった。

還行の期日を目前にした閏《うるう》四月のはじめ、行在所《あんざいしょ》である本願寺津村別院《つむらべついん》では「山陵行幸」の準備がすすめられた。還行直後、天智天皇陵、孝明天皇陵への親閲を実現させようというのである。それは、祖宗への責務を「神明」に誓った「御誓祭」構想の一環として、大坂親征をしめくくる最大の国家儀礼としていとなまれなければならないものだった。

ところが、それは実現しなかった。なぜなら、天皇の山陵親閲は、連綿とつづいてきた朝廷の伝統に大きな変更をせまるものであり、公家社会の禁忌につよく抵触するものだったからである。

ながく宮廷社会には、陵墓を穢《え》とする観念、死の穢れを忌避しようとする慣習が存在した。吉日をえらんで天皇陵に幣物をささげる荷前《のさき》の儀式が「神事に似たりといえどもすこぶる不浄に渉る」とされたり、諸陵寮を「禁忌の官」だとする考えも根づよくあった。

じつに元治元年（一八六四）、五〇〇年ぶりに諸陵寮を再興したさい、諸陵頭を摂家・親王家諸大夫から募ったところ、年頭一五日間および神事のあるときに朝廷への出入りを停止されるため、誰もなり手がなかったという。つまり、朝廷における神事と山陵事とは相入れないものだとする価値観が当然のごとくまかり通ったというわけだ。

それら触穢《しょくえ》・禁忌観念の虚妄をふりはらわなければ天皇祭祀、神祇祭祀を再編することは不可能であり、天皇主権のもとであらゆる封建的関係を撤廃した新国家を創業することはできなかった。

政府はさっそく「山陵御穢の事」を議論した。山陵は天皇の死体を葬ったところであるから「穢れたもの」とすべきかどうかということについての審議である。

端的にいうなら、陵墓が死体によって穢されたとするなら、その管理を寺院と僧侶に任せなければならなくなる。山陵がふたたび寺門の手にわたれれば、仏教渡来いらいの弊習を絶つことあたわず、「王政復古」は挫折する。「神武創業」も「祭政一致」も頓挫するというわけだった。

そこで浄穢の観念を克服するロジックがどうしても必要となる。「山陵御穢の事」を議論する目的はまさにその点にあった。

政府から諮問をうけたなかのひとり、山陵修補事業の指導者にして国学者でもある谷森善臣《たにもりよしおみ》は、天皇は「現津御神《あきつみかみ》」であるから、現世でも幽界でも神であり、穢れるということはないとこたえた。

「皇国の古典を通考しますところ、上代には天皇を現津御神《あきつみかみ》と称《たた》えもうしあげて現在にいたっておりますれば、幽界に遷《うつ》らせられても神でいらっしゃることは疑いございません。そもそも中世いらい仏徒の巧説に拘泥して、たいせつな御葬祭を僧徒の手にゆだねあそばされ、御陵までも仏寺の境内にいとなまれてきたことこそが過ちで、それによって、畏《かしこ》き天皇の山陵《みささぎ》を穢所のように心得る者があるのは嘆かわしいかぎりでございます。元来、葬祭は人倫の大事でございますれば、その根本にてらしても旧来の弊風をあらため、万代不易《まんだいふえき》の幽宮《ゆうきゅう》である山陵にたいし、『天祖の神宮』どうよう潔清に御あつかい、尊崇いたすべきでございます」

また、宇都宮藩の修陵事業を側面からささえてきた松平春嶽はさらに、先帝の命日を「正辰祭日《せいしんさいじつ》」と定め、神祭の規則をつくって神祇祭典をいとなむべきだと主張した。

仏教でいえばそれは、祥月命日の法会の次第をさだめることとおなじであり、このたびは歴代への「御追孝」の叡慮から先帝の山陵を造営し、仏法をもちいず大喪儀をいとなんだのであるから、おなじく「御追孝」のために天皇が山陵に行幸して親閲をおこなうことになんの障りもない。ましてて、天照大神も先帝もかわるところがないのであってみれば、皇祖神と先帝の神霊を神祇式をもって一轍に祀る「追祭の制」を立てるのはとうぜんのことであろうと。

しかし、後宮を中心とする旧勢力の抵抗は大きく、結局は廟議、つまり天皇の意思をあおいで「御陵に穢なし」との裁断がくだされた。廟議によらなければならないほど困難かつ重大な問題だったというわけだ。

さっそく「山陵行幸」の準備がととのえられた。

泉涌寺の後ろ山を削って土を盛り、周囲を石垣でかためて成形された、直径四〇メートルをこえる三段築成の上八角下円墳。泉涌寺境内からはるかに見あげる高さに築かれた斬新かつ巨大なモニュメント後月輪東山陵《のちのつきのわのひがしのみささぎ》。

その前にはじめて天皇みずからが立ち、「親祭」がいとなまれたのは「即位の大礼」の翌々日にあたる八月二九日のことだった。

「元服儀」どうよう、前年慶応三年（一八六七）一一月に予定されながら延期を余儀なくされていた「即位儀」は、神祇官副知事亀井茲監《かめいこれみ》らが、古来の典拠にのっとって定めた「皇国神裔継承」を規範として、唐風儀式をとりはらった「新儀」としていとなまれた。

儀式にさきだつ八月二一日には伊勢皇太神宮へ勅使がつかわされ、二二日には、神武天皇、天智天皇、光格、仁孝、孝明天皇陵へ勅使が発遣された。

二六日には天皇誕生日を「天長節」と定め、国民の祭日とした。宝亀六年（七七五）光仁天皇のときの先例を、一一〇〇年の時をとびこえて復活したものだった。

大礼当日の二七日、午前一一時、天皇は紫宸殿の高御座《たかみくら》についた。鉦《しょう》の音《ね》を合図に高御座《たかみくら》南面の御帳《みちょう》があげられ、執杖《しつじょう》の合図で群臣は平伏して天皇を拝み、神祇官知事が天皇に幣をささげたあと、いにしえのミカドオガミさながら、群臣がいっせいに再拝した。

宣命使冷泉為理《れいぜいためただ》が「即位宣命《そくいせんみょう》」を宣読する。

「アキツミカミトオオヤシマグニシラシメススメラノミコトガ、オオミコトラマトノリタモウオオミコトヲ、オオキミタチ、オミタチ、モモノツカサビトラ、アメノシタノオオミタカラモロモロキコシメセトノリタモウ。掛モ畏キ平安宮ニ御宇ス倭根子天皇ガ宣給フ此天日嗣高御座ノ業ヲ、掛モ畏キ近江ノ大津ノ宮ニ御宇シ天皇ノ初賜ヒ定賜ヘル法随ニ仕奉ト、仰賜ヒ授賜ヒ恐ミ受賜ヘル御代々ノ御定有ガ上ニ、方今天下ノ大政古ニ復シ賜ヒテ、橿原ノ宮ニ御宇シ天皇ノ御創業ノ古ニ基キ、大御世ヲ弥益々ニ吉キ御代ト固成賜ハム其大御位ニ即セ賜ヒテ、進モ不知ニ退モ不知ニ恐ミ座サクト宣給フ大命ヲ衆聞食ト宣給フ……」

天応元年（七八一）四月に即位した桓武天皇いらいつづいてきた定型に、神武創業への回帰を宣言する文言が——予定どおり王政復古の政変いぜんに大礼がいとなまれていたならば存在しなかったはずの文言が——新たにくわわった「宣命」が宣読され、「寿詞《よごと》」が祝《の》られ、おしまいに大歌が奏でられた。

わたつみのはまのまさごをかぞえつつ
きみがちとせのありかずにせん

『古今集』巻七、題しらず読人しらずの賀歌である。楽奏がおわると群臣はいっせいに拝礼。即位式は終了した。

正午。退鼓《たいこ》の合図にしたがって列席した諸官がすべて御所を退《さ》がる。機をはかったように雨があがる。式典のあいだじゅう降りつづいたはげしい雨がやんだことを、人々は吉兆とうけとめた。

史上はじめての「山陵親閲」が実現した八月二九日午前六時、天皇は葱華輦《そうかれん》に乗り、公卿諸侯に供奉されて御所を出発した。

途次、粟田殿《あわたどの》で小休をとって山科へ。天智天皇御陵を御拝ののち粟田殿にもどって午餐をすませ、午後には三条通りを東へとって白川橋へ、橋をわたって南に下がり、川端知恩院《ちおんいん》前の古門より縄手《なわて》通りにはいり、四条建仁寺《けんにんじ》町通りをへて妙法蓮院宮《みょうほうれんいんのみや》御殿にいたる。ここで小休をとったのち伏見街道を南下、午後二時には泉涌寺の新御殿に到着し、境内の外にある先帝陵、後月輪東山陵《のちのつきのわのひがしのみささぎ》を親拝した。

「主上御陵初メ之石段ヨリ御歩行之由……」

天皇は輦を降り、山陵への長い石段をさいしょから一段一段、みずからの足でのぼったという。

葬送の日には、悲しみに暮れつつ月華門《げっかもん》前にたち、棺柩の乗った牛車と葬列を見送ることしかできなかった睦仁の目に、切り崩され口をあけた山丘を背後に、古代の大王の墳墓さながら堂々とそびえる父王の山陵が、はたしてどのように映じ、また胸中にどのような思いを喚起しただろう。ゆかしさはつきせぬが知るよすがはない。

だが、正真正銘、前例のない新儀がいとなまれたこの日、泉涌寺新御所から御陵新道の黒門までを先にたって案内した戸田忠至こそは、こみあげる思いに胸を熱くしていたにちがいない。前日にはみずから御陵を掃き清め、厳重に見回りをし、そしてこの日、悲願ともいうべき「山陵親謁」の実現をまのあたりにしたのだったから。

目をみはるほどの始祖王陵を新造し、すべての山陵を修補し、国家の斎場としてととのえ錠をかけ、神武天皇祭を創出し、例祭となし、先帝陵を成功して山陵を復興し、ついに山陵祭祀を再興した。みずからの運命を賭して宇都宮を出た日から、じつに六年の歳月が流れていた。

一〇日後の九月八日、天皇明治の創業元年が幕をあけた。すなわち「明治」へと改元があり、一世一元の制が施行されたのだった。

さて、天皇親祭の「天神地祇御誓祭」において遵守が誓われた神がかりの「誓文」五か条それじたいは、開明的普遍的な内容をそなえていた。

1. 政治のことは、会議を開き、みんなの意見を聞いて公正に決めよう。
2. 上にたつ者も下の者も、みんなが心を合わせて経済を振興し、豊かな国づくりにつとめよう。
3. 文官も武官もひとつになり、庶民にいたるすべての人々が志しをたて、めいめいがその志しをかなえられるようにしよう。
4. これまでのよくないしきたりを改め、公正で普遍的なルールにのっとってやっていこう。
5. 新しい知識を世界に学び、天皇統治国家の基礎をおおいに高めよう。

「誓文」の発布から七八年ののち、一九四六年（昭和二一）一月一日に発せられた「新日本建設に関する詔書」の冒頭に「五箇条」原文がそのまま引用され、「叡旨《えいし》公明正大、又何ヲカ加ヘン。朕ハ茲《ここ》ニ誓《ちかい》ヲ新《あらた》ニシテ国運ヲ開カント欲ス」とのべられた。俗にいうところの天皇裕仁の「人間宣言」――どこにも神から人間にもどるという内容があるわけではないが――においてである。

「五箇条」を「年頭詔書」に入れることにこだわったのは、「カリスマ明治大帝の再来」をさけぶキャンペーンのなかで即位し、みずからもその威光を身にまとうことを善しとしてきた裕仁自身だった。

なるほど、「明治天皇の叡智にあふれた御旨は、この五箇条にすべてつくされており、そのうえ加えるべきものはなにもない。わたしはここに、あらためて御誓文をもって国家の運気をひらきたい」と、敗戦直後の混迷のなかでそういわれて違和感をいだかせないような内容を、たしかに「誓文」はそなえていた。すなわち「誓文の御趣旨にのっとって、旧来の弊害を去り、国民の意欲を高め、官民協力して平和主義に徹し、教養豊かに文化を築き、国民生活の向上をはかり、新しい日本を建設しなければならない」と。

「詔書」が「人間宣言」とよばれるゆえんは、なかにつぎのような内容をもっているからなのだろう。

「しかし、わたしはなんじら国民とともにある。つねに利害を同じくし、喜びも悲しみもわかちあいたい。わたしとなんじら国民とのあいだの絆は、いつも相互の信頼と敬愛とによって結ばれており、たんに神話と伝説を根拠として生まれたものではない。天皇ヲ以テ現御神トシ、且日本国民ヲ以テ他ノ民族ニ優越セル民族ニシテ、延《ひい》テ世界ヲ支配スベキ運命ヲ有ストノ架空ナル観念ニ基クモノでもない……」

ここで天皇自身にかんして否定されていることは「天皇ヲ以テ現御神《あきつみかみ》」とする「架空ナル観念」である。

GHQの関与による英文メモをもとにつくられた原案では、この部分は「日本人ヲ以テ神ノ裔ナリトシ」となっていて、マッカーサーはさらに「日本人」を「Emperor」と書きかえたという。そうなっては天皇《Emperor》が天神御子《あまつかみのみこ》、天照大神の子孫であることが「架空の観念」となってしまう！　そのことの重大さに気づいた側近が、土壇場で「現御神《あきつみかみ》」を押しこんだ。

つまり、「天皇を現人神《あらひとがみ》だ」としたことだけを「架空の観念」だったとする。そうすることで、天皇は神そのものではないが、万世一系の神の子孫として祭祀をつかさどる唯一者であることを否定しない。そうやって正しい「国体」概念を、すなわち「祭政一致」を可能にしてきた正規の国家神道のロジックである「祭教分離」の原則を護ったというわけである。

その当否はさておくとしても、「アジア太平洋戦争」敗戦後の天皇制国家の出発点において「人間天皇」がかかげたものが、政変《クーデター》と武力によって「王政復古」をものにしたひとにぎりの簒奪者たちが、明治元年三月一四日、まさに江戸城総攻撃が予定されていた前日に発布した、したがって彼らの武力による権力奪取を正当化するためにととのえられた「誓文」であったこと、そしてなにより、そこに示されたビジョンが、かつて宗教国家としてスタートした「この国」の天皇が、「祭祀王」としてのぞんだ「天神地《てんじんち》祇《ぎ》御誓祭《ごせいさい》」において天神地祇《あまつかみくにつかみ》に遵守を誓った「誓文」にのっとって新しい日本を建設するというものであったことは、まぎれもない事実である。

　そしていまも「この国」は、その延長線において現在をいきている。

# 1940 人神《マンゴッド》—おきよ、おきよ、お船出されるげな！

……私の特に強調致さんとするものは、我等一億國民に一貫して流る丶必勝の信念であります、大東亞戰爭の勝利獲得の確信であります。

申すまでもなく戰爭は畢竟意志と意志との戰ひであります。今や世界の列強は國力を擧げて戰ふこと數年、此の秋に當り、最後の勝利は、飽くまでも最後の勝利を固く信じて鬪志を持續したものに歸するものであります。

最後の勝敗の岐れ目は眞に紙一重であります、今回の戰ひに於きましても……必勝の信念に動揺を來し、鬪志を一歩でも早く失つた方が參ると云ふ過程を辿るべきは、當然豫想せらる丶所であります。

此の點に於いて世界に冠たる國體を有し、絶對不敗の帝國に敵對し來る國々こそ、洵に憐れむべきものであります。三千年來、彌榮えに榮えます、皇室を戴く大和民族の盡忠報國の精神は、萬邦無比であります。

而して自存自衛の爲め、已むに已まれずして起ち上つた此の大東亞戰爭に於いて、此の力は何物をも燒き盡さずんば止まざる勢ひを以て進んで居るのであります、危險が身近に迫れば迫る程、困難が眼前に積れば積る程、我等一億國民の精神力は熾烈となつて居るのであります。

曩にアッツ島に於て、而して最近タラワ、マキンの兩島に於て、我が勇士は寡兵克く數倍、否十數倍の敵を殪して玉碎して居るのであります、是等の勇士は、我々一億國民に代つて、大和民族に精神力が如何なるものであるかを、嚴かに敵に示して居るのであります。……洵に鬼神を哭かしむる此の偉大なる精神力こそ、我々一億國民に脈々として流れて居る底力であります。

此の世界に類を見ざる精神力あればこそ、我々は遂に必ずや此の正義の戰ひの究極の勝利を獲得することが出來るのであります。……此の偉大なる精神力の上に立ち、而して前に述べましたる諸方策の實行に依り、劃期的戰力の增強を圖るとき、茲に我々の前途には唯最後の勝利あるのみであります。

飜つて大東亞の情勢を見ますると、昨年十一月大東亞會議の開催せられ……公然と大東亞の將來を議し、共同の決意に到達致したのであります。即ち大東亞各國は共存共榮、獨立親和、文化昂揚、經濟發展、世界進運貢獻の五原則の下に、大東亞戰爭を完遂し、大東亞を建設し、以て世界平和の確立に寄與せんことを堂々宣言致したのであります。

惟ふに、大東亞共同宣言こそは、我が肇國の大理想が正に大東亞諸民族の理想と相合致することを示すものであり、而して其の全東亞人の共同の心を、最も嚴かに全世界に闡明したものに外ならないのであります。

今や大東亞十億の民衆は、愈々提携を密にし、必ず東亞の侵略者、共同の宿敵米英を完全に却け、道義に基く大東亞を建設し、世界平和に寄與せんことを固く期して、獻身的努力を致して居るのであります……

■東条英機内閣総理大臣　施政方針演説
（第八十四回帝国議会　一九四四年一月二一日）より抄出

肇国《ちょうこく》の聖地日向《ひゅうが》から、建国の聖地大和《やまと》へ。

神武紀元二六〇〇年（西暦一九四〇・昭和一五）四月一八日、ヒトラー・ユーゲントばりの青年たちのかけ声勇ましく、一艘の手漕《てこ》ぎ船が美々津《みみつ》をあとにした。

船の名は「おきよ丸」。全長一二メートル、幅五・四メートル、二人漕ぎの櫓二四挺《ちょう》と帆をそなえ、人力と風力を併用すれば速力五ノット、時速九キロメートルをだせるという木造の軍船だ。

船には矢野源吉《やのげんきち》船長をはじめ、日本民族《ひのうから》の故郷《ふるさと》宮崎の威信をになって交代で漕ぎ手をつとめる青年ら一二〇人余が乗りくみ、一二日間をかけて「聖なるライン」を巡航する。すなわち、豊予海峡速吸之門《はやすいなと》をこえ、豊前の菟狭《うさ》、筑紫の岡水門《おかのみなと》、安芸の埃宮《えのみや》、備前の高嶋宮《たかしまのみや》など「神武東遷」ゆかりの聖蹟一四か所をめぐりながら大阪の難波碕《なにわのみさき》へいたる、「皇軍《みいくさ》」東征を再現しようというのである。

「神武さんは若かころ狭野命《さののみこと》と申しあげ、日向におんなさったと。四五《しじゅうご》歳になった年、御子《みこ》たち兵《いくさ》たちをいっぺこっぺひきつれて、ここ美々津で船軍《ふないくさ》をととのえんさった。

耳川の上《かみ》流へとさかのぼり、神立山からクスノキをきりだし、匠河原《たくみがわら》でつぎつぎと船をこしらえんさったところ、みるまに船は数百をかぞえ、河口をうずめ、海岸にひしめきあった……」

天孫降臨にはじまる日向伝承は、大和平定の途につく神武の「お舟出」で幕をとじる。

「東遷」を再現するとはいえ、建国神話のヒーロー、カムヤマトイワレビコがひきいた軍船がどんなものだったかを伝えるものはなく、モデルとして西都原《さいとばる》古墳一七〇号墳から出土した舟形埴輪《ふながたはにわ》がえらばれた。もとめうる最古のモデルにはちがいなかった。

が、一七〇号墳の歴史はせいぜいさかのぼって五世紀なかば。ちょうど倭の五王が中国の宋と交易をしていた時代にあたる。そのころの実用船をかたどったとされるゴンドラタイプの商船を、軍船バージョンに設計しなおし、日中戦争さなかの困難をおして資材を調達、起工から完成まで半年をかけてこしらえたのが「おきよ丸」だった。

『日本書紀』によれば、神日本磐余彦天皇《かむやまといわれびこのすめらみこと》が「親《みづか》ら諸《もろもろ》の皇子《みこたち》・舟師《みふねいくさ》を帥《ひき》ゐて東《ひむがし》を征《う》ちたまふ」たのは「天祖《あまつみおや》の降跡《あまくだ》りましてより以逮《このかた》、今に一百七十九万《ももよろづとせあまりななそよろづとせあまりここのよろづとせあまり》二千四百七十余歳《ふたちとせあまりよほとせあまりななそとせあまり》」の一〇月のことだったという。

「東のほうに美《よ》い地《くに》があり、青々とした山が四方《よも》をとりまいているときく。その地へさっそく天《あめ》の磐船《いわふね》にのって飛び降ってきた者があるという。思うに、その地は、大業《あまつひつぎ》をひろめ天下《あめのした》を治めるのにかなったところなのだろう。きっとこの国の中心《もなか》にちがいない。すぐにも征って都をつくらないではいられない」

そういって「神武さん」が日向を発ったのが、『日本書紀』では橿原宮《かしはらのみや》即位元年にさきだつこと六年、西暦におきかえれば紀元前六六六年のことだったという。

「天祖《あまつみおや》」というのは、日向《ひむか》の高千穂《たかちほ》に降った「天津彦彦《あまつひこひこ》火瓊瓊杵尊《ほのににぎのみこと》」。カムヤマトイワレビコにとっては曾祖父にあたる天孫だが、ニニギがこの国にやってきてからわずか三代のあいだに、一七九万二四七〇年という気の遠くなるような時間が流れていた。いかにも無稽である。というより、天孫降臨から人皇の出現までにはそのぐらいの歳月が必要だろうと考えた、神話の創り手の想像力がゆかしさをそそる。

天孫が降り立った日向高千穂《ひむかたかちほ》が特定できないのとどうよう、東征軍船出の地、日向がどこであるかもはっきりしない。が、美々津には神武水軍「お船出」にまつわる伝承がいくつも伝えられている。美々津が、海軍発祥の地といわれるゆえんである。

「美美津」「みみつ」「mimitu」。

目にも耳にも美しいその土地の名は、お船出の港「御《み》津《つ》」が転じたものだともいわれるが、またの名を「立縫《たちぬい》の里」ともいう。「tatinui」。「i」の音がこれまた耳にここちよい。船軍《ふないくさ》の準備があまりに忙しく、着物のほころびを繕うにも脱いでいるひまもない。そこで立ったまま繕ってさしあげたというのが由来らしい。

おなじ「立縫い」でも、それが準備中ではなく、まさに出発直前のあわただしさのなかでのことだという伝承もあり、どうように、耳川河口の立磐《たていわ》神社にある「腰掛け岩」であれば、そこに腰掛けて神武さんが休憩をとったというものがあれば、造船の指揮をとったというものもある。伝承によってディテールに差異はあるが、ストーリーにちがいはない。

出発までのあいだ神武さんは、権現崎から遠見というところに出て、凧をあげて風向きをしらべたり、沖に船をだして潮の流れをしらべたり、水軍の訓練をしたりと準備に余念がなかった。やがて軍船がそろった。あとは出航をまつばかり。いよいよその日を八月二日とさだめた。

ところが、予定より一日はやく、風向き、潮流ともに絶好の条件がととのった。明日をまたずに船を出すという。村人たちは大仰天。大声をはりあげて村じゅうの家々を起こしてまわった。

「おきよ、おきよ、すぐにもお船出されるげな！おきよ、おきよ！」

船出の加勢に、男たちはころがるようにして港にかけつけ、女たちはてんやわんやで献上だんごを搗《つ》いた。餅をこねて餡をつつんでいるひまなどないので、米粉と小豆を混ぜていっしょにこねて、蒸して、臼で搗いた。それをつくれるかぎりつくって神武さんの「お船出」にまにあわせた。

餅と餡がいっしょになった「つきいれだんご」。美々津の名物としていまに伝わっている。土地の人はいう。「お客がきんさったら、つきいれだんごでもてなしの心をせんといかん」と……。

そもそも、実在したわけでもない人物の東征を再現しようなどと、考えることそれじたいがナンセンスである。が、「お船出」二六〇〇年にあたる一九三四年にははやくも、「神武天皇御東遷記念二千六百年祭全国協賛会」が全国から一八万円もの寄付金——当時の中流サラリーマンの月収を三〇〇円とすると、彼らの年収三六〇〇円の五〇年分にあたる——をあつめ、宮崎神宮に秩父宮雍仁《やすひと》親王を招いて神武「東遷記念祭」をもよおしていた。

立磐《たていわ》神社の神主さんのアイディアをもとに、君島清吉《きみしませいきち》県知事みずからがプランを練って実施した記念事業の大当たりをうけて、宮崎県に観光客が殺到。県が発行したガイドブック『日向の聖地伝説と史蹟』も増刷されて「日向路めぐりの旅」ブームがまきおこった。「つきいれだんご」ももちろん飛ぶように売れた。

そしてそのたび「紀元二千六百年奉祝神武東征巡航大漕行」とでも名づけるべき記念イベントのスポンサーとなったのは「大阪毎日新聞社」だった。同社が二万円を投じて船を建造し、「海軍協会」、「日本海洋少年団」との共催で、宮崎神宮から橿原神宮へ「神楯」を奉献しようというのである。

地元の人たちが「神武さん」とよんで親しんでいる宮崎神宮は、カムヤマトイワレビコが東征いぜんに宮をおいたところといわれ、奈良の橿原神宮は、ヤマトを平定したカムヤマトイワレビコが都をさだめ、即位して天皇となったところとされる。なるほど、二つの聖地をむすぶことは、神武紀元二六〇〇年記念イベントにふさわしいにはちがいない。イベントが、国家の意思とは無縁の純粋な「おまつり騒ぎ」であったならば……。

すなわちイベントが、そこに参じた人々を「西暦紀元前六六〇年にさかのぼる皇朝」というレンズによって目くらまし、「大日本帝国憲法」制定いらい着実に制度化してきた「天孫降臨と万世一系」を本質とする「日本神話」の枠組みを、底辺においてささえる者として、さらには、政治的な活動主体として動員していく「おまつり装置」でなかったならば。

そしてまた、「紀元二千六百年祝典事務局」を頂点として組織された「奉祝会」や「海軍協会」、「日本海洋少年団」など半官半民の機関が、市民をして、無自覚のうちに大衆レベルのファシズムをおしあげしめ、「日本神話」を軸とした国体論《イデオロギー》や体制の積極的な支持者としてかりたてていく「歯車仕掛けのフィーバー」でなかったならば。

「おきよ丸」の東征巡航はしかも、神武の天皇即位が、軍事的手段によって支配をひろげた「御東征」の帰結であることをあからさまに顕彰する。

おのずからそれは、大日本帝国の領土拡大の「お手本」として、また現在進行中の中国大陸侵略に「お墨付き」をあたえるものとして、軍部や政府当局に大ウケし、また、神武天皇を「偉大な国土開拓者」としてもちあげることで満州への移民促進にはずみをつけようとしていた拓務省にも歓迎された。

思いおこせば、橿原神宮が創建され、畝傍山が皇宮地付属地として官有地第三種に編入された一八九〇年（明治二三）は、神武紀元二五五〇年にあたる年だった。

前年に「帝国憲法」が発布されたことをうけて「橿原宮址保存の計画を立つべき旨」が宮内大臣から諸陵寮へ達せられ、まもなく、明治天皇から京都御所の賢所《かしこどころ》と神嘉殿《しんかでん》が下賜されるなど、お国がかりの一大普請がいとなまれた。移築された賢所と神嘉殿はともに、嘉永七年の焼失をうけて翌安政二年（一八五五）に新造された建物だが、焼失した神嘉殿というのが、ながく廃絶していたものを、光格天皇が始末屋の松平定信とわたりあって再興させたものだった。

ひるがえって宮崎神宮の由緒来歴はふるく、社殿の創建は崇神《すじん》天皇の時代に、創祀はそれ以前にさかのぼるともいわれ、実在した可能性のたかい最古の大王応神《おうじん》天皇の時代には、日向国造《ひむかのくにのみやつこ》の祖老男命《おいおのみこと》が祭祀するようになったとも伝えられる。文献考証においても、すくなくとも鎌倉時代のはじめ建久八年（一一九七）まで歴史をたどることができ、伊東氏、有馬氏、島津氏など中近世をとおして代々領主の庇護もうけてきた。

おなじくカムヤマトイワレビコを主祭神としながら、土着の神としてのキャリアでは宮崎神宮のほうがはるかにまさっていた。が、神武聖蹟としての知名度、認知度において、また、創建が国家プロジェクトによっていることにおいて橿原神宮にとおくおよばず、それだけに、紀元二六〇〇年をピークとする聖蹟ブームにあやかろうとする宮崎の人々の思いは切実だった。

宮崎だけにかぎらない。この年一九四〇年は、明けたその瞬間から全国官民こぞって空前の「神武フィーバー」に酔いしれた。

元旦からの三が日、各地から「建国の聖地」橿原神宮へ初詣にくりだした人々の数は一二五万人を数え、前年の二〇倍を更新した。そのもようはラジオによって全国に放送され、総統《フューラー》ヒトラー、統帥《ドゥーチェ》ムッソリーニならぬ、カリスマ天皇神武の八面六臂《はちめんろっぴ》「本番」が幸先よくスタートした。

のち一一月一〇日に宮城前広場に天皇、皇后をむかえ、国内外の顕官、全国の代表者五万人がつどってもよおされる「記念式典」をクライマックスとする一年のあいだ、帝国をあげて「紀元二六〇〇年大絵巻」がくりひろげられることになる。
それは、「王政復古の大号令」いらい七〇年をかけてつちかわれてきた天皇崇拝が、帝国臣民一億五〇〇〇万人を駆って、いちどに火花を噴きあげたかのような壮観だった。

帝国臣民一億五〇〇〇万人。

すなわち、内地の日本人七〇〇〇万人および植民地や侵略途上の地に暮らす日本人や日本人兵士、これに、日本の政治統制はおよばぬものの戸籍で「血のきずな」をたどれる海外移民同胞をくわえた「大和民族」と、七〇年前に日本の戸籍に編入されながら「旧土人」とよばれて差別をうけてきたアイヌ人と、六〇年前に侵略的併合どうぜんに日本という国民国家にくみこまれた琉球人と、モンゴル人、ロシア人、満州人、朝鮮人、中国人、チャロモ人、カロリアン、メラネシアンなど、搾取と人種差別を媒介とする広義の植民地の人民が、ひとりのこらず——大げさではけっしてない——神がかりな大ブレイクに参じることを余儀なくされることになる。

中国への侵略戦争をはじめなければ、西洋以外の地ではじめての夏季オリンピックが開催されるはずだった東京では、新年そうそう、秩父宮雍仁《やすひと》親王を総裁とする「恩賜財団紀元二千六百年奉祝会」と六つの百貨店が提携して「奉祝展覧会」が同時開催された。

奉祝テーマはその名も「我等の生活」「我等の精神」「我等の国土」「我等の祖先」「我等の皇軍」「我等の新天地」。オープニングの日となった一月九日火曜日、帝国主義まるだしのネーミングが六つのデパート、七会場にいっせいにかかげられた。

上野店、銀座店の二店舗にわけて「我等の生活展」をもよおした「松坂屋」は、「歴史部」のさいしょのパノラマに、神武天皇が橿原宮《かしはらのみや》を造ったさいに雇った工匠のすがたを描き、「我等の精神展」をもよおした「松屋」会場入口には、天照大神が皇孫に「神勅」をさずけるシーンと、神武天皇が日向を出発するシーン、橿原の宮で即位するシーンが描かれた。

橿原宮《かしはらのみや》を造営した工匠のすがた！神武即位元年、すなわち西暦紀元前六六〇年とされる時代はちなみに、エジプトでは第二六王朝サイス朝がはじまり、ギリシアではボスポラス海峡西岸に植民市ビュザンティオン、いまのイスタンブールができたころ、日本列島はまだ縄文時代の後期を生きていた。

「白木屋」が担当した「我等の国土展」では、高千穂の峰をはじめとする皇室ゆかりの地がクローズアップされ、「三越」会場では、教科書や物語でおなじみの「お国」につくした「我等の祖先」、和気清麻呂や大楠公や乃木希典が来場者の人気をさらった。

また「我等の皇軍展」をもよおした「高島屋」は、神武東征の皇軍から近代の徴兵軍創設までの歴史をたどり、軍事にかかわる遺品を展示。店舗フロア五階にわたって「我等の新天地」を展示した「伊勢丹」では、支那、満州、朝鮮、樺太、台湾、南洋の発展につくした英雄として、山田長政や間宮林蔵などを顕彰した。

一九四〇年当時、公式に植民地とよびうるところは台湾と樺太と朝鮮だけだった。南洋庁をおいて統治している旧ドイツ領ミクロネシア諸島は、第一次大戦ののち国際連盟から委任統治をまかされていたが、連盟脱退を機に自国領化してしまったところ。傀儡国家満州は、満州事変いらい関東軍が事実上の支配権をにぎり、侵略途上の支那すなわち中国は、支那事変いらい日本軍が支配を拡大しつつあるところだった。

プロパガンダとしての展覧会の威力は、前年四月一二日のオープニングいらいずっとヒットをつづけている「肇国精神の発揚展」の実績がうらづけていた。

展覧会を主催した「恩賜財団紀元二千六百年奉祝会」と手をくんだのは、無料の展覧会の集客力に目をつけた「高島屋」東京店だったが、初日から四万人の来場者をあつめて大当たり。五月には大阪店、六月には京都店でも大盛況をおさめた。

のち「肇国精神の発揚展」は、札幌から福岡まで全国各地の百貨店を巡回し、紀元二六〇〇年をむかえてからは朝鮮の京城、満州の新京、哈爾濱《ハルビン》、奉天、大連へもひきつがれて、最終的には四四〇万人の人々を展覧会場へといざなうことになった。

集客力に便乗したのが鉄道会社。東京六百貨店で「奉祝展覧会」が同時開催された期間、「展覧会めぐり特別割引切符」を発売して観客の足をうながした。

はたして一月九日から二八日までのわずか一九日間で、総入場者は四九七万二九三〇人を数えた。一日平均二六万人。毎日すべての会場に三万七四〇〇の人々が足を運んだことになる。宣伝の相乗効果は絶大だった。

出版社も負けてはいない。

講談社の看板雑誌『キング』の新年号は、はさみこみ付録として「大日本《おおやまと》者《は》神国他《かみのくになり》」ではじまる『神皇正統《じんのうしょうとう》記《き》』のダイジェスト版をつけ、婦人雑誌『主婦之友』の新年号は「紀元二千六百年記念号」と銘うって「国史双六《こくしすごろく》」を付録につけた。

『キング』は、すでに昭和三年一一月増刊号が最大発行部数一五〇万部を記録し、『主婦之友』は、三年後の昭和一八年七月号が一六五万部を達成することになる。どちらも、一〇〇万をこえる読者に影響力をおよぼすことのできる大衆誌だった。

親子で楽しめるように工夫された「国史双六」ゲームの「振《ふり》出《だ》し」、皇紀元年は「建国《けんこく》の慶《よろこ》び」。イラストはもちろん神武東征軍を勝利にみちびいた金鵄《きんし》であり、大きくひろげた翼のわきには、国史のお勉強にもなるオール・ルビつきのコメントがそえられた。

「顧《かへり》みる二千六百年前《ねんまへ》の二月《ぐわつ》十一日《にち》、瑞雲《すゐうん》たなびく畝傍山《うねびやま》の麓《ふもと》、橿原《かしはら》の都《みやこ》から、神武天皇《じんむてんのう》の御即位《ごそくい》をことほぎ奉《たてまつ》る慶《よろこ》びの万歳《ばんざい》が天地《てんち》を揺《ゆるが》した」

「上《あが》り」まであと五コマにあたる三三番目に描かれたのは、皇紀二五七〇年の「韓国併合」。日の丸の小旗をふって併合をよろこぶ朝鮮の老若男女のイラストに「上古《じやうこ》より我《わ》が国《くに》と密接《みつせつ》な関係《くわんけい》にあった朝鮮《てうせん》は、明治以後《めいぢいご》屢々《しばしば》平和《へいわ》の禍根《くわこん》となったので、明治《めいぢ》四十三年日本《ねんにつぽん》に併合《へいぐわう》され、一視同《しどう》仁《にん》の聖恩《せいおん》に浴《よく》することとなった」というコメントがそえられた。

一視同仁の聖恩！「二六〇〇年にわたる皇朝」という虚構が、それまで「お国」のルーツなど考えたこともない人々を愛国気分にかりたて、優越感にひたらしめる。一九四〇年は、朝鮮統治三〇年にもあたる年だった。

紀元節直前の二月一日には、講談社が『皇紀二千六百年奉祝記念国史絵巻』を刊行した。カバーデザインのモティーフはこれも金鵄。絵巻のなかで、日本と国民政府と満州国の関係はつぎのように説明された。

「日本ト、満州ト、支那ハ、オトナリドウシノクニデス。イツマデモ、タガイニ、ナカヨク、タスケアワネバ、ナリマセン。支那ガ、ハヤク、マチガッタカンガエヲステテ、ナカヨシニ、ナルトキガクレバ、セカイノドコヨリモ、リッパナトコロニナルデセウ」

イラストには、日本の少年と中国汪兆銘《おうちょうめい》政府の少女が国旗を手にしながら握手、満州国の少年がそれを祝福しているシーンが描かれた。

「平和の禍根」となった朝鮮。「マチガッタカンガエ」をもっている支那。おのずからそれらは、神武天皇が平らげた東の地《くに》の「ワルモノ」と重なりあっていく。

「神武天皇ハ、ヒガシノ、クニニ、ワルモノガ、ヰタノデ、コレヲ、タヒラゲテ、ヒトビトヲ、アンシン、サセヨウト、フナイクサヲ、ヒキイテ、日向カラ、大和へ、オムカヒニ、ナリマシタ」

これは、神武の生涯をストーリーにした『国史絵本』の一節だが、刊行物だけではない。ありとあらゆる記念ツールが「神武東征」と「アジア侵略」をオーバーラップさせるべく企《たく》まれた。

身近なものでは、記念の大衆タバコ「ひかり」のパッケージ。真っ赤な空に、東アジアを描いた半地球儀がうかんでいる。日本と樺太、満州、朝鮮、台湾、南洋諸島は真紅《あか》く、中国は薄紅《ピンク》にカラーリングされている。手前には、西洋風の甲冑をつけた神武天皇が太刀《たち》をおび、国旗をかかげてアジアへむかうすがたがある。彼をみちびいているのは、真っ赤な空をくりぬいたようなブラックバード。建国神話において、熊野から大和まで道案内をした三本足の八咫烏《やたがらす》である。

　金鵄あがって十五銭、栄えある光三十銭……。「奉祝国民歌」の替歌《かえうた》は、日々ラジオから流されて大ヒットした元《もと》歌《うた》よりも親しまれたというが、「紀元二千六百年」は、どこにも参じず何も購《あがな》わず、平生のつつましさをたもっていたいとねがう人々のテリトリーにも土足で入りこみ、心の平穏をおびやかした。


「旅に培え　興亜の力！」

　民族精神を涵養し、愛国主義を促進するためのプロパガンダとして観光を役立てようと、記念旅行奨励の標語を募集したのは鉄道省だった。

　一九三八年から、「祖国認識旅行叢書」シリーズ『幕末烈士の遺蹟』『吉野忠臣の遺蹟』や『肇国の聖蹟』などを刊行して国民精神総動員運動を推進してきた鉄道省は、同省肝煎りのツーリスト「日本旅行協会《ジャパン・ツーリスト・ビューロー》」と提携して、大手百貨店のほとんどにサービスセンターを展開、三九年一二月には、目前にせまったユーザー急増にそなえて「二千六百年祝典臨時施行事務所」を組織した。

　さらに、「聖蹟観光」をパッケージ化し、イラスト入り一〇〇〇ページにおよぶ実用ガイドブック『旅程と費用概算』を二円五〇銭で発売。国内のおすすめスポットだけでなく、帝国内ならどこへでも、いくらの予算でどんな旅ができるかをシュミレートした。たとえば、東京から二二日間をかけて台湾を周遊するとするなら、二等で二九一円、三等で一八七円というように。

　また、鉄道省の強みを生かして「聖蹟巡り団体割引」を実施。割引率は、二五人以上で一割、一〇〇人以上で二割となり、二〇〇人をこえれば二割五分、四〇〇〇人以上なら三割とした。はたして、「祝典事務局」が組織されてから四〇年末までの一三か月間に、一万六六〇〇団体の足を祝典関連の聖地へとむけさせた。単純に均《なら》せば、毎日四〇をこえる団体がこのツーリストを利用して聖地観光にでかけたことになる。

　朝鮮総督府鉄道局、日本旅行協会朝鮮支部も負けてはいない。

　総督府鉄道局は、三六年から『京城』『朝鮮金剛山』『朝鮮の旅』『四季朝鮮』などの映画をつぎつぎと制作し、三九年には、日本旅行協会朝鮮支部が隔月刊の雑誌『観光朝鮮』を発行。四〇年には、写真集『朝鮮の風貌』を刊行して集客に躍起となった。観光客には、満州や中国への兵站《へいたん》線《せん》のインフラ整備を、経済的にささえることが期待されたからだった。

　南満州鉄道と日本旅行協会が、同じことをこころみたことはいうまでもない。目玉商品はもちろん「戦跡めぐり」。

満蒙は「十万の英霊二十億の国帑《こくど》」の地、すなわち日清、日露戦争をとおして一〇万人の兵士と二〇億円の戦費を投じた地。英霊に報いるためにもけっして手放すことをゆるされない故地とされた。なかにも人気をあつめたスポットは、六万人の血であがなわれた激戦地旅順だった。

「お国」肝煎りのツアーで朝鮮や満州を訪れた人々は、隣国をまもるために日本がいかに大きな犠牲をはらったか、文明の進歩からとりのこされていた隣国の人々にたいしてどんなに寛大に接し、隣国の文化をどれほど大切にしているかをまのあたりにし、日本がアジア文明の保護者であることをしみじみと感じながら帰国した。もちろん、観光客をしてそのような感慨をいだかしめるべくツアーのメニューは組まれていた。

さて、建国フィーバーご当地では、新設された「橿原神宮駅」へ乗り入れることとなった「参宮急行電鉄」の親会社「大阪電気軌道」の百貨店部が、ガイドブック『肇国の聖蹟を巡る』を発行した。鉄道利用者の激増に、カメラやスーツケースなど旅行用品の売り上げ増大をリンクさせようというわけだ。

三大巡礼スポットは伊勢、橿原、熱田。六月には天皇、皇后が伊勢神宮、神武天皇陵、橿原神宮を親拝し、七月には、お祝いのため来日した満州皇帝溥儀《ふぎ》が参拝したこともあって神宮詣《もうで》は超ブレイク。

「参宮急行電鉄を利用すれば、大阪から橿原神宮へは四〇分、京都からは一時間、名古屋からは二時間半。伊勢神宮へはおのおの二時間、二時間半、一時間半……」

鉄道省編纂、日本旅行協会発行の『時間表』の一〇月ダイヤ改正号の裏表紙には「大阪電気軌道」が全面広告を掲載した。

大宣伝をくりひろげたのは、神宮へ乗り入れていた「大《だい》鉄《てつ》」すなわち「大阪鉄道」も同じだった。紀元二六〇〇年にあわせて『橿原神宮参拝案内』を発行し、「大鉄」の路線がどれほど神武東征のルートと重なっているかをマップ付きでアピール。紀元節のある二月には、大鉄百貨店が「建国聖地展」をもよおした。

はたして、一年をつうじて神宮参拝者の足はおとろえ知らず。年始以来の石炭不足も、電力飢饉もなんのその。列車ダイヤが間引きされ、エスカレーターが止まり、「石炭配給統制法」が出されようがおかまいなし。「肉なしデー」に「節米デー」。「興亜パン」に「国策ランチ」。「贅沢禁止令」をかさにきたご婦人連や「女子モンペ隊」が、日々「贅沢は敵だ!」を連呼してまちをねりあるき、自治体が「銃後女性鑑《かがみ》」や「生活べからず集」をつくって贅沢撤廃を奨励し、街頭からネオンサインが消え、芸術展から裸婦像がしめだされ、何百人ものダンサーがいちどに失業しようがどこふく風……。

天皇陛下のご先祖さまを拝みにゆくことだけは「贅沢の外《ほか》」。というわけで、年間の参拝者数はついに伊勢神宮八〇〇万人、橿原神宮はそれをしのぐ一〇〇〇万人におよんだ。延べ人数ながら、帝国臣民の一〇人に一人が橿原詣に参じたことになる！

やれ奉祝行事にイベントに、聖蹟観光に巡礼に……。

人々が嬉々として熱狂に身を投じていくさまは、後世の目には、笛の音に誘われて死地におもむくハーメルンの子どもたちを彷彿とさせるが、じつに、「神武フィーバー」のうらがわでは、「奉祝事務局」を頂点として仕掛けられた代理機関の歯車がフル回転し、官なのか民なのかもあやしくなった鉄道会社や百貨店、出版社や映画会社がしのぎをけずって無邪気な人々を消費にかりたてていた。

まさにその、屈託のない人々こそがファシズムの原動力だった。

大衆のもつ膨大な消費力が、帝国主義や狂信的ナショナリズムをおしあげ、やがては、彼ら自身が「神がかりの総力戦」に参じる主体者にまつりあげられていく……。文字通り自縄自縛の運動が、斜面をころがる雪だるまのように加速され、膨らんでいきつつあった。

最大の罪過は、なんといってもマスメディアにある。

戦争が新しいメディアに糧をあたえることは古今東西の普遍だが、ラジオにとって、満州事変から日中戦争、太平洋戦争にいたる一五年戦争はまさにそれだった。一般向け放送が開始されてから八年目にあたる一九三二年（昭和七）、満州事変のあった翌年には、放送受信契約数が一〇〇万件を突破、日中戦争がはじまり、上海に戦火がひろがった三七年九月には三一四万件に達した。

「防空指令、戦況ニュース完全聴取！」

中国大陸に放送局が開局するや、出征兵士の身内なら飛びつかずにはいられない宣伝コピーがあふれ、人々は、むさぼるように戦況中継やニュースに耳をかたむけた。

「ラジオ報国をめざした一家一台！」

戦争の激化、長期化にともなう金属材料不足は深刻だったが、メーカーは、資材統制にあわせてスリム化した国策型ラジオをつぎつぎと開発。松下無線が「国策1号受信機KS―1」を二六円という廉価で発売した三九年には、受信契約数は四〇〇万件を突破。翌紀元二六〇〇年にはついに五〇〇万件にとどいたというから「神武さん」の効験はあらたかだった。

「ナショナルR4―Mラジオがあれば安心！」

家にラジオがあれば、うっかりして「国民のつとめ」をおこたることがない。そんな新聞広告が大当たりしたのは笑えない滑稽だが、当時の国民、いや帝国一億五〇〇臣民は、精神的挙国一致の実をあげることを目的としたさまざまな「時間」の支配をうけていた。

それらは「奉祝の時間」「黙禱の時間」とよばれ、諸官庁や学校のベル、工場の汽笛やサイレン、寺院の鐘などあらゆるものを動員して報《しら》され、臣民をしてあまねく「つとめ」としての儀礼、すなわち「拝礼」や「黙禱」や「バンザイ奉唱」をおこなわしめるものだった。

それは、たとえばこんなふうにはじまった。日中全面戦争に突入した三七年の一一月三日「明治節」の午前九時、「国民奉祝の時間」なるものがはじめて実施された日の東京のようすを、『読売新聞』はこう報じた。

「……午前九時ともなれば、全市のサイレンをはじめ、工場、寺院の鐘は三十秒間高らかに鳴りわたり、市電、市バスは一斉に一分間停車し、全市民は、家にあるもの、道行くもの、すべてこの一瞬こぞって大帝の御遺徳を仰ぎ、皇軍の武運を祈って黙禱を捧げれば、府市立各男女中等学校、試験場、市内各小学校はこの時、校舎、学校に於いて明治神宮、宮城遥拝式を挙行した……」

翌三八年には「奉祝の時間」四回、「黙禱の時間」五回が定められた。

すなわち「元旦」の午前一〇時、二月一一日「紀元節」の午前九時、「天長節」にあたる四月二九日の午前八時、「明治節」の午前九時には、宮城を遥拝し、「天皇陛下バンザイ」を叫ばなければならず、また三月一〇日の「陸軍記念日」、五月二七日の「海軍記念日」、七月七日の「支那事変記念日」の正午、そして四月と一〇月の「靖国神社臨時大祭」の午前一〇時一五分には、いっせいに黙禱をささげなければならなくなった。

日中戦争開戦ののち、天皇裕仁が皇太子時代から二〇年間つづけてきた地方巡啓・巡幸が中断された。かわって靖国の春秋臨時大祭への行幸が欠かさずおこなわれるようになり、天皇が玉串をささげる時刻が「全国民黙禱時間」と定められた。その最初の実施となった三八年四月二六日、『東京日日新聞』の表現をかりれば、「十時十五分から一分間、全国動くものはすべて停止し、臣民皆《みな》黙禱を捧げた」という。

一九四〇年はこれらに分刻《ふんきざ》みの「時間」支配がくわわった。六月一〇日、天皇、皇后が伊勢神宮へ紀元二六〇〇年を奉告した。午前一一時一二分には外宮に、午後一時五四分には内宮に玉串をささげ、全国の臣民はその時間きっかりに伊勢を遥拝し、黙禱をささげた。

満州国の臣民はいっそう忙しかった。三月一日の「建国節」、四月三日の「神武天皇祭」、六月二六日の「皇帝溥儀宮城訪問」、七月三日の「皇帝伊勢神宮参拝」にあわせた遥拝や黙禱やバンザイ奉唱がくわわった。

定められた時間に、いっせいに、身体の動きをともなう儀礼に臣民を参加させることは、わけても日本語を母国語としない人々を統合し、従属させるに有効だった。

もっとも重要な瞬間は一一月一〇日午前一一時二五分におとずれた。宮城前広場でいとなまれた壮大な記念式典において、近衛文麿内閣総理大臣が「一億の民草《たみくさ》」を代表して「寿詞《よごと》」を奏上し、おしまいに「天皇陛下、バンザイ」を奉唱する瞬間だ。臣民は、首相の発声にあわせていっせいにバンザイ「三声」を叫ぶようもとめられた。

「万歳奉唱は、ナショナルR4―Mラジオで一斉に！」

そんなバカな……！いや、そんなバカなことにこそ、かえって熱中するのがしもじものならいであり、哀しさなのだった。

在郷軍人会や国防婦人団、青少年団から隣組にいたるまで、あらゆる代理機関が「祝典事務局」の手足となってフル回転。それまで数ある「国民のつとめ」を無視してきた人々も、この瞬間の「時間」支配をまぬがれることは難しかった。

「臣文麿《しんふみまろ》、謹みて言《もう》す。伏して惟《おもん》みるに、皇祖国《くに》を肇《はじ》め統を垂れ、皇孫をして八洲に君臨せしめたもうに、神勅をもってし、授くるに神器をもってしたもう……」

一語一語ゆっくりと、三語か四語ごとに間をおいて「寿《よ》詞《ごと》」を読みあげる首相の声がラジオから流れでる。

「宝祚《ほうそ》の隆《さかえ》、天壌と窮《きわま》りなく、もって神武天皇の聖世におよぶ。すなわち天業を恢弘《かいこう》して、皇都を橿原に定め、宸極《しんきょく》に光登し、……一系連綿、まさに紀元二千六百年を迎う。国体の尊厳、万邦《ばんぽう》もとより比類なし。…………………………………………………………………………………………………………………………………………臣文麿、乏しきを承けて台閣の首班に居り、ここに帝国臣民に代わり、叨《みだり》に天顔《てんがん》に咫尺《しせき》して、恭《うやうや》しく聖寿の万歳を祝し、宝祚《ほうそ》の無窮《むきゅう》を頌《しょう》したてまつる。臣文麿、誠懽誠慶頓首頓首《せいかんせいけいとんしゅとんしゅ》、謹みて言《もう》す」

長いながい「寿詞」の奏上がおわったあと、首相の拝礼にあわせて参列者も天皇、皇后に拝礼する。五万の人間の半身がいっせいに動く音……。

つぎに「勅語」をたまわる。ここだけはラジオは無言。玉音すなわち天皇の肉声を、あられもないすがたで耳にする不敬のやからがいないともかぎらないからだ。

そして一一時二五分、割れんばかりのバンザイ「三声」がとどろいた。

「天皇陛下、バンザーイ　バンザーイ　バンザーイ！」

本来なら批判精神をはたらかせてこそ存在価値のあるジャーナリズムが、それらの熱に油をそそぎ、総動員をうながす側にまわって販売競争をくりひろげ、大儲けにあずかったのは嘆かわしいことだった。

「おきよ丸」のスポンサーとなった毎日新聞社は、この年、『大阪毎日新聞』『東京日日新聞』と地方版をあわせた総発行部数三二〇万部を達成。朝日新聞社も、『東京朝日新聞』『大阪朝日新聞』（九月一日に『朝日新聞』に統一）それぞれの発行部数が一〇〇万部をうわまわった。

「あさ日直《なお》さす日向路は皇祖発祥の聖地であり、皇国肇造の御準備地であります、ここに皇国無窮の理想たる皇祖皇宗の八紘一宇《はっこういちう》の御精神が崇高壮大に創生されたのでありま す……」

前年一九三九年の紀元節、『大阪毎日』は社告のなかで「皇紀二千六百年奉祝／本社の記念三大事業」の内容を発表した。すなわち、宮崎神宮から橿原神宮への「新鉾奉献国防自転車行軍」の実施および『二千六百年史』の募集、「八紘之基柱《あめつちのもとはしら》」建設への協賛である。

「……宮崎県当局では、『紀元二千六百年宮崎県奉祝会』を設立し……『八紘之基柱』建設の計画を立てましたが、本社はこれに心からなる賛意を表し積極的協援をすることといたしました……」

毎日新聞社が宮崎県の記念事業に協賛したのは、朝日新聞社のむこうをはってのことでもあった。

朝日新聞社は、はやくから奈良県の「橿原神宮境域ならびに神武陵参道の拡張整備」に協賛していた。

この事業は、三六年（昭和一一）に発足した政府の「紀元二千六百年祝典準備委員会」の計画にさいしょから選定されていて、宮崎県が「宮崎神宮境域の拡張整備建設」を計画にねじこんだ三八年には、すでに建設工事に手がつけられていた。後手にまわった宮崎県が政府にみとめさせた予算が三七万円なら、橿原神宮には当初予算で一〇〇〇万円が計上された。「建国の聖地」の優位は圧倒的だった。

計画は、畝傍山、神武天皇陵、橿原神宮を三位一体の景観としてととのえる、メモリアルパークとしての「神苑」づくりといってよく、二四〇戸の民家の移転と、四万坪の私有地買収をともなう一大統合プロジェクトだった。総面積一二万坪におよぶ境内地にはやがて、明治神宮にならった外苑運動場や外苑野外公堂、大和国史館、八紘寮、橿原文庫などがつぎつぎと建設され、「聖蹟」としての風致がそなえられていくことになる。

プロジェクトに投じられた経費は、国費と半官半民の愛国団体「紀元二千六百年記念奉祝会」によせられた寄付金、大阪朝日新聞社があつめた募金などによってまかなわれた。

「奉祝会」は、政府の「祝典事務局」といっしょになって発行している月刊宣伝雑誌『紀元二千六百年』で寄付金や献木をよびかけ、都道府県別の寄付総額を棒グラフにあらわすなどして競争をあおりたて、六四〇万円をこえる寄付金と五五四〇本の献木をあつめることに成功した。

人的経費は、「建国奉仕隊」による勤労奉仕でまかなわれた。

その名もあからさまな「建国奉仕隊」。それはしかも、記念事業を国民精神総動員に役立てたい、そのためには、明治神宮外苑建設にならって勤労奉仕によって事業をすすめることが望ましいと考えた、奈良県サイドの要請が祝典当局にうけいれられて結成された、なかば強制的な労働奉仕システムだった。

いちはやく「挙県一致」で計画にあたる決議をおこなった県議会から、議長をはじめ議員一一人が陳情のため上京したのは三七年一〇月のこと。紀元二千六百年を国民精神発揚のまたとないチャンスととらえ、「神武フィーバー」にのっかって奈良県をいかに潤《うるお》わしめるかを躍起になって考えた人たちだった。

三八年（昭和一三）六月八日、起工式からちょうどひと月後にあたるこの日、境内に県下の中学生、青年団、天理教奉仕団、京都や大阪の青年団員ら二五〇〇人があつまって「建国奉仕隊」の結成式がもよおされた。

なかには、鉢巻をしめ、シャツ、ズボン、ゲートルにいたるまで白一色にそろえて聖域の神がかりをきわだたせた、畝傍中学校五年生「金鵄報国隊」の一団があり、また、「産業戦士建国奉仕隊」の隊旗をかかげ、閲兵式の分列行進さながら機械仕掛けのようにきびきび動く、大阪府下の工場奉仕団のすがたもあった。

「建国奉仕隊」の旗には、旭日《きょくじつ》をうけて飛翔する八咫烏《やたがらす》のシルエットがデザインされた。あさひの赤とカラスの黒。故意の悪趣味としかいいようがないシンボルがやぐらの上に高々とかかげられ、しめり気をおびた夏の風をうけてひるがえる。

その下で、三島誠也《みしませいや》県知事が『日本書紀』のなかの一節を「神武天皇の大詔《おおみことのり》」と称して読みあげた。

「われ東《ひんがしのかた》を征《う》ちしより、ここに六年《むとせ》たり。こうぶるに皇天《あまつかみ》の威《いきおい》をもてして凶徒就戮《あたころ》されぬ。……まことに宜《よろ》しく皇都《みやこ》を恢《ひら》き廓《ひろ》めて、大壮《おおとの》を規《はか》り摹《つく》るべし。……まさに山林《はやし》を披《ひら》きはらい、宮室《おおみや》を経営《おさめつく》りて、つつしみて宝位《たかみくら》に臨みて、元元《おおみたから》を鎮《しず》むべし。……しこうしてのちに六合《くにのうち》を兼ねて都をひらき、八紘《あめのした》を掩《おお》いて宇《いえ》にせんこと、また可《よ》からずや。観れば、かの畝傍山の東南《たつみのすみ》の橿原の地《ところ》は、けだし国の墺区《もなかのくしら》か。治《みやこつく》るべし……」

式典のあと、はれて「建国奉仕隊」の構成員となった参加者たちはそろって橿原神宮を参拝し、声たからかに「信条」を斉唱し、はじめての奉仕作業に従事した。

「建国奉仕隊信条。一つ、われらは生を皇国にうけたる光栄に感激し、日夕橿原宮の神霊《しんれい》に生き、建国大精神の発揚にまいしんす。二つ、われらは強靭なる心身を練成し、誓って国家の良材《りょうざい》たらんことを期す。三つ、われらは勤労を愛好し、奉仕の赤誠《せきせい》に燃え、規律ある団体行動をなす。四つ、われらは郷土の柱石《ちゅうせき》をもって任じ、衆に範を垂れ、奉公の誠《まこと》をいたす」

奉仕の赤誠、奉公の誠。国家の良材、郷土の柱石！

大阪朝日新聞社は、寄付金の募集とあわせて「建国奉仕隊の歌」の歌詞を募集した。一等の賞金は、中流サラリーマンの月給の数か月分にあたる一〇〇〇円。はたして、募集期間わずか二週間のあいだに八六一四通もの応募作がよせられ、八月三日には一等当選を発表。さっそく山田耕筰がメロディをつけ、一〇月には、霧島昇が歌ったレコードがコロムビアから発売された。

結成式から三九年一一月の解散式までの一年半、全国の青年団、婦人会、町内会、学生・生徒、企業の産業報国会、工場の労働者、傷痍軍人、満州国協和青年奉仕隊、朝鮮教職員団など、「建国奉仕隊」はひきもきらずやってきて奉仕作業に従事。のべ七一九七団体、一二一万四〇八一人もの人々が、「橿原道場」にもうけられた宿舎で寝食をともにし、宮城遥拝や神宮参拝など日課となった儀礼に参じ、ツルハシやスコップをふるい、モッコをかついだ。

紀元二六〇〇年、『大阪朝日新聞』の元旦の記事は、同新聞社が「橿原道場」の建設を支援したことを大々的に報じ、翌日には「記念事業」を発表した。すなわち、全国の官国幣社《かんこくへいしゃ》二一一社に「国運隆盛祈願の大真榊《おおまさかき》」を奉納すること、天孫降臨の地を基点として列島二六〇〇キロを空中飛行すること、海軍協会との共催で小学校の教師をあつめ「聖地巡航海上訓練」をおこなうことなどを……。

それらに負けじとうちだされた毎日新聞社の「三大記念事業」。その最大のものが「八紘之基柱《あめつちのもとはしら》」建設への協賛だった。

「東洋の仏塔でもなく、西洋の記念碑でもない。わが大和民族精神にピッタリの雄大荘厳な建造物……。さながらそれは英国の『トラファルガーの戦勝記念碑』に匹敵し、全米各州から石をあつめて建てられた『ワシントン記念碑』にも比肩しうる……」

わが大和民族精神にピッタリの……。『大阪毎日』主幹平川清風《ひらかわせいふう》がペンをふるって称揚した「肇国塔《ちょうこくとう》」建設構想は、地上三六メートルにおよぶ日本一高い塔を、カムヤマトイワレビコの宮があったとされる皇宮屋《こぐや》ちかくに建てようというものだった。

発案者は相川勝六《あいかわかつろく》。三七年（昭和一二）七月七日、盧溝橋事件を口実に日本が中国への全面侵略を開始した、まさにその日に宮崎県知事に任命され、左遷先の朝鮮総督府警務局から内地復帰をはたした人物だ。

二・二六事件の責を負って朝鮮に渡るまえは、警視庁監察官、同刑事部長、特高を総轄する内務省警保局保安課長などを歴任し、テロリズムの取り締まりや、大本教《おおもときょう》をはじめとする宗教弾圧、労働団体の思想弾圧に辣腕をふるった警察官僚であり、政党の解体と翼賛体制を提唱する新官僚グループのリーダーでもあった。

トランクに礼拝用の神棚を入れてもちあるく熱烈な敬神家としても知られていた相川は、赴任するやさっそく県勢振興策として「勤労倍化運動」を提案し、八月五日には、全県規模で実施することを決定した。

勤労精神を作興することこそが県勢の振興をうながす最緊要事である。なかにも青少年学徒を勤労奉仕に動員することは、精神教育上の効果も大きく、ひいては銃後支援体制づくりに役立ち、思想動員も容易になるというわけだ。

相川ほどいびつな思想のもちぬしでなくても、当時はもう、教育のなかに勤労作業をとり入れることに違和感をもつ者はなくなっていた。

天皇機関説事件をきっかけとする「国体明徴」運動をうけて、教育界では教育刷新がとなえられ、三六年一〇月には「教育刷新に関する答申」が決議され、国体主義にもとづく国民教化の「方針」と「実施事項」が示された。これをうけて、中学校ではすでに「作業科」が基本科目となっており、集団勤労作業を学校の教育課程にくみ入れていく流れがいきおい加速しつつあった。

青少年学徒をターゲットにすえた相川の提案は、まさにそれを先取りしたもので、かつまたそれを、全県あげて実施しようという先駆的なこころみだった。

おりしも、八月二四日には「国民精神総動員実施要綱」が閣議決定され、集団労働や勤労奉仕をとおして青少年や女性たちをファシズムの担い手にしたてあげていく流れに拍車がかけられた。

宮崎県は、県勢振興策として始動していた「勤労倍化運動」を、あらためて「国民精神総動員運動」の実践としていちづけ、県下の高等小学校、中等学校、青年学校、女学校の全生徒、青年団員、企業・工場の団体員を総動員して「祖国振興隊」を組織した。

本部を統括する「総監」には県知事の相川みずからがつき、本部長には県の学務部長を、各地方隊の隊長には学校長や自治体・団体の長をあて、隊員には、隊長への服従と軍隊的規律の遵守をもとめるという、ナチスさながらの集団勤労奉仕システムだ。

隊旗デザインのモティーフは「日向三代」と「日の丸」。武将の「流れ旗」か、はたまた百姓一揆の「目印の旗」を彷彿とさせる細長い白地に、天孫ニニギ、ヒコホホデミ、ウガヤフキアヘズの三代を表徴する帯状の黒いラインを三本ひき、そのしたに真っ赤な丸が描かれた。

一九三七年の年の瀬もおしせまった一二月二二日、カムヤマトイワレビコを主祭神とし、父ウガヤフキアヘズ、母タマヨリヒメを祀る宮崎神宮の神前で「祖国振興隊」の結成式ならぬ結成奉告祭がもよおされ、あわせて隊旗授与式がおこなわれた。式典は、修祓《しゅうふつ》、献饌《けんせん》、祝詞《のりと》奏上、玉串奉《たまぐしほう》奠《てん》などの神道儀礼をともなうもので、県がうちだした実施要綱の「肇国建業と国体観念の明徴」および「敬神崇祖の実践」にもそったものだった。

　各隊ごとに隊旗をさずけられた青少年学徒が「信条」を斉唱する。

「祖国振興隊信条。一つ、われらは皇祖発祥の聖地に生まれ、天業翼賛《てんぎょうよくさん》の皇民の裔《えい》たるに感激す。一つ、われらは尽忠報国《じんちゅうほうこく》の精神に満ち、義勇奉公の赤誠《せきせい》に燃ゆ。一つ、われらは勤労を倍加し、誓って祖国振興の柱石《ちゅうせき》たらん」

　のち「天業翼賛《てんぎょうよくさん》の皇民の裔《えい》」たちは「振興隊作業」があるたびに信条を斉唱することになる。ある「小学校隊」の男子の作文からひろってみる。

「二時間目がすむと振興隊作業だ。軍馬の甘藷の植えつけだそうだ。集合ラッパが鳴る。僕は、上衣をぬぎ、弁当をもって運動場へ集合した。振興隊旗を奉迎する。そのあと校長先生の訓示があって『作業には勉強のために行くのである』とおっしゃった。

　隊旗を先頭に隊列を整えて出発する。作業場につくと、緑したたるポプラのまえで、作業始めの式をおこなった。みんなで宮城を遥拝し、信条を斉唱する。ああ、なんという力強い声だろう。みな元気百倍だ。

　作業がはじまった。無言合図の呼子《よぶこ》が鳴る。みんな黙々として苗を植える。なかなか骨が折れる。だが、これくらいが何だと力んで植える。

　作業がおわって隊旗の下に集合する。空をあおぎ、大声で天皇陛下万歳を三唱する。つづいて、わが祖国振興隊のおきよを三唱した。ああ、なんという気高さだろう。なんという晴ればれした気持ちだろう。僕は日本に生まれたありがたさに胸がいっぱいになった」

　ちなみに、奉告祭までのわずか三月《みつき》あまりのあいだに結成された「祖国振興隊」は三二四隊、隊員数は五万人におよび、なかにも師範学校、中学校、高等女学校、実業学校の組織率は一〇〇パーセントを達成。一年後にはこれが六三九隊、一五万人にふくれあがったというから圧巻だ。

　はたして、このこころみは新聞や雑誌をはじめ、国民精神総動員中央連盟の機関紙にも、文部省の映画にもとりあげられて大反響をよび、翌年二月には、ドイツ青少年指導庁を代表して来日中のラインホルト・シュルツェの視察訪問をうけることになった。

　シュルツェは、ヒトラー・ユーゲント次長の肩書きをもち、ヒトラーの跡目相続者と目されていたともいうが、この年、一九三八年（昭和一三）の夏から秋にかけて実施された「日独青少年団交歓」事業においては「ヒトラー・

ユーゲント派遣団」の団長をつとめた人物だった。
「日独青少年団交歓」事業には、日本から、文部大臣官房文書課長朝比奈策太郎《あさひなさくたろう》団長いか大日本連合青年団、大日本少年団連盟、帝国少年団協会の代表からなる「大日本青少年団ドイツ派遣団」三〇名が参加。ドイツからも三〇名の訪日団をむかえ、プログラムの後半には、外務相が招待した「駐上海・青海ヒトラー・ユーゲント」一二名がくわわった。

五月五日に結団式をおこない、二五日、東京駅での歓送会につどった人々に送られた「大日本青少年団ドイツ派遣団」は、二七日、「靖国丸」で神戸港を出航。六月三〇日にはフランスのマルセイユに到着し、七月二日、ドイツのケルン中央駅に迎えられた。

七月一二日、彼らはブレーメン港で、訪日ヒトラー・ユーゲント一行を見送り、ハンブルグを経て、東プロシアのポーランド国境へとむかった。

訪日ユーゲントを乗せた「グナイゼナウ号」が横浜港に入ったのは八月一六日のこと。一七日には東京駅に到着し、全国からあつまった青少年団員代表三〇〇〇人と十数万人の観客の歓迎をうけたあと、宮城前へと行進し皇居を遥拝、明治神宮や靖国神社を参拝した。

行進は一糸乱れず、矩形《くけい》の一群がそのまま移動するかのような洗練された動きだったというが、何よりもまず彼らの制服の美しさに人々は目をうばわれた。これが青年団！濃紺の舟形略帽、おなじく濃紺のベルトフックタイプの上着に乗馬ズボン、黒の乗馬ブーツ、そして白皮の装具をつけたユーゲントの美しさは、歓迎に参じたあらゆる人々を魅了した。

いっぽう、戦闘帽に国防色の団服、巻脚絆《まきゲートル》にリュックサックといういでたちでベルリンに到着するや、そのあまりの貧相さに驚いた在独邦人らが大あわてで制服をこしらえなければならなかったというドイツ派遣団一行は、そのころ、第一次大戦の対露戦勝記念碑「タンネンベルク記念碑」に花輪をささげ、つぎの訪問地ワイマールへとむかっていた。

燦たり、輝く、ハーケン・クロイツ。
ようこそはるばる、西なる盟友。
いざ今まみえん、朝日に迎えて。
われらぞ東亜の青年日本。
万歳、ヒットラー・ユーゲント。
万歳、ナチス。

ユーゲントの来日にさきだって、ラジオ放送局は、北原白秋の作詞による歓迎歌『万歳ヒトラー・ユーゲント』をさかんに流し、新聞社は、ユーゲントの紹介記事や国内視察旅行の日程などを連載した。

八月一六日の横浜港入港から一一月一二日の神戸港出港までの八九日間、ユーゲント訪日団は、近衛首相をはじめ文部・外務・陸軍・海軍省各大臣と接見し、「大日本帝国少年団」五〇〇人とともに野営や富士山登山をともにし、北海道から九州にいたる全国各地を訪れた。

日光東照宮、会津城、白虎隊の墓、青葉城、北海道支笏湖、鎌倉鶴岡八幡宮などをめぐり、九月二八日には、交歓事業のメインイベント「H・U歓迎全国青少年団大会」に参加。会場となった明治神宮外苑には全国から七五〇〇人の青少年団員があつまった。その後、水戸偕楽園、名古屋城などをめぐり、一〇月七日には伊勢神宮を参拝。九日には、「駐上海・青海ユーゲント」と奈良ホテルで合流し、一〇日には、法隆寺から橿原神宮へおもむいて「建国奉仕隊」と共同作業をおこなった。

京都では金閣寺、清水寺、比叡山延暦寺、平安神宮をたずね、一九日には大阪城へ。大楠公ゆかりの千早城にも足をのばしてのち瀬戸内海経由で別府に上陸。一〇月二四日には宮崎神宮を参拝し、翌二五日には「祖国振興隊」との共同作業に従事した。

神戸への帰路には厳島神社へもたちよったが、ユーゲント一行にとっては、神社参拝のでたらめなほどの多さが納得できず、不満を口にすることがしばしばだった。

「マタ神社《ジンジャ》デスカ。オモシロクアリマセンネ」

随行した外務省職員は、そのたびに説明に腐心した。

「神を拝するのは皇祖さまを拝むこととおなじであり、天皇陛下さまと皇室を敬うわが国民の考えの顕われです」

「ソレハドウイウコトデスカ」

「天皇陛下さまは天照大神の御子孫ですから、神の御子なのです」

「神《カミ》ノ子!テンノウヘイカハ、人間《ニンゲン》デハナイノデスカ。ワレラガ尊敬スルヒトラー総統ハ、偉大な人間デアリ、国民デモアリマス」

「天皇陛下さまは国民などではありません。天神御子《あまつかみのみこ》……ううむ、何と申しあげたらいいか……そう、人神《マンゴッド》なのであります」

「マンゴッド!」

ユーゲントにとって神といえば宗教上の唯一神。全能の存在だ。

「神《ゴッド》デアルナラ、テンノウヘイカハ過チヲオカシマセンカ」

「天皇陛下さまが何をなさっても過ちにはなりません」

「…………?」

何度説明をうけても、彼らには理解ができなかった。人間であるかぎり、たとえヒトラー総統といえども過失をおかす。自明のことだった。

「わが国民は天皇陛下さまを神さながらに崇めています。まさにそこにこそ日本精神の本質があり、わが国が他国とまったく異なるゆえんがあるのでありますから、とにかくこれだけは理解して帰っていただきませんと」

「日本精神デスカ……？」

「はい、たとえば、わたしたちが今こうして働いているのは天皇陛下さまの御蔭であり、天皇陛下さまのためにわたしたちはここに働いているのです。ですから出征ともなれば、天皇陛下さまの御ためにわが国民は命をささげます」

「…………！日本精神ノコトハヨクワカリマセンガ、日本ハ、血ノ純潔ト神聖ガシゼンニソナワッテイル、幸福ナ国ダトオモイマス」

　一一月一二日、訪日ユーゲントは、その日神戸港に帰港したばかりの訪独青少年団と送別会をかねた交歓のひとときをすごしてのち、帰国の途についた。

　訪独青少年団員は、九月六日から一二日までひらかれた「ニュールンベルク・ナチ党大会」に参加し、天地を圧するような「ハイル」「ハイル」の嵐と、感極まって涙する連盟の少女たちやユーゲントの忠誠心と、総統ヒトラーのカリスマ性をまのあたりにし、大日本青少年団の糾合統一と強化こそが銃後の国民に負わされた使命であるとの、ゆるぎない確信をいだいて日本にもどってきた。

　おなじ一一月、『大阪毎日』が相川の「八紘之基柱《あめつちのもとはしら》」構想を掲載した。それが彫刻家日名子実三《ひなこじつぞう》の目にとまり、いっきに計画が具体化した。

　大分県臼杵町の出身で、東京美術学校彫刻科をでた日名子は、五回の「帝展」出品経験をもち、日本サッカー協会（ＪＦＡ）のエンブレム「八咫烏」のデザインをしたことでも知られる人物だ。その彼が、「塔のデザインをできるなら、芸術院会員に推されるよりも光栄だ」といってみずから相川をたずね、無報酬で設計をかってでた。

　翌三九年（昭和一四）三月二日、総工費予算五〇万円、皇国日本を表徴する「御幣《ごへい》」のすがたをあたえられ、正面に「八紘一宇」の文字を彫《き》みこまれることになる「八紘之基柱」の概要を『大阪毎日』『宮崎新聞』が報道した。

　御幣《ごへい》というのは、神道祭祀の儀礼でもちいられる幣帛《へいはく》のひとつ。白や金銀五色の紙をハタキ状にして串にはさみ、神の依代《よりしろ》としてあるいは御神体として、さらにはお祓いの祭具としてつかわれる幣束だ。そのかたちを鉄筋コンクリートと石積みによってなぞらえ、「全世界の罪穢《つみけが》れを祓い、之《これ》を掩《おお》いて家となすの御精神を顕現」しようという、ファナティックかつグロテスクなアイディアだった。

「基柱」の基礎部分はしかも、植民地をふくむ大日本帝国全土から、さらには海外同胞からの「献石」をもって組みたてるという、発案者のいびつな思想をそのまま反映したものだった。

　そのためのキャンペーンを大々的にくりひろげたのが毎日新聞社だった。

「宮崎県当局では……『八紘之基柱』建設の計画を立てましたが、本社はこれに心からなる賛意を表し、積極的協援をすることといたしました……いやしくも帝国臣民あるところ、海外諸邦の在留邦人の各団体より献納する石材を礎石とし……万古不易の聖柱を据えることとなっています。献納規定は追って本紙に発表します」

　はたして、石材寄贈の依頼先は、樺太、朝鮮、台湾、南洋諸島、関東州、満州国、支那の公的団体や在外日本人会にまでおよぶこととなった。

「いやしくも帝国臣民あるところ」は、たとえば陸軍流に解釈すると「皇威のおよぶところ」となるらしい。

　相川から協力をもとめられた陸軍大臣板垣征四郎《いたがきせいしろう》は、在満在支各軍にむけて通達をだした。「各部隊毎に各二個を標準とし」て、「遅くとも本年十一月末までに送付」せよと。二個のうち一個は、「各部隊の第一線付近、皇威の及べる地極限付近のもの」という条件がつけられた。つまり、侵略最前線の地で採取した石を送ってきなさいというのだった。

　工事は「祖国振興隊」を集中的に動員して急ピッチですすめられた。

　五月二〇日、八歳の童女たちによる草刈ではじまった起工式には一〇〇〇人をこえる関係者、「振興隊」員らが参加し、専門の石工ら一〇〇人をあつめて「祖国振興隊石工隊」も結成された。

　建設地にあたる高台の広場、二六〇〇坪（約八六〇〇平方メートル）の造成・整地作業に功あったのは何といっても青少年学徒の勤労奉仕だった。このときばかりは尋常科の小学生も「振興隊」にくわわって、塔のまわりに敷きつめる玉石を浜からあつめてくる作業などに従事した。

　道具といえば、鍬やツルハシにスコップにモッコに天秤棒。車輪のついたリヤカーが最新最高のものだった。学校では、夏休みのあいだも奉仕スケジュールをくんで「天業翼賛の皇民の裔」を代わるがわる送りだし、いつしか「八紘台」とよばるようになった標高六〇メートルの高台に、何本もの隊旗のひるがえらない日はないほどだった。

　それがいかに容赦なく徹底した、いや度をこしたものだったかは、たとえば組織の本部長、県学務部長の上塚弘が「隊員諸君に告ぐ」と題して『隊報』に載せた一文の醜悪さにもあらわだった。

「各人に信念を持たせる事は、現下の急務といわねばならぬ。しかもこれをなすには、結局各自の自己鍛錬にまつよりほかに途はない。あたかも禅僧の巌に坐し、食を絶って道を求むるごとく、みずから精進鍛錬せねば信念の養成は困難である。振興隊は、その勤労作業を自己鍛錬の道場となすものである。自己の全身全霊を作業に打ち込むとき、おのずから無念夢想の境地が開けるであろう……」

　あたかも禅僧の巌に坐し、食を絶って道を求むるごとく精進鍛錬せねば……！

これに唱和するかのように、振興隊作業は「物心一如の人間性に徹し、陛下を中心として、経済道徳一元の生活発展を希念する真の日本人たらんとする、心身の自己鍛錬道場である」と述べたのは、副本部長、学務課長の森田孝だった。物心一如の人間性？経済道徳一元の生活？根本的な論理破綻をはらんだ言葉が、ヒステリックにたたみかけられて空回りする。

この年七月二六日には、第二次近衛内閣が「基本国策要綱」を閣議決定し、「八紘一宇」を国是とした。つまり、皇国大日本を中心として世界をひとつにすることが、この国のあり方の根本にすえられたのだ。

「皇国ノ国是ハ八紘ヲ一宇トスル肇国ノ大精神ニ基ヅキ、世界平和ノ確立ヲ招来スルコトヲ以テ根本トシ先ヅ皇国ヲ核心トシ日満支ノ強固ナル結合ヲ根幹トスル大東亜ノ新秩序ヲ建設スル」

千里四方の空間、あるいは宇宙のことをいう普通名詞「八紘」が、大東亜共栄圏をさす固有名詞へと、そして、日本の植民地主義を隠蔽し、侵略を解放にすりかえる美称へと転じた瞬間だった。

八紘台には、ぞくぞくと献石が送られてきた。

国内から献じられたものには「××小学校」「××役場」「××警防団」「××国婦会」「××郷軍分会」「××農会」「××神職会」などの名が刻まれ、中国からの石には、「関東州庁」「台湾総督府」「満鉄社員会」をはじめ「満州××市」「中支××部隊」「上海××県人会」などの名が、朝鮮からの石には「朝鮮総督府」「愛婦朝鮮本部」「忠清南道教育会」「全羅北道××穀商」「群山××農場」などの名が刻まれていた。

「南洋庁」をはじめ、とおくペルーやカリフォルニア、シンガポールやフィリピンの日本人会から送られてきた石もあった。

閃緑岩《せんりょくがん》に「南米秘露日本人会」の名を刻んだペルーの日系人たちは、日中戦争がはじまると「在留民精神総動員運動」をおこし、開戦日にあたる七日を毎月「愛国日」とし、つましいやりくりのなかから献金をあつめて海軍機一機、陸軍機一機を祖国に送ってきた。にもかかわらず、日米開戦によってペルーと日本の国交は断絶し、二万人をこえる人々が資金凍結、北米強制連行などの過酷な運命にさらされることになる。

閃緑岩に「須知武士動邦人団」の名を刻んだカナダの「スティブストン漁者慈善団体」の人々や、花崗岩に「北米加州日本人会」の名を刻んだ「カリフォルニア南加日本人会」の人々は、移民差別の辛酸を嘗めながらも、第一次大戦のさいには出征兵士をヨーロッパの戦場に送るなどして、市民権獲得のための苦労を重ねてきた人たちだった。

にもかかわらず、日米開戦と同時に日系漁者の漁労は禁止され、居住地からの立ち退きを余儀なくされることになる。合衆国では、カリフォルニア州で暮らす九万四〇〇〇人の日系人をはじめ、ワシントン州やオレゴン州などで暮らす三万三〇〇〇人の日系人が強制収容所に送られて隔離された。

中国からの献石は、おのずからその多くが暴力と血の臭いをおび、歴史の時間をこえて侵略の事実を証言しつづけている。

たとえば「中支志賀中山隊」が上海市政府付近から送ってきた花崗岩には、特徴のある唐草模様のレリーフがあり、後年、蒋介石が一九三三年に建てた上海市政府庁舎入り口の花崗岩製アーチの一部であることが確認された。

また、支那派遣軍総司令部がおかれていた南京から「日本居留民会」が送ってきた石灰岩の献石には、みごとな麒《き》麟《りん》と長《ちょう》枝《し》蓮《れん》とよばれる花模様の浮き彫りがある。長枝蓮のルーツは元の時代にさかのぼることができ、麒麟の図案をもちいることができるのは貴人にかぎられている。後年の鑑定では、明の永楽帝のころの建造物の一部だとされ、破壊と略奪がなければ貴重な文化財となっていたにちがいなかった。

湖北省蒲圻《ホキン》から四個もの石灰岩を送ってきたのは、上海に司令部をおく中支那派遣軍の「第六師団」で、熊本、大分、鹿児島県など九州南部出身の連隊で編成され、宮崎県からは郷土部隊、都城《みやこのじょう》第二三連隊が所属していた。

盧溝橋事件後まっさきに前線に導入されたこの師団は、長谷川寿夫《はせがわとしお》中将の指揮のもとで杭州湾上陸戦、上海戦をたたかい、南京攻略戦では、南京城の西南の城壁を撃ちやぶって突入した。長谷川の後任には稲葉四郎《いなばしろう》中将がつき、三九年八月には武漢攻略戦にくわわり、一〇月すえには漢《ハン》口《カオ》を占領。石を献じてきたころには、蒲圻《ホキン》城に司令部をおいて掃討戦にあけくれていた。

稲葉は、板垣陸相の達《たつ》を忠実にまもり、まさしく「皇威の及べる地極限付近のもの」を送ってきたというわけだ。おなじ中支那派遣軍の第一一軍司令官として、武漢攻略戦の指揮をとった岡村寧次《おかむらやすじ》中将が送ってきた石は、漢口《ハンカオ》の花崗岩だった。

岡村は、南京攻略時、日本軍が略奪強姦の大暴行をおこなったことを憂え、慰安婦団の送遣を長崎県知事に要請。のちに兵団が慰安婦団を「兵站の一分隊」として随行する制度のさきがけをつくったといわれる人物で、石を献じてきたころには漢口に司令部をおいて持久戦をつづけていた。

ちなみに、長谷川寿夫は、戦後、南京裁判で虐殺事件の責任を問われて処刑され、岡村寧次も、軍司令官として殺しつくし、焼きつくし、奪いつくすいわゆる「三光作戦」を遂行した罪で裁判にかけられたが、蒋介石の国民軍に協力することでからくも断罪をまぬがれた。

「八紘之基柱」の礎石として帝国各地から献じられ、城の石垣のように積みあげられた切り石の数は、最終的に一七二〇個におよんだ。

敗戦後「八紘台」は「平和台」と名をあらため、「八紘之基柱」は「平和の塔」とよばれるようになり、東京オリンピックの国内聖火リレーの起点ともなったが、この塔の実態をあきらかにしようと、五〇年の歴史の空白をこえて調査にあたった人々が寄贈者名を確認できた切り石の数は一四八五個。そのうち、中国侵略最前線から日本人部隊名で送られてきたものは七五個。満州国、香港、台湾、朝鮮など、日本の軍事的支配下にあった広義の植民地から送られてきた石をあわせると三四四個にのぼり、全体の四分の一をしめている。

「八紘《あめのした》を掩《おお》ひて宇《いえ》にせんこと亦可《またよ》からずや」

天下をひとまとめにして一家のようにしてもかまわないだろう。そうカムヤマトイワレビコがいったという建国神話の地は宮崎ではなく橿原だ。とはいえ、「八紘之基柱《あめつちのもとはしら》」とネーミングされた「聖柱」の正面に彫《きざ》まれるべき銘は「八紘一宇」のほかにはありえなかった。

染筆は秩父宮雍仁《やすひと》親王に依頼された。宮の筆《て》になる文字が宮崎に届けられたのは三九年の一二月。これを美々津《みみつ》の川のほとりで採取した巨《おお》きな自然石に彫みこみ、翌年紀元二六〇〇年の四月三日に盛大な除幕式がいとなまれた。

「おきよ丸」が出航する半月前のことだった。

そして、帝国があらゆる臣民をまきこんで「神武フィーバー」の最高潮にむかってひたはしっていた六月一一日、『大阪毎日』は「奇《く》しき対面物語」と銘うった記事を掲載した。

その日は、前日に伊勢へ行幸啓した天皇裕仁と皇后が、はじめて神武天皇陵と橿原神宮に玉串をささげるハレの日にあたっていて、ついきのう、外宮親拝時の一一時一二分と内宮親拝時の午後一時五四分ぴったりに「全国民黙禱の時間」に参じた読者の目に、両陛下の皇太神宮行幸啓を報じた記事があざやかにとびこんでくるというドラマラスな日であった。

そのような日に、数百万の人々に「明治の栄光」を思い出させることは、フィーバーの大スポンサーがなしうる最高の演出だった。

献石のなかに、なんと、日露戦争で旅順港閉塞のために沈められた石があるというのだ。

「三七年ぶりの対面ですよ、わたしたちが船に積んで沈めた石が、ふたたびわたしたちの手で聖柱の礎石の一つになっていようとは……」

建設工事も大づめとなった視察のさいに、思わず声をあげたのは、工事を請け負った大林組の専務だった。日露戦争当時、彼は大林組の副支配人として大阪築港の防波堤の沈床工事にたずさわっていた。そこへ極秘の用命がくだされた。沈床のための石材を旅順港へ移送せよと。

「築港用の石材は、小豆島と大島から採石したものでしたが、これを閉塞船に積んだのは播磨の家島でした。前後三回にわたって三〇〇〇トンないし五〇〇〇トン級の、今からみても大きな貨物船に石を満載し、旅順港口に沈めるのです。当時わたしはまだ二八歳の血気盛りで、一生懸命にこの閉塞事業のために活躍しました。そのなつかしの石に対面しようとはまるで夢のようです」

なるほど。彼の驚きはさぞやとうなずかれる。その石がどのような運命をたどってきたのか詳細はあきらかでないが、まさに「奇しき」因縁の物語にちがいなかった。

起工式から一年六か月、帝都東京をはじめ、各地で「紀元二千六百年記念式典」がいとなまれた一一月に、ついに日本一の高さをほこる「肇国塔」は完成した。

工事には、一日平均、大工《だいく》三〇人、土工《どこう》八〇人、コンクリート工四〇人、鳶師《とびし》一〇人を投じ、動力八八馬力、高さ六〇メートルをこえる工事用エレベーターが導入された。

総経費は、当初予算の五〇万円をはるかにうわまわる一三〇万円。「財団東京積善会」からの一〇万円をはじめとして、県内の企業や多額納税者から「県奉祝会」によせられた寄付金、県費からの助成、それから「一人十銭」をわりあてられた県民のカンパなどによってまかなわれた。

二五日には、高松宮宣仁《のぶひと》親王の臨席をあおいで、「宮崎神宮境域の拡張整備建設」の竣功奉献式と「八紘之基柱」竣工式がいとなまれた。

東京では、花電車やイルミネーションで飾られた電飾市電、提灯行列や旗行列でにぎわった祝賀行事もおわり、まちかどにはすでに「祝いは終わった、さあ働こう！」のポスターがいっせいに貼りだされていたが、宮崎だけは歓喜のピークをむかえていた。

八紘台にひるがえる六〇本の祖国振興隊旗。礼装の来賓たち、一〇〇〇人をこえる学生合唱団と佐世保海軍軍楽隊、九州各県代表の青年団員、奉祝会員、祖国振興隊員ら三〇〇〇名……。式典に参加した一万の人々がふりあおぐ空には、祖国日向の威信をかけ、県民をあげて造立した石造りの聖柱が、あっぱれ日本一の名に恥じない圧倒的な存在感、威圧感をはなっていた。

「われらは日の神の御子だから、日に向かって戦うのはよくない。太陽を背に負い、日の神の威光をかりて敵に襲いかかろう」

矢にあたった腕から血を流して戦い、絶叫しながら戦さに斃れたカムヤマトイワレビコの兄イツセの楯と、雄叫《おたけ》びと、神の依代《よりしろ》である御幣《ごへい》、そして葦牙《あしかび》の萌えあがるさまをイメージしてデザインされたという「八紘之基柱」。

正面入り口は、西都原《さいとばる》古墳の鬼の窟《いわや》がかたどられ、扉には、神武天皇「お船出」のもようを描いたレリーフが鋳造されている。その奥に厳室《いつむろ》と称する部屋があり、正面中央の奉安庫には、御神体さながら秩父宮真筆の「八紘一宇」の文字が安置された。

隆々として、まさに見あげんばかりの塔柱の四隅には、武人、工人、農人、魚人のすがたとなって現われた神霊、荒御魂《あらみたま》、和御魂《にぎみたま》、幸御魂《さきみたま》、奇御魂《くしみたま》がたち、仏法の守護神、四天王よろしく聖柱をまもっている。

建国の祖神武の実在を疑ってみることなど思いもよらぬ人々の感性や美意識がどんなものであるかを想像することは容易でないが、「八紘台」が「平和台」とよばれるようになってひさしい後世の目に、この巨大モニュメントのすがたは「威容」というより「異様」としか映らない。わずかに一瞥して何かひどく嫌なものを見てしまったような戦慄をおこさしめるそのシルエットは、いまも陽光にみちた南国の風景をそこだけ蒼ざめたものにかえている。

一九四六年（昭和二一）八月、GHQの命令によって「八紘一宇」の文字は削りおとされ、四隅の塑像のうち「武」を象徴する荒御魂《あらみたま》像がとり除かれた。が、後年、美術工芸品としての復元と保存の機運がおこり、六二年には武人像が、七五年には「八紘一宇」の文字が復元された。

敗戦後、天皇の地方巡幸が再開され、宮崎県は三八番目の巡幸県となった。四九年のことだった。その後、五八年と七三年にも天皇の来県をうけたが、いずれも平和台公園への訪問はなく、七九年九月、宮崎国体の開会式のさいにはじめて高台に天皇をむかえることとなった。

県当局は、「八紘一宇」の文字が復元された塔の「お立ち台」に天皇をむかえて「奉迎」することを申し出たが、天皇はそれを断わった。そのときのいきさつを、侍従長入《いり》江《え》相政《すけまさ》がわずかながら日記に記している。

「九月二十二日（土）頗蒸暑　……宮崎の八紘一宇の塔の前にお立ちになって市民の奉迎にお答えになることにつき、割り切れぬお気持ちがおありのことが分り、十時に長官室。そのことを話す。……結局上へお上がりにならず、広場にお立ち台を設けてそこでお受け、塔のまはりを一廻りもやめることで意見一致。……御安心になるように話す。きっとおよろこびだったろう……」

天皇のためらい、「割り切れぬ」心境がいかなるものであったかという問いはゆかしさをそそるものだが、起工から四〇年、敗戦から三四年をへてなお、天皇を聖柱の高みにむかえて仰ぎみようという県当局、そしてそれを支持し、支持はせぬまでも異をとなえなかった大多数の人々のほうにむしろ問いは返されなければなるまい。

とりわけ一九二一年以降、摂政となった皇太子を、そして天皇を、可視化された「国体」あるいは「帝国」のすがたとして仰ぎ、臣民として儀礼に参じ、義務をはたし、赤子としてあらゆる忍従にたえる業を、まさに身体ごと体験し、くりかえし習得してきた人々に刻印された「青民草《あおたみくさ》の記憶」のなんたるかに……。

とはいえ、権力はつねに頼もしい共犯者をもっている。権力の犯す虚偽にお墨付きをあたえ、ともに権益にあずかるために奔走する御用学者やメディア興行師や巨大資本家たちである。

そして、哀しいかな、庶民というものはいつもあまりに無防備で屈託なく、脳天気なほどやすやすと虚偽のからくりの囚となる。

一九五五年（昭和三〇）一一月一日、東京日比谷公園二〇〇〇坪の敷地をつかって「読売新聞社」主催による「原子力平和利用博覧会」が開幕した。

オープニングセレモニーで挨拶にたった正力松太郎《しょうりきまつたろう》は、原子力が「人類永遠の平和と繁栄への道を切りひらく、今世紀最大の担い手」となったこと、そして原子力時代の幕開けを告げる博覧会を「アメリカ側の絶大なる指導と協力」をうけて開催することをたからかに宣言した。

読売新聞中興の祖とあおがれ、同年二月、齢七〇にして衆議院議員に初当選、第三次鳩山内閣の北海道開発庁長官として初入閣をはたした正力は、「原子力平和利用啓蒙キャンペーン」の仕掛人であり、翌年一月には「原子力委員会」の初代委員長に就任、「五年後に原子力発電所を建設する」と怪気を吐いて産官学のあらゆる人々を仰天させることになる人物だ。

「原子力平和利用博覧会」は、アメリカ国務省情報局（ＵＳＩＳ）、中央情報局（ＣＩＡ）が共同でくわだてた「平和利用政策心理（洗脳）作戦」の一環としてもよおされたものだったが、博覧会場には、一二月一二日までの開催期間中、およそ四〇万人の来場者がおとずれ大成功をおさめた。

翌五六年一月一日からは中日新聞がスポンサーとなって会場を名古屋にうつし、二四日の閉会までに二八万人が来場。のち、関西では朝日新聞が京都会場、大阪会場で、九州では西日本新聞が福岡会場で、北海道では北海道新聞が札幌会場で、東北では河北新報が仙台会場でというように、全国一一都市でおなじ博覧会がもよおされ、総計二六〇万人が足をはこんだ。

原爆投下のグラウンド・ゼロ、広島の爆心地でも五月二七日から六月一七日まで開催され、一一万人が来場した。主催者には中国新聞だけでなく、広島県、広島市、広島大学がくわわり、前年にオープンしたばかりの平和記念資料館と平和記念館が会場にあてられた。

原爆ときいただけで動揺し、あるいは深い悲しみや怒りにうちひしがれる被爆者をもまきこんで、「平和」をキーワードに、全市、全県あげてもよおされた被爆地ヒロシマにおける博覧会。そこではとりわけ声高に、おそろしい原子力が使い方ひとつでいかに人類の発展に寄与するものであるかということ、被爆国の日本こそがその平和利用のために全知全能をかたむけなければならないのだということが叫ばれ、強調された。

また、開催地として地方の中核都市ではない茨城県の水戸、富山・石川・福井北陸三県の一都市高岡がえらばれたことの意図は、のちの原子力政策を知る者にはあきらかだろう。茨城県東海村は、一〇〇万坪という広大な敷地に正力がはやくから目をつけていたところであり、また、やがて一四基の原発が林立して「原発銀座」とよばれることになる若狭湾をふくむ北陸沿岸地域の一画、富山県高岡市は正力の故地、すなわち大票田だというわけだ。

平時と戦時の差こそあれ、一億五〇〇万人をあげて「神武フィーバー」をおしあげた日々、「八紘一宇」を国是とさだめ、目先の侵略に「大東亜新秩序建設」なる美名と「世界平和を招来する」というお墨付きをあたえ、あとはひたすら「ドイツにならえ！」を連呼する体制を、下からささえたエネルギーの源泉はどちらもおなじである。

オランダ、ベルギーを降伏させ、パリを陥《お》とし、欧州で電撃的連戦連勝をかさねるドイツにならって「日本もアジアに新秩序を！」「いまこそバスに乗り遅れるな！」。じぶんたちの勝利でもない勝利に喚起勇躍し、反英米主義者や対米強硬派のみならず日本じゅうが浮き足だち、「神武さん」にかかわることならどんなナンセンスにもこじつけにも、強制にも収奪にもはせ参じ、したがった。

「おきよ、おきよ、神武さんが……、おきよ、おきよ、お船出されるげな！」

明日にはわが子が召集され、やがて町や村じゅうの若者が戦地にとられていくこともかえりみず、半年もかけて手漕ぎ船をつくり、青年をかきあつめて櫂をとらせ、創り物語にでてくる聖地を巡航する。よくもまあ……！

醒めてみればそれは愚挙と空騒ぎのための浪費でしかない。だが、「ハレ」に溺惑することは面白いことだったにちがいない。古代船の復元も聖蹟巡航も、それじたいには、無稽や奇天烈を是とする「ハレ」ならではの醍醐味や破格の楽しさがともなった。

船長をつとめた矢野源吉さんをめぐるエピソードからは、その余韻がつたわってくる。

こと矢野家にかぎって、ほんとうに大変だったのは航海のあとのことだった。一行は無事大阪港までの航海をおえ、陸路、神武天皇ゆかりの橿原に着いたのだったが、その橿原から留守宅の妻あてに電報がとどいた。

「おきよ丸を買いとったから、あるだけの金を送れ」

源吉さんに何かあったんじゃないだろうか。心配した奥方は源吉さんにいわれるまま、へそくりを投げだし、お金をかき集めて、家一軒が買えるほどのお金を送った。

　ところが、帰ってきた源吉さん。「おきよ丸」の大きな幟《はた》を見せてこういった。「これが全部だ」と。美々津のおばさんたちが総がかりで縫った「おきよ丸」のしるし旗。六メートルほどもある大きな軍船旗だ。

「あのお金、何しなんしたとよ」

　さすがにたずねないわけにいかなかった。

「キミエ、キミエ、黙っちょけよ。あんお金はよ……、この幟ど」

　なんのことはない、かき集めてつくった大金は、漕ぎ手だけで八〇人あまりいた船乗りたちの飲めや歌え、芸者さんとの遊興にすっかり消えてしまったという。

「そうでしたか」

　キミエさんはそうこたえたきり何もいわなかった。船長としてそのくらいしなければ収まりがつかないほど、おきよ丸の航海は大きな意味のあることだったのだろうと、彼女なりに了解した。美々津の男というのは元来ハイカラで芸事好きで、無駄なお金をつかうことが自慢だった。そして、そんな男をささえながら家業をきりもりするのが、美々津女の心意気だった。

　矢野家ではいまもこのエピソードが語りつがれているという。観光案内をするときもかならず話す。代々の夫も話す。妻も話す。夫をささえた「誇りモン」だから……。

「それなら美々津の女をもらえばよかった」と、そんなジョークをかえす人も少なくないとか。

　美々津にはいまも「おきよ祭り」の神事が伝わっている。

「いまも祭りは元気にやっちょっどかい」

「ああ、元気にやっちょるわい」

　旧暦の八月一日の夜明け、お船出の時刻には、子どもたちが短冊を飾りつけた笹を手にもって「おきよ、おきよ！」「おきよ、おきよ！」と戸をたたいてまわるという。

「このたびは、ようお詣りたなあ」

「じぶんは乗り物ぎらいでね。うちを一足《ひとあし》も離れなんだが、このたびだけは、靖国さまへお詣りして、お天子さまを拝み申しとうて、申しとうてね。死んでもええで、つれてってつかあされちって……」

「そちら様のお子様はどこでご戦死でした？」

「上海で十一月の七日に。胸を鉄砲だまに打ちぬかれたていうで、むこうきずでうれしいだ」

「うちも上海の大場鎮《ダイジョウチン》というところで戦死したあんばいどすわいな。十一月の四日に戦死してしもうてな。もうあの子の戦友も、みんな亡《の》うなってしもうたあんばいでな。どこをどうしてやられたのやら、ようわかりません」

「うちの兄貴は、十二年の九月三十日の朝に戦争場《せんそうば》へたちましてね。上海の戦争場へ出てから、十日ほどで死にました。十月の四日にな。うちの兄貴はとてものもんでしたねはあ。上海の脇坂部隊の兵隊さん二百人の身代わりになったちって……。じぶんはとてもうれしいですね」

一九三九年四月二三日、靖国神社では春の臨時大祭がいとなまれ、前年から天皇の親拝がおこなわれるようになった午前一〇時一五分は「全国民黙禱時間」と定められた。

対中全面侵略戦争の開始にともない、それまで毎年かならず実施されてきた陸軍特別大演習の統監や、地方視察のための巡行・行幸が中止となり、それにかわるかたちで春秋の靖国臨時大祭への行幸が恒例となった。

臨時大祭は、戦死者の霊代《たましろ》を奉安して「神」として祀る祭礼だが、この日は、一万三八九九人のあらたな戦死者が「英霊」として合祀された。

境内も参道も、全国からおとずれた靖国遺族であふれかえっている。その注視のなかを、「霊璽簿《れいじぼ》」とよばれる戦死者リストが御羽車《おはぐるま》に納められ、神官たちに担がれて本殿へとすすんでゆく。大元帥服に身をつつんだ天皇が、侍従長、大臣はじめ供奉の人々をしたがえてそのあとにつづく……。「臣民」を祀る社祠に天皇が親《みずか》ら参拝することは、戦死者にたいする最高の処遇を天下にしめすことであり、参列した遺族たちにとっては目もくらむような栄誉にあずかることだった。

内地はもとより、とおくは樺太や満州や台湾から国費で招かれてやってきた遺族たちは、大祭への参列のあと、宮城や新宿御苑、上野動物園など、東京の名所見物をさせてもらい、記念写真におさまって、「誉れの遺族」として地元に帰っていく。

そのほとんどは、戦争がなければ、戦争にかけがえのない肉親の命をさしださなければ、一生のあいだ鄙の地から出ることがなかったかもしれない人々であり、「お天子さま」を間近にすることなど想像することもない日常の、あらゆる労苦や不条理を受忍することに長《た》けた人たちだった。

この春は、そのなかに北陸三県の連隊が所属する「第九師団」管内から上京した遺族たちのすがたがあった。

三七年八月なかばに上海戦がはじまるや、九月には大将松井岩根《まついいわね》司令官ひきいる「上海派遣軍」の増援軍として海をわたり、大場鎮《ダイジョウチン》では、一キロメートルを前進するのに一〇日を要したという激戦にくわわって、日露の旅順攻略に匹敵する凄惨な消耗戦をたたかい、一一月には、おなじく松井ひきいる「中支那方面軍」の司令下にはいって南京攻略戦をたたかい光華門を占領、翌年四月には徐州会戦をたたかい、六月からは岡村寧次《おかむらやすじ》中将ひきいる第一一軍に編入されて武漢攻略戦をたたかい、一一月九日、通城《トンチョン》を占領したのが金沢「第九師団」だった。

その遺族たちのなかから一人息子を亡くした母をあつめ

て、『主婦の友』が座談会を企画し、六月号に掲載した。ながれ落ちる涙を「よろこび涙」だといい、悲しいとはいわず嬉しいといい、一人しか子をもたないことを情けないといい、あればまっ先に天皇に「お返しする」という。編集サイドの意図はあまりにあからさまだった。

彼女たちの子らが、もしも歴戦をたたかいぬいて生きていたなら——東京裁判で松井岩根を絞首刑台に送った南京大虐殺にかかわって犯罪に与していたかもしれないが——ちょうど掲載号が片田舎にまでゆきわたる六月には、やつれた顔に笑みをうかべて復員してくるはずだった。

「朝早う、寝ておったら戸をどんどんたたく。『なんじゃ』といったら『電報だッ』という。こりゃきたわいとうれしかった。『身体はどこもええか』といったら『なんでもねえ』という。『それじゃ元気でいってこ。おっ母《か》のことは心配するでねえぞッ。戦争場《せんそうば》へいったら命はおしいと思うな。戦争場じゃ前へ出ろッ。後へもどったら承知しねえぞッ』といって征った。親というものはな、後へひいたとかひかんとか、世間のいろいろな話をきくと、うちの子に、万一そんなことが起こってはいかんと思うでな。前へ出ろッ。前へ出ろッとよういうておいた。

……といっても、心ではやっぱりかわいそうで、どうしても死なせとうないわな。それだがおめえ、うちの子は、天子さまにさしあげた子でねえだか。どうしておめえ後へなんど引っ込ましておけるもんけ。おらなどがようなつまらん者の子を、天子さまに使ってもらいたいでよ。おかげであの子もよういうことをきいて、決死隊に入ってくれた。うれしゅうてうれしゅうて。おらなさけねえことに、子どもはたった一人よりねえが、ありゃみんなまっ先にお返しするにと思った」

「どこもおなじなあ。前の晩にわたしに、『おっ母《か》ちゃん、こんどは生きて帰れんかもしれんが……七つのときから、おっ母ちゃんがひとりで、こうやって育ててくださって、すまないことだけれども……天子さまのおためだ。よろこんでくだされ』というで、『おお、お前、それがなによりの親孝行だぞッ』と力をつけてやりましたら、『勝ってくるぞと勇ましく、の歌の最後に、東洋平和のためならばなんで命がおしかろう、ということがあろう。あそことおなじ心持ちだ』というて、たいそうたいそうよろこびましてな……」

金沢「第九師団」は、三二年の第一次上海事変のときも動員され、三五年には満州にも派兵されている。「こんどは」というのは、すくなくともはじめての出征でないことを物語っている。

「七つの年から、一人で育てなはったのどすかえ」

「はい、百姓をして、そのあい間あい間に、一生懸命に笠を作ったりござをこしらえたりして、男の子だで、商業二年まではやらんならんと気張ってやってきました。どうせお粗末な育て方でありますけど、どうぞ女親が育てたからとうしろ指をさされんようにと思いましてな」

「うちの兄貴は、動員がかかってきたら、お天子さまへ命をお上げ申しとうて申しとうてね、早う早うと思うとりましたね。今度は望みがかなって名誉のお戦死をさしてもらいましてね」

「あの白い御輿《みこし》が、靖国神社へ入りなはった晩な、ありがとうて、ありがとうてたまりませなんだ。まにあわん子をなあ、こないにまにあわしてつかあさってなあ、結構でございます」

「お天子さまのおかげだわな、もったいないことでございます」

「みな泣きましたわいな」

「よろこび涙だわね、泣くということは、うれしゅうても泣くんだしな」

「わたしらがような者に、陛下に使ってもらえる子を持していただいてな、ほんとうにありがたいことでござりますわいな。まあ、ラッパが鳴りましたなあ、兵隊さんやろか、あのお羽車のとき鳴ったラッパの音は、もうなんともかんともいえませなんだ、ありがとうて、ありがとうて」

「なんともいえんいい音でしたなあ。あんな結構な御輿に入れていただいて、うちの子はほんとうにしあわせ者だ」

「お天子さままでお詣りしてくださいやんしたね。拝ましてもらいました」

「ほんとに、もったいないこと」

「戦争がはじまってから、心の中で始終思っておりやんしたに。われらが可愛いために、お天子さまが、麦ままのごはんを食べなさってえ、ご苦労をしてくださるちって聞いておりやんしたでな。どうぞどうぞしてご恩返しを申さにゃならんと思っておりましたで、お天子さまを拝んだときにゃ、自分は涙がこぼれて仕方がなかったんやに。靖国さまへお詣りできて、お天子さまを拝ましてもろうて、自分はもう、何も思い残すことはありません。今日が日に死んでも満足ですね、笑って死ねます」

　陸軍統制派の信奉する「中国一撃論」と中国蔑視による楽観から対中侵略戦をはじめてまもなく二年。思いがけない戦火の拡大をうけて本格戦争となり、長期化と泥沼化を余儀なくされていた。和平工作のみちは閉ざされ、日本軍はただ広大な敵地において先の見えない進撃もしくは持久戦をつづけるしかない……。

　そこに生起したのが満州国境での衝突だった。五月一一日、一二日に関東軍・満州国軍とモンゴル軍とのあいだにおこった武力衝突は、まもなく国境線死守をめぐる日本軍とソ連軍の戦争に拡大した。

　一九三九年はまさに青少年学徒の「値打ち」がいっきに

高まった年だった。六〇万人の兵力が投じられた上海戦をはじめとして、「第九師団」が動員された南京、徐州、武漢作戦だけにかぎっても、過去《この》二年間に総計一三〇万人もの兵力が投入されたことを思えば、なるほどそうだろう。

はたして、五月二二日には、前線に送る予備軍としての若者たちに「青少年学徒ニ賜ハリタル勅語」が下賜された。

「国本ニ培ヒ国力ヲ養ヒ、以テ国家隆昌ノ気運ヲ永世ニ維持セムトスル任タル極メテ重ク、道タル甚ダ遠シ、而シテ其ノ任実ニ繋リテ汝等青少年学徒ノ双肩ニ在リ、汝等其レ気節ヲ尚ビ廉恥ヲ重ンジ……各其ノ本分ヲ恪守《かくしゅ》シ、文ヲ修メ、武ヲ練リ、質実剛健ノ気風ヲ振励シ、以テ負荷ノ大任ヲ全クセムコトヲ期セヨ」

国家の繁栄を保っていくという重大な任務は、ひとえにお前たち青少年学徒の双肩にかかっているのであるから、おのおのがその本分を恪《つつし》みわきまえ、学問を修め、武術を練り、質実剛健の気風を盛んにして、負わされた大任を全うすることを決意しなければならない、と。

そして同日、軍事教育施行一五周年を記念して「全国学生生徒代表御親閲式」が挙行された。全国から宮城前広場にあつめられた三万二五〇〇人の学徒代表はみな、執銃、帯剣、巻脚絆《まきゲートル》のいでたちで分列行進をおこない、天皇の親閲をうけたあと、東京市内をパレードした。

四月一日にはすでにドイツの「ヒトラー・ユーゲント」に関する法律」にならって「大日本青年団則」がつくられ、それにもとづいて「大日本連合青年団」が「大日本青年団」へと改組。初代団長に、明治神宮宮司にして「国民精神総動員中央連盟」の会長でもある海軍大将有馬《ありま》良橘《りょうきつ》——翌昭和一五年には「大塔宮仰徳碑」の題字をものす人物——が、本部理事に、陸軍省兵務局長中村明人《なかむらあきひと》少将、海軍省人事局長伊藤整一《いとうせいいち》少将が任命された。

本来、青年自身の要請と地域の必要から結成された青年団のゆるやかな「連合」であったはずの組織が、国家の要請にこたえる一元的全国組織として再編されたというわけだ。

「皇道教育」の強化を強力におしすすめる文部大臣荒木《あらき》貞夫《さだお》が提案した「学徒隊構想」こそ、平沼内閣の総辞職によって頓挫したものの、いずれ全国の青年団と少年団が統合され、文部大臣総括のもと、学校教育と不可分のものとして再編され、地方行政の長を団長とし、各学校長が単位団の長となって一元化されるのは時間の問題だった。

同年五月二〇日、皇居屋《こぐや》に「祖国振興隊」の青少年学徒一〇〇〇人をあつめて「八紘之基柱《あめつちのもとはしら》」の起工式がいとなまれたのも、六月八日、橿原神宮境内に二五〇〇人の青少年学徒をあつめて「建国奉仕隊」の結成式がもよおされたのも、すべておなじ潮流のなかで、国民精神総動員運動という大仕掛けの装置を、一枚の歯車となってささえるものにほかならなかった。

「基柱」建設に六万六五〇〇人を動員した歯車「祖国振興隊」の仕事量を一単位として人的規模だけを単純に――国内外からの献石のために動員された人数を除外して――比較すれば、一二五万人を動員した歯車「建国奉仕隊」はその一八倍の仕事をしたということになる。

そうやって一億五〇〇臣民すべてを歯車運動にまきこんでいくには、それに抗うもの、妨害となるものなどあってはならない。なかにも「神聖なる我が国体の本義に反する」もの、「国家の安寧秩序を乱す」ものは、芟除《さんじょ》あるいは一掃し、根絶できればこのうえなかった。

天皇機関説事件を契機として、政府が「国体明徴《コクタイメイチョー》」声明を発し、それにこたえて「教学刷新に関する答申」が決議された三六年の一〇月二九日、決議文冒頭でまず確認されたことは「国体」であり、教学におけるその位置づけだった。

すなわち「大日本帝国ハ万世一系ノ天皇天祖ノ神勅ヲ奉ジテ永遠ニコレヲ統治シ給フ。コレ我ガ万古不易ノ国体ナリ」といい、「教学ハ源ヲ国体ニ発シ、日本精神ヲ以テ核心トナシ、コレヲ基トシテ……国運隆昌ノタメニ竭《つく》スヲソノ本義トス」といい、さらに「実施上の方針」第一条には、「我ガ国ニ於イテハ祭祀ト政治ト教学トハ、ソノ根本ニ於テ一体不可分ニシテ三者相離レザルヲ以テ本旨トス」という、目を疑うような内容が示された。

明治のはじめ、神道国教化運動をすすめた神祇官たちがかかげた「祭政教一致」が臆面もなくうちだされたのだ。

そしてさらに、三七年二月に成立した林銑十郎《はやしせんじゅうろう》内閣は「何もせんじゅうろう内閣」と揶揄されたほどにお粗末かつ短命な内閣だったが、外務大臣と文部大臣をかねた林首相は、「祭政一致」を施政の方針としてぶちあげ、「憲法違反ではないか」との批判をよそに、前年末には草案ができていた『国体の本義』なるイデオロギーむきだしの小冊子を発行し、全国の学校や教化団体にくまなく配布した。

文部省思想局で編纂されたA5判一五六ページの小冊子『国体の本義』は、近代天皇制国家の国体論の到達ともいわれるテキストで、第一部「大日本帝国」において「国体」の原理的根拠をあきらかにし、第二部「国史における国体の顕現」では、それを歴史のなかに確認する。

すなわち万世一系の天皇が統治する「永遠不変の大本」たる「国体」を、「古事記・日本書紀神話」を古来の国家的信念とする立場によって根拠づけ、そこに日本独自のすがたを確信しようとするものだ。

くどいようだが、この国は、万物を化育する日神《ひのかみ》天照大神が大八洲国《おおやしまぐに》をとこしえに栄えさせるべく神勅をくだし、天孫を降臨せしめたときに肇《はじま》り、その大御心《おおみこころ》と大御業《おおみわざ》において祭祀と政治と教育の根本は確立された。悠久深遠なるその事実に源をもつわが国は、万世一系「ただ一すじの天ツ日嗣」をうけつぐ神裔「天皇《すめらぎ》」が、「現御神《あきつみかみ》」として万民をひきい、天下を安国《やすくに》と統《す》べ治《し》らしめるところにほかならない。この「国体」と「皇国の道」をますます生成発展させるべく、天壌無窮の皇運を扶翼することこそがわれら国民の使命であるというわけだ。

天皇は、「元首・君主・主権者・統治権者たるに止《とど》まらせられる御方ではなく、現御神として、この国をしろしめし給う」存在であり、その政体の根本原則は「英国流の『君臨すれども統治せず』でもなく、君民共治でもなく、三権分立主義でも法治主義でもなくして、一に天皇の御親政である」などというあからさまな文言さえもつこのテキストは、文部省から三〇万部、つづいて内閣印刷局から二〇〇万部発行され、中学校では「修身」の教科書として、高等学校や専門学校、軍関係の学校では入学試験勉強の必読書として使用された。

五月三一日、たった七人の閣僚が大臣を兼任するというかたちでスタートした林銑十郎内閣は四か月の短命をおえ、六月四日には、第一次近衛文麿内閣が発足した。ひと月後、盧溝橋事件が勃発。このさいいっきに中国軍を叩きつぶし、ソ連との決戦にそなえるべきだとさけぶ、陸軍の「中国一激論」者たちにひきずられるかたちで侵略戦争に突入し、この国は本格的な戦時をむかえた。

関白太政大臣の家柄の、若くして聡明なる公達《きんだち》。貴族院議長をつとめたほかにはなんのキャリアももたぬ、四五歳の長身の貴公子。

非常時の凶々《まがまが》しさとはおよそ無縁の、ネイティブの華族にしかもしだせない空虚な善良さに目くらまされた国民の、絶大な期待を一身にあびて登場した近衛公爵ひきいる内閣のもとで、「国民精神総動員実施要綱」が決定し、軍部三立法とよばれる「国家総動員法」「電力国家管理法」「改正農地調整法」がつぎつぎと成立し、総力戦にそなえた体制が、まさに陸軍の思いどおりにととのえられた。

戦争遂行のための総動員にむけた教化政策として教育を掌中におさめ、食糧も資源もエネルギーも労働力も情報もすべて国家統制のもとにおいた政府が、つぎにめざしたのは宗教の統制であり、教団の公認・保護をオモテカンバンにしておこなうココロの統制だった。

三九年四月八日、平沼内閣の文相荒木貞夫の提案をうけて、明治いらい初の宗教法「宗教団体法」が公布された。

法律の主眼は、宗教団体や教師がおこなう宣教、儀式、宗教行事が「安寧秩序ヲ妨ゲ又ハ臣民タルノ義務ニ背クトキ」は、主務大臣がそれを制限もしくは禁止し、業務停止または設立を取り消すことができるというところにあり、これを楯にとれば、文部大臣はいつでも特定の教義や教団を弾圧し、宗教団体の公的地位を剥奪することができるというわけだ。

翌年一一月にはさらに神祇院官制が公布された。「紀元二千六百年」を契機とした神社参拝熱の大ブレイクをうけて、神祇にかかわる独立した中央官衙をもうけることが決まり、それまで内務省のなかにあった神社局が、同省の外局の「神祇院」に昇格した。

それは、慶応四年（一八六八）に再興され、いったんは官衙の最高位にいちづけられた神祇官が、神祇省に格下げされ、まもなく廃止のやむなきにいたっていらい七〇年ぶりの失地回復だった。

しかもそれは、七〇年前の体制が忽然とよみがえったというような短絡な現象ではない。明治のはじめに神仏分離や廃仏毀釈といった狂信的、逸脱的な政策をささえた理念が、じつは、七〇年間いちども放棄されなかったということを証していた。

すなわち、国体神学によって天皇の神権的絶対性に理論的根拠をあたえ、それを正面にかかげることで民族的意識統合をはかり、天皇崇拝を核とする祭政一致によって一元的な国家支配を貫徹しようとした明治維新いらいの権力のこころみが、放棄されなかったどころか、挫折や後退や変容を余儀なくされながらも、さまざまな媒介をとおして日本人の精神に内面化されてきたことの証左だった。

徳川内府、従前御委任ノ大政返上・将軍職辞退ノ両条、今般、断然聞コシメサレ候《そうろう》。抑《そもそも》癸丑《みずのとうしのとし》以来未曾有ノ国難、先帝、頻年《としごろ》宸襟《しんきん》ヲ悩マセラレ候御次第《おんしだい》、衆庶ノ知ル所ニ候。之ニ依リテ叡慮ヲ決セラレ、王政復古、国威挽回ノ御基《おんもとい》立テサセラレ候間《あいだ》、自今、摂関・幕府等廃絶、即今、先《ま》ズ仮ニ総裁《そうさい》・議定《ぎじょう》・参与《さんよ》ノ三職ヲ置カセラレ、万機ヲ行ハセラルベク、諸事神武創業ノ始《はじめ》ニ原《もとづ》キ、縉紳《しんしん》・武弁《ぶべん》・堂上《とうしょう》・地下《じげ》ノ別無ク、至当ノ公議ヲ竭《つく》シ、天下ト休戚《きゅうせき》ヲ同ジク遊バサルベキ叡念ニ付、各《おのおの》勉励シ、旧来驕惰《きょうだ》ノ汚習ヲ洗ヒ、尽忠報国ノ誠ヲ以テ奉公致スベク候事。

そもそも、慶応三年（一八六七）一二月九日に発せられた「王政復古の大号令」に「神武《じんむ》創業《そうぎょう》ノ始《はじめ》ニ原《もとづ》キ」をもりこみ、維新の理念は「建武の中興」ではなく「国家創業」にもとめるべきだと、そう岩倉具視《いわくらともみ》に説いたのはブレインの国学者玉松操《たままつみさお》だったが、なるほど『古事記』や『日本書紀』の建国神話における国土平定のプロセスは、神々の霊威にたすけられた神権政治的なファクターにあふれていた。

水戸学や国学に由来する国体神学は、それら『古事記』『日本書紀』の神話を、古代律令制のもとでの神祇官制度にむすびつけてつくられた国体論的イデオロギーだが、そのようなものが現実の政治に動員されなければならなかった理由は、明治維新それじたいの性質にあった。

「宮中政変×武力討幕」によってなされた「御一新」は、

市民革命でないことはもとより、『易経』にいう「天命を革め」たというものでもなく、肉体をもつカリスマ的指導者による新政でもなく、周の文王にちなんだ『詩経』の「旧邦と雖《いえど》も其の命維《こ》れ新たなり」の実現でもない、まさしくクーデターにほかならなかった。

薩長の軍事力を背景に「玉《ぎょく》」の争奪戦に勝利して、いちやく権力の中枢にかけあがったひとにぎりの人たちが、みずから掌握した権力の正統性にたいする疑念をはらいのけるべく、彼ら自身、それがどのようなものであるのか、じっさいの政治においてどんな意味をもちうるかについて確たる見通しもないまま、ともあれ国体神学の信奉者たちがとなえる「祭政一致」を理念とする「王政復古」をかかげて新政府をスタートさせた。

彼らは、存在の根拠のいっさいを「玉」の権威からくみあげなければならず、その絶対性をかかげるに、神話上の神々に由来する伝統カリスマをもってするほかはなく、いきおい、政変を主導した勢力のなかでかならずしも主流にはなかった復古派の国学者や神道家を、なかば付け焼刃で動員し、祭政一致のイデオロギーを政治にもちこんだ。

つまり、神々と天皇を頂点とする秩序原理は絶対なのだという大法螺を、まことしやかにぶっぱなす方法をもっている鳴らし手たちを、てっとりばやく利用したというわけだった。

とはいえ、彼らの鳴らす国体論や復古思想は、さまざまな非合理や神秘をまとっていた。それらは、近代化のための諸政策を大胆に推進しようとする合理主義とはそもそも相容れないものであり、わけても祭政一致によって神道の国教化を実現しうると考えたユートピアンやオポチュニストたちと、政治権力をつきはなして手段化するマキャベリストたちとの断絶はあがないがたく、それらの人たちの相乗りで漕ぎだされた「御一新丸」が、遠からず座礁することはむしろ自明のことだった。

が、ともあれ、国体神学のイデオローグたちが吹き鳴らす、神がかりの音色にのっかって新体制づくりがはじまった。

慶応四年（一八六八）一月一七日、維新直後の官制において、総裁、議定、参与の三職の下に、原案には存在しなかった「神祇科」が大あわてでくわえられ、神祇・内国・外国・海陸軍・会計・刑法・制度の七科を設置、二月四日の改革で「科」は「局」へとあらためられ、神祇科は「神祇事務局」となった。

三月一三日、「王政復古の太政官布告」が発せられ、祭政一致の制を回復するため、まず「神祇官」を再興し、国じゅうの神社と神職を「神祇官」に付属させ、政府の直接支配下におくことが示された。

そして一四日、宮中紫宸殿に神座《かみくら》をもうけて神降ろしをし、天皇が神前に国是「五箇条」をちかう「御誓祭」がいとなまれ、総裁三条実美《さんじょうさねとみ》以下公卿らが、臣民を代表して神前に天皇への服属をちかって署名した。

一七日、全国の神社の別当《べとう》や社僧など、僧形《そうぎょう》で神につかえている者は還俗《げんぞく》しなさいとの達が、神祇事務局から発せられ、二八日にはさらに、神社からいっさいの仏像仏具をとり除きなさいとの、お坊さんたちにとってはまったく寝耳に水の「神仏分離令」が太政官から布告された。

この間、天皇は官軍の艦隊を親閲するため大坂への「御親征」に出発。途次、石清水八幡宮にたちより、睦仁自身にとってははじめての経験となる神社参拝をおこなった。前日にいとなまれた「御親征之儀」すなわち「軍神祭」では、天皇は紫宸殿に出御し、天照大神、大国主大神、武甕《たけみか》槌神《つちのかみ》、径津主神《ふつぬしのかみ》を親祭し、みずから祭文《さいもん》を奏し、大坂親征を奉告した。

閏四月二一日、官制改革がおこなわれ、神祇事務局が改組。ついに古代いらいの「神祇官」が復活した。

そして明治二年（一八六六）七月八日の官制改革では二官六省制が導入され、それまで「太政官」のなかにあった「神祇官」が独立。古代律令国家の古制にならって太政官のうえにおかれ、官衙の最高位にいちづけられた。

これにさきだって天皇は神祇官に行幸し、カミムスビやらタカミムスビやらの八神と、天神地祇《あまつかみくにつかみ》、それから歴代の皇霊をまねいて親祭をいとなんだ。ために、まねいた神々をまつる常設の神殿が必要となり、一二月には仮神殿を竣成、明治三年一月三日には、八神、天神地祇、歴代皇霊の三座をあたらしい神殿に鎮祭した。

「鎮祭《ちんさい》の詔《みことのり》」にいわく、「天皇が、神明を敬い、民を慈しみ、祭祀《まつり》と政治《まつりごと》をひとつにして統治してきたこの国のありようは、はるかむかし、皇祖神武天皇にさかのぼる。その神聖な御業を承《う》けついだわたしは、徳のなさ至らなさゆえにこれを損ねることをおそれ、あやぶみ、日も夜も心をくだいている。そこで、神々と皇霊をまねいて神祇官にお祀りし、信仰をささげるが、このわたしを手本として、億兆の民すべてが神や皇祖を崇めるようになってほしい」と。

つまり、天皇は、国家の最高「祭主」なのだという宣言だった。

この日、もうひとつ詔が発せられた。天皇に神格をあたえ、かりに「大教」と称するオリジナルの神道「惟神《かんながら》の大道」を天下に布教し、国教制をうちたてることを宣言した「大教宣布《だいきょうせんぷ》の詔《みことのり》」だ。

いわく、「維新によって祭政一致の古《いにし》えに復《かえ》り、制度があらたまったいま、治教を明らかにし、それによって惟神《かんながら》の大道を盛んにすることはこのうえなくのぞましい。そこで、あらたに宣教使《せんきょうし》を任命して天下に布教させるが、おまえたち群臣衆庶は、よく教化にあずかり、教えをまもって行動しなさい」と。

すなわち、天神天祖いらい「惟神《かんながら》の道」の継承者である天皇は、大教の布教を統括する「教主」のような存在だというわけだ。

神祇官に新設された神殿で天皇が神祀《かみまつ》りの親祭をいとなむという、まさにその日に、双生児のような詔《みことのり》が仲よく発せられた。それは、「惟神《かんながら》の道」を国教とし、「天皇教権」を核とする国家宗教体制をととのえ、「神政」を実現しようとする神道派の改革が、実現にむけて大きく一歩をふみだしたということにほかならなかった。

けれども、明治のはじめ、全国津々浦々には、天皇がなにものかといういぜんに、天皇の存在さえ知らないという人々があまりに大勢いた。

そんな人たちに、「創り物語」のなかの神やら人物やら事蹟やらをひきあいにだしてアプリオリなものとし、神々とコウソコウレイと天皇さんを崇敬せよという。「神々」はしかも、庶衆が日ごろ親しんでいる、素朴でバリエーション豊かな神々のことではないという。

そのうえ「カンナガラの道」などといわれても……。

それが仏の道であったなら、お釈迦さまや阿弥陀さまがしぜんに思い浮かんできて、なんとはなしに尊い気分になり、あるいはシキソクゼクウやナムアミダブツやナムミョウホウレンゲキョウなどが口をついて出てもこよう。が、「カンナガラの道」などといわれてもチンプンカンプン、だれもが狐につままれたようなイマジネーション不全と思考停止にみまわれた。

惟神の道！神のままの道？神のとおりの道……？国学者ふうにいえばそれは「神代から伝えられた、神のみこころのままで人為のくわわっていない道」ということになる。

はたして、双子のような「詔」が発せられたあと、神祇官にこの国きっての国学者や神道家がよってあつまって「大教」の教義について話しあったさい、まずは高天原《たかまのはら》がどこにあるのか、つぎにアマテラスが真に天つ日の神なのかどうか、アマテラスよりもアメノミナカミヌシ、タカミムスビ、カミムスビ「造化三神」のほうが上位の神なのではないのかといったような議論からはじめなければならなかったという。

最高神についてのコンセンサスもないまま、ともあれ「敬神尊皇」をうながすべく、治・祭・教の一体改革をすすめようというのだから無茶苦茶だが、目的は、国教の布教よりはむしろ「神仏分離」のほうにあったから、異なる神学をもつイデオローグたちにとって、敵だけは一致していた。

神仏分離。それは神と仏を分けるということではない。キリスト教や仏教をはじめとする邪教、富士講の俌僄《モトノチチハハ》や秋葉講の火防ぎの三尺坊などといった俗神、出羽三山大権現、蔵王権現、弁財天などの習合的な神格、神田の平将《たいらのまさ》門《かど》のごとき逆臣の御霊神《ごりょう》など、国家が「お墨付き」をあたえないいっさいの神仏を排除することだ。

なんとなればそれらは、神典『古事記』『日本書紀』および『延喜式神名帳』によって権威づけられた神々と、皇霊を頂点にいただく「惟神の道《かんながら》」を阻害するのみならず、民心が支配秩序から逸脱するのをうながす力を秘めているからだ。

神典の神々と、国の守護神と、皇霊と、国家が祀る功臣と……。国家の意思で線引きされた神仏以外は淫祀《いんし》、邪《じゃ》教《きょう》として斥けられる。そこには、七〇年後に平沼内閣において成立する「宗教団体法」とおなじ論理がある。同法のオモテむきの顔は、宗教団体に国家が公的地位をあたえる「保護法」だが、本来の目的は、国家総動員や総力戦を妨害し、翼賛的な支配秩序を乱す教義や教団を、廃絶せしめることにあったのだから。

もちろん、維新のイデオローグたちの描く神道国教化などという絵空事が、おいそれと実現するはずはなかった。が、お国がかりのこの国民教化政策が、のち歳月をかけて国民精神に根をはりめぐらせていく天皇崇拝の「新種」をあまねく民心に播植した、歴史を画する政策であったことはまちがいない。

さて、「大教宣布の詔」にのっとって、三月には、全国の府藩県——藩が全廃されるのは翌年の「廃藩置県」のあとになる——に宣教使となるべき適当な人材を推挙するよう太政官沙汰がくだり、四月には「宣教使心得書」、七月には「大教の旨要」が示された。

府藩県ではさっそく人材確保にのりだしたが、神がかりお国がかりの「大教」とやらを説いてまわれそうな人物をみつけだすことは容易でなく、辞退するところもあいついだ。そのようなところには、上京中の地方官を代用したり、国学や神道や皇学を知らなくてもままよ、さしあたり人望のある人物ならよかろうということでまにあわせたりしながら、ともあれ全国スケールの「宣教」体制がつくられた。

つぎなる急務は、宣教のさまたげになる淫祀、邪教を廃し、国じゅうの神を中央で統制できるよう「神々の体系」をととのえることだった。

そのための地均《じなら》しとして、翌明治四年(一八七一)一月には「上地令《あげちれい》」を発令し、ながく寺社の封建的基盤であった所領を官収。そのうえで、国家公認の宗教機関とみとめられた神社には禄をあたえ、維持費や祭典費用を国費、公費でまかなうことにした——一年後には、神社の数があまりに多いため廃止になるが。

五月一四日、政府は「官社以下定額及神官職員規則等」にかんする太政官布告を発し、全国一七万社をこえる神社をふるいにかけた。そして国家が祭祀すべき官社をさだめ、官幣社《かんぺいしゃ》、国幣社《こくへいしゃ》あわせて九七社を神祇官の所管とし、それ以外の諸社には、府藩県社、郷社、村社の社格をあたえて序列化し、地方官の所管とした。また、格付けとあわせて伊勢神宮以下すべての神社の神職の世襲を禁じ、任命制を導入した。

これによって全国の神社が公的機関となり、そこに奉職する神職神官らは公務員となった。

いや、「全国の神社」などといってしまうと事の本質をみあやまってしまう。全国には、寺院に包摂されている小社や、祭神も社号もさだかでないような神祠《しんし》はごまんとあった。それらには、格付けの過程で必要とあらば神や名をあたえ、格付けからもれる小社は無格社として序列のなかにいちづけられるか、そうでない場合は統廃合、すなわち破却された。

つまり、神社の格付け公認作業の本質は、官権による容赦のない強制解雇、没収、破却廃絶、そして思想や信仰の弾圧排斥をともなうリストラにほかならなかった。

ながく八幡大菩薩を祀ってきたある大社では、祭神の名を「八幡大神」、社号を「八幡神社」とあらためたとどうじに僧侶の神前奉仕が禁じられ、さらに、藩の寺社役直属の神社に格付けされたことで神宮寺の支配から解放された。長年、神宮寺の僧たちに頭をおさえられてきた神官たちは、まったき神道の時代が到来したと大喜び。跳びあがって神仏分離を歓迎した。

が、それもつかのま、中央から新しい藩知事がやってきて、神社の領地を「上地」としてとりあげ、神職はいったん全員解雇を命じられた。まもなく藩が県にかわり、寺社役が改組されてできた社寺調方《しゃじしらべかた》は、才能重視の神職採用を方針としてうちだし、中央から、神道国教主義を標榜する急進派グループの逸材をまねいて「八幡神社」の宮司にすえた。

はたして、もとの神官たちの復職はかなわなかった。かろうじて神職としての公的地位だけは認められたが、転任先も告げられず、いつまでつづくともわからぬ失業の身の上に棄ておかれた。

ある県では、社祠方《しゃしかた》とよばれる県の役人がある村の神社《じんじゃ》あらためをおこなったところ、村内には三〇をこえる神祠《しんし》の存在することがあきらかになった。稲荷や大歳神《おおとしがみ》、疱瘡神、山の神、賽《さい》の神、地主神、道祖神など、ちゃんとした拝殿をもつものもあるにはあったが、神社とよぶにはささやかな小祠にすぎないものも多く、すべてひとからげにして、そのたび村社の格付けをあたえられた村の鎮守「滝《たき》神社」に合祀された。

村の氏神として公認された「滝《たき》神社」は、その名のとおり境内の裏手に大滝があり、不動明王を御神体とあおいでいた。神主も村人も「お不動さん」を神だと信じていて、尊像は仏堂ではなく社《やしろづく》造りの拝殿の奥に安置されていた。御神体がたまたま仏像であるようなケースとはちがい、不動信仰は滝神社の生《な》りたち、存在理由そのものなのであってみればいかにも悩ましい。

社祠方はためらったすえ、信仰の本質、神社のアイデンティティである不動明王像をとりはらい、かわりに鏡をおいて祭神を天御中主命《アメノミナカミヌシノミコト》とし、社号を「多伎《たき》神社」とあらためた。

またある村はたいそう豊かな大村だったが、鎮守社というものが存在しなかった。なんとなれば、村人はひとりのこらず神祇不拝をむねとする一向宗信徒であり、鎮守神のないことを「誉れ」としてきた。

おどろいた社祠方は、「神州の民として、一向仏《いっこうほとけ》のみを拝し、神恩を思わざるはよろしからず」と祭政一致の趣旨を諭し、しかるべき神を鎮守神として勧請《かんじょう》するか、隣村と鎮守社を共有するかどちらかにせよと命じなければならなかった。

またある村には鎮守の薬師堂があって、大木を彫《きざ》んだ薬師如来像が安置されていた。お堂を守っていた修験者は、神社改があるというので大あわてで薬師如来像をひっぱりだし、村はずれのあばら屋におしこめた。

しばらくして村は、おそろしい流言の坩堝と化した。きのうまで一村の守り神であったお薬師さんが、わずかに雨露をしのぐばかりの小屋にうち棄てられた。かならず現罰があり、村じゅう丸ごと焼き亡ぼされるであろうと。村の氏神である氏仏《うじぼとけ》を失った人々の不安と恐怖は深かった。

仰天した修験者は、ふたたび薬師像をひっぱりだし、斧でうち割って薪にかえ、それを火にくべて薬湯をたてた。それをきらびやかな蓮台にのせ、村民にふるまおうというのである。もちろん、薬湯にあずかろうという村人はひとりもいなかった。

一村一社の氏神制をゆきわたらせることはかくも至難であり、その過程で数えきれぬほどの神々が抹殺された。

もっとも深刻な打撃をうけたのが、もともとご禁制だったキリスト教会ではなく、おなじく「大教」とは相容れない外来の教えを説く仏教寺院だったことはいうまでもない。「上地《あげち》」によって物質的経済的基盤のほとんどすべてをうしない、たちどころに存続の危機にたたされた。

そのすさまじさは、たとえば、かつて大和国最大の領主であった興福寺が、五重塔を二五〇円、三重塔を三〇円というはした金で売りに出さねばならなかったことひとつとってもあきらかだった。

布告の出た五月には「新貨条例」が交付され、貨幣単位が円に移行した。七月には第二のクーデターというべき一大行政改革「廃藩置県」が断行され、新たな官制がスタートしたが、官職の俸給になぞらえると、五重塔の二五〇円は陸海軍の大佐クラスの月給に相当し、三重塔の三〇円は曹長クラスの月給に相当する。

ちなみに、官制の最高位にあった太政大臣三条実美の月給は八〇〇円、右大臣の岩倉具視、参議の木戸孝允や西郷隆盛などは六〇〇円、いまの国務大臣にあたる卿《きょう》、最高裁判所長官にあたる大審院一等判事、そして陸海軍のトップである大将が五〇〇円、府県知事や警視庁のトップ大警視は三五〇円。はれて国家公務員となった官幣大社の大宮司《だいぐうじ》ならば、月給一〇〇円が支給された。官職の最下位クラスならば、三等巡査や二等寮の門番が月給七円、おなじく二等寮の雑用係小舎人は六円。

短絡すれば、国家公務員のもっとも薄給の人でも、五か月分の給料をまるまるあてれば、南都の名刹興福寺の三重塔を購うことができたというわけだ。

古刹名刹をいうなら、最たる格式をもつ皇室の香華院泉《せん》涌《にゅう》寺《じ》もまた「上地」をまぬがれることはできなかった。

六月、皇室とかかわりのふかい門跡、院家、院室などはすべて称号を廃され、寺院を勅願所とすることを禁じられ、法親王など仏門にはいっていた皇族たちがつぎつぎに還俗。八月には、御所の「お黒戸《くろど》」に安置されていた歴代天皇、皇后の位牌が「お黒戸」ごと泉涌寺にうつされ、寺域はすべて、一画をしめている皇室の墓所月輪陵《つきのわのみささぎ》・後月輪陵《のちのつきのわのみささぎ》もなにもかもが官収された。

経済基盤を失い、皇室との縁も絶たれた泉涌寺はたちどころに没落し、五年後に、尊牌尊儀奉護料として金一二〇〇円が下賜されることになったが焼け石に水。経営は困難をきわめることとなった。

さて、氏神制による国家の一元支配は、神社をとおして国民にもおよぶことになった。すなわち、「氏子調《うじこしらべ》制度」が導入され、国民はもれなく氏子として国家機関である神社の体系にくみ入れられることになった。徳川時代の「寺《てら》請《うけ》制度」の神社バージョンだ。

赤ちゃんが生まれる。すぐに戸長に届け、証書をもらう。証書には生児の名、出生年月日、父の名が記されている。これをもって家族が村社に詣で、神官から守札をうける。それが生存証明、身元保証となる。当人の生存中は守札を保管し、亡くなったときには戸長に届け、戸長から神官に守札を返す。六年ごとの戸籍改めのさいには、守札をみせて戸長の検査をうける。村社の神官はさしずめ村役場の戸籍係だというわけだ。

全国津々浦々、一村一社への統廃合。これさえ徹底すれば、国家にとって不利益もしくは有害な神仏のはびこる余地をなくすことができ、神々をとおして国勢を補足でき、さらに上からの教化教導によって、権力に有意な価値観、世界観をあまねくしもじもに浸透させることができる。

なるほど、これなら寺と坊主がなくてもいい。だが、それが夢物語でなくてなんであろう。

たとえば神社と寺院。神職と僧侶。数のうえでの比較はこころみるまでもない。人々との接点の数、かかわりの深浅においても、神社がお寺に、神主さんがお坊さんにおよぶことははるかに遠い。

そもそも、従来の神社のほとんどは寺院や僧侶によって社会的、教義的意義をあたえられてきた。しかるべき神社の境内にはきまって神宮寺や別当寺があり、別当や座主をあおぐ社僧集団が神社の管理権を掌握してきたのであり、石清水八幡宮や鶴岡八幡宮や日光東照宮のような国家的な神社にあってさえ、神祇の祭祀をになってきたのは境内の仏教施設に住する社僧たちだった。それほどの大社でなくても、古くから神社に仏寺はつきものなのであってみれば、全国ありとあらゆるところに神主さんのすがたなど見たこともないという人々はいくらもあった。

まして徳川時代をつうじて、地域の戸籍係として宗門人《しゅうもんじん》別改帳《べつあらためちょう》を管理してきたのが寺院だった。制度だけではない。かりに寺請《てらうけ》がなかったとしても、生死《せいし》にかかわって、とりわけ死や葬送にかかわってはお寺や坊さまの世話にならないではすまされない。これに追善供養がついてまわる。さらに生死《しょうじ》、すなわち魂の救済にかかわることでは、圧倒的に坊さまの説法、いやお釈迦さまや阿弥陀さまの御法《みのり》のほうがたよりになる。

善きにつけ悪しきにつけ、また好むと好まざるとにかかわらず、庶民にとってお寺やお坊さまは身近にあるのがふつうで、ないとなると、たちまちもろもろの不都合や厄介を日々の暮らしにもたらす存在なのだった。

いっぽう神社は、そもそも発生の源流が多元にわたり、存在価値、すなわち霊験《れいげん》利益《りやく》もまた多様である。豊穣と息災祈願のために村の鎮守に詣で、商売繁盛を願ってお稲荷さんを拝み、子をさずかりたくて子安神社に願かけしてもだれのお咎めもうけず、もちろん届けや改めなどの手続きもいらない。

そのようなものを力ずくで統廃合一元化することには無理があり、さらに徹底した神仏分離、すなわち社寺教会の削減廃絶《リストラ》をともなうのであってみれば、神道国教化がやすやすと実現するはずのないことは自明だった。

維新直後の慶応四年（一八六八）一月一七日、太政官制のなかに、生まれる予定のなかった「神祇科」がまさに忽然と出現し、二月三日には「神祇事務局」に、閏四月二一日には「神祇官」が再興された。のち一年三か月、明治二年（一八六九）七月八日の官制改革において官衙の最高位にいちづけられるやまもなく常設の神殿がもうけられ、明治三年一月三日には「鎮祭の詔」と「大教宣布の詔」を勅令、宣教の体制もととのえられた。

それら矢つぎばやの制度改革とはうらはら、宣教使たちはいっこう大教宣布の実績をあげることができず、「因循官」とよばれ——ぐずぐずして煮えきらないことを因循という——あるいはズバリ「昼寝官」などとよばれて揶揄された。

古色蒼然とした祭政一致、神道国教主義に見切りをつけ、政策を転換するときがせまりつつあった。

同年一二月、あくまで神政国家的な祭政一致に固執する時代離れしたイデオローグたちを失職させ、神祇官の官員を削減。翌明治四年八月、廃藩置県後の官制改革においてついに神祇官は「神祇省」へと格下げされ、たとえば大蔵省や兵部省や司法省などとならぶ、太政官のなかの一省になりさがった。

そうとなれば、かしこき歴代皇霊を神祇官にもうけた神殿に祀っておくわけにはいかなくなった。さっそく太政官のなかに宮中祭祀をつかさどる「式部寮」を新設し、皇霊を宮中に遷座した。

あわせて、大蔵省「戸籍寮」のなかに「社寺課」をもうけ、神祇省直轄の神社でない緒社を、仏教各宗の寺院や民間宗教の教会などとともに社寺課で統轄することとした。官社は神祇省、諸社は大蔵省。神祇官による神社の一元支配の体系が、官制上複線化されることになった。

明治五年三月、神祇省はさらに「教部省」へと改組された。神殿はとりはらわれ、皇霊につづいて天神地祇、八神もすべて宮中に遷座、国家の祭事祭典はすべて太政官「式部寮」が管轄することとなった。

官衙の最高位に君臨した短い期間、神祇官は、祭祀の執行、陵墓の管理、宣教の三つの職掌をカバーしていた。それが祭祀と無縁になり、神祇省の「神祇」たるゆえんも消滅し、宣教をもっぱらとするよりほかなくなったのだからやむをえない。復古派の国学者や神道家がえがいた「祭政一致」は、ついにその心臓部をうしなってしまったというわけだ。

神政国家的祭政一致が放棄されたことで、がぜん物事がすっきりした。つまり、「惟神の道《かんながら》」を国教とし、「天皇教権」を核とする「神政」を実現しうるなどという誇大妄想ときっぱり手をきり、宗教政策を第一義とするのをやめてしまったことで万事がスムーズになった。

政治がやりやすくなっただけではない。国民教化運動にもはずみがつき、パラドクシカルなことに祭祀体系をかえって制度化しやすくなった。

もともと、維新政府にとっての「祭政一致」は方便だった。彼らには、天皇の神権的権威をゆるぎないものにする「ロジックとしての神道」があればいいのであり、それを梃子に「祭祀の天皇制化」を徹底できればいいのである。信仰や崇拝などという深遠にしてつかみどころのないものは、はなからたよりにできなかった。

いっさいの神祇体系を、天皇家ひいては天照大神に帰結させ、それを頂点とした祭祀制度を磐石にできさえすれば、あとはそのなかに「愚民」をおしこめるだけでいい。「惟神の道」などいくら説いてもうわの空の庶衆の魂に、天皇の神格性をくいいらせてゆくには、宗教によるより、制度によるほうが現実的だというわけだ。

さて、神祇省が教部省に改組された翌月、四月二五日には、宣教使にかわって教導職がもうけられ、二八日には「三条の教則」がかかげられて、あらたな国民教化策が始動した。

教部省はもともと、キリスト教の浸透に危機感をつのらせた仏教サイドの要請をうけて設立された経緯があり、ために教導職には、神道・仏教両サイドから人材がえらばれて任命された。同省御用掛江藤新平《えとうしんぺい》の起草による「三条の教則」は、国体神学の教説を、神仏各宗がともに受容できるような一般的な規範にくみかえたものだった。

一つ、敬神愛国の旨を体すべき事、一つ、天理人道を明かにすべき事、一つ、皇上を奉戴し朝旨を遵守すべき事――なるほどそこでは「敬神」の「神」がなにものであるか、「天理人道」の「天」や「道」がどのようなものであるかが蔽われていた。

はたして、五月には教育機関として大教院《だいきょういん》をもうけることが決定。開設とともに天御中主命《アメノミナカミヌシノミコト》、高皇産霊神《タカミムスビノカミ》、神皇産霊神《カンミムスビノカミ》の造化三神と天照大神の四神が祀られた。

明治六年一月にもよおされた開院式には、烏帽子直垂《えぼしひたたれ》の神官と円頂法衣《えんちょうほうえ》の僧侶が一堂につどい、二一歳で西本願寺二一世法主を継職したばかりの若き真宗管長大谷光尊《おおたにこうそん》が、法衣のまま拍手《かしわで》を打って「神降《かみおろ》しの儀」をいとなんだ――「弥陀一仏」「神祇不拝」を教義とする浄土真宗のトップが、合掌ではなく拍手を！――このあまりに本質的な矛盾はまもなく、政教分離を主張する「三条の教則批判の建白書」となってあらわれ、同年一〇月にはやくも真宗五派が「大教院離脱の願書」を提出。一五か月のちの明治八年一月には、四派が大教院を離脱、同年五月にはついに大教院は解散し、国民教化運動は挫折することになる。

さて、大教院体制は、各府県に一院ずつ地方教育機関として中教院《ちゅうきょういん》をおき、すべての神社と寺院に教導職を配して小教院《しょうきょういん》とすることで全国的に動きだした。これによって、教導職試補以上の資格をもつ聖職者でなければ神社の宮司、寺院の住職になることができず、説教をすることもできなくなった。

中教院には大教院とどうよう造化三神と天照大神が祀られ、神道式の拝礼をおこなう規則になっていたから、形式上は神道優位の制度だった。

ところが、全国各地でいざ教化活動がはじまってみると、神職の説教の聞くにたえないこと、庶衆に不人気なさまは蔽うべくもなく、神道サイドの不振はきわまった。無理もない。僧侶のように教説を垂れたり法談を聞かせたりする経験をもったこともない神官たちに、にわか仕込みの教義を説きなさいというのだから。

「コノタビ、サイワイニシテ御一新アリ。変革ナッタノハ、外国人ノキテカラノコトジャトイウハ誤リナリ。マシテ、徳川ノ天下ヲ、天子サマガ横取リニシタナゾトイウハ甚ダ心得チガイナリ。ナニモカモ造化三神、天照大神ノ御心ニタガワネバコソナリ。天地開闢ノハジメ、造化三神ハ天地万物ヲ造レリ。大工《ダイク》ニタトエバ、家ノ大国柱、手斧始《チョウナハジ》メナリ。オノコロ島ハ柱ナリ。デキアガリハ日球ヲ主《ツカサド》リナサル天照大神ナリ。五穀万物ミナシカリ……」

　じっさい、江戸で国学を修めたという学者あがりの教導職の説教でさえがこの程度のおそまつさなのであってみれば、宗教的教化などのぞむべくもない。けれど、カンナガラの道による教化をうけつけない者にも、天照大神や天子さまが尊いことは、何とはなしにうなずけた。

「我国ハ天降《アマクダリ》ナリ。神国ナリ。天地開闢ヨリ皇系連綿タリ。外国ハサヨウニハマイラヌ。我君《キミ》ハ、天地万物ヲ造リタモウタ神ガ、マコトニ憐レミ、マコトニ恵ミタマイテ、天地《アメツチ》ノツヅクカギリ久シク栄エルヨウ詔勅《ミコトノリ》セサセタモウタ、世界ニタダ御一人マシマス御方ユエ、天朝サマトモ、天皇トモモウシアゲタテマツルコトデゴザル。天朝サマノ深ク御心ヲ尽クサルルコトヲ、有ガタク思ウベシ……」

　太古から未来にいたるとこしえの天皇支配を力説され、現にこんにちまで神系一統がつづいているではないかと説かれれば、なるほどそうかと思えるし、ウソだろうと思っても、神や神勅の存在を、たかが創り物語のことだと一蹴することは、わけても「愚民」には至難だった。

「人ハ生マレタママデハ不利口ナルモノナリ。無学ナル故、戸籍札ハ血ヲトラルルコトトイイ、女ノ十七才ノコト、大神宮祓《だいじんぐうはらえ》ハ死ヌコトトイイ、デンシン機ノ杭《くい》ヲ逆《さか》イ杭《ぐい》トスルコトナド、皆親ノ心ヲシラヌ子供ノゴトシ。クレグレモ、天朝サマノ深ク御心ヲ尽クサルルコトヲ、有ガタク思ウベシ。散髪、洋服ノコトナド用ウベキ方ガ便利ナリ。形ハドウデモヨシ、心ハ倭《やまと》ダマシイヲ以テ、ドコマデモ皇国ノ大《おお》元《もと》ヲ忘レヌヨウニスベシ……」

　府県や町村をあげて説教場にあつめられた庶民のなかには、氏子調《うじこしらべ》にあうことを血を抜かれるといって恐れたり、伊勢神宮の分霊「皇太神宮《こうたいじんぐう》御祓《おはらい》」の強制配布をうけることを忌みきらい、御祓札《おはらいふだ》から火が出るとか、祟りをなすとかいって怯えたりする人々がいくらもあった。

　それら「愚民」を啓蒙することも、教導職に課せられたつとめだった。

　僧侶のなかには説教ついでに仏法を説き、法談をまじえ、堂塔造営のための勧財をする者まであらわれてトラブルがあいついだが、坊さんたちの話の面白さありがたさに思わず金銭をなげ、施物をし、法悦が共有されれば念仏の声がわきおこることもさけられなかった。

「神仏ハ元ハ一体、神ハスナワチ仏ノ権身《ゴンシン》ナリ。故ニ仏ヲ拝スレバ神ヲ拝セズトモ可ナリ。モシ神ヲ礼拝セバ、必ズ弥陀ノ名号ヲモッテセヨ……」

神を拝むときにはナムアミダブツを称えよ! 度をこす僧侶はもちろん職を免じられたが、「三条の教則」をしっかりと大認し、しかるべき説教をしていながら宗教的昂揚をうながしてしまうような実力のある、したがって、まいど大勢の参会者を動員することのできる僧侶の説教場には地方官を配し、警察力でそれをとりしまった。

ともあれ、月に三回あるいは五回、六回と説教日をさだめ、まがりなりにも国民教化がすすめられつつあるいっぽうで、「愚民」を容れるべき祭祀制度も着々ととのえられつつあった。

はやくは新政の一年目に政府は、天皇の即位後はじめての「新嘗祭《にいなめさい》」にあたって布告を発し、はては寒村僻邑《かんそんへきゆう》にいたるまで、国じゅうの士民があげて神祇を礼拝しなければならないゆえんを知らしめていた。

いわく、「皇国の稲穀は、天照大神が天上で植えた稲を皇孫降臨のさいにくだされたものであり、それゆえ神武天皇いらいこの方三千年ものあいだ、歴代天皇は神恩を忘れず、新穀を天神地祇に供えてきた。すなわちこの国の士民が日々食している米穀は天祖からの賜りものなのだ。そのゆえんを知り、国恩のかたじけなさをわきまえて、祭日には潔斎し、五穀豊穣、天下安泰を神祇に祈りなさい」と。敗戦後の祝日「勤労感謝の日」のルーツである。

当初においてすでに天皇祭祀の再興はたんなる「復古」すなわち古儀の回復であるにとどまらず、臣民を「敬神」――「神」は皇祖神と歴代皇霊――におもむかせる教化の手段としていちづけられていた。

それがいま、神政国家的祭政一致が放棄され、国民教化の手段を「宗教としての神道」から「制度としての神道」へとシフトしたことで、政府は、権力強化のためのオリジナルの天皇祭祀をつぎつぎと体系化・制度化することが可能になった。

じっさい、「復古」の名をかりて新政府が制度化した一三の天皇祭祀のうち、ただひとつこの「新嘗祭」だけが古代の皇室祭祀をうけついだものだという。ひるがえせば、いまなお皇居の神殿で古式ゆかしくいとなまれている皇室祭祀は古来のものではなく、明治維新以後に新しく創案された儀礼だというわけだ。

「上地令」が出された明治四年(一八七一)三月七日、「神武天皇祭」を全国で遵行するよう命じる太政官布告が発せられ、一〇日には神祇官から遥拝式の式次第が公示された。

府藩県庁の清浄な場所をえらんで荒薦《あらごも》を敷き、高机をおいて玉串を安じ、大和のほうをむいて「カケマクモカシコキジンムテンノウノミマエヲハルカニオガミタテマツル」と拝辞をささげ、礼拝せよ。また、郷村社の神職にも遥拝式を申し渡し、氏子たちにも大和を遥拝させるようにと。

同年七月、伊勢神宮の改革がはじまった。眼目は、皇太《こうたい》神宮の豊受神宮《とようけじんぐう》にたいする優位を確立することだ。

伊勢にゆきたい伊勢路がみたい、せめて一生に一度でも。江戸時代には五人に一人が詣でたという庶民のあこがれの地「お伊勢さん」。

その祭神は、太陽神天照大御神と食物・穀物神豊受大御神だが、庶民にとってありがたみの勝っていたのは内宮《ないくう》の祭神アマテラスではなく、外宮《げくう》の祭神トヨウケだった。外宮には御師《おし》とよばれる布教家たちがいて、全国のすみずみに足をはこんで大麻《おおぬさ》や暦《れき》を配り霊験を説いてまわったため信者のすそ野もひろく、圧倒的な信仰をあつめていた。

これを逆転させないことにははじまらない。宮中の神殿とならんで国家祭祀の中核をになうことになる伊勢神宮の至尊、アマテラスをしのぐ神などあってはこまるのだ。

神社のふるいわけとランクづけを指示した五月の布告によって、すでに神社は公的機関となり、「一人一家ノ私有」すべきものではなくなった。天下の伊勢神宮といえど例外ではいられない。

内宮と外宮にしかるべき格差をもうけ「体裁の別」を定めるべし。ながく両神宮に奉仕してきた荒木田《あらきだ》氏、度会《わたらい》氏は、既得権をすべて手放し、政府の定めた身分職制にしたがうこと。また、大麻すなわち「皇太神宮御祓」は、地方官をつうじて全国各戸に配布するので、御師が勝手に配ることを禁止する……。改革という名の大鉈は、ながく荒木田・度会両氏を中心として独自につくられてきた神職身分組織や経済組織を、切れ味あざやかに解体した。

これによって神宮は、皇祖神アマテラスを祀る皇太神宮を中心に、「国家の至聖所」として全国の神社の「本宗」にいちづけられることになり、莫大な大麻の収益は国庫に入り、神社体系再編の財源にあてられることになった。

九月一七日、天皇ははじめて宮中賢所《かしこどころ》で「神嘗祭《かんなめさい》」を親祭した。

「神嘗祭」はもともと伊勢神宮の収穫祭だ。外宮では九月一六日に、内宮では一七日に、神宮でもっとも重要な祭儀として古くからいとなまれてきた。これをなんと、天皇祭祀にくわえたのだ。皇祖神アマテラスにたいする天皇の崇敬を天下にしめし、皇太神宮と天皇が一体であることを国民に知らしめるためだった。

一〇月、「神武天皇祭」だけでなく「元始祭」「神嘗祭」

も全国で遵行することがさだめられ、国民には、一月三日には宮城を、三月一一日には畝傍山東北陵《うねびのやまのうしとらのみささぎ》のある大和を、九月一七日には皇太神宮のある伊勢を遥拝することがもとめられた。

明治五年（一八七二）一月一日、四方拝があらたな神道方式でいとなまれ、三日には「元始祭《げんしさい》」がいとなまれた。『古事記』の「序」にある「元始は綿邈《めんばく》なれども、先聖に頼《よ》りて、神を生み人を立てし世を察《し》る」に由来をもとめた祭祀で、年のはじめに天孫降臨と天津日嗣《あまつひつぎ》すなわち皇位を祝う祭りである。二年前「鎮祭の詔」と「大教宣布の詔」が発せられたのもまさにこの日だった。

三月一八日、神祇省の教部省への改組にともなって、天神地祇と八神が宮中に遷された。すでに遷座していた皇霊とあわせてすべての神々が宮中に祀られ、ここに、「宮中三殿」と「伊勢神宮」を頂点においた国家祭祀の体系がととのうことになった。

五月二六日、天皇は伊勢神宮を親拝した。明治二年三月一二日、東京への行幸の途上に参宮していらい二度目の親拝だった。

一一月一五日、神武天皇即位元年を西暦紀元前六六〇年とする「神武紀元」が公式に採用された。

『日本書紀』の神武天皇元年正月一日条に「辛酉年《かのとのとりのとし》の春正月《はるむつき》の庚辰朔《かのえたつのついたちのひ》に天皇《すめらみこと》橿原宮に即帝位《あまつひつぎしろしめ》す。是歳《ことし》を天皇の元年《はじめのとし》となす」とある。公定にあたっては、この「辛酉《しんゆう》年」を中国の周の恵王《けいおう》一七年（紀元前六六〇）に比定し、明治三年庚午《こうご》（一八七〇）を神武即位より二五三〇年とした、左院制度局小史横山由清《よこやまよしきよ》の説を採用した。

そして一二月三日には改暦。天保暦を廃して太陽暦を採用し、この日を一月一日として西暦一八七三年（明治六）がはじまった。

一月四日、江戸時代いらいの祝休日だった人日《じんじつ》、上巳《じょうし》、端午《たんご》、七夕《たなばた》、重陽《ちょうよう》の五節句《ごせっく》や、家康の江戸討ち入り記念日である八朔《はっさく》が廃止され、かわって神武天皇即位日の「紀元節」、天皇誕生日の「天長節」が祝日となった。

七草粥《ななくさがゆ》に雛飾《ひなかざ》り、兜人形《かぶとにんぎょう》、菖蒲湯《しょうぶゆ》、七夕飾《たなばたかざ》りに菊酒、栗飯……。神仏分離とやらによって先祖供養の盂蘭盆会《うらぼんえ》を禁じられただけでも承服しかねるというのに、こんどはまた、四時《しじ》おりおりの風情とともに節句を祝い、休日を楽しむ慣わしにまでケチをつけられた庶民は、狼狽顔を見合わせながら肩をすくめているよりすべがない。

わけても、東照大権現さまが関八州の領主として入府した「八朔討ち入り」の祝いを禁じられた徳川びいき、お江戸びいきの人々は、さぞや腹にすえかねる思いをかみしめただろう。家康入府いらい社領三〇石を安堵され、「江戸の総鎮守」として幕府からも庶民からも崇敬のあつかった「神田明神」はすでに「神田神社」と名をかえて「皇城守護神」となっていた。七月すえにはさらに、本居宣長の曾孫本居豊穎《もとおりとよかい》が「神田神社」の祠官として赴任。彼の申願によって、翌年の夏にはついに、霊験もあらたかな江戸の守り神将門《まさかど》さんが祭神の座を追われることになる。将門霊神のかわりに本殿にむかえられて大己貴命《オオナムチノミコト》のとなりに座ったのは少彦名命《スクナヒコナノミコト》だった!

一〇月一四日、「年中祭日祝日等ノ休暇日」にかんする太政官布告によって、「元始祭」「新年宴会」「孝明天皇祭」「紀元節」「神武天皇祭」「神嘗祭」「天長節」「新嘗祭」の八つの祝祭日が正式に制定され、一月五日の「新年宴会」をのぞくすべての祝祭日が、天皇祭祀にかかわるものとなった。

国民意識の国家への統合をうながすため、天皇と関係のないもの、非天皇制的なものは根こそぎにされていく……。まだまだこれははじまりにすぎなかった。

ところで、明治五年(一八七二)の五月の伊勢行幸は、新生国家日本の「国見」と、新しい統治者の「お披露目」をかねて計画された——陸軍省の建言にのっとって表わすなら、いまだ朝意の嚮《む》かうところを知らぬ僻邑遐陬《へきゆうかすう》の地を「王化」し、億兆の「朝意奉戴の念」を確たるものにすることを目的とした——二か月にわたる「西国・九州巡幸」の最初のスケジュールにくみいれられた。

三年まえの三月一二日、はじめて伊勢の神域に立ったときには立纓《りゅうえい》の冠に黄櫨染《こうろぜん》の袍《ほう》を身につけていた睦仁は、いまは、外国人裁縫師を召してつくらせた正服、すなわち紺天鵞絨《こんびろーど》の舟形帽に、黒絨《こくじゅう》の燕尾形ホック掛けの上衣と金モールの一条線をあしらったズボンに身をつつみ、胸にはいちめん金糸で刺繡した菊の花葉をきらめかせていた。

すでに乗馬の稽古や操練の指揮の練習をかさね、半年ほどまえからは牛乳を飲み、獣肉入りの西洋料理を食べ、洋服を着て椅子にこしかける生活を宮中でいとなんでいたというから、よもや鉄漿《おはぐろ》に白粉《おしろい》に描眉《かきまゆ》ではなかっただろうが、断髪はまだだったから、従前どうよう髪をひっつめて頭頂で結いあげ、それを立纓《りゅうえい》の冠ならぬ紺天鵞絨《こんびろーど》の舟形帽でカバーしたというようなあんばいだっただろう。

「神州武をもって治むるやもとより久し、天子親《みずか》らこれが元帥とな」り「神武創業、神功征韓の如き」風姿に復すべく「朕今断然その服制を更《あらた》め、祖宗以来尚武の国体を立たんと欲す……」。

前年、明治四年九月にはすでに「服装改革の内勅」が発せられていたが、神武創業、神功征韓のときの服装を知る者などあるはずもなく、とりあえずの西洋式正服を外国人裁縫師に仕立てさせた。

ヨーロッパ諸国の帝王の軍服をさまざま調査したうえ、フランス式軍服を天皇の正服として採用するのは、新暦ではじまった翌明治六年のことであり、断髪もまた同年三月二〇日をまたねばならなかった。もちろん、短く切った髪を真ん中分けにし、うっすらと口髭をたくわえ天皇が、フランス式軍服を着し、サーベルを手にし、ナポレオンハットをわきにおいて撮ったはじめての「軍服写真」が府県に下賜され、一般に公開されるのも翌年のことになる。

だが、なにはともあれ、明治五年五月二三日、「西国・九州巡幸」に出かけるため天皇が騎馬にて宮城の門前に現われたそのときが、「天皇」という名の洋装の天子さま、ニューモードの天朝さまが、臣民のまえに生身《なまみ》のすがたを現わしたはじめての瞬間となった。

供奉の官員七四人もまた燕尾服に洋刀を帯し、護衛の警察官にまもられながら品川にいたり、御召艦《おめしかん》に乗りかえた。御召艦にえらばれたのは、熊本藩から献上されたイギリス製の軍艦「龍驤《りゅうじょう》」だった。

巡幸団一行は、龍驤はじめ八隻の艦隊をくんで品川を出航。二五日には鳥羽に入港、二六日に伊勢神宮を参拝し、陸路大阪へむかった。

三〇日、大阪から伏見をへて京都御所に入り、滞在中に先帝孝明天皇陵を参拝。ふたたび大阪にもどり、六月七日には海路下関へ。のち一四日には長崎、一八日には熊本、二二日には鹿児島に入って神代三陵を遥拝、帰路、七月四日に丸亀に寄港、五日には崇徳、淳仁天皇陵を参拝し、神戸をへて一二日に横浜に着き、はじめて鉄道に乗りかえて東京へともどった。

文久三年（一八六三）春、孝明天皇が攘夷祈願のために賀茂、石清水へ行幸したときは、ただそれだけのことが耳を疑わしめるほどの大事件だった。後水尾天皇の二条城行幸いらい二世紀半、洛中はおろか、禁裏を出ることさえないと思われていたキンリさまが、洛外にまで鳳輿《ほうよ》をむけたのだから当然だった。

それがいまは駿馬にまたがり、みずから動くシンボルとなった。

ラジオもテレビも新聞もない——一八七〇年一二月八日にはじめての日刊新聞『横浜毎日新聞』が発刊されたばかり——時代のこと。天皇の顔はもちろん容姿を拝んだ者とてなく、鄙の地には、天皇の存在などまったき観念のほかであるという人々が山ほどいたのであってみれば、さしあたり当人みずからが新生日本のイメージキャラクターとなり、文明開化の広告塔となって、「地方巡幸」という大プロパガンダをくりひろげることは、新政府のまさに望むところであっただろう。

けれど、せっかくのニューモードも、たとえば巡幸団一行を、大名行列のときのように土下座でむかえたり、「生き神」信仰そのままに遇したり、いまだプリミティブな人神観念からぬけだしていない鄙の地の人々に、新生開化の息吹を吹きこめたかどうかはこころもとない。
たとえば、行在所《あんざいしょ》をもうけた地には、天皇をひと目おがもうと県境のむこうからさえゾロゾロ人々があつまり、天皇が去ったのちに御座《おまし》所の拝見をゆるすや、夜も明けきらぬうちから群集が殺到して、玉座となった敷物を手でさすり、柱隠しの新薦《あらごも》や涼槽《りょうそう》の杉飾《すぎかざ》りなど、天皇が触れたり使用したりしたありとあらゆるものを、さするだけではこと足りず、争ってもちかえって災厄祓いの神符にしたというように、「生き神さま」としての天皇の霊力にあやかろうという人々があとをたたなかった。

それほど迷妄未開な観念にとらわれた民衆を、いっそくとびに「維新」という新たな「神話」の創造に寄与せしめることは至難だった。

いや、至難であったからこそ「生身の天皇」をさらすことが必要であり、また、この国の王である天皇のカリスマ性を、観念ではなく、出来事をとおして焼きつけるための仕掛けや演出が企まれなければならなかった。

維新後はじめての「国見」が伊勢で皇祖神を拝することにはじまり、つぎに先帝陵を拝し、鹿児島では神代三陵を遥拝、帰路には崇徳、淳仁天皇陵におもむいたのももちろん、そのことと無関係ではない。

また、行幸先の各地では、行列が通過するコースから石仏などをとりはらい、あるいは神社や神棚にたいしてするように住民あげて路傍にひざまずき、柏手《かしわで》を打って行列を拝み、訪問先に注連縄飾《しめなわかざ》りや鏡餅をそなえるところなどもあったといい、それらはかならずしも迷妄未開のしからしむる自発的行為だとはかぎらなかった。

ちなみに、神代三陵と淳仁天皇（淡路廃帝）陵は、この時点では未治定の御陵であり、崇徳天皇陵は文久修陵のさいに修補はされたが、竣功奉告はなされなかった。崇徳は讃岐に、淳仁は淡路島に流されて客死を余儀なくされた非業の天子であり、淳仁のほうはさらに、弘文天皇（大友皇子）、仲恭天皇（九条廃帝）とならんで、明治三年になってはじめて謚号がおくられた天子だった。

北は函館から南は鹿児島まで、たびことに二か月前後のスケジュールをくんで全国各地をめぐる天皇の地方巡幸は、のち一八八七年（明治二〇）までのあいだに八回実施され、「大日本帝国憲法」制定をさかいにおこなわれなくなる。天皇が、動くシンボル、見せる天皇である必要がなくなったからだ。

憲法制定の翌年一八九〇年の三月二八日、天皇は大元帥服に身をつつみ、三〇日から愛知県内でおこなわれる陸海軍の「連合大演習」を統監するため、名古屋へ行幸した。

午前七時三〇分に新橋駅を出発した五両編成の御召列車は、午後四時五五分に名古屋駅に到着。天皇は、行在所である東本願寺別院に入り、そこを大本営として、伊勢湾・

鳥羽沖での海軍演習を軍艦「八重」から統監し、のち乙川、雁宿山、苅谷、牛田村、平針村でおこなわれた陸軍大演習を連日統監、第三師団司令部、愛知県会議事堂などへも足をはこんだ。

このときの陸海軍「連合大演習」は、日本軍を東軍、侵入軍を西軍とした模擬戦争のかたちでおこなわれた。西軍は強大な戦艦で海を制し、伊豆大島や下田などの沿岸地域に部隊を上陸させている。東軍の使命は、帝都東京の攻略をめざして多方面から接近する西軍をはばみ、東京湾を防御することにあった。演習は、初日の三〇日夜から降りはじめた雨が三一日も降りつづき、難渋をきわめたという。

四月五日、名古屋で合流した皇后とともに御召列車で京都に移動し、御所に入る。なつかしい御所の桜は匂いやかに盛りをきそっていた。

二週間の京都滞在中には、月輪・後月輪陵および後月輪東山陵へおもむき、後桃園、光格、仁孝、孝明の四代の御陵を親拝。一八日には神戸まで御召列車を走らせ、海軍観兵式を親閲したあと神戸港から軍艦「高千穂」に乗りかえて二一日には呉鎮守府へ、二二日には江田島の海軍兵学校へ、二五日には長崎の佐世保軍政会議所などへおもむき、二八日には神戸に帰港、御召列車で京都にもどった。

宮城をあけること四〇日。還幸は五月七日となったが、そのたびの行幸で天皇は、前年に「米原―大津」間が開通したことで全通した東海道線を、新橋から神戸までくまなく乗りたいというかねての願いをかなえることができたのだった。

これをさかいに天皇の行幸は、陸海軍大演習の統監、親閲、軍艦の進水式、命名式、日清戦争時の広島大本営への行幸など、軍事目的のものが中心となり、また、官設・私設鉄道の普及によって、列車が主な移動手段としてつかわれるようになる。

御召列車がダイヤグラムどおりに運転され、分刻みのスケジュールがたてられるようになると、以前のようにのんびりと、馬上からあるいは馬車や輿の窓から各地の風光や風物をながめ、ときには馬の足を止めて生業に従事する庶民のようすを観察し、訪問地のさきざきで送迎する人々と対面することもなくなった。

ひるがえせばそれは、一般庶民が「生身の天皇」をまのあたりにすることができなくなったということだ。かわって、鉄道沿線の各駅では奇妙な光景がくりひろげられるのがつねとなった。

御召列車がダイヤグラムどおりに運行されるということは、主要な駅に御料車が停車する時間のみならず、通過駅での通過タイムも事前に知ることができ、報せることができるということだ。その結果、九〇年の行幸においてはやくも、静岡駅や大垣駅では、新聞各紙が伝えるつぎのような光景が顕現した。

「三月二八日、正駕を迎えたてまつらんとして停車場へ出たる人々は、徳川家達公《とくがわいえさと》、久能山宮司《くのうさんぐうじ》柳沢伯爵、県官には時任《ときとう》本県知事をはじめ判任官にいたるまで、法官には安原所長をはじめ書記にいたるまで、その他、静岡大隊区司令官、警察署よりは相原署長、各警部が警部補など多くの巡査をひきいて出張し、市吏員、市会議員一同、師範学校男女生徒、中学校、高等小学校などの生徒一同も聖駕を迎えたてまつれり……」

「四月五日、停車場にはその入り口を塞ぎ、有志あるいは吏員、小学校生徒らの奉迎者のほかは、混雑を防ぐため、みだりに他の人民の構内に入るを禁じ、県警察本部よりは戸東警部ならびに今尾警察分署長……巡査をひきいて助力し、大垣警察署にては非番巡査も出勤せしめて尽力したり。大垣町消防夫はそろいのいでたちにて整列したり。つづいて、町役員、議員、商工会員、青年会員……地方有力者らは燕尾服もしくはフロックコートあるいは羽織袴にて、停車場構内かねて設けの場所に参着したり……」

　御召列車が停車あるいは通過する沿線駅頭でくりひろげられるこの奇妙な、というより度をこしたセレモニーに参じた人々は、華族、有力社寺の神官僧侶、知事はじめ官公庁関係者、警察関係者、地元有力者、そして「軍隊ヤ学校生徒ノゴトキ規則正シキ団体」にかぎられ、それ以外の人々は注意深く遠ざけられた。

　やがてこれに、脱帽の挙措や立礼、敬礼、日の丸や君が代やバンザイがつけくわえられることになる。

　去年《こぞ》の春、「いまだ国民にあらざる民衆」を政治参加させる手段としての音楽や祝声や身体の動きの効用にいちはやく着目した森有礼《もりありのり》文相が、憲法発布にさきだつ天皇の新宮殿への引っ越しのさいに、沿道に学童を整列させ、賛美歌のメロディであることを承知で唱歌「君が代」を歌わせたように。また、憲法発布当日、関東近県の師範学校生を「修学旅行」の名目で動員して宮城前広場への学生行進をくわだて、宮城前をうめつくした府県の学生生徒に、慶賀の発声「バンザイ、バンザイ、バンバンザイ」を叫ばせたとおなじように……。

　制服に制帽、燕尾服もしくはフロックコートあるいは紋付羽織袴に身をととのえて整列し、しばし停車するだけの、あるいは目のまえを走りすぎる御召列車に深々と敬意をあらわす人々のほとんどは、おそらくいちども「生身の天皇」を見たことがなく、この先もけっして見ることがかなわぬ人々だった。

　天皇の行幸が軍事目的であれば、行在所もまた府県や軍の施設にかぎられる。行幸は東京と訪問先を往復するだけとなり、途上、産業施設や学校をたずねることもなく、歓送迎の余興もない。天皇はもはや臣民のまえにすがたを現わすことはなく、臣民にとって天皇はふたたび目に見えぬ存在となった。それでも人々はハレを装い、敬礼をし、君が代を歌い、バンザイを叫び、目に見えぬ天皇を奉送迎することに飽くことがなかった。

「御真影」という「公式の天皇像」がつくられ、全国の小学校にあまねく下付されるのも、それらの変化と無関係ではない。

一八八八年（明治二一）一月一六日、宮内大臣土方久元《ひじかたひさもと》は、大蔵省印刷局お抱え彫刻師エドアルド・キョッソーネを召し、陪食中の天皇を襖のむこうからこっそりとスケッチさせた。

天皇は、写真撮影をかたくなに拒み、肖像を描かせることもまかりならぬをずっとつらぬいており、前宮内大臣伊《い》藤博文《とうひろぶみ》が何度たのんでも首を縦にふらず、もっとも信のあつい伊藤をもってしてそうなら誰の出る幕もない。そうふんだ土方は、「天皇の知りたまわざるあいだに、ひそかに拝写するに如かず。その責任は臣これを負わん」と腹をくくり、侍従長徳大寺実則《とくだいじさねのり》ともはかってキョッソーネを召し寄せたのだった。

天皇の公式の肖像写真といえば、明治五年に撮った束帯すがたのものと直衣《のうし》すがたのもの、それに明治六年、断髪ののちに撮ったフランス式軍服すがたのものがあるばかり。それでは外交上の支障もあるということで周囲はよほど気をもみ、頭を悩ませてきた。

この間、天皇の正服はフランス式軍服からドイツ式にかわり、のちさらに、独、墺、伊、露の皇帝が武官大将の正服を着用していることにならって陸軍式御服に改定されていた。憲法制定を目前にしたそのたび、新しい大礼服をつけた「ヨーロピアンスタイルの軍人天皇像」を写真におさめることは、土方たち宮中官僚に課せられた火急の任務だった。

西洋諸国の憲法にひけをとらぬ国内法をそなえた近代国家として、国際社会にあらたな一歩をふみだそうというまさにそのときに、国家元首の肖像もないということでは文明国の名折れとなる。何がなんでも肖像写真を撮らねばならぬ。そこで考えだした苦肉の策が、天皇生きうつしの肖像画をこしらえて、それを撮影しようというアイディアだった。

キョッソーネといえば、れいの「神功皇后札」の肖像を描いたイタリア人だが、ジェノバ生まれの彼は、一八六八年、三八歳のときにイタリア王国国立銀行の彫刻技師に採用され、ドイツ、フランクフルトのドンドルフ・ナウマン社で研修中にたまたま日本の「明治通宝」の製造にたずさわった。それが縁となって一八七三年、インク技師、紙の技師、彫刻師、印刷製造機械一式をまるごと輸入することになった日本にやってきた。

来日そうそう、画家としても有能な彼をみこんでまっさきに肖像画を依頼したのは大久保利通だったが、のち岩倉具視、三条実美、西郷隆盛など、要人たちの肖像をつぎからつぎへと手がけていった。

その腕をたのまれての抜擢とはいえ、拝命したキョッソーネにたくされた期待は大きく、御真影ができあがるまでには検討につぐ検討、修正につぐ修正をかさねなければならなかった。

すなわち、天皇の表情や姿勢を正面から横から、真顔から笑顔まであますところなくスケッチしたあと、「肖像」の向きやポーズ、シチュエイション、指先のうごきひとつきめるにも綿密な合議がくりかえされ、その決定をうけてようやくモデル写真の撮影にうつる。西洋では、皇帝などの肖像を描くさい、首から下は本人以外のモデルを用いる技法がとられていた。ために天皇の正服とおなじものをつくらせ、キョッソーネみずからがそれを着し、天皇のようにポーズをとって写真を撮り、それをもとに何枚もデッサンを描き、構図を検討する。たびごとに、関係者からの注文はつきなかった。

なんとなれば、憲法第一条によって大日本帝国の統治者と定められる「万世一系ノ天皇」の「御真影」は、第三条の「神聖ニシテ侵スベカラ」ざる天皇、第一一条「陸海軍ヲ統帥ス」る天皇を体現し、政府がかくありたいとする大日本帝国をシンボリックに表現するものでなければならず、そのためのデフォルメを慎重にほどこす必要があったからだ。

ようやくにして天皇の肖像画ができあがる。

画のなかの天皇は髪を七三分けにし、プロイセン風の鬚をたくわえ、左手で力強くサーベルをにぎり、右手はテーブルのうえにおいてやや重心を前にかたむけ、椅子に浅くこしかけている。西洋の威丈夫のようにたくましく張りだした胸はきらびやかな勲章や飾緒でおおわれ、そのうえから大綬《たいじゅ》をたすきに佩《お》びている。

こんどはそれを撮影する。ほんとうの肖像写真らしく撮るには技術がいる。キョッソーネは写真師丸木《まるき》利陽《りよう》に指示をあたえ、何度もくりかえしシャッターをきらせた。

完成した「御真影」を叡覧に供するのは土方の役目だった。勅許も請わずに「御真影」をつくってしまった。その罪を謝して、おそるおそるご覧にいれる。天皇は、良いとも悪いともひと言も発せず黙ったままだ。さすがの土方も困惑した。困惑しながらひとまず退散した。

おりもよろしく、ある国の王族が天皇の肖像を所望してきた。土方は参内してその旨を伝え、御写真に親署をいただきたいと願い出た。はたして、さしたる躊躇もなく天皇は署名した。土方は胸をなでおろした。「親署はすなわち勅許なり。意はじめて安んず」と。

一八九〇年（明治二三）一〇月三〇日、「教育勅語」が発せられ、まもなく「御写真」——当初はそうよんだ——とともに全国の高等小学校、尋常小学校に下付された。

デフォルメされた軍人天皇の肖像画。「御真影」はその画をさらに写真撮影してできた虚像である。実像にしばられない「公式の天皇像」。それはしかも無限に再生産が可能であり、必要とあらば全国津々浦々、小学校のあるところならどこまでも出かけていって「生身の天皇」になりかわることができるのだった。

空に軽気球が舞い、村じゅうの家々が提灯をかかげ、そのかたわらに日の丸の旗がひるがえる。

きょうはハレの拝戴式。

校門へとつうじる沿道には、制服を着た生徒たちが整列し、「御真影」を頂戴して県庁からもどってくる村長と校長の人力車をまっている。道路のさきざきには、近隣の村人たちまでがつめかけてきて、ときに警察官たちをわずらわせている。

祝砲がたからかに鳴りひびく。いよいよセレモニーがはじまった。

君が代斉唱にあわせて、「御真影」をかかげた校長がすすみでる。式場となった運動場には、村長や村会議員ら来賓が三〇〇名、全校生徒七〇〇名、地域をおなじくする他校の生徒一一〇〇名、一般の来観者二〇〇〇名が整然と並んでいる。八〇〇〇余の眼《まなこ》がいっせいに校長にそそがれる。

校長は、額より上にたかだかと「御真影」をかかげ、運動場の一画にもうけた玉座にすすんで奉安した。

式が終わったあとは大運動会。夜には花火が打ちあげられ、一般拝観がゆるされた翌日には、四〇〇〇人もの住人たちが引きもきらずおとずれて「御真影」を伏し拝んだ。

政府や文部省が強制したわけではないという。にもかかわらず、全国各地で、学校区ごとにこんな光景がくりひろげられた。

伝統的観念のなかの人神《マンゴッド》から生身のからだをもった人神《マンゴッド》へ、そしてさらに「御真影」にシンボライズされた虚構の人神《マンゴッド》へ。このさきは「御真影」が帝国日本のシンボルを担ってゆくことになる。

帝国日本。日清戦争の勝利をへて、軍事費がつねに国家予算の半分を占めるようになる一八九七年（明治三〇）には、「大元帥陛下御肖像」などと銘打った石版画《リトグラフ》がはばかりもなく発売され、官製でないにもかかわらず額縁に入れられ、あるいは軸に表装されて庶民の家庭にもかかげられた。政府はあえてこれを禁じなかった。

なかには、皇帝ナポレオンさながら、前足をあげて勢いよく駆けだそうとしている馬にまたがる天皇睦仁を描いたものもあった。馬の左の後ろ足は、巨大な半地球儀様《よう》のものに描かれた日本とおなじ色の台湾をしっかりと踏んでいて、中国大陸には蹄《ひづめ》のあとがくっきりと刻印されている。

「勅語」と「御真影」下付の開始からちょうど三〇年、昭和五年には「絶対不変色のカーボン写真」の「御真影」が謹製された。

二年前の「御大典」すなわち裕仁の即位礼を機に、「御真影」を下賜するべきところの筆頭に学校があげられ、天皇・皇后の真影は学校教育に欠かせぬものとなりつつあった。ために、絶対不変色の「御真影」を再下賜することになり、各府県は、特別列車を仕立てるなど、厳戒態勢でこれに対応した。

さらに五年後、天皇機関説事件をうけて教学が刷新され、学校では紀元節、天長節、明治節、元旦の「四大節」の儀式の挙行が徹底された。いよいよ「御真影」は学校になくてはならないものとなり、行政指導というかたちで事実上の強制配布がはじまるや、まもなく、厳格な「御真影奉護の規則」が定められ、神社様式鉄筋コンクリート造りの「奉安殿」が普及しはじめた。

そしてむかえた紀元二六〇〇年。記念の大衆タバコ「ひかり」のパッケージデザインにナポレオンもどきの「大元帥陛下御肖像」とおなじ国家観、おなじ自意識が映しだされることになる。「ひかり」に描かれた半地球儀では、日本と台湾だけでなく、樺太、満州、朝鮮半島、南洋諸島が赤くカラーリングされ、鎧冑をつけて征討にむかう神武天皇を、八咫烏がアジア大陸へとみちびいている。

武人「神武」は、軍事国家大日本帝国の大元帥「睦仁」であり、アジアに覇たる大日本の大帝「睦仁」の生まれ変わりが「裕仁」であるというわけだ。

三年後の一九四三年九月一七日、「学校防空指針」は「学校ニ於ケル自衛防空」の最優先を「御真影、勅語謄本、詔書謄本ノ奉護」と定めた。そのつぎにくるのが「学生生徒児童ノ保護」。ついに一枚の写真、一片の紙きれが、人命よりも重いものとなってしまう……！

さて、時間をふたたび明治五年（一八七二）にもどそう。

洋装に身をつつんだニューモードの天皇を乗せた御召艦「龍驤《りゅうじょう》」が品川を出航し、伊勢にむかう洋上にあった五月二四日、神国日本のあらたな扉がもうひとつ開かれた。

兵庫の「湊川神社」において「鎮座祭」がいとなまれたのだ。

延元元年（一三三六）五月二五日、楠木正成は足利尊氏との戦いに敗れた。その故地にある正成の墓前に、東京からはこばれてきた鏡を奉安して神霊を遷し、それを御神体として竣功まもない社殿に奉祀。この日、楠木正成は、国家によって祀られる国家神となった。

「湊川神社」は政府が創建した神社である。王政復古まもない慶応四年（一八六八）四月二一日、太政官は楠社造営の沙汰をだした。

「……天下之忠臣孝子ヲ勧奨被遊候《あそばされそうろう》ニ付テハ、楠贈正《ぞうしょう》三位《さんみ》中将《ちゅうじょう》正成、精忠節義其《その》功烈万世ニ輝キ、真ニ千歳之一人臣子之亀鑑《きかん》ニ候故《そうろうゆえ》、今般神号ヲ追諡シ、社壇造営被遊度思食《あそばされたくおぼしめす》ニ候《そうろう》。依之《これにより》金千両御寄付被為在候事《あらせられそうろうこと》……」

つまり、忠義の功が永遠に輝きつづけるであろう楠木正成は、千年にいちど現われるかどうかの「臣子之亀鑑」であるから、神号をおくり、神社を創建したい。そう天皇がお考えになって金一〇〇〇両が下賜されたといい、あわせて、正行《まさつら》以下一族も合祀することが決定した。

ひと月後の五月二五日、仏教流でいうなら正成の年忌にあたる日には、京都の河東操練場で政府主催の「楠公祭」がいとなまれた。政府主催ということだから国家の祭典ということになる。

のち、政府高官や旧藩主をはじめ民間からも金品や土地の献納をつのり、正成が「七生報国」を誓って弟正季《まさすえ》と刺しちがえたという「殉節の地」七〇〇〇坪を境内とし、明治四年二月から神社の造営がはじまった。社地を造成するには湊川の土をもちい、堅固な石垣をめぐらせ、翌年三月四日には本殿の「立柱祭」を、五月六日には「上棟祭」をいとなんで二四日の創建「鎮座祭」にこぎつけた。

創建にさきだって社号を「湊川神社」とした四月二九日には、社格も定められた。というより、王政国家が臣民を神として祀るというおかしな神社のために「別格官幣社」というあらたな社格がもうけられた。

「別格」というといかにもいわくありげだが、国家が祀る神社であれば官社であるにちがいなく、かといって、従来の官・国幣社と同格にあつかうこともいたしかねる。この論理矛盾をつくろうためにもうけられた「特別枠」だというわけだ。

つまり、「別格官幣社」は、国家の重事や天変地異にかかわって朝廷から奉幣をうけたことのあるような由緒来歴をもつ神社ではなく、天皇や皇族ゆかりの神社でも、国の一宮《いちのみや》としてふるくから崇められてきた神社でもない。神政国家的祭政一致あるいは祭祀の天皇制化をすすめるため、政治権力によってあらたに設けられた神社なのであり、それを古制にのっとった、あるいは歴史の淘汰にたえてきた官・国幣社とおなじレベルで遇することはできないにちがいなく、それゆえの「別格」なのだった。

別枠というのはつねに使い勝手がいいものだが、政府はさっそくこれを活用し、政治的意図をもった国家神をつぎつぎと創り出していく。

新暦でスタートした一八七三年（明治六）六月九日には、徳川家康を祭神とする「日光東照宮」が、八月一四日には豊臣秀吉を祭神とする「豊国《とよくに》神社」が別格官幣社に列せられ、これをかわきりに、翌七四年一二月二二日には、藤原鎌足を祭神とする「談山神社」と和気清麻呂を祭神とする「護王《ごおう》神社」が、七五年四月二四日には、織田信長を祭神とする「建勲《たけいさお》神社」が、七六年一一月七日には、新田義貞を祭神とする「藤島神社」が別格官幣社の列にくわえられた。

義貞が国家を守護する神となったその日、民権派の政論新聞『朝野新聞』は、やみくもに別格官幣社を設立して「人民ノ心ヲ支配セシメントスル」の動きを「民ヲ開明ニ導ク所ロニ非ザル」ものと批判した。国家権力による人心支配という、本質をズバリついた批判だった。

「墓骨ノ已ニ朽腐スル」ところに祠堂を設け、百衆万民、愚夫愚婦をひざまずかせて拝ませるなどは、「文明世界ニ於テ絶エテ無」いことであり、また、「英雄ヲ祭祀シテ神霊ト為」すなどということは紀元以前の「野蛮ノ習慣」にほかならず、「一千八百年代ノ開明ノ世界」におこなわれるべきことでは断じてないと。

『朝野新聞』は、前年六月に言論統制を目的として公布された悪法「讒謗律《ざんぼうりつ》」と「新聞紙条例」を非難して自宅禁錮二か月の処罰をうけた『東京曙新聞』の末広鉄腸《すえひろてっちょう》を紙上で讃えたことで、社長兼主筆の成島柳北《なるしまりゅうほく》が自宅禁錮五日に処せられ、それにもかかわらず、末広をむかえて主筆にすえたというほどの新聞であり、二年後に大久保暗殺事件が起きたときには、犯人側の『斬奸状』をただ一紙掲載して五日間の発行停止をくらうような新聞でもあったから、その論調が言論界の主流になるはずはなかっただろうが、だからこそまっとうなジャーナリズムとして機能した希少な媒体だったにちがいない。

もちろん、政府が異端のジャーナリズムなどに屈するはずはない。

一八七八年（明治一一）一月一〇日には、菊池武時《きくちたけとき》を祭神とする「菊池神社」、名和長年《なわながとし》を祭神とする「名和神社」をそろって「別格」に列し、翌七九年一二月六日には「東京招魂社」あらため「靖国神社」を、八二年一月二四日には北畠親房《きたばたけちかふさ》を祭神とする「阿部野神社」、結城宗広《ゆうきむねひろ》を祭神とする「結城神社」をそろって、同年六月一四日には藤原師賢《ふじわらもろかた》を祭神とする「小御門《こみかど》神社」を、一二月一五日には毛利元就、徳川光圀、島津斉彬を祭神とする「豊栄《とよさか》神社」「常盤神社」「照国《てるくに》神社」をそろって「別格」にくわえ、最終的に別格官幣社は二八社を数えることになった。

「別格」ちゅうの「別格」。臣民を祀る神社ということでも、きわだって性質の異なる神社が「靖国神社」である。

鳥羽・伏見の戦いで幕をあけた慶応四年（一八六八）五月一〇日、太政官は二通の布告を発した。

「癸丑以来、唱義精忠、国事ニ斃《たお》ルル者オヨビ草莽有志ノ霊魂ヲ、東山ニ祠宇《しう》ヲ設ケテ永ク合祀セシム」

「東山ニ一社ヲ建テ、当春伏見戦争以来、東征、各地ノ討伐ニオケル戦死者ノ霊魂ヲ祭祀セシム。向後、王事《おうじ》ニ身ヲ殲《つく》セシ輩、速《すみやか》ニ合祀スベシ」

これをうけて、嘉永六年（一八五三）のペリー来航以降の「国事殉難者」と、鳥羽・伏見戦争における官軍の「戦死者」の霊を祀る祠宇が、京都の東山にもうけられ、七月一〇日、一一日の両日には、河東操練場で殉国者を慰霊する祭典「招魂祭」が神祇官によっていとなまれた。

翌明治二年六月一二日、東京に「招魂社」を創建することが決定。皇居を鎮護するということから皇城の乾《いぬい》の方、すなわち北西に隣接する田安台に社地をもとめ、まもなく仮本殿、拝殿が建設された。

六月二八日には、鳥羽・伏見から函館にいたる「戊辰戦争」の戦死者の「招魂式」がおこなわれ、翌二九日には、軍務官知官事小松宮嘉彰親王《こまつのみやよしあきら》が祭主、軍務官副知官事大《おお》村益次郎《むらますじろう》が副祭主となって三五八八柱を合祀。「東京招魂社」が鎮座した。のち全国の殉国者、戦死者の神霊は「東京招魂社」にあつめられ合祀されていくことになる。

八月二二日、天皇は祭祀料として社領一万石を「東京招魂社」に下賜。これは伊勢神宮四万二〇〇〇石、春日大社二万二〇〇〇石につぐ朱印領で、日光東照宮一万石とならぶ待遇をあたえられたことになる。うち五〇〇〇石は、新政府の財政難をおぎなうべく返上されることになるが、明治五年には、桁行三間、梁間六間、銅版葺の屋根をもつ神《しん》明造《めいづくり》の堂々たる本殿が竣工し、明治七年一月二七日の大祭には、はじめて天皇の行幸をあおぎ、山県有朋陸軍卿が御製を賜わった。

我国の為をつくせる人々の
　名もむさし野にとむる玉がき

つい五六年前《ごろくねん》までお家のお墓参りさえしたことのなかった天皇が、臣民の霊を祀る神社に親拝したなどという先例《ためし》はもとよりあるはずがない。それは「国事《こくじ》ニ斃《たお》ルル者」「王事《おうじ》ニ身ヲ殲《つく》セシ者」すなわち、国家と天皇・皇室のために命をささげた者への最高の処遇を天下にしめし、臣民がきわめうる至高の価値が何たるかを知らしめるための祭儀にほかならなかった。

のち天皇睦仁は少なくとも六度、靖国行幸・親拝をおこなうことになる。

一八七五年（明治八）二月二二日には「台湾出兵」の戦死者合祀臨時大祭に、七七年（明治一〇）一一月一四日には「西南戦争」での官軍戦死者合祀臨時大祭に行幸。「靖国神社」に改号されてからは、「日清戦争」の戦死者合祀臨時大祭に二度、「日露戦争」の戦死者合祀臨時大祭に二度、親拝におもむいている。

国事《こくじ》ニ斃《たお》ル。王事《おうじ》ニ殲《つく》ス。とはいっても、「国事」「王事」が何かというとややこしい。

たとえば、明治維新ひいては近代天皇制国家の樹立という最大の「国事」にかかわってぬきんでた功のあった西郷隆盛。

　戦略家としてつとに知られた彼は、小松帯刀や大久保利通らとともにはじめて官軍の旗「錦の御旗」をつくった人物だった。大久保が愛人おゆうに調達させた大和錦と紅白の緞子《どんす》をつかって、だれも見たことのない「錦の御旗」をつくり、鳥羽・伏見戦争では、いちはやくそれを掲げることで「朝廷のために薩賊を討つ」という旧幕府軍の名目をくつがえし、あっぱれ官軍へと転身。朝廷すなわち「王事」を擁護する勢力の筆頭となり、つづく東征においては「東征大総督府下参謀」に任じられ、江戸城無血開城のために奮迅した。

　ありえないことながら、もしも鳥羽や伏見で、あるいは東征途上で西郷が戦死していたなら、靖国きっての英霊となったはず。けれど、彼は、やがて起こる西南戦争では賊軍の汚名をきせられ、お国に楯ついて死んだ者の側に入れられたために靖国の英霊からもれることになってしまった。

「……明治元年トイフ年ヨリ以降《このかた》、内外ノ国ノ荒振《あらぶ》ル寇等《あだども》ヲ討《うちきた》メ、服《まつろ》ハヌ人ヲ言和《ことやわ》シタマフ時ニ、汝命等《いましみことたち》ノ、赤キ直《なお》キ真心ヲモッテ、家ヲ忘レ身ヲ擲《なげう》チテ、各《おの》モ各《おの》モ死亡《みうせ》ニシ其ノ大キ高キ勲功《いさお》ニ依リテシ、大皇国《すめらおおみくに》ヲバ安国《やすくに》ト知食《しろしめ》ス……」

　一八七九年（明治一二）一二月六日、「東京招魂社」が「靖国神社」と改称され、別格官幣社に列せられたさいの祭文《さいもん》にもそれは謳われた。天皇に赤心をささげ、大皇国のために命をなげうった者だけに、英霊として祭祀される資格があたえられるのだと。

　もうひとつ「靖国神社」がきわだって性質の異なる「別格」である理由は、勅命によって創建されたお国の軍事施設だということだ。

「東京招魂社」は、創建当初、軍務担当の兵部省が管轄し、兵部省が廃止されてからは陸・海軍省の管轄下に入れられた。明治四年には青山清が祭事掛として就任したが、当初から神官はおかれておらず、江戸城総攻撃にむかう東征軍「大総督」の身辺警護を自発的におこなった元神主たちの集団、「遠州報国隊」や「駿河赤心隊」の有志六〇人余が社司となって祭祀をつかさどっていた。

　が、それでは一社としての体裁をなさないだろうと考えた陸軍省が、神官をおくことを太政官に要請した。すでに、神社がことごとく「国家ノ祭祀ニテ一人一家ノ私有」すべきものでなくなって久しく、「社格制度」によって神々の体系がととのいつつあるなか、公務員の神官をおくとなれば「社格」が必要となる。そこで適用されたのが「別格」だった。

「別格官幣社」に列せられ、正規の神社となった「靖国神社」はしかし、他の神社が、神祇官、神祇省、教部省をへて、純然として内務省の管轄下にあるのとは一線を画していた。

すなわち、神社の一元体系のなかにいちづける以上、神官の人事権は内務省が有するが、運営の主導権は財政をになった陸軍省が有し、祭主の代理である宮司は陸・海軍武官がつとめ、陸・海軍省が任命する。また、境内の警護には憲兵があたるなど、神社としては特殊な存在でありつづけ、一八八七年（明治二〇）には、内務省の人事権もすべて陸・海軍省にうつり、内務省から完全に分離独立する。

にもかかわらず、内務省管轄下の「社格制度」のなかの「別格」をたもち、かつ天皇の親拝をうける特別な神社として、皇祖神を祀る皇太神宮につぐ地位をしめるにいたり、敗戦後も神社本庁に属せず、宮司以下の神職も、神社本庁の神職の資格をもった人物である必要はないという。

まさに「別格」のなかの「別格」、化け物のような「神社もどき」の宗教施設なのである。

別格官幣社創設ラッシュのどさくさにまぎれてというか何というべきか、政治権力は「別格」を恣意的に運用することで、特別枠をもうける最大の目的だった「靖国神社」の官社化を、民権派の大きな抵抗や宗教各派の反撥をまねくことなく実現したというわけだった。

国家による国家神の創出、官幣社の創建、列格とあわせて、未確定の天皇陵の治定《じじょう》もすすめられた。

天皇陵だけではない。政府は、后妃、皇子、皇女の陵墓の探索と確定にものりだした。皇室の祭祀体系をまったきものにすることが重要な政治的意味をもつ以上、皇室陵墓の所在が不明のままであることは好ましいことではなく、それらの治定が急がれた。

宮中にはじめて神殿が創建された明治四年九月には、「新嘗祭」「神嘗祭」「神武天皇祭」のほか、「先帝祭」および、先帝以前三代の「式年祭《しきねんさい》」が、天皇の親祭すべき「大祭」と定められ、歴代天皇の命日におこなう「正辰祭《せいしんさい》」が「小祭」にいちづけられた。

くわえて、没後一年、三年、五年、一〇年……の式年ごとにいとなむ「追祭」を、陵墓所在地の行政官がおこなうことが制度化した。

これをうけて七四年（明治七）五月には、古墳の発掘を規制する布告が出され、七月には、新政府はじめての治定となる「神代三代」の陵墓を確定し、八月には、文久の修陵のさいに所在不明とされていた淳仁天皇陵を治定。陵墓の守衛が地方官に委託され、各府県に陵掌、墓掌、陵丁、墓丁が設置された。

江華島事件が勃発した明治八年には、応神天皇の皇后仲《なかつ》姫《ひめ》、仁徳天皇の皇后磐之媛《いわのひめ》、用命天皇の皇子聖徳太子、平城天皇の皇子阿保《あぼ》親王など、一〇か所あまりの陵地が治定され、翌年にはさらに、崇峻天皇陵、神武天皇の兄五瀬命《いつせのみこと》、景行天皇の皇子日本武尊《やまとたけるのみこと》、天武天皇皇子大津皇子《おおつのみこ》、継体天皇の皇后手白香皇女《たしらかのひめみこ》など、七か所の陵墓が治定された。

のち天皇陵にかぎれば、明治一〇年には、明治になってから歴代にくわえられた天智天皇皇子大友皇子《おおとものみこ》すなわち弘文天皇陵が、一一年には、文久の修陵のさいに仮修補とされていた「もとの神武天皇陵」すなわち綏靖天皇陵が、一三年には桓武天皇陵が治定され、一四年には、これも文久のさいには仮修補とされていた天武・持統天皇合葬陵が『阿不幾乃山稜記《あおきのさんりょうき》』の発見によって野口王墓に確定し、所在不明の天皇陵は、のこすところ一三陵となった。

一八八二年（明治一五）、ながく民有地だった陵墓および陵墓参考地が皇室の財産となった。すでに治定されている天皇陵、皇族陵墓はもちろん、明治七年の布告によって絵図面をつけて上申され、陵墓である可能性があるとされた「口碑伝の場所」「古墳と相見《あいみ》え候《そうろう》地」もすべて、宮内省が管理することとなり、臣民の手のとどかぬタブーの地となった。

所在不明の一三陵がいっせいに治定されたのは、「皇室典範」と「大日本帝国憲法」が発布された一八八九年（明治二二）のことだった。

同年二月一一日の紀元節。天皇は、内閣総理大臣黒田清《くろだきよ》隆《たか》はじめ政府首脳をともなって竣功したばかりの宮中三殿におもむき、神々のまえに「告文《こうもん》」をささげて「皇室典範」と「大日本帝国憲法」を制定することを奉告し、その遵守を誓った。

吹上御苑《ふきあげぎょえん》の東南にあたる七〇〇〇平方メートルの聖域にあらたに築かれた神殿は、鏡を祀る「賢所《かしこどころ》」、歴代天皇、皇后、皇親ら二二〇〇柱をこえる神霊を祀る「皇霊殿《こうれいでん》」、天神地祇と八百万《やおよろず》の神を祀る「神殿」の三殿のほかに、新嘗祭をいとなむための「神嘉殿」をともなった本格的なもので、古代律令国家にも例をみない、明治政府のオリジナルだった。

神事ののち正殿に会場をうつしていとなまれた憲法発布式典では、玉座から高御座《たかみくら》にすすみでた天皇が、みずから憲法発布の「勅語」を朗読した。「朕国家ノ隆昌《りゅうしょう》ト臣民ノ慶福《けいふく》トヲ以テ中心ノ欣栄《きんえい》トシ朕カ祖宗ニ承《う》クルノ大権ニ依リ現在及将来ノ臣民ニ対シ此ノ不磨《ふま》ノ大典ヲ宣布ス……」。

そして、箱にはいった「大日本帝国憲法」を内閣総理大臣に下し与え、総理は最敬礼をしてそれをうけとった。

近代文明国家のシンボルとしてつくられたはずの「憲法」は、天皇が神々のまえに「告文《こうもん》」を奏上し、皇祖皇宗と「誓約《うけい》」するという神がかりな儀式をへて神聖化され、「誓約」によって大権を得た天皇から臣民に賜与《しよ》された。

つまり、立憲国家としての日本のスタートをつげるセレモニーは、天皇祭祀と不可分のものとしていとなまれたというわけだ。

　そのことは、同日、伊勢神宮、神武天皇陵、先帝孝明天皇陵、靖国神社をはじめ、全国の官・国幣社でもいっせいに憲法発布「奉告祭」がおこなわれ、岩倉、大久保、島津、毛利ら維新の功労者の墓前に、奉告のための勅使がつかわされたことにもあきらかだった。

「憲法」第一章第一条にいわく「大日本帝国ハ万世一系ノ天皇之ヲ統治ス」と。また、「皇室典範」第一章第一条にいわく、「大日本国皇位ハ祖宗ノ皇統ニシテ男系ノ男子之ヲ継承ス」と。

　なるほど、「大日本帝国憲法」は皇祖皇宗あってのモノダネであってみれば、それら歴代の神霊を祀る御陵《みささぎ》が、たとえ一代といえども欠けていることはゆゆしきことであるにちがいない。御陵は神霊やどる場所であるだけでなく、国家祭祀としての「追祭」をいとなむための斎場である。仏教でいうなら追善法会にあたるが、「万世一系の天皇」が、ご先祖様のお墓もちゃんと守れず、お墓がないため、お墓参りもご供養もできないというのではやはり格好がつかないだろう。

　なにより、そんなことでは外交上の信を得られない。そう、つよく主張したのが伊藤博文だった。

「条約改正の議起こるに際し、万世一系の皇統を奉戴する帝国にして、歴代山陵の所在の未だ明らかならざるものあるが如きは、外交上信を列国に失うの甚だしきものなれば、速やかに之を検覈《けんかく》し、以て国体の精華を中外《ちゅうがい》に発揚せざるべからず」

　日本が条約を改正して「一等国」になるためには、「万世一系の皇統を奉戴する」世界に比類ない帝国であることを、目にもあきらかにしなければならないというわけで、所在不明・未治定の一三陵についての検覈《けんかく》すなわち探索があわただしくすすめられた。

　はたして、六月一日、『古事記』にも『日本書紀』にも『延喜式』にもまったく具体的記述のない、しかも二つながらおなじ場所名、陵名が記されている顕宗天皇と武烈天皇陵をふくむ一二陵が、七月二〇日には、壇ノ浦の海の藻屑と消えた幼帝、安徳天皇の御陵が治定され、歴代すべての山陵が確定し、勅裁を得るにいたった。

　顕宗、武烈陵にかぎらず、探索の手がかりのほとんどない山陵の確定がいかに困難なものだったかは、探索に奔走した宮内省諸陵寮にのこる文書にもかいまみえる。

　たとえば「延喜の帝」醍醐天皇とならんで後世に聖代《せいだい》と仰がれた「天暦の帝」村上天皇の山陵は、「村上山ト云ヒ体裁も天皇サマらしく妙《たえ》なれども、いま少し南ならバと思ふハ学者ノ同感なるべし」と、専門家がそろって疑いをいだきつつも確定せねばならず、二条天皇にいたっては、いろいろ探索してみたが「古墳らしきものも無之候《これなくそうら》へバ、無拠《よんどころなく》、松原村の人家寄ニ高燥《こうそう》らしき茶畑ノ一画ヲナセル処ヲ見立《みたて》て治定したという。「高燥」というのは文字どおり「低湿」の対語で、土地が高く燥《かわ》いているところのことである。

陵地も陵形もさだかでなく、決め手となるものがかいもくない御陵にいたっては「良地ヲ卜《ぼく》シテ修陵アラセラルベキヤ」の議論さえもちあがったというから、役人泣かせの業務にちがいなかった。

役人泣かせといえば、この年もっとも彼らを激務にかりたてたのは皇祖神武天皇だった。

不明陵の治定がおわってやれやれと思うまもなく、こんどは「橿原宮址保存ノ計画ヲ立ツベキ旨」が宮内大臣から諸陵寮に達せられた。神武天皇がはじめて宮をおいて即位した橿原の地に神社を創建せよというのである。

神武天皇陵のある畝傍、橿原については、すでにこの一〇年来、聖域化のための整備がかさねられてきた。

歴代はじめての大和行幸と始祖王陵親拝が実現した一八七七年（明治一〇）には、陵域に勅使館と勤番所が建設され、八〇年には玉垣を改造、八四年には兆域・標杭を建設し、八五年にはさらに、拝所前の広場いちめんに玉砂利を敷きつめ、みごとに丈をそろえた黒松二〇〇本、檜一五〇本が植樹された。くわえて、御山内《ごさんない》に落ち葉する樹木のあることは好ましからぬとのことで、青々とした常盤木《ときわぎ》、松の木が墳丘に植樹されたのが翌年のことだった。

そこにもちあがったのが橿原宮址の顕彰問題だった。一八九〇年、すなわち神武紀元二五五〇年が目前にせまっていたからだ。

八八年二月、奈良県議会議員西内成郷《にしうちなりさと》が「畝傍村タカハタケの地」を橿原宮址にあてるべきだと建言。宮内省はさっそくその地を買収して「橿原御料地」とし、神武天皇と皇后媛蹈韛五十鈴媛命《ひめたたらいすずひめのみこと》を祭神とする「橿原神社」を創建することを決定、ただちに造営にとりかかった。

はたして天皇からの下賜金一万円、国庫交付金一万円、全国からあつめられた献金一万六八〇〇円余をあて、京都御所の賢所《かしこどころ》と神嘉殿《しんかでん》を移築して神殿とするなど、お国がかりのプロジェクトとして一気呵成に造営がすすめられ、九〇年三月にはもう社殿が完成。紀元二五五〇年を記念して「神宮」号を宣下され、官幣大社「橿原神宮」が創建された。

橿原神宮とおなじく憲法発布の年に創建が決定した神社に、中興の祖、後醍醐天皇を祭神とする「吉野神社」と、「小楠公」楠木正行《くすのきまさつら》を祀る「四條畷神社」がある。ともに、創建の決定と同時に社号の宣下が勅許された。

官幣中社「吉野神社」は、九二年に社殿が完成し、吉水神社から後醍醐尊像をうつして遷座祭を斎行。一九〇一年には官幣大社に昇格し、一九一八年には「神宮」号が宣下されて「吉野神宮」と名を改める。いっぽう、のち国定教科書の国語、修身、歴史にかならず採られた美談「桜井の別れ」の主人公、正行を祭神とする別格官幣社「四條畷神社」は、九〇年にははやくも社殿が完成し、四月五日、鎮座祭がいとなまれた。

憲法の制定と議会の開設をもとめ、あるいは地租の軽減や不平等条約の改正、言論の自由、集会の自由をもとめてくりひろげられた自由民権運動の昂揚にうながされて、立憲体制の漸次樹立と国会開設が約束され、立憲国家としてのスタートをきるべく制度がととのえられ、文明国参入という国是がおしすすめられていく。そのいっぽうで、宮中三殿と皇太神宮を頂点とした「神々の体系」がととのえられ、新しい天皇祭祀が創出され、祝祭日をはじめとする祭祀制度が国じゅうに根をはりめぐらしてゆく。そしてさらに、国家が祭祀するあらたな神社がつぎつぎと創られ、神代、歴代の山陵を治定して「万世一系」の天皇の神格化が戦略的におしすすめられてゆく。

近代化をすすめてゆくことと、神がかりになってゆくという、うらはらの関係にあることがらが両輪のように回転していくのは奇妙なことのようにみえる。が、そうではない。すべては一八九〇年（明治二三）という年にピタリと足並みがそろうように動いていた。

九〇年、それは国会が開設されることを約束された年だった。

立憲政治は、権利にめざめた平等な「市民」をつくりだすことを不可避とする。また、議会の開設は、政党政治の実現を不可避とする。あともどりのできない道にこの国が一歩をふみだすそのまえに、神権天皇制国家の箍《たが》を、上からは制度として、下からは道徳として、磐石なものにしておかなければならなかった。すなわち、臣民の身体と行動を制度でしばり、心には道徳のロックをかけようというわけだ。

はたして、同年一〇月三〇日、「教育ニ関スル勅語」が渙発された。帝国議会が開設される一一月二九日に先立つことちょうどひと月。一一月三日の「天長節」にはその謄本が全国の学校に下付され、翌年二月一一日の「紀元節」までのあいだに、じつに三万校にゆきわたったという。

そこでは「忠君愛国」が最高の価値だとされている。父母への孝行、夫婦の調和、兄弟愛、遵法精神がいかに大切であるかを説き、事あらばお国のためにつくすことなど、「臣民」としての心構えと徳目を鑑《かがみ》さながらにかかげ、それらを守るのが国民の伝統であるという。国民の忠孝心こそが「国体の精華」であり「教育の淵源」であるというのである。

ときの内閣総理大臣は山県有朋。近衛兵のなかに人権意識が芽生えたとみるや間髪を入れず「軍人訓誡」を発し、

「参謀本部条例」を定めて統帥権を確立したこの人物が、「軍人勅諭」の精神を、国家国民のすみずみまでゆきわたらせようという強力な意思をもって構想した政府の教育方針、国民道徳の基本が「教育勅語」だった。

山県はしかも、これを普及させるに「勅語」という形式をかり、天皇が臣民に語りかけるという文体を採用した。そして、改定の余地をなくすため署名は御名・御璽のみとし、輔弼責任をあいまいにした。国務大臣の副署がないことで、「勅語」はかぎりなく政事と区別されて生きのびる。周到このうえない配慮だった。

「勅語」が公布された翌年六月には、「小学校祝日大祭日儀式規定」がさだめられ、「御真影」への拝礼と「教育勅語」の奉読が学校儀式の重要な柱とされた。これをうけて学校長は、三大節や祝日の式典など、儀式があるたびに「勅語」を奉読した。また、一一月に示された「小学校教則大綱」では、「修身」教育を「勅語」の旨趣にのっとっておこなうことが規定され、教育者すべてに「勅語」を読み、その旨趣を実践にうつして児童の模範となることが期待された。

小学校の子どもたちに勅語を暗記させる施策がとられたのは、明治四〇年の牧野伸顕《まきののぶあき》文部大臣の時代だった。四三年には「勅語」を児童に浸透させるべく国定教科書の改訂がおこなわれ、さらに師範学校、中学校、高等女学校でも「勅語」の暗記が義務づけられた。このころ、義務教育の就学率は九八パーセントに達し、通学率も八割にせまっていた。おのずから学校における「勅語」の暗記暗誦は、その精神と徳目をお国のすみずみにまで染みわたらせていく動脈のような機能をはたすことになった。

そして天皇機関説事件がおこった一九三五年、「教育勅語」は美濃部達吉を苦悩のきわみまで追いつめ、ひざまずかせ、ついには学問の自由、思想や言論の自由を封殺せしめるくびきとなる。

やがて学校の校庭や講堂に奉安殿がもうけられ、天皇睦仁の「勅語」が天皇裕仁の「御真影」とともに安置されて朝夕の礼拝の対象となった。

「キヲツケ」ラッパや「最敬礼」の号令にあわせ、子どもたちは日々の礼拝を欠かさない。儀式があれば、校長が「教育勅語」すなわち「大御詔《おおみこと》」を奉読し、ながく苦しい「謹聴の姿勢」から解放された子どもたちは、いっせいに勅語奉答歌を歌いだす。

あやにかしこきすめらぎの
　あやにとうときすめらぎの
あやにとうとくかしこくも
　下したまえり　大みこと……

「すめらぎ」の何たるかも知らない、あるいはそれが「大みこと」をくだした神のような存在だということは分かっても、その顔も姿も杳《よう》として想い描けない子どもたちが、健気《けなげ》を駆って歌う。

そして修身の時間には、教師たちが勅語「拝聴」の心得をおしえ、勅語を板書して、あるいは口移しで子どもたちにおぼえさせ、いつしか、あどけない子どもたちまでが、いつでもどこでも「チンオモウニ……」を暗誦できるようになっていく。


チンオモウニワガコウソコウソウクニヲハジムルコトコウエンニトクヲタツルコトシンコウナリワガシンミンヨクチュウニヨクコウニオクチョウココロヲイツニシテ……イッタンカンキュウアレバギユウコウニホウシモッテテンジョウムキュウノコウウンヲフヨウスベシカクノゴトキハヒトリチンガチュウリョウノシンミンタルノミナラズマタモッテナンジソセンノイフウヲケンショウスルニタランコノミチハジツニワガコウソコウソウノイクンニシテシソンシンミンノトモニジュンシュスベキトコロ……チンナンジシンミントトモニケンケンフクヨウシテミナソノトクヲイツニセンコトヲコイネガウ。メイジニジュウサンネンジュウガツサンジュウニチギョメイギョジ。


祝いは終わった、さあ働こう！

国じゅうをあげてブレイクした神武フィーバーの華やぎが夢まぼろしと潰え、国民服とモンぺすがたがぜん目をひくようになったこの国の人々がむかえた一九四一年（昭和一六）。一月二日の朝刊各紙に、文部省と大政翼賛会の後援で「国民学校の歌を募る」という社告が掲載された。

「今年からいよいよ国民学校令が実施され、明治五年以来七十年間聞きなれた『小学校』の名称が『国民学校』と変り……高度国防国家の総力戦士として、肇国の精神を強度に発揚する皇民の錬成を期することになったので、広く国民から『国民学校の歌』を懸賞募集し、文部省選定歌として新体制小国民の愛唱譜とすることになった……」と。

三月七日、入選者の発表とともに、作曲を完成したことが報じられた。「高度国防国家の総力戦士」として期待される「皇民」「小国民」の愛唱譜『国民学校の歌』。その第二節のはじまりには、「大御訓《おおみおしえ》」すなわち「教育勅語」がピンでとめられたようにピタリとおさまった。

皇御国《すめらみくに》に生《うま》れきた　感謝に燃えて一心に
　学ぶ国民学校の　児童だわれら朗らかに
　　輝く歴史うけついで　ともに進もう民の道
大御訓《おおみおしえ》をいただいて　智徳の力身の力
　磨く国民学校の　児童だわれら高らかに
　　尊い御代をことほいで　ともに進もう民の道
日の丸掲げまっしぐら　御国の弥栄を
　になう国民学校の　児童だわれら健やかに

春秋八年手をとって　ともに進もう民の道

そして一九四五年、神権天皇制国家「大日本帝国」は大団円をむかえ、まだあどけなさのこる少年兵たちや、つややかな頬、くもりない瞳をもった青年学徒兵たちに紋切り型の遺書を書かせ、自動小銃の弾のようにこともなく、死の空へ、死の海へと追いやった。

神々の雲居にかへる嬉しさよ
君に捧げし命なりせば　　大空の子
第一一三振武隊隼天剣隊　清原伍長

陸軍伍長清原鼎実、本名韓鼎実、二〇歳。彼が所属した「第二八教育飛行隊」は、一九四五年二月二三日、第五航空軍隷下ではじめての特別攻撃隊「天剣隊」として編成された。三月一五日、中国天津《てんしん》の張貴荘飛行場で九七式戦闘機を受領。特攻訓練をうけたあと第六航空軍付「第一一三振武隊」となり、錦州、奉天を経由して、五月二九日に熊本菊池飛行場に到着、同日中に知覧飛行場に進出した。

六月六日、第一〇次航空総攻撃に参加。沖縄西方海上の敵艦船に突入した……。

また、文部省と学校報国団本部の主催による「学徒出陣壮行会」が土砂降りの神宮外苑競技場でもよおされた一九四三年、一二月付けで海軍海兵団に入団した出陣学徒のなかにAという文学青年がいた。

彼は、一九四五年四月二九日、「今日の佳き日は大君の生れ給ひし佳き日なり」「今日の佳き日に大君に命を奉る我等は幸ひなり。空は一片の雲を留めず、麦の穂青し。我が最後は一五・三〇より一六・三〇の間ならん」と書き遺して死んでいった。

一九二二年（大正一一）に生まれた彼は、日ごろから克明に日記をしるす習慣をもち、おのずから膨大な日記が遺された。

「神風昭和特別攻撃隊」の少尉として出撃することがきまったとき、彼は動揺し、戦争に懐疑的になる。自分はまもなく出撃することになるだろうが、そのとき自分は平静でいられるだろうか。幼い日のこと、家族や家庭のことがむしょうに思い出される……。どうして、何のために自分は死んでいかねばならないのだろう。何のために……。答えはみつからない。

煩悶のはてに彼がえらんだのは「あの男は立派に国のために死んでいった」という栄誉を、愛する家族のために遺していくことだった。

明日が出撃という日、彼は、空疎な「紋切りづくし」で鎧をかためた、非のうちどころのない一文をしたためた。

「明日中城湾《なかぐすくわん》に泊地攻撃を行ふ予定なり。

万全の注意をなす。皇国の興廃正《まさ》に沖縄の一戦に繫《かか》る時、幸にして本作戦に身を投じ護国の鬼と化するは小官の最も欣快と為す所なり。

悠久三千年の光輝ある祖国は今や開闢以来の国難に遭遇し、米英の魔翼その止まる所を知らず。遂に神州の一隅に迫り来《きた》る。我等尽忠の青年起《た》たずして誰か皇国を救はん。我等眉を上げ胸に沸《たぎ》る熱き血潮を愛する祖国に捧げ、寄せ来る沖津白波《おきつしらなみ》を身を以て防ぎ止めん。

米英その物量を頼みて来《きた》らば来《きた》れ。我等陣中の屍《かばね》を積み重ね積み重ね大和島根《やまとしまね》を護り、以て彼等の驕慢を一挙に破砕し去らん。我等たとへ一片の肉弾と砕け散るも我等の精神は祖国と共に不滅にして、その魂は永遠に天翔《あまがか》りて祖国の栄《はえ》を祈らん。

我等今七生《しちしょう》の誠《まこと》を此の一期《いちご》に尽し、皇国の護持の誉れを担いて悠久の大儀に就く時に当り、只願わくば一億の民須《すべか》らく私心を去り、全身全霊を陛下に奉還し奉り、以て皇国を富嶽《ふがく》の頂きに置かしめよ。

今にして己を捨て七生の誠を尽さざれば何時《いつ》の日か誠を尽す日あらんや。願わくば勝利の日迄己を捨て凡《あら》ゆる行掛りを捨て、一致の力を尽せよ。

皇国の不滅の神州なり。小官突入に当りては最後の一瞬迄『神州不滅』を絶叫しつつ醜艦を木端微塵《こっぱみじん》に砕かん。

嗚呼《ああ》幸ひなるかな我、神州に生を享《う》け神州に生を捧ぐ。

大和男子の本懐之に過ぐるものなし。

神州不滅

天皇陛下万歳　神風昭和特別攻撃隊　海軍少尉　A」

# 1892 抹殺博士—神道ハ祭天ノ古俗

**大東亜戦争終結に関する詔書**（いわゆる「終戦の詔書」）

朕深ク世界ノ大勢ト帝國ノ現状トニ鑑ミ非常ノ措置ヲ以テ時局ヲ收拾セムト欲シ茲ニ忠良ナル爾臣民ニ告ク

朕ハ帝國政府ヲシテ米英支蘇四國ニ對シ其ノ共同宣言ヲ受諾スル旨通告セシメタリ

抑〻帝國臣民ノ康寧ヲ圖リ萬邦共榮ノ樂ヲ偕ニスルハ皇祖皇宗ノ遺範ニシテ朕ノ拳々措カサル所曩ニ米英二國ニ宣戰セル所以モ亦實ニ帝國ノ自存ト東亞ノ安定トヲ庶幾スルニ出テ他國ノ主權ヲ排シ領土ヲ侵スカ如キハ固ヨリ朕カ志ニアラス然ルニ交戰已ニ四歳ヲ閲シ朕カ陸海將兵ノ勇戰朕カ百僚有司ノ勵精朕カ一億衆庶ノ奉公各〻最善ヲ盡セルニ拘ラス戰局必スシモ好轉セス世界ノ大勢亦我ニ利アラス加之敵ハ新ニ殘虐ナル爆彈ヲ使用シテ頻ニ無辜ヲ殺傷シ慘害ノ及フ所眞ニ測ルヘカラサルニ至ル而モ尚交戰ヲ繼續セムカ終ニ我カ民族ノ滅亡ヲ招來スルノミナラス延テ人類ノ文明ヲモ破却スヘシ斯ノ如クムハ朕何ヲ以テカ億兆ノ赤子ヲ保シ皇祖皇宗ノ神靈ニ謝セムヤ是レ朕カ帝國政府ヲシテ共同宣言ニ應セシムルニ至レル所以ナリ

朕ハ帝國ト共ニ終始東亞ノ解放ニ協力セル諸盟邦ニ對シ遺憾ノ意ヲ表セサルヲ得ス帝國臣民ニシテ戰陣ニ死シ職域ニ殉シ非命ニ斃レタル者及其ノ遺族ニ想ヲ致セハ五内爲ニ裂ク且戰傷ヲ負ヒ災禍ヲ蒙リ家業ヲ失ヒタル者ノ厚生ニ至リテハ朕ノ深ク軫念スル所ナリ惟フニ今後帝國ノ受クヘキ苦難ハ固ヨリ尋常ニアラス爾臣民ノ衷情モ朕善ク之ヲ知ル然レトモ朕ハ時運ノ趨ク所堪ヘ難キヲ堪ヘ忍ヒ難キヲ忍ヒ以テ萬世ノ爲ニ太平ヲ開カムト欲ス

朕ハ茲ニ國體ヲ護持シ得テ忠良ナル爾臣民ノ赤誠ニ信倚シ常ニ爾臣民ト共ニ在リ若シ夫レ情ノ激スル所濫ニ事端ヲ滋クシ或ハ同胞排擠互ニ時局ヲ亂リ爲ニ大道ヲ誤リ信義ヲ世界ニ失フカ如キハ朕最モ之ヲ戒ム宜シク擧國一家子孫相傳ヘ確ク神州ノ不滅ヲ信シ任重クシテ道遠キヲ念ヒ總力ヲ將來ノ建設ニ傾ケ道義ヲ篤クシ志操ヲ鞏クシ誓テ國體ノ精華ヲ發揚シ世界ノ進運ニ後レサラムコトヲ期スヘシ爾臣民其レ克ク朕カ意ヲ體セヨ

**裕仁　而皇御璽　昭和二十年八月十四日**

内閣總理大臣　男爵　鈴木貫太郎　以下国務大臣副署

皇紀二五五〇年。紀元節には勅令によって「金鵄勲章」が創設され、天長節の四日前、はじめての帝国議会召集にさきだつこと二六日前に「教育ニ関スル勅語」が発布されたこの年一八九〇年（明治二三）は、「抹殺博士」たちによる啓蒙的、抹殺論的な史料・古典籍批判が、斯界を大いにさわがせた年だった。

五月一五日、「史学会」主催による公開講演会の会場は七〇〇人をこえる傍聴者であふれ、ただならぬ熱気につつまれた。

「この備後三郎児島高徳《こじまたかのり》という人の事蹟については、修史局にありてもさまざま取り調べ、これまで学士会院においても演説し、大学の講義室でもたびたび話をなせしことゆえ、さだめてお聞きおよび、あるいは雑誌等でご覧になりしならん……」

さながら好奇心と化した一五〇〇の耳に、渦中の人物、重野安繹《しげのやすつぐ》博士の第一声がひびいた。

当時、帝国大学文化大学「史学科」教授にして「史誌編纂掛」委員長でもあった重野は、官撰国史『日本編年史』の編纂事業を中心となってひきいる立場にあった。一八七五年（明治八）、太政官直属機関として開設した「修史局」の副長に就任していらい一五年、官人としてこの国の「正史」を編むことに力をそそいできた彼は、いま、「抹殺博士」という揶揄的なあだ名をつけられてジャーナリズムを騒がせ論壇に物議をかもしている、まさに「渦中の人物」だった。

「今日、この一場に演説をなすは、世間にだんだんにわたくしの説を難ずる者ありて、新聞などでおうおう弁駁する者あれども、人ごとにこれを説きていちいち弁解するというがごとき運にも至らず、とうてい一般におよぼすには至らざりしゆえ、今日、この題をもちだし、公衆の議論に諮《と》いて、わたくしの説はいかなるところが非であるとか、どのようなことが間違いであるとかいうことを腹蔵なく摘示せられたく、それがため今日の演説をすることである」

この日、いつもの四五倍《しごばい》にもあたる聴衆をあつめた「史学会」公開講演会の演題は「児島高徳《こじまたかのり》ノ考」。『太平記』きっての人気者、ながく忠臣の鑑《かがみ》とされてきた児島高徳の非実在と『太平記』の虚構を論証しようという趣旨のものだった。

後醍醐天皇の忠臣、『太平記』では「桜樹題詩」のエピソードでその名を知らぬ者はないという児島高徳がじつは架空の人物だったなどと、もしも無名の人が世に問うたなら、まっとうにとりあってもらえぬどころか袋叩きにされるにきまっているが、ことそれほどに『太平記』の虚実をあげつらい、わけても忠臣のお手本のような人物を「なきもの」と論ずることはのっぴきならぬことだった。

なんとなれば、『太平記』は、明治政府が準官撰の「正史」といちづける水戸の『大日本史』が、南北朝史の記述において典拠とする唯一の史料であり、おのずから、明治国家が理念的支柱とする水戸学国体論の、つまり名分論史学の眼目である「南朝正統論」の、重要な根拠ともなっているからである。

いまでこそ『太平記』が「軍記物語」すなわち虚構《フィクション》であることに異論をさしはさむ余地はないが、敗戦後にいたってなお、足利尊氏に「逆賊」の汚名を脱がせることが容易ならざるわざだったのであってみれば、まして国家が南朝の忠臣をつぎつぎと神格化し、別格官幣社を創建していた当時、また、摂津飯盛山《いいもりやま》に「桜井の別れ」の主人公楠木正行《くすのきまさつら》を祀る「四條畷神社」が竣功し、吉野山に後醍醐天皇を祀る「吉野神社」の槌音がたかだかとこだましていた一八九〇年当年、『太平記』や『大日本史』に傷を負わせるような言説はタブーとされてもしかたがなかった。

それでなくても『太平記』は、成立のプロセスにおいてすでにそうであったように「物語の芸」として語られてきた歴史をもち、ために、儒教や漢籍に通じた人にもそうでない人々にもひろく親しまれ、武家にかぎらず公家にかぎらず、氏素性の善し悪し有る無しをとわず、うえは天下人からすえは目に一丁字もないともがらにいたるまで、広範多層、多種多様な享け手にささえられて時間の淘汰にたえてきた。

完本四〇巻という歴史文学としては最大の長さをもち、成立の経緯もひととおりのものではないが、天皇後醍醐の即位から足利義満の登場にいたる五〇年の乱世をみつめ、その根源をさぐり、太平の道を模索しようとするこころみはもとより、『史記』や『貞観政要《じょうがんせいよう》』など、なかに引かれたおびただしい量の中国の故事・先例説話は、さしあたり前代徳川時代の支配階級である武家にとっては、学び、身にそなえるべき教養であり、たもつべきモラルをあきらかにしてくれるものだった。

儒教的な名分論によって悪王・悪臣必滅の理《ことわり》を説く『太平記』が理想とした「太平」とは、源氏と平氏という「武臣」を擁した「治天《ちてん》の君の世」ではもはやなく、源平交代を枠組みとする「武家王朝」ともいうべきあらたな世であった。

すなわち、前代において、平家一門の鎮魂の叙事詩『平家物語』がそのまま源氏政権の起源神話となりえたように、鎌倉幕府の滅亡から建武の新政の崩壊をへて南北朝の内乱を語る『太平記』は、後世に明治政府が国家の淵源とした南北朝史などではなく、北条氏滅亡後、清和源氏足利流と新田流の抗争を制して天下の覇者となった、足利政権の草創と正統性を語るものであり、なにより「武家の世」を荘厳する歴史語りであるはずだった。

おのずから古写本は武門が継承していく正史として蒐《あつ》め

られ、版本は武士の教養書として、講釈は軍学・兵法の秘伝として、大名諸侯がすすんでそれらをとりいれた。

いっぽう『太平記』のモティーフ、なかにも南朝の忠臣たちのエピソードは、辻談義や町講釈、口説《くどき》や芝居や謡曲などとして、流行りすたりをくりかえしつつ、あまたの庶民を愉しませてきた。

ちまたにあっては毛坊主くずれかごろつきか、兀僧《がっそう》という総髪オールバック切り下げヘアーをした異形《いぎょう》の講釈師が、辻々や社杜《やしろのもり》の木陰などに高座をもうけ、あるいはオンボロ長屋のひと間をかり、身ぶり手まね、声色《こわいろ》をまじえて「正成《マサシゲ》」を騙《かた》っては喝采をあび、たとえば幕末お江戸の「講釈番付」ならば、「太平記」「赤坂城記」「湊川合戦」「楠木二代記」などの演目がのきなみ上位を独占した。

掟や秩序や道徳や……。しもじもにとってはおよそ理不尽でしかないお上《かみ》からの無理難題のおしつけを、いっとき忘れさせてくれるのが『太平記』のヒーローたち、南朝の忠臣楠木正成《くすのきまさしげ》であり、赤松円心《あかまつえんしん》であり、名和長年《なわながとし》であり、児島高徳なのだった。

彼ら「マサシゲ」たちはもともと「忠臣」とよばれる「臣」であるどころか、「名ある武士でさえない」「あやしき民」であり、「欲心熾盛《しじょう》の野伏《のぶし》ども」や「山立《やまだち》、強盗、あぶれ者」たちのボスであり、「君」「臣」すなわち「天皇」と「源・平武臣《ぶしん》」によって秩序づけられる世界になどはおよびでない、アウトローの親玉だった。

「われら父子兄弟、年少の昔より勅勘《ちょっかん》、武敵の身となって、山賊、海賊を業として一生を楽しめり。しかるに今、幸いにこの乱出《い》で来たり、かたじけなくも万乗《ばんじょう》の君の御方に参ず」

今、幸いにこの乱出《い》で来たり！

まさに「幸い」にのっかって、勅勘の身のうえながら京都七条の合戦に名のりをあげた赤松方の頓宮又二郎《とんぐうまたじろう》・孫三郎父子、田中藤九郎・弥九郎兄弟は、四人が四人とも身の丈七尺もある大男で、髭を両頬にひねりあげ、鎖帷子《くさりかたびら》のうえに鎧《よろい》をかさね、大立挙《おおたてあ》げの臑当《すねあて》に、股《もも》までおおう膝鎧《ひざよろい》をかけ、竜頭《たつがしら》の冑《かぶと》を猪首《いのくび》に着なしたいでたちで、五尺の太刀を腰に帯び、八尺もある鉄の八角棒をいかにも軽々とひっさげて現われた。

「草稿本」に改訂をくわえ、観応《かんのう》の擾乱《じょうらん》による中断ののちさらに書きついで「四十巻本」を完成させた足利政権の思惑とはうらはら、太平記語りには、物語発生の母胎となった野伏や山伏、彼らにしたがう忍びや非人、勧進聖《ひじり》や刑場の長吏《ちょうり》配下の非人や職人や芸能民、宗教民たちのまなざしが生きていて、「マサシゲ」たちを躍々とえがき、彼らにこのうえない好意と同情をよせている。

ゆえに、「万乗の君」の何たるかを知らない人々までが「マサシゲ」たち南朝方のヒーローに魅せられ、彼らの奇想天外な立ちまわりや戦いぶりや、あっぱれな死にざまに喝采し、落涙し、そうすることで彼らの誉れをみずからの誇りとして内在化した。

　さしずめ徳川時代なら、幕府転覆の大逆をくわだてた制《にん》外《がい》の徒、由比《ゆい》正雪《まさゆき》がみずからを「正成の裔」と称して軍学指南や口入れをし、五〇〇〇の浪人をして「この恩一命にかえても報ずべし」といわしめたのも、あるいは、みごと仇討の義挙をなしとげて幕府にモノ申した大石内蔵助《おおいしくらのすけ》を、「正成の生まれ変わり」とたたえて庶衆がもてはやしたのも、おなじゆえんのしからしむるものだった。

　そうなのだ。「マサシゲ」は本来アンチ体制を代表する存在なのだった。彼は、既存の制度すなわち「源平交代を枠組みとする武臣の世」の外にあって、体制を相対化する役割をになっていたのであり、そうでありながら、いやそうであるがゆえに、あらゆる「民」が法規や制度をとびこえて「万乗の君」天皇に直結しうるという、平等の原理をも体していた。

　彼らアウトローの親玉は、制度・秩序のきしみや軋轢を突破するエネルギーをひめている。それゆえ彼らは、逸脱にあこがれる圧倒的な数の庶衆のハートをとらえてはなさない。しかも彼らは、体制の破壊者であるだけでは終わらない。

　たとえば由比《ゆい》の天下を覆そうと思う大望、大石たちの艱難辛苦の物語には「大義」すなわち「モラル」がある。叛逆の物語が、逸脱と破壊のカタルシスをもたらすいっぽうで大衆の共同性にはたらきかけ、あらたな体制をささえる原理を用意するゆえんである。その両義性によって「マサシゲ」の物語は、社会の下層にある人々のルサンチマンを糧としつつ、くりかえし再生産されてきた。

　超法規的に「天皇」に直結する「民」。天皇の権威だけがたのみの新政府が「マサシゲ」を利用しない手はなかった。数のうえでは圧倒的なしもじものルサンチマンをからめとり、一元的な国民統合を実現するための変換装置として「マサシゲ」の物語ほど社会のすみずみにまで機能するものはほかになかった。

　王政復古まもない慶応四年（一八六八）四月二一日、太政官神祇局が、天皇の名をかりて「楠贈正三位《ぞうしょうさんみ》中将《ちゅうじょう》正成ニ神号ヲ追諡シ社壇造営金千両ヲ下賜ス」という沙汰をだし、正成に神号をおくり、神社を創建することをおおやけにしたのもそのためだった。

「……正成、精忠節義其《その》功烈万世ニ輝キ、真ニ千歳之一人臣子之亀鑑《きかん》ニ候故《そうろうゆえ》、今般神号ヲ追諡シ、社壇造営被遊度《あそばされたく》思食《おぼしめす》ニ候《そうろう》……」

　千年にひとり現われるかどうかわからぬほどの「臣子之亀鑑」楠木正成を神として祀るのは、天皇の「思食《おぼしめし》」であり、ために金一〇〇〇〇両が下されたといい、あわせて、正《まさ》行《つら》以下一族を合祀することも決定した。

つづく五月二五日、正成「殉節の日」には、京都の河東操練場で政府主催の「楠公祭」がいとなまれた。

四年後の明治五年（一八七二）五月、正成が「七生報国」を誓って弟正季《まさすえ》と刺しちがえたという「殉節の地」に社殿が竣功。「殉節の日」の前日二四日には、正成の御霊を神鏡にうつす「遷霊祭」および社殿に安置する「鎮座祭」がいとなまれ、ここにはじめての別格官幣社「湊川神社」が創建した。洋装に身をつつんだニューモードの天皇が、伊勢神宮を親拝する二日前のことだった。

この日から「マサシゲ」は、お国を守護する「国家神」となり、「あやしき民」のボスでも、アウトローの親玉でもなくなった。

以後「マサシゲ」は、もっぱら国民道徳の規範として、すなわち『太平記』が「元弘よりこのかた、かたじけなくも後醍醐の帝に憑《たの》まれまいらせて、忠をいたし功にほこる者、幾千万ぞや。しかれども、智仁勇の三徳をかね、死を善道にまもるは、古《いにしえ》より今にいたるまで、正成ほどの者はいまだ無かりつる」とたたえた「忠義の鑑《かがみ》」として、お国がかりの再生をくりかえすことになる。

理不尽な掟や制度、生まれながらに割を食わされたとしか思えない運命の「くびき」を、つかのま忘れさせてくれる存在だった「マサシゲ」が、儒教の徳目を一身にになわされ、「忠義の鑑」「国民道徳の規範」となって、忠義道徳どころではないその日暮らしのともがらにまで「しばり」をかけ、「殉節」すなわち節義のための死をそそのかす存在に転身した。

おかげでサ、するりとナ、ぬけたとサ……。かつて「おかげまいり」という名の民衆デモあるいはユートピアに「お墨付き」をあたえてくれた「お伊勢さん」が、一転、タブーにいろどられた聖域と化したとおなじように。

新暦がスタートした一八七三年（明治六）、文部省が編纂し発行した『小学読本』の巻四に、さっそく正成は登場した。忠義だけではなく、孝行の徳目もそなえた嫡子正行の父として。

前年八月に公布された「学制」をうけ、政府は全国に小学校をもうけるとともに、あらゆる国民を対象とした初等教育の普及にのりだした。そのための統一教材としてつくられたはじめての国語の教科書が『小学読本』全六巻だった。その巻四の第二三課「楠《くすのき》正行《まさつら》は正成《まさしげ》朝臣《あそん》の子なり」ではじまる本文は、おもに『太平記』の「巻十六」を抄出、要約するかたちで構成され、ときに頼山陽《らいさんよう》の『日本外史』、水戸の『大日本史』も利用された。

延元元年（一三三六）五月、こんどが最期の合戦になると思いさだめた正成は、摂津国桜井《さくらい》で正行に遺訓する。自分が死ねば天下はかならず尊氏のものとなるが、けっして卑怯未練なふるまいをせず、父の忠烈の志をつぎ、ふたたび義旗を挙げるべし。お前の孝行はそれにまさることはないと、そういって兵庫にくだり、湊川の合戦にて壮絶な闘いをいどんだのち、弟正季と刺しちがえて最期をとげる。

父の敗死を知った正行はしかし、あとを追って自害しようとする。

止めたのは母だった。父の志をついでふたたび勤王の兵を起こさねばなりませんと。その戒めをまもって正行は、日々の鍛錬おこたりなく、長じて大いに朝敵を破り、弟正《まさ》時《とき》とともに四條畷で戦死した。

「正行、忠孝両全《ちゅうこうりょうぜん》の子と成《な》り、上宸襟《しんきん》を慰め奉り……」

教材の結語は、朝廷に忠をつくし、父母への孝行もはたした正行を「忠孝両全の子」とたたえ、日本国民の手本として示してみせた。

くりかえしになるが、正成の遺訓は、一九四三年（昭和一八）の新学期から採用された第六期国定教科書『初等科国史』の最終項「大御代の御栄え」のクライマックスではつぎのようにかえられ、最大の孝行が「ふたたび義旗を挙げる」ことから、よりいっそう直截に「命にかけて忠を全うする」すなわち「天皇のために命をすてる」ことにおきかえられた。

「私たちは楠木正成が、桜井の里で、正行をさとしたことばを、よくおぼえてゐます。『……今度の合戦、天下の安否を思えば、今生にて汝が顔を見んこと、これを限りと思ふなり……。敵寄せ来たらば、命にかけて忠を全うすべし。これぞ汝が第一の孝行なる』。私たちは、一生けんめい勉強して、正行のような、りっぱな臣民となり、天皇陛下の御ために、おつくし申しあげなければなりません」

『小学読本』からジャスト七〇年。『初等科国史』にいたってついに「マサシゲ」は、教育に名をかりて国家がおこなう最大の犯罪に利用されたというわけだ。

おなじ明治六年にははじめての国立銀行券が発行され、南朝の忠臣、新田義貞と児島高徳が「貳圓券」のデザインに配された。義貞券のほうは稲村ケ崎での「海神奉刀」のシーン、高徳券のほうはもちろん備前美作院ノ庄《みまさかいんのしょう》での「桜樹題詩」のシーンがモティーフとなった。

元弘二年（一三三二）三月、隠岐に流される後醍醐帝の奪還をくわだてた高徳は、山陽道で一行をまちうけたが、ルートが山陰道にかえられたため計画は当てはずれにおわってしまった。しかし、あきらめきれない高徳。道もない山中をかきわけかきわけ越えて美作にいたり、院ノ庄の宿所にしのびこんだ。せめて覚悟のほどだけでもお耳に入れたい。そう思った高徳は、庭前の桜樹をけずり、その木肌に大きな文字で詩をきざみつけた。

天莫冗勾践（天勾践《こうせん》を冗《いたず》らにすることなかれ）
時非無范蠡（時に范蠡《はんれい》なきにしもあらず）

すなわち天は、越王《えつおう》勾践を見放さなかったように、けっして帝をお見捨てにはなりません。きっと范蠡のような忠臣が現われて帝をおたすけするでしょうと。

　翌朝これをみつけた警護の武士たちは詩の意味をかいもく理解しなかったが、ひとり天皇だけはその心をさとり、顔色ことのほかこころよげであったという。

『太平記』を知る者ならだれもが知らないはずはないというこのエピソードの主人公、児島高徳は実在せず、おのずから高徳にかかわるあらゆる『太平記』の記述はウソである。のみならず、正成・正行父子の「桜井の別れ」も、湊川での正成・正季兄弟「覚悟の自決」も虚偽だったなどということを説いたなら……！

　まさにその衝撃的な批判を、考証学の方法によってつぎつぎと世に問うたのが、斯界の権威であり、この国の「正史」編纂にたずさわる官学サイドのリーダーでもある重野博士だったのだから、世間の耳目をあつめないわけにはいかなかった。

「さて、この児島高徳の事蹟はすなわち『太平記』にみえているものがおおよそ九場面にして、これより外にはまず無しというてよい。そのなかにも疑わしきことがたくさんある」

　博士は、高徳の事蹟をつたえる史料は『太平記』以外にはなく、しかも、彼が登場する九つの場面が、いずれも『太平記』より史料価値の高い「日記」や「古記録」や「捺印のある断簡」の考証によって事実性が否定されることをつまびらかにし、「児島高徳はなきもの」であるとの結論をみちびきだした。

「まずもって、太平記の九場面それぞれにおいて名が異なる。第一の場面では児島三郎と記し、第二第三では小島三郎と記し、第四第五にいたりて児島三郎高徳となり、第六では和田備後守範長《わだびんごのかみのりなが》子息《しそく》児島三郎高徳とあり、第七には児島備後守高徳とあり、第八では三宅三郎高徳と、第九では児島三郎入道志順と記している。いずれも、建武年間記や任官叙爵記のたぐいにその名はみえず、建武の新政においても尊氏、義貞、名和などの名はあるが児島はなく、『大日本史』にも楠、名和、児玉、土居、菊池などの名はとられているが児島はない」

　また後醍醐天皇の隠岐遷幸についても、北朝側に『光厳院ノ御記』というのがあって、ルートも日程も『太平記』の叙述とちがっている。しかも、警護の武士たち五〇〇人を頭役としてひきいたのが、千葉之介定種、尾山五郎左衛門、佐々木入道道誉《どうよ》であることは実録によって確認でき、たとえば佐々木道誉は、みずから学者を称するほど学に秀でた人物なのであってみれば、勾践《こうせん》、范蠡《はんれい》にたくされた意味を理解できないはずがない。

「警護の武士が題詩をみいだせしならば、まず頭役に伝えるが当然にて、じかに天子様に申しあげることはないはずであり、頭役が知ったとなれば、よもや天子様の御覧に入れることはあるまじきなり。さように考えてみると桜樹題詩の事蹟は、はなはだ疑わしきものである」

　おなじように、重野は、高徳の登場する九場面すべてを考証し、そのうえで、史学がどのようなものでなければならないかに言及した。

「高徳のなせしことはいずれも当てはずれか後追いのみにて、他の人と関係をもたない。歴史というものは、実事であれば人々相互に関係すべきはずのものなるを、高徳のごときは、することなすこと十《じゅう》に八九《はちく》が相違し、ちょっとも他の人と食い合いおらぬゆえ、怪しむべきの至りにて、元弘二年から正平七年まで二十三年のあいだいっこう図にあたりしことがなく、よくよく不運なる人とみえる。かくのごとき人物は無かりしとするに足らん。じつに、高徳のことさえ除けばさしつかえなきのみならず、歴史の連絡はりっぱにできる。しこうして、もし『太平記』のことを証しとして歴史を書くときは、邪魔にこそなれけっして助けにはならぬ……」

　史学のあり方を論じれば、おのずから舌鋒が『大日本史』におよぶこともさけられない。

「元来日本の歴史は、『大日本史』といえどなお不完全にして、それが重要な史料である『太平記』のごときは、戦争のみのことを書いてあるゆえに武家の賞玩するところとなれども、『太平記』にかぎらず、日本の歴史はすべて深いことを書いたものはなし。ただ表面のみのことを書いてあるが、ぜんたい、歴史というものはなるだけ深く注意して、じゅうぶん内幕を探るにあらざれば、とても史学の発達を期することはできないのである」

　博士の態度はもちろん自身の学説に固執する人のそれではない。史料調査と実証のつみかさねによってみちびかれた学説に真摯である人ならではの、謙虚さに裏打ちされた態度だった。

「以上のごとく、わたくしの考証上より考うれば高徳は消滅すべきものにてありしが、諸君にして高徳の実在せしことを証するに足る材料をみいだせしときは、すぐにその趣きを通じくだされたし。その説に信ずべき確かなるものを認めしときは、すぐにこれを採用すべし。しかれども、無証拠はわたくしの取らざるところなり」と。

　この間、一八七六年（明治九）には楠木正行《まさつら》に従三位《じゅさんみ》が贈られ、八〇年（明治一三）には、正三位《しょうさんみ》楠木正成《まさしげ》に正一《しょういち》位《い》が追贈されていた。また、八三年（明治一六）には、児島高徳が正四位を、父親の児島範長《こじまのりなが》が従四位をさずけられている。

　ちなみに、高徳とならんで日本銀行券の顔となった新田《にった》義貞《よしさだ》は、明治九年に正三位が贈られるとともに、戦死の地、福井市足羽山《あすわやま》の「新田塚」が「藤島神社」とあらためられて別格官幣社に列せられ、明治一五年にはさらに正一位を追贈されている。そして、高徳が贈位にあずかった明治一六年には、菊池武時《きくちたけとき》、桜山茲俊《さくらやまこれとし》、結城宗広《ゆうきむねひろ》・親光《ちかみつ》父子、名和長年《なわながとし》ら、天皇後醍醐の寵臣がそろって位をさずけられている。

　それら、政府があきらかな政治的意図をもって顕彰する「忠臣」の実在性を否定し、あるいは彼らの功績の虚偽をあばき、『太平記』を「邪魔にこそなれ助けにはならぬ」ものとしてしりぞける。のみならず、準官撰国史あつかいの『大日本史』を「なお不完全」として批判する……。

　これをさかんにおこなったのが、官撰国史編纂にたずさわる、官に身をおく歴史家だったのは皮肉だった。いや、そうではない。じつはそれは、重野たち史誌編纂掛のメンバーが『大日本編年史』を南北朝時代から記述しはじめたことの必然的帰結なのだった。

　維新政府が修史事業に手をつけたのは、おどろくほどはやかった。

　明治二年（一八六九）三月二〇日、東京九段の和学講談所跡に「史料編輯国史校正局《しりょうへんしゅうこくしこうせいきょく》」が設置され、四月四日には事業の開始を告げる「修史の詔」が発せられた。

「修史ハ万世不朽ノ大典、祖宗ノ盛挙ナルニ、『三代実録《さんだいじつろく》』以後絶《たえ》テ続クナキハ、豈《あに》大闕典ニアラズヤ。今ヤ鎌倉已降《いこう》武門専権ノ弊ヲ革除シ、政務ヲ振興セリ。故ニ史局ヲ開キ、……スベカラク速《すみやか》ニ君臣名分《くんしんめいぶん》ノ誼《ぎ》ヲ正シ、華夷内外《かいないがい》ノ弁ヲ明《あきらか》ニシ、以テ天下ノ綱常《こうじょう》ヲ扶植《ふしょく》セヨ」

　これまで祖宗歴代がながく繁栄してきたにもかかわらず、永遠に語りつがれ読みつがれるべき史書がないとはなんたることか。いま、鎌倉いらいの武門専権の弊害を除き革《あらた》めたうえは、さっそく史局をもうけて「君臣名分《くんしんめいぶん》ノ誼《ぎ》」すなわち臣下のとるべき分限を正し、「華夷内外《かいないがい》ノ弁」つまり諸外国に優《まさ》るわが国の国体と蛮国《ばんこく》のわきまえを明らかにし、人の守るべき大道をあまねくゆきわたらせなさい、というわけだ。

　が、太政官を東京にうつすことが、すなわち事実上の奠《てん》都《と》が内定したのは、そのわずかひと月前の二月二四日のこと。「史料編輯国史校正局」が設立した三月二〇日には、天皇はまだはじめての東幸――あくまでも東国へのお出かけである――の途上にあり、函館では、旧幕府軍が樹立した函館政権の、荒井郁之助《あらいいくのすけ》、土方歳三《ひじかたとしぞう》はじめ一〇〇人の兵をのせた「回天丸」「蟠竜丸」「高雄丸」の三艦が、蝦夷地上陸をめざして北上する新政府軍の艦隊を奇襲すべく、宮《みや》古湾《こわん》にむけて出航したばかりだった。戊辰戦争さいごの激戦となった函館戦争が終結するまでには、まだ二か月を要することになる。

ひるがえせば、新政府にとっての修史はまさに焦眉の急だったということだ。

天皇中心のあらたな国家体制の確立と定着をいそぐ政府にとって、また、王政復古が「神武創業ノ始」にもとづいてなされたのであってみれば、皇祖がどのような国としてこの国を創《はじ》め、それがどのように継承され、のちどのような国として存《なが》らえていくのかをあきらかにすることが重事であるのはいうまでもない。が、なによりもまず、「御一新」それじたいがまちがいなく古代を継承していることを、明示してみせる必要があった。

というより、「御一新」が付け焼刃でもこじつけでも接《つ》木《ぎ》でもなく、まさに「復古」すなわち本来に還ることなのだということの確認を、だれにもまして必要としていたのが、「玉」の争奪戦を制して権力を掌握した当の簒奪者たちなのであり、それゆえいっそう、「復古」の正統性を証し、明治国家の出生を明確にするための修史は、急がれる政治課題となったのだった。

はるかいにしえ、天武、持統がこの国の起源と歴代の王の事蹟を語るテキストを必要とし、さらにふみこめば、草壁をうしなった持統が孫皇子可瑠《かる》とその子孫のために「天皇の物語」をくわだてた。その物語を唯一のよりどころとするしかない明治政府は、天《あま》つ神の詔をうけて降臨した天孫いらい連綿としてうけつがれてきた「日嗣の御子」の物語を書きついでいかねばならなかった。

しかも「天皇の物語」を継承する官撰の「正史」は、延喜元年（九〇一）に完成した『日本三代実録』五〇巻をもってとだえていた。

いわゆる「六国史」すなわち『日本書紀』『続日本紀』『日本後紀』『続日本後紀』『日本文徳天皇実録』『日本三代実録』とつづいてきた国史の編纂は、日嗣の御子でいうならば、光孝天皇（在位八八四～八八七年）までの物語を叙したところでとだえ、いらいじつに一〇〇〇年もの歴史記述を欠いたままなのだった。

当時「史料編輯国史校正局」がその施設や史料をうけついだ和学講談所では、文化三年（一八〇六）いらい「六国史」後の基礎史料集の編集がおこなわれ、文久元年（一八六一）には、宇多天皇（在位八八七～八九七年）から後一条天皇（在位一〇一六～一〇三六年）にいたる『史料』四三〇冊が完成していた。

にもかかわらず、新政府の修史は、それらを利用することさえできないまま頓挫した。

たとえば、江戸期いらいの考証主義に立脚する漢学者たちが漢文《かんぶん》による記述を主張すれば、漢文《からぶみ》など言語道断、皇国《すめらみくに》の歴史は和文《やまとことば》でつづるのが当然だと、国学派の学者は喧々囂々。おなじ漢学系でも、司馬光の『資治通鑑《しじつがん》』や林家による官撰国史『本朝通鑑《ほんちょうつがん》』にならって編年体をもちいるべきだという者があれば、司馬遷の『史記』や水戸の『大日本史』のように紀伝体でなければまかりならぬという者もあって火花を散らす……。

江戸期いらいの漢学者とはいえ、幕末にはもう、朱子学の本山「昌平校」に学んだ者であってさえ朱子学を看板にとどめ、じっさいには陽明学や古学、考証学を指向するという機運のたかまりに歯止めがかからず、一八三〇年代には清朝考証学の集大成『皇清経解《こうせいけいかい》』が入ってきて、朱子学離れに拍車をかけた。

文体や体裁どころか、おそらくは、おおまかな方針もきまらぬまま空中分解したというようなところだろう。「修史の詔」が発せられてからわずか八か月、一二月に「国史校正局」は休局となり、のち事業が再開されるまでには六年をいたずらにしなければならなかった。

その間、明治五年には「復古記編纂の命」がくだり、太政官正院《しょういん》歴史課において元萩《はぎ》藩士、学者というよりは討幕運動の実践家だった長松幹《ながまつみき》が中心となって『復古記』が編修された。

慶応三年一〇月一四日、徳川慶喜の大政奉還にはじまり、明治元年一〇月二八日、東征大総督有栖川宮熾仁親王《ありすがわのみやたるひと》が節刀を天皇に奉還するにいたる「維新史」ともいうべき内容をそなえ、新政府にとって焦眉の急とされた明治国家の出生の正統性を歴史的にあとづけるくわだてだったが、最終的にこれは、いかなる修史、史料編修にも継承されることがないままとなった。

一八七五年（明治八）四月、歴史課は独立した史局に改められ、太政官直属の「修史局」が発足した。局長にはそれまで歴史課長をつとめてきた長松幹がつき、副長には薩摩出身の重野安繹《しげのやすつぐ》をむかえて国史編纂事業が再開された。

五月、「修史事宜」が太政官に上申され、「六国史」の続修、すなわち『三代実録』のあとの国史を編纂するという当初の方針が『大日本史』の続修へと変更された。

「皇国ノ正史、六国史ノ後イマダ之ニ続クモノアラズ。大日本史出ヅルニ及ビテ、神武天皇以来南北朝ニ至ルマデ、始《はじめ》テ一部ノ正史アリ。南北朝以後今日ニ至ルマデ、五百年間、世ニ正史ナク、私撰之乗紕繆《ひびゅう》百出、統記スル所ナシ。是ヨロシク急《にわか》ニ一部ノ正史ヲ編ジ、以テ世ノ確拠トナサザルベカラズ」と。

南北朝合一までをカバーしている水戸の『大日本史』を「一部ノ正史」としてみとめ、のち五〇〇年間の「正史」の空白をうめるのが急務だというのである。

ただし、『大日本史』といえども「誤脱ヲ免レズ」、体裁は「紀伝史タルヲ以テ通覧ノ便ヲ失」するため、いずれは「編年ノ体ヲ用」いて「一統ノ下ニ繋《つな》グ」必要があるといい、また現代史である『復古記』については「全ク史伝ノ体裁ヲ備ルモノニ非ズ」といい、ゆえに現代については、

「原文ヲ以テ政府ノ考拠」にそなえるべく、行政文書や記録をすみやかに集成するのがよかろうと。

就任そうそう「修史事宜」をみずから手がけたと思われる重野は、同年九月には長松にかわって局長の座につき、職制の改定によって「修史局」が「修史館」となった七七年（明治一〇）にはさらに、「六国史」のあと、後一条天皇から後小松天皇までの「皇統譜」を編纂することになっていた国学系の編集者たちが宮内省に異動するというかたちで追い出され、修史事業のイニシアティブはもっぱら漢学者たちの掌《て》にわたることとなった。職制改定という美名のもとにおこなわれた「学変」ともいうべき再編だった。

当初、正統派の漢学系史学者にもまして数多くの国学者たちをあつめて開始された修史事業が、史局からの国学派一掃という思いがけない事態にいたったことは、「復古」の正統性にあくまでもこだわらねばならない新政府にとって看過できないことだったが、わけても維新回天の源流を自負する国学者たちにとってそれは、面目を丸つぶしにされたもどうぜんだった。

史局にむかえられるやたちまち強力なリーダーシップを発揮した重野安繹という人は、文政一〇年（一八二七）に薩摩藩郷士の家に生まれ、一三歳で藩学造士館《ぞうしかん》に学び、二二歳のときに江戸にのぼり昌平校に入学、在学七年にして舎長《しゃちょう》三人扶持となったが、安政元年（一八五四）、藩主島津斉彬《しまづなりあきら》の命をうけて造士館訓導師《くんどうし》、さらには校合方詰《こうごうかたづめ》となって芝《しば》の藩邸に勤務し、元治元年（一八六四）には島津《しまづ》久光《ひさみつ》の命によって「編年史」編集主任に任じられ、藩撰国史『皇朝世鑑《こうちょうせがん》』を編纂したというキャリアのもちぬしだった。

ふたたび東上し、官途についたのは明治四年。文部省、太政官の勤務をへて「修史局」副長に抜擢されたときには五〇歳を数えていた。

重野が『皇朝世鑑』を編纂するさいによりどころとした『大日本史』に通じていたことも白羽の矢がたった大きな理由だったにちがいないが、史局にむかえられたころの彼はすでに、『大日本史』にたいする批判の第一声を斯界に投じていた人であり、また、清朝考証学のみならず、西洋の合理的、実証的な歴史学を研究しなければ国史編纂の正体は得られないとの認識にたっていた。

おりしも「修史局」が発足した明治八年には、ギゾーの『欧羅巴《ヨーロッパ》文明史』、バックルの『英国文明史』など、西洋の啓蒙的な歴史書があいついで翻訳刊行され、それらの影響をうけて福沢諭吉が『文明論之概略』を刊行、二年後の明治一〇年には、田口卯吉《たぐちうきち》が『日本開化小史』を世に問うていた。

歴史の発展は、神意や道徳、政治や為政者の価値観に従属するものとしてとらえられるものではなく、社会じたいの自律的発展としてとらえるべきであり、史観は、それらの発展の原因と結果を自然法則的に把握することでみちびきだされるものにほかならない。

ヨーロッパ文明の精神に刺激された啓蒙思想にもとづく彼らの史論や批評は、「文明」と「開化」をキーワードとして、政治的な民権派の史論をおしあげる起爆剤となり、また、封建思想や文化の批判、有司専制《ゆうしせんせい》政治の批判ともなって時代の思潮をおしあげた。

明治一一年、重野は、いぜんから親交のあった大久保利通の助力を得て、英国公使館一等書記見習として渡英する末松謙澄《すえまつけんちょう》に、英仏の歴史編纂の方法についての研究を依頼。末松の尽力によって、翌年には、英国王立歴史学会・同文学会会員の歴史家ゼルフィーが、全七章八〇〇ページにおよぶ『The Science of History』を書きあげて送ってきた。

重野はただちにこの訳書刊行を期するいっぽう、みずからは「国史編纂の方法を論ず」と題した講演を「東京学士会院」でおこない、西洋史学に学んで歴史の体裁を改良すべきことを提唱した。

「従来わが国史体の粉本《ふんぽん》なりし漢土の史体はいずれも一長一短をまぬがれず。よろしく西洋の史体に学ぶべし」と。

また、日本には正史らしい史書はなく、実録、史評、史論があるばかりであり、『大日本史』といえど「志《し》」「表《ひょう》」を欠く、すなわち地理や礼楽、法制などの歴史や、年表、功臣表などを欠いていることから「紀伝体」の体裁を完備しておらず、拠るべき史書でないとした。

そのうえで、イギリス人モンセイの『薩摩反乱記』やフランス人クラセイの『日本西教史』などにもふれながら、官撰国史のあるべき体裁についてこうのべた。

「西洋の史体は、年月を逐《お》うて編次すといえども、事の本末はかならずその下に記し、要旨のところはしばしば論断をくわえて読者の意を啓発す。すなわち編年体に記事本末体を兼ねるもののごとし。また、著名の人物については小伝を付し、紀伝体をも帯びるというべし。いっぽう名文を慎み、書法謹厳なるは、和漢史の長ずるところなれば、その長所を失わず、彼我の書体を参酌し、一部の正史を編纂し、つづいて略史、雑史などにおよばば、わが歴史上において一日を開かんと思考せり」

西洋、和漢のいいところをとりあわせて、編年体、紀伝体、記事本末体のいずれでもない、まったく新しい史体を創出しようという。みずから歴史の開拓者たろうとする大胆かつ意欲にみちた提唱だった。とはいえ、『大日本史』を準官撰の「正史」とすることでスタートしたはずの修史のリーダーみずからがこれに疑念をはさみ、西洋史学の方法をとり入れよと主張する。本来ならそれは独善のそしりをまねきかねないものだった。

しかしそうはならなかった。『東京学士会院雑誌』に掲載された重野の論説に評をくわえた人に、会員のひとり東京大学総長加藤弘之《かとうひろゆき》があった。

加藤は、はやく『真政大意』や『国体新論』において、儒学的・国学的国家観や規範主義的・復古主義的政治論を批判し、「立憲政体論」およびその思想的ベースをなす「天賦人権論」を提唱した啓蒙家だったが、当時は、ダーウィンの進化論やスペンサーの社会有機体説に学んで、みずからの天賦人権論を否定する理論を構築しつつあり、重野の講演のひと月まえ、明治一二年一一月には、「天賦人権なきの説 并《ならびに》善悪の別天法にあらざるの説」と題した講演をおこなってもいて、すでに国家主義者、御用学者としての一面をあらわにしていた。

その人が重野の説を是とした。

「重野先生史類編纂の論説、もっとも卓越というべし。余、はなはだ敬服せり。けだし、西洋修史家の留意着眼の非凡なるは、じつに先生の論ずるところに異ならず。ちかごろ一種開化史と称するものあり。その体裁大いに通常の歴史と同じからずして、瑣屑《させつ》の記事はいっさい省き、とくに人世古今開明進歩の原因を探討し、その成果を講求するをむねとす。史編の骨体と称すべし。吉騒《ギゾー》、伯克爾《バックル》、土礼巴《トレーバル》、各連《クレム》、来尼哥爾敷《ラインコルフ》、黒耳華徳《ハルワルド》諸氏の著書をもってもっとも有名なりとす……」と。

のちまもなく加藤は、「天賦人権論」は妄想であると主張する『人権新論』を出してジャーナリズムや言論・思想界のはげしい反駁をうけ、さらには「忠君愛国の行為」が「国家を組成する吾々《われわれ》人間たる細胞の固有性」であるとする国家有機体説をとなえ、一貫して明治政府を擁護すべくその哲学的バックボーンを供することになる。

そのような人物をして「バックルによって形而上学が荒唐なるをはじめて知った」といわしめた。つまり、西洋史学の方法や文明史論は、加藤や重野をはじめ学士会院の大勢をしめる官吏たち、すなわち、近代化の主体を明治政府にもとめる官僚的知識人たちにも大きなインパクトをもってうけとめられたというわけだ。

理・法・文・医の四学部をそなえた官立総合大学《ユニバーシティ》、東京大学が開校したのは明治一〇年のことだった。が、学内に「国史科」ができるのはまだ一〇年もさきのことになる。当時、国史にかかわる書物は、文学部第二科の「和漢文学科」で古典として読まれていたにすぎず、第一科に哲学、政治学とともにおかれた「史学」科では西洋史が学ばれていた。また、蘭学塾をルーツとする私学慶応義塾においてさえ、バックルの『英国文明史』が紹介されるや学内の空気が一変し、バイブルを研究する者が火を消したようになくなったというくらいだから衝撃のほどがうかがえよう。

いっぽう、近代化の主体を政府ではなく「私立した市民」にもとめる在野の啓蒙家や文明史家たちは斬新で奔放でにぎやかだった。

福沢諭吉が「歴史を動かすものは一、二の英雄豪傑の力ではなく時勢であり、文明の進歩をもたらすものは社会における各人の自由な活動である」とペンをふるえば、「人にはみな所有物を愛する私利心がある。愛情や友情、倫理や善悪邪正の考もすべてその枝葉であって、私利心の発動こそが社会の繁栄と進歩のゆえんである」と田口卯吉もペンをふるう。

あるいはまた、思想や情報の流通に着眼した福沢が「西洋文明の本質は徳教、文学、理論にあるのではなく、人民交通の便にある。すなわち、蒸気船、蒸気車、電信、郵便、印刷などの技術の発明が長足の進歩をもたらした」とそう論ずれば、「近世勤王の説は王政復古の近因ではあるが、遠因をさかのぼれば二百年前のワットの蒸気機関の発明にいたる」と藤田茂吉《ふじたもきち》が東漸論をくりひろげるといったように……。

重野が新しい史体の創出を説いて気を吐いた一八七九年（明治一二）という年は、そもそも、学問ジャンルを代表する知識人をよりすぐって、ナショナルアカデミーともいうべき「東京学士会院」が創設された年であり、同院初代会長となった福沢諭吉が、八月には『国会論』『民情一新』の両著を刊行していちはやくイギリス流の議院内閣制と二大政党制の必要を説き、九月には「知識ヲ交換シ世務ヲ諮詢スル」ことを目的としてエリートを結集し、「交詢社《こうじゅんしゃ》」を結成した年でもあった。

また、自由民権運動の草分けである高知の「立志社」では、植木枝盛《うえきえもり》がフランスのルソー流の直接民主制を主張する『民権自由論』を著わし、四月には福岡で、六月には大阪で刊行。一一月には第三回「愛国社」大会が大阪江戸堀で開催され、翌春には全国各地の民権結社がひとつにまとまって「国会開設の請願」をおこなうことを決議した。

ひとにぎりのオピニオンリーダーたちの玩弄物《もてあそびもの》だったデモクラシーが、人民という多様な顔をもつ人々によってもとめられ、民権運動という足音をともなった国民的なうねりとなって昂揚しつつあった。

政治的民主化をもとめる動きは、米価の高騰による地租税制のパラドクスがうるおいをもたらした農村にもひろまり、全国各地で政談や演説が大流行。言論を武器とする民権家たちが、西洋渡来の「スピーチ」なるものを見よう見まねでとりいれた「弁論」はいつしか「演説」とよばれるようになり、お寺のお堂や演劇場などをかりて政談演説や公開演説会がさかんにひらかれた。

聴衆は老若男女あらゆる人々をおおった。弁士のパフォーマンスそのものに歓喜する無邪気な子どもたちから、ついきのうまで「義太夫」や「浮かれ節」が唯一のなぐさみであった婦人たちまでが自由に参加、熱弁に声援をおしまなかった。

おらが在所のかやぶき屋根もかわらないのが自由の権。
破れ障子とわたしの権利、張らざなるまい秋の風。
公議輿論こうなるからにゃわたしばかりの愚痴じゃない。
国会開設、善は急げ、人みな政治に参与せにゃ。
条約改正、理《り》のことわり、ホンニ卑屈なザマかいな。

あげて世は民論わきたつ「夏の短夜《みじかよ》」を謳歌していた。
危機感をつのらせた政府が「集会条例」を発して言論弾圧にふみきる明治一三年四月のころにはもう、自由民権、国会開設、条約改正は、流行歌を口ずさむようなものになっていた。

集会、結社は事前に届けて許可を得よ。必要とあらば集会に警官が臨席監視する。公衆の安寧を妨害する内容をみとめた場合は即刻中止、状況しだいで一年間の演説を禁止することもある。軍人、警察官、教員、生徒の集会参加は禁止する。屋外での政治的集会はみとめない。学術講演も臨席監視する……。

「集会条例」はしかし、かえって民論の高まりをあおることとなる。

条例制定の直接のひきがねとなったはじめての「国会期成同盟大会」が大阪で開催されたのはこの年三月のこと。大会には「立志社」のながれを結集して再興された全国レベルの政治結社「愛国社」と、地方の豪農・豪商民権家や都市の知識人民権家グループがつくる結社が合流し、二府二二県、七四結社のリーダーがそろって「国会を開設する允可《いんか》を上願する書」に署名し政府に提出した。

五月一一日、「請願」は太政官、元老院から受理を拒まれた。が、一一月には、第二回「国会期成同盟大会」が東京でひらかれ、全国統一の組織をつくろうとする「愛国社」と、目的を国会開設一点にしぼって全国の有志勢力を結集しようとする地方結社とのあいだに、分裂ぶくみの対立をきざしながらも、翌年の一〇月には、結社ごとに「憲法草案」を持参して東京にあつまることが確認された。

「朕、今誓文《せいもん》ノ意ヲ拡充シ、茲《ここ》ニ元老院ヲ設ケ、以テ立法ノ源ヲ広メ、大審院ヲ置キ、以テ審判ノ権ヲ鞏《かた》クシ、又、地方官ヲ召集シ、以テ民情ヲ通シ、公益ヲ図リ、漸次ニ国家立憲ノ政体ヲ立テ、汝衆庶ト倶《とも》ニ其慶《そのけい》ニ頼《たのま》ント欲ス……」

板垣退助《いたがきたいすけ》、後藤象二郎《ごとうしょうじろう》、副島種臣《そえじまたねおみ》、江藤新平《えとうしんぺい》らが左院に提出した「民選議院設立建白書」をうけて「漸次立憲政体樹立の詔書」が発せられた明治八年四月から、すでに四年半の月日をむなしくしていた。「国是五箇条にのっとって元老院、大審院、地方官会議をもうけ、段階的に立憲政体をうちたてて皆と喜びをともにしたい」などといって国民を嬉しがらせておきながら、それがいまや空手形と化したかのような現状に民権派は業を煮やしきっていた。

明治九年にはまた、元老院議長にたいし「朕、爰《ここ》ニ我建国ノ体ニ基キ、広ク海外各国ノ成法ヲ斟酌《しんしゃく》シテ、以テ国憲ヲ定メントス。汝等《なんじら》、之ガ草案ヲ起創シ、以テ聞《きこしめさ》セヨ」との勅がくだされたはずだったが、いらいコトリとも音がしない。煮えきらないのか、能がないのか。はたまた憲法など本気でつくる気がないものか……。傍目《はため》には、国憲制定にたいする政府の姿勢はうしろむきであるとしか映らなかった。

じっさいには元老院による国憲案は、勅命をうけた翌明治一〇年に第一次案が、一一年七月には第二次案が作成されたが、ともにしりぞけられていて、この一三年七月には第三次案が上奏されたが、これも採択されることなく無駄骨となった。

どの案も、君主の権限や行政権に、議会を介した民意による制限をくわえていた。それが、国家統治の大権をひとり天皇に集中させようと考えていた右大臣岩倉具視《いわくらともみ》や太政大臣三条実美《さんじょうさねとみ》ら、政府の中枢にいる人々の容れるところとはならなかった。彼らは、元老院に草案をつくらせておきながら、予想外に民権的、立憲主義的傾向のつよい草案が出てきたため、形式的に上奏はさせるが、事実上不採択として、ついに闇にほうむりさってしまったのだ。

いっぽうで岩倉、三条は、参議たちに立憲政体についての意見をのべるようもとめていた。

「国会など百年の後《あと》」などという暴言を吐いてはばからない黒田清隆《くろだきよたか》、英国流コンスティチューショナル・モナキーを学んで帰朝した井上馨《いのうえかおる》、政府に民衆の信頼を回復するには「国憲を確立するのみ」とのべ、幾世代につがれる憲法が一朝一夕にならないのはもちろんだが、少なくとも基本綱領をしめすべきだと主張する山県有朋《やまがたありとも》、「国会をおこして君民共治の大局を成就するは望むべき」ことだが性急であってはならず、まず土台を築き、柱を立て、屋根を葺くという手順をふむべきだと主張する伊藤博文《いとうひろぶみ》……。

漸次ニ国家立憲ノ政体ヲ立テ……。だんだんに……。

ぬか喜びする人々をまんまと煙にまいてのらりくらり、いたずらに先延ばしをしているだけのようにみえる政府の姿勢に失望し、「私擬《しぎ》憲法」すなわち「私《ひそ》かに憲法に擬《なぞら》えた草案」をつくる人々があいついだ。

よく知られているものに、末広鉄腸《すえひろてっちょう》、金子堅太郎《かねこけんたろう》、島田《しまだ》三郎《さぶろう》らが起草した「嚶鳴社案」や小幡篤次郎《おばたとくじろう》、矢野文雄《やのふみお》、馬場辰猪《ばばたつい》ら福沢諭吉門下の「交詢社《こうじゅんしゃ》」が起草した「私擬憲法案」、千葉卓三郎《ちばたくさぶろう》ら神奈川県五日市人民グループが起草した「日本帝国憲法」、板垣退助を中心につねに自由民権運動をリードしてきた高知「立志社」起草の「日本憲法見込書」、『自由民権論』の著者植木枝盛《うえきえもり》による「日本国々憲按」などがあるが、民論わきあがった「短夜《みじかよ》」のあいだに公表された「私疑憲法」だけでも、その数は五〇本にのぼったといい、おのおのが基本的人権の保障、抵抗権、請願権などの保障を定め、身体・生命の自由、信教や言論・出版の自由、集会・結社の自由などをうたっていた。

先陣をきって公表にふみきったのは福沢門下の「交詢社」だった。

デモクラシーのうねりが絶頂へとかけのぼりつつある一八八一年（明治一四）四月二五日、『交詢雑誌』第四五号に「私擬憲法案」を発表し、五月二〇日から六月四日にかけては『郵便報知新聞』が「私考憲法草案」を掲載した。

前月すえには、ひとり意見書の提出をしぶっていた参議大蔵卿大隈重信《おおくましげのぶ》が「憲法意見書」を左大臣有栖川宮熾仁《ありすがわのみやたるひと》親王に提出していた。太政大臣、右大臣には見せないで奏覧に付すよう、すなわち元ウルトラ尊皇派だった三条と稀代の権謀家である岩倉の、ふたりの古狸にはくれぐれも内緒にするよう条件をつけて。

大隈「意見書」は七項目から成っていたが、これを起草したのは、福沢の高弟にして「交詢社」の設立メンバー、当時太政官権大書記官の任にあった矢野文雄《やのふみお》であり、その内容とおなじ主張を憲法草案というかたちにまとめたものが、雑誌掲載の「私擬憲法案」なのだった。

また、おなじく「交詢社」の設立メンバーで『郵便報知新聞』主幹藤田茂吉、記者箕浦勝人《みのうらかつんど》らが、条文註解をつけて「社説」に載せたものが「私考憲法草案」であったから、三本いずれもが、福沢が『民情一新』で主張したイギリスタイプの議院内閣制の導入、および政権交代の必要性を強調した急進的なものだった。

たとえば大隈の「憲法意見書」の第二項は、政府顕官《けんかん》は「国人の輿望《よぼう》」をふまえて任用すべきだとのべ、「立憲ノ政治」において「輿望ヲ表示スルノ地所ハ何ゾ、国議院コレナリ、何ヲカ輿望トイウ、議員過半数ノ嘱望コレナリ、何人ヲカ輿望ノ帰スル人トイウ、過半数形ヅクル政党首領コレナリ」と規定する。

つまり、国民の意思を反映するところは国会にほかならず、そこに表われた意向は多数によってはかるしかない。しからば、国会の決定は有権者が選んだ議員の過半数の意見と一致し、有権者の過半数の支持をえた政党の党首が首相となり、首相が国務大臣を選ぶべきだというわけだ。まさしく政党内閣制である。

意見書はさらに、内閣不信任の場合に言及し、政権交代の必要性をも強調するもので、かつ、第五項において「明治十五年末ニ議員ヲ選挙セシメ十六年首《はじ》メヲモッテ国議院ヲ開」くべきだといい、「立憲ノ政ハ政党ノ政ナリ」と断言してはばからない性急なものだった。

政権交代！翌年の議員選挙！

もちろん、この時点で政府に内閣はない。太政官制から内閣制度に移行するのは四年後の明治一八年三月のことであり、国会の開設はさらに五年後の明治二三年一一月をまたねばならない。

交詢社の「私擬憲法案」では、天皇は君臨すれども統治しない。

たとえば「天皇の大権」については、第一章第一条に「天皇ハ、宰相ナラビニ元老院・国会院ノ立法両院ニ依《よ》ッテ国ヲ統治ス」とあり、第二条に「天皇ハ、聖神ニシテ犯スベカラザルモノトス。政務ノ責ハ、宰相コレニ当ル」とあり、さらに第七条では「天皇ハ、内閣・宰相ヲ置キ万機ノ政ヲ信任ス」という。

すなわち、天皇は聖神かつ絶対不可侵の存在であるから、政治の現実に手を染めてはならず、内閣・宰相に「万機ノ政」を信任し、宰相はおのずからその責を負うというのである。

「天皇の大権」の第四条、五条では、「行政ノ権」と「司法ノ権」は天皇に属すると定め、第六条で「天皇ハ、法律ヲ布告シ、海陸軍ヲ統率シ、外国ニ対シ宣戦講和ヲ為シ、条約ヲ結ビ、官職爵位ヲ授ケ……国会院ヲ解散スルノ特権ヲ有ス」と定めている。が、それらの天皇の権限はすべて第七条によって実質上「内閣・宰相」の権限におきかえられることになる。

そのうえで第二章は、「内閣」を規定する。

これこそが「交詢社」案の特色をきわだたせているもので、その第九条で「内閣・宰相ハ協同一致シ、内外ノ政務ヲ行ヒ、連帯シテソノ責ニ任ズベシ」と定めて「連帯責任制」をあきらかにし、これを第一二条の「首相ハ、天皇衆庶ノ望ニ依ッテ親シク之ヲ選任シ、ソノ他ノ宰相ハ、首相ノ推薦ニヨッテコレヲ命ズベシ」とくみあわせることで「政党内閣制」をうちだすしくみになっている。

くどいようだが、「衆庶ノ望」は国会における多数によって判断するしかなく、おのずから天皇は多数党の総裁を首相に選ばねばならず、そのうえで内閣の宰相を首相の選任にしたがって任命するとなれば、内閣はおのずから政党内閣とならざるをえないというわけだ。

八年後に天皇から下賜される欽定憲法「大日本帝国憲法」には、すでに内閣制度が導入されているにもかかわらず「内閣」という表現はなく、規定もない。

あるのは第五五条「国務各大臣ハ天皇ヲ輔弼《ほひつ》シ、ソノ責ニ任ズ。凡テ法律勅令ソノ他、国務ニ関ル詔勅ハ、国務大臣ノ副署ヲ要ス」だけであり、これに、のちにできる「内閣官制」をいくらかみあわせても、内閣の議会にたいする連帯責任を、憲法からみちびきだすことはできない。

そのため、内閣は議会に与党をもたない「超然内閣」であってもよく、議会制民主主義を標榜する人々にとっていっそう都合の悪いことには、「天皇ハ陸海軍ヲ統帥ス」

よろしく、一〇条から一三条において「天皇の大権」とされる行政権、統帥権、国防権、外交権など、国政上の最重要な権限がほとんど無制限に天皇にゆだねられ、議会の介入は排除されることになる。

もちろんこれは「帝国憲法」起草者たちの深謀によるものだ。

一八八四年（明治一七）三月、参議の職にありながら宮内卿にも就任し、府中、宮中双方を牛耳ることに成功した伊藤博文その人が「太政官制」をあらためて「内閣制度」の導入を断行、みずから初代内閣総理大臣につき、初代宮内大臣をも兼任した当事者なのだから。

ややこしい説明は、後年、この深刻な「落とし穴」から目をそらさなかった美濃部達吉の『憲法講話』からかりることにする。

憲法学者として憲法を研究し批判するだけにとどまるならばことは簡単だが、議会制民主主義を信条とする美濃部は、憲法のこの致命的なジレンマをのりこえる「抜け道」をみつけださずにいられなかった。

たとえば第一三条「天皇ハ戦ヲ宣シ、和ヲ講シ、オヨビ諸般ノ条約ヲ締結ス」は、天皇に和・戦・条約にかんするフリーハンドをあたえている。

「外交大権は、すべての行政作用のなかでもっとも自由なるもので、法律の制限をうけることがほとんどない。すなわち、外国と条約を締結するのももっぱら天皇の大権に属し、どんな条約にも議会の協賛を要しないのである。これは日本の憲法が外国の憲法とちがっているいちじるしい点のひとつであります。いかなる条約でも天皇がご自由に締結になる……」

ご自由に……。これをしばることができるのは、第五五条で、神聖不可侵、絶対無責任の天皇を「輔弼シ其ノ責ニ任ズ」とさだめられている「国務各大臣」なのであるが、第五五条それじたいからは、内閣の天皇にたいする連帯責任をひきだすこともともすればむずかしく、まして議会にたいする責任をひきだすことは、雲をひきよせるよりもむずかしい。

「人によっては、国務各大臣は各々《おのおの》独立に天皇を輔弼するもので、かならずしも他の大臣と相談し、また総理大臣を経由する必要がないという人がありますけれども、それは大変なまちがいであります」

ここで美濃部が援用したのが「内閣官制」の第五条だった。そこには、法案、予算案、条約などの国際案件、官制などの「各件ハ閣議ヲ経ベシ」、また「高等行政ニ関係シ、事体稍《やや》重キハ、総《すべ》テ閣議ヲ経ベシ」とある。

「内閣官制を前提としますれば、外交の事でも、軍備の事でも、財政の事でも、教育の事でも、一般内治の事でも、やや重大な事は、けっして主管大臣のみをもって決すべきことがらではなく、かならず内閣の議を経て決しなければならぬのであります」

閣議決定の要件をもちだすことで国務大臣の単独責任制を否定した。

問題はここからだった。つまり「内閣官制」を援用して内閣の天皇にたいする連帯責任をみちびいたところまではいいのだが、「閣議ヲ経ベ」き「各件」のうち憲法第一〇条と第一三条によって「天皇の大権」とされている官制と国際案件にたいし、「憲法上の権限なき議会」がどうやって拘束力をおよぼすかという難題がのこされているのだ。

第一〇条はちなみに、「天皇ハ、行政各部ノ官制オヨビ文武官ノ俸給ヲ定メ、オヨビ文武官ヲ任命ス」る大権を有することを定めている。

「日本の憲法には、ただ国務大臣は天皇を輔弼し、その責に任ずとあるばかりで、議会にたいして責に任ずと規定されておりませぬために、大臣は議会にたいして責任を負うものではないという人がありますけれども、それは大いなる誤りと信じます」

憲法学者たる者が、憲法上に規定のないことを論証しようというのだから「信じます」というよりほかはない。

「国務各大臣は、相共同して内閣を組織し、国務を相談し、相共同してその責に任ずるのでありますから、内閣の各大臣は、なるべく同じ政治上の意見をもっている者で組織せらるることが、自然の必要であります。ことに、閣議の決定にはつねに全内閣大臣の一致を要するのでありますから、全内閣大臣が同一の政見を有する者から組織されなければならぬということは、当然の結果であります。全内閣大臣が同一の政見を有するということは、政党の勢力の発達している国では、畢竟《ひっきょう》同一の政党に属すということに帰するのであります」

「国務各大臣の共同責任」と「全大臣一致の閣議決定」の規定をベースに、全大臣「同一の政見」の必要へと論をすすめ、全大臣「同一の政党」へと水を分けていく。

「政党の勢力の強い国では、議会の勢力も強く、政府は議会の後援を得なければとうてい国政をおこなうことができないのでありますから、内閣は、議会の多数を占めている政党から組織されることになるのは免《まぬが》るべからざる自然の勢いであります。したがって、日本の憲法下においては、政党内閣、議院内閣はゆるすべからざるものであるという人もありますが、それは固陋《ころう》なる無稽《むけい》の言にすぎぬもので何の理由もないことであります」と。

「政党の勢力」から「議会の勢力」へ、さらには「議会の後援の不可欠性」へ、そして「議員内閣の必然性」へ。なんという苦しい「読み替え」を重ね、回りくどい論理をつくさねばならないことか。

それほどに「大日本帝国憲法」は民権を疎外するもので

あり、まだしも「主権在民」を主張しない「交詢社」案からさえ大きく後退したものだった。

ちなみに、『憲法講話』は、大逆事件の判決と幸徳秋水ら一二人の死刑執行で幕をあけた一九一一年（明治四四）の夏休み、文部省の依頼をうけた美濃部が、師範学校と中学校の校長・教員にむけておこなった一〇回の講義筆記を本にまとめたものである。

明治四五年紀元節の日付をもつ「序言」で博士は、憲法制定から二〇年たっても憲政の知識が普及せず、専門の学者にさえ「なお言を国体に藉《か》りて、ひたすら専制的の主張を鼓吹し、国民の権利を抑えてその絶対の服従を要求し、立憲政治の仮想の下に、その実は専制政治を行わんと」主張する者のあることを嘆いている。

言を国体に藉りて……。四半世紀ののち、まさに「コクタイ」という名のサーベルによって博士は学説を封じられ、社会的地位を剥奪され、犯罪者の烙印をおされることになるのだが、そのようなことをも可能にするほど統治権の主体についてあいまいにしているのが、いや、むしろ天皇主権と天皇大権による二重濠《にじゅうぼり》をめぐらして超然的君主権を定めているのが「大日本帝国憲法」なのだった。

八年後にそのような憲法を制定することになる政府にとって、二年後の国会開設という性急さはもとより、政党内閣制のみならず政権交代にまで言及し、君側の臣をも民選にゆだねるという大隈「意見書」は、まさに驚天動地のシロモノであり、それと同じ「憲法案」が雑誌や新聞に公表されたとあっては見すごしにできなかった。

一〇月には「国会期成同盟」の第三回大会が東京でひらかれることが決まっていた。福沢一派よりもいっそうラジカルな民権家たちが、憲法草案をもって全国から集まってくる。

「愛国社」グループであれ、各地の民権家グループであれ、彼らこそは「主権在民」と「人権保障」が近代法の究極の目的であることを熟知し、それらを憲法の第一の要素にかかげる、もっとも民主的急進的な人々であり、なによりも運動体《ムーブメント》をひきいるリーダーたちなのだった。

自由民権運動の草分けとなった「立志社」では、「日本国ハ国民ノ外何人《なんぴと》ニモ属セズ」と宣言し、「国会ハ国民ニ代ッテ国事ヲ議定シ、国民安寧ヲ保全ス」として国会優位のスタンスにたち、天皇が「帝位」を失する規定さえももつ憲法草案がつくられつつあった。

また、その起草委員のひとりであり、「政府は天に非ざるなり。人民は人民の人民にして、人民の天はすなわち人民なり」と公言してはばからない植木枝盛は、人権保障の対象となる自由権利三〇条をもうけ、「日本ノ国家ハ、日本各人ノ自由権利ヲ殺滅スル規則ヲ作リテコレヲ行フヲ得ズ」といい、国会の開設も人民の自由であり、立法権も人民が完全に掌握するという、直接民主主義にたった憲法草案を完成しつつあった。

　青空のような理想をかかげ、普遍を説いてひるむところがない。明治デモクラシーの真髄がまさにここにある。

　いっぽう、議会をもうけるのも、政府と議会が相談するのもいいだろうが、議会から政権をとる政党が出てくるなどはもってのほかだとする保守派にとって、人民が自由に国会を開くことができ、政府はその公僕どうぜんであるなどという主張は、およそ許容の域をこえていた。

　このまま無策に甘んじたなら……！過熱昂揚するムーブメントをついに抑えられなくなり、そのいきおいを「上からの国会開設」をもとめる福沢派がとらえ、あるいは「私立国会」をめざす板垣派がとらえ、はたまたすべての民権派が大同団結して、即時の国会開設を政府に迫るだろう。

　天賦人権論をとなえて倦まない理論家や活動家たち。主権在民、君民同治をめざし、あるいは政党内閣や責任内閣制をとうぜんの前提ととらえる理論家や活動家たち。彼らの声に耳をかたむけ、みずからが国民、人民として、はじめて「新しい国のかたち」を選びとることができると信じた人々のひたむきさ、旺盛さは、臨界というものを知らないのだから……。

　おりしも、北海道開拓使の官有物払下げをめぐって不正が発覚した。

　七月二七日、明治五年から一〇年計画ですすめてきた北海道開拓事業が満期をむかえるにあたり、開拓使を廃止することが閣議決定された。これに激怒したのが、当時開拓長官の任にあった黒田清隆だった。

「北海道の今日の発展は、ひとえに黒田の力によるものである。したがって廃使置県にかんするいっさいの処理は、すべて黒田に委任することが至当である。これを聞きいれるならば、黒田はただちに廃使に応じよう」

　政府はこれを了承した。黒田はただちに官有物件を開拓使在勤官吏に払い下げる稟請を出し、払い下げたのちには「関西貿易商会」が経営の後援にあたるとした。「商会」は黒田のブレイン旧薩摩藩士五代友厚《ごだいともあつ》、長州出身の中野悟一《なかのごいち》らが経営する民営会社である。

　閣議はこれを留保した。天皇の東北・北海道巡幸への出発が三〇日にせまっていた。可否を決するのはそのあとでよかろうと。

　ところが相手は、暴言、暴力、暴略なんでもこい、望みのものを手に入れるまでは決してひきさがらぬ人物だ。ひごろ「朕の意にそぐわぬことばかり」の黒田に辟易している天皇は、出発のまえに裁可をあたえてしまった。

　はたして、黒田は、船舶、農園、炭鉱、ビール・砂糖工場など、一〇〇〇万円をこえる費用を投じた官有の施設・設備を、三〇万円というべらぼうな安価で、しかも三〇年無利子返済というでたらめな条件で民間に払い下げた。

民営化といえばきこえはいいが、じっさいには、配下の開拓史官吏たちを退職させて企業をおこし、彼らに事業を継続させようという。藩閥情実政治のグロテスクもきわまる、不正事件にほかならなかった。

黒田といえば、かつては妻殺しの罪状をさえ隠蔽してもらえるほど親密な関係にあった大久保利通の片腕であり、いまやその後継者である。そして黒田とならぶ大久保の後継者が、ついきのうまで開発独裁論者にして君主専制支持者だった大隈重信なのである。

その大隈が影響力をもつ『郵便報知新聞』と『東京横浜毎日新聞』が、黒田の不正をすっぱぬいた。世論はわきにわき、民権派はいっせいに政府攻撃のペンをとった。黒田は大隈の裏切りをゆるさなかった。

「血祭り」のお膳立てを、犠牲《いけにえ》みずからがととのえてくれたようなものだった。薩長藩閥政治家が手を組めばできないことなど何もない。

世論の硬化、沸騰の原因となった不正を大隈の陰謀にすりかえる。そして軌道を逸しはじめた大隈にきれいさっぱり政界から去ってもらう。ついでに、憲法案を公表して民権運動に油をそそいだ福沢一派をひとからげにして捻りつぶし、国会開設をさけぶ急進的ムーブメントの息の音をとめる。そのためのまたとない口実を、むこうが用意してくれたというわけだ。

一〇月一一日、天皇が赤坂仮御所に還幸し、供奉した大隈も七三日ぶりで自邸にもどった。

天皇も大隈も、巡幸先にとどけられる報告によって事件のことをつかんでいた。「薩長閥が団結してひとりの参議を排斥しようとしている」との新聞報道からも、犠牲《いけにえ》に祭りあげられつつある参議が誰であるかを知らないわけにはいかなかった。赤坂仮御所にもどるや、まちかまえていたようにやってきた大臣参議らが大隈罷免を奏請したさい、天皇はよほど躊躇した。が、薩長の大臣参議が束になって「内閣破滅」を楯にとれば、とどめることはできなかった。

深夜一時、伊藤博文と西郷従道《さいごうつぐみち》の両参議が大隈をたずねた。どうか辞表を出してくれという。「よし、明日我輩が閣議にでむき、辞表は陛下に拝謁してから提出しよう」。大隈はそうこたえた。

翌一二日、参内した大隈のまえに宮城の門はかたく閉ざされ、きのうまで供奉の途を親しくしていた有栖川宮邸の門も封じられた。

「国会期成同盟」の大会にそなえて、すでに東京は戒厳令下さながら。東京鎮台は即刻出動態勢をととのえ、警視総監樺山資紀《かばやますけのり》みずからが警備巡査をひきつれて市内警護にあたっていた。

「福沢もどうやらあぶないらしい」

「つねづね『政治に念なし』などといいながら、政治に色気？」

「いや、ことを焦ったばかりに政治家なんぞを信用したのがいけなかった」

「それにしても、よりによって相棒とたのんだのが大隈とは……。まずすぎたサねえ」

　ちまたは、福沢が捕縛されるという風説でもちきった。なるほど、確信犯は、ひそかに左大臣に提出された大隈の「憲法意見書」のほうではなく、雑誌に発表されおおやけの目にふれた「私擬憲法案」なのだった。

　即日、大隈は参議を罷免され、そして、驚くなかれ「国会開設の詔勅」が発せられた。すなわち一八九〇年（明治二三）をもって民選議会を開くことが約束され、憲法制定にもついにタイムリミットが示されたのだ。

　翌一三日には、矢野文雄《やのふみお》、犬養毅《いぬかいつよし》、尾崎行雄《おざきゆきお》、中上川彦次郎《なかみがわひこじろう》、小野梓《おのあずさ》ら大隈系の官吏がいっせいに職を辞して野《や》に下った。

　国会の開設が天皇の名によって約束された。それは同時に「国会期成同盟」が解体したことを意味していた。

　政府の目論見はみごと的中した。それは、伊藤博文ののちの慢心と笑みを先取りするような、あざやかな「政変」の成就だった。

　のちの慢心……。一八八九年（明治二二）二月一五日、枢密院議長伊藤博文は、憲法発布式典に「参列」——抗議をするまでは「拝観」だった——するために上京してきた各府県会議長を招いて演説をおこなった。

「このたび発布された憲法は、いうまでもなく欽定憲法であり、欽定とは、天皇がみずからこれを定め、とくに臣民に贈与されたという意味である。ゆえにこの憲法は、まったく天皇陛下の仁恵《じんけい》によって贈与されたものだということを、諸君はつねに心に銘じて記憶せられるよう……わが国の主権者は天皇であり……大臣は天皇を補佐するものにすぎないのだから、政府もまた不偏不党でなければならないし、党派によって左右されるようなことがあっては、容易ならぬことである。今後、議会を開き、政治を公議与論に問おうとするにあたり、にわかに政党内閣を組織しようと望むがごときは、もっとも危険な考え方だといわねばならない……」

　そのあとが圧巻だった。散会後、憲法起草にたずさわった井上毅《いのうえこわし》、伊東巳代治《いとうみよじ》、金子堅太郎《かねこけんたろう》と伊藤の四人が祝杯をあげた。

「君たちには非常に骨をおってもらった。ずいぶんご苦労じゃった。ひとつこれから、他人をまじえず、三鞭酒《シャンパン》でもぬこうじゃないか」

　伊藤の発声で四人は円卓子《まるテーブル》をかこんだ。

「今日の閣下の演説を拝聴すると、政府は、政党の外に超然として国政を運用するということでしたが、どうもわたしには解しかねます」

水入らずの気安さから、井上がいった。

「何がわからぬ」

「議員の数は衆議院に三百人、貴族院に二百四五十人《しごじゅう》となりますが、さてその衆議院議員選挙となると、自由党、改進党の両党から大多数の者が選出されることはわかりきっております。ところが、政府側には『政府党』員とでもいうべき者がただの一人もいない。すべてが反対派と目すべき三百人の衆議院へ、丸裸でとびこんでいくようなものですが……」

伊藤の議会軽視にたいし、井上はかねがね批判的だった。

「それで議会の大勢を左右する成算がありますか。いまや民党の連中は、打倒藩閥政治の大旆《たいはい》をかかげて勢いこんでいます。しかるに政府は超然としてその政争の外にたって、どうやって三百人をまとめることができるでしょう。立憲政治になれば、政党政治になるのは当然の帰結です」

伊東も金子もうなずいた。

「君らはそんなことをいうがドイツのビスマルクを見ろ、一人の政党員ももたないが堂々とやっておるじゃないか。政府が誠心誠意をもって提案することに、どうして反対ができる……」

「いえ、そもそも、政党の外に超然として立つということは、立憲政治の実際に適せぬと思います。だから政府としても、ぜひ味方となる政党をもつ必要があります。きたるべき選挙にはぜひとも『政府党』をつくらねばなりますまい」

超然内閣が立憲政体とは相容れないものだということは、四人が四人とも知っていた。だが、伊藤の慢心はいささかもゆるがなかった。

「それはいかぬ。いやしくも国政にかんして、政府がいっさいの邪念野心を去り、真に誠心誠意をもって議会に臨むならば、いかなる政党といえどもむやみに反対はできぬはずじゃ」

「しかし、そうはまいりませぬぞ。理屈はどうあれ、いまやすべてが薩長政治を倒すべしと呼号してできた政党ですから、閣下が誠心誠意で臨まれても馬耳東風でしょう。勝負は実力でなければダメです。ぜひ『政府党』をおつくりなさい」

三人はかわるがわる同じ趣旨の進言をくりかえした。くりかえすたびにグラスが空く。それでも伊藤はまったく聞く耳をもたなかった。

「君らはまだ幼弱だ。政治の実際などわかるはずはない。若い、若い」

参議と宮内卿をかね、さらには内閣総理大臣と宮内大臣をかね、府中と宮中を思いのまま横断して天皇の信をくぎづけてきた伊藤にとって、みずから「帝国憲法」にほどこした仕掛けを利用し、「天皇」という「道具」をたくみにあやつることで議会の力を制御することはむずかしいこととは思えなかった。

当時、枢密院議長の職にあった彼は、宮相をしりぞいたあともなお宮中の支配権をにぎっていた。

憲法発布を翌年にした八八年四月、伊藤は、みずから提唱して「枢密院」をこしらえ、気のすすまぬ天皇をよそ目に内閣総理大臣の座を黒田清隆にゆずり、みずから枢密院議長についた。かつて山県があらゆるものから独立した軍令機関「参謀本部」をつくり、陸軍大臣の職をなげすてて参謀本部長についたように。

枢密院のさしあたりの役割は、憲法制定にかんする諸問題を討議することにあったが、立憲政治がはじまればそれは、政府と議会のあいだに介在し、天皇の輔翼《ほよく》の任をはたす機関となる。

万一、政府と議会のあいだに対立が生じた場合、いきつくところは大臣を罷免するか、議会を解散するかのほかにはなく、そのさい終局の決定は「聖裁」すなわち天皇の政治的決定権にゆだねられる。その裁断を、正しくみちびくのが枢密院のはたすべき役割なのだ。

おもしろいことに、第一回衆議院総選挙が七月一日に予定された九〇年のはじめ、天皇も井上と同じことを伊藤にたずねている。

たとえば「内閣が提案した行政上緊急を要する議案に、議会が協賛しなかった場合どうするのか」と。伊藤はこたえた。「内閣は議会の協賛をうるため最大限の努力をしなければなりませぬ」と。また「貴族院と衆議院が見解を異にし、内閣と議会の所見がくいちがった場合はどうするのか」と。「そのような場合は、枢密院が重要な役割をはたさねばなりませぬ」と、そう伊藤は奉答した。

伊藤にはよほど大きな自信があったのだろう。みずからの側近《ブレイン》を要職につけることで宮中への影響力をたもちつづけ、絶対君主というオモテむきの顔をもった天皇を、制限君主としてコントロールしながら国政を動かしていく自信が……。

若い、若い……。たしかに金子はひとまわり、伊東はさらに四歳下の三二歳だった。が、「伊藤の知恵袋」といわれた二歳下の井上がいった「実力」を甘くみていたのが伊藤のほうだったことは、のちに彼が「立憲政友会」を創立したことによってあきらかだろう。

ただ、議会多数派の自由党と手を結び、みずから政友会総裁となって政党内閣を組織した一九〇〇年、伊藤の自信に翳りはない。「天皇」という「道具」を掌中にしているかぎり、彼を脅かすものは何もなかった。同年五月九日の日記に、ドクター・ベルツはこんなことを記している。

「東宮成婚に関してまたもや会議。その席上……伊藤がいわく、『皇太子に生まれるのは、全く不運なことだ。生まれるが早いか到るところで礼式《エチケット》の鎖でしばられ、大きくなれば側近の吹く笛に踊らされなければならない』と。そういいながら伊藤は、操り人形を糸で踊らせるような身振りをして見せたのである……」

さて、三月はじめにはハワイ王国のカラカウア王が来朝し、一〇月のすえには英国皇太子のふたりの王子、アルバート親王とジョージ親王をむかえた一八八一年（明治一四）。両度の王族訪問にぴったりはさまれるようにして「政変」がおこり、民権運動が挫折したこの年、国史編纂事業をすすめる「修史館」においても二度目の「学変」がおきた。

明治一二年一二月、東京学士会院でおこなった講演「国史編纂の方法を論ず」において、「従来わが国史体の粉本《ふんぽん》なりし漢土の史体はいずれも一長一短をまぬがれず。よろしく西洋の史体に学ぶべし」とぶちあげ、史学の近代化にむけてひたはしる重野安繹《しげのやすつぐ》の活動は、官・私学あるいは在野の知識人たちに支持されたのとはうらはら、国学派を一掃して「修史館」の主導権をにぎった漢学派内部に深刻な対立をひきおこした。

なかにも「正史」の編修を二分して担当していた川田《かわた》剛《つよし》グループと重野グループの確執は深く、こちらは結局、「修史は史料蒐集にとどめ、国史編纂は他日をまつべし」とする川田たち保守・漸進派がしりぞけられ、「新時代にふさわしい編修方法を模索し、そのためには修史方針を変更することも辞さぬ」とする重野グループがイニシアティブを掌握した。

おなじ漢学考証派にありながら、川田と重野はそもそも修史にたいする発想からして相容れないものをもっていた。朱子学を宗とし、水戸学の信奉者にして当代一の文章家を自負する川田は、修史を史学や経学まで包括的にとらえた「文学」ととらえており、おのずから書法や文体の問題への関心は高く、また名教的、つまり儒家思想のあからさまな頼山陽《らいさんよう》の『日本外史』などのような史論も許容できる柔軟性をもちあわせていた。

いっぽう、学者の考証に基礎をおき、謹厳な記録による修史をこころざす重野は、「史学ハ名教ヲ放棄スルノ主義」といいきり、文学的に文章をたくむことは「文士鼓筆ノ虚誕」のもとであるとしりぞけ、国史稿本をすみやかに執筆すべきと主張してひかなかった。

明治一四年一二月、職制の改正にともなって人事が刷新された。

重野を編修長として、あらためて編修官に任命されたのが久米邦武《くめくにたけ》、藤野正哲《ふじのまさあき》、伊地知貞馨《いちじさだか》、星野恒《ほしのひさし》。川田グループを追い出して風の通りのよくなった「修史館」で彼らは、つぎつぎと編修方針に変更をくわえていった。

正史の名称を『大日本編年史』とし、文体は漢文をもちいること。『大日本史』の続修をあらため、後醍醐が即位した文保二年（一三一八）から起筆すること。後醍醐即位から南北朝合一まで、『大日本史』とかさなる七〇年余については、あらたに史料を採集して補足増訂をほどこし、以後、慶応三年（一八六七）の大政奉還までの編年史をつづり、明治一七年から二〇年までのあいだに三次にわたって成稿を上進すること……。

『大日本史』のあとをつぐことに変更をもとめたのは久米邦武だった。

「大日本史の南北朝史における材料はもっとも乏しく、また、明治は建武の中興の業をついで皇政を回復されたのであるから、その修史を南北朝合和より起こすははなはだ遺憾なり。よろしく後醍醐天皇から起こすべし」と。

とびあがってよろこんだのは修史館総裁という名誉職にあった太政大臣三条実美《さんじょうさねとみ》だった。

後醍醐天皇の「建武の中興」を起点とすることはすなわち「天皇親政」の時代から国史を記し起こすことであり、それは「王政復古」をかかげ、古代という原点に復《かえ》ることで誕生した「明治」を確認・確信するにいかにもふさわしく、明治二年に発せられた「修史の詔」の趣旨にもかなっているし、「復古と維新」という事業の根本理念をも満足させるものだった。

「明治」を確認する。久米の思惑はさておき、三条たち為政者にとっての「正史」は、維新政権の正統性を内外にしめす手段にほかならなかった。

もちろん他のメンバーにも異存はなかった。

重野よりひとまわり若い久米は、佐賀藩校弘道館《こうどうかん》時代には大隈の一年下に学び、江戸昌平校に学んで帰藩したあとは、日本ではじめて反射炉の建設に成功し、西洋式大砲や鉄砲、蒸気船などを自前で造るなど進歩的な政策をとった藩主鍋島閑叟《なべしまかんそう》の側近としてひきたてられ、明治四年、三三歳のときには「岩倉使節団」の一員として二年間にわたり欧米一二か国を視察、明治一一年には、視察報告『特命全権大使米欧回覧実記』全五冊一〇〇巻を刊行しているような人物であり、実証史学、合理史学の方法によって「日本史学の創生」をこころざす思いは、重野に勝るとも劣らぬものをもっていた。

久米が指摘するまでもなく、明治八年に発足した「修史局」いらい南北朝時代史の補修作業をすすめてきた重野はもちろん、「修史館」の発足当時から重野と作業をともにしてきた藤野や星野も、『大日本史』の史料的欠陥がいかなるものかを知っていた。

水戸徳川家の当主光圀によって明暦年間（一六五五～五

八）に編纂が開始された『大日本史』は、神武天皇から、南北朝が統一された一三九二年（北朝明徳《めいとく》三年・南朝元中《げんちゅう》九年）、すなわち後小松天皇の一一年まで、一〇〇代の帝王の治世をおおう漢文紀伝体の史書であり、「本紀」七三巻、「列伝」一七〇巻にわたる大著である。

が、全体が朱子学にもとづいた水戸学国体論と勧善懲悪主義でつらぬかれており、その眼目である「南朝正統論」の重要な根拠として、『太平記』がもちいられている。なかにも南朝功臣の「列伝」は、いみじくも「児島高徳ノ考」において重野が「歴史を書くときは、邪魔にこそなれけっして助けにはならぬ」と断ずることになる『太平記』一書だけをよりどころに記され、正成《まさしげ》や高徳《たかのり》たち功臣の物語的《フィクショナル》なエピソードがそのまま「史話」として採用されていた。それらは、古文書や古記録とつきあわせればつきあわせるほど破綻が百出し、信憑性が根底から疑われた。

おのずから重野や久米たち編修官は、『太平記』のみならず『大日本史』の本文批判をもすることになり、その結果として、『大日本史』のもっとも不完全な南北朝史を補修すべく、新たな国史を、後醍醐天皇即位から起筆することにしたのだった。

方針を変更するや彼らは嬉々として史料考証にいどみ、権威ある史書、史論にも容赦のない批判や取捨選択をくわえていった。

一八八四年（明治一七）二月、重野は、「世上流布ノ史伝多ク事実ヲ誤ルノ説」と題した講演を東京学士会院でおこない、幕末いらいの大ベストセラー、勤皇運動の宝典にして初等教育の教科書でもあった『日本外史』の名教論や考証論上の不備を批判した。

「頼山陽《らいさんよう》、文才筆力に富み、よく時勢を達観して、一部の佳著をなし、世人の称誉するところとなりたれども、惜しいかな、その引用せし書類、確実をえずして、おおいに誤謬を伝えたり。すべて歴史は、引用書を択ぶを第一の要目とす。その説花やかにして、よく人の口車にのるものは、たいてい虚飾なり……」

「文才筆力に富み」はもちろん、平易な漢文による情熱あふれる名文で書かれた『日本外史』の文学文芸性を皮肉った云いである。

たしかな「引用書を択ぶ」には、より豊富な史料をあつめて検討をくわえることが必要であり、ために新たな史料の発掘調査は欠かせなかった。

翌明治一八年七月、重野は、掌記三人をひきつれて関東六県に史料探訪にでかけ、八一日間をついやして、文書八〇八九通、書籍七六七部一五七七冊、系図五八種六二巻を採集。明治一九年には、星野が京畿方面へあしかけ五か月の採訪にでかけ、文書一万八三八五通、旧記三七三巻一一四〇冊をあつめ、久米もこの時期九州地方へおもむいた。

編修方針の変更から一〇年ののち、最終的に彼らがあつめた史料の数は、文書六万六六二六通、書籍七八六三冊にのぼり、それらをもとに考証をくわえ、編修された「編年史料」は四六〇〇冊余、記述された「編年史稿」は一〇〇冊余に達することになる。

　事業の途上にあってさえその数は、彼らの修史にたいする情熱の深さ、真摯さ、そして、実証を武器としつつ「純然たる科学としての歴史学」をうちたてようとする意志の旺盛さを語りえたはずだった。にもかかわらず、いや、おそらくそれゆえに「修史館」は「内閣臨時修史局」へと格下げされ、さらに帝国大学に移管された。

　一八八六年（明治一九）三月、「明六のユーレイ」森有《もりあり》礼《のり》の立案によって「帝国大学令」が発布され、四月から「東京大学」は「帝国大学」となった。同時に、文学部は帝国大学「文科大学」と改称、哲・和文・漢文・博言の四学科となり、翌年にはさらに史・英文・独逸文の三学科が増設された。

　つづく八八年（明治二一）六月には「史学科」の授業科目に日本歴史がくわえられ、一〇月九日、「臨時修史局」が大学に移されて「臨時編年史編纂掛」となったのをうけて、重野、久米、星野は大学教授としてむかえられ――伊地知、藤野は故人となっていた――編修委員をかねることになった。一石二鳥というより、じつは体のいい厄介払いだった。

　翌年六月二七日、「史学科」からではなく「和文学科」から独立するかたちで「国史学科」が開設し、大学にはじめて国史研究をもっぱらとする学科ができた。

　皇祖皇宗あってのモノダネ「大日本帝国憲法」が発布されたその年は、「歴代山陵の所在のいまだ明らかならざるものあるがごときは、外交上信を列国に失うのはなはだしき」との伊藤博文の提案をうけて、所在不明の山陵探索があわただしくすすめられ、六月一日には、『古事記』にも『日本書紀』にも『延喜式』にもかいもく手がかりのない一三陵のうち一二陵が治定され、七月二〇日には、のこるひとつ、壇ノ浦に沈んだ安徳帝の山陵が治定されて勅裁をえた年だった。

　帝国大学に自国の地理や歴史を講究する備えのないことの非をとなえ、「国史学科」設立の「建議」をおこなったのは帝大総長渡辺洪基《わたなべこうき》だった。

「本邦現ニ制度文物ヲ改良シ、独立不羈《ふき》ノ基《もとい》ヲ建《たつ》ルニアタリ、ソノ基礎トナスベキ国史学科ノ設ケナクシテ可ナランヤ、依テ帝国大学文科大学ニ国史ヲ置キ……」

『続日本紀《しょくにほんぎ》』の「大宝元年春正月乙亥の朔」条を想いおこさせる「建議」にもみえるように、帝国憲法発布の年に「国史学科」が誕生したのは偶然のことではない。「古へ漢土ノ制度文物ニ採リ、今マタ西洋ヲ用イ」、まさにいま、近代法をそなえた文明国として西欧先進国と肩をならべようというそのときに、ナショナリズムが昂揚するのはおのずからだった。

いきおい、古代の帝国「日本」と近代の帝国「大日本」がパースペクティブに対置される。帝国法「律令」が完成した大宝元年（七〇一）、藤原宮《ふじわらのみや》大極殿でいとなまれた元日朝賀の儀。『続日本紀』はその威容を「文物ノ儀、ココニ備ハレリ」と称えている。それとおなじ自意識が、「国史」への要求をいやがおうにもおしあげただろう。

ただ、「国史学科」の新設にあたって渡辺が助言をもとめたのが、「史学科」の教授としてドイツからむかえたルートウィッヒ・リースだった。ために、「国史学科」にも近代ドイツ史学の実証主義による教授法がとり入れられることになり、「国史」だけが「復古」すなわち、古代がえり神がえりしないですんだことは幸いだった。

同年一一月、リースの発案によって史・国史両学科の垣根をはらった歴史学会「史学会」が設立され、重野が会長についた。

さっそく、毎月「例会」と「講演会」を開催し、月刊『史学会雑誌』を発行することなどの規則が確認された。なかにも「講演会」は、学問をひろく国民的な共同批判の場にたたせるべく公開を前提とし、講演者、聴取者いずれもが一般市民を対象にするという、官学サイドの学会としてはエポックメイキングなこころみとなった。

設立総会をかねたはじめての「公開講演会」には会長の重野がたち、「史学ニ従事スル者ハ其心至平ナラザルベカラズ」と題した講演をおこなった。主旨は、おおむね次のような一節につくされた。

「歴史は、時世のありさまを写しだすものにして、そのありさまに考案をくわえ、事理を証明するこそ史学の要旨であろう。しかるに、歴史は名教を主とすという説があり、筆を執る者、ややもすればその方にひきつけて事実を枉《ま》ぐることあり。世教を重んずる点からいえば殊勝というべきなれども、それがため実事実理を枉ぐるにいたるは、世のありさまを写す歴史の本義に背けり。ただその実際を伝えて、おのずから世の勧懲《かんちょう》ともなり、名教の資ともなる。これすなわち公平の見、公平の筆なり」

勧善懲悪や儒教的名文の教えを重んじる従来の史学にたいしては、頼山陽の『日本外史』をはじめとして、それまで何度も考証・批判をかさねてきていた。

八六年（明治一九）におこなった講演「大日本史ヲ論ジ歴史ノ体裁ニ及ブ」では、『大日本史』が北朝方の『梅松論』や『増鏡』などを史料として採用しなかったことをとりあげ、南朝正統論を「一家の私論偏見」と批判しただけでなく、『太平記』の「桜井駅親子の別れ」や湊川での「正成覚悟の自決」は事実ではなく、すべて「拵話《こしらえばなし》」だと結論づけた。

八八年七月創刊の歴史・考古・教育雑誌『文』に「藤原燦聚君《あきまろ》ノ太平記ハ小説家ノ作ニアラザル説ヲ弁ズ」を掲載して『太平記』の虚偽を論じ、重野説を補強したのは星野《ほしの》亘《ひさし》だった。

『文』の主宰者、三宅米吉《みやけよねきち》は、八三年にはすでに小学校の歴史から「神話を追放せよ」と主張した歴史家で、八六年には『日本史学提要』を著わしてみずから古代史に考古学の方法をとり入れ、『文』創刊後は、誌上に慶応義塾の学友那珂通世《なかみちよ》の「日本上古年代考」などを掲載して、古代の年代・紀年をめぐる論争に新風を吹きこんだ。

『記』『紀』神話を歴史事実とみとめない、あるいは上古の年代・紀年の当否を論《あげつら》うことは、いわずもがな神権天皇制のタブーを犯すことであり、創刊そうそう『文』は国学派、神道派のイデオローグたちの攻撃にさらされた。ために、星野たち修史局派のメンバーは、三宅たち文明史論の史家からも有力な援軍とたのまれていた。

八九年一二月一五日には『史学会雑誌』創刊号が発行された。巻頭をかざったのは、「歴史ハ明教ヲ主トセズ」と断じ、「西洋歴史攻究ノ法ヲ参用ス」とのべて文明史に門戸をひらいた重野の「講演録」。星野は「史学攻究歴史編纂ハ材料ヲ精択スベキ説」を発表して、史料学の立場からは『太平記』や『平家物語』は危険で利用できないことを論説した。

月刊雑誌という媒体をえた彼らは、倦むことを知らぬ人々であるかのように史料蒐集と文献考証にいどみ、ひろい視野とゆたかな経験を生かして、斯界をアッといわせるような論考をつぎつぎと発表した。

「英雄ハ公衆ノ奴隷」などという挑発的なタイトルをつけて歴史認識の客観性をといたのは久米邦武だった。史学者は、英雄や大事件よりも、その背景となった社会や大衆の動きにこそ目をむけるべきだといい、「勧懲ノ旧習ヲ洗ウテ歴史ヲ見ヨ」においてもおなじく、史学は、善を勧めて悪を戒めるものではなく「世情世態ニ通ズル学」でなければならず、良史とは、時代に現出したことを実際のとおりに記したものであると主張した。

かねがね『太平記』を小説のたぐいだと考えてきた彼はさらに「太平記ハ史学ニ益ナシ」という刺激的な長編論文を連載。『太平記』の嘘談、妄談をちくいちとりあげて、それらがいかに「世ノ浮薄ナル人ヲ煽動」し、「狂漢ヲモ生ズルニ至」らしめる「流毒」であるかを論じ、従来の道学的、名文論的歴史観にうんざりしていた人々をよろこばせ、昂奮させた。

つい二〇年前までは、『太平記』は幕末勤皇運動の「宝典」だった。そして、明治政府が準官撰の正史にいちづけた権威ある史書『大日本史』にとってのそれは、「南朝正統論」の唯一の典拠である。

そのような古典を「下賤ノ人ノ書綴《かきつづ》リタル話本《はなしぼん》」であるとか「軍談講釈師ガ演《えんじ》ルト同性質ノモノ」だとか、はたまた「下人《げす》ノ天下扱イトイウベキ浅墓《あさはか》ナル考エヲ述立《のべたて》タルモノ」にすぎないと斬ってすてるのは、たしかに粗暴で破壊的にすぎよう。

が、本文にある場面や人物をとりあげ、信頼のおける古文書や古記録の考証によって批判をくわえ、ながく歴史上の主人公を演じてきたヒーローたちの実像をあばき、勧善懲悪をテーマとしたエピソードの虚偽をはぎとり、旧説をつぎつぎクリーニングしていく。その方法の斬新さ、果敢さは、わけても旧来の史観や方法にあきたりなさを感じていた研究者や知識人たちの前途に光をなげかけるものにちがいなかった。

重野たち「抹殺博士」がもてはやされたゆえんである。

信憑性を裏づけられないものを排除し、実証できるものを歴史として採用する。彼らが科学的、合理的な姿勢をきわめればきわめるほど、その鋒先はあいまさや虚構性の、なかにも恣意や欺瞞のベールを裂くことにむけられた。そしてそれは、やがては「国体」という化物《ばけもの》のしっぽを踏むことをまぬがれることはできなかった。

幸か不幸か、博士たちの方法は『大日本史』の方法の真《ま》逆《ぎゃく》だった。

可能なかぎり古写本《こしゃほん》を蒐集し、流布本《るふぼん》、すなわち版本として普及しているスタンダード版の本文を校訂することからはじまった水戸の文献史学。それは、テキストの本文批判をとおして古態に遡《さかのぼ》り、そこから史実を一義的に確定していくという方法であり、さしずめ『太平記』ならば、古本系の写本九本をもって流布本を校訂しているという。

問題は、卓抜なその方法が、一義的な歴史解釈をみちびくために駆使されているというところにあり、また、古写本を重んずるあまり、たとえば「太平記読み」のような講釈や故実や口伝《くでん》など、口承《こうしょう》で伝えられたものを異説、異伝としてしりぞけることにある。貴少な古写本を入手し伝えることができるのは、久米の云いを援用すれば「世情世態ニ通ズル」人々ではなく、その本文は「公衆」の享受できるものではない。

結論だけいえば、『大日本史』は水戸流「南朝正統論」をみちびくために編まれたものなのだ。

その前提にはまず朱子学的名分論の思弁があり、すぐれた文献史学の方法はすべて水戸流の名文論の枠組みを再構成するために動員される。その結果あらわしだされる歴史とは、重野がいうような「時世のありさまを写しだした」ものとはならず、「世のあるべきすがたを正しく叙述した」ものとなるよりほかはない。

『大日本史』が「紀伝体」を採用したことも、ただ林羅山の『本朝編年録』のむこうをはってのことではない。

帝王と諸臣の歴史を「本紀」「列伝」の別立てで叙述する方法は、君臣上下の名分秩序や時代のあるべき名分秩序を「形式」によって瞭然とさせるだけでなく、個々の人物を、彼らがおかれた歴史情況や時間からフリーにしてえがくことができる。史家の当為によっていかようにも……。

たとえば、重野が「児島高徳ノ考」で「なきもの」と断じた高徳は、『太平記』が語るはなばなしい活躍も、すべて当てはずれか後追いばかりで他者との関係もない。元弘二年から正平七年まで、二三年ものあいだ登場するが、時代の情況や推移になんら有効なはたらきをしていない。

「じつに、高徳のことさえ除けばさしつかえなきのみならず、歴史の連絡はりっぱにできる」と、いみじくもそう重野がいってのけたように、高徳のような人物は編年史にとっては無用である。したがって記述のなかには登場しない。それを『大日本史』は、『太平記』のエピソードさながらきわめて重要な人物として叙述する。維新政府が明治一六年に「正四位」を、三六年にはさらに「従三位」を追贈したくなるような人物として。

いっそう重篤なことは、光圀の企図した『大日本史』が、なかにもその眼目である「南朝正統論」が、藤田幽谷《ふじたゆうこく》いらいの水戸学の史観によって読み替えられ、後者の解釈による「国体論」や政治イデオロギーが、幕末維新の原動力になったということだ。

こちらもずばり結論をいうと、徳川御三家の当主水戸光圀が、明暦三年（一六五七）に江戸神田別邸に史局「彰考館」をもうけて編纂をはじめた『大日本史』の「南朝正統論」は、「武臣」徳川による政権の正統性をあきらかにする「名分論上の枠組み」だったが、文化三年（一八〇六）に「彰考館」副総裁となった幽谷は、神孫天皇を唯一永遠の絶対者とする「国体論」によってこれを相対化し、南北朝史のパラダイムを転換してしまったのだ。

光圀の「南朝正統論」は、新田流徳川系図のうえに構想されたものだった。つまり、光圀の主眼は、新田の後裔を称する神君徳川家康が創始した、「徳川幕藩体制の歴史的正統性」を語ることにあった。

「桓武平氏」を称した北条氏の滅亡後、「清和源氏」足利流と新田流の抗争を制した「足利政権の草創」を語る『太平記』は、後世の解釈をもってすれば、「悪臣」足利氏をえがいた物語としても読むことができる。パクス・トクガワーナのもっとも充実した時代を生き、元禄「文治の世」の到来をまのあたりにした光圀にとってそれは、新田流の究極の勝利であり、新田氏が「良臣」であることの何よりの証しとうけとめられた。

そもそも、儒教的名分論によって悪王・悪臣必滅の理《ことわり》を説く『太平記』は、後醍醐による親政を「主上御謀叛」としてとらえている。

国の治乱興亡の原因を古今の歴史にさぐってみると、「覆《おお》ツテ外《ほか》無キハ天ノ徳ナリ。君コレニ体シテ国家ヲ保ツ。載セテ棄ツルコト無キハ地ノ道ナリ。良臣、則ツテ社稷ヲ守ル。モシ、ソノ徳欠クルトキハ、位ニアリト雖モ持タズ、ソノ道違フトキハ、威アリト雖モ、久シク保タズ」と、巻一の「序文」でのべているように、あまねく慈愛をほどこす「天ノ徳」を欠いた君主は、位を維持することができず、すべてをひきうけて投げださない「地ノ道」をそこなう臣は、威勢があっても長つづきしない。

天皇の「徳」に言及する名分論をかかげたあっぱれなこの「序文」をうけて「巻一」の本文は語り起こされる。

「ここに本朝人皇の始め、神武天皇より九十六代の帝、後醍醐天皇の御宇に、武臣相模守平高時と云ふ者ありて、上には君の徳にたがひ、下には臣の礼を失ふ。これにより四海大いに乱れて、一日も安からず……」

すなわち、平高時の「悪臣」ぶりをアプリオリなものとし、そのうえで「武臣」と敵対して「天皇親政」をくわだてた後醍醐は「天ノ徳」を欠いた「悪王」であるとする。武臣の交替が枠組みである「武家の世」に、平氏にかわって源氏足利・新田が登場し、両氏が覇権抗争をくりひろげる。その正統性を語る名分論の前提がここに示される。

はたして、悪臣平高時を討った源氏のいっぽう足利尊氏は、建武の新政から離反して京での合戦に敗れ、九州に敗走する。やがて、みずからが「朝敵」であるかぎり戦さには勝てず、天下をとることができないと悟った尊氏は、ただちに持明院統光厳《こうごん》上皇の「院宣」を得ることで「武臣」としての名分を回復する。

「合戦にまいど打ち負けぬること、まったく合戦の咎にあらず。ただ尊氏いたづらに朝敵たる故ならん。されば、いかにもして持明院殿の院宣を申し賜わって、天下を君と君の御争いになして合戦をいたさばや……」

院宣をよりどころに天皇と敵対することの大義を得た尊氏は、ついに「悪王」後醍醐天皇方を破って天下をとり、頼朝いらいの武家の伝統である「院政の世」を復活させた。

足利政権の正統性と室町幕府の草創を語るこの枠組みを相対化させたのが光圀の『大日本史』なのだった。

建武の新政から離反し、ひとたび仰いだ王に叛旗をひるがえした足利尊氏は「地ノ道」をそこなった「悪臣」である。ゆえに、彼らが一五代で滅びたあとかわって征夷大将軍となったのが、おなじ源氏でありながら、高風・官節の聞こえも高く、あくまで南朝天皇方と命運をともにした「良臣」新田氏の後裔、徳川氏なのだというわけだ。

徳川御三家、水戸の当主として天下の副将軍としての光圀が、皇統を正閏することに、ひいては南朝を正統とすることにこだわりつづけた最大の理由は、新田流徳川政権を正当化する名分論《ロジック》を獲得することにあり、ために『大日本史』は、新田、足利両氏の覇権抗争の正統性を証し立てる「名分論上の枠組み」を「南北朝時代史」として再構成しなければならなかった。

元禄一三年（一七〇〇）一二月六日、光圀は世を去った。『大日本史』は、光圀の最晩年にあたる元禄六年から正徳四年（一七一四）まで「彰考館」総裁をつとめた安積《あさか》澹泊《たんぱく》が「論賛《ろんさん》」を付して完成させ、「二百五十巻本」が、幕府に献上された。享保五年（一七二〇）一〇月のことだった。

「論賛」というのは、史伝の末尾に著者がくわえる論評のことである。

「論賛」を付した安積澹泊は、光圀の修史事業が『新撰紀伝』一〇四巻としてひとたび完成をみた天和三年（一六八三）に「彰考館」に入り、のち『新撰紀伝』を改修して『大日本史』初稿本が完成する正徳五年（一七一五）の前年まで総裁をつとめている。

また、光圀が死去した翌年の元禄一四年（一七〇一）には、三代藩主徳川綱條《つなえだ》の命により光圀の伝記『義公行実』を編集。享保八年（一七二三）には、四代藩主徳川宗堯《むねたか》の命により、さらにこれを修訂して『常山文集』付録の版本とし、翌年には『義公行実』の付録として『西山公遺事』を著したような人物である。「西山」は光圀が隠棲した地の名であり、山荘の名でもある。彼が心酔した「高義」の人、『史記』の「列伝」の冒頭をかざる伯夷《はくい》が隠棲した首陽山の別名だ。

光圀からあつい信頼をよせられ、光圀の『大日本史』のこころざしをもっともよく知る人が安積だった。その彼が総裁辞任後も「彰考館」にとどまって「論賛」の執筆にたずさわった。おそらくそれも光圀の遺志だっただろう。

おのずからその内容は、光圀の『大日本史』がくわだてた「南朝正統論」すなわち、『太平記』をよりどころとしてみちびかれた徳川政権の正当化へと一義的にむすびつけられる。尊氏伝と義貞伝に付された「論賛」をみればそれはあきらかだ。

「尊氏の譎詐《きっさ》・権謀、功罪相掩《あいおお》はず。以て一世を籠絡《ろうらく》すべきも、天下後世を欺くべからず。はたして足利氏の志を得たるか、あるいは新田氏の志を得ざるか。天《てん》定まれば、またよく人に勝つ。あに真に然らざらん」（「将軍伝」論賛）

「新田氏の高風・完節にいたりては、当時に屈すといえども、よく後世に伸ぶ。天はたして忠賢を佑《たす》けざらんや。その足利氏と雄を争うを観れば、両家の曲直《きょくちょく》、赫々《かっかく》として人の耳目にあり。愚夫愚婦といえども、またよく新田氏の忠貞たるを知る」

（「新田義貞伝」論賛）

こうした『太平記』の「読み」をアクロバティックに転換したのが藤田幽谷《ふじたゆうこく》だった。幽谷らにとって『大日本史』の「名分論上の枠組み」が、そのようなものであっては困るのだ。

天明六年（一七八六）、「彰考館」総裁に立原翠軒《たちはらすいけん》が就任。三年後の寛政元年より『大日本史』の校訂作業を開始する。光圀没後一〇〇年を期して『大日本史』を刊行しようというのである。

これにケチをつけたのが幽谷だった。

百周年忌がせまった寛政九年（一七九七）、幽谷は「彰考館」に公開質問状を送り、「義公の意は、紀伝志表《きでんしひょう》のことごとく成るを竢《ま》ち、しかる後にこれを天闕に奏」することにあったとして、「紀伝《きでん》」の刊行は「志《し》」「表《ひょう》」の完成をまっておこなうべきだと主張。

さらに『大日本史』の題号が、「革命」を前提とした中国正史の方法にならっているため適当ではないといい、事実上の計画断念をせまった。

「彼の土は、虞、夏、商、周の盛んなるより、みな姓を易《か》へ命を革《あらた》めざるはなし。ただ我が天朝のみは、開闢以来、一姓相承け、天《あま》つ日嗣《ひつぎ》これを無窮《むきゅう》に伝ふ。史を修し事を記すに、なんぞ必ずしも『日本』といはんや」

中国とちがってわが国は、そもそものはじまりから唯一の王朝日本であり、それがいまにうけつがれ、とこしえに連続するのだから、あえて正史に「日本」の名をつけることはないというのだ。なんと乱暴で的外れないいがかりだろう。意図がありありとしてみえる。

追い討ちをかけるように「論賛削除の建議」をおこなったのが藤田の盟友、高橋坦室《たかはしたんしつ》だった。

いわく、中国の正史に「論賛」があるのは、革命によって成立した王朝が、亡びた前王朝の失得を論じるからである。いっぽう「独り吾が天朝のみ、百王一姓」であり「君臣の名分、厳乎として乱れず、上世遠しといえども、ひとしく祖宗たり」。にもかかわらず「その失得を論じて忌憚するところなし」とはいかがなものか。

つまり、わが国は「一姓」の皇統が「百王《とこしえ》」に伝えられるのだから、歴代の治世の失得を論じるなど、断じてあってはならないというわけだ。

ケチをつけたというのは過言ではない。げんに、立原をしりぞけて高橋が「彰考館」総裁に、藤田が副総裁に就任するや、彼らは「論賛」の削除だけをおこない、「志」「表」をそなえぬままの『大日本史』の刊行に着手。文化六年（一八〇九）には、神武紀から天武紀までの「本紀二十六巻」の版本を幕府に献上し、翌年には、藤田が上表文をつけて朝廷にも献上した。

もちろん題号は、「日本」を冠した『大日本史』のままである。

目的は「論賛」の削除にあった。名分論を読み替える妨げになるからだ。

明朝からの亡命朱子学者朱舜水《しゅしゅんすい》を長崎からよびよせ、彼から示唆をうけて編修をはじめたという光圀の『大日本史』には、人間の行為を道徳的・倫理的規範にてらして裁断する「理」のルールがつらぬかれている。おのずから、合理のまえにあってはいかなる支配者、権力者といえども無力である。ゆえに、悪王もあれば悪臣もあり、支配者の交替もあれば王朝の交替もある。

しかし、「独り我が天朝のみは百王一姓、天つ日嗣これを無窮に伝う」といい、また「古より今に至るまで、未だかつて庶姓にして天位を奸《おか》す者あらず。君臣の名、上下の分、正しくかつ厳かなること、なお天地の易《か》うべからざるがごとし」というような価値観によって水戸学の名分論を構築した藤田たちが、そのような「理」の介在をゆるすわけにはいかなかった。

はたして、「論賛」を削除した彼らは、神孫《しんそん》天皇を唯一絶対者として名分論の埒外にいちづけ、その権威を無窮に不可侵とすることで国体論をみちびき、『大日本史』の名分論を読み替えていく。

鍵は「マサシゲ」にあった。

「武臣の世」を荘厳する歴史語り『太平記』の名分論を内部から相対化する、もうひとつの物語をになう制外《にんがい》の徒「マサシゲ」だ。

楠木正成や児島高徳たち、名のある武士でさえない「マサシゲ」は、「武臣」の交替を枠組みとする世の体制から阻害された「あやしき民」であり、それゆえ、そのような「民」が超法規的、超制度的に「万乗の君」天皇に直結しうるという、平等の原理を体現する存在だった。

「理」のルールをとびこえて天皇に直結しうる「民」。彼らにこそ「武臣の名分」を相対化し無化する力が秘められている!

「マサシゲ」はまた、当代の現実、すなわち慢性的赤字に苦しめられる極貧の藩、水戸藩の、わけても貧乏学者の意地とルサンチマンに「大義」をあたえてくれる「回天装置」でもあった。幽谷の眼が「マサシゲ」に釘づけられたのは、一面、おのずからのことでもあっただろう。

ちなみに、「皇道のため斃《たお》れてのち已《や》む」と詩《うた》って明治・大正・昭和の軍人に手本とされた「回天詩」や、学徒出陣壮行会の首相訓示の冒頭に東条英機が引用した「正気《せいき》之歌」をつくったのは、幽谷の子東湖《とうこ》である。

だが、皮肉にも、「理」を重んじた朱子学の合理にささえられた光圀の名分論に、読み替えのヒントをあたえたのは、光圀自身だった。

元禄五年（一六九二）八月、光圀は、摂津湊川の古戦場に正成の墓碑「嗚呼忠臣楠子之墓」を建立した。はからずもそれが、後代には名所として大いにもてはやされた。

嗚呼忠臣楠子《なんし》！そもそも、『太平記』のえがく楠木正成のきわだった忠臣性を光圀に示唆したのは朱舜水《しゅしゅんすい》だったというが、光圀はそこに「人倫の大義」をみた。『史記』の「列伝」に語られた伯夷《はくい》さながらの……。

紂王《ちゅうおう》を討ち、殷《いん》を倒さんとして武王《ぶおう》が軍勢を発したとき、「これまで殷に仕えた臣下の身分で君主を討つのは公の道に背くものではないか」と、そういって武王の手綱《たづな》を押さえて諫めたのが伯夷と叔斉《しゅくせい》の兄弟だった。彼らは、武王の天下となった周をみとめず、周の粟を食むことをいさぎよしとせず、首陽山に隠棲し、餓死する道をえらんだ。

「武王は聖と申しがたし。伯夷が諫めこそ正道なれ。武王の簒弑《さんしい》の義のがれがたし……」

みずから「西山」の号を名のった光圀は、晩年そう書きのこしている。彼が伯夷にみた「人倫の大義」、「大義の正道」と、まさに同じものを『太平記』の楠木正成にみた。正成の忠誠に「日本人の大義」をみ、覚悟の自決に「大義の正道」をみたのである。

嗚呼忠臣楠子！そこには、「清和源氏」新田流徳川氏、すなわち「王氏」新田流を称した徳川を介して皇朝日本につながろうとするひたすらなまなざしがある。いやそれは、徳川政権の正統性を擁護する「理」などたちどころに相対化してしまう、凄まじいまでの情念《パッション》だった。


幽谷は、そのまなざしを見のがさなかった。

彼は、「わが主君は天子なり。今将軍はわが宗室なり」とのべ、『神道集成』や『釈万葉集』や『礼儀類典』などをつぎつぎ編集させた皇朝主義者である光圀の修史が、そもそものはじめにかかえていた矛盾を「鍵穴」とすることで『大日本史』の名文論と「南北朝時代史」のパラダイムを読み替えた。

つまり、朱子学的名分論の世界において「義に殉じた人間」としてたたえた正成を、「逆境にありながら天皇に殉じた人間」と読み替え、その「絶対忠誠」において賞讃する。それが水戸学的国体論の世界なのだ。

天皇を唯一絶対者とし、無窮に不可侵とする「国体」のまえにあっては、足利も新田も徳川も、幕府も藩も藩士もみな、いっさいの名分は無に帰する。そうやって彼らは『大日本史』の読みを位相転換した。


さて、久米邦武が「太平記ハ史学ニ益ナシ」と題した長編論文の連載を開始したのは一八九一年（明治二四）五月のことだった。

前年一〇月に渙発され、謄本が全国の学校に下付された「教育勅語」の奉読と「御真影」への拝礼をさだめた「小学校祝日大祭日儀式規定」がまもなく出されようというときである。

「朕惟《おも》フニ、我ガ皇祖皇宗《こうそこうそう》、国ヲ肇《はじ》ムルコト宏遠ニ、徳ヲ樹《た》ツルコト深厚ナリ。我ガ臣民、克ク忠ニ克ク孝ニ、億兆心ヲ一ニシテ、世々《よよ》厥《そ》ノ美ヲ済《な》セルハ、此レ我ガ国体ノ精華ニシテ、教育ノ淵源、亦《また》実ニ此ニ存ス……」

「国体」という語が水戸の会沢正志斎《あいざわせいしさい》の『新論』から出たことはよく知られるが、「臣」と「民」という差異区別のあったものをひとからげにした「臣民」という語も、水戸学の発明による専門用語だった。

「武臣の世」を相対化することで、四民を既存の枠組みから解放し、ひとしく天皇に直結する存在としていちづける思想から生まれた「臣民」は、「万世一系」の天皇《すめらぎ》の国「日本」の憲法において「日本臣民」と規定されたことで「天皇の統治に服従すべき被治者であることを刻印された国民」――国民の代表者たる国会の存在を不可欠とする「立憲君主政体」の本質は「君民同治」すなわち、君主と国民が共同して国家の権力を行なうところにあるという、美濃部のような大胆な説をおし通さないかぎり――となった。

「教育勅語」はいみじくも、そのような「臣民」に、たとえば『小学読本』が教導する楠木正行《くすのきまさつら》のように「忠孝両全」であることを、天皇が、ダイレクトにもとめたものにほかならない。

国家の唯一絶対の統治者が、無媒介《ダイレクト》に、国じゅうの臣民に「国民道徳の規範」を垂れ、それをあまねく周知徹底させるために、政府は、忠孝の徳目を一身にになった「マサシゲ」を、万能のツールとしてさかんに流通させつつある。そのような時勢に、南朝の忠臣たちの物語『太平記』の「嘘談」「妄談」「流毒」をちくいち論証するような挑発的な論文を六回にわたって掲載すればどうなるか……。

それでなくても、国学や水戸学、復古神道派の人々にとって『太平記』や『大日本史』が記述する南北朝史は、『古事記』『日本書紀』が語る神代史がそうであるのとおなじように「聖域《タブー》」だった。

彼らは『史学会雑誌』を目の仇にし、ことあるごとにはげしい批判や攻撃をくわえてきた。

彼らの批判は、なしうるかぎり科学的、客観的であろうとする久米たち考証学派の主張や論証とはうらはら、学問的根拠に乏しく、ときに脅迫状を送りつけてくるほど感情的かつドメスティックでさえあった。そのような勢力が、何がなんでも「抹殺博士」たちを「抹殺」せねばならぬとあれば、手段をえらばなかった。

学問的な武器も戦略もない彼らが楯にできるものは、「不敬」もしくは「国体の毀損」があるばかりであり、それをゴリ押しするためにたのみにできるのは言論や学問の力ではなく、政治力であり暴力だった。

そして事件はおこった。

槍玉にあがったのは、「太平記ハ史学ニ益ナシ」の連載が継続中の明治二四年、一〇月から三か月にわたって『史学会雑誌』に久米が連載した二万四〇〇〇字におよぶ論考「神道ハ祭天ノ古俗」だった。

タイトルをそのまま訳せば「神道は天を祭る時代おくれの習俗にすぎない」となる。表題そのものが学者や好学の士、好事家のインタレストを刺激せずにはおかなかったが、いわゆる「神道」を「国体の基礎」だととらえる復古神道家や国家主義者たちの目にふれるや、たちどころに非難の嵐がまきおこった。

論旨の核は、神道は宗教ではなく「祭天」すなわち「只《ただ》天ヲ祭リ攘災招福ノ祓《はらえ》ヲ為ス」というほどのものにすぎず、しかもそれはわが国に固有のものではなく、「東洋一般」さらには「何国ニテモ」往古にはおこなわれていた「習俗」だということにあった。

学術論文であればいわずもがな、考証史学の立場から神道を実証的、比較史的に考究したもので、中国や朝鮮などの史籍、伝説を傍証としつつ、日本の神道をひろく東アジア史のなかで意義づけ、これをもって日本固有の「王政ノ基《もとい》」とすることの迷妄について論じたものだった。

この論文の斬新さ、画期性を評価したのが、実業家にして文明史家田口鼎軒《たぐちていけん》だった。彼はこれをいっそう広く社会に問い、なかにも神道家や国家主義者たちの古色蒼然とした頭脳を覚醒せしめんとした。

通称田口卯吉《うきち》、当年満四〇歳。市民史家としての田口は、二〇代なかばにしてすでに『日本開化小史』全六巻を世に送り、経済学の分野では『自由交易日本経済論』を、これも二〇代のはじめに著わしていた。

『開化小史』は、彼が、大蔵省翻訳局時代に親しんだギゾーの『欧羅巴《ヨーロッパ》文明史』、バックルの『英国文明史』などの影響をうけて、五年の歳月をついやして完成させたもので、処女作でありながら日本ではじめての本格的な文明史と評価され、文字どおり出世作となった。

『経済論』もまた、自由貿易論にもとづく当時としては科学的、体系的な著作であり、政府の保護干渉政策の失敗と欠陥があらわになりはじめた時の風もうけて、朝野の賞讃をあつめたという。

そんな彼が、久米論文を「古人未発の意見」にして「最も敬服するところ」と評したのはおのずからのことだろうが、さっそく筆者に転載を請い、翌明治二五年一月二五日、みずからが発行する史学雑誌『史海』第八巻にいっきょ全文を掲載した。しかも、あまりに挑発的な「序」と「跋」をつけて……。

「序」にいわく、「余はこの篇を読み、私に、我邦現今のある神道熱信家は決して緘黙《かんもく》すべきにあらざるを思う。もし緘黙せば、余は、彼らはまったく閉口したるものと見做さざるべからず」と。

「跋」ではさらに、久米が神道を「只《ただ》天ヲ祭リ攘災招福ノ祓《はらえ》ヲ為ス」もので「仏教ト並行《ならびおこな》ワレテ相戻《もと》ラズ」といったのはまさに卓見であるといい、もし仏教が渡来し、かつそれとともに文学が移入しなかったならば「神道は半夜にして攪破《かくは》せられたる夢のごとく、宗教の体を備うる」ことができなかったであろう、ゆえに、後世に至ってにわかに神道を宗教だと主張しようとしても「是れ遅まきの唐辛《とうがらし》にして、国史はこれを許さざるなり」と、そうのべた。

遅まきの唐辛《とうがらし》！よくもまあ、いってのけたものである。

『史海』発刊にさきだつこと二日、彼は、これもみずからが主宰する『東京経済雑誌』の表紙に、

**神道は祭天の古俗　久米邦武君**

**この論非常の新論なり　神道者流果《はた》して何と云ふや**

というキャッチコピーをつけて『史海』第八巻の目次を掲載。発刊直後の三〇日号、二月六日号にも連続掲載して公論によびかけた。

神道熱信家よ！神道者流よ！

ターゲットを名指しして論壇に挑んだのは、いかにも田口らしい「言論デモ」だった。

彼にはあきらかな意図があった。すなわち、憲法制定や国会開設とはうらはらの、というよりはむしろ不可分の関係にあった、政府官僚の保守的イデオローグたちや、彼らとむすんだ国学・神道イデオローグたちの露骨な動きを批判しようという意図が……。

一月二八日、『東京朝日新聞』と『郵便報知新聞』が短評を掲載した。

いわく、「久米邦武氏の『神道ハ祭天ノ古俗』は真《まこと》に是《こ》れ非常の新論、伊勢神宮を以て大廟に非《あら》ずと為《な》す、宜《よろ》しく学者の研究すべきものなり」、あるいは「久米邦武氏の考証文、流石《さすが》に捜羅精博《そうらせいはく》、好史家の筆なり」と。考証のよりどころを網羅的にさがしあつめ、精《くわ》しく博《ひろ》く考究して新論をたてる……。両紙とも、学者としての久米の姿勢を好意的に評価した。

また、三〇日付『東京日日新聞』は、「幽を発《あば》き微を闡《あらわ》し、遂に神宮は大廟に非ずと論結した」のは学問の進歩のうえではありうることだろうが、「皇室を思ふときには斯の如き穿鑿《せんさく》」は好ましくないという趣旨の一文を掲載した。

都下主要紙にかぎらず、地方新聞や雑誌も久米論文をとりあげた。『会津新聞』『北陸新報』『山梨日日新聞』『扶桑新聞』『秋田日日新聞』などはおおいに喝采をおくった。

田口は、ぬけめなくそれらをあつめ、二月二二日発行の『史海』第九巻に掲載した。

いっぽう、田口から「神道熱信家」「神道者流」と名指しされた当のサイドからも烽火があがった。いや、田口に挑まれないまでも、彼ら権力の中枢にある国家主義者や神道家は、すでに「抹殺博士」の「抹殺計画」に手をつけて

いた。

いちはやく矢を放ったのは、宮中顧問官佐々木高行《ささきたかゆき》だった。彼は、みずからが会長をつとめる「明治会」の一二月の大演説会で、同年一〇月から『史学会雑誌』に連載された久米論文に言及し、さらに、同会の機関誌『明治会叢誌』一月一五日号で、かさねて久米を攻撃した。

『史学会雑誌』をみるに、神道はもともと神霊を祀るものではなく天を祀る習俗だといい、伊勢神宮をして天照大神ではなく天を祀る宮だといい、新嘗祭、神嘗祭、大嘗祭もまた天照大神ではなく天を祀る儀式だなどという「空前絶後の説」がある。だが、そうであれば、さきに天皇が憲法を発布なさるにあたり、まず皇祖皇宗に「神霊此《こ》れを鑑《かんが》みたまえ」と御告文《こうもん》をささげる祭典をいとなまれたのは何ゆえであろう。「神祇の礼典」は皇国における至高の祭典であり、「国家の祭典」として組織されるのがむしろ当然なのであると。

また、『国光』二月一〇日号は「曲説可討」を掲載。表題そのまま「事実を曲げた説は、これを討つべし」と気炎をあげた。

なんとなれば、「帝国大学内史学会会員久米某《なにがし》」の一文は、「猥《みだ》りに推断臆説をもって皇朝の歴史を批評」し、「我光輝ある国史を汚辱」しただけではたりず、「伊勢神宮を指《さ》したてまつりて、古昔祭天の宮址にして、天照皇太神を斎《いつ》きたてまつるにあらずと論断」し、はなはだしきにいたっては「三種の神器を指して祭具なりと論断」する「暴言邪説」である。その「皇室の尊厳を蔑如《べつじょ》する罪」は断じてゆるすことあたわず、なおもこれを説き、あるいはこれを編《と》む者があれば、「大不敬」をもって告発する用意があると。

「明治会」は、「敬神・尊王・愛国」の宣揚と教化、および国家神道の確立をめざして八八年（明治二一）に発足し、「国光社」は、貴族院、枢密院の国家主義勢力を結集し、国体論にもとづく政治意識をたかめることを目的として八九年に発足した。いずれも、国会開設を目前にして政府関係者が上から組織した運動実践団体だった。

当時、政府内部では、神社の管轄官庁を「内務省社寺局」から分離させ、独立の官衙「神祇院」を設置しようという運動がさかんにくりひろげられていた。

神社神道が、宗教ではなく国家の祭祀であるということがおおやけにされてから五年が過ぎていた。帝国憲法の「信教の自由」からもフリーになった神社神道。それを宗教より上において民心の統一をはかり、国家の秩序を維持しようという、事実上の神道国教化、すなわち国家神道の成立をけっしてあきらめない人々が、宮中や府中に「建議」を申したて、地方支部組織の拡大をめざしていた。

その色調を、かりにB５判サイズの豪華版『国光』創刊号にみるならば、巻頭に明治天皇御製、つぎに内大臣三《さん》条《じょう》実美《さねとみ》の題詠をおき、文部大臣榎本武揚《えのもとたけあき》の題字、元老院議長大木喬任《おおきたかとう》の漢文を配し、枢密顧問官元田永孚《もとだながさね》、宮内大臣土方久元《ひじかたひさもと》をはじめとする顕官がぞろりそろって文や詩や和歌を寄せ、帝大文科大学からは、国学の大御所小中村清《こなかむらきよ》矩《のり》が祝詞を、弘道館で会沢正志斎、藤田東湖らに学んだバリバリの水戸学者内藤耻叟《ないとうちそう》が国体論を、「錦旗」の草案者玉松操《たままつみさお》に指示し、平田門下で国学をおさめた物集高見《もずめたかみ》が国語論を寄せている。

　くわえて、「治国安民」は「自然の感情」によってたもたれなければならぬという貴族院議員岩下方平《いわしたみちひら》らの主張にしたがって「日本武尊《やまとたけるのみこと》伝」を掲載。のち毎号「児島高徳伝」「和気清麻呂伝」など、庶衆の感情にはたらきかける名教的な史伝を掲載し、発刊の目的である「国民をして古来の歴史を崇敬せしめ、大和魂を発揚振起し、人心の一致団結をもって国権を伸張し、天壌無窮の皇室を富岳のごとくなす」をはたそうとした。

　憲法発布の前後には、おなじ目的から、神道、国学系の諸学会の設立もあいついだ。本居豊穎《もとおりとよかい》らが主唱して創設した国学・神道の理論家集団「大八洲《おおやしま》学会」や、国家神道の確立をめざす全国の神官同盟ともいうべき「惟神《かんながら》学会」などである。

　彼らは、議会政治がスタートし、国民が政治に参加するのであれば、そのまえにまず国民に「敬神・尊王・愛国の精神」を涵養しなければならず、そのためのよりどころを神社と神社崇拝、あるいは聖典としての『古事記』『日本書紀』の普及にもとめるということで、共通のスタンスにたっていた。

　それでなくても彼らは、「抹殺博士」たちを「神州建国の基礎を滅裂せんとする乱臣賊子」あるいは「世道人心を害す違勅の罪人」と弾じる人々だった。

　いわんや、「君国を利すべき」はずの帝大教授の身分にあってタブーをタブーともせず、神道そのものを考証の対象にとりあげ、伊勢皇太神宮や三種の神器にまで筆鋒をむけた「久米某《くめなにがし》」こそは、大逆・大罪人にほかならず、さらにそのような人物が、彼らのことを「一生神代巻《かみよのまき》ノミヲ講ジ、イツマデモソノ襁褓《むつき》ノウチニアリテ、祭政一致ノ国ニ棲息セント希望スル者」たちだとあなどり、はたまた「神道ヲ学理ニテ論ズレバ、国体ヲ損ズト、アハレハカナクイフ者」たちだなどと呼ばわったのであってみれば、何がなんでも——情動的には私刑《リンチ》にかけてでも——叩きのめさないわけにはいかなかった。

　すなわち、久米たちの相手は、国学・国家神道の理論家集団や神官同盟や国粋主義者のみならず、宮中、府中にある国家主義的政治勢力、さらにはその中枢にある権力者、ひいては帝国憲法下の天皇制そのもの、国家そのものにほかならなかった。

いわゆる「久米事件」は、表層においてはあっけないほどの急展開をみせた。

一八九二年（明治二五）二月。脅迫、収賄、暴行、放火、投票箱の略奪、露骨な官憲の介入……あらゆる不正にまみれ、二五人の死者と三八八人の負傷者をだした第二回臨時総選挙が、ふたを開けてみれば、政府支持の吏党一三七議席にたいし、自由党九三、改進党三八をふくむ民党一六三議席（初回より三三議席減）の多数を占めて幕をとじた一五日から、一〇日ほどのちのある日のこと。

京橋区三十間堀にある久米の自邸のあたりを、複数の男たちが神輿《しんよ》のようなものを担いで往来した。久米は、邸内から彼らが往《い》ったり来たりするさまをうかがいみながら、どんなことをするのだろうといぶかしんだ。

二月二八日、四人の男がいきなり訪ねてきた。平田派の国学者渡辺重石丸《わたなべいかりまろ》の私塾「道生館」の塾生の倉持治休《くらもちはるやす》、本郷貞夫、藤野達二、羽生田守雄《はにゅうだもりお》であるという。論考「神道ハ祭天ノ古俗」について問うところがあるというので、応じることにした。

「およしになったほうがよろしゅうございます」

夫人はしきりに止めたが、久米は肯《がえ》んじなかった。「わたしは議論が上手なれば心配ない。彼らのごとき塾生が五人十人相手でも負けはせぬ」と。

はげしい、というか不毛な問答はえんえん五時間におよんだ。

はなから折り合うところのない相手との議論である。終わりのあろうはずがない。久米の側からすれば、質問そのものが的外れで質が悪い。当然だろう。訪問者の目的は「大不敬者」にして「違勅の罪人」を攻撃し、何がなんでも「ぎゃふん」といわせ、みずから非をみとめる言質をとることにしかなかったのだから。

ところが、何を思ったか、四人は五時間をすぎたところでひとまず議論をきりあげて退散し、夕刻になってふたたび訪ねてきた。

「今日の問答の趣旨を新聞社へわたすつもりである。内容を確認願いたい」と。

文書を見ると、じっさいの議論とは著しく内容がちがっていた。

とはいえ、新聞に出すなといったからといって出さないでいるような連中ではない。そう観念して、あまりにひどい誤謬だけは訂正して返してやった。夫人のいうとおり、みずから陥穽におもむくようなことは「よしたほうがよかった」にちがいなかった。

翌二九日、塾生たちは、さらに「神道ハ祭天ノ古俗」の取り消しを迫る念押しの端書を送りつけてきた。

久米はとりあえず返書を送った。「神道祭天之一条」は国家のため「緊要ナル弁論」だと考えて考証の労をとったが、内容が熟さず、文章もこなれていないために「世間ニ誤解ノ人多キ由《よし》」を伝えきいて「驚入《おどろきいり》」、それはまったく本意に背くことであり、また、五時間の議論をしても理解されないことを世間一般が誤解するのは無理もなかろうから、取り消すほうが「可然《しかるべき》」だと考えると。

**神道者の激昂　久米教授と神道者の問答**

三月四日、『東京日日新聞』『中央新聞』『国会』の各新聞が、塾生らとの「問答速記録」の概要を報道したまさにその日、文部省は、帝国大学文化大学教授久米邦武を非職とした。

非職というのは、当時の帝大総長加藤弘之《かとうひろゆき》の言をかりれば、「大学の都合により当分用事がないときに命じられるもので、処分ではなく、時がめぐりくれば復職もできる」というものだそうだが、もちろんそれは詭弁にすぎず、事実上のクビであり追放だった——三月三〇日、久米は依願免官という形式をふんでお払い箱にされている。

翌五日には、内務省が「神道ハ祭天ノ古俗」を連載した『史学会雑誌』二三号から二五号および、同論考をいっきょ掲載した『史海』第八巻を、「安寧秩序ヲ妨害スル」との理由により発行発売停止処分とした。

**史海第八巻発売禁止に就て**

同日、『読売新聞』と『日本』が、広告欄に久米個人の名による「取消文」を掲載した——帝国憲法発布の日に創刊された陸羯南《くがかつなん》の『日本』は、宮城前で「バンザイ、バンザイ、バンバン……」を歓呼した正岡子規が、帰途、付録の「大日本帝国憲法」とともに手にした新聞だ。

「史学会雑誌及ビ史海ニ掲載シタル、神道ハ祭天ノ古俗ノ考証ハ、世人ヨリ忠告スル所アリ、因テ之ヲ熟看スルニ、文意円熟セザル処アリテ、本文起筆ノ精神ヲ達スルコト能ハザル者アルヲ以テ、全文ヲ取消ス。

明治廿五年三月三日　久米邦武」

日付は、非職処分の前日となっている。いっさいが、塾生たちとの問答からわずか数日のあいだの出来事だった。

この間、塾生らはあわただしく動きまわった。

倉持と本郷の二人は文部省に、藤野、羽生田に臼井益二をくわえた三人は内務省に、白川資長《しらかわすけなが》と金讃宮守《かなさなみやもり》は宮内省におもむいて問答のしだいを陳べ、久米のような人物を教育の任にあたらせることの是非を問い、当事件は国家の基礎をゆるがすものであるから、詮議なき場合はますます大運動をこころみるつもりだと凄んでみせた。

学問上、言論上の問題であったはずの事件は、あれよというまにすりかえられ、政治上の問題として処理された。

表層上はたしかにそうみえた。倉持ら塾生の久米訪問と要請行動が、権力による弾圧と抹殺のカムフラージュとしてのパフォーマンスであることを透かし見ることのできない者の目にとっては。道生館とやらの塾生ごときが諸官庁へ要請したからといって、その程度のことで数日にして官憲を動かすことはありえない。彼らは、久米追放のシナリオのクライマックスを忠実に演じたにすぎなかった。

なるほど「驚入《おどろきいり》」狼狽したのは、久米のほうだっただろう。彼の生まれ育った佐賀藩は、長崎御番を幕府からゆだねられていた。ために海外の情報や洋学の知識・技術がいちはやく伝わる地であり、それでなくても開明的な気風にあふれていたが、なかにも進歩的な藩主鍋島閑叟《なべしまかんそう》にひきたてられ、維新後は岩倉使節団にくわわって西洋近代文明をまのあたりにし、強烈なインパクトをうけて帰国した。彼は、まぎれもなく文明開化期につちかわれた啓蒙的精神のもちぬしだった。

「神道ハ祭天ノ古俗」は、そんな彼が、国史学の宗教や政治からの独立を期して世に問うた意欲作だった。

王政復古いらい、国家のかたよった宗教政策と紆余曲折をへて国家機構のなかに優越的な地位をしめるにいたった神道にたいし、近代史学の光をあて、考証学の方法をもって挑み、歴史的に意義づけることによって前向きな批判をこころみる。「神道」を「学理」によって論ずることこそが「史学の責任」をまっとうすることだという信念にたっての試作だった。

もとよりそれは、国家の将来を思っての労作だった。すなわち、旧来の陋習をやぶって知識を世界にもとめ、おおいに皇基を振起すべき時代をむかえているのに、国史学があいかわらず「鎖国」状態であり、そのことが、史学のみならず比較宗教、比較言語、比較人類学・社会学の発達を妨げている。そのことを憂えるがゆえのはたらきだった。

それが、思いもかけぬほど粗野で稚拙な攻撃にさらされ、予想をまったくこえた次元にひきずりこまれ、気がつけば、国家の安寧秩序を妨害する大逆・大罪人に仕立てあげられ、排除される役回りを負わされた。

歴史を、渾然と宗教視あるいは政治視する迷妄を克服せんとしてなした仕事が、宗教もどきと政治の結託によって反則がらみにタックルされた！呆然とするよりしかたがなかった。

塾生たちがまとめた「問答録」はまもなく『道生館学生対久米邦武氏問答之始末』として道生館から刊行された。念入りにも、二九日付で久米が「取消」を了解した文書も添えられて。

非職、発禁の報とあいまって、新聞、雑誌はおもちゃ箱を反したように活気づいた。とはいえ、そのほとんどが報道記事や雑報、彙報《いほう》のたぐいであり、論説は、圧倒的に攻撃側の神道・国学系のものでしめられた。

問題は皇室にかかわることだった。ために、超然をきめこんでか保身をはかってか、当の「史学会」も官民の歴史家も、明快な反論をしめして久米を擁護しようとはせず、沈黙をまもったままだった。

そんななか、傍論《ぼうろん》ではありながら、言論の自由、学問の自由をあげて果敢に反駁した、こころざしある言論人もあるにはあった。

三月八日、九日、一〇日、『読売新聞』はペンネーム「落《らく》後生《ごせい》」の論説を三回に分けて掲載した。在野の史家ながら学界はじめ専門家たちからも一目おかれる筆弾のもちぬし吉田東伍《よしだとうご》の論説だった。

彼は、「もろくも」久米が「人の耳目を聳動《しょうどう》すべき新説数万言の文字を、一塗抹《とまつ》に附した」、すなわちみずからひと塗りにつぶし、堂々と言論をたたかわせなかったことを不当とし、「さても世の中は、変的のものなり、乱調とや申すべき」とのべて、史学研究の自由をおびやかす勢力にも矛先をむけた。

「久米氏もまた人のみ。もとより誤りなしとは為すべからず。さればとて、滔々《とうとう》篇を成したる考証文なり。一家言として、史学上に、これが真偽是非を研究するは、何の差支《さしつか》えかこれあらん。多少の物議反抗ありとて、何の疚《やま》しきところかある。張膽明日《ちょうたんめいもく》、議論を闘わして可なり」と。

吉田はその後もたびたび同紙にペンを寄せ、『古事記』と『日本書紀』を妄護する「固陋なる鈴振《すずふ》り高天原流《たかまのはらりゅう》」や「気の利の過ぎる性理哲学者」や宗教家たちの立言を批判し、「学理通理」は「いかなる圧制もこれを摂伏し得」ずと説き、久米への威嚇や迫害を手きびしく批判した。

いわく、彼らは「正史をもって完全無欠なりとなし、これを保守する者」である。しかるに「予輩は断言すべし。古今の史家、これを完全無欠として信用したる者、一人もこれなからん」と。また、彼らはいっとき「他を駁撃《ばくげき》するの便を借らんがために」正史を妄護しているとしか思われず、ために「国史をもって正確また加うべからず」とし、それにたいする批判や異論や新説が「気に食わねば、直に大罪人呼ばわりする」。それこそが、史学の発展を妨害する、傍若無人のふるまいにほかならないと。

固陋なる鈴振《すずふ》り高天原流《たかまのはらりゅう》！これもまた、よくもいってのけたものだった。

だがそれは、「問答」における塾生たちが「天御中主神《あめのみなかみぬしのかみ》より一系連綿たる皇統は、記紀二典に昭々《しょうしょう》たるにて、信じて毫も差支《さしつか》えなく、国家の尊厳もこれに依って立ち、君臣の大義もこれに依って存す」の一点張りをくりかえし、そのたびに「国体の毀損」と「皇室にたいする不敬」の切っ先をちらつかせるチンピラさながらであることや、神道・国学派の攻撃のほとんどが、立説によって是非することなくただ国体、国体を呼号し、国体論によって歴史学を圧殺しようとする不当をまのあたりにすれば、おのずからでもあっただろう。

『読売新聞』はまた、S・Iなる人物の論説を、三月二三日から三連日掲載した。彼は、政府の干渉と弾圧の不当をするどく突き、久米「事件」の「智徳文明のうえに及ぼす影響は頗《すこぶ》る大」きいとした。

いわく、皇室の尊栄、国体の威厳を口実として、歴史研究の範囲をせばめ、学者の言論を拘束するのは、迷妄のきわみであり、学者が自由の言論をたたかわせて真理を発揮し、人民の智徳を増進し、社会の文明を発達せしむることこそ、かえって国威を発揚するの手段である。また、今日のいわゆる国家教育なるものが、愛国忠君なる文字の意義を、狭隘なる考えをもって解釈するは、国家主義の濫用にほかならない。学問の独立にもっとも必要なのは、政権の干渉からの脱却と宗派的関係からの独立だと。

また、歴史研究が「法律に於て規定」され、「愚昧なる神主《かんぬし》の機嫌に従ひて伸縮」されることを、学術に志す人々はどう考えているのかと問いかけたのは、『福音新報』の植村正久《うえむらまさひさ》だった。

前年におきた内村鑑三不敬事件のさいにも、教育と宗教をめぐって果敢に筆をとった植村は、学問の独立の保持・擁護の立場から、たとえ日本の学士から筆を奪い口を塞ぐことができたとしても、西洋の学者は自由に日本の古史を論ずることができるのであってみれば、久米事件は日本の学問にかんする大事件にほかならず、これを世の識者、有志家はけっしてなおざりにしてはならないと主張した。

もちろん、当事者のいっぽうである田口卯吉も黙っていなかった。

彼は、「神道者諸氏に告ぐ」という、これまた「果たし状」さながらの表題をつけた一文を都下主要新聞に寄稿し、『東京日日新聞』『朝野新聞』『読売新聞』『国会』『日本』『中央新聞』各紙が、三月一二日から一五日にかけてそれを掲載した。

いわく、久米論文には、神道を敵視し、あるいは皇室にたいし不敬をおかす意思が一点たりとも見出せず、発禁と非職の処分は不当である。

またいわく、「日本人民は、随意に古史を研究するの自由を有」し、それをおこなうことは、皇国にたいし不敬にあたるものでも、国体を紊乱するものでもない。問題の本質は、日本古代の歴史の研究を今日のままに放擲していいのかということなのであり、この国の「神代の諸事はなお学士にむかいて十分に研究の余地」があるのであってみれば、放擲してよいはずがないのであると。

そのうえで彼は、『古事記』の解釈は自由であり、本文の「字々句々皆な真事実を記するものなりとは信ずる」ことができないとのべて「本居・平田らがこじつけたる解釈」とその方法を批判。神代・古代史だけが、そこだけ時計を止めたかのようである旧態のタブーの弊を喝破した。

皇室崇拝と愛国の気は「本居・平田のごとく、古事記の語義を尋思して研究するよりも、広く人種、風俗、言語、器物等について研究する」ことにおいて発揮すべきだと。

「神道者諸氏よ！諸氏は、教理と条理をもって国家に立つ者であって、けっして国家の秩序と皇室の尊厳をたもつべき職責任務をもつ者ではない。なれば、久米氏の議論を弁駁しようと考えるなら、筆をとり、いちいち証拠をあげてその誤りを指摘するよりほかに手段はない。諸氏よ、新説をとなえる者をことごとく異端であり不敬であるというまえに、諸氏の信ずる事実をあげて堂々と弁駁するべきではないか。わたしはかならずや諸氏がそうするものと信じ、ために久米氏の論文を諸氏に紹介したのだから……」

そういって彼は一文を結んだ。

これが神道者の激昂に油をそそぐことになったのはいうまでもない。

攻撃の刃はたちどころに久米から田口へと移り、三月の後半だけで七〇本、四月ひと月間にもおよそ七〇本の批評・批判や攻撃文、反駁文が新聞・雑誌をにぎわせ、波瀾は、半年をへた秋になっても尾をひいた。

いっぽう、権力の関心はそんなところにはなかった。彼らにとって久米を大学から追放することは、目的達成のさいしょの一歩でしかなかった。標的は「抹殺博士」たちを担い手とする「考証史学」そのものにあった。

憲法制定と国会開設がはたされ、国民の政治参加がうながされつつあるいま、いかにして敬神・尊皇・愛国の精神を民心のうちに涵養し、天皇制支配の正統性を国民意識のなかに浸透させていくかということが、権力にとっては最大の関心事であり課題なのだった。

「天孫降臨」と「万世一系」を本質とする「日本神話」を「近代天皇の物語」として再生あるいは変換しうるのは、『古事記』『日本書紀』におけるいわゆる「神勅」――厳密には『日本書紀』の第一の「一書《あるふみ》」にしか存在しない「天壌無窮の神勅」――の拡大解釈以外にはないのであり、天皇制国家のありようは、ひとえに『古事記』『日本書紀』の解釈にかかっている。ゆえに、国家の「正典」として、あくまでもふたつの古典の神聖不可侵を護持せねばならなかった。

にもかかわらず、某文明史家のように「神話を歴史から追放せよ」とまではいわなくとも、国家存立の基盤である『記』『紀』の年紀を疑い、記述の虚実を考証し、神道を歴史学の対象にとりあげて論じ、国家の至聖所伊勢皇太神宮や、国家の最高神天照大神や、皇位すなわち血統を保証する唯一の宝器三種の神器にまでも批判の筆をおよぼしてはばからない……。

そのような実証的な態度や方法が、あろうことか帝国大学——帝国大学令第一条は「国家ノ須要ニ応ズル学術技芸ヲ教授シ及其蘊奥《うんのう》ヲ攻究スル」機関と定めている——の内において、かつ官撰「正史」の編纂事業にたずさわる教授たちのなかから出て主流をなすにいたったとあれば、放置しておくわけにはいかなかった。

彼らの歴史学は、天皇制国家をささえるロジックを瓦解しかねない。無益ならばまだしも、国家の最高規範であり国民統合の原理であり、文明国のシンボルでもある「大日本帝国憲法」の根幹をゆるがしかねない、危険な学問なのだった。

憲法の根幹をおびやかす！おおげさな云いではない。

大日本帝国憲法は、第一条で「大日本帝国ハ万世一系ノ天皇之ヲ統治ス」と、その国体を規定する。

憲法典とワンセットにしてはじめて帝国憲法は体をなすといわれる公定注釈書『憲法義解』の長々としたこじつけ——『日本書紀』「一書《あるふみ》」の「神勅」や『古事記』『令義解《りょうのぎげ》』における「シラス」、『続日本紀』の「文武宣命《もんむせんみょう》」など——をはぶいて圧縮すればこうなる。

「神祖の開国いらい、わが国は皇統一系をたもってきた。本条は、憲法のはじめに立国の大義をかかげ、わが日本帝国が、一系の皇統とともに永遠にして不変であることを確認し、君臣の関係を明らかにする。古典にみるように、神勅をうけて皇孫が降《あまくだ》り、代々の天皇がこの国を統治してきたのであり、憲法はこれに基礎づけられる」

立憲政治のもとでは議会の伸長、政党制への道は不可避であり、したがって、「国民意識」という確固とした「公共心」の裏打ちがなければ、制度はあえなく解体する。それが、憲法を起草し、注釈書を著した伊藤博文や井上毅《いのうえこわし》らの危惧したことだった。

どんなに近代的な憲法を制定しても、それがその国の生《な》りたちと乖離していれば、たちどころに機能不全となり、トルコの「オスマン帝国憲法」のように停止のやむなきにいたる。そうならないためにも、憲法は、国民の公共心によってささえられる「日本固有のナショナルなもの」すなわち、この国の歴史、制度、習慣に根ざした、徹頭徹尾「日本的なるもの」でなければならないと、そう彼らは考えた。

この国の生《な》りたち、この国の起源草創をあきらかにするもの。それをもとめれば「天皇の物語」にたどりつくほかはない。「天皇の物語」。それ以外に憲法を「ナショナルなもの」たらしめる拠りどころはなく、その原始《はじめ》にかえり立ち、忍耐づよい政治努力をつづければ、やがてこの国に立憲制が根をおろし、あるべき国のかたちをそなえていくことができるだろうと。

政府が、天皇制国家づくりに全力をかたむけているときに、官僚のリクルートシステムの中核となるべき帝国大学の教授みずからが、それらをおびやかすような歴史学をおこなうことは、「制度としての歴史」からの逸脱にほかならない。

かくなるうえは、権力のなすべきはただひとつ。彼らに恐怖をあたえ、それによって彼らに方法論と実証性を放棄させること。端的にいうなら、「抹殺博士」たちに糧をあたえている編年史編纂事業を中止させることだった。

久米の非職処分、「神道ハ祭天ノ古俗」掲載誌の発禁から一年。

一八九三年（明治二六）、三月二九日、第二次伊藤内閣の文部大臣に就任してまもない井上毅《いのうえこわし》は、帝国大学修史事業廃止の請願をおこない、翌三〇日付をもって「史誌編纂掛」の廃止を決定、同日のうちに帝国大学総長加藤弘之を更迭した。

四月七日、新任の総長浜尾新《はまおあらた》に修史事業の中止が通達され、一〇日には、重野安繹が委員長嘱託を解任、星野たちもみな編修委員を免ぜられ、ここに、明治初年以来の官撰修史事業はついに廃絶することになった。

内閣を掌握しきれずに辞表を出した松方正義《まつかたまさよし》にかわり、伊藤博文が二度目の内閣総理大臣についたのは前年の八月のことだった。天皇が、小田原の別邸に宮内大臣土方久元《ひじかたひさもと》を派遣して就任をもとめ、嫌がる伊藤を無理やりひきずりだしたというようななりゆきで……。事実上、天皇に請われての首相就任。だが、このタイミングをおそらく伊藤はまっていた。

はたして伊藤は、元老が全員内閣にくわわって伊藤を支援するという確約をとりつけ、そのうえでこう上奏した。

「臣《しん》、不肖といえども、重任を拝するあらば、万事御委任あらせられたし。大事件はもとよりことごとく叡慮を候するに怠らざるも、他は総《すべ》てみずからその責に任ぜん」

天皇はこたえた。

「卿の言善し。朕あえて何事も干渉するの意なし。ただ奏聞あれば意見を告ぐべし」と。

元勲内閣とよばれたこの政権が長命をたもったのは、おのずからだっただろう。伊藤には、政局に不都合が生じれば「葵の御紋」ならぬ「詔勅」を発して、議会を停会にすることも解散することも思いのままだった。

聖断による大詔の渙発によって政治的混乱を打開する、いわゆる「詔勅政策」をさかんに伊藤の耳にささやいたのは「知恵袋」井上毅だったが、明治二六年が明けてまもなく、「詔勅」というオールマイティが劇的な切れ味を発揮する局面が演じられた。

井上が文相に就任するちょうどひと月まえの二月七日、「内閣弾劾の上奏案」が、衆議院において一八一対一〇三の大差で可決された。

ひと月前の一月一二日、衆議院は「軍艦製造費を削減する予算査定案」を可決したが、内閣は頑として応じず、政府と議会が真っ向から対立。もはや天皇にうったえるしかないと決した衆議院は、二三日、一四六議員の連署による「内閣弾劾の上奏案」を提出するも、同日、「詔勅」が発せられ、議会は停会を余儀なくされた。「上奏案」の内容は、予算削減の議決は憲法の定めるところによって正当なものであり、議会の権利を擁護するため、天皇に調停をもとめるというものだった。

二月七日、議事が再開され、伊藤は衆議院に再考をうながし、さらに天皇の心を煩わせぬようようったえたが、なおも議会は「上奏案」を可決した。

もはや、事態を解決できるのは天皇のほかにはない。

そこで切られたのが「和衷協同の詔」というカードだった。すなわち、のち六年間、宮中の出資を削減して毎年三〇万円を、さらに文武の官僚の俸給から一〇パーセントを返納して製艦費を補足するから、とにかく議会と内閣、政党と政府がゆずりあって「和協の道」をあゆみなさいと。

二月一〇日、衆議院は恐懼《きょうく》して「詔勅」を拝し、一四日には、貴族院も議員の俸給一〇パーセントを製艦費にあてることで同意した。

天皇の超憲法的な国務への関与について批判した者はだれもなかった。

じつは「和衷協同の詔」の内容とほぼおなじ趣旨の上奏文を、はやくから天皇に奏していたのも伊藤の「知恵袋」井上だった。

帝国憲法、皇室典範、教育勅語など、数年来発せられた枢要な詔勅、法令のたぐいで彼の手にかからなかったものはないといわれるほど、「国家の頭脳」としての存在感を不動のものにしつつあった井上は、三月七日、文部大臣に就任するや、かねての宿意であった国史編纂に手をつけようとした。帝大「史誌編纂掛」がいまだ存続しているにもかかわらず。

それは、明治一六年、岩倉具視の死によってまぼろしとついえた『大政紀要』上・下一〇〇巻余の編纂を再興するためだった。

明治一四年、太政官直属の「修史館」は重野グループの牙城となった。同年憲法制定と議会開設のタイムリミットがおおやけにされ、民権派に致命的なダメージをあたえた「政変」の勝利者となったはずの右大臣岩倉は、それゆえいっそう帝室のゆく末を案じ、宮内省のなかに国史編纂局を開設。井上をその「総裁心得」として原案の立案にあたらせた。

アウトラインは「六国史」のあとを継ぎ、維新および明治二三年までをくわえた編年史を、漢文ではなく国文で記述するというもの。いらい一〇年間、井上はずっと国史編纂にことさらの関心をよせ、わけても重野たち考証学派の修史にたいして面白からぬ思いをいだいてきた。

正史を国家にとって不可欠のものであると考える、その井上が、文相に就任するやまもなく大臣権限をふりかざして「史誌編纂掛」の廃止を決定し、重野を解任したのは、重野を領袖とする修史館考証史学の方法と学風を「否」とし、その息の音を止めるためにほかならなかった。そのことは、重野解任のわずか二日後の四月一二日付『官報』によって、いったん任を免じた星野亘と田中義成に残務整理を命じ、修史事業を再開するむね公表したことにもあきらかだった。

つまり、井上は、みずからのイニシアティブのもとで、みずからのビジョンにそった「正史」を編みたかったというわけだ。

『官報』をうけて新聞・雑誌は堰をきったように修史をめぐる議論を掲載した。政府にもっとも近い、伊東巳代治《いとうみよじ》の『東京日日新聞』は同一二日付けで『官報』記事の趣旨を解説し、一三日、一四日には、『東京朝日新聞』『朝野新聞』――『朝野』が、新聞条例を批判して処罰をうけた末《すえ》広鉄腸《ひろてっちょう》に主筆をゆだね、大久保殺害犯の「斬奸状」を掲載して発禁をくらったような時代はとおく昔日と化していた――『国会』がそろって、文相井上の国文による官撰国史編纂の意向について報道。

四月一四日付『日本新聞』は、国学の大御所小中村清矩《こなかむらきよのり》の養子にして井上シンパ、小中村義象《こなかむらよしかた》の一文を掲載した。いわく「事ここに出《い》でたるは、積年の情弊を一掃せんとするにあり。凡そ修史家は、才・学・識の三長を兼ねざるべからず。しかるに史官らは、いうところ些事に拘泥して大義名分を知らず、史学の要を知らず、みずから開進の歴史家をもって任じながら、そのじつ旧幕府時代の疎雑な脳髄にいささか漢文を知り、古文書の一片を読みたるにすぎず、時勢の観察なく、国家と歴史の関係を度外において、聖勅のあるところを忘るるにいたる。かかる人物に、わが国史の大成を期することができようか」と。

重野たちの修史館考証学をして「史学の要を知らず」といい、「疎雑な頭脳」といい、「国家と歴史の関係」をかえりみないという。

「国家と歴史の関係」とはいみじくも……！

井上は、国史の叙述を国家の側から指導しようというとんでもない考えを公然と表明してはばからなかった。文相たる彼の眼は、国語・国文教育の国家的役割にむけられており、ゆえに国史の史体が外来の漢文であるなどは断じてゆるすべからざることであり、内容においては「国体」に障るものいっさいが廃滅されなければならなかった。

「人が自分の考えを何で書顕するかというと、国語・国文でなければならぬ。余は、漢文ははや死物とみている。国語・国文を修養することが、今の教育では足らぬ。国の歴史にしても、国史という表題のある教科書ができているが、はじめの一二《いちに》枚を開けてみると、帝室の御祖先は印度人だとか、朝鮮と同種だとか、とんでもないことを書いてある。それゆえ、修史局を打ち破ったのである。病根がそこにあると思うからである。そういうことは国体にかんする大事なことで、そのようなものは、すべて余は、刎《は》ね退《しりぞ》くるつもりである……」

皇典講究所で「国語教員講習会」がもよおされたさい、彼は演説のなかでそのように主張した。教育と史学を混同するだけでも、「史学の要を知らない」のはむしろ井上のほうだった。

問題は、文部大臣である井上のあきらかな逸脱を、おもてをきって批判する言論もジャーナリズムもなかったことにある。

久米事件の衝撃さめやらぬなかでの史局廃止と史官解任であってみれば無理からぬことでもあっただろうが、雑誌ではわずかに徳富蘇峰《とくとみそほう》の民友社の機関紙『国民之友』、三宅雪嶺《みやけせつれい》の政教社の機関紙『亜細亜』などが考証学派や文明史派を擁護し、新聞では唯一、早稲田・改進党系の『読売新聞』が、「史誌編纂」と題した巻頭社説を三回にわたって連載した。

平民主義をとなえる『国民之友』は、二〇年来の史局の功労と蓄積が水泡に帰したことを惜しみ、蒐集した史料を「願わくば経済雑誌の田口君に進上し、彼をして修史の業を継続せしめよ」とのべるとともに、井上文相のような反動的国家主義が歴史学をゆがめれば、かならず弊害が歴史教育におよぶことになると警鐘を鳴らし、歴史家に奮起をうながした。

「自由進歩最後の戦場は、歴史教育のうえにあり」

教育のひずみや偏りは、そのまま国民の精神や価値観や言動を囚《とりこ》にする。まさに正鵠を射た――日本があゆんだのちの半世紀を知る者にとってはわけても――指摘だった。

「歴史と皇室とは区別しなければならない。それこそが、政治家の史学にむかって務むべきの事業なり。しかして他の史家にむかっては、さらにいっそう論理的の勇気をやしない、その着眼を高うし、わが国民に真乎《しんこ》の歴史をあたえんことを望んでやまず」と。

『国民之友』の主張に呼応し、山路愛山《やまじあいざん》や塚越停春《つかごしていしゅん》、久米や蘇峰の名をあげて民間の史家による修史の継続を提案したのは『亜細亜』だった。

『亜細亜』は国粋主義をかかげる機関紙だが、哲学者にして歴史家の三宅雪嶺は、「護国」と「博愛」は矛盾しないとの説をとなえ、高島炭坑事件や足尾鉱毒事件では坑夫や農民救済の論陣をはったような人物である。彼はまた、終生「野《や》」の学者であり言論人たることをつらぬいた気骨の人で、久米事件の前年には著書『偽悪醜日本人』のなかで学術世界の病弊を論じていた。
「学術世界の地位はみな官等に準ずるの形蹟あり」。なぜならば「政府の一付属として、これに頼らざれば栄誉の地位を得べからざる」からである。これこそが「今日、学術の独立を妨ぐるの要因たれば、この弊習を掃蕩せんがために、学職の官等に準ずることを停めんことを建議し、学位を返付して、超然として俗世界を脱すべし」と。

また、四月一四日から三日間『読売新聞』が連載した巻頭社説「史誌編纂」は、舞台裏のひとコマを垣間見せてくれる興味深いものだった。
「井上文部《もんぶ》と史局の方針相容《あいい》れざるにより、今回の結局をみるにいたるとするも、停止の理由をあきらかにせざるは『暗中の一撃』というべく、詔勅に懐胎せし史局を死児《しじ》のまま流産せしむるは遺憾というべし。まして、二三《にさん》の流派が、編纂事業を『焼棄てよ』といわんばかりの暴言あるは聞くにたえず。

いっぽう、史局がみずから業績を世にしめさざるは、第一の失点であり、また、停止の理由を反問するをえざりしことを悲しむものである」

明治二年三月の「修史の詔」をうけて事業が開始されてから二〇年余、蒐集した原資料は七万巻におよび、重野のリーダーシップのもとで編修された編年史料は四六〇〇冊、史稿は一〇〇冊をうわまわる。「社説」はまず、それらがまったく世に問われることなく闇に葬られたことに批判のペンをむけた。
「世上にいう。井上文部が史官解任の理由を明白に告げざるは、掛員《かかりいん》その人を信用せざるに出《い》づと。生国《しょうこく》は音に聞こゆる九州熊本、その学党根生《こんじょう》たちまちあらわれ、異端・邪説のやからは一刻たりとも委托すべからずの底意ありしか。二十六年度の予算すでに決定せるものを無残一朝に停止せしむるは、中道を得たるものとはいい難し。にもかかわらず、従来史局の非難に力をそそいできた一派は、これぞ井上文部の明断とたたえ、『水戸風熊本流《みとふうくまもとりゅう》』乗っ取りの好運来《きた》るととなえしごときは、まさに顰蹙にたえず」

井上の「生国《しょうこく》」熊本細川藩は、維新を先導した西南雄藩のあいだにあって、その態度はつねに曖昧をきわめ、討幕に協力的でもなければ、むしろ消極的であり、佐幕的ですらあった。そのような藩の陪臣の子に生まれ、藩儒《はんじゅ》に学び、エリートの道をひたあゆんできた彼の、屈折した保守性を「音に聞こゆる九州熊本」の「学党根性」だといってのけたのは、おそらく「落後生」こと吉田東伍の筆鋒だったにちがいないが、それを「社説」にかかげ連載したのはあっぱれだった。ちなみに、小中村義象《こなかむらよしかた》の生国もおなじ熊本である。
「浜尾総長は、井上大臣の相談に預かれると聞くのほか、今後の方案を聞知《ぶんち》せず。ヨモヤ『水戸風熊本流』の吹き荒れるまま、御手細工《おてざいく》の小学校用教科書を検定顔せしむるごとく、『勅選顔の史臣』を文部《もんぶ》に隷属せしむることなかるべし……」と。

「勅選顔の史臣」というのはいったいどんな人物を暗喩したものか……。ときに、小中村清矩は勅選貴族院議員だった。「史誌編纂掛廃止」の真相はまさに「知る人ぞ知る」暗黙の公然だったにちがいない。

学問の自由、言論の自由は、国家主義的イデオローグと政治権力による迫害、弾圧のまえにあえなく敗北した。

敗北にはちがいなかった。が、そう呼べるほどの闘いがなかった。つまり、吉田が喝破したように、発端となった事件の当事者である久米自身がはやばやと論文を撤回し、重野や星野ら「抹殺博士」たちのだれも明快な反論をおこなって久米やみずからの立場を擁護しようとしなかったし、多くの歴史家もまた「国体」のしっぽを踏まぬよう「超然」すなわち「事なかれの沈黙」に甘んじた。

たしかに、新聞、雑誌はおおいににぎわった。しかし、そのほとんどが当事者性を欠き、久米史学、あるいは修史館考証学の内実を問ういぜんに本質を逸らしていた。おのずから言論は、濫発による活況をていしながら質の不振はおおうべくもなく、ために「事件」は罪責の所在を糾明することも省察することもないまま、国体論との軋轢による「受難」としてうけながされた。

そして、そうであったがゆえに「受難の記憶」はトラウマとなって歴史家、歴史教育者の意識のなかにのこり、後世に引きずられることになる。

すなわち、のちながく歴史学は国体論の圧力のもとで制約をうけ、皇室にかんする科学的研究はタブーとなり、『記』『紀』神話研究は停滞……。皇国史観の台頭とそれへの傾斜をゆるすことになる。

また、考古学などによって得られた神代・古代史の科学的解明から「神代は歴史にあらず」のスタンスをとることも可能だった歴史教科書は、天照大神や天孫降臨からはじまる「神がかり」な内容へと後退する。歴史教育は、歴史学から切りはなされ、学問的成果から隔絶したところでひとり歩きをはじめる。小学校の教科書名が「小学日本歴史」から「小学国史」にかわり、「南北朝時代」が「吉野朝時代」にかわり、扉に「御歴代表」がくわえられ、さらに「神勅」がくわわって、歴史教育は、非科学的・神権国家主義的な歴史観を注入する道具となりはてていく……。

それほど重篤な問題をはらんでいたはずの「事件」を、多くの当事者が表層的にうけながしたなかで、史学とは何ぞや、考証とは何ぞやという本来の問いから目を逸らさず、史学や史家のあるべきすがたを論じた痛烈な一文を

『青年文学』明治二五年一一月号に寄せた筆鋒のもちぬし「八十八村草舎主人」なる若者があった。

「国史の学は、国民の過去に経験しきたれる事蹟の実相を究明するものなり。事実の考証は、これ史学の根柢なりとす。賤人の私記、かえって浩瀚《こうかん》の史籍より史学上の価値を有すること少なしとせず。いやしくも憑《たよ》るべきの原則あらば、半片の故紙も、もって勅撰の国史を抹殺するにはばからず。なんぞ一ヶの武蔵坊弁慶をや……」

「浩瀚《こうかん》の史籍」よりも「賤人の私記」、「正史の権威」よりも「紙切れの事実」に史学上の価値がある。

つまり、圧巻の史典籍といえども、名も知れぬ人物のメモ書きによって史的価値をくつがえされることがあり、また、国家がお墨付きをあたえた史蹟といえど、わずかに一紙にとどめられた証拠によって、弁慶のごとく――抹殺博士たちは、『太平記』のヒーローたちだけでなく、弁慶の存在や日蓮の元寇の予言、竜ノ口の法難などの虚偽をも論じていた――歴史から抹消《まっしょう》されずにはいられないという。

重野の「史学ニ従事スル者ハ其心至公至平ナラザルベカラズ」や久米の「英雄ハ公衆ノ奴隷」にまさるとも劣らぬ気を吐いた「八十八村草舎主人」を名のる人物は、前年に東京専門学校（のちの早稲田大学）を卒業したばかりの一九歳の青年だった。

彼は、当時の論壇のふがいなさにも筆鋒をむけ、「反証を挙げて学術上の攻撃をなすことに勉《つと》めず」して「嘲罵《ちょうば》」に終始している国学・神道派のイデオローグを「学問の何たるかを知らざる没理性漢」だと喝破した。

「史家は、この輩《やから》にむかって解説に勉むべしといえども、けっしてそれがために拘束せらるべからず。かりに弥縫《びほう》をもって一時を瞞着《まんちゃく》するも、史学の進歩はいずれのときにかこれを看破せずして止まんや……」

ましてそれらの輩が、国家を楯にし、国体論を隠れ蓑にしているような者であるなら「顧みるに足らず」と。

批判精神といいペンのいきおいといい、いかにもあっぱれなこの青年こそ、半世紀ののち、「神代・上代史抹殺論者」とレッテルされてファッショ的日本主義者から攻撃され、行政処分をうけ、公職を追われ、刑事訴追をうけることになる津田左右吉《つだそうきち》だった。

**「皇紀二千六百年」奉祝直前に**
**学界空前の不祥事件！**
**早稲田大学教授文学博士**
**東京帝国大学法学部講師**
**津田左右吉氏の大逆思想**
**神代史上代史抹殺論の学術的批判**

あからさまな毒入りキャッチコピーが『原理日本』臨時

増刊号の表紙をかざったのは、一九三九年（昭和一四）一二月すえのことだった。ときあたかも、国をあげての神武フィーバーがいよいよ「本番」をむかえようというときだった。

内閣に「紀元二千六百年祝典準備委員会」が設置されてまる四年。記念事業の目玉のひとつ「橿原神宮域および神武陵参道の拡張整備」も、のべ一二〇万人におよぶ「建国奉仕隊」の勤労奉仕によってみごとに成り、あとは初詣、紀元節、神宮五十年祭、神武天皇祭、天皇の大和行幸など、年が明ければ毎月のようにいとなまれる祭礼や行事、そして、たびごとに増発列車をぎゅうぎゅうづめにして押しよせることになる一〇〇〇万人の参拝者をまつばかりとなり、外地では、皇祖天照大神《あまてらすおおみかみ》を祀る「北京神社」の建設が、パラオでは「南洋神社」の建設が大づめをむかえ、満州国にもおなじく天照大神を祭神として「建国神廟」を創建する計画がすすめられつつあった。

「津田氏の神代史上代史抹殺論は思想的大逆行為なり」

一二月二四日付で発行された増刊号は、「臨時」であるというそれだけでじゅうぶん煽動的だったが、津田の思想や言論に「大逆」のレッテルがつけられたことは、ファシズム一派の民間右翼による津田排撃キャンペーンの火蓋がきられたことを告げていた。

それは、滝川事件、美濃部事件いらい彼らの常套手段なのであり、そのことに自覚的である者ならだれもが、そのあとのお定まりのコース、すなわち著作の発禁、公職追放、刑事訴追をまぬがれないであろうことを思い、暗澹としないわけにいかなかった。

原理日本社の設立者、三井甲之《みついこうし》と蓑田胸喜《みのだむねき》の二論文で占められた臨時増刊号。蓑田は「津田左右吉氏の神代史上代史抹殺論批判」と銘打ってペンをふるい、「大逆」の本丸に斬りこんだ。

津田を刑事犯として断罪する。本丸は彼の『記』『紀』批判にあった。

いわく、津田氏はその著作において、神代、さらには神《じん》武《む》天皇から仲哀《ちゅうあい》天皇まで一四代にわたる『古事記』『日本書紀』の記事は、「詔勅」もすべてふくめて「お伽噺《とぎばなし》的方式」による「後の修史家の虚構」であり、「架空譚」であると断定し、「造作」とか「作り話」とか、あげくのはては「捏造」というごとき反道徳的劣悪を意味する語までもちうるにいたっている。しかもその撰者をして「作者」などと呼び、「作者」は「政権の掌握者で無くてはなるまい」と放言。さらに『古事記』の序にいう「勅語の旧辞」をさして、「政治上の特殊の意味を以て作られた」「虚構」であり「捏造」であるとまで断定揚言する。かくのごとき「神代・上代抹殺論」を説くことは、かけまくも畏《かしこ》ききわみである「皇室」にたいしたてまつりて、極悪の不敬行為をあえてしたものにほかならない、と。

　蓑田は、津田が、神代史を歴史的事件の記録ではなく、皇室および国家の起源と由来をつたえるために述作された「物語」だとしたこと、また、神武から仲哀までの歴代の存在を否定したことは、天皇機関説や明治の抹殺博士たちの学説とはくらべものにならないほどの不敬にあたると断罪した。なんとなれば、天皇機関説はまだしも「□《欠字》天皇の御存在は認めまつって」いるし、抹殺博士は「臣民たる児島高徳等の史実を否認せしむとしたに過ぎな」いからであるという。

「いまこの津田氏の所論にいたっては、日本国体の淵源・成立、神代上代の史実を根本的に否認することによって、□皇祖□皇宗をはじめたてまつり十四代の□天皇の御存在を、それ故にまた神宮・皇陵の御義をもあわせて抹殺しまつらむとするものであるから、これは国史上まったく類例なき思想的大逆行為である」と。

　本文には、明治五年八月七日の式部省回答によって廃止された闕字《けつじ》「□《空白》」がもちいられていた。

　なるほど、天祖神祖いらい仲哀天皇までの存在を否定すれば、「天孫降臨」と「万世一系」という「日本神話」の命《いのち》綱《づな》が断たれてしまう。この国が一系の皇統とともに永遠にして不変であるとする天皇制国家のありようがひとえに『古事記』『日本書紀』の解釈にかかっているのであってみれば、津田の批判は、たしかに「国史上まったく類例なき」深刻な問題をはらんでいた。

『原理日本』臨時増刊号が発刊されたときにはもう、津田迫害のためのお膳立てはととのっていた。

　一二月四日、その前ぶれとなった小事件が、東京帝国大学法文経二一番教室で演じられた。それまで他大学への出講をひきうけたことのなかった津田が、帝大法学部に開設された「東洋政治思想史講座」の第一回講座を担当したのだった。テーマは「先秦政治思想史」。一一月二日から毎週ひらかれた講座が終講をむかえた日、事件は発生した。

「これでわたくしの講義を終わります」

　いつもと変わらぬもの静かな声でしめくくり、津田博士は軽く頭をさげた。と、教室のそこかしこから声があがり、手があがった。

「質問！」

「質問があります！」

　博士はひとりの学生を指さした。学生は立ちあがって質問をはじめた。ていねいな言葉づかいで、最初はゆっくりとしかし澱みなく、しだいにそれは畳みかけるようにピッチをあげ、演説風になっていった。

「先生は講義において、儒教と日本文化とのつながりを全面的に否定し、日本と支那とにわたる『東洋文化』なるものは存在せずと断言されたが、それは、『東洋』というひとつの文化的世界が存在することも否定されるということでしょうか」

「そうです。日本と支那の思想・文化はまったく異質のものであり、支那思想が日本に移植されても、それは日本人の実生活とさしたる関係のない知識にとどまった。その点はインドの思想においてもどうようで、日本文化、支那文化、インド文化の三者が、『西洋文化』にたいする『東洋文化』としての共通性をもつと考えるのは誤りであります」

『東洋』という世界の存在を否定することは、すなわち東洋諸民族のあいだにおける精神的連関をも否定することになる。先生は、東洋的普遍に盲目のあまり、東洋における文化的新秩序の発展ということをないがしろにしてはおられませんか」

　質問者の意図は、津田の持論である「東洋」否定論を糾問することにあった。それは、津田を「東亜新秩序」形成のためにたたかわれている「聖戦」の妨害者として告発するためだった。

　日本が中国への侵略をはじめてからの一〇年来、津田は、ファッショ思想のあらわれである「日本精神」論やアジア主義の流行にたいし、対決姿勢をあらわにしてきた。わけても、侵略戦争を謳歌する空疎なプロパガンダの横行にたいしてきびしい批判をむけ、活発な言論をくりひろげてきた。それが「大東亜共栄圏」を呼号する勢力を刺激せずにはおかなかった。

「現代日本人の生活の基調をなすのは、支那文化やインド文化ではなくして、西洋近代に源する『世界文化』であります。それらを安易に同文同種のものとみなすことはまちがいです。異質の文化が現実的な交渉をもつさいには、互いが互いに、みずからの文化と相手の文化にたいして正しい見解をもつことが必要であり、もし、まちがった見解をもったままなにがしかの仕事がくわだてられるようなことがあるとしたら、そのなりゆきには恐るべきものがあろうと気づかわれます」

　津田は、支那思想や支那文化にたいしてはつねに否定的であり、また、支那にたいする「日本の優越性」をうたがわない人だったが、ただやみくもに「日満支一体」あるいは「東亜共栄」をさけぶことの非科学性が、中国侵略をいきおい美化、正当化し、あげく、前のめりになって袋小路へと足をすすめていくしかないであろう対中戦争にたいして、深い洞察と憂慮をいだいていた。

「しかし、まさにいまわれわれは『聖戦』をつうじて『東亜新秩序』創造のためのたたかいに血を流している。それは、ながくアジアを毒してきた欧米自由主義や『デモクラ思想』、さらには共産主義の迷夢から支那を目ざめさせ、日華《にっか》手をたずさえて東洋の文化と伝統を回復しようとするたたかいです。そのさなかにあって、『東洋』は存在せずと説かれた先生の講義の内容は、『聖戦』の文化的意義を根底から否定するものではないでしょうか……」

質問は、別の席からつぎつぎと起立した者たちによってつづけられた。それらはもはや学問の域をこえ、政治工作の色合いをおびてきた。津田はもとより、聴講生たちのだれもが、質問が意図され準備されたものであることに気づいていた。困惑と緊張が交錯する。津田は、とくに顔色をかえるということもなく、静かなトーンをたもって質問者のいちいちの問いにこたえつづけた。

「この講義は！」

突然、講義室の後方で声があがった。そしてひとりの聴講者が講壇めがけてとび出してきた。

「この講義は、法学部に新設された東洋政治思想史の開講をかざるため、他校に出講されたことのない津田先生に、非常な無理をお願いしてもうけられた。そのことは、開講のさいの南原《なんばら》総長の紹介で諸君もご存知のことと思う」

彼は、質問者たちにむかってまくしたてた。

「ところが、さきほどからの質問をきいていると、まったく学問的な内容がない。ただ先生を攻撃することに終始している。これでは、先生をおむかえした者の態度としてあまりに非礼ではないか！」

割って入ったのは、同学部助手の丸山真男《まるやままさお》だった。おさえようもない昂憤が彼の物いいにいきおいをあたえたことは幸いだった。一堂が気を呑まれ、たまゆら、重苦しい沈黙が室内をおおった。

すかさず丸山は博士をうながし、講義室のすぐ右隣の講師控室にひき入れた。と、騒然たる物音とともに扉がひらき、一〇人あまりの男たちがやってきてぐるり真ん中のテーブルをとりかこんで座った。学生とはとても思えぬ、羽織袴のいでたちの者もいた。

「質問をつづけさせてください」

リーダーとおぼしき者がいうや、みながいっせいにノートをとり出しメモの構えをする。じゅうぶんに稽古をつんだ芝居のひとコマさながらのパフォーマンス。「どうされますか」と、博士に身をすりよせて丸山が聞く。「おやめになってください」とのメッセージを言外にこめて。博士の面持ちにもさすがに困惑の色がにじむ。

「イヤ、講義をしたいじょう、それにたいする質問は受けなけりゃならんでしょう」

困惑をはらいのけるように、きっぱりと博士はそうこたえた。

はたして、えんえん数時間にわたる「質問」、いや、罪人を問いただすように過激さをくわえた「糺問」の洪水が博士をおそった。それはしかも、わが国のコクタイがどうとやら、北畠親房キョウ《卿》の『神皇正統記』の大精神がなんとやら……、タブーを楯に、錦旗を手にかざしたような誹謗の洪水にほかならなかった。

　博士は、どんな質問もどきにも、辛抱づよく諄々《じゅんじゅん》として弁明をつづけた。博士を擁護すべき丸山のほうがいらだち、立場をこえて烈しくやりかえす場面もくりかえされた。が、ついに彼は立ちあがった。

「先生、こんなファナティックな連中と話していてもきりがありません。行きましょう」

　そういって、彼は強引に津田を室外に連れだした。外はすでに宵闇におおわれ、いつ降りだしたのか、蕭々《しょうしょう》とした雨音だけがひびいていた。丸山はいったん研究室にもどって傘をとり、博士にさしかけて歩き出した。人通りもまばらになった本郷通り。言葉も交わさずふたりは三丁目にむかって足をすすめた。丸山の胸のうちを占めていた興奮はやがて、やりきれないみじめさにとってかわった。

　一丁目の停留所近くの「森永」に入って食事をとった。閉店まえの色あせたそっけなさ。それにもまして冷めきったテーブルをはさみ、うつむきがちに、フォークだけをいそがしく動かして口にはこんだ。

「ああいう連中がはびこると、それこそ日本の皇室はあぶないですね」

　ただひと言、ぽつんと、つぶやくように津田はいった。

「ああいう連中」。この日の「連中」が、「原理日本社」が軍部や貴族院議員や財界の後援を得てつくったナチばりの組織、「学生協会」のメンバーであることはあきらかだった。彼らは、主要な官・私立大学に支部をもち、機関紙を発行していた。また、しかるべき筋がマークした自由主義的教授に公開質問状を送り、謝罪を迫り、その成果をしかるべき筋に通報し、当局に「断固たる処置」をうながすことも彼らの重要な活動だった。

　この二年のうちにも、東大経済学部では、矢内原忠雄《やないはらただお》教授が反戦思想を表明したため辞職を余儀なくされ、マルクス経済学者大内兵衛《おおうちひょうえ》、有沢裕巳《ありさわひろみ》、脇村義太郎《わきむらよしたろう》教授が検挙、つづいて河合栄治郎《かわいえいじろう》教授が『ファシズム批判』以下四点の著書を発禁とされ、さらに休職処分をうけ、出版法違反で起訴されていた。

　『原理日本』の表紙の毒入りキャッチコピーで、津田の肩書きが「東京帝国大学法学部講師」とされたことは、蓑田たちのつぎなる標的が東大法学部であることを告げていた。おりしも、法学部は「学生協会」の最有力メンバーのひとりを退学処分にして正面対決のかまえをとっており、蓑田もまた、論文の結びで、津田を特別講師に立たしめた東大および東大法学部の責任を言挙《ことあ》げしていた。

「今次の津田氏講師任命事実は、帝大法学部がじつに『現日本万悪の禍源』たることの実物供覧を完結したことを意味する。そこには、反国体・非日本的民主・共産主義『容共抗日』思想家が蟠居《ばんきょ》しておるのである。いま、筆者が本稿において指摘した思想的重大不祥事件にたいして、総長と教授会との責任は徹底的に糾弾せらるべく、講堂はカンナガラノミチにより厳《おごそ》かに禊祓《けいふつ》せられ、その研究内容にたいしてはシキシマノミチ学術維新が断行せられなければならぬ」と。

津田は「東京帝大法学部講師」ではない。だが、津田への「不敬」「大逆」のレッテルはり攻撃開始のステージは「万悪の禍源」である東京帝大法学部での講義において用意される必要があったというわけだ。

「ああいう連中がはびこると……」。機械的にフォークを口にはこびながら、津田は、まもなくみずからの身にふりかかることを覚悟しただろう。

とどうじに、「ああいう連中」がのさばり、わがもの顔にのし歩くようになればそれこそ「日本の皇室」があやういと感じる。ついさっきまで、彼がもっとも嫌悪する「連中」の長時間の攻撃にさらされ、いまだ生々しいはずのダメージは、自身ではなく皇室の将来をあやぶむ思いを生起させ、津田の胸中をいっそう重く暗くした。

おそらく彼は、無垢に皇室を擁護する立場にたつ人だった。その意味で彼もまた「マサシゲ」だったということができよう。官学アカデミズムの外にいて、つねに独創的な方法をみいだしてきた津田は、彼自身のことばをかりれば「ぼくの考えはぼくの『我流』であり、ぼくのしごともぼくの『我流』でやってきた」人だった。だからこそ『古事記』『日本書紀』にたいしてアカデミーのだれよりも真摯であり批判的だった。

『古事記』『日本書紀』は古代史研究の一級史料のひとつである。それを徹底して読み、そのなかの記事や物語の思想・精神のあるところをくみとり、それによって記事や物語の性質や価値を知ろうとすることは、「皇室の物語」を読み解き、批評することであって、皇室批判ではない。もちろん天皇制批判でもありえない。津田の『記』『紀』研究は、むしろ天皇制の精神的支柱を合理的に再編し、いっそう堅固にすることをめざしてなされたものだった。

ゆえに、たとえば天皇を「玉《ぎょく》」とよび、これみよがしに勤皇をかかげた志士たちや維新の元勲とよばれる人物たちの多くもまた、津田にとっては、「ああいう連中」とおなじ「反動勢力」にすぎないのであり、そのなかのひとにぎりの簒奪者たちがかかげた「王政復古」や「祭政一致」なる宣言文句も、振ればカラカラと音がするような欺瞞にすぎなかった。

なぜなら、『古事記』や『日本書紀』からただちに「天皇御親政」という観念をひきだすことができないことを明らかにした津田にとって、それらは、現実を無視した空疎な臆断と一種の狂信による「国策の破壊」でしかなかったからである。

津田が、神代史が皇室の由来を説くための「作り物語」であることを論じた『神代史の新しい研究』を刊行したのは一九一三年（大正二）のことだった。

直後、皇典講究所の研究者をはじめ、『古事記』『日本書紀』を「神典」としてあがめる神道家や神官たちのあいだでこれが問題となり、久米事件の再企がまさにはかられようとした。が、そのおりは、慎重なあつかいをうながす国学院首脳部の意見によって鋒《ほこ》がおさめられた。それは、津田が満鉄東京支社の「満鮮地理歴史調査室」の研究員という無名の存在であり、著作がひろく公議に問いかけるたぐいのものではなかったからだ。

一九一九年（大正八）、前著の論旨をさらに緻密にした『古事記及日本書紀の新研究』が、二四年（大正一三）にはその改訂版である『古事記及日本書紀の研究』と『神代史の研究』がつぎつぎと刊行された。

このときもおもてだった非難や攻撃はうけなかった。

一九三一年（昭和六）九月一八日、関東軍が柳条溝の鉄路を爆破。これを発端に軍事行動が開始され中国侵略がはじまった。一〇月にはチチハルを占領、一二月には錦州攻撃を開始し、翌年明け三日に占領。二月五日にはハルビンを占領し、三月一日にはついに「満州国」建国を宣言、九日に建国式典をもよおした。

非常時のきな臭さがこの国をおおいはじめ、ファッショ的日本主義が大鎌首をもちあげた。

一九三三年（昭和八）一〇月、津田は、「日本思想形成の過程」と題して日本主義思想を意識的に批判する講演をおこない、翌昭和九年の八月にはその内容を『史苑』に論文として掲載。同年五月には、「日本精神について」を『思想』に発表してこれらの動きに対抗した。

いわく、ある特定の「過去の思想」を復活しようとして「日本思想」を鼓吹する動きは、「日本思想」というものが固定して変化しないものと考え、また「過去の思想」でないものを非日本的なものと考え、現代の日本人の思想を排撃しようとする「特殊の方面」の「特殊の目的」から出てきているものにほかならない。日本人の生活も思想も、たえず世界の思潮と交渉しつつ変化していくものであり、日本人だけの独りよがりな「日本思想」などというものが存立しうるはずはない。

また、「日本精神」という語がやたらに用いられ、流行するのは、「日本精神」がこうであるというよりは、こうでなければならぬという主張が前提にあるのであり、ために日本人の気質や習性のすべてをよいもの美しいものとして考える傾向が生ずる。そしてそれが、国家の対外的な問題に適用されると、自国の行動はすべて批判を超越するものとなり、ジンゴイズムにむすびつくおそれがあって危険であると。

対外強硬政策をうたったイギリスの俗謡から「jingo」をとって造語したという「jingoism《ジンゴイズム》」は、フランスならば「chauvinisme《ショービニズム》」。感情的、好戦的、狂信的な愛国主義および排外主義のことをいう。

二月に組閣された林銑十郎《はやしせんじゅうろう》内閣が「祭政一致」をとなえ、三月には『国体の本義』を全国の学校、教化団体にくまなく配布した一九三七年（昭和一二）には、四月から早稲田大学でおこなった講義「過去ノ日本思想ト現代生活」を「祭政一致論」からはじめ、一学期をこれについやした。

また、『史苑』に掲載した論文「マツリといふ語と祭政の文字」では、上代の日本においては「祭」と「政」をつかさどるものは別だったのであり、「祭を掌ることすなわち政を執ること」だというのは大変なまちがいであること、徳川時代の儒者や明治維新政府がとなえた「祭政一致」は、日本の上代思想とはまるでちがったことを主張しており、それゆえまったくの失敗に終わったことを実証し、林内閣のとなえる「祭政一致」は無知の強さから出たたわごとにすぎないと論破した。

ファシズムの旋風にあまりにも無防備、無抵抗にのみこまれていく時世を憂える思いは、それまで「時局をかたることは職分をこえている」として政治的禁欲をつらぬいてきた津田が、みずから態度を変えざるをえなかったほどに深刻だった。ゆえに、「特殊の方面」の「特殊の目的」すなわち不純な政治的動機から「日本思想」をさけび「日本精神」をさけぶ「連中」にたいする痛烈な批判を、あえて緻密な理論をもってこころみた。

それは、かつて久米事件にさいして「八十八村草舎主人」に名を借りてペンをとり、「反証を挙げて学術上の攻撃をせぬ没理性漢」や、「国家を楯にし、国体論を隠れ蓑にしているような連中」を、一顧の価値すらないものと喝破した批判精神が、また、さらにのち、南北朝正閏問題が政治権力をまきこんで喜田貞吉《きださだきち》をつるしあげたさい、ときの文教政策当局を「教育屋」とよび、封建教学の権威をかさにきて国民道徳をさけぶ連中を「忠孝屋」とよんで皮肉った批判精神が、半世紀の専門研究に裏打ちされて、ますます旺盛かつ強靭になっていたことを証していた。

久米事件のときに一九歳だった青年は、喜田事件の年には三八歳を数えていた。

### 南北朝対立問題　国定教科書の失態

### 国定教科書の『尋常小学日本歴史』が南北両朝を並立させて正邪・順逆を誤らしめている

一九一一年（明治四四）一月一九日、刑法第七三条にかんする被告事件、すなわち「大逆事件」の被告二六名のうち二四名に大審院特別裁判所が死刑の宣告をくだした日の翌日、『読売新聞』は、第一面の「論議」欄の二段をさいて「南北朝対立問題　国定教科書の失態」を掲載した。

「ここに吾輩の怪訝にたえざる一大事件は、来四月より新たに尋常小学生に課すべき日本歴史の教科書に、文部省がだんぜん先例を破って南北朝の皇位を対等視し、その結果、楠公父子、新田義貞、北畠親房、名和長年、菊池武時ら諸忠臣をもって、逆賊尊氏、直義《ただよし》輩とぜんぜん伍を同うせしめたるにあり」

記事は、明治維新の端緒を「南朝を宗としたる尊王論深く天下の人心を刺戟したる」ところにあるとしたうえで、国定の歴史教科書が南北朝を「対等」「対立」としてあつかったことを「一大事件」としてとりあげ、文部省側の責任を追及した。

「天に二日《にじつ》なきがごとく、皇位は唯一神聖にして不可分なり。もし両朝の対立をしも許さば、国家のすでに分裂したること、灼然《しゃくぜん》火を睹《み》るよりもあきらかに、天下の失態これより大なるはなかるべし。なんぞ文部側主張のごとく、『一時の変態』としてこれを看過するを得んや。しからばすなわちその一の正《せい》にして他の閏《じゅん》たることもとより弁を俟《ま》たじ……」

教科書記述の問題を「一大事件」と言挙げする筆勢には、あきらかに「大逆事件」を二重写しにして「大逆」の臭いをまとわせ、「逆徒」排撃運動をくりひろげようとする意図がみてとれる。

幸徳秋水らの事件も、もともとは「社会主義者による大陰謀事件」とよばれ、報道されていた――外部行為のない予備形態の「大逆罪」の成否には審理の余地があった――が、いつしか「大逆」のレッテルがはられて兇悪な官憲的シンボルにおきかえられていた。

「日本帝国において真に人格の判定をなすの標準は、知識徳行の優劣よりまず国民的情操、すなわち大義名分の明否如何《いかん》にあり。今日の多く個人主義の日に発達し、ニヒリストさえ輩出する時代においては、特に緊要重大にして欠くべからず……」

ここにいう「ニヒリスト」が、同日の判決報道記事に名をつらねた社会主義者、無政府主義者たちをさすこともまた明白だ。つまるところ、彼らのような「逆徒」が出てくるのは、文部省の歴史教育の方針がいい加減で手ぬるいからであるといわんばかりの主張だった。

一石を投じたのは「半嶺子」こと峰間信吉《みねましんきち》だったが、はたしてそのインパクトは大きく、まもなく帝国議会でとりあげられ、政界をまきこんでの「一大事件」に発展した。

問題となった教科書は、一九〇三年（明治三六）に制定された教科書国定制度によって編纂された『尋常小学日本歴史』である。その巻二「南北朝」の記述のなかには、たしかに「同時に二天皇あり」とか「尊氏錦旗を押立てて京讖に迫らんとす」などの表現があり、〇九年改訂版では「同時に二天皇あり」が削除されたが、両朝並立のスタンスはかわらなかった。

執筆にあたったのは、当時文部省編集官だった喜田貞吉だった。

歴史家としての喜田は、南北朝「対立」の立場にたつ人だったが、悩みぬいたすえ、学問的良心よりも文部官僚としての立場を優先、南北朝を「並立」とし、その間の朝廷についてはしいて南北の軽重を論ぜず、臣下についてのみ順逆をあきらかにするという筆法を採用した。それは、調査と研究をつくし、よくよく慎重な態度をとってえらんだ方法であり、いわずもがな、三上参次博士ら「教科用図書調査委員会」歴史部主査委員のコンセンサスを得たうえでのことだった。

つまり文部省は、朝廷にたいしては「正閏の区別をたてない」という消極的態度をえらんだというわけだ。

教科書の発行から七年、だれからもどこからも鋒《ほこ》を向けられなかったこのウィークポイントが、一片の新聞記事によって不意打ちされた。しかも幸徳事件が世論にあたえた衝撃をたくみに利用されるかたちで……。

たちどころに教科書改訂運動、「逆徒」排撃運動がまきおこった。

おさだまりのごとく、喜田は、国賊・逆賊の汚名をきせられて脅迫やいやがらせをうけ、私服警察の警護をつけなければならず、編纂責任者の立場にあった三上もまた、轟々の批判にさらされた。が、最大の激震をこうむったのは、喜田でも三上でもなく、桂太郎内閣だった。事件は、倒閣をめざす野党勢力にとって格好の餌《え》となった。南北朝問題が文部省編纂による国定教科書の記述からおこったことは、文教政策の過ちであり、政府の責任問題だというわけだ。

二月六日、無所属議員藤沢元造《ふじさわもとぞう》が、河野広中《こうのひろなか》ら賛成者五一名を得て、五項目にわたる質問書を衆議院に提出した。

文部省は神器《じんぎ》をもって皇統に関係なしとするや？文部省は南北両朝の御争《おんあらそい》をもって皇統の御争となすや？文部省は南朝の正成《まさしげ》以下をもって忠臣にあらずとなすや？文部省は尊氏をもって忠臣となすや？文部省編纂の小学校用日本史は順逆正邪《じゅんぎゃくせいじゃ》を誤り、皇室の尊厳を傷つけたてまつり、教育の根底を破壊するの憂いなきやと。

一九〇八年（明治四一）に発足した第二次桂太郎内閣は、三年の長寿をたもち、前年には韓国を併合し、桂自身は公爵をさずけられて位人臣《くらいじんしん》をきわめていた。が、この問題が議会にもちこまれ、政争の具とされたならば内閣はいっきにくつがえりかねない。桂にとっては、幸徳事件にもまして南北朝正閏問題はやっかいな火種となった。

ことはしかも、皇室の機微にふれる問題だった。

「桂は何をしておる！」

　山県閥の大ボスにして最大の元老、山県有朋の激昂と苦悶にゆがんだ顔が桂の脳裏を去来した。かくも畏れおおい問題が議事になるなどもってのほか、まして新聞雑誌のタネになり、これ以上世論を騒がせるようなことになったとしたら……！かくなるうえは、なにがなんでも質問状を撤回させ、問題が議場にもちこまれるのを回避しなければならぬ。というわけで、さっそく小松原英太郎《こまつばらえいたろう》文相、寺内正《てらうちまさ》毅《たけ》陸相、そして桂首相じきじきの説得、いや揉み消し工作がこころみられた。

　藤沢の質問演説の期日は二月一六日にせまり、世間の関心の昂まりはとどまるところを知らなかった。

　はたして、教科書の改訂を条件にして撤回をもとめた桂たちの工作は功を奏した。質問演説前日の夜もぎりぎりになってのことだった。翌日、藤沢は演壇にたち、政府攻撃の質問ではなく、みずからの辞職を弁明する珍奇な演説をおこなった。

「われらが質問状によって、政府が教科書改訂を公約するというのであれば、天壌無窮の皇運を扶翼したてまつるところの重大なる責務をつくしたるこの藤沢元造、このうえ何をか国家につくすべき。もはや国民としてつくすべきことをつくしたなれば、もはや議員としてこの職を辱《はずか》しむる必要がないからして、わたしはこの壇上に立派な戦死をとげて、衆議院議員を辞する……」

　こういって辞意を表明したあと、彼は「教育勅語」をひいて訓戒とも訣別の辞ともしれぬ言辞をのべたてて議場をあとにした。なんとも不可解、かつ支離滅裂な質問演説だった。

　問題は急転直下落着した。否《いな》、藤沢辞職劇はかえって世論を刺激した。

　二月二一日、立憲国民党は、この問題と幸徳事件をあわせた「政府弾劾案」を決議して議会に提出、党首犬養毅《いぬかいつよし》が説明にたった。

「教科書事件にいたりては、大逆事件に比して毫も劣らざるのみならず、さらに重大なる問題たりと信ず。立国の大本たる万世一系の皇統にたいして、文部の属僚、および少数の編纂官がこれを改竄せんとするは、その係わるところむしろ大逆事件以上なりといわざるべからず」

　決議案は二三日に議会に上程されたが、内閣とむすんでいた立憲政友会にきりくずされて否決された。しかし、世論の内閣への攻撃はおさまらなかった。それを追い風に、犬養や大隈重信らは「大日本国体擁護団」なるものを結成していっそうの世論喚起をうながし、やがてそれは正閏論をふりまわして政府や教科書執筆者を攻撃する矢となり鋒となった。

　たまりかねた桂は、教科書改訂を公式に承諾。小松原は、教科書調査委員会の協議もへずに各地方長官に教科書改訂の通牒を発し、自己保身に汲々とした。

当初、小松原は喜田の採った方針に共鳴し、「お上においては御決定がなく、宮内省でも御同様におあつかい申しあげている南北両朝の天皇にたいしたてまつって、文部省が軽重を附するがごときは僭越《せんえつ》である」というスタンスをとっていた。

喜田にたいしても、文部省の真意が世間に諒解されるよう文書を発表するよう指示し、それをうけて喜田は急遽「南北朝論」一編をまとめ、印刷機にかけるところまで準備がすすめられた。それが、政局に問題がおよんだとたん態度をひるがえした。突如、「もはや発表することはならぬ」との厳命をくだしたのだった。

それでも喜田は態度をかえなかった。委員会もまた文相のあからさまな変節と専横を非難した。板ばさみになった小松原は、結局は「国務大臣の権限」をかざして「南朝正統論」をもって教科書を改訂するよう委員会に命じ、さらに執筆者である「狂気じみたる学者」喜田に全責任を負わせて文部編集官を休職、教科用図書調査委員を論旨免職とした。二月二七日のことだった。

翌二八日、桂は元老山県有朋に相談したうえ、閣議において南朝正統論の採用を決定、天皇に上奏して裁可をあおぎ、三月三日「勅裁」を得た。

四月一〇日、文部省は北朝の天皇を歴代からはずし、北朝の年号を抹消し、「南北朝時代」の呼称を廃して「吉野朝時代」にあらためることを決定するとともに、「南朝」という語の使用を禁止した。「北朝」なるものが存在しないのだから「南朝」はありえないというわけだ。

「日露戦争にも幸徳事件にもすこぶる心をいためたが、南北朝正閏問題の比ではなかった」

首相を辞めたあと、桂は、早稲田に大隈をたずねてそういったという。

「上は九重軫念《ここのえしんねん》をおそれ、中は元老呵責をおそれ、下は国論激昂をおそれ、首《しゅ》をおそれ、尾《び》をおそれ、また中撃をおそれて身のおきどころなく、内閣を倒してはならぬと欲すれど、いかんともし難し……」

九重軫念《ここのえしんねん》は宮中の天子の御心《みこころ》。山県の呵責にびびりながら元老詣《げんろうもうで》をくりかえし、大ボスの力によって天皇をうごかし、ようやくにして事件は片づいた。政府の焦慮のすさまじさがうかがい知れる。

この間、三月一一日には三上参次が委員を辞職。南北朝の「対立」を説く内容をもつ喜田の著書『国史之教育』は第三版の印刷をおえたまま発行を止められた。いかにも皮肉なことに、発禁となったこの著書の巻頭には、小松原文相の賞讃的「序文」がつけられていた。

教科書記述の問題は、たしかに教育上の問題だった。しかし、学問的研究の結果をふまえて専門委が最良と判断したことが、行政大臣の命令によって処理され、処分された。それは、歴史上、学問上の問題にとどまらず、国民の教育を犠牲にしたということにおいて、このうえなく重大かつ深刻な過失だった。

ちなみに、学問レベルにおける南北朝正閏問題は、黒板《くろいた》勝美《かつみ》らの「南朝正統論」よりも、久米邦武や三上や喜田らの「対立論」、吉田東伍らの「北朝正統論」のほうがむしろ有勢だった。いや、いずれが有勢か劣勢か、あるいは当否がいずれにあるかはともかく、そこに政治や官憲の力学がもちこまれ、「勅裁」によるタブーの閂《かんぬき》さえかけられなかったならば、学問研究の前途は無限にひらかれていたはずだった。

のちになって喜田は、「一方には歴史家として立ちながら、一方には教育家として、二足の草鞋を穿いたところに間違いの根本があるのであった」と、事件をまねいたみずからの過ちを回顧しているが、久米事件をさかいに、歴史学から切りはなされた歴史教育が、やがては非科学的、神権国家主義的な歴史観を注入する道具とされていく、まさにそのプロセスにおいて、歴史家喜田が、文部官僚としてかかえたジレンマは深刻だった。

そもそも、「南北朝時代」などというものは現実には存在しなかった。

そういってしまえば身も蓋もないが、「南北朝」とはそもそも、事実であるいぜんに、鎌倉末期いこうの宋学の流行によってもたらされた名分論のタームであり、その当時「天下南北に分かれて抗争せる」という名分論的現実をつくりだした当事者たちによってもちいられた、時代認識の枠組みをあらわす「ことば」にほかならない。

つまり、「南北朝」という名分論の図式がさきに用意され、しだいにそれに対応する現実がつくられた。まず事実があって、それを名ざす「ことば」がつくられるのではない。「ことば」と事実との関係は、歴史叙述においてはもちろん、歴史の現実にあってしばしば逆転する。

たとえばそれは、津田左右吉が、「日本思想」という語を鼓吹し「日本精神」という語を濫用するのは、「日本思想」「日本精神」がものが固定して変化しないとする考えや、こうであるというよりはこうでなければならぬという主張が前提にあり、そうやって日本人の気質や習性のすべてをよいもの美しいものとすることが、独善とジンゴイズムにむすびつくと批判したように、「日本思想」「日本精神」さらには「大和魂」などという「ことば」に引きずられるようにして、のちの歴史的現実がくりひろげられたことを思ってみてもいいだろう。

「日本思想」や「日本精神」や「大和魂」というものが批判を超越したものとしてアプリオリに存在すると考え、

「神州不滅」や「万邦無比の皇国」などということが真相であるかのごとく口にされる。あるいはまた「八紘一宇」や「東亜共栄」なる枠組みが、あるべき正しい秩序であるかのごとくふりかざされ、「悠久の大義」や「七生の誠」などというものが真実至高の価値であるかのように言挙げされた結果、歴史は「ことば」の魔力に魅入られたようになって奔《はし》りだした。

南北朝時代史の記述にかんしていうなら、徳川光圀が企図した『大日本史』がそのことにもっとも自覚的だった。周到に考えぬかれた名分論史学の思弁によって、現実にあった歴史ではなく、あるべき名分秩序をいかに正しく叙述するかに主眼をおいて南北朝正閏の図式をあきらかにした。ゆえに、『大日本史』いこうの民間の教科書や、明治維新いらいの官撰私撰の日本歴史は、『大日本史』に準拠して南朝を正統とした。

しかし『大日本史』いぜんには、南朝はおおやけにみとめられておらず、歴代の数は北朝を正統として数えられていた。両朝合一後の官僚の筆による記録類も、そのほとんどが、南朝が北朝に併合されて消滅したという立場をとっている。

信憑性のある事蹟だけをつなげて単純化すれば、南朝のおしまいは、その力がもっとも衰微した後亀山天皇の代に、天皇が三種の神器を奉じて吉野の行宮《あんぐう》をはなれ、京に入ってのち、神器だけが北朝の後小松天皇の内裏へ渡御《とぎょ》、南朝の年号「元中」が廃絶した時点にもとめられる。譲位の事実のない神器の移動を合理的に解釈するなら、後亀山天皇はこの時点で「皇位を放棄」したということにならざるをえない。

北朝サイドでは、後亀山天皇から後小松天皇の内裏に渡御された神器は、「元暦《げんりゃく》の故事」にならい「ゆえあって宮外に遷座していた神器がもとのとおり宮中に還御した」という形式がふまれ、年号は北朝の「明徳」がそのままもちいられた。「元暦の故事」というのは、神器なしで即位した後鳥羽天皇のもとに、正位の君安徳天皇の崩御によって神器が還ってきたことをさす。

となると、南北朝合一というのは、財政的にも軍事的にも破綻した南朝が北朝に吸収されたものと解釈するのが妥当だろう。げんにそののち、血統的には北朝の後小松天皇の後胤がつぎつぎと皇位を継承し、南朝の後胤はその存在さえも知られなくなってしまった。

これをひるがえして南朝の君を正位においたのが『大日本史』だった。

ただ、その『大日本史』においても、北朝の君を「帝」と尊称して天子であることを認めている——光圀は、後醍醐天皇以下南朝四帝を「本紀」、北朝五主を緒臣とおなじ「列伝」に配することで名分秩序を徹底したいと考えていたらしいが、「北朝五主はすなわち今の天子の祖宗なり」という安積澹泊の進言によって、後小松天皇紀の巻頭に列記するかたちをとり、即位をみとめる妥協がはかられた。

宮内省はどうかといえば、「天皇」という尊号はもちろん、山陵や祭祀においてもすべて南北に差をつけてはおらず、御歴代については「いまだ調査中」として決定をさけていた。

伊藤博文の『皇室典範義解』には「皇家の変運にして、祖宗典憲の存する所にあらざるなり」とある。つまり、両朝のあいだに明確な正閏をみとめず、対立の史実をそのままみとめてそれを皇室内の一時「変運」すなわち変態ととらえ、そのうえで、後の例《ためし》とするべきではない、つまり二度とくりかえしてはならないとの立場をとっている。

政府の官庁発行のものがどうなっているかといえば、たいていのものが南朝を主とし、北朝をそのあとに附記するという形式をとっている。が、これは宮内省がみとめたものではない。

いっぽう、一九〇一年（明治三四）に刊行がはじまった東京帝大の『大日本史料』は、あきらかに南北朝「対立」の立場で編まれている。各年次ごとに南北両朝の天皇名、年号を併記し、軽重を示していない。しかもそれは、編纂当時、総長から文部大臣、宮内大臣に通知したうえで採られた方法だということだ。

最高学府における学問的判断に、文部省、宮内省いずれもが、すなわち府中、宮中がそろってお墨付きをあたえた『大日本史料』こそは、この国の「正史」ととらえていいはずだ。

歴史事実からすればまさにこうだ！『大日本史料』にあたって、あらためて喜田はそう考えたという。歴史事実をどう解釈し、どう認定するかはおのずから別問題だ。他日しかるべき筋において適当な決定をみるまでは慎重な態度をとり、いまはこの筆法にしたがうべきだと。

悩みぬいたあげく、そう判断して筆をとったにもかかわらず、問題は学問とも教育ともまったく異なる次元で取り沙汰され、処分された。

事件は、ひとりの良心的学者が「大逆」の汚名をきせられ、あらゆる方面から誤解され、弁明の機会もあたえられないまま職を追われ、著作の発行を止められたということにとどまらない。

おそまつな政治権力の介入が、「勅裁」というオールマイティをきって南朝を正統とさだめ、北朝の存在を抹殺した。それは、のちに学問的研究が北朝をいかに擁護しようとも、「同時に二人の天皇が位につくことはありえない」とする国体論のまえに沈黙を余儀なくされることを意味しており、それでなくてもタブー視される皇室にかかわる研究を、いっそう困難なものにした弾圧事件にほかならなかった。

「文部大臣は、どうしたら祖先崇拝の風を維持することができるかといふ問題を、教育屋仲間へ提出したさうである」

　事件が政治的決着をみてまもない五月八日、津田はそう日記にしたためた。南北朝問題の真髄を「祖先崇拝の風」すなわち、神権天皇制国家のタガを下からささえる「国民道徳」にかかわる問題だと看破しているところなどはさすがである。

「おれが教育屋の小僧であったならばこう答える、最もよい方法は、親よりは子、子よりは孫と、次第劣りに馬鹿にしてゆくことである。先祖になるほどえらい人であるならば、誰でも先祖を尊敬するにちがひない。これができぬならば第二の策は、世の中をひっくりかえして封建制度、世襲制度の社会に後もどりさせることである……」

　こう茶化しておいて、そのあとに津田がしめした最良の策は、「個人の人格を立派にする」ことだった。

「子孫から尊敬をうけるに値《あたい》する人間を造ることが、祖先崇拝を子孫に教ゆる最良の方法である。ただし、この最良の方法は忠孝屋にはお門《かど》ちがいの建策であらう」

　国民道徳をさけぶことしか能のない「教育屋」や「忠孝屋」にまかせておいたら、ろくな人間が育たず、ろくな社会になるまい。ぺらぺらな文化のうえで「次第劣りに馬鹿に」なった国民がおどっている、そんな未来しかやってこないだろうと、そう小松原はじめ文教政策当局に毒づいてやりたげな内容だ。

　まだしも彼は、満鉄東京支社の一研究員だった。

　それから二九年のちの一九四〇年（昭和一五）三月九日、『東京日日新聞』が一三段中二段をあてて津田の写真入り記事を、『東京朝日新聞』も一二段中二段をあてて、津田左右吉と岩波茂雄《いわなみしげお》の起訴および『神代史の研究』以下四著作発禁処分のニュースを報じた。

**出版法違反で岩波書店主と**
**津田博士起訴**

　事件は、この報道ではじめて表面化することになった。

「前早大教授前東大講師津田左右吉氏（六八）は、出版法違反事件として東京地方検察局玉沢検事の取調べを受けていたが、八日、同法第廿六条に該当するものとして起訴、不拘束のまま予審に回附された。出版社の神田神保町岩波書店主岩波茂雄氏も、発行人として責任を問われ、同様起訴された……」

「前早大教授」。すでに津田は早稲田大学教授職を辞していた。彼が大学を追われたのは、橿原神宮の三が日の参拝者が一二五万人を記録した神武紀元二六〇〇年一月一一日、東京のデパート松坂屋、松屋、白木屋、三越、高島屋、伊勢丹でいっせいに「奉祝展覧会」が幕をあけた日の翌々日のことであり、『原理日本』が「思想的大逆行為」排撃キャンペーンの狼煙をあげてから、わずか二〇日たらずの出来事だった。

一月二一日には彼の『記』『紀』研究書を出版している岩波茂雄が東京地方裁判所検事局で取調べをうけ、二月一〇日には『古事記及日本書紀の研究』が、一二日には『神代史の研究』『上代日本の社会及思想』『日本上代史研究』が発禁処分となっていた。

しかし、それらのことは報道によっておおやけにはされなかった。

二度の行政処分にはさまれた一一日は、国家のもっとも重要な大祭日「紀元節」であり、国民の休日だった。この日、拡張整備の成った神武天皇陵参道は一般に公開され、「紀元二千六百年奉祝紀元節大祭」や奈良県主催の「建国祭」がいとなまれた橿原神宮には、のべ七〇万人もの参拝者が訪れたという。

お国がかりの「神武フィーバー」が幸先よいスタートをきり、全国民がつかのま熱狂に浮かれつつあるそのいっぽうで、報道の自由はきびしく制限され、新聞もラジオもすでに軍と官の「伝声管」となっていた。

前年一九三九年八月二三日には、ドイツとソ連のあいだに「不可侵条約」が結ばれ、九月一日にはドイツがポーランド進撃を開始、欧州では第二次世界大戦がはじまっていた。二七日にはワルシャワ陥落、二八日には「独ソ友好条約」が調印。それまで、ソ連にたいして有利な戦略をとるためにドイツと軍事同盟をむすぼうと、前のめりに協議をかさねていた日本政府の不明と非力が暴露された。

のみならず、五月いらい戦闘状態にあったノモンハンでは、主力部隊である第二三師団が二万人にせまる死傷者をだして潰滅。九月一五日の停戦協定では、モンゴル・ソ連側の主張するラインで国境線が定められ、四か月におよんだ戦闘は、停戦を申し入れた日本・満州国側の敗北におわっていた。

日清・日露いらい「不敗の皇軍」が負けたなどとは、身命にかけてもいえぬ陸軍参謀本部は、作戦や戦況にかかわる事実を、大本営にも、おそらくは軍を統帥する大元帥陛下天皇裕仁にもつまびらかにしなかった。

事実は糊塗された。けれど「聖戦」のゆくえがかならずしも明るいものでないことは、「国民精神総動員委員会」なるものが設置されていらい、街からネオンが消え、娯楽が制限され、男子学生がみな五分刈のいがぐりになり、パーマをかけた女性がいなくなり、電気や灯油、木炭にもこと欠くようになった日常におのずからあらわれていた。

このうえ非常時にあってメディアのなすべきことは、愚民大衆をあざむくことである。彼らは、ひたすら「二六〇〇年の歴史をもつ王朝の無窮」という幻想をふりまくことに余念がなく、津田、岩波刑事訴追事件についてはその後も沈黙しつづけた。

同年一〇月から、二九回にわたっておこなわれた予審についても、さらに二一回におよんだ公判についても、しかるべき経過報道はなく、処罰は暗黒裁判によって決せられたようななりゆきとなった。

わずかに五年前の美濃部事件とくらべれば、その差はあまりにあきらかだった。美濃部が「学匪」とよばれ、「叛逆」「不敬」のレッテルをはられて排撃された事件では、あらゆる新聞が連日競うように紙面を割き、大見出しをつけてビッグニュースあつかいした。おなじ「学問の自由」の弾圧である津田事件の重大さ深刻さをおもんぱかる者にとっては、まさに隔世の感をもよおさしめた。

もちろん、倒閣運動とのからみで、天皇機関説が大きな政治問題となったという事情があるにはあった。けれど、それらの条件をとりはらってみても、メディアやジャーナリズム、言論界の黙りこくったようなしずかさは尋常ではなかった。沈黙ではなく故意の無視。いや、見て見ぬふりならまだしも、有無をいわさぬ力による強制された沈黙だった。

東京刑事地方裁判所予審判事、中村光三によって取調べられた予審が終結したのは、翌一九四一年（昭和一六）三月二七日のことだった。

津田の『記』『紀』批判四部作『古事記及日本書紀の研究』『神代史の研究』『日本上代史研究』『上代日本の社会及思想』は、出版法第二六条の「皇室ノ尊厳ヲ冒瀆」する出版物に該当するとみとめられ、著者津田左右吉と発行人岩波茂雄は公判に付せられることになった。

「予審終結決定書」は、四著作から三〇か所の記述をとりあげて「出版法違反」と判断した理由を列挙した。「特殊の目的」をもった「特殊の方面」の人々でもあるまいに、公文書であるはずの「決定書」は、公式に廃止されてひさしい闕字《けつじ》をもちい、最大の敬語表現をつかっていた。

列挙された諸点すなわち「公訴事実」は九項目におよんでいる。どの項目も「神」か「天皇」ではじまるので、「決定書」の原文は、各項目の文頭にズラリ「畏《かしこ》クモ□《欠字》」がならんでいる。以下、圧縮して列挙する。

1. 神武天皇の建国、景行天皇とその皇子日本武尊《やまとたけるのみこと》の熊襲《くまそ》征伐、神功皇后の新羅征伐など、上代の皇室の事蹟を史実とはみとめ難いとし、仲哀《ちゅうあい》天皇以前の歴代の存在を否定している。
2. 現人神《あらひとがみ》である天皇の地位を、巫祝《ふしゅく》に由来するものと説いている。
3. 皇祖天照大神は、神代史作者が観念上で作為した神だと説いている。
4. 皇祖天照大神、皇孫瓊瓊杵尊《ににぎのみこと》をはじめ皇室系譜の神々の肇国の事蹟は、国家組織がととのったあとの朝廷により、現実の国家を正当視せんがため、政治的目的をもって述作した物語上のことであると説いている。
5．皇祖天照大神が皇孫瓊瓊杵尊に賜わった神勅をはじめ、皇極《こうぎょく》天皇以前の詔勅は、ことごとく後人の述作によるものだと説いている。
6．仲哀天皇以前の皇統譜には、意識的な造作がくわえられているかもしれないと説いている。
7．仁徳天皇の仁政は、支那の思想に由来する政治物語であって史実ではないとしている。
8．天照大神をはじめ皇室の系譜の神々は、天皇が統治権を確立し、皇室の権威の由来を説明するために、朝廷によって述作された物語上の存在だと説いている。
9．天照大神の神勅は支那の思想をふくみ、日本書紀編者が補修した部分があると説いている。
整理すると、審理のポイントは三点にしぼられる。

すなわち「皇祖天照大神は観念上の神であり」「仲哀天皇いぜんの天皇や神々および仁徳天皇の事蹟は物語上のことであり」「神勅をはじめ皇極天皇いぜんの詔勅は後人の述作によるものである」と主張することが、違法であるかどうか。ひるがえせば、『古事記』『日本書紀』に記されたあらゆる神と天皇の実在性をうたがい、その事蹟の史実性をみとめない学説を説くことは「皇室ノ尊厳ヲ冒瀆」する犯罪であるかどうかということだ。


ところで、このような予審判定がくだされた一九四一年三月二七日といえば、前年九月に「日独伊三国同盟」をむすんだ外相松岡洋右《まつおかようすけ》が、そのいきおいを「日独伊ソ四国協定」締結にまでむすびつけることができるのではと、まさにお門ちがいな思惑をもって渡欧、ヒトラーとのはじめての会談に臨んだ日であった。

三月二六日午後六時、ベルリンのアンハルター駅に降りたつ。駅頭にひるがえる旭日旗《きょくじつき》と鉤十字旗《かぎじゅうじき》。洗練され、芸術的でさえあるドイツ軍将兵を閲兵したあと、ウンターデンリンデンの大通りをオープンカーで行進し、意気揚々として宿舎である離宮シュロッス・ベレ・ビューにむかえられた松岡外相。

翌日午後四時、総統官邸で彼をまっていたのは、東洋におけるイギリスの牙城、シンガポールをすぐにも攻撃すべきとの、ヒトラーの悪魔のささやきだった。

「チャンスは今をおいてはありますまい。アメリカはまだ準備がととのっていない。英仏が威力を回復すれば、かならずアメリカが同盟をむすんで日本と敵対する。そのまえにシンガポールを叩き、イギリスを叩いておきなさい。イギリスさえ潰せば、アメリカは仲間を失って孤立するしかないのだから、日独伊を相手に戦争する気などけっしておこさないだろう」

悪魔のささやきは、というより、あらゆる手をつくしてこぎつけた総統との会談の実現は、「ドイツ人ほど信用できぬ人種はいない」といっていた松岡を逆上《のぼ》せあがらせるにきわめつけのインパクトをもった。それは、ひと月後に帰国した彼をみた天皇をして「松岡は別人のようにドイツびいきになった。ヒトラーに買収されてきたのではないかと思われる」といわしめたほどだったという。

「ベルリンにヒトラー神社を建立いたしましょう」

ヒトラー詣《もうで》を欲するあまりそんなことまでいって物笑いになったとか、逆上《のぼ》せあがった松岡の、眉をひそめたくなるような言動を伝えるものは数あるが、たとえば日独関係について、こんなスピーチがラジオをとおしてドイツじゅうに流れたとしたらどうだろう。

「いったん夫婦の約束をしたからには、女郎じゃあるまいに、ついたり離れたりはできない。肌身をゆるすところまでいかなきゃなるまいか……」

総統会談のあった翌二八日午後、ヒトラー主催の「外相一行招待会」が総統官邸でもよおされ、夜には在留邦人による歓迎会が日本人クラブでもよおされた。そのおり、ドイツにたいするメッセージをもとめられておこなった即席演説が、実況放送されたのだ。通訳をつとめた若い書記官の狼狽ぶりはみるも傷ましく、気の毒だったという。


四月一日、松岡はムッソリーニとも会談し、四日には再度ヒトラーと会談、五日、午後五時三〇分発の列車でアンハルター駅を出発した。

四月一三日、帰途モスクワにたちよった松岡は、その日のうちに、世界じゅうのだれもが予想しなかった「日ソ中立条約」に、五年という稀有の長期有効期間で調印した。スターリンが裏でどんな周到な目論見をえがいているかにも気づかずに。

条約の第一条は「両国の領土の保全および不可侵を尊重する」。第二条は「締結国の一方が、一または二以上の第三国より軍事行動の対象となる場合、他方の締結国はその全期間中、中立を守る」。

諜報によってすでにスターリンは、まもなくドイツがソ連を攻撃してくることを知っていた。ソ連がドイツと戦争をするときには、ドイツと軍事同盟をむすんでいるといえども、日本は、条約の第二条の規定によって中立を守らなければならないというわけだった。

同日、現地時間午後五時、またしても、ありえないシーンがくりひろげられた。スターリンみずからがシベリア鉄道で帰国する日本の外相を見送るためにモスクワ駅におもむき、松岡の肩を抱いてあいさつをした。「われわれはアジア人。いつまでも友人だからねえ」といったとも、「これで日本は安心して南進できますなあ」といったとも伝えられている。

　南進！それは、長期戦をたたかうための資源をもとめて東南アジアを侵略するということだ。燃料の石油を得るために南進したくてたまらない日本海軍が聞いたなら、跳びあがって喜びそうなスターリンによるお墨付き。「ソ連という北からの脅威はなくなった、さあ南進だ」というわけだ。が、ソ連側にしてみればそれは「これでアジアは安心だ」ということになる。

　いっぽうで松岡は、イギリスの首相チャーチルの忠告をふいにした。

「日本が軍事同盟をむすんで独伊枢軸にくわわることは、アメリカの参戦をたやすくする愚策である」

　そうチャーチルは書簡によって忠告した。

「このまま強硬路線を突っ走るのは危険きわまりない。米英がくめば、独伊を潰すことなど簡単だ。もちろん日本を潰すこともどうようだ。目下、アメリカの鋼鉄生産高は七五〇〇万トン。イギリスの一二五〇万トンを合わせると九〇〇〇万トンになるが、日本はわずか七〇〇万トンにすぎない。単独で戦うにはいささか不充分ではなかろうか」

　松岡の回答はこうだった。

「わが国の外交政策は、偉大なる民族的目的、八紘一宇を具現した状態を地球上に終局的に具体化することを企図しており、三国同盟も日ソ中立条約も周到に考えて結んだものだ。ゆえに同盟も中立条約も、決然と、極度の慎重さをもって遂行する。ご安心あれ！」

　東南アジアの資源地帯を侵略し、領土拡大をはかることは、「八紘一宇という偉大なる民族的目的」を遂行することなのだから、ほっといてくれというわけだ。

　ともあれ、「三国同盟」のうえに「日ソ中立条約」という大土産《おおみやげ》までたずさえて松岡は帰国した。四月二二日、凱旋する松岡をむかえた日本は沸きにわいた。千駄ヶ谷にある松岡邸門前には市民がつめかけ、したたかバンザイ三唱の嵐に酔いしれたという。

「北からの脅威はなくなった、さあ南進だ！」

　メディアはいっせいに南進論に舵をきった。

　いっぽう、松岡がヒトラーとスターリンの木偶《でく》のようになって戻ってくるなどとは思ってもみない対米外交筋は、アメリカとの戦争を回避するための努力をつづけており、ときあたかも、日米国交打開のための「諒解案」が、野村《のむら》吉三郎《きちさぶろう》駐米日本大使を介して届けられたところだった。ルーズベルト大統領と近衛首相の会談をもりこんだ内容だった。対米戦争をさけたい政府は両手《もろで》をあげてこれを歓迎。陸相も海相も、参謀総長も軍令部総長も同意した。

　松岡の帰国をまって、あとはＹＥＳの回答を送るだけとなっていた。

　これが台無しになった。自信満々、鼻高々の絶頂にあって立川飛行場に降りたった松岡の鶴の一声によって。

追い討ちをかけたのが、ドイツによるソ連侵攻だった。六月二二日、ドイツ軍は三〇〇万人の兵力を動員して「バルバロッサ作戦」なる奇襲攻撃を開始した。同盟国へのひと言の知らせもなしに……。

奇襲作戦が事前に知らされれば奇襲になどならないが、「日独伊ソ四国が提携して英米にあたる」などというコンセンサスは、絵に描いた餅だということが暴露した。

それでも日本は同盟に固執した。ドイツがイギリスを倒し、さらにソ連を倒し、ついには勝利することを信じていた。戦局がドイツ有利にすすんでいるとの報が対英米強硬派を活気づかせ、本音のところドイツの勝利をたのむしかないのだという現実がみえている人々をも楽観的にした。

六月二七日、「大本営・政府連絡会議」の場で、松岡はこうさけんだ。

「いま、断固としてソ連を攻撃しよう！日本が満州からスターリンを攻撃し、まずはヒトラーを勝利させよう。そのあとで南をやる。虎穴に入らずんば虎児をえず！」

「北からの脅威はなくなった、さあ南進だ！」とさけんだ舌の根も乾かぬうちに……。結局、南がさきか、北がさきか。つまり、南方の石油、ゴム、鉄を手に入れるのがさきか、米英ソを敵にまわすことを回避すべきか。日本は死活的なジレンマに立たされることになる。

七月二日、その年はじめての「御前会議」が開かれた。天皇の御前で、内閣と軍部がいっしょになって国家の大事をはかる、帝国最高の決定機関が「御前会議」である。

この日会議において「情勢の推移に伴う帝国国策要綱」が決定され、帝国は「大東亜共栄圏の建設」を目的とし、そのために「支那事変処理に邁進」し、「自存自衛の基礎を確立」すべく「南方進出の歩をすすめ」、情勢におうじて「北方問題を解決」することが確認された。

つまり、日中戦争をつづけながら、まずは南方の資源地帯を侵略し、チャンスがあればソ連をも攻撃するということだった。

しかも「目的達成のため対英米戦を辞せず」と。

国家として戦争決意をはじめて公式のものとしたこの決定によって、戦争回避のための対米交渉期限を一〇月上旬とし、同月下旬を目途とした開戦準備をすすめること、あわせて、南部仏印への進駐を開始することが承認された。

ノモンハンの大敗がトラウマとなっている陸軍省と、東南アジアの石油資源に目をつける海軍省および軍令部が、圧倒的な陸上兵力と戦闘機の数をほこるソ連に手をかけることの危険をとなえて、唐突に過激な北進論を主張しはじめた外務省と参謀本部を牽制。かつがつ鋒先を仏印にそらしたかたちだった。

だが、フランス領であればアメリカの権益にはかかわるまい、仏印にとどまるかぎり対日禁輸の制裁はない、そう考えたことでは両サイドともに見通しをあやまった。

はたして、七月二五日、アメリカは日本が同国にもっている資産を凍結。イギリス、オランダなど各国もこれにつづき、在外資産を運用できなくなった日本は完全な封鎖のなかに孤立した。八月一日にはさらに、アメリカが石油の対日輸出の全面禁止を断行。アメリカからの石油が一滴も入らないという窮地にたたされ、おまけに日米交渉も中絶した。

この間、松岡を退陣させ、七月一八日には第三次近衛内閣を発足させてみずから日米関係の改善にのりだした近衛だったが、日米国交調整交渉を打ちきられたとなっては万事休す。開戦にはやる陸軍強硬派を抑えるには、日米首脳会談を実現するよりほかに手立てがなくなった。つまり、南進断念と中国との停戦という、大幅な譲歩を手土産としてルーズベルトに直接会い、経済制裁の全面解除を約束させるという……。

中国との停戦！貴公子の夢物語ならいざしらず、陸軍が首を縦にふることなどありえなかった。あんのじょう、七月二日に決定した「帝国国策要綱」を楯にすごんでくる軍部の圧力に抗しきれず、対米英戦準備を並行してすすめるという、うらはらな譲歩を余儀なくされた。

九月六日、二度目の「御前会議」が開かれた。そこでは、帝国の自存自衛の確立と大東亜新秩序建設の目的が確認され、そのために「戦争を辞せざる決意」のもと対米交渉を再開し、一〇月上旬にいたってなお目途がたたないときは開戦を決意するという、お茶を濁しただけのような決定をみた。

現有の石油は現状維持で二年量。開戦にふみきれば一年半しかもたないだろうと海軍はいい、いや一年もてばいいところだろうと陸軍はいう……。つまるところ、ながびく日中戦争で疲弊している日本には「南も北も」などという国力はもはや残ってはいなかった。

余力がないから戦わないとはならない。余力がなくても戦わねばならぬ。持久戦にはたえられないから開戦を見送るのではなく、持久作戦などありえないから一気にケリをつけるしかない。とにもかくにも今しかチャンスはない。軍部において対英米戦争はすでに既定路線だった。

たとえば、会議において陸軍が縷々くりひろげたロジックはつぎのようなものだった。

日本が他のアジアの国々と緊密な関係をつくろうとしていることに反対し、妨害をくわえているのは英米蘭のほうである。ここで日本が引きさがれば、アメリカの軍事的地位は時とともに優位となり、いっぽう日本の石油備蓄量はジリ貧となる。ここで開戦を一年、二年と延ばすことがかえって不利であることは、歴史が証し、教えてくれている。すなわち、「大坂夏の陣」での豊臣方の敗北だ。

「避けうる戦さをもぜひに戦わなければならぬという次第ではございませぬ。しかし、どうようにまた、大坂冬の陣のごとき、平和を得て翌年の夏には手も足も出ぬような、不利なる情勢のもとに再び戦わなければならぬ事態に立ち到《いた》らしめることは、皇国百年の大計のため執るべきにあらずと存ぜられる次第でございます」

「避けうる戦さは」とあえてことわってはみるが、それは枕詞よりもむなしい。はなから回避するつもりはないのだから。軍部はすでに日中戦争を戦いながら対英米戦争のための資金と軍需品を貯めこんできた。はじまってみればそれは、アメリカの潜在力にひと吹きにされてしまうようなものでしかなかったが、少なくともこの時点においては七割ほど勝利の可能性があると彼らは考えていた。

持久戦になったときはいざしらず、準備がととのわないうちにアメリカを不意打ちすれば、緒戦の武力戦には勝てる。勝てば情況が好転し、そのまま勝てるかもしれない。ドイツがイギリスを倒す可能性はまだしも残っている。ならば緒戦の大勝に賭けるべきだ。やるなら開戦は早いほうがいいとなる。

御前会議では、天皇はそれらの報告や成案を黙って聞く。政府が決めたことは拒否しない。ただ承認する。立憲君主制のルールにのっとって——欺瞞である。なぜなら立憲君主制は本来、政府すなわち内閣が国民代表の議会に基礎をおいていることを条件とする——その日も無言であったという天皇は、すべての説明や発言が終わるや、突如懐紙をとりだし、朗々と詠みあげたという。

よもの海みなはらからと思ふ世に
　など波風の立ちさわぐらむ

日露戦争開戦を決したときに祖父王明治天皇が詠んだ一首だった。天皇裕仁のいかなる心境による行為であったか、また、それを閣僚や軍部のめいめいがどのように受けとめたかは知るよしもない。

社会はどうだったか。国民はどうだったのか。それは、軍部の伝声管となりはてて国民を煽りたてているマスメディアの論調をみれば推して知るべしである。

「戦わずして日本の国力を消耗せしめるというのが、ルーズベルト政権の対日政策、対東亜政策の根幹であると断じて差支えない時期に、今や到達している。われらは見る。日本及び日本国民は、ルーズベルト政権のかかる策謀に乗せられてはならない。われらは東条内閣が毅然としてかかる情勢に善処し、事変完遂と大東亜共栄圏を建設すべき最短距離を邁進せんことを、国民と共に希求してやまないのである……」

対米戦争をすぐにも開始することを「われわれ」は「国民と共に」希《こいねが》っている！やれ南進だ、いや北進だと、それまでもさんざん軍部の太鼓持ちを演じてきた新聞だが、一〇月なかば、内閣をなげだした近衛にかわって東条英機内閣が誕生したころにはもう、あからさまな対米戦争待望論を公然とさけんで世論を誘導する役割をはたしていた。

軍部が独走をほしいままにし、わけても、三六年（昭和一一）に広田弘毅内閣が「軍部大臣現役武官制」を復活させ、翌年第一次近衛内閣が「大本営・政府連絡会議」を設置してからというもの、陸海軍大臣のどちらが反対しても物事がすすまず、場合によっては内閣が崩壊する。ために陸海軍統帥部のお偉方の決定が内閣の決定にすりかわる、つまり政府の外にある機関の意思が政府の意思決定にすりかわるということが、なし崩し的にくりかえされてきた。

「内閣が政府か、それとも軍部が政府か」などといっているうちはまだしも、もはやだれも軍部強硬派の力を抑えることができなくなった現実のなかで、国民は、当局の独断独善を鵜呑みにし、新聞やラジオが報じる偏ったスローガンやロジックを真にうけて躍らされ、煽られ、やがてはみずから踊りだすべく操られていった。

もはや対英米開戦を止める手立てはなくなった。いや、開戦を妨げるものがなくなったというべきか……。

東条内閣になって再開された日米交渉も、とどのつまり経済制裁を解除する意思のない、したがって、中国・仏印からの撤兵と三国同盟からの事実上の脱退というハードルをけっして下げようとしないアメリカの強固な姿勢のまえに一歩もすすまず、欧州を主戦場ととらえ、対日戦をあとまわしにしたい彼らの時間稼ぎにふりまわされるだけのときが空しく費えていった。

現実には、七月二日の「御前会議」において「目的達成のため対英米戦を辞せず」との公式決定をみたそのときに、引きかえすチャンスは失われていた。あとは、開戦をいつにするかということだけが問題なのだった。

鹿児島湾ではすでに海軍「第一航空艦隊」の航空隊が、奇襲攻撃のためのはげしい訓練を重ねていた。

最低六〇メートルの水深を必要とする航空魚雷を、一二メートルの浅瀬で戦艦に命中させることはできないか。そのための浅海面雷撃訓練。不可能を可能にするための困難きわまりない挑戦が、くる日もくる日もつづけられた。もちろん、墜落大破の危険を冒し、手に血をにじませながら急降下急上昇の訓練にあけくれる飛行隊員たちは、目的地が、米軍主力戦艦が停泊するハワイの真珠湾であることなど知るよしもない。

一一月一日、津田左右吉と岩波茂雄の一審公判がはじまったのは、まさに開戦前夜の一日《いちじつ》のことだった。

東京刑事地方裁判所によって、出版法第二六条の「皇室ノ尊厳ヲ冒瀆」する罪に問われて起訴された三月八日から八か月がすぎていた。

公判はその後、対米英開戦をはさんで翌四二年（昭和一七）一月一五日に結審するまで、二か月半のあいだに二一回、年内の一二月二三日には、第二〇回公判で検事の論告がおこなわれているから、二日もしくは三日にいちどというはやいペースで開かれることになる。

裁判長は判事中西要一、陪席判事は山下朝一、荒川正三郎。戦前の刑事裁判官としてはまだしも良心的な顔ぶれであった。たとえば左陪席の荒川は、戦後「三鷹事件」判決の合議にあずかり、「東京都教組事件」一審、「メーデー事件」控訴審で裁判長をつとめ、無罪判決をだしたことで知られている。

公判とはいいながら、一回目が開廷されるやただちに審理の公開は停止され、とくに許された速記録も「秘」あつかいするよう命じられた。

この日、東条内閣は、「大本営・政府連絡会議」において「一一月末日までに外交手段による交渉が成立しなかった場合は開戦を決意する。そのさいの武力発動は一二月初頭とする」ことを決定した。

これをうけて五日に開かれた三度目の「御前会議」では「帝国国策遂行要領」が採択され、日米開戦回避のための交渉期限を一一月三〇日とし、交渉妥結なら一二月一日零時をもって武力発動を中止することを確認。いっぽうで、大本営はただちに作戦準備完整にむけた「大海令」を発令した。外交、戦争の両様作戦だった。

「交渉の成立はきわめてのぞみ薄だが……。万全の努力をつくしましょう」

外相東郷茂徳《とうごうしげのり》は、困難な交渉をおこなう駐米大使野村吉《のむらきち》三郎《さぶろう》の補佐役として来栖三郎《くるすさぶろう》特命全権大使を渡米させた。

国際法の権威ともいわれた海軍大将野村吉三郎は、昭和一四年九月より阿部信行内閣の外務大臣をつとめ、第二次近衛内閣によって当年一月に駐米大使に起用された。ルーズベルトと旧知の間柄だということが期待されての人事だった。「日独伊三国同盟」締結時の駐独大使だった外交官来栖とは九歳ちがい、この年一一月一六日には満六五歳を数える老練だった。

はたして、彼ら駐米大使はまもなく、偽装工作としてのジェスチャーを演じるだけ、つまり、奇襲作戦による開戦を秘匿するためだけの犠牲的な外交をつづけるコマとして利用されたあげく、東郷に欺かれ、やがては外務相の対米「最終通告」遅延責任をすべて負わされ、敗戦後六〇年をすごしてなお冤罪をぬぐうすべを閉ざされたままとなる。

すなわち、真珠湾奇襲という輝かしい戦果に「だまし討ち」の汚名を着せた罪人として……。

「これは戦争になるほかない」

そう考えたことでは、アメリカとの局面打開に、陸軍サイドから最後の手をつくしていた東条の側近、武藤《むとう》章《あきら》軍務局長もおなじだった。ただ、彼にはまだしも最後の一手がつくされていないとの思いがあった。

「大臣や総長が天子様に押しつけて戦争にもっていったのではいけない。天子様が御心の底からこれはどうしてもやむを得ぬと御諦めになって御決心なさるよう御納得のいくまで手をうたねばならぬ」

そう彼はけんめいに説いたという。

「天子様の御決心」。開戦の「聖断」をくだせば天皇の戦争責任はまぬがれない。が、うらがえせばそれは、捨てゴマになっていることを知らない野村や来栖らが、開戦直前まであきらめなかった「天皇の和平への決断」による開戦回避の可能性ということになる。駐米大使館サイドは、本省からのすげない拒否回電にも屈せず、最後までルーズベルトに「天皇宛の親電」をうつようはたらきかけることになる……。

さて、大本営が、英領マレー半島コタバルへの上陸作戦とハワイ真珠湾への奇襲作戦の「準備完整」を急ぎ、外務省が対米最終提案「甲案」「乙案」をもって開戦回避のためのぎりぎりの交渉をつづけているあいだにも、津田事件の裁判は着々とすすめられ、一一月一三日には第六回目の公判がひらかれた。

この日は、問題の四著作すべてにわたって「公訴事実」とされた、神代史が「観念上に作為」され、為政者によって「政治的目的をもって述作」された「物語」であるという点について尋問がおこなわれた。

神代史が、「歴史的事件の記録」ではなく「述作された物語」であることを、それゆえ、日本の民族または国家の起源についての客観的事実を知る史料としての価値をもってはいないことを、堅牢な学問的積みあげによってつまびらかにしたことは、後世にもたらした津田の『古事記』『日本書紀』研究の最大の成果のひとつだった。

しかもそれは、津田史学の論理の組みたて方の原点にあって、いっさいの方法を支えるよりどころとなっていた。いい方をかえれば、彼の『記』『紀』研究の最大のテーマが、『記』『紀』が皇室の由来を説明しようとする産物であることを立証することにあったということができる。

目的は、神代史の虚偽をあばきたてることにあるのではなく、神代史の虚構性や神秘を洗いおとすことにあった。ゆえに、『記』『紀』の批判が皇室批判とならないのみならず、神話や伝説のいかんにかかわりなく、日本人が皇室を敬愛しつづけてきたのだという事実をゆがめることにはならないというのが彼の考えなのだった。

公判において津田はこの点についてはむしろ攻勢にたって答弁をおこなった。

「古事記、日本書紀は、歴史的事件の記述ではないのであります。そもそも、天上に国土があるはずもなく、天から人が降りてくるはずもないから、これは説話であります。説話としてみてこそ、はじめて古事記も日本書紀も生きてくるのであります。もしそれらを歴史的事件の記録とみますれば、かえって記述を破壊する、殺してしまうことになります」

『記』『紀』は、それらが説話であるとみなしてこそ、当時の人々の思想や精神というものが考えられるのだと、そう彼は主張した。

「たとえば、『日の神』を純然たる人間であらせられる、あるいは儒者のような聖人であるとしますれば、神ではないということになります。『日の神』が神でないということは、古事記の記載を破壊することになります。

また、天孫民族が海外から渡来して出雲民族を征服したというようなことが神代史に現われているとしますれば、日本は、皇室がこの国の民衆を征服せられ、これによって国家ができたということになり、皇室が一般の国民とまったく別な由来のものということになります。両者が武力、権力によって繋ぎあわせられているという考え方は、かえって国体の精神を傷つけるものと固く信じます」

つまり、『古事記』『日本書紀』の記述を事実だとうけとめることは現在においてはできかねるのであり、かといって、たとえば高天原は地上にあり、八咫烏《やたがらす》が鳥でなく人であるといい、日本を征服王朝だというような恣意的な解釈をおこなって事実性を主張することは、『記』『紀』の記載に違背することにほかならない。したがって、神代史の主要部分をほぼ史実をふくまないと論断したことは、「陳述史料」としての『記』『紀』の価値を否定したものであって、「思想の表現たる遺物史料」としての価値をすこしも減ずるものではなく、むしろ、上古の人々の思想を知るための史料として重要な価値をもっているというのが津田の真意だった。

「物語」は「歴史的事実」よりもかえってよく思想を語るものである。『古事記及日本書紀の研究』で津田は、そのことを端的にのべている。

「種々の物語なども、歴史的事実の記録として認めることは出来ないが、しかし、それに見えてゐる思想や風俗が、物語の形成せられた時代の厳然たる歴史的事実であることはもちろん、全体の結構の上にも、それを貫通している精神の上にも、当時の朝廷および有力なる諸氏族の政治観、国家観が明確に現はれてゐるのであるから……古事記、日本書紀は無上の価値を有する一大宝典である」と。

尋問をかさねるうちに、審理の的は、一項目の「神武天皇以下上代の皇室の事蹟は事実とみとめず、仲哀天皇以前の歴代の存在を否定する講説をあえてした」とする点に、すなわち、問題の著作が「神武から仲哀までの歴代の、客観的実在性を肯定しているか、否定しているか」ということにしぼられていった。

一一月二五日、第一一回公判で裁判長は、とくに『古事記及日本書紀の研究』をとりあげてこの点を追及した。

「被告は、これらの記事を書いた当時、神武天皇から仲哀天皇までの御歴代の存在を疑っていましたか」

「疑っておりませぬ」

「信じていたのですか」

「そうです」

「では、被告が御歴代の存在を疑わず、肯定して執筆したと思わせるような記事が、この『古事記及日本書紀の研究』にあるかどうか、説明してください」

「どこにあるか、にわかには見つかりませぬが、全体から申しあげますると、私の書物のどこにも御歴代の御存在を疑うことは、少しも書いてありませぬ」

同著作には、最終的に有罪判決がくだされたさい、判断の根拠とされた以下の記述があった。

「記紀の記載が、概していふと、ほぼ仲哀天皇と応神天皇との間あたりに於いて一界線を有することを示すものである。……応神天皇の朝に文字が伝へられ、記録の術も幼稚ながらそろそろ行はれ初めた、と想像せらるべき理由があるとすれば、この事実もまた故なきことでは無からう。なほ今一つ是に関連して述べて置くべきことは、年代のほぼ推知し得られるのは応神天皇以後である、といふことである。……仲哀天皇以前の御歴代については、全く其の時代を知ることが出来ないといふより外は無からうと思ふ」

「神武天皇から仲哀天皇までの物語に人間の行動と見なし難いことが多いのは、一つは之がためである。そうしてそれがほぼ仲哀天皇までであるのは、帝紀旧辞の編述せられた時に、御系譜だけでもほぼ知り得られたのは応神天皇より後のことであって、それより前については記録も無く、其の頃の歴史事実が殆ど全く伝へられてゐなかったといふことが、恰好の事情となってゐるらしい」

「なほ帝紀によって書かれたと見なすべき部分の記紀の記載から考へると、四世紀の後半より前のことについては、帝紀編纂の際に其の材料のあったような形跡が少しも見えない。ただ……応神天皇ころから後の御歴代については、御系譜に関する記録もおひおひ作られるようになって来たらしく、よし精密には後には伝はらぬまでも、大体のことは帝紀編纂の時にも知られてゐたと推測せられる。……又た応神天皇より前の部分について材料がなかったといふことは、旧辞から出たと推定すべき同じ部分の物語についての上記の研究の結果ともおのずから符合する」

裁判長は、これらのなかの「帝紀旧辞の編述せられた時に、御系譜だけでもほぼ知り得られたのは応神天皇より後のことであって」の部分にこだわった。

「御系譜」というのはこの場合、「御歴代」にかかわる「血縁関係を順次しめした記録や系図」ということになる。

津田の記述はしたがって、『古事記』『日本書紀』がよりどころにした『帝紀』『旧辞』が編まれたときに、歴代の血縁関係をあらわす記録や系図によって知ることができた天皇は、応神天皇以降だということにならざるをえない。裁判長はこの点を突いたのだった。

津田は、「御系譜」と「御歴代」は別のものだと弁ずることで鋒先をかわそうとした。

「御系譜と申しますのは、すなわち帝紀でありますが、この帝紀ということは、かつて申しあげましたように皇室全体の御系譜ということでありまして、御歴代のことではありませぬ。皇室の御系譜と御后《きさき》、皇子《みこ》、さらに皇子からわかれた家々のことまで書いてある、その全体をわたくしは御系譜と申しておるのであります」

のっけから支離滅裂な答弁となる。

「御系譜といったのは御歴代のことではない、御歴代を除いた全体の皇室のことである、そういう意味ですか」

「そういうことを申しているのであります」

つまり、仲哀天皇以前について「皇室全体の御系譜」を知りえなかったとはのべたが、「御歴代」を知りえなかったとはのべていないというわけだ。が、かいもく意味の通じぬ苦しい抗弁に終始する。

「帝紀を御系譜といったのは、御歴代を除いた意味であるということだが、それをあきらかな説明もなしに書き流してしまえば、いかにも、応神天皇より前は、御系譜さえも御歴代をふくめた意味で知りえなかったとうけとれる余地がありますね」

「御歴代と皇族を別のものと見ますれば、そういうことができるかもしれませぬが、わたくしは帝紀というものは一つのものとしてみます」

意味が通らないどころか、完全な自己憧着。みずから考えてもいない、書いてもいないことをでっちあげようとするのだから無理もない。

「一つのものであればあるほど、御歴代をふくんだ意味にとれるのではありませんか。被告の書いたつもりは御歴代をふくめなかったというけれども、御系譜が御歴代を除いた意味であるということが、この文面ではわかりませぬ」

「文面にはあきらかに書いてありませぬが、全体をずっと読んで参りますれば……」

「全体を読めばそうはとれないと、そういうことですか」

「そうです」

「被告は、予審で調べを受けた当時、この『古事記及日本書紀の研究』の過程において、神武天皇から仲哀天皇までの御歴代の存在を疑っていたといっておりますが、それはどういうことから疑ったのですか」

「それはわたくしのみならず、一般に疑われておることであります。一応はそういう疑問をおこすということは、昔のことを考えるのでありますから当然であります」

「それを疑わなくなったのはどういうことですか」

「それは、積極的に疑わなければならぬという十分な確証がないということであります」

「確証はないが、被告を疑わしめた原因は依然として残っておりますね」

「それは残っておりますけれども……。もっと強い積極的な証拠がなければ、それを疑うということはどうかと思いまして、そういうことはわたくしの頭からいっさい去っておったのであります」

「その点は、『記紀の研究』のほかの方面の態度とはちがいますね。疑わしいけれども、疑ってはいけないというので、抑えているように……」

「いけないという意味ではないのでありまして、学問的にそれを立証することが難しいということです」

「疑点は疑点として残るのではありませんか」

「疑点としてはなお問題でありましょうけれども、わたくしとしては……」

津田は、終始守勢にたたされ、要を得ない苦しい答弁をくりかえした。

要を得ないのは当然だった。神代から仲哀天皇までの歴代の実在を疑ってみた。その結果、客観的実在性は確認できなかった。これこそが学者としての津田における事実なのであり、まさにそのことをつまびらかにした著作の記述を、あたかもそうではないように説明することは不可能であり、仲哀以前の実在を「肯定はしていないが、否定もしていない」、さらには「疑い、また否定すべき積極的な確証がないから信じ、また否定しない」というぎりぎりの答弁をくりかえすことが、それじたい虚偽なのだからしかたがなかった。

「大日本帝国憲法」はたしかに言論・出版の無制限な自由を保障していない。第二九条に「日本臣民ハ法律ノ範囲内ニ於テ言論著作印行集会及結社ノ自由ヲ有ス」とあって「法律ノ範囲内」がついてまわる。学問研究の自由については規定がない。

だが、もし司法上の争点がこの国のタブーにかかわることでなければ、かくもナンセンスな問答はけっして成立しないだろう。学者には、真理を探究するための学問の対象として「某某《なにがし》」の実在性を疑ってみる自由はもちろん——疑うことなしに探究ははじまらない——肯定する自由も、否定する自由もある。「某某」が「天皇御歴代」でさえなかったなら。

裁判長はこの日、同著作における「公訴事実」二項目、「現人神である天皇の地位を、巫祝《ふしゅく》に由来すると説いた」

点についても訊問した。

「上申書」においてすでに津田は「政治的君主の地位の極めて遠い起源」が「巫祝」にあることをのべている。「祭祀呪術と政治との分離しない前、巫祝と君主との両立しない前の巫祝は、全部族もしくは全民族の精神的指導者であり首長」であった。したがって地位を低くみたのではなく、かえってその反対なのだと。

「『巫祝の徒』というのは少なくとも敬称ではありませぬね。そういう言葉を天皇のことを申しあげるのに使うことは避けるべきではありませんか」

　裁判長は、あえて「徒」という語をつけたかたちで訊問した。「何もしない、役にたたない、無駄である」というニュアンスときりはなしてうけとることのできない「徒」。徒役、徒弟、徒卒、徒党、徒属、徒隷……は、いずれも「雑兵、人夫、従者、しもべ、弟子」とは無縁ではない「ともがら」のことである。

「『巫』という言葉も『祝』という言葉も支那の言語であります。日本ではこれを『カミコ』といっております。ここに『巫祝の徒』と申しましたのは、日本だけのことではなく、世界的意義をもっている原始宗教にかんする思想についてこれを使ったのであります。『巫祝』は、原始宗教にかんする学問上の術語であります。英語で申しますと『マジシャン』という言葉を使っております。マジックをする者ということで、『呪術師』という訳語が相当つかわれております。わたくしは『呪術師』というよりもむしろ『巫祝』という古典的な語感のある言葉のほうがよいと思いまして使ったのであります」

　学術用語としての「巫祝」をもちだすことで「徒」に言及することを回避した。

「わが国の天皇のことももちろん申しあげていることになりますね」

「さようであります」

「そういう言葉を使ってさしつかえないと思いますか」

「さしつかえないと思いますのは、それがけっして悪い意味ではないからです。それよりよい術語がほかにはありませぬ」

「今でもそう思っていますか」

「思っております」

　祭政不分の時代の「全民族の精神的指導者であり首長」であるということなら「悪い意味」ではないにちがいない。裁判官はこの点をなおも追求したが、学問的な原始宗教なるものが深遠にすぎたか、あるいは時勢下、皇室の神アマテラスをはばかって「さわらぬ神」をきめこんだか、この点については最終的に無罪とした。

　この日、一一月二五日は、択捉島《エトロフ》に集結していた「第一航空艦隊」を主力とする機動部隊に出撃命令が発せられた日であった。

「機動部隊は一一月二六日、単冠湾《ヒトカップ》を出撃、極力その行動を秘匿しつつ、一二月三日夕刻、待機地点に進出し、急速補給を完了すべし」

山本五十六《やまもといそろく》連合艦隊司令長官から南雲忠一《なぐもちゅういち》機動部隊指揮官へ機密作戦命令がくだされ、ハワイ群島の北方、北緯四二度、西経一七〇度付近の海面への出撃が命じられた。

一一月二六日、日本時間午前六時、「赤城」「加賀」「飛龍」「蒼龍」「翔鶴」「瑞鶴」の六空母を基幹とし、戦艦、重巡、軽巡、駆逐艦、潜水艦、給油艦をくわえた三一隻の大艦隊がいっせいに錨《いかり》をあげ、三隻の潜水艦を先頭に、凍るような北風すさぶなかを三二〇〇カイリかなたのハワイにむかって出撃した。

おなじころワシントンでは、大統領ルーズベルトが対日開戦ひきのばしのための「日米暫定取極《とりきめ》合意」を放棄する決断をしていた。

「中国の危機は米英の危機であり、日本は信用できない」

ロンドンから首相チャーチルが「親電」で緊急アピールを送ってきたのだった。「蒋介石《しょうかいせき》を見殺しにすれば対日包囲網の一角がくずれる。すでに南進をはじめた日本の侵略をこのままながめていてよいのですか……」。ズバリいいかえれば「さあ、重い腰をあげなさい」とのメッセージだった。

チャーチルは、中国戦線からぬけだせない日本陸軍のウィークポイントを見抜いており、いっぽうで、強大な国力をもつアメリカが、議会や世論のあとおしをうけて燃えあがれば、アジア戦線にくわえ、ヨーロッパ戦線をも増強する最大のパートナーであることを疑わなかった。

おりしも、蒋介石政府が米英両国に泣きついてきた。

チャーチルは、中国の危機を道具にして、日本陸軍嫌いのルーズベルトを婉曲にそそのかし、まずは喉から手がでるほど欲しい対独参戦へとひきずりこみ、つぎに米英共同による対日開戦へと誘導すべく慎重な工作をつづけていた。

さて、開戦回避のために奔走する野村・来栖駐米大使にたいして、ルーズベルトがもちだした「暫定取極《とりきめ》案」は、石油禁輸を部分的に解除することによって日本の窮状を一時的に緩和するというものだった。

欧州戦線における英軍への軍事援助を最優先し、対日外交は二のつぎと考えていたルーズベルトは、とりあえずは日本のアジア侵略を抑制するための圧力をかけながら、対日開戦をさきのばしにしたいとの思惑があった。そのための妥協策が「暫定取極案」なのだったが、「案」とはいっても口頭での示唆にすぎず、禁輸解除についても、航空揮発油をはじめとする軍需用燃料の輸出を解禁するつもりなどはもうとうなく、米国が対独参戦しても日本は参戦せずにじっとしていなさいという、三国同盟からの事実上の離脱を条件とするものだったから、もし公式に「案」が提示されたとしても、日本側がのめるものとはならなかった。

それでも、大使館はこれにとびついた。絶対命令である交渉期限の一一月三〇日はせまるばかりであり、膠着を打開するあらゆる可能性にかけてみることは、袋小路にある彼らにとって無意味なことではなかった。

米国サイドでは、フィリピンなどの軍事拠点で兵力増強をはかるための時間稼ぎも必要だった。国務長官コーデル・ハルは、三か月の制裁緩和を口頭で提案した。

電文がとんだ。

二六日、「大本営・政府連絡会議」は、暫定案として伝えられた三か月間の石油供給再開のめやすとして、米国から一〇〇万トン、蘭印から五〇万トンを要求する方針を急遽決定。東郷は、暫定案に署名するまえに米国政府の了解を得るよう野村に訓令した。

ところが、入れちがいにとびこんできたのが、国務長官の名前をとって「ハル・ノート」とよばれる「アメリカ合衆国と日本国の間の協定で提案された基礎の概要（Outline of Proposed Basis for Agreement Between the United States and Japan）」すなわち、日米合意の基礎となる「非拘束的な試案概要」だった。

それは、野村、来栖がアメリカ政府に手交した日本の「最終打開案」にたいする拒否回答でもあった。

「試案」は、満州をふくむ中国および仏印からの全面撤兵、蒋介石国民党政府の承認、すなわち汪兆銘《おうちょうめい》国民政府の否認、「日独伊三国同盟」からの離脱をもりこんだ強硬なもので、けんめいの交渉をつづけている日本大使館サイドがうけたダメージはいわずもがな、じつのところ「開戦やむなし」を覚悟していた東郷をも決定的に悲観させた。

ただ、日本の「最終打開案」が、アメリカの全面受諾の期限を一一月三〇日とし、それ以降の交渉をつづけないことを明記していたのにたいし、「ハル・ノート」は期限なし非拘束の試案、試みに出された案だった。

にもかかわらず、というより、いたずらに開戦を先延ばしにされてはかえって困る「大本営・政府連絡会議」は、二七日、渡りに舟とばかりにこれを対日「最後通牒」と結論づけた。

この日「連絡会議」にさきだって、宮中学問所では天皇をかこんで昼食懇談会がひらかれ、重臣たちが顔をそろえた。岡田、近衛、広田、平沼、米内、若槻ら首相経験者たちである。

「ジリ貧を避けんとしてドカ貧にならぬよう、じゅうぶんのご注意を願いたいものだ」

そう米内はいい、最後に若槻がこういった。

「帝国の自存自衛のためとあれば国土を焦土としても立た

なければならぬが、大東亜共栄圏の確立とかアジアの安定とかの理想にとらわれて、国力を使うことはまことに危険といわねばならない」と。

のんきなものである。

ワシントンでは、野村たちがホワイトハウスを訪問し、ルーズベルトとの会談に臨んでいた。大統領はいった。

「いまの日本に、平和を愛好しさまざま尽力される人々があるのは喜ばしいことである。わたしも、事態がここにいたったことにたいし、大いなる失望を感じざるをえない。しかし、日米会談を開始していらいわずか数か月のあいだに、日本の仏印南部進駐によって一度目の冷や水をあびせられ、最近の情報によれば、二度目の冷や水をあびせられる懸念もある……。しかも、日本の指導者から、ついになんらの平和的な言葉を聞きえなかったことは、交渉をいっそう困難たらしめた。根本的な方針が一致しないかぎり、一時的な解決も結局は無効に帰するように思われる」と。

この日、アメリカ紙は「数日来日本は七万人の大軍を仏印に集結し、タイ国への侵入が数日のうちに決行される」ことを大々的に報じていた。

日米会談継続中に陸軍がかってに武力発動することを危惧した野村は、外務省にむけて意見具申を打電した。

「交渉打ち切りの意思表示をなさずして突如自由行動に出《い》づることは、大国として信義上からも考慮を要する。東京において米国大使にたいする通告等、しかるべき方法により、今次交渉の区切りをあきらかにせらるること得策なるやに存ぜらる」

外務省は、この具申をしりぞけた。そして二八日、野村にむけてつぎのような警告を発した。

「実質的には、交渉打ち切りとするほかなき情勢なるが、先方にたいしては交渉決裂の印象を与うることを避けることとしたし……」

二九日の「連絡会議」でも、交渉打ち切りおよび開戦の事前通告に消極的な意見がまかりとおされた。

「戦さに勝つためとことん外交を犠牲的にやれ！」

「作戦成就のため最後の瞬間までわが企図を秘匿する」

三〇日、外務相は、駐米大使にたいして開戦の動きについてはいっさい伝えず、「米国政府にたいし深甚なる反省を求むるものなり」との抗議の訓令を発し、いっぽう、駐独大使大島浩《おおしまひろし》には「英米との開戦が切迫している。開戦の場合にはヒトラーに対米参戦を期待するむね、申し入れをおこなうように」との訓令電報を発した。

対米「最終通告」伝達遅延の責任いっさいを野村、来栖ら大使館に負わせるシナリオは、この日、確実に一歩まえにすすめられた。

ドイツの対米参戦を依頼する大島への電文はすぐにもアメリカ側に傍受・解読され、一二月一日にはルーズベルトにもたらされた。対米英開戦の期日が目前にせまっていることを知らないのは、野村、来栖ら在米大使官サイドだけとなった。

一二月一日午後二時より、四度目の「御前会議」がひらかれた。日米開戦回避のための交渉期限を一一月三〇日とし、交渉決裂ならば一二月一日零時をもって武力発動を開始する。三度目の「御前会議」での決定のとおり、形式的に開戦を決定すればことはたりた。会議は一時間ほどで終了した。

前日の夕刻、天皇は、内大臣木戸幸一《きどこういち》にもとめて海軍大臣と軍令部総長をよびだし、最後の質問をこころみた。

「いよいよ矢は弓をはなれようとしているが、いったん放たれると長期戦になると思うが、予定どおりにすすむのか」

軍令部総長永野修身《ながのおさみ》はゆっくりこたえた。

「作業計画は万全であります。くわしくは明日の御前会議で奏上いたしますが、大命降下あれば、予定どおり進撃いたします」

つぎに嶋田繁太郎《しまだしげたろう》海相にもたずねた。

「大臣としても、すべてよいのだね」

「はい。物も人もともにじゅうぶんの準備をととのえて、大命降下をお待ちしております」

天皇はさらにたずねた。

「ドイツがヨーロッパで戦争をやめることがあったとき、どうするのか」

嶋田がこたえた。

「ドイツは真から頼りになる国とは思っておりませぬ。たとえドイツが手を引きましてもまったく関係はありません」

午後六時三五分、ふたりと入れちがいに入ってきた木戸に天皇はいった。

「海軍大臣、総長にたずねたるに、いずれも相当の確信をもって奉答せるゆえ、予定どおりにすすむよう首相に伝えよ」と。

「第一航空艦隊」を基幹とする機動部隊の三一隻が、夜明け前の単冠湾《ヒトカップ》を出撃してから七日がすぎていた。

鍛えあげられたベテラン乗組員を愚弄するかのような夜間無燈航行の困難をしのいで前進をつづけてきた大艦隊が、日付変更線をこえた一二月二日午後五時三〇分、ついに緊急電が山本司令長官から発せられた。

「ニイタカヤマノボレ。武力行使開始日を一二月八日とす」

待ちにまった指令をうけ、機動部隊はいっせいに南下をはじめた。

「連絡会議」では、開戦の対米通告をいつどのようなかたちで提示するかについて詳細な議論がかさねられた。

はたして、一二月六日、第七六回「連絡会議」において、開戦回避にむけた日米交渉打ち切りを伝える、事実上の最後通牒「最終覚書」を、日本時間の七日午前四時発信とし、日本時間八日午前三時（ワシントン時間七日午後一時）すなわちハワイ攻撃の直前に大統領に手交することが決定された。

「最終覚書」は、日本語にして四五〇〇字をこえる長文である。これを暗号文にかえ「第一部」から「第一四部」にわけて発信する。一部につき三〇分かかると見積もって七時間。七日午前四時に送信をおえるとすれば、その七時間前には発信を開始しなければならなかった。

六日、午後八時三〇分、暗号電文の発信が開始された。電文は外務省電信課から「東京中央電信局」を経由してワシントンに送られる。

打電は順調にすすみ、七日午前零時二〇分には「第一三部」までを送信しおえた。そのままいけば、「結び」の文言を記した「第一四部」も、午前一時ごろに打ちおわるはずで、在米大使館には、真珠湾攻撃開始より八時間もはやい、日本時間の七日午後七時ごろ、ワシントン時間の六日午前五時ごろにはとどくはずだった。

ところが、「第一三部」送信完了後「第一四部」はいったん保留となり、午後四時に解除されるまで一五時間以上も送信待機を余儀なくされた。

配信の妨害工作をしたのは、おそらく参謀本部作戦課だった。参謀本部作戦課はもともと、「最終覚書」の通告は奇襲作戦が成功したあとにすべきだと主張し、六日の「連絡会議」においても、通牒文交付時期を日本時間の八日午後三時とするよう、つまりマレー半島、ハワイ奇襲の一二時間後に通告すればよいと主張し、外相に圧力をかけていた。奇襲の大打撃によって緒戦をものにするまさにその瞬間まで、彼らは、開戦の企図の漏洩を何がなんでも防がねばならぬと考えていた。

英領マレー半島のコタバル上陸作戦開始は、日本時間八日の午前一時三〇分、ハワイ攻撃は午前三時二〇分の予定となっていた。

陸軍は、イギリスにたいしてはなから無通告開戦の無謀を犯すつもりであり、ために、いっそう開戦企図の秘匿に神経をとがらせていた。

おのずから、参謀本部にとってはマレー半島上陸を成功させることがまずもって最優先であり、その成否は真珠湾奇襲の可否を左右するものとなる。彼らにとって、開戦の事前通告などはもってのほか、力ずくでも阻止しなければならなかった。そしてそれは、暗号電文の送信や外国電報の傍受・解読を担当している中央電信局を検閲することのできる参謀本部作戦課ならば不可能ではなかった。

彼らは外務省と逓信省に圧力をかけ、力ずくで「第一四部」の発信を保留させた。

ところが、そこにだれひとり思ってみることもできない事態が発生した。

日本時間の七日午前一一時まえ、ルーズベルトから天皇にあてた「親電」が発信されたとの外電報道がとびこんできたのである。

うろたえたのは参謀本部も外務省もおなじだった。奇襲攻撃開始まであと一五時間たらずというこのときになってアメリカ大統領の「親電」が送られてくる。内容いかんによっては、保留した「最終覚書」の文言を、しかるべき内容に変更する必要が生じてくる。「親電」の解読・文書化に要する時間。「覚書」の訂正に要する時間……！

そもそも「親電」のあつかいをどうするのか。この期におよんでは、開戦前にこれを天皇に見せてはならぬ。作戦課の動きはすばやかった。

七日正午、中央電信局に入ってきた「親電」を、検閲にあたっていた陸軍参謀本部の通信課が押収。刀《かたな》にものをいわせて在日アメリカ大使館への配送を差し止めた。

電文暗号はすぐにも参謀本部で解読がすすめられ、午後四時までには解読を完了し、翻訳官によって「日本語訳文書」が作成された。

「親電」の内容は、外務相がわずかながら期待し、陸軍がおおいに危惧した「ハル・ノート」の要求を緩和するものではなく、作戦決行直前の陸軍を元気づける強硬なものだった。すなわち、南部仏印への日本軍増強は東南アジアへの攻撃準備ではないかとの憂慮を表明し、仏印からの全面撤退を要求するものだった。

胸をなでおろした参謀本部は内容を東郷外相に伝えた。「最終覚書」の「文章は外相に一任」することが、四日の「連絡会議」で決められていた。覚書の核心である結末部分「第一四部」の訂正を、東郷にゆだねるためである。

通常このようなケースでは、外相のもとで「親電」の内容を検討し、外務大臣決裁を完了してのちに「上奏文」と「回答案」をととのえ、首相公邸におもむいて詳細を説示し、天皇への対応と大統領への対応を協議し、決定する。ところがいまや「回答」に相当しうるものは「最終覚書」の「第一四部」とならざるをえない。

東郷は、すでに一四時間保留している事実上の「回答」、覚書「第一四部」に、「親電」をうけとったうえでの「交渉打ち切り」であることがわかるよう手直しをくわえ、午後四時、電信課に発信を開始させた。

具体的には、「合衆国政府が現在の態度を持続する限り今後交渉を継続するも妥協に達するを得ず」と、条件付で交渉を打ち切るはずだった通告が、「合衆国政府の態度に鑑み今後……」のように、無条件で交渉を打ち切る表現にあらためられた。

ルーズベルトの「親電」が「余は陛下とともに両国民間の伝統的友誼を恢復し、世界に死滅と破壊とを防止するの神聖なる資格を有することを確信する」と、日米友好回復を訴えたことをうけての訂正だった。

のこる問題は、「親電」の大使館への配送差し止めを、どのタイミングで解除するかにあった。

アメリカ大使館では、グルー大使が「親電」のとどかぬことをいぶかしみ、苛立ちをつのらせていた。国務省からグルー宛に「親電」が発信されたことは、日本時間の七日午前、サンフランシスコからのラジオ放送で知っていた。グルーはひたすら電信局からの配送をまちつづけた。

「急ぎ大統領からの親電を発信する。大使館が暗号解読に手間どらないよう、日本側に傍受されてもよい簡単なコードで送る。できるかぎりはやく天皇にとどけ、できれば直接奉呈して天皇の意思をたしかめるように」

「親電」発信のさいにハルが送ったこの訓令がアメリカ大使館にとどいたのは、日本時間七日の午後九時、「親電」の全文が着電したのは午後一〇時三〇分だった。

参謀本部作戦課は「親電」の配送を一〇時間も遅らせたというわけだ。

怒りにふるえるグルーが外務大臣公邸にかけつけ「親電」を東郷に手交したのは、八日午前零時三〇分。マレー半島上陸作戦開始は一時間後にせまっていた。

「親電」をみるや、この期におよんではじめて電文に接したというように血相をかえてみせた東郷。グルーをかえしてのち、あらかじめ作ってあった「日本語訳文書」の内容と駐日大使の持参した「正式英文」とを対比して訳文のあやまりを訂正し、首相官邸にむかった。

午前二時、官邸に到着。その三〇分後には東条とともに参内して「親電」を上奏した。上奏文を読みあげたあと、東郷はこう言上した。

「すでに当方の外交打切り通告を、野村、栗栖《ママ》両大使がハル長官に手交しての後となるにつき、親電にたいする返信は、遺憾ながら発する要無き旨返電いたします」

天皇は「あ、そう」「大丈夫だね」とことばを返し、外相は大声で「はい」と明確にこたえたと、『昭和天皇発言記録集成』（防衛庁防衛研修所戦史部監修）には記録されているという。

この間、午前一時三〇分には、第二五軍「第一八師団歩兵五六連隊・佗美《たくみ》支隊」五三〇〇人が、英領マレー半島の北端、コタバル東岸に上陸を敢行し、英印軍「第八旅団」六〇〇〇人との交戦を開始。

午前一時四五分には、「第一航空艦隊」の六隻の空母から飛びたった第一波「戦雷爆連合」の一八三機が編隊をととのえ、オアフ島に機首をむけた。

午前三時一九分、総指揮官機にあって攻撃機群を誘導していた海軍大佐淵田《ふちだ》美津雄《みつお》が「全軍突撃」の命令を発信。奇襲攻撃が開始された。

「トラ、トラ、トラ」

突撃命令から四分後、午前三時二三分には「奇襲に成功せり」の信号が旗艦「赤城」にとどき、同時刻、大本営は、広島湾の連合艦隊旗艦「長門」で信号をキャッチした。

午前四時二四分、オアフ島カフク岬沖上空に展開していた第二波攻撃隊一七一機に突撃命令が発令。いっせいに降下爆撃、水平爆撃を開始した。

第二波の攻撃開始とほぼ同時刻（ワシントン時間では七日午後二時二〇分すぎ）、野村と来栖はアメリカ国務省でハルと会っていた。対米「最終覚書」を手交するためだった。

「午後一時（日本時間八日午前三時）ごろこの覚書を貴長官に手交すべく訓令をうけました」

野村はいった。

「なぜ一時なのですか」

意味ありげな問いをハルはかえした。

「なにゆえなるかを知りません……」

ハルは、にらむように大時計を確認し――針は午後二時二〇分をまわっていた――両大使に時間を告げてから覚書に目をおとした。手がふるえ、表情が怒りにゆがむのがまざまざと見てとれた。

「この九か月、わたしはつねにあなた方に真実を語ってきた。ながい人生のうちで、これほどの偽りと歪曲にみちた公文書をわたしは見たことがない……」

彼がルーズベルトからの電話で真珠湾攻撃開始を知ったのは、ワシントン時間七日午後二時〇五分（日本時間八日午前四時〇五分）、野村と来栖が国務省に到着した五分後のことだった。

この日、一九四一年一二月七日、日曜日のワシントン。

在米日本大使館に待ちにまたされた最終覚書「第一四部」と、「第一三部」までの誤字脱字一七五文字をあらためた「訂正電報」が着電しはじめたのは午前七時すぎのこと。前日午後三時に「第一三部」を受信しおえてから、じつに一四時間を経過していた。

一晩じゅう、うんともすんともいってこなかった受信機につぎつぎと暗号文書が入ってきた。しかし、本来なら緊急を要するはずの重要電文から「至急」「大至急」の指定がはずされ、あるいは改竄されていた――後年発掘された「原本《オリジナル》」文書やアメリカ側の傍受記録との照合によってあきらかにされている。

しかも「大使館は同日午後一時ごろ覚書を手交せよ」との訓令がとどいたのは、午前八時すぎだった。

従来三台あった暗号解読機のうち二台は、本省から「破壊せよ」との指示をうけて潰したばかりであり、大使館は、手交時間を五時間後にひかえて、一台だけのこった解読機による暗号解読と、大量の訂正電報の処理と、浄書全文タイプをいちどにこなすという難事に挑まなければならなかった。

吉田電信官、堀内電信官、結城書記官が解読をおえたのが一二時二〇分。同時並行で浄書タイプがすすめられたが、すべて打ちおえたときにはすでに午後一時五〇分になっていた。

「なにゆえなるかを知りません……」

ハルにたいして、野村は嘘をいったのではない。彼らは、奇襲はおろか、期日についても方法についても、開戦にかかわるいっさいを知らされていなかった。ただ「交渉決裂の印象をあたえることを避けることとしたし」との訓令をうけたまま……。

交渉継続を演じるのではなく、交渉を継続することこそが彼らにとっての責務だった。だれも予期しなかった、ルーズベルトの天皇あての「親電」も、もとをたどれば一一月二六日、日本の「最終打開案」をアメリカが容認する可能性はないと判断した野村、来栖が、日本政府にむけておこなった意見具申にはじまっていた。

「のこる唯一の打開策として、大統領より至尊にたいしたてまつり、太平洋平和維持を目的とする日米両国協力の希望を電信せしめ、これにたいし御親電をあおぎ、いますこしく時機の猶予を得ることとしかるべきと思考す」

ところがその日の午後、「暫定取極案」を撤回した国務長官から「ハル・ノート」をつきつけられ、あんのじょう二八日には、東郷から「適当にあらず」との回電をうけ、親電工作は頓挫した。

交渉期限をこえた一二月一日、彼らはなおも戦争回避のための意見具申をやめなかった。大統領と天皇をひきだすことが困難なら、もっとも信頼できる代表者による「ホノルル会談」をもうけてはどうかと提案した。

ハワイ沖へとむかう大艦隊に、まもなく「ニイタカヤマノボレ」が発令されようというときに、日米会談の場所としてホノルルをえらんでくる。それをみるだけでも、彼らがいかに蚊帳の外におかれていたかがうかがえるが、もっとも重要な国交調整交渉の責任を負う出先大使にさえ重要情報を知らせない外相の狡猾卑劣、いや、強権に屈して知らせることができない外務省のジレンマと無能ぶりは、当時の――当時に限定できるならばまだしも幸いだが――日本政府の体質をまざまざと証してみせるものだろう。

「前内閣時代にも、わが方より提議し不成功に終わりたる経緯もあり、適当ならず」

三日、本省からは、松岡の鶴の一声でまぼろしとついえた近衛の首脳会談の轍をふむのがオチだという、そっけない回電がかえってきた。

が、その日も、来栖は大統領顧問官バーナード・バルークに会い、大統領が太平洋平和維持にむけた日米協力の可能性を示唆する「親電」を発し、それをうけとれば天皇はかならず日中和平の仲介を大統領に依頼すると、希望的見解をのべて説得をつづけ、さらに来栖の助言によって、寺崎英成一等書記官が、スタンレー・ジョーンズ牧師を介して大統領に親電を打つよう提言した。

はたして、彼らの動きがどれほどルーズベルトの心理にはたらきかけたかはさだかでない。

一二月六日、ワシントン時間の午後七時（日本時間の七日午前九時）、大統領は、日本の天皇にむけて「親電」を発するむねを公表し、午後九時（七日午前一一時）には電文を発信した。蔣介石、および同盟国のイギリス、オーストラリア首脳にたいし、日本の元首に和戦の意思を確認する「最後の外交的こころみ」を妨害することのないようあえてもとめたうえで。すなわち、二四時間以内に天皇からの返書がこなければ、つぎのステージを準備すると……。

ルーズベルトが「親電」の発信を公表したことが、奇襲作戦開始直前の日本の軍部と政府を、よけいなドタバタ劇からすくったことはたしかだが、「親電」が送られてきたことと、日本大使館への対米通告遅延責任の転嫁工作とは本来なんの関係もない。

そもそも、予定どおり「最終覚書」の全文が発信されていれば「親電」とは入れちがいになったのであり、「親電」が送られようが送られまいが、奇襲前の最終通告を阻止すべく参謀本部作戦課は、木っ端役人のひとりやふたりぶった斬りにしてでも「第一四部」の発信を止めたであろうから。

つまり、冤罪のシナリオをえがいた真犯人は参謀本部ではない。

在米大使にしかるべき情報もあたえずに欺きつづけ、カムフラージュとしての交渉継続を演じる木偶《でく》として使い棄てなければならないほど、しんじつ外務省が機密漏洩をおそれていたのなら、つねに傍受されるリスクのつきまとう電文で「最終覚書」を送るより、はるかに確実な方法がある。ミスター東郷がじかにアメリカ大使館へでかけていってグルーに会い、手から手へ、確実に覚書文書をわたして交渉打ち切りを告げればそれですむのである。

一二月八日、午前六時。日本の家々のラジオからは軍艦マーチが流れ、臨時ニュースが伝えられた。

「大本営発表、帝国陸海軍は本八日未明、西太平洋に於て米英軍と戦闘状態に入れり」と。

午前七時、首相官邸では緊急臨時閣議がひらかれ、七時三〇分には、枢密院臨時緊急全体会議を開催。枢密院全顧問官、内閣全閣僚が出席。

九時四五分、天皇親臨のもとで枢密院本会議を開催。

一一時一〇分、宣戦布告の件を全員一致で可決。

一一時四五分、「宣戦布告の詔書」が渙発され、一二時〇〇分、「大詔」は首相官邸の放送室から実況中継で全国につたえられた。

「天佑《てんゆう》ヲ保有シ万世一系ノ皇祚ヲ践《ふ》メル大日本帝国天皇ハ昭《あきらか》ニ忠誠勇武ナル汝有衆《なんじゆうしゅう》ニ示ス。朕茲《ここ》ニ米国及英国ニ対シテ戦ヲ宣ス……」

八〇〇字をこえる「米英両国ニ対スル宣戦ノ詔書」。敵国がどこであるかなど個別の事項をのぞいて、文章もスタイルも日清戦争、日露戦争、第一次世界大戦のときの詔書とかわらなかった。

ひとつだけ欠落していることがあった。「国際法ニ戻《もと》ラサル限リ」とか「国際条規ノ範囲ニ於テ」とかいう表現だ。たしかに、宣戦布告前に英領マレーや米国自治領ハワイを攻撃してしまったのだから、いまさら国際法もないにはちがいなかった。

開戦の「大詔」が発表されるや、東京では大政翼賛会の表壁に、字幕二筋がかかげられた。

**屠れ！米英われらの敵だ**
**進め！一億火の玉だ**

まもなく、ラジオから歌が流れだした。

ゆくぞゆこうぞがんとやるぞ　大和魂だてじゃない
見たか知ったか底力　こらえこらえた一億の
堪忍袋の緒が切れた
そうだ一億火の玉だ　ひとりひとりが決死隊
がっちり組んだこの腕で　守る銃後は鉄壁だ
なにがなんでもやりぬくぞ
進め一億火の玉だ　ゆくぞ一億どんとゆくぞ！

一二月一〇日、マレー沖海戦においてイギリス東洋艦隊の旗艦「プリンス・オブ・ウェールズ」と「レパルス」の二隻の新鋭戦艦を、航空部隊があっぱれ撃沈した。飛行機では戦艦を撃沈させることは不可能であるという、世界の軍事常識をくつがえした。おどろくべき戦果だった。

同日午後四時、大本営は、海軍航空部隊の九六式陸上攻撃機五九機、一式攻撃機二六機、合計八五機の雷爆撃による勇敢な攻撃によって「開戦第三日目にして早くも英国東洋艦隊主力は全滅するに至れり」と発表。

あわせて、真珠湾奇襲作戦を成功させた山本五十六《やまもといそろく》が勅語を賜わったことを発表した。

「大本営海軍部発表　本十日連合艦隊司令長官山本五十六に左の勅語を賜りたり

勅語

連合艦隊ハ開戦劈頭善謀勇戦大ニ布哇方面ノ敵艦隊及航空兵力ヲ撃破シ偉功ヲ奏セリ。朕之ヲ嘉尚ス将兵益々奮励シテ前途ノ大成ヲ期セヨ」

一一日、グアム占領。台湾南部を基地とする航空部隊がフィリピンの米軍基地を攻撃し、アメリカの航空部隊を完全撃破。

勝った勝ったの提灯行列。日本じゅうが歓喜に沸いた。

一二日、閣議において戦争の名称が決定された。政府筋には、「日露」「日清」のように相手国を入れて「対米英戦争」でよいとの意見もあった。海軍は「太平洋戦争」を主張した。太平洋を主戦場として戦うのだからというのが理由である。いっぽう、陸軍は「大東亜戦争」にこだわった。支那事変いらいの「大東亜新秩序建設」を目的とした戦争なのだというのである。結局、陸軍が主張をおしきって「大東亜戦争」と命名された。

「東亜安定ニ関スル帝国積年ノ努力ハ悉《ことごと》ク水泡ニ帰シ、帝国ノ存立亦正《またまさ》ニ危殆《きたい》ニ瀕《ひん》セリ。事既《ことすで》ニ此ニ至ル帝国ハ今ヤ自存自衛ノ為、蹶然《けつぜん》起《た》ッテ一切《いっさい》ノ障礙《しょうがい》ヲ破砕スル……」

すでに大東亜新秩序建設のための努力は泡と潰えてしまったと、そう「宣戦布告の詔書」にあるのとはあきらかに矛盾する。

さて、津田左右吉の公判は、対米英戦開戦にもさまたげられることなくすすめられ、開戦の翌日九日には第一四回公判が、一二月二〇日には第一九回公判がひらかれ被告人尋問が終了。二三日の第二〇回公判では、検事による論告求刑がおこなわれた。

第一九回公判には、まったく思いがけない人物、和辻哲郎《わつじてつろう》が証人として出廷し証言をおこなった。

津田とは思想的にも学問的にもスタンスを異にし、津田学説にたいしてしばしば反対意見をのべてさえきた和辻を、「反対の立場から弁護できる人は和辻さんしかいない」といって引っぱり出すことを思いついたのは、じしん治安維持法違反の冤罪によって逮捕あるいは勾留された経験をもつ哲学者久野収《くのおさむ》とマルクス主義歴史学者羽仁五郎《はにごろう》であり、骨を折ったのは岩波茂雄だった。

「戦争がおわれば、天皇制擁護の津田とは真正面から衝突するから……」

そういって協力をしぶる羽仁を説得したのが久野。山荘にこもって津田に陳述戦術を指南し、彼が喉をいためそうになるのを案じつつもコーチをおこなったのが羽仁。二人の要請をうけて、ほとんど生理的に「アカ」ぎらいの和辻を説得したのが岩波だった。共通の敵はファシズムだった。

二三日の論告には神保泰一《じんぼやすいち》検事がたった。彼らの立場はあくまでも、学術研究といえども国家存立の根幹に抵触するならば違法となるというものだった。

「皇室の尊厳の神聖は、西欧における君主の神聖不可侵の観念とはまったく性質を異にし、皇祖天照大神の神裔が、神勅にもとづく万世一系に国家を御統治あそばすところにその本源を有するのであります。しかも、このことたるや、国体の基根たるとともに、秩序の源泉をなしているのみならず、古来民族のゆるぎなき信念となり、東西に類例なき皇室観、国体観念を形成してきているものであります」

ゆえに、神代史の一部にたとえ信じ難いところがあっても、皇室の由来と国家の起源にかんする記録をふくみ、皇室観と国体観念のよりどころとなっているのであるから、研究にあたっては「きわめて敬虔なる態度と慎重なる用意」をもってのぞむべきであると。

根拠として検事が滔々とならべたてたのは「憲法発布の勅語」すなわち「上諭《じょうゆ》」であり、「軍人勅諭」であり、「教育勅語」であった。それらによって彼は、「皇国民たるもの、いかでか肇国《ちょうこく》の御事および建国の御事蹟に軽々しく異議をさしはさまん」、いや、断じて異議をさしはさむことなどできないというのである。

「肇国の御事および建国の歴史はまさに国体の淵源でありまして、国家存立の基礎であります」

それを、歴史的事実にあらずといい、述作せられたものであるとなし、思想上くわだてられた主張であると論ずるなどは、「皇室の尊厳を冒し奉ること、正に之より甚だしきはない」という。

「神勅」にかんしてはいっそう辛辣だった。「神勅」は天皇の神聖なる権威を保障する唯一のよすがである。それをもって検事は「神勅」は「皇室そのもの」だと表現した。

「皇位が神勅にもとづく厳然たる神位なることは、『帝国憲法』第一条にも明示し給うところであり、憲法の『上諭』中にも神勅にもとづくゆえんを明示し、『教育に関する勅語』にも仰せられてあります。神勅こそ、皇室の基幹であるとともに、皇室そのものでありまして、尊厳きわまりなきものであります……」

それゆえ、「神勅」をはじめ列聖の「詔勅」は至尊と同じであり、臣子が論議すべきものではなく、いわんや、「皇室国家に貢献することを任務とする」学問研究においては、「全霊をもって皇室国体を擁護し、その尊厳性をいよいよ発揮することに努力」すべきだというのである。

ちなみに津田は、「神勅」を「日本書紀編者の補修」であるとしていた。すなわち「宜《よろしく》爾《いまし》皇孫《すめみま》」以下「無窮者《きわまりなけ》矣《む》」の一節は漢文であって、国語で書いてあった「旧辞」のおもかげが遺っている前後の文章とまったく調子があわず、また『古事記』にこの部分に対応するところがないことから、『神勅』全体を『書紀』の編者の補修とすべきであり、かつ、そこには天地を長久とし、世界の終末もしくはその壊滅と再生という循環を考えなかった、支那特有の思想が借用されているとも説いていた。

「皇位が神勅にもとづく神位」であることを死守しなければならない検察当局にとっては、ゆるすべからざる言説だった。

「しかして、学問もしくは学問研究は真実の発見にありとするところから、なにか特殊の領域のごとく心得、法律もこれを罰するにあたわずといい、また、国民の思想もしくは国体観念に悪影響をおよぼすもやむをえぬ、となすがごとく増長する者がある。よく出版法、新聞紙法の精神を遵守し、慎重なる用意をもってなさるべきものと考えます」

検事は、あくまで「歴代天皇の実在性を否定していない」とする津田の弁明を「詭弁にすぎない」と一蹴した。さらに、自著の正当性をかたくなに主張しつづける態度を「反省の色も示さない」ものとして「情状はなはだ重いものがある」と断じ、四著作それぞれについて禁錮二か月、あわせて禁錮八か月を求刑した。

公判の予定はあと一回。弁護人の最終弁論と被告人の最終陳述をのこすばかりとなった。

一九四二年一月一五日、第二一回公判がひらかれ、島田武夫、有馬忠三郎両弁護人が最終弁論をおこなった。

島田は、『古事記』『日本書紀』の記載をすべて事実であるとする前提にたつ予審の決定を「これほど常識にはずれた見方はあるまい」と一蹴し、「なんらの反証も挙げずに、この物語は事実だとされるのは、かえって皇室の尊厳を冒瀆する結果になる」とのべた。

そのうえでもちだしたのが「刑法第二三〇条」だった。

名誉毀損罪をさだめた同条の第二項には「死者ノ名誉ヲ毀損シタル者ハ誣罔《ふもう》ニ出ヅルニ非ザレバ之ヲ罰セズ」とある。被告の著述には「誣罔《ふもう》」すなわち「ありもしないことをあるように作って人を悪くいうこと」に相当するものはなく、違法性はみとめられないというのである。

「かしこくも明治大帝が御裁可なさった刑法は、歴史の科学的研究について特例さえみとめられておるということに御留意を願わなければならぬ」

島田はそう力をこめていい、裁判官に念を押した。

帝国憲法は言論出版の無制約的自由を保障しておらず、学問研究の自由についての規定もなかった。ために、まさに忽然と、だれもの意表をつくような条文をもちだし、明治大帝をかつぐよりほかに仕方がなかった。とはいえ、神代史の神々と神武から仲哀天皇までを「死者」として、彼らの存在を客観的に確証できないと論じたことを「名誉毀損」の問題におきかえたのは苦肉の策にちがいなかった。

有馬のほうは、検事が「皇室そのもの」だといった「神勅」について弁論した。

「御神勅は、じつは古事記にも日本書紀にも記されていない。日本書紀の『一書《あるふみ》』の説として『註』に引用されているのであります。日本書紀そのものではないのであります。そうしますと、古事記、日本書紀にかんする検事局の見解にもとづきますと、御神勅を、天武天皇も御採用にならなかったということをいわざるをえないのであります」と。

検事局が「至尊と同じ」だとする「詔勅」をうけて編纂された「正史」の本文の記述に「神勅」は存在しない。すなわち「神勅」は「正史」が史実にあらずとしてしりぞけたものだというわけだ。

　さらに有馬は、『記』『紀』に記されている肇国・建国の歴史は、古来民族がつゆも忘れず疑いもさしはさまなかった信念であるとのべた検事の論告にたいし、まっこうからこれを否定した。

「過去の学者に記紀の記載を歴史的事実として信じた者のはなはだ少なかったこと、現在の学者はほとんどみな信じていないということは、本件ではすこぶる顕著であります」

　現在の学者。すなわち最後の証言にたった和辻もしかりであり、事件そうそう幸田露伴《こうだろはん》と相談して司法大臣に申し立てをおこなった西田幾多郎《にしだきたろう》もしかりであり、さらには、津田に出講を懇請した責任を感じた南原繁《なんばらしげる》が、みずから上申書を起草し、丸山真男《まるやままさお》らが奔走して大学教授ら八七人の署名をあつめ、中西裁判長に「公正明達ナル審理ト裁断」をもとめたが、彼らもまたそうだった。

　学者のみならず、「現代においては何人《なんぴと》も史実の記録だとはみとめていない」と、そう有馬は強調しこう皮肉った。

「そもそも、本件が法律上の問題になりましたのは、ある愛国を売り物にしている一種の連中が、東京帝国大学の法学部を攻撃するためにやったことが動機になっているといわれている。内務省と検事局は彼らの御先棒に使われているのだと、そういうことも耳に入らないではありません」

　それまでも、彼の弁護はつねに戦闘的だった。

「予審、検事局というものは、被告に利益なるものはなるべく隠して、不利益なるものだけ故意に摘出するというような態度がここに歴々として現われている。この点において、日本の予審なり検事局のやり方は少しも進歩していない。平生わたくしどもは終始いっている。こんな旧体制はいけないと。予審の廃止論とか、予審が検事のいうままになるという世間の批評がでてくるのは、そういう予審のあり方が悪いのである」

　津田よりも有馬が断罪されなかったのが不思議なくらいの弾劾弁論をくりひろげたが、それは明治以降の刑事裁判の実体をまさにいいあてていたのでもあっただろう。

　おなじころ、まもなく「第一〇期少年飛行兵」となる少年たち七八人が、真新しい軍服の、星が三つにふえた襟章や、金星三つの肩章に胸ときめかせながら、大刀洗陸軍飛行学校「知覧分教所」にむけて発つ日にそなえていた。

「空こそ決戦場！」

「続け陸軍少年兵！皇国日本は諸君の総決起を待っている！」

「大空に尽忠の華を咲かせ、天翔ける御霊につづいて敵都に突入！」

　街角や学校の廊下に貼られたポスターをながめては胸をふるわせ、あるいは『燃ゆる大空』『空の少年兵』などの映画のシーンに魅せられ、空にあこがれ、「お国の役に立つ」

ことだけを教えられてきた少年たち。

競争率一〇〇倍ともいわれた試験をくぐって飛行兵学校に入学し、東京陸軍航空学校で一年間、さらに大刀洗陸軍飛行学校で一年間、昼夜兼行の教練にたえ、いよいよ戦闘機乗りのパイロットとして配属される一六歳から一八歳の、まぶしいばかりの少年たち。

彼らは、一月三〇日には知覧駅のホームに降りたち、ひと月まえに完成したばかりの飛行場で、はじめての知覧教育隊となる練習兵たちだった。

**主文**
**被告人津田左右吉ヲ禁固参月ニ処ス**
**被告人岩波茂雄ヲ禁固弐月ニ処ス**
**被告人両名ニ対シ本裁判確定ノ日ヨリ弐年間右刑ノ執行ヲ猶予ス**

同一九四二年五月二一日、一審の判決がくだされた。

地裁の判断は四著作のうち『古事記及日本書紀の研究』だけを出版法違反とし、津田に禁固三か月、岩波に禁固二か月、いずれも執行猶予二年とするものだった。仲哀天皇以前の「御歴代の御存在について疑惑を抱かしむるの虞《おそれ》ある記述」をおこない「今上陛下に至らせ給う我が皇室の尊厳を冒瀆した」というのが判決理由である。


刑罰は予想より軽いものとなった。とはいえ「有罪」である。

にもかかわらず、報道は、翌日付『東京朝日新聞』が一段一六行という申し訳ていどの記事で量刑を報じただけであり、有罪の理由についてはふれられなかった。『東京日日新聞』は判決それじたいを報じなかった。

ゆるしてくださいお母さん　黙って別れたあの夜の……

今こそ征きます参ります　靖国神社へ参ります
　さらば母さんお達者で
師走八日の朝まだき　僕は特別攻撃隊……

天皇陛下万歳と　叫んだはるか海の底
　聞いてくださいお母さん……

ラジオからは、同月ポリドールから発売されたばかりの『嗚呼特別攻撃隊』（米山忠雄作詞・若松巌作曲）や、コロムビアが出した『壮烈特別攻撃隊』（西條八十作詞・山田耕筰作曲）が、倦むことを知らぬかのようにくる日もくる日も流れていた。

真珠湾奇襲において、特殊潜航艇「甲標的」とよばれる特攻兵器で出撃、海に散っていった「九軍神」を讃える歌だった。

津田裁判はその後、検察当局も、津田、岩波も控訴の手続きをとったが、控訴院は、時効の期間をすぎるまで審理をおこなわず、一九四四年（昭和一九）一一月をむかえて自然消滅するというかたちで幕をとじた。

もちろん、そんなことを知る者はだれもなかった。この国は、万民あげて「カミカゼ」の奇蹟に沸いていた。

**神鷲の忠烈万世に燦たり。必死必中の体当たり！**

一〇月二九日付朝刊各紙が、おどるような大見出しで「神風特別攻撃隊」の快挙を報じ、国じゅうの人々が、煽られるがまま彼らの死を讃え、カタストロフィーのもたらす甘美に陶然とした、その余韻もさめやらぬころのことである。

控訴院は「時効完成により免訴」という判断をくだし、あわせて、津田のいずれの著作も、発行から相当の歳月を経過しており、出版法の公訴時効一年をすぎているとの理由を示した。

だがそれは、もはや暗黒裁判で不毛な論争をくりかえすことに利益をみいだせなくなった権力が、むしろ問題を闇に葬りさることを得策としたためだったにちがいない。

「海軍公表　神風特別攻撃隊敷島隊員に関し、連合艦隊司令長官は左の通《とおり》全軍に布告せり。

……二十五日〇〇時、スルアン島〇〇度〇〇浬《カイリ》に於て中型航空母艦四隻を基幹とする敵艦隊の一群を捕捉するや、必死必中の体当たり攻撃を以て航空母艦一隻撃沈、同一隻炎上撃破、巡洋艦一隻轟沈の戦果を収め、悠久の大義に殉ず、忠烈万世に燦たり。仍《よっ》て茲《ここ》に其の殊勲を認め全軍に布告す」

一九四四年一〇月二五日、「カミカゼ」の奇蹟をもたらしたヒーローたちが誕生したこの日から、肉弾をのせた死の飛行は、翌四五年八月一五日午後零時、「玉音放送」がポツダム宣言の受諾を告げるまさにそのときまで、ついに中止されることはなかった。

八月一五日午前七時二一分より、ラジオは「玉音放送」の予告を伝えるアナウンスをくりかえした。

「謹んでお伝えいたします。畏きあたりにおかせられましては、このたび詔書を煥発あらせられます。畏くも天皇陛下におかせられましては、本日正午おんみずから御放送遊ばされます。くりかえします。畏きあたりにおかせられましては……」

そのいっぽうで、同日午前一〇時一五分ごろ、第三航空艦隊司令長官寺岡謹平《てらおかきんぺい》中将の命令によって、神風特別攻撃隊「第七御盾隊《みたてたい》」の「流星」二機が木更津《きさらづ》基地を、おなじく午前一〇時三〇分から一一時三〇分ごろにかけて「第四御盾隊」の「彗星」一一機が百里原《ひゃくりはら》基地を、房総半島沖の空母を主力とする機動部隊にむけて発進した。

正午。ラジオから、この国のだれもが初めて耳にする「テンノーヘイカ」の声が流れだした。はじかれたように「キヲツケ」の姿勢をとる人々……。彼らの耳に、御真影を、拝んだことはあっても見たことはない、まさに「現人神」天皇の「かしこき」声がとらえられた。

チン、フカクセカイノタイセイトテイコクノゲンジョウトニカンガミ、ヒジョウノソチヲモッテジキョクヲシュウシュウセントホッシ、ココニチュウリョウナルナンジシンミンニツグ。チンハ、テイコクセイフヲシテ、ベイエイシソヨンゴクニタイシ、ソノキョウドウセンゲンヲジュダクスルムネ、ツウコクセシメタリ……。

「玉音」が、ポツダム宣言受諾による戦争終結を告げている。だが、「詔勅」が流れているまさにそのあいだにも、そしてそのあとにも、八〇〇キロ爆弾あるいは五〇〇キロ爆弾を腹にかかえた特攻機が、房総沖上空を飛んでいた。強制された死の刹那をむかえるためだけに空をさまよう青年パイロットたちが、たしかに存在した。

午後一時三〇分、房総沖に展開していた第三八機動部隊高速空母群の空母「ヨークタウン」の護衛戦闘機と護衛艦隊機が対空砲火によって特攻機一機を撃墜したと、そう「米軍戦闘詳報」の記録は伝えている。

連合軍はこの日、午前六時すぎに攻撃中止命令を発し、第三八機動群から東京上空にむけて発進した艦載機は富士山をながめながらゆっくりと旋回し、帰投した。

連合軍にとって、戦争は終わった。

そこへつぎつぎと突っ込んできた神風特攻機。全機が撃ち墜とされた。

空母「ハンコック」「ワスプ」駆逐艦「ブラック」「ブラード」「ヘイアマン」などは、競うように「最後のカミカゼ」を撃墜したと主張した。また、機動群旗艦に勝利をつげる旗旒《きりゅう》がかかげられてから三五分後に日本軍の爆撃機が撃墜されたという報告があり、英空母「インディファティガブル」めがけて急降下してきた「彗星」と九七艦攻を午前一一時三〇分に撃墜したという報告もあるという。

いずれにせよ、すでに「終戦の詔勅」が渙発され、海軍総司令長官にたいし「積極進攻作戦ヲ見合ハスベシ」との「大海令」が発令された翌日、一九四五年八月一五日、第三航空艦隊は「作戦」の名において神風特別攻撃隊の「流星」二機と「彗星」一一機に出撃命令をくだし、「流星」一機「彗星」八機、あわせて一八人の特攻兵を死の空へと葬り去った。

# 1945 聖断―タエガタキヲタエ、シノビガタキヲシノビ…

国体護持といふことは理屈や感情を超越した固いわれわれの信仰である、祖先伝来我々の血液の中に流れている一種の信仰である。……現在においては先日下された（終戦の）詔勅を奉体し、これを実践に移すことが国体を護持することである。……また、連合国から示す條文を忠実に実行することが……わが民族の名誉を保持する所以だと思ふ。

……敗戦の原因は……政府、官吏、軍人自身がこの戦争を知らず知らずに戦敗の方に導いたのではないかと思ふ。……彼ら自身は御国のためにしてゐると思ひながら、実は我国が動脈硬化に陥り、二進も三進も行かなくなって、急に脳溢血で頓死したと同じやうな状況ではないかと思はれる。

……ことここに至ったのはもちろん政府の政策がよくなかったからでもあるが、また国民の道義のすたれたのもこの原因の一つである。この際私は、軍・官・民、国民全体が徹底的に反省し懺悔しなければならぬと思ふ、全国民総懺悔をすることがわが国再建の第一歩であり、わが国内団結の第一歩と信ずる。

■一九四五年八月二八日 東久邇宮稔彦内閣総理大臣「会見」より

一九四一年一二月八日の「開戦の詔書」は、当時の主権国家の元首としてそれを発する法的権利をもっていた天皇の免れえない責任を示すものであった。最上層の、そして信頼しうる筋によれば、戦争は天皇が自ら起こしたものではないことを立証しうる。天皇は、開戦の詔書について東条が利用したような形でそれを利用させるつもりはなかった旨をみずからの口で述べた。

……日本国民は……裕仁に対して格別の敬慕の念を抱いている。彼らは、天皇がみずから直接に国民に語りかけることによって、天皇はかつて例がないほど彼らにとって身近になると信じている。和を求める詔書は、彼らの心を喜びで満たした。彼らは天皇がけっして傀儡でないことを知っている。

……無血侵攻を果たすにさいして、われわれは天皇の尽力を要求した。……したがって、天皇を大いに利用したにもかかわらず、戦争犯罪のかどにより彼を裁くならば、それは、日本国民の目には背信に等しいものとなろう。のみならず、日本国民は、ポツダム宣言にあらまし示されたとおりの無条件降伏とは、天皇を含む国家機構の存続を意味するものと考えている。

……天皇が戦争犯罪のかどにより裁判に付される……国民は、それ以外の屈辱ならばいかなる屈辱にも非を鳴らすことなく耐えるであろう。

■一九四五年一〇月二日「ボナー・フェラーズ准将覚書き」より

朕深ク世界ノ大勢ト帝国ノ現状トニ鑑ミ非常ノ措置ヲ以テ時局ヲ収拾セムト欲シ茲ニ忠良ナル爾臣民ニ告ク
朕ハ帝国政府ヲシテ米英支蘇四国ニ対シ其ノ共同宣言ヲ受諾スル旨通告セシメタリ
抑々帝国臣民ノ康寧ヲ図リ万邦共栄ノ楽ヲ偕ニスルハ皇祖皇宗ノ遺範ニシテ朕ノ拳々措カサル所曩ニ米英二国ニ宣戦セル所以モ亦実ニ帝国ノ自存ト東亜ノ安定トヲ庶幾スルニ出テ……………
朕ハ帝国ト共ニ終始東亜ノ解放ニ協力セル諸盟邦ニ対シ遺憾ノ意ヲ……………
ナンジシンミンノチュウジョウモ、チン、ヨクコレヲシル。シカレドモ、チンハ、ジウンノオモムクトコロ、タエガタキヲタエ、シノビガタキヲシノビ、モッテ……

タエガタキヲタエ、シノビガタキヲシノビ。

敗戦、終戦、あるいは「玉音放送」といえば、おそらく万人の脳裏をよぎるであろうこの対句表現。

戦後、一九四五年八月一五日の「表徴」として幾多のドラマや映画やドキュメンタリーでくりかえしもちいられてきたために、アジア太平洋戦争とその終結をじかに体験した人にもそうでない人にも、また、はじめて耳にする「生き神」の声に釘づけられた人にもそうでない人にも、あまねく記憶されることになったこの「対句」の、あとにつづく言葉を知る人はどれほどいるだろうか。

文字にすれば八〇〇字。玉音にかえれば五分足らずの「終戦の詔書」のなかできわだったインパクトをもつこのフレーズは、文法的には用言を修飾する語句にあたり、「タエ」「シノビ」のリフレインと対句を併用していることから、修辞法的には述部の内容を二重ばりで強調するはたらきをになっている。

では「あまりの堪え難さ忍び難さを、さらに堪え忍んで」どうしようというのかというと「万世ノ爲ニ太平ヲ開カムト欲ス」とある！

すなわち「シカレドモ、チンハ、ジウンノオモムクトコロ、タエガタキヲタエ、シノビガタキヲシノビ、モッテ、バンセイノタメニ、タイヘイヲヒラカントホッス」となり、さらに「シカレドモ」によって否定される手前の二文をあわせると、「惟《おも》フニ、今後、帝国ノ受クヘキ苦難ハ、固《もと》ヨリ尋常ニアラス。爾《なんじ》臣民ノ衷情《ちゅうじょう》モ、朕、善《よ》ク之ヲ知ル。然レトモ、朕ハ、時運《じうん》ノ趨《おもむ》ク所、堪ヘ難キヲ堪ヘ、忍ヒ難キヲ忍ヒ、以テ、万世ノ爲《ため》ニ太平ヲ開カムト欲ス」となる。

「共同宣言」すなわち「ポツダム宣言」受諾後の帝国や臣民の苦難はなみたいていのものではなかろうが、それを堪え忍んで「未来永劫のために平和な世界を開きたい」というわけだ。

ソ連が「対日宣戦」を布告した翌日の一九四五年八月九日、午前一〇時より、降伏と終戦にむけての「最高戦争指導会議」がひらかれ、そのさなかに長崎にふたつめの原子爆弾が投下された。会議はえんえん深更におよんだが、なおも無条件降伏勧告の受諾を決することができず、はや日付もかわろうとする午後一一時五〇分に「終戦御前会議」を開催、「聖断」をあおいで降伏と戦争終結を決定した。一〇日午前二時二〇分のことだった。

午前七時前、外相は中立国のスイス・スウェーデン両公使を通じて「宣言受諾」の用意があることを連合国側に通告。米国では一一日付の新聞が「戦争は終わった」「天皇制は維持されるだろう」と報道した。

一二日、連合国側からの正式回答がとどいた。そこには天皇と日本政府の国家統治権が連合国司令官に「subject to（従属する）」するという一句がくわわっていた。陸軍、海軍は「隷属する」とした当初の訳文に難色を示し、外務省はこれを「制限の下に置かる」とやわらげたがあとのまつり。「国体護持」をめぐって宣言受諾反対論が再燃した。

一三日、東京の空に焼夷弾ではなく宣伝ビラが降ってきた。「日本の皆様　私共は本日皆様に爆弾を投下するために来たのではありません……」。ポツダム宣言を受諾した日本にたいする回答と銘打って、連合軍の意向をつたえる日本語のビラだった。

一四日早朝、宣伝ビラは関東平野一帯の空にまきちらされた。国民が、ではなく各地の軍隊がどううけとるか。タイミングを誤れば……。もはや「陛下御親《おんみずか》らの御示諭《ごしゆ》」によるほかはない。宮内省サイドはそう判断した。

クーデターの生起をもっとも危ぶんだのは、ひとたび戦争終結の「聖断」をくだし、そのために、唯一標的とならざるをえない天皇その人だった。

「そこで私は、何を置《ママ》いても、廟議の決定を少しでも早くしなければならぬと決心し、十四日午前八時半頃鈴木総理を呼んで、速《ママ》急に会議を開くべきを命じた」

天皇の免責を企図して編まれた『独白録』によれば、参内した内閣総理大臣鈴木貫太郎《すずきかんたろう》に「終戦御前会議」の再開を「命じた」のは天皇だった。

午前一〇時四五分、「最高戦争指導会議」と「閣議」をあわせた「合同御前会議」が開かれた。そして、二度目の「聖断」がくだされた。正午すこし前のことだった。

国家そのものの崩壊が予想される状況において「統治権の総攬者」である天皇が「政治優先での国務と統帥の調整」をはかるべく「親裁」をくだしたというわけだ。

この期におよんでこの国のリーダーたちは、二度の「親裁」によらなければ降伏と戦争終結を決することができなかった。

というより、「聖断」による戦争終結という形式は、「国体」の内側からの崩壊を危ぶみつつ、終戦にむけて政局のイニシアティブを掌握することができないでいた重臣・宮中グループが、原爆投下とソ連参戦という「天佑《てんゆう》」を味方につけることで最終的にえらびとった方法であり、終局においてはもちろん、天皇とも共有された既定路線だった。

午後一時、ポツダム宣言受諾と戦争終結を宣布する「詔勅案」決定のための閣議が開かれた。

「終戦の詔書」のさいしょの草案は、九日の「聖断」すなわち一度目の天皇の「御発言」をもとにつくられたというが、「タエガタキヲタエ、シノビガタキヲシノビ」が修飾・強調するところの「万世ノ爲ニ太平ヲ開カムト欲ス」の部分は、草案では「社稷《しゃしょく》ヲ保衛セムト欲ス」であった。

「朕ハ、実ニ、堪ヘ難キヲ堪ヘ、忍ヒ難キヲ忍ヒ、爾臣民ト共ニ黽勉《びんべん》努力以テ、社稷ヲ保衛セムト欲ス」。つまり「わたしは堪え難さ忍び難さを堪え忍んで臣民といっしょにはげみつとめ、国家と国家の守り神をたもちたい」と。

ここに、朱子学の入門書『近思録』にある格言「為万世開太平」を引用し、かつ『春秋左氏伝』にある道義の至上命令「信を以て義を行い、義を以て命を為す」をもちこんで「朕ハ、義命ノ存スル所、堪ヘ難キヲ堪ヘ、忍ヒ難キヲ忍ヒ、以テ、万世ノ爲ニ太平ヲ開カムト欲ス」としたのは、当時、大東亜省顧問の任にあった陽明学者安岡正篤《やすおかまさひろ》だった。

戦後「終戦詔書秘話」が明るみにだされた一九八一年の『毎日新聞』「記者席」の表現をかりれば、安岡は「和洋漢すべてに通じ、戦前は北一輝、大川周明に比される国家主義思想家」で、「戦後は二十歳も年長の吉田首相が〝老師〟と呼んで指南役を求めたのを皮切りに、歴代首相に〝宰相学〟を伝授」したという人物である。

「義命」はすぐに「時運」にあらためられたが、「万世ノ爲ニ太平ヲ開カムト欲ス」は八月一四日、二度目の「聖断」のあとの閣議で検討された最終「詔書案」にのこり、「戦争に負けて降伏するのに、ひと言の謝罪もなく、こんな大きな口をたたくのはいかがなものか」という批判をあびつつも、けっきょく「御署名詔書」にのこされた。

「詔書」にはこのほかに、安岡によってまったく新たに書き加えられた一文がある。「朕、何ヲ以テカ、億兆ノ赤子ヲ保シ、皇祖皇宗ノ神霊ニ謝セムヤ」である。「皇祖皇宗」は、明治二二年の「皇室典範及憲法制定ニツキテノ御告文《ごこうもん》」や翌年の「教育勅語」にはじまる新造の表現であり、この一文だけをもってしても神権主義的な統治者意識があらわとなる。

そのような一文が、なんと「ポツダム宣言」受諾の理由をのべたパラグラフのなかに布置されている。

「而《しか》モ、尚《なお》交戦ヲ継続セムカ、終《つい》ニ我カ民族ノ滅亡ヲ招来スルノミナラス、延《ひい》テ人類ノ文明ヲモ破却スヘシ。斯《かく》ノ如《ごと》クムハ、朕、何ヲ以テカ、億兆ノ赤子ヲ保シ、皇祖皇宗ノ神霊ニ謝セムヤ。是レ、朕カ帝国政府ヲシテ共同宣言ニ応セシムルニ至レル所以《ゆえん》ナリ」

このまま戦争をつづけ、わが民族を滅亡させ、人類の文明を破却したなら、いったいわたしは何といって天照大神にはじまる歴代の神霊にお詫びしたらいいのだろう。いや、謝るすべがない。だから「宣言」を受諾するのだと。そこには、皇祖皇宗にたいする強烈な責任感はあっても、日本国民、まして植民地をふくむ一億五〇〇〇臣民や国際社会にたいする責任感は希薄にすぎる。が、これもそのまま「御署名詔書」にのこされた。

翌八月一六日に発足することになる戦後初の内閣――内閣制度が導入されてはじめての「宮様内閣」――の首相、東久邇宮稔彦《ひがしくにのみやなるひこ》がとなえたスローガン「一億総懺悔」の論理《ロジック》がすでにそこに包摂されている。

すなわち、降伏文書調印を目前にした八月二八日の記者会見において東久邇総理が強調した「国体護持」のための「全国民総懺悔」である。

「国体護持といふことは理屈や感情を超越した固いわれわれの信仰である、祖先伝来我々の血液の中に流れている一種の信仰である……現在においては先日下された（終戦の）詔勅を奉体し、これを実践に移すことが国体を護持することである」。そのために「この際私は、軍・官・民、国民全体が徹底的に反省し懺悔しなければならぬと思ふ、全国民総懺悔をすることがわが国再建の第一歩であり、わが国内団結の第一歩と信ずる」と。

詔勅を奉体する。すなわち「終戦の詔書」の内容をうけたまわってよく心にとめ、それを実現する。そうすることで「信仰」としての「国体護持」ははたされるが、そのためには、全国民が徹底的に反省し、「総懺悔」をすることが必要なのだという。

つまり「一億総懺悔」とは、日本が武力侵攻した国々や地域の人々にたいしてなされるものでも、みずからの戦争協力行為にたいしてなされるものでもなく、戦争に負けてしまったことを天皇に詫び、国体を護持するためになされるものなのだ。

開闢いらい二六〇〇年、不敗をほこってきた神州をはじめての敗戦にいたらしめたあやまちを、天皇は、皇祖皇宗にたいして謝罪する。一億総臣民は、天皇にたいして謝罪する。「忠誠を尽くし足りなくて申し訳ありませんでした」と。そうやって戦争責任をうやむやにし水に流してしまう。「天皇と臣民」あるいは「一君と万民」のあいだにだけ通い合う共犯的、閉塞的な関係をつくりあげることによって、日本が国家としておこなったあらゆる残虐行為や違法行為や戦争犯罪から目をそらし、全国民の「総懺悔」は、ただひとり天皇裕仁にむけて捧げられる。

「一億総懺悔」はそのようなロジックをもった言説なのであり、「終戦の詔書」とあいまって、天皇の免責のみならず、すべての国民の戦争責任をも不問にするメカニズムを秘めたトリックにほかならなかった。

大東亜省顧問にして国家主義的陽明学者安岡や、この国の支配層だった「終戦内閣」および「最高戦争指導会議」のメンバーや、戦争責任を極端な軍国主義者や陸軍になすりつけて涼しい顔をすることになる重臣・宮中グループや海軍の「穏健派」戦争推進者たち、すなわち、本来「指導者責任」を問われてしかるべき人々がそのようであったことは、いわずもがなゆゆしきことだが、問題は、消極的であれ受動的であれ、そのようなロジックやメカニズムを受容することで思考停止の安住に身をゆだねてしまった、ほとんどすべての「日本国民」にある。

無計画かつ倒錯的な戦争の必然の結果として、互いが互いを苦しめ合うことなしに生きてゆけない状態に追いこまれた人々が、また「キヲツケ」や「サイケイレイ」や「バンザイ」など、天皇制がつくりだした慣習行動《ハビトゥス》をみごとに内在化してしまった人々が、「一億総懺悔」という「思考停止装置」の浄化にあずかることで新たな共同幻想に動員され、同化され、ついに、みずからの戦争協力にたいする責任を問い直すことがなかったことは、いまなおこの国のありかたに深刻な翳《かげ》をおとしている。

八月一五日水曜日。この日どこの家庭にも朝刊は配達されず、販売店にも朝刊はならべられなかった。毎朝五時キッカリにはじまるラジオニュースの放送もなく、六時のニュースも、七時のニュースも放送されない……。

「謹んでお伝えいたします」

まさに忽然とラジオが鳴ったのは、午前七時二一分のことだった。

「畏きあたりにおかせられましては、このたび詔書を渙発あらせられます。畏くも天皇陛下におかせられましては、本日正午おんみずから御放送遊ばされます。まことに畏れおおき極みでございます。国民は一人残らず謹んで玉音を拝しますように。

くりかえします…………。

ありがたき御放送は正午でございます。

くりかえします…………。

なお今日の新聞は、都合により午後一時頃配達されるところもあります」

「玉音放送」の予告を伝えるアナウンスだった。

前日一四日正午、再度の「御前会議」において「聖断」がくだされたあと、二度目の天皇の「御発言」を加味した最終「詔書案」が大あわてでととのえられ、閣議にはかられた。

そもそもが波乱含みの閣議だった。いちいちの議決に手間どり、二三か所一〇一文字の削除と一八か所五八文字の加筆、四か所一八文字の追加および構文組み替えをほどこして決定した「詔書案」が天皇に捧呈されたのは、閣議開始から九時間後の午後一〇時のことだったという。

もっとも審議が紛糾したのは「朕カ陸海将兵ノ勇戦、朕カ百僚有司ノ励精、朕カ一億衆庶ノ奉公各々最善ヲ尽セルニ拘ラス戦勢日ニ非ナリ」の「戦勢日ニ非ナリ」だった。これを「戦局必スシモ好転セス」とあらためるべきだという。天皇の将兵、天皇の官僚・役人、天皇の臣民がおのおの最善をつくしたが「戦局はかならずしも好転しない」のであって、敗北したのではないと、そう阿南惟幾《あなみこれちか》陸軍大臣が執拗に主張した。

虚偽の発表によって戦局の惨状を詐《いつわ》りつづけてきた当事者でもある閣僚たちは、けっきょく阿南におしきられるかたちで「戦局必スシモ好転セス」を採用した。

もっとも重要な訂正は「朕ハ茲《ここ》ニ国体ヲ護持シ得テ、忠良ナル爾《なんじ》臣民ノ赤誠ニ信倚《しんい》シ、神器ヲ奉シテ常ニ爾臣民ト共ニ在リ」の「神器ヲ奉シテ」を削除したことだった。これをのこせば、占領軍の「三種の神器」にたいする無用の詮索をまねくことになる。それによって神器を失うような事態にいたれば「国体」は護れないとの理由からだった。

じじつ、天皇は最後まで伊勢と熱田《あつた》の空襲をおそれていた。ために、伊勢・熱田両神宮に安置されている神器、八咫鏡《やたのかがみ》と草薙剣《くさなぎのつるぎ》と八尺瓊勾玉《やさかにのまがたま》を自身の手元に遷御させるか、信州松代に極秘につくらせていた大地下壕に遷御させることを考えていた。「天孫降臨」と「万世一系」の唯一のよりどころである「神話上の器物」。唯一それだけが、裕仁が天神御子《あまつかみのみこ》であることの証しであり、「国体」護持に欠かせぬもの！だというわけだ。

無条件降伏の決定をうけて「終戦閣議」がひらかれたのは午後一時。その直後のことだった。大阪陸軍造兵廠上空にB29一五〇機がつぎつぎ飛来して七〇〇トンをこえる爆弾を投下したのは。戦火は二〇〇〇戸をのみこみ、五〇〇人の生命《いのち》をうばい、三〇〇〇人の市民を焼きだした。

午後一〇時、大急ぎで「詔書」の浄書がすすめられた。毛筆による八〇〇文字の浄書には、およそ一時間を要するという。並行して四つの文書が作成された。国務大臣の副署をともなった「詔書」の原本《オリジナル》。玉音放送用の浄書。国務大臣が花押をそろえた閣議決定公文書。そして官報・新聞用のタイプ文書である。

午後一一時、天皇は「詔書案」を裁可し「裕仁」の名をしるした。ここに「大東亜戦争終結ニ関スル詔書」が渙発され、「詔書」発布のむねは、スイス・スウェーデン公使を通じて連合国側にも伝えられた。

一一時二〇分から開始された「玉音放送」の録音がおわったのは一五日午前零時。満州事変いらいじつに一五年、大帝国という名の魔物《もののけ》に魅入られたようになって侵略戦争にのめりこんできた歳月に、ついにピリオドをうつ一《いち》日《じつ》が、すでに時を刻みはじめていた。

が、まさにそのとき、秋田市土崎、熊谷市、伊勢崎市、小田原市、岩国市、光市の三万人をこえる市民が空襲の炎にさらされていたことを、厳重に防護された御文庫地下壕を御座所《おまし》とする天皇が知るはずはなかった。

「畏きあたりにおかせられましては、このたび詔書を渙発あらせられます」

早朝、ラジオから予告が報じられるや、それがいかなるものか知るよりはやく二重橋にいたり、宮城を拝する市民がひきもきらず、玉砂利をふむ足音は頻《しげ》くこそなれとだえることはなかったという。

正午。路傍《みちばた》や広場のくたびれた麦藁帽子のうえにおかれたラジオ。すっかり物がなくなってガランとした家々の片隅で居ずまいを正しているラジオ。隣組長の家の玄関先や集会場や、まちの店先や食堂につめかけた人々の輪のなかで青ざめたようにすわっているラジオが、時報をつげる。

「ただいまより重大なる放送があります。全国聴取者のみなさま、ご起立を願います」

路傍や街角で、家々の畳のうえで、工場やオフィスや学校や兵営で、制服や上着の襟をしたたか汗ににじませた人々が、はじかれたように「キヲツケ」をする。

「天皇陛下におかせられましては、全国民にたいし、畏くも御自ら大詔《おおみことのり》を宣《の》らせ給うことになりました。これよりつつしみて玉音をお送り申します」

君が代の楽奏がひびく。

まもなく「玉音」が全国のありとあらゆるラジオから流れだす。

人々は頭《こうべ》を垂れて謹聴する。「玉音」の語るそのままに「詔勅」の内容を理解できた者ははたしてどれほどあったか……。身じろぎもせずに耳をかたむけつづける人々。虚につままれながらもなにがしかを察し、しずかに涙をぬぐう人、すすり泣きをもらす人……。抑制され、硬直した身ぶりのなかに、はげしく情動が交錯した。

ほとんどの国民が「玉音」の内容をどうにか理解することができたのは、長々とした「内閣告諭」や、日本にたいして厳しい内容をもつ部分約八九〇文字を削除して六三〇字になった「ポツダム宣言正文」の朗読などとあわせて伝えられた、ニュース・コメントによってだった。

「終戦の詔書」。そこに巧まれた「からくり」に、またしても無辜の人々はやすやすとからめとられていく。

「朕……非常ノ措置ヲ以テ時局ヲ収拾セムト欲シ、茲《ここ》ニ忠良ナル爾《なんじ》臣民ニ告ク。朕ハ、帝国政府ヲシテ、米英支蘇四国ニ対シ、其ノ共同宣言ヲ受諾スル旨通告セシメタリ」

そうきりだして、天皇は臣民万民にむかって「肉声」で詔《みことのり》した。

「抑々《そもそも》、帝国臣民ノ康寧ヲ図リ、万邦共栄ノ楽《たのしみ》ヲ偕《とも》ニスルハ、皇祖皇宗ノ遺範ニシテ……」

開口いちばん確認されたことは、日本国民の平穏無事と「万邦共栄」すなわち世界繁栄の喜びを共有することが、歴代天皇にうけつがれてきた理念であるということだ。そのうえで、対米英開戦もまた、「帝国ノ自存」と「東亜ノ安定」のための「正義の戦争」だったといちづけた。

「曩《さき》ニ、米英二国ニ宣戦セル所以《ゆえん》モ亦《また》、実ニ帝国ノ自存ト、東亜ノ安定トヲ庶幾《しょき》スルニ出テ、他国ノ主権ヲ排シ、領土ヲ侵スカ如《ごと》キハ、固《もと》ヨリ朕カ志《こころざし》ニアラス」と。

ここにたくまれていることは、明治いらい天皇の名においておこなわれてきた台湾、朝鮮、満州、中国にたいする武力侵攻と植民地支配を「万邦共栄」と「東亜ノ安定」のためのものだったと肯定し、「米英二国ニ宣戦セル所以《ゆえん》モ亦《また》」と言挙《ことあ》げすることで、そのたびの降伏によって負うべき戦争責任のスケールを対米英戦だけに限定し、どうじに、あきらかにその原因となった、したがって一連のものとしてとらえるべき一五年戦争における「アジア侵略」の事実を歴史からきりはなして葬り去ることである。

はたして、「世界の繁栄、アジアの安定のために最善をつくすこと四年をへても戦局はかならずしも好転せず」と文脈はつづけられる。

「然ルニ、交戦已《すで》ニ四歳ヲ閲《けみ》シ、朕カ陸海将兵ノ勇戦、朕カ百僚有司ノ励精、朕カ一億衆庶ノ奉公、各々《おのおの》最善ヲ尽セルニ拘ラス、戦局必スシモ好転セス」、そればかりか「敵ハ、新《あらた》ニ残虐ナル爆弾ヲ使用シテ、頻《しきり》ニ無辜《むこ》ヲ殺傷シ」、「惨害」すなわち惨憺たる被害のおよぶところまさに「測《はか》ルヘカラサル」までに至ってしまった。

このうえ「交戦ヲ継続」して「終《つい》ニ我カ民族ノ滅亡ヲ招来」し「延《ひい》テ人類ノ文明ヲモ破却ス」ることになっては、わたしを支えてくれる「赤子ヲ保」つことができず、「皇祖皇宗ノ神霊」に謝りようがない。ゆえにわたしは「朕カ帝国政府ヲシテ、共同宣言ニ応セシムル」ことを決断したのだと。

この期におよんで、なにくわぬ顔で、よくもこれほどの虚偽をならべたてられたものだった。天皇の帝国がおこなったあらゆる侵略を「正義の戦争」だといいはり、敵が残虐兵器を使用したがゆえに被害は無実の市民をまきこんでとめどなくなり、このまま文明をめちゃめちゃにこわしてしまっては「皇祖皇宗に謝りようがない」から、正義のための戦争を終結したのだと！

はたして、これを大いなる違和感をもってうけとめた人のなかに、フランス人ジャーナリスト、ロベール・ギランがいた。彼は、詔勅を「まったく不思議なテキスト」だとよび「その精神において、とことん日本的なものだった」

と批評した。
アヴァス通信東京支局長として一五年戦争の半分を日本で過ごし、日本人の妻とのあいだに二人の子をなし、終戦を軽井沢の山村の自宅監視のなかでむかえたギラン。一九四五年八月七日から一四日にいたる決定的な一週間の東京とワシントンとの交渉を、仲間が秘密でもちだした短波受信機でキャッチしていた彼は、一四日夜、彼らが生命の危機から解放されたことを知ったという。

翌日正午の「玉音放送」。その直後から、あらゆる日本人が「意表をつく容易さ」で敗戦をうけいれ、葛藤も苦悩もなく、ただ「無造作に」戦後に適応し、みずからの罪にまったく無頓着なまま抑圧からの解放に表情をかがやかせたことをまのあたりにした彼の「まったく不思議なテキスト」にたいする分析はあざやかだ。

「もし、旧軍人が将来自分たちの好き勝手に歴史を書き直す機会を得られるならば、彼らはこの詔勅のテキストを基盤にして次のように言うこともできよう。われわれが戦争をやめたのは、われわれの敵の非人間的行動にのみ依るものであった。わが天皇は麾下《きか》の軍隊が深手を受けていないにもかかわらず、殺戮を止めることに同意されたのである。なぜなら、天皇は日本国の救世主であるばかりではなく、いかなる残虐行為にも反対する、人間文明の防衛者たらんと欲せられたからだと」

ギランの指摘によるまでもなく、「終戦の詔書」のなかにはすでに新たな「天皇の物語」がたくまれていた。「天皇の『聖断』による平和の回復」という「日本神話」である。「終戦の詔書」が、降伏と終戦を告げるものではなく、「天皇制継続宣言」であるといわれるゆえんである。

一億臣民の忘我が涙にかわり、虚脱がやがて安堵の笑みにかわろうとするころ、東京の気温は三二・三度に達し、大阪は三五度をこえ、名古屋、京都は三六度をこえる暑さを記録した。原子爆弾投下によって大量の放射能と七〇〇〇度の焦熱にさらされた広島、長崎にも、容赦のない陽ざしがつきさした。

ラジオは語りつづける。あたかも勝ち誇った者であるかのような声で……。

「大御心《おおみこころ》に副《そ》い奉ることもなしえず、みずから戈《ほこ》を納むるの止むなきに至らしめた民草《たみくさ》を御叱《おしか》りもあらせられず、かえって『朕の身はいかがあろうとも、これ以上国民が戦火に斃《たお》れるのを見るのは忍びない』と宣《のたま》わせられ、国民への大慈大愛を垂れさせ給う大御心《おおみこころ》のありがたさ、忝《かたじけな》さに、誰が自己の不忠を省《かえり》みないものがありましょうか……」

一九二五年の放送開始いらい、つねに政府の指導統制をうけ、満州事変を機に内閣に情報委員会ができてからは、もっぱら戦争完遂と民衆善導のための啓発機関に徹してきたラジオ放送。その声は、まさにいま、彼らにしかできない世紀の大事業に参じているのだといわんばかりの、おそれを知らぬ、鍛錬された力強さに満ちていた。

「畏くも天皇陛下におかせられましては、世界平和の確立は大東亜戦争の根本であったにもかかわらず戦局は好転せず……万世のために太平を開くの御決意を御披瀝あらせられ、事ここに至った以上、挙国一家……誓ってコクタイの精華を発揚し、世界の進運に遅れざらんことを期せよと、深く今後の国民を御激励あそばされたのでございます」

　はじめてラジオから流れた「玉音」の、「タエガタキヲタエ、シノビガタキヲシノビ」という文言だけが奇妙にリアリティをもってとらえられた人々の耳に、アナウンスは、まさにえきえきとして新たな「天皇の物語」をささやきつづけた。

「国体護持の最後の一線は確保されたとはいえ、われらの力足らずして事ここにいたったのであります……いまや国民全部が責を分かつべき時であります……われら一億は……今こそ三千年の伝統に即して、ただただ大御心に帰一し奉り、無彊の皇運と神州の不滅を確信しながら、君民親和のもと、全国民一致結束して、この未曾有の国難克服に邁進すべきと存じます」

　太陽が西にみちをとりはじめた。新聞売り場にはえんえんたる行列ができ、こもごもの思いをかみしめながら炎天を見あげる市民の家々にもやがて新聞がゆきわたる。

**戦争終結の大詔渙発さる**

　大判サイズの紙面の中央、大見出しの下には「詔書」の全文が、飾り罫の囲みつき四倍角文字で載っている。誰もがむさぼるように文字を追った。

**新爆弾の惨害に大御心**

**帝国、四国宣言を受諾　畏し、万世の為太平を開く**

「大東亜戦争は終にその目的を達し得ずして終結するのやむなきにいたった。科学史上未曾有の残虐なる効力を有する原子爆弾と……」

　詔勅において言挙《ことあ》げされた「万世ノ爲《ため》ニ太平ヲ開カム」を見出しに冠した『東京朝日』は、記事のリード部分で、原爆投下とソ連参戦いらい一四日の御前会議にいたるまでの経緯を報じ、「忝《かたじけな》き聖断を拝」することによって戦争終結が決せられたことを伝えていた。

　そして驚くなかれ、はやくも宮城前広場で泣きくずれる市民のさまを伝える記事が活字となって紙面を蒼然とさせている！

**玉砂利握りしめつつ　宮城を拝し　ただ涙**

「溢れる涙、とめどなく流れ落ちる熱い涙。ああけふ昭和二十年八月十五日、大詔を拝し、大君《おおきみ》の在《ま》します宮居のほとり、濠端《ほりばた》に額《ぬか》づき、私は玉砂利を涙に濡らした……私は泣いた、声をあげて泣いた……男子皇国に生を享《う》けて、またいつの日かかくも泣くときがあろう……天皇陛下、おゆるしを……。
大東亜戦争日に我に不利、遂に民族の保全、一億赤子《せきし》の ことに御軫念《おんしんねん》あらせられての御聖断、『朕、何ヲ以テカ億兆ノ赤子ヲ保シ、皇祖皇宗ノ神霊ニ謝セムヤ』との大御心《おおみこころ》を拝察し奉り……ああ、そこにも玉砂利に額づいて、大君に不忠をお詫び申し上げる民草の姿があった……」

紙面からあふれだす、手垢にまみれた紋切り型のナンセンス。なんたる逆上《のぼ》せあがり。なんたる破廉恥……。

翌一六日の朝刊は、各紙がこぞって二重橋前で慟哭する国民たちの写真を掲載した。

**地に伏して粛然「聖恩」に咽ぶ**
**「忠誠足らざる」を詫び奉る**

この国は、この国の人々は、すでに新たな神話世界に一歩をふみだしていた。かつて負けの決まっている戦争に嬉々としてみずからを投げこみ、すっかりのめりこみ、不条理をただがんばりぬくことでやりすごし、集団自殺への道に唯々諾々とひきずられていったように……。

一九四五年一一月一二日、天皇は伊勢にむかって東京をあとにした。裕仁にたいするマッカーサー個人の寛容によって、皇祖アマテラスと始祖王神武《じんむ》と祖父王明治《めいじ》の「お墓参り」が、非公式を条件に許可されたのだ。

一三日、天皇は伊勢神宮を親拝した。四二年一二月一二日の戦勝祈願いらい三年ぶりの参宮だった。

**天皇陛下 伊勢の神宮御親拝**
**新生日本の健やかな前途祈念終戦の御告文《ごこうもん》を奏申**

御告文!純粋にお家の宗教上の目的で、つまり私的なお墓参りとしておこなわれたはずの神宮参拝を、一四日付の各紙は、天皇じきじきによる国家安穏祈願であり終戦奉告であると報じた。

アマテラスに「終戦」を奉告した天皇は、つづいて神武天皇畝傍山東北陵と明治天皇桃山御陵を親拝し、一八日には東京に戻り、二四日には父王大正天皇の多摩御陵を親拝しておなじように「終戦」を奉告した。

この間、一九日には靖国神社で臨時大招魂祭が営まれ、同年春の臨時大祭いらいの太平洋戦争戦没者が合祀されて神となった。

これによって靖国神社には、明治維新前後の内乱をはじめ、日清戦争、台湾出兵、北清事変、日露戦争、韓国鎮圧、第一次世界大戦、シベリア出兵、山東出兵、満州事変、日中戦争、太平洋戦争にいたる二四五万余の戦死者が祀られることとなった。うち太平洋戦争戦没者は二一二万余(八七パーセント)。天皇裕仁による山東出兵いらいの戦死者を合わせると二三三万柱となり「英霊」の九五パーセントをしめることになった。

二〇日、天皇は、日中戦争が本格化した一九三八年いらい毎春秋の臨時大祭においてそうであったように、靖国神社を「公式」参拝し、戦没者の霊を慰めた。天皇の親拝をうけたことによって、前日合祀された戦没者もまた「国家の神霊」すなわち「護国の神」の仲間入りをはたし、ここに、二四五万をこえるすべての死が、「天孫降臨」と「万世一系」という虚構を本質とする「国体」を護持するために捧げられた死として、あらためて天皇によって意味づけられた。

ただひとつ異例だったのは、身につけた衣服が大元帥としての軍服ではなく、その日のために調整した「天皇服」だったことである。

一度かぎりの「天皇服」による靖国公式参拝。それは、一二月一五日、GHQの「神道指令」によって国家神道としての「靖国」の論理が断絶する、まさにその前にすべりこむようにしていとなまれた、いまだ祭祀大権を失っていない天皇による親拝だった。

そしてそれは、二五〇万の「英霊」を背負った天皇裕仁の身体と地位の保全をはかり、唯一彼の身体にだけ実体化された「血統神話」をよりどころとした「国体」を護持するために、いとなまれるべくしていとなまれた儀式であり、なによりも、戦後、二五〇万の「英霊」にささえられてつむがれていく新たな「天皇の物語」にとって欠くべからざる事蹟となった。

四二日後の一九四六年一月一日、天皇明治の——簒奪者たちの筆《て》で骨抜きされた——「五箇条の誓文」をみずからの宣言におきかえるというレトリックをほどこした年頭「国運振興の詔書（人間宣言）」によって裕仁は「人間天皇」となった。そして二月一九日、彼は、こざっぱりとした背広に身をつつみ、横浜、川崎をかわきりとする「全国巡幸」の旅に出かけていった。

四分の三世紀前の明治五年（一八七二）五月二三日。明日には新政府が創建した第一号別格官幣社「湊川神社」に楠木正成がむかえられ、国家神になろうというその日、「神武創業、神功征韓」をイメージしてつくらせた「正服」、すなわち黒絨《こくじゅう》の燕尾形ホック掛けの上衣の胸元いちめんに金刺繍の菊花葉をきらめかせた洋装に身をつつんだニューモードの天皇明治が、新生国家日本の「国見《くにみ》」と僻邑遐陬《へきゆうかすう》の地の「王化《おうか》」と、新しい統治者の「お披露目」をかねて「西国・九州巡幸」の旅に出かけていったように。

# 【参考文献一覧】

秋元　信英「梧陰文庫関係資料よりみた文相井上毅の修史事業と文体への関心」（『国学院大学紀要』3）一九八一年
井上　勝生『開国と幕末変革』（日本の歴史18 講談社）二〇〇二年
井上　勲『王政復古』（中公新書）一九九一年
井口　武夫『開戦神話―対米通告を遅らせたのは誰か』（中公文庫）二〇一一年
伊藤　博文著・宮沢　俊義校註『憲法義解』（岩波文庫）一九四〇年
家近　良樹『孝明天皇と「一会桑」』（文春新書）二〇〇二年
家永　三郎『津田左右吉の思想史的研究』（岩波書店）一九七二年
石田　徹「明治初期日朝交渉における書契の問題」（『早稲田政治経済学雑誌』365）二〇〇四年
石渡　隆之「終戦の詔書成立過程」（国立公文書館『北の丸』28）一九九六年
今井　清一編著『震災にゆらぐ』（日本の百年6　ちくま学芸文庫）二〇〇八年
今尾　文昭「天武・持統天皇陵」（別冊歴史読本78『歴史検証 天皇陵』）二〇〇一年
入江　曜子『日本が「神の国」だった時代―国民学校の教科書をよむ』（岩波新書）二〇〇一年
岩下　紀之「国文学研究範囲の拡大について―改元詔書、即位宣命を論じて昭和二十年の詔書に及ぶ」（愛知淑徳大学『国語国文』31）二〇〇四年
上島　亨『日本中世社会の形成と王権』（名古屋大学出版会）二〇一〇年
上島　亨「仏塔に埋葬された天皇」（『歴史のなかの天皇陵』思文閣出版）二〇一〇年
上田　長生「江戸時代の天皇陵」（『歴史のなかの天皇陵』思文閣出版）二〇一〇年
上山　春平『天皇制のデザイン』（上山春平著作集　第四巻　法蔵館）一九九四年
牛島　秀彦『九軍神は語らず―真珠湾特攻の虚実』（光人社ＮＦ文庫）一九九九年
生方　敏郎『明治大正見聞史』（中公文庫）一九七八年
尾崎　利生「明治前期の憲法諸構想に於ける天皇大権規定の一考察㈠」（『法学研究論集』第三号）一九九三年
小野　雅章「集団勤労作業の組織化と国民精神総動員」（『教育学研究』66 日本教育学会）一九九九年
小野　雅章「一九三〇年代の御真影管理厳格化と学校儀式」（『教育学研究』74 日本教育学会）二〇〇七年
大江志乃夫『靖国神社』（岩波新書）一九八四年
大久保利謙『日本近代史学の成立』（大久保利謙歴史著作集7　吉川弘文館）一九八八年
大隅　清陽「君臣秩序と儀礼」（『古代天皇制を考える』日本の歴史08 講談社）二〇〇一年
大山　誠一『天孫降臨の夢―藤原不比等のプロジェクト』（ＮＨＫブックス）二〇〇九年
岡田　啓介『岡田啓介回顧録』（中公文庫）一九八七年
岡田　精司『古代祭祀の史的研究』（塙書房）一九九二年
岡田　精司「前近代の皇室祖先祭祀―陵墓と御黒戸祭祀」（『「陵墓」からみた日本史』青木書店）一九九五年
押尾　一彦『特別攻撃隊の記録〈陸軍編〉』（光人社）二〇〇五年
押尾　一彦『特別攻撃隊の記録〈海軍編〉』（光人社）二〇〇五年
鹿野　直正・今井　修「日本近代思想史のなかの久米事件」（『久米邦武の研究』吉川弘文館）一九九一年
金子　敏夫『神風特攻の記録―戦史の空白を埋める体当たり攻撃の真実』（光人社ＮＦ文庫）二〇〇五年
姜　徳相『錦絵の中の朝鮮と中国―幕末・明治の日本人のまなざし』（岩波書店）二〇〇七年
芳　即正「薩摩外史 鹿児島の廃仏毀釈」（『ＭＢＣクォータリー』55 南日本放送）一九八〇年
芳　即正「『市来四郎日記』にみる鹿児島廃仏毀釈前史」（『鹿児島歴史研究』第3号）一九九八年
芳　即正『島津久光と明治維新―久光はなぜ、討幕を決意したか』（新人物往来社）二〇〇二年
木下　尚江「政治の破産者・田中正造」（現代日本文学大系9『徳富蘆花・木下尚江集』筑摩書房）一九七一年

木下 道雄『新編 宮中見聞録—昭和天皇にお仕えして』（日本教文社）一九九八年
喜田 貞吉『六十年の回顧・日誌』（喜田貞吉著作集 第一四巻 平凡社）一九八二年
木戸 幸一『木戸幸一日記』上・下（東京大学出版会）一九六六年
岸川 正範「東京奠都と神田祭」（『明治聖徳記念学会紀要』復刊46）二〇〇九年
北 康宏「奈良平安時代における天皇陵古墳」（『歴史のなかの天皇陵』思文閣出版）二〇一〇年
熊谷 公男『大王から天皇へ』（日本の歴史03 講談社）二〇〇一年
熊谷 公男「持統の即位儀と『治天下大王』の即位儀」（『日本歴史研究』474号）二〇〇二年
熊谷 公男「即位宣命の論理と『不改常典』法」（東北学院大学論集『歴史と文化』45）二〇一〇年
久米 邦武『史学・史学方法論』（久米邦武歴史著作集 第三巻 吉川弘文館）一九九〇年
栗原 彬「現代天皇制論—日常意識の中の天皇制」（岩波講座『天皇と王権を考える』1）二〇〇二年
桑原 伸介「近代政治史料収集の歩み一—復古記を中心に明治初年の官撰修史事業」（『参考書誌研究』17）一九七九年
桑原 伸介「近代政治史料収集の歩み二—重野安繹と編年史の中止」（『参考書誌研究』18）一九七九年
桑原 伸介「近代政治史料収集の歩み三—井上毅と修史事業の再建」（『参考書誌研究』22）一九八一年
ケネス・ルオフ『紀元二千六百年—消費と観光のナショナリズム』（朝日新聞出版社）二〇一〇年
小瀬本国雄『激闘艦爆隊』（朝日ソノラマ）一九九四年
小森 陽一『天皇の玉音放送』（朝日文庫）二〇〇八年
小森 陽一「沖縄・日本400年」（『歴史は眠らない』日本放送出版協会）二〇一〇年
子安 宣邦『本居宣長』（岩波新書）一九九二年
子安 宣邦『「宣長問題」とは何か』（青土社）一九九五年
子安 宣邦『本居宣長とは誰か』（平凡社新書）二〇〇五年
神野志隆光『古事記 天皇の世界の物語』（NHKブックス）一九九五年
神野志隆光『古事記と日本書紀—「天皇神話」の歴史』（講談社現代新書）一九九九年
神野志隆光『「日本」とは何か—国号の意味と歴史』（講談社現代新書）二〇〇五年
神野志隆光『複数の「古代」』（講談社現代新書）二〇〇七年
神野志隆光編『古事記の現在』（笠間書院）一九九九年
近藤 高史『明治書道史夜話』（芸術新聞社）一九九一年
佐々木 克「近代天皇のイメージと図像」（岩波講座『天皇と王権を考える』6）二〇〇二年
斉藤 孝『昭和史学史ノート—歴史学の発想—』（小学館創造選書）一九八四年
坂井 三郎『坂井三郎空戦記録（全）』（出版協同社）一九六五年
坂野 潤治『昭和史の決定的瞬間』（ちくま新書）二〇〇四年
坂野 潤治『明治デモクラシー』（岩波新書）二〇〇五年
坂野 潤治『未完の明治維新』（ちくま新書）二〇〇七年
ジェームズ・E・ケテラー『邪教／殉教の明治—廃仏毀釈と近代仏教—』（ぺりかん社）二〇〇六年
ジョン・ブリーン「明治初年の神仏判然令と近代神道の創出」（『明治聖徳記念学会紀要』復刊43）二〇〇六年
鈴木 勘次『特攻からの生還—知られざる特攻隊員の記録』（光人社）二〇〇五年
鈴木 淳『維新の構想と展開』（日本の歴史20 講談社）二〇〇二年
鈴木 理恵「教育勅語暗記暗誦の経緯」（長崎大学教育学部『教育科学』No.56）一九九九年
鈴木 良編『奈良県の百年』（山川出版社）一九八五年
鈴木 良・高木 博志編『文化財と近代日本』（山川出版社）二〇〇二年
関 幸彦『ミカドの国の歴史学』（新人物往来社）一九九四年
関 幸彦『神風の武士像—蒙古合戦の真実』（歴史文化ライブラリー 吉川弘文館）二〇〇一年
千田 稔『高千穂幻想—「国家」を背負った風景』（PHP新書）一九九九年

田中 聡 「『陵墓』にみる『天皇』の形成と変質」（『「陵墓」からみた日本史』青木書店）一九九五年

多仁 照廣 「昭和十三年、上海・青島ヒトラー・ユーゲント日本招待について」（『敦賀論叢』10）一九九五年

高木 俊朗 『特攻基地知覧』（角川文庫）一九七三年

高木 博志 『近代天皇制の文化史的研究』（校倉書房）一九九七年

高木 博志 「近世内裏空間・近代の京都御苑」（岩波講座『コスモロジーの「近世」』）二〇〇一年

高木 博志 『近代天皇制と古都』（岩波書店）二〇〇六年

高木 博志 『陵墓と文化財の近代』（日本史リブレット 山川出版社）二〇一〇年

高木 博志 「天皇陵の近代」（『歴史のなかの天皇陵』思文閣出版）二〇一〇年

高見 順 『敗戦日記』（中公文庫）二〇〇五年

瀧井 一博 『文明史のなかの明治憲法―この国のかたちと西洋体験』（講談社選書メチエ）二〇〇三年

武田 秀章 『維新期天皇祭祀の研究』（大明堂）一九九六年

武田 秀章 「近代国家祭祀と陵墓」（別冊歴史読本78『歴史検証 天皇陵』）二〇〇一年

竹山 昭子 『玉音放送』（晩聲社）一九八九年

茶園 義男 『密室の終戦詔勅』（雄松堂出版）一九八九年

茶谷 誠一 『宮中からみる日本近代史』（ちくま新書）二〇一二年

鶴見 俊輔編著 『御一新の嵐』（日本の百年1 ちくま学芸文庫）二〇〇七年

デニス・ウォーナー・ペギー・ウォーナー・妹尾作太男 『ドキュメント神風』上・下（徳間文庫）一九八九年

トク・ベルツ編『ベルツの日記』上・下（岩波文庫）一九七九年

ドナルド・キーン『明治天皇』㈠～㈣（新潮文庫）二〇〇七年

外池 昇 「天武持統陵の改定」（『日本古代中世の政治と文化』吉川弘文館）一九九七年

外池 昇 『天皇陵の近代史』（歴史文化ライブラリー83 吉川弘文館）二〇〇〇年

外池 昇 「文久の修陵―陵墓管理の歴史的原点」（別冊歴史読本78『歴史検証 天皇陵』）二〇〇一年

外池 昇 「天皇陵の古写真」（別冊歴史読本52『図説 天皇陵』）二〇〇三年

外池 昇 『天皇陵論 聖域か文化財か』（新人物往来社）二〇〇七年

外池 昇・山田 邦和編『文久山陵図』（新人物往来社）二〇〇五年

戸田 文明 「加藤弘之の『転向』」（『四天王寺国際仏教大学紀要』44）二〇〇七年

戸原 純一 「幕末の修陵について」（『書陵部紀要幕末関係論文集』16）一九八〇年

徳永 和喜 『偽金づくりと明治維新―薩摩藩偽金鋳造人 安田轍蔵』（新人物往来社）二〇一〇年

中島 健蔵 『昭和時代』（岩波新書）一九五七年

中道 寿一 『ヒトラー・ユーゲントがやってきた』（南窓社）一九九一年

仁藤 敦史 『女帝の世紀―皇位継承と政争』（角川選書）二〇〇六年

新田 一郎 『太平記の時代』（日本の歴史11 講談社）二〇〇一年

橋川 文三編著 『明治の栄光』（日本の百年4 ちくま学芸文庫）二〇〇七年

橋川 文三編著 『アジア解放の夢』（日本の百年7 ちくま学芸文庫）二〇〇八年

橋川 文三・今井 清一編著 『果てしなき戦線』（日本の百年8 ちくま学芸文庫）二〇〇八年

橋口 尚武 「旧薩摩藩の仁王像について」（『大河』第8号）二〇〇六年

林えいだい 『陸軍特攻・振武寮―生還者の収容施設』（東方出版）二〇〇七年

林えいだい 『重爆特攻「さくら弾」機―日本陸軍の幻の航空作戦』（光人社NF文庫）二〇〇九年

林 健太郎 『移りゆくものの影』（文藝春秋新社）一九六〇年

原 武史 『皇居前広場』（ちくま学芸文庫）二〇〇七年

原 武史 『可視化された帝国―近代日本の行幸啓』増補版（みすず書房）二〇一一年

半藤 一利 『昭和史探索 一九二六～四五』1～5（ちくま文庫）二〇〇六～〇七年

半藤一利『幕末史』（新潮社）二〇〇八年
半藤一利『昭和史一九二六―一九四五』（平凡社ライブラリー）二〇〇九年
兵藤裕己「歴史研究における『近代』の成立―文学と史学のあいだ―」（『成城国文学論集』）一九九七年
兵藤裕己『太平記〈よみ〉の可能性―歴史という物語』（講談社学術文庫）二〇〇五年
福井純子「無三四と帽子とアカペラと」（『立命館大学人文科学研究所紀要』90）二〇〇八年
福尾正彦「綏靖天皇陵前東側所在の石燈籠について」（『歴史のなかの天皇陵』思文閣出版）二〇一〇年
藤田覚『幕末の天皇』（講談社選書メチエ）一九九四年
藤田尚徳『侍従長の回想』（中公文庫）一九八七年
藤谷俊雄『「おかげまいり」と「ええじゃないか」』（岩波新書）一九六八年
保阪正康『「特攻」と日本人』（講談社現代新書）二〇〇五年
本庄繁『本庄日記』（原書房）一九六七年
牧原憲夫『客分と国民のあいだ―近代民衆の政治意識』（吉川弘文館）一九九八年
町田明広『島津久光＝幕末政治の焦点』（講談社選書メチエ）二〇〇九年
松島栄一『歴史教育の歴史』（岩波講座『日本歴史』22別巻1）一九六三年
松本三之介編著『わきたつ民論』（日本の百年2 ちくま学芸文庫）二〇〇七年
松本三之介編著『強国をめざして』（日本の百年3 ちくま学芸文庫）二〇〇七年
丸山真男「ある日の津田博士と私」（人と思想『津田左右吉』三一書房）一九七四年
丸山裕美子「天皇祭祀の変容」（『古代天皇制を考える』日本の歴史08 講談社）二〇〇一年
水林彪『記紀神話と王権の祭り』新訂版（岩波書店）二〇〇一年
美濃部亮吉『苦悶するデモクラシー』（文藝春秋新社）一九五九年
宮沢俊義『天皇機関説事件 上 史料は語る』（有斐閣）一九七〇年
宮沢俊義『天皇機関説事件 下 史料は語る』（有斐閣）一九七〇年
宮地正人『天皇制の政治史的研究』（校倉書房）一九八一年
村田正志『増補 南北朝史論』（村田正志著作集 第一巻 思文閣出版）一九八三年
村上重良『国家神道』（岩波新書）一九七〇年
村上重良『天皇の祭祀』（岩波新書）一九七七年
森公章『「白村江」以後―国家危機と東アジア外交』（講談社選書メチエ）一九九八年
森公章『東アジアの動乱と倭国』（吉川弘文館）二〇〇六年
森博達『日本書紀の謎を解く―述作者は誰か』（中公新書）一九九九年
森博達『日本書紀成立の真実―書き換えの主導者は誰か』（中央公論新社）二〇一一年
森正人「一九三〇年代に発見される楠木的なるもの」（三重大学『人文論叢』26）二〇〇九年
森本忠夫『特攻―外道の統率と人間の条件』（光人社ＮＦ文庫）二〇〇五年
安丸良夫・宮地正人校注『宗教と国家』（日本近代思想体系5 岩波書店）一九八八年
安丸良夫『神々の明治維新』（岩波新書）一九七九年
安丸良夫『近代天皇像の形成』（岩波書店）一九九二年
山口康助「明治天皇の御真影を描いたE・キヨソーネの生涯」（『明治聖徳記念学会紀要』復刊23）一九九八年
山田邦和・外池昇「『文化山陵図』の一写本」（京都文化博物館研究紀要『朱雀』10）一九九八年
山田邦和「神武天皇陵」（別冊歴史読本78『歴史検証 天皇陵』）二〇〇一年
山田邦和「平安時代の天皇陵」（『歴史のなかの天皇陵』思文閣出版）二〇一〇年
山田風太郎『戦中派虫けら日記』（ちくま文庫）一九九八年
山田風太郎『新装版 戦中派不戦日記』（講談社文庫）二〇〇二年

山中　恒　『子どもたちの太平洋戦争―国民学校の時代―』（岩波新書）一九八六年
横田冬彦　『天下泰平』（日本の歴史16 講談社）二〇〇二年
吉川真司　『飛鳥の都』（岩波新書）二〇一一年
吉田　孝　『日本の誕生』（岩波新書）一九九七年
吉田　裕　『昭和天皇の戦争責任』（岩波新書）一九九二年
吉田　裕　「昭和天皇と戦争責任」（岩波講座『天皇と王権を考える』1）二〇〇二年
吉見俊哉　『夢の原子力』（ちくま新書）二〇一二年
米谷匡史　「古代東アジア世界と天皇神話」（『古代天皇制を考える』日本の歴史08 講談社）二〇〇一年
米谷匡史　「津田左右吉・和辻哲郎の天皇論―象徴天皇制論」（岩波講座『天皇と王権を考える』1）二〇〇二年
ロベール・ギラン　『日本人と戦争』（朝日文庫）一九九〇年
渡辺晃宏　『平城京と木簡の世紀』（日本の歴史04 講談社）二〇〇一年

『石の証言』（「平和の塔」の史実を考える会編 本多企画ブックレット1）一九九五年
『岩倉公実記』（明治百年史叢書 多田好問編 原書房）一九六八年
『鹿児島県史』第3巻（鹿児島県）一九四一年
『古事記』上・中・下（次田真幸全訳注　講談社学術文庫）一九七七・八〇・八四年
『孝明天皇御凶事』（宮内庁書陵部所蔵）
『魂魄の記録 旧陸軍特別攻撃隊 知覧基地』（知覧特攻慰霊顕彰会・知覧特攻平和会館）二〇〇四年
『思想統制』（現代史料42 みすず書房）一九七六年
『史談会速記録』第11輯（明治二六年）復刻（原書房）一九七一年
『史談会速記録』第13輯（明治二六年）復刻（原書房）一九七一年
『島津家旧福昌寺墓地概要』（島津顕彰会）二〇〇五年
『続日本紀 一』（新 日本古典文学大系 岩波書店）一九八九年
『神仏分離史料　明治維新4』（村上専精ほか編　名著出版）一九七四年
『新聞集成 昭和史の証言』（宮崎吉政 SBB出版会）
『新聞集成 昭和編年史』（明治大正昭和新聞研究会 新聞資料出版）
『比島捷号陸軍航空作戦』（戦史叢書48 防衛庁防衛研修所戦史室）一九七一年
『大本営海軍部・聯合艦隊(7)』（戦史叢書93 防衛庁防衛研修所戦史室）一九七六年
『知覧町郷土史』（知覧町郷土史編さん委員会 知覧町）二〇〇二年
『津田左右吉全集』（岩波書店）一九八六年
『特別攻撃隊全史』（財 特攻隊戦没者慰霊平和祈念協会）二〇〇八年
『日本の歴史家』（永原慶二・鹿野政直 編 日本評論社）一九七六年
『日本書紀』㈠～㈤（坂本太郎・家永三郎・井上光貞・大野晋校注　岩波文庫）一九九四～九五年
『舞の本』（新 日本古典文学大系 岩波書店）一九九四年
『萬葉集 一』（新 日本古典文学大系 岩波書店）一九九九年
『明治史論集㈠』（明治文学全集77 竹越與三郎 筑摩書房）一九七四年
『明治史論集㈡』（明治文学全集78 重野安繹 筑摩書房）一九七六年
『本居宣長全集』（大野晋・大久保正編 筑摩書房）一九九三年